Wie immer haben mir bei der Arbeit an diesem Buch viele Menschen geholfen. Die Zusammenarbeit mit meiner Lektorin Melanie Blank-Schröder und meiner Textredakteurin Margit von Cossart war wieder mal hervorragend – vielen Dank an beide!

Klara Decker war erneut mit Testlesen und Internetrecherche behilflich, und im Bereich »Fahren mit Pferdefuhrwerken allgemein und Harness Racing im Besonderen« danke ich Judith Knigge für die Beratung in Sachen Kutschenbeleuchtung und authentische Tötungsmethoden mit Hilfe von Sulkys.

Besonderen Dank auch an alle, die immer wieder helfen, die Sarah-Lark-Neuseelandromane erfolgreich an die Leser zu bringen! Vom Vertrieb bis zum Buchhandel, von der Presseabteilung bis zur Umschlaggestaltung – eigentlich gehörten auch all Ihre Namen auf die Bestsellerlisten!

Und selbstverständlich ginge gar nichts ohne meinen wunderbaren Agenten Bastian Schlück und alle Mitarbeiter in der Agentur. Auch hier noch einmal tausend Dank!

Sarah Lark

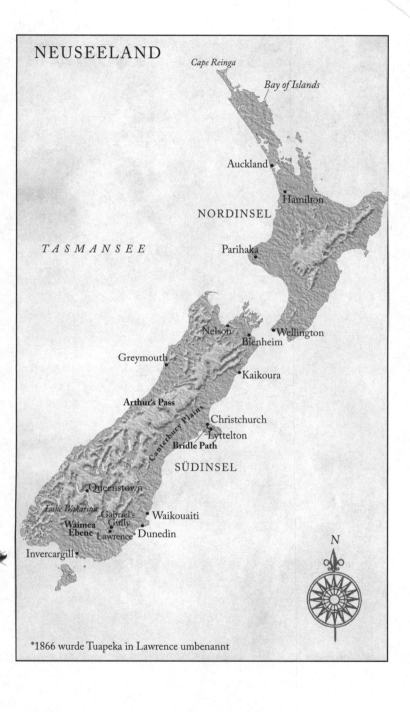

NEUSEELAND

Cape Reinga

Bay of Islands

Auckland

Hamilton

NORDINSEL

TASMANSEE

Parihaka

Nelson

Wellington

Blenheim

Greymouth

Kaikoura

Arthur's Pass

Christchurch

Canterbury Plains

Lyttelton

Bridle Path

SÜDINSEL

Queenstown

Lake Wakatipu

Gabriel's Gully

Waikouaiti

Waimea Ebene

Lawrence

Dunedin

Invercargill

N

*1866 wurde Tuapeka in Lawrence umbenannt

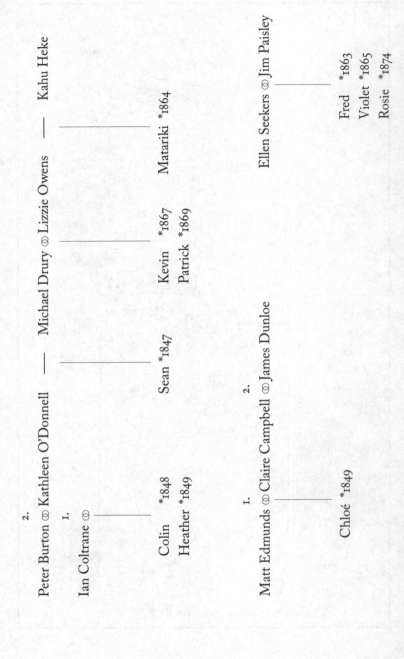

2.

Peter Burton ⚭ Kathleen O'Donnell   ——   Michael Drury ⚭ Lizzie Owens   ——   Kahu Heke

1.

Ian Coltrane ⚭

Colin   *1848
Heather *1849

Sean *1847

Kevin   *1867
Patrick *1869

Matariki *1864

1.

Matt Edmunds ⚭ Claire Campbell ⚭ James Dunloe

2.

Ellen Seekers ⚭ Jim Paisley

Chloé *1849

Fred   *1863
Violet *1865
Rosie   *1874

KIND DER STERNE

Neuseeland, Dunedin und Waikato
1875–1878
England, London
Wales, Cardiff und Treherbert
1878

KAPITEL I

»Und bisher wurde sie privat unterrichtet?«

Miss Partridge, Direktorin der renommierten Otago Girls' School in Dunedin, warf Matariki und ihren Eltern einen strengen Blick zu.

Matariki erwiderte ihn mit Gemütsruhe. Sie fand die dunkel gekleidete ältere Dame mit ihrem Lorgnon etwas seltsam – Miss Partridge mochte im Alter ihrer Großmütter aus dem Maori-Dorf sein, aber dort trug niemand eine Sehhilfe. Bedrohlich wirkte die Direktorin jedoch nicht auf sie, und auch das Zimmer mit seinen dunklen, zweifellos aus England importierten Möbeln, den schweren Volants vor den hohen Fenstern und den vielen Bücherregalen an den Wänden schüchterte das Mädchen nicht ein. Matariki fand lediglich das Verhalten ihrer Mutter befremdlich. Die war schon während der gesamten Fahrt von Lawrence nach Dunedin aufgeregt gewesen bis zur Hysterie, krittelte ständig an Matarikis Kleidern und ihrer Haltung herum und wirkte fast, als habe sie selbst die Prüfung zu bestehen, der man ihre Tochter heute unterziehen sollte.

»Nicht direkt, M…«

Lizzie Drury konnte sich gerade noch bezähmen, die Schulleiterin unterwürfig Madam zu nennen – bei der Vorstellung hätte sie beinahe einen Knicks gemacht. Sie rief sich energisch zur Ordnung. Lizzie war seit mehr als zehn Jahren verheiratet und Herrin über Elizabeth Station, eine Farm bei Lawrence. Es war lange her, dass sie als Hausmädchen Dienst getan hatte, aber sie konnte sich nicht helfen: Hochherrschaftliches Benehmen schüchterte sie immer noch ein.

»Miss Partridge«, sagte sie jetzt und versuchte, ihre Stimme fest klingen zu lassen. »Unsere Tochter war eigentlich in der Schule in Lawrence. Aber die Ansiedlung stirbt ja langsam aus, seit die Goldgräber weiterziehen. Was da noch übrig ist ... na ja, wir mochten die Kinder jedenfalls nicht mehr hinschicken. Deshalb haben wir den Unterricht im letzten Jahr privat geregelt. Allerdings ... die Grenzen unserer Hauslehrerin sind inzwischen erreicht.«

Lizzie überprüfte mit nervösen Fingern den Halt ihrer Frisur. Sie trug ihr krauses dunkelblondes Haar ordentlich aufgesteckt unter einem kecken Hütchen. Vielleicht ein zu keckes Hütchen? Vor Miss Partridges würdiger, aber krähenartig dunkler Erscheinung erschienen das zarte Blau und der pastellfarbene Blumenschmuck schon fast zu gewagt. Wenn es nach Lizzie gegangen wäre, hätte sie ihren langweiligen Kapotthut aus der letzten Ecke ihres Kleiderschrankes hervorgekramt und aufgesetzt, um seriöser zu erscheinen. Michael hatte hier jedoch nicht mitgespielt.

»Wir fahren in eine Schule, Lizzie, nicht zu einer Beerdigung!«, hatte er lachend gesagt. »Die werden Riki schon nehmen. Warum auch nicht? Sie ist ein aufgewecktes Kind. Na ja, und wenn nicht ... dies ist nicht die einzige Mädchenschule auf der Südinsel!«

Lizzie hatte sich breitschlagen lassen, aber vor den gestrengen Augen der Direktorin meinte sie nun doch, im Boden versinken zu müssen. Denn egal, ob die Otago Girls' School einzigartig war oder nicht: Matariki war ganz sicher ein Sonderfall ...

Miss Partridge spielte mit ihrem Lorgnon, und ihr Blick wurde nun deutlich missbilligend.

»Das ist ja interessant, Kleine ...«, meinte sie und wandte sich erstmalig Matariki zu, statt nur ihre Eltern anzusprechen. »Du bist – wie war das noch? – gerade elf Jahre alt. Aber die Möglichkeiten deiner Hauslehrerin sind bereits erschöpft? Du musst ein wahrhaft begabtes Kind sein!«

Matariki, der die Ironie der Rede völlig entging, lächelte – ein Lächeln, das ihr gewöhnlich alle Herzen zufliegen ließ. »Die Großmütter sagen, ich sei klug«, bestätigte sie mit ihrer melodischen, sanften Stimme. »Aku meint, ich könne mehr *haka* tanzen als alle anderen Mädchen, die so alt sind wie ich. Und Haeata sagt, ich könne *tohunga* werden, Heilerin, wenn ich weiter Pflanzenkunde lerne. Und Ingoa ...«

»Wie viele Großmütter hast du, Kind?«, fragte Miss Partridge verwirrt.

Matarikis große hellbraune Augen verloren sich kurz ins Weite, während sie die Ältesten des Stammes in Gedanken durchzählte. Es ging schnell – auch im Rechnen war das Mädchen weit für sein Alter, wofür allerdings weniger Hauslehrer, Lehrer oder »Großmütter« verantwortlich waren, sondern eher die sparsame Mutter.

»Sechzehn«, sagte sie dann.

Miss Partridge wandte ihren wasserblauen Blick wieder Matarikis Eltern zu. Lizzie verschlug ihr Ausdruck umgehend die Sprache.

»Sie meint die alten Frauen des Maori-Stammes in unserer Nachbarschaft«, erklärte Michael. »Bei den Ngai Tahu ist es üblich, alle älteren Frauen Großmutter zu nennen, nicht nur die leiblichen Großmütter. Das gilt auch für Großväter, Tanten und Onkel ... manchmal sogar Mütter.«

»So ... ist sie gar nicht Ihr leibliches Kind?«

Miss Partridge schien der Gedanke fast zu erleichtern. Schließlich sah Matariki ihren Eltern nicht sonderlich ähnlich. Michael Drury war zwar dunkelhaarig wie seine Tochter, aber seine Augen blitzten so blau wie der Himmel über Irland – und auch seine Sprache verriet noch seine Herkunft. Sein Gesicht war kantig, nicht rund wie Matarikis, und seine Hautfarbe heller. Von seiner Frau konnte das Mädchen immerhin die zierliche Figur und das lockige Haar haben – aber Lizzies wirkte eher kraus, während Matarikis wellig war. Dazu waren auch Lizzies Augen von hellem Blau. Die Bernsteinfarbe hatte keiner der beiden dem Kind vererbt.

»Nein, nein!« Michael Drury schüttelte entschlossen den Kopf. »Matariki ist natürlich unsere Tochter.«

Lizzie warf ihm einen kurzen, schuldbewussten Blick zu, aber Michael erwiderte ihn nicht, sondern hielt dem offensichtlichen Unmut der Schulleiterin stand. Michael Drury hatte seine Fehler, und mitunter brachte seine leichtsinnige Art Lizzie noch heute zum Wahnsinn. Aber er hielt seine Versprechen, auch jenes, das Lizzie ihm vor Matarikis Geburt abgenommen hatte: Du wirst dem Kind nie vorwerfen, was seine Mutter ist und war.

Tatsächlich hatte Michael die Frage der Vaterschaft nie gestellt, obwohl schon bald nach Matarikis Geburt klar gewesen war, dass er dieses dunkelhäutige, braunäugige Feenkind nicht gezeugt haben konnte. Die einzige Bemerkung, die damals zu diesem Thema gefallen war, bezog sich auf die Wahl des Namens.

»Du willst sie nicht wirklich Mary nennen«, hatte Lizzie gesagt und den Blick beschämt gesenkt.

Mary Kathleen, Michaels Jugendliebe, wäre fast zur Namenspatin der Kleinen geworden. Michael hatte dann jedoch nur den Kopf geschüttelt.

Jetzt straffte sich Lizzie. Die Direktorin konnte nicht glauben, dass Matariki ihrer beider Tochter war. Wenn sie nur ein bisschen von Biologie verstand, musste sie wissen, dass zwei blauäugige Menschen kein braunäugiges Kind zeugen konnten.

»Ich bin ihre Mutter«, sagte Lizzie fest. »Und ansonsten ist sie ein Kind der Sterne.«

So hatte Hainga, die Weise Frau des Maori-Stammes, Matariki einmal genannt. Das Kind war im Taumel des Tou-Hou-Festes gezeugt worden. Die Maori feierten Neujahr, wenn sich die Sternkonstellation Matariki erstmalig am Nachthimmel der Südinsel zeigte.

Miss Partridge runzelte erneut die Stirn. »Also nicht nur überirdisch begabt, sondern auch noch himmlisch gezeugt …«, bemerkte sie.

Matariki blitzte die Schulleiterin an. Sie war ziemlich arglos, und die Worte der Frau sagten ihr nicht viel, aber sie spürte doch, dass sie ihre Mutter verletzten. Und das würde sie nicht zulassen.

»Haikina sagt, ich sei eine Häuptlingstochter!«, trumpfte sie auf. »Das ist so etwas wie eine Prinzessin. Glaube ich jedenfalls.«

Lizzie hätte beinahe gelächelt. Auch sie hatte das einmal gedacht. Kahu Heke, Matarikis Vater, hatte sie in der Hoffnung in seine Arme gelockt, sie werde seine Königin sein. Aber tatsächlich war es ganz anders gekommen ... und Haikina hatte Recht daran getan, Matariki nicht alles darüber zu sagen.

Miss Partridges Blick wurde eher noch unwilliger, aber jetzt raffte Michael sich auf. Er musste eingreifen – er würde nicht länger zuschauen, wie Lizzie vor dieser impertinenten Matrone immer kleiner wurde.

»Miss Partridge, dies ist Matariki Drury, und sie ist die Tochter von Michael und Elizabeth Drury. So steht es im Geburtenregister von Dunedin, und so bitten wir Sie, es zu akzeptieren. Unsere Tochter ist ein kluges Kind, aber als übernatürlich würde ich ihre Gaben nun auch nicht bezeichnen. Allerdings hat ihre Hauslehrerin Haikina lediglich die Missionsschule besucht. Sie kann gut lesen und schreiben, was sie unseren Kindern mit liebevoller Strenge vermittelt. Aber sie spricht weder Französisch noch Latein, und sie kann Matariki weder auf ein Studium noch auf eine Heirat mit einem Mann aus gleicher Gesellschaftsschicht vorbereiten.«

Michael betonte »gleiche Gesellschaftsschicht« fast bedrohlich. Miss Partridge sollte sich unterstehen, ihm hier zu widersprechen. In den letzten Jahren hatten Lizzie und er ihre Farm bei Lawrence zwar nicht zu einem Schafbaronat, aber doch zu einem kleinen, sehr erfolgreichen Zuchtbetrieb ausgebaut. Dabei spezialisierten sie sich weniger auf Wollproduktion in großem Stil denn auf die Zucht von Qualitätstieren. Gezielte Anpaarung und mitunter auch Experimente zur Erzeugung besonderer Wollqualitäten waren in einem kleineren Betrieb einfacher zu handhaben als auf großen Farmen, die allein mit Weideführung und Schur der vielen Tiere voll ausgelastet waren. Widder und Mutterschafe von Elizabeth Station erzielten auf Auktionen höchste Preise, und die Drurys waren durchaus angesehen.

Allerdings litt vor allem Lizzie an Minderwertigkeitsgefühlen, wenn sie zu Treffen der Schafzüchtervereinigungen eingeladen waren oder die dortigen Bälle besuchten. Beide Drurys kamen aus einfachen Verhältnissen, und besonders Michael bemühte sich gar nicht erst um gesellschaftlichen Schliff. Lizzie strengte sich eher an, aber sie war schüchtern. Vor Leuten wie den Wardens aus Kiward Station oder den Barringtons und Beasleys aus Canterbury versagte zunächst ihr sonst Wunder wirkendes Lächeln und dann auch gleich ihre Stimme. Matariki, das hatte sie sich geschworen, sollte es nicht so gehen. Die Otago-Mädchenschule sollte ihr das nötige Rüstzeug dazu geben.

Aber Matariki neigte ohnehin nicht zur Schüchternheit. Sie war auch nicht nervös, als Miss Partridge sich nun endlich dazu bequemte, ihr ein paar Wissensfragen und Rechenaufgaben zu stellen. Mit klarer Stimme und ohne jeden Anklang von irischem Dialekt oder Londoner Cockney, mit dem Lizzie Zeit ihres Lebens kämpfte, löste sie die Aufgaben. Was das anging, war Haikina eine ideale Lehrerin gewesen. Die junge Maori hatte in der Missionsschule ein hervorragendes und völlig akzentfreies Englisch gelernt.

Schließlich wartete Matariki gelangweilt, bis Miss Partridge das Diktat korrigiert hatte. Die Direktorin schaute danach etwas wohlwollender drein. Matariki war lediglich bei einem sehr schwierigen Wort ein Fehler unterlaufen.

»Also, vom Wissensstand her bestehen keine Bedenken gegen ihre Aufnahme«, bemerkte Miss Partridge schließlich etwas säuerlich. »Allerdings ... Sie müssen sich darüber klar sein, dass ... äh ... Mata... äh ...riki hier das einzige Mädchen mit einem derart ... hm ... exotischen Hintergrund sein wird.«

Michael wollte schon wieder auffahren, Miss Partridge jedoch hob beschwichtigend die Hand.

»Bitte, Mr. Drury, ich sage Ihnen das in bester Absicht. Wir haben hier Mädchen … nun ja, die besten Familien aus Canterbury und Otago schicken uns ihre Töchter, und einige dieser Kinder sind … nun ja … sie sind es nicht gewöhnt …«

»Also meinen Sie jetzt, der Anblick unserer Tochter würde diese Kinder so erschrecken, dass sie gleich wieder nach Hause laufen würden?«

Michael reichte es jetzt wirklich. Geduld gehörte nicht zu seinen Stärken, und am liebsten wäre er gleich zur nächsten Schule weitergefahren. Miss Partridges Institut mochte die beste Mädchenschule in Otago sein, aber weiß Gott nicht die einzige auf der Südinsel Neuseelands! Andererseits konnte er Lizzie auf keinen Fall noch eine weitere Prozedur wie diese zumuten. Sie schaute jetzt schon aus wie ein verschrecktes Kätzchen.

»Ich meine das ganz im Sinne Ihrer Tochter«, sagte Miss Partridge. »Die meisten dieser Kinder kennen Maori bestenfalls als Dienstboten. Ihre Tochter wird es nicht leicht haben.«

Lizzie setzte sich auf. Wenn sie den Kopf hob und sich gerade hielt, wirkte sie größer und selbstbewusster – erstmalig an diesem Tag sah sie aus wie die weiße Frau, von der die Ngai Tahu mit mehr Achtung sprachen als von jeder anderen auf der Südinsel: Die *pakeha wahine* besaß für sie mehr *mana* als die meisten Krieger.

»Miss Partridge, das Leben ist nicht leicht«, sagte sie ruhig. »Und wenn Matariki das nicht unter schlimmeren Umständen lernt als im Umgang mit ein paar verwöhnten Gören einer Mädchenschule, dann ist sie zu beneiden.« Miss Partridge sah ihre Besucherin erstmalig verwundert an. Eben war sie ihr noch wie eine graue Maus erschienen, aber jetzt … Und Lizzie war noch nicht fertig. »Vielleicht gewöhnen Sie sich auch mal an ihren Namen, wenn sie demnächst hier zur Schule gehen soll. Sie heißt Matariki.«

Miss Partridge verzog den Mund. »Ja … hm … das ist auch so etwas, über das wir noch sprechen sollten. Könnten wir sie nicht … Martha nennen?«

»Natürlich schicken wir sie in die Otago Girls' School!«

Die Drurys hatten sich von Miss Partridge verabschiedet, ohne genaue Absprachen zu Matarikis Eintritt in die Schule zu treffen, und Michael hatte sofort auf »dieses impertinente Weibsbild« zu schimpfen begonnen, als sie auf die Straße traten. Lizzie ließ ihn eine Zeitlang toben – er würde sich beruhigen, während er die Pferde aus dem Mietstall holte. Als er dann jedoch die Katholische Mädchenschule Sacred Heart ins Gespräch brachte, machte sie ihren Standpunkt energisch klar.

»Otago ist die beste Schule, du hast selbst gehört, dass die ganzen Schafbarone ihre Töchter hinschicken. Und sie wollen Matariki aufnehmen. Es wäre Wahnsinn, darauf zu verzichten.«

»Diese jungen reichen Dinger werden ihr das Leben zur Hölle machen!«, regte Michael sich auf.

Lizzie lächelte. »Wie ich vor Miss Partridge schon andeutete«, bemerkte sie, »besteht die Hölle nicht aus Plüschsofas, englischen Möbeln und gut beheizten Klassenzimmern. An solchen Orten mögen sich zwar ein paar Teufelchen herumtreiben, aber bestimmt nicht so viele wie in Newgate Prison und Wicklow Gaol und australischen Sträflingscamps und neuseeländischen Goldgräberlagern. Wir haben das alles überlebt, Michael – aber Matariki willst du nicht mal eine Mädchenschule zumuten?«

Michael schenkte ihr einen fast etwas verschämten Seitenblick, während er die Pferde antreten ließ. »Sie ist immerhin eine Prinzessin«, lächelte er und wandte sich dann seiner Tochter zu. »Möchtest du denn in diese Schule gehen, Matariki?«

Matariki zuckte die Schultern. »Die Kleider sehen hübsch aus«, urteilte sie und wies auf ein paar Mädchen, die in den rot-blauen Schuluniformen der Otago School vorbeigingen. Lizzie ertappte sich bei dem Gedanken, dass ihre Tochter darin entzückend aussehen würde. Auch die weißen Blusen passten gut zu Matarikis fast gold schimmerndem Teint, ihren himbeerfarbenen Lippen und den schwarzen Locken, die weich waren wie Lizzies eigenes Haar, aber kräftiger und voller. »Und Haikina sagt, Mädchen müssen viel lernen, mehr als Jungen! Wer viel weiß, hat viel *mana*, und wer das meiste *mana* hat, kann Häuptling werden.«

Lizzie lachte etwas gezwungen. Sie wusste aus eigener, leidvoller Erfahrung, dass zu viel *mana* einer Frau nicht immer zugutekam.

»Aber Freundinnen, Matariki«, widerstrebend beschloss sie, das Mädchen immerhin auf die möglichen Schwierigkeiten an der Otago School hinzuweisen, »es kann sein, dass du hier keine Freundinnen findest.«

Matariki sah ihre Mutter gleichmütig an. »Ein Häuptling, sagt Haikina, hat keine Freunde. Häuptlinge sind un… unbe…«

»Unberührbar«, ergänzte Lizzie. Auch das weckte böse Erinnerungen.

Matariki nickte. »Das werde ich dann eben auch sein.«

»Wollen wir noch bei den Burtons vorbeischauen?«

Lizzie stellte die Frage nur widerstrebend, als ihre Chaise in südwestliche Richtung durch die nicht sehr sorgfältig gepflasterten Straßen von Dunedin rumpelte. Reverend Burton war zwar stets ihr Freund gewesen, aber seine Frau Kathleen betrachtete sie nach wie vor mit leichtem Argwohn. Zu lange hatte Michael seine »Mary Kathleen« geliebt, und beinahe wäre seine Hochzeit mit Lizzie an seiner wiederaufflammenden Leidenschaft zu ihr gescheitert. Am liebsten hätte Lizzie den Kontakt zu den Burtons deshalb ganz abgebrochen – sie wusste, dass Reverend Peter das verstanden hätte. Er sah Michael ebenso ungern in Kathleens Nähe wie Lizzie Kathleen in seiner. Aber da gab es schließlich noch Sean, Kathleens und Michaels gemeinsamen Sohn. Sean hatte seinen Vater erst als fast Erwachsener kennen gelernt, und auch wenn die beiden sich nicht allzu sehr füreinander erwärmen konnten – sie sollten sich doch nicht mehr vollständig aus den Augen verlieren.

»Sind die nicht in Christchurch?«, fragte Michael. »Ich dachte, Heather hätte da eine Ausstellung.«

Heather war Kathleens Tochter aus ihrer Ehe mit Ian Coltrane – wieder so eine Geschichte, an die Michael sich ungern erinnerte. Viele Jahre zuvor war er gezwungen gewesen, seine schwangere Verlobte Kathleen in Irland zurückzulassen, als man ihn wegen Getreidediebstahls deportierte. Aber Kathleen hatte nicht auf seine Rückkehr warten können. Ihr Vater verheiratete sie mit dem Pferdehändler Ian Coltrane, der versprach, ihrem Kind ein Vater zu sein. Die Ehe war unglücklich geworden, aber nichtsdestotrotz mit zwei weiteren Kindern gesegnet. Das Jüngste war Heather, die sich eben als Porträtmalerin einen Namen machte. In dieser Woche stellte eine Galerie in Christchurch ihre Werke aus. Kathleen und Peter waren mit der jungen Frau dorthin gereist, um das Ereignis zu feiern.

Lizzie lauschte Michaels Worten und fand, dass sie nicht bedauernd klangen. Auch Michael schien nicht gerade darauf zu brennen, den Burtons einen Besuch abzustatten, obwohl alle Beteiligten stets sehr freundschaftlich taten. Aber natürlich musste es ihm seltsam erscheinen, seine alte Liebe mit einem anderen verheiratet zu sehen, noch dazu einem Geistlichen der Church of England. Michael und Kathleen waren gemeinsam in einem Dorf in Irland aufgewachsen und selbstverständlich katholisch erzogen. Vielleicht schüchterte das Zusammensein mit dem belesenen, hochgebildeten Peter Burton Michael auch nur etwas ein – oder noch eher das Treffen mit dem nicht minder belesenen und ebenso hochgebildeten Sean.

Michael mochte damit zurechtkommen, dass ein Reverend klüger war als er, aber auf die Besserwisserei seines Sohnes reagierte er empfindlich – zumal der Junge ihn besonders in der Anfangszeit ihrer Bekanntschaft sehr deutlich spüren ließ, dass er nichts von seinem leiblichen Vater wissen wollte. Inzwischen hatte sich das etwas gegeben. Seit Kathleen den Reverend und Michael Lizzie Owens geheiratet hatte, fühlte Sean sich nicht mehr bedroht durch den plötzlich aufgetauchten Vater.

»Und Sean ist jetzt noch in der Kanzlei«, führte Michael weiter aus. Sean hatte an der Universität von Dunedin Rechtswissenschaften studiert und gerade seine erste Anstellung als Referendar angetreten. Er wollte Anwalt werden und arbeitete hart. »Wenn wir ihn sehen wollen, müssen wir in der Stadt bleiben. Sollen wir in ein Hotel gehen?«

Es lagen etwa vierzig Meilen zwischen Dunedin und Elizabeth Station, und Lizzie wurde das Herz ein bisschen schwer, wenn sie daran dachte, dass sie demnächst so weit von ihrer Tochter entfernt leben würde. Auch in Sachen Übernachtung war sie hin und her gerissen. Einerseits liebte sie den Luxus der besseren Hotels und hätte zu gern ein festliches Abendessen und ein Glas Wein mit Michael genossen – dem Wein und auch dem Weinbau gehörte Lizzies Leidenschaft, sie versuchte sich sogar selbst im Anbau von Reben auf ihrer Farm. Andererseits würde Haikina sich möglicherweise sorgen, wenn sie nicht wie angekündigt am Abend zurück wären. Die Maori-Freundin und Hauslehrerin ihrer Kinder hatte der Aufnahmeprüfung Matarikis genauso entgegengefiebert wie Lizzie selbst – sie betrachtete es als Ehre, wenn die Schule eine Halb-Maori aufnahm. Außerdem tanzten die Jungen Haikina auf dem Kopf herum. Es war nicht fair, die junge Frau ohne vorherige Absprache mit ihnen allein zu lassen.

»Nein, lass uns fahren«, meinte Lizzie schließlich. »Sean hat ja vielleicht auch schon etwas anderes vor. Wir sollten ihn nicht so überfallen. Besser treffen wir ihn, wenn wir Matariki endgültig zur Schule bringen.«

Michael zuckte die Schultern, und Lizzie atmete wieder mal darüber auf, wie leicht er sich mit einem nur losen Kontakt zu Sean und Kathleen abfand. Er lenkte sein Gespann – schöne, kräftige Pferde, auf die er sehr stolz war – vorbei an Kirche und Pfarrhaus von Caversham, einem Vorort von Dunedin, in dem Peter Burtons Gemeinde lag. Danach ging es rascher in die Berge Richtung Lawrence. Die Straße war breit und gut ausgebaut, allerdings nicht sehr befahren. Früher war das anders gewesen. Lizzie und Michael waren zur Zeit des Goldrausches nach Otago gekommen. Damals wurde Lawrence noch Tuapeka genannt und es strömten täglich Hunderte von Menschen zum Fundort Gabriel's Gully. Das Gebiet sah heute noch aus, als habe dort ein Krieg stattgefunden – es war so oft umgegraben worden, dass die normale Vegetation vollkommen zerstört war. Die Goldgräber hatten eine Schlammwüste hinterlassen, die sich nur langsam erholte.

Inzwischen waren die Goldvorkommen um Lawrence weitgehend erschöpft – zumindest jene, zu denen die Goldgräber Zugang hatten. Lizzie dachte mit einem Lächeln an die Reserven auf Elizabeth Station. Nur sie selbst und der ansässige Maori-Stamm wussten, wie viel Gold der Fluss auf ihrem Besitz führte, und allen war daran gelegen, dies niemandem zu verraten. Immerhin hatte das Gold die Farm der Drurys finanziert, machte den Maori-Stamm nach Maßstäben der Ngai Tahu reich und würde jetzt auch Matarikis höhere Schulbildung ermöglichen.

Die Goldgräber waren an neue Fundorte bei Queenstown weitergezogen, und die von ihnen gegründeten einst großen und belebten Siedlungen schrumpften zu beschaulichen, nur von ein paar Farmern und Händlern bewohnten Dörfern. Natürlich verblieb ein Bodensatz an Gaunern und Glücksrittern, Goldgräber, die zu alt, zu müde oder schlicht zu faul waren, ihr Glück noch einmal woanders zu versuchen. Sie schürften nach wie vor in den Wäldern rund um Lawrence – auch ein Grund, weshalb Michael und Lizzie Haikina und die Kinder ungern allein auf Elizabeth Station ließen. Wenn sie geplant über Nacht wegblieben, bat Lizzie den Stamm um Schutz. Der Häuptling schickte dann ein paar Krieger, die am Fluss kampierten.

Diesmal hätten die Drurys sich allerdings gar nicht sorgen müssen. Als ihre Pferde aus dem Wald auf den Zufahrtsweg nach Elizabeth Station hinaustraten, sahen sie bereits Bewegung am Fluss. Ein kräftiger Maori-Mann hantierte oberhalb des Wasserfalls mit einer Goldpfanne, während Haikina fischte. In dem winzigen Teich darunter plantschten Kevin und Pat, Michaels und Lizzies jüngere Söhne.

Hemi, Haikinas Mann, winkte den Ankömmlingen nur zu und schwang weiter die Pfanne. Haikina ließ die Reuse dagegen am Ufer fallen und lief dem Wagen entgegen. Sie war eine große, schlanke junge Frau mit hüftlangem, glattem Haar. Wohl um ihrem Amt als Lehrerin gerecht zu werden, trug sie ein Kleid wie die Weißen, die *pakeha*, wie die Maori sagten, aber sie hatte den Rock lässig hochgebunden, sodass der Blick auf ihre langen braunen Beine fiel.

»Wie war's, Matariki?«, fragte sie aufgeregt.

Matariki setzte sich aufrecht in Positur: »Bildung lässt das Herz so stark werden wie einen Eichbaum!«, wiederholte sie stolz das Motto der Otago Girls' School.

Lizzie sah ihre Tochter verblüfft an. Woher hatte sie das bloß? Sie musste es irgendwo gelesen und behalten haben.

»Ich weiß nur nicht, wie stark ein Eichbaum wirklich ist«, bemerkte Matariki. »Vielleicht ist Eichenholz ja gar nicht so hart wie das des Kauri- oder Totarabaums …«

Michael musste lachen. »Herrgott, wir sind wirklich am Ende der Welt. Die Kinder wachsen auf, ohne je eine Eiche gesehen zu haben! Es ist sehr gutes Holz, Riki, absolut ausreichend für ein starkes Herz!«

Haikina lächelte. »Dann nehmen sie dich also auf?«, fragte sie hoffnungsvoll.

Matariki nickte. »Schon. Aber nur als Un… un… also als Häuptlingstochter. Und ich soll Martha heißen, weil die Schulleiterin Matariki nicht aussprechen kann.«

Haikina nahm das Mädchen spontan in die Arme. »In der Missionsschule nannten sie mich Angela!«, verriet sie ihr.

»Und ich werde Hongi Hika heißen!«

Kevin und Pat hatten ihre Eltern inzwischen gesehen und sich nicht die Mühe gemacht, sich anzukleiden oder auch nur abzutrocknen, bevor sie ihnen entgegenliefen. Pat, der Jüngere, enterte den Bock und umarmte Michael, Kevin, der sich mit seinen acht Jahren eigentlich auch schon groß genug fühlte, in Dunedin zur Schule zu gehen, und Matariki um dieses Privileg beneidete, trumpfte mit seiner Namensvorstellung auf.

»Wenn man in der Schule einen neuen Namen kriegt, dann will ich heißen wie der größte Häuptling.«

»Der größte Häuptling ist überhaupt Te Maiharanui«, überschrie ihn Matariki. »Und Hone Heke! Außerdem kannst du in der *pakeha*-Schule nicht wie ein Häuptling heißen. Nur wie ein *pakeha*. Vielleicht ... Captain Cook? Oder Prince Albert?«

Lizzie lachte, während Michaels Gesicht eher einen strengen Ausdruck annahm. »Kevin, du hast einen guten, alten irischen Namen! Du bist nach deinem Großvater benannt, und der brannte den besten Whiskey Westirlands! Mal abgesehen davon, wie er die Fiedel spielte und ...«

»Du bist nach dem heiligen Kevin benannt«, stellte Lizzie richtig und blitzte ihren Mann an. »Das war ein großer, guter Mann, er gründete das Kloster in Glendalough. Und wahrscheinlich brannte er keinen Whiskey. Wobei ich mir da aber nicht sicher bin. Jedenfalls wird dich niemand umbenennen, mach dir keine Sorgen.«

»Nur Mädchen kriegen neue Namen!«, verkündete Matariki und stieg würdevoll vom Wagen. »Und neue Kleider krieg ich auch!«

Michael zog die Augenbrauen hoch. »Es wird ein Vermögen kosten«, bemerkte er zu Hemi, der eben zu ihm herübergeschlendert kam und ihm wortlos eine Flasche Whiskey reichte. Michael nahm einen Schluck und grinste dem Maori zu. »Und ihr braucht auch mal wieder Geld?« Er wies auf die Goldpfanne.

Hemi seufzte. »Es gibt Nachrichten aus dem Norden«, sagte er dann. »Und Forderungen, wenn man es so nennen will.«

Wie Haikina sprach auch Hemi gut Englisch und gehörte schon deshalb zu Michaels wenigen wirklichen Freunden im Maori-Dorf. Im Grunde schufen Lizzie – und später natürlich Matariki – hier die Verbindungen. Lizzie sprach die Sprache der Ngai Tahu und hatte bei ihnen gelebt. Michael stand stets in ihrem Schatten und hatte die Krieger im Dauerverdacht, ihn für einen Schwächling zu halten. Hemi hatte allerdings wie Haikina die Missionsschule besucht und dann auf einer großen Schaffarm gearbeitet. Er war erst kurz zuvor zum Stamm – und vor allem zu Haikina – zurückgekehrt.

»Forderungen?«, fragte Michael. »Jetzt sag nicht, euer *kingi* sei auf die Idee gekommen, Steuern zu erheben.«

Hemi lachte grimmig. Bis vor wenigen Jahrzehnten hatte es keine Zentralregierung der Maori auf Neuseeland gegeben. Aber dann war jemand auf die Idee gekommen, dass die Verhandlungsposition der Stämme mit den Weißen besser wäre, würden sie von einem einzigen »König« vertreten. Tawhiao, ursprünglich Häuptling der Waikato-Stämme, war nun der zweite dieser *kingi*.

»Das wäre wohl das Ende seines Königtums«, bemerkte Hemi. »Aber Sammlungen oder freiwillige Abgaben gibt es schon, meist von den Häuptlingen, die sich gegen die *pakeha* auflehnen. Und wir Ngai Tahu kaufen uns da ganz gerne frei. Sollen sie sich auf der Nordinsel streiten. Wir leben lieber in Frieden mit den *pakeha* …«

Tatsächlich lösten die Stämme auf der Südinsel Konflikte meist durch Verhandlungen.

»Aufrührerische Häuptlinge – klingt nach Kahu Heke«, bemerkte Michael. »Treibt der immer noch sein Unwesen bei den Hauhau?«

Hauhau war eine Bezeichnung der Maori für einen Zweig der religiösen Bewegung Pai Marire, die sich heftig dafür einsetzte, Maori-Traditionen zu erhalten und möglichst das Land zurückzugewinnen, auf dem heute *pakeha* siedelten. Kahu Heke hatte diese

Ansicht schon immer vertreten – obwohl er vor dem Auftreten der Hauhau kaum mehr eine Chance dafür gesehen hatte. An die Stelle des *pakeha*-freien Neuseeland hatte er den Traum einer Maori-Nation unter einem starken, durchsetzungsfähigen *kingi* gesetzt, und eine Zeitlang hatte er sich selbst in der Position eines solchen Herrschers gesehen. Wobei er einen großmütigen Brückenschlag zu den Weißen plante: Lizzie Owens, die *pakeha wahine,* hätte seine Königin sein sollen.

Letztlich hatte Lizzie jedoch Michael gewählt, und Kahu Heke hatte die Hauhau als neues Sprungbrett zur Herrschaft erkannt. Allerdings war wohl gleich am Anfang etwas schiefgegangen. Kahu Hekes Truppen hatten den anglikanischen Geistlichen Carl Völkner getötet, und Kahu war anschließend untergetaucht.

»Kahu Heke weiß leider ein bisschen zu viel von unserem Gold«, seufzte Hemi. »Wir glauben, dass er dahintersteckt, wenn wir immer wieder angesprochen werden, den glorreichen Kampf um unser Land, Aotearoa, wenigstens finanziell zu unterstützen. Aber was sollen wir machen … Bevor sie uns womöglich Hauhau-Missionare schicken, und unsere Leute kriegen Appetit auf Menschenfleisch …« Er grinste und klapperte mit der Goldpfanne.

Michael nahm noch einen Schluck Whiskey. »Hauptsache, Kahu Heke bleibt, wo er ist«, bemerkte er mit einem Seitenblick auf Matariki, die ihre hübschen Spitzenkleider abgestreift hatte und nackt mit ihren Brüdern in den Teich sprang.

Das würde sie sich in der Otago Girls' School abgewöhnen müssen.

Matariki Drury war ein glückliches Kind. Solange sie lebte, hatte sie niemals Unfreundlichkeit oder Ablehnung erfahren. Ausnahmslos jeder liebte das hübsche, lebhafte kleine Mädchen. Natürlich mochte die Frage ihrer Abstammung gelegentlich Gesprächsstoff in der Kleinstadt Lawrence gewesen sein, während sie dort zur Schule ging, aber das ließ man das Kind nicht spüren. In dem ehemaligen

Goldgräberstädtchen Tuapeka gab es viele Bürger mit anstößiger Vergangenheit. Die achtbare Besitzerin der Teestube war zum Beispiel ein ehemaliges Freudenmädchen, und der Krämer verdankte den Grundstock für sein Gewerbe weniger seinem Glück beim Goldwaschen als seinem Geschick im Kartenspiel. Was zählte da ein bisschen Untreue von Seiten Lizzie Drurys …

Zudem gehörten Lizzie und Michael zu den reichsten und angesehensten Bürgern des Ortes – waren sie doch eins der seltenen Beispiele dafür, dass Goldsucher wirklich ein Vermögen machen und es auch halten konnten. Nun war mit Matariki Drury noch ein Kind aus Lawrence in der renommierten Otago Girls' School aufgenommen worden! Die Kleine sonnte sich in Bewunderung und Glückwünschen, sobald sie in die Stadt kam. Miss Barbara lud sie zu heißer Schokolade ein, und der Krämer schenkte ihr Zuckerstangen, die sie widerwillig mit ihren Brüdern teilte.

Häufiger als in dem mehrere Meilen von Elizabeth Station entfernten Lawrence sah man Matariki aber ohnehin in den Häusern der Maori-Siedlung. Dort hatte sie ihre Freundinnen und ihre »Verwandten« – und natürlich liebte man sie auch dort. Bei den Maori waren Kinder stets willkommen, und jeder hatte Zeit für sie. Matariki flocht Flachs mit den anderen Maori-Mädchen und lernte, aus gehärteten Flachsblättern Tanzkleider herzustellen. Sie spielte die Nguru-Flöte mit Mund und Nase und lauschte den Geschichten der Großmütter und -väter über Maori-Götter und Maori-Helden. Zu Hause hörte sie von Michael Märchen über irische Heilige und Helden – und Lizzie dozierte über Weinbau. Matariki half bei der Lese. Den zu Anfang erzeugten Traubensaft fand sie zu sauer – was später leider auch auf den Wein zutraf, aber das stachelte Lizzies Ehrgeiz als Winzerin nur an. Sie hatte als junge Frau im Haus des Gouverneurs James Busby auf der Nordinsel gearbeitet, der als einer der ersten Weinreben nach Neuseeland brachte. Er war damit auch nicht besonders erfolgreich gewesen, doch das focht Lizzie nicht an. Matariki lernte von ihrer Mutter, nicht aufzugeben und optimistisch zu bleiben. Sie war ein Kind von sonnigem Gemüt.

Auch an ihrem ersten Schultag in der Otago Girls' School war Matariki bester Laune, während ihre Mutter erneut recht nervös wirkte, als sie durch die wuchtigen Türen des würdigen Stadthauses trat. Es war der erste Tag nach den Ferien, und im Eingangsbereich und auf den Fluren herrschte reger Betrieb durch die anreisenden Mädchen. Die meisten Schülerinnen wohnten nicht in Dunedin, sondern auf zum Teil weit entfernten Schaffarmen. Auch Matariki würde in dem der Schule angeschlossenen Internat leben. Nun sah sie sich interessiert in der Eingangshalle um, Lizzie suchte das Sekretariat.

»Warte hier«, wies Lizzie ihre Tochter kurz an.

Sie hatte einen Stapel Formulare ausfüllen müssen, war sich unsicher über einige Dinge von der Liste, die ihr die Schule bei der Anmeldung ausgehändigt hatte, und fühlte sich wieder mal eingeschüchtert. Nahm sie Matariki jetzt mit ins Schulbüro oder nicht? Und wer würde ihr helfen, das Gepäck auszuladen? Michael hatte sie nicht begleiten können, da am selben Tag eine wichtige Viehauktion stattfand, und Lizzie vermisste seine unbeschwerte Selbstsicherheit.

Jetzt folgte sie erst mal einer anderen Mutter ins Büro. Matariki betrachtete die Gemälde an den Wänden der Schulflure, aber sehr lange vermochten die Stillleben und Landschaftsbilder sie nicht zu fesseln. Das Leben auf den Fluren des Wohntrakts war wesentlich spannender. Matariki verfolgte, wie die Schülerinnen einander begrüßten, miteinander wisperten und lachten, und bemerkte zwei nur wenig ältere Maori-Mädchen in hellblauen Kleidern, Häubchen und Spitzenschürzchen, die ihre Koffer und Taschen schleppten. Sie schienen nicht sehr glücklich zu sein, keines der ankommenden Mädchen wechselte ein Wort mit ihnen. Matariki wollte die beiden gerade ansprechen, als ihr selbst aus einem der offenen Zimmer ein paar Worte entgegengerufen wurden.

»Bist du neu? Was stehst du hier rum? Komm, nimm mal diese Sachen und bring sie zur Hausmutter. Sie müssen geplättet werden, im Koffer sind sie ganz faltig geworden.«

Die Sprecherin, ein großes blondes Mädchen, drückte der verblüfften Matariki einen Stapel Blusen und Röcke in die Arme und machte danach eine Bewegung, als scheuche sie ein Huhn davon. Matariki machte sich gehorsam in die gewünschte Richtung auf den Weg – auch wenn sie natürlich keine Ahnung hatte, was eine Hausmutter war und wie man sie ausfindig machte.

Schließlich wandte sie sich an ein dunkelhaariges Mädchen, das theatralisch die Augen verdrehte. »Haben sie dir das nicht gezeigt, als du hier angefangen hast? Du kommst wohl direkt aus dem Urwald!«

Während ihre Freundinnen lachten, wies ihr das Mädchen immerhin den Weg. Gleich darauf fand Matariki eine Art Wäschekammer, in der eine rundliche Frau Bettwäsche und Handtücher an die anstehenden Schülerinnen ausgab. Matariki stellte sich brav in die Reihe und wartete gelassen, bis die Frau sie ansah.

»Nanu, bringst du mir was, statt was zu holen?«, fragte sie freundlich.

Matariki knickste, wie Haikina es sie gelehrt hatte. In der Missionsschule war das Pflicht gewesen, wenn man eine Lehrerin traf.

»Die müssen geplättet werden«, wiederholte sie den Wunsch der Schülerin von eben.

Die Frau runzelte die Stirn. »Müssen sie? Sag, bist du das neue Hausmädchen? Ich dachte, das käme erst nächste Woche, in dem Durcheinander hier kann es doch niemand einweisen. Und es muss auch älter sein.« Sie musterte Matariki verwirrt.

»Ich bin Mata… äh … Martha Drury«, stellte Matariki sich vor. »Und ich kann noch nicht plätten. Aber ich will's gern lernen. Und Geschichte und Geografie und Literatur …« Sie begann die Schulfächer aufzuzählen, an die sie sich erinnerte. »Plätten« hatte allerdings nicht auf dem Stundenplan gestanden.

Die Hausmutter lachte schallend und befreite Matariki erst mal von dem Bündel Kleider. »Herzlich willkommen, mein Kind! Ich bin Miss Maynard, die Hausmutter. Und du bist die Kleine aus Lawrence, deren Namen unsere geschätzte Direktorin nicht aussprechen kann! Wie heißt du noch? Matariki, nicht wahr? Also, ich finde das gar nicht so schwer. Ich komme aus Australien, Liebchen, und da haben die Aborigines erst merkwürdige Namen! Kannst du dir vorstellen, dass jemand Allambee heißt? Oder Loorea?«

Matariki lächelte. Miss Maynard war nett, sie fühlte sich gleich nicht mehr so fremd in der Schule.

»So, und nun zeigst du mir mal, wer dir seine Bügelwäsche aufs Auge gedrückt hat. Der werden wir was zu hören geben, Matariki! Die kleinen Schafbaronessen pflegen während der Ferien stets zu vergessen, dass hier niemand hinter ihnen herräumt!«

Außer den Maori-Hausmädchen. Matariki schoss der Gedanke nur flüchtig durch den Kopf, aber sie bemerkte nun doch die neugierigen Blicke der anderen Mädchen, die ihr und der Hausmutter folgten – wobei die Maori-Mädchen genauso verwundert schauten wie die *pakeha*. Sie senkten danach allerdings verschüchtert den Kopf. Ob sie Angst vor der Hausmutter hatten?

»Sie sind so schrecklich unterwürfig«, seufzte Miss Maynard, als sie Matarikis mitleidige Blicke bemerkte. »Wir kriegen sie von der Missionsschule, weißt du. Und da knicksen und beten sie wohl mehr, als zu lernen.«

Matariki fiel jetzt auf, dass von den Schülerinnen niemand knickste, als Miss Maynard vorbeieilte. Die Mädchen grüßten vergnügt – die Hausmutter schien allseits beliebt zu sein.

Schließlich stellte sie das blonde Mädchen zur Rede, das sie mit Alison Beasley ansprach. Alison bekam ihre Wäsche mit der Auflage zurück, sie gefälligst selbst zu plätten – und dabei gleich den neuen Schülerinnen zu zeigen, wie es ging.

»Die Erstklässler erwarten dich morgen um zehn Uhr in der Wäschekammer, Alison – ich werde natürlich auch zugegen sein.

Und in der nächsten Zeit bist du dafür verantwortlich, dass die Kleinen täglich in ordentlicher Kleidung in den Unterricht kommen.«

Alison verzog verärgert den Mund. Sie war bereits in der dritten Klasse, kam von einer großen Schaffarm und war es von zu Hause sicher nicht gewöhnt, im Haushalt zu helfen oder gar für irgendetwas verantwortlich zu sein.

»Ach ja, und um weitere Missverständnisse zu vermeiden …«, Miss Maynard erhob die Stimme, sodass alle Mädchen auf dem Flur und in den offenen Zimmern sie hörten, »… dies ist eure neue Mitschülerin Matariki Drury. Sie hat nichts dagegen, wenn ihr sie Martha nennt, aber sie wird euch ganz sicher nicht die Kleider bügeln!«

Alison blitzte Matariki spöttisch an. »Wo kommt sie denn her?«, fragte sie. »Wohl kaum von einer der größeren Schaffarmen.«

Miss Maynard fuhr auf. »Alison, du wirst es nicht glauben, aber es gibt auch sehr kluge und wertvolle Menschen, die nicht von einem Schafbaronat abstammen.«

Matariki erwiderte den Blick der Älteren mit der ihr eigenen Gelassenheit. »Stimmt«, unterbrach sie dann freundlich die Predigt der Hausmutter. »Ich bin eine richtige Prinzessin.«

Lizzie war entsetzlich besorgt und hätte fast vor Erleichterung geweint, als Miss Maynard ihr Matariki unbeschadet zurückbrachte.

»Matariki hatte sich ein bisschen verlaufen«, erklärte sie. »Aber so haben wir uns immerhin schon mal kennen gelernt. Ihre Tochter ist ein ganz außergewöhnliches Mädchen.«

Lizzie runzelte die Stirn und warf sowohl Matariki als auch Miss Maynard argwöhnische Blicke zu. Meinte die Hausmutter das freundlich oder spöttisch?

Matariki lachte sie an. »Die anderen Schülerinnen haben gedacht, ich sei ein Dienstmädchen!«, verriet sie fröhlich.

Miss Maynard biss sich auf die Lippen. »Der Vorfall ist mir natürlich schrecklich peinlich, Mrs. Drury. Wir …«

Lizzie blitzte sie aufgebracht an. »Diese kleinen Biester haben jetzt schon angefangen, sie herunterzumachen?« Sie schien auf dem Sprung, sich Matarikis künftige Mitschülerinnen direkt persönlich vorzunehmen. Lizzie mochte Autoritäten gegenüber zu Schüchternheit neigen, aber für ihre Tochter kämpfte sie wie eine Löwin.

»Es tut mir sehr leid. Es war einfach …« Miss Maynard suchte nach Entschuldigungen.

Und wieder fiel ihr Matariki ins Wort. »Es war lustig!«, sagte sie munter. »Und ich wollte doch schon immer mal Hausmädchen sein. Wie du früher, Mommy! Du hast doch gesagt, dir hat's gefallen!« Dabei knickste sie geziert und schenkte ihrer Mutter und Miss Maynard ihr unwiderstehliches Lächeln.

Lizzie lächelte zurück. Vielleicht hatten diese Mädchen beabsichtigt, ihre Tochter zu verletzen, aber Matariki war stark. Sie brauchte niemanden, der für sie kämpfte.

Miss Maynard lächelte jetzt auch wieder – vor allem vor Erleichterung. »Wie ich schon sagte: ein ganz außergewöhnliches Mädchen. Wir sind sehr stolz, Prinzessin Matariki Drury, dich bei uns zu haben.«

Wie ihr Eintritt in die Otago Girls' School, so gestaltete sich auch Matarikis Schulzeit. Egal, was Alison und andere Mädchen anstellten, um die Halb-Maori zu necken oder zu verärgern – es erwies sich als praktisch unmöglich, Matariki zu verletzen. Dabei war das Mädchen nicht naiv – zumindest nach den ersten paar Wochen fiel ihr die Bosheit ihrer Mitschülerinnen durchaus auf, und sie verstand ihre Spötteleien und Anspielungen. Allerdings war sie einfach nicht bereit, das ernst zu nehmen. Alisons böse Bemerkungen über »Bettelprinzessinnen« und ihr Versuch, Matariki mit dem Spitznamen »Aschenputtel« zu belegen, prallten an Lizzies Tochter einfach ab.

Im ersten Schuljahr gab sich Miss Maynard größte Mühe bei der Auswahl ihrer Zimmergenossinnen. Sie versuchte, Matariki mit möglichst toleranten, verständigen Mädchen zusammenzulegen. Dann stellte sie aber bald fest, dass es Matariki ziemlich egal war, mit wem sie das Zimmer teilte. Sie war zu jedem freundlich, suchte aber keine engeren Kontakte. Sobald die Schule am Freitagmittag schloss, ritt sie nach Hause. Ihr Vater hatte ihr ein kräftiges kleines Pferd im nächsten Mietstall eingestellt – der Kauf der kleinen Stute hatte unter den Schafbaronessen in der Schülerschaft für eine kleine Sensation gesorgt. Kiward Igraine, von Matariki schlicht Grainie genannt, kam aus der Zucht der Wardens auf Kiward Station, Canterbury. Eine reinrassige Welsh-Cob-Stute bester Abstammung und unzweifelhaft sehr teuer. Mit Grainie war Matariki nicht darauf angewiesen, von ihren Eltern abgeholt zu werden, wie die meisten anderen Mädchen, ein Umstand, der Miss Partridge zunächst etwas beunruhigte.

»Es sind immerhin vierzig Meilen, Mr. Drury«, gab sie Michael gegenüber zu bedenken. »Wenn dem Kind etwas passiert …«

Michael Drury lachte darüber jedoch nur, und seine Tochter nicht minder.

»Grainie rennt wie der Blitz, Miss Partridge!«, erklärte Matariki stolz. »Mich kann keiner überfallen, ich bin zu schnell vorbei!«

Nun drohte auf den befahrenen Straßen rund um Dunedin auch kaum Gefahr von Wegelagerern. Lediglich auf den alten Goldfeldern drückten sich zwielichtige Gestalten herum, aber was das anging, sorgten die Maori für Schutz. Die Ngai Tahu begannen, die von den Goldsuchern abgegrasten Landstriche langsam wieder in Besitz zu nehmen – und hielten ein Auge auf Matariki, sobald Grainie auch nur einen Huf in die Gegend um Lawrence setzte.

Natürlich brauchte das Pferd auch während der Woche Bewegung, um für die langen Strecken am Wochenende fit zu bleiben – für Matariki eine wohlfeile Ausrede, sich auch wochentags von der Schule abzusetzen, sobald sie die Hausaufgaben erledigt hatte. Spiel- und Nähabende, Chor- und Theaterproben, auf denen die anderen Mädchen Freundschaften pflegten, schwänzte sie. »Martha redet lieber mit ihrem Gaul!«, höhnte Alison Beasley immer mal wieder – Miss Maynard blieb die Einzige in der Schule, die das Mädchen bei seinem richtigen Namen nannte –, was Matariki mit Gemütsruhe bejahte.

»Eine Prinzessin weiß eben, was sie sich schuldig ist«, gab stattdessen Mary Jane Harrington zurück, ein anderes Opfer von Alisons Spötteleien. Mary Jane war dicklich. »Die Kiward-Cobs haben meines Wissens einen deutlich längeren Stammbaum als die Beasleys auf Koromiko Station.«

Miss Maynard lächelte darüber in sich hinein und verlegte Mary Jane bei nächster Gelegenheit in Matarikis Zimmer. In den folgenden Jahren entwickelte sich zwischen den Mädchen zwar keine wirkliche Freundschaft, aber es herrschte stets hervorragendes Einvernehmen.

Matarikis Menagerie erweiterte sich nach einigen Monaten um einen zusätzlichen Vierbeiner. Auf einem ihrer Ausritte schloss sich ihr ein hellbrauner hochbeiniger Hund an. Halb verhungert und ängstlich versteckte er sich im Stroh neben Igraines Stand. Matariki verzichtete um seinetwillen zunächst auf ihr Abendessen und hörte sich dann gelassen die Schimpftirade des Mietstallbesitzers an.

»Hier kann der Köter nicht bleiben!«, erklärte Donny Sullivan. »Ich werde den Teufel tun und das Viehzeug durchfüttern.«

»Sie brauchen es ja nicht umsonst zu tun«, bemerkte Matariki.

Am nächsten Freitag lief Matariki der Hund nach bis Elizabeth Station und schlief vor ihrer Zimmertür – absolut nicht bereit, sich stattdessen vielleicht Kevin oder Pat anzuschließen, die beide um seine Gunst buhlten. Matariki lehnte dann auch das Angebot ihrer Eltern ab, das Tier auf der Farm zu behalten. Stattdessen versteckte sie beim Abendessen einen Teller in ihrem Kleid und schlich beim ersten Tageslicht zum Bach oberhalb des Wasserfalls. Die Drurys versuchten, ihre Goldquelle vor den Kindern geheim zu halten, aber die Maori waren weniger vorsichtig, und Matariki war nicht dumm. Am Montag »vergoldete« sie Donny Sullivan buchstäblich den Aufenthalt ihres Hundes in seinem Stall. Er musste ihn dort allerdings jeden Abend einschließen. Ansonsten fand Dingo – wie Miss Maynard ihn nach den Hunden in ihrer australischen Heimat nannte – immer irgendeine Möglichkeit, in die Gebäude der Otago Girls' School zu gelangen und sich vor Matarikis Zimmer auszustrecken.

»Der kann nun aber nicht mit einer besonders außergewöhnlichen Abstammung aufwarten«, bemerkte Alison bösartig. »Oder willst du behaupten, er sei ein Prinz?«

Matariki zuckte nur vielsagend die Schultern.

»Der«, konterte Mary Jane, »hat dafür einen guten Charakter.«

Matariki Drury hatte keine Probleme und verursachte keine – im Gegensatz zu ihrem leiblichen Vater, wie Michael Drury und sein Freund Hemi Kute im dritten Jahr ihrer Schulzeit in Dunedin feststellten. Es war Sommer, und die Männer tranken Bier an einem Feuer neben dem Bach vor Elizabeth Station, während Lizzie und Haikina damit experimentierten, ein Kaninchen zu häuten, auszunehmen und zuzubereiten. Michael hatte es geschossen, als Hemi Gold wusch. Irgendein Schiff hatte die Tierchen auf Neuseeland eingeschleppt, und mangels natürlicher Feinde vermehrten sie sich explosionsartig. Die Ngai Tahu lernten immerhin bald, sie als neue Fleischlieferanten zu schätzen. Wie die Invasion der *pakeha*, so nahmen sie auch die der Hasen schicksalsergeben hin.

»Te Kooti betrachtet die Viecher als neue Gesandte des Gottes Whiro«, grinste Hemi. Er war wieder mal schlecht zu sprechen auf die Bewegung der Ringatu und der Hauhau. Kahu Heke hatte erneut um Spenden »gebeten«. »Er hat wirklich einem Kaninchen das Herz rausgeschnitten und es den Göttern geopfert.«

»Waren die Gesandten Whiros nicht eigentlich die Eidechsen?«, fragte Lizzie irritiert. Der Gott Whiro galt als Repräsentant alles Bösen auf Erden, und die Eidechse war ihm geweiht. »Also die möchte ich nicht wirklich essen ...«

»Die isst auch eher dich!«, lachte Haikina. »Wenn die Götter deinen Tod wollen, senden sie eine, und die frisst dich dann von innen auf. Kaninchen fressen nur den Schafen das Gras weg. Womit sie den *pakeha* ja eigentlich mehr schaden als den Hauhau. Te Kooti sollte sie eigentlich lieben. Aber dem ist jedes Mittel recht, auf sich aufmerksam zu machen!«

»Durch rituelles Abmurksen eines Kaninchens? Also ich weiß nicht!« Michael hob die Whiskeyflasche. »Habt ihr Maori da nichts Besseres zu bieten?«

Hemi reagierte unerwartet ernst. »*Tikanga*, meinst du? Alte Bräuche? Natürlich haben wir die, das weißt du doch.« Lizzie und Michael waren zu allen Festlichkeiten des Stammes geladen, wobei Lizzie und Matariki mitsangen und -tanzten. Michael fühlte sich dagegen eher überflüssig – und atmete stets auf, wenn man irgendwann zum Whiskeytrinken und Plaudern überging. »Was die Hauhau da allerdings ausgraben ...«

»Die besinnen sich zum Teil auf Rituale, die noch aus der Südsee stammen. Aus Hawaiki, wo wir herkommen«, fügte Haikina hinzu und wirkte nicht minder besorgt. »Bei manchem weiß man gar nicht, ob das auf Aotearoa jemals praktiziert wurde.« Aotearoa war der Maori-Name für Neuseeland. »Jedenfalls ist es ziemlich lange her, seit wir Maori unsere Feinde gegessen haben«, erklärte Haikina. »Aber von den Hauhau hört man da Dinge ... Te Kooti soll die Menschen in seinen Kriegen auf das Grausamste abgeschlachtet haben.«

Te Kooti und seine Männer hatten die Nordinsel in den Jahren zwischen 1868 und 1872 durch immer neue Überfälle in Atem gehalten. In einer Schlacht waren allein fast dreißig *pakeha* umgekommen, darunter viele Frauen und Kinder.

»Ich kann mir nicht vorstellen, dass Kahu Heke so was mitmacht!«, sagte Lizzie.

Im Allgemeinen sprach sie nicht über Matarikis Vater, vor allem nicht in Michaels Beisein. Natürlich hatte ihr Mann irgendwann erfahren, wer Matariki unter welchen Umständen gezeugt hatte, auch unter den Maori blühte schließlich der Klatsch. Aber zwischen den Eheleuten war Lizzies Beziehung zu Kahu Heke nie ein Thema gewesen.

Jetzt jedoch konnte Lizzie nicht an sich halten. Sie musste ihre Bedenken einfach äußern, schließlich war Kahu Heke kein ungeschlachter Krieger. Er hatte die Missionsschule bis hin zur Hochschulreife besucht. Wäre er geduldiger und gemäßigter in seinen Anschauungen gewesen, hätte er Anwalt oder Arzt werden können. Aber Kahu war ein Häuptlingssohn, stolz, hochfahrend und leicht zu beleidigen. Die Demütigungen, denen er bei den Missionaren und später bei verschiedenen Arbeitgebern auf der Nordinsel ausgesetzt war, hatten ihn aufgebracht und zu einem glühenden Nationalisten werden lassen. Am Anfang waren seine Aktionen oft kindisch gewesen – wie sein Vorfahr Hone Heke, dessen Dreistigkeit 1845 den Fahnenmastkrieg entfesselt hatte, machte auch Kahu durch umgerissene Flaggenmäste und zerstörte oder beschmutzte Denkmäler der *pakeha* von sich reden.

Erst als ihn sein Onkel Hongi Hika zu seinem Nachfolger wählte, hatte er begonnen, die Politik wirklich ernst zu nehmen. Den Traum vom Königtum hatte ihm jedoch erst Lizzie zerstört, und dann sein Ungeschick als Rächer in Opotiki. Tatsächlich hatte er Hongi Hika bis heute nicht beerbt. Die Ngati Pau hatten einen Mann mit eher gemäßigten Ansichten zum Häuptling gewählt und hielten sich aus den Kämpfen gegen die *pakeha* vollständig heraus.

»Kahu ist doch nicht dumm«, wandte Lizzie jetzt ein. »Und das, was die Hauhau predigen … er kann nicht glauben, dass irgendwelche Rituale die Krieger unverwundbar machen oder dass man jemanden mit Wasser vergiften kann, das vom Dach des Hauses des Häuptlings rinnt.«

Michael wollte etwas Gehässiges bemerken, aber Hemi gebot ihm Einhalt. »Er nicht«, bemerkte der junge Maori. »Nehme ich jedenfalls an, ich hatte ja nicht das Vergnügen, ihn kennen zu lernen.« Als Kahu Heke sein Gastspiel bei den Ngai Tahu gab, war Hemi noch in Dunedin gewesen. »Aber seine Anhänger! Der durchschnittliche Hauhau ist ein Krieger, kein Missionsschüler. Die rekrutieren sich aus den großen Stämmen der Nordinsel, die sich gegenseitig immer gern die Köpfe eingeschlagen haben. Jetzt ziehen ein paar von ihnen gemeinsam gegen die *pakeha* – aber wenn ihr mich fragt, wollen die vor allem Blut sehen. Sie wollen an etwas glauben, für etwas begeistert werden … na ja, und wenn dabei noch fette Beute rausspringt, umso besser.«

»Kahu dürfte das nicht unterstützen«, meinte Lizzie besorgt.

Haikina nickte. »Richtig. Aber was diese Dinge anging, war er schon immer völlig skrupellos. Und das macht mir Angst. Man weiß nie, was solchen Leuten einfällt – und auf welchen verrückten Brauch oder auf welches *tapu* sie sich vielleicht als Nächstes besinnen, um einen neuen Krieg zu entfesseln.«

KAPITEL 2

»Es sind ganz andere Sterne ...«

Heather Coltrane lehnte sich gegen die Reling des gewaltigen Segelschiffes, dem Meer den Rücken zugewandt, und blickte hinauf in den Himmel.

»Ja, und ich hätte niemals gedacht, dass ich sie noch einmal wiedersehe.«

Kathleen Burton, Heathers Mutter, hatte den Blick zum Wasser gerichtet – oder besser zum Land, denn schemenhaft waren eben die ersten Lichter Londons am Horizont zu erkennen. Die Sterne hatten sie nie sehr interessiert, Kathleen war grundlegend praktisch orientiert. Auch jetzt dachte sie weniger wehmütig an ihre ersten Lebensjahre in Irland zurück als daran, dass die Städte in Europa offensichtlich besser beleuchtet waren als in Neuseeland. Als ihr Schiff an einem Sommerabend fast drei Monate zuvor in Lyttelton ablegte, hatte Kathleen das Land schon nach wenigen Minuten aus den Augen verloren. Immerhin hatte Dunedin, ihre Heimatstadt am anderen Ende der Welt, seit einiger Zeit Gasbeleuchtung.

»Einen Penny für deine Gedanken«, lachte Peter Burton und drückte einen leichten Kuss auf den Nacken seiner Frau.

Auch nach über zehn Jahren konnte er kaum mit Kathleen zusammen sein, ohne den Wunsch zu verspüren, sie zu berühren, sie an sich zu ziehen – und zu beschützen. Vielleicht, weil es so lange gedauert hatte, bevor ihm all das endlich gestattet wurde. Der Reverend hatte Kathleen viele Jahre lang geliebt, bevor sie ihm das

Jawort gab, und er war heute noch stolz darauf, vor all den Toten und Untoten aus ihrer Vergangenheit nicht kapituliert zu haben. Zunächst flüchtete Kathleen damals vor ihrem gewalttätigen Ehemann Ian Coltrane – und dann war nach dessen Tod auch noch ihre Jugendliebe Michael Drury wieder aufgetaucht. Die allerletzte Hürde vor der Hochzeit – Kathleens Wechsel von der katholischen zur anglikanischen Kirche – war ihm schließlich nur noch wie ein unbedeutender Stolperstein erschienen.

Kathleen wandte sich zu ihrem Mann um und lächelte. Sie konnte ihm unmöglich gestehen, dass sie an Straßenbeleuchtung gedacht hatte!

»Ich dachte an Colin«, behauptete sie. »Wie ... seltsam es sein wird, ihn wiederzusehen.«

Colin Coltrane war Kathleens jüngerer Sohn. Nach dem gewaltsamen Tod seines Vaters Ian Coltrane einige Jahre zuvor war der Junge schwierig gewesen, und schließlich hatte Kathleen eingewilligt, ihn auf eine Militärakademie in England zu schicken. Leicht war ihr das nicht gefallen, als Irin hegte sie einen natürlichen Abscheu gegen die britische Krone. Colin hatte die Schule jedoch gutgetan. Er hatte sie mit ordentlichen Noten beendet und diente seitdem als Corporal in der Royal Army. Zurzeit war er bei der Royal Horse Guard in London stationiert – und freute sich hoffentlich, seine Mutter und Schwester zu treffen.

»Wir hätten auch nach Irland fahren können«, meinte Peter und strich sich sein glattes hellbraunes Haar aus dem Gesicht. Der Wind wehte vom Land her – auch im Frühsommer war es meist kühl und regnerisch in London. »Dann hättest du deine ganze Familie gesehen. Es ... es erscheint mir ein bisschen ungerecht, dass wir meine Sippe jetzt gründlich heimsuchen werden, während du lediglich Colin siehst. Noch einmal kommen wir in unserem Leben nicht in diese Gegend. Vielleicht kannst du die Chance nutzen!«

Kathleen sah in seine freundlichen braunen Augen. Sie freute sich über Peters Fürsorge, aber sie schüttelte doch entschlossen den Kopf.

»Nein, Peter, nein, ich möchte nicht. Schau, da … am Vartry … da hat sich nichts geändert. Die Leute sind bettelarm unter der Fuchtel der Landlords, und Trevallion treibt nach wie vor sein Unwesen – jedenfalls erfreute er sich vor drei Jahren noch bester Gesundheit.«

Drei Jahre zuvor war Father O'Brien, der Priester, der Kathleen und Michael getauft und als Kinder unterrichtet hatte, im biblischen Alter von weit über neunzig Jahren gestorben. Durch ihn hatte Kathleen in losem Kontakt zu ihrer Familie gestanden. Seit seinem Tod hatte sie nichts mehr von ihren Brüdern und Schwestern gehört, ihre Eltern waren seit Jahren tot.

»Wenn wir da jetzt auftauchen … meine Güte, Peter, denen müssen wir doch reich erscheinen wie Krösus. Ich … ich möchte keine Missgunst schüren …«

Kathleen zog die extravagante Tüllschleife fester, die ihr dunkelgrünes Hütchen fixierte und ihr Haar gleichzeitig zurückhielt wie ein Kopftuch. Ein Modell aus der letzten Kollektion ihrer Schneiderwerkstatt – kombinierbar mit jeder Art Reisekostüm. Lady's Goldmine, der Bekleidungsladen in der Innenstadt von Dunedin, stattete seine Betreiberinnen tatsächlich mit einem gewissen Reichtum aus. Kathleen und ihre Freundin und Mitinhaberin Claire Dunloe verdienten deutlich mehr, als Peter Burtons Pfarrstelle in einem Dunediner Vorort einbrachte.

Peter grinste seine Frau an. »Und du hast vor allem keine Lust, deine Sippe fürderhin großzügig zu unterstützen. Was man dir zweifellos nahelegen würde – oder was dir gar selbst einfiele, wenn die Armut wirklich so bitter ist, wie es immer von Irland heißt.«

Er zwinkerte ihr zu.

Kathleen warf verärgert den Kopf zurück. »Die Armut ist sicher bitter. Aber das ist sie auch bei den gescheiterten Goldsuchern in Dunedin.« Peter Burton hatte während der Zeit des Goldrausches stets eine Suppenküche für mittellose Einwanderer unterhalten, und jetzt unterstützte seine Gemeinde die Familien der in Dunedin gestrandeten, erfolglosen Glücksritter. Kathleen und Claire waren sehr großzügig. Sie musste sich wirklich keine mangelnde Mildtätigkeit vorwerfen lassen. »Und meiner Familie schulde ich weiß Gott nichts!«, erregte Kathleen sich weiter. »Für die war ich gestorben, als sich mein Bauch mit Michaels Kind rundete. Kein einziger Brief mehr, kein Funke von Interesse an meinem Leben, nachdem sie mich glücklich an Ian verschachert und ans Ende der Welt abgeschoben hatten. Also lass mich bitte in Ruhe mit Irland und meiner Familie. Ich gehöre nach Dunedin. Und zu dir!«

Kathleen legte ihre Hand in die seine, und Peter schoss durch den Kopf, dass eine aufgeschlossenere Frau ihn bei diesen Worten wohl umarmt hätte. Aber Kathleen blieb vorsichtig und fast etwas prüde – Liebkosungen in der Öffentlichkeit konnte man von ihr nicht erwarten.

Heather, ihre neunundzwanzigjährige Tochter, blickte ihre Mutter fast ein wenig spöttisch an. »Unsere gesamte Verwandtschaft scheint nicht sonderlich liebenswert zu sein«, bemerkte sie. Heather brannte nicht unbedingt auf ein Wiedersehen mit Colin. »Ich hoffe, deine ist wenigstens nett, Reverend.«

Peter lachte über die Anrede. Er hatte die gesamte Kindheit von Kathleens Sprösslingen als Reverend Peter begleitet – und wenn sich auch Kathleens älterer Sohn Sean letztendlich dazu durchgerungen hatte, ihn einfach Peter zu nennen, so schaffte Heather das doch nie.

»Meine Verwandten sind typische englische Landedelleute«, antwortete er dann. »Spröde, eingebildet, verknöchert … und auf uns garantiert nicht sonderlich gut zu sprechen, wo doch Onkel James seinen Landsitz in Wales ausgerechnet an den verlorenen Sohn im Pazifik vererben musste.«

Heather kicherte. »Wobei die Begründung ja wirklich etwas gemein war …« Sie verzog ihr Gesicht zu einer strengen Miene, zwinkerte, als trüge sie das Lorgnon eines englischen Landlords, und zitierte aus James Burtons Testament:»… vermache ich meinen Grundbesitz bei Treherbert, Wales, dem einzigen Mitglied der Familie Burton, das mit seinem Leben je etwas Sinnvolles angestellt hat …«

Peter zuckte die Schultern.»Wo er Recht hat, hat er Recht«, bemerkte er.»Aber wir erwarten mal besser nicht, dass uns die Sippe mit offenen Armen aufnimmt. Schaut, da ist London! Eine Weltstadt, Metropole, Hunderte von Bibliotheken, Theatern, Palästen, Prachtstraßen … Wir sollten ein paar Tage hier verbringen und in Kultur schwelgen! Ganz sicher fände sich ein Amtsbruder, bei dem wir übernachten können.«

»Und viele, viele Suppenküchen …«, ergänzte Kathleen, die noch immer glatte Stirn in strenge Falten gelegt.»Ich kenne dich, Peter. Der freundliche Amtsbruder hätte bestimmt keine fetten Pfründe in der City. Die Leute, die du kennst, kämpfen in den ärmsten Vierteln der Großstadt gegen das Elend der Bettler und Straßenkinder. Innerhalb von zwei Tagen wären wir so weit, dass du dir die Geschichten von zwanzig jungen Lizzie Owens anhörtest, während ich Gemüse schnippelte und Eintöpfe kochte. Kommt nicht infrage, Peter Burton! Wir steigen in einem ordentlichen Hotel ab – nicht protzig, aber auch nicht schäbig. Da treffen wir Colin, möglichst gleich morgen! Und dann reisen wir weiter nach Wales.«

Peter hob die Hände.»Friede, Kate, und das Hotel ist genehmigt. Außerdem verzichte ich auf die Audienz bei der Queen. Auch wenn ich ihr einiges zu sagen hätte … gerade den karitativen Sektor betreffend! Aber bis wir das Treffen mit Colin vereinbart haben, darf ich euch doch ein bisschen die Stadt zeigen, oder?«

Kathleen setzte sich gleich am nächsten Tag mit Colin in den Hyde Park Barracks in Verbindung. Anschließend besuchten sie auf Heathers Wunsch die National Gallery, und vor allem die Frauen schwelgten in all den Botticellis, Dürers und Van Eycks.

Kathleens Tochter hatte die künstlerische Begabung ihrer Mutter geerbt, beschränkte sich aber nicht auf Zeichnungen und Entwürfe für Modekollektionen, sondern hatte Kunst studiert und sich auf Porträtmalerei spezialisiert. Die Schafbarone der Südinsel drängten sich darum, von Heather Coltrane in Öl verewigt zu werden – oder auch ihre Frauen, Kinder oder Pferde malen zu lassen! Seit Heather einmal zum Spaß einen von Michael Drurys preisgekrönten Widdern porträtiert hatte, wollten auch die Sideblossoms, Beasleys und Barringtons Bilder ihrer Vierbeiner an der Wand. Heather verdiente dabei nicht schlecht, obwohl sie jetzt kummervoll erwähnte, dass sie mit einem Bild von Beasleys Zuchthengst wohl kaum jemals in der National Gallery ankäme.

»Dort vielleicht nicht, aber in Neuseeland bestimmt!«, scherzte Peter, und Kathleen lachte mit, froh darüber, dass Heather sich offensichtlich amüsierte und auch wieder Lebensregungen zeigte.

Es war gar nicht so einfach gewesen, die junge Frau zur Mitreise zu überreden, denn Heather trauerte. Nicht aufgrund eines Todesfalls – im Gegenteil, eigentlich war es ein freudiges Ereignis, das Kathleens Tochter die Lebensfreude geraubt hatte. Ihre langjährige Freundin Chloé, die Tochter von Kathleens Freundin und Teilhaberin Claire Dunloe, hatte sich verliebt und ihren Erwählten kurz darauf geheiratet. Dabei hatten die Mädchen immer davon gesprochen, gemeinsam ein Geschäft zu eröffnen wie damals ihre Mütter Lady's Goldmine. Chloé hätte sich gut vorstellen können, eine Galerie zu führen, in der unter anderem Heathers Bilder verkauft würden. Aber dann erschien Terrence Boulder, ein junger Bankier, der die Niederlassung der Dunloe-Privatbank auf der Nordinsel leiten sollte, und Chloé hatte für Heather keinen Blick mehr.

Nun war gegen den jungen Mann grundsätzlich nichts einzuwenden. Er war klug und freundlich, gebildet und weltoffen – Chloés Mutter Claire und ihr Stiefvater Jimmy Dunloe hätten sich keinen besseren Schwiegersohn wünschen können. Aber Heather blies allen Aufträgen und Erfolgen zum Trotz seitdem Trübsal. Nach einer großartigen Hochzeit – das gesellschaftliche Ereignis der Saison in Dunedin – war das junge Paar nach Auckland gezogen.

»Ich sehe die Ausstellung schon vor mir«, scherzte Peter. »Neben Maori-Kriegskeulen hängen Porträts von Drury-Widdern und Kiward-Collies. Du solltest wenigstens noch die Kathedrale in Dunedin malen, Heather, damit die sakrale Kunst nicht ganz zu kurz kommt.«

Am Nachmittag besuchte Peter dann seinen Amtsbruder – wie Kathleen erwartet hatte, wirkte der Mann in der verkommensten Gegend von Whitechapel –, während Kathleen und Heather das Warenangebot bei Harrods erkundeten. Heather neckte ihre Mutter damit, dass die neue Sommerkollektion der englischen Designer ihr mehr Begeisterung entlockte als die Bilder Leonardo da Vincis. So verbrachten sie einen sehr entspannten Nachmittag.

Im Hotel fand Kathleen dann wie erwartet eine Nachricht ihres Sohnes Colin vor. Der junge Corporal schrieb sehr höflich, dass er selbstverständlich gern mit seiner Mutter und ihrer Familie zu Abend essen würde. Er habe an diesem Tag auch keine weiteren Verpflichtungen und insofern problemlos die Erlaubnis seiner Vorgesetzten erhalten. Colin schlug vor, sich gegen sieben Uhr im Hotelfoyer zu treffen. Kathleen stürzte das sofort in hektische Vorüberlegungen.

»Um sieben Uhr! O Gott, und es ist schon sechs! Wir müssen uns umziehen, Heather, wenigstens ein bisschen schön machen für ihn. Und hoffentlich kommt Peter rechtzeitig zurück … Glaubst du, es bringt etwas, ihm eine Nachricht nach Cheapside zu schicken? Womöglich verplaudert er sich mit seinem Freund und …«

Heather verdrehte die Augen und zog ihre Mutter gelassen zur Treppe. »Mommy, Colin hat uns beide schon unfrisiert und im Morgenmantel gesehen, ebenso wie im Abendkleid – und wenn du mich fragst, hat das für ihn keinerlei Bedeutung: Er macht sich so oder so nicht viel aus uns. Ich hoffe nur, sie haben ihm bei der Army ausgetrieben, ständig Widerworte zu geben und blödsinnige Anspielungen darauf zu machen, wie himmelhoch die männlichen Coltranes jedem weiblichen Wesen dieser Welt überlegen sind.«

Kathleen wollte zunächst widersprechen, ließ es dann aber sein. Heather hatte Recht, ihr Verhältnis zu Colin war nie sehr gut gewesen. Der Junge hatte ihren ersten Mann, Ian, vergöttert – was kein Wunder war. Ian hatte ihn schamlos verwöhnt und den anderen Kindern vorgezogen. So war Colin denn auch als Einziger bei seinem Vater geblieben, als Kathleen schließlich aus der Ehe floh – und es hatte dem Jungen nicht gutgetan. Als Kathleen ihn nach Ians Tod erneut zu sich nahm, hatte er sich nicht mehr in die Familie einfügen können. Weder wollte Colin zur Schule gehen, noch blieb er in irgendeiner Stellung, die ihm Kathleen besorgte. Und was noch schlimmer war: Er betrog und stahl.

Kathleen hoffte, dass die Army ihm zumindest die schlimmsten Verhaltensweisen ausgetrieben hatte. Dennoch beeilte sie sich jetzt, auf ihr Zimmer zu kommen und sich für ihren Sohn herzurichten. Als Peter um halb sieben eintraf, trug sie bereits ein dunkelgrünes dezentes, aber ihre immer noch schlanke Figur betonendes Abendkleid. Sie hatte ihr goldblondes Haar aufgesteckt – und es dabei argwöhnisch auf erste graue Strähnen untersucht, die sich bislang allerdings nicht fanden – und einen extravaganten, winzigen grünen Hut darauf festgesteckt. Ein kleiner Schleier tanzte daran seitlich ihres Gesichts, ohne ihre großen, leuchtend grünen Augen zu verstecken.

Kathleen Burton war eine Schönheit – auch jetzt noch mit weit über vierzig Jahren. Ihr Teint war marmorweiß, ihre hohen Wangenknochen und die vollen Lippen ließen die Gesichtszüge edel erscheinen. Niemand verfiel darauf, dass diese Englische Rose einem unbekannten irischen Dorf am Vartry entstammte.

Peter pfiff denn auch wieder mal scherzhaft durch die Zähne

wie ein Gassenjunge, als er seine Frau vor dem Spiegel sah. Sie legte eben eine Perlenkette an – kostbar, aber schlicht, passte sie ganz zu Kathleens Stil.

»Dein Sohn kann auf jeden Fall stolz auf dich sein!«, sagte Peter, während er seinen einfachen braunen Anzug mit einem Gehrock vertauschte, unter dem der Priesterkragen seltsam deplatziert wirkte. Er tat das ohnehin nur Kathleen zuliebe. Peter hasste förmliche Kleidung – vielleicht eine Folge seiner Jahre in den Goldgräberlagern, die er als Seelsorger betreut hatte. Den Priesterrock hatte er dabei selten getragen – brauchten die Menschen dort doch eher Sanitätszelte, Suppenküchen und Krankenpflege als Predigten. »Niemand in seiner Kaserne hat eine schönere Mutter. Wird er uns übrigens in sein Offizierskasino einladen? Ich hab so was noch nie von innen gesehen.«

Kathleen schüttelte den Kopf und errötete dabei leicht.

»Nein ... du weißt doch, das geht nicht. Er ...«

»Natürlich, er trägt ja immer noch den Namen Dunloe.« Peter lachte. »Daran hatte ich gar nicht mehr gedacht. Sicher, den konnte er nicht einfach abstreifen. Der arme Jimmy! Aber vielleicht ist er ja ganz stolz auf den strammen Jungen im roten Rock.«

Kathleen fand die Sache gar nicht so lustig. Tatsächlich hatte es ihr arge Gewissensbisse verursacht, ihren Sohn als Engländer und Nachkommen des Bankiers Jimmy Dunloe auszugeben. Claires Mann hatte ihr diesen Vorschlag gemacht, da es kaum möglich gewesen wäre, den Sohn eines irischen Pferdehändlers in der Sandhurst Academy unterzubringen. Und nun fürchtete sie zweifellos, als geschiedene Frau oder gar unverheiratete Mutter des Dunloe-Sprosses schief angesehen zu werden. Peter glaubte allerdings nicht, dass sich noch irgendjemand um Colins vielleicht zweifelhafte Abstammung kümmerte. Immerhin war er heute Mitglied der Royal Horse Guards und bewachte damit sogar die Queen.

Ein Klopfen an der Zimmertür enthob Kathleen einer Antwort.

Ein Page verneigte sich und meldete, Reverend Burton und seine Frau würden in der Lobby erwartet. Kathleen gab dem Jungen herzklopfend einen Penny. Dann musterte sie sich noch einmal im Spiegel und ließ sich von Peter in ihren Mantel helfen. Das Wetter in London war unbeständig, und im Hotel würden sie sicher nicht essen.

Im Foyer des Hotels erwartete sie dann eine Überraschung. Heather war bereits dort und unterhielt sich unerwartet angeregt mit einem hochgewachsenen blonden jungen Mann in der roten Uniform der Garde. Die beiden wandten sich zu Peter und Kathleen um, als sie die Treppen herunterkamen, und Kathleen registrierte zu ihrer Erleichterung, dass Heather lächelte. Sie zumindest hatte nicht vor, an diesem Abend die Mürrische zu spielen, und sie sah auch sehr hübsch aus in ihrem weinroten Kleid mit dem passenden Hütchen auf ihrem lockigen aschblonden Haar.

»Mutter … Reverend …«

Colin näherte sich mit einem freundlichen Lächeln, küsste seiner Mutter formvollendet die Hand und verbeugte sich nicht minder korrekt vor Peter Burton. Der war zuerst fast erschrocken. Colins frappierende Ähnlichkeit mit seiner Mutter war ihm damals in Tuapeka gar nicht so sehr aufgefallen, er hatte eher Ähnlichkeit mit seinem Vater gehabt. Aber da war der Junge natürlich ein mürrischer Halbwüchsiger mit schlaksigen Gliedmaßen und stets etwas verschlagenem Ausdruck gewesen. An diesem Tag dagegen schaute ihm ein junger Corporal mit offenem, freundlichem Blick entgegen – ein außerordentlich gut aussehender Mann mit aristokratischen Gesichtszügen und seelenvollen braunen Augen. Letztere hatte Kathleen ihm nicht vererbt, aber immerhin zeigten Colins Augen auch nicht das schwarze Funkeln seines Vaters Ian, dem man nachgesagt hatte, er habe Tinker unter seinen Vorfahren.

»Ich freue mich sehr, dich, Mutter, den Reverend … und natürlich meine reizende Schwester wiederzusehen. Ich hätte dich kaum wiedererkannt, Heather, du bist erwachsen geworden – und eine hinreißend schöne Frau.«

Heather errötete – und Peter revidierte seinen uneingeschränkt guten Eindruck. Die Schmeichelei war zu dick aufgetragen – auch fast etwas unpassend gegenüber einer Schwester. Kathleens Tochter war ein hübsches Mädchen, aber ein gänzlich anderer Typ als Kathleen und Colin. Heather war von zierlicher Gestalt – kleiner als ihre Mutter – und hatte feines Haar. Ihre zarten Gesichtszüge und ihre dunklen, sanften Augen hatten auf den zweiten Blick etwas Madonnenhaftes, Anziehendes. Aber längst nicht so auffallend wie ihre Mutter, die in jungen Jahren eine ganze Gesellschaft zum Verstummen gebracht hatte, wenn sie nur das Café eines Hotels betrat.

»Wo wollen wir denn nun hingehen, Colin?«, fragte Peter in das etwas peinliche Schweigen nach Colins kleiner Rede hinein. »Oder sollte ich sagen ›Corporal Dunloe‹?«

Er sprach freundlich und lächelte dabei, aber in Colins Gesicht trat dennoch ein Ausdruck von Misstrauen und Unmut. »Es ist nicht meine Schuld, dass ich noch kein Sergeant bin!«, brach es aus ihm heraus.

Kathleen zuckte die Schultern. »Wie auch immer du dich nennst, du siehst großartig aus in deiner Uniform!«, sagte sie fröhlich. »Willst du uns ein Restaurant empfehlen? Peter hat schon auf eine Offiziersmesse spekuliert, aber das …«

»Das wäre wohl nicht angemessen«, bemerkte Colin schroff, und diesmal schaute ihn sogar Kathleen etwas irritiert an. »Ich meine …« Colin setzte zu einer Erklärung an, aber jetzt unterbrach ihn Heather.

»Ich habe jedenfalls Hunger wie eine Wölfin!«, sagte sie vergnügt. »Und mir ist kalt. Von wegen ›In England ist Sommer, wenn wir da ankommen, Heather. Du brauchst nur leichte Kleider einzupacken‹. Die nennen das hier vielleicht Sommer, aber meines Erachtens passt bestenfalls ›Regenzeit‹.«

Heathers Bemerkung brachte alle drei zum Lachen und ermöglichte einen ungezwungenen Themenwechsel. Colin musste seiner Schwester zuvor schon erzählt haben, dass er das letzte Jahr in Indien verbracht hatte. Nun berichtete er von den dortigen Monsunregen – und führte die Burtons in ein Steakhouse in der Nähe des Hotels.

»So hat es dir in Indien nicht gefallen?«, fragte Kathleen besorgt, als sie bestellt hatten.

Das Lokal wirkte etwas düster, aber Colin versicherte ihnen, das Fleisch sei hervorragend, und er schien auch die Weinkarte zu kennen. Peter schnupperte anerkennend an dem erstklassigen Bordeaux, den sein Stiefsohn ohne Blick in die Karte geordert hatte.

»Nein!«, sagte Colin schroff. »Durchweg hinterhältige Gauner, eingebildete Maharadschas und Offiziere der Krone, die auf ihren Pfründen hocken.« Der junge Mann schien noch weiter ausholen zu wollen, aber dann straffte er sich, holte tief Luft und verzog das Gesicht wieder zu einem Lächeln. »Allerdings die Pferde, Heather, die sind interessant. Kannst du dir vorstellen, sie haben Säbelohren! Im Ernst, bei manchen stoßen die Spitzen in der Mitte zusammen!«

Heather, wie ihre Freundin Chloé eine Pferdenärrin, lauschte interessiert, während Kathleen und Peter betroffene Blicke wechselten. Indien gehörte zu Englands wichtigsten Kolonien – erst im Jahr zuvor hatte der Prince of Wales es besucht –, und es gab immer wieder Unruhen. Kathleen war besorgt gewesen, als man Colin dorthin abkommandierte, aber für junge Soldaten war der Dienst dort sicher ein Sprungbrett. Colin war jedoch schon nach einem Jahr zurückgekommen. Ob er sich wirklich hatte versetzen lassen, nur weil ihm das Wetter und die Einheimischen nicht gefielen?

»Aber hier fühlst du dich nun wohl, Colin?«, erkundigte sich Kathleen besorgt. »Ich meine … es ist doch eine Ehre … die Royal Horse Guard …«

»Hast du in Indien nicht Polo gespielt?«, fragte Heather fast gleichzeitig.

Colin schien nicht recht zu wissen, welche Frage er zuerst beantworten sollte, und sein Ausdruck schwankte zwischen Lächeln und Unwillen. Schließlich wandte er sich zunächst Heather zu. »Selbstverständlich, Schwesterchen, ich war ja immer ein guter Reiter. Es war ...«

»Und deshalb nun auch die Royal Horse Guard?«, fragte Peter, entschlossen, den Jungen nicht mit einer weiteren Schilderung indischer Poloponys davonkommen zu lassen. »Man muss vermutlich ein sehr guter Reiter sein, um da ...«

Colin schürzte die Lippen. »Ach was!«, stieß er verärgert hervor. »Jeder Anfänger könnte die paar Figuren reiten, die wir vorführen, wenn die Queen Geburtstag hat. Oder ihrer Kutsche als Ehrengarde hinterherreiten – das ist lachhaft. Dafür war ich nicht in Sandhurst.«

»Und warum machst du es dann?«

Kathleen mochte ihren Sohn nicht examinieren, aber sie fühlte sich fast in die Zeiten zurückversetzt, in denen sie jeden Tag beim Abendessen versucht hatte, ihm den wahren Grund für den letzten Rausschmiss aus einer Lehrstelle zu entlocken.

Colin schien sich ebenfalls zu erinnern. Sein Gesicht verzog sich wie zu einem Wutanfall, aber dann brachte er sich ebenso schnell wieder unter Kontrolle wie zuvor. »Tja, bei der Army macht man, was man machen muss«, meinte er launig. »Und ich mache ja nun wirklich keine schlechte Figur auf einem Pferd. Vielleicht ... gefällt es der Queen einfach, hübsche junge Corporals um sich zu haben ...« Er lächelte anzüglich. »Oder hübsche junge Sergeants ...«

Colin summte ein Trinklied an, das Peter aus eigenen, wilderen Zeiten vage vertraut war. Es ging um einen Leutnant und ein adliges Mädchen. Heather, die den Text wohl auch bereits gehört hatte, errötete. Kathleen kannte das Lied nicht, konnte Colins Lächeln aber trotzdem nicht erwidern. Queen Victoria galt allgemein als außerordentlich prüde. Ganz sicher hatte sie keinen zweiten Blick für die Männer, die sie bewachten.

»Du ... rechnest bald mit einer Beförderung?« Peter ging Colins Bemerkung bei der Begrüßung nicht aus dem Kopf. »Bist du verärgert, weil es nicht gleich in Indien geklappt hat?«

Colin zuckte scheinbar gleichmütig die Schultern. »Das kann dauern. In der Army hat man halt nichts übrig für arme irische Schlucker, die was werden wollen.«

Kathleen senkte sofort den Blick, aber Peter runzelte die Stirn. Kein Mensch bei der Army wusste von Colins irischer Abstammung. Für seine Vorgesetzten war er ein Dunloe – vielleicht unter etwas undurchschaubaren Verhältnissen am Ende der Welt geboren, aber doch ein Spross einer Bankiersfamilie mit Kontakten bis hin zum Königshaus.

»Ich überlege ...« Colin holte tief Luft. »Was würdest du sagen, Mutter, wenn ich nach Neuseeland zurückkäme?«

»Armed Constable? Was ist das überhaupt?«, fragte Kathleen.

Am Abend zuvor hatte sie nicht fragen mögen, Colin hatte so begeistert von seiner Heimkehr und den neuen Perspektiven bei der Armed Constabulary Field Force gesprochen, dass sie keine Einwände erheben wollte. Der Junge sollte sich schließlich willkommen fühlen – auch wenn sie bei der ganzen Sache ein ungutes Gefühl hatte. Sie hatten den Abend denn auch bald nach Colins Eröffnung beendet und die letzte halbe Stunde, bis der Wein getrunken und die Rechnung beglichen war, mit unverfänglichem Geplauder über Polospiele und Cricket in Indien bestritten.

Aber nun, im Zug nach Cardiff, machte sich Kathleens Besorgnis doch Luft. Zumal Peter zu wissen schien, was ein Armed Constable zu tun hatte. Kathleen kannte ihren Mann – er hätte sonst gefragt.

»Die Armed Constabulary ist eine Art Mittelding zwischen

Armeeregiment und Polizeitruppe, bewaffnet, wie der Name schon sagt«, erklärte der Reverend jetzt. »1867 gebildet und durch ein Parlamentsgesetz legitimiert. Wenn du mich fragst, unter dem Eindruck der Maori-Kriege. Damals sah es aus, als würde das ein regelrechter Aufstand, sie hatten auch Truppen aus England auf der Nordinsel. Aber wildfremde Soldaten, die Kerle wie diesen Te Kooti im eigenen Land bekriegen sollten … man hat doch oft genug gesehen, wohin das führt. Einer versteht den anderen nicht, und schließlich wird es blutiger, als es wirklich sein müsste. Es kam denn auch zu ein paar Massakern – auf der einen wie der anderen Seite. Und schließlich entschied man in Wellington, die Engländer nach Hause zu schicken. Die Kriegführung übernahmen die Armed Constables. Offensichtlich erfolgreich: Te Kooti zumindest gab schließlich auf und verkroch sich bei seinem *kingi*.«

»Und wo hatte man die Leute her?«, erkundigte sich Kathleen. »Doch sicher nicht aus englischen Militärakademien.«

Peter schüttelte den Kopf. »Nein. Die meisten rekrutierten sich wohl aus örtlichen Polizeitruppen und Siedlern – was ja auch sinnvoll war, die kannten wenigstens die Gegend. Außerdem nahm man Maori dazu – ebenfalls sehr überlegt, das waren ja nicht alles Aufständische, und es trug sicher zur Beruhigung der Lage bei.«

Heather, die sich bislang ruhig damit beschäftigt hatte, rasche Kohlezeichnungen von der vor den Fenstern vorbeifliegenden englischen Landschaft auf ihren Skizzenblock zu bringen, lachte auf. »So kann man das auch sehen. Also, an der Universität sagten sie eher, die Stämme hätten sich untereinander umso wilder bekriegt. In East Cape und Gisborne soll es regelrechte Bürgerkriege gegeben haben.«

Kathleen zuckte mit den Schultern. »Wie auch immer«, sagte sie. »Die Kämpfe sind vorbei. Wozu brauchen wir jetzt noch Armed Constables?«

Die Frage »Wozu brauchen wir Colin?« stellte sie nicht, aber sie stand fast greifbar in dem eleganten Erster-Klasse-Abteil zwischen den Reisenden.

»Um weitere Kämpfe zu verhindern?«, fragte Peter. »Jedenfalls müssen sie noch Leute anwerben, sonst könnte Colin nicht zurückkommen.«

»Sein Sergeant hat sich da offensichtlich sehr wohlwollend für ihn verwendet«, meinte Kathleen, nach wie vor etwas angespannt. Colin hatte die Angelegenheit so dargestellt, als ob das Armed Constabulary Corps nur auf ihn wartete, und seine britischen Vorgesetzten hatten seine Versetzung offensichtlich befürwortet.

Peter nickte – beruhigend, wie er hoffte – und war Heather dankbar, dass auch sie nichts sagte. Kathleen musste schließlich selbst wissen, dass man schwierige Untergebene auch wegloben konnte ...

Peters Bruder hatte versprochen, eine Kutsche zum Bahnhof zu schicken, um seine neuseeländische Verwandtschaft abzuholen. Die Burtons besaßen ein Anwesen in Roath, einem kleinen Ort östlich von Cardiff – sehr ländlich nach Peters Angaben und ursprünglich die Kornkammer für ein normannisches Schloss.

Es war nur wenige Meilen von der Hauptstadt von Wales entfernt, also zentral gelegen, aber doch dörflich geprägt. Cardiff selbst war ursprünglich ebenfalls ein idyllisches Städtchen gewesen, aber seit der Kohleabbau boomte, weil alle Welt Fabriken und Stahlwerke errichtete, war sein kleiner Hafen zu einem der wichtigsten Industriehäfen der Welt angewachsen. Die Stadt zeigte denn auch alle Anzeichen einer Ansiedlung, die zu schnell gewachsen war – rasch hochgezogene hässliche Häuser, Hüttensiedlungen um die Kernstadt herum und viele Zuwanderer, die auf mehr oder weniger legale Weise ihr Glück oder wenigstens ihr Auskommen suchten. Es entstanden allerdings auch Prachtbauten, Arkaden und neue Regierungsgebäude. Die Stadt war eindeutig im Aufbau und erinnerte Kathleen in mancher Hinsicht an Dunedin während des Goldrausches.

»Für uns in Roath ist das entschieden von Vorteil!«, erklärte Joseph Burton, ein rotgesichtiger, fülliger Mann, der erahnen ließ, wie Peter ausgesehen hätte, wäre er nicht ständig für seine Gemeinde im Einsatz gewesen. Auch Joseph hatte glattes braunes Haar und ebenmäßige Gesichtszüge. Statt der für Peter typischen Lachfältchen und Grübchen wirkten seine Wangen jedoch eher aufgeschwemmt, und unter den Augen zeigten sich Tränensäcke – das Gesicht eines Mannes, der lieber aß und trank, statt sich zu bewegen. »Cardiff wächst an Roath heran – schon jetzt wird in unserer Nachbarschaft gebaut. Natürlich nur von besseren Leuten, versteht sich, Bankiers, Reedern, Geschäftsleuten, die an der Kohle verdienen, ohne den Staub und Dreck im Gesicht zu tragen.« Joseph lachte. »In Roath wohnen sie praktisch auf dem Land und sind doch in kurzer Zeit in ihren Büros am Hafen. Dafür zahlen sie so ziemlich jeden Preis. Wir haben auch ein bisschen Land verkauft. Einen … hm … bescheidenen Profit gemacht.«

Bescheiden wirkte Joseph Burtons Auftreten eigentlich nicht. Seine Kutsche war äußerst elegant, bespannt mit vier prachtvollen Pferden, und selbstverständlich kutschierte Burton nicht selbst, sondern hatte dafür einen livrierten Diener. Peter lobte die schönen Pferde, verdrehte dabei allerdings in Kathleens Richtung die Augen. Es war völlig überflüssig, einen Vierspänner zu schicken. Schließlich waren nur drei Leute und drei Koffer zu befördern und nicht, wie Peter später grinsend bemerkte, ein Waggon Kohle.

Selbstverständlich war Joseph auch kostbar gekleidet, sein Gehrock war zweifellos maßangefertigt.

»Wir lassen in London arbeiten …«, bemerkte er, als Kathleen ihn darauf ansprach. Sie war Schneiderin mit Herz und Seele. »In der Savile Row. Hier in der Provinz bekommt man nur Massenware, aber das wird da bei euch am Ende der Welt wohl noch schlimmer sein!«

Joseph ließ einen verächtlichen Blick über Peters schon etwas verschlissenen braunen Anzug schweifen. Kathleen begann sofort, sich für ihren Mann zu schämen. Es gab durchaus gute Herrenschneider in Dunedin, aber seine äußere Erscheinung war Peter einfach nicht wichtig. Kathleen war froh, dass zumindest ihre und Heathers Reisekostüme jeder kritischen Prüfung standhielten. Sie hatte in London erfreut vermerkt, dass ihre letzte Kollektion der neuesten europäischen Mode sogar voraus war.

Heather war nicht so leicht zu beeindrucken. Sie fand Peters Bruder unsympathisch und fragte sich inzwischen, auf wen sich wohl das »Wir« bezog, in dem er von seiner Familie sprach. Oder von sich selbst? Verwandte er den Pluralis Majestatis? Zu schade, dass ihr angeheirateter Onkel ihr jetzt in der Kutsche gegenübersaß, sodass sie den Einfall nicht ungehört mit Peter teilen konnte.

Die Kutsche ließ die hübsche Innenstadt von Cardiff und die weniger schönen Außenbezirke schnell hinter sich, und dann vergaß Kathleen ihre missmutigen Überlegungen genauso wie Heather ihren Spott. Die Straße nach Roath führte durch sattgrüne Wiesen und Felder, Roath selbst war durch eine weitläufige Seenlandschaft geprägt. Die Ställe, Heuschober und efeubewachsenen Cottages schienen den Neuseeländern klein und puppenstubenartig – Kathleen dachte an Irland, Heather fühlte sich in die Märchen ihrer Kindheit versetzt.

Das Haus der Burtons lag inmitten einer parkartigen Landschaft an einem der Seen. Wobei Kathleen hier nicht von einem Haus gesprochen hätte – das Gebäude war ein Traum aus rötlichem Stein mit hohen Fenstern, dessen Fassade Erker und Türmchen zierten. Es war umgeben von alten Bäumen, die Auffahrt mit hellem Kies ausgelegt. Die Burtons besaßen ein Schloss!

»Na ja, nicht wirklich ein Schloss«, druckste Peter, als Kathleen ihm später vorwarf, er habe bei der Schilderung seines Familienvermögens untertrieben. »Es ist halt ein englisches Herrenhaus. Ich sagte doch: Countrygentlemen. Und allzu viel Geld hatte die Familie auch nicht mehr ... bis mein Brüderchen hier mit Landspekulationen einen ›bescheidenen Profit‹ machte. Aber umso besser, dann neiden sie uns wenigstens nicht das Haus in Treherbert.«

In der Einrichtung der Eingangshalle, der Wohnräume und Gästezimmer steckte auf jeden Fall viel Geld. Den Wert von Möbeln und Textilien konnte Kathleen abschätzen, Lady's Goldmine bezog seine Stoffe aus England. Zudem war alles nach der allerneuesten Mode gestaltet – was die Burtons nicht mehr wunderte, als sie Joseph Burtons »Wir« kennen lernten. Peters Bruder bewohnte das Haus gemeinsam mit seinem Sohn aus erster Ehe und seiner neuen Frau. Joseph war verwitwet und hatte ein Jahr zuvor wieder geheiratet. Peters und Josephs alte Mutter bewohnte Räume im Obergeschoss des Hauses. Ihr Vater war verstorben.

»Sagte er nicht etwas von einem Sohn?«, raunte Heather, als ihnen in einem eleganten, ganz in Altrosa eingerichteten Empfangsraum ein Mädchen gegenübertrat. Es war dunkelhaarig und hellhäutig, sehr zart und von feenhafter Schönheit.

»Willkommen auf Paradise Manor«, sagte es mit sanfter Stimme.

Joseph Burton hinter ihnen lachte. »So hat sie's genannt!«, erklärte er. »Paradise Manor, vorher hieß es einfach Burton Manor, aber Alice hat einen Hang zur Lyrik ... darf ich vorstellen? Alice Burton, meine Frau.«

»Herrgott, das Mädchen ist ja jünger als Heather!«, erregte sich Kathleen, als sie endlich mit Peter allein war.

Die beiden hatten eisern gelächelt, während Joseph und Alice ihnen das Haus zeigten – »Alice hat alles neu eingerichtet!« – und dann zum Tee baten. Kathleen waren die altenglischen Teezeremonien immer etwas unangenehm, im Geheimen dankte sie dem Himmel, dass die Besucher in Peters Pfarrhaus meist Kaffee und ein weniger förmliches Umfeld bevorzugten. Aber die Prozedur in Paradise Manor erinnerte sie so sehr an lange vergangene Tage in

Irland, dass sie sich fast schon gruselte. Nur dass damals sie das etwas linkische Mädchen gewesen war, das den Tee servierte – und sich nach den süßen Küchlein verzehrte, die dazu gereicht wurden. Die junge Mary Kathleen hatte im Herrenhaus des Landlords gedient, ein Privileg, dem sie immerhin die Möglichkeit verdankte, gelegentlich etwas Brot mit nach Hause nehmen zu dürfen – und die ständige Versuchung, die übriggebliebenen Teekuchen zu stehlen und mit ihrem geliebten Michael Drury zu teilen …

Kathleen lächelte dem schüchternen blonden Hausmädchen ermutigend zu, das ihr mit zittrigen Händen Tee eingoss – Alice hatte es eben scharf gerügt, als ein paar Tropfen danebengingen. Sicher hatte diese sehr junge Hausfrau es auch nicht leicht, ihre Stellung zu behaupten. Die wohlerzogene Heather zuckte peinlich berührt zusammen, als Alice dem Mädchen dann am Tisch eine Szene machte.

»Wo mag er diese Alice bloß aufgegabelt haben?«, fragte Peter später. »Das allervornehmste Verhalten legt sie nicht an den Tag, auch wenn sie sich zweifellos bemüht. Und sie ist kaum älter als sein Sohn, wenn ich mich da richtig erinnere.«

»Ich würde jedenfalls gern von hier verschwinden, sobald es nur möglich ist«, meinte Kathleen. »So schön die Gegend auch ist. Und so gern ich deine Mutter jetzt schon mag.«

Peters Mutter verließ ihre Räume im oberen Stockwerk des Hauses kaum noch – angeblich, weil ihr das Treppensteigen schwerfiel. Kathleen hatte bei der kurzen Unterhaltung mit ihr aber auch herausgehört, dass Alice' Einrichtung ihr nicht sonderlich gefiel. Kathleen fand die alte Dame jedenfalls deutlich sympathischer als ihre junge Schwägerin, aber andererseits mochte sie auch nicht über Alice urteilen. Vielleicht hatte das Mädchen gute Gründe gehabt, diesen viel älteren und wenig attraktiven Mann zu heiraten. Sehr glücklich wirkte Alice jedenfalls nicht, da mochte sie sich bei der Einrichtung des neuen Hauses noch so sehr schadlos gehalten haben.

»Meine Mutter weiß, dass wir bald nach Rhondda weiterwollen. Und ich glaube, sie mag dich, sie hat sich sehr positiv über dich geäußert.« Peter hatte sich noch allein mit seiner Mutter unterhalten, während Kathleen sich schon die Gästezimmer zeigen ließ. »Allerdings dürfte es mit dem Haus bei Treherbert noch ein Problem geben. Wie es aussieht, ist Randolph dort eingezogen. Nachdem Joseph und Alice geheiratet haben und vor dem Tod von Onkel James. Jetzt beansprucht er das Haus, angeblich hatte mein Onkel sein Testament zu seinen Gunsten ändern wollen ...«

Randolph war Josephs Sohn aus erster Ehe. Kathleen konnte ihm die Flucht aus seinem Vaterhaus nicht verdenken.

»Vielleicht können wir uns ja mit ihm einigen«, meinte sie friedfertig. »Es gehört doch wohl ein Dorf dazu, in dem Pächter leben – oder war das sogar eine Mine? Wenn wir das Anwesen nun einfach behalten und ihn als Verwalter einsetzen ...«

Peter zuckte die Schultern. »Würdest du dich wohlfühlen, als Landlady weitab vom Schuss, und jemand anders treibt deine Steuern ein?«

Kathleen errötete. Wie es aussah, wurde es immer schlimmer. Eine Teezeremonie durchzustehen war Albtraum genug gewesen – aber nun sollte sie auch noch die Rolle der Lady Wetherby spielen? Wieder einmal war es ein unbekanntes Dorf, diesmal nur am Rhondda River.

Es war ein strahlend schöner Märztag in Dunedin, die Temperaturen erschienen Matariki fast noch sommerlich. Die langen Weihnachtsferien waren aber auch erst seit zwei Wochen vorbei, und das neue Schuljahr, ihr viertes an der Otago School, hatte eben begonnen. Ein paar der Mädchen stöhnten über die Hitze, aber Matariki hatte es nichts ausgemacht, nach Dunedin zurückzukehren. Sie war zwar im Bergland geboren und aufgewachsen – während ihrer ersten Lebensjahre hatte sie Elizabeth Station und Lawrence höchstens zu Ausflügen in die Highlands oder an die Seen Otagos verlassen. Aber dann hatten ihre Eltern sie zum ersten Mal mit nach Dunedin genommen, wo schon der Hafen sie faszinierte. Michael hatte sein Gespann auf die Küstenstraße Richtung Parakanui gelenkt, und Matariki konnte sich nicht sattsehen an den idyllischen Buchten und den vom tiefblauen und meergrün leuchtenden Pazifik umspielten Stränden.

Seit sie in Dunedin lebte und die Schule besuchte, verließ sie die Studierstuben, wann immer das Wetter es erlaubte, und nahm ihre Pflichtlektüre mit auf ihren täglichen Ausritt. Südlich der Stadt fanden sich verschiedene Strände, wobei Matariki Buchten bevorzugte, in denen sich das Grasland sanft dem Meer zuneigte. Sie konnte ihr Pferd dort anpflocken und grasen lassen, während sie selbst am Strand lag und ihre Hausaufgaben erledigte, was sie auch an diesem Tag tat. Ihr Lieblingsplatz war eine eher abgelegene winzige Bucht etwas abseits von der Küstenstraße, die beidseitig von Felsen begrenzt wurde. An diesem Ort konnte Matariki sich vorstellen, in ihrer eigenen versteckten Festung zu residieren und auf ihren Märchenprinzen zu warten – wobei die Schullektüre selten so zum Träumen einlud wie die Ausgabe von *Romeo und Julia*, die sie zurzeit lasen. Mary Jane war von der Tragödie des Liebespaares zu Tränen gerührt gewesen – und hatte dann gleich noch einmal geweint, weil keiner ihren Wunsch ernst nahm, in der Theatergruppe die Julia darzustellen.

Matariki sah das Ganze etwas kritischer – schließlich hätte sich alles leicht auflösen lassen, hätte Romeo nur ein bisschen besonnener gehandelt! Ihrer Ansicht nach war es ziemlich überflüssig gewesen, Tybald umzubringen. Die Ngai Tahu beließen es bei Streitigkeiten meist beim Speereschwenken und tanzten einen *haka*. Dabei pflegte die Energie der Kombattanten dann oft schon ausreichend zu verpuffen. Hinzu kam, dass sich auch der letzte Akt anders vollzogen hätte, wäre Romeo Maori gewesen. Julia hätte Zeit gehabt, aufzuwachen, bevor er die rituellen Trauergesänge noch ganz beendet hätte. Und im Übrigen hätte es ihn auch nicht gestört, wäre sie füllig gewesen wie Mary Jane …

Matariki musste bei der Vorstellung kichern, ihre Aufmerksamkeit ließ deutlich zu wünschen übrig. Statt Stellen anzustreichen, die ihr bei der Aufgabe der Charakterisierung des Romeo helfen konnten, ließ sie die Blicke immer wieder über die tiefblaue See schweifen. Das Volk ihres Vaters hatte sie mit Kanus überwunden – und Kahu Heke war selbst ein mutiger Segler. Vor Jahren hatte er Lizzie zur Flucht vor einer Verhaftung auf der Nordinsel verholfen, indem er sie im Kriegskanu der Ngati Pau von der Bay of Islands nach Kaikoura brachte. Matarikis Eltern hatten die halbe Nordinsel umsegelt und die Cook-Straße, die Meerenge zwischen der Süd- und der Nordinsel, überwunden. Matariki fand das deutlich romantischer als mittelalterliche Degenkämpfe. Geistesabwesend kraulte sie Dingo, der sich neben ihr ausgestreckt hatte, und fuhr zusammen, als der Hund plötzlich aufsprang und bellte.

Die Männer, die sich eben aus dem Schatten der Felsen am

anderen Ende der Bucht schoben, als wären sie aus dem Nichts erschienen, hoben abwehrend die Arme, als der Hund auf sie zustürmte. Entsetzt erkannte Matariki die Waffen in ihrer Hand.

»Dingo!«

Das Mädchen schrie auf, als ein Schuss knallte – aber der Hund wurde zum Glück nicht getroffen. Dingo, der sich schon vor Gewittern zu Tode fürchtete, brach seinen Angriff sofort ab und stürzte zurück an Matarikis Seite. Das zitternde Tier an sich gedrückt, sah Matariki den Männern entgegen. Die Lektüre fiel ihr aus der Hand.

»Beweg dich nicht!«

Der Mann sprach Maori, aber es klang seltsam. Und auch sein Anblick war befremdlich. Matariki hatte noch nie einen jungen Mann gesehen, dessen Gesicht so vollständig mit *moko*, den traditionellen Tätowierungen der Stämme, bedeckt gewesen war. Bei den Ngai Tahu wurde diese Sitte immer seltener gepflegt. Haikina und Hemi waren gar nicht mehr tätowiert, andere Mitglieder des *iwi*, des Volksstammes, hatten kleinere Tätowierungen auf Nase und Stirn. Die beiden Männer, die sich ihr jetzt in einer seltsamen Mischung aus Drohgebärde und Verteidigungsbereitschaft näherten, sahen dagegen wahrhaft martialisch aus. Die traditionellen Rauten und Spiralen wanden sich über ihre Wangen zum Kinn, ließen den Blick ihrer umrahmten Augen wild wirken und ihre Stirnen niedrig. Das lange Haar trugen beide Männer zum Kriegerknoten geschlungen – und auch ihre sonstige Aufmachung und Kleidung war die des kampfbereiten Maori-Kriegers. Über Lendenschurzen trugen sie lange Röcke aus gehärtetem Flachs, eine Art bunte Schärpe um den Oberkörper und kleine Götterfiguren, *hei-tiki*, aus Knochen um den Hals. Allerdings bedrohten sie Matariki nicht mit Kriegskeule und Speer, sondern mit ganz modernen Handfeuerwaffen. Einer richtete einen Revolver auf sie, der andere ein Jagdgewehr.

Dingo bellte wieder. Einer der Männer hob das Gewehr, aber

der andere schüttelte den Kopf. Er sagte irgendetwas, vom dem Matariki nur das Wort *tapu* verstand.

»Du bist Matariki Heke?«, fragte der Mann mit dem Gewehr. Er hielt es wieder auf Matariki, nicht auf Dingo gerichtet. Matariki hielt ihrem Hund das Maul zu. »Ich bin Matariki Drury!«, sagte sie, entschlossen, keine Furcht zu zeigen.

Tatsächlich war sie eher erschrocken als verängstigt. Diese Männer erschienen ihr zwar martialisch, aber auch verkleidet – die Ngai Tahu zeigten sich in solcher Aufmachung nur an Festtagen. Für Matariki wirkten ihre Angreifer nicht wie Soldaten, sondern eher wie eine *kepa*, eine Gruppe Tänzer, die gleich mit der Aufführung eines *haka* beginnen wollte.

»Es wird Zeit für dich, deine Aufgaben bei deinem Stamm wahrzunehmen!«, bemerkte der andere und wandte sich dann etwas irritiert an seinen Begleiter, als Matariki nicht reagierte. »Ich hatte gedacht, sie …«

»Sie ist unter *pakeha* aufgewachsen«, meinte der Erste. »Sie mag ihre Bestimmung nicht kennen …«

»Ich gehe jetzt«, sagte Matariki.

Sie hatte immer noch keine Ahnung, weshalb die Männer ihre Waffen auf sie richteten, aber sie schienen die Sache erst mal unter sich diskutieren zu wollen. Vielleicht ließen sie sie einfach gehen, womöglich war sie ihnen sogar bei irgendetwas im Weg gewesen. Schmuggelten sie? Matariki fiel zwar auf Anhieb nichts ein, was man illegal anliefern konnte, aber das war ja auch nicht ihr Problem. Sie machte Anstalten, langsam aufzustehen.

»Du gehst nicht!« Der eine der Männer fuchtelte mit seinem Revolver.

Matariki hob beschwichtigend die Hand. Wenigstens verhielt sich Dingo jetzt ruhig. »Ich … sag niemandem, dass ich euch gesehen hab, in Ordnung?« Sie zwang sich zu einem Lächeln.

Der Mann mit dem Gewehr schien inzwischen zu einem Entschluss gekommen zu sein. Er baute sich vor ihr auf – wobei er allerdings einen gewissen Abstand hielt – und sah dabei noch mehr aus wie der Hauptdarsteller einer Tanzgruppe.

»Wir haben den Auftrag, dich zu holen. Du gehörst deinem Volk! Möge das heilige Haus der Ngati Pau für immer bestehen!« Matarikis Herz schlug plötzlich heftig. Das Ganze wirkte wie der schlechtere Teil einer Aufführung der Otago-Girls'-School-Theatergruppe. Aber andererseits hatten diese Männer Gewehre – und die waren keine Requisiten! Schließlich hätten sie Dingo eben beinahe erschossen. Das »heilige Haus der Ngati Pau« erklärte natürlich einiges. Die Männer waren zwar Maori, aber offensichtlich keine Vertreter eines *iwi* der Ngai Tahu.

»Wer … wer hat euch denn damit beauftragt?«, fragte sie vorsichtig. »Ich meine … Ich habe keine Ahnung.«

»Du wirst die Pflichten einer Häuptlingstochter übernehmen müssen«, bequemte sich der andere Mann zu einer Erklärung.

Er schob sich näher an Matariki heran, die sich zwang, nicht vor ihm zu weichen. Bei Kampf und Verteidigung unter Maori kam es stets zunächst darauf an, dem Gegner zu imponieren. War er ausreichend beeindruckt, sah er oft von einem Angriff ab.

Dingo bellte wieder, aber diesmal nahm keiner Notiz von ihm. Die Männer schienen zu besorgt darüber zu sein, dass Matariki nicht vor ihnen floh. Matariki fand den Ausdruck in ihren Augen mehr als befremdlich. Ihr Mut sollte sie natürlich irritieren, aber tatsächlich hatte sie ihnen nicht das Geringste entgegenzusetzen. Der größere der Männer maß fast zwei Meter! Und auch der Kleinere hätte keine Waffe gebraucht, um die gerade vierzehnjährige zierliche Matariki zu überwältigen. Um sie zu entführen, brauchte er sie sich nur über die Schulter zu werfen. Aber trotzdem schien er eher auf Verhandlung setzen zu wollen …

»Es ist dein Vater, der uns schickt. *Ariki* Kahu Heke. Wir werden dich zu ihm bringen.«

Matariki runzelte die Stirn. Sie empfand eine Mischung aus Verwirrung und zunehmender Sorge. Waren die Männer womöglich verrückt? »Aber Kahu Heke lebt auf der Nordinsel«, wandte sie ein. »Wie sollen wir da hinkommen? Fliegen?«

Die Männer schüttelten den Kopf. Sie wedelten jetzt energisch mit ihren Waffen und bedeuteten Matariki, auf den Felsen zuzugehen, vor dem sie eben so unvermittelt erschienen waren. Sie hielten Abstand, während sie das Mädchen vor sich her trieben.

Matariki musste ins Wasser waten und Dingo sogar schwimmen, aber sie kannte die Bucht gut und wusste, dass es bei der augenblicklich ruhigen See völlig ungefährlich war, die Felsen zu umrunden. Durch seichtes Wasser, in dem winzige Fische schwammen, gelangte man an den Steinen vorbei in die nächste Bucht, die oft überflutet war. Heute war der kleine Kiesstrand zu sehen – und darauf lag ein glänzendes, mit Schnitzereien geschmücktes Ausliegerkanu! Matariki erschien es riesig, gewiss konnten zwanzig Männer darin unterkommen, wenn alle Ruderbänke belegt waren. Diese zwei Männer hatten es sicher nicht allein hergerudert. Ordentlich gefaltet lag ein Scherensegel im Boot. Matariki schwankte zwischen Unglauben, Angst – und Abenteuerlust. Das Kanu war zweifellos seetüchtig, und diese Kerle schienen es ernst zu meinen! Sie hatten tatsächlich vor, sie zur Nordinsel zu entführen.

»Aber … aber … ich weiß gar nicht … Was soll ich denn da machen? Was sind … die Pflichten einer Häuptlingstochter?«

Matariki schwindelte es, sie suchte Halt an einem Felsen. Die Männer, die ihr in die enge Bucht gefolgt waren, reagierten auf ihre Bewegung alarmiert, fast ängstlich. Der eine schien sich ducken zu wollen, als ihr Schatten ihn beinahe streifte.

»Da! Da rüber!«

Der andere Mann wies Matariki energisch an, entweder ins Boot zu klettern oder sich dahinter einzurichten. Auch er schien größeren Abstand zwischen sich selbst, seinen Freund und Matariki legen zu wollen. Ihre Frage beantwortete er nicht, aber Matarikis Gedanken rasten, als sie dem Befehl jetzt Folge leistete und über das Kanu stieg. Was mochte Kahu Heke von ihr wollen? Was waren die Pflichten einer Maori-Prinzessin?

Als brave Schülerin der Otago Girls' School, deren Lehrerinnen natürlich ausschließlich europäische Geschichte unterrichteten, fiel ihr als Erstes Heiratspolitik ein. Wollte ihr Vater sie womöglich vermählen? Mit irgendeinem Maori-Prinzen, um dessen Stamm zur Unterstützung der Hauhau zu gewinnen? Aber nein, das war lächerlich! Matariki schalt sich ihrer Panik wegen. Sie hatte einmal einen Bericht von Missionaren, die auf Südseeinseln lebten, gelesen, der sich wortreich darüber empörte, dass dort in Häuptlingsfamilien stets Bruder und Schwester heirateten. Anschließend hatte sie Haikina gefragt, ob das unter Maori auch üblich war, und die hatte es größtenteils bestätigt.

»Bei uns schon lange nicht mehr, aber auf der Nordinsel soll es das jetzt noch geben«, hatte sie erklärt. »Guck nicht so entsetzt, es hatte Vor- und Nachteile ...«

Matariki erinnerte sich dunkel an einen Vortrag über *tapu* und eine starke Königslinie, aber das brauchte sie jetzt ganz sicher nicht zu kümmern. Soweit sie wusste, hatte Kahu Heke außer ihr keine weiteren Kinder, und selbst wenn es noch einen Sohn gab, konnte der kaum schon in heiratsfähigem Alter sein.

Die Männer hatten kurz miteinander beraten – sie schienen sich sicherer zu fühlen, nun, da Matariki auf der anderen Seite des Kanus am Ufer des schmalen Strandes stand. Eine Möglichkeit zur Flucht gab es hier nicht, sie hätte höchstens schwimmen können. Der Große mit dem Gewehr setzte zu einer Erklärung an.

»Du bleibst da, Häuptlingstochter«, wies er Matariki an. »Hinter dem Kanu. Der Hund auch. Und wir bleiben hier vorn, verstanden?«

Anscheinend wollte der Mann die Bucht zwischen ihnen und Matariki und Dingo aufteilen. Matariki verstand den Sinn der Sache nicht.

»Ich denke, ihr wollt ... also ich denke, ich soll mit euch ...

segeln ... Aber das geht nicht so ohne weiteres! Ich muss erst in der Schule Bescheid geben. Und meine Eltern werden sich sorgen. Mein Pferd ...«

Grainie stand angepflockt am Strand, aber allzu große Sorgen machte Matariki sich nicht um sie. Irgendwann würde sie sich losreißen und zum Mietstall laufen.

»Du gibst keinem Bescheid«, brummte der größere Mann.

»Deine Familie ist der Stamm der Ngati Pau«, erklärte der Kleinere feierlich. Er schien eher gewillt, dem Mädchen irgendwelche Auskünfte zu geben. »Nur ihr bist du verpflichtet. Und wir werden aufbrechen, sobald das Wasser steigt, wir segeln bei Flut.«

Matariki kaute auf ihrer Oberlippe herum. Das konnte noch etliche Stunden dauern. Bis dahin würde man sie in der Schule längst vermissen. Und es wusste garantiert niemand, wo man sie suchen sollte. Vielleicht hatte sie Mary Jane gegenüber den Strand erwähnt, vielleicht auch nicht. Aber ganz sicher hatte sie ihn nicht beschrieben, und einen Namen hatte er auch nicht. Natürlich konnte ein Suchtrupp die Küstenstraße abreiten, und sie bezweifelte nicht, dass Michael es tun würde. Aber ob Miss Partridge ihre Eltern vor dem kommenden Morgen überhaupt benachrichtigte?

Tatsächlich machte man sich in der Schule keine übertriebenen Sorgen, als Matariki zum Abendessen nicht auftauchte. Es kam vor, dass sie sich beim Reiten verspätete. Die Hausmutter Miss Maynard wurde erst nervös, als Mary Jane auch beim Zubettgehen noch allein im Zimmer war. Natürlich befragte sie das Mädchen, aber sie erhielt keine verwertbaren Hinweise. Nein, Mary Jane und Martha hätten sich nicht gestritten, auch von Ärger mit anderen Mädchen wusste Mary Jane nichts.

»Sie ist einfach weggeritten. Wie jeden Tag«, sagte Mary Jane.

»Aber das ist doch immer so«, meinte Miss Partridge, als die besorgte Miss Maynard sie hinzuzog. »Die Mädchen decken sich untereinander, wenn eine auf Abwege gerät. Haben Sie die anderen Zimmer kontrolliert? Läuft irgendwo eine Mitternachtsparty?« Miss Maynard schüttelte den Kopf. »Dafür wäre es erstens noch viel zu früh. Und dann … Matariki Drury – die wird doch zu so was nicht eingeladen! Außerdem habe ich im Mietstall nachgefragt. Das Pferdchen und der Hund sind auch noch abgängig. Ich mache mir langsam Sorgen, Miss Partridge. Sollten wir jemanden nach Laurence schicken?«

Miss Partridge rieb sich die Stirn. Einerseits mochte sie nicht gern die Pferde scheu machen, andererseits würde es einen schlechten Eindruck erwecken, wenn Matariki vielleicht doch durch irgendetwas gekränkt gewesen sein sollte und in ein paar Stunden schluchzend auf Elizabeth Station ankam. Bei der kleinen Drury war das bisher zwar nie vorgekommen, aber bei anderen Zöglingen schon. Hatte die Schule dann nicht reagiert und die Eltern umgehend vom Verschwinden ihrer Töchter verständigt, gab es meist Ärger.

»Könnte es sein, dass sie … einen … hm … Freund hat?«, erkundigte sich Miss Partridge missbilligend. »Ich meine, diese Maori-Mädchen sind frühreif. Sie kann durchaus …«

Miss Maynard würdigte die Unterstellung keiner Antwort. »Ich gehe noch einmal rüber zu Mr. Sullivan«, sagte sie fest. »Er soll seinen Stalljungen rauf zu den Drurys schicken. Ich habe ein ungutes Gefühl bei der Sache. Matariki verschwindet nicht einfach, ohne jemandem Bescheid zu geben.«

In der Bucht am Strand war die Sonne inzwischen untergegangen, und Matariki fröstelte in ihren dünnen Sommersachen. Den Maori-Männern ging es ähnlich, aber sie hatten auf ihrer Seite der Bucht ein Feuer entzündet und hüllten sich in Decken. Über dem Feuer kochte ein Eintopf aus Fleisch und Süßkartoffeln, *kumara*, wie die Maori sagten. Matariki bemerkte, dass sie hungrig war. Und langsam wurde sie auch wütend. Gut, dies war eine Entführung, und wahrscheinlich konnten die Opfer da allgemein keine besonders freundliche Behandlung erwarten. Aber andererseits war sie eine Häuptlingstochter, und es konnte nicht im Sinne Kahu Hekes sein, wenn sie hungerte und fror.

Matariki, die sich bislang in den Windschatten des Kanus gekuschelt hatte, stand entschlossen auf. »Kriege ich vielleicht auch was ab?«, fragte sie böse. »Vom Essen und von den Decken? Oder ist es *tikanga* im heiligen Haus der Ngati Pau, eine Häuptlingstochter verhungern zu lassen?«

Die Männer schienen erneut zusammenzufahren, als ihr Schatten in ihre Richtung fiel. Sie flüsterten aufgeregt miteinander, wie sie es eben auch schon getan hatten. Anscheinend gab es Differenzen. Das Wort *tapu* war mehrmals herauszuhören.

»Wir geben ihr die schwarze Decke!«, entschied schließlich der Kleinere und machte Anstalten, sich Matariki vorsichtig mit der Decke zu nähern. Schließlich warf er sie ihr über das Kanu hinweg zu. »Hier. Das ist jetzt deine, verstanden?«

»Die anderen fasst du nicht an!« Das war der größere Mann, und er klang ängstlich.

Matariki sah mit gerunzelter Stirn auf den Stapel von Decken, über den die Männer verfügten. Es herrschte kein Mangel, man hätte ihr ohne weiteres noch eine abgeben können und möglichst eine weitere für den ebenfalls fröstelnden kurzhaarigen Dingo. Alle anderen waren allerdings blau. Gab es irgendwelche *tapu* bezüglich von Deckenfarben?

Sie nahm die schwarze Decke ohne Dank entgegen und wies auf das Essen. »Und das?«

Erneute leise, sehr hektische Diskussion. Matariki meinte, etwas wie »Wir können sie nicht die ganze Reise hungern lassen« zu verstehen.

»Kannst du Feuer machen?«, fragte der kleinere Krieger.

Matariki zog die Augenbrauen hoch. »Das heilige Haus der Ngai Tahu«, bemerkte sie patzig, »ist stets ordentlich beheizt.«

»Gut«, sagte der Mann. »Dann wirst du jetzt hier herüberkommen und dir dieses Holz holen.« Er teilte einen Stapel ab. »Und hier ist ein Topf, hier sind *kumara* und Trockenfleisch. Nimm es, und koch es dir. Aber warte!«

Matariki hatte gleich aufspringen und die Sachen holen wollen, aber der Mann richtete nervös das Gewehr auf sie. Sie musste warten, bis beide sich hinter die Felsen am Rand der Bucht zurückgezogen hatten. Von da aus weiter mit der Waffe bedroht, kletterte sie langsam erneut über das Kanu und trug dann Holz und Lebensmittel auf ihre Seite der Bucht. Bisher hatte sie das alles nur befremdlich gefunden, aber jetzt machte das Verhalten der Männer ihr wirklich Angst. Wie es aussah, befand sie sich in der Hand von Verrückten. Und es gab keine Möglichkeit zur Flucht.

Der kleine Reitknecht von Donny Sullivan galoppierte fast den ganzen Weg nach Lawrence und riss Lizzie und Michael Drury gegen drei Uhr nachts aus dem Schlaf. Erschrocken lief Lizzie in Matarikis Zimmer, Michael in den Stall – aber Miss Partridges Hoffnung, das Mädchen könnte einfach ausgerissen und nach Hause geritten sein, bewahrheitete sich nicht. Während Michael bereits anspannte, entzündete Lizzie ein paar Fackeln – das mit dem Maori-Dorf vereinbarte Zeichen für Gefahr. Kurze Zeit später waren zehn Maori-Krieger bei ihnen, bereit, eventuelle Angreifer auf die Drurys und ihre Goldmine mit Waffengewalt abzuwehren. Sie bestätigten, dass Matariki sich auch nicht zu den Ngai Tahu geflüchtet hatte.

Hemi und drei andere Krieger, die einigermaßen Englisch sprachen, schlossen sich den Drurys nach Dunedin an. Gegen Morgen erreichten sie dann alle die Otago Girls' School – wo die riesigen Krieger, die teilweise *moko* trugen, die Schulleiterin zu Tode erschreckten. Mary Jane ließ ihr Anblick sogar in Tränen ausbrechen. Michael und Lizzie glaubten dem Mädchen seine Beteuerung, es wisse von nichts. Aber immerhin erinnerte es sich jetzt daran, dass »Martha« an den Strand zu reiten pflegte. Michael teilte die Suchmannschaft sofort auf. Hemi ritt mit einem Mann nach Süden, er selbst nach Norden.

Lizzie übernahm die weiteren Untersuchungen in der Schule. Sie war totenblass, als sie nach einer kurzen Inspektion von Matarikis Zimmer in Miss Partridges Büro zurückkam.

»Miss Partridge, wir müssen die Polizei verständigen. Meiner Tochter muss etwas Ernsthaftes passiert sein, sie …«

»Nun malen Sie nicht gleich den Teufel an die Wand!« Die Direktorin bemühte sich, gelassen zu bleiben. »Es sind Mädchen … Martha kann weggelaufen sein … sie könnte mit irgendeinem … hm … Galan …«

Miss Maynard sog hörbar die Luft ein, Lizzie blickte die ältere Frau nur kalt an. »Miss Partridge, meine Tochter ist nicht dumm. Sie würde niemals weglaufen, ohne einen Penny Geld mitzunehmen. Aber ihr gesamtes Taschengeld – und das Geld für den Mietstall! – ist noch in ihrem Schrank. Sie hat auch keinerlei Kleidung zum Wechseln mitgenommen. Sie trägt laut Mary Jane einen Reitrock und eine dünne Bluse, in der Nacht hätte sie darin entsetzlich gefroren. Und sie weiß das! Sie hat schon etliche Nächte unter freiem Himmel verbracht.«

Miss Partridge rieb sich einmal mehr die Nase. »Aber wenn sie mit einem …«

Lizzie gebot der Frau mit einer Handbewegung Einhalt. »Was Matarikis möglichen ›Galan‹ angeht: Sie hat nie von einem Jungen gesprochen, weder zu mir noch zu ihrer Zimmergenossin und ihren Freundinnen zu Hause. Wobei die Maori, wie Sie zweifellos noch anmerken wollten, hier sehr freizügig sind. Meine Tochter hätte keinen Grund gesehen, eine Beziehung vollständig zu verschweigen. Also: Lassen Sie jetzt die Polizei rufen, oder soll ich selbst gehen?«

Der Police Officer war gerade dabei, sich ein erstes Bild aus den Schilderungen der Lehrerinnen zu machen, als Hemi bereits mit

70

weiteren Informationen eintraf. Sein Begleiter und er hatten Grainie auf der Küstenstraße gefunden und daraufhin die umliegenden Buchten abgesucht.

Miss Maynard stöhnte verzweifelt auf, als er *Romeo und Julia* aus der Tasche zog und auf Miss Partridges Schreibtisch legte. Außerdem hatte er Matarikis Reitstiefel mitgebracht.

»Wir haben noch mehr gefunden«, erklärte er. »Vielleicht sollten Sie sich das mal selbst ansehen, Officer. Michael ist schon verständigt, Lizzie, wir treffen uns alle in der Bucht.«

Eine halbe Stunde später standen die Drurys in einer inzwischen einsamen, von der Morgensonne beleuchteten Bucht, die man nur erreichen konnte, indem man entweder durchs Wasser watete oder sich über die Felsen abseilte. Hemi und sein Freund Weru, beide geschickte Fährtensucher, hatten die Spuren von Matarikis kleinen Füßen, Dingos Pfoten und den nackten Füßen zweier Männer gefunden und bis ins Wasser verfolgt.

»Sie hat in der Strandbucht gelesen«, rekonstruierte Hemi die Ereignisse für die Drurys und den Officer. »Die Stiefel hatte sie ausgezogen, die stören ja im Sand. Und dann müssen diese Männer aufgetaucht sein, und sie folgten ihr ins Wasser. Nein, Officer, Matariki ging als Erste, und sie haben sie nicht gezogen. Wir sind dann um diesen Felsen herumgewatet – es ist ja nicht sehr wahrscheinlich, dass Matariki mit den Männern weggeschwommen ist. Dabei entdeckten wir diese Bucht. Hier lag ein Kanu.« Er wies auf noch deutlich erkennbare Schleifspuren im Kies. »Und hier war eine Feuerstelle und hier auch – keine Ahnung, wozu sie zwei brauchten, aber sie haben wohl hier übernachtet, bis die Flut kam. Und jetzt guckt euch das an!«

Hemi führte seine Zuhörer auf die hintere Seite der Bucht, wo das kleinere Feuer gebrannt hatte. Auch sie war mit Felsen begrenzt, hellem Gestein – und etwa auf Hüfthöhe war darauf mit Bleistift eine Nachricht geschrieben.

Entführung, Kahu Heke, Nordinsel, zwei Männer, Gewehre, M.
Die Buchstaben waren unterschiedlich groß und eher ungelenk gesetzt – Matariki musste in mehreren Ansätzen und sicher
bei fast völliger Dunkelheit geschrieben haben, vielleicht auch mit
links oder hinter ihrem Rücken. Sicher hatte sie unter Beobachtung
gestanden.

Lizzie rieb sich die Augen. »Ich hätte es wissen müssen! Die
Hauhau und ihre verrückten Vorstellungen von *tikanga* ...«

Der Officer sah sie entsetzt an. »Die Hauhau, meinen Sie? Um
Himmels willen, Sie glauben doch nicht ... sie wollen das Mädchen
doch wohl nicht ... essen?«

Hemi schüttelte den Kopf. »Eine Häuptlingstochter? Das nun
wirklich nicht. Im Gegenteil, sie werden das Mädchen nicht anrühren. Aber wir müssen trotzdem versuchen, Matariki zu finden. Gibt
es nicht eine Art Küstenwache, Officer?«

»Es werden sich auf jeden Fall Patrouillenboote finden!«, sagte
Michael. »Ich bezahle sie im Zweifelsfall selbst, Geld spielt keine
Rolle! Ich überlasse doch diesem Wahnsinnigen nicht meine Toch-
ter!«

Lizzie blickte nur starr auf die Nachricht ihrer Tochter. »Er wird
ihr nichts antun«, flüsterte sie. »Aber solange er es nicht will, werden wir sie nicht finden.«

Kathleen, Peter und Heather nahmen den Zug nach Treherbert, einem Dorf in Rhondda im Süden von Wales. Seit einigen Jahren war das vormals ländliche Gebiet an die Eisenbahnlinie nach Cardiff angeschlossen. Man förderte dort seit zwanzig Jahren Kohle. »Gehört zum Southern Coalfield«, erklärte Peter seiner Familie. »Was wiederum das größte in ganz Britannien ist, fast sechzig Meilen lang.«

»Ist die Gegend schön?«, fragte Heather naiv.

Die Atmosphäre im Haus der Burtons in Roath hatte ihr ebenso wenig gefallen wie ihrer Mutter und dem Reverend, aber die Landschaft, die ihr weicher, heimeliger und überschaubarer erschien als die Berge und Seen ihrer Heimat, hätte sie gern gemalt.

»Sie war einmal schön«, meinte der Reverend. »Als Kind habe ich meinen Onkel besucht, und wir haben dort Reitjagden veranstaltet. Winzige Dörfer, kaum bevölkert, Wasserfälle, Berge, Seen, glasklare Flüsse. Aber das war, bevor sie Kohle in großem Stil förderten. Damals galt das noch als schwierig – es gab praktisch keine Straßen, keine Schienenanbindung, und die meiste Kohle lag relativ tief unter der Erde. Inzwischen sind die Rhondda Valleys voll für den Bergbau erschlossen. Der Schönheit einer Landschaft ist das im Allgemeinen nicht zuträglich.«

Diese Beschreibung war untertrieben – wie Heather und Kathleen sehr bald klar wurde, als die Bahn die ersten Bergbausiedlungen durchquerte. Das grüne, liebliche Land wich einer schwarzen Wüste, geprägt von Kohlehalden und Fördertürmen. Der Staub der Kohle war allgegenwärtig, die Burtons meinten, ihn auf der Zunge zu schmecken, und als Kathleen ihr Taschentuch in Eau de Cologne tauchte und sich damit das Gesicht abrieb, zeigten sich schwarze Spuren auf dem Batist.

Man sah auch kaum noch niedliche, von bunten Blumen- und Küchengärten umgebene Cottages mehr. Stattdessen Zechensiedlungen nahe der Bahnlinie. Auch in Treherbert war eine solche Straßenzeile das Erste, das die Reisenden zu sehen bekamen. Die Häuser waren zweistöckig und bildeten lange Reihen, wobei sie sich höchstens durch die Eingänge geringfügig unterschieden. Vor den neueren Häusern gab es winzige Rasenflächen, die aber durchweg grau und kränklich wirkten. Kein Wunder bei all dem Staub.

»Diese Häuser sind so hässlich!«, urteilte Heather.

Peter zuckte die Schultern. »Es sind immerhin Häuser«, meinte er dann. »Die Minenbesitzer lassen sie errichten und vermieten sie ihren Arbeitern für relativ wenig Geld. Das gilt als sehr fortschrittlich.«

»Das ist es auch!«, brach es aus Kathleen heraus. »Verglichen mit den Katen, die wir in Irland bewohnten. Die Leute haben Arbeit und ein Dach über dem Kopf. Du bist verwöhnt, Heather!«

Heather lachte. Man merkte ihr das Unbehagen an. »Bei ihrer Arbeit haben die Leute hier ein paar Hundert Fuß Erde über dem Kopf, wenn ich das richtig verstanden habe«, bemerkte sie. »Und sie sterben an Staublunge.«

»Wir starben am Hunger«, sagte Kathleen.

»Nun streitet euch mal nicht darum, wer unglücklicher ist«, begütigte Peter. »Diesen Menschen hier geht es sicher besser als den Iren während der Hungersnot – das zeigen schon die florierenden Pubs.« Die erste der Kneipen war gleich vom Bahnhof aus zu sehen, und sie schien gut besucht, obwohl es erst später Nachmittag war. Vermutlich arbeiteten die Kumpel schichtweise und hatten zu unterschiedlichen Zeiten frei. »Aber Heather ist zweifellos sehr verwöhnt.«

Er lachte und zupfte am Schleier des eleganten Hutes, den seine Stieftochter ganz selbstverständlich spazierentrug. Hier erregte er beinahe Aufsehen. Besonders die Frauen von Treherbert beäugten die Neuankömmlinge misstrauisch, als sie jetzt den Bahnhof verließen und auf die staubige Straße traten. Eine Droschke war nicht in Sicht.

»Wir sollten vielleicht im Pub nachfragen, ob es hier so etwas gibt«, meinte Peter, nachdem sie sich im Bahnhofsbereich ausgiebig umgesehen hatten. »Zu Fuß gehen können wir jedenfalls nicht, das Haus liegt außerhalb der Siedlung. Sehr hübsch, wenn ich mich richtig erinnere, an einem kleinen Fluss …«

Peter steuerte den Pub an, während Kathleen und Heather das Gepäck im Auge behielten. Es würde in Wales nicht anders sein als in Irland und Neuseeland: Weibliche Wesen waren in einem Pub nur ungern gesehen.

Nichtsdestotrotz traf Peter vor dem Eingang des Pubs zuerst auf eine Frau. Sie trug weder Hut noch Umhang, sondern nur ein verschlissenes blaues Hauskleid, und sie machte Anstalten, die Schänke zu stürmen. Im letzten Moment wagte sie es aber doch nicht, hineinzugehen. Sie riss die Tür auf und rief verzweifelt etwas nach innen.

»Jim Paisley, ich weiß, dass du da drinnen bist! Und es nützt dir auch nichts, wenn du dich versteckst, ich werde nicht weggehen! Diesmal werde ich nicht gehen, ich …«

»Soll ich mich drinnen nach Ihrem Mann umsehen?« Peter sah die Tränen im Gesicht der bestimmt noch nicht alten, aber überarbeitet und verhärmt wirkenden Frau. Ursprünglich war sie sicher einmal hübsch gewesen, sie hatte kastanienfarbenes, krauses Haar und tiefblaue Augen. »Ich bin Reverend – mit mir wird er vielleicht reden.«

Die Frau seufzte resigniert und wischte sich verschämt die Tränen ab. »Versuchen können Sie's – obwohl unser Reverend ihm bisher nie erfolgreich ins Gewissen reden konnte. Aber vielleicht ist er ja jetzt noch nüchtern genug, um zuzuhören. Er muss mir seinen Lohn geben. Und der Junge auch, Herrgott, die Kinder hungern doch! Die Kerle leben auch nicht allein vom flüssigen Brot. Wenn ich ihnen nichts zu essen geben kann, schaffen sie nichts unter Tage. Und der Steiger ist weiß Gott geduldig, aber irgendwann reicht's dem auch mit meinem Jim.«

Peter nickte verständnisvoll. »Ich schicke Ihnen den Mann raus«, versprach er. »Wie heißt er? Jim Paisley?«

Die Frau bejahte und strich sich das Haar aus dem Gesicht. Sie hatte es aufgesteckt, aber offensichtlich nur flüchtig, die ersten Strähnen lösten sich bereits. Mrs. Paisley schien sich dafür zu schämen.

»Himmel, wie ich aussch, Reverend, Sie müssen ja denken, ich pass zu all den Säufern und Gaunern da drinnen«, murmelte sie. »Aber als Violet mir sagte, Jim und Fred seien nach der Arbeit direkt in das Golden Arms, da bin ich sofort rausgerannt. Solange er nicht mehr als drei Bier drin hat, ist er manchmal noch ansprechbar.«

Peter, der diesen Typ Mann kannte, nickte ihr aufmunternd zu und betrat den Pub. Der Barkeeper hatte seine Unterhaltung mit Mrs. Paisley belauscht und wirkte misstrauisch. Er taute allerdings auf, als er Peters Priesterkragen sah.

»Tatsächlich, ein Pfarrer! Und ich dachte schon, Sie verkohlen die Frau! Verstärkung für unseren Reverend Clusky? Das Kaff hier hat drei Pubs und nur eine Kirche. So gesehen werden Sie gebraucht.« Er lachte. »Jim Paisley ist der da!« Der Barkeeper wies auf einen rotblonden, großen Mann, der eben mit seinen Freunden anstieß. Den Trinksprüchen nach zu urteilen, hatte er die Runde bezahlt. »Und der schmalere daneben ist Fred, sein Sohn. Der säuft schon genauso. Aber versuchen Sie ruhig Ihr Glück.«

Peter schob sich näher an den Tisch der Zecher. Wenn Mrs. Paisley sogar schon die Sympathie des Barkeepers besaß, musste es schlimm sein. Das Gewissen dieser Kerle regte sich schließlich nicht so leicht, sie lebten ja davon, dass die Bergleute hier den größten Teil des Familieneinkommens vertranken. Peter räusperte sich.

»Mr. Paisley, mein Name ist Peter Burton. Reverend Burton. Ihre Frau ist draußen und möchte mit Ihnen sprechen …«

»Ach, möchte sie?« Der Mann sah zu Peter auf und lachte. Ein hässliches Lachen in einem kohlenstaubgeschwärzten Gesicht. Peter hatte gehört, dass es irgendwann nicht mehr viel nützte, sich zu waschen. Der Staub setzte sich in die Poren, verstopfte sie … und Männern wie Jim Paisley war es vielleicht auch egal, wie sie auf ihre Umwelt wirkten. »Dann sollte sie vielleicht mal ein bisschen netter zu mir sein und nicht immer nur rumschimpfen und keifen. Ist ja peinlich, das Gezeter in aller Öffentlichkeit.« Die Männer um ihn herum nickten zustimmend. »Auch 'n Bier, Reverend?«

Peter schüttelte den Kopf und ließ seine Stimme strenger klingen. »Auf keinen Fall werde ich auch noch dazu beitragen, das Haushaltsgeld Ihrer Frau zu versaufen! Mr. Paisley, vor Ihnen und Ihrer Familie liegt eine ganze Woche, in der Sie und die Kinder essen müssen. Wie viele Kinder haben Sie überhaupt?«

Paisley grinste. »Drei«, gab er dann Auskunft. »Aber mein Fred, mein Großer, der arbeitet schon fleißig mit!«

Er wies auf den Jungen neben ihm, einen rothaarigen kräftigen Kerl von vielleicht fünfzehn Jahren. Wenn Jim Paisley in seiner Jugend auch so ausgesehen hatte, war es kein Wunder, dass seine Frau sich in ihn verliebt hatte. Fred Paisley war ein hübscher Junge mit blitzenden blauen Augen und weißen Zähnen, die umso heller strahlten, da auch er auf eine gründliche Gesichtswäsche vor dem Kneipenbesuch verzichtet hatte. Seine Züge waren ansprechend, wenn auch vielleicht ein wenig grob.

»So – hast du deiner Mutter dein Kostgeld heute schon gegeben?«, wandte Peter sich an Fred.

Der Junge grinste verlegen. »Mach ich schon noch«, druckste er.

»Wenn nachher noch etwas davon übrig ist!« Peter schüttelte

strafend den Kopf. »Warum tust du's nicht gleich jetzt, Fred? Deine Mutter wartet draußen. Nimm dir ein paar Pence Taschengeld für ein Bier nach jeder Schicht, und den Rest gibst du ihr. Für deine Brüder und Schwestern.« Peter sah dem Jungen fest in die Augen.

»Sind nur zwei Mädchen«, murmelte Fred. »Die brauchen nicht viel.«

»Ein Bier nach der Schicht?«, grölte ein dicklicher Junge neben Fred. »Das is … das is viel zu wenig. Wissense … wissense, wie viel Staub man da unten schluckt, Rev… Reverend?«

»Dein Freund ist schon betrunken, Fred«, sagte Peter streng. »Findest du es wirklich erstrebenswert, dem nachzueifern?«

»Kommt raus, Jim, Fred!«

Die Frau vor dem Pub hatte sich inzwischen wohl entschlossen, nicht länger allein auf den Reverend zu vertrauen. Ihre Strategie war klar, Peter kannte sie von Frauen aus der Goldgräbersiedlung: Wenn sie lange genug vor dem Pub randalierte, würde ihr Mann reagieren müssen, sonst machte der Wirt irgendwann Ärger. Manche Männer gaben dann klein bei und teilten den Ertrag ihrer Arbeit wirklich mit den Frauen. Mit etwas Glück vergaßen sie die Episode während der nächsten durchzechten Stunden. Häufiger schlugen sie die Frauen bei der Heimkehr windelweich – schließlich musste ihr Vorstoß geahndet werden. Andere hatten weniger Hemmungen und verprügelten die Frauen gleich auf der Straße. Dann gab es für sie nur blaue Flecke und gar kein Geld. Aber das Risiko, so hatte es Peter mehr als eine Frau versichert, war die Sache wert.

Vielleicht war es die Einmischung des Priesters, die Fred und Jim Paisley eine dritte Lösung wählen ließ. Der Junge jedenfalls zog jetzt tatsächlich seine Börse und zählte langsam die paar Shilling Wochenlohn, die man ihm am Nachmittag ausgezahlt hatte. Er maß davon ein Drittel ab und drückte es dem Reverend in die Hand.

»Hier. Geben Sie das meiner Mutter.« Danach wandte er sich wieder seinem Bier zu.

Sein Vater tat grummelnd das Gleiche. »Is sowieso das letzte Mal«, murmelte er dabei.

Der etwas verdatterte Peter stand schließlich mit einer Handvoll Geldscheine an der Bar und wusste nicht, was er sagen sollte. »Nun hau'n Sie schon ab!«, fuhr Paisley ihn an.

Peter floh nach draußen.

»Viel ist es nicht«, bemerkte er, als er der Frau das Geld übergab. Die war jedoch so glücklich, dass er befürchtete, sie könnte ihm die Hand küssen.

»Es genügt zum Überleben!«, freute sie sich. »Wenn ich sparsam wirtschafte. Und Violet vielleicht auch irgendwo ein paar Pennys verdient, sie sucht dauernd Arbeit. Ich natürlich ebenfalls, ich wasche für den Reverend. Wenn Sie also ... aber Sie haben ja eine Frau ...«

Mrs. Paisley musste inzwischen registriert haben, dass Kathleen und Heather zu Peter gehörten. Die beiden warteten immer noch bei ihren Koffern – wobei Peter die Droschke wieder einfiel.

»Wir sind nur für kurze Zeit hier«, erklärte er der Frau. »Und jetzt brauchten wir erst mal eine Droschke ... zum Burton-Haus.«

Mrs. Paisleys Augen weiteten sich bei der Erwähnung des Herrenhauses am Fluss. Ob die Bergleute wussten, dass hier ein Erbe erwartet wurde? Dann schüttelte sie bedauernd den Kopf. »Einen Droschkenkutscher gibt's hier nicht. Die Minenbesitzer haben alle ihre eigenen Kutschen. Und wir anderen gehen zu Fuß.«

Peter seufzte. »Dafür ist es ein bisschen weit. Aber der Wirt da drin erwähnte eben eine Kirche. Wo ist die denn? Mit Hilfe des Reverends lässt sich bestimmt ein Transport organisieren.«

Mrs. Paisley nickte eifrig. »St. Mary's ist nur zwei Straßen weiter. Und da ist Violet.« Sie wies auf ein schlankes, vielleicht zwölf- oder dreizehnjähriges Mädchen, das eben über die Straße auf sie zulief. »Die kann Ihnen tragen helfen.«

Das Mädchen hielt etwas atemlos vor ihnen an. Sein Gesichtsausdruck wirkte besorgt, aber man sah jetzt schon, dass Violet einmal eine Schönheit sein würde. Sie hatte leuchtend tür-kisblaue Augen und fein geschwungene Brauen. Ihr Haar war von sattem Kastanienbraun und jetzt zu zwei dicken Zöpfen geflochten, die ihr über den halben Rücken reichten. Ihr Teint war hell, die Wangen rosig nach dem raschen Lauf, die Lippen glänz-ten kirschrot und waren voll und klar geschnitten. Das Mädchen trug ein mehrfach geflicktes dunkelblaues Kleid, das über der Brust spannte.

»Mutter … hast du … hat er …?«

Mrs. Paisley hielt ihrer Tochter mit einem Lächeln das Geld hin. Das Gesicht des Mädchens entspannte sich, seine Augen leuchte-ten auf.

Mrs. Paisley wies dankbar auf Peter. »Dank der Hilfe von Reve-rend …«

»Burton«, stellte Peter sich noch einmal vor. »Mit Frau und Tochter.« Er wies auf Kathleen und Heather, die ihnen eben mit den Koffern entgegenkamen. Das Warten wurde ihnen wohl zu langweilig.

»Der Reverend und die Damen wollen zur Kirche«, erklärte Mrs. Paisley ihrer Tochter. »Vielleicht führst du sie eben hin und hilfst tragen. Wo hast du Rosie gelassen?«

»Mrs. Brown passt auf sie auf«, gab Violet Auskunft. »Die ist guter Stimmung, ihr Mann hat das Geld abgeliefert, bevor er in den Pub ging. Und massenhaft Überstunden geleistet. Jedenfalls will sie mit Rosie Bonbons kochen.«

»Rosemary ist meine jüngere Tochter«, sagte Mrs. Paisley. »Mein Name ist übrigens Ellen. Ellen Paisley. Nochmals, vielen, vielen Dank, Reverend!«

Ellen Paisley hatte das Geld inzwischen in ihren Taschen ver-staut und wandte sich zum Gehen. Violet griff selbstverständlich nach dem schwersten Koffer. Peter nahm ihn ihr ab. »Du kannst den Damen etwas helfen«, meinte er dann aber mit einem spre-chenden Blick zu Kathleen und Heather. Natürlich hätten auch die ihr Gepäck selbst tragen können, aber Violet würde eher ein Geldstück als Dank akzeptieren, wenn sie dafür etwas getan hatte. Schließlich schleppte sie Kathleens Tasche zur Kirche, die wirklich nicht weit entfernt war. St. Mary's war ein schlichter Backsteinbau, das Pfarrhaus daneben glich den Zechenhäusern, stand allerdings allein in einem kleinen, nicht sehr gepflegten Garten. »Ich hab dem Reverend gesagt, ich leg ein paar Beete an«, entschuldigte Violet seinen traurigen Zustand. »Aber er sagt, hier wächst sowieso nichts. Hat er ja nicht Unrecht, der Staub legt sich überall drauf.«

Sie trug den Koffer die drei Stufen zur Haustür hinauf und klopfte an die Tür. Sie wurde sofort geöffnet. Ein untersetzter, dunkelhaariger Mann, der Kathleen vage bekannt vorkam, lächelte Violet freundlich an.

»Na, wen bringst du mir denn da?«, erkundigte er sich. »Besuch?«

Violet knickste. »Das sind Reverend Burton und Mrs. und Miss Burton ... aus London, glaub ich.«

Kathleen registrierte, dass sich das Mädchen den Namen gemerkt und auch Schlüsse aus ihrer Kleidung und ihrer Ankunftszeit gezogen hatte. Ein aufgewecktes Kind. Schade, dass es in dieser Umgebung so wenige Chancen hatte.

»Aus Neuseeland«, stellte Peter Burton richtig. »Dunedin, South Island. Und ich bin ...«

»Burton, sagten Sie?« Der Reverend sah Peter forschend an, als suche er eine Familienähnlichkeit. »Aber kommen Sie doch erst mal rein. Und seien Sie herzlich willkommen! Violet, vielen Dank, du kannst auch gleich die Wäsche für deine Mutter mitnehmen.«

Violets schöne Augen leuchteten erneut auf. Und noch mehr, als Kathleen ihr einen Penny für die Hilfe beim Koffertragen schenkte. Für die Frauen der Paisleys war heute wohl wirklich ein Glückstag: zum tapfer erkämpften Lohn der Männer nun noch ein Waschauftrag vom Reverend und der Penny von den Besuchern!

Unter tausend Knicksen und Dankesbekundungen verzog sich das Mädchen mit dem Wäschekorb.

»Ein nettes Ding«, meinte Peter. »Aber der Vater ...«

Reverend Clusky wandte die Augen gen Himmel. »Und der Bruder ist genauso ein Nichtsnutz. Ellen Paisley ist gestraft! Aber legen Sie doch erst mal ab, Mrs. Burton, Miss ... Und sagen Sie mir, ob Ihr Name ein Zufall ist – oder sind Sie möglicherweise der rechtmäßige Erbe des Hauses am Rhondda River?«

Peter nickte. »Letzteres. Aber wir gedenken nicht, uns hier anzusiedeln. Eigentlich wollte ich das Haus und das Land nur möglichst schnell verkaufen. Allerdings scheint es da Schwierigkeiten zu geben.«

Der Reverend seufzte. »Das kann man so sagen. Der junge Mr. Randolph führt sich auf, als gehöre das Gut ihm. Wobei es noch nicht das Schlimmste ist, dass er den Weinkeller in geradezu atemberaubender Geschwindigkeit leert – er vergrault auch die Dienerschaft. Alle, denen er noch nicht gekündigt hat, sind ihrerseits gegangen. Er wirtschaftet das Anwesen vollkommen herunter. Man munkelt, er habe die Hälfte der Möbel bereits zu Geld gemacht – und einiges im Suff zerschlagen. Er ist wütend, Reverend Burton. Auf Gott und die Welt. Wobei ich's ihm nicht verdenken kann.«

Der Blick des Geistlichen wanderte zu seinem Kaminsims, den ein paar schlicht gerahmte Fotografien zierten. Eine ältere Daguerreotypie zeigte eine gelassen wirkende Matrone, wohl Reverend Cluskys verstorbene Frau. Aber die Fotos jüngeren Datums ließen Kathleen nach Luft schnappen. Das zarte Geschöpf, das zunächst als Mädchen mit langem dunklem Haar abgebildet war, dann stolzgeschwellt im Brautkleid neben einem untersetzten Mann, war eindeutig Alice Burton.

Der Reverend bemerkte die Blicke seiner Gäste. »Tja, einer der Gründe, weshalb es mir selbst wohl kaum gelingen wird, auf den jungen Mann einzuwirken«, bemerkte er. »Wobei ich alles andere als glücklich damit bin, was Alice da angerichtet hat. Wenn sie sich noch den Sohn genommen hätte! Ich denke, sie hatte tatsächlich ein Auge auf den jungen Mr. Randolph geworfen, denn plötzlich war sie dauernd im Burton-Haus – von einem Tag zum anderen, nachdem Mr. James Besuch von seinem Neffen und Großneffen hatte. Herrgott, ich mache mir heute noch Vorwürfe, dass ich es nicht unterbunden habe. Wobei ich gegen eine Verbindung mit Randolph gar nichts gehabt hätte. Aber leider ...«

Peter lachte müde. »Leider verfiel ihr dann mein Bruder mit Haut und Haar«, vollendete er den Satz seines Amtsbruders. »Wobei das ja auch nichts Schlimmes ist. Joseph war Witwer, und Ihre Tochter wurde sicher nicht an den Haaren zum Altar geschleift. Also kein Grund, den beiden ihr Glück zu missgönnen, so sie es denn finden.«

Reverend Clusky hob wie segnend die Hände. »So sie es denn finden«, wiederholte er, und es klang wie eine Bitte an seinen Gott. »Aber wie auch immer, Mr. Randolph sieht es anders. Der fühlt sich hintergangen, womöglich um sein Erbe gebracht. Sein Vater hat ihm wohl auch die Apanage zusammengestrichen. Nach dem, was ich aus Cardiff höre, braucht Alice sehr viel Geld, um glücklich zu sein.«

Clusky schien nicht viel von seiner Tochter zu halten. Aber für Kathleen erklärte seine Geschichte vieles: Alice' gute Erziehung, aber mangelnde Erfahrung im Umgang mit Dienstboten. Ihr Spaß daran, die Lady zu spielen – aber auch ihr neureiches Gehabe. Eine Pfarrerstochter, die dem tristen Leben in einem Kaff wie Treherbert entkommen war, ein Mädchen, das man sicher schon dem jüngeren Amtsbruder der Nachbargemeinde halbwegs versprochen hatte. Alice war mit dem nächstbesten Mann geflohen, bereit, den Preis dafür zu zahlen. Kathleen konnte sie nicht verdammen.

»Nun ist das ja kein Grund, für Alice' ... hm ... Stiefsohn, anderer Leute Häuser zu annektieren«, bemerkte sie.

Reverend Clusky nickte. »Natürlich nicht. Aber Mr. Randolph

tobte, als sein Vater sie heiratete.« Er fuhr nervös mit den Fingern durch sein fast dunkles Haar und ging dann zu einem Wandschrank, dem er eine Flasche Whiskey entnahm. »Herrgott, bitte zwingen Sie mich nicht, die ganze hässliche Geschichte zu erzählen … Möchten Sie?« Er nahm Gläser aus dem Schrank, als Peter nickte. »Und für die Damen einen Sherry?«

Seine Gäste schwiegen, während der Priester die Getränke ausgab.

Reverend Clusky nahm einen großen Schluck, bevor er weitersprach. »Es war wohl zuerst Mr. Randolph, der meiner Alice versprach, sie mit nach Cardiff zu nehmen«, sagte er dann. »Tja, und wie es aussieht, hat der Alte dem Jungen Hörner aufgesetzt. Und ihm obendrein den Geldhahn zugedreht, als er sich darüber empörte.«

Vielleicht auch schon vorher, dachte Kathleen. Für Alice Clusky mochte es ein gewichtiges Argument für Joseph gewesen sein, dass ihr jüngerer Galan plötzlich nicht mehr über die Mittel verfügte, sie zu verwöhnen.

»Wie gesagt … bitte ersparen Sie mir die Einzelheiten. Aber Randolph kam dann eben hierher, machte seinen Großonkel für die ganze Misere verantwortlich – und sorgte für vermehrten Umsatz in den Pubs und Billardhallen der Gegend. Mr. James hatte dem nicht mehr viel entgegenzusetzen. Er starb bald darauf.«

»Aber doch ohne sein Testament zu ändern, oder?«, fragte Peter.

»Ohne sein Testament zu ändern, da bin ich sicher«, erklärte der Reverend. »Ich war Zeuge bei der Abfassung seines Letzten Willens, der dann beim Notar hinterlegt wurde. Ihr Onkel war ein sehr korrekter Mensch, Reverend, der hätte nichts Handschriftliches irgendeinem Erbschleicher in die Finger gegeben. Mal ganz abgesehen davon, dass er mit Mr. Randolph alles andere als glücklich war. Ebenso wenig mit meinem … hm … Schwiegersohn Joseph.«

Peter seufzte. »Also werden wir die unangenehme Aufgabe haben, den Knaben jetzt da herauszusetzen«, meinte er. »Wunderbar. Und ich hatte gehofft, in spätestens einem Monat wieder abreisen zu können. Ich hoffe, ihr werdet nicht seekrank, meine Damen. Es kann auf eine Heimfahrt im Winter hinauslaufen!«

KAPITEL 5

Lizzie Drury sollte Recht behalten. Das Kanu mit Matariki und Kahu Hekes Männern blieb wie vom Erdboden verschluckt. Dabei organisierte die Polizei von Dunedin tatsächlich Patrouillenboote. Die Fischer der Siedlungen und ehemaligen Walfangstationen waren alarmiert, und nicht zuletzt schauten sich alle Maori-Stämme an der Ostküste der Südinsel nach den Eindringlingen um. Zumindest die *iwi* der Ngai Tahu – die Ngati Toa, ein kriegerischer Stamm, der an der Nordspitze der Insel ein paar kleine Enklaven besetzt hielt, beschützten die Entführer.

Die beiden Männer der Ngati Pau waren gleich bei Flut weit aufs Meer hinausgesegelt – nachdem sie Matariki gezwungen hatten, unter einem Sonnensegel ganz vorn im Boot Platz zu nehmen. Dingo war zu ihr hineingesprungen – was eine erneute Diskussion über das Tier auslöste. Wieder fiel das Wort *tapu*, aber auch Schutztier – wobei Matariki nicht verstand, ob es hier um Dingos zweifelhafte Eignung zum Wachhund oder um eine Art Zauberei ging.

Wenn die Männer schnell und leise sprachen, hatte sie Schwierigkeiten, ihrem Maori zu folgen, viele Worte waren anders oder wurden zumindest etwas anders ausgesprochen als bei den Stämmen der Südinsel. Den Männern schien es mit Matariki im Übrigen ähnlich zu gehen. Es war wohl nicht immer Unhöflichkeit, wenn sie ihre Fragen nicht beantworteten, mitunter verstanden sie das Mädchen einfach nicht, und offensichtlich fiel es ihnen schwer, sich in ihren Dialekt hineinzuhören.

Für Matariki bestätigte sich damit ihr erster Eindruck: Ihr Vater mochte ihr seine stärksten und zuverlässigsten Krieger gesandt haben, aber nicht die klügsten. An Land wäre es ihr sicher sehr bald gelungen, die beiden auszutricksen und zu fliehen, aber auf dem offenen Meer war das unmöglich. Und auch als die Männer sie nach relativ kurzer Seefahrt auf dem Land der Ngati Toa versteckten, fand sich keine Fluchtmöglichkeit. Die Krieger der Ngati Toa schienen ganz wild darauf zu sein, den Hauhau gefällig zu sein, und bewachten Matariki rund um die Uhr. Wobei sie sich sehr bald fragte, warum man sie nicht einfach fesselte oder irgendwo einsperrte. Das hätte den Wächtern das Leben erleichtert. Aber niemand rührte sie an. Es war fast so, als umgäbe Matariki eine Art unsichtbare Barriere, die keiner der Männer zu überschreiten wagte.

Am dritten Tag ihrer Gefangenschaft – als sich ihre anfängliche Furcht vor den riesigen Männern legte, die stets einen Kreis um sie bildeten – versuchte Matariki, die Schranke selbst zu überwinden. Gelassen ging sie auf die Krieger zu und schritt zwischen zweien von ihnen hindurch. Und wieder verwunderte sie ihr Verhalten: Statt sie entschlossen zurückzutreiben, wichen die Männer zunächst erschrocken aus. Erst nachdem sich der Ring um Matariki fast so weit geöffnet hatte, dass sie in den Farnwald hätte rennen können, nahm sich einer ein Herz und schoss. Die Kugel peitschte auf den Boden vor Matarikis Füße, und der Mann bedeutete ihr, zurück an ihr Feuer zu gehen.

Erschrocken und demoralisiert folgte das Mädchen. Sie benutzten ihre Waffen also doch – und sie ließ es besser nicht darauf ankommen, verletzt zu werden.

In den nächsten Tagen stellte sich zudem heraus, dass es unter den Ngati Toa ein paar pfiffigere Männer gab als Matarikis zwei Entführer. Ihnen blieb nicht lange verborgen, dass Matariki sich um Dingo fast mehr sorgte als um sich selbst. Wenn sie sich daraufhin irgendwie widersetzte oder versuchte, ihre Grenzen auszuloten, legten sie wortlos auf den Hund an. Matariki fügte sich dann sofort.

Sie bedauerte inzwischen, Dingo mitgenommen zu haben, obwohl er ihr wenigstens Wärme spendete, indem er sich nachts unter ihrer Decke an sie schmiegte. Sie besaß nur die eine – und die Männer duldeten sie ja nicht an ihren Feuern. Frauen hatte Matariki seit der Entführung überhaupt nicht gesehen, und auch keine älteren Männer. Wahrscheinlich wusste der Stamm gar nicht, dass er eine Gefangene hatte. Es waren nur ein paar junge Krieger, die sich hier bei den bewunderten Rebellen von der Nordinsel anbiederten. Matariki stellten sie Holz und Nahrungsmittel zur Verfügung, aber ihr Feuer anzünden und ihre Mahlzeiten zubereiten musste sie selbst.

Matariki verstand das alles nicht, und in gewisser Hinsicht verletzte es sie, auf diese Art ausgeschlossen zu werden. Ihr eigener Stamm in Otago war gastfreundlich. Nach der entsprechenden Begrüßungszeremonie hieß er jeden anderen Maori und auch die meisten *pakeha* an seinen Feuern willkommen. Hier dagegen … Nach dem, was ihre Entführer sagten, sollte Matariki die Ngati Pau als ihren Stamm anerkennen, dem gegenüber sie Pflichten zu erfüllen hatte. Aber ihre »Stammesbrüder« saßen lachend und schwatzend mit ihren Freunden von den Ngati Toa zusammen, während sie allein am Feuer hockte!

Irgendwann, als Matariki schon wieder im Kanu saß und die Südinsel langsam hinter ihr am Horizont verschwand, fiel ihr der Begriff »unberührbar« ein – ihr kindlicher Stolz auf die Kenntnis des Wortes und Haikinas spärliche Angaben zum Leben eines Häuptlings auf der Nordinsel. Konnte es sein, dass es gar nicht Geringschätzung war, welche die Hauhau von ihr fernhielt, sondern eher etwas wie Achtung?

So langsam brannte Matariki darauf, ihren Vater zu treffen. Sie würde ihm einiges zu sagen haben!

Matarikis Entführer zeichneten sich sicher nicht auf dem Gebiet des *whaikorero*, der Kunst der schönen Rede, aus, aber sie waren gute Seeleute. Ohne Schwierigkeiten bewältigten sie die Cook-Straße, obwohl das Meer hier allgemein als stürmisch galt. Matariki, die das Abenteuer einerseits genoss, sich aber andererseits etwas fürchtete, als so gar kein Land mehr zu sehen war, atmete auf, als endlich die Südspitze der Nordinsel am Horizont auftauchte. Allerdings legten ihre Entführer nicht bei Wellington an, sondern segelten an der Westküste weiter, um gleich im Land der Te Maniapoto anzulegen. Matariki machte das nervös, zumal niemand sich die Mühe machte, sie über die Route und den Zielort aufzuklären.

Am dritten Tag war dann der Proviant für die Reise weitgehend aufgebraucht. Matarikis Entführer ergänzten ihn durch Fischfang, wobei sie sich äußerst geschickt anstellten. Matariki selbst hatte noch nie geangelt, sondern nur Flussfische mit Reusen gefangen. Ihr Angebot zu helfen wurde denn auch gleich entsetzt abgelehnt, und später fand sie es fast komisch, wie die Männer versuchten, die Fische zu ihr herüberzuwerfen, ohne sie zu berühren. Matariki hatte ihre Ration selbst vom Haken zu nehmen und auszuweiden – wobei sie auf den rohen Fisch gern verzichtet hätte. Sie sah auch nicht ganz ein, warum man nicht anlegen und am Ufer ein Feuer machen konnte. Inzwischen segelten die Männer in Sichtweite der Küste, und zum Teil schienen die Strände sehr einladend. Das Anlegen wurde jedoch vehement abgelehnt – offensichtlich sollte auf keinen Fall noch irgendein anderer Stamm in die Entführung involviert werden.

Oder fürchtete man die *pakeha*?

Matariki fragte sich, ob ihre Eltern auch die Behörden auf der Nordinsel alarmiert hatten – und hoffte, dass Lizzie und Michael sich nicht allzu große Sorgen um sie machten. Sie war allerdings guten Mutes, was das betraf, und sicher, dass Ngai-Tahu-Fährtensucher mit dem Absuchen der Küste betraut worden waren und ihre Nachricht gefunden hatten.

Matariki schätzte, dass ihr Kanu inzwischen die Hälfte der Nordinsel umrundet hatte, als die manchmal zerklüftete Küste einer sanften Hügellandschaft wich. Einladende lange Sandstrände zogen sich entlang des Ufers, und zwischendurch boten sich dem Blick Buchten, die man ausgezeichnet als Hafen hätte nutzen können. Endlich steuerten die Männer das Kanu auch näher ans Ufer und schienen nach dem richtigen Landeplatz Ausschau zu halten. Offensichtlich freuten sie sich über den Anblick einer Flussmündung – so sehr, dass der weniger maulfaule der beiden Männer sich sogar dazu herabließ, Matariki über den Namen des Flusses zu informieren.

»Waikato River«, sagte er und wies auf die Mündung. »Wir sind jetzt bald da.«

Matariki atmete auf und nahm die Mitteilung zum Anlass, den rohen Fisch stehen zu lassen und stattdessen ihr letztes Stück Fladenbrot zu Mittag zu essen. Das Zeug war ihr teuer, obwohl längst nicht so gut wie die Brote, die an den Feuern ihres eigenen Stammes gebacken wurden. Das wiederum lag zweifellos daran, dass Matariki das Mehl dafür selbst hatte mahlen müssen. Die Ngati Toa hatten ihr zur Herstellung ihres Reiseproviantes nur Getreide und eine Handmühle zur Verfügung gestellt, und Matarikis erste Versuche als Müllerin waren nicht übermäßig erfolgreich verlaufen.

Jetzt knabberte sie an den Resten der inzwischen obendrein steinharten Fladen und betrachtete die Küste. Grün bewaldete Hügel, der Flusslauf – das alles sah schön aus, es waren aber keine menschlichen Ansiedlungen zu erkennen. Nun war das nicht ungewöhnlich, auch die *marae*, die Versammlungsplätze der Ngai Tahu, lagen mitunter versteckt. Schließlich steuerten die Männer das Kanu tatsächlich in eine der Buchten. Die Einfahrt war nicht leicht zu finden, da sie vom Meer aus nicht einzusehen war. Das Versteck war sicher gezielt ausgewählt worden. Matariki machte sich zunächst Sorgen, da die starke Brandung das Kanu gefährlich nah an einen zerklüfteten Felsen heranwarf, aber die Landung selbst erwies sich als einfach – sobald die Klippen umrundet waren, zeigte sich Sandstrand. Er war dunkel wie die Strände zuvor. Matariki wusste, dass dies auf Vulkanaktivitäten vor vielen tausend Jahren zurückging. Irgendwann mussten die Berge, die jetzt eine so liebliche Hügellandschaft bildeten, Feuer gespuckt haben.

Matarikis Entführer bedeuteten dem Mädchen, im Kanu zu bleiben, bis sie es an Land gezogen hatten. Dabei hätte Matariki ganz gern gebadet, und auch Dingo schien das Bedürfnis zu verspüren. Er sprang vergnügt ins seichte Wasser.

Auf den ersten Blick schien die Bucht menschenleer, aber dann erkannte Matariki eine Bewegung im Buschwerk oberhalb des Strandes. Schließlich schob sich ein Maori-Krieger daraus hervor – ebenso eindrucksvoll muskulös und leicht bekleidet wie Matarikis Entführer. Die beiden winkten begeistert zu ihm hinüber und machten Gesten, die wohl dem Siegzeichen der *pakeha* entsprachen. Der Mann zeigte sich offensichtlich erfreut – machte aber keine Anstalten, seinen Stammesbrüdern beim Anlanden des Kanus zu helfen. Die beiden mühten sich ziemlich damit ab, das Boot an Land zu ziehen, während der Maori-Krieger keinen Finger rührte. Schließlich hob er wie grüßend den Speer und machte sich davon – wahrscheinlich um den Rest des Stammes von der Ankunft des Kanus zu unterrichten.

Matarikis Entführer befahlen ihr schließlich, auszusteigen und zu warten – also war wohl ein Begrüßungszeremoniell geplant. Matariki dachte kurz darüber nach, ob man ein förmliches Aufsagen ihrer *pepeha* von ihr fordern würde. An sich gehörte das Erzählen der Lebensgeschichte zum *powhiri*, dem förmlichen Begrüßungsritual – das unter anderem dazu diente, herauszufinden, ob die Besucher in freundlicher oder feindlicher Absicht kamen. Nun war ein so junges Mädchen kaum eine Gefahr für einen Stamm – und auch nicht so wichtig, dass man es durch Tänze, Gebete und Vorstellungszeremonien ehrte. Andererseits erwartete dieser Stamm eine Häuptlingstochter …

Matariki ging sicherheitshalber die Fakten noch mal durch, die sie mit ihrer *pepeha* zu vermitteln hatte. Sie rekapitulierte die Reihe ihrer Vorfahren, soweit sie diese kannte. Ihre Mutter Lizzie war ein Findelkind gewesen und in einem Londoner Waisenhaus aufgewachsen, die Ahnen ihres Vaters waren mit Kanus nach Neuseeland – Aotearoa – gekommen. Dann musste Matariki noch die Landschaft beschreiben, aus der sie kam, vielleicht den Weg, den sie genommen hatte, um herzugelangen. Matariki hatte zu all dem keine besondere Lust – im Grunde teilte sie Michaels Ansicht, die Stämme übertrieben es mit ihren Begrüßungsritualen. Außerdem war sie hungrig.

Aber dann sah und hörte man auch Bewegungen in dem Südbuchenwald, der den Strand begrenzte. Eine Gruppe von Menschen kam heran – Matariki erwartete vor allem Frauen und Kinder, auch Maori waren neugierig. Tatsächlich hatte sich dieser Zug aber gezielt formiert, und es waren ausschließlich Männer in kriegerischer Aufmachung. Sie schritten aufrecht, Speere und Kriegsäxte geschultert, zum Strand. Matariki fühlte sich an den Aufmarsch einer Armee erinnert. Und wenn die Sache darauf zielte, ihr Angst einzujagen, so war das gelungen. Sie fühlte sich mulmig – und dachte wieder mal an die Bemerkungen ihrer Eltern und Stammesgenossen über die Haltung der Hauhau zum Kannibalismus. Gehörte das Verspeisen von Häuptlingstöchtern womöglich zum Kult?

Matariki beschloss, sich zumindest nichts anmerken zu lassen. Sie stand auf, straffte sich und blickte dem Zug stolz entgegen. Die Männer formierten sich ihr gegenüber – und wirkten wie Soldaten beim Exerzieren oder *haka*-Tänzer vor dem Auftritt. Nachdem die ersten zehn Krieger Aufstellung genommen hatten, passierte erst einmal gar nichts – aber dann trat ein großer, muskulöser, für einen Maori-Krieger jedoch sehr schlanker Mann aus der Menge, die sich respektvoll für ihn teilte. Sein Gesicht war mit Tätowierungen bedeckt wie die der anderen, und auch sein glänzendes schwarzes Haar war zum Kriegerknoten gewunden. Trotzdem kam er Matariki vage bekannt vor – beim genauen Hinsehen erkannte sie, dass sein Haaransatz dem ihren glich. Seine Augen standen leicht schräg und waren bernsteinfarben, wenn auch dunkler als Matarikis. Der Mann trug die Insignien des Häuptlings: das Beil und den Stab, dazu einen wertvollen Umhang, schwarz-weiß längs gestreift. Matariki entschloss sich, ihm ebenso würdevoll entgegenzutreten, wie er sich jetzt vor ihr aufbaute.

»Kahu Heke?«, fragte sie. »Vater?«

Der Mann hätte sein Gesicht beinahe zu einem Lächeln verzogen, aber dann beherrschte er sich. Lächeln beim Anblick seiner Tochter war wohl nicht vereinbar mit dem *mana* eines Kriegshäuptlings. Aber immerhin kam er jetzt auf Matariki zu und beugte sich zu ihr herab, um den traditionellen Gruß der Maori, den *hongi*, zu tauschen. Matariki legte Stirn und Nase an das tätowierte, harte Gesicht ihres Vaters.

»*Kia ora*, Matariki«, sagte Kahu Heke. »*Haere mai.*«

Willkommen. So jedenfalls begrüßte man wohl kaum das Mittagessen. Matariki konnte sich nicht helfen, sie kämpfte mit einer gewissen Belustigung. Das alles war derart seltsam ... der würdige Häuptling, die schweigenden Krieger – wo die Stämme doch sonst eher zu lebhaften Begrüßungen neigten! Bei den Ngai Tahu hätten Matarikis Entführer längst Scherzworte und *hongi* mit ihren alten Freunden getauscht. Aber hier standen die beiden Seefahrer genauso isoliert von ihrem Stamm wie Matariki während der gesamten Reise von ihnen. Unberührbar ... Matariki schwankte zwischen Schaudern und hysterischem Kichern.

Kahu Heke wandte sich jetzt ihren Entführern zu. »Hanu, Kahori, *haere mai*. Ihr habt euren Auftrag erfüllt, der Dank eures Stammes ist euch gewiss und der Segen der Götter. Ihr könnt jetzt gehen und euch reinigen.«

Matariki runzelte die Stirn. Die beiden Männer waren zuvor geschwommen. Sie waren sicher sauberer als Matariki selbst und die schweißbedeckten Krieger. Hanu und Kahori verneigten sich kurz, dann verzogen sie sich ins Inland.

Kahu Heke, der Matarikis Verwunderung bemerkte, zeigte wieder den Anflug eines Lächelns. »Das gehört dazu«, erklärte er kurz – und sprach dabei zur Verwunderung des Mädchens ein akzentfreies Englisch. »Sie hatten Kontakt mit einer Häuptlingstochter – tagelang, sie waren dir viel zu nahe. Wären sie nach dem Verstoß gegen all diese *tapu* umgekommen – wahrscheinlich hätte man ihnen in Hawaiki keinen Einlass gewährt.« Die Seelen verstorbener Maori wanderten übers Meer in das mythenverklärte Land ihrer Väter. »Es gibt aber eine Reinigungszeremonie, der unterziehen sie sich jetzt. Also mach dir keine Sorgen um sie.«

Matariki verdrehte die Augen. »Ich mach mir keine Sorgen«, antwortete sie böse, ebenfalls auf Englisch. »Die Kerle haben mich entführt. Von mir aus kann ihre Seele sonst wohin wandern. Was sollte das, Vater? Wenn du mich sehen wolltest – die Otago Girls' School ist kein Gefängnis, und meine Eltern hätten dich auch sicher auf unserer Farm empfangen – oder im *marae* der Ngai Tahu.«

Kahu Heke wehrte ab. »Wir werden später darüber sprechen, Kind.« Er wandte sich wieder seinen Kriegern zu. »Begrüßt Matariki, Tochter der Sterne, Erwählte der Götter!«

Die Männer hoben ihre Speere und stimmten eine Art Kriegsgeheul an. Matariki kämpfte schon wieder mit einem hysterischen Lachanfall. Das alles sah einfach so aus, als stellten die Mädchen der Otago Girls' School den Vertrag von Waitangi nach. Schließlich lächelte sie den Männern zu und machte eine Geste, die etwa dem glich, was der Theaterclub ihrer Schule für einen Cäsarengruß hielt. Die Krieger schienen zufrieden.

»Folge mir, Matariki!«, forderte Kahu Heke sie förmlich auf und präzisierte dann kurz auf Englisch: »Geh mir einfach nach, aber pass auf, dass mein Schatten nicht auf dich fällt. Und deiner nicht auf irgendjemand anders. Wir werden bald allein sein, dann reden wir.«

Der Trupp Krieger formierte sich wieder und führte Matariki in feierlichem Zug ins Lager der Maori. Kahu Hekes sonderbarer

Stamm verfügte allerdings nicht über ein eingezäuntes *marae* mit Versammlungshaus und Küchen und Vorratshütten. Es wirkte eher wie ein Zeltlager, in dessen Mitte ein riesiger Fahnenmast aufgestellt war – und es war gänzlich frei von Frauen und Kindern. Ein Heerlager, dachte Matariki, und fühlte, wie ihre Belustigung einer inneren Kälte wich. Natürlich, Kahu Heke war ein Kriegshäuptling, kein väterlicher Stammesältester, den sein gesamtes Volk – einschließlich der Frauen – gewählt hatte. Was aber sollte sie hier? Matariki versuchte verzweifelt, sich an das zu erinnern, was ihr Haikina einst über Häuptlingstöchter erzählt hatte.

Im Lager angekommen, löste sich die Formation der Krieger langsam auf. Die Männer mussten sich um die Feuer kümmern, auf denen Süßkartoffeln und Fleisch garten. Offensichtlich hatte man die Vorbereitungen zum Essen unterbrochen und alles stehen und liegen lassen, um Matariki einen angemessenen Empfang zu bereiten. Matariki lief das Wasser im Munde zusammen. Jetzt würde man ihr doch sicher etwas abgeben …

Kahu Heke blieb am Rand des Lagers stehen, bemüht, sich weder den Feuern noch den provisorischen Hütten so weit zu nähern, dass sein Schatten daraufallen konnte.

Dann setzte er zu einer Rede an: »Männer! Heute ist ein Freudentag für alle Gläubigen der Pai Marire – und auch wenn sie es nicht wissen, für alle Mitglieder von Gottes auserwähltem Volk!«

Die Männer reagierten mit begeistertem Geschrei. »*Rire, rire, hau!*«

Sie skandierten die sinnlosen Worte immer wieder, während Matariki überlegte, wo sie den Ausdruck »auserwähltes Volk« schon einmal gehört hatte. Zweifellos nie in der Sprache der Maori … aber oft in der Kirche von Reverend Burton und auch während der Andachten und Bibellesungen in der Schule. Gottes auserwähltes Volk waren die Israeliten, geknechtet von den Ägyptern. Aber was hatte das mit den Maori zu tun?

»Ihr wisst«, erklärte gleich darauf Kahu Heke, »dass der Erzengel Gabriel unserem großen Führer Te Ua Haumene einst erschienen ist, um ihm die Botschaft auf den Weg zu geben. Freiheit für Gottes auserwähltes Volk! Um Gottes Willen zu vollenden, muss die Maori-Nation die Fesseln der *pakeha* abwerfen. Schluss mit Ausbeutung und Landraub! Schluss damit, Papa ihr *mana* zu rauben!«

Matariki schwirrte der Kopf. Irgendwie warf ihr Vater da alles durcheinander, was sie je über Religion gehört hatte. Das alte Testament, die Israeliten und den Erzengel mit der Legende der Maori von der Entstehung der Welt durch die Trennung von Papa, der Erde, und Rangi, dem Himmel. Sie selbst fand das alles ziemlich unsinnig, aber die Männer schien es zu begeistern. Sie vergaßen ihre Feuer und die Zubereitung ihrer Mahlzeiten und begannen, wie in Trance um den Pfahl in der Mitte des Lagers herumzulaufen und dabei immer wieder ihr *rire, rire, hau, hau* zu wiederholen.

»Wir haben die Aufgabe, uns der Pfaffen und Irrlehren der *pakeha* zu entledigen!«, rief Kahu Heke. »Gott wahrhaft wohlgefällig ist nur *tikanga* – die alten Bräuche unserer Heimat, unseres Volkes, machen uns unbesiegbar! *Tikanga* macht uns unsterblich! Besinnen wir uns auf jahrhundertealte Wahrheiten, auf die natürliche Priesterschaft des Häuptlings und seiner Kinder. Atua – Gott hat uns heute seine Priesterin geschickt. Blut vom Blute einer langen Reihe stolzer *ariki*!«

Kahu Heke bedeutete Matariki vorzutreten. Das Mädchen errötete peinlich berührt – was nicht oft passierte. Matariki sah sich auf einen Platz gestellt, auf den sie nicht gehörte. Jeder Mann und jede Frau in ihrem eigenen *iwi* hätte sie für verrückt erklärt.

»Dieses Mädchen – Matariki, die Tochter der Sterne – wird euch vom Frieden in den Krieg führen, wird euch von Kriegern zu Gotteskriegern machen. Unsterblich, unverwundbar – ohne Gnade, unbesiegbar!«

Die Männer jubelten, und Matariki meinte, im Erdboden versinken zu müssen.

»Feiert nun, Männer! Feiert die Befreiung Aotearoas, während ich das meine tue, meine Tochter auf ihre Bestimmung vorzubereiten! Pai Marire, *hau, hau!*«

Kahu Heke fiel kurz in den Ruf der Männer ein, dann wandte er sich zum Gehen. Matariki lief ihm erneut nach – und atmete auf, als sie das Lager verließen. Lediglich einer der Männer, er war noch sehr jung, folgte ihnen in weitem Abstand über einen ausgetretenen Pfad durch den Wald. Nach wenigen Schritten erreichten sie eine Lichtung. Das Haus des Häuptlings – ähnlich provisorisch erbaut wie die Hütten im Lager – stand unter einem ausladenden Kauribaum.

Kahu Heke lud seine Tochter ein, mit ihm auf ein paar Steinen vor der Hütte Platz zu nehmen. Der junge Krieger blieb am Rand der Lichtung, wo bereits ein Feuer brannte. Er beschäftigte sich mit der Zubereitung eines Mahls, und Matariki hoffte, dass er für den Häuptling kochte. Wenigstens schien sie als »Gottes Priesterin« vom Küchendienst befreit zu sein.

»Was sollte das denn?«, fragte Matariki.

Kahu Heke gestattete sich jetzt ein Lächeln. »Du hast es gut gemacht!«, lobte er sie. »Möchtest du englisch sprechen oder unsere Sprache?«

Matariki zuckte die Schultern. »Ist mir ganz egal«, sagte sie dann. »Ich möchte nur ein paar Antworten. Was soll das, Vater? Ich bin keine Priesterin. Ich bin nicht mal *tohunga*, ich hab von den alten Bräuchen keine Ahnung. Jedenfalls nicht mehr als jedes andere Maori-Mädchen!«

»Du bist sehr hübsch, gerade wenn du dich aufregst. Genau wie deine Mutter. Aber du hast keine *moko*«, sinnierte Kahu Heke. Er tat, als habe er Matarikis Ausbruch nicht gehört. »Nun, das lässt sich vielleicht noch nachholen.«

»Ich lasse mich auf keinen Fall tätowieren!«, erregte sich Matariki. »Das tut doch überhaupt keiner mehr, ich …«

»Sehr bald werden wir wieder alle stolz die Zeichen unserer Stämme tragen!«, behauptete Kahu Heke. »Auch die Ngai Tahu, sosehr sie sich auch schon arrangiert haben mit ihren Besatzern.«

»Aber das ist dumm!« Matariki wurde jetzt wirklich laut. »Es gibt keine Besatzer. Wir sind alle ein Volk, *pakeha* und Maori. Das hat schon Captain Hobson in Waitangi gesagt: *He iwi tahi tatou* ...«

Kahu Heke schnaubte wütend. »Wir sind kein Volk! Und der Vertrag von Waitangi war ein einziger Betrug. Die Häuptlinge wussten gar nicht, was sie da unterschrieben ...«

Der Vertrag von Waitangi war ein Regelwerk, das Captain William Hobson und James Busby 1840 ausgehandelt hatten. Neunundvierzig Stammeshäuptlinge – ausschließlich solche der Nordinsel, die Ngai Tahu waren nicht beteiligt gewesen – hatten ihn unterschrieben, und formal legte er die Gleichstellung von Maori und *pakeha* als Bürger Neuseelands fest. Später stellte sich allerdings heraus, dass die Britische Krone daraus auch Anrechte auf Landbesitz und Landnahme ableitete.

Matariki zuckte die Schultern. »Dann hätten sie vielleicht besser aufpassen müssen«, bemerkte sie. »Aber wie auch immer, ich kann's nicht ändern. Und ich führe gern bald zurück auf die Südinsel. Ohne Tätowierung. Was heißt eigentlich *rire, rire, hau, hau*?«

Kahu Heke seufzte. »Das heißt gar nichts, Matariki. Das sind leere Worte. Aber sie helfen den Kriegern, zu sich selbst zu finden. Zu ihrem Volk und ihrer Kraft ...«

»... sagte der Erzengel Gabriel?«, höhnte Matariki.

Kahu Heke rieb sich die Stirn, berührte dabei sein Haar und beeilte sich, die Hand gleich darauf an die Nase zu führen und tief einzuatmen.

»Der Gott Rauru«, bemerkte er. »Er lebt auf dem Kopf des Häuptlings. Durch die Berührung mit meinem Haar habe ich ihn aufgestört, jetzt musste ich ihn wieder einatmen ... Achte bitte auch du darauf, dein Haar nicht leichtfertig zu berühren, Matariki, wenn einer der Krieger zusieht.« Er wies auf den jungen Mann am Rand der Lichtung. »Das ist ein *tapu*.«

Matariki lachte. »Jetzt hast du dich verraten, Vater! Du glaubst all das selbst nicht. Der Erzengel Gabriel ist gar keinem erschienen, und ...«

Kahu Heke sog noch einmal so scharf die Luft ein, als inhaliere er den Erzengel persönlich. »Schau, Matariki, unser Führer Te Ua Haumene hat den Erzengel gesehen. Nachprüfen lässt sich das nicht, er behauptet es einfach. Daraufhin hat er die Religion Pai Marire gegründet ...«

»Gut und friedfertig«, übersetzte Matariki ins Englische. »Das klang bei dir aber eben noch ganz anders.«

Kahu Heke raufte sich noch mal das Haar. Diesmal vergaß er den Gott Rauru. »Inzwischen haben sich auch manche durch den Erzengel Michael inspirieren lassen«, gab er zu. »Der ist kriegerischer. Aber wichtig ist dabei doch nur eins: Die Götter und Engel des Christentums wenden sich uns Maori-Führern zu. Te Ua Haumene nennt uns das neue, auserwählte Volk. Wir lassen uns nichts mehr sagen, wir müssen nicht mehr missioniert werden. Wir nehmen uns mit Gottes Hilfe unser Land.«

»Und dazu brauchst du wirklich mich?«, fragte Matariki.

Ellen Paisley schleppte sich geschlagen zurück zu dem Zechenhaus, das sie mit ihrer Familie bewohnte. Sie zog Rosie, ihre vierjährige Tochter, hinter sich her und versuchte zu ignorieren, dass die Kleine quengelte – und das seit Stunden. Violet konnte nicht auf sie aufpassen, sie diente seit einer Woche oben im Burton-Haus. Die Frau des Reverends hatte sie angestellt, ihr und ihrer Tochter bei den Aufräumungsarbeiten zu helfen. Ellen hatte nichts Genaueres gehört – sie hatte selbst genug andere Sorgen –, aber Reverend Burton hatte seinem Neffen wohl gehörig den Kopf zurechtgesetzt. Violet berichtete, dass der junge Herr Randolph zwar nach wie vor im Haus wohnte, aber gezwungen war, sich halbwegs gesittet zu benehmen. Die Wohnräume hatten wohl verheerend ausgesehen, als der Reverend das Anwesen übernahm. Die Frauen putzten und ordneten immer noch, wobei sie sich jetzt den Garten vorgenommen hatten.

»Sonst kann man das Haus ja niemandem verkaufen«, wiederholte Violet altklug die Worte Kathleen Burtons. Der Reverend aus Neuseeland und seine schöne Frau waren schnell zu Violets neuen Vorbildern geworden. Für die junge Heather schwärmte sie besonders. »Sie malt so wunderschön, das möchte ich auch können! Und sie hat mir Bilder von ihrer Heimat gezeigt. Es ist so schön da – die Luft ist ganz klar, und die Berge sind immer schneebedeckt. Kannst du dir das vorstellen, Mutter, auch im Sommer? Die Flüsse sind klar, niemand leitet seinen Dreck hinein. Und es gibt keinen Kohlenstaub!«

Violet blickte sehnsuchtsvoll in die Weite. Zweifellos träumte sie davon, die Burtons auf ihre Insel am Ende der Welt zu begleiten.

Ellen konnte es ihr kaum verdenken – am liebsten wäre sie gleich mit geflohen. Das Geld, das Jim ihr am letzten Zahltag gegeben hatte, war das letzte gewesen. So hatte er gleich nach seiner Heimkehr getönt. Er habe es satt, für diesen Mistkerl von Steiger zu arbeiten, und erst recht für die Butes, diese reichen Säcke. Jim und Fred zufolge hatten Vater und Sohn ihre Arbeit hingeworfen – in glorioser Manier, nachdem der Steiger sie faule Saufbolde genannt hatte. Mrs. Browns Mann hatte allerdings erzählt, Jim Paisley sei gekündigt worden. Fred war dann gleich mit abgehauen – nachdem er den Steiger mit der Spitzhacke bedroht hatte. Der Junge war stark, hatte aber die Arbeit nicht erfunden.

Ellen hatte das alles zuerst nicht allzu ernst genommen – in den letzten Jahren waren rund um Treherbert um die zwanzig Minen eröffnet worden, und ihre Betreiber waren einander fast alle spinnefeind. Es war insofern einfach, eine neue Arbeit zu finden. Allerdings betraf die Feindschaft der Minenbetreiber nicht unbedingt auch ihre Steiger. Im Gegenteil, die gingen gern mal zusammen ein Bier trinken und tauschten sich dabei über gute und schlechte Arbeiter aus. Jim und Fred Paisley kamen dabei nicht gut weg, erst recht nicht nach der Geschichte mit der Hacke.

Insofern verging denn auch eine halbe Woche, bevor die beiden überhaupt wieder Arbeit fanden. Und dann war es keine richtige Mine, sondern irgendein Level. Jim hatte sich da nicht klar ausgedrückt, aber offensichtlich trieb jemand einen neuen Stollen in den Berg. Im Gegensatz zu richtigen Minen, in die man senkrecht einfuhr und in denen die Kohle unter Tage abgebaut wurde, verstand man unter einem Level einen Gang, den man horizontal in einen Berg grub. Nach allem, was Ellen gehört hatte, kein besonders aussichtsreiches Verfahren in Treherbert – die Kohle lag hier verhältnismäßig tief, weshalb die ersten Minen auch erst zehn

Jahre zuvor eröffnet hatten. Andererseits war die Eröffnung eines Levels wesentlich billiger als die Errichtung von Fördertürmen und Schächten. Ellen hatte sich kurz gefragt, wie der in der Nähe wohnende Countrygentleman wohl auf die Idee gekommen war, sich hier auf gut Glück mit Kohleabbau zu versuchen. Viel Ahnung davon konnte er kaum haben und offensichtlich auch wenig Erfahrung in der Einschätzung von Arbeitern. Ansonsten hätte er Jim Paisley kaum als Vormann eingestellt ...

Ellen schalt sich ihrer bösartigen Gedanken. Natürlich hatte Jim eine Menge Erfahrung, und vielleicht bewährte er sich ja tatsächlich. Sie konnte das nur kaum glauben, und die Entlohnung ließ auch auf sich warten. Ellens heutiger Versuch, ihrem Mann wenigstens einen Teil seines Wochenlohns zu entreißen, war fehlgeschlagen. Der neue Chef hatte den Männern nur ein Taschengeld als Vorschuss ausgezahlt. Richtigen Lohn würde es erst geben, wenn die Kohleförderung angelaufen war.

»Und wenn da gar keine Kohle liegt?«, hatte Violet vorwitzig gefragt, als ihr Vater ihnen diese Bedingung für seine Einstellung eröffnete. Sie hatte dafür gleich eine Kopfnuss kassiert.

»Wo Jim Paisley gräbt, da liegt auch Kohle!«, hatte er geschnauzt. Ellen fand diese Feststellung beunruhigend. Besagte sie doch, dass der neue Minenbetreiber seinem Vorarbeiter die Anlage der Schächte überließ. Eine Sache, von der Jim ganz sicher keinerlei Ahnung hatte.

Aber wie auch immer, eine oder zwei Wochen ohne Lohn würde die Familie verkraften. Violets Arbeit für die Burtons wurde ordentlich bezahlt, und sie brachte auch Wäsche mit, die Ellen zu Hause erledigen konnte. Wenn die Burtons noch ein paar Wochen blieben – und es sah ganz danach aus, da sich die Verhandlungen über die Landverkäufe hinzogen –, würden die Paisleys überleben können. Bis dahin entschloss Jim sich hoffentlich, doch wieder bei Bute oder in einer anderen Mine zu Kreuze zu kriechen.

Das hatte Ellen jedenfalls gedacht, bis an diesem Tag der Brief der Hausverwaltung eintraf. Das Zechenhaus, in dem ihre Familie lebte, gehörte der Bute-Mine. Man bevorzugte Bute-Arbeiter als Mieter, und denen stundete man die Miete auch mal, wenn sie knapp waren. Arbeitete jemand jedoch für andere Minen oder gar nicht, so reagierte die Hausverwaltung rasch: Wer nicht zahlte, flog raus. Ellen hatte fassungslos auf den Zettel gestarrt, in der ihr die Zwangsräumung für den übernächsten Montag angedroht wurde.

»Es tut mir leid, gute Frau, aber mir sind da die Hände gebunden«, entschuldigte sich der zuständige Angestellte, als Ellen mit Rosie an der Hand in sein Büro kam und verzweifelt um Aufschub bat. »Ihr Mann hat zwei Monatsmieten bei uns offen – wir hatten ihn schon angemahnt, das machen wir meistens, ohne die Familien zu beunruhigen. Die Steiger sprechen die Männer drauf an, und dann zahlen die meist auch … früher oder später. Schlimmstenfalls ziehen wir direkt was vom Lohn ab.« Der Mann verzog das Gesicht, und Ellen fuhr sich nervös durchs Haar. In den meisten Bergwerksfamilien lief es genau wie bei ihnen: Die Frauen erhielten nur das Haushaltsgeld, die Miete entrichteten die Männer. Und mitunter landete das dafür vorgesehene Geld dann eben doch nicht bei der Hausverwaltung, sondern im Wettbüro oder in der Billardhalle. »Da Ihr Mann ja jetzt nicht mehr bei uns arbeitet … Sie müssen uns da auch verstehen, wir brauchen die Häuser für unsere eigenen Leute. Wobei wir niemanden rauswerfen, nur weil er zur Konkurrenz geht. Aber die Miete muss er dann schon zahlen. Regelmäßig und den vollen Betrag.«

Ellen hatte – sicher mit Hilfe der greinenden Rosie – immerhin noch einen Aufschub von einer Woche ausgehandelt, wobei sie sich kaum Hoffnungen machte, dass sich in dieser Zeit etwas änderte. Sie selbst und Violet konnten keine drei Monatsmieten aufbringen. Und bis Jim in seiner neuen Mine zu Geld kommen würde …

Ellen schloss die Tür ihres kleinen Hauses auf und begann lustlos, Kartoffeln zu schälen. Mehr als eine dünne Suppe würde wieder nicht drin sein – nicht, wenn sie versuchte, etwas Mietgeld anzusparen. Vielleicht ließ sich der Verwalter ja zu weiterem Aufschub überreden, wenn sie wenigstens eine Anzahlung leistete. Ellen weinte still vor sich hin, während sie kochte. Ihr Leben mit Jim war nie leicht gewesen. Seine Trinkerei, die Schläge, wenn er irgendwelchen Ärger an ihr ausließ, die mitleidigen Blicke der Nachbarinnen, denen es wenigstens ein bisschen besser ging.

Und dabei war es Ellen selbst einmal sehr viel besser gegangen. Sie versuchte, sich mit Träumen von ihrer glücklichen Kindheit zu trösten, dachte an das Haus ihrer Eltern in Treorchy, das am Rand des Dorfes lag, den Garten – damals war das Tal noch nicht voller Kohlenstaub und Ruß gewesen. Ellen erinnerte sich eigentlich nur an sonnige Tage, an goldglänzende Ähren auf den Feldern, einen leuchtend blauen Himmel, Picknicks auf den Wiesen. Ihr Vater war Schuhmacher gewesen, und sie hatte nachmittags in seiner Werkstatt gesessen, mit Lederresten gespielt und seinen Unterhaltungen mit den Bauern und Handwerkern gelauscht, denen er Stiefel anmaß. Aber dann hatten die ersten Minen eröffnet – und plötzlich strömten Bergleute aus allen Ecken Englands in die Täler von Rhondda. Einer der ersten in Treorchy war Jim Paisley gewesen, damals ein schmucker junger Mann mit kantigem Gesicht und blitzenden Augen – und Lippen, die so wunderbar lachen und noch wunderbarer küssen konnten!

Ellen hatte gelacht, wenn er dunkel wie ein Mohr aus der Mine zu ihr gekommen war, sie hatte ihn am Rhondda River getroffen, wo er schwamm und sich schrubbte. Schließlich hatte sie duftende Seife aus den gehüteten Beständen ihrer Mutter stibitzt und ihn vergnügt damit eingeseift. Irgendwann hatte er sie mit sich in den Fluss gezogen. Sie hatten herumgealbert, sich nassgespritzt wie Kinder – und anschließend musste sie natürlich ihre Kleider ausziehen. Da war es dann passiert. Ellen hatte jeden Kuss, jede Berührung, jedes fordernde Stoßen seines wunderbaren Geschlechts genossen.

Natürlich waren sie sehr bald erwischt worden. Von Nachbarn

am Fluss, was ärgerliche Verhöre und Verbote nach sich zog. Auf keinen Fall sollte Ellen Seekers, die Handwerkertochter mit der ordentlichen Mitgift, einen hergelaufenen Bergmann heiraten! Noch dazu einen wie Jim Paisley, der schon damals gern sein Geld in die Pubs trug.

Das Ganze war eskaliert, als Ellens Mutter ihre Tochter mit der Hand in der Haushaltskasse ertappte. »Nur ein paar Shilling«, hatte Jim gesagt. »Ich geb's auch zurück.« Es gab Tränen, Entschuldigungen, eine zweite Chance, die Ellen wieder verspielte, weil sie in Jims Umarmung alles vergaß. Schließlich hatte ihr Vater sie hinausgeworfen. Es sei zu ihrem eigenen Besten, behauptete er. Sie habe genug von Paisley, noch bevor es ihr gelingen würde, ihn zum Traualtar zu schleppen.

Aber Ellen besaß ein bisschen Schmuck und ein paar Kleider, die sie mitnahm. Jim genügte das als Mitgift, und er war auch einer zünftigen Feier nicht abgeneigt. Das Geld reichte für eine feuchtfröhliche Hochzeit und auch noch für ein paar Töpfe und gebrauchte Tische und Stühle. Ellen möblierte triumphierend eine Hütte in Pentre, die ihnen ein Farmer vermietete.

Damals eröffnete in den Rhondda Valleys eine Mine nach der anderen. Ellen fiel zunächst gar nicht auf, wie oft Jim den Job wechselte. In Pentre wurden ihr Sohn Fred und kurz vor dem Umzug nach Treherbert ihre Tochter Violet geboren. Rosie war ein Nachkömmling, mit dem eigentlich keiner mehr gerechnet hatte. Schon als sie mit Violet schwanger war, hatte Ellen sich Sorgen gemacht. Bei Rosemary hatte sie geweint. Damals wusste sie schließlich bereits, was sie sich mit Jim Paisley eingehandelt hatte. Aber es war längst zu spät für ein Zurück.

»Und wenn du doch einfach mal nach Treorchy gehst und mit den Großeltern sprichst?«, fragte Violet.

Das Mädchen hatte gleich Schlimmes geahnt, als es die Mutter in Tränen aufgelöst am Küchentisch fand. Dabei war Violet auf dem Heimweg noch bester Stimmung gewesen. Heather Coltrane hatte ihr ein Kleid geschenkt, und Kathleen hatte ihr gezeigt, wie sie es für sich ändern konnte. Außerdem stöhnte Peter Burton über die zähen Verhandlungen mit einem Minenbesitzer, der das Haus kaufen wollte oder doch lieber nicht, mit Land drumherum oder ohne. Den gesamten Besitz loszuschlagen war auf jeden Fall illusorisch. Die Burtons würden also noch wochenlang in Treherbert bleiben. Aber dann schob Ellen Violet den Brief der Hausverwaltung zu, und das Mädchen hätte beinahe mitgeweint.

Im Rhondda Valley gab es keine Alternative zu den Häusern der Minengesellschaften. Und selbst die waren überfüllt. Wer eine etwas größere Wohnung ergattert hatte, pflegte an ein oder zwei junge Männer unterzuvermieten. Natürlich gab es auch noch ein paar Farmen in der Umgebung, aber dort mochte man die Bergarbeiter nicht, und ganz sicher würde niemand sein Haus mit den Paisleys teilen. Violet machte sich also keine Illusionen. Sie würden Treherbert verlassen und in eine andere Bergwerkssiedlung umziehen müssen. Das sichere Ende ihrer Anstellung bei den Burtons und die Wäscherei ihrer Mutter. In einem neuen Ort mussten sie neu anfangen, vorerst allein angewiesen auf den Lohn von Vater und Bruder. Es sei denn …

»Es ist doch so lange her, Mutter! Wie lange hast du sie nicht gesehen? Fünfzehn Jahre? So lange kann man einander gar nicht böse sein. Jedenfalls nicht der eigenen Tochter!«

Violet redete ihrer Mutter seit Jahren zu, den Kontakt zu ihren Eltern wieder aufzunehmen. Mehr als sie rauswerfen aus dem Haus der Seekers, so argumentierte sie, könne man nicht. Und wenn sie Rosie mitnahmen … wer auf dieser Welt konnte den rosigen Wangen und dem lockigen rotblonden Haar ihrer kleinen Schwester widerstehen?

Rosie hörte nun auch endlich auf zu jammern und ließ sich von Violet auf den Schoß nehmen. Sie vergötterte ihre Schwester. Vor Vater und Bruder fürchtete sie sich.

»Aber ich schäme mich, Violet. Es ist mir peinlich! Ich kann nicht plötzlich da auftauchen wie eine Bettlerin.«

Ellen putzte sich die Nase. Jim und Fred mussten bald nach Hause kommen – wenn sie es schafften, am Pub vorbeizugehen, ohne sich allzu lange aufzuhalten. Dann wollte sie nicht verweint und verzweifelt wirken. Sie musste vernünftig mit den beiden reden. Vielleicht ließ sich dieser neue Minenbetreiber ja doch dazu überreden, schon mal etwas Geld herauszurücken. Ellen wollte auf jeden Fall herausfinden, wie der Mann hieß.

»Dann gehe ich«, sagte Violet entschlossen. »Wenn du es nicht schaffst, gehe ich!«

»Wobei ich gar nicht verstehe, weshalb Sie es so eilig haben.«

Einer der Interessenten für Peters ererbtes Land, ein schwerreicher Minenbesitzer, konnte und konnte sich nicht entscheiden, eine der Parzellen zu erwerben. Eben hatte er Peter eröffnet, dass er doch noch mal mit zwei seiner erfahrensten Steiger wiederkommen wolle. Und ob Peter etwas gegen Probebohrungen habe?

Peter ging dieses Hin und Her langsam auf die Nerven. Mühsam beherrscht hatte er dem Mann erklärt, er wolle das Land vor allem schnell verkaufen. Wenn die Bohrungen also gleich erfolgen könnten, sei es ihm recht. Er wollte ganz sicher niemanden betrügen, und ob er das Land als Industriegrund oder als Agrarland losschlug, war ihm egal. Der Verkauf sollte nur endlich über die Bühne gehen!

Auf diesen Ausbruch folgte die verwunderte Frage des Käufers. »Wo Sie doch jetzt auch ins Bergbaugeschäft einsteigen wollen … die Grabungen können Sie nicht aus der Entfernung überwachen. Erst recht nicht aus Ihrem Neuseeland!«

Peter runzelte die Stirn. »Ich will was?«, fragte er unwillig. »Mr. Hobbs, das Letzte, was meiner Frau und mir in den Sinn käme, wäre, hier eine Mine zu eröffnen. Einmal deshalb, weil ich von Kohleabbau keine Ahnung habe, und zweitens, weil ich mein Amt als Reverend von Herzen liebe. Ich habe eine Gemeinde bei Dunedin, die auf mich wartet. Und was meine Frau angeht …«, er grinste, »… die besitzt schon eine Goldmine. Die würde sie auf keinen Fall gegen ein paar Kohleschächte eintauschen.«

Malcolm Hobbs lächelte ungläubig. »Ach ja? Aber ist es denn nicht Ihr Land, in das sie da im Süden der Stadt einen neuen Level schlagen? Also, ich hätte geschworen, Sie würden die Parzelle Arnold Webber anbieten, weil dessen Mine doch nebenan liegt. Und jetzt graben Sie selbst. Wobei ich Ihnen in einem Recht geben muss: Vom Bergbau verstehen Sie nichts. Auf dem Land ist keine Kohle, Reverend. Vielleicht fünfzig Ellen darunter, das kann sein. Aber in den Berg können Sie zehn Tunnel schlagen, da finden Sie nichts.«

Er lachte, bückte sich und zerbröselte etwas Erde zwischen den Fingern, als könnte ihm ihre Konsistenz verraten, ob fünfzig Ellen darunter vielleicht Kohleflöze lagen.

Peter war jetzt ernstlich verwirrt. »Levels sind diese horizontalen Stollen, nicht wahr?«, fragte er. »Aber in meinem Berg? Sie verwechseln das ganz bestimmt nicht?«

Hobbs schüttelte grinsend den Kopf. »Bestimmt nicht. Meine Leute haben sich das Land auch angeguckt, Reverend. Wenn wir da Kohle vermutet hätten, hätten wir gegen Webber geboten. Ich weiß also, wo es liegt. Und was Webber angeht: Der hat mir erst gestern erzählt, er wolle Ihnen nun doch noch ein Angebot machen. Er braucht Land für neue Arbeitersiedlungen. Aber wie gesagt, jetzt buddelten Sie da ja selbst. Hat ihn gut amüsiert, Reverend.«

Peter Burton strich sich verärgert eine Haarsträhne aus dem Gesicht und setzte seinen breitkrempigen Hut auf, da es eben zu regnen begann. Sein Pferd aus den Ställen seines Onkels knabberte Gras, aber jetzt nahm er die Zügel auf.

»Ich fürchte, unter diesen Umständen werden Sie mich entschuldigen müssen, Mr. Hobbs. Ich muss auf diesem Berg nach dem Rechten sehen. Wenn da wirklich jemand gräbt, dann will ich wissen, wer und warum. Und bestellen Sie Mr. Webber, dass ich auf sein Angebot warte!«

»Allmählich müssten Sie doch mal was finden!«

Randolph Burton, ein hochgewachsener junger Mann, der jetzt noch muskulös war, auf Dauer aber sicher schwer und unbeweglich wie sein Vater werden würde, wandte sich verärgert an seinen Vorarbeiter. Randolph hatte eigentlich ebenmäßige Züge, aber seit bald einem Jahr sah er nur noch mürrisch in die Welt, und die ersten Falten hatten sich bereits in sein Gesicht gegraben.

»Wir sind ja noch nicht allzu weit«, beschwichtigte ihn Jim Paisley. »Aber so langsam müssten wir den Stollen mal abstützen. Ich bin ja nicht so feige«, Paisley blickte selbstsicher an die Decke des bislang etwa zehn Meter weit in den Berg getriebenen Ganges, »aber die anderen fangen an zu meckern, das Ding könnt einstürzen.«

Randolph Burton zog instinktiv den Kopf ein und schaute besorgt auf die vier Leute mit Spitzhacken und Schaufeln, die den Stollen angestrengt weiter in den Berg trieben. Eben hatte er sich noch gefreut, dem Regen zu entkommen, der von einem Augenblick zum anderen stärker zu werden schien. Aber wenn das hier nicht sicher war … bisher hatte er keinen Gedanken daran verschwendet, sein Stollen könnte einbrechen.

»Jedenfalls müssen Sie Holz bestellen, Mr. Burton. Kann ich natürlich für Sie machen … wenn Sie mir Geld geben. Und wenn wir schon beim Geld sind, die Löhne … Also ich bin ja nicht so habgierig. Aber die anderen …«

Randolph Burton prüfte sauertöpfisch die Wände des Ganges. Vielleicht hatte dieser Paisley ja irgendwelche Flöze übersehen. Randolph war ausgesprochen stolz auf sein frisch erworbenes Wissen über den Bergbau. Schon vor dem Tod seines Onkels hatte er im Pub stets die Gesellschaft von Steigern gesucht und auch die Minenbesitzer selbst nach Informationen ausgehorcht. Schließlich traf man sich bei gesellschaftlichen Anlässen – zumindest hatte man Randolph stets dazu eingeladen, solange sein Onkel noch lebte. Randolph hatte schon damals versucht, Onkel James zum Einstieg ins Bergbaugeschäft zu überreden. Das musste schließlich lächerlich einfach sein, angeblich war das Southern Coalfield of Wales das größte in ganz Britannien. »Hier«, so hatte Randolph seinen Großonkel gedrängt, »liegt überall Kohle. Wir müssen sie nur rausholen und reich werden!« James hatte darüber allerdings nur gelacht. »Sie liegt aber nicht auf der Straße, Junge, sondern manchmal ziemlich tief darunter. Und ich bin reich genug. Ganz sicher werde ich mein Land nicht in eine Kohlehalde verwandeln – wenn ihr das nach meinem Tod tut, kann ich's nicht ändern. Aber sieh dir doch den Fluss an, die Hügel, den Wald. Das alles ist wunderschön, Randolph, ich liebe es! Und genau mit diesem Blick aus meinem Fenster und mit dem Gesang der Vögel im Ohr möchte ich sterben. Nicht mit einem dicken Kontoauszug in der Hand.«

Nun hätte Onkel James ohnehin nicht mehr die Zeit gehabt, eine richtige Mine zu errichten, aber Randolph … Es kostete natürlich einen Haufen Geld, so einen Level in den Berg zu treiben – das konnte man sich mit dem Burton-Erbe jedoch mühelos leisten … Randolph hoffte, die ersten Wagen voll Kohle fördern zu können, bevor sein Onkel Peter dahinterkam. Dann würde alles anders aussehen. Sicher würde der Reverend nicht mehr verkaufen wollen, sondern ihm, Randolph, die Verwaltung der Burton-Mine überlassen. Großartig klang das! Burton-Mine! Allein der Gedanke hob Randolphs Stimmung. Er würde hier residieren wie die Webbers und die Hobbs – oder sich ein Anwesen bei Cardiff zulegen, wie der Marquess of Bute. Dem Reverend konnte er ja monatlich etwas Geld zukommen lassen. Für die Armen in diesem Neuseeland oder sonst wo. Schließlich tönte der Onkel ständig, er werde den Erlös seines Erbes für karitative Zwecke verwenden.

Wenn vor der Verwirklichung dieser schönen Träume nur nicht so viele Investitionen lägen! Werkzeuge, Löhne, jetzt Holz … so langsam wuchs Randolph die Sache über den Kopf. Vor allem seit Peter und seine Familie das Haus besetzt hielten. Vorher hatte er Möbel und Wertgegenstände verkaufen können, um sein ehrgeiziges Minenprojekt zu betreiben.

»Aber Sie sind sicher, dass in diesem Berg Kohle liegt?«, erkundigte Randolph sich nochmals bei Paisley.

Vielleicht ließ sich sein Vater ja überreden, einen Vorschuss auf sein Erbe zu leisten. Schließlich sollte der Kerl ein schlechtes Gewissen haben! Er hatte ihm eben brieflich mitgeteilt, Alice erwarte ein Kind.

Paisley nickte. »Hier gibt's überall Kohle!«

Draußen rauschte der Regen inzwischen mit einer solchen Intensität vom Himmel, dass die Männer die Hufschläge von Peters Pferd nicht hören konnten. Erst als der Reverend im triefenden Wachsmantel eintrat, das Wasser tropfte von seiner Hutkrempe, blickten Randolph und Jim zum Höhleneingang. Peter hatte Paisleys letzte Worte gehört.

»Richtig, Mr. Paisley«, sagte er. »Es überrascht mich nicht, Sie hier zu sehen. Ihre Tochter erzählte mir von Ihrer neuen Vorarbeiterstelle. Sie meinte im Übrigen zu Recht, Ihr Arbeitgeber könne nicht der Hellste sein ...«

Paisley brauchte ein paar Augenblicke, um diese Bemerkung zu begreifen. Dann verzog sich sein Gesicht zu einer wütenden Grimasse. »Ich schlag das Luder windelweich.«

Peter schüttelte den Kopf. »Das zaubert die Kohle aber auch nicht aus fünfzig Ellen Tiefe, Mr. Paisley. Da liegt sie nämlich – höchstwahrscheinlich. Hier oben im Berg ist sie nicht, Randolph – wer hat dich nur auf die dumme Idee mit diesem Level gebracht? Du machst dich ja zum Gespött der Leute. Und mich mit, schließlich ist es mein Land, falls dir das immer noch nicht klar ist. Womit bezahlst du überhaupt die Grabungen? Du hast hier ...«, Peter zählte kurz, »... fünf Männer beschäftigt. Oder warte mal ... Sind das Frauen, Randolph?«

Peter blickte entsetzt auf die eher zierlichen Gestalten, die gerade den Abraum wegschaufelten, den Fred Paisleys Spitzhacke hinterließ.

Randolph zuckte die Achseln. »Frauen sind billiger«, erklärte er. »In den Levels werden sie oft beschäftigt. Während sie in den Minen ...«

»Weiber unter Tage bringen Unglück!«, behauptete Jim Paisley.

Peter Burton verdrehte die Augen. »Sie hören jetzt mal auf mit der Schufterei, Ladys. Und du auch, Fred Paisley. Was ihr da macht, ist ja obendrein gefährlich. Die Höhle hier kann einbrechen, gerade jetzt bei dem Regen. Herrgott, Randolph, dies ist kein Stein und keine Kohle, diese Hügel hier bestehen aus Erde!« Er wandte sich an die Arbeiterinnen. »Ihren Lohn werden Sie natürlich erhalten ...«

»Den ganzen?«, fragte eine der Frauen mit heller Stimme. Man konnte ihr Alter nicht schätzen, ihr Gesicht war schwarz von Dreck und Staub, und sie trug Hosen und dicke Pullover. »Auch den von der letzten und vorletzten Woche?«

Peter rieb sich die Stirn, während Randolph die Frau anfunkelte. »Die Vereinbarung besagt ganz klar, dass Sie bezahlt werden, wenn wir Kohle finden, Mrs. Carlson.«

Die Frau schloss resigniert einen Herzschlag lang die Augen.

»Wir brauchen das Geld«, sagte eine andere.

Peter holte tief Luft. »Selbstverständlich erhalten Sie Ihren Lohn, Madam, machen Sie sich keine Sorgen. Das gilt allerdings nicht für Sie, Paisley. Nach dem, was Ihre Tochter erzählt, arbeiten Sie seit zehn Jahren in Treherbert. Sie sollten wissen, wie tief unter der Erde hier die Kohle liegt. Wenn Sie sich also auf solchen Unsinn einlassen, müssen Sie die Konsequenzen tragen!«

Paisley schien anscheinend ohnehin nicht viel gearbeitet zu haben. Peter registrierte, dass der »Vormann« als Einziger nicht völlig verstaubt und verdreckt, sondern relativ sauber und ordentlich gekleidet war.

Sowohl Paisley als auch Randolph wollten etwas erwidern, aber Peter gebot beiden mit einer Handbewegung Schweigen. »Wir sprechen uns noch, Randolph ... vor deiner Abreise nach Cardiff, du wirst den nächsten Zug nehmen. Und Sie, Paisley, gehen mit Fred nach Hause – oder besser zu Mr. Webber. Sagen Sie ihm, er kriegt einen kleinen Preisnachlass auf dieses Land, wenn er Sie und Ihren Sohn einstellt. Und dann versuchen Sie mal, diesen Job zu halten, um Ihrer Frau und Ihrer Töchter willen. Ladys, bitte kommen Sie doch morgen Nachmittag nach Burton House, Sie werden verstehen, dass ich augenblicklich kein Geld bei mir habe. Aber morgen früh regle ich das mit der Bank. Ach ja, und den Rest der Woche können Sie meiner Frau im Garten helfen, dann verlieren Sie den Wochenlohn nicht ...«

Die vier Frauen entfernten sich dankend. Peter schaute resigniert hinaus in den strömenden Regen. »Dein Vater wird mir das Geld hoffentlich zurückerstatten«, bemerkte er in Randolphs Richtung. »Und nun verschwindet alle hier, bevor der Gang einstürzt!«

Peter führte sein Pferd hinaus in den Regen, der jetzt sintflutartig niederfiel. Er sehnte sich nach einer Tasse Tee oder besser noch einem großen Whiskey. Und nach Kathleens Gesicht, ihrem Lachen und ihrem Verständnis. Ob Randolph Burton Alice Clusky ebenso geliebt hatte? Ob all seine verrückten Ideen vielleicht nur darauf zielten, die junge Frau vielleicht doch noch für sich zu gewinnen? Peter seufzte und blickte den Frauen nach, die, schon jetzt völlig durchnässt, in die Stadt wanderten. Auf sie warteten ganz sicher kein warmer Kamin, kein Tee, kein Whiskey und kein Trost. Stattdessen Hausarbeit, Kinder und Männer, die sich nicht schämten, ihre Frauen und Töchter in den Berg zu schicken.

Es gab Schlimmeres als eine unglückliche Liebe.

Kahu Heke ließ vorerst offen, was seine Tochter zur Rettung des Maori-Volkes tun konnte. Schon deshalb, weil er nicht mehr lange mit Matariki allein blieb. Der junge Krieger, der am Rand der Lichtung gekocht hatte, näherte sich den beiden schüchtern, eine seltsame Gerätschaft in der Hand.

»*Ariki* ... das Essen sein bereitet«, sagte er ehrerbietig. »Erst für du. Für Tochter kocht auf Feuer.« Er drückte sich schwerfällig aus und machte Grammatikfehler.

Matariki wunderte sich erneut – das konnte nicht noch ein neuer Dialekt sein, es hörte sich eher so an, als lerne der junge Maori erst seit kurzem die Sprache seines Volkes. Allerdings vergaß sie gleich alle linguistischen Probleme, als Kahu Heke ihm nun dankte und sich in majestätischer Manier am Feuer niederließ. Der junge Krieger achtete sorgsam darauf, nicht in seinen Schatten zu geraten, während er neben ihn trat und die befremdliche Apparatur an seine Lippen setzte. Sie wirkte wie eine Art Horn mit einer Öffnung auf jeder Seite – und jetzt schaufelte der Krieger allen Ernstes Essen in die Höhlung, das daraufhin durch das kleinere Loch in Kahu Hekes Mund rutschte.

»Ich darf das Essen nicht berühren, es ist *tapu*«, verriet ihr der Häuptling, als der Krieger das Horn kurz absetzte. »Wenn ich Schüsseln und Löffel benutzen würde wie alle anderen, würde das aufwendige Reinigungszeremonien erfordern. Das wäre lästig und obendrein eine Verhöhnung der Götter. Also das Fütterungshorn. Man gewöhnt sich dran, Matariki.«

Matariki fasste sich an die Stirn – ließ ihr Haar dabei aber sicherheitshalber unberührt. Es wäre ihr zu peinlich gewesen, danach womöglich Rauru einatmen zu müssen.

»Mich wird er nicht füttern!«, sagte sie knapp mit Blick auf den jungen Krieger.

Der sah eigentlich recht gut aus. Er hatte nur eine kleine Tätowierung im Nasenbereich, die ihn eher lustig als gefährlich wirken ließ. Matariki fand, sie betone seine Grübchen. Der junge Mann hatte ein ovales Gesicht, kurzes dunkles Haar, das er wohl gerade erst lang wachsen ließ, um es zu einem Kriegerknoten winden zu können, freundliche braune Augen und einen vollen, schönen Mund. Matariki hätte ihn sich eher als einen Sänger oder Poeten vorstellen können denn als Krieger. Auf jeden Fall würde er, um ein solcher zu werden, noch üben müssen, bevor er jemandem Angst einjagte.

Tatsächlich schien er selbst eher furchtsam zu sein. Matariki erinnerte sein erschrockener Blick nach ihren entschiedenen Worten an die Augen eines verletzten Teddybärs.

»Ich gemacht Fehler?«

Kahu Heke schüttelte den Kopf. »Es ist alles in Ordnung, Kupe«, begütigte er – auf Englisch. Der Krieger entspannte sich.

»Er muss dich nicht füttern, Matariki.« Der Häuptling wechselte wieder in die Sprache der Maori. »Für die Kinder des *ariki* bestehen keine so strengen *tapu*. Zwar wird separat für dich gekocht, aber das Fütterungshorn bleibt dir erspart. Also beruhige dich. Hast du Hunger? Dein Essen ist bald fertig.«

Matariki ließ die Antwort unkommentiert, aber immerhin war ihr jetzt klar, warum ihre Entführer sie während der ganzen Reise gemieden hatten. Offensichtlich konnte man der Familie eines Nordinsel-*ariki* nicht auf drei Schritte nahe kommen, ohne gegen irgendein *tapu* zu verstoßen.

Was die Reinigung von Matarikis Reisegefährten anging, so gab es wohl noch ein Problem. Es wurde dem Häuptling gleich nach seiner »Fütterung« von einem aufgeregten Boten vorgetragen.

»Hanu und Kahori haben mit der Reinigungszeremonie begonnen«, meldete der Krieger. »Wir haben ein heiliges Feuer entzündet und Speisen darauf gekocht. Danach wurden sie über den Händen der Beschmutzten verrieben, wie du gesagt hast. Aber wer soll sie nun essen? Ich meine …«

Kahu Heke biss sich auf die Lippen.

»Du hast gesagt«, rekapitulierte der Krieger, »die ranghöchste Frau des Stammes habe die Speisen zu essen. Aber wir haben keine Frau hier. Lediglich …« Er warf Matariki einen scheuen Blick zu.

»Ich esse ganz sicher kein Zeug, das diese Kerle zwischen den Fingern hatten!«, stellte Matariki klar. »Und außerdem wäre das *tapu*«, erklärte sie dann. »Ich würd ja wieder was berühren, was die Männer vorher berührt haben, und …«

»Sie hat Recht, das geht nicht!«, sagte der Häuptling ernst. »Schick die beiden her, ich werde sie von dem Fluch befreien, indem ich meinen Mantel über sie breite.«

Die Augen des Kriegers weiteten sich. »Das ist eine große Gnade, *ariki!*«, stieß er hervor.

Kahu Heke zuckte die Schultern. »Hanu und Kahori haben dem Volk einen großen Dienst erwiesen«, erklärte er würdevoll und wandte sich dann zum Gehen.

Matariki biss sich auf die Lippen, als er in seinem Haus verschwand. Eigentlich hatte sie gedacht, er würde ihr beim Essen Gesellschaft leisten und dabei noch ein bisschen mehr von der geheimnisvollen Mission verraten, um derentwillen man sie hergeholt hatte. Aber wahrscheinlich war es auch *tapu* für einen Häuptling, seiner Tochter beim Essen zuzusehen. Matariki wusste schon wieder nicht, ob sie lachen oder sich empören sollte.

Der junge Mann, Kupe, näherte sich ihr verschämt. »Du jetzt kann essen. Ich gekocht Vogel. Aber du musst nehmen selbst, sonst *tapu*.«

Matariki stand seufzend auf. Sie verstand: Es wurde nicht serviert. Und wahrscheinlich würde man für sie auch separate Töpfe verwenden. Hoffentlich war der Mann wenigstens ein guter Koch – wobei »gekochter Vogel« nicht gerade verheißungsvoll klang.

Tatsächlich konnte sie dem Anblick des Eintopfs, bestehend aus Süßkartoffeln, schwimmend in einer Art Hühnerbrühe, wenig abgewinnen. Der junge Mann, der noch damit beschäftigt war, das Feuer zu löschen, während sich Matariki zum Essen niederließ, bemerkte ihren Unwillen.

»Ist Kiwi«, verriet er und setzte ein »Gebraten schmeckt besser« hinzu, als Matariki angewidert das Gesicht verzog. »Aber wir lieber sollen kochen. Böse Geister nicht mögen Gekochtes.«

Matariki verdrehte die Augen. »Ihr meint wirklich, die Geister könnten euch das Zeug wegessen, wenn ihr's einigermaßen schmackhaft zubereitet? Ihr seid nicht ganz bei Trost.«

Der junge Mann errötete. »Kannst du wohl sagen noch mal? Ich nicht verstanden haben …«

»Nicht wichtig …«, murmelte Matariki und schämte sich ein bisschen. Ihre Eltern hatten ihr beigebracht, die Religion der Ngai Tahu zu respektieren, wie der Stamm auch Lizzies Christentum respektierte. »Aber warum verstehst du denn kein Maori? Bist du von irgendeinem anderen Stamm? Noch weiter weg? Die Krieger hier sind von verschiedenen Stämmen, oder?«

Kupe verstand wieder nur die Hälfte. Matarikis Südinseldialekt überforderte ihn deutlich. Aber dann hatte das Mädchen einen Geistesblitz. Kupe unterschied sich in jeder Hinsicht von den anderen. Kaum Tätowierungen, kurzes Haar …

»Sprichst du vielleicht Englisch?«, erkundigte sie sich.

Er nickte strahlend. »O ja, ja natürlich. Aber … aber ich soll nicht sprechen das. Ist Sprache von Feind. Ich muss lernen unsere Sprache …«

Matariki seufzte wieder. »Weißt du was, du lernst morgen. Wir machen einen Handel, Kupe, ja? Ich verrate nicht, dass wir Englisch gesprochen haben, aber dafür leistest du mir beim Essen Gesellschaft.«

»Ist *tapu*«, bemerkte Kupe, seine Haltung allerdings blieb gelassen.

Hanu und Kahori hatten stets Angst gezeigt, wenn Matariki ihnen zu nahe kam. Aber Kupe schien sich nur davor zu fürchten, gegen das Protokoll zu verstoßen und beim Häuptling in Ungnade zu fallen.

Matariki grinste ihn an. »Ich kann anschließend meinen Mantel über dich breiten«, bot sie an. »Oder meine Decke, meine Jacke hatte ich unglücklicherweise nicht bei mir, als deine reizenden Stammesbrüder mich gefangen nahmen. Aber das wird schon gehen ...« Kupe lächelte jetzt auch. Auf Englisch sagte er: »Ich glaube, in Sachen *tapu* muss man manchmal ein bisschen improvisieren.«

Matariki atmete auf. Endlich ein Mensch, mit dem sie reden konnte! Und offenbar nicht nur, weil sie die gleiche Sprache sprachen.

»Wo kommst du eigentlich her?«, fragte sie Kupe, während sie lustlos die Kiwisuppe löffelte. Bei den Ngai Tahu wurde besser gekocht. »Du bist doch Maori, oder?«

Kupes Gesichtszüge oder sein Körperbau deuteten nicht auf einen *pakeha*-Maori-Mischling hin.

Der junge Mann nickte denn auch. »Ich komm aus der Poverty Bay«, sagte er. Matariki fiel auf, dass er den englischen Namen der Bucht verwandte. Ihr Vater hätte ihn dafür sicher gerügt. »Aus Gisborne. Ich war da im Waisenhaus.«

Matariki schaute verwirrt zu ihm auf. Kupe hatte sich inzwischen zu ihr gesetzt, rutschte jetzt aber ein bisschen zur Seite, um ja nicht zu riskieren, dass ihr Schatten auf ihn fiel. Er sah sie auch nicht an, aber er merkte zweifellos, dass sie seine Geschichte befremdlich fand. Maori-Kinder landeten gewöhnlich nicht im Waisenhaus, selbst wenn ihre Eltern irgendwie ums Leben kamen. Sie wurden von ihrem Stamm liebevoll versorgt.

»Alle Kinder von meinem Stamm sind im Heim aufgewachsen«, erklärte er schließlich. »1865 hat es in Opotiki eine Typhusepidemie gegeben, und viele der Stammesmitglieder dort sind gestorben. Te Ua Haumene befand, dass sie gerächt werden mussten. Er sandte Krieger aus, die einen Missionar töteten ...«

Von der Geschichte hatte Matariki gehört. Sie fragte sich, ob ihr neuer Freund wusste, dass ihr Vater den Mord an Carl Völkner zu verantworten hatte.

»Und danach wollten sie eigentlich alle *pakeha* aus der Poverty Bay ins Meer werfen«, sprach Kupe weiter. »Was die sich nicht gefallen ließen.« Auch das wusste Matariki. Kupe sah zu Boden. »Die Weißen schlugen die Hauhau zurück. Und dann kamen sie in unser Dorf. Wir hatten gar nichts damit zu tun, wir wussten nichts von den Hauhau. Aber das wollten sie nicht hören. Sie töteten den Häuptling, vertrieben den Stamm und nahmen ihm die Kinder weg.« Kupe sprach gleichmütig, als habe er die Geschichte schon zu oft erzählt. Aber dann brach sich die Wut in ihm doch noch Bahn. »Wir sollten zu anständigen Christen erzogen werden ...« Der junge Mann spuckte die Worte nur so aus.

»Sie haben die Kinder des ganzen Dorfes in ein Waisenhaus gesteckt?«, fragte Matariki entsetzt.

Kupe nickte. »Ich kann mich gar nicht mehr an unser Dorf erinnern. Ich war noch ganz klein. Aber die älteren Kinder haben es so erzählt. Bevor sie uns getrennt haben. Wir kamen in verschiedene Heime, damit wir kein Maori mehr miteinander sprachen. Wir Kleinen haben die Sprache dann auch bald vergessen. Deshalb muss ich sie jetzt wieder lernen.«

Matariki war betroffen. Sie hätte ihrem neuen Freund gern tröstend die Hand auf den Arm gelegt, aber er zuckte vor ihr zurück: *tapu*. Matariki spielte nervös mit dem Jadeanhänger, den sie um den Hals trug. Ein *hei-tiki*, ein kleiner Maori-Gott. Haikina hatte ihn ihr zum letzten Geburtstag geschenkt.

»Und es war furchtbar«, erzählte Kupe weiter. »In dem Waisenhaus haben sie uns ständig geschlagen, immer hieß es, wir wären zu nichts nütze. Bei jedem Fehler wurden wir darauf hingewiesen, wie minderwertig unser Volk ist. Wenn jemand auch nur ein Wort Maori sprach, sperrten sie ihn tagelang ein. Dabei verhielten wir uns längst genau wie die *pakeha*-Kinder. Ich konnte mich doch gar nicht mehr an meinen Stamm erinnern – und faul und dumm war ich auch nicht, ich hatte immer gute Noten, vielleicht hätte ich studiert. Für Theologie gab es Stipendien. Aber dann hörte ich von den Hauhau in King Country.« Das war das *pakeha*-Wort für Waikato und weitere Distrikte. »Bei den Missionaren klang das natürlich, als säße hier der Teufel persönlich. Aber für mich war es eine Chance. Schließlich bin ich geflohen. Und ich habe ihn tatsächlich gefunden. Meinen Stamm!« Es klang stolz.

Matariki konnte Kupes Freude einerseits nachvollziehen. Aber andererseits, dachte sie, waren sicher nicht nur die Weißen schuld an Kupes schlimmer Kindheit. Ohne die Provokationen der Hauhau wären die *pakeha* nie auf die Idee gekommen, Kupes Dorf anzugreifen!

»Ich habe auch einen neuen Namen!«, verkündete der junge Krieger begeistert. »Kupe – der Name eines Helden! Kupe war der erste Siedler auf Aotearoa!«

Matariki verdrehte die Augen. Natürlich kannte sie die Legende. Aber auch die Geschichte der Besiedelung Neuseelands durch Kupe und seine Familie konnte man so und so sehen: Zweifellos war es mutig von ihm gewesen, Hawaiki zu verlassen und sein Kanu ins Ungewisse zu steuern. Aber andererseits war ihm nicht viel anderes übriggeblieben als die Flucht. Kupe hatte einen Stammesgenossen ermordet und seine Frau gestohlen. Und später hatte er dann auch Kura-maro-tini und ihre Kinder verlassen, um neue Abenteuer zu suchen. Matarikis Stiefvater Michael hätte Kupe vielleicht einen Helden genannt – ihre Mutter Lizzie sprach voller Verachtung von Glücksritter. Aber das alles erzählte sie ihrem neuen Freund besser nicht. Kupe sah so glücklich aus, wenn er von seinem Leben bei den Hauhau sprach.

»Im Waisenhaus nannten sie mich Curt.«

Matariki lachte, das zumindest konnte sie unbeschwert kommentieren. »Mich riefen sie Martha!«, verriet sie. »Worauf ich übrigens ganz stolz war, als ich neu in die Schule kam. Aber wie auch immer: Kupe ist ein schöner Name.« Sie wusste, dass sie das Richtige gesagt hatte, als die Augen ihres neuen Freundes zu strahlen begannen. Manchmal wirkte Kupe fast noch kindlich, obwohl er bestimmt drei Jahre älter war als sie.

Matariki ging jetzt zu praktischen Fragen über. »Wo kann ich denn hier wohl baden, Kupe? Möglichst ohne irgendwelche *tapu* zu verletzen. Es muss doch irgendwo einen Bach oder einen See geben, oder? Zumindest müsste ich mir die Haare waschen. Soweit das geht, ohne sie anzufassen …«

Eine Stunde später hatte Matariki sich in einem klaren Bachlauf gesäubert, wobei Kupe peinlich darauf achtete, wegzusehen, als sie dazu ihre Bluse auszog. Wieder ein Zeichen seiner *pakeha*-Erziehung. Maori-Mädchen machten sich nichts daraus, vor ihren Stammesgenossen den Oberkörper zu entblößen. Matariki fand Kupes Verhalten rührend – erst recht, als er ihr dann errötend ein Schälchen Seifenwasser aushändigte.

»Wenn du es einfach über dein Haar gießt und es dann ausspülst … dann brauchst du nicht reinzufassen …«

Matariki fand dieses *tapu* albern, tat aber, wie er ihr geheißen hatte. Dann ließ sie ihr Haar ins Wasser fallen. Sie lag flach auf dem Rücken, während der Bach die Seife wegwusch, und blickte hinauf in den sattgrünen Wipfel des Kauribaums, der sich majestätisch neben dem Bachlauf erhob. Sie fragte sich, wie lange er gebraucht hatte, um diese Höhe zu erreichen – angeblich wurden Kauribäume bis zu viertausend Jahre alt. Wenn dieser hier auch nur ein Viertel der Zeit Wache an diesem Bach hielt, so war sein Same gekeimt, bevor die ersten Maori das Land besiedelten. Ein Weißer hatte vielleicht nie auch nur einen Blick auf ihn geworfen. Matariki wusste nicht genau, wo sie war, aber würde es *pakeha*-Ansiedlungen in der Nähe geben, so hätte sich Kahu Heke sicher einen anderen Platz für sein Lager gesucht. Wenn es nach ihrem Vater ging, wichen die Bäume und Farne hier nie einer *pakeha*-Axt …

Das Mädchen versuchte, sich ein Aotearoa ohne die Weißen vorzustellen, ohne Steinhäuser, Schulen, Schafherden … So richtig gelang es ihr nicht, und es war auch nichts, wonach sie sich sehnte. Aber im Hier und Jetzt gefiel es ihr. Matarikis hüftlanges schwarzes Haar trieb im Wasser, die Strömung streichelte ihre Kopfhaut, sie meinte, bis in die Haarspitzen zu empfinden, wie der Bach mit den Locken spielte.

Aufgeschreckt aus ihren Träumen, fuhr sie zusammen, als sie Kupes Stimme hörte. Der junge Mann war zurückgekommen und schaute nun fasziniert auf den Strom üppigen schwarzen Haares, das Matarikis Gesicht umspülte wie die Aura einer Meerjungfrau.

»So siehst du wirklich aus wie … eine Zauberin …«, murmelte er.

Matariki setzte sich auf. »Bin ich aber nicht!«, sagte sie. »Ich bin ein ganz normales Mädchen. Aber da wir gerade beim Zaubern sind: Hast du eine Idee, was ich anstellen soll, damit ihr … du und deine Stammesbrüder … unverwundbar werdet?«

Kupe zuckte die Achseln. »Dein Vater wird es dir vielleicht sagen. Er will dich sehen – vor den abendlichen Zeremonien. Deshalb schickt er mich.« Es klang entschuldigend. Von sich aus hätte er sie nicht gestört.

Matariki fragte sich, wie sie ihr Haar trocknen sollte, ohne es anzufassen. Sie hätte ihr Reitkleid zu Hilfe nehmen können, aber sie hatte keine Lust, den ganzen Abend in einem nassen Rock am Feuer zu sitzen – wenn es denn ein Feuer für sie gab. Das Kleid war ohnehin schmutzig und verschlissen. Sie brauchte dringend neue Sachen. Auch wärmere, schließlich stand der Winter vor der Tür, und sie fror jetzt schon jede Nacht.

Matariki ignorierte jeden Gedanken an *tapu* und wrang das Wasser mit bloßen Händen aus ihren schweren schwarzen Locken.

Dann ging sie zurück zum Haus ihres Vaters – wobei ihr ein provisorischer Unterstand auf der Lichtung auffiel. Ob sie dort wohnen sollte? In die Hütte des Häuptlings ließ man sie ganz sicher nicht. Kahu Heke stand vor seinem Haus – wahrscheinlich gab es irgendein *tapu*, das ihm verbot, sich vor rangniedrigeren Stammesangehörigen zu setzen. Wie wurden wohl Häuptlingstöchter und -söhne gemacht, wenn der *ariki* das mit seinen Frauen auch so handhabte? Matariki kämpfte ein mit diesem blasphemischen Gedanken verbundenes Kichern energisch nieder. Sie konnte sich nicht helfen, es fiel ihr schwer, das Gehabe ihres Vaters ernst zu nehmen.

»Du hattest Zeit, dich zu sammeln, Matariki«, sagte Kahu Heke. »Fühlst du dich spirituell bereit, an unseren Zeremonien heute Abend teilzunehmen?«

Matariki zuckte die Achseln. »Kommt drauf an, was ich machen soll«, bemerkte sie. »Also, gegen Gewehrkugeln hab ich immer noch keinen Zauber ...«

Kahu Heke schien langsam die Geduld zu verlieren. »Mädchen, ich habe dir doch gesagt, dass du das metaphorisch sehen musst!«, sagte er auf Englisch – für »metaphorisch« gab es kein Wort auf Maori. »Und wir müssen ja auch nicht mit einer großen Zeremonie anfangen. Du ...«

»Vater, noch einmal, ich bin keine *tohunga*«, stellte Matariki klar. »Und ich werde auch keine, ich gehe nicht bei einer Weisen Frau in die Lehre. Als ich klein war, bin ich ein bisschen mit Hainga herumgezogen, ich kenne ein paar Heilpflanzen. Und ich kann verschiedene *haka* tanzen.«

»Das ist doch schon etwas!«, freute sich Kahu Heke. »Natürlich wirst du tanzen, das gehört auf jeden Fall dazu. Auch zur Beschwörung der Kriegsgötter. Aber wie ich schon sagte, das machen wir nicht gleich, das machen wir bei ... hm ... Neumond?«

Matariki hob die Hände in einer hilflosen Geste. »Vater, ich weiß nicht, wann man das macht. Und auch nicht, was man genau macht. Ich brauche Hilfe. Gibt es eine *tohunga*, die mir zur Seite stehen kann?«

Kahu Heke biss sich auf die Lippen. »Na ja … Hare meint, er habe mal einer solchen Zeremonie beigewohnt … als die Stämme sich noch gegenseitig bekriegten, in seiner Jugend …«

»Hare ist … Priester?«

Matariki verwandte das englische Wort. Auf Maori hätte man *tohunga* gewählt, aber das bedeutete allgemein Sachverständiger. Man konnte *tohunga* in spirituellen Dingen sein, aber auch einfach Baumeister oder Hebamme.

Kahu Heke fuhr nervös durch sein volles Haar, und Matariki bemerkte – wieder belustigt –, dass er das Einatmen des Gottes Rauru anschließend vergaß. »Er ist … hm … also ich würde sagen, er ist *tohunga* im *whaikorero*. Er leitet die Zeremonien, wenn ich nicht anwesend bin … er hält sehr anrührende Reden.«

Matariki schüttelte den Kopf. »Er ist Meister der schönen Rede«, präzisierte sie. »Man könnte auch sagen, ein Geschichtenerzähler. Und der soll nun eine so wichtige Zeremonie rekonstruieren? Bei der er als Kind mal dabei war? Oder vielleicht auch nicht?«

Kahu Heke fiel Rauru jetzt doch noch ein, und er verschaffte sich eine kurze Bedenkzeit, indem er den Gott ehrfurchtsvoll inhalierte. »Matariki, ich hab's dir schon mal gesagt. Der genaue Vorgang der Zeremonie ist nicht wichtig. Wichtig ist, an die Herzen der Männer zu rühren. Ihr eigener Geist macht sie unverwundbar. Nicht irgendwelche Götter.«

»Und wenn die Götter das vielleicht ganz anders sehen?«, fragte Matariki frech. »Womöglich verärgern wir sie, wenn wir uns einfach was ausdenken. Also, Hainga würde so etwas jedenfalls nicht machen. Das wäre wirklich *tapu*!«

Kahu Heke verlor seine Würde und begann, vor seinem Haus hin und her zu gehen. Matariki blieb trotzig stehen, wo sie war, ohne seinem Schatten auszuweichen.

»Überlass einfach mir, was *tapu* ist!«, sagte der *ariki* schließlich gereizt. »Du machst nichts außer zu tanzen. Heute jedenfalls. Irgendeinen *haka*, den du kennst …«

»So?«, fragte Matariki und blickte an sich herab. »Vater, ich hab keinen *piu piu* und keine *poi poi*. Es wird überhaupt nicht wirken …«

Die Tänze der jungen Mädchen entfalteten ihren Ausdruck nicht nur durch die Anmut der Tänzerinnen, sondern auch durch die traditionelle Tanzkleidung mit ihren Röcken aus vielen einzelnen gehärteten Flachsblättern. In der Bewegung erzeugten sie ein Rascheln, das den Gesang der Mädchen begleitete. Außerdem schwangen die Mädchen Flachsbälle an langen Bändern. Auch sie machten Geräusche und unterstrichen den Rhythmus. Matariki wusste, wie man sowohl *piu-piu*-Röcke als auch *poi-poi*-Bälle herstellte, aber den Flachs dafür zu härten hätte Wochen gedauert. Mal ganz abgesehen vom Weben der dazugehörigen Oberteile in Stammesfarben.

»Ich kann doch nicht in einem alten Reitkleid tanzen!«

Diesem Argument konnte sich Kahu Heke nicht verschließen. Wobei er sich nicht sicher war, ob die Häuptlingstochter bei den entscheidenden Zeremonien nicht nackt sein musste. Der Krieger Hare hatte so etwas angedeutet. Aber er wollte auf keinen Fall riskieren, dass Matariki sich wieder querstellte.

»Gut«, sagte er schließlich. »Du wirst heute noch nicht tanzen. Ich schicke gleich einen Krieger ins nächste Dorf. Er wird dir Tanzkleidung besorgen. Du musst dich ohnehin kleiden wie eine von uns …«

»Immer?«, fragte Matariki entsetzt.

Traditionelle Maori-Kleidung war hübsch, aber sie wärmte nicht sonderlich. Die Ngai Tahu zogen deshalb meist *pakeha*-Kleidung vor, wenn nicht gerade ein Fest oder eine Begrüßungszeremonie anstand. Da tanzte und sang man sich schließlich warm.

Kahu Heke antwortete ihr nicht. Stattdessen sprach er erneut die Tätowierungen an.

Matarikis Augen blitzten wütend auf. »Ich hab's dir schon mal gesagt, ich will keine *moko!* Erstens gefallen sie mir nicht – und … das tut doch weh! Diese Schaberei und Kratzerei. Dann die Farbe … die Haut kann sich entzünden!«

Hainga hatte den Mädchen der Ngai Tahu von verschiedenen Pflanzen erzählt, die man früher gebraucht hatte, um Entzündungen nach der Prozedur der Tätowierung zu lindern. Immer war das jedoch nicht zufriedenstellend verlaufen – wahrscheinlich auch ein Grund dafür, weshalb die praktisch orientierten Ngai Tahu inzwischen weitgehend auf *moko* verzichteten.

»Du bist eine Häuptlingstochter!«, sagte Kahu Heke streng. »Die Schmerzen …«

»Eben!« Matariki lächelte triumphierend. »Ich bin eine Häuptlingstochter, und keiner darf mich anrühren. Also keine *moko.* Wer sollte die denn stechen?« Sie blitzte ihren Vater spöttisch an. »Und wer hat eigentlich deine gestochen? Hat man das damals nicht so ernst genommen bei den Ngati Pau, oder bist du gar nicht wirklich ein Häuptlingskind? War Hongi Hika nicht nur dein Onkel?«

»Ich habe genug königliches Blut!«, erklärte Kahu Heke würdevoll, ließ die Frage nach seinen *moko* jedoch offen. »Und jetzt komm, Matariki, die Männer warten. Sie werden um den *niu* tanzen … und du solltest dich wenigstens zeigen. Wenn du heute schon nichts zu den Zeremonien beiträgst.«

Es wurde bereits dunkel, und Violet bekam langsam etwas Angst vor der eigenen Courage. Der Weg von Treherbert nach Treorchy zog sich hin, und Rosie hielt sie zusätzlich auf – die Kleine war längst müde. Obendrein ging der leichte Sprühregen vom Nachmittag langsam in einen Wolkenbruch über. Violet war völlig durchnässt, und ihre alten Schuhe lösten sich langsam auf, als sie endlich die ersten Häuser des Dorfes erreichten.

Treorchy war nicht wie Treherbert nur durch die Bergwerksgründung entstanden. Hier hatte es schon eine Ansiedlung gegeben, bevor die ersten Minen eröffneten. Insofern gab es noch mehr freistehende Cottages, das Dorf bot nicht ausschließlich gleich aussehende Straßenzüge. Treorchy war ursprünglich winzig gewesen, und selbst jetzt, da es durch Zechenbauten enorm angewachsen war, reichten Ellens Erzählungen, um das Haus des Schuhmachers Seekers zu finden.

Violets Herz klopfte heftig, als sie das Gartentor aufstieß – ein hübscher, gepflegter Jägerzaun, Blumen- und Gemüsebeete, mit denen jemand tapfer gegen den auch hier allgegenwärtigen Kohlenstaub angärtnerte. Violet passte auf, dass Rosie nicht auf die Beete trat. Und dann stand sie vor der Tür und starrte auf den Klopfer in Form eines Löwenmauls. Ein Türklopfer aus Messing – für Violet war das Luxus. In den Zechenhäusern konnte man sich so etwas nicht leisten, und man brauchte es auch nicht – bei den Bergleuten gab es nichts zu stehlen. Meist ließen die Frauen die Türen einfach offen, ansonsten reichte ein einfaches Klopfen, um auf einen

Besucher aufmerksam zu werden. Die Wohnungen waren klein, die Wände dünn.

Hätte es nicht so furchtbar geregnet, hätte Violet sich das Klopfen vielleicht noch einmal überlegt. Alles war so hübsch hier, so anders als in ihrem Zuhause. Der Briefkasten zum Beispiel: auch er aus Messing mit Emailleverzierungen. Und die bunte Fußmatte vor der Haustür, auf der etwas geschrieben stand. WELCOME, buchstabierte Violet. Das machte ihr Mut.

»Ich will nach Hause!«, quengelte Rosie.

Violet atmete tief durch und klopfte an. Dann nahm sie Rosie auf den Arm, nachdem sie ihr rasch noch einmal die Nase geputzt hatte.

»Kannst du nicht mal lächeln?«, murmelte sie.

Aber da hörte sie auch schon Schritte. Die Tür öffnete sich, und warme Luft schlug ihr entgegen. Violet zwinkerte in das Licht einer Öllampe. Der Mann, der ihr öffnete, war hager und blass. Und sein bärtiges Gesicht, in dem ebenso blaue Augen standen wie in Violets eigenem, spiegelte vollständige Verblüffung wider.

»Ellen?«, fragte er.

Wenige Minuten später hatte Walter Seekers seine Verwirrung überwunden. Natürlich konnte es nicht Ellen sein, die hier plötzlich vor seiner Tür stand. Aber die junge Violet sah ihrer Mutter im trüben Licht der Lampe ungeheuer ähnlich. Der Schuhmacher konnte sich auch jetzt noch nicht an ihr sattsehen. Dabei war das Mädchen vor Verlegenheit fast im Boden versunken, als er es mit dem Namen seiner Mutter ansprach. Violet hatte kaum ein Wort herausgebracht, aber schließlich war es doch beiden gelungen, sich zu fassen. Violet Paisley, Ellens Tochter … Walter Seekers konnte kaum glauben, dass seine Besucherin aus Fleisch und Blut war.

Immerhin konnte er bald wieder klar genug denken, um seine Enkelin aus dem Regen hereinzuholen. Jetzt saß Violet vor dem Kamin, das kleinere Mädchen im Arm. Sie versuchte, ihre Kleider zu trocknen und nicht allzu neugierig um sich zu blicken, während Walter Tee kochte.

»Und die Kleine ... wie heißt sie? Sie möchte doch sicher eine Tasse Schokolade, oder?«, fragte Walter unsicher. »Ist sie ... sie ist aber nicht dein Kind?«

Violet blickte ihren Großvater strafend an – wieder ein Ausdruck, den er von seiner Tochter noch zu gut kannte. »Natürlich nicht. Ich bin dreizehn Jahre alt. Das ist Rosemary. Meine Schwester.«

Walter Seekers – mein Grandpa, dachte Violet – hatte Tränen in den Augen.

»Rosemary ...«, flüsterte er. »Nach meiner verstorbenen Frau. Sie hat sie nach ihrer Mutter genannt.«

Das wusste Violet. Allerdings nicht, dass Rosemary Seekers verschieden war.

»Vor einem Jahr ist sie gestorben«, erzählte Walter traurig und stellte eine dampfende Tasse Tee vor Violet.

Noch verführerischer duftete allerdings das braune, süße Getränk, an dem Rosie zuerst noch etwas misstrauisch schleckte. Und nun öffnete der Großvater auch noch eine Dose mit Teekuchen!

»Ich wünschte, sie hätte das noch erleben können. Wir dachten immer, Ellen käme irgendwann zurück. Rosemary war sich so sicher. Dieser Kerl ... entschuldige, Kind, natürlich ist es dein Vater ... aber er war immer ein Nichtsnutz. Und irgendwann musste Ellen das doch merken.«

»Mommy schämt sich«, sagte Violet knapp.

Walter seufzte. »Den Stolz hat sie auch von meiner Rosie ... Aber nun erzähl, Violet! Warum bist du hier? Was kann ich für dich tun?«

Violet berichtete von Jims Arbeitslosigkeit und der Kündigung ihrer Wohnung, während Rosie einen Keks nach dem anderen in sich hineinstopfte.

»Aber jetzt hat Daddy eine Vorarbeiterstellung«, sagte Violet schließlich, um ihren Vater nicht gar so schlecht aussehen zu lassen. »Es ist bloß ... er hat halt noch keinen Lohn gekriegt. Wenn er den bekommt, dann kann er die Miete leicht zahlen. Vielleicht ... vielleicht kannst du uns mit ein paar Shilling aushelfen ...?«

Walter Seekers seufzte und stellte dann die gleichen Überlegungen an, die Violet schon die ganzen letzten beiden Wochen quälten. »Ach, Kind, wenn dein Vater das Geld bis jetzt nicht hat, dann kriegt er das doch nie! Was soll das für eine Mine sein, die schon zwei Wochen nach der Eröffnung pleite ist? Überhaupt – ein Level bei Treherbert ...«

Walter Seekers war zwar Schuhmacher und kein Bergmann, aber er lebte lange genug in dieser Region, um die wichtigsten Fakten rund um den Bergbau zu kennen.

Violet zuckte die Schultern.

»Ich denke, ich fahre euch jetzt erst mal nach Hause – deine Mutter weiß doch nicht, dass du hier bist, oder?«

Violet schüttelte verschämt den Kopf. »Sie meinte, ich sollte nicht kommen. Aber ich ... Mr. Seekers, ich ...«

»Grandpa«, verbesserte Walter lächelnd. »Darauf habe ich lange genug gewartet! Und egal, was deine Mutter meinte, jetzt jedenfalls fürchtet sie sich ganz sicher zu Tode um dich und die kleine Rosie.«

Rosie war inzwischen auf seinen Schoß geklettert. Sie war Männern gegenüber vorsichtig, aber Walter Seekers' Bart faszinierte sie, und seine Stimme war ruhig und freundlich, nicht poltrig und aggressiv wie die ihres Vaters und seiner Freunde. Jetzt hinderte Walter sie sanft daran, an seinem Bart zu ziehen und die Haare zu winzigen Zöpfchen zu flechten.

»Ich kann zu Fuß gehen«, wehrte Violet ab.

Es war sicher eine Zumutung, den alten Mann jetzt noch im strömenden Regen anspannen zu lassen. Außerdem würde ihr Dad inzwischen daheim sein. Wenn der sah, dass ihr Grandpa sie heimbrachte ...

»Ach was!« Walter griff schon nach seinem Mantel und ging dann in sein Schlafzimmer, um gleich darauf mit einem weiten und sicher recht regendichten Umhang wiederzukommen. »Hier, der ist noch von meiner Rosie. Ihr zwei passt da gut beide hinein. Der ist wie ein Zelt, Rosemary, da kannst du dich drunter verstecken.«

Rosie lachte und begann gleich, unter den Umhang zu schlüpfen und mit fröhlichem »Kuckuck« wieder hervorzukommen, als die befangene Violet ihn sich umlegte.

»Danke«, murmelte sie. »Kann ich … kann ich irgendwas helfen? Mit dem Pferd vielleicht?«

Violet war einem Pferd nie auf mehr als ein paar Ellen nahe gekommen, aber sie wollte es auf jeden Fall anbieten.

»Können wir die Kekse mitnehmen?«, fragte Rosie.

Walter runzelte die Stirn, als er Violets begehrlichen Blick sah. Seine größere Enkelin wehrte zwar höflich ab, aber im Grunde …

»Sag mal, Violet«, sagte er nachdenklich, »leidet ihr Hunger?«

Als das Pferd schließlich angespannt war und Walter Seekers ein paar Planen auf den Wagen geworfen hatte, um seine jungen Passagiere wenigstens einigermaßen vor dem Regen zu schützen, wuchtete er auch noch einen Korb mit Nahrungsmitteln hinein, die er auf die Schnelle hatte finden können. Brot, Käse, etwas Trockenfleisch, von dem Violet kaum den Blick lassen konnte, Butter und Milch. Das Mädchen konnte sich an den Geschmack von Butter kaum noch erinnern … es malte sich Ellens Gesicht aus, wenn die Mutter diese Schätze auspackte.

Lucy, Walter Seekers alte, aber gut gepflegte Cob-Stute, trat lebhaft an, sobald sie auf der befestigten Straße nach Treherbert waren. Anscheinend hoffte sie, die Fahrt durch den sintflutartigen Regen dann umso schneller hinter sich zu haben. Inzwischen war es gänzlich Nacht geworden.

»Gibt's wohl 'nen Mietstall oder so was in Treherbert?«, fragte Seekers und zog die Planen über sich und seine Enkelinnen. Viel half das nicht. »Ich denke nicht, dass ich in dieser Nacht noch zurückfahre. Aber Lucy muss ins Trockene, und ich auch.«

»Du kannst bei mir schlafen!«, lud Rosie ihren Großvater großzügig ein. Violet biss sich auf die Lippen.

»Ich weiß nicht«, murmelte sie.

Walter Seekers lächelte ihr verschwörerisch zu. »Ich weiß ganz gut«, meinte er. »Dein Daddy und ich sind nicht gerade Freunde. Und um diese Zeit ist er wahrscheinlich längst nicht mehr nüchtern.«

Violet nickte erleichtert und ersparte ihnen beiden die Feststellung, dass ein betrunkener Jim Paisley nicht gerade nett war.

»Mach dir keine Sorgen, ich komme schon irgendwo unter. Ich kenn den Kutscher von Davies ganz gut, dem mach ich seit Jahren die Stiefel.« David Davies gehörte zu den größten Minenbesitzern von Rhondda. Sein Kutscher kam viel herum. »Wenn du mir sagst, wo die Davies ihre Villa haben, kann ich da im Stall unterkriechen.«

Violet hatte keine Ahnung, wo der schwerreiche Mr. Davies wohnte, aber jetzt tauchten die schwachen Lichter von Treherbert vor ihnen auf, und sie musste ihrem Großvater erst mal den Weg in die Bute Street weisen, in deren ältestem Teil die Paisleys wohnten. Eigentlich hatte sie erwartet, das Haus unbeleuchtet vorzufinden oder höchstens eine Kerze hinter dem Fenster aufblitzen zu sehen. Schließlich machte ihre Mutter sich ja zweifellos Sorgen. Tatsächlich erkannte man allerdings schon von der Straße aus, dass in der Wohnung der Paisleys etwas vorging. Die Lampen brannten im Wohnraum und im Schlafzimmer, und heraus klangen laute Stimmen und Geschrei.

»Ich bring dich um und die kleine Schlampe dazu!«

»Nun lass doch, Daddy …«

»Lassen Sie jetzt endlich Ihre Frau in Ruhe, oder wir holen die Polizei!«

Die couragierte Mrs. Brown von nebenan klang deutlich entschlossener als der hörbar volltrunkene Fred.

Mr. Brown wäre wahrscheinlich noch überzeugender gewesen, aber der mischte sich grundsätzlich nie in die Angelegenheiten anderer Leute.

»Daddy haut Mommy«, flüsterte Rosie verängstigt und kroch unter Violets Umhang.

Violet löste sich energisch aus ihrer Umklammerung und konnte nicht schnell genug vom Bock springen. Allerdings war auch ihr Großvater beweglicher, als sie gedacht hätte. Er ließ den Wagen einfach auf der Straße stehen und rannte auf den Eingang zu. Die Tür war abgeschlossen, dahinter hörte man Lärm wie von einem Kampf und Ellens erstickte Schreie. Walter Seekers warf sich mit Schwung gegen die Tür, die daraufhin aufschwang. Violet wollte direkt hinterher, aber Mrs. Brown hielt sie auf und nahm Rosie auf den Arm, die ihrer Schwester und dem Großvater hinterhergerannt kam.

»Ich nehme die Kleine, sie muss das nicht sehen ...«

Violet murmelte einen Dank und stürmte dann in die Wohnung – wo sie eben noch sah, wie ihr hagerer Großvater den sicher doppelt so schweren, aber betrunkenen und völlig verdutzten Jim Paisley mit einem gewaltigen rechten Haken niederstreckte.

»Wag es nicht, meine Tochter noch mal anzurühren!«, brüllte Walter.

Fred, der die ganze Zeit halbherzig versucht hatte, seinen Vater von seiner Mutter wegzuziehen, betrachtete die Szene verblüfft.

Ellen hockte wimmernd in einer Ecke und hielt sich schützend die Hand vors Gesicht. Sie blutete aus Platzwunden über dem Auge und an der Lippe, eins ihrer Augen schwoll zu, aber sie schien nicht ernstlich verletzt.

»Mommy ...« Violet half ihr auf und warf sich in ihre Arme.

Ellen hatte jedoch keinen Blick für ihre Tochter. Ungläubig starrte sie auf die Erscheinung, die da voller Selbstsicherheit auf ihren Ehemann einschlug.

»Dad ...«, flüsterte sie.

»Keinen Tag länger bleibt ihr in diesem Haus!«

Walter Seekers brauchte ein bisschen Zeit, um zu Atem zu kommen, aber dann schaute er sich fassungslos in der heruntergekommenen Zechenwohnung um, aus der er Jim Paisley eben hinausgeprügelt hatte. Der Schuhmacher war nicht leicht aufzuregen, aber wenn er in Wut geriet, dann richtig. Ellen hatte das viele Jahre zuvor schmerzlich erfahren müssen – und jetzt eben Jim. Fred war seinem Vater ohne ein weiteres Wort gefolgt. Auch der Junge war schwer betrunken – womöglich hatte er Walter Seekers für eine Art Rachegeist aus der Hölle gehalten.

Auf jeden Fall schienen die beiden Paisleys jetzt erst mal auf dem Rückweg in den Pub zu sein – sofern der denn noch geöffnet hatte. Rosemary hielt ihre Mutter umklammert, die sich langsam aufrappelte, und Violet versuchte, die Wohnung in Ordnung zu bringen. Letzteres war ziemlich hoffnungslos. Jim hatte in seiner Wut die Hälfte des ohnehin spärlichen Mobiliars zerschlagen.

»Er hat wieder den Job verloren«, berichtete Ellen, noch völlig außer Atem. »Und irgendwie macht er dich dafür verantwortlich, Violet, keine Ahnung, wieso. Ich hätte ihn in Ruhe lassen müssen, vielleicht wär er ja eingeschlafen und hätt's morgen vergessen gehabt. Aber ich musste ihm doch von dem Brief erzählen!«

Sie wies hilflos auf die Wohnungskündigung oder was davon übrig war. Jim Paisley hatte das Papier zerrissen und auf den Boden geworfen.

»Ach was, du hättest ihn in Ruhe lassen sollen!«, regte Walter Seekers sich auf. »Tu doch nicht so, als hättest du hier irgendwelchen Einfluss gehabt. Wie oft hat er dich so verprügelt, Ellen? Ein-, zweimal im Monat? Oder in der Woche? Um Himmels willen, Kind, warum bist du denn nicht nach Hause gekommen?«

Jetzt endlich nahm er seine Tochter in den Arm, sehr vorsichtig, um ihr nicht wehzutun. »Ich nehme euch jedenfalls gleich mit. Ihr bleibt keine Stunde länger hier – die Kerle kommen doch wieder, sobald der Pub zumacht. Nimm mit, was du mitnehmen willst,

Ellen – und du auch, Violet. Damit wir weg sind, bevor er wieder aufkreuzt.«

»Aber Fred …was ist mit …?« Ellen war noch zu überrumpelt, um an Flucht zu denken. »Er ist doch mein Sohn …«

»Heute Nacht war er der Komplize deines prügelnden Gatten!«, meinte Walter hart. »Wenn er morgen nüchtern ist, kannst du mit ihm reden – auch er ist in meinem Haus willkommen, wenn er sich ordentlich benimmt. Aber heute muss er sehen, wo er bleibt.«

»Er kann doch im Haus schlafen, wenn wir weg sind«, begütigte Violet.

Was sie anging, so brauchte sie keine drei Minuten, um ihre paar Kleidungsstücke in ein Bündel zu packen. Sie besaß außerdem noch eine Haarspange, die ihr Heather geschenkt hatte, und ein billiges Schulheft, in das sie manchmal ungelenk Buchstaben malte. Violets größter Wunsch war es, richtig lesen und schreiben zu lernen. Aber sie war nie in die Schule gegangen, und die paar Brocken, die ihre Mutter ihr beibrachte oder der Reverend in der Sonntagsschule, reichten nicht weit.

»Fertig!«, sagte sie. »Und jetzt packe ich für Rosie und Mommy. Bring die zwei ruhig schon mal zum Wagen, Grandpa, ich bin gleich da.«

Violet warf auch Ellens spärliche Garderobe und etwas Wäsche für Rosie in einen Korb. Zuletzt musste die Puppe mit, die Kathleen Burton der Kleinen in der letzten Woche aus Stoffresten genäht und mit Sägemehl ausgestopft hatte. Rosie war überaus stolz auf das Spielzeug, sie hatte nie eine richtige Puppe gehabt.

Walter Seekers drapierte draußen die Planen um seine Tochter und seine jüngste Enkelin. Ellen zitterte und wirkte unentschlossen, sicher schmerzten auch ihre Verletzungen. Aber ihr Vater und Violet ließen sich auf keine weiteren Diskussionen ein. Walter wollte seine Tochter nach all den Jahren jetzt endlich nach Hause bringen. Und Violet sah ihre Zukunft so optimistisch wie nie zuvor. In Treorchy brauchte sie sicher nicht zu arbeiten, sondern konnte zur Schule gehen. Sie würde kein schmutziges, verarmtes Bergarbeiterkind sein, sondern die Enkelin des Schuhmachers. Und sie würde in einem richtigen Haus wohnen, mit einem Garten rundum. Einem Haus, das dem Großvater gehörte. Ellen würde sich nie wieder darum sorgen müssen, ob ihr Saufbold von Ehemann die Miete zahlte oder nicht!

Violet hätte lachen und singen mögen, aber das Wetter war zu deprimierend. Der Regen prasselte vom Himmel, schon auf dem Weg zum Wagen war man wieder durchnässt.

Und auch den Straßen waren die Nässe und der sturzbachartige Regen langsam anzumerken. In Treherbert waren sie gut befestigt, aber sobald Walter Seekers sein Gespann aus dem Ort herauslenkte und sich südlich hielt, musste er immer wieder Schlammlöchern ausweichen und den Wagen vorsichtig über ausgewaschene Stellen lavieren. Teilweise war die Straße sogar ganz weggebrochen oder überschwemmt vom Fluss, der über die Ufer trat, und sie mussten einen Umweg in Kauf nehmen.

»Wollen wir wirklich heute noch nach Treorchy?«, fragte Violet erschöpft, als Walter Seekers seine Passagiere mal wieder bat, auszusteigen, um Pferd und Wagen an einer besonders kritischen Stelle zu entlasten. Ellen stützte sich auf ihre Tochter, und Rosie weinte schon wieder.

Walter sah seine Enkelin müde an. Sein Hut war längst durchnässt, das Wasser lief an seinem Haar und seinem Bart herunter. »Wo sollen wir denn sonst hin?«, fragte er. »Bei Davies im Stall können wir zu viert nicht unterkriechen …«

»Aber bei den Burtons könnten wir unterkommen!«, meinte Violet. »Wenn wir hier rechts fahren, ist es nur noch ungefähr eine Meile bis zu ihrem Haus. Die nehmen uns bestimmt auf.«

Der Gedanke an den Salon, den sie mit Kathleen und Heather gemeinsam wohnlich gemacht hatte und in dem jetzt sicher ein gemütliches Feuer brannte, machte ihr Mut. Ganz sicher würden die Neuseeländer ihnen nicht die Tür weisen.

»Das ist die Familie, bei der du arbeitest, ja?«, erkundigte sich Walter, noch etwas misstrauisch. »Ein Geistlicher … also nicht, dass der deiner Mutter noch zuredet, zu ihrem prügelnden Kerl … äh … Gatten zurückzugehen …«

Violet schüttelte den Kopf. »Bestimmt nicht, Reverend Burton ist nicht so. Und hier geht es doch sowieso nicht weiter.«

Das stimmte. Als Nächstes wäre der Fluss zu überqueren gewesen, aber die Wassermassen hatten die Brücke weggerissen. Walter Seekers überschlug kurz, welche weiteren Umwege ihm offenstanden. Aber der Gedanke an etliche Stunden Fahrt bei diesem Wetter ließ ihn schnell eine Entscheidung fällen.

»Also schön, Kind. Hier lang? Steig wieder auf, Ellen, alles wird gut. Und du, Rosie, hör auf zu weinen. Schau mal, hier in dem Korb sind noch Kekse, die wolltest du doch mitnehmen.«

Rosie ließ sich mit ein paar durchweichten Keksen ruhigstellen, und Walter Seekers lenkte die unwillige Lucy auf den Weg zum Burton-Haus. Die Stute war zuvor freudig in Richtung Heimat getrabt, aber über diese Straße musste man sie treiben. Es ging nur langsam voran auf dem ausgefahrenen Feldweg, der sich jetzt in eine Schlammwüste verwandelt hatte. Das Gespann bewegte sich auf den Berg zu, in den Randolph Burton seinen Level getrieben hatte. Lucy zog den Wagen den Hügel hinauf und kämpfte tapfer gegen den steinigen und glitschigen Untergrund an.

Und dann geschah es: Walter Seekers sah die tiefe, steinige Rinne zu spät, die das Wasser quer über den Weg ausgespült hatte. Lucy überwand die Vertiefung mit einem Sprung, aber der Wagen polterte mit splitternden Achsen hinein.

Das Pferd blieb stehen, als die Räder blockierten.

Walter Seekers fluchte. »Sieht aus, als ginge es nur noch zu Fuß weiter«, seufzte er dann und machte Anstalten, Lucy auszuspannen. »Tut mir leid, Ladys … ich kann euch höchstens noch das Pferd anbieten.«

Auf das triefend nasse Pferd wollten weder Ellen noch die

Mädchen, obwohl vor allem Erstere zu Tode erschöpft war. Violet dachte mit Grausen an den Fußweg durch den Schlamm. Bis zum Haus der Burtons hatten sie sicher noch ein gutes Stück vor sich. Ihr Großvater machte sich an der Petroleumfunzel zu schaffen, die den Wagen spärlich beleuchtet hatte. Wenn er sie mitnahm, brauchten sie sich wenigstens nicht durch die stockdunkle Nacht zu tasten. Schließlich leuchtete Walter ihnen den Weg. Violet hatte den Proviantkorb mitgenommen. Man konnte schließlich nie wissen …

»Wenn sich wenigstens ein Wäldchen oder so was fände, in dem ihr euch unterstellen könntet«, murmelte Walter.

Schon nach wenigen Schritten war abzusehen, dass weder Ellen noch Rosie den Weg schaffen würden. Ellens dünner Mantel war bereits völlig nass, und die durchfeuchteten Kleider ließen die Frauen nicht nur frieren, sondern lasteten obendrein schwer auf ihren Schultern.

»Ich könnte vorgehen und vielleicht einen Wagen besorgen – oder Pferde …«

»Ich kann vorgehen!«, bot sich Violet an – und versuchte, anhand der umliegenden Landschaft abzuschätzen, wie weit es noch war.

Der Weg und der Berg kamen ihr allerdings seltsam verändert vor. Es gab zahllose Fuß- und Wagenspuren, am Wegrand lag Abraum … und dann sah sie den Eingang eines Stollens in einem der Hügel!

»Grandpa, schau, da können wir uns unterstellen!« Violet zeigte eifrig auf den dunklen Schlund, der ihnen jetzt aber nicht bedrohlich vorkam, sondern wie eine freundliche Zuflucht vor dem entsetzlichen Wetter. »Da führt ein Tunnel in den Berg.«

»Ein Tunnel?«, fragte Walter verwundert und hielt gleich auf den Stolleneingang zu. »Doch wohl eher eine Mine, ein Bergwerk … liegt hier eins, Violet? Pass auf, dass du nicht abstürzt, wenn da ein Schacht ist …«

Violet war bereits vorgelaufen.

»Ein Level!«, verkündete sie. »Das muss das neue sein, in dem Daddy gearbeitet hat.«

Ellen nickte müde. »Und das der Reverend heute geschlossen hat. Deshalb war Jim ja so wütend. Er ist …«

»Er ist ein Mistkerl«, bemerkte Walter knapp. »Kann man da rein, Violet? Ist es sicher?«

Violet sah vorerst nur den Wetterschutz. Der Stollen führte dreißig oder vierzig Ellen weit in den Berg, und er war trocken. Die Kutschenlampe, mit der Walter ihr jetzt folgte, erhellte eine etwas über mannshohe Decke und glatte Wände.

Walter atmete auf. »Hier können wir bleiben«, entschied er. »Bis sich das Wetter bessert, selbst wenn's bis morgen früh dauert …«

Violet wollte etwas sagen, aber ihr Großvater gebot ihr Schweigen. »Nein, Violet, es kommt gar nicht infrage, dass du da jetzt rausgehst und versuchst, zu deiner Herrschaft zu kommen. Erstens könnte dir etwas passieren, und zweitens wäre das eine Zumutung für sie, jetzt noch anzuspannen, bei diesem Wetter – und wer weiß, ob der Weg überhaupt befahrbar ist. Nein, wir bleiben hier und machen uns morgen zu Fuß auf.«

Entschlossen machte er Anstalten, Lucy in den Stollen zu führen, aber während Ellen und die Mädchen aufatmend ins Trockene wankten, weigerte sich das Pferd, auch nur einen Schritt vorwärtszugehen. Walter versuchte halbherzig, die Stute zu zwingen, aber Lucy ließ nicht mit sich reden.

»Dann bleib doch draußen, du blöder Gaul!«, schimpfte Walter und ließ die Zügel los. »Ich binde sie draußen an, macht es euch solange schon gemütlich. Hierher, Ellen, möglichst weit rein, da drin ist es wärmer. Wenn ich etwas trockenes Holz finde, kann ich sogar ein Feuer machen.«

Holz fand sich nicht im Stollen, aber Ellen wärmte ihre Hände immerhin an der Petroleumlampe, und Rosie tröstete sich schnell mit dem Inhalt des Korbes. Zeit ihres Lebens hatte die Kleine solche Herrlichkeiten noch nicht gesehen. Trockenfleisch, Wurst …

frische Milch, um all das herunterzuspülen ... Rosie kaute mit vollen Backen. Violet achtete vor allem darauf, dass auch ihre Mutter etwas aß. Ellen wirkte sehr blass, die Wunden hatten noch einmal geblutet, und ihr Auge war jetzt völlig zugeschwollen. Reverend Peter hätte sicher einen Arzt gerufen – oder Ellen selbst verarztet, auf den Goldfeldern hatte er ja wohl ein Lazarett geleitet. Hier konnte man vorerst nichts tun – aber andererseits würde Ellen an ihren Verletzungen auch nicht sterben.

»Ich brauch nur Ruhe, Kind«, sagte sie jetzt, als sie Violets besorgte Blicke bemerkte. »Wir legen uns einfach schlafen, und ...«

Ihre weiteren Worte gingen in einer Art Donnergrollen unter, und es fühlte sich fast so an, als bebe der Boden unter ihnen. Jetzt also auch noch ein Gewitter? Violet gab den Gedanken, das Burton-Haus in der Nacht noch zu erreichen, endgültig auf.

»Mir ist schlecht«, meldete Rosie. »Ich glaub, ich muss brechen, Mommy ...«

Violet seufzte. »Das kommt davon, wenn man sich so vollstopft!«, schimpfte sie. »Spuck bloß nicht hier, das stinkt dann die ganze Nacht.«

»Ich geh mit ihr raus«, meinte Ellen, schon halb im Schlaf.

Violet schüttelte den Kopf. »Ach was, ich gehe. Ich schau auch nach dem Pferd, Grandpa, vielleicht will's ja jetzt ins Trockene.«

Der Gedanke an Lucy in der triefenden Nässe gefiel ihr nicht. Sie hatte das Pferd jetzt schon ins Herz geschlossen – und sie fragte sich, warum es sich wohl so konsequent weigerte, den Stollen zu betreten. Aus dem Stall hatte es schließlich kaum herausgewollt.

»Ich muss brechen ...«

Rosies Wimmern wurde dringlicher – während es draußen erneut donnerte. Violet hob ihr Schwesterchen hoch und trug die Kleine hinaus. Lucy wieherte ihr zu. Es klang ängstlich – oder fordernd? Ihr Großvater hatte die Stute an einem möglichst geschützten Platz am Eingang des Stollens angebunden, jemand hatte dort Anbinderinge für die bei den Minenarbeiten verwendeten Pferde in die Wand geschlagen. Aber Lucy schien wegzuwollen. Violet fürchtete sich vor der nervös auf der Stelle tretenden Stute. Sie führte die widerstrebende Rosie weit weg vom Eingang an den Wegrand, wo sie sich sofort übergab. Violet hielt ihr den Kopf und wünschte sich weg aus dem Regen – und dann geschah alles ganz schnell.

Der Donner grollte erneut. Aber er schien irgendwie nicht vom Himmel zu kommen, sondern aus dem Berg – oder vom Berg? Violet sah aus dem Augenwinkel, wie Lucy mit einer letzten verzweifelten Anstrengung an ihrem Strick zerrte und sich befreite, während eine gewaltige Ladung Schlamm und Steine vor ihr herabstürzten. Wäre das Pferd nicht freigekommen, hätte der Erdsturz es unter sich begraben. Während Violet noch fassungslos auf den Stolleneingang blickte, donnerte es erneut, weitere Erdmassen stürzten vom Hügel in den Eingang, ein Felsbrocken rollte auf Violet zu. Sie zog Rosie weg vom Berg, hörte Ellen schreien – oder waren es ihre eigenen Schreie? Rosies? Vom Hügel herab ergossen sich Wassermassen, ein Sturzbach, der Geröll und Erde mit sich spülte – die Öffnung des Stollens war nicht mehr zu sehen, die ganze Welt schien nur noch aus Regen, herabstürzendem Erdreich und Donner zu bestehen.

Bis plötzlich alles zum Stillstand kam und Stille eintrat – soweit man den herabprasselnden Regen nicht beachtete, Lucys Huftritte und Rosies Weinen.

Violet rannte zu der Anhäufung von Steinen und Erdreich, hinter der der Eingang zum Stollen liegen musste. Sie begann mit bloßen Händen zu graben.

»Mommy!«, schrie sie schluchzend, aber niemand antwortete. Ellens ältere Tochter gab schließlich auf. »Wir müssen Hilfe holen«, sagte sie tonlos. »Komm mit, Rosie. Du musst mit.«

Violet nahm sich zusammen. Ein Teil von ihr wollte bleiben, weinen und schreien und am liebsten sterben. Aber ein anderer Teil blieb besonnen, blickte auf die Unglücksstelle wie ein nur zufällig Beteiligter und wusste vor allem, dass er Rosie aus der Kälte und dem Regen bringen musste. Vorsichtig trat sie an Lucy heran, die in der Nähe geblieben war und jetzt gelassen Gras am Wegrand zupfte. Die alte Stute schaute ihr freundlich entgegen.

Violet hob Rosie auf ihren Rücken. »Du reitest jetzt. Nein, keine Widerrede, halt dich fest. Du kannst das. Wir wollen doch Mommy helfen … Und wenn ich dich trage, dauert es Stunden.«

Lucy tappte brav neben Violet her und ließ sogar zu, dass sie sich an ihrer Mähne festklammerte, wenn der Weg zu schlüpfrig wurde. Dennoch dauerte es endlos, bis das Burton-Haus in Sicht kam – wie erwartet war alles dunkel. Violet erfasste nackte Angst. Was war, wenn die Burtons nicht zu Hause waren? Wenn niemand öffnete? Wenn …?

Sie ließ das Pferd im Garten frei, zerrte die nur noch wimmernde Rosie mit sich die Freitreppe hinauf und hämmerte verzweifelt gegen die Tür. Der Klopfer schien nicht auszureichen, denn drinnen rührte sich nichts … Violet suchte nach Steinen, die sie gegen die Fenster werfen konnte. Sie war zu Tode erschöpft und völlig von Sinnen.

Aber dann hörte sie Schritte … und warf sich gleich darauf schluchzend in die Arme von Peter Burton. »Reverend … Reverend … der Stollen, der Level … meine Mom …«

Die abendliche Andacht der Hauhau entsprach etwa dem, was Matariki auch zur Mittagszeit schon zu sehen bekommen hatte. Jetzt erschreckten die grimmigen Mienen der Männer und ihr Geschrei Matariki allerdings mehr, als sie zu erheitern. Vielleicht, weil im Fackelschein alles martialischer wirkte, aber auch, weil diesmal die aufstachelnde Rede ihres Vaters fehlte. Nach seinen kämpferischen Worten hatte das monotone *rire, rire, hau, hau* der Krieger ein bisschen wie ein Schlachtruf geklungen – Matariki hatte sich fast an die Hockeyspiele ihrer Schule erinnert gefühlt.

Jetzt aber verlor sich der Eindruck des Spielerischen. Die Männer umrundeten den Stamm in der Mitte des Lagers – *niu* genannt – in heiligem Ernst und skandierten die sinnlosen Silben. Kahu Heke und Hare, der »Meister der schönen Rede« und selbst ernannte spirituelle Experte dieses seltsamen Stammes, warfen nur manchmal Bemerkungen oder Namen ein. Manche wurden von den Kriegern aufgenommen – so rief man Pai Marire, *hau, hau,* Te Ua Haumene oder Im Namen Gabriels oder Atua. Rufe wie »Freiheit« quittierten die Hauhau nur mit noch lauterem Geschrei. Der Lärm auf der Lichtung war ohrenbetäubend. Matariki glaubte nicht, dass das nächste normale Dorf der Te Maniapoto sehr nah sein konnte.

Die Zeremonie zog sich über Stunden hin, Kupe wirkte völlig erschöpft, als er den Pfahl zum vielleicht hundertsten Mal in stampfendem Schritt umrundete. Die meisten Krieger schienen jedoch in eine Art gewalttätige Trance zu verfallen. Ihr Geschrei stachelte sie an, sie wünschten sich offensichtlich nichts mehr, als endlich den Feind vor sich zu haben. Einige schwangen ihre Speere, andere schlugen sich selbst auf die Brust, wohl um zu beweisen, dass sie sich jetzt schon unverwundbar fühlten. Matariki erschien das alles befremdlich und furchteinflößend – viel mehr als die kriegerischen *haka*, die ihr eigener Stamm mitunter tanzte, um in Übung zu bleiben. Sie dienten der Abschreckung – aber das hier war etwas anderes. Das hier veränderte die Krieger – es war gefährlich.

Matariki verging darüber der Appetit. Als die Männer endlich endeten und sich stärkten – Kahu Heke zog sich wieder in sein eigenes Haus zurück, gefolgt von dem gutmütigen Kupe, der ihn fütterte, bevor er selbst etwas bekam –, wollte sie nur noch schlafen. Wenn es ihr denn gelänge, den Nachklang des Kriegsgeschreis endlich aus den Ohren zu bekommen.

Kupe legte ein Stück Fladenbrot und eine diesmal gebratene Kiwibrust ehrfürchtig vor ihrer Hütte nieder. Matariki hörte seine Schritte und horchte. Sie erwartete, dass sie sich gleich wieder entfernten, der junge Mann verharrte jedoch und schien mit sich zu ringen. Aber dann siegte seine *pakeha*-Erziehung über den Drang, die angebetete Häuptlingstochter noch einmal zu sprechen.

»Gute Nacht, Matariki!«, rief er auf Englisch.

Matariki fühlte sich aus unerklärlichen Gründen besser, als sie ihm antwortete. »Gute Nacht, Kupe!«

Am nächsten Morgen wurde Matariki erneut von den ohrenbetäubenden Rufen der Krieger geweckt. Anscheinend beschwor man den Geist der Hauhau oder wen auch immer mindestens zweimal täglich. Das Mädchen zog sich seine Decke über den Kopf und versuchte, das Geschrei auszuschalten, aber an Schlaf war nicht mehr zu denken. Schließlich raffte Matariki sich auf und aß die Speisen, die Kupe vor ihr Haus gestellt hatte. Gegen Mittag fand sie dann obendrein *poi poi* und ein Kleid vor ihrem Unterstand. Es glich im Wesentlichen den Tanzkleidern der Ngai Tahu – das ärmellose Oberteil war allerdings anders gemustert. Das musste so sein, die Webmuster differierten je nach Stamm und wurden von einer Generation Frauen zur anderen weitergegeben.

Was Matariki anging, so war sie schon froh, überhaupt ein Oberteil tragen zu dürfen – sie hatte damit gerechnet, dass diese überaus wichtigen Zeremonien, in die ihr Vater sie einbinden wollte, Nacktheit erforderten. Matariki war immer noch knabenhaft schlank, es zeichnete sich jedoch bereits ab, dass ihre Figur fraulicher wurde. Trotzdem war ihr das Tanzkleid zu groß. Kupe verbrachte einige Zeit damit, die nötigen Utensilien aufzutreiben, um es enger zu machen. Matariki nähte schließlich lustlos daran herum und wünschte sich in das Dorf, aus dem das Kleid stammte. Da hätten die Frauen und Mädchen ihr sicher geholfen und dabei derbe Witze darüber gemacht, dass Matariki erst so winzige Brüste hatte wie Trauben aus dem Weinbau ihrer Mutter. Danach hätten alle sie in ihrem neuen Staat bewundert und mit ihr gemeinsam gelacht und getanzt. Matariki sehnte sich nach der Normalität eines durchschnittlichen Maori-Dorfes – und fürchtete gleichzeitig um ihre unbekannten Nachbarn. Gut, das Dorf lag wohl nicht in Hörweite, aber innerhalb weniger Stunden konnte man es erreichen. Durch die Nähe zu seinem Lager brachte Kahu Heke es ebenso in Gefahr wie damals den Stamm des jungen Mannes, den er heute Kupe nannte.

Schließlich wurde es Abend, und Matariki folgte ihrem Vater beklommen ins Lager. Die Krieger hatten dort schon wieder angefangen, den Pfahl zu umrunden.

»Mach einfach mit!«, befahl Kahu Heke. »Lass dich treiben! Tu, was dir in den Sinn kommt!«

Matariki war vor allem daran gelegen, das Gebrüll der Männer abzustellen, aber die wurden zum Glück gleich ruhiger, als sie sich zu ihnen gesellte. Natürlich mussten sie nun auch darauf achten, Abstand zu ihr zu wahren, und sehr schnell fand sich Matariki im

Kreis der Krieger, am *niu*. Ihr Vater trat zu ihr, wobei sich der Kreis geteilt hatte, um ihn einzulassen, und nun zwangsläufig weiter war, denn die Schatten des *ariki* und seiner Tochter fielen lang in der Dämmerung, deren unwirkliches Licht durch die schon entzündeten Fackeln verstärkt wurde.

Matariki war verlegen – sie hatte nie allein vor ihrem Stamm getanzt, dafür war sie zu rangniedrig. Die jungen Mädchen führten meist Gruppentänze auf – nur die ganz mutigen sangen vielleicht auch einmal ein Liebeslied zusammen mit einem Jungen. Aber die Maori-Krieger, die ihr hier zusahen, schienen schon leicht in Trance zu sein und waren obendrein sicher entschlossen, sie anzubeten, egal, was sie tat.

Matariki nahm sich also ein Herz und begann einen *haka powhiri* – einen Begrüßungstanz. Sie konnte ihn gut, mit den anderen Mädchen der Ngai Tahu hatte sie ihn oft getanzt. Und er gefiel ihr, weil er nichts Bedrohliches an sich hatte. Ursprünglich diente er der Vorstellung der Tänzer und des Dorfes und wurde aufgeführt, nachdem die Krieger ihr Imponiergehabe vor den Neuankömmlingen durchgezogen und die Älteste den *karanga* ausgestoßen hatte. Es stand also schon fest, dass es zwischen dem eigenen Stamm und den Besuchern keinen Streit geben würde. Matariki schwang lebhaft ihre *poi poi* und sang den eben noch so blutrünstigen Kriegern ein Lied von schneebedeckten Bergen, weiten Ebenen, fischreichen Bächen und klaren Seen. Ihr Lied beschrieb die Region Otago und den Stamm der Ngai Tahu. Allerdings fragte sie sich, wie viel die Männer davon überhaupt verstanden. Sie hatte inzwischen viele verschiedene Dialekte gehört – Kahu Heke hatte Männer aus allen Stämmen der Nordinsel unter der Flagge der Hauhau vereint.

Schließlich endete Matariki und freute sich über den Beifall der Krieger. Auch ihr Vater schien zufrieden.

»Für den Anfang ganz schön, Matariki«, raunte er ihr zu. »Und jetzt: Stoß den *karanga* aus!«

Matariki wandte sich verwirrt zu ihm um. »Aber … aber das kann ich nicht …«

»Tu's einfach!« Der *ariki* hob die Arme, und die Krieger verstummten voller Ehrfurcht. »Die Tochter der Sterne wird jetzt die Geister rufen!«, verkündete er.

Matariki schwankte. Es war zweifellos *tapu*, wenn sich ein Mädchen wie sie am *karanga* versuchte. Das Privileg, mit diesem Schrei ein spirituelles Band zwischen den Menschen ihres Stammes und ihren Besuchern zu knüpfen, gehörte der ranghöchsten, ältesten Frau eines Stammes.

Nun, so gesehen fiel es hier Matariki zu. Schließlich war sie die einzige Frau … Matariki nahm all ihren Mut zusammen und schrie.

Wenn Hainga auf der Südinsel den *karanga* ausstieß, schien die Erde in ihren Grundfesten erschüttert zu werden. Die Welt der Geister schien die der Menschen zu berühren und alle Zuhörer in einen Kreis zu ziehen, den das Universum selbst beschrieb. Der *karanga* war etwas Heiliges – Matarikis Schrei jedoch klang kaum anders als der ihrer Zimmergenossin Mary Jane beim Anblick einer Maus in ihrem Schlafraum.

Immerhin machte ihr *karanga* Eindruck auf Dingo. Der hochbeinige Hund, der bisher nicht groß aufgefallen war – Kahu Heke schien nicht der Meinung zu sein, dass die Haustiere von Häuptlingskindern irgendwelchen *tapu* unterworfen waren –, reagierte seinerseits mit einem alarmierten Jaulen, das deutlich imponierender klang als Matarikis Schrei. Ein Jaulen, das dann in Bellen überging – alarmiertes Bellen. So meldete Dingo üblicherweise Eindringlinge, die er dann aber nicht angriff, sondern vor denen er sich in Matarikis Bett flüchtete. Auch jetzt rannte er auf das Mädchen zu – gerade rechtzeitig, bevor am Rand des Lagers die Hölle losbrach.

»Hände hoch, Waffen fallen lassen, dies ist die Armed Constabulary. Wir scherzen nicht!«

Wie zum Beweis wurden erste Gewehrschüsse abgefeuert. Matariki sah Mündungsfeuer in der Dämmerung. Dingo flüchtete sich zwischen ihre Beine.

Die überraschten Krieger liefen Augenblicke lang verwirrt durcheinander, wohl unsicher, woher die Bedrohung kam. Aber dann erhob sich die Stimme Kahu Hekes.

»*Rire, rire, hau, hau!*«

Die ersten Krieger griffen den Ruf auf, gleich danach schrien alle. Und plötzlich waren die Männer wie verwandelt. Einige stürzten sich so, wie sie waren, nur mit Kriegsäxten und Speeren bewaffnet, auf die Angreifer, andere bewiesen wenigstens so viel Verstand, sich Gewehre aus den Hütten zu holen. Gleich danach peitschten Kugeln über den Dorfplatz, in das wilde *rire, rire, hau, hau* mischten sich Wut- und Schmerzensschreie. Die entsetzte und vor Schreck wie gelähmte Matariki sah Hütten in Flammen aufgehen und Männer fallen. Dingo bellte – zwischen den Beinen seiner Besitzerin fühlte er sich stark.

»Komm mit!« Matariki, die nur notdürftig Deckung hinter dem *niu* gefunden hatte, fühlte plötzlich, wie jemand ihre Hand nahm.

»Schnell, hier schlachten sie uns ab … es ist … es sind … so viele …«

Matariki fragte sich, woher Kupe ahnen konnte, wie viele Milizionäre wirklich angriffen. Aber er war sichtlich von Panik ergriffen und brauchte sicher all seinen Mut, um sich auch noch um Matariki zu kümmern. Kahu Heke war dagegen nirgends zu sehen.

Kupe zerrte sie jetzt mit sich, in Richtung der Lichtung, auf der ihr Vater hauste. Hier war es dunkel, aber der Kampflärm tönte deutlich herüber. Kupe hielt denn auch nicht inne. Erst unter dem Kauribaum am Fluss, wo große Farne einen dichten Dschungel bildeten, wurde er langsamer. Dingo, der ihnen gefolgt war, beruhigte sich ebenfalls.

»Auf den Baum!«, befahl Kupe und wies auf eine Südbuche.

Kauribäume konnte man nicht besteigen, ihre Stämme ragten

astlos weit in den Himmel. Dieser Baum jedoch bot sich als Ausguck geradezu an.

»Aber Dingo ...«

»Rauf!«

Eingeschüchtert kletterte Matariki in die erste Astgabel. Und war gerührt, als Kupe ihr den zappelnden Dingo hinaufreichte. Der Hund war langbeinig, aber nicht schwer. Matariki befahl dem zitternden Tier streng, ruhig zu halten, während sie es in die nächste Astgabel hiefte und ihm dann nachkletterte. Von hier aus konnte sie einen Teil des Lagers übersehen. Kupe fand sogar noch einen besseren Ausguck.

Auf der Lichtung brannten die Unterkünfte der Hauhau jetzt lichterloh, die *pakeha*-Truppen hatten sie wohl als Erstes angezündet, um Verwirrung zu stiften. Eine Anzahl verletzter, vielleicht sogar toter Krieger lag, vom Flammenschein gespenstisch beleuchtet, rund um den *niu*, während es unter den Armed Constables offensichtlich keine Opfer gegeben hatte. Ein paar der Uniformierten durchstreiften das Lager und suchten wohl nach versteckten Kriegern, sehr vereinzelt waren noch ein paar Kämpfe im Gange, aber die Militärs beendeten sie schnell. Sie versuchten, die Krieger gefangen zu nehmen, statt sie zu töten, und eine Mehrzahl gab denn auch auf. Andere brüllten jedoch immer noch ihr *rire, rire, hau, hau* und stürzten sich den Engländern todesmutig entgegen.

Matariki schrie auf, als einer der Milizionäre sich nicht anders gegen einen gewaltigen Krieger zu helfen wusste, als ihn aus nächster Entfernung zu erschießen. Sie meinte Hanu zu erkennen, einen ihrer Entführer. Aber sie verspürte keine Schadenfreude. In den Augen des Mannes hatte blanker Irrsinn gestanden, als er zuvor den Schlachtruf der Hauhau skandiert hatte. Er hatte nicht mehr gewusst, was er tat. Wahrscheinlich wusste er es schon lange nicht mehr.

Matariki weinte leise, als es auf der Lichtung ruhiger wurde. Die Engländer beschränkten sich auf das Ausheben des Hauptlagers –

anscheinend waren sie mit der Sitte, den Häuptling außerhalb unterzubringen, nicht vertraut.

»Nur *pakeha*«, flüsterte Kupe. »Keine Maori …«

»Maori?«, fragte Matariki entsetzt.

Kupe zuckte die Schultern. »Sie haben Maori in ihren Reihen, verräterische Hunde …«

Dingo winselte.

»Er meint dich nicht«, sagte Matariki und streichelte ihren Liebling. Dann wandte sie sich wieder an Kupe. »Dann ist dies auch noch so was wie ein Bürgerkrieg unter den Stämmen?«

Kupe nickte. »Ein paar *iwi* der Ngati Porou kämpfen für die *pakeha*. In East Cape und Gisborne gibt es viele, die …«

»Das ist alles völlig verrückt«, unterbrach ihn Matariki, aber dann blieb ihr die Empörung im Hals stecken.

Natürlich war das alles verrückt. Aber es war auch tödlich.

Matariki und Kupe blieben bis zum Morgengrauen auf ihrem Baum. Es schien ihnen einfach sicherer, abzuwarten, ob die *pakeha* nicht doch noch zurückkamen, nachdem sie ihre Gefangenen verhört hatten. Kupe wollte sich auf keinen Fall von den Männern gefangen nehmen lassen, während Matariki schwankte. Vielleicht hätten die Constables sie ja nach Hause zurückgebracht. Aber sie hätten sie auch vergewaltigen oder in die nächste Besserungsanstalt verfrachten können. Nach Kupes Erzählungen von den Untaten gegen sein Dorf, traute sie den Milizionären nicht.

Gegen Morgen erlebten die beiden dann eine Überraschung.

»Der *ariki*!«, wisperte Kupe.

Er übersah von seinem Aussichtspunkt auch die Lichtung mit dem Haus des Häuptlings. Matariki fuhr aus einem erschöpften Halbschlaf. Sie hatte es sich in einer Astgabel so gemütlich wie möglich gemacht. Diese Buche war wirklich ein freundlicher Baum, sogar Dingo lagerte halbwegs bequem auf Matarikis Schoß.

»Was?«, fragte sie.

»Der *ariki*, dein Vater! Er ist unten, vor seinem Haus. Und die überlebenden Krieger sammeln sich jetzt auch auf der Lichtung. Der *ariki* lebt!« Kupe jubelte auf. »Kahu Heke! Kahu Heke! Pai Marire, *hau, hau!*«

Matariki zuckte zusammen. Sie selbst hätte sich lieber weiter versteckt gehalten, schon um nachzudenken. Sie hatte kein Bedürfnis, ihren Vater zu sehen. Aber der Häuptling blickte zu ihnen hoch.

»Dann hilf uns schon runter, Kupe … Wenn du so wild danach bist, wieder um einen Pfahl zu tanzen.« Matariki seufzte und nahm den schlaftrunkenen Hund unter den Arm. »Immerhin wird's interessant zu hören, was der Erzengel Gabriel nun dazu zu sagen hat!«

Kupe kletterte erst allein vom Baum, und auch Matariki rutschte ohne Hilfe herunter bis zur ersten Astgabel. Dann wollte sie ihm Dingo reichen, aber der Hund hatte genug von der luftigen Exkursion. Er entwand sich Matarikis Armen, sprang die zwei Meter bis zum Boden selbst herunter und stieß ein Jaulen aus, als er aufkam. Matariki erschrak, aber Dingo lahmte nur ein wenig, sonst war nichts passiert. Kupe fing Matariki auf, die sich vorsichtig heruntertastete. Die beiden landeten im Farnkraut unterhalb des Baums.

»Jetzt hast du mich berührt«, zog Matariki den jungen Mann auf, »und die Welt ist nicht zusammengebrochen.«

Kupe zuckte die Achseln. »Die Kugeln sind ja gestern auch nicht an uns abgeprallt«, bemerkte er dann, ohne das Mädchen anzusehen. Matariki erzwang jedoch Blickkontakt.

»Das hast du doch auch nicht wirklich geglaubt, oder?«, fragte sie.

Kupe sah verschämt zu Boden. »Wenn ich's geglaubt hätte«, murmelte er, »wäre ich wohl nicht weggelaufen … Wirst du deinem Vater erzählen, dass ich geflohen bin?«

Matariki zog die Augenbrauen hoch. »Ist der nicht selbst weggelaufen?«, fragte sie respektlos. »Also, ich habe ihn nicht mehr gesehen, als es richtig hart auf hart ging. Und außerdem hast du dich um mich gekümmert. Aber vielleicht wird ein Kriegshäuptling ja beim *rire-rire*-Singen unsichtbar ...«

Kupe biss sich auf die Lippen. »Du nimmst das alles nicht ernst«, meinte er traurig. »Dabei ist es sehr ernst. Todernst.«

Das konnte selbst Matariki nicht leugnen, obwohl es auch unter den Hauhau weniger Todesopfer gegeben hatte, als sie und Kupe befürchtet hatten. Tatsächlich waren nur zwei der Männer im Kugelhagel gestorben, und natürlich Hanu. Vier Krieger waren verletzt am Kampfplatz zurückgeblieben, die Engländer mussten sie für tot gehalten haben. Die anderen Verletzten und die Gefangenen hatten sie mitgenommen. Kahu Hekes Schar hatte sich damit um etwa zwanzig Kämpfer verringert.

Der Häuptling organisierte eben den Transport der Verletzten ins nächste Maori-Dorf, dann wandte er sich an die verbleibenden vielleicht dreißig Männer. Stolz und in seiner Kriegertracht und dem weiten Mantel fast überlebensgroß wirkend, baute er sich vor den Kriegern auf.

Er stieß den Speer in die Luft, hob das Beil. Dann rief er nur ein Wort: »Vergeltung!«

Zu Matarikis Überraschung schien das den Männern zu reichen. Sie antworteten sofort mit *rire, rire, hau, hau* und hätten den Singsang sicher wieder bis zur Trance skandiert, hätte ihnen der Häuptling nicht Einhalt geboten.

»Männer! Die Götter unseres Volkes haben uns geprüft, aber nicht verlassen. Seht, da ist Matariki, die Tochter des Häuptlings. Sie ist den *pakeha* entkommen, der Engel hat sie entrückt ... und führt sie uns jetzt wieder zu!«

Die Männer schrien vor Begeisterung, als Matariki die Lichtung betrat. Dem Mädchen fehlten schon wieder die Worte, aber es konnte nicht umhin, die Gewandtheit des Häuptlings zu bewundern. Kahu Heke hatte sie eben im Baum ausgemacht. Er hatte gewusst, dass Kupe und sie bald kommen würden – und sofort sein ganzes Vorgehen darauf abgestimmt. Matarikis Erscheinen im richtigen Moment musste die Männer davon überzeugen, dass hier göttliche Mächte im Spiel waren.

»Der Engel?«, wisperte Kupe verwirrt.

»Ja«, meinte Matariki. »Sieht aus, als wärest du befördert worden ...«

»Die Götter haben uns ein Zeichen gegeben: Es ist keine Zeit zu warten. Es ist Zeit zur Vergeltung, Zeit, die *pakeha* zurück in ihr eigenes Land zu schicken. Noch heute Abend werden wir uns bereitmachen. Die Zeremonie, die uns zu Kriegern macht – zu unbesiegbaren Kriegern – wird noch heute Nacht stattfinden. Gestern, Männer, haben wir gezaudert. Leugnet es nicht, ich habe Angst und Verwirrung in euren Augen gesehen. Morgen werden wir ihnen entgegenschreiten wie eine Mauer aus Stahl. Pai Marire, *hau, hau!*«

Kahu Heke stampfte mit dem Speer auf die Erde, wie Matariki es auch aus den *haka* kannte. Seine Darstellung des wütenden Kriegshäuptlings war perfekt. Kaum zu glauben, dass dahinter ein kühner Planer steckte.

Matariki rieb sich die Stirn. Aber eben diesen genialen Strategen musste sie ansprechen, wenn sie noch etwas verhindern wollte. Ihr Vater konnte doch nicht glauben, dass er mit seinen dreißig Kriegern die gesamte Armed Constabulary besiegen konnte, die Bürgerwehr – und letztlich die Britische Armee! Er würde unweigerlich geschlagen werden – und dabei vielleicht sterben.

»Aber wenn die ersten Siege errungen sind, werden Tausende zu uns stoßen!«, erklärte Kahu Heke. »Jeder Maori will die Freiheit!«

»Und was ist mit den Ngati Porou?«, schleuderte Matariki ihrem Vater entgegen. »Und den anderen Maori, die auf Seiten der *pakeha* kämpfen? Mit den Ngai Tahu, die gar nicht kämpfen, sondern sich arrangieren?«

»Wir dürfen uns eben nicht arrangieren!«, erregte sich der Häuptling. Matariki hatte ihn um eine Unterredung gebeten, während die Krieger ihre Toten begruben. Hare leitete die Begräbnisfeierlichkeiten, wobei das nicht kompliziert zu sein schien. Schon wieder hallte ohrenbetäubend *rire, rire* durch den Wald. »Matariki, wach auf! Während wir uns arrangieren, zerstören sie unsere Heimat! Weißt du, dass die Stämme hier in Waikato über den Bau einer Eisenbahnlinie verhandeln? Mitten durch unser Gebiet? Und sie rivalisieren noch darum, wer sie kriegt, sie …«

»Die *pakeha* sind ihnen also gar nicht so verhasst«, folgerte Matariki. »Nicht mal hier, dabei habt ihr hier doch eine Menge Einfluss. Und was hast du gegen Eisenbahnen? Sie sind schnell und bequem.«

»Du bist verblendet!«, stellte Kahu Heke fest. »Aber das wird deine Kraft nicht mindern. Wir werden heute die Zeremonie durchführen, du wirst für meine Männer das Tor zum Sieg darstellen.«

»Ein Tor?«, fragte Matariki.

»Ja!« Der Häuptling sah sie mit verklärtem Blick an. »Traditionell wird ein Mann zum Krieger – zum unverwundbaren, tödlichen Kämpfer –, wenn er zwischen den Beinen der Häuptlingstochter hindurchkriecht.«

Matariki konnte nicht anders, sie platzte heraus. »Wie Dingo?«, lachte sie. »Den hab ich auch immer zwischen den Füßen, wenn's knallt. Allerdings macht ihn das nicht unverwundbar, wie du siehst.«

Dingo kam heran, als er seinen Namen hörte. Er hinkte noch leicht.

»Matariki, das ist eine heilige Pflicht. Und du kannst die Krieger der Maori, die Elite unseres Volkes, nicht mit einem Straßenköter vergleichen!«

Matariki fand diese Vorstellung erst recht erheiternd. »Vater, wie soll das denn gehen?«, lachte sie. »Diese Kerle sind mindestens fünf Fuß hoch, von der Breite gar nicht zu reden. Die passen zwischen meinen Beinen gar nicht durch, egal, wie weit ich sie spreize.«

Das war ein Argument. Kahu Heke verstummte einen Augenblick lang, dann fand er die Lösung. »Wir müssen dich eben auf zwei Stühle stellen«, improvisierte er. »Ich meinte natürlich ... Felsen.« Maori benutzten traditionell keine Stühle, sondern saßen auf Steinen oder Matten.

Matariki strich sich das Haar aus dem Gesicht – auf die Gefahr hin, Rauru damit zu verärgern. »Vater, wir denken uns eine verrückte Zeremonie aus, wir tanzen hin und her mit seltsamen Gebärden ... und dann rennen die Männer alle den Kugeln der Engländer entgegen, wie Hanu letzte Nacht? Du hättest das sehen sollen, er ...«

»Er war ein Hauhau!«, sagte Kahu Heke würdevoll. »Geh nun in dein Haus, Kind, man wird dir Essen bringen, und dann wirst du mit den Geistern sprechen und dich auf die Zeremonie vorbereiten ...«

Matariki suchte den Blick ihres Vaters und verspürte zum ersten Mal so etwas wie Verachtung. »Vater, mit den Geistern spricht man nicht im Innern einer Hütte«, sagte sie dann ruhig. »Das weiß sogar ein Mädchen wie ich, weil es unter wirklichen Maori gelebt hat, die sich *tikanga* nicht ausdenken.«

Kahu Heke winkte ab. »Was auch immer du machst, bleib jedenfalls drinnen!«, befahl er. »Geh von mir aus in dich, erforsch dein Gewissen!«

Matariki stand auf und schlenderte aufreizend langsam in Richtung ihrer Hütte. Sie wusste genau, dass gleich darauf ein Krieger davor Wache beziehen würde. Sie hatte dem *ariki* widersprochen, von jetzt an war sie wieder eine Gefangene. Kurz bevor Matariki ihre provisorische Behausung erreichte, wandte sie sich noch einmal um.

»Vielleicht erscheint mir ja der Erzengel!«, höhnte sie und hob grüßend die Hand. »*Rire, rire, hau, hau!* Also eigentlich dachte ich immer, Engel sprächen in ganzen Sätzen ...«

Kupe erschien kurze Zeit später mit Brotfladen und Süßkartoffeln. »Zum Jagen hat keiner Zeit«, entschuldigte er das karge Mahl. »Dabei soll es heute Abend noch ein Fest geben. Ich glaube, du passt auf den da besser auf …« Er wies auf Dingo.

Matariki sah ihn entsetzt an. »Sie werden doch nicht den Hund essen!«

»Warum denn nicht?«, fragte Kupe. »Bei den Polynesiern war das auch üblich. Hat uns Hare erklärt. Die ersten Hunde kamen wahrscheinlich schon mit Kupe nach Aotearoa – als Proviant. Und das hier«, er wies auf den Lederriemen, mit dem seine *waihaka*, ein kurzer, hakenförmiger Schläger, an seinem Handgelenk befestigt war, »ist angeblich Hundeleder. Jedenfalls machte man diese Halterungen ursprünglich aus Hundeleder. Und …«

Matariki schob ihren Fladen beiseite. »Das reicht jetzt!«, rief sie energisch und drückte Dingo an sich. »Wir gehen. Du musst mir helfen, hier wegzukommen, Kupe. Egal, wie sehr du an diesen Leuten hängst, jetzt musst du mit mir fliehen. Wenn mein Vater und Hare diese Zeremonie durchführen, wird nicht nur mein Hund sterben – dann seid ihr übermorgen alle tot.«

Matariki hätte gern ihren Reitrock und ihre Bluse mitgenommen. Nicht nur, weil sie in ihrem Tanzkleid frieren würde, sondern auch, weil sie plante, möglichst bald eine *pakeha*-Siedlung zu erreichen. In einem Maori-Dorf in der Nähe Unterschlupf zu suchen traute sie sich nicht. Zumindest die Krieger sympathisierten da schließlich fast alle mit den Hauhau. Wie Kupe inzwischen erfahren hatte, war dies der Gruppe auch am Tag zuvor zum Verhängnis geworden. Die *pakeha* hatten Späher im nächstgelegenen Dorf. Als Kahu Hekes Mann dort auftauchte, um das Tanzkleid zu holen, waren ihm die Engländer einfach gefolgt.

»Das ist doch auch schon wieder ein Beweis dafür, dass die Geister sich absolut nicht darum scheren, ob ich hier bin oder in Dunedin!«, erklärte Matariki dem nervösen Kupe.

Er war am Nachmittag zum Wachdienst bei ihr eingeteilt und

berichtete, was es an Neuigkeiten gab. Allerdings war er nicht so leicht davon zu überzeugen, mit ihr zu fliehen. Bestenfalls würde er sie nicht verraten, wenn sie weglief.

»Schau, im Grunde habe ich euch doch die Engländer auf den Hals gehetzt«, argumentierte Matariki. »Wenn ihr mich nicht entführt hättet, wäre kein Kleid nötig gewesen und kein Besuch beim Stamm. Dann hättet ihr hier immer noch fröhlich *hau, hau* schreien können, und keiner hätte das Lager entdeckt.«

»Die Götter wollen, dass wir aufbrechen«, meinte Kupe, allerdings nur halbherzig. »Das sagt der *ariki*.«

Matariki griff sich an die Stirn. »Und mit einer Streitmacht von dreißig Leuten das Britische Empire herausfordern?«

»Einer muss doch den Anfang machen ...«

Matariki seufzte. »Also schön, ich geb's auf. Aber könntest du versuchen, meine *pakeha*-Kleidung irgendwo zu finden? Ich werde versuchen, den nächsten Ort zu erreichen, aber in diesem Röckchen würde ich auffallen.«

Kupe zögerte. »Sie ist *tapu*«, murmelte er, »deine Kleidung ...«

Matariki hätte ihn am liebsten geschüttelt. »Wir können eine *kumara* über deinen Fingern zerreiben, und ich esse sie von mir aus auf«, bot sie an. »Wenn du wirklich solche Angst hast, das Zeug anzufassen.«

Kupe musste wider Willen lachen. »So meine ich das nicht«, sagte er. »Aber der *tohunga* hat sie gestern dem heiligen Feuer überantwortet, während du getanzt hast.«

»Der Kerl hat mein Kleid verbrannt?«, Matariki fuhr auf. Hare, der selbst ernannte Priester oder Zeremonienmeister, verlor damit den Rest ihrer Sympathie. »Na gut, wie auch immer. Ich würde hier auch nackt abhauen. Und ich hab mir was überlegt ... Wenn die Krieger mich zum Lager eskortieren wollen, sage ich, ich müsste kurz mit den Geistern sprechen. Da hinten an den Felsen am Bach ist ein heiliger Ort ...«

»Ja?«, fragte Kupe.

Matariki verdrehte die Augen. »Kann sein, kann auch nicht sein. Aber Hainga sieht Geister in jedem zweiten Rata-Busch und zwischen den Felsen sowieso. Jedenfalls sage ich, ich müsste da noch Zwiesprache mit den Göttern halten. Die Krieger müssen natürlich wegbleiben, der Ort ist *tapu* – sehr, sehr *tapu*. Ich singe erst ein bisschen, damit sie beruhigt sind. Und dann mache ich mich aus dem Staub.«

»Aber dein Vater ...«

»Mein Vater würde misstrauisch werden. Klar. Aber der ist dann mit ein bisschen Glück schon am *niu* und redet zu den Kriegern.« Matariki faltete ihre Schlafdecke zu einem handlichen Bündel zusammen.

Kupe sah ihr unschlüssig zu. »Sicher?«, fragte er.

Matariki stöhnte. »Nein, nicht sicher! Aber höchstwahrscheinlich. Nun mach schon, Kupe! Du brauchst dir keine Sorgen zu machen, du verrätst deine Leute nicht, indem du mich gehen lässt. Ich kann euch nicht unverwundbar machen! Streng genommen bin ich nicht mal eine Häuptlingstochter, Kahu Heke hat doch gar keinen richtigen Stamm. Der ist nicht *ariki*, sondern nur Kriegshäuptling, *rangatira*. Und erst recht bin ich keine Priesterin. Du verletzt keine *tapu*, Kupe. Das musst du mir einfach glauben!«

Der junge Mann sah sie zweifelnd, aber auch irgendwie hoffnungsvoll an. Matariki erkannte zum ersten Mal goldene Flecken in seinen sanften braunen Augen. In seinem freundlichen Gesicht standen Bewunderung und Ehrfurcht – aber eine gänzlich andere Art als jene, die man einer Priesterin entgegenbrachte.

»Wenn das so ist«, sagte Kupe schüchtern. »Also ... wenn du wirklich überhaupt nicht *tapu* bist ... dürfte ich dich dann vielleicht küssen?«

Matariki spürte dem Kuss noch den gesamten langen Nachmittag nach, den sie wartend in ihrer Hütte verbrachte. Kupes Lippen hatten sich weich angefühlt, warm und tröstend, und es war ein gutes Gefühl gewesen, als er sie an seine feste, muskulöse Brust zog. Er hatte sie behutsam auf die Wange geküsst, aber dann auch auf den Mund, als sie sich nicht wehrte. Schließlich hatte seine Zunge ihre Lippen geöffnet und ihren Mund erforscht. Ein seltsames Gefühl, aber keineswegs unangenehm. Im Gegenteil, Matariki fühlte Wärme in sich aufsteigen, ihr Kopf wurde leicht, sie empfand Schwerelosigkeit und – Glück.

Als sie sich von Kupe löste, zweifelte sie einen Augenblick lang an ihrer Entscheidung zu gehen. Aber dann riss sie sich zusammen. Sie war nicht in Kupe verliebt, zumindest war sie das wenige Minuten zuvor noch nicht gewesen. Und hier hätte diese Liebe ohnehin keine Zukunft – wer wusste schon, was für Strafen einem ganz normalen Krieger drohten, der es wagte, eine Häuptlingstochter anzurühren? Wenn überhaupt, dann musste Kupe mit ihr fliehen. Und das wiederum wollte er nicht. Matariki war zu stolz, um ihn noch einmal zu bitten, und erst recht dazu, ihn zwecks Erfüllung ihres Wunsches zu verführen.

Tatsächlich hatte der Junge ihr nach dem Kuss nur noch einmal schmachtend in die Augen gesehen – und sie dann ohne ein weiteres Wort verlassen. Es war zweifellos besser, diese Episode zu vergessen und sich auf die Flucht zu konzentrieren. Auf eine einsame Flucht. Matariki fürchtete sich ein wenig vor der Wildnis der Nordinsel. Aber dann riss sie sich zusammen. Ihr konnte nichts passieren. Sie hatte ihre halbe Kindheit bei den Ngai Tahu verbracht, konnte Feuer machen, Fische fangen ... auf der Südinsel hatte sie auch alle essbaren Pflanzen gekannt. Die Flora mochte hier natürlich ein wenig anders sein. Aber irgendwie schaffte sie es bestimmt.

»Im Notfall esse ich dich«, bemerkte sie in Richtung Dingo, den sie sicherheitshalber in ihrem Unterstand angebunden hatte, damit er ja nicht im Kochtopf der Hauhau endete. »Du bist mein lebender Proviant.« Der Hund wedelte mit dem Schwanz.

»Er ist einverstanden, sich zu opfern!«, sagte Matariki salbungsvoll zu einem imaginären Hauhau-Stamm – und musste mal wieder hysterisch kichern. Schade, dass Kupe den Scherz nicht gehört hatte.

Als es dämmerte, hörte Matariki ein Raunen vor ihrer Hütte. Die Männer, die sie bewachten, wichen respektvoll dem *ariki*. »Matariki, hier bringe ich dir einen Umhang«, sagte der Häuptling. Er öffnete den Farnvorhang vor der Hütte nicht, wahrscheinlich war das auch für ihn verboten. »Du wirst ihn tragen, wenn du gleich zu uns auf die Lichtung kommst.«

»Die Lichtung …« Matariki konnte nicht anders, sie ritt jetzt der Teufel. »Die Lichtung ist doch *tapu*, Vater. Da sind Männer gestorben. Hainga würde sagen, wir dürfen sie nicht mehr betreten, wir müssen Papa die Trauer überlassen, die Natur muss wieder davon Besitz nehmen.«

Kahu Heke schnaubte. »Dies ist die einzige Lichtung hier!«, beschied er seine Tochter auf Englisch. »Einen anderen Versammlungsbereich haben wir nicht. Aber Hare meint, wir können die Kraft der Toten nutzen, ihre Geister würden die Lebenden stärken, sie begleiten auf den Weg zum unverwundbaren Krieger.«

Matariki kämpfte den Gedanken daran nieder, dass auch noch Geister zwischen ihren Beinen hindurchkriechen sollten. Sie musste sich beherrschen. Sie musste unbedingt weg.

Der Umhang erwies sich dann als ein wahres Kunstwerk, einer der traditionellen Häuptlingsmäntel mit eingewebten Kiwifedern. Er war braun und plüschig, sicher wärmer als Matarikis Decke. Vor allem war er dunkel, er würde ihr helfen, eventuellen Verfolgern zu entkommen. Aber Matariki war ohnehin guten Mutes. Eine Horde Krieger, die Angst hatten, sie zu berühren, würden ihr nicht voller Entschlossenheit in den Dschungel folgen. Schließlich konnten sie versehentlich über sie stolpern – es würde ja stockdunkel sein. Mit ein bisschen Glück hatte sie überdies eine halbe, wenn nicht eine Stunde Vorsprung. Matariki war klein und zierlich, die Männer groß und schwer – auch das ein Handycap im Farndickicht. Ihre

Fährte konnten die Krieger jedenfalls erst am kommenden Morgen aufnehmen, und bis dahin musste ihr etwas einfallen, ihre Spuren zu verwischen.

Es war tatsächlich stockdunkel, als vier Krieger mit Fackeln erschienen, um die Häuptlingstochter zum Ritual zu holen. Matariki trat gelassen und majestätisch aus ihrem Unterstand – und erschreckte die Männer zu Tode, indem sie eine Art *karanga* ausstieß, sobald sie im Freien war.

»Die Geister!«, erklärte Matariki theatralisch. »Sie rufen uns.«

Mit tiefer Stimme und unter ruhigen Tanzbewegungen rezitierte sie aus der letzten Rolle, die Mary Jane im Theaterclub der Otago Girls' School gespielt hatte: eine der Hexen bei Shakespeare:

»Fair is foul and foul is fair:
Hover through the fog and filthy air.«

Die Maori-Krieger wichen voller Ehrfurcht zurück.

»Folgt mir!«, rief Matariki und wandte sich zum Bachufer.

Die Männer tappten ihr hinterher.

Dann machte sie eine gebieterische Handbewegung. »Bleibt zurück!«

Und tatsächlich verhielten die Männer ihre Schritte. Matarikis Herz klopfte wild, aber sie zwang sich, nicht schneller zu werden. Ruhig, als hätte die Zeremonie schon begonnen, verschwand sie zwischen den Felsen. Der Einzige, der ihr folgte, war Dingo.

Auf einem niedrigeren Findling fand Matariki ihre Decke, ein Päckchen mit Brotfladen und einen Zettel. Sie hatte keine Ahnung, wie Kupe an ihren Bleistiftstummel geraten war – oder ob er vielleicht selbst Schreibzeug mit ins Lager gebracht hatte. Jedenfalls hielt sie eine aus einem Schreibheft herausgerissene Seite in Händen:

Martha. Immer bachaufwärts, dann kommst du an den Waikato River. Folge ihm flussaufwärts – in etwa zwei Tagesmärschen erreichst du Hamilton. Ich denke an dich. Ohne tapu. Curt.

Matariki steckte den Zettel in das Deckenbündel. Sie gestattete sich einen Herzschlag der Rührung, aber dann setzte sie sich in Trab. Sie rannte die erste Meile am Bach entlang und stieg dann ins Wasser. Da sie keine Schuhe trug und ihre Füße sich ohnehin bereits wie Eisklötze anfühlten, spielte das kalte Wasser keine Rolle. Aber es verwischte ihre Spuren.

Wenn sie ein oder zwei Meilen durch den Bach lief, würden die Krieger sie niemals finden.

Der Tag zog gerade herauf, und der Regen hatte nachgelassen. Peter Burton stand fassungslos vor dem eingebrochenen Stollen, den sein ehrgeiziger Neffe ohne jegliches Bedenken in den Berg hatte treiben lassen. Die Bergleute von der Bute-, der Webber-, der Hobbs- und der Davies-Mine hatten sich von dem Unwetter natürlich nicht abschrecken lassen. Sie gruben seit Stunden – und unter Lebensgefahr, wie Malcolm Hobbs anmerkte.

»Da kann gut noch mehr runterkommen. Der Idiot hat's ja wohl erst mit Tagebau versucht und die ganze Vegetation auf dem Berg abgetragen. Klar, dass das Erdreich da weggespült wurde. Und der Stollen gleich mit. Ich glaub nicht, Reverend, dass da noch einer lebt ...«

Das hinderte den großen, stämmigen Minenbesitzer allerdings nicht, die Bergungsarbeiten höchstselbst zu überwachen und auch persönlich den Spaten zu schwingen. Peter half ebenfalls mit – aber die geübten Bergleute schafften natürlich mehr. Bedauerlicherweise erfüllte sich die Hoffnung nicht, dass der Eingang zum Stollen einfach nur freigeräumt werden musste. Als endlich heller Tag war, wurde auch dem letzten Optimisten klar, dass da kein Level mehr war. Der Berg hatte den völlig ungesicherten Tunnel einfach unter sich begraben.

»Reines Glück, wenn wir die Leichen finden«, meinte einer der Steiger bedrückt. »Wir sollten einfach auf dem Berg ein Kreuz aufstellen.«

Peter Burton schüttelte den Kopf. »Das können wir den Mädchen nicht antun. Sie würden es auch nicht glauben. Die Kleine schläft ja, aber Violet hat die ganze Nacht geweint. Am liebsten wäre sie noch mal mitgekommen, aber meine Frau hat sie mit ein paar Wärmflaschen ins Bett gesteckt. Herrgott, eigentlich sollte mein missratener Neffe die Toten selbst ausgraben!«

Kathleen tat ihr Bestes, um Violet im Haus zu halten, aber als das Wetter am Nachmittag aufklarte, lief ihr das Mädchen einfach davon – und traf genau in dem Moment an der Unglücksstelle ein, als die Männer die Leiche ihres Großvaters bargen. Ellen lag gleich unter ihm, er hatte wohl noch versucht, sie mit seinem Körper zu schützen.

»Da war nichts zu machen, Mädchen … all die Erde … wenn sie nicht erdrückt wurden, sind sie erstickt«, erklärte ein verlegener Steiger.

»Aber es ging sicher schnell«, versuchte Mr. Hobbs zu trösten.

Violet blickte mit starrem, bleichem Gesicht auf die Toten.

»Sie sehen … gar nicht tot aus …«, murmelte sie. »Vielleicht … vielleicht sind sie nur … bewusstlos?«

Peter schüttelte den Kopf und versuchte, das Mädchen zur Seite zu führen. »Es tut mir leid, Violet, sie sind tot.« Er bekreuzigte sich. »Willst du ein Gebet mit mir sprechen?«, fragte er sanft. »Während die Männer sie in den Wagen betten? Wir bringen sie hinunter zur Kirche. Reverend Clusky …«

»Es ist meine Schuld«, flüsterte Violet, »nur meine Schuld. Ich hab den Stollen entdeckt. Ich wollte, dass wir reingehen.«

Peter zog sie tröstend an sich. »Violet, das ist doch Unsinn! Jeder vernünftige Mensch hätte sich untergestellt bei diesem Wetter. Und normalerweise wäre ein Level auch nicht eingestürzt. Ihr konntet nicht wissen …«

»Sie hat's gewusst«, sagte Violet in einem seltsam leiernden Tonfall. »Lucy. Sie hat's gesagt … Zu mir hat sie's noch gesagt, als ich rauskam …«

»Wer?«, fragte Peter verblüfft. »Wer hat was gesagt?« Violet blickte zu seinem Gespann hinüber, und Peter verstand. »Ach, das Pferd. Wollte es nicht reingehen? Tja, Tiere haben da manchmal einen sechsten Sinn. Aber verlassen kann man sich auf so was auch nicht. Das Tier kann vor sonst was gescheut haben. Und ›gesagt‹ hat es ganz sicher nichts. Du hast keine Schuld, Violet. Rede dir das nicht ein.«

»Und ich hätte auch nicht rausgehen sollen«, sprach Violet weiter. »Mommy wollte rausgehen. Sie sagte …«

Peter wusste sich nicht anders zu helfen. Er schüttelte sie. »Violet, wir sollten doch Gott danken, dass du mit Rosie rausgegangen bist! Wäre ihr nicht schlecht geworden …«

»Mommy wollte rausgehen …«, wiederholte Violet, »Mommy hätte rausgehen sollen.«

Peter schob das Mädchen energisch zu seinem Wagen. »Ich bring dich nach Hause, Violet, zu deinem Vater. Er wird ja jetzt wohl nüchtern sein und fähig, die Sache zu begreifen. Ihr werdet … ihr werdet eine Lösung fürs Zusammenleben finden müssen. Immerhin habt ihr ja nun ein Haus in Treorchy.«

Violet folgte dem Reverend willenlos, auch als er den Wagen vor dem Zechenhaus in der Bute Street anhielt. Sie trottete hinter ihm her in das Haus, das sie noch vor wenigen Stunden so überglücklich verlassen hatte. Mrs. Brown steckte den Kopf aus dem Küchenfenster. Sie hatte die Haushaltsführung übernommen, als sie von dem Erdrutsch erfuhr. Die übliche stille Form von Nachbarschaftshilfe bei Grubenunglücken. Auch wenn es sonst meist die Männer waren, die man vermisste.

»Reverend … Violet … Ich hab's schon gehört. Hat man …? O Gott!« Die rührige Bergmannsfrau sah die Antwort auf ihre Frage in Peters und Violets Gesichtern. »Es tut mir so leid, Violet!« Sie kam heraus und nahm das Mädchen spontan in die Arme.

»Ich bin schuld«, sagte Violet. Sie wehrte sich nicht gegen Mrs. Browns Umarmung, aber sie erwiderte sie auch nicht.

»Ach Unsinn, Kindchen …«

Peter Burton ließ Violet mit der alten Nachbarin zurück und begab sich in die Stube, in der Jim und Fred Paisley schweigend auf zweien der vormals vier Stühle saßen. Die anderen beiden waren nicht mehr zu gebrauchen. Einer war bei dem Handgemenge mit Walter zu Bruch gegangen, den anderen hatte Jim vorher auf seiner Frau zerschlagen. Peter selbst blieb also stehen.

»Mr. Paisley, Fred … es tut mir leid, dass ich Ihnen sagen muss …«

Jim Paisley winkte ab. »Hab ich mir schon gedacht«, murmelte er. »Der Stollen war nicht abgesichert. Irrsinn, da bei dem Regen reinzugehen …«

Peter merkte, wie sich Wut in ihm regte. »Sie wollen damit jetzt nicht sagen, Ihre Frau und Ihr Schwiegervater hätten selbst Schuld gehabt?«

Von der Tür her klang ein Schluchzen. Violet. Peter hoffte, dass sie die Worte ihres Vaters nicht gehört hatte. Er selbst kämpfte gegen den höchst unchristlichen Wunsch an, Jim Paisley zu erwürgen.

Paisley zuckte die Achseln. »Hatten halt keine Ahnung. Mir tut's auch leid.«

Es klang nicht gerade, als sei sein Herz gebrochen. Fred, der blass und erkennbar verkatert neben ihm saß, wirkte stärker mitgenommen. Seine Augen waren rot umrandet – er mochte geweint haben. Jetzt schien er allerdings eher unbeteiligt, sein Blick war glasig.

»Aber sie hätte ja in der Nacht nicht abhauen müssen«, fügte Paisley jetzt hinzu.

Peter ballte die Hände zu Fäusten. Er hoffte, dass Violet etwas sagen würde. Eigentlich kannte er das Mädchen als mutig und frei heraus – fast ein Wunder bei diesen Familienverhältnissen. Aber Violet schwieg. Nun, das war immer noch besser als ein weiteres »Ich bin schuld«.

»Ihre Frau hatte wohl gute Gründe«, sagte Peter streng. Dann zwang er sich jedoch zur Geduld, mit Vorwürfen kam er bei Jim Paisley nicht weiter. Der Reverend begann noch einmal in freundlicherem Tonfall. »Mr. Paisley, mit dem Tod Ihrer Frau wird sich für Sie einiges ändern. Ihre Kinder haben nur noch Sie. Sie müssen Verantwortung übernehmen.«

Paisley schob die Unterlippe vor und legte die Stirn in Falten. »Hab immer gearbeitet, Reverend. Kann ich was dafür, dass die Minenbesitzer so schlecht zahlen?«

Mitleidheischend sah er von Peter zu Mrs. Brown, die eben, zweifellos von Neugier getrieben, ins Zimmer getreten war. Peter rieb sich die Stirn. Hatte die Frau nicht mit Violet draußen warten können? Sie war sicher herzensgut, aber für ihre Neugierde verwünschte er sie in diesem Moment.

»Und jetzt muss ich ja auch arbeiten«, sprach Paisley weiter. »Oder wovon soll'n die Bälger leben? Wo sie uns jetzt auch noch aus'm Haus schmeißen …« In seinen Augen blitzte es listig auf. »Können Sie da nix machen, Reverend? Jetzt, wo wir doch sozusagen … einen Trauerfall in der Familie haben … Vielleicht geben die uns ja 'n Aufschub. Oder wieder 'nen Job bei Bute …«

Peter holte tief Luft, dann gab er sich einen Ruck. »Mr. Paisley, das Geld sollte in der nächsten Zeit wohl nicht Ihr größtes Problem sein. Sie – oder besser Ihre Kinder, aber das kommt vorerst ja aufs Gleiche raus – haben eben ein Haus in Treorchy geerbt. Außerdem wird mein Bruder eine Entschädigung zahlen.«

Paisley merkte auf. »Eine Entschädigung?«, fragte er. »Wie viel?«

Peter sog scharf die Luft ein. »Das weiß ich nicht, Mr. Paisley, aber ich werde herausfinden, was in solchen Fällen üblich ist, und das werden Sie erhalten. Die Schuld lag eindeutig bei meinem geldgierigen Neffen – sein Vater wird das einsehen müssen, oder Sie und ich gehen vor Gericht. Schließlich ist es mein Land, auf dem Ihre Familie umgekommen ist.«

»Mr. Randolph ist nicht schuld«, kam Violets monotone Stimme. »Ich bin schuld …«

Jim Paisley beachtete sie gar nicht. Er brauchte offensichtlich einige Zeit, bis Peters Worte in sein whiskeygeschädigtes Gehirn vorgedrungen waren. Aber dann zog ein fast überirdisches Strahlen über sein Gesicht.

»Ich bin jetzt reich!«

»Du meinst, wir sollten sie einfach mitnehmen?« Kathleen Burton packte ihre Sachen in die Koffer. Violet hatte geholfen, die Kleider zu waschen, zu bügeln und zusammenzulegen. Bevor das Schiff nach Dunedin ablegte, würden sie noch ein paar Tage in London verbringen. »Sofern der Vater es gestattet«, fügte Kathleen hinzu.

Peter Burton zuckte die Achseln. »Warum soll er's nicht gestatten? Zumindest das kleine Mädchen kann er zu nichts gebrauchen, und Violet … gut, zurzeit führt sie ihm den Haushalt, aber dafür findet sich doch schnell eine andere Frau – jetzt, wo der Kerl mit dem Geld nur so um sich wirft.«

»Kann man ihn daran denn nicht hindern?«, fragte Kathleen. »Das Geld gehört doch zum größten Teil den Kindern, er sollte es nicht versaufen!« Sie legte eine Hutschachtel zur Seite und sah ihren Mann an. »Versteh mich recht, Peter, ich mag die Mädchen. Von mir aus können sie gern mitkommen, wir finden schon was für sie in Dunedin. Aber es erscheint mir unrecht, sie so zu entwurzeln – und obendrein um ihr Erbe zu bringen. Den beiden gehören zwei Viertel des Hauses und der Werkstatt und der Abfindung. Du glaubst doch nicht, dass der Vater ihnen das mit nach Neuseeland gibt.«

Peter seufzte. »Ich glaube nicht, dass man ihn dazu zwingen kann. Schließlich ist selbst Violet längst noch nicht volljährig. Aber bis sie einundzwanzig ist, hat er das Vermögen ohnehin längst durchgebracht – ob sie hier ist oder dort, wobei sie ihm hier auch noch dabei zusehen muss! Kathleen, die Mädchen haben hier keine

Zukunft. Und ich fühle mich verantwortlich. Wäre ich eher hinter Randolphs Machenschaften gekommen, wäre ihre Mutter noch am Leben.«

Kathleen zog die Augenbrauen hoch. »Wie's aussieht, fühlt sich für den Tod dieser Frau so ziemlich jeder verantwortlich – außer denen, die wirklich schuld sind: James und Randolph und Paisley. Gott, bin ich froh, dass das Haus nun endlich verkauft ist. Ich kann's gar nicht abwarten, bis wieder elftausend Meilen zwischen mir und diesen Kerlen liegen.«

In den letzten Wochen war es zu ein paar ziemlich hässlichen Auftritten zwischen Peter, seinem Bruder und seinem Neffen gekommen. Wie zu erwarten war, hatte Joseph Burton zunächst nicht für die Fehler seines Sohnes zahlen wollen – wobei Randolph ebenfalls keine Einsicht zeigte. Der schob die Schuld an dem schlampig in den Hügel getriebenen Level auf seinen Vorarbeiter Paisley – dem es »ganz recht geschah, dass seine Frau hier umgekommen war«. Als Joseph in diesem Zusammenhang einmal salbungsvoll von Gottes Gerechtigkeit sprach, wäre Peter wieder einmal fast tätlich geworden. Letztlich hatten die Cardiffer Burtons aber eingelenkt. Der Marquess of Bute war schließlich ihr Nachbar in Roath, und andere Minenbesitzer hatten ebenfalls mit Burtons Anwaltskanzlei zu tun. Joseph mochte vor ihnen nicht das Gesicht verlieren und seine Alice erst recht nicht.

Alice wurde gleich von zwei Seiten bedrängt. Einmal beschwor sie Reverend Clusky, auf ihren Gatten einzuwirken, und dann wurde sie auch noch gewahr, dass die Damen in Roath, allen voran Lady Bute, über die Burtons tuschelten. Alice machte ihrem Mann daraufhin eine heftige Szene, in deren Anschluss Joseph Burton sein Herz für die Bergleute in Treherbert entdeckte. Er zahlte nicht nur Jim Paisley eine ordentliche Abfindung, sondern unterstützte obendrein großzügig die Sammlung von Reverend Clusky für eine Schule in der neuen Zechensiedlung. Webber hatte modernste Pläne für das Land vorgelegt, auf dem Ellen gestorben war, und

Peter hatte ihm nicht nur die Parzelle zu günstigsten Konditionen verkauft, sondern auch eine Finanzierung der Schule in Aussicht gestellt. Er hoffte, dass es Violet trösten würde, wenn man sie nach Ellen Seekers-Paisley nannte, aber das Mädchen tröstete nichts. Violet lebte in ihrer eigenen, abgeschlossenen Welt, seit ihre Mutter gestorben war. Sie kam zwar so weit daraus hervor, dass sie ihre Arbeit tat und Rosie versorgte, aber sie sprach kaum ein Wort, das über ihr monotones »Ich bin schuld« hinausging.

Jim Paisley war gleich nach der Beerdigung seiner Frau mit seinen Kindern in das Haus in Treorchy gezogen, aber das hatte Violet auch nicht gutgetan. In Treherbert hätten sich die Nachbarinnen ganz selbstverständlich der Kinder angenommen, aber in Treorchy waren sie fremd, und sie wohnten auch nicht unter Bergleuten, sondern unter angesehenen Handwerkern und kleinen Geschäftsleuten. Auch dort gingen die Männer nach Feierabend mal in den Pub, aber sie sprachen dem Bier doch eher mäßig zu. Jim und Fred Paisleys Trinkgewohnheiten empfanden sie zunächst als befremdlich, dann nur noch verachtenswert. Und Violets Verwirrung und stille Trauer schufen auch nicht gerade Kontakt zu den Nachbarn. Die Frauen redeten über das Mädchen, aber nicht mit ihr. Peters Versuche, sie aus ihrer Isolation zu reißen, scheiterten zudem an ihrem Vater.

»Violet würde doch sicher gern zur Schule gehen«, meinte der Reverend, als er den Paisleys die gute Nachricht von der bewilligten Abfindung brachte. »Und dem steht ja jetzt nichts mehr im Wege. Sie können eine Frau bezahlen, die Ihnen den Haushalt macht.«

Jim Paisley zuckte die Schultern. »Violet ist zu alt für die Schule!«, bestimmte er. »Da würden doch nur alle über sie lachen. Stimmt's, Violet?«

Violet sah ihren Vater nur an. Peter war sich nicht sicher, ob sie überhaupt zugehört hatte.

»Du hast mir gesagt, du würdest gern richtig lesen und schreiben lernen!«, sprach Peter das Mädchen an. »Oder nicht, Violet?«

Violet nickte. »Meine Mom konnte gut schreiben«, sagte sie tonlos, fast unbeteiligt.

Peter zwang sich zur Ruhe. »Na siehst du!«, ermunterte er das Mädchen. »Du …«

»Ich bin schuld«, sagte Violet.

Jim grinste. »Da hören Sie's. Das sagt sie immer. Die anderen Kinder werden denken, sie wär blöde. Ich denk, Violet ist ganz zufrieden, wenn sie für uns kocht, nicht, Mädchen? Bist du deiner Mutter doch auch irgendwie schuldig.«

Peter schlug seine Fingernägel in den Bezug des von Rosemary Seekers zu Lebzeiten sicher gehegten und gepflegten Sofas. Er würde diesen Kerl nicht angreifen. Er war Reverend, er war Christ. Er musste seinen Nächsten ungeschoren lassen, wenn er ihn schon nicht lieben konnte. Aber er wollte das Gebot befolgen, das Gott offensichtlich vergessen hatte: Du sollst deinen Nächsten daran hindern, das Leben seiner Kinder zu zerstören.

»Dieser Paisley kümmert sich nicht um Rosie, und er bestärkt Violet in ihren unsinnigen Schuldgefühlen«, bemerkte er jetzt gegenüber seiner Frau. »Hier kommt sie nie über die Sache hinweg. Dagegen in Dunedin … neue Eindrücke, ein neues Land.«

Kathleen hob die Hände. »Wie gesagt, an mir soll's nicht liegen. Ich hab das Mädchen gern, von mir aus kann es in Dunedin sogar in unserem Haushalt bleiben. Es kann zur Schule gehen … und die Kleine ist ja auch entzückend. Da finden sich leicht Pflege- oder Adoptiveltern. Aber warte erst mal ab, was die Paisleys dazu sagen. Ich hab nicht das Gefühl, als ginge das alles so einfach, wie du es dir vorstellst.«

Was Violet anging, so reagierte sie überraschend wach und erfreut auf Peters und Kathleens Angebot. Seit dem Tod ihrer Mutter waren nun zwei Monate vergangen, und obwohl es niemandem direkt auffiel, befreite sie sich langsam aus ihrem Kokon von Trauer und Schuldgefühlen. Das hieß nicht, dass sie sich nicht mehr für den Tod ihrer Mutter und ihres Großvaters verantwortlich fühlte. Aber sie hatte Rosie, ihr Leben musste weitergehen – und obendrein schoben sich langsam andere Sorgen in den Vordergrund.

Je mehr sich Violet ins Leben zurücktastete, je öfter sie die Dorfläden in Treorchy aufsuchte, auf den Markt ging und Nachbarn grüßte, die sie gern angesprochen hätte, desto deutlicher empfand sie die Ablehnung, die ihr entgegenschlug. Die Frauen redeten nicht mit Violet, und Rosie fand keine Spielkameraden. Als die Kleine eines Tages weinend heimkam und erzählte, die anderen Kinder hätten ihren Vater Säufer genannt, wusste Violet, was die Stunde geschlagen hatte. Natürlich verbrachten Jim und Fred den Tag nicht mit Arbeitssuche, wie sie behaupteten, sondern in Kneipen und Billardhallen. Die beiden hatten auch ihre Begeisterung für Pferde- und Hunderennen entdeckt, und ihre Wetteinsätze wurden täglich höher.

Violet sehnte sich danach, all dem zu entkommen. Früher hatte sie auf Kampf gesetzt – und ihn letztlich ja auch fast gewonnen. Sie hatte den Triumph genossen, als ihr Großvater ihre Mutter aus dem Haus geholt hatte – mit dem Vorhaben, ihnen die Tür in ein besseres Leben zu öffnen. Aber das war jetzt vorbei, begraben wie der Stollen im Berg. Violet machte sich bezüglich ihres Erbes und ihrer Zukunft keine Illusionen.

»Nach Dunedin?«, fragte sie ungläubig, als Peter und Kathleen ihr den Vorschlag der Auswanderung unterbreiteten. »Mit Ihnen?«

»Natürlich mit uns!«, meinte Heather freundlich. »Auf dem Schiff haben wir viel Zeit, da kannst du mir weiter Modell sitzen.«

Heather hatte sich in den letzten Monaten verstärkt um Violet gekümmert, und Kathleen bemerkte, dass es ihr guttat. Ihre Tochter unterrichtete das Mädchen im Lesen und Schreiben und hatte es außerdem als Modell entdeckt. Violets sich entwickelnde Schönheit, aber auch ihre Trauer und Melancholie der letzten

Wochen inspirierten die junge Künstlerin zu anrührenden Werken. Zwei Aquarelle von Violet waren bereits fertig, und Heather beabsichtigte, sie in London einem Galeristen zu zeigen. Womöglich bedeuteten die Bilder für sie ihren Durchbruch als Künstlerin, weit über die entlohnte Porträtmalerei hinaus. Und die Mädchen konnten ihr eigene Kinder ersetzen. Kathleen spürte längst, dass ihre Tochter zwar freiwillig unvermählt blieb, dass es sie aber traurig machte, wenn wieder eine Freundin schwanger war.

»Und Rosie soll auch mit?«, vergewisserte sich Violet.

Kathleen nickte. »Sofern dein Vater nichts dagegen hat. Aber er kann sie ja nicht selbst versorgen. Also denken wir ... Wir wollen alle nur das Beste für euch.«

Sie biss sich auf die Lippen. Wollte auch Jim Paisley das Beste für seine Kinder? Kathleen hatte da ihre Zweifel. Ein Mann wie Jim dachte weder logisch, noch wollte er das Beste für irgendjemanden außer für sich selbst. Umsonst würde er seine Kinder nicht gehen lassen.

Violet lächelte so strahlend, wie sie es nie mehr getan hatte, seit Ellen gestorben war. »Wir kommen gern mit, so gern ... Ich werde es Daddy gleich sagen. Er kann ... er kann auch das ganze Geld behalten. Aus meinem Erbe, meine ich ... Wenn er nur die Schiffspassage ...«

»Die Schiffspassage übernehmen wir«, beruhigte Kathleen, deren ungutes Gefühl sich bei Violets Worten weiter verstärkte.

Das Mädchen wusste zu genau Bescheid. Violet würde ihrem Vater das Geld anbieten, um sich freizukaufen. Wenn es genügte ...

Es war wieder wie damals, als Violet glücklich nach Hause gekommen war und Ellen weinend über einem Brief am Küchentisch sitzend gefunden hatte. Nur, dass Jim Paisley natürlich nicht weinte und auch kein Gemüse schnitt, sondern ein Glas Whiskey und eine halb volle Flasche vor sich stehen hatte. Ellen hatte vor dem Zusammenbruch gestanden, Jim stand vor einem Wutanfall. Violet spürte denn auch eine vage Bedrohung. Aber sie musste einfach von den Burtons erzählen! Vielleicht hob das ja die Stimmung ihres Vaters. Das Mädchen war zu sehr mit seinem eigenen Glück beschäftigt, um den Brief auch nur zu bemerken, den Jim zwischen Flasche und Glas hin und her schob, und ihr wurde auch erst sehr viel später klar, wie sehr die Szenen sich geähnelt hatten. Die Erkenntnis war jedoch ohnehin nutzlos. Es gab nichts, was sie hätte anders machen können …

Jim Paisley hörte sich Violets aufgeregten Bericht von der Reise nach Neuseeland schweigend an. Draußen fiel wieder einmal Regen – es wurde Herbst in Wales. In Dunedin war jetzt Frühling … Violets Herz klopfte heftig.

»Und sie übernehmen sogar die Schiffspassage!«, erklärte Violet. »Du brauchst überhaupt nichts zu bezahlen. Wir … wir sind einfach weg …«

Jim Paisley lachte. Ein hässliches Lachen. »Du willst abhauen? Wie deine Mom? Weißt du nicht mehr, wie das geendet hat?«

Er bemerkte befriedigt, wie das Strahlen in Violets Augen erlosch. »Aber das könnte euch so passen. Ihr macht euch ein schönes Leben, und uns lasst ihr hier in der Scheiße sitzen …«

»Dad …« Violet sah sich hilflos um. Sie hätte das behagliche Haus und das ordentliche finanzielle Polster, das die Abfindung und der Verkauf der Schuhmacherwerkstatt ihrem Vater beschert hatte, nicht als »Scheiße« bezeichnet. »Du kannst doch … du hast doch …«

»Was hab ich?« Jim Paisley richtete sich drohend vor ihr auf. »Haus und Geld? Ja, dachte ich auch. Aber das da … das hat der Pfaffe eben gebracht …« Er warf Violet den Brief hinüber.

Sie bemühte sich, die Schrift zu entziffern. Das Schreiben war an Jim Paisley adressiert, allerdings hatte der Absender es Reverend Morris, dem Pfarrer der Kirche von Treorchy, zugesandt. Zweifellos um einen Zeugen dafür zu haben, dass es angekommen war. Und vielleicht auch in dem Wissen, dass Jim nicht lesen konnte.

Violet kämpfte sich durch die Zeilen. So ganz verstand sie nicht, aber …

»Ich wusste gar nicht, dass ich einen Onkel habe.«

Ihr Vater verdrehte die Augen. »Ich glaub's nicht, Violet! Da bedroht der Kerl dein Erbe, und du freust dich noch über die neue Verwandtschaft.«

»Er bedroht …« Violet zwang sich, jedes Wort geduldig zu analysieren. Es dauerte lange, aber sie schaffte es. Vor Anstrengung zerbiss sie sich ihre Lippen.

»… *möchte ich doch ebenfalls meinen Anspruch auf das Erbe meiner Eltern sowie auf einen Teil der von Mr. James Burton gezahlten Abfindung für den Tod meines Vaters und meiner Schwester anmelden. Ich biete Ihnen auch an, die treuhänderische Verwaltung des Vermögens Ihrer Kinder bis zu deren Volljährigkeit zu übernehmen. Wie Sie vielleicht wissen, bin ich bei einer Bank in London tätig, ich würde das Geld also anlegen und zweifellos mehren, bis meine Nichten und Neffen alt genug sind, darüber zu bestimmen.*«

Für Violet klang das nicht allzu bedrohlich. Natürlich, ihr Onkel Stephen wollte einen Teil des Erbes. Aber das stand ihm ja auch zu. Sie erinnerte sich jetzt dunkel, dass Ellen manchmal von ihrem Bruder gesprochen hatte. Stephen Seekers war allerdings viel älter gewesen als ihre Mutter. Er war schon nach London gezogen, als Ellen noch ein Kind war. Und Violet hätte keine Probleme damit gehabt, ihm ihr Geld anzuvertrauen. Das war wohl bei so ziemlich jedem Menschen besser aufgehoben als bei ihrem Vater.

»Aber die Suppe werde ich dem Kerl versalzen!«, pöbelte Jim Paisley. »Von wegen ›Anteil an der Abfindung‹ … Hat der Ellen die letzten Jahre durchgefüttert oder ich?«

Violet sah ihren Vater entsetzt an. Sie wollte etwas einwerfen, aber ihr Hals war wie zugeschnürt.

»Und an das Geld von euch Bälgern will er auch noch ran! Das könnte dem so passen …«

»… *möchte ich Sie am Samstag der kommenden Woche besuchen*

175

und die Angelegenheit persönlich mit Ihnen und Ihren älteren Kindern besprechen.«

Am Samstag der kommenden Woche hoffte Violet schon mit den Burtons auf See zu sein. Es war Montag, am Freitag wollte die Familie Treherbert verlassen, am folgenden Mittwoch ging das Schiff von London nach Dunedin, Neuseeland.

»Mein Geld kannst du auf jeden Fall haben, Daddy«, versicherte Violet eifrig. »Und das von Rosie. Das reicht doch. Wenn wir …«

»Du glaubst doch nicht, dass ich euch jetzt abhauen lasse? Was soll ich denn deinem teuren Onkel sagen, Violet? Dass du dich aus dem Staub gemacht hast? Mit dem Geld? Das glaubt er nie. Nein, nein, der Kerl rennt sofort zum Richter und versucht, mich zu ruinieren. Du wirst schön dableiben, Violet. Und lächeln, wenn Onkel Stephen aufläuft.«

Er grinste, während Violet sich geschlagen auf den Stuhl ihm gegenüber fallen ließ. Ein weiterer zerstörter Traum, eine weitere verlorene Hoffnung. Violet suchte den Weg zurück in ihren Kokon aus Verzweiflung und Vergessen. Sie wollte sich wieder in sich verschließen, nicht denken, nicht hoffen. Aber sie fand nicht zurück. Sie hatte sich schon zu weit freigekämpft, sie war wieder stark, sie war klug … ihr musste etwas einfallen!

Violet dachte fieberhaft nach – und fand dann tatsächlich einen Ausweg. »Was ist denn, Dad, wenn wir alle weggehen?«, fragte sie mit fester Stimme. »Bis nächsten Samstag ist noch viel Zeit. Du kannst das Haus verkaufen, die Suttons von nebenan suchen doch was für ihre Tochter. Dann nimmst du das Geld, wir fahren nach London … Und am nächsten Mittwoch geht ein Schiff nach Neuseeland. Stephen Seekers wird uns da niemals finden.«

KIND DER SCHATTEN

Überfahrt England – Neuseeland
1878/1879
Nordinsel, Hamilton und Auckland
1878–1879
Südinsel, Dunedin und Greymouth
1879–1880

Violet hatte sich das Schiff nicht so gewaltig und das Meer nicht so weitläufig vorgestellt. Nach all den schrecklichen Erlebnissen der letzten Monate hatte sie nicht geglaubt, noch einmal so panische Angst empfinden zu können wie jetzt, als die Küste Englands hinter ihr immer kleiner zu werden schien. Rosie in ihren Armen war über diese Eindrücke völlig verstummt. Mit riesigen Augen blickte das Kind auf die scheinbar endlose und obendrein höchst unruhige See. Violets Vater hatte sich eben schon übergeben – unglücklicherweise in der gemeinsamen Kajüte, sodass Violet ihre Seefahrt gleich mit der unangenehmen Aufgabe des Aufwischens beginnen musste. Sie war dann an Deck geflohen und hatte die Burtons gesucht – nun stand sie hilflos vor dem Anblick des Meeres und dem Gefühl, ihr bisheriges Leben werde vor ihren Augen ausgelöscht.

»Dabei ist das erst mal nur der Ärmelkanal«, meinte Heather lachend. »Der ist gar nicht so breit. Man sieht zwar heute das andere Ufer nicht, aber es gibt Leute, die da rüberschwimmen.«

Violet schaute sie verwirrt, aber etwas getröstet an. Wenn Heather sich so gar nicht fürchtete, würde auch sie tapfer sein. Sie versuchte, das Zerren des Windes an den riesigen Segeln zu ignorieren. Er schien ihr boshaft zuzuwispern, wie hilflos das Schiff seinen Launen ausgeliefert war.

»Und dies ist auch noch längst kein Sturm!«, beruhigte Heather sie weiter. »Wenn wir erst auf dem Atlantik sind, kann das viel, viel schlimmer kommen. Über diesen Wind dagegen muss man sich freuen. Er treibt uns rasch vorwärts, wir verlieren keine Zeit.«

Heather hielt vergnügt ihr Gesicht in die frische Brise. Sie hatte ihren Hut abgenommen und ein Tuch umgebunden – vielleicht, um unter den Passagieren des Zwischendecks nicht allzu sehr aufzufallen. Nun flatterten die Enden der Seide mit ein paar Strähnen ihres aschblonden Haars, die sich aus der strengen Frisur gelöst hatten, um die Wette. Heather wirkte jung und unternehmungslustig, ihr schien die Seefahrt Spaß zu machen. Violet fasste schüchtern nach ihrer Hand. Sie war unendlich froh, dass die junge Frau sie gefunden hatte. Violet war der Zugang zu den Kabinen der Burtons nämlich verwehrt. Auch die Aussichtsplattform auf dem Oberdeck war allein den Erster-Klasse-Reisenden vorbehalten.

»Und jetzt habt ihr genug auf England zurückgeguckt!« Heather schob Violet und Rosie resolut weg von der Reling. »Hört auf mit dem Trübsalblasen, und zeigt mir lieber mal, wo sie euch untergebracht haben. Jetzt, da ich schon hier bin.«

Den Passagieren der Ersten Klasse war der Aufenthalt auf dem Zwischendeck nicht verboten, aber gern gesehen wurde der Wechsel zwischen den Klassen auch hier nicht.

»Aber … aber hierbl… blasen alle Trüb… Trübsal …«, bemerkte Rosie, die wohl gerade eine neue Redewendung gelernt hatte.

Und tatsächlich trug die Atmosphäre auf dem Zwischendeck nicht gerade dazu bei, jemanden aufzuheitern. Die meisten Passagiere in den engen Fluren und Kabinen verließen eben für immer ihre Heimat und reisten in ein unbekanntes Land. Viele waren von ihren Verwandten und Freunden zu den Kais begleitet worden, und wider alle Vernunft starrten ein paar weinende Frauen weiter in Richtung Ufer, als könnten sie dort noch jemanden erkennen. Die Männer ertränkten ihren Kummer dagegen bereits im mitgebrachten Alkohol, meist billigem Gin. Damit, so hatte Violets Vater zuvor gewichtig erklärt, beuge man auch der Seekrankheit vor. Gleich danach war ihm schlecht geworden …

Ein paar anderen ging es genauso.

»Das ist ja widerlich hier!«, erregte sich Heather, nachdem sie auf dem Weg in den Schiffsbauch die dritte Pfütze Erbrochenes passiert hatten. »Und da drin … Himmel, das ist dunkel wie die Hölle!«

Heather war begierig gewesen, die Unterkünfte der armen Auswanderer zu sehen, hatte ihre Mutter ihr doch traurige Geschichten von ihrer eigenen Überfahrt mehr als dreißig Jahre zuvor erzählt. Jetzt aber verblassten selbst ihre schlimmsten Schilderungen vor der Wirklichkeit. Heather folgte Violet durch dunkle Gänge und warf schließlich einen Blick in die winzigen Verschläge, die sich die Reisenden zu sechst teilen mussten. Alleinreisende Männer und Frauen wurden natürlich getrennt voneinander untergebracht – die Männer ganz vorn, die Frauen ganz hinten im Schiff –, Familien wohnten jedoch gemeinsam, was für Violet und Rosie bedeutete, die Kajüte mit ihrem Vater und ihrem Bruder zu teilen. Hinzu kam – für Violet besonders belastend – Eric Fence, Freds bester Freund und Saufkumpan. Eric war zunächst untröstlich darüber gewesen, dass die Paisleys Treherbert verließen, aber dann ereilte ihn just vor ihrer Abfahrt sein erster größerer Gewinn beim Pferderennen.

Eric hielt sich für einen Experten in Sachen Pferde – in der Mine in Treherbert hatte ihm die Sorge um die Grubenponys oblegen. Was ihn veranlasste, daraus ein erhöhtes Wissen über Rennpferde abzuleiten, fragte sich offensichtlich nur Violet. Die Zecher im Golden Arms hingen dagegen an seinen Lippen, wenn er über die Gewinnchancen des einen oder anderen Vierbeiners schwadronierte, den er natürlich nie gesehen hatte. Wie alle anderen Männer entnahm er die Informationen über die Pferde einer Wettzeitung – und tippte im Allgemeinen ebenso erfolglos wie Jim und Fred. Nun aber hatte sich sein Faible für Außenseiter ausgezahlt. Eric Fence strich die ungeheure Summe von zehn Pfund an Wettgewinn ein und investierte gleich acht davon in die Überfahrt nach Neuseeland.

»Brüder!«, grölten Fred und Eric.

180

Sie fielen sich um den Hals, während sie den Gewinn und die gerade noch so abgewendete Trennung feierten. Eric zahlte an diesem Tag auch für Jim – und am Ende des Abends hatte Violets Vater keine Bedenken mehr, den Jungen als seinen Sohn auszugeben und mit auf seine Kajüte zu nehmen.

»Als die nach Hause kamen, wusste er wahrscheinlich gar nicht mehr, wie viel Söhne er hatte«, kommentierte Violet bitter, als sie Heather die Geschichte erzählte. »Und an Rosie und mich haben sie alle nicht gedacht – außer vielleicht Eric selbst. Der kann die Augen nämlich nicht von mir wenden.«

Heather schüttelte entsetzt den Kopf. »Du sagst mir, wenn er es wagen sollte, dich anzufassen!«, meinte sie in drohendem Tonfall – ohne recht zu wissen, was sie dann tun würde.

Das Beste wäre, dachte Heather, dem Chefsteward gleich von der Schwindelei zu berichten. Vielleicht fand sich ja noch eine Koje für Violet und Rosie bei den unverheirateten Frauen. Aber Violet wehrte entschlossen ab, als Heather ihr diesen Vorschlag machte.

»Ich wäre Eric los, aber mein Dad würde mich windelweich schlagen«, sagte Violet realistisch. »Und wenn nicht er, dann Fred. Ich komm schon zurecht, Miss Coltrane, vielen Dank. Ich lass das Kleid beim Schlafen an, es ist ja sowieso eisig kalt.«

Vorerst blieb es das auch, es war Herbst, und obwohl sie nach Süden fuhren, war die Atlantiküberquerung eine kühle und feuchte Angelegenheit. Violet lernte jetzt wirkliche Stürme kennen – wobei zum Glück weder sie noch Rosie unter Seekrankheit litten. Bei den Männern ihrer Familie war das etwas anderes. Nur Eric erwies sich als seefest, Jim und Fred spuckten sich die Seele aus dem Leib.

So jedenfalls drückte Violet es Heather und den Burtons gegenüber aus, die sie diesmal alle drei auf dem Zwischendeck besuchten. Kathleen hatte frische Luft gebraucht, was Violet mit einem düsteren Lachen quittierte.

»Hier finden Sie die bestimmt nicht!«

Sie leerte eben einen weiteren Eimer Aufwischwasser über die Reling, wobei es sie schauderte, den unter ihr tobenden Wellen so nah kommen zu müssen. Der Wind blies wieder mal heftig, die zierliche Violet fürchtete, über Bord geweht zu werden. Rosie hatte sie deshalb gar nicht erst erlaubt, die Kabine zu verlassen. Das Kind hockte eingeschüchtert in einer Ecke seiner Koje und blickte mit leeren Augen in das von Gestank, Urin und Erbrochenem geschwängerte Halbdunkel der gemeinsamen Unterkunft. Violet tat, was sie konnte, um die Kabine sauber zu halten, aber es war hoffnungslos.

»Und jetzt läuft auch noch Wasser herein«, erzählte sie verzweifelt. »Gestern stand es fast fußhoch, ich kriegte es gar nicht mehr aufgewischt. Kann das Schiff volllaufen, Mr. Burton? Kann es untergehen?«

Kathleen, die da mehr Erfahrung hatte als ihr Mann, schüttelte den Kopf. »Nicht vom Wasser im Zwischendeck. Dass da die Brühe drinsteht, scheint normal zu sein. Bei meiner Überfahrt einmal kniehoch, es war grauenvoll. Und ich musste mich selbst dauernd übergeben, ich war ja mit Sean schwanger. Natürlich hab ich mich dazu nach draußen geschleppt, aber ich hatte eine Heidenangst, mich über die Reling zu beugen ... Dauernd stellte ich mir vor, ich fiele über Bord.«

Violets Vater und Bruder schienen nicht geneigt zu sein, dieses Risiko einzugehen. Sie gaben ihre letzte Mahlzeit von sich, wo sie gerade gingen, standen oder häufiger lagen.

»Meistens ist es nur Gin«, meinte Violet schicksalsergeben. »Sie essen fast gar nichts, ihnen ist ja auch dauernd schlecht. Nur nicht vom Gin ...«

»Man soll ja auch viel Flüssigkeit zu sich nehmen«, bemerkte der Reverend mit beißendem Spott. »Erbrechen trocknet aus ... Es tut mir wirklich leid, Violet. Und ich fühl mich ein bisschen schuldig. Ohne uns wäre dein Vater ja nie auf die Idee mit der Auswanderung gekommen. Wir haben uns auch schon erkundigt, ob wir oben noch eine Kabine für euch nachbuchen können. Aber es ist alles belegt.«

Auch die Burtons teilten sich während der Reise eine Kabine mit Heather. Aber der Reverend war natürlich diskret, und Kathleen hatte schon vor der Abfahrt einen Vorhang genäht, der Heather wenigstens einen winzigen Privatraum sicherte.

Violet nickte dankbar – verriet aber nicht, dass sie selbst es gewesen war, die ihrem Vater die Sache mit Neuseeland schmackhaft gemacht hatte. Was das Angebot mit der Kabine anging, so hätte sie es zweifellos angenommen, auch wenn sie es niemals hätte abarbeiten können. Inzwischen hätte sie so ziemlich alles getan, um dem feuchten, stinkenden Albtraum Zwischendeck zu entkommen.

»In ein paar Wochen wird es besser«, tröstete der Reverend, ohne die Zustände im Bauch des Schiffes wirklich einschätzen zu können. Er hatte auch seine erste Reise nach Neuseeland in einer komfortablen Kabine verbracht. Noch etwas, wofür er sich jetzt ein bisschen schuldig fühlte. »Wenn wir erst am Golf von Biskaya sind, wird es wärmer, und die See wird ruhiger.«

Kathleen nickte. »Aber bis dahin werden noch ein paarmal die Toiletten im Zwischendeck überlaufen. Mach dich drauf gefasst, Violet. Und versuch um Himmels willen, Rosie halbwegs warm und trocken zu halten. Außerdem müsst ihr so viel wie möglich essen, Heather bringt ja schon immer was runter, und die Rationen unten sind auch nicht zu klein, oder?«

Violet schüttelte den Kopf. Das Essen, meist ein Eintopf aus Kartoffeln und Kohl, war zwar immer schon kalt, wenn es in den Kajüten ankam – die Passagiere mussten es in der Kombüse abholen und zu ihren Kojen tragen. Es reichte aber aus, zumal Jim und Fred sich augenblicklich ohnehin eher an flüssige Nahrung hielten.

»Es geht kaum eine Überfahrt ohne Seuchen an Bord ab«, warnte Kathleen. »Und dabei sterben die Kleinsten und Schwächsten. Also pass auf Rosie auf!«

»Wenn hier wirklich die Cholera ausbricht, schmuggle ich sie nach oben!«, meinte Heather entschlossen. »Es guckt schon keiner hinter meinen Vorhang.«

Kathleen verdrehte die Augen. »Und wie hältst du sie stumm?«, erkundigte sie sich. »Sie würde doch weinen, sobald Violet nicht mehr in ihrer Nähe ist. Wenn sie dich nach den ersten zwei oder drei Todesfällen mit einem Kind aus dem Zwischendeck in der Ersten Klasse erwischen würden, gingen die braven Bürger auf dich los wie die Geier. Sie könnten sich schließlich anstecken.«

»An Armut oder an Cholera?«, fragte Heather in beißendem Ton, aber sie schien den Plan doch vorerst aufzugeben. »Triff mich nachher hier, Violet, ich bringe euch etwas zu essen vorbei.«

Tatsächlich besserte sich nach den ersten vier Wochen der Reise endlich das Wetter. Sie umsegelten Afrika, mitunter war Land in Sicht, und der Ozean lag manchmal glatt wie ein Spiegel vor dem Segler, dessen Kapitän gar nicht so begeistert von der Flaute war wie seine Passagiere. Mit weniger Wind kam man langsamer vorwärts – aber dafür sahen die Reisenden Delphine und Wale, die den Segler begleiteten. Heather erklärte Violet die Besonderheiten der Tiere – sie fand immer mehr Freude am Zusammensein mit dem aufgeweckten Mädchen.

»Es sind keine Fische! Sie bringen ihre Jungen lebend zur Welt und säugen sie, und sie müssen ab und zu auftauchen, um Luft zu holen.«

»Sie sind so riesig!«, rief Rosie und drehte das Gesicht weg. »Wenn jemand ins Wasser fällt, verschlucken sie ihn!«

»Ach was!«, lachte Heather. »Im Gegenteil. Die Seeleute erzählen Geschichten von Schiffbrüchigen, die von Delphinen gerettet wurden.«

»Aber der Wal hat Jonas verschluckt!«, argumentierte Violet skeptisch mit ihrem Sonntagsschulwissen.

»Das muss man mehr metaphorisch sehen«, bemerkte der Reverend, drückte sich dann aber um nähere Erklärungen.

Kathleen verdrehte die Augen. Peter Burtons Neigung, die Bibel eher metaphorisch auszulegen, sorgte immer wieder für Schwierigkeiten mit seinem Bischof.

»Komm nicht auf die Idee, darüber zu predigen«, riet sie ihm. Auf Bitten des Kapitäns, der sich um diese Aufgabe gern drückte, hielt Peter neuerdings den Sonntagsgottesdienst auf dem Oberdeck ab. Er hatte sich allerdings erst dazu bereiterklärt, als auch die Passagiere des Zwischendecks die Erlaubnis erhielten, daran teilzunehmen.

»Gott macht da keine Unterschiede!«, erklärte Peter streng – und rekrutierte gleich ein paar irische Musikanten, den Gesang seiner Schäfchen mit Fiedel und Flöte zu begleiten.

So erklang am Sonntag das Gotteslob vielstimmig vom Oberdeck – während wochentags allabendlich Trinklieder von unten nach oben drangen. Die Menschen auf dem Zwischendeck hatten ihr erstes Heimweh überwunden, sie feierten den Aufbruch in das neue Land allabendlich mit Musik und Tanz in den engen Kajüten. Wie durch ein Wunder fand sich dazu auch immer reichlich Whiskey und Gin.

»Darüber solltest du mal predigen«, neckte Heather ihren Stiefvater. »Die moderne Version der Hochzeit zu Kana.«

Burton zog die Augenbrauen hoch. »Du verwechselst da was«, bemerkte er. »Jesus hat's umsonst gemacht. Aber die Kerle, die da täglich nachliefern, lassen ihre Kunden ganz schön bluten!«

Tatsächlich handelten ein Koch und der Zahlmeister mit dem heimlich an Bord geschmuggelten Schnaps – und die Reste von Violets und Rosies Erbe schmolzen dahin wie Eis in der Sonne. Jim, Fred und Eric waren jede Nacht völlig betrunken.

»Aber abends haben wir wenigstens Ruhe«, meinte Violet. »Sie kommen ja spät in die Kojen. Rosie schläft dann schon, und ich tue so als ob.«

Violet nutzte die ruhigen Nächte, um in den Büchern zu schmökern, die Heather ihr geschenkt hatte. Sie konnte *David Copper-*

field und *Oliver Twist* zwar keine zusammenhängende Geschichte entnehmen – wenn sie eine Seite mühsam durchbuchstabiert hatte, hatte sie schon wieder vergessen, was auf der vorigen stand –, aber sie übte beharrlich. Violet wollte lesen lernen. Sie wünschte sich so dringend ein besseres Leben in der neuen Welt.

Inzwischen waren acht Reisewochen vergangen, und das Wetter war nun anhaltend gut. Nur bei der Umsegelung des Kaps der Guten Hoffnung hatte es noch einmal Sturm gegeben. Violet begann, die Behauptung der Burtons zu glauben, dass in Neuseeland im Winter Sommer war und umgekehrt. Allerdings stellte sie bald fest, dass Hitze auf dem Zwischendeck auch nicht viel besser zu ertragen war als Kälte und Nässe. Es wurde stickig, und die Ausdünstungen der ungewaschenen Körper, der immer noch überlaufenden Latrinen und der ewigen Kohlsuppe vermischten sich zu einer unerträglichen Belastung. Violet wurde schon beim Gedanken an die Schiffsverpflegung übel – dabei musste sie jetzt oft darum kämpfen, überhaupt ihren und Rosies Anteil zu ergattern. Die Männer hatten ihren Appetit wiedererlangt – zeigten aber keine Bereitschaft, Violet beim Abholen der Rationen abzulösen.

»Das ist Weiberarbeit!«, erklärte Fred mit Gemütsruhe, als Violet ihn verzweifelt um Hilfe bat.

Es hätte ihr nicht viel ausgemacht, täglich dreimal durch die Gänge zur Kombüse zu gehen, aber inzwischen ging es nicht nur ihrem Vater und Bruder besser, sondern auch den anderen Raufbolden und Störenfrieden an Bord. Violets Weg von der Küche zu ihrer Unterkunft wurde täglich mehr zum Spießrutenlauf. Kleine Jungen lauerten ihr auf und wollten »Wegezoll« – wobei oft ein großer Bruder im Hintergrund lauerte und ihre Forderungen unterstützte. Ältere Jungen hatten andere Gelüste. Sie kniffen halbwüchsigen Mädchen wie Violet in den Po oder fassten an ihren Busen, wenn sie mit den kostbaren Essensbehältern vorbeigingen. Beim ersten Mal ließ Violet vor Schreck den Topf fallen – um festzustellen, dass die Schläge ihres Vaters mehr schmerzten als die Zudringlichkeiten der Wegelagerer.

Schließlich teilte sie ihre Ration mit einem Beschützer, einem vierschrötigen jungen Schläger aus London, der sich für Mädchen zum Glück weniger zu interessieren schien als für Nahrung. Er lotste sie und andere Mädchen, die ihr Schicksal teilten, unbeschadet durch den Schiffsbauch – aber Violet bezahlte ihn dafür mit ihrem Essen. Wären Heather und die täglichen Zuwendungen der Burtons nicht gewesen, hätte sie hungern müssen.

Dann jedoch brach ein Fieber aus, und die Zugänge zwischen den Decks waren plötzlich bewacht.

»Damit ihr eure Flöhe nicht mit raufbringt«, beschied einer der damit betrauten Matrosen Violet, die mit Rosie zur Sonntagsmesse wollte. »Die übertragen das nämlich, sagt der Arzt!«

Der Schiffsarzt bewies damit immerhin allgemeinmedizinische Grundkenntnisse, die Peter Burton ihm bisher gar nicht zugetraut hatte. Zumindest glänzte der Mediziner nicht gerade durch übermäßige Sorge um seine Patienten. Der Inhalt seiner Apotheke schien nur aus Gin zu bestehen, und den trank er am liebsten selbst.

»Man kann ohnehin nicht viel machen«, meinte Kathleen.

Die Burtons hatten sich über das Verbot hinweggesetzt, das Zwischendeck zu besuchen. Heather war entsetzt über die Zustände, Peter erteilte zwei Frauen die Sterbesakramente. Nur Kathleen blieb gelassen.

»Und ich glaub auch gar nicht, dass es eine richtige Seuche ist«, erklärte sie. »Bei meiner ersten Überfahrt waren es Windpocken. Ich hatte sie zum Glück schon gehabt und alle anderen in meiner Kabine auch. Aber um uns herum sind sie gestorben wie die Fliegen. Ich glaube, wir hatten über zwanzig Tote während der Reise.«

Peter, der während seiner Zeit auf den Goldfeldern ein Hospital betrieben hatte, stimmte ihr zu. »Die Cholera ist es jedenfalls nicht, und Hautausschläge sind mir ebenfalls nicht aufgefallen. Einseitige Ernährung, Ungeziefer, dreckige Latrinen … Halt Rosie weiter sauber, Violet, dann passiert schon nichts.«

Tatsächlich blieben die beiden Frauen die einzigen Todesfälle, und in Violets Kabine erkrankte nur Fred. Er fieberte sich durch enervierende zwei Wochen, in denen das Schiff in einer so genannten Kalmenzone festlag. In dieser Zeit wehte kein Lüftchen, es war unerträglich heiß, und im Zwischendeck konnte man kaum atmen. Violet und Rosie richteten sich auf Kathleens Rat hin an Deck ein. Ihr Londoner Beschützer, den Peter lächelnd Bulldog nannte, was den Knaben mit ungeheurem Stolz erfüllte, kassierte ein paar Pennys von Heather und sicherte seinen besten Kunden dafür einen Schlafplatz in einem Rettungsboot. Außerdem opferte Heather den Vorhang aus ihrer Koje. Er diente jetzt Violet und Rosie als Sonnensegel.

»Bulldog ist sonst auch nützlich«, berichtete Violet. Sie hatte sich zunächst vor dem Jungen gefürchtet, begann ihn aber jetzt zu mögen. »Die Männer fangen Fische und grillen sie an Deck, und er sorgt dafür, dass wir was abkriegen.«

»Umsonst?«, wunderte sich Heather.

Violet nickte. »Er hat einen Narren an Rosie gefressen. Er sagt, sie erinnere ihn an seine kleine Schwester in London …«

Heather hob Augen und Hände gen Himmel. »Wenn er jetzt auch noch anfängt, Frieden und Liebe zu predigen …«

»Bloß nicht!«, entsetzte sich Violet. »Er musste gestern drei Jungen verhauen, weil sie unser Sonnensegel klauen wollten.«

»Und das ist jetzt welches Meer?«, erkundigte sich Violet bei Heather, nachdem sie zu ihrer größten Beunruhigung seit mehr als zwei Wochen kein Land mehr gesehen hatten. Violet war immer wieder verblüfft darüber, dass es nicht nur einen Ozean gab, sondern offensichtlich mehrere, und es war ihr ein Rätsel, wie es den Seeleuten gelang, sich darauf zu orientieren.

»Der Indische Ozean«, antwortete Heather. »Wir segeln quer rüber. Die Matrosen sagen, dies sei der gefährlichste Teil der Reise, man ist ganz auf sich gestellt, hier ist Hunderte von Meilen weit kein Land. Aber wir scheinen ja Glück zu haben, das Wetter ist gut. Nein, guck nicht schon wieder so ängstlich, Rosie, es passiert nichts, noch ein paar Wochen, dann haben wir's geschafft.«

Tatsächlich verlief der Rest der Reise friedlich. Das Leben an Bord hatte sich weitgehend eingespielt, die Schläger unter den Passagieren hatten ihre Rangordnung ausgemacht. Im Zwischendeck machte sich eine Art Lethargie breit. Die vielen Wochen der einseitigen Ernährung, die Hitze und das Ungeziefer hatten die Menschen geschwächt. Nur Violet untersuchte Rosie täglich gewissenhaft auf Läuse und Flöhe, und Bulldog fing Regenwasser auf, mit dem die Mädchen sich waschen konnten. Leider wurden die Nächte wieder kühler, als das Schiff die Tasmansee erreichte. Violet und Rosie zogen widerstrebend erneut in ihre inzwischen hoffnungslos verdreckte Kabine. Während Violets Abwesenheit hatte niemand geputzt.

»Ich weiß nicht, ob ich nicht doch lieber friere«, meinte das Mädchen unglücklich zu Bulldog, der nur freundlich grinste.

»Vergnüg dich mal zwei Stunden an Deck!«, forderte er Violet auf, die eben wieder mal Wischwasser ins Meer entleerte. »Ich pack mir die Kerle!«

Zu Violets größter Verblüffung erschienen kurze Zeit später abwechselnd Fred und Eric mit gefüllten Eimern. Als Bulldog die Mädchen wieder nach unten holte, glänzte die Kabine zwar nicht vor Sauberkeit, erschien aber erträglich.

»Deinen Daddy hab ich allerdings nicht wach gekriegt«, meinte der Junge bedauernd. Jim Paisley schnarchte in seiner Koje. »Der hat gestern wohl wieder schwer geladen … Wo holt er bloß das ganze Geld her?«

Violet seufzte. Sie wusste das nur zu gut. Wenn es so weiterging, würden sie in Neuseeland keinen Penny haben, um auch nur die ersten Wochen zu überstehen. Dabei hätte das Geld aus dem Verkauf des Hauses in Treorchy eigentlich reichen müssen, die Familie noch einige Zeit zu ernähren, bis Jim und Fred Arbeit gefunden hatten.

»Immerhin sind wir bald da«, tröstete Heather das Mädchen. »Noch höchstens zwei Wochen. Oh, ich kann gar nicht erwarten, von Chloé zu hören! Seit drei Monaten kein Wort von ihr ... womöglich ist sie inzwischen schon schwanger.«

Chloé und Heather waren natürlich trotz der Trennung gute Freundinnen geblieben. Die Postverbindungen zwischen der Süd- und Nordinsel Neuseelands waren gut, sie schrieben sich regelmäßig. In England hatte Heather allerdings nur einen einzigen Brief erhalten. Chloé beklagte sich darin, dass es noch nicht geklappt hatte mit einem eigenen Baby. Allerdings war dies sicher nur eine Frage der Zeit. Man konnte zwischen den Zeilen lesen, dass Chloé und Terrence es zu beidseitiger Glückseligkeit täglich versuchten ...

»Hat dein Vater denn schon gesagt, was er in Neuseeland zu machen gedenkt?«, erkundigte sich Kathleen bei Violet. »Er weiß, dass es bei Dunedin keine Kohle gibt, oder?«

»Also, ich geh Gold suchen!«, mischte Bulldog sich ein. »Das habt ihr da doch, oder?« Er klang nur leicht besorgt.

Kathleen lachte. »Hatten wir. Aber die Felder direkt bei Dunedin sind weitgehend ausgebeutet. Jetzt musst du Richtung Queenstown. Was aber auch nicht allzu weit ist. Im Gegensatz zu den Bergwerksstädten. Greymouth und Westport sind auf der anderen Seite der Insel.«

Bulldog zuckte die Achseln. »Ich such lieber Gold als Kohle. Ich werde reich! Nicht, Reverend? Sie waren doch auf den Goldfeldern. Sie wissen ...«

Peter Burton wandte den Blick gen Himmel und faltete theatralisch die Hände. »In diesem Fall kann ich die Worte ›Es liegt alles in Gottes Hand‹ mal mit bestem Gewissen aussprechen. Gewöhnlich pflege ich ja hinzuzufügen, dass man selbst ein bisschen nachhelfen muss, aber auf den Goldfeldern ist es wirklich Glückssache. Die meisten sind fleißig, Bully, viele schuften bis zum Umfallen. Aber reich werden wenige. Also verleg dich schon mal aufs Beten!« Bulldog zuckte die Achseln. »Kann ich ja beim Graben machen«, bemerkte er. »Spaten und so krieg ich in Dunedin, nicht?«

Der Kapitän rief alle Passagiere an Deck, als nach mehr als dreimonatiger Reise endlich die Küste der Südinsel am Horizont auftauchte. Kathleen fühlte sich wieder an ihre erste Ankunft erinnert – und war glücklich, dass sich diese Heimkehr so ganz anders gestaltete. Damals war das Wetter neblig und trüb gewesen, die Aussicht auf das winzige Örtchen Lyttelton trostlos – und obendrein hatten ihre Wehen eingesetzt. Sie hatte sich halb ohnmächtig vor Schmerz an Land geschleppt. Heute dagegen war es sonnig, die Küste präsentierte sich mit dunklen Stränden und hellen Klippen, hinter denen grün bewaldete Hügel herübergrüßten. Zwischendurch sah man kleine Ansiedlungen, bunt gestrichene Häuser, Fischer grüßten von ihren Booten aus. Dunedin selbst präsentierte sich als weiße, von blau schimmernden Buchten und Hafenbecken eingerahmte Stadt, hinter der die Berge Otagos majestätisch aufragten. Die Hügel rundum waren wieder grün, aber Peter erzählte dem eifrig lauschenden Bulldog, dass sie einmal weiß von Zelten gewesen waren, als an einem einzigen Tag sechzig Schiffe mit Goldsuchern eingetroffen waren.

»Die Stadt konnte mit dem Ansturm kaum fertig werden. Die Leute, die Grabungswerkzeuge und Zelte verkauften, wurden innerhalb weniger Tage wirklich reich.«

»Und was ist aus all den Ankömmlingen geworden?«, erkundigte sich Violet ängstlich.

Der Reverend zuckte die Achseln. »Die meisten sind wohl noch hier. Einige ziehen nach wie vor von Goldfeld zu Goldfeld – aber die große Masse der Goldsucher entschließt sich irgendwann, sich

eine andere Arbeit zu suchen. Vielleicht die, die sie im Ursprungs-
land mal erlernt haben. Und manchmal reicht das Gold ja wirklich für eine bescheidene Existenz – einen Laden, eine Farm, einen
Handwerksbetrieb. Neuseeland hat bislang noch Platz für alle, Violet. Du musst dich nicht sorgen. Wenn dein Vater und dein Bruder
willig sind zu arbeiten ...«

Violet seufzte. Genau daran zweifelte sie.

Am Nachmittag, nachdem sie enervierende Stunden damit verbracht hatte, die Sachen ihres Vaters und ihres Bruders zusammen-
zusuchen – die beiden waren so hingerissen von der Aussicht auf
die neue Stadt, dass sie gar nicht darauf verfielen, ihre Kabine aus-
zuräumen –, war Violet dann aber wieder optimistischer gestimmt.
Sie verliebte sich sofort in Dunedin, als sie das Schiff ein paar
Stunden nach der Ankunft verließen. Die Stadt war wunderschön –
kein Bergwerksdorf wie Treherbert, aber auch nicht so groß wie
London.

Vor allem wirkte Dunedin sauber, alle Gebäude und Straßen
leuchteten wie frisch geputzt im Sonnenlicht und in der unglaublich klaren Luft dieses Landes. Violet meinte, die Berge hinter der
Stadt fast mit Händen greifen zu können, so nah schienen sie, und
so klar wirkten ihre Konturen. Auf den Gipfeln lag Schnee – der
erste richtige Schnee, den Violet je gesehen hatte.

»Davon kriegst du noch genug, wenn ihr in dieser Gegend
bleibt«, lachte Heather. »Im Winter schneit's in ganz Otago, aber
jetzt ist ja zum Glück noch Sommer.«

Es war Anfang Februar. Violet fühlte sich ein paar Herz-
schläge lang wie im Märchen. Aber dann holte die Wirklichkeit
sie wieder ein. Ihr Vater und die beiden Jungen trampelten über die
Landungsbrücke und lachten, als sie dabei das Gefühl hatten, der
Boden schwanke immer noch unter ihnen. Violet ging es genauso.
Es machte sie fast etwas schwindelig.

»Das vergeht in ein paar Tagen«, lächelte Kathleen, die, was das betraf, besonders empfindlich war. Sie stützte sich auf ihren Mann, der ihr lachend den Arm bot.

»Liebste, ich trage dich auch heute noch über jede beliebige Schwelle!«, scherzte er.

Jim, Fred und Eric schauten mit trüben Augen in die klare Luft. Um sie herum herrschte wildes Durcheinander. Ein paar Einwanderer fielen auf die Knie und dankten Gott für die glückliche Ankunft, einige warfen sich Freunden und Angehörigen in die Arme. Die meisten schleppten Gepäck und versuchten, ihre aufgeregten Kinder halbwegs unter Kontrolle zu halten. Es gab Droschken und Gepäckträger am Kai, einige Männer sprachen die Einwanderer an und warben für mehr oder weniger billige Hotels.

Violet klammerte sich an ihre Tasche, Rosie klammerte sich an Violet.

»Was wird denn jetzt aus euch?«, fragte Heather.

Sie schien ein bisschen hin und her gerissen. Kathleen umarmte bereits ihre Freundin Claire, die mit einem hübschen kleinen Lieferwagen – schwarz, mit goldener Aufschrift LADY'S GOLDMINE – zum Hafen gekommen war, um die Burtons abzuholen. Zweifellos wäre Heather gern hingelaufen und hätte sich nach Chloé erkundigt. Aber andererseits mochte sie Violet und Rosie nicht einem Schicksal überlassen, das Jim Paisley hieß – und eben schon den nächsten Pub ansteuerte.

»Kommt, Jungs, genehmigen wir uns einen auf die glückliche Überfahrt!«, forderte er seinen Sohn und dessen Freund auf.

Violet zog ihn an der Jacke. »Daddy, vielleicht sollten wir uns erst um eine Unterkunft kümmern. Wir brauchen doch ein Bett für heute Nacht.«

Jim schüttelte lachend den Kopf. »Ach was, Süße, nachher geht's gleich weiter nach Greymouth. Was sollen wir hier ein Hotel bezahlen, wir wollen doch morgen Arbeit finden.« Jim schien zu glauben, die Bergwerksorte lägen um die Ecke. »Ihr bleibt jetzt hier und passt auf die Taschen auf, und wir sind sofort wieder da.« Violets Vater entledigte sich seines schmutzigen Seesacks, setzte Rosie mit Schwung darauf und lotste die Jungs johlend in Richtung Pub. »Neuseeland, wir kommen!«

Heather schaute ihnen ungläubig, Violet resigniert nach.

»Gibt's da wohl einen Nachtzug?«, fragte das Mädchen.

Heather schüttelte den Kopf. »Glaub ich nicht. Soweit ich weiß, gibt's noch gar keinen Zug an die Westküste. Auf jeden Fall müsst ihr erst nach Christchurch, durch die Plains ... Das ist eine ziemlich lange Reise.«

Violet graute vor einer Reise, die ihr Vater organisieren sollte. »Können Sie uns nicht mitnehmen?«, fragte sie verzweifelt.

Heather schwankte. Sie selbst hätte das zu gern getan, aber ihre Eltern würden da nicht mitspielen, auch wenn Kathleen den Mädchen eben noch einen mitleidigen Blick zuwarf. Violet und Rosie waren minderjährig, man konnte sie ihrem Vater nicht einfach entziehen. Schon die Tatsache, dass Kathleen und Peter sich mit erkennbar schlechtem Gewissen, aber doch entschlossen zurückzogen, bewies, dass hier wenig zu machen war.

Dennoch mochte Heather die Mädchen nicht einfach sich selbst überlassen. Sie kritzelte schließlich die Adresse von St. Peter's in Caversham auf einen Zettel. Peter Burtons Pfarrkirche hieß wie er, war aber selbstverständlich nicht nach ihm benannt, sondern nach dem heiligen Petrus.

»Violet, wenn's gar nicht anders geht, kommt ihr zu uns und schlaft in der Kirche. Der Reverend nimmt öfter Neuankömmlinge auf, es kommen ja viele ohne Geld und ohne den winzigsten Schimmer, was sie erwartet. Hier ...«

Sie drückte dem Mädchen ein Pfund in die Hand. »Nimm das, aber gib's deinem Vater nicht, sonst verbringt ihr hier die ganze Nacht, während er es versäuft. Da drüben sind Droschken. Falls also gar nichts mehr geht ...«

Heather küsste die Mädchen zum Abschied. Dann wandte sie sich ihren Freunden zu. Kathleen und der Reverend winkten

freundlich zu den beiden hinüber, dann fuhr der hübsche kleine
Wagen ab.

Violet fühlte sich unendlich allein.

Matariki wanderte so rasch sie nur eben konnte – schon die Kälte hielt sie davon ab, zu oft zu rasten. Zwar waren die Temperaturen in Waikato noch gemäßigt, aber das Tanzkleidchen bot fast keinen Wetterschutz. Der Häuptlingsmantel hielt Kälte und Regen deutlich besser ab, Matariki mochte ihn jedoch nicht beschmutzen, indem sie darin auf dem Boden schlief. Auch wenn sie sich durch dichtes Buschwerk schlagen oder schlammige Gebiete durchwaten musste, zog sie ihn aus. Das fedrige Gespinst war unschätzbar wertvoll, sie hoffte, durch seinen Verkauf genug Geld einzunehmen, um ihren Eltern telegrafieren und sich ernähren zu können, bis irgendjemand kam, um sie nach Hause zu holen.

Das Gebiet, durch das Matariki sich kämpfte, war zunächst hügelig, wurde dann aber flacher, was ihr seltsam vorkam. Schließlich lag die Stadt Hamilton in der Nähe des Mount Pirongia, eines bewaldeten Berges, von dem die Hauhau sehr ehrfürchtig gesprochen hatten. Der Berg schien im Vergleich zu den gewaltigen Südalpen auf ihrer Heimatinsel eher klein. Immerhin konnte Matariki sich an seinem Gipfel orientieren, er war auch von Kahu Hekes Lager aus zu sehen gewesen. Wobei es ohnehin nicht möglich war, sich zu verlaufen. Der Waikato River floss durch Hamilton – eine Stadt, die auf den Trümmern etlicher Maori-Dörfer und -Festungen erbaut worden war. Kahu Heke hatte das seinen Hauhau als Frevel der Weißen geschildert – allerdings sollte Matariki später erfahren, dass die Ansiedlungen längst verlassen gewesen waren, als die *pakeha* eintrafen.

Matariki erreichte den Ort tatsächlich zwei Tage nach ihrer Flucht aus dem Hauhau-Lager, fand den Anblick allerdings enttäuschend. Sie hatte auf eine Stadt gehofft und stets etwas wie Dunedin vor Augen gehabt, aber tatsächlich war Hamilton nicht größer als Lawrence in Otago – wobei sich obendrein ein Teil der Bevölkerung auf dem östlichen, der Rest auf dem westlichen Flussufer angesiedelt hatte. Hier kannte garantiert jeder jeden, und ganz sicher würde sich blitzschnell auch bis zu Kahu Heke herumsprechen, dass Matariki in der Stadt war. Umso wichtiger, sobald wie möglich die Weiterreise zu organisieren!

Matariki zog den Häuptlingsmantel über ihr knappes Tanzkleidchen und machte sich beherzt auf den Weg in die Siedlung. Nach den Tagen des einsamen Wanderns und ihrer Zeit bei den Hauhau kam es ihr fast unwirklich vor, *pakeha* und ihre typischen Ansiedlungen zu sehen. Die Hauptstraße von Hamilton – Victoria Street genannt – war gesäumt von zweistöckigen, bunt gestrichenen Holzhäusern, meist mit Veranden davor oder Ladenlokalen im Erdgeschoss. Hungrig linste Matariki in einen Lebensmittelladen, ein anderes Geschäft hielt praktisch alles von Haushaltsgegenständen bis zur Kleidung feil. Irgendwo mussten auch ein Postamt und eine Polizeidienststelle sein. Matariki hatte sich entschieden, Letztere anzusteuern. Sie wollte ihre Geschichte erzählen und darum bitten, ihre Eltern zu verständigen. Wobei sie sich keine Sorgen darum machte, Kahu Heke und seine Leute zu verraten. Die Behörden wussten ja sowieso, dass es Hauhau in Waikato gab, und inzwischen hatten ihr Vater und seine Krieger ihr Lager sicher geräumt.

Allerdings erwies es sich als schwierig, den örtlichen Police Officer aufzutreiben, zumal sich die Menschen nicht darum rissen, Matariki weiterzuhelfen. Sie sprach als Erstes eine Frau an, die ihr nur einen Blick zuwarf, als wäre sie ein ekliges Insekt. Die zweite spuckte sogar vor ihr aus, andere machten einen Bogen um sie. Drei Männer, die vor einem Pub standen, schienen spöttische Bemerkungen zu machen. Matariki ging trotzdem zu ihnen und sprach sie an.

»Verzeihung, ich möchte zur Polizei. Oder zur … Armed Constabulary.«

Auf der Südinsel war diese Mischung aus Militär und Polizeitruppe nicht allzu häufig, in Dunedin hatte man einfach Polizeidienststellen. Auf der Nordinsel schienen Armed Constables allerdings allgegenwärtig zu sein, und obwohl sich Matariki nach dem Gefecht im Hauhau-Lager etwas vor ihnen fürchtete, war sie bereit, sich ihren Offizieren anzuvertrauen.

Die Männer lachten wiehernd. »Schau einer an, das Ding kann sprechen!«, brüllte der eine. »Und nicht nur das heidnische Kauderwelsch …«

Matariki blitzte ihn an. »Ich kann sehr wohl Englisch, Mister, und ich bin kein Ding, ich bin ein Mädchen. Genauer gesagt bin ich entführt worden, und das möchte ich jetzt melden.«

»Die Kleine ist entführt worden!«

Der zweite Mann, ein breitschultriger Hüne, der gut als *pakeha*-Version ihrer Entführer hätte durchgehen können, lachte und griff dabei blitzschnell nach Matarikis Mantel. Der Umhang hatte keine Schnallen, Matariki hatte ihn vor der Brust zusammengehalten. Jetzt öffnete er sich und gab den Blick auf ihr *piu-piu*-Röckchen und das knappe Oberteil frei. Dingo bellte wütend, versteckte sich dabei aber hinter seiner Herrin.

»Na, da kann ich mir doch denken, wer dich entführt hat … He, James, hat Potter auf der anderen Seite jetzt Maori-Mädchen im Angebot?«

Der Mann rief in den Pub hinein, woraufhin sich ein verwachsen wirkendes Männchen herausschob. Offensichtlich der Wirt.

»Verzeihung, Sir, Ihre Gäste scheinen betrunken zu sein«, sagte Matariki würdevoll und wandte sich an den Pub-Betreiber. »Aber vielleicht könnten Sie mir sagen, wo ich einen Constable finde, der …«

»Das ist ja mal 'ne Hübsche!«, bemerkte der Wirt. Auch er reagierte nicht auf Matarikis Worte, sondern wandte sich nur an die anderen Männer. »Wenn die dem alten Potter gehört ... alle Achtung! Dabei heißt es doch immer, die Wilden verkaufen ihre Mädchen nicht. Bei denen wär es nicht wie in Indien.«

»Kommt wohl auch auf den Preis an!«

Matariki versuchte es ein weiteres Mal. »Bitte, meine Herren, ich verstehe Sie nicht. Aber der Sklavenhandel ist meines Wissens in Neuseeland verboten. Ich bin Matariki Drury von Elizabeth Station, Otago. Und ich würde gern mit dem örtlichen Police Officer sprechen.«

Die Männer lachten wieder. »Ach, die Constables sind auch alle Kunden bei Potter!«, witzelte der erste Sprecher, ein kleiner dicker Mann mit irischem Akzent. »Die helfen dir nicht weiter, Süße. Aber wenn du's uns vielleicht gerade mal umsonst machst ... kann sein, dass wir dich dann verstecken.«

Matariki wandte sich auf dem Absatz um. Das hier war hoffnungslos, sie musste jemand anderen finden, der ihr Auskünfte gab. Und sie musste so bald wie möglich an *pakeha*-Kleidung herankommen. Vielleicht sollte sie es mal beim Ladenbesitzer versuchen?

Matariki überquerte die mit Pferdefuhrwerken und Reitpferden recht belebte Straße und betrat den Gemischtwarenladen. Ein paar Frauen, die Stoffe auswählten, wichen vor ihr zurück, als sei sie aussätzig.

»Wilde werden hier nicht bedient!«, bemerkte der Verkäufer.

Matariki verdrehte die Augen. »Ich bin nicht wild«, bemerkte sie. »Nur ein bisschen seltsam angezogen. Ich dachte, Sie verkaufen mir vielleicht ein normales Kleid.«

Der Verkäufer, ein langer dürrer Kerl mit wässrigen, hellen Augen, schiefem Mund und schlechten Zähnen, schüttelte den Kopf. »Wärst die erste von euch Kröten, die bezahlen kann«, sagte er.

»Ich wollte tauschen«, sagte Matariki. »Oder jedenfalls zuerst was verkaufen, und mir dann was kaufen. Der Mantel hier ...«, sie zog die kostbare Gewandung aus und legte sie auf den Ladentisch – die Frauen stießen erschrockene Laute aus, als darunter ihr Tanzkleid sichtbar wurde,»... das ist ein *korowai*, ein Häuptlingsmantel. Er ist sehr wertvoll, die Federn stammen von seltenen Vögeln, die Muster sind aufwändig von Hand eingewebt, von den Farben gar nicht zu sprechen. Es gibt nur wenige Frauen in einem Stamm, die so was machen können. Und an *pakeha* wird ein *korowai* eigentlich nie abgegeben, wahrscheinlich gibt's da sogar ein *tapu*. Ich biete Ihnen den Mantel zum Kauf an. Kommen wir ins Geschäft?«

Matariki versuchte, ihre Stimme fest klingen zu lassen und die gleichen Worte zu benutzen wie ihr Vater, wenn er hochwertigste Zuchtschafe anpries. Die Kundinnen schienen das lustig zu finden. Aber ihr Lachen war ebenso wenig freundlich wie das der Männer vor dem Pub.

Der Verkäufer musterte den Mantel intensiver, sein Ausdruck war verschlagen.»Der ist gebraucht«, bemerkte er.

Matariki nickte.»Häuptlingsmäntel gehören zu den Machtinsignien«, erklärte sie.»Wie ... wie der Purpurmantel einer Königin.«

Die Frauen lachten noch lauter. Matariki versuchte, sich nicht beirren zu lassen. Sie ließ den Spott an sich ablaufen wie die Bemerkungen Alison Beasleys an der Otago Girls' School.

»Jedenfalls werden sie von Generation zu Generation weitergegeben. Dabei natürlich sehr pfleglich behandelt ...«

»Und wo hast du das Ding nun her?«, fragte der Verkäufer spöttisch.»Gestohlen?«

»Ich bin eine Häuptlingstochter.«

Matariki hatte die Worte noch nicht ganz ausgesprochen, als ihr schon klar wurde, dass sie einen Fehler gemacht hatte. Den Mädchen in der Schule hatte das imponiert, erst recht den Hauhau. Aber hier erweckte es höchstens Argwohn.

»Du siehst eher aus wie ein Bastard!«, lachte der Ladeninhaber.»Aber ich will mal nicht so sein: Gib mir das Ding, und such dir dafür eins von den Kleidern aus. Kann man ja als anständiger Christenmensch nicht mit ansehen, dass ein Mädchen so leichtfertig bekleidet rumläuft.«

Matariki schüttelte den Kopf. »Der Mantel ist viel mehr wert als so ein lumpiges Kleid!«

Der Mann zuckte die Schultern. »Dann verkauf ihn eben anderswo.« Er wies ihr die Tür.

Matariki biss sich auf die Lippen. Unwahrscheinlich, dass es einen zweiten vergleichbaren Laden im Ort gab. Aber sie musste es immerhin versuchen. Grußlos verließ sie das Geschäft. Dingo sprang tröstend an ihr hoch. Er hatte inzwischen eine Metzgerei entdeckt und schielte hinüber. Wahrscheinlich hatte er auch schon versucht, den Besitzer anzubetteln, aber nur einen Fußtritt geerntet. Der Metzger beobachtete Matariki misstrauisch von seinem Laden aus. Sein Angebot erinnerte das Mädchen daran, dass es auch langsam etwas zu essen brauchte. Nicht unbedingt gleich ein Steak, aber die Bäckerei ein paar Häuser weiter wirkte unwiderstehlich. Dingo winselte vielsagend.

»Erst brauchen wir Geld!«, erklärte Matariki.

Inzwischen hatten sie die Westhälfte von Hamilton fast vollständig durchquert, eine weitere Chance auf einen Käufer für ihren Mantel würde sich höchstens auf der anderen Flussseite ergeben. Die Brücke dorthin war allerdings erst im Bau – bislang setzte man mittels zweier aneinandergebundener Kanus über, die an einer Art Flaschenzug von einem Ufer zum anderen gezogen wurden. Das Ganze wirkte wenig vertrauenerweckend, der Fluss war recht reißend. Außerdem wollte der Fährmann zweifellos zumindest ein bisschen Geld fürs Übersetzen. Matariki gab es auf.

Unglücklich sah sie zur anderen Straßenseite, wo eben eine Postkutsche der Royal Mail hielt. Sicher fuhr sie gleich weiter nach Auckland. Ob es irgendeine Möglichkeit gab, sich dort einzuschmuggeln? In der Großstadt würde sie eher Gehör finden. Wobei sie sich fragte, was die Bürger von Hamilton gegen sie hatten. Schließlich war sie höflich gewesen und wirkte doch auch nicht furchteinflößend – höchstens befremdlich in ihrer komischen Aufmachung.

Matariki dachte kurz darüber nach, Kleidung zu stehlen. Es wurde dämmerig, und wenn sie sich ein bisschen auf der Rückseite der Häuser herumtrieb, fand sie sicher eine Wäscheleine, an der *pakeha*-Kleidung trocknete. Andererseits tat man ihr bestimmt nicht den Gefallen, ein Kleid in ihrer Größe herauszuhängen. Und wenn sie in zu großen Sachen herumlief, fiel sie fast so sehr auf wie in ihrer Maori-Kleidung. Ganz abgesehen davon, dass die Frauen sich in dieser Stadt alle kannten. Wenn sie in gestohlenen Sachen herumlief, fand bestimmt in kürzester Zeit jemand heraus, dass diese der ehrbaren Mrs. Miller oder Johnson gehörten …

Nein, es war hoffnungslos. Geschlagen wanderte Matariki zurück in das Geschäft, aus dem sie gerade gekommen war.

»Hast du's dir überlegt?«, grinste der Verkäufer.

Das Mädchen nickte. »Aber ich brauch nicht nur ein Kleid!«, versuchte sie es noch einmal. »Auch Unterwäsche, Schuhe und Strümpfe, einen Umhang … und ein paar Pennys für ein Telegramm auf die Südinsel.«

»Vielleicht auch noch eine Handtasche und eine Perlenkette?«, höhnte der Mann.

Matariki seufzte. »Bitte! Ich brauche Hilfe …«

»Ein Kleid, Unterwäsche, Schuhe – na, von mir aus auch noch den alten Umhang da.« Der Mann wies auf einen schon ziemlich verschlissenen Mantel. Er handelte auch mit gebrauchten Kleidern. »Aber kein Geld, Süße. Wer weiß, wohin mich das noch führt. Vielleicht mach ich mich strafbar, wenn ich dir helfe. Wem bist du eigentlich weggelaufen, hm? Deinem Dienstherrn vielleicht? Oder dem alten Potter?« Er lachte. »So wie du aussiehst …«

Dem alten Potter schien das örtliche Freudenhaus zu gehören. Und zweifellos tanzten seine Mädchen in ähnlich freizügiger Aufmachung wie die Maori.

»Hast womöglich die Kasse mitgehen lassen?«

Matariki verdrehte die Augen. »In dem Fall hätte ich wohl eher Geld als einen Häuptlingsmantel«, bemerkte sie. »Ich habe nichts gestohlen, Mister, und ich bin auch aus keinem … keinem …«, sie mochte das Wort nicht aussprechen, »… aus keinem Pub entlaufen«, half sie sich schließlich. »Ich bin entführt worden. Und deshalb suche ich den Police Officer, und deshalb …«

»Schon gut, spar's dir. Auch wenn's eine gute Geschichte zu sein scheint, aber aufs Lügen versteht ihr euch ja alle. Kommen wir jetzt ins Geschäft, Süße?« Er grinste.

Es dauerte einige Zeit, bis Matariki ein Kleid fand, das ihr halbwegs passte. Die Bürgerinnen von Hamilton schienen alle gut genährt zu sein, für zierliche Mädchen wie Matariki gab es allenfalls Kinderkleidung, und die war dann wieder zu kurz. Schließlich entdeckte sie aber doch ein noch ziemlich gut erhaltenes grünes Hauskleid. Der Ladeninhaber, Mr. McConnell, wie sie einem Schild in seinem Schaufenster entnahm, erlaubte ihr, sich im Hinterzimmer seines Geschäfts umzuziehen, und stieg ihr dabei auch nicht nach. Matariki atmete auf, als sie endlich in *pakeha*-Kleidung vor dem Spiegel stand. Wenn sie jetzt noch ihr Haar zu ordentlichen Zöpfen flocht und vielleicht aufsteckte … aber nein, als reinblütige Weiße würde sie trotzdem nicht durchgehen. Dennoch fühlte sie sich besser, als sie sich schließlich halbherzig bedankte und sich anschickte zu gehen.

»Was willst du denn jetzt machen?«, fragte der Geschäftsinhaber.

Matariki zuckte die Schultern. »Arbeit suchen«, antwortete sie. »Ich muss ja Geld verdienen, wir brauchen was zu essen …«

»Wir?«, fragte der Mann wachsam.

Matariki wies auf Dingo, der brav vor dem Laden wartete. »Und ich muss telegrafieren«, sagte Matariki. »Meinen Eltern, sie …«

»Jaja«, Mr. McConnell lachte. »Dann schau mal, ob du was findest. Aber ich sag's dir gleich: Ihr Pack seid hier nicht gut gelitten! Was stellst du dir überhaupt vor?«

»Dienstmädchen?«, meinte Matariki zögernd. »Meine Mutter war mal Dienstmädchen, und der hat's gut gefallen.«

McConnell fasste sich an die Stirn. »Dafür fehlt's euch kleinen Schlampen doch völlig an Ordnungsliebe«, meinte er dann.

Matariki verzichtete darauf, ihn darüber aufzuklären, wie viel Wert die Otago Girls' School neben aller Wissenschaft auf das Fach Hauswirtschaft legte. Tatsächlich konnte sie waschen und plätten, ein Haus sauber halten und Möbel polieren. Kochen lag ihr nicht so sehr, aber als Köchin würde sie wohl ohnehin keiner anstellen.

»Pferde versorgen kann ich auch«, erklärte sie stattdessen. »Und Schafe ...«

Sie hörte den Mann noch lachen, als sie schon auf die Straße trat. Hamilton wurde ihr immer mehr zuwider. Sie musste bald weg – und das nicht nur, weil Kahu Heke ihr auf die Spur kommen konnte.

In den nächsten Stunden klopfte Matariki an jede Tür im Westteil des Ortes Hamilton – und dachte dann ernstlich daran, in den Ostteil hinüberzuschwimmen. Es war absolut hoffnungslos, in dieser winzigen Stadt Arbeit zu finden – wahrscheinlich wäre sogar ein *pakeha*-Mädchen gescheitert. Matariki wies man aber schon die Tür, nachdem man einen zweiten Blick in ihr Gesicht geworfen hatte. Und meist fielen obendrein noch hässliche Worte. Den Menschen in Hamilton schienen die Maori verhasst zu sein – sie fand keinen, der in der Stadt lebte und arbeitete. Und es schien kein Maori-Dorf in der Nähe zu sein.

Nach drei Stunden Klinkenputzen war das Mädchen verzweifelt genug, sich einem Stamm der Ngati Wairere anzuvertrauen. Sie sollten in dieser Region leben, ein paar von Kahu Hekes Männern gehörten zu ihnen. Aber in Hamilton selbst fand sich keine Spur, kein Hinweis auf Maori in der Umgebung. Ob doch etwas daran war, dass die Bürger die Bewohner der Maori-Dörfer vertrieben hatten?

Jetzt jedenfalls brach die Nacht herein, und Matariki war müde und hungrig zum Umfallen. Sie würde am kommenden Morgen zurück in die Wälder gehen müssen, um zu fischen oder irgendwelche essbaren Wurzeln zu finden. Leider war die Flora, wie sie schon befürchtet hatte, auf der Nordinsel nur ungefähr mit der auf der Südinsel zu vergleichen, die Selbstversorgung fiel Matariki nicht so leicht. Vorteile boten aber immerhin die wärmeren Temperaturen. In Otago hätte sie um diese Jahreszeit nicht mehr draußen nächtigen können, aber auf der Nordinsel würde es gehen. Das Kleid war zum Glück aus Wollstoff.

Gefolgt von Dingo schleppte sich das Mädchen noch einmal durch die Straßen. Im Mietstall konnte sie noch nach Arbeit fragen – vielleicht ließ der Besitzer sie ja wenigstens im Stroh schlafen.

»Bist du das Maori-Mädchen?«

Ohne nach links und rechts zu schauen, war Matariki noch einmal an McConnells Laden vorbeigelaufen. Sie fuhr zusammen, als eine Frauenstimme sie ansprach. Die dazugehörige Person, ebenso dünn wie ihr offensichtlicher Ehemann und eben damit beschäftigt, ihre Ladentür abzuschließen – wozu allen Ernstes drei Schlösser benötigt wurden! –, stand im einladenden Licht der Petroleumlampe, die das Innere ihres Hauses erhellte.

Matariki wandte sich der Frau zu. »Ich bin Mata… Martha Drury.«

Nachdem sie aus den ersten Häusern von Hamilton sofort herausgeworfen worden war, wenn sie nur ihren Namen nannte, hatte sie sich auf ihren *pakeha*-Namen besonnen.

»Klingt ja, als wärst du ein Christenmensch«, meinte die Frau abfällig. Ihre Stimme war schneidend. »Bist du getauft?«

Matariki nickte.

»Sprich laut und deutlich, mein Mann meint, du könntest normal reden. Und komm mal her zu mir ins Licht.« Gewöhnlich hätte der Befehlston der Frau Matariki rebellisch gemacht, aber erschöpft, wie sie war, folgte das Mädchen, ohne aufzubegehren.

»Englisch ist meine Muttersprache«, versuchte sie nochmals eine Erklärung.

Die Frau lachte wiehernd. »Jedenfalls kannst du dir die Haare flechten und weißt, wie man ein ordentliches Kleid anzieht ... ein bisschen Zivilisation hast du ja scheinbar. Also Waisenhaus. Ich hab's meinem Archibald gleich gesagt: Wenn sie wirklich reden kann wie 'n Christ, dann kommt sie aus 'nem Waisenhaus. Was hast du angestellt, Mädchen? Haben sie dich rausgeschmissen, oder bist du weggelaufen?«

Matariki überprüfte mit einer raschen Handbewegung den ordentlichen Sitz ihrer Zöpfe und beschloss, es mit Unterwürfigkeit zu versuchen. Die Frau war neugierig, vielleicht würde sie sich wenigstens ihre Geschichte anhören. Und ihr dann ein Stück Brot geben? Matariki war bereit zu betteln.

»Ich bin wirklich weggelaufen, Madam«, sagte sie höflich und knickste. »Aber nicht aus einem Waisenhaus, sondern aus einem Maori-Lager, ich ...«

»Ich könnt so 'n Mädchen wie dich vielleicht brauchen.«

Matariki blieb fast das Herz stehen. War das ein Jobangebot?

»Hab ich vorhin schon Archibald gesagt: Meine Eltern in Wellington, die hatten auch mal 'n Mädchen aus 'm Waisenhaus. So schlecht hat die gar nicht gearbeitet. Klar, man muss 'n Auge auf euch halten – und die Kasse verschlossen. Aber sonst ... komm mal rein, Kleine.«

Matariki folgte der Frau aufatmend in den Laden – Dingo, der ihr nachlaufen wollte, erntete allerdings nur einen Fußtritt.

Er jaulte vorwurfsvoll und verzog sich. Matariki tat er leid, aber sie machte sich um ihn keine Sorgen. Dingo würde irgendwo auf sie warten.

Sie selbst stand jetzt erst mal der hageren, strengen Mrs. McConnell gegenüber, die sie mit Argusaugen musterte. Dabei hatte das Mädchen natürlich Zeit, die künftige Arbeitgeberin auch selbst zu studieren. Mrs. McConnell war noch nicht sehr alt – Matariki schätzte sie als viel jünger als ihre Eltern. Aber in ihr Gesicht hatten sich doch schon Falten eingegraben, die ihre Mundwinkel beständig nach unten zogen. Ihre Augen – so wasserblau wie die ihres Mannes, die beiden hätten verwandt sein können – standen etwas dicht beieinander, die Augenbrauen waren schütter, kaum sichtbar. Auch Mrs. McConnells Haar schien dünn und farblos. Sie trug es streng aus dem Gesicht gekämmt zu einem winzigen Knoten gebunden. Die Ngai-Tahu-Mädchen hätten dazu wahrscheinlich die gleichen Witze gemacht wie zu Matarikis Busen. Mrs. McConnell war blass, hatte aber überraschend füllige rote Lippen. Ihr Mund erinnerte Matariki an ein Frosch- oder Fischmaul. Als dem Mädchen der Vergleich durch den Kopf schoss, war es jedoch zu müde, um darüber lachen zu können.

»Du bist teuflisch hübsch«, bemerkte die Frau schließlich. »Du wirst für Archibald eine ständige Versuchung sein.«

Matariki schluckte. Ihre Mutter hatte ihr nur andeutungsweise von den Problemen erzählt, die sie als Hausmädchen mit zudringlichen Arbeitgebern gehabt hatte. Aber es reichte, um sie jetzt nervös zu machen.

»Ich bin nicht …« Matariki wagte es, der Frau in die Augen zu sehen. »Wenn ich jemanden in Versuchung führen wollte, wäre ich schon drüben beim alten Potter.«

Mrs. McConnell lachte wiehernd. »Na schön, und ich pass ja auch auf. Du wirst im Haus helfen, putzen, waschen, kochen – ich bring's dir bei, falls sie das im Waisenhaus nicht schon erledigt haben. Aus dem Laden bleibst du raus, verstanden? Ich zeig dir deine Kammer.«

Matariki folgte ihr durch den Laden und dann zu ihrem Entsetzen eine Kellertreppe hinunter. Hier wurde ein Teil der Waren gelagert. Ein Verschlag war von dem Raum abgetrennt – ähnlich einer Kartoffelmiete. Mrs. McConnell öffnete die Holztür.

»Hier kannst du schlafen.«

»Das sieht … das sieht ja aus wie ein Gefängnis!«, stieß Matariki entsetzt hervor, nachdem sie in den Raum gespäht hatte. Die winzige Kammer enthielt eine Art Pritsche und einen Stuhl. Viel mehr hätte auch kaum hineingepasst. Ein winziges Fenster, das auf Erdbodenhöhe auf den Hof wies, war vergittert.

Mrs. McConnell lachte erneut wiehernd. »Tja, dafür haben wir's auch benutzt, als unsere Söhne noch klein waren. Wenn einer gefehlt hatte – ein paar Stunden hier drin, und er hat bereut.«

Matariki wich erschrocken zurück. Ihr Instinkt riet ihr, möglichst schnell möglichst viele Meilen zwischen sich und ein Paar zu legen, das seine eigenen Kinder in ein Kellerverlies sperrte. Aber andererseits war es warm und trocken – erschöpft, wie sie war, erschien ihr die Pritsche wie ein Himmelbett. Und sicher gab ihr Mrs. McConnell auch etwas zu essen. Über alles andere konnten sie am kommenden Morgen verhandeln.

»Ich bin hungrig«, sagte Matariki.

Mrs. McConnell verzog den Mund. »Erst arbeiten, dann essen«, bemerkte sie, schien es sich dann aber doch anders zu überlegen, als sie Matarikis eingefallenes Gesicht sah. »Ich bring dir ein Stück Brot«, murmelte sie widerwillig. »Mach's dir solange gemütlich.«

Matariki ließ sich auf der Pritsche nieder. Sie fühlte sich unendlich allein.

Violet wartete vor der Hafenkneipe in Dunedin, bis es dunkel wurde. Sie sah zu, wie all die Reisenden der Ersten Klasse die Droschken bestiegen oder von Verwandten und Freunden abgeholt wurden, und beobachtete die Zuwanderer aus dem Zwischendeck bei der ersten Orientierung. Irgendwann räumten sie alle die Kais, zuletzt gingen die Matrosen von Bord, die Landgang hatten – einige davon in den Pub, in dem auch ihr Vater verschwunden war. Violet wagte, einen Steward anzusprechen, den sie beim Gottesdienst öfter gesehen hatte. Er versprach, ihren Vater und Bruder zu suchen und an die Mädchen vor dem Pub zu erinnern, aber dann hörte sie eine weitere Stunde lang nichts mehr. Der Steward kam schließlich wieder heraus, zuckte aber nur die Schultern, als er die Mädchen sah.

»Tut mir leid, kleine Miss, ich hab's ihm einmal gesagt, als ich reinkam, und dann noch mal, bevor ich wieder ging. Aber er brummte nur so was wie ›jaja‹. Der Mann war schon betrunken, als ich kam, Mädchen. Der kriegt heute nichts mehr zustande.«

Violet überraschte das nicht, aber sie wusste auch nicht, was sie tun sollte. Ihr Vater würde sich zweifellos an sie erinnern, wenn er herauskam – und sie bestrafen, falls er sie nicht antraf. Schließlich bewachte sie hier ja auch sein Gepäck. Hilflos wartete sie weiter, als Rosie schon längst auf dem Seesack eingeschlafen war.

Schließlich wankten ein paar letzte Zecher aus dem Pub, und ein Mann machte Anstalten, die Tür zu schließen. Violet nahm all ihren Mut zusammen.

»Verzeihung, Sir ...«

Mit niedergeschlagenen Augen näherte sie sich dem Wirt. Hoffentlich hielt er sie nicht für ein leichtes Mädchen! Und noch wichtiger: Hoffentlich suchte er keins!

Der Mann lächelte ihr allerdings ganz freundlich zu. Sein rundes Gesicht wirkte sanft und duldsam. »Brauchst nicht so förmlich zu sein, Kleine. Bin kein Sir, bin nur Fritz.«

Violet knickste und kam sich selbst dumm dabei vor. Es lagen so viel Zeit und so viele Meilen zwischen dieser Begegnung in der Nacht und den Belehrungen ihrer Mutter über höfliches Verhalten.

»Ich bin Violet Paisley«, sagte sie brav, aber dann brach ihre Verzweiflung sich Bahn. »Bitte, Sir, bitte, Sie müssen mich reinlassen. Oder meinen Daddy rausholen. Vielleicht ist er ja auch gar nicht mehr drin, ich meine, weil Sie ja schon abschließen. Aber er kann eigentlich nicht ... oder haben Sie eine Hintertür ...«

Violet wusste nicht, ob sie befürchtete oder sich wünschte, dass sich ihr Vater und ihr Bruder klammheimlich aus dem Staub gemacht hatten.

Fritz schüttelte den Kopf. »Nee, Kleine, der wird wohl noch drin sein. Ich lass immer ein paar Neueinwanderer hier schlafen, wenn sie vorher 'ne anständige Zeche gemacht haben. Wo soll ich die auch hinschicken, wenn sie kaum noch laufen können?«

»Sie meinen, er ...« Violet fühlte sich betrogen, aber gleichzeitig stieg auch eine gewaltige Wut in ihr auf. »Er hat uns vollständig vergessen? Er hat sich einen Schlafplatz gesucht und uns ...«

»Na ja, von ›gesucht‹ würde ich da nicht reden«, meinte Fritz. »Der ist einfach eingeschlafen. Ich kann jetzt natürlich reingehen und ihn wach rütteln. Aber wenn ich ehrlich sein soll, weiß ich nicht, was das nützen soll. Um die Zeit und in seinem Zustand findet er doch kein Hotel mehr für euch.«

Der Mann sah Violet und Rosie bedauernd an und schien zu überlegen, ob er sie ebenfalls zum Schlafen in den Pub holen sollte.

Violet schüttelte den Kopf. »Ist … ist nicht nötig, Sir …«, sagte sie und hielt ihm den Zettel mit der Adresse des Reverends hin. »Ist … ist das weit?«

Fritz pfiff durch die Zähne. »Das ist recht weit draußen. Zu Fuß läufst du da die halbe Nacht, zumal mit der Kleinen. Und eine Droschke …«

»Ich habe das hier.« Violet zeigte ihm die Pfundnote.

Fritz lächelte. »Das lass besser deinen Vater nicht sehen, sonst bleibt er mir die ganze Woche erhalten«, scherzte er. »Aber es ist allemal genug für eine Droschke bis Caversham. Hier warten bloß keine mehr, meine Kundschaft kann sich das nicht leisten. Ihr müsst ein paar Straßen weiter – aber ich kann eben mitgehen und euch mit den Sachen helfen.«

Der Wirt zeigte auf die Koffer und Seesäcke. Violet fiel ein Stein vom Herzen. Eine Wegbeschreibung zum nächsten Droschkenstand hätte sie sich wahrscheinlich gar nicht mehr merken können und sich außerdem gefürchtet in den dunklen Straßen des Hafenviertels. Fritz allerdings war so ehrlich, wie er aussah. Nachdem Violet Rosie geweckt hatte, wuchtete er das Gepäck auf seine breiten Schultern, sodass Violet sich ganz darauf konzentrieren konnte, ihre verschlafene Schwester über das Kopfsteinpflaster zu ziehen. Rosie weinte ein bisschen, weil sie sich beim Aufwachen immer noch vor dem Pub fand. Sie hatte wohl von einem weichen Bett geträumt.

»Kriegst du gleich!«, versprach Violet. »Wir fahren zu Miss Heather und Mrs. Burton und dem Reverend. Die schicken uns nicht weg, bestimmt nicht!«

Sie selbst war sich da zwar gar nicht so sicher – Kathleen hatte ihr in ihrer Wiedersehensfreude mit ihrer Freundin schließlich keinen Blick mehr gegönnt –, aber immerhin stammten die Adresse und die Pfundnote von Heather. Und so viel Geld verschenkte man doch nicht, wenn man es nicht ernst meinte!

Fritz führte die Mädchen zunächst an ein paar Kränen und Anlegestellen, Lagerhallen und Schuppen vorbei, aber dann kamen sie schnell in ein belebtes Viertel. Violet hielt den Blick wieder gesenkt. Die Frauen, die hier um diese Zeit noch flanierten, waren sicher keine Sonntagsschülerinnen. Die meisten Männer torkelten und riefen den Mädchen zotige Sprüche zu. Violet meinte im Boden versinken zu müssen, als einer davon sie ansah, aber in Begleitung von Fritz wagte es niemand, sie anzusprechen. Und dann fand sich zum Glück auch bald eine Droschke. Fritz kannte den Fahrer, sprach ihn freundlich an und erntete regelrechte Begeisterung, als er ihm das Ziel der Mädchen nannte. Eine Fahrt von etlichen Meilen hatte der Mann sich in dieser Nacht sicher nicht mehr erhofft.

Fritz und der Fahrer luden das Gepäck ein, und Rosie schlief direkt wieder ein, als Violet ihr in die Polster der Droschke half. So vornehm war sie noch nie gefahren! Violet nahm sich vor, die Reise zu genießen, und am Anfang bestaunte sie auch die breiten Straßen und neuen, großzügig gestalteten Gebäude der Stadt. Aber dann schläferte das gleichmäßige Schaukeln der Kutsche auch sie ein. Sie wachte erst auf, als der Kutscher hielt und sie ansprach.

»So, Miss, hier wären wir. St. Peter's, Pfarrhaus. Aber Licht ist da nicht mehr an. Soll ich auf Sie warten, für den Fall, dass keiner da ist?«

Violet war sofort hellwach. Ihr Herz schlug heftig vor Furcht. Wo sollte sie hin, wenn die Burtons wirklich nicht nach Hause gefahren waren, sondern vielleicht bei Kathleens Freundin übernachteten?

Aber dann schüttelte sie den Kopf. Für eine Fahrt zurück zum Hafen mochte das Geld nicht reichen, und wenn sie schon draußen schlafen musste, dann bestimmt lieber hier als am Kai. Das Cottage neben der kleinen Sandsteinkirche machte einen anheimelnden Eindruck, es erinnerte sie ein bisschen an das Haus ihrer Großeltern. Im Garten wuchsen bunte Sommerblumen – eine Bank gab es auch … wenn alle Stricke rissen, würde sie Rosie hier schlafen legen und sich dazu.

»Ich komm schon zurecht«, erklärte sie.

Violet entlohnte den Kutscher, nachdem er ihr die Taschen und Seesäcke auf den Rasen vor dem Haus gestellt hatte. Zu ihrer Überraschung bekam sie noch einen ganzen Schwung Münzen zurück. Sie ging zum Haus und hatte das Gefühl, noch einmal jenen Tag ein paar Wochen zuvor zu erleben, an dem sie an der Tür ihrer Großeltern geklopft hatte. Wie glücklich er begonnen hatte! Und wie furchtbar geendet ...

Hier gab es keinen löwenköpfigen Türklopfer, sondern eine Glocke, die melodisch läutete. Rosie schmiegte sich übermüdet an Violets Beine, während sie warteten. Aber lange dauerte es nicht. Der Reverend schien an nächtliche Störungen gewöhnt zu sein. Violet sah, dass im Haus eine Lampe entzündet wurde. Gleich darauf öffnete Peter Burton.

»Violet! Wie hast du denn hergefunden?«

Violet hatte gemeint, über Hunger längst hinaus zu sein, aber als Kathleen Brot, Butter, Marmelade und Schinken vor sie hinstellte, konnte sie kaum aufhören zu essen. Rosie vergaß sämtliche Manieren. Sie stopfte ihr Honigbrot mit beiden Händen gleichzeitig in sich hinein. Violet tadelte sie, als sie aufstieß, aber die Burtons winkten nur lachend ab.

»Morgen kann sie wieder brav sein, jetzt ist Ausnahmezustand«, meinte Peter. »Aber nun erzähl, Violet. Wie kommt ihr her, und wo ist dein Vater?«

Violet umriss in knappen Zügen, wie ihr erster Tag in Dunedin verlaufen war. Heather konnte sich über Paisleys Pflichtvergessenheit gar nicht beruhigen.

»Sie können doch hierbleiben, oder? Wir schicken sie jetzt nicht wieder weg, nicht wahr?« Sie sah bittend von Peter zu Kathleen.

Kathleen nickte, aber Peter Burton zögerte mit einer Antwort. Dann sagte er: »Heute Nacht werden sie auf jeden Fall bleiben. Ich hab's euch beiden schon in Wales gesagt: Von mir aus können sie hier wohnen, oder die Gemeinde nimmt sie auf. Aber Tatsache ist nach wie vor, dass dieser ... äh ...«, Peter verschluckte ein Schimpfwort, »... dass dieser Jim Paisley ihr Vater und ihr Vormund ist. Weiß der überhaupt, wo ihr seid, Violet?«

Violet schürzte die Lippen. »Fritz weiß es«, antwortete sie. »Der Wirt. Der wird's ihm morgen schon sagen. Heute hätte er's doch nicht begriffen ...«

»Ihr seid also einfach weggelaufen ...«

»Ja, sollten sie denn die ganze Nacht vor dem Pub hocken?«, erregte sich Heather.

Peter seufzte. »Warten wir einfach ab, was morgen passiert. Aber bereitet euch schon mal drauf vor, dass hier ein wütender Saufbold vor der Tür steht und auf Rückgabe seiner gekidnappten Töchter besteht!«

Violet und Rosie schliefen tief und fest in Kathleens sauberem, nach Rosen duftendem Fremdenzimmer. Sie erwachten erst gegen neun, als es unten nach Kaffee und Waffeln roch.

Heather rief die Mädchen freundlich in die Küche. Kathleen warf einen Blick zur Kirche hinüber. »Schläft da heute Nacht noch jemand außer dem Jungen?«, fragte sie ihren Mann. »Wenn nicht, hol den doch auch rein. Bestimmt freut er sich, dass die Mädchen hier sind.«

Zu Violets größter Verblüffung tapste gleich darauf Bulldog in die Küche und strahlte wie ein Honigkuchenpferd, als er Rosie wiedersah.

»Der Reverend hat mir erlaubt, hier zu schlafen«, erklärte er und ließ Rosie auf seinen Knien reiten. »Bevor ich nach Queenstown aufbreche. Es gibt zwar Männerpensionen, aber ...«

»Aber da schick ich einen Dreizehnjährigen ungern rein«, meinte Peter. »Obwohl sich Bulldog zweifellos seiner Haut zu wehren weiß. Außerdem brauchst du deine paar Shilling doch für

Spaten und Hacke.« Er nickte dem Jungen freundlich zu. »Komm, Violet, gib dem jungen Mann was zu essen!«

Bulldog nickte eifrig. Violet wusste, dass er Ersparnisse hatte – auch auf dem Schiff hatte er schließlich für Einnahmen gesorgt, wobei sie annahm, dass er sein Geld in London kaum auf ehrlichere Art verdient hatte. Aber danach fragte man besser nicht – auch nicht, warum der Junge allein unterwegs war. Violet hätte ihn zwar auf fünfzehn oder sechzehn geschätzt, aber auch in diesem Alter begab sich kaum ein Jugendlicher ganz ohne Familie und Freunde in ein neues Land. Violet schaufelte Waffeln und Schinken auf Bulldogs Teller und lächelte ihm zu. Selbst wenn er ein Gauner war: Sie fühlte sich deutlich wohler, jetzt, da er bei ihr war. Der Reverend war sicher ein guter Mann, und Heather und Kathleen wollten das Beste. Aber der Einzige, der sie jemals wirklich vor Fred und Jim beschützt hatte, war Bulldog.

An diesem Morgen wurden Bulldogs spezielle Fähigkeiten jedoch nicht benötigt. Auch gegen Mittag waren Jim und Fred noch nicht aufgetaucht. Kathleen und Heather bereiteten den Mädchen erst mal ein Bad und nahmen sie schließlich mit in die Stadt – Kathleen wollte in ihrem Laden nach dem Rechten sehen, und Heather brachte die in Europa angefertigten Skizzen in ihr Atelier. Sie belegte ein paar Räume oberhalb des Ladens – eine Wohnung, die sich früher Kathleen und Claire geteilt hatten. Nach ihrer Heirat mit Jimmy Dunloe war Claire natürlich in seine Wohnung einen Stock höher gezogen, aber der großzügige Bankdirektor hatte sich keine neuen Mieter gesucht, sondern die zum Laden gehörenden Wohnräume den Mädchen Chloé und Heather überlassen. Während ihres Studiums hatten beide dort gelebt, aber jetzt benutzte Heather sie fast nur noch als Atelier. Zum Schlafen fuhr sie meist wieder zurück nach Caversham – ohne Chloé machte die Wohnung an der Stuart Street sie trübsinnig.

Heute war sie allerdings glücklicher Stimmung. Sie genoss es,

Violet ihre Arbeiten und die hellen, großen Wohnräume zu zeigen. Vielleicht konnten die Mädchen ja mit ihr hier einziehen! Violet konnte im Laden arbeiten, und Heather konnte sich neben ihrer Arbeit um Rosie kümmern.

Violet bewunderte sowohl Heathers Bilder als auch die feinen Kleider in Kathleens und Claires Laden. Claire schüchterte sie fast noch mehr ein als Kathleen in den ersten Tagen. Die dunkelhaarige, zierliche Frau war eine echte Lady. All die feinen Manieren, die Kathleen zwar auch besaß, die bei ihr aber durch ihre Schüchternheit kaum auffielen, erschienen bei Claire absolut natürlich. Keine Königin konnte sich selbstbewusster und anmutiger bewegen als Claire Dunloe in ihrem Geschäft.

Zu Violet und Rosie war Mrs. Dunloe allerdings sehr freundlich, Violet wurde rot, als sie ihre außergewöhnliche Schönheit pries. Bisher hatte ihr nie jemand auch nur gesagt, sie sei hübsch, aber Claire schien es wirklich ernst zu meinen.

»Aber ja! Schaut euch das Mädel doch an!«, rief sie, als Kathleen skeptisch guckte. »Klar, sie wächst noch ein bisschen in alle Richtungen. Wie alt bist du, dreizehn oder vierzehn? Aber diese Augen … sie sind so riesig …«

»Weil sie halb verhungert ist«, bemerkte Kathleen. »In dem mageren Gesicht …«

»Das Mädchen wird immer ein schmales Gesicht haben, genau wie du, Kathleen, sie hat die gleichen aristokratischen Züge. Hohe Wangenknochen, kleine, gerade Nase … die Lippen werden bei ihr ein wenig sinnlicher, voller … aber schau dieses Rot an! Überhaupt, dieses wundervolle rotbraune Haar … sie sieht aus wie Schneewittchen! Wir sollten im nächsten Jahr über eine Modenschau nachdenken, wie in Paris! Da führen Mädchen die Kleider vor. Hättest du Lust zu so was, Violet?«

Violet wurde schon wieder rot. Sie wäre fast im Boden versunken, als Claire dann darauf bestand, dass sie ein türkisfarbenes Kleid anprobierte, das eben für eine Hochzeit geschneidert worden war. Kathleen entwarf seit Jahren Brautkleider, und seit in Dunedin immer öfter große Hochzeiten stattfanden – die erste Generation Kinder zu Geld gekommener Einwanderer gab sich das Jawort –, wurden auch immer wieder Kleider für Brautjungfern und Blumenmädchen in Auftrag gegeben. Ein solches war das lange Seidenkleid, in dem sich Violet jetzt atemlos vor dem Spiegel drehte. Claire löste noch ihre Zöpfe und setzte den zum Kleid gehörenden Kranz in ihr volles Haar. Violet erkannte sich selbst nicht wieder.

»Was sag ich? Schneewittchen! Oder eine Meerjungfrau. Jedenfalls wirst du mal allen Jungs in Dunedin die Köpfe verdrehen, kleine Violet. Verlieb dich bloß nicht in den Erstbesten!«

Heather bestand darauf, Violet in ihrem Staat zu malen. Sie konnte ihr zwar nicht länger Modell sitzen, aber für ein paar Skizzen liehen Claire und Kathleen das Kleid schon her, und so verbrachten Violet und Rosie eine traumhafte Stunde in Heathers Atelier. Violet saß am Fenster und schaute hinaus auf das Leben in der Stuart Street. Rosie erprobte sich selbst als Künstlerin und malte voller Hingabe Bilder mit Wasserfarben.

Peter, der Bulldog in die Stadt begleitet hatte, um ihn beim Ankauf seiner Goldgräberausrüstung zu beraten, lenkte das Gespann der Gemeinde derweil zum Hafen. So gern er Violet und Rosie in seine Familie aufnehmen würde – er sorgte sich doch um den Verbleib der restlichen Familie Paisley.

Fritz, den freundlichen Wirt, fand er gleich.

»Oh, Tag Reverend! Na, das freut mich, dass die Mädels gut bei Ihnen angekommen sind!«, erklärte er, als Peter sich vorstellte. Was Jim und Fred anging, konnte er ihm allerdings nicht weiterhelfen.

»Die sind heut Morgen weg. Zwangsläufig, um neun kommt meine Frau zum Aufräumen, da will ich die Kerle hier raushaben.«

»Und haben Sie ihnen gesagt, wo die Mädchen …«

Fritz verdrehte die Augen und schaute ihn fast strafend an.

»Natürlich hab ich das. Aber das schien die gar nicht weiter zu interessieren. Waren nur Feuer und Flamme für Queenstown.«

»Für was?«, fragte Peter verwirrt.

»Na, Queenstown, die Goldfelder! Da haben sie gestern die ganze Nacht drüber schwadroniert. Die Kerle sind doch nur deswegen gekommen!«

Peter schüttelte den Kopf. »Mr. Paisley ist Bergmann. Soweit ich weiß, wollte er weiter nach Greymouth oder Westport ...«

Fritz zuckte die Schultern. »Dann hat er sich wohl gestern umentschlossen. Aber stimmt, er sagte so was wie ... wenn einer was finden könnte, dann er, mit seiner großen Erfahrung im Bergbau ...«

»Sein letzter Stollen ist eingestürzt«, sagte Peter knapp.

Fritz grinste. »Wundert mich nicht. Aber ich kann mir denken, wie's gelaufen ist. Die meisten Möchtegerngoldsucher haben doch keine Ahnung. Und dann kommt einer und prahlt damit, wie viel ›schwarzes Gold‹ er schon aus der Erde geholt hat. Da denken alle gleich, er wär 'n Sachkenner. Wahrscheinlich haben sie ihn so lange bequatscht, bis er sich schon als Gabriel Read sah. Worauf sie dann noch ein paar getrunken haben ... Wie auch immer, Reverend, die Kerle sind weg.«

»Aber ihr ganzes Gepäck ist bei uns«, wunderte sich Peter.

Fritz hob wieder die Schultern. »Das Geld bestimmt nicht, falls sie noch was hatten. Und besondere Garderobe werden sie ja wohl nicht besessen haben, oder?«

Peter Burton bedankte sich und lenkte sein Gespann wieder nach Caversham. Heather und Kathleen würden sich über die Nachricht freuen, Violet wahrscheinlich auch. Aber er selbst hatte nach wie vor ein ungutes Gefühl. Irgendwann würden Jim und Fred Paisley wieder auftauchen. Und wahrscheinlich nicht mit einem Sack voller Gold ...

Am Morgen nach ihrer Ankunft in Hamilton fühlte Matariki sich besser. Sicher, die Kammer wirkte etwas gespenstisch, aber doch nicht mehr so unheimlich wie am Abend zuvor. Und wahrscheinlich würde sie bei den McConnells ja auch gar nicht viel Zeit verbringen. Mrs. McConnell ließ sie sicher den ganzen Tag arbeiten. Mal ganz abgesehen davon, dass sie nicht vorhatte, das lange durchzuhalten. Matariki fragte sich, ob Dienstmädchen wöchentlich oder monatlich bezahlt wurden. Aber egal, ob sie dafür eine Woche oder einen Monat arbeiten musste – irgendwann würde sie Geld in der Hand halten und ein Telegramm nach Otago senden können. Und dann war es nur noch eine Frage von Tagen, bis ihre Eltern kämen.

Während Matariki unter Mrs. McConnells strengem Blick die zweistufige Treppe vor dem Laden schrubbte, malte sie sich glückselig aus, wie Michael und Lizzie die Victoria Street herabkämen, wahrscheinlich von der Postkutschenstation aus. Aber vielleicht lieh ihr Vater auch in Wellington einen Wagen. Auf jeden Fall würden sie einander in die Arme fallen, Lizzie würde die McConnells mit strengem Blick bedenken und Michael beschwichtigend die Hand auf den Arm legen, wenn er beim Anblick ihrer Kammer im Keller lospoltern wollte. Lizzie würde Mrs. McConnell mit schmalen Lippen danken, und ihr Gesicht würde Verachtung ausdrücken – während Michael rasch das schönste Kleid für sein kleines Mädchen kaufte oder nähen ließ, damit Matariki nicht in diesem zu weiten grünen Hauskleid reisen musste.

Das Essen im Hause McConnell war kärglich, allerdings nicht nur für Matariki. Archibald und Marge McConnell schienen Nahrungsaufnahme generell als ein notwendiges Übel zu betrachten, mit dem man nicht mehr Zeit verschwendete als unbedingt notwendig. Auch ihr unbedeutendes Angebot an Kleidern und Kleiderstoffen wunderte Matariki bald nicht mehr: Die McConnells selbst kleideten sich ausschließlich schwarz und schlicht. Sie waren Mitglieder der Free Church of Scotland – einer Gemeinschaft fanatischer Christen, die sich von der schottischen Hauptkirche abgespalten hatte und in größeren Gruppen ausgewandert war. Ihre wichtigste Stadtgründung in Neuseeland war Dunedin. Wie es die McConnells in ein winziges Kaff auf der Nordinsel verschlagen hatte, fand Matariki nie heraus. Sie nahm allerdings bald an, dass die beiden sich mit ihren Glaubensgenossen ebenso wenig vertragen hatten wie mit allen anderen Menschen in ihrer Umgebung.

Obwohl Mr. und Mrs. McConnell als Ladenbesitzer natürlich höflich sein mussten, merkte man ihnen doch zu oft an, wie sehr sie sich allen anderen Einwohnern von Hamilton überlegen fühlten. Ihr Gemischtwarenladen war nicht das geschäftige Zentrum der Stadt, wie das Geschäft des ehemaligen Goldgräbers in Lawrence. Wenn hier geklatscht wurde, dann nur schamhaft hinter den Warenregalen – keine Matrone aus Hamilton mochte einen strafenden Blick von Mr. oder Mrs. McConnell riskieren. Natürlich wagte es auch kein Mädchen zu kichern und kein Mann zu poltern – bei den McConnells erledigte man seine Einkäufe und ging wieder. Freundliche Bemerkungen wie »Haben Sie einen schönen Tag!« gehörten nicht zum Service.

Matariki durfte zwar nie im Laden helfen, sie arbeitete lediglich im Haus unter Mrs. McConnells Aufsicht, aber sie erkannte schon nach wenigen Tagen, dass die Eröffnung eines Konkurrenzgeschäftes in Hamilton zweifellos ein sicherer Weg zum Reichtum wäre. Niemand mochte die McConnells. Hätte es irgendeine andere

Möglichkeit gegeben, seine Einkäufe zu erledigen, hätte man sie genutzt.

Die optimistische Matariki beschloss allerdings, dies positiv zu sehen. Schließlich war die offensichtliche Isolation der McConnells ein Grund dafür, dass sie ihr Arbeit gegeben hatten. Bestimmt wollte kein *pakeha*-Mädchen ihren freudlosen Job.

Und zudem waren zumindest die ersten Tage mit Mrs. McConnell nicht langweilig. Die Schottin war durchaus gesprächig – oder hörte sich zumindest selbst gern reden. Sie informierte Matariki umgehend über ihre Religion – »Wir sind Gottes auserwähltes Volk. Das Schicksal eines Menschen ist von Geburt an vorbestimmt: Die einen werden erhöht, die anderen landen im Schlund der Hölle ...« –, wobei sie keinen Zweifel daran ließ, dass sie zu den Ersteren, Matariki natürlich zur zweiten Gruppe gehörte. Matariki dachte manchmal daran, ihrer Arbeitgeberin die Philosophie der Hauhau entgegenzusetzen, der zufolge die Himmelsverteilung genau umgekehrt verlaufen sollte. Dann hielt sie sich jedoch zurück – Mrs. McConnell akzeptierte ganz sicher keinen Widerspruch. Das Mädchen nahm an, dass dies auch die Söhne der McConnells aus dem Haus getrieben hatte. Sie hielten offensichtlich keinen Kontakt zu ihren Eltern. Auf Matarikis Frage nach ihrem Verbleib gab Mrs. McConnell nur ein wütendes Schnauben von sich. Aus einem Gespräch Mr. McConnells mit einem Kunden entnahm sie dann aber, dass einer der beiden bei der Armed Constabulary diente. Wo der andere blieb, erfuhr sie nie.

Immerhin verriet ihr Mrs. McConnell bald, was die Bewohner von Hamilton derartig gegen die Maori aufbrachte. Matariki wagte nicht, direkt danach zu fragen, aber der Redestrom ihrer Arbeitgeberin bezog sich recht gern auf die gotteslästerliche Aufmüpfigkeit unterlegener Rassen.

»King Country! Wenn ich das schon höre! Als ob diese Wilden fähig wären, einen König zu wählen. Könige, Mädchen, merk dir das, sind von Gott gesalbt! Da kann sich nicht einfach eine Horde

Ungezähmter zusammentun und einem der ihren eine Krone aufsetzen! Und sich dann auch noch wehren, wenn aufrechte Menschen sich hier ansiedeln und sich die Erde untertan machen, wie Gott ihnen befohlen hat! Aber das haben ihnen die Engländer ja schon ausgetrieben! Gegen die ist zwar auch einiges zu sagen, aber das haben sie gut gemacht. Gleich durchgegriffen gegen die Aufrührer, nicht lange gefackelt ...«

Matariki erfuhr, dass die Krone die Siedler in der Waikato-Region massiv mit Truppen unterstützt hatte, nachdem sich die Maori-Stämme zusammengetan und gegen die Landnahme protestiert hatten. Dabei war das Recht in diesem Fall eindeutig auf Seiten der Maori gewesen – der Vertrag von Waitangi sicherte ihren Landbesitz. Zwanzig Jahre nach Abschluss des Vertrages hatten die Weißen sich jedoch nicht mehr so recht an den Wortlaut erinnern können. Matariki verstand Kahu Heke und seine Männer langsam besser. Die so genannten Waikato-Kriege hatten jedenfalls mit dem Sieg der *pakeha* geendet. Die Stämme waren überall da enteignet worden, wo die Weißen siedeln wollten, und um dies zu sichern, hatte man Militär im Land stationiert. Das führte zu Ortsgründungen, und eine davon war Hamilton.

1864 waren die Soldaten des 4. Waikato-Militia-Regiments und ihre Familien eingetroffen und hatten auf dem Gebiet der alten Maori-Festung Kirikiriroa ihre Stadt gebaut. Die Stärke ihres Regiments hatten sie gleich an den umliegenden Dörfern erprobt – die Häuptlinge und ihre Stämme verzogen sich kampflos in die Wälder von Waikato, wo man sie vorerst in Frieden ließ. Die Soldaten und ihre Frauen saßen jedoch fest am Ende der Welt. Zweifellos langweilten sie sich und haderten mit ihrer Stationierung. Und ganz sicher machten sie die aufmüpfigen Ureinwohner dafür verantwortlich.

Matariki wurde mit dem Hass der Menschen in Hamilton allerdings nicht mehr konfrontiert – sie kam schließlich kaum aus dem Haus. Mrs. McConnell beschäftigte sie damit, ihren Haushalt blitzsauber zu halten, nach Ladenschluss musste sie auch das Geschäft putzen und beim Einordnen neuer Waren helfen. Matariki sehnte zuerst das Ende der ersten Arbeitswoche herbei, und als keiner Anstalten machte, ihr ein Gehalt auszuzahlen, das Ende des ersten Monats.

Dann aber brachte sie die Sache zur Sprache. Es war nun wirklich Zeit, ihre Arbeit zu vergüten.

»Du willst Geld?« Mrs. McConnell starrte Matariki so verständnislos an, als habe sie von ihr verlangt, sich in einen Frosch zu verwandeln. »Du glaubst doch nicht wirklich, dir steht auch noch Geld zu?«

Matariki nickte. »Doch«, sagte sie ruhig. »Ich habe einen Monat gearbeitet. Dafür sollte ich mindestens ein Pfund erhalten …«

»Und dein Essen?«, fragte Mr. McConnell streng. »Deine Unterkunft? Die Kleider, die du am Leib trägst?«

»Und glaub bloß nicht, wir merkten nicht, dass du auch noch diesen Köter durchfütterst!«, keifte Mrs. McConnell.

Dingo hatte sich angewöhnt, vor dem Gitterfenster zu Matarikis Kammer zu schlafen. Sie konnte hindurchgreifen, um ihn zu streicheln, und sie knappste von ihren kleinen Essrationen immer etwas ab, um ihn ein wenig zu füttern. Das meiste musste er sich allerdings selbst erbetteln oder erjagen. Er war wieder genauso dünn und struppig wie damals, als Matariki ihn gefunden hatte.

»Ich arbeite mehr als zehn Stunden am Tag!«, verteidigte sich Matariki. »Da verdiene ich mehr als ein bisschen Essen und eine Pritsche in einem Kellerverschlag. Und was meine Kleider angeht: Die habe ich eingetauscht. Bevor von einer Stellung auch nur die Rede war!«

»Aus purem Mitleid habe ich dich gekleidet, als du praktisch nackt warst!«, behauptete Mr. McConnell.

Matariki sah sich hilflos um. Es war ein Fehler gewesen, diese Sache am Abendbrottisch unter sechs Augen mit den McConnells anzusprechen. Besser hätte sie es im Laden unter Zeugen versucht. Aber andererseits wussten die Kunden ja gar nicht, wie viel sie bei den McConnells schuftete. Wahrscheinlich hätten sie sich gehütet, Partei zu ergreifen.

Matariki straffte sich. »Dann werde ich morgen gehen«, erklärte sie.

Besondere Lust dazu hatte sie nicht, schließlich war nun bald Winter, und auch wenn kein Schnee lag wie in Otago, regnete es doch fast täglich und konnte auch ziemlich kalt werden. Aber egal: Bis Auckland, das wusste sie inzwischen, waren es gute siebzig Meilen. Das würde sie schaffen, da hatten ihre Vorfahren bei den Stämmen erheblich Schlimmeres durchgemacht. Sie hätte gleich dorthin gehen sollen, nachdem sie den Hauhau entflohen war. Aber damals hatte sie natürlich noch gedacht, die Wälder seien voller Maori-Stämme, die sie womöglich zu Kahu Heke zurückbrachten. Jetzt wusste sie es besser.

Die McConnells lachten. »Und wohin willst du gehen, Süße?«, fragte Archibald, woraufhin Marge ihm einen wütenden Blick zuwarf. Sie hasste es, wenn ihr Mann Matariki Süße nannte.

»Die Armed Constabulary hätte dich, kaum dass du die Stadtgrenzen überschreitest.«

Matariki runzelte die Stirn. »Warum sollte die mich suchen?«, erkundigte sie sich arglos.

Mrs. McConnell lachte. »Weil du in die Kasse gegriffen hast, Mädchen. Weil du deiner Dienstherrschaft entlaufen bist, ohne die Kleider abzuarbeiten, die du am Leib trägst. Und da finden sich reichlich Zeugen, Kleine, die gesehen haben, wie du halb nackt hier ankamst.«

»Aber das wäre gelogen!«, rief Matariki. »Das … das verbietet Ihnen Ihr Glaube. Das … das ist nicht gottgefällig!«

Erneutes, wieherndes Gelächter, diesmal von beiden McConnells. »Woher willst du denn wissen, was gottgefällig ist? Du mit deinem Götzen!«

Mrs. McConnell griff nach dem *hei-tiki*, den Matariki immer noch um den Hals trug. Sie zog fest daran, aber das Lederband gab nicht nach. Matariki spürte einen brennenden Schmerz im Nacken, als es sich in die Haut eingrub, konnte sich dann aber rasch befreien.

»Passen Sie auf, dass ich Sie nicht verfluche!«

Matariki hielt die kleine Jadefigur drohend vor sich – ohne sich allerdings wirklich etwas davon zu versprechen. Bei den Hauhau hatte es gewirkt, sich auf die Geister zu berufen. Aber die McConnells waren ein anderes Kaliber. Die ließen selbst Gott nach ihrer Pfeife tanzen.

»Da haben wir's, eine kleine Heidin. Das sagen sie ja auch in den Missionsschulen: Die Wilden lassen sich taufen, damit man sie nährt und kleidet. Aber dann sind sie weg und tanzen wieder um ihre Totempfähle.«

»Es ist durchaus Gott wohlgefällig, dich bei uns zu behalten, Martha!«, erklärte Archibald in tragendem Tonfall. »Zweifellos hat er dich hergeschickt, damit du teil am Leben einer christlichen Familie hast und vielleicht eines Tages wahrhaft bereust.«

»Den Teufel werde ich tun!«, schleuderte ihm Matariki entgegen – und stürmte in ihre Kammer.

Sie war eben dabei, ihre spärlichen Habseligkeiten zu einem Bündel zusammenzupacken, als sich der Schlüssel im Schloss drehte.

In den ersten Tagen versuchte Matariki, ihre Gefangenschaft bei den McConnells ebenso wenig ernst zu nehmen wie die Entführung durch die Hauhau. Bei den Maori war ihr von vornherein klar gewesen, dass sie irgendwann entkommen konnte. Maori-Krieger waren einfach keine Gefängniswärter. Wenn die Stämme sich bekriegten, kam es zwar vor, dass Gefangene versklavt wurden, aber man brauchte keine Ketten, um sie zu halten. Wer sich gefangen nehmen ließ, verlor seinen spirituellen Rang, sein *mana*. Der eigene

Stamm schämte sich für ihn und hätte ihn nicht wieder aufgenommen. Also blieb der Sklave freiwillig bei den Siegern, wo er zwar niedrige Arbeiten verrichten musste, aber meist gut behandelt wurde. Matariki hatte sich weder als Sklavin gefühlt, noch fühlte sie sich durch solche *tapu* gebunden. Bei den Hauhau hatte sie sich folglich erst gefürchtet, als ihr die Kugeln um die Ohren flogen. Und dann war sie ja auch gegangen.

In Hamilton stellte sich die Lage nun allerdings anders dar, obwohl sie auf den ersten Blick gar nicht so aussichtslos wirkte. Matariki entschloss sich gleich in der ersten Nacht in ihrer verschlossenen Zelle, das Risiko der Verhaftung durch die Constables einzugehen. Sie würde dann schließlich endlich die Möglichkeit haben, der Obrigkeit ihre Geschichte zu erzählen. Vielleicht würde man sich ja die Mühe machen, sie nachzuprüfen. Und ansonsten konnte es in einer Besserungsanstalt auch nicht schlimmer sein als bei den McConnells.

So einfach sollte sich die Sache jedoch nicht darstellen, schließlich waren die McConnells alles andere als dumm. Gleich am Morgen wurde Matariki noch vom Keller aus Zeuge, wie Archibald jedem einzelnen Kunden von dem Versuch seines Maori-Hausmädchens erzählte, ihn zu bestehlen und sich mit dem Geld aus dem Staub zu machen.

»Gott sei Dank haben wir sie noch erwischt! Und jetzt erst mal eingesperrt. Nein, nein, wir werden es wohl nicht melden … das arme Ding kann ja nichts dafür, das hat man doch zum Lügen und Stehlen angehalten, seit es klein war. Weiß schließlich jeder, wie es zugeht bei den Wilden. Aber wir werden natürlich versuchen, ihr das auszutreiben. Mit der Güte eines Christenmenschen, aber auch mit Strenge, wie der Herr es uns lehrt! Ich denke, Sie werden uns dabei behilflich sein. Wenn das Mädchen also irgendwo auftaucht ohne unsere Erlaubnis …«

Matariki sah sich plötzlich von einer ganzen Stadt von Beobachtern umgeben, die nur darauf brannten, sie bei einer Verfehlung zu ertappen. In den ersten Tagen versuchte sie zwei Mal, sich abzusetzen, wurde aber immer schnell aufgehalten.

Der Mann, der sie beim zweiten Mal zurückbrachte, redete Archibald sogar ernstlich ins Gewissen, seinen Zögling zu züchtigen. Das tat der Krämer allerdings nicht. Das Einzige, was man Archibald McConnell zugutehalten konnte, war, dass er Matariki niemals anfasste. Weder schlug er sie, noch leistete er sich sexuelle Übergriffe, und das, obwohl sich Matariki Drury in den nächsten Monaten zu einer exotischen Schönheit entwickelte. Trotz der kargen Ernährung wuchs endlich ihr Busen, und ihre Hüften rundeten sich. Sie passte jetzt in das alte grüne Kleid, das immer noch ihren einzigen Besitz darstellte. Allerdings gab es niemanden, der ihr dafür Komplimente machte.

Die McConnells schirmten ihre Haussklavin völlig ab.

Über all dem verging der Winter, der Frühling brach herein und wich dem Sommer. Im Haus und im Keller erreichte Matariki kein Sonnenstrahl. Sie war blass und fühlte sich ständig müde. Sicher fehlte ihr das Licht, aber sie litt auch am Verlust aller Hoffnung. Dabei sagte sie sich immer wieder, dass es irgendjemanden in dieser Stadt geben musste, der sie und ihr Volk nicht hasste, der ihr glauben würde, wenn sie ihm ihre Geschichte erzählte, und der alles daransetzen würde, ihr zu helfen.

Aber dieser Jemand erschien einfach nicht – und hätte Matariki ja auch gar nicht zu Gesicht bekommen. Nach wie vor traf sie höchstens mal im Vorbeigehen auf eine Kundin, die ihr nicht mal einen zweiten Blick gönnte, sondern allenfalls mit Mrs. McConnell über sie sprach, wie man über ein Pferd oder ein Haustier redet: »Wie macht sich denn Ihre kleine Martha?« oder »Das ist wahrhaft christlich, was Sie sich da aufgeladen haben mit der kleinen Wilden«. Matariki hätte dabei vor Wut schreien können, aber sie wusste natürlich, dass sie ihre Lage damit nur verschlimmert hätte. Wenn ihr überhaupt irgendwann eine dieser Frauen zuhören sollte, so nur, wenn sie ihren Hilferuf in gemessenen Worten formulierte.

Alle paar Wochen kam dann noch ein Reverend der Free Church of Scotland vorbei, um mit den McConnells zu beten. Darum wurde stets viel Aufhebens gemacht, und natürlich führte man Matariki vor. Beim ersten Mal versuchte sie, die Anweisungen der McConnells – »Du sagst deine Gebete, bist demütig und dankbar« – zu missachten und dem Priester ihr Herz auszuschütten. Er schüttelte jedoch nur väterlich den Kopf, als sie ihm in raschen, verzweifelten Worten anvertraute, sie werde gegen ihren Willen gefangen gehalten.

»Kindchen, Kindchen, du musst lernen, dein Schicksal demütig hinzunehmen. Es mag dir nicht schmecken, dass du hier bist und dich nicht dem sündigen Treiben bei deinem Stamm hingeben kannst – ist es übrigens wahr, dass die Mädchen jedem beiliegen, der ihnen gerade gefällt? Aber für deine unsterbliche Seele ist es heilsam. Sei also dankbar und versuche, eine wahre Christin zu werden.«

Matariki wollte schon fragen, wie sich diese Hoffnung mit dem Glauben der McConnells vertrug, es stünde ohnehin von Anbeginn der Zeiten fest, wer gesegnet und wer verflucht sei. Aber dann erschien es ihr auch nicht der Mühe wert, zumal die Gesichter der McConnells sowieso schon deutlich genug ausdrückten, was sie nach dem Besuch des Geistlichen erwartete. Man strafte bevorzugt mit Essensentzug.

Beim nächsten Besuch des Priesters zeigte sie sich also gefügig und demütig – und freute sich wie ein Kind, als er ihr bei der Abfahrt eine Bibel schenkte. Die McConnells erlaubten ihr denn auch, das Buch zu behalten, und Matariki stellte beschämt fest, dass sie darüber zu Tränen gerührt und wirklich dankbar war. Dabei hätte sie die Bibel früher nicht gerade zu spannender Lektüre gezählt, aber jetzt war sie das erste Buch, das sie seit Monaten in der Hand hielt. Bei den McConnells wurde nicht gelesen, das galt als unchristliche Zerstreuung, und ihrem Hausmädchen hätten sie es sowieso nicht erlaubt.

So kam zu Matarikis Hoffnungslosigkeit und Verzweiflung auch noch gähnende Langeweile. Die McConnells pflegten sie gleich nach der Arbeit wegzusperren, ihr Essen erhielt sie in ihrer Zelle. Und dann gab es nichts mehr für sie zu tun als endlose Grübeleien. Wäre Dingo nicht brav jeden Abend erschienen, um sich von ihr streicheln zu lassen und ihre Klagen anzuhören, wäre sie wohl verrückt geworden.

Matariki begann, ihm aus der Bibel vorzulesen, nur um ihre eigene Stimme zu hören. Der magere Hund lauschte geduldig. Und das Mädchen schöpfte wieder ein bisschen Hoffnung aus neuen Träumen: Wenn sie irgendwo einen Bleistift auftrieb, konnte sie auf den Rand einer Buchseite einen Hilferuf schreiben und Dingo um den Hals binden. Wenn der dann noch den einzigen netten Menschen in dieser Stadt auftrieb, den er wiederum kannte, weil er ihm gelegentlich zu fressen gab … dann gab es vielleicht doch noch eine Rettung, bevor die McConnells an Altersschwäche starben.

Matariki fand keinen Bleistiftstummel in den Räumen der McConnells – dort wurde ebenso wenig geschrieben wie gelesen. Sie träumte von tierlieben Stadtbewohnern, die ein Herz für gefangene Mädchen entwickelten, und manchmal auch von einem Märchenprinzen, der plötzlich erschien, um sie zu befreien. Aber je länger ihre Gefangenschaft dauerte, desto häufiger geisterten große Maori-Krieger durch ihre Fantasien, Männer mit Speeren und tödlichen Kriegskeulen, Gewehren und furchterregenden Tätowierungen. Sie malte sich aus, wie eine ganze Armee von Hauhau-Kämpfern furchtlos über Hamilton hereinstürmte, die Häuser niederriss und die Menschen in den Fluss warf. Längst verstand sie Kahu Hekes Argumentation, die Männer müssten spirituell ermutigt werden – inzwischen dachte sie sich nächtelang selbst Zeremonien aus, um sie mit dem *mana* der Häuptlingstochter in den Kampf zu schicken. Ein schlechtes Gewissen hatte sie dabei nicht mehr, im Gegenteil.

Matariki fühlte sich immer mehr als Teil des Maori-Volkes, und als solches hatte sie allen Grund dafür, die Menschen zu hassen, die ihr Land stahlen und seine wahren Besitzer versklavten. Nach der langen Zeit bei den McConnells fühlte sie die Kraft der Häuptlingstochter in sich wachsen.

Matariki wollte Blut sehen. Egal, um welchen Preis.

Mit dem Verschwinden ihres Vaters begann für Violet die glücklichste Zeit ihres Lebens. Ganz selbstverständlich bezog sie mit Rosie ein Zimmer in Heathers Atelierwohnung, und Heather beschwor ihren Stiefvater, die Anmeldepapiere zu fälschen, damit Violet in die Schule gehen konnte.

»Du kannst doch behaupten, sie sei deine Nichte!«

Der Reverend hatte jedoch Skrupel. »Wenn Paisley wegbleibt, bis Rosie alt genug ist, machen wir's«, erklärte er. »Aber vorerst … Ich weiß, du hörst es nicht gern, Heather, aber ich traue dem Frieden nicht. Der Mann kann uns in Teufels Küche bringen, wenn er doch zurückkommt und die Sache aufdeckt. Außerdem solltest du Violet fragen, ob sie das wirklich will!«

Nach reiflicher Überlegung wollte Violet es nicht – obwohl sie sich immer danach gesehnt hatte. Aber sie war inzwischen vierzehn Jahre alt und konnte nicht besser lesen als ein Kind, das erst ein Jahr in die Schule ging. In welcher Klasse sollte man sie also einschulen? Wie sollte man erklären, dass eine Nichte der Burtons kaum ihren Namen schreiben konnte?

Violet zog es also vor, sich weiter allein durch Heathers Bücher zu arbeiten. Sie arbeitete auch in Kathleens und Claires Laden mit. Die Frauen ließen sie am Anfang Tee kochen und kleine Aufträge ausführen, aber sie half auch schon mal den Näherinnen, und Kathleen lobte sie für ihr Geschick. Überhaupt schrie sie niemand mehr an, niemand ängstigte sie. Stattdessen machten die Näherinnen und oft auch die Kundinnen ihr Komplimente für ihre Schönheit und ihre guten Manieren. Ellen Paisley hatte ihre Tochter immer dazu angehalten, höflich, zuvorkommend und freundlich zu sein, und als sie mutig genug wurde, die Kundinnen auch anzulächeln, wirkte sie unwiderstehlich. Natürlich bestand Claire darauf, dass sie nicht in ihren alten Kleidern im Laden herumlief, sondern in einem Rock und einer Bluse aus der Kollektion von Lady's Goldmine.

»Geben Sie zu, das ist ein neuer Trick zum Heben des Umsatzes!«, lachte eine der Stammkundinnen. »Sie wollen uns weismachen, dass jede von uns so zierlich und schön in den Sachen aussehen könnte wie Ihr kleines Lehrmädchen!«

Violet saß auch weiterhin Heather Modell, wenn die beiden Zeit dazu fanden. Allerdings hatte sich schnell herumgesprochen, dass Heather Coltrane zurück in der Stadt war, und ihr Auftragsbuch war wieder voll geworden. Die Städter kamen in ihre Wohnung, um sich malen zu lassen, aber wenn jemand von den größeren Plantagen ein Porträt wünschte, ging Heather auch auf Reisen – wobei dann meist gleich mehrere Aufträge anstanden.

»Barrington Station: die Frau des Hauses, ein Pferd und ein Hund«, kommentierte Heather lachend, als sie wieder einmal ihre Sachen packte. »Über den Widder denken sie noch nach, das hängt davon ab, ob er die Landwirtschaftsausstellung gewinnt oder nicht!«

Violet und Rosie zogen zu den Burtons, wenn Heather auf Reisen war – Violet gefiel es in dem kleinen Cottage mit dem Garten fast noch besser als in Heathers eleganter Wohnung. Sie liebte Gartenarbeit und half gern in der Armenküche des Reverends – aber am meisten freute sie sich, wenn Sean Coltrane, Kathleens Sohn und Peters Stiefsohn, am Sonntag zu Besuch kam.

Bisher hatte Violet nie Herzklopfen verspürt, wenn sie mit einem Jungen sprach, aber dieser ernsthafte dunkelhaarige junge Mann hatte es ihr angetan. Sean war so ruhig und freundlich – ganz anders als die Männer in Treherbert oder auf dem Schiff. Er hatte sanfte blassgrüne Augen, die immer einem schönen Traum nachzuhängen schienen, und lockiges schwarzes Haar. Mit Violet sprach er nicht viel – was hätte ein studierter junger Rechtsanwalt auch mit einem dummen kleinen Mädchen aus Treherbert zu reden gehabt? Aber die wenigen Worte, die er an sie richtete, wärmten ihr Herz. Natürlich war es kaum mehr als »Danke, Violet« oder »Den Kuchen hast du wirklich allein gebacken, Violet? Er schmeckt ganz hervorragend« und als Höhepunkt Sätze wie »Was für ein hübsches Kleid, Violet!«. Letzteres machte sie tagelang glücklich, obwohl es ihm nicht von allein eingefallen war. Tatsächlich hatte Kathleen ihn auf die neuen Kleider von Violet und Rosie hingewiesen, und natürlich hatte er dazu eine freundliche Bemerkung machen wollen. Aber Violet träumte dennoch stundenlang von seiner dunklen, freundlichen Stimme, die in ihren Fantasien noch Dinge hinzufügte wie »Und wie wunderschön du bist, Violet ... Könntest du darüber nachdenken, mich zu küssen?«.

Sean lächelte immer, wenn er die Mädchen sah, und als Violet es irgendwann wirklich über sich brauchte, ihn etwas zu fragen – sie hatte sich gemerkt, was er am Wochenende zuvor über einen interessanten Fall erzählt hatte, und tagelang über eine kluge Bemerkung dazu nachgedacht –, antwortete er ganz ernsthaft. In diesem Fall ging es um eine Streitigkeit zwischen Maori und *pakeha*. Ein Stamm wollte klagen, weil ein Landkäufer ihn bei den Verhandlungen übervorteilt hatte.

»Aber wenn sie zugestimmt haben«, meinte Violet, »dann kann man den Vertrag doch nicht nachträglich ändern.«

»Das ist eben die Frage«, sagte Sean nachdenklich. »Und man kann natürlich argumentieren, dass die Maori selbst schuld waren, wenn sie zu billig verkauften. Aber andererseits konnten sie nicht wissen, was dieses Stück Land normalerweise wert gewesen wäre. Das ist ein bisschen wie ...«, Sean suchte nach einem leicht verständlichen Beispiel, »... wie beim Pferdehandel«, sagte er dann. »Wenn der Händler ein Gauner ist und dem Pferd die Zähne abschleift, damit es jünger wirkt, dann müsste der Käufer sich schon sehr gut auskennen, um das zu bemerken. Man kann es nicht voraussetzen, und beim Prozess würde der Käufer insofern Recht bekommen.«

»Aber der Händler könnte sagen, er hätte das auch nicht gewusst, er hätte das Pferd bei einem anderen Händler gekauft«, argumentierte Violet.

Sean lachte. »Genau das würde er wahrscheinlich tun. Und dem Käufer stünde es in dem Fall gut an, wenn er einen Zeugen des Verkaufsgespräches aufbrächte. Der hätte dann nämlich gehört, wie der Händler ihm zum Beispiel sagte, das Pferd sei exakt drei Jahre zuvor in seinem Stall geboren …« Sean dachte an Ian Coltrane, den er lange für seinen Vater gehalten hatte. Dann fand er aber zurück zu seinem Gespräch mit dem bildhübschen jungen Mädchen, das offensichtlich an seinen Lippen hing. »Aber das Prinzip hast du erkannt, Violet«, sagte er freundlich. »Es steht Aussage gegen Aussage, und natürlich wird unser Landkäufer versuchen, sich herauszureden. Wobei die Argumentation sowohl von unserer als auch von seiner Seite her ein Balanceakt ist: Wir müssen damit argumentieren, dass die Maori ein bisschen dumm sind. Aber auch nicht zu dumm – sie wollen ja nicht als total geschäftsunfähig dastehen. Das ist sehr, sehr schwierig. Und es ist ein wichtiger Prozess, man nennt so einen Fall einen Präzedenzfall. Wenn wir hier für den Stamm gewinnen, werden sich andere auf das Urteil berufen, wenn sie ähnliche Klagen einreichen.«

Violet nickte. Sie merkte sich jedes Wort, obwohl sie keine Ahnung hatte, was sie je damit anfangen sollte. Aber es war das erste richtige Gespräch, das sie jemals mit Sean geführt hatte. Sie musste sich dringend weitere Fragen überlegen, um es in der nächsten Woche fortführen zu können.

Sean wandte sich jetzt jedoch erst mal an seine Mutter. »Da wir gerade beim Pferdehandel sind, Mom … Ihr habt in London mit Colin gesprochen? Er will wirklich zurückkommen?«

Kathleen zuckte die Schultern. »Hier erhofft er sich wohl bessere Aufstiegschancen. In der Armed Constabulary.«

Sean runzelte die Stirn. »Bei den Constables? Will er Maori erschießen? Also da wird er Pech haben, die besinnen sich immer mehr auf Gerichtsbarkeit denn auf Waffengewalt. Natürlich gibt's ein paar Ausnahmen. Aber nach dem, was ich gehört habe, lassen sie die ganzen Armed Constables jetzt schon Brücken und Straßen bauen, um sie sinnvoll zu beschäftigen.«

»Schwerter zu Pflugscharen«, bemerkte der Reverend.

Sean grinste. »Solange Colin nicht die Pferde verkauft, die man davorspannt.«

Kathleen lachte – allerdings etwas gezwungen –, und Violet lachte, weil sie über jeden Scherz ihres Idols lachte, ob sie ihn verstand oder nicht. Sie fühlte sich wie in einem Märchen: eine Familie, in der geredet und gescherzt wurde, kein Geschrei, kein Streit um Geld, keine Prügel ...

Violets Märchen währte nicht ganz sechs Monate. Und sie hatte Pech, wie so oft in ihrem bisherigen Leben. Wenn Violet später an den Tag zurückdachte, an dem ihr Vater und ihr Bruder vor dem Haus des Reverends auftauchten, dann fragte sie sich immer wieder, was geschehen wäre, wenn der verdammte Widder der Barringtons seine Schauklasse nicht gewonnen hätte. Dann nämlich wäre Heather eine Woche früher aus Canterbury zurückgekehrt. Violet und Rosie hätten in der Stadt gewohnt, nicht im Pfarrhaus von Caversham, und Heather hätte zweifellos alle Hebel in Bewegung gesetzt, um die Mädchen zu beschützen.

So aber war es kaum möglich, Violets und Rosies Anwesenheit zu verbergen – und der Reverend konnte sich auch keinen Eklat leisten. Im Gegenteil, das Pfarrhaus und die Kirche standen traditionell jedem offen, der verloren und verarmt von den Goldfeldern zurückkam. Und das traf auf Jim und Fred Paisley sowie Eric Fence zweifellos zu.

»Nochmals vielen Dank dafür, dass Sie sich meiner Töchter angenommen haben.« Jim Paisley war ausnahmsweise nüchtern und versuchte die demütige Tour. Reumütig und schüchtern drehte er den Hut in den Händen, was Violet verblüffte. Sie hatte diese Pose jahrelang nicht mehr gesehen – nicht mehr, seit ihr Vater die Gewohnheit angenommen hatte, sich in den Pubs von Treherbert Mut anzutrinken, bevor er seiner Frau von einer erneuten Entlassung beichtete – und zweifellos auch bevor er sich beim nächsten Steiger um einen neuen Job bewarb. »Wir ... äh ... hatten uns ja ziemlich überraschend entschlossen, nun doch auf die Goldfelder zu gehen.«

»Ihr habt uns vor einem Pub vergessen!«, wagte Violet zu bemerken. Früher hätte sie sich das nicht getraut, aber seit sechs Monaten hatte sie niemand mehr so bösartig angeblitzt, wie ihr Vater es jetzt tat. Gleich darauf wurde seine Miene aber wieder milde und verzeihungheischend.

»Na, na, so schlimm war's ja wohl nicht«, schwächte er ab. »Ich wusste doch, dass ihr im Haus des ... hm ... Herrn ... Aufnahme finden würdet. Und sagen Sie doch selbst, Reverend ... war's nicht zum Besten der Kinder? Zwei Mädchen auf den Goldfeldern ... da geht es rau zu, sag ich Ihnen, sehr rau!«

Peter Burton kniff die Lippen zusammen. »Es gab früher in Tuapeka gute Familien, die zusammenhielten und ihre Kinder versorgten«, sagte er ruhig. »Ich selbst leitete eine Schule. Und Queenstown ...«

»Ach, Reverend, wir waren doch nicht in den Feldern rund um Queenstown!«, wehrte Paisley ab, als habe man ihn in seiner Ehre gekränkt. »Meine Partner und ich haben neue Claims gesucht, wir ...«

»Sie haben also Gold gefunden und sind nun reich?«

Peter konnte sich die höhnische Bemerkung nicht verkneifen. Dabei ließ er den Blick spöttisch über Paisleys dreckiges Hemd und seine fadenscheinigen Arbeitshosen schweifen. Die drei Männer hatten nicht mal mehr Schaufeln und Goldpfannen bei sich. Wahrscheinlich versetzt, mutmaßte Peter.

Paisley verzog das Gesicht. »Arme Leute haben wenig Glück«, versuchte er, Mitleid zu heischen.

»Und das Geld aus Ihrem Hausverkauf?«, fragte Kathleen streng. »Es muss auch noch nach der Überfahrt etwas da gewesen sein …«

Paisley zuckte die Achseln. »Geld kommt und geht … Glück kommt und geht … und manchem bleibt nichts als seiner Hände Arbeit.« Er blickte betreten auf seine Pranken. »Ich habe daraus gelernt, Reverend«, sagte er mit getragener Stimme. »Ich bin verführt worden, alles zu wagen … und ich leugne es nicht … ich habe versagt.«

Violet lief es kalt den Rücken herunter. Diese Vorstellung hatte sie jahrelang nicht gesehen – früher musste sie jeden Sonntag, wenn Jim nach einer durchzechten Samstagnacht wieder nüchtern wurde, seine salbungsvollen Worte mit anhören. Wenn er Ellens blau geschlagene Augen sah, wenn sie ihm vorhielt, dass er die Hälfte des Wochenlohns erneut versoffen hatte. Violet selbst war erst zehn oder elf gewesen, aber sie hatte sich schon damals gefragt, wie ihre sonst so kluge Mutter jede Woche wieder auf diese weinerliche Stimme, diese nutzlosen Entschuldigungen hereinfallen konnte. Damals hatte Ellen ihren Mann wohl noch geliebt.

Der Reverend wirkte zum Glück ebenso wenig beeindruckt wie Kathleen. »Und was gedenken Sie jetzt zu tun?«, fragte er Paisley streng.

Jim rieb sich die Stirn. »Ich werde mir eine ehrliche Arbeit suchen!«, erklärte er. »Ebenso wie mein Sohn. Wir werden an die … an die …«

»Westküste …«, half Eric aus.

»Genau, da werden wir hingehen. In die Bergwerksorte. Wir werden wieder einfahren und Kohle hauen. Ich kann meine Familie ernähren, Reverend, glauben Sie mir!«

»Sie wollen nach Greymouth oder Westport?«, fragte Kathleen. »Ohne Geld? Ohne Pferde oder Wagen? Wie wollen Sie da hinkommen?«

Jim zuckte die Achseln. »Auf Schusters Rappen ... ab und zu mag uns jemand mitnehmen ... wir schaffen das schon. Mit ... mit Gottes Hilfe ...« Er bekreuzigte sich.

Peter Burton musste an sich halten, seine Hand nicht aufzuhalten. »Aber die Mädchen lassen Sie hier!«, sagte er.

Kathleen und Violet hielten den Atem an.

Jim Paisley schüttelte den Kopf. »Aber nein, nicht doch, wie ... wie könnte ich? Wir wollen doch wieder eine Familie sein! Wir brauchen einen Zusammenhalt. Und dazu gehört eine Frau im Haus! Gucken Sie uns doch an!«

Die drei Männer wirkten zweifellos abgerissen.

»Und diese Frau soll Violet sein?«, fragte Kathleen. »Sie soll kochen, waschen, putzen, Ihre Kleider in Ordnung halten?«

»Was sonst?«, erkundigte sich Paisley. »Tun Sie das nicht für Ihren Mann? Und hätten Sie es nicht auch für Ihren alten Vater getan? Seit meine geliebte Frau von uns genommen wurde, ist Violet die Frau in der Familie. Mach dich fertig, Violet, wir gehen gleich!«

Kathleen warf ihrem Mann einen verzweifelten Blick zu.

Peter versuchte es ein letztes Mal. »Mr. Paisley, warum gehen Sie nicht erst mal allein mit Ihrem Sohn und holen die Mädchen dann nach? Eine Familie ... wie Sie schon sagen ... gehört natürlich zusammen, aber es gehört sich doch auch, dass der Vater ihr ... sozusagen ... ein Nest baut!« Er bemühte sich um den gleichen salbungsvollen Ton wie Jim.

Jim Paisley grinste. »Sehn Sie, jetzt verstehn wir uns! Ein Nest. Genau. Das machen wir. Gleich vor Ort. Wir mieten ein hübsches Zechenhaus ... Fred und ich verdienen Geld, Violet macht es wohnlich. Das ist nicht schwer, Reverend, meistens sind da sogar schon Möbel drin.«

In England und Wales stimmte das. Ein Bergmann verdiente nicht viel, aber für gute Leute sorgte die Zeche. Ein junges Paar fand schnell ein ordentliches Zuhause, und Familien, die vom Land kamen, fühlten sich in den komfortablen Häusern zumindest zunächst wie im Himmel. Aber ob die Minenbesitzer in Greymouth oder Westport auch so fortschrittlich dachten? Bislang galt die Westküste nicht als sonderlich familienfreundlich. Der typische Küstenbewohner war Walfänger oder Seehundjäger, Bergleute kamen meist ohne Familien und wurden zwar ordentlich bezahlt, aber sonst sich selbst überlassen.

»Violet!«

Violet stand wie erstarrt. Als ihr Vater auftauchte, hatte sie im Garten gewerkelt und Wintergemüse geerntet – und irgendwie war es ihr ganz unwirklich erschienen, seine schwere Gestalt in der klaren Luft vor der Silhouette der Berge und der anheimelnden kleinen Kirche auftauchen zu sehen. Auch das Gespräch mit dem Reverend war ihr eher wie ein böser Traum erschienen. Zumal Jim sich kaum die Mühe gemacht hatte, sie zu begrüßen. Sie hatten keine zwei Worte gewechselt, bevor der Reverend und Kathleen aus dem Haus traten. Und Rosie war gar nicht mehr zu sehen. Sie hatte sich unter die Gartenbank geflüchtet, als sie ihren Vater kommen sah.

»Ich will aber nicht«, sagte Violet. Sie hatte nicht darüber nachgedacht, die Weigerung brach einfach aus ihr heraus. »Ich will nicht mit an die Westküste. Und Rosie auch nicht.«

Jim Paisley grinste wieder. »Violet, das war keine Einladung, das war ein Befehl. Wir sind eine Familie, ich bin dein Vater, also komm!«

»Du weißt nicht mal, wie du da hinkommst!«, rief Violet verzweifelt.

Eric Fence ergriff das Wort. »Klar weiß er das!«, erklärte der vierschrötige Junge, der auf den Goldfeldern zumindest kein Gewicht verloren hatte. »Erst nach Canterbury, dann quer übers Land ins Gebirge – und da ist es auch schon …«

»Es sind über dreihundert Meilen!«, sagte Peter. »Und es ist noch Winter. Es kann schneien, und Sie müssen über die Alpen. Sie hätten sich besser überlegt, wo Sie hinwollen, bevor Sie die Überfahrt gebucht haben. Von anderen Häfen aus ist es näher, man kann auch per Schiff ...«

Jim Paisley gönnte dem Reverend keinen Blick mehr. »Pack deine Sachen, Violet!«

Violet weinte, und Rosie schrie, als Jim Paisley sie unter der Gartenbank hervorzog, aber es gab nichts, was sie tun konnten. Kathleen dachte kurz daran, die Polizei hinzuzuziehen, aber Jim Paisley war zweifellos Violets und Rosemarys Vormund, und er war zurzeit auch nicht betrunken.

»Können ... können wir nicht Mr. Sean fragen, ob es irgendeine Möglichkeit gibt?«, fragte Violet verzweifelt, als Kathleen ihr einige Haushaltsgegenstände und Decken in eine Tasche packte. »Wir könnten doch klagen und ...«

Kathleen schüttelte den Kopf. »Maori«, sagte sie bitter, »mögen irgendwelche Rechte haben. Darüber wird noch verhandelt, man wird sehen, wie es ausgeht. Aber Frauen, Violet, haben keine. Dein Vater darf dich nicht totschlagen, aber selbst wenn das passiert, kann er sich wahrscheinlich irgendwie rausreden. Ansonsten darf er so ziemlich alles. Niemand kann dich da rausholen, du musst durchhalten, bis du volljährig bist. Versuch, uns zu schreiben, Violet, auch wenn du Fehler machst. Lass uns in Verbindung bleiben.«

Violet sah Kathleen verzweifelt an. »Und wenn ich heirate, Miss Kate? Wenn ich ...« In Violet blitzte ein Gedanke auf. »Wenn irgendjemand mich heiraten würde?«

Sie dachte an Sean. Sie war schon vierzehn, das müsste doch möglich sein. Wenn er das für sie täte ... einfach um sie zu retten, sie konnten sich ja später wieder scheiden lassen ... Violet kämpfte mit sich, aber die Idee war zu verrückt. Sie wagte nicht, seine Mut-

ter zu fragen. Und sicher wollte er auch gar nicht. Aber Heather …
Heather hätte ihn gefragt.

Kathleens Gesicht nahm einen harten Ausdruck an. »Heiraten
hilft gar nichts, Violet, daran darfst du nicht einmal denken! Wenn
du dich überstürzt in eine Ehe flüchtest, kommst du vom Regen in
die Traufe.«

»Es könnte ja … es könnte ja so eine Art Handel sein«, flüsterte
Violet.

Kathleen schnaubte. »Das ist es oft, Kind«, sagte sie und dachte
an ihre eigene Geschichte. Auch sie hatte einst einem Handel
zugestimmt: Ian Coltrane hatte ihrem Sohn einen Namen gegeben,
dafür gab sie ihm das Geld für die Auswanderung. »Aber du bist
selten der Käufer oder Verkäufer. Du bist das Pferd.«

Schließlich lief es darauf hinaus, dass die Burtons den Paisleys die
Zugfahrt nach Canterbury bezahlten – und schließlich auch Eric
Fence, als Jim mannhaft erklärte, sie reisten alle bequem oder keiner.
Peter Burton hätte sich nicht erpressen lassen, aber Kathleen war
wild entschlossen, für die Mädchen zu tun, was immer sie konnte.
Also kutschierte der Reverend die Familie schließlich zum Bahnhof,
erstand eigenhändig die Fahrkarten und bestand darauf, auch das
Einsteigen zu überwachen.

»Bestimmt hätte er die Karten gleich wieder eingelöst und das
Geld versoffen«, erklärte er Kathleen sein langes Ausbleiben. »Sol-
che Kerle ändern sich nicht, egal, was er uns hier vorgespielt hat.
Hast du Violet Geld gegeben?«

Kathleen errötete. Ihr Mann kannte sie gut. Aber immerhin
hoffte sie, dass Jim Paisley nichts gesehen hatte.

»Vielleicht hat er nicht bemerkt, dass du ihr was zugesteckt hast,
aber er wird es sich denken«, urteilte Peter. »Er wird auf jeden Fall
versuchen, was aus ihr herauszuprügeln.«

Kathleen versuchte, nicht daran zu denken. Ihr stand noch zu
genau vor Augen, wie Ian Coltrane ihr das erste Geld abgenommen

hatte, das sie mit ihrer Näherei verdient hatte. Sie hasste es, Violet nun einem ähnlichen Schicksal zu überantworten. Aber Violet war zumindest nicht verheiratet. Wenn sie ein paar Jahre durchhielt, hatte sie eine Chance, ihrem Elend zu entkommen. Wenn sie sich nur nicht verliebte. Wenn sie nur keinen Ausweg suchte, der keiner war.

KAPITEL 6

Kupe fehlten Matarikis Skrupel, sich Wäsche von der Leine zu stehlen. Er hatte keineswegs die Absicht, in der Kluft eines Maori-Kriegers in Hamilton aufzutauchen – sofern man bei seinem einzigen Kleidungsstück, einem Gürtel, an dem gehärtete Flachsbänder befestigt waren, überhaupt von Bekleidung reden konnte. Während der letzten Kämpfe hatten sich die Hauhau auf die Tradition besonnen, halb nackt in den Krieg zu ziehen. Es hatte allerdings ebenso wenig genutzt wie alle vorherigen Versuche, den Kriegsgott Tumatauenga auf die Seite der Maori zu zwingen.

Kupe suchte also nach *pakeha*-Ansiedlungen, bevor er sich in die Stadt begab – und wurde in der Nähe eines verlassenen *marae* fündig. Hier lag eine winzige Schaffarm – ein primitives Holzhaus, ein paar Schuppen und eingezäunte Weiden. Kupe spürte einen Nachklang seiner alten Wut, als er daran dachte, dass sich die Besitzer sicher an der Vertreibung ihrer früheren Nachbarn beteiligt hatten. Vielleicht sollte er hineingehen und sie niedermetzeln – dann konnte er sich daran ergötzen, und sicher fand sich auch etwas Geld. Aber schnell gab er den Gedanken auf.

Kupe war nicht gut im Niedermetzeln von Menschen. Er hatte nichts als Ekel empfunden, als seine Stammesbrüder einem toten Soldaten das Herz herausschnitten, um es zu essen. So langsam sah er den Tatsachen ins Gesicht: Er war so wenig Krieger, wie Matariki Priesterin gewesen war. Abstammung reichte nicht, man wuchs in diese Rollen hinein – und Kupes Waisenhauserziehung hatte zwar Wut in ihm geschürt, ihn aber nicht auf Blutvergießen vorbereitet.

Kupe schlich sich also nur um das Haus herum und hoffte auf eine Wäscheleine – wobei er tatsächlich Glück hatte. In der Sonne trocknete Männerkleidung – nur Männerkleidung. Arbeitshosen, Hemden … alles in einer Größe, aber Kupe hoffte, dass ihm die Sachen halbwegs passen würden. Als schließlich die Dämmerung hereinbrach und im Haus Lampen entzündet wurden, näherte er sich vorsichtig der Leine. Der Garten schien verlassen zu sein, aber als er nach einem Hemd greifen wollte, hallte eine grimmige Stimme durch das Halbdunkel.

»Stehenbleiben, Bürschchen! Und die Hände hoch! Aber zeig mir die Handflächen, keine Kriegskeulen!« Eine Männerstimme, äußerst entschlossen.

Kupe fuhr zu Tode erschrocken zusammen. Seine *waihaka* hing zwar an seinem Handgelenk, aber er hielt sie nicht bereit, schließlich hatte er nicht mit einem Kampf gerechnet. Sein Gegenüber schien sich jedoch mit traditionellen Maori-Waffen auszukennen und zu wissen, wie schnell ein geübter Krieger mit den hölzernen oder beinernen Keulen zuschlug. Kupe wandte die Handflächen in Richtung der Stimme.

»Gut. Und nun komm ins Licht, damit ich sehen kann, mit wem ich's zu tun hab. Meine Augen sind nämlich nicht mehr die besten.«

Die Stimme kam aus einem Schuppen seitlich des Hauses. Ein Gewehrlauf blitzte auf.

Kupe zögerte.

»Zum Schießen reicht's noch, junger Mann, ich würd mein Glück an deiner Stelle nicht versuchen!« Der Mann klang jetzt ungeduldig.

Kupe trat näher an das Haus heran, bis das aus dem Fenster fallende Licht ihn halbwegs beleuchtete. Er hoffte, dass er wenigstens ein bisschen gefährlich wirkte, hatte aber keine allzu großen Erwartungen, da er bis auf ein Messer und die *waihaka* all seine Waffen verloren hatte. Diesem Mann und seiner Flinte bot er dagegen das perfekte Ziel. Kupe gab auf.

»Nicht schießen!«, rief er. »Ich bin ... ich bin fast unbewaffnet.«

Der Mann lachte und trat jetzt aus dem Schuppen. Er war nicht mehr der Jüngste, deutlich kleiner als Kupe, aber kräftig und sicher fähig, sich seiner Haut zu wehren. Und dann sprach er Kupe auf Maori an!

»Nicht zu glauben, ein Krieger! Wenn auch ein ziemlich verlorener ... Wo ist dein *taua*, junger Mann? Dein *iwi*?«

Kupe verstand die Worte »Regiment« und »Stamm« – mehr leider nicht.

Er biss sich auf die Lippen. »Verzeihung, Sir«, sagte er höflich. »Könnten wir ... könnten wir vielleicht Englisch sprechen?«

Der Mann lachte noch lauter und ließ jetzt die Waffe sinken. »Na, du bist mir ein seltsamer Krieger! Dabei hab ich mir richtig Sorgen gemacht, als du vorhin ums Haus geschlichen bist. Ich dachte schon, du wärst vielleicht der Späher, und tatsächlich lauert ein ganzer *taua* wildgewordener Hauhau-Krieger in den Wäldern!«

Kupe dachte kurz daran, zu bluffen und eben dies zu behaupten, aber das hätte ihm wohl auch nichts genützt.

»Du bist alleine, nicht?«, fragte der Mann etwas freundlicher.

Kupe nickte.

»Na, dann komm erst mal rein.« Die Stimme des Alten verlor den letzten Rest des grimmigen Tonfalls. »Du hast doch sicher Hunger. Ach ja, und nimm dir ein paar von den Anziehsachen, sofern sie trocken sind. Wenn nicht, hab ich drinnen auch noch ein paar Hosen. *piu-piu*-Röckchen sind in meiner Hütte *tapu!*« Und wieder lachte er.

Ein paar Monate zuvor wäre Kupe noch ärgerlich geworden, hätte man den Gürtel des Kriegers mit den Tanzkleidern der Mädchen verglichen. Aber jetzt war ihm das längst gleichgültig, er kam sich selbst albern vor. Die Uniformen der *pakeha*-Soldaten hatten sich weit besser für den Krieg geeignet als die Nacktheit der Hauhau. Mal ganz abgesehen davon, dass ein Gewehr jedem Speer überlegen war.

»Ach ja, mein Name ist Sam, Sam Drechsler ... musst nicht Sir zu mir sagen. Tut keiner.«

Sam Drechsler ließ Kupe vor sich eintreten, wobei er ihn zweifellos noch einmal einer Musterung auf versteckte Feuerwaffen unterzog. Die feste hölzerne Tür öffnete sich in einen einzigen Wohn- und Schlafraum. Sams Blockhaus war stabil, aber klein, offensichtlich lebte er hier ohne Familie. Ein alter Hund lag gähnend vor dem Kamin, in dem ein Feuer brannte. Darüber befand sich eine primitive Kochgelegenheit, in einem Kessel brodelte ein Eintopf. Vor dem Feuer stand ein Schaukelstuhl auf einer Matte aus Flachsfasern – Maori-Arbeit.

»Hat noch meine Frau gewebt«, gab Sam Auskunft, als er Kupes Blick bemerkte. »Akona. Eine Hauraki.«

Der Mann war mit einer Maori verheiratet gewesen? Kupe wunderte sich, fühlte sich aber gleich sicherer.

»Nun zieh dich schon um, ich guck dir nichts weg. Das Ding, das du da anhast, bedeckt ja eh fast nichts. Das Messer brauchst du nicht zu verstecken, ich hab's längst gesehen.«

Wie um zu zeigen, dass er Kupe nicht fürchtete, wandte Sam sich einem Regal zu und holte einen Topf mit Mehl herunter. Er füllte etwas davon in eine Schüssel, gab Wasser dazu und bereitete Teig für Fladenbrote.

Kupe schlüpfte in die neuen Kleider. Etwas groß und ungewohnt nach den vielen Monaten bei den Hauhau. Aber tröstlich warm.

»Ihre Frau ist ... gestorben?«, fragte er schüchtern.

Sam Drechsler schüttelte den Kopf.

»Nee«, sagte er bekümmert. »Aber sie wollte den Stamm nicht verlassen. An sich waren wir Nachbarn, der Stamm und ich ... na ja, eigentlich kam ich hierher, um Gold zu suchen.«

»Hier gibt's kein Gold«, erklärte Kupe ohne jeden Zweifel. Die

Hauhau hätten von Goldvorkommen gewusst, Kahu Heke war immer auf der Suche nach Geldquellen für seine Feldzüge.

Sam lachte. »Jetzt weiß ich das auch! Aber damals, das war vor bald zwanzig Jahren, da dachte ich noch, ich wär der zweite Gabriel Read.«

Gabriel Read hatte zwei Jahrzehnte zuvor das erste Goldfeld bei Dunedin entdeckt und damit ein Vermögen gemacht. Allerdings war er Geologe gewesen, kein Glücksritter.

Sam Drechsler holte eine Pfanne hervor und briet Brotfladen nach Maori-Art. »Nimm den Kessel schon mal vom Feuer, ich hoffe, du magst Hammeleintopf.«

Kupe tat wie ihm geheißen und deckte auch gleich den Tisch. Das Geschirr war nicht schwer zu finden, Sam besaß nur zwei Teller, Tassen und Schüsseln, die alle auf dem einzigen Regal aufgereiht waren.

»Na ja, statt Gold fand ich Akona. War auch was Schönes. Der Stamm war freundlich, nahm mich mit zum Jagen und Fischen – und Akona nahm mich mit auf ihr Lager. Als dann die ersten Weißen kamen, hab ich ein paar Schafe gekauft und das Haus hier gebaut. Uns ging's gut, Akona und mir. Und unserem Sohn Arama – Adam. Aber dann ging es los mit dem Krieg. Unten in Waikato, hier bei Hamilton wurde eigentlich gar nicht gekämpft. Es gab trotzdem Zank und Streit unter *pakeha* und Maori, schließlich zog der Stamm weg. Akona ging mit ihren Leuten, Arama nahm sie mit. Was bestimmt keine falsche Entscheidung war. Wenn ich mir überlege, er hätte da drüben zur Schule gehen müssen!« Sam wies mit dem Kinn Richtung Hamilton. Er rührte den Eintopf noch mal um und füllte Kupe eine große Kelle voll in seine Schüssel.

»Wo sie jeden Maori anspucken ...« Er seufzte.

»Warum sind Sie nicht mitgegangen?«, erkundigte sich Kupe und nahm einen Löffel voll. Er meinte, nie etwas Besseres gegessen zu haben.

Sam zuckte die Schultern. »Sie wollten mich nicht«, sagte er schlicht. »Nach zehn Jahren guter Nachbarschaft und Freundschaft. Aber ich mache dem Stamm keinen Vorwurf. Die *pakeha* haben angefangen. Sie schürten den Hass, und irgendwann … irgendwann ist dann auch die Geduld des würdigsten Häuptlings und der gelassensten Ältesten erschöpft. Mich hat's getroffen … Trifft immer die Falschen.« Er schwieg einen Herzschlag lang und schnäuzte sich. »Aber jetzt deine Geschichte, junger Mann!«, sagte er dann. »Und lass bloß nichts aus!«

Kupe blickte in Sams rundes Gesicht, in dem ein zottiger blonder Bart stand. Auch Sams Haar schien in Büscheln zu wachsen, sein Kopf wurde an einigen Stellen schon kahl, an anderen spross es recht üppig. Vor allem aber war sein Blick freundlich und offen. Kupe hatte den einzigen Menschen in Hamilton gefunden, der sein und Matarikis Volk nicht hasste.

Langsam aß er den Rest seines Eintopfs und ließ den Löffel dann sinken. Er erzählte von der Vertreibung seines Stamms – und von den letzten albtraumhaften Monaten im Gefolge der Hauhau.

»Kahu Heke nannte es einen Krieg«, berichtete Kupe. »Aber das war es eigentlich nicht, mit dreißig Leuten kann man keinen Krieg führen.«

»Das ist nicht mal ein halbes Kanu«, bemerkte Sam.

Kupe sah ihn fragend an.

Sam verdrehte die Augen. »*Waka taua*«, erklärte der *pakeha* dem Maori die Geschichte seines Volkes. »Kriegskanu. In jedes passten etwa siebzig Krieger, die einem Führer unterworfen waren. Bei den Engländern würde man Regiment sagen, bei euch sagt man *taua*.«

Kupe nickte, dann erzählte er weiter. »Aber Kahu Heke hoffte natürlich, es würden sich uns mehr Leute anschließen, wenn wir Erfolge hätten. Deshalb sorgte er für Erfolge.«

Die Strategie dazu war einfach gewesen. Kahu Heke führte seinen »Krieg« schlichtweg gegen die Hilflosesten seiner Gegner.

»Wir sind den ganzen Winter die Küste entlanggezogen. Nicht

den Fluss hoch, wir wussten ja, dass da Regimenter stationiert waren. Aber an der Küste gab es alte Walfangstationen, vereinzelte Farmen … na ja, und die griffen wir dann an.« Kupe sah zu Boden.

»Du bist nicht stolz darauf«, konstatierte Sam.

Kupe schüttelte den Kopf. »Obwohl meistens nicht mal viel passiert ist«, schwächte er ab. »Jedenfalls am Anfang. Es war an sich mehr Abschreckung als Kampf. Wir tauchten auf wie aus dem Nichts, das macht ja die meisten *pakeha* schon völlig fertig. Wenn wir dann noch ein bisschen herumschrien und Grimassen schnitten … Gewehre hatten wir natürlich auch. Die Leute gingen meistens stiften und verschanzten sich in irgendeinem Heuschober, bis wir fertig waren.«

»Fertig womit?«, erkundigte sich Sam und sammelte die Teller ein.

Kupe rieb sich die Nase. »Mit Plündern und Stehlen«, sagte er hart. »Anders kann man's nicht nennen. Beute machen wäre schon zu viel gesagt, wir mussten dafür ja weder jagen noch kämpfen. Wir nahmen uns, was wir brauchten, schlugen manchmal auch Mobiliar zusammen oder trieben Vieh weg – aber das war's auch schon.«

»Letztlich das, was die *pakeha* mit euren Dörfern gemacht haben«, sagte Sam scharfsinnig.

Kupe nickte. »So hat der *ariki* das auch erklärt«, sagte er. »Aber davon … davon wird es doch nicht richtig! Es ist ja nicht mal wirklich *utu* …«

»Na, Gott sei Dank!«, bemerkte Sam. *Utu* – Vergeltung – bezeichnete im eigentlichen Sinne Blutrache. »Und wie hat das dann geendet? Haben euch die Armed Constables irgendwann doch noch verhauen?«

Kupes blasses Gesicht verriet ihm, dass sein scherzhafter Tonfall falsch gewählt war. »Entschuldige«, sagte Sam mitfühlend. »Erzähl ganz ruhig, was passiert ist.«

»Na ja, meistens eben nicht viel«, wiederholte Kupe. »Zuerst. Aber dann … Ein paar von den Kriegern waren unzufrieden. Eigentlich waren wir alle unzufrieden. Verstehen Sie, wir zogen herum, immer unterwegs, immer gejagt. Kein *marae*, keine Frauen … Und es war Winter, es war kalt. Ein paar Monate lang macht so was Spaß, aber dann …«

»Maori-Stämme kämpfen vom späten November bis zum frühen April«, nickte Sam. »Dann gehen sie heim und bestellen ihre Felder. Wenn's im nächsten Sommer noch mal Ärger gibt, fangen sie von vorne an. Aber meistens eben nicht. Maori-Kriege sind kurz. Das hat am Anfang auch die *pakeha* irritiert – und leider den Eindruck erweckt, die Stämme seien schwach und gäben schnell auf.«

»Ja?«, fragte Kupe. »Woher wissen Sie das alles?«

Kupe selbst war die übliche Strategie der Stämme neu. Kahu Heke hatte seinen Kriegern von Te Kootis sensationellen Kriegszügen erzählt, aber das hatte mehr wie ein Märchen geklungen als wie eine Geschichtsstunde.

»Ich bin schon lange hier, junger Mann«, meinte Sam. »1847 war ich in Wanganui, wenn dir das was sagt …«

»Eine Stadt nördlich von Wellington«, erinnerte sich Kupe.

»Richtig. Ein wichtiger Hafen. Und ursprünglich Maori-Land. Zuerst hat man's den Stämmen auch abgekauft, aber dann wurden sie übervorteilt, man nutzte ihre Langmut aus und nahm immer mehr Land – bis es eskalierte. Die Stämme wehrten sich – und von Rechts wegen hätten sie die ganze Bevölkerung von Wanganui ins Meer werfen müssen und die von Wellington gleich mit. Dadurch hätten sie sich Respekt verschafft. Aber nein: Eure Leute ließen ein paar Krieger aufmarschieren, ein bisschen Speere schwenken … sie schmissen die *pakeha* raus aus den Gebieten, die man ihnen unrechtmäßig abgenommen hatte. Und gleich darauf waren sie wieder nett. Ganz typisch Maori – aber das verstehen *pakeha* eben nicht. Sie nehmen Gutheit für Dummheit. Heute gehört Wanganui folglich den Weißen, es gibt eine riesige Militärbasis. Die Stämme sind besiegt. Und so ist es am Anfang immer gelaufen bei den so genannten Maori-Kriegen – eigentlich bis heute. Wenn es ernster wurde, dann immer, weil einer eurer Häuptlinge seinen Privatkrieg führte.«

»Wie Te Kooti«, sagte Kupe heiser.

Sam nickte. »Oder vorher Hone Heke. Mitunter drehen auch mehrere durch, wie jetzt bei den Hauhau. Aber eine richtige, das ganze Volk umfassende Bewegung war das nie und wird das auch nie werden. Schlecht für euch, gut für die Weißen. Aber jetzt weiter, was geschah?«

»Ein paar Krieger waren unzufrieden«, wiederholte Kupe. »Sie wollten Blut sehen. Eigentlich noch mehr, sie wollten ... Ich glaube, manche Leute sind einfach von Natur aus grausam.«

Sam verdrehte die Augen. »Ich war auch mal Soldat«, bemerkte er, als würde das etwas erklären. »Ihr habt also ein paar Leute umgebracht ...«

Kupe schien gleichzeitig nicken und den Kopf schütteln zu wollen. »Schlimmer. Sie ... sie haben sie gegessen!«, brach es schließlich aus ihm heraus. »Ihnen die Köpfe abgeschnitten. Das ist irgendwie Tradition, man ... man trocknet sie, glaube ich. Aber richtig hinbekommen haben sie das nicht. Es war ... es war nur schrecklich.«

»Und es rief natürlich das Militär auf den Plan«, folgerte Sam. »So geht es ja auch nicht. Wo haben sie euch gestellt?«

Kupe begann zu zittern. »Ganz in der Nähe unseres alten Lagers, nahe der Flussmündung. Kahu Heke wollte da eigentlich nicht hin, aber er ... er hatte an *mana* verloren. Erst mal wegen seiner Tochter, und dann ... Der *ariki* lehnte das ab mit den abgeschnittenen Köpfen und den gegessenen Herzen. Er war dagegen. Aber sie machten es trotzdem. Es ...«

»Dem großen Häuptling lief sein ureigener Feldzug aus dem Ruder«, meinte Sam mit Gemütsruhe. »Ich glaube, ich erinnere mich jetzt auch. In Hamilton sprachen sie von Strafexpedition, ein paar Constables mussten hin. War das ein Geschrei in der Stadt, besonders bei den Weibern – als hätten ihre Männer ein Recht darauf, hier den Rest ihres Lebens eine ruhige Kugel zu schieben!

Die Männer waren dagegen ganz froh, mal rauszukommen. Seit die Maori Frieden halten, setzt man sie beim Brückenbau ein. Gefallen tut ihnen das nicht. Umso begeisterter waren sie dann über ihren Sieg.«

»Sieg?«, fragte Kupe. »Wir waren zweiunddreißig. Sie waren vielleicht zweihundert … Militär und Siedler, die Leute von der Küste hatten sich zusammengetan.«

Sam lachte freudlos. »Die Sache wird auch kaum als Beispiel für den Löwenmut der Royal Army in die Geschichte eingehen. Sie haben euch also aufgerieben. Bist du als Einziger entkommen?«

Kupe schüttelte den Kopf. »Nein. Ich … ich glaub nicht an das Erlangen von Unverwundbarkeit durch Essen von Leichenteilen. Ich hab da nicht mitgemacht. Und als die Schießerei losging, bin ich weggelaufen. Wie viele andere. Kahu Heke ist auch entkommen.«

»Die Aufrührer kommen immer davon«, bemerkte Sam.

»Aber es war schrecklich, es mit anzusehen. Wie … wie unsere Leute gekämpft haben. Als wären sie wirklich unverwundbar. Sie schrien und schlugen sich und rannten den Kugeln entgegen. Sie waren tapfer. So sehr, dass ich mich anschließend schämte. Ich hätte mich nicht drücken dürfen. Aber es war so … sinnlos!«

»Das sind die meisten Kriege.« Sam Drechsler stand auf und holte eine Whiskeyflasche aus dem Schrank. »Hier, trink einen Schluck. Und vergiss das alles. Es hätte nichts genützt, wenn du dich hättest erschießen lassen. Wie viele Tote hat's gegeben?«

»Elf oder zwölf«, sagte Kupe. »Ein paar sind weg, ein paar wurden gefangen genommen. Kahu Heke wollte uns anschließend wieder sammeln. Aber ich bin weggeblieben. Ich hatte genug.« Er nahm einen großen Schluck Whiskey und musste husten.

Sam lachte, jetzt fröhlicher. »Bevor du stirbst, lern erst mal saufen wie ein Mann!«, bemerkte er und goss noch mal ein.

Kupe grinste. »Im Waisenhaus hat man uns gesagt, man würde daran sterben.«

Sam hob resigniert die Hände. »An irgendwas stirbt man zwangsläufig, junger Mann. Aber bei dir hat's noch Zeit. Und jetzt erzählst du mir von dem Mädchen. Was war mit der Häuptlingstochter, die Kahu Heke sein *mana* gekostet hat?«

»Hier ist sie jedenfalls nicht aufgetaucht«, meinte Sam, als Kupe von seiner Zeit mit Matariki erzählt hatte. »Zumindest hab ich nichts davon gehört, aber ich geh auch nicht oft in die Stadt. Manchmal zu den Huren von Potter, zugegeben, ich bin auch nur ein Mann. Aber der hat kein Maori-Mädchen.«

»Sie ist ja auch keine Hure!«, empörte sich Kupe. »Sie ist …«

»Hey, da ist aber einer schwer verliebt!«, neckte Sam. »Sieh den Tatsachen ins Auge: Ein Mädchen kann in einem Kaff wie Hamilton kein Geld verdienen. Außer in Etablissements wie Potters. Wenn sie also hergekommen wäre ohne Geld, ohne ordentliche Kleidung, dann wäre Potter die erste Adresse, unter der ich sie suchen würde.«

»Sie wollte zum Police Constable. Ihre Geschichte erzählen. Sie wollte nach Hause …«

Sam zuckte die Achseln. »Da hätte sie zum Regimentskommandeur gehen müssen. Und vielleicht hat sie das ja. Kann sein, dass man sie in die nächste Kutsche gesetzt hat, und sie ist längst wieder bei ihrer Mom. In Hamilton zwar etwas schwer vorstellbar, aber möglich ist alles. Frag einfach nach. Pass auf, Kupe – oder soll ich dich ›Curt‹ nennen? –, wie wär's, wenn du ein paar Tage hierbleibst und für mich arbeitest? Ich muss die Schafe den Sommer über in die Hügel am See bringen. Das kann ich zwar mit dem alten Billy …«, er zeigte auf den Hund, einen Collie, der schon grau um die Schnauze wurde, »aber ein bisschen Hilfe mit jüngeren Beinen wär nicht schlecht, was, Billy?«

Der Hund wedelte mit dem Schwanz. Kupe dachte an Dingo.

»Ich zahl auch anständig«, sagte Sam. »Ich betrüg dich nicht. Und wenn wir die Viecher alle sicher oben haben, dann geh ich mit dir in die Stadt. Wir gehen zum Constable und fragen nach dem Mädchen. Vielleicht erfahren wir was. Ist das in Ordnung?«

»Ich würd am liebsten gleich gehen«, sagte Kupe.

Bislang hatte er sich eigentlich nicht um Matariki gesorgt. Sie konnte sich kaum verlaufen haben, und er ging davon aus, dass sie in Hamilton Hilfe gefunden hatte. Aber nach dem, wie Sam die Stadt darstellte ...

»Ich sperr dich nicht ein«, meinte Sam. »Aber ich warn dich. Sie haben da nichts für euch übrig in der Stadt, du wirst dir eine Abfuhr nach der anderen holen. Und du brauchst Geld. Du willst doch nicht in Hamilton bleiben, oder? Hast du dir überhaupt schon überlegt, was du in Zukunft machen willst?«

Kupe zuckte die Achseln. »Vielleicht wieder in die Schule«, murmelte er. »Im Waisenhaus haben sie immer gesagt, wenn man Medizin studierte oder Jura, dann würde man ein nützliches Mitglied der Gesellschaft. Sogar jemand wie wir. Das hat mich immer wütend gemacht. Aber es ist etwas Wahres dran. Ich glaub nicht, dass wir die *pakeha* bewaffnet mit unseren *mere* und *kotiake* ins Meer treiben können. Aber wenn wir genug Anwälte haben, die Verträge aufsetzen und lesen und deuten können, dann kriegen wir sie vielleicht dazu, uns das Land wenigstens zu bezahlen!«

Sam lächelte. »Ein kluger Gedanke«, lobte er. »Du hast Verstand. Also nutz ihn jetzt auch, und nimm mein Angebot an. Dann setz ich dich gleich mit dem verdienten Geld in die Kutsche nach Auckland. Da gibt's eine Universität, hab ich mir sagen lassen. Komm, schlag ein!« Er hielt Kupe die Hand hin.

Kupe grinste. »Wie viele Schafe?«, fragte er. »Erste Regel bei Verträgen: Immer genau wissen, worum's geht!«

Sam Drechsler hatte etwa zweihundert Schafe, und es dauerte drei Tage, sie in das hügelige Gelände rund um den Mount Pirongia zu treiben. Kupe musste das zu Fuß machen, er war nie zuvor geritten, und Sam besaß auch nur ein Maultier. Aber der junge Krieger war gut trainiert, es machte ihm nichts aus, viele Stunden am Tag zu laufen, und bald stellte er obendrein fest, dass die Arbeit mit dem Hund und den Schafen ihm Spaß machte. Er genoss die Wanderung über die teils mit Buschwerk bewachsenen, teils bewaldeten Hänge und die nur vom Blöken der Schafe oder Bellen des Hundes unterbrochene Stille.

Kupe hatte das Gefühl, nach langer Zeit wieder seine eigenen Gedanken zu hören – nicht mehr allein das eintönige Geschrei der Hauhau. Und sogar seinem alten Stamm, den Traditionen seines Volkes, meinte er, näherzukommen. Kahu Heke hatte ihn nur den Kampf gelehrt, die Wachsamkeit des Kriegers. Sam Drechsler schärfte seine Sinne für ganz andere Dinge. Er zeigte ihm Pflanzen, aus denen die *tohunga* der Maori Medizin herstellten, wies ihn auf Orte hin, die tatsächlich seit Hunderten von Jahren *tapu* waren – und ließ ihm Zeit, sich dort niederzusetzen und den Geistern nachzuspüren, während er selbst sich ums Essen kümmerte. Kupe hatte das Gefühl, zwischen den Felsen oder unter den Bäumen zur Ruhe zu kommen. Und manchmal, wenn der Wind die Blätter zum Rascheln brachte oder ein lebhafter Bach gluckste wie ein zufriedenes Kind, dann meinte er fast, die Natur spräche mit ihm.

Sam lachte, als er ihm das errötend gestand. »Bei den Stämmen hätte dir das viel *mana* eingebracht. Man schätzt Menschen, die mit Tane oder Papa eins werden. Tane ist der Gott des Waldes, weißt du. Er ist sehr weise. Sieh nur diesen Baum: ein Horoeka. Er lebt das Leben eines Kriegers. In den ersten Jahren wirkt er wie ein dünner Speer, und seine Zweige sind wie Lanzen. Später wird er dann breiter und ruhiger, bekommt Blätter wie ein normaler Baum, er wird groß und stark, gewinnt *mana* wie die Ältesten der Stämme – und sendet seine Früchte aus, um wieder Krieger zu werden.«

Kupe lachte. »Und über ihm wacht der Kauri wie ein Gott. Was hast du gesagt, wie groß ist der Tane Mahuta?«

Der Tane Mahuta, benannt nach dem Waldgott, stand in Waipoua im Norden. Den Maori war er heilig, die *pakeha* bestaunten ihn immerhin als einen der größten und ältesten Bäume Aotearoas, wenn nicht gar der Welt.

»Über hundertfünfzig Fuß!«, erklärte Sam. »Ich würde ihn gern mal sehen. Ich weiß ja nicht, wie's dir geht, aber ich fühle mich sehr klein unter so einem Kauri. Und sehr ... jung. Manche von ihnen haben schon die ersten Maori-Kanus kommen sehen, dann die Weißen ... vielleicht werden sie noch hier sein, wenn es uns alle wieder weggeschwemmt hat ...«

Sam schaute ernst zu den Bergen auf. Gerade hier in der Wildnis wirkte er oft melancholisch. Kupe konnte sich denken, warum. Wahrscheinlich hatte er seine Schafe hier früher mit Akona und Arama hinaufgetrieben – und zugehört, wie seine Frau seinem Sohn eben diese Geschichten erzählte, die er jetzt vor Kupe ausbreitete wie einen tröstenden Mantel aus Vergangenheit.

»Du musst deine Geschichte kennen, junger Mann, deine Wurzeln. Nur so findest du zurück zu deinem Volk. Hör die Sagen deiner Leute, lern ihre Sprache. Akona sagte Arama stets, dass seine Ahnen als Sterne über ihn wachten.«

Kupe dachte an Matariki – das Kind der Sterne.

»Wir sollten doch weitermachen«, sagte er dann. »Ich möchte endlich nach Hamilton!«

Schon als Sams Maultierkarren in Hamilton einfuhr, wurde Kupe klar, dass es wirklich klüger gewesen war, auf den Rat des alten Mannes zu hören und sich nicht allein in die Stadt zu wagen. Schon gemeinsam mit Sam wurde der Maori angestarrt und mitunter mit Schimpfworten bedacht. Außerdem gab es kein Police Office – anscheinend fand man im Ort nur einen Ordnungshüter, wenn man wusste, wo man ihn zu suchen hatte.

Sam steuerte denn auch sofort auf den Neubau der Brücke über dem Waikato River zu. Er würde bald vollendet sein – und sicher wäre es noch schneller gegangen, hätten sich die Bauarbeiter mehr angestrengt. Hier wurde jedoch auf den ersten Blick klar, dass die

Männer ihre Arbeit für unter ihrer Würde hielten. Sie trugen fast alle die Uniform der Armed Constabulary, obwohl das sicher nicht Pflicht war. Und sie waren eifrigst bemüht, den blauen Rock nicht zu beschmutzen. Ihr Anführer, ein smart wirkender, noch recht junger Captain, schien überaus froh, die Arbeit unterbrechen zu können. Er zeigte sich ehrlich interessiert, als Sam ihn auf Matariki ansprach.

»Ein Maori-Mädchen? Hier? Nein, tut mir leid, das hat sich bei mir nicht gemeldet. Dabei meinen Sie, es hätte Informationen gehabt? Über die Hauhau? Also, wenn das auspacken wollte ... dann haben sie's wahrscheinlich erwischt und gegessen.« Er lachte.

Kupe schüttelte unwillig den Kopf. »Sie hätten keine Häuptlingstochter getötet. Sie war *tapu*, sie ...«

Der Captain schaute ihn skeptisch an, und Sam gebot ihm mit Kopfschütteln Schweigen. Nicht auszudenken, dass der junge Mann gleich noch damit herauskam, dass er selbst bei den Hauhau gewesen war.

»Das Mädchen ist eine Tochter von Kahu Heke«, informierte er den Captain. »Also sehr hochrangig und dem Kerl immerhin so wichtig, dass er sie auf der Südinsel entführt und hierher verschleppt hat. Da bringt er sie doch jetzt nicht um!«

Der Captain zuckte die Achseln. »Weiß man, was in deren Köpfen vorgeht? Vielleicht ist sie in der Wildnis umgekommen. Oder bei irgendeinem Stamm untergekrochen, da in Waikato sind ja noch viele. Tut mir jedenfalls leid, dass ich nicht helfen kann, aber hier ist sie nicht.« Damit wandte er sich, wenn auch widerstrebend, erneut der Brücke zu.

Sam wies Kupe an, auf den Karren zu klettern. »Wär das möglich, was er sagt?«, erkundigte er sich und lenkte sein Maultier Richtung Victoria Street.

Kupe schüttelte den Kopf. »Unwahrscheinlich. Ich meine, ich kannte sie nicht so gut. Aber sie sagte, sie sei viel bei den Ngai Tahu gewesen. Die werden ihr doch beigebracht haben, ein paar Meilen an einem Flussufer langzulaufen, ohne zu ertrinken, zu verhungern oder sonst was. Sie sprach auch perfekt Maori.«

»Insofern käme ein Stamm infrage«, überlegte Sam.

In dem Moment fuhr Kupe auf. »Halt an, Sam, warte. Da ist … der Hund da …«

Kupe wies aufgeregt auf einen mageren Köter, den der Metzger eben mittels Fußtritt von seiner Schwelle entfernte.

»Dingo!«

Kupe rief nach dem Tier, während Sam verwundert die Zügel nahm. Und tatsächlich reagierte der Hund. Er schaute zuerst verwundert auf, wedelte dann mit dem Schwanz – und raste auf Kupe zu, als der vom Wagen sprang. Jaulend und bellend begrüßte er den jungen Maori. Kupe umarmte ihn fast genauso aufgeregt.

»Das ist ihr Hund, Sam! Sie muss hier sein!«

Sam runzelte die Stirn. »Na, wenn der Köter 'nen Besitzer hat, dann zeigt der aber wenig Fürsorglichkeit! Gar nicht typisch für so 'n Mädchen, das Fell derart verfilzen zu lassen. Und guck mal, wie mager er ist …«

Dingo leckte Kupe euphorisch die Hand. Zweifellos erinnerte er sich daran, dass er im Lager gekocht hatte …

»Aber er ist es, Sam. Ich bin mir sicher. Und er hat mich auch erkannt.«

Kupe streichelte Dingo und sah sich dabei suchend um. Eigentlich hatte der Hund sich nie weit von seiner Herrin entfernt, Kupe war sich sicher, dass Matariki gleich aus einer der Haus- oder Ladentüren treten würde.

»Vielleicht hat sie ihn hiergelassen …«, meinte Sam skeptisch. »Oder ihr ist wirklich was passiert, und er ist hierher gelaufen.«

»Verlassen hätte sie ihn nie!«, erklärte Kupe. »Und ich glaube, er sie auch nicht. Sie muss hier sein, Sam, wir müssen sie suchen.«

Leider bewies Dingo wenig Spürsinn. Er wedelte zwar vergnügt mit dem Schwanz, als Kupe ihm Matarikis Namen vorsprach, aber er machte keine Anstalten, seinem Freund zu zeigen, wo sie war.

»Wir kaufen dem Köter jetzt erst was zu fressen«, beschloss Sam. »Und dann fragen wir mal rum. Aber mach dir nicht zu große Hoffnungen. Ein Maori-Mädchen würde hier auffallen wie ein bunter Hund. Wenn also keiner was weiß ...«

Tatsächlich gab allerdings bereits die erste Frau Auskunft, an die Sam sich wandte. »Eine Mata Sowieso kenn ich nicht. Aber McConnells, denen der Laden da gehört, die haben eine Martha. Ein kleines Luder, das Mädel, sie müssen dauernd ein Auge auf sie haben, damit sie ihnen die Kasse nicht ausräumt. Aber das betrachten sie ja als Christenpflicht. Komische Leute ...«

Kupe, der inzwischen den Hund gefüttert hatte und sich damit auf mindestens Platz zwei auf dessen Beliebtheitsliste gehievt hatte, war sofort ganz aufgeregt, als er den Namen hörte.

»Das ist sie, Martha ist ihr *pakeha*-Name. Aber was macht sie da bloß?«

Sam zuckte die Schultern. »Arbeiten, wenn ich das recht verstanden habe. Als Hausmädchen ...«

»So viele Monate?«, rief Kupe. »So lange kann es doch kaum dauern, sich eine Überfahrt auf die Südinsel zu verdienen. Da stimmt was nicht, Sam. Und ich ...« Kupe machte Anstalten, auf den Laden der McConnells zuzustürmen.

»Nun beruhige dich erst mal.« Sam hielt ihn zurück. »Wir gehen da jetzt beide rein und fragen nach dem Mädchen. Wenn du dich so aufgebracht zeigst, bringst du dich nur in Schwierigkeiten. Also bleib gelassen, und komm mir einfach nach.« Sam betrat entschlossen das Geschäft von Archibald McConnell.

»Martha?« Archibald war sichtlich überrascht. »Was ... was wollen Sie denn von der?«

Sam zog die Augenbrauen hoch. »Sagen wir, einen Besuch machen. Der junge Mann ist ein Freund von ihr.« Er wies auf Kupe.

Archibald schüttelte den Kopf, seine Lippen wurden schmal. »Tut mir leid, aber das können wir nicht erlauben. Wir versuchen

Martha von allen schlechten Einflüssen fernzuhalten. Gerade von Leuten wie … ihm.« Er wies auf Kupe.

Kupe bemühte sich wirklich, ruhig zu bleiben. »Woher wollen Sie wissen, dass ich ein schlechter Einfluss bin?«, argumentierte er, ganz der künftige Anwalt.

Sam ging die Sache direkter an. »Was geht es Sie überhaupt an, mit wem Ihre Angestellte verkehrt? Matariki ist doch wohl Ihr Dienstmädchen, oder? Nicht Ihre Leibeigene!«

Archibald war sichtlich nervös. »Ganz recht, sie ist unser Dienstmädchen«, antwortete er schließlich. »Und jetzt arbeitet sie. Also lassen Sie uns in Frieden. Sie leistet weiß Gott nicht so viel, dass wir ihr mitten am Tag freigeben können!«

Sam hob gelassen die Hände. »Schön, dann warten wir eben, bis sie dienstfrei hat. Wie lange lassen Sie das Kind arbeiten? Bis Sonnenuntergang? Das sind ja nur noch ein paar Stunden. Wir setzen uns hier auf den Wagen und warten.«

Damit tippte er grüßend an seine Hutkrempe und verließ den Laden. Kupe folgte ihm.

»Dich will ich hier nicht wieder sehen!«, rief McConnell dem Maori nach.

Sam verdrehte die Augen, als sie wieder auf die Straße traten.

»Scheint, als hättest du den richtigen Riecher gehabt, Kupe«, meinte er dann. »Hier ist was faul, wir hätten die Schafe Schafe sein lassen und früher herkommen sollen. Aber was soll's, sie können das Mädchen ja nicht einsperren, und gesund scheint sie auch zu sein, sonst könnte sie nicht arbeiten. Warten wir also einfach ab.«

Sam leistete sich eine Zigarre aus dem örtlichen Kolonialwarenladen und kaufte zwei Pasteten für sich und Kupe. Außerdem eine Gallone Bier aus dem nächsten Pub.

»Du musst dich mal entspannen«, meinte er gelassen und reichte Kupe den Krug. »Hier, trink, das macht dich ruhiger. Sie wird dir jetzt nicht mehr weglaufen, in ein paar Stunden hältst du sie im

Arm – und kannst dir überlegen, ob du sie küsst oder *hongi* mit ihr tauschst.«

Kupe errötete wie von Sam beabsichtigt und berichtete dann verschämt von seinem ersten Kuss. »Aber stimmt, Maori küssen gar nicht«, meinte er dann bedauernd. »Warum hat sie mich wohl trotzdem gelassen, sie …«

Sam hörte schmunzelnd zu, wie sich Kupe die nächste Stunde lang Gedanken darüber machte, ob er wirklich Matariki geküsst hatte oder doch Martha. Ob sie ihn wirklich gemocht hatte, oder ob er ihre Gunst nur ihrem Wunsch verdankte, ihr bei der Flucht zu helfen … Schließlich machte er sich sogar Gedanken darüber, ob sie ihn vielleicht tatsächlich gar nicht sehen wollte.

»Kann doch sein, dass sie diesem Kerl gesagt hat, er solle mich abwimmeln … vielleicht hat sie ein für alle Mal genug von Maori und …«

Sam fasste sich an die Stirn. »Wir werden's gleich wissen, Kupe. Die Sonne geht unter. Und wenn ich mich nicht irre, wollen diese reizenden McConnells ihren Laden gerade schließen. Aber nicht, bevor ich nicht noch mal mit ihnen gesprochen habe!«

Kupe blieb mit Dingo im Wagen, während Sam zur Ladentür ging. Eine Frau versuchte, ihn wegzuschicken, schließlich warf sie sich mit ihrem ganzen Gewicht gegen die Tür, um sie zuzuhalten und abzuschließen. Sam stieß sie jedoch mühelos auf.

Gelassen schob er die Frau zurück in den Laden. Eine hagere Krähe, aber furchtlos und von Grund auf bösartig. Ein gänzlich anderes Kaliber als ihr eher schwächlicher Mann.

»Nein, wir werden Ihnen keineswegs erlauben, Martha zu sehen!«, erklärte sie mit scharfer Stimme. »Das Mädchen kann hier auch nicht kommen und gehen, wie es will, das hat es sich verscherzt. Martha schuldet uns Geld, Mr. Drechsler. Wir haben sie gekleidet, ernährt – und zum Dank hat sie versucht, uns auszurauben.«

Sam kratzte sich den Kopf. Er hatte den Hut höflich abgenommen und hielt ihn nun wie ein braver Bittsteller mit der linken Hand vor den Körper.

»Da müssen Sie das Mädel aber fürstlich ausgestattet haben, wenn sie schon so lange für ein paar Anziehsachen arbeitet ... Und die Beute aus dem Raub ... hatte sie das ganze Geld schon ausgegeben, als sie wieder aufgegriffen wurde? Dann säße sie doch sicher im Gefängnis, oder?«

»Es ist unsere Christenpflicht ...«, begann Mr. McConnell.

Seine Frau gebot ihm mit einer Handbewegung Schweigen. »Martha ist noch sehr jung«, erklärte sie. »Deshalb haben wir uns entschieden, ihr eine zweite Chance zu geben. Allerdings unter strenger Zucht! Schließlich ist das hier ja nicht ihre erste Station. Sie ist doch aus dem Waisenhaus ausgerissen, oder? Vielleicht gar aus der Besserungsanstalt?«

Sam setzte ein freundliches Lächeln auf, aber in seinen Augen flackerte Wut. »Da täuschen Sie sich aber, Mrs. McConnell«, sagte er mit der süßesten Stimme, die er hervorzaubern konnte. »Matariki Drury wurde aus der Otago Girls' School in Dunedin entführt. Sie ist eine Häuptlingstochter – und das, was man unter den *pakeha* wohl eine Schafbaronesse nennt ...«

Nachdem Sam im Haus der McConnells verschwunden war, bemerkte Kupe, dass Dingo immer unruhiger wurde. Er hielt den Hund zwischen seinen Beinen fest – auf keinen Fall wollte er ihn wieder laufen lassen. Bisher war das Tier auch ganz glücklich gewesen. Aber jetzt winselte der struppige Kerl und machte Anstalten, sich zu befreien. Schließlich schien er sogar ernstlich böse zu werden. Kupe ließ ihn los. Wo mochte der Köter hinwollen? Jetzt jedenfalls nutzte er sofort die Chance zu entkommen. Er flitzte um die Häuserzeile herum. Sehr zielstrebig. Kupe überlegte nicht lange, er setzte ihm nach.

Die Häuser an der Victoria Street standen dicht nebeneinander, teilweise waren sie direkt aneinandergebaut, Kupe und Dingo

mussten einen ganzen Block umrunden, bevor sie auf die Rückseite des Hauses der McConnells gelangten. Die meisten Häuser
hatten Gärten oder Hinterhöfe – einige mit niedrigen Absperrun-
gen begrenzt, andere mit hohen Lattenzäunen. Einen der Letzteren steuerte Dingo nun gezielt an und setzte Kupe erst mal außer
Gefecht, als er wieselflink durch ein unter dem Zaun gebuddel-
tes Loch verschwand. Kupe sah sich den Zaun näher an. Sehr
wahrscheinlich, dass der dahinterliegende Hof zum Haus der
McConnells gehörte. Dort drinnen, da war er sich jetzt sicher, war
Matariki! Kupe überlegte nicht lange. Er griff nach seiner Kriegskeule und schlug schwungvoll zu. Das bereits etwas morsche Holz
gab sofort nach. Schon nach zwei Schlägen war die Lücke groß
genug, um Kupe durchzulassen.

Der junge Mann trat auf den Hof und sah sich um: alte Käs-
ten und Kisten, Paletten, auf denen angelieferte Waren lagerten,
Flaschen, Kartons, Brennholz. Zum Haus führte eine Hintertür.
Konnte Dingo da hinein sein? Hatte ihn jemand eingelassen?

Aber dann hörte Kupe das gleiche begeisterte Jaulen, mit dem
der Hund ihn zuvor begrüßt hatte. Und eine Mädchenstimme, die
ihn beruhigte, lobte, ihm schmeichelte. Kupe lief ihr nach.

»Matariki!« Er war nah daran, in Tränen auszubrechen, als er ihr
Gesicht im letzten Licht des Tages hinter dem Gitter aufblitzen
sah. »Matariki, ich hol dich da raus!«

Der bärenstarke junge Maori machte sich nicht die Mühe, das
Haus zu durchqueren und die Kellerschlüssel zu suchen. Stattdessen schaute er sich nach einem Hebel um. Er fand schnell ein
Eisenrohr, das sich für sein Vorhaben eignete. Geschickt angesetzt
genügte eine kräftige Bewegung, um das Gitter vom Fenster weg-
zubrechen.

»Passt du da durch?«, fragte er besorgt.

Matariki stemmte sich schon aus dem Fenster. »Wie 'n Krieger
zwischen den Beinen einer Häuptlingstochter! Wie war das noch?

Es nimmt die Hemmung zu töten und macht unverwundbar? Da träum ich schon lange von!«

Kupe nahm die Arme des Mädchens und zog es aus dem Verlies. Es war ziemlich einfach, nur mit der Hüfte blieb Matariki kurz hängen. Sie war nicht mehr so schmal und kindlich wie noch ein knappes Jahr zuvor.

Kupe stand fassungslos vor der jungen Frau, die aus seiner kleinen Freundin geworden war. Und meinte, sein Herz müsste vor Glück zerspringen, als sie ihm spontan um den Hals fiel.

»Ich freu mich so, dass du am Leben bist!«, flüsterte Matariki. »Ich hatte solche Angst um dich. Und ich hab nie geglaubt, nie … dass du mich suchen kämst.« Matariki lachte. »Du, ich hab mir alles und jedes überlegt in der letzten Zeit. Aber ein tätowierter Märchenprinz – das wär mir nicht eingefallen!« Sie fuhr mit dem Finger sanft über seine *moko*.

Kupe lächelte. »Du bist eben sehr *pakeha*«, meinte er zögernd.

Matariki schüttelte den Kopf. »O nein. Ich bin Maori! Früher war ich es nicht, aber jetzt bin ich es. Und ich werde nie mehr etwas anderes sein … Wie kommen wir denn jetzt hier raus?«

Kupe führte Matariki zu der Lücke im Zaun, während Dingo voller Begeisterung an ihnen hochsprang.

»Abhauen oder diese McConnells umbringen?«, fragte er.

Matariki sah zu ihrem riesigen Beschützer auf. Auch Kupe hatte sich in den letzten Monaten verändert. Vor ihr stand kein Halbwüchsiger mehr, sondern ein erwachsener Krieger.

»Letzteres!«, entschied sie. »Meine Mutter hat eine *mere* aus Pounamu-Jade. Ich glaub … ich glaub, sie hat damit mal jemanden erschlagen.«

Kupe reichte ihr achselzuckend seine *waihaka*. »Du weißt, Hundeleder«, sagte er entschuldigend.

»Der Hund«, erklärte Matariki, »nimmt die Rache für Dingo!«

Kupe stieß die Tür zum Laden auf, als sie den Häuserblock umrundet hatten.

Mr. McConnell sah ihn hasserfüllt an. »Du ...«

»Er darf hier sein, ich hab ihn eingeladen!« Matariki trat würdevoll ein, ganz die Häuptlingstochter. »Er ist ein Hauhau-Krieger, wissen Sie. Und ich hab ihn gebeten, all die *tapu* durchzusetzen, gegen die Sie verstoßen haben! Die Geister, Mrs. und Mr. McConnell, sind nämlich sehr verärgert!«

Matariki ging in den Laden, ließ den Blick über die Regale schweifen und fegte alle Töpfe und alles irdene Geschirr, das dort zum Verkauf stand, zu Boden.

»Das hab ich alles angefasst, Mrs. McConnell. Und dabei obendrein verflucht. Eine Häuptlingstochter. Also alles sehr, sehr *tapu* ... seien Sie froh, dass ich Sie davon befreie!«

Mit ihrem nächsten *waihaka*-Schlag polterten ein paar Flaschen Petrolium vom Regal. Sie zerplatzten auf dem Boden. Matariki warf einen boshaften Blick darauf und dann auf die Altkleider in der nächsten Ecke. »Die müsste man eigentlich verbrennen«, bemerkte sie.

»Nein ...«

Mrs. McConnells Stimme klang erstickt. Sie und ihr Mann schienen völlig demoralisiert. Sam Drechslers Worte hatten sie schon ausreichend geängstigt – Kriegskeulen und wütende Geister gaben ihnen den Rest. Es war eine Sache, ein namenloses Maori-Mädchen einzusperren, aber eine Schafbaronesse von der Südinsel ... Und nun schien es noch schlimmer zu kommen.

»Hier ist es allerdings noch gar nicht so schlimm«, meinte Matariki gelassen. »Da habe ich nicht so viel angefasst. Da hatten Sie noch Glück, Mr. McConnell ...« Sie schlenderte durch den Laden und nahm dabei eine Axt an sich. »Aber im Haus ... da habe ich ziemlich geschuftet!«

Matariki stieß die Tür zu den Wohnräumen auf. Kupe folgte ihr wie ein überdimensionaler Racheengel. Die McConnells lamentierten, Sam schwankte zwischen Belustigung und Besorgnis.

»Die Möbel hier zum Beispiel – die musste ich polieren, Kupe ...

ein unglaubliches *tapu*. Würdest du so nett sein, sie mit mir den Geistern zu opfern?«

Matariki stellte sich in Positur und brüllte mit all ihrer Kraft einen Fluch heraus. Hatte sie sich wirklich noch einige Zeit zuvor nicht zugetraut, den *karanga* auszustoßen? Nun, jetzt konnte sie es! Sie hob die Axt und ließ sie auf Mrs. McConnells sorgsam gehütetes Buffet niedersausen. Dann gab sie das Werkzeug an Kupe weiter. »Wenn du das Werk der Geister bitte vollendest? Wird Zeit, dass im Kamin mal ein richtig heiliges Feuer entzündet wird!« Sie lächelte überirdisch, während sie mit einem Schwung der Kriegskeule Mrs. McConnells geliebtes Teeservice auf den Boden fegte. »Ich hab mal draus getrunken«, meinte sie entschuldigend, »als Sie nicht hingesehen haben, Mrs. McConnell. Hätte ich natürlich nicht machen sollen, nur – jetzt ist es leider *tapu*. Aber machen Sie sich keine Sorgen, wenn wir das alles ins heilige Feuer werfen, bringt es gar nicht so viel Unglück. Und nun …«

Matariki sah sich weiter um, während Kupe die Anrichte in Kaminholz verwandelte. Mrs. McConnell heulte.

Sam schüttelte den Kopf. »Es reicht jetzt, Matariki«, sagte er freundlich, aber bestimmt. »Ich denke, die Geister sind weitgehend zufriedengestellt. Wenn die Leute dir jetzt noch deinen Lohn auszahlen, seid ihr, glaub ich, quitt, oder?«

»Ihren Lohn?«, schrie Mrs. McConnell.

Kupe hob die Axt, und Mr. McConnell wich entsetzt zurück.

»Nein, lass!« Matariki bemühte sich um die weit tragende Stimme einer Priesterin. »Die beiden sind *toenga kainga*.«

Damit wandte sie sich würdevoll ab.

Kupe sah sie ehrfurchtsvoll an. »*Tapu?*«, fragte er verwirrt. Er hatte mal wieder nichts verstanden.

Sam Drechsler dagegen kämpfte mit dem Lachen. »In gewisser Weise«, sagte er. »Und jetzt los, Kinder. Ich hoffe, es geht noch eine Kutsche nach Auckland. Mr. McConnell, würden Sie Miss Drury nun bitte auszahlen. Wir müssen gehen.«

266

Matariki konnte ihr Glück kaum fassen. Sie hielt allen Ernstes zehn Pfund in der Hand, als sie das Haus der McConnells verließ! Außerdem hatte Sam Drechsler den Häuptlingsmantel im Laden entdeckt und umgehend konfisziert.

»Den dürfen Sie gar nicht haben, Mr. McConnell. Das ist Eigentum der Stämme, es ist ...«

»*Tapu?*«, grollte Archibald.

Matariki lächelte sanft. »Sehr, sehr *tapu!*«, bemerkte sie und gestattete Sam, ihr den Mantel um die Schultern zu legen. In der Manier einer leibhaftigen Prinzessin verließ sie hoch erhobenen Hauptes den Laden.

Sam konnte kaum aufhören zu lachen, als sie ebenso würdevoll den Maultierkarren bestieg. »Hoffentlich gibt's jetzt wirklich noch eine Kutsche, sonst kommen die morgen noch auf die Idee, uns zu verklagen«, meinte er. »Aber Kompliment, kleines Mädchen. Du hast *mana* für drei, irgendwann wirst du *ariki* sein!«

Das war nicht ausgeschlossen. Es gab durchaus weibliche Häuptlinge unter den Stämmen.

»Was hast du ihnen denn gesagt?«, erkundigte sich Kupe. »Ein Fluch war das, nicht? Du hast ihnen die Geister der Ahnen auf den Hals gehetzt, ja?«

Matariki schüttelte den Kopf. Sie musste jetzt auch lachen.

Sam setzte zu einer Erklärung an. »*Toenga kainga* ist eher ein Schimpfwort. Oder eine Feststellung. Auf jeden Fall eine sehr traditionelle Art, jemandem zu sagen, was man von ihm hält.«

»Was heißt es denn nun?«, fragte Kupe ungeduldig.

Matariki kicherte. Dann übersetzte sie: »Du bist es nicht wert, gegessen zu werden.«

Sie fragte sich, warum Kupe den Spruch nicht komisch fand.

Die Reise an die Westküste war ein einziger Albtraum – wobei Jim Paisley Violet schon während der Zugfahrt den Großteil ihres Geldes abnahm. Sie hatte die Hälfte davon bei sich, den Rest hatte sie mit einer Sicherheitsnadel an Rosies Unterhemd festgesteckt. Als Jim sie nun hart darum anging, rückte sie irgendwann mit einem Teil heraus, schaffte es aber trotz rüdester Strafandrohungen, das Versteck des restlichen Geldes geheim zu halten. Immerhin blieb Jim in Christchurch so lange nüchtern, bis er eine billige Absteige zum Übernachten gefunden hatte. Wahrscheinlich wollte er nicht riskieren, dass ihm die Mädchen und das Gepäck noch einmal verloren gingen.

»Macht's euch schon mal bequem, wir gehen uns wegen der Weiterfahrt umsehen«, erklärte er, nachdem er die Mädchen und die Koffer in einem schmierigen Zimmer abgesetzt hatte. Rosie starrte schon wieder so starr vor sich hin wie damals an Bord des Schiffes. »Sind gleich zurück …«

Violet war nicht überrascht, als sich der Schlüssel im Schloss des Hotelzimmers drehte. Sie hatte es nie geschafft, ihren Vater zu täuschen, er ahnte, dass noch mehr Geld da sein musste. Dabei hatte Violet bislang gar keine Flucht geplant. Allein hätte sie sich vielleicht durchschlagen können, hätte allen Mut zusammengenommen. Aber mit Rosie war es hoffnungslos.

Natürlich war von dem Geld nicht mehr viel übrig, als ihr Vater und die Jungen in der Nacht zurückkamen. Und die Weiterfahrt gestaltete sich als schwierig. In den Kneipen hatte man den Männern kaum Hoffnung gemacht, zu Fuß und ohne Geld an die Westküste zu kommen.

»Seht zu, dass euch irgendwer mitnimmt«, riet ein Farmer aus den Plains. »Ich fahr zum Beispiel bis Darfield, und ich hätt auch Platz auf dem Wagen. Aber wie ihr von da aus weiterkommt, ist Glückssache ...«

Am nächsten Tag war der Mann natürlich schon losgefahren, als Jim und sein Anhang aus dem Bett kamen. Allerdings fand sich bald ein Holzhändler, der nach Springfield fuhr – das war schon im Hochland, vor den großen Pässen.

»Ihr helft mir abladen, dafür nehm ich euch mit«, sagte er.

Der Holzhändler war etwas verwundert, als er neben Jim Paisley und den Jungen auch noch zwei Mädchen auf seinen offenen Wagen helfen musste. Es gab keine Sitze außer auf dem Bock, die Mitfahrer mussten sich auf und zwischen der Ladung einrichten, und Violet und Rosie froren sich dabei halb tot, obwohl sie sich in Kathleens Decken kuscheln konnten. In den endlos wirkenden Weiten der Canterbury Plains war es zwar noch gar nicht so kalt, aber regnerisch.

»Wartet erst mal, bis ihr in die Berge kommt«, meinte der Fahrer, als sie kurz rasteten. Er hatte ein Feuer entzündet und kochte Tee, die Mädchen taten ihm offensichtlich leid. »Im Grunde ist das Wahnsinn, jetzt im Winter. Warum sucht ihr euch nicht irgend 'ne Arbeit in den Plains und geht erst im Frühling nach Westport?«

Violet fragte sich, was es in der Gegend wohl für Arbeit geben konnte. Bislang sah sie nicht einmal Häuser oder Dörfer. Die Canterbury Plains schienen nur aus Grasland zu bestehen, ab und zu unterbrochen von einem Wäldchen oder einem See – und immer mal wieder verstreuten Felsbrocken, je näher sie den Bergen kamen. Violet wusste nicht, ob die Landschaft sie beeindruckte oder ob sie ihr Angst machte. Es war ähnlich wie in Wales – Gras, Schafe, Berge und Hügel im Hintergrund. Auch Treherbert war nichts als eine große Schafweide gewesen, bevor der Bergbau begann. Aber in Wales war alles überschaubar, die Weiden waren meist eingezäunt, man wusste, wem das Land gehörte. Hier dagegen gab es keine Zäune, keine Hecken. Nur Land, Land, Land, über das der Wind den Regen peitschte und das nur durch die Berge begrenzt schien, die jetzt irgendwo im Nebel aufragten.

»Ich könnt zum Beispiel Hilfe brauchen«, meinte der Holzhändler, als hätte er Violets unausgesprochene Frage gehört. »Es wird viel gebaut ... entlang der künftigen Zugstrecke. Mein Geschäft läuft gut, ein paar fleißige Hände zusätzlich wären durchaus willkommen.«

Jim Paisley und die Jungen murmelten etwas Unverständliches. Violet war klar, dass sie sich die Bergwerksorte in den Kopf gesetzt hatten und kaum davon abgehen würden. Zumal Bergleute besser bezahlt wurden als Hilfskräfte in Geschäften oder auf dem Bau. Hinzu kam, dass der Holzhändler sein Angebot schnell überdachte, als er Jims, Freds und Erics »fleißige Hände« dann wirklich in Aktion erlebte. Die drei waren durchgefroren und lustlos, dazu wies das Kaff Springfield noch nicht mal einen richtigen Pub auf. Immerhin erstand Fred im örtlichen Kolonialwarenladen eine Flasche Whiskey, mit der sich die drei beim Abladen warmtranken. Die Flasche wurde dabei schneller leer als der Wagen. Und zudem fand sich noch ein anderer Umstand, der die Männer »zwang«, die ungeliebte Arbeit schnell abzubrechen.

Ein paar Stunden vor dem schweren Gespann des Holzhändlers war ein leichterer Wagen mit Bergarbeitern für Greymouth eingetroffen. Einer der dortigen Minenbesitzer – Josuah Biller – hatte die Männer in Lyttelton angeworben. Lyttelton, so lernte Violet, war der Hafen von Christchurch und damit natürlich näher an den Bergwerksstädten als Dunedin. Dennoch machten sich nur wenige Ankömmlinge auf den beschwerlichen Weg über die Alpen, die meisten suchten sich schon in Christchurch oder den Plains Arbeit – bis zur Westküste gelangten nur Abenteurer. Biller gedachte das nun zu ändern und stellte den ganzen Sommer über Reisemöglichkeiten zur Verfügung. Im Winter fuhren die Wagen seltener, und eigentlich war dieser auch voll, aber der Fahrer dachte praktisch: Drei kräftige Männer wie Jim, Fred und Eric konnte sich die Mine nicht entgehen lassen. Und der Winter war ja auch fast vorbei.

»Alles zusammenrücken!«, befahl er den murrenden Leuten im Wagen.

Er winkte den Paisleys, einzusteigen. Was kümmerte es sie da, dass der Wagen des Holzhändlers erst zur Hälfte entladen war. Nur Violet war die Sache peinlich. Sie nahm mal wieder Zuflucht zum braven Knicksen.

»Bitte entschuldigen Sie meinen Vater«, sagte sie und nestelte an der Kleidung ihrer kleinen Schwester herum. »Ich ... ich kann Ihnen aber ein bisschen Fahrgeld anbieten.«

Der Mann winkte ab. »Ach, lass mal, Mädchen, halt dein Geld zusammen. Deine Männer werden nicht viel verdienen, hier nicht und in Greymouth auch nicht. Der Steiger, der mit denen gesegnet wird, tut mir jetzt schon leid. Aber für dich ist der Transport ein Segen, du wirst sehen. Allein mit den drei Lebenskünstlern wär euch die Kleine womöglich in den Bergen erfroren.« Er wies auf Rosie. »Ihr werdet allerdings Proviant brauchen. Ich glaub kaum, dass Biller seine Leute auch noch verköstigt.«

Violet blickte hinüber zum Laden. Sollte sie noch rasch hinlaufen und von ihrem mühsam versteckten Geld etwas kaufen, obwohl Jim und Fred schon nach ihnen riefen? Konnte sie den Vater um Geld und den Fahrer um einen kurzen Aufschub der Abfahrt bitten? Violet war hin und her gerissen. In diesem Moment kam die Frau des Holzhändlers angelaufen und drückte Rosie ein Päckchen in die Hand.

»Hier, Kleines, ich hab gerade Brot gebacken. Da hab ich euch ein paar Scheiben abgeschnitten, für die Reise.«

Rosie, die auf der Fahrt schon wieder verstummt war, blickte die

Frau an, als wäre sie der Weihnachtsmann. Das Kind war zweifellos hungrig, auch Violet hatte seit Stunden nichts außer Tee in den Magen bekommen, aber sie hatte vor Sorge und Aufregung keinen Hunger gespürt.

Violet bedankte sich verlegen. Sie schämte sich für ihren Vater und dafür, in diesem neuen Land gleich als Bettler beginnen zu müssen. Dabei hätte ihr Erbe gereicht, um wirklich neu anzufangen.

Sie drängte sich mit Rosie auf den Wagen. Und sah sich gleich dem nächsten Schrecken gegenüber. Abgesehen von einer älteren, verhärmt wirkenden Frau ganz vorn fuhren nur Männer mit. Meist junge Männer, die gleich anfingen, das Mädchen mit Blicken zu taxieren. Bald darauf fielen auch die ersten zotigen Sprüche. Für Violet ein Vorgeschmack auf das, was sie an der Westküste erwartete.

»Dort gibt es praktisch keine Frauen«, hatte sie der Reverend gewarnt. »Das ändert sich zwar zurzeit, durch die Bergwerke, die Kumpel holen ihre Familie nach. Aber der Überschuss an Männern ist immer noch gewaltig. Also pass auf, vor allem abends. Bleib daheim, lass dich zu keinem Stelldichein überreden. Ich kenne das von den Goldfeldern: Die Kerle schicken einen netten jungen Burschen, der das Mädchen in die Wildnis lockt, und dann fallen sie zu sechst über sie her ...«

Violet und Rosie leerten heißhungrig das Proviantpaket der freundlichen Frau aus Springfield. Violet dachte zwar kurz daran, etwas zu verwahren, aber dann hätte sie sicher mit den Männern teilen müssen. Es war besser, die Brote zu essen, solange die drei noch an der Whiskeyflasche hingen. Also saßen die Mädchen kauend auf dem Wagen und blickten auf die Landschaft links und rechts des Weges, die immer bizarrer und schöner, andererseits jedoch auch beängstigender wurde. Es ging aufwärts in die Berge, durch Buchenwälder auf Arthur's Pass zu. Zuerst regnete es noch, aber weiter oben fiel Schnee. Rosie blickte fasziniert auf Bäume, die wirkten, als hätte man sie mit Zuckerguss versehen, und auf die teilweise zugefrorenen Teiche und Bäche, an denen sie vorbeifuhren. Die Straße wurde schlechter und schlechter. Immer wieder mussten die Passagiere absteigen, weil der Weg vereist war oder weil es so stark bergauf ging, dass die Pferde den voll beladenen Wagen nicht hinaufziehen konnten.

»Das wird morgen noch schlimmer«, prophezeite der Fahrer.

Bisher wirkten seine Passagiere aber noch nicht demoralisiert. Schließlich waren es junge, kräftige Männer, und Jim Paisley war nicht der Einzige, der sich in Springfield mit Whiskey eingedeckt hatte. Violet war allerdings schon am Abend des ersten Tages ziemlich erschöpft, zumal sie Rosie über die schlimmsten Wegstellen tragen musste. Keiner der Reisenden war auf ein solches Wetter vorbereitet. Kathleen hatte Violet zwar noch einen warmen Mantel geschenkt, aber die Garderobe der Geschäftsfrau aus Dunedin enthielt natürlich keine Ausstattung für Bergwanderungen im Winter. Erst recht reichte das Schuhwerk der Mädchen nicht aus, um sich vor dem Schnee zu schützen. Rosies Schühchen waren binnen kurzer Zeit durchnässt, und die Kleine weinte, als ihre Füße kälter und kälter wurden.

Violet atmete auf, als sie das Ziel der Tagesetappe erreichten, eine primitive Holzhütte, geschützt durch den Wald. Der Fahrer gab keine Auskunft darüber, ob sie für Reisende gebaut worden war oder Schafzüchtern gehörte, die im Sommer ihre Tiere ins Hochland trieben. Auf so viele Menschen war das Häuschen aber ganz sicher nicht eingerichtet. Es gab kaum Platz für die siebenundzwanzig neuen Bergarbeiter für Greymouth – erst recht nicht für die drei weiblichen Wesen in ihrem Anhang. Der Mann der älteren Frau bestand trotzdem darauf, seine Gattin nah an der Feuerstelle unterzubringen. Zu der Familie gehörten obendrein zwei kräftige Söhne, die sein Anliegen unterstützten. Niemand wagte zu widersprechen. Violets schüchterne Anfrage stieß dagegen nur auf Antworten wie »Du kommst ganz einfach zwischen mich und meinen

Freund, wir halten dich schon warm!« oder »Du glaubst nicht, wie schnell mein Feuer dich heiß macht, Süße!«.

Schließlich floh sie mit Rosie in den Stall, wo es sich auch der Fahrer bei seinen Pferden gemütlich gemacht hatte. Violet wollte gleich wieder gehen – einer konnte gefährlicher sein als eine ganze Gruppe. Aber der wortkarge Mann in mittlerem Alter wies einladend in eine mit Stroh ausgelegte Ecke auf der anderen Seite des kleinen Feuers, das er entzündet hatte.

»Legt euch da ruhig hin, ich tu dir nichts«, sagte er gleichmütig. »Hab mein Mädchen in Greymouth.«

Violet wickelte sich und Rosie dankbar in ihre Decken. Als der Mann auch noch einen Becher Kaffee in ihre Richtung schob, wurde sie mutiger.

»Es heißt ... es heißt, es gäbe nicht viele Mädchen in Greymouth«, sagte sie schüchtern.

Der Mann nickte. »Deshalb bleib ich der Molly auch besser treu«, sagte er knapp.

Violet nippte an ihrem Kaffee und stellte erschrocken fest, dass er mit Whiskey versetzt war.

»Wärmt auf«, bemerkte der Fahrer. »Aber keine Angst, ich betrink mich nicht. Muss auf das Feuer aufpassen, ist gefährlich hier im Stall. Ich will nur nicht erfrieren, und auch nicht erstinken ...« Er wies mit schiefem Lächeln auf den Hauptraum der Hütte.

Violet lächelte. Die Ausdünstungen der vielen Menschen in der winzigen Hütte hatten ihr eben auch schon den Atem geraubt. »Wie ist Greymouth?«, fragte sie scheu.

Der Fahrer zuckte die Achseln. »Ist halt 'ne Stadt«, sagte er kurz. »Drei Minen, ein Pub, viel Dreck.«

Es klang nicht ermutigend. Aber Violet hatte auch kaum etwas anderes erwartet. An Rosie gekuschelt, schlief sie schließlich ein. Der Fahrer hatte in jeder Hinsicht die Wahrheit gesagt. Der Whiskey wärmte, und der Mann kam ihr nicht zu nahe.

Dafür weckte Violet schon früh am Morgen die trotz der warmen Pferdeleiber eisige Kälte im Stall. Der Fahrer hatte das Feuer in der Nacht ausgehen lassen – sonst hätte er auch kaum gewagt, einzuschlafen. Violet versuchte, es wieder anzufachen, aber sie schaffte es nicht. Schließlich erwachte der Fahrer und half ihr. Rosie war ebenfalls wach und weinte vor Kälte.

»Ist besser so, als wenn sie schläft«, verkündete der Fahrer. »Bevor man erfriert, schläft man ein.«

Erschrocken beschloss Violet, ihre kleine Schwester von jetzt an wach zu halten, egal, was geschah. Sie zwang das Kind auch, den bitteren Kaffee zu trinken, den der Fahrer aufbrühte. Der suchte daraufhin nach Milch und Zucker in seinen Taschen.

»Ich mag ihn lieber schwarz«, bemerkte er. »Aber für die Kleine ...«

Violet rührte so viel Zucker in ihren Kaffee wie möglich – sie hatte einmal gehört, er sollte warmhalten.

Inzwischen rührten sich auch die Reisenden nebenan. Es kam dort offensichtlich zum Streit – über Kaffee, Tee, Brot oder Whiskey.

Violet sah furchtsam in Richtung der Verbindungstür, Rosie fast panisch. Der Fahrer deutete ihre Blicke dahingehend, dass sie lieber nicht hineingehen und um Frühstück bitten wollten. Bereitwillig teilte er Brot und Käse mit den Mädchen.

»Ich hab genug«, meinte er gelassen, als Violet sich vielfach bedankte. »Und gleich kommt ihr zwei mit auf den Bock. Da packt dich wenigstens keiner an, eine Hübsche, wie du bist.«

Violet errötete. Angesehen hatte der Fahrer sie also doch.

Trotz der neuen Privilegien gestaltete sich der zweite Tag der Reise höllisch. Am Anfang ging es noch; das Voralpenland, in dem die Buchenwälder langsam schneebedeckten Felsen und Geröllhalden wichen, wirkte vom Bock aus und in warme Decken verpackt fast märchenhaft schön. Rosie ergötzte sich auch an den graugrünen

Vögeln mit krummen Schnäbeln, die frech auf den Ästen der Bäume schaukelten und die Reisenden anzuschimpfen schienen. Immer wieder landeten auch ein paar auf dem Wagen oder im Geschirr der Pferde. Der Fahrer scheuchte sie weg, wenn sie auf den Rücken der Tiere einpicken wollten.

Violet mochte ihren Augen kaum trauen. »Die ... die sehen aus wie ... Papageien?«

Sie schwankte zwischen Feststellung und Frage. Bisher hatte sie nur einmal Papageien gesehen, als sich ein paar abgerissene Schausteller mit einer Tierschau nach Treherbert verirrten.

Der Fahrer grinste. »Keas«, sagte er. »Freche kleine Mistviecher. Passt mal auf!«

Er nestelte eine Tasche unter dem Sitz hervor, brachte ein paar Papiere daraus unter seinem Umhang in Sicherheit und steckte ein Stück Brot hinein. Dann band er die Tasche fest an die Peitschenhalterung. Violet und Rosie beobachteten fasziniert und dann belustigt, wie sich gleich zwei Vögel daraufstürzten und die Tasche mit ihren krummen Schnäbeln bearbeiteten. Sie hackten aber nicht einfach darauf ein, sondern schienen sich ausführlich mit dem Verschlussmechanismus auseinanderzusetzen. Schließlich zog einer von ihnen die Lasche über den Knopf, die die Tasche schloss, schob das Behältnis auf und angelte nach dem Brot. Die zwei Keas begannen sofort, sich um den Brocken zu streiten. Darüber fielen sie schließlich vom Bock und mussten fliegen, wobei sie das Brot verloren. Ihr anschließendes Geschrei hörte sich an, als gäben sie sich gegenseitig die Schuld an dem Desaster.

Rosie lachte glücklich.

»Leben Papageien normalerweise nicht im Warmen?«, fragte Violet.

Der Fahrer zuckte die Schultern. »In Neuseeland ist nichts normal«, bemerkte er knapp.

276

Gegen Mittag kämpfte sich der schwer beladene Wagen dann immer steilere Wege empor. Wieder mussten die Reisenden aussteigen, und diesmal kam zu der mangelnden Bequemlichkeit auch die Gefahr, auszurutschen und in einen der Abgründe zu stürzen, die sich rechts oder links der Straße auftaten. Mitunter führten leichte Brücken über immens tiefe Schluchten. Rosie weinte wieder einmal und mochte nicht hinuntersehen. Violet am liebsten auch nicht, sie konnte die Kleine deshalb nicht tragen – und ihren Vater darum zu bitten wagte sie auch nicht. Jim schwankte schon wieder bedenklich, die Whiskeyvorräte der Bergleute schienen nicht enden zu wollen.

»Sind das alles Bergleute aus England?«, fragte Violet den Fahrer, als es mal wieder ein Stück halbwegs geradeaus ging und alle einsteigen durften. »Ich meine … kommen die aus Bergwerksstädten?«

Der Fahrer, er hatte sich inzwischen als Bob vorgestellt, verzog das Gesicht und zuckte wieder mal die Achseln. Mit dieser Bewegung pflegte er die Hälfte aller Fragen zu beantworten.

»Das sagen die«, schränkte er ein. »Ob's stimmt? Ich soll kräftige Kerle anwerben. Wenn's geht mit Erfahrung. Aber wenn sie die nicht haben, dann kriegen sie sie in der Biller-Mine. Wichtig ist, dass sie sich unter Tage nicht in die Hose machen. Wenn einer Schiss vorm Einfahren hat, ist er zu nix zu gebrauchen. Ich guck immer danach, wer aussieht, als hätte er vor gar nix Schiss. Und scheint zu klappen, ich mach den Job jetzt schon ein Jahr.«

So gesehen entsprachen Jim und Fred Paisley natürlich voll und ganz den Anforderungen. Und auch Eric Fence fehlte es wahrscheinlich schon allein an Fantasie, um sich vor irgendetwas zu fürchten. Jetzt jedenfalls gaben die drei kräftig mit ihren Erfahrungen unter Tage an und schufen sich damit Freunde und Bewunderer unter den Neulingen. Die anderen alten Bergleute, darunter der Mann mit der missmutigen Frau und seine Söhne, verdrehten darüber nur die Augen.

Der Tag verging quälend langsam. Violet fror sich abwechselnd auf dem Wagen halb tot, um dann mit Schweißausbrüchen zu kämpfen, wenn sie wieder meilenweit durch den Schnee stapfen musste. Rosie ließ Bob schließlich im Wagen, wenn die Passagiere ausstiegen, das kleine Ding wog ja nicht viel. Gegen Mittag schlief sie dann ein, was Violet in Panik versetzte. Schließlich rasteten sie auf einem Berg, der eine atemberaubende Aussicht auf das Gebirge rundum geboten hätte, wäre da nicht der tobende Schneesturm gewesen.

»Im Sommer ist's besser«, bemerkte Bob.

Violet verfiel von Panik in Lethargie. Ihr war inzwischen alles egal. Sie scheuchte die Keas weg, die an ihr Brot wollten, und kaute mit Heißhunger. Auch gegen den Whiskey im Kaffee hatte sie nichts mehr einzuwenden. Mit schlechtem Gewissen zwang sie das Getränk auch Rosie auf.

»Arthur's Pass«, sagte Bob schließlich und lenkte sein Gespann über eine besonders gefährlich wirkende Folge von Brücken und schmalen Wegen, die größtenteils links und rechts steil abfielen.

»Ab jetzt geht's runter.«

»Das … das war also das Schlimmste?«, fragte Violet hoffnungsvoll.

Bob zuckte mal wieder die Achseln. »Wie man's nimmt«, meinte er.

Tatsächlich gestaltete sich auch der Abstieg als nicht gerade einfach. Wieder mussten die Passagiere oft absteigen, diesmal, damit der schwere Wagen nicht in die Deichsel rutschte und die Pferde zum Straucheln brachte. Und sich durch den Schnee bergab zu tasten war fast ebenso anstrengend, wie bergauf zu stapfen. Dafür winkte aber am Ende des Tages ein richtiges Gasthaus. In Jacksons, einem winzigen Gebirgsdorf, konnten Reisende Zimmer mieten oder in Gemeinschaftsunterkünften schlafen. Bei Jim und seinem Anhang reichte das Geld allerdings nur noch für ein Bier vor dem Einschlafen. Dann verkrochen sie sich im Stall. Der Eigentümer des Hotels duldete das widerwillig – weil Bob ihm versicherte, das einzige Feuer zu bewachen.

»Ist ja auch keine gute Reklame, wenn die Kerle sich erst bei ihm besaufen und dann draußen erfrieren«, kommentierte der Fahrer.

Violet und Rosie nahm er gleich wieder unter seine Fittiche. Sie schliefen tief und fest unter Kathleens Decken und denen der Pferde. Als sie aufwachten, regnete es. Es regnete, während sie frühstückten und anschirrten, und es regnete, als sie dann weiter bergab fuhren.

»Es regnet hier dauernd«, meinte Bob, als Violet nach Stunden entnervt fragte, wann es wohl aufhören würde. »Auch in Greymouth.«

Violet ersetzte im Stillen dauernd durch oft, aber im Laufe des Tages fragte sie sich, ob Bob nicht vielleicht doch Recht hatte und sie die Welt niemals wieder klar, sondern immer durch einen Regenvorhang sehen würde. Die Landschaft wurde wieder waldig, sie fuhren durch dichten Mischwald, vorbei an Bächen und Schluchten. Am Nachmittag waren alle Decken und Kleider durchnässt, und Violet sehnte sich nur noch nach einem trockenen Ort, auch wenn er kalt war wie die Ställe oben in den Bergen. So schnell sollte ihr der aber nicht vergönnt sein. Gegen Abend erreichten sie Greymouth.

Violet hatte einen Ort wie Treherbert erwartet – trist, langweilig, aber doch eine richtige Stadt mit Straßenzügen, Steinhäusern, einem Bahnhof.

Greymouth dagegen wirkte auf den ersten Blick wie ein Küstenstädtchen. Abgesehen davon, dass der Regen alles grau in grau färbte, lag der Ort wunderschön zwischen dem Meer und einem Fluss, dessen Mündung, wie sie später erfuhr, der Stadt ihren Namen gegeben hatte. Violet hatte nie von Bergwerksorten am Meer gehört, aber wie Bob schon sagte, schien in Neuseeland ja alles anders zu sein. Vor allem aber war in Greymouth noch so ziemlich alles im Bau – auf der Hauptstraße standen nur wenige Häuser, von denen eines, wie könnte es anders sein, den Pub beherbergte. Hotels schien es noch keine zu geben.

»Sind aber ein paar im Bau«, meinte Bob. »An der Küste … die werden mal richtig schön – nur viel zu teuer für dich, Kleine.«

Violet seufzte. Sie sah schwarz für eine trockene Unterkunft, wenn die Biller-Mine ihnen nicht am Abend noch ein Zechenhäuschen zuwies. Bob schaute sie fragend an, als sie danach fragte.

»Was für ein Häuschen?«, erkundigte er sich. »Häuser für die Bergleute? Wär das Erste, was ich höre.«

Violet starrte ihn an. »Aber wo sollen wir dann wohnen?«, fragte sie. »Wenn … wenn es keine Hotels gibt und keine Häuser und …«

»Die Bergleute bauen sich selbst was«, antwortete Bob – und gleich danach sah Violet auch, was er meinte.

Bob war angewiesen, seine menschliche Fracht gleich zur Biller-Mine zu bringen – nicht, dass die Männer womöglich doch noch in der Staatlichen Mine anheuerten, die sicher die besten Sicherheitsvorkehrungen bot, aber am schlechtesten zahlte, oder bei Marvin Lambert, der eben die zweite private Mine neben Biller eröffnet hatte. Marvin Lambert heuerte keine Arbeiter vom Schiff weg an, aber er warb Biller gern die besten Leute ab, nachdem sich herausgestellt hatte, wer wirklich brauchbar für die Mine war und wer nicht.

Insofern war Biller daran gelegen, dass die Männer gleich einen Vertrag unterschrieben – und der Weg zur Mine führte direkt durch die Unterkünfte der Arbeiter. Violet war entsetzt. Die Quartiere rund um die Mine sahen genau so aus, wie sie sich Hütten vorstellte, die von Männern wie Jim und Fred errichtet worden waren. Niemand dachte hier an Bebauungspläne, an Straßen und Kanalisation. Jeder stellte seine Hütte auf, wo es ihm gerade passte, und gebaut wurde mit den Materialien, die zur Verfügung standen.

Es gab Blockhäuser, aber die meisten Unterkünfte waren eher Verschläge – aus Abfallholz oder Schalholz errichtet, das die Erbauer wohl in der Mine hatten mitgehen lassen. Manche Männer schliefen auch nur unter ölgetränkten Planen. Ganz sicher gab es keine Häuser, die mehr als einen Raum aufwiesen, und trotz des Regens brannten draußen Kochfeuer. Innen gab es also keine Feuerstellen oder zumindest keine Kamine. Die Luft war stickig, es roch nach Rauch und Exkrementen – vermutlich gab es also auch keine richtigen Abtritte, weder private noch öffentliche.

Violet traten die Tränen in die Augen. Es musste furchtbar sein, in diesen Hütten zu leben – aber noch furchtbarer war es natürlich, überhaupt keine Unterkunft zu haben. Genau danach sah es für sie allerdings vorerst aus. In dieser Nacht würden ihr Vater, Fred und Eric garantiert keine Hütte mehr bauen. Die drei würden im Pub verschwinden und da sicher auch eine Schlafstelle finden. Und sie und Rosie würden sie vergessen. Das war schließlich schon einmal passiert.

Wie in Trance blieb sie im Wagen sitzen, während Bob seine männlichen Passagiere in ein neu gebautes Kontor neben den Förderanlagen lotste. Die Mine sah so aus wie die in Treherbert – schlichte Gebäude, ein Turm, Speicher. Alles hinter einem Regenvorhang. Violet sah zu der älteren Frau nach hinten, dem einzigen anderen weiblichen Wesen außer ihr und Rosie. Sie hoffte, dass die Erwachsene vielleicht eine Lösung wusste, wenigstens für die kommende Nacht. Aber die bisher unerschütterlich wirkende Frau war beim Anblick der Siedlungen völlig zusammengebrochen. Sie weinte haltlos. Violet wandte sich ab.

Inzwischen kamen die Männer wieder aus dem Kontor, allesamt bester Stimmung – und ausgestattet mit einem kleinen Vorschuss. Am kommenden Tag würden sie noch freihaben, erklärten Fred und Jim erfreut.

»Da baun wir uns ein Haus!«, meinte Violets Vater großspurig, als Violet fragte, wo sie denn wohnen sollten. »Die Mine stellt

Holz zur Verfügung, dieser Biller ist ungeheuer großzügig. Sollten wir gleich 'n Glas drauf trinken, Jungs!«

Violet fand eigentlich keinen Grund dafür, den Minenbesitzer hochleben zu lassen. Selbst wenn die Arbeiter das Holz für ihre Hütten nicht stehlen mussten – sie waren Bergleute, keine Bauarbeiter. Violet jedenfalls graute vor dem »Haus«, das Jim erstellen würde, und die ältere Frau hinten im Wagen traute ihrer Familie offensichtlich ähnlich wenig zu.

»Also zum Pub?«, fragte Bob kurz angebunden wie immer. Er sah Violet und Rosie mitleidig an.

Die Männer gröhlten zustimmend. Violet wunderte sich, dass ihr nicht die Tränen kamen, als der Wagen erneut durch die Elendsquartiere der Bergarbeiter rollte. Aber sie konnte nicht weinen.

Violet verspürte nur Wut, wilde, ohnmächtige Wut.

Tatsächlich fuhr noch eine Postkutsche nach Auckland, und da sonst niemand mitfuhr und sich beschweren konnte, erklärte sich der Fahrer – natürlich gegen einen gewaltigen Aufpreis – bereit, Maori und Hunde mitzunehmen.

»Reiseproviant«, kicherte Matariki, als Kupe Dingo hineinhob. Sie hatte ihre gute Laune bereits wiedergefunden. »O Gott, bin ich froh, dass wir da raus sind! Ich dachte schon, ich müsste für diese McConnells schuften, bis ich alt und grau bin. Und diese fürchterliche Stadt ... Hoffentlich ist Auckland besser.«

Auch in Auckland, einer aufstrebenden Stadt mit bereits weitgehend gut befestigtem Straßennetz, Bürgersteigen und Steinhäusern, wurden Kupe und Matariki schräg angesehen. Matarikis verschlissenes, nicht wirklich passendes Kleid und ihr Häuptlingsmantel erregten Aufsehen.

»Erst zum Telegrafenamt, dann zum Warenhaus!«, bestimmte Matariki und lotste Kupe die Queen Street herunter.

Auckland erinnerte sie an Dunedin, wirkte allerdings bunter, jünger und weniger geordnet. Das war kein Wunder, schließlich war dieser Ort nicht von Anhängern der Free Church of Scotland auf dem Reißbrett geplant worden, sondern mit der Bedeutung des Hafens für Handel und Einwanderung natürlich gewachsen. Matariki freute sich bereits auf den Einkaufsbummel. Sie würde das mühsam bei den McConnells verdiente Geld für so viel sündigen Tand ausgeben, wie ihr eben möglich war.

Die Männer auf dem Telegrafenamt waren Kupe gegenüber

zurückhaltend, überschlugen sich aber vor Freundlichkeit gegenüber Matariki. Das Mädchen wurde rot ob der Komplimente, die man ihm machte, und der Scherze, die man mit ihm trieb. Kupe schaute dagegen mürrisch, er hätte Matariki gern beschützt, musste jetzt aber feststellen, dass sie mit dem städtischen Leben weitaus besser zurechtkam als er.

»Wir schicken zwei Telegramme«, bestimmte sie jetzt. »So teuer ist das ja nicht. Eins an meine Eltern und eins an den Reverend. Die Burtons wohnen in Dunedin, die kriegen es gleich. Können wir hier auf die Antwort warten? Oder nein, ein paar Stunden dauert das bestimmt. Und ich brauche dringend neue Kleidung!«

»Wir sollten das Geld besser sparen«, meinte Kupe unsicher. »Wir müssen doch auch irgendwo schlafen heute Nacht ...«

»Das können wir doch von meinem Lohn, so viel ist sicher übrig!« Matariki war gänzlich unbekümmert. »Wetten, dass wir heute noch Geld kriegen? Und wenn nicht ...« Sie lächelte in Richtung der Angestellten im Telegrafenamt. »Die Herren kennen doch bestimmt eine erschwingliche Pension, für die das Geld reicht, das wir noch haben.«

Die beiden Angestellten hatten gleich zwei oder drei Vorschläge, wobei sie sich allerdings etwas wanden. »Denken Sie denn an ein ... Doppelzimmer oder soll es ein ... hm ... ehrbares Haus sein?«

Matariki blitzte den Fragenden strafend an. »Sehen wir aus, als wären wir nicht ehrbar?«, erkundigte sie sich stolz, woraufhin Kupe errötete.

Nach dem, was man ihm im Waisenhaus beigebracht hatte, trugen ehrbare Mitmenschen keine Altkleider, die ihnen obendrein nicht passten, und zogen, soweit nicht miteinander verheiratet, auch nicht als Paar herum. Mal ganz abgesehen davon, dass sowohl ihm als auch Matariki ein Bad mehr als gutgetan hätte, von Dingo gar nicht zu reden.

»Es gibt eine Pension für junge Frauen, nur ein paar Straßen von hier«, meinte einer der Männer. »Vielleicht ...«

»Das klingt sehr gut!«, erklärte Matariki majestätisch. »Aber jetzt gehen wir erst mal einkaufen. Kommt, Kupe und Dingo!« Matariki machte sich in wilder Kauflust auf die Suche nach einem Damenmodengeschäft wie Lady's Goldmine, ließ sich dann aber doch von Kupe in ein ganz normales Warenhaus ziehen. Kupe fand dort passende Hosen und Hemden, und Matariki bestand darauf, dass er auch eine Lederjacke erstand sowie einen Hut.

»Und dann brauchst du noch einen Barbier!«, bestimmte sie. »Die Haare müssen ab.«

Kupe sah sie entsetzt an. Es hatte lange gedauert, bis sein Haar lang genug gewesen war, den traditionellen Kriegerknoten zu winden, und nun war der *tikitiki* sein ganzer Stolz.

Matariki verdrehte die Augen. »Kupe, so kannst du hier nicht herumlaufen. Die Leute kriegen ja Angst. Du …«

»Du hast gesagt, du bist Maori!«, brach es aus Kupe heraus. »Aber jetzt … jetzt benimmst du dich wie eine *pakeha*. Dabei hatte ich gedacht …«

Matariki biss sich auf die Lippen. Sie selbst hatte noch gar nicht allzu viel gedacht. Aber Kupe hatte Recht. Als sie gefangen in Hamilton hockte, hatte sie sich geschworen, von nun an Maori zu sein, Teil ihres Volkes. Mit allen Vor- und Nachteilen. Und nun schlüpfte sie wieder in die Rolle einer Otago-Schülerin, sobald ein paar *pakeha* nett zu ihr waren?

Sie seufzte. »Gut, lass die Haare dran. Aber ich würde sie nicht unbedingt aufstecken, wenn du nicht gerade in den Krieg ziehst. Einverstanden?«

Kupe nickte halbherzig. Aber als Matariki eine Stunde lang in der Damenkonfektion des kleinen Warenhauses verschwunden war und anschließend in einem neuen Kleid auf ihn zutrat, strahlten seine Augen wieder. Es war ein schlichtes Leinenkleid, braun, aber mit einem leichten Goldstich. Die Farbe unterstrich Matarikis eigentlich milchkaffeefarbenen, zurzeit aber etwas blassen Teint und ihre goldbraunen Augen. Das Kleid wurde mittels einer langen Knopfleiste geschlossen, die Knöpfe waren elfenbeinfarben, die Applikationen schwarz. Das Korsett – es war Matarikis erstes, und sie hatte es stolz anprobiert, auch wenn sie leicht aufstöhnte, als die Verkäuferin die Schnüre anzog – ließ Matarikis ohnehin schmale Taille fast zerbrechlich wirken. Elfenbeinfarbene Handschuhe verdeckten ihre von der Seifenlauge beim Putzen aufgesprungenen Finger, auf dem üppigen schwarzen Haar, das in einem Netz gebändigt wurde, saß ein cremefarbenes Hütchen.

»Ich weiß, es ist *pakeha*«, entschuldigte sich Matariki. »Aber ...«

»Es ist wunderschön!«, sagte Kupe heiser. »Du bist wunderschön. Du ... du könntest jetzt gar kein *piu piu* mehr tragen, sonst ... also sonst könnte ich dich gar nicht ansehen, ohne ...« Er stotterte.

Matariki lächelte. »Das wäre dann aber sehr *pakeha*, Kupe! Da musst du noch dran arbeiten. Ein Maori kann halb nackte Frauen ansehen, ohne gleich auf dumme Gedanken zu kommen!«

Als die beiden zurück ins Telegrafenamt kamen, war die Antwort von Reverend Burton schon da.

»Matariki, bleib, wo du bist! Eltern werden verständigt. Geld auf der Bank of New Zealand, Queen Street.«

Matariki schnurrte wie ein Kätzchen, als sie kurz darauf das feudale Bankgebäude betraten, aufs Freundlichste behandelt und mit einem so ansehnlichen Geldbetrag ausgestattet wurden, dass Matariki das halbe Warenhaus hätte leer kaufen können.

»Woher kommt denn das?«, fragte Kupe fassungslos und starrte auf die Pfundscheine in ihrer Hand. »Leiht man dir das, oder ...«

Matariki lächelte überlegen. »Telegrafische Geldanweisung«, bemerkte sie. »Von der Dunloe-Bank zur Bank of New Zealand. Geht ganz einfach, wie ein Telegramm. Mr. Dunloe ist ein Freund der Burtons, und meine Eltern haben da auch ein Geschäftskonto. Ich denke, Mr. Dunloe hat aber nicht gewartet, bis sie zustimmten, sondern mir gleich was geschickt. So gesehen ist es geliehen. Ja.

Aber mein Vater – also mein richtiger Vater, nicht der *ariki* – kann's der Bank gleich zurückgeben.«

Kupe rieb seine Nase. »So viel Geld … nur eben so … Du bist reich, Matariki!« Es klang ehrfurchtsvoll wie die Stimmen der Hauhau, wenn sie von Matarikis Kraft als Priesterin sprachen.

Matariki nickte ohne jede Scham und zeigte wieder ihr verschmitztes Grinsen.

»Ich bin eine Häuptlingstochter«, lachte sie.

Matariki und Kupe schlenderten durch Auckland und bewunderten die Hafenanlage und die Schiffe aus England und Australien. Matariki erzählte, dass ihre Eltern zunächst in Tasmanien gewesen waren, bevor sie nach Neuseeland kamen, und Kupe zeigte auf die terrassenartigen Hänge des Mount Eden und erklärte, dass hier Maori Landwirtschaft betrieben hatten. Tamaki Makau Rau, wie Aucklands Maori-Name lautete, war eine große Stadt gewesen, lange bevor die *pakeha* kamen.

Matariki konnte sich das gut vorstellen, ihr gefielen die Naturhäfen und das Meer, die grünen Hügel und das durchgehend warme Wetter. Es war Frühling und schon recht warm in Auckland. In Otago herrschte ein anderes Klima. Gegen Abend machten sich die beiden jungen Leute auf die Suche nach einer Unterkunft und ließen dabei alle ehrenwerten Pensionen links liegen. Der Bankdirektor hatte ihnen das Commercial, Aucklands erstes und renommiertestes Hotel, empfohlen, und Matariki war gleich fasziniert von dem verspielten und doch Würde ausstrahlenden Holzbau.

»Du willst … hier rein?«, fragte Kupe eingeschüchtert.

Matariki nickte. »Warum nicht?«, erkundigte sie sich. »Wir sehen doch jetzt ganz ehrbar aus! Wie anständige Christenmenschen, würde Mr. McConnell sagen. Wobei sich sehr anständige Christenmenschen natürlich etwas Billigeres suchen und den Rest ihres Geldes den Armen spenden würden.«

Kupe trat nervös von einem Fuß auf den anderen. »Matariki ...
ich ... ich war noch nie in einer Pension ...«

Matariki verdrehte die Augen. »Das ist nicht schwierig, Kupe.
Man nennt seinen Namen, kriegt ein Zimmer, und am nächsten
Tag bezahlt man seine Rechnung.«

Kupe biss sich auf die Lippen. »Welchen Namen, Matariki?«,
fragte er heiser. »Ich nenne mich Kupe. Vorher nannte man mich
Curt. Aber die Namen meiner Ahnen kenne ich nicht. Und nicht
das Kanu, mit dem sie nach Aotearoa kamen.«

Matariki empfand plötzlich Mitleid. Sie war sich zwar ziemlich sicher, dass man »Curt« auch irgendeinen Nachnamen gegeben
hatte – ihre eigene Mutter hatte den Namen des Mannes erhalten,
der sie gefunden hatte. Aber es erschien ihr herzlos, ihn daran zu
erinnern.

Stattdessen legte sie ihm sanft und scheu die Arme um den
Hals. »Kupe«, flüsterte sie. »Deine Ahnen sind gegangen, aber sie
wachen als Sterne über dich. Komm, wir gehen irgendwohin, wo
es nicht so hell ist.« Vor dem Commercial waren die Straßen mit
Gaslampen erleuchtet. »Und dann schauen wir gemeinsam in den
Himmel. Wenn einer der Sterne dir zulacht, dann wirst du seinen
Namen tragen.«

Matariki zog den widerstrebenden Kupe in Richtung des Bota-
nischen Gartens rund um das Regierungsgebäude. Der Abend war
klar, im letzten Licht des Tages sah man die Silhouetten der Berge
und Hügel, aber im Meer spiegelten sich schon die Sterne.

»Wo sind deine?«, fragte Kupe.

Matariki lachte. »Noch in einer Besprechung mit den Göttern
hinter den Göttern«, behauptete sie. »Ich hab mehrere, da hast du
schon Recht. Matariki ist die Mutter eines Sternbildes. Aber es
wird erst im Juni sichtbar. Zum Tou-Hou-Fest. Mensch, das musst
du doch wissen, Kupe! Du hast schließlich bei den Maori gelebt!«

Kupes trauriges Gesicht verriet, dass die Hauhau-Bewegung
auf Neujahrsfeste und Sternbilder keinen großen Wert legte. Diese

288

seltsame Religion hatte ihre eigenen Riten entwickelt – weit entfernt von Güte und Friedfertigkeit.

»Aber jetzt komm, such dir einen aus!«, forderte Matariki ihren Freund auf.

Der junge Mann wies schüchtern auf zwei der hellsten Sterne. Besonders einer davon schien direkt auf ihn herabzuleuchten. Kupe wagte, zu ihm hinaufzulächeln. Der Stern schien zurückzublinzeln.

»Der da«, sagte er und wies auf den blitzenden Punkt im Norden.

Matariki nickte. »Den kenn ich«, sagte sie vergnügt. »Einschließlich seiner Ahnenreihe. Das ist Atuhati, ein Kind der Sterne Puanga und Takurua.« Sie wies auf Sirius.

»Das ist Takurua. Deine Vorfahren müssen über viel *mana* verfügt haben, um derart helle Sterne zu werden.«

Kupe rieb mal wieder seine Tätowierung.

»Willkommen auf Aotearoa, Kupe Atuhati, Sohn von Puanga und Takurua, der nicht mit einem Kanu kam, sondern mit dem Strahl eines Sterns direkt vom Himmel.«

Matariki lächelte – das unwiderstehliche Lächeln ihrer Mutter, das ihr immer die Herzen hatte zufliegen lassen. Und Kupe konnte nicht widerstehen. Er zog sie in die Arme und küsste sie. Viel heftiger und fordernder als damals unter dem Kauribaum. Matariki erwiderte den Kuss geduldig.

»Das war schön«, sagte sie sanft. »Und jetzt gehen wir ins Hotel. Und wir werden Wein trinken. Wir werden deinen Namen feiern, indem wir Wein trinken. Das ist etwas Besonderes. Meine Mutter ...«

»Deine Mutter hat deinen Namen mit einem Mann gefeiert in der Neujahrsnacht!«, stieß Kupe hervor. »Die Mädchen der Stämme ... Matariki, würdest du ... würdest du nicht mit mir ...?«

Kupes Blick wurde wieder flehend. Matariki sah erneut den empfindsamen Jungen hinter der martialischen Tätowierung des Kriegers. Einen Herzschlag lang dachte sie darüber nach, ihm nachzugeben. Er hatte ja Recht, einem Maori-Mädchen machte der Verlust ihrer Unschuld nichts aus. Matarikis Freundin Keke hatte schon mit einem Jungen aus ihrem *iwi* geschlafen, als sie dreizehn war. Aber jetzt? Hier? Matariki fragte sich, ob sie Kupe liebte. Sie mochte ihn, natürlich. Aber Liebe?

Versprich mir, dass du es nur aus Liebe tust ... Matariki meinte, die Stimme ihrer Mutter zu hören. Es war eins der wilden, fröhlichen Feste der Maori gewesen und Matariki noch recht klein. Lizzie war mit ihr in die Büsche gegangen, als sie mal musste – wobei die beiden fast über ein sich liebendes Pärchen gestolpert waren. Matariki hatte gefragt, und Lizzie hatte ihr seufzend ein paar Erklärungen gegeben. Alles andere wäre unsinnig gewesen, ihre Kinder wuchsen zu eng mit den Ngai Tahu auf, um nicht schon früh mit deren freizügiger Art, sich zu lieben, konfrontiert zu werden. *Es kann wunderschön sein, Matariki. Aber tu es nicht leichtfertig. Tu es nicht, um etwas dafür zu bekommen. Tu es nicht, nur weil der Mann es will. Mach es nur, wenn du dir völlig sicher bist und wenn du es so dringend willst ... so sehr willst, dass du meinst, du müsstest sonst verbrennen!*

Matariki war vom Verbrennen weit entfernt. Im Gegenteil, trotz der Temperaturen in Auckland begann sie zu frösteln. Es war ein langer Tag gewesen, und in der Kutsche hatte sie auch nicht viel geschlafen. Matariki wollte jetzt etwas Gutes zu essen und dann ein Bett, ganz für sich allein.

»Lass uns ins Hotel gehen«, sagte sie ruhig. »Dies ... dies ist nicht die Neujahrsnacht.«

Bob brachte seine menschliche Fracht wie verlangt zu dem bislang einzigen Pub in Greymouth, dem Wild Rover. Der Laden machte seinem Namen alle Ehre, heraus klang unmelodischer Gesang von zumindest angetrunkenen Männern. Ihr Dialekt hörte sich durchaus irisch an.

Von wenigen Ausnahmen abgesehen, drängten sich die neu angeworbenen Bergleute sofort in die Kneipe. Die anderen – die Frau und ihre Familie und drei oder vier junge Männer, die auch während der Reise eher still gewesen waren – hatten sich in der Siedlung absetzen lassen. Zweifellos taten sie das einzig Machbare, um in dieser Nacht noch ein Dach über den Kopf zu bekommen: Sie fragten ihre künftigen Kumpel. Es musste ein oder zwei Familien geben, deren Häuser groß genug waren, um Neuankömmlinge gegen ein paar Pennys aufzunehmen. Bob hatte ein paar Tipps bei der Hand. Jim, Fred und Eric winkten allerdings ab, als Violet sie bat, auch gleich zu bleiben.

»Wir können genauso gut im Pub fragen«, erklärte Jim. »Der Wirt weiß garantiert was!«

Violet seufzte. Er konnte da sogar Recht haben, der Pub war zweifellos eine Anlaufstelle. Aber bis Jim fragte, würde noch die halbe Nacht vergehen. Sie sah sich also besser selbst nach einem trockenen Plätzchen um, nachdem Bob sich etwas verlegen verabschiedet hatte. Auch er ging in den Pub, und Violet beobachtete durch die Türöffnung, wie ihm gleich ein Mädchen um den Hals fiel.

»Molly!« Bob wirkte glücklich.

Violet fragte sich, was seine Freundin dort tat. In Wales zumindest war es nicht üblich, dass Frauen in Pubs als Kellnerinnen arbeiteten.

Rosie war zum Umfallen müde, und Violet blickte hoffnungslos um sich. Neben dem Wild Rover befand sich die Werkstatt des örtlichen Sargtischlers und Totengräbers. Sie hatte bereits geschlossen, und Violet glaubte nicht, dass der Besitzer etwas dagegen hätte, wenn sie sich auf der überdachten Veranda davor unterstellte, während sie auf Vater und Bruder wartete. Sie suchte trockene Sachen für Rosie aus ihrer Tasche und zog sich und die Kleine im Schatten eines Baumes um. Nur der Eingang zum Pub war mit Petroleumlampen beleuchtet, die restliche Stadt lag im Stockdunkeln. Rosie jammerte noch ein bisschen, weil es nichts zu essen gab, aber dann schlief sie gleich auf dem alten Seesack ihres Vaters ein. Die Fahrt durch den Regen hatte sie völlig erschöpft. Violet ging es nicht anders. Sie war so müde, dass sie ernsthaft darüber nachdachte, sich in die Werkstatt zu schleichen und in einem Sarg zu schlafen. Das kam in einem der Bücher von Heather vor … Violet döste fast ein, während sie versuchte, sich die Geschichte von Oliver Twist zu vergegenwärtigen. Letztendlich war sie sicher gut ausgegangen, das taten Geschichten ja immer …

Violet setzte sich auf ihre Tasche und lehnte sich gegen die Wand der Werkstatt. Aber dann rissen Stimmen vom Pub nebenan sie aus dem Halbschlaf.

»Ich hab's dir gesagt, Clarisse! Am Wochenende vielleicht noch mal, wenn's hier voll ist und die Kerle zu blau sind, um schwarz und weiß zu unterscheiden. Aber nicht an Wochentagen. Da kauft mir so 'ne abgehalfterte Hure keiner ab!«

Die Halbtür öffnete sich, und ein eher kleiner, kräftiger Mann mit rotem Gesicht stieß ein Mädchen heraus – oder eher eine Frau.

Das Wesen, das aus dem Pub stolperte, war stark geschminkt, und sein Haar war mit Schleifchen und Rüschen zu einer frivolen Frisur aufgetürmt. Die Frau war schlank und an den richtigen Stellen gerundet, aber sie war zweifellos nicht mehr ganz jung. Auf ihrem Gesicht zeichneten sich erste Falten ab, grotesk verschärft durch die fast weiße Schminke.

»Ich dachte ... wo doch Molly ...« Die Stimme klang verärgert.

»Verdammt, Paddy, ich wollt dir 'nen Gefallen tun ...«

Der Mann schnaubte und schüttelte den Kopf. »Von wegen Gefallen, du warst scharf auf 'nen trockenen Arbeitsplatz!«, höhnte er. »Und Molly wird's heut natürlich nur mit ihrem Bob treiben, aber auch der wird bezahlen. Und dem Rest besorgen's Lisa und Grace. Du dagegen kostest mehr, als du einnimmst, also raus!«

Er warf der Frau ihren Umhang hinterher. Sie zog ihn über ihr Haar – ein unzureichender Schutz gegen den Regen, aber besser als nichts. Aufseufzend machte sie sich auf den Weg in Richtung Bergarbeitersiedlung. Plötzlich entdeckte sie Violet unter dem Schild mit der Aufschrift TOTENGRÄBER.

»Hallo, Kleine!« Sie lächelte schief. »Du siehst zwar ganz geschafft aus, aber doch noch zu lebendig für 'n Kunden von Travers. Was machst du hier? Auf eigene Rechnung anschaffen?«

Violet schüttelte den Kopf. »Ich ... ich schaff nichts an ...«, murmelte sie. »Ich hab auch gar kein Geld. Und ... und wenn ich welches hätte, würd ich keinen Sarg kaufen.«

Die Frau lachte. Sie schien zumindest ihren Humor nicht verloren zu haben. »So hab ich's eigentlich nicht gemeint, aber ich seh schon, du bist keine von uns. Gehörst zu einem der neuen Kumpel bei Biller, ja? Herrgott, du bist ja noch ein halbes Kind. Hat der Kerl dich geheiratet und hierher verschleppt, und jetzt säuft er, statt dir so was wie 'n Haus zu bauen?«

Violet schüttelte den Kopf. »Mein Vater ...«, sagte sie leise.

Rosie regte sich auf ihrem Seesack. »Unser Vater ...«, berichtigte Violet.

Die Frau kam näher. »Gott, da hast du ja noch was Kleines«, stellte sie fest. »Süßes Ding ...«

Violet fand, dass ihre neue Bekannte nichts Bedrohliches an sich hatte, auch wenn der Wirt sie eben eine Hure genannt hatte. Vielleicht hatte er das nur als Schmähwort gemeint. Violet erinnerte sich errötend, dass ihr Vater auch manchmal ihre Mutter so beschimpft hatte. Und Ellen war nun wirklich die beste Frau unter der Sonne gewesen. Beim Gedanken an ihre Mutter traten Violet Tränen in die Augen.

»Herrgott, Mädchen, weinst du?«, fragte die Frau. »Tja, hast wohl auch allen Grund dazu. Jetzt komm, beruhige dich. Ich bin Clarisse. Und ich bin auf den da nicht angewiesen!« Sie wies in Richtung der Kneipe und spuckte aus. »Ich arbeite auch auf eigene Rechnung, so arm bin ich nicht. Und vor allem hab ich einen warmen Schlafplatz. Wenn du willst, nehm ich dich mit, kannst im Bett von Molly schlafen, die kommt heut Nacht bestimmt nicht heim.«

Violet biss sich auf die Lippe. Sie wusste nicht recht. Ellen jedenfalls hätte ihr sicher nicht erlaubt, mit dieser Frau zu gehen. Aber andererseits wohnte auch Molly bei ihr, und die musste ja ein ehrbares Mädchen sein, wenn Bob sie heiraten wollte.

»Dein Daddy findet euch morgen schon – kann allerdings sein, dass er wütend wird, wenn du bei uns unterkriechst«, gab die Frau zu bedenken.

Violet zuckte die Schultern. »Er wird sowieso wütend«, sagte sie resigniert. »Spätestens morgen, wenn er uns eine Hütte bauen muss. Das tut er nicht gern, meine Mutter hat er immer angeschrien, wenn sie ihn bat, was am Haus zu reparieren.«

»Und der Kater, den er morgen hat, macht's auch nicht besser«, bemerkte die Frau kundig. »Egal, morgen ist morgen, und heut ist heut. Und heut muss die Kleine da ins Trockene. Also komm! Die Sachen von deinem Dad kannst du hierlassen. Hier kommt nichts weg. In Greymouth sind wir arm, aber ehrlich. Die meisten jedenfalls.«

Violet rieb sich die Stirn. »Ich … ich darf nicht mit Fremden mitgehen«, wiederholte sie ein Gebot ihrer Mutter.

Die Frau lachte. »Ich hab mich doch schon vorgestellt. Ich bin Clarisse. Clarisse Baton. Ist natürlich ein Künstlername, aber meinen richtigen hab ich längst vergessen. Und wie heißt ihr?«

»Violet und Rosemary Paisley. Und … und ich hab kein Geld.« Violet wurde rot, weil sie log, aber sie mochte mit dem Geld von Kathleen nicht angeben. Sicher gab es auch Frauen, die hilflose Mädchen ausraubten.

Clarisse gab ihr förmlich die Hand. »Von Mädchen pfleg ich auch keins zu nehmen!«, scherzte sie.

Violet knickste, und Clarisse lachte wieder. »Ein wohlerzogenes Mädchen«, lobte sie.

Violet wurde rot. Vielleicht sollte sie sich die Höflichkeiten endlich abgewöhnen.

Clarisse machte sich jetzt zielstrebig auf den Weg über die dunklen Straßen, die schnell zu schlammigen Wegen wurden. Von der Stadt bis zur Bergarbeitersiedlung war es mehr als eine Meile, und Violet musste Rosie ziehen, die schon wieder weinte, weil sie aus tiefstem Schlaf gerissen wurde.

»Ich hab auch noch was zu essen für dich!«, tröstete Clarisse das kleine Mädchen. »Viel wird allerdings nicht da sein. Wir kriegen Essen im Pub, weißt du. Deshalb gehen wir hin – und deshalb bin ich heut rausgeflogen. Der Kerl meint, ich verfress mehr, als ich verdien … Aber ein Kanten Brot soll sich schon noch finden.«

Clarisse lebte etwas außerhalb der Bergarbeitersiedlung. Ihr Haus stand fast schon im Wald, einem seltsamen Wald, in dem Farne statt Bäume standen. Sie erreichten allerdings die Höhe eines Apfel- oder Birnbaums, und darin schienen Vögel zu leben. Oder konnten es Affen sein? Die Laute klangen mehr nach Krächzen und Lachen als nach Piepsen und Vogelgesang, aber von Affen in Neuseeland hatte Violet noch nie gehört.

Sie beschloss, sich all das am nächsten Tag näher anzusehen. Vorerst betrachtete sie wohlgefällig Clarisse' Haus, eine erstaunlich stabile Konstruktion. Natürlich war auch diese Unterkunft aus

Abfallholz gefertigt und wirkte gestückelt, aber sie war größer und höher als die meisten anderen Hütten. Violet erkannte sogar einen Kamin.

»Haben Sie das selbst gebaut?«, fragte Violet schüchtern. Bisher hatte Clarisse nichts von einem Mann erwähnt.

Die Frau verzog das Gesicht und lächelte verschmitzt. »Na ja ... wir haben's sozusagen selbst erarbeitet«, antwortete sie. »Grace hat mit dem Tischler geflirtet – und Anne hat hinterher den Kaminbauer geheiratet. Auch 'ne Methode, um ehrbar zu werden ... Die meiste Arbeit haben Jungs aus der Mine gemacht, die sich sonst kein Mädchen leisten können. Die kommen immer noch gern, wenn wir anbauen wollen.«

Violet biss auf ihrer Lippe herum. »Dann ... äh ... wohnen hier nur ... Ladys?«

Clarisse lachte wieder übers ganze Gesicht. Es war rundlich, sicher wäre sie eine üppige Frau gewesen, hätte sie mehr zu essen gehabt. Aber reich konnten die Frauen nicht sein. An Vorräten fanden sich nur ein halber Laib altes Brot und etwas Käse. Clarisse teilte es freundlich mit den Mädchen. Sie gab ihnen Wasser zu trinken. Sie selbst nahm sich Gin.

»Ich möchte dir ja sagen, dies ist das örtliche Nonnenkloster, aber dann käm ich wegen der Lügen in die Hölle«, bemerkte sie. »Nee, Kleine, Ladys sind wir nicht, wir sind Huren. Und dies hier ist der örtliche Puff. Wenngleich noch nix Dolles, ich seh's ja ein. Aber die Nonnen mussten auch erst ihren Garten anlegen, bevor sie sich 'ne Kirche bauen konnten.« Sie grinste, aber während sie weitersprach, wurde daraus ein verträumtes Lächeln. »Irgendwann, Kleine, irgendwann, da bauen wir was Richtiges. Mitten in der Stadt, einen Pub, schon um diesem Mistkerl von Hollowen ein bisschen Konkurrenz zu machen. Mit Stall und Küche und richtigen Zimmern – eins für jedes Mädchen. Da sparen wir drauf ... ich jedenfalls. Die anderen wollen lieber heiraten. Und klappt auch fast immer. Die Molly hat ja jetzt auch ihren Bob ...«

Violet war schockiert, biss aber trotzdem hungrig in ihr Brot. Eben hatte sie sich noch zu müde gefühlt, um auch nur zu kauen, aber jetzt gab sich das. In Clarisse' Haus war es warm, im Kamin glimmten noch Reste eines Feuers. Einrichtung gab es kaum, nur vier Stühle, einen Tisch und die Feuerstelle. Außerdem war jede Ecke des Raums mit Vorhängen abgetrennt. Äußerst edlen Vorhängen, wie Violet verwirrt bemerkte. Dicker Samt, die Frauen hatten sich das etwas kosten lassen.

»Bisschen Intimität für jede«, antwortete Clarisse auf ihre unausgesprochene Frage.»Gut, es hilft nicht viel, man hört ja, was läuft. Aber besser als nichts. Die Ecke da gehört Molly. Zieh den Vorhang gut zu, und komm nicht vor morgen früh raus, egal, was hier los ist. Ich muss noch ein paar Freier machen heute Nacht, und es kann auch sein, dass Grace und Lisa einen mitbringen. Aber dich wird keiner behelligen. Molly macht ihren Job, und dann schläft sie bei Bob. Und morgen schwebt sie wieder wie auf Wolken … Gute Nacht, Kleines.«

Clarisse streichelte sanft über Rosies Köpfchen. Dann warf sie ihren nassen Umhang wieder über die Schultern und verschwand in der Dunkelheit. Violet konnte sich ungefähr vorstellen, was sie tat. Sie würde sich an irgendeine Straßenecke stellen und Männer ansprechen – Violet hatte solche Mädchen gesehen, wenn sie ihre Mutter abends zum Pub begleitet hatte, um ihren Vater zu suchen. Ellen hatte sie dann zwar immer angewiesen, in eine andere Richtung zu blicken, aber die kurzen Kleider und die Schminke waren ihr nicht entgangen. Manchmal hatte sie eines der Mädchen auch mit Männern weggehen sehen. Sie verzogen sich irgendwohin, und dann … Violet war es zu peinlich, auch nur daran zu denken, was die Paare zusammen taten. Aber sie wusste, wie es ging – Zechenhäuser waren nicht so groß, dass Eltern irgendetwas vor ihren Kindern verbergen konnten. Und auch auf dem Schiff hatten die Leute es getrieben. In den Kabinen, so dass die Laute bis auf die Korridore drangen, und auf dem Deck. Den Männern schien es Spaß zu machen … ansonsten würden sie ja nicht dafür bezahlen.

Mollys Nische war sauber und das Bett frisch bezogen. Violet gruselte sich nicht, als sie Rosie niederlegte und dann überlegte, ob sie ihr Nachthemd auspacken oder besser im Kleid schlafen sollte. Schließlich entschied sie sich für Letzteres – und war fast schon eingeschlafen, als sie sich neben Rosie unter die Decke kuschelte. Von den Vorgängen während der Nacht bekam sie wenig mit. Sie hörte nur, wenn die Tür ging. Auf dieses Geräusch war sie geeicht, in Treherbert hatte es das Kommen ihres Vaters angekündigt und damit oft noch einen nächtlichen Streit ihrer Eltern. In Clarisse' Hütte folgte darauf nur Kichern und Getuschel, über das Violet gleich wieder einschlummerte. Sie erwachte erst am Morgen vom Duft frischen Kaffees und vom Klang mehr oder weniger verschlafener Frauenstimmen.

Nervös schob sie den Vorhang auf – und erwartete drei grell geschminkte Nachteulen. Tatsächlich sah sie sich allerdings drei ganz normalen Frauen gegenüber, die nicht einmal übernächtigt wirkten. Clarisse sah jetzt, da sie ihr Haar glattgekämmt und im Nacken zu einem Knoten zusammengefasst hatte, eher mütterlich als frivol aus. Sie war sicher schon über dreißig. Die anderen Mädchen waren deutlich jünger. Eins von ihnen, die dunkelhaarige Grace, sogar recht hübsch. Die blonde Lisa wirkte ungeschminkt etwas nichtssagend, aber sie schenkte Violet gleich ein freundliches Lächeln.

»Das sind deine Findelkinder?«, neckte sie Clarisse. »Gib's zu, du willst die Kleine eher anwerben. So schön, wie die ist, könnte sie ein Vermögen machen.«

Violet errötete schon wieder.

»Und mit dreißig sähe sie dann so verlebt aus wie ich!«, folgerte Clarisse bitter. »Nein, nein! Ärgere sie nicht, du siehst doch, sie schämt sich. Geh lieber Brot kaufen – oder habt ihr welches mitgebracht?«

Grace und Lisa schüttelten den Kopf. »Nee, ist nicht spät geworden gestern Nacht«, meinte Grace und griff nach ein paar Pennys, die dafür wohl schon auf dem Tisch bereitlagen. »Mittwoch ist doch nie was los. Gut, die Neuen sind angekommen, aber die wollten erst mal nur Bier – für'n Mädchen müssen die noch sparen.« Sie stand auf. »Dann mach ich mich mal auf den Weg ... ich hab auch Hunger.«

Clarisse und Lisa lachten, als hätte sie einen Witz gemacht.

»Tatsächlich hat sie ein Auge auf den Sohn vom Bäcker geworfen«, verriet Clarisse. »Garantiert geht sie nicht vorn in den Laden, sondern hinten in die Backstube.«

»Und kriegt das Brot mit etwas Glück umsonst«, bestätigte Lisa mit einem Zwinkern.

Violet war verwirrt. »Aber ich dachte ... ich dachte ... Hur... hm ...«

In Treherbert war nicht daran zu denken gewesen, dass eins der Freudenmädchen einen Handwerker heiratete.

Clarisse lächelte. »Süße, wir sind hier weit und breit die einzigen Mädchen. Es gibt ein paar verheiratete Frauen, aber die meisten von denen haben eine ähnliche Vergangenheit wie wir, nur ganz wenige sind schon mit den Männern hergekommen. Also nehmen die Kerle, was sie kriegen können. Du wirst die Auswahl haben, Violet Paisley – täusche ich mich, oder ist sie das einzige ehrbare Mädchen in der ganzen Siedlung?«

Violet erschrak. Das war noch schlimmer, als der Reverend gesagt hatte.

Lisa nickte. »Kann sein, dass bei Lambert oder in der staatlichen Mine noch ein, zwei Bergleute Töchter haben. Aber hier bei Biller ...«

»Also sieh zu, dass du dir einen Steiger angelst, Kleine, oder einen der Leute aus der Stadt. Nimm keinen von den Minenarbeitern, hier wird keiner reich.«

Clarisse unterzog das Innere des Schrankes, aus dem sie am

Abend zuvor Brot und Käse geholt hatte, noch einmal einer Musterung. Jetzt war er endgültig leer.

Lisa erhob sich. »Ich geh mal rüber zu Roberts, vielleicht krieg ich ein bisschen Milch«, meinte sie. »Oder Eier … Eier wären gut. Aber bei dem Wetter legen die Hennen nicht.«

Clarisse klärte Violet darüber auf, dass einige wenige Bergleute sich in ihren Hütten Schafe oder Ziegen und ein paar Hühner hielten. Mit deren Milch und Eiern besserten sie ihren kargen Lohn auf.

»Aber da musst du für geboren sein«, seufzte sie. »›In der Hütte‹ ist nämlich wörtlich zu nehmen, sobald die Viecher rausgehen, brät sie einer zum Abendessen. Roberts stinkt wie seine Ziegen – aber Lisa hat irgendwie ein Faible für ihn. Wer weiß, vielleicht kommt sie auch vom Land.«

Violet wunderte sich, dass Clarisse das nicht wusste. Frauen, die so eng zusammenlebten, erzählten sich doch gewöhnlich ihre Vorgeschichte. Aber vielleicht hatten Huren ja ihre Geheimnisse.

Clarisse nützte jedenfalls die Abwesenheit ihrer Freundinnen, um ihr in dieser Nacht erarbeitetes Geld zu zählen und in einem Versteck in ihrer Nische zu deponieren.

»Nicht viel, aber das Geld fürs Grundstück hab ich bald zusammen«, freute sie sich.

Violet erinnerte sich daran, dass ihre neue Freundin auf ein Haus in der Stadt sparte. Einen Pub. Sie selbst hätte es schrecklich gefunden, einen Pub zu besitzen, aber andererseits – sicher wurde man reich dabei!

»Ver… verdient man eigentlich viel als …?« Violet brachte das Wort nicht über die Lippen.

»Du kannst auch ›Freudenmädchen‹ sagen oder ›Prostituierte‹«, half ihr Clarisse nüchtern aus. »Uns ist es egal, wie du uns nennst.« Dabei öffnete sie die Fenster, um das kleine Haus zu lüften. Es war nicht kalt draußen, und endlich regnete es auch mal nicht. Tatsächlich schien sogar die Sonne herauskommen zu wollen. Die noch regenschweren Farne warfen seltsam fedrige Schatten. »Und mit dem Geld ...« Clarisse schnupperte in die frische Luft. Es roch sonderbar, erdig und ein bisschen süßlich. Die Luft war schwer von Feuchtigkeit und sicher auch Kohlenstaub. Violet dachte unglücklich an Dunedin, die klare Luft dort und den frischen, kühlen Wind aus den Bergen. »Man verdient natürlich mehr denn als Hausmädchen«, führte Clarisse weiter aus. »Wobei man als solches hier gar keinen Job fände. Also denk nicht, als arbeitende Frau hätte man an der Westküste eine große Wahl. Aber als Hure gibt man auch mehr aus. Die meisten jedenfalls. Kleider, Schminke, etwas Gin, um sich das Leben schöner zu trinken ... Kerle ...«

Violet runzelte die Stirn. Eigentlich sollte sie sich jetzt aufraffen und sich selbst mal um ein Frühstück kümmern. Rosie wurde langsam wach, sie würden bald gehen und ihren Vater suchen müssen. Aber die Unterhaltung mit Clarisse war zu interessant.

»Die Frauen ... bezahlen ... für Männer?«, fragte sie verwirrt.

Clarisse verzog das Gesicht und rieb sich die Stirn. Ungeschminkt wirkte sie wirklich wie eine ganz normale Nachbarin in Treherbert. Sie hatte freundliche hellblaue Augen, und ihre Fältchen fielen kaum auf.

»Nicht direkt«, antwortete sie. »Also nicht so, wie die Männer für Frauen zahlen. Aber wie es so geht ... da braucht nur ein Kerl so zu tun, als ob er eins von den Mädels liebt, wirklich, ehrlich, um ihrer selbst willen. Und schon schmilzt sie dahin, kauft ihm hier ein Hemd und da ein paar hübsche Hosenträger und ein wenig Tabak, und natürlich steht immer eine gute Flasche bereit, wenn er zu Besuch kommt. Tja, und meistens braucht er dann irgendwann Geld – für ein kleines Geschäft, für eine Wette ... er zahlt's natürlich zurück, sagt er. Mit Zinsen. Und fragt, ob's nicht schön wär, wenn er beim Pokern mal richtig gewinnt? Oder beim Wetten? Dann könnte man heiraten ...«

»Aber sie gewinnen nicht«, wusste Violet.

Clarisse nickte. »In der Regel nicht. Und wenn doch, dann

setzen sie 's gleich noch mal ein, ohne dem Mädchen vorher was zurückzugeben. Am Ende stehen immer Tränen und eine leere Börse. Aber das erzähl denen mal …«

Clarisse griff zum Besen und begann, die Hütte zu fegen. Violet sah sich nach einer Möglichkeit um zu helfen, fand aber keine Betätigung. Das Haus war einfach zu klein und auch jetzt schon sehr sauber.

»Ihnen passiert das nicht?«, fragte Violet neugierig.

Clarisse lachte. »Nein. Ich verlieb mich nicht so leicht, und mein Geld spar ich für mein eigenes Haus. Ich muss mir das Leben auch nicht schönsaufen – ich weiß doch, dass es am nächsten Tag wieder genauso be… genauso trist ist wie heute. Da plan ich lieber für 'ne bessere Zukunft.« Sie seufzte. »Herrgott, einmal ein Zimmer für mich allein haben, und kein Kerl hat Zutritt …«

Wie auf ein Stichwort hämmerte es jetzt gegen die Tür – und die Männer davor warteten Clarisse' »Herein« nicht ab. Jim und Fred Paisley stürmten das Haus, als gelte es, Violets Tugend im letzten Moment zu retten.

Rosie war sofort hellwach, als sie ihre Schritte hörte. Sie versuchte, sich die Decke über den Kopf zu ziehen.

»Violet, ich glaub's nicht!«, polterte Jim. »Noch keinen Tag da, und schon reden die Leute! Hast du keinen Anstand? Das Kind mitzuschleppen in … in …« Jim hob die Faust.

Violet wich ängstlich in die Ecke zurück.

Clarisse schob sich entschlossen zwischen sie und ihren Vater. »In was?«, fragte sie böse. »Ins Trockene? Damit es sich nicht den Tod holt, im Regen vor dem Beerdigungsinstitut? Haben Sie sich mal überlegt, was den Mädchen hätte passieren können? Allein hier wohnen fünfzig Kerle, Mr. … Paisley, nicht? Und bei den anderen Minen noch mindestens weitere hundert. Alle gehen in den Pub, und zum Teil hatten sie seit Wochen kein Mädchen im Bett. Die sind geil wie Nachbars Hund, Mr. Paisley! Und Sie lassen ihre Tochter vor der Kneipe stehen wie 'ne Bordsteinschwalbe!«

Jim Paisley schien Anstalten zu machen, auch Clarisse zu schlagen, aber die Frau hatte blitzschnell ein Messer in der Hand – Violet fragte sich, wie sie es so rasch hatte ziehen können, aber sie wusste zweifellos, es zu gebrauchen.

»So nicht, Mr. Paisley! Sie werden mich nicht bedrohen in meinem eigenen Haus. Und jetzt danken Sie mir freundlich, dass ich zumindest Ihre ältere Tochter vor 'nem Schicksal schlimmer als der Tod gerettet hab.« Sie grinste, aber dann verzog sich ihr Gesicht fast schmerzlich. »Und die Kleine womöglich gleich mit«, fügte sie bitter hinzu. »Da macht ja nicht jeder 'nen Unterschied. Sehen Sie jetzt zu, dass Sie bis heute Nacht ein Dach finden, unter dem die Kinder unterkriechen können. Und am besten noch eine Tür, die man verschließen kann … und einen Höllenhund, der davor wacht.« Letzteres murmelte sie nur.

Violet sah ängstlich zu ihrem Vater, aber erstaunlicherweise war eine Veränderung mit ihm vorgegangen, als Clarisse das Haus erwähnte. Über Jims Gesicht flog ein triumphierendes Grinsen.

»Ich hab schon ein Haus!«, erklärte er. »Jaja, Violet, du denkst, ich krieg nichts zustande und im Pub würden keine Geschäfte gemacht. Aber dein alter Vater weiß, wie's geht! Ein schickes Haus hab ich einem von den Besoffenen abgehandelt. Der sagt, er hat genug vom Bergbau, geht morgen nach Westport auf 'ne Walfangstation. Und seine Hütte krieg ich …«

Violet fragte besser nicht, wie viel von der Anzahlung auf Jims Lohn jetzt wohl noch übrig war. Sicher war das Haus nicht die Hälfte von dem wert, was Jim gezahlt hatte. Aber andererseits fiel ihr ein Stein vom Herzen. Egal, was es kostete, es schien zumindest bereits zu stehen. Sie brauchte nicht zu warten und zu hoffen, bis Jim und Fred etwas gebaut hatten.

»Jetzt komm, ich zeig's dir. Du … äh … musst ein bisschen klar Schiff machen. Junggesellenbude, kannst du dir ja denken. Aber sonst …«

Violet raffte ihre Sachen zusammen. Sie wäre lieber geblieben, zumal eben Grace eintrat. Zufrieden lächelnd, mit rosigem Gesicht und vor allem mit einem Laib Brot unter dem Arm und einer Tüte süßer Brötchen in der Hand.

»Willste schon weg? Ich hab das hier extra für die Kleine mitgebracht.«

Sie wies auf die Brötchen, ließ aber offen, ob sie die Leckereien tatsächlich gekauft oder eingehandelt hatte. Rosie warf sofort begehrliche Blicke auf die Tüte, das Gebäck roch unwiderstehlich.

»Ich denke, du darfst sie mitnehmen«, meinte Clarisse freundlich. »Wir hätten euch gern noch zum Frühstück eingeladen – aber hier gibt es strenge Regeln: kein Mann im Haus, solange der Mond nicht aufgegangen ist.«

Grace kicherte. Jim Paisley bedachte die Frauen mit wütenden Blicken. Violet murmelte einen schüchternen Dank und folgte ihrem Vater dann nach draußen, bevor er weiteren Ärger machen konnte. Rosie biss bereits in ein Zuckerweckchen.

»Man sieht sich!«, rief Clarisse ihnen nach. Violet fragte sich, ob sie damit die Mädchen oder ihren Vater meinte.

Das »schicke Haus« stand mitten in der Bergarbeitersiedlung und war eine Bruchbude – Violet hatte es nicht anders erwartet. Die Wege davor waren so schlammig, dass ihre Füße darin versanken, eine eklige Brühe, die sich hier mit dem Naturboden verband. Weder das neue Haus der Paisleys noch die Hütten rundherum hatten einen Abtritt. Wer seine Notdurft verrichten wollte, tat das draußen. Allerdings standen die Häuser oft nur wenige Fuß voneinander entfernt, man konnte sich also nicht in den Wald oder sonst wohin verziehen, wo Urin und Exkremente versickerten. Man ging einfach hinter's Haus – und der ständige Regen spülte alles auf die Straßen. Die Siedlung war eine einzige Kloake, es stank erbärmlich, und über all das legten sich der Rauch der Feuer und der Staub aus der Mine. Violet wunderte sich nicht darüber, dass fast alle Menschen, die sie zwischen Clarisse' Hütte und ihrer neuen Unterkunft passierten, husteten. Es waren tatsächlich fast nur Männer, lediglich zwei Frauen schleppten Wasser durch die verschlammten Straßen, zwei Kleinkinder spielten im Dreck.

Violet versuchte, das alles zu ignorieren und nur an ihr neues Haus zu denken. Eine Rückzugsmöglichkeit. Und sicher fanden sich irgendwo Blumen, die sie trocknen konnte, um den Geruch damit zu bekämpfen. Sie konnte auch Essig verdampfen lassen. Wenn sie nur ...

»Hier ... wie gesagt, du musst etwas aufräumen.« Jim und Fred Paisley waren den Mädchen wortlos vorausgestapft und öffneten jetzt die Tür zu ihrem neuen Heim.

Violet wich entsetzt zurück. Sie hatte nicht weinen wollen, aber das war zu viel. Rosie schluchzte auf, als sie nur einen Blick in das stinkende Wirrwarr warf, das die Einrichtung sein sollte. Wer auch immer in diesem Haus gelebt hatte, hatte niemals geputzt, niemals Essensreste entfernt – und sich auch nicht immer die Mühe gemacht, seine Notdurft draußen zu verrichten. Wahrscheinlich waren die Männer dazu meist zu betrunken gewesen. Auch eingetrocknetes Erbrochenes sprach nicht für allzu gesunden Lebenswandel. Violet bezweifelte, dass die stolzen Besitzer dieser Hütte die Siedlung aus freien Stücken verließen. Wahrscheinlich hatte der Steiger sie hinausgeworfen.

»Dann ... äh ... mach dich mal an die Arbeit!«, sagte Jim Paisley. »Wir gehen und helfen Eric beim Bauen. Der braucht ja auch ein Haus.«

Die erste gute Nachricht seit ihrer Ankunft in Greymouth! Violet versuchte, sich an dem Gedanken aufzurichten, dass sie diese Hütte wenigstens nicht mit Eric Fence teilen musste. Der Junge war ihr unheimlich, sie hasste seinen schlechten Einfluss auf Bruder und Vater und vor allem die wollüstigen Blicke, mit denen er sie immer häufiger bedachte. Seufzend machte sie sich auf die Suche nach einem Besen, einem Schrubber und einem Eimer. Natürlich gab es nichts dergleichen. Violet schwankte, ob sie ihren Vater suchen und um Geld für die wichtigsten Anschaffungen bitten oder ob sie ihren Notgroschen anbrechen sollte. Jim, Fred und Eric hatten einen Bauplatz drei Häuser weiter gefunden und entkorkten zur Feier dieser Entscheidung eben die erste Whiskeyflasche.

Resigniert suchte Violet nach ihrem Geld. Es war schlimm, wieder in den Ort gehen zu müssen, aber eine weitere Auseinandersetzung mit ihrem Vater hielt sie nicht auch noch aus.

KAPITEL 10

Miss Matariki Drury und ihr Vetter Kupe Atuhati bezogen zwei Einzelzimmer im Commercial, nachdem Matariki den Namen des Bankdirektors als Bürgen genannt hatte, da natürlich keiner der beiden irgendwelche Papiere bei sich hatte.

Zufällig speiste der Mann gerade hier mit Freunden und setzte sich aufs Liebenswürdigste für Matariki ein. »Die ... äh ... Nichte von Jimmy Dunloe, eines sehr geschätzten Kollegen in Dunedin. Meine ich jedenfalls, die Verwandtschaftsbeziehungen sind da wohl etwas verzwickt ... jedenfalls eine kleine Prinzessin.«

Er zwinkerte Matariki zu, später fielen hinter ihrem Rücken Worte wie Südinsel, Canterbury, Schafbarone. Der Hotelbesitzer wurde gleich darauf viel freundlicher – auch was die Mitnahme von Dingo in Matarikis Zimmer betraf. Er quartierte Cousin und Cousine aber in verschiedenen Stockwerken des Hauses ein.

»Wahrscheinlich wird er die ganze Nacht Streife gehen«, kicherte Matariki. »Damit wir ja ehrbar bleiben ...«

Kupe sagte nichts dazu, er schwieg ohnehin fast den ganzen Abend beharrlich. Dabei war das Essen hervorragend – Kupe hatte niemals zuvor so etwas wie diese Kalbsmedaillons in Pfeffersoße und die winzigen Kartoffeln dazu kosten dürfen. Der Wein mundete ihm nicht so sehr, man musste sich wohl daran gewöhnen ... aber Kupe wusste nicht, ob er das wollte.

Während Matariki glückselig in einem Schaumbad versank, nachdem sie den widerstrebenden Dingo als Ersten gebadet hatte, sehnte sich Kupe zurück in das Gemeinschaftshaus der Krieger.

Am nächsten Morgen war Kupe schon weg, als Matariki zum Frühstück herunterkam.

»Ohne etwas zu essen«, bemerkte der Hoteldirektor fast etwas missbilligend. »Der junge Mann …«

»Ist ein bisschen schüchtern«, bemerkte Matariki gelassen. »Aber er wird schon wieder auftauchen. Ich habe jedenfalls Hunger. Und der hier auch.«

Sie wies auf Dingo, der schwanzwedelnd ausdrückte, er habe nicht das geringste Problem damit, Kupes Ration gleich mitzufressen.

»Sie bleiben doch auch noch?«, erkundigte sich der Hotelier. Zweifellos sorgte er sich um die Begleichung der Rechnung.

Matariki nickte. »Klar, wir warten hier auf meine Eltern.« Der Bankdirektor hatte ihr am Vorabend noch versprochen, ihre Hoteladresse gleich am Morgen nach Dunedin zu telegrafieren. »So lange gucken wir uns die Stadt an.«

Bei Matariki wurde das schwerpunktmäßig ein Einkaufsbummel – sie musste sich eingestehen, dass ihr *pakeha*-Ich schon wieder über die Maori-Rebellin triumphierte. Allerdings sah sie sich auch die Universität an, deren Gebäude sie sich eigentlich beeindruckender vorgestellt hatte, und besuchte die Gärten rund um das Regierungsgebäude noch einmal bei Tag. Dabei staunte sie über die Vielfalt der Pflanzen, die in diesem warmen Klima wuchsen. Farnwälder gab es auch auf der Südinsel, aber Palmen gediehen zumindest in Otago überhaupt nicht. Matariki dachte zum ersten Mal darüber nach, dass es schön sein könnte, auf der Nordinsel zu leben. Was sie anging, so wollte sie auf Schnee gern verzichten. Sicher konnte man in Auckland auch fast das ganze Jahr im Meer schwimmen, nicht nur im Sommer … Matariki streifte mit Dingo durch die Wiesen und über die grünen Hügel, die die Stadt begrenzten, und genoss die Aussicht auf die Naturhäfen und kleinen Buchten.

Als sie gegen Abend ins Hotel zurückkehrte, fand sie nicht nur ein Telegramm ihrer Eltern vor …

Bleib ja, wo du bist! Werden bald eintreffen.

Sind überglücklich, Mom und Dad

... sondern auch einen sehr aufgeregten Kupe. Er hatte nicht gewagt, nach seinem Zimmerschlüssel zu fragen, sondern im Foyer auf Matariki gewartet. Der Hoteldirektor hatte ihn mit ein paar Zeitungen versorgt, die er brav durchblätterte. Bei Matarikis Anblick sprang er jedoch begeistert auf.

»Da bist du ja, wo hast du denn gesteckt? Ich dachte schon, dass du wegläufst, du ...«

Matariki runzelte die Stirn. »Du bist ohne Nachricht weggegangen«, stellte sie richtig. »Ich war nur spazieren. Was hätte ich sonst machen sollen? Flachs weben oder einen leckeren Eintopf aus dem Hund kochen?«

Kupe lachte. »Entschuldigung. Ich dachte nur ...«

»Wo warst du denn überhaupt?«, fragte Matariki. »Ich hab mir schon Sorgen gemacht.«

Das stimmte zwar nicht ganz – mit dem Sorgenmachen hätte sie frühestens nach dem Abendessen begonnen –, aber sie brannte doch darauf, zu wissen, wo Kupe so dringend hatte hingehen müssen.

»Zuerst in der Universität«, gab Kupe Auskunft. »Aber da nehmen sie mich nicht so ohne weiteres. Grundsätzlich ja, nur nicht ohne Zeugnisse. Sie meinen aber, das sei kein Problem. Sie brauchten nur der Missionsschule zu schreiben, die würden ihnen die Papiere schicken. Ich hab ihnen gesagt, dass ich da weggelaufen bin, aber der Junge bei der Anmeldung war sehr nett. Er meinte, er wäre da auch weggelaufen und ob ich vielleicht in Parihaka gewesen wäre.«

»Wo?«, fragte Matariki.

»In Parihaka. Sie hätten mehrere Maori-Studenten aus Parihaka. Das ist ein Dorf an der Küste. Zwischen dem Mount Taranaki und der Tasmansee.« Kupe strahlte.

»Ein Maori-Dorf?«, erkundigte sich Matariki interessiert. Es war außergewöhnlich, dass ein einzelnes Dorf gleich mehrere junge Leute zur Schule schickte. Andererseits lernten die Kinder der Ngai Tahu in Otago jetzt auch fast alle englisch, lesen und schreiben. In ein paar Jahren würden einige von ihnen sicher studieren wollen, und so reich, wie der Stamm war ... »Ein wohlhabendes Dorf?«

»Fast schon eine Stadt, Matariki!«, begeisterte sich Kupe. »Tausendfünfhundert Einwohner, hundert *whare*, zwei große *marae*. Und sie bauen noch mehr. Irgendwann wird vielleicht jeder Stamm ein *marae* in Parihaka haben!« *Whare* waren Wohnhäuser.

»Ein Dorf, in dem Leute aus verschiedenen Stämmen leben?«, fragte Matariki ungläubig.

Sehr große Dörfer waren auf der Südinsel selten, auf der Nordinsel lebten allerdings wesentlich mehr Maori, und die Stämme bestanden oft aus einigen hundert Menschen. Große *pa* – befestigte Dörfer, Festungen ähnlich – waren vor allem vor der Ankunft der *pakeha* durchaus üblich gewesen. Jetzt gab es davon allerdings nur noch wenige. Die Kriege mit den Weißen, und weit mehr noch die von ihnen eingeschleppten Krankheiten, hatten die Maori-Bevölkerung reduziert. Dass sich allerdings mehrere Stämme zusammentaten, um gemeinsam zu leben oder einen neuen Stamm zu bilden, war Matariki neu. Sie hatte davon nie gehört – außer natürlich bei den Hauhau! Da hatte die gemeinsame Religion die Krieger geeint.

Kupe nickte begeistert. »Ja! Kein Streit mehr unter den Stämmen, Te Whiti predigt den Zusammenhalt, das friedliche Miteinander, gegenseitigen Respekt – zwischen Maori und *pakeha* und den Maori untereinander. Er will nicht kämpfen – aber dennoch das Recht auf unser Land durchsetzen, es bewahren, mit spirituellen Mitteln.«

»Nicht schon wieder der Erzengel Gabriel!«, sagte Matariki entsetzt. »Du willst nicht sagen, dass du gleich dem nächsten Propheten verfallen bist, Kupe! Dieser ... wie heißt er? ... sucht doch auch wieder nur Ärger, genau wie Te Ua Haumene.«

Kupe schüttelte wild den Kopf. »Eben nicht, Matariki! Ich hab mit den Männern gesprochen, die in Auckland studieren. Und mit den Mädchen, sie schicken auch Mädchen! Zum Teil sind die schon in Parihaka aufgewachsen, das Dorf besteht seit zwölf Jahren. Te Whiti o Rongomai hat es mit Tohu Kakahi 1867 gegründet. Gleich nach den ersten Maori-Kriegen. Er hat darin mitgekämpft, aber dann hat er eingesehen, dass man das Töten beenden muss! Genau wie wir, Matariki! Parihaka entstand als so eine Art ... so eine Art Gegenbewegung. Die Regierung hat wieder mal Maori-Land konfisziert, die Gründung des Dorfes war die Reaktion Te Whitis und Tohu Kakahis auf diese Landnahmen. Kein *pa*, Matariki, keine Festung! Ein offenes Dorf, in dem jeder willkommen sein soll. Der *kingi*, Tawhiao, hat ihm zwölf Männer geschickt – zwölf Apostel.«

»Ich hab's gewusst«, seufzte Matariki. Sie war, gefolgt von dem eifrig redenden Kupe, inzwischen im Speisesaal angelangt und studierte die Karte. »Lachssteak, Kupe. Darauf hätte ich Hunger!«

»Jetzt lass doch mal das Essen, Matariki!« Kupe konnte kaum still sitzen. »Parihaka hat mit den Hauhau überhaupt nichts zu tun. Te Whiti predigt auch gar keine Religion. Es geht nur um das Zusammenleben, verstehst du? Der *kingi* wollte die Bande zwischen Waikato- und Taranaki-Maori weiter stärken. Und Te Whiti möchte sie eben alle unter einem Dach vereint sehen: die Ngati Maniapoto, die Ngati Porou, die Ngati Pau ... – auch die Ngai Tahu. Wir müssen den *pakeha* als ein Volk, ein kluges, verständiges, aber auch starkes Volk gegenüberstehen. Nur dann werden sie mit dem Landraub aufhören, werden uns respektieren.«

»Soll ich das jetzt bestellen, Kupe?«, fragte Matariki, die sich immer noch auf die Karte konzentrierte. »Oder willst du was anderes?«

»Ich will nach Parihaka!«, erklärte Kupe entschlossen. »Und ich will, dass du mitkommst.«

Matariki tippte sich an die Stirn. »Der Mount Taranaki ist über zweihundert Meilen weit weg. Da macht man nicht mal eben einen Ausflug hin. Und meine Eltern kommen hierher. Ich muss auf sie warten.«

»Dann gehe ich ohne dich!«, meinte Kupe trotzig. »Aber du hast gesagt, du wolltest Maori sein. Und gegen die *pakeha* kämpfen. In Parihaka könnten wir das. Wir könnten …«

»Was ist denn mit deinem Studium, Kupe?«, fragte Matariki. »Ich denke, du wolltest Anwalt werden!«

»Ich will beides!«, rief Kupe. »Aber verstehst du … wenn es so was gibt wie Parihaka … das macht einem doch Mut! Das ist doch ein Ausgangspunkt! Komm wenigstens mit und rede mit den anderen, Matariki. Sie treffen sich regelmäßig …«

»Zum *rire, rire, hau, hau?*«, höhnte Matariki.

»Nein! Nur um … also, um zu reden … zu lernen … zu lesen … Ja, auch über Traditionen … komm einfach mit, Matariki, bitte! Es sind alles Leute wie wir.«

Matariki zuckte die Achseln. »Na schön. Aber nicht heute, heute bin ich zu müde. Und ich brauche was zu essen!« Sie winkte dem Kellner.

»In Parihaka bauen sie ihr ganzes Essen selbst an!«, begeisterte sich währenddessen Kupe. »Nach modernsten landwirtschaftlichen Methoden, Te Whiti will zeigen, dass wir keine … hm … Hinterwäldler sind und …«

»Und keine Kannibalen, das spricht für ihn. Was sagt er über Hunde?« Der Kellner stellte Brot und Butter auf den Tisch, Matariki griff zu und schien gleich besser gestimmt. »Wenn du jetzt sagst, sie züchten spezielle Fleischrassen, dann überlege ich es mir anders!«

Am nächsten Morgen war Kupe noch da, als Matariki herunterkam, und zu ihrem Erstaunen fand sie ihn in ein angeregtes Gespräch mit dem Hoteldirektor vertieft. Sie redeten über Parihaka.

»Ich hab von Journalisten von dem Projekt gehört«, meinte der Direktor auf Matarikis erstaunte Frage. »Haben Sie nie davon gelesen? Eigentlich haben die Zeitungen im ganzen Land schon darüber berichtet.«

Außer in Hauhau-Ausbildungscamps und in Hamilton, dachte Matariki. Aber die McConnells hatten sowieso keine Zeitung abonniert gehabt und Kahu Heke erst recht nicht.

»Vor kurzer Zeit erst sind Reporter von der Südinsel hier abgestiegen, die vorher in Parihaka gewesen waren. Sie waren äußerst beeindruckt. Auch von diesem Te Whiti, der das Ganze leitet.«

»Te Ua Haumene soll auch sehr beeindruckend gewesen sein«, brummte Matariki, nach wie vor skeptisch.

Der Hoteldirektor runzelte die Stirn. »Das war der mit den Hauhau, nicht? Nein, das können Sie nicht vergleichen. Te Whiti muss ein äußerst distinguierter älterer Herr sein. Jedenfalls waren die Zeitungsschreiber des Lobes voll.«

Matariki beschloss daraufhin, auch den Bankdirektor zu der Sache zu befragen. Sie brauchte sowieso Geld.

»Schon wieder?«, fragte Kupe unwillig. »Was hast du denn bloß alles gekauft?«

Matariki zuckte die Schultern. »Ein weiteres Kleid, ein Reisekostüm ... nun guck nicht so, auch in deinem Parihaka werden sie nicht das ganze Jahr in *piu-piu*-Röckchen herumlaufen!«

Sosehr sie Kupe dankbar war, fiel er ihr inzwischen doch ein bisschen auf die Nerven. Wenn bei diesem Treffen mit den Studenten aus Parihaka wirklich die Rede auf Traditionen kam, sollten sie das Thema »Bei den Maori ist eine Frau nicht Eigentum des Mannes, erst recht nicht, wenn er sie erst zweimal geküsst hat« auf die Tagesordnung setzen.

Der Bankdirektor händigte ihr ohne Bedenken weiteres Geld aus – nicht ohne ihr vorher ein paar Komplimente zu ihrem hübschen neuen Kostüm gemacht zu haben. Und auch er hatte schon von Parihaka gehört.

»Ein Bekannter von mir hat denen geholfen, eine Bank zu eröffnen«, erklärte er zu Matarikis Überraschung. »Er besitzt eine Bank in Wellington und wollte ihnen eigentlich eine Filiale aufschwätzen, aber nein, sie wollten alles selbst machen. Sie haben ja auch ein paar kluge Köpfe da sitzen. Mit dem Zahlungsverkehr funktioniert jedenfalls alles reibungslos.«

»Sie haben eine Bank?«, wunderte sich Matariki. »Maori? Also mit einem Maori-Direktor, Maori-Angestellten ...?«

Der Bankier nickte. »Selbstverständlich. *pakeha* sind als Besucher geduldet und gern gesehen. Aber leben und arbeiten in Parihaka kann man nur als Maori. Sie haben auch eine Polizeitruppe, Handwerker ... eine geradezu industriell organisierte Landwirtschaft. Sollten Sie sich ruhig mal ansehen, Sie kommen auf dem Weg nach Wellington ja praktisch dran vorbei.«

Matariki fragte sich, was ihre Eltern davon wohl halten würden, aber sie selbst war jetzt jedenfalls neugierig geworden. Am Abend, zum Treffen mit den Studenten, zog sie das schlichteste ihrer Kleider an – und war erst mal auf alles gefasst zwischen *haka* und Bibellesung. Tatsächlich erwartete sie nichts dergleichen. Die sieben Studenten, vier Jungen und drei Mädchen, trafen sich in einer winzigen Wohnung, welche die Jungen miteinander teilten.

»Das kam billiger als Zimmer bei irgendwelchen Wirtinnen«, erklärte Hori, der Älteste. »Zumal die für uns auch nicht leicht zu finden sind ...«

Er wies auf die Tätowierungen in seinem Gesicht. Hori und Eti hatten ziemlich viele, sie rankten sich um Augen, Nase und Wangen. Die anderen Jungen waren schon mit weniger *moko* geziert, von den Mädchen trugen zwei *moko* um den Mund.

»Mädchen werden nur im Bereich der Mundpartie tätowiert, um zu zeigen, dass die Götter der Frau den Lebensatem eingegeben haben«, erläuterte Kanono und grinste selbstgefällig in die Runde. »Nicht dem Mann, wie die Bibel sagt.«

Matariki lachte. Die jungen Leute gefielen ihr unerwartet gut.

Sie hatten die Besucher gastlich aufgenommen, teilten vergnügt einen Krug ziemlich billiges Bier mit ihnen und redeten pausenlos, wobei sie sich niemals wiederholten.

»Die Ngai Tahu tätowieren sich kaum noch«, meinte Matariki.

»Also, ich könnte mir gar nicht vorstellen ...«

»Wir machen's auch nicht mehr oft in Parihaka«, meinte Kanono. »Schon weil's nicht ungefährlich ist. Unsere Ärzte und Krankenschwestern schimpfen, wenn sie wieder ein schreiendes Kind mit entzündeten *moko* behandeln müssen.«

Kanono studierte Medizin. Auch sie wollte in Parihaka Ärztin werden.

»Aber andererseits ist es auch schade«, meldete sich Arona zu Wort, ein großes Mädchen mit hüftlangem schwarzem Haar, das sie im Gegensatz zu ihren Kommilitoninnen weder aufgesteckt noch geflochten trug, sondern offen über den Rücken fallen ließ. »Es gehört doch zu uns, es ist Teil unserer Stammesrituale. *Tikanga*, ihr wisst schon. Wenn wir's gar nicht mehr machen ...«

Die anderen stöhnten auf.

»Arona ist unsere *tohunga* in Sachen Tradition«, neckte Kanono. »Wenn's nach ihr ginge, würde sie Flachs spinnen, während sie Shakespeare liest.«

Arona studierte englische Literatur.

»Irgendwann wird man hier auch unsere Dichter lesen und unsere Bräuche studieren«, prophezeite sie jetzt. So schnell ließ sie sich nicht ärgern. »*Pakeha*- und Maori-Kunst und -Literatur werden nebeneinanderstehen. Gleichwertig. Auch dafür kämpfen wir in Parihaka.«

»Für eine Art Maori-Shakespeare?«, fragte Matariki mit gerunzelter Stirn. »Und dazu musst du Englisch studieren?«

»Maori studiert hat sie schon«, verriet Keke, das jüngste der Mädchen. Keke war nicht tätowiert und sehr hübsch. Sie war heller als die anderen, möglicherweise war ein Elternteil *pakeha*. Matariki fand sie von allen Studenten am sympathischsten. »Arona ist wirklich *tohunga*, sie ist die Tochter einer *matauranga o te*.« Das bezeichnete einen hochrangigen Priester oder eine Priesterin. »Und sie hat bei ihrer Mutter studiert, bevor sie herkam. Beim *powhiri* stößt sie den *karanga* aus im *marae* der Ngati Pau.«

Matariki musterte das Mädchen mit neuem Respekt. Diese Ehre wurde nur selten so jungen Frauen zuteil.

»Wir sind fast alle ziemlich jung in Parihaka«, sagte Arona mit klingender Stimme, als hätte sie Matarikis Gedanken gelesen. »Die Alten gehen nicht mehr weg von ihren Stämmen. Aber viele von uns werden von ihren Ältesten geschickt. Meine Mutter wollte, dass ich die Ngati Pau repräsentiere. Und andere kommen von selbst, weil sie etwas ausprobieren wollen. Etwas … zwischen Maori und *pakeha* … das Beste aus beiden Welten.«

Kupe sah Matariki an. Inzwischen wirkte auch sie beeindruckt. »Aber es ist keine Religion?«, vergewisserte sie sich dann.

Keke schüttelte den Kopf, sie kraulte Dingo. »Nein, du kannst jede Religion haben, die du willst. Aber die Philosophie wird natürlich von verschiedenen Religionen beeinflusst, besonders vom Christentum.«

Ein paar der anderen pfiffen sie aus, aber Keke ließ sich nicht beirren. Philosophie war ihre Leidenschaft, sie besuchte Vorlesungen in der entsprechenden Fakultät, obwohl sie eigentlich Jura studierte. »Te Whiti sagt Dinge wie ›Wenn euch die *pakeha* schlagen, schlagt nicht zurück!‹. Glaubt ihr wirklich, da wäre er draufgekommen, ohne vorher die Bergpredigt zu lesen?«

»Wer ist dieser Te Whiti überhaupt?«

Was den charismatischen Führer von Parihaka anging, war Matariki immer noch besorgt. Kahu Heke und seine Predigten in Anlehnung an Te Ua Haumene gingen ihr nicht aus dem Kopf. Auch der hatte christliches und Maori-Gedankengut schließlich munter durcheinandergeworfen.

»Ein Häuptlingssohn«, erklärte Eti. »Von den Ngati Tawhirikura. Sein Vater war kein bedeutender *ariki*. Aber er ließ seinen

Sohn sorgfältig erziehen. Von Maori-Ältesten, von Maori, die lesen und schreiben konnten – und dann auch von einem Missionar der Lutheraner, einem Deutschen. Te Whiti wurde zum Häuptling gewählt, kämpfte mit in Taranaki – aber irgendwann wurde ihm klar, dass Blutvergießen keine Lösung ist.«

»Erst recht nicht, wenn die anderen Gewehre haben«, bemerkte Matariki.

Arona lachte. »Ein guter *ariki* ist immer auch ein guter Diplomat«, sagte sie. »Te Whiti mag genau dies gedacht haben, aber er hat's besser nicht gesagt. Nebenbei: Auch die Römer hatten mehr Speere als die ersten Christen. Und wer hat sich durchgesetzt?«

»Wir sind aber nicht das auserwählte Volk, oder?« Matariki verdrehte die Augen.

»Doch!«, kicherte Keke und reichte den Bierkrug herum. Sie war sehr vergnügt und schon ein bisschen betrunken. »Speziell wir in Parihaka. Wir verändern die Welt!«

Violet brauchte Stunden, um das Haus in der Bergarbeitersiedlung halbwegs wohnlich zu machen. Es blieb allerdings eine primitive Hütte ohne Rauchabzug, Latrine und Badezuber. Letzteren hätte man natürlich anschaffen können – allein die zwei Bergleute in der Familie hätten die Ausgabe gerechtfertigt. Jim und Fred kamen jeden Abend schwarz von fettigem Kohlenstaub aus der Mine. In Treherbert hatte Ellen sie stets mit einer Schüssel heißen Seifenwassers erwartet. Als Violet dies am ersten Abend auch tat, erzielte sie damit allerdings Flüche und eine Backpfeife statt des erwarteten Lobes. Wasser, so belehrte sie ihr Vater, sei teuer. Man musste es nicht nur von zentralen Stellen heranschleppen, sondern extra bezahlen. Eine Alternative war der Fluss, aber der war eine halbe Meile entfernt. Violet konnte das Wasser kaum so weit tragen, und Trinkwasser war es ohnehin nicht mehr, seit drei Bergarbeitersiedlungen, die Stadt und die Minen ihre Abwässer im Grey entsorgten. »Und in der Mine?«, fragte Violet schüchtern. »Wenn ihr euch … in der Mine waschen würdet?«

In Treherbert hatte es dort spezielle Waschkauen gegeben, für die sich Jim und Fred allerdings meist zu schade gewesen waren. Zu Hause badete man komfortabler. Aber in Greymouth würden die Männer auf die Mine ausweichen müssen. Sie konnten unmöglich darauf verzichten, sich zu reinigen! Violet dachte unglücklich an die gehütete Bettwäsche ihrer Mutter, die sie auf die Reise mitgenommen hatte. Wenn Jim und Fred sich so schlafen legten, wären die Laken innerhalb einer Nacht schwarz.

Jim Paisley lachte. »In der Mine? Du machst Witze, Violet. Diese Mine ist ein Dreckloch. Der wunderbare Mr. Biller führt den Laden aufs Preiswerteste. Keine Waschkauen, kaum Grubenlampen, die Belüftung ist miserabel … Ich weiß nicht, ob ich hier alt werde, Süße. Da muss es was Besseres geben … Und das hab ich dem Steiger auch schon gesagt!«

Violet stöhnte auf. Also hatte es gleich zu Anfang Schwierigkeiten gegeben. Dabei hätte ihr Vater sich doch denken können, dass die Arbeitsbedingungen in Greymouth schlechter waren als in Wales. Man brauchte sich dazu nur die Siedlungen anzuschauen und mit den einfachen, aber soliden Zechenhäusern in Treherbert zu vergleichen. Violet hätte nie gedacht, dass sie dem Leben dort noch nachtrauern würde, aber schon nach einem Tag in »Billertown« war sie ziemlich am Ende. Allein das Wasserschleppen, die weiten Wege für jeden kleinsten Einkauf und die Suche nach Brennholz im Wald rund um die Siedlung – die meisten Bergleute heizten mit Abfallholz oder Kohle aus der Mine, aber Jim und Fred würden nie daran denken, täglich etwas mitzubringen und dafür womöglich noch zu bezahlen.

Bisher fehlte es im Haus auch noch an jedem Mobiliar. Violet hatte zwar den alten Tisch und die zwei Stühle geschrubbt, aber die primitiv gezimmerten Betten waren zu verdreckt gewesen, als dass man sie hätte weiter benutzen können. Vorerst hatte sie für sich und Rosie ein Deckenlager hergerichtet, aber hier musste etwas geschehen. Sie dachte auch an Vorhänge wie in Heathers Kabine auf dem Schiff und im Haus der leichten Mädchen. Es wäre schön, das zu haben, was Clarisse »ein bisschen Intimität« nannte. Aber dafür war ihrem Vater sicher kein Geld zu entlocken. Er zeigte sich schon verärgert, als sie ihn nötigte, am ersten Abend in dem neuen Haus noch irgendeine Art Schlaflager zusammenzuhämmern.

»Jetzt, nach der Arbeit? Bist du verrückt, Vio? Das kann bis Sonntag warten. Jetzt brauchen wir was zu essen und dann …«

Um in den Pub zu gehen, waren Jim und Fred nicht zu müde. Sie löffelten ohne ein Wort des Dankes den Gemüseeintopf, den Violet auf dem rauchenden, offenen Feuer gekocht hatte, und machten sich dann gleich auf den Weg. Weder störte sie der wieder aufkommende Regen noch der weite Weg in den Ort. Violet sah ihnen nach. Im Lager war es ganz still. Nicht mal ein Vogel krächzte. Das Einzige, was die Stille unterbrach, war das Husten der Menschen. Die dünnen Wände der Hütten dämpften die Geräusche kaum.

Violet empfand es als ungewohnt, dass sie kaum Stimmen und vor allem keine Streitereien vernahm. In Treherbert hatte man immer gehört, wenn sich die Nachbarn anschrien, und auf dem Schiff drang erst recht jeder Laut aus den Kabinen. Aber in Greymouth ...

Das Mädchen schloss ängstlich die Tür, als ihr bewusst wurde, dass die meisten Männer in der Siedlung einfach niemanden hatten, mit dem sie sich streiten konnten. Nach Violets bisherigen Beobachtungen gab es nur drei Familien mit Frauen und Kindern – ihre eigene nicht eingeschlossen. Alle anderen Männer lebten allein oder teilten sich die Hütte mit einem Kumpel. Am Abend war kaum einer von ihnen zu Hause – ihr »Wohnzimmer« war der Pub. Und wenn sie zurückkehrten, konnte es gefährlich werden für Mädchen wie Violet und Rosie.

Violet beschloss, einen Teil ihres Geldes in ein gutes Vorhängeschloss zu investieren – auch auf die Gefahr hin, dass ihr Vater sie schlug, falls sie nicht schnell genug aufstand, wenn er sich beim Heimkommen gegen die Tür warf.

Auch die Gewöhnung machte das Leben in Billertown nicht einfacher. Violet litt weiter unter dem Dreck, dem Gestank und den weiten Wegen. Sie musste täglich zum Einkaufen in die Stadt; ihr Vater gab ihr kein Haushaltsgeld, sondern ließ sie um jeden Penny betteln. Oft rückte er überhaupt erst damit heraus, wenn er heimkam und kein Essen auf dem Tisch fand. In dem Fall natürlich nicht, bevor er Violet für ihr Versäumnis gestraft hatte. Der abendliche Gang in die Stadt war dann allerdings schlimmer als die Ohrfeige. Den Hinweg legte sie zwar meist zusammen mit Jim und Fred zurück – die selbstverständlich nicht warten wollten, bis sie irgendetwas auf den Tisch brachte, sondern sich gleich auf den Weg in den Pub machten. Auf dem Rückweg war sie jedoch allein – und floh verängstigt in den Wald seitlich der Straße, sobald ihr Männer entgegenkamen. Nun waren sie um diese Zeit meist noch nicht betrunken, sodass nicht mehr passierte als ein paar Frotzeleien – mitunter sogar sehr höfliche Ansprachen. Nicht alle Bergleute waren dümmliche Trinker, tatsächlich war eher das Gegenteil der Fall.

Die Mehrzahl der Kumpel war aus Wales und England weggegangen, um in Neuseeland ihr Glück zu machen. Sie hatten Geld gespart und Mut und Kraft zusammengenommen, willig und hart zu arbeiten, sich eine Frau zu suchen und eine Familie zu gründen. Was sie in dem neuen Land erwarten würde, konnten sie nicht ahnen, aber dennoch taten manche, was sie konnten, um ihrem Traum doch noch näherzukommen. Natürlich gingen auch sie in den Pub, aber nur auf ein oder zwei Bier. Das restliche Geld sparten sie, ähnlich wie Clarisse, für ein kleines Haus ... ein Geschäft in der Stadt ...

Am Sonntag beim Kirchgang gesellte sich immer mal wieder ein ernsthafter junger Kumpel zu Violet, um ihr von seinen Zukunftsplänen zu erzählen. Am Ende bat er sie dann meist mit knallrotem Gesicht, sie beim nächsten Kirchgang offiziell begleiten zu dürfen. Violet schlug die Angebote jedoch aus, genau wie sie die zweideutigeren Anrufe und Schmeicheleien der draufgängerischeren Burschen überhörte.

Du musst nur ein paar Jahre durchhalten. Verlieb dich bloß nicht! Pass auf dich auf! Die Warnungen und Gebote Kathleens und Clarisse' blitzten bei jedem Blick ins Gesicht eines jungen Mannes in Violets Kopf auf. Sie war fest entschlossen, sich daran zu halten.

Von diesen braven Jodys und Hermans und Bills ließ sie sich nicht beeindrucken, und ein Steiger oder ein Handwerker aus dem Ort hatte sie noch nie angesprochen. Denen schien sie wohl auch zu jung – in besseren Kreisen schäkerte man nicht mit vierzehnjährigen Mädchen.

Ein paar Monate nach ihrer Ankunft in Greymouth – der ganze Frühling war verregnet gewesen – war Violets Geld aufgebraucht. Die letzten Pennys waren für Medizin draufgegangen, Rosie kämpfte seit Wochen gegen einen schlimmen Husten. Eines der drei Kleinkinder in der Siedlung war im Oktober daran gestorben, und Violet dachte noch immer mit Entsetzen an ihre Panik, als sie davon hörte. Kinder starben doch nicht an einer Erkältung! Aber auch Rosie fieberte hoch, und schließlich brachte Violet sie zu der Frau des Totengräbers, die auch als Hebamme und Hilfsärztin fungierte. Die Leute witzelten, dass sie ihrem Mann dabei erfolgreich zuarbeitete, aber Violet hatte eigentlich einen guten Eindruck. Mrs. Travers war sauber und freundlich, sie untersuchte Rosie behutsam und sorgfältig und gab Violet dann Salbeitee und einen Hustensaft aus den Blüten des Rongoa-Busches.

»Den Salbei pflanze ich selbst an, und der Hustensaft ist ein Maori-Rezept«, verriet sie ihr. »Koch ihr Tee, gib ihr den Sirup, und halt sie vor allem warm und trocken. Ach ja, und schau, ob du nicht irgendwie an einen Rauchabzug für deine Hütte kommen kannst. Der Qualm ist das Schlimmste, der legt sich auf die Lunge. Und gib ihr gut zu essen! Sie ist ja nur noch Haut und Knochen. Du natürlich auch …«

Violet schlug daraufhin verzweifelt selbst ein Loch ins Dach ihrer Hütte. Viel half das nicht, zumal es jetzt hereinregnete, wodurch das Feuer noch mehr qualmte. Aber zumindest bei trockenem Wetter machte es die Luft in der Hütte ein bisschen besser.

Wie sie es allerdings erreichen sollte, Rosie besser mit Essen zu versorgen, wusste Violet nicht. Ihr Vater jedenfalls war nicht willig, mehr Geld dafür herauszurücken. Als Violet auch nichts mehr besaß, reichte es kaum für Brot, ein paar Süßkartoffeln und die Knochen, aus denen das Mädchen die Eintöpfe für die Männer kochte. Jim und Fred verlangten täglich nach der Arbeit etwas Warmes in den Magen – und beschwerten sich ohnehin schon über die wenig gehaltvolle Suppe. Was sie übrig ließen, gab Violet Rosie, sie selbst ging meist hungrig ins Bett. Violet brauchte keine Mrs. Travers, um zu wissen, dass es so nicht weitergehen konnte. Sie überlegte, ob sie vielleicht selbst etwas zur Ernährung der Familie beitragen konnte. Als sie sich am Bach daran versuchte, Forellen zu fangen, die es jetzt, zum Sommer, reichlich geben sollte, traf sie Clarisse.

»Du machst ja gar keinen Knicks mehr!«, bemerkte das Freudenmädchen in einem Tonfall zwischen Frage und Neckerei, als Violet sie nur müde grüßte. »Ist dir die ganze Vornehmheit vergangen?«

Die Frau setzte sich neben Violet, die mit bloßen Füßen in dem eisigen Bach stand und tatsächlich gelegentlich einen Fisch vorbeihuschen sah. Wie sie den jedoch greifen sollte, entzog sich ihrer Vorstellungskraft.

»Keine Zeit«, seufzte Violet. »Können Sie fischen, Miss Clarisse?«

Clarisse lächelte. »Nein. Ich weiß nur, dass es die Maori mit Reusen machen und die *pakeha* mit Angelhaken. Das geht hier ganz gut, wir kriegen immer mal frischen Fisch.«

Violet konnte sich vorstellen, was die Angler als Gegengabe erhielten. Aber inzwischen schockierte es sie nicht mehr. Im Gegenteil, sie dachte daran, einen der braven Burschen, die sie immer noch zum Kirchgang auffordern wollten, nach seinen Fischereikenntnissen zu fragen.

Clarisse spielte mit dem Farnkraut, in dem sie sich niedergelassen hatte. »Du siehst nicht gut aus, Kleine«, meinte sie mitleidig, während Violet sich tapfer weiter um den Fischfang bemühte. Die Sache mit der Reuse war eine gute Idee. Violet hielt ihr Umhängetuch ins Wasser und hoffte, dass sich eine Forelle darin verfing. Clarisse hielt das für unwahrscheinlich. »Warum hast du uns nie mehr besucht?«

Violet zuckte die Achseln. »Es gibt nur drei Frauen in der Siedlung«, sagte sie dann bitter, »aber die ersetzen die ganzen Klatschweiber in Treherbert. Wenn ich Sie und Ihre Freundinnen besuche, erzählen sie das morgen ihren Männern, und während der nächsten Schicht hört es mein Daddy ...«

Clarisse nickte wissend. »Und der sucht sowieso nur einen Grund, seine Launen an dir auszulassen, nicht?« Sie blickte auf einen geschwollenen blauen Fleck unter Violets Auge.

Violet erwiderte nichts.

»Fasst er ... fasst er dich auch an?«, fragte Clarisse, wobei ihre Stimme einen eigenartigen Ausdruck annahm.

Violet runzelte die Stirn.

»Ob er dich ... ob er dich oder deine Schwester ... hm ... unsittlich berührt ...?«, formulierte Clarisse ihre Frage neu.

Violet schüttelte den Kopf.

»Da hast du Glück«, sagte die Ältere.

Violet sah ungläubig auf. Das war das erste Mal, dass irgendjemand ihren Vater als Glücksfall betrachtete.

»Es geht immer noch schlimmer«, meinte Clarisse. »Glaub's mir.«

Sie klang, als hätte sie da ihre Erfahrungen. Violet fragte nicht nach.

»Meiner hat's getan, seit ich sechs Jahre alt war«, erzählte Clarisse weiter. »Und meine Mutter hat geschwiegen. Um der Ehre willen. Ich komm aus keinem schlechten Stall, weißt du? Mein Dad war Tischler in Christchurch, der verdiente gut, hätt sich mühelos an leichten Mädchen schadlos halten können, wenn meine Mom nicht wollte. Aber die waren ihm zu alt.«

»Haben Sie's niemandem erzählt?«, fragte Violet und stieg aus dem Bach.

Für die winzige Chance, doch noch einen Fisch zu fangen, lohnte es nicht, sich die Füße abzufrieren. Das Farnkraut am Ufer war dagegen schon sonnenwarm.

Clarisse zuckte die Schultern. »Dem Pfarrer«, merkte sie an. »Danach musste ich erst fünfzig Vaterunser beten, dann ließ mein Vater mich noch mal richtig um Gnade flehen ... So was glaubt man Mädchen nicht. Erst recht nicht solchen aus derart ›guten‹ Familien.« Sie spuckte die letzten Worte aus.

Violet wurde langsam klar, warum Clarisse entschlossen war, sich nicht zu verlieben und lieber einen Puff aufmachen als eine Familie gründen wollte.

»Ich brauch dringend eine Arbeit«, sagte Violet leise und setzte sich neben die ältere Frau.

Clarisse sah sie prüfend an. »Eben hattest du noch Angst, uns auch nur zu besuchen, und jetzt willst du bei uns einsteigen?«

Violet schüttelte den Kopf. »Nein. Nein, das ... das kann ich nicht. Ich ... ich ... meine Mutter ... Meine Mutter war eine redliche Frau.«

Clarisse seufzte. »Und du willst ihrem Andenken keine Schande machen. Ich versteh's. Außerdem würde dein Daddy dich umbringen. Aber warum fragst du dann?«

Violets Füße waren immer noch eiskalt, aber jetzt immerhin trocken. Sie zog ihre Strümpfe wieder an, wobei sie versuchte, Clarisse die mannigfaltigen Stopfstellen nicht sehen zu lassen. Clarisse war etwas zu offenherzig, aber sauber und ordentlich gekleidet.

»Ich dachte, Sie wüssten vielleicht noch etwas anderes«, meinte sie dann. »Irgendwas ... Ehrbares.«

Clarisse schüttelte den Kopf. »Nichts, tut mir leid. Du hättest beim Bäcker fragen können, der liefert neuerdings auch aus. Aber sein Sohn heiratet ja jetzt Grace.«

»Wirklich?« Violet freute sich für das dunkelhaarige Mädchen.

Clarisse nickte. »Sie ist ganz glücklich, und seine Mutter findet sich mit ihr ab. Entweder Grace oder gar keine Enkelkinder. Die Auswahl an möglichen Schwiegertöchtern ist ja nicht gerade groß. Jedenfalls haben sie in der Bäckerei Arbeitskräfte genug. Und bei uns ist ein Bett frei.«

Violet ließ das unkommentiert. »Wann sind denn die Hotels fertig?«, fragte sie. »Die brauchen dann doch Zimmermädchen.«

Clarisse verzog das Gesicht. »Das kann noch dauern. Was du allerdings versuchen könntest ... klappere mal die Herrenhäuser ab! Die Billers haben gerade vor der Stadt gebaut – einen Palast! Ebenso die Lamberts, denen gehört die andere Mine. Der Geschäftsführer von Blackball residiert am Meer. Kann gut sein, dass die Hausmädchen suchen. Meistens nehmen sie zwar Maori, aber wenn du dich wieder an deinen netten Knicks erinnerst und dein ›Ja, bitte‹ und ›Nein, danke‹ ...«

Violet strahlte. »Ich werde es versuchen!«, erklärte sie und knickste. »Vielen Dank, Miss Clarisse.«

Violet zog ihr bestes Kleid an, flocht ihre Haare zu artigen Zöpfen und ließ Rosie zu Hause, obwohl das kleine Mädchen jämmerlich weinte.

»Wenn ich dich mitnehme, stellen sie mich nie an!«, versuchte sie zu erklären. »Bleib einfach hier sitzen, spiel mit deiner Puppe, und mach niemandem auf. Bis Daddy und Fred heimkommen, bin ich längst wieder da. Ganz sicher. Und wenn ich einen Job bekomme, bringe ich was zu essen mit.«

Das Versprechen war natürlich gewagt, es gab keinerlei Gewähr dafür, dass Mr. Biller seinem Hausmädchen genauso einen Vorschuss geben würde wie seinen Bergleuten. Aber der Gedanke an Zuckerbrötchen brachte Rosie immerhin zu einem hoffnungsvollen Schweigen.

Violet war so angespannt und so besorgt um die zum ersten Mal in Greymouth auf sich allein gestellte Rosie, dass sie fast den ganzen

Weg zur Villa der Billers im Laufschritt zurücklegte. Entsprechend erhitzt war sie, als sie die prächtige Anlage schließlich vor sich sah. Das Haus lag frei inmitten eines noch nicht fertig angelegten, aber weitläufigen Gartens, nach hinten hinaus begrenzt durch den Fluss. Es war zweistöckig und wies eine zweifarbige Fassade auf. Hohe, schmale Rundbogenfenster machten es elegant, das flach geneigte Dach schien seine Wichtigkeit zu unterstreichen. Die Villa war ein Landhaus – aber sie hätte auch in eine Stadt gepasst. Vielleicht nahm Josuah Biller ja an, dass der wachsende Ort Greymouth sein Haus einmal vereinnahmen würde.

Violet jedenfalls verließ bei dem Anblick fast der Mut. Sollte sie wirklich bei dem Minenbesitzer anklopfen und nach einer Stellung fragen? Aber dann sah sie einen eher kleinen, untersetzten Mann im Garten arbeiten. Er setzte eifrig Rosenstöcke und sah nicht gefährlich aus. Violet trat zu ihm und knickste.

»Ver... Verzeihung, ich ... ich wollte zu Mr. oder Mrs. Biller, ich ...«

Eigentlich hatte sie sich erkundigen wollen, ob irgendeine Chance bestand, eine freie Stelle zu ergattern, aber der Gärtner – zu Violets Schrecken wandte er ihr ein rundes, mit blauen Ranken tätowiertes Gesicht zu – wies auf einen Gartenpfad um das Haus herum.

»Mr. Josh und die Missus Her... Her – mi – ne beide hinten«, gab er Auskunft, wobei er sich mit der Aussprache des Namens seiner Herrin deutlich schwertat. »Ist Ärger mit Mahuika, nicht verstehen, aber Missus laut ...«

Violet wurde klar, dass sie es offensichtlich zum ersten Mal mit einem Vertreter der einheimischen Maori-Stämme zu tun hatte. Ob die Billers ihr gesamtes Hauspersonal dort rekrutierten? Vielleicht arbeiteten die Maori für weniger Geld als die Weißen? Aber andererseits konnte kaum jemand weniger Geld fordern als Violet – die streng genommen nicht einmal wusste, was sie fordern wollte. Sie atmete tief durch, dankte dem Gärtner und bog auf den angegebenen Weg ab. Tatsächlich hörte sie einen Streit, kaum dass sie das Haus umrundet hatte.

»Das ist mir ganz egal, ob es sich lohnt!« Eine schrille Frauenstimme mit hysterischem Unterton. »Aber sie … sie hat sich ausgezogen! Vor deinem Sohn!«

Gleich darauf kam die Sprecherin in Sicht. An einem kleinen Steg, der in den Fluss führte, standen ein kräftiger blonder Mann im Dreiteiler, eine zierliche, elegant gekleidete Frau, ein braunhäutiges Mädchen und ein kleiner Junge. Zu Violets Erstaunen war das Mädchen immer noch halb nackt. Seine Brust war entblößt, um die Hüften hatte es ein leichtes Tuch geschlungen. Der Mann verschlang seine üppigen Formen mit den Blicken, die Frau schien gegen eine gewisse Fassungslosigkeit zu kämpfen.

»Aber sie wollte mir schwimmen beibringen!«, warf der kleine Junge ein. Er mochte sechs oder sieben Jahre alt sein, hatte das hellblonde Haar seines Vaters und die schmale Figur und das etwas lange Gesicht seiner Mutter. »Und dazu …«

»Dazu hüllt sich eine anständige Frau in ein Badekostüm!«, hielt seine Mutter ihm vor. »Soweit eine anständige Frau überhaupt schwimmt. Also nichts gegen ein Bad in einem ordentlichen Seebad, mit Badekarren, die züchtiges Verhalten ermöglichen, aber doch nicht so …«

»Wir immer so schwimmen«, rechtfertigte sich das braunhäutige Mädchen. Es war nicht tätowiert, aber es hatte das gleiche dicke dunkle Haar wie der Gärtner, und auch seine Figur wirkte etwas gedrungen. Sein Gesicht war sanft und hübsch und spiegelte weder Scham noch Schuldbewusstsein. »Und Kinder immer …«

»Ich sag es dir doch, es sind Wilde!«, erregte sich die Frau. »Josuah, würdest du bitte aufhören, das Mädchen anzustarren? Mahuika, und du bedeck dich! Das ist ja nicht mitanzusehen, der arme Junge …«

Der kleine Junge wirkte nicht sehr mitgenommen, sondern eher interessiert. Ihm war offensichtlich unklar, wo das Problem lag.

Den entblößten Körper des Maori-Mädchens beachtete er gar nicht.

»Sie spricht auch ihre komische Sprache mit ihm ... wer weiß, was sie ihm einflüstert ... nein, wirklich, Josuah, ich muss darauf bestehen! Wir brauchen eine Engländerin!«

Das Mädchen zog folgsam sein Kleid über und der Mann die Aufmerksamkeit ab. Er schien jetzt wieder willens, sich mit den Wünschen seiner Frau auseinanderzusetzen.

»Hermine, das ist Unsinn! In einem halben Jahr geht er aufs Internat. Vorher noch eine Nanny für ihn aus England kommen zu lassen wäre verrückt. Es dauert doch allein drei Monate, bis die da ist, und ...«

»Ich brauche auch gar keine Kinderfrau!«, erklärte der Junge. »Ich komme sehr gut allein zurecht. Ich hätt lieber einen Globus und dieses Lexikon ...«

»Du hältst den Mund, Caleb!«, befahl seine Mutter. »Da hörst du's, Josh, er hat keinerlei Erziehung, diese Wilden färben auf ihn ab! Er redet dazwischen, er sieht sein Kindermädchen nackt, der Gärtner lässt ihn ›helfen‹, man stelle sich das vor! Gestern kam er mit völlig verschmutzten Kleidern ins Haus und erzählte mir, er habe eine Weta gefangen. Weiß der Himmel, was das ist ...«

»Das ist eine Riesenheuschrecke«, informierte sie der Junge, was ihm einen erneuten strafenden Blick einbrachte.

»Missus geschimpft wegen Schlamm auf Kleider«, brachte nun auch das Kindermädchen eine neue Entschuldigung vor. »Deshalb heute wir wollten ausziehen. Ist warm und ist besser zu spielen ...«

»Da hörst du's!« Mrs. Biller wandte sich erneut anklagend an ihren Mann. »Er wird völlig verwildert in England ankommen, was sollen sie in dem Internat von ihm denken, er ...«

»Wir könnten ihn ein halbes Jahr früher hinschicken«, überlegte Josuah Biller.

Seine Frau reagierte darauf erst recht hysterisch. »Jetzt schon? Noch früher? Mein Baby ...« Sie machte Anstalten, den Jungen an sich zu ziehen. Dem war das sichtlich peinlich, zumal er jetzt auch Violet entdeckte, die schüchtern näher getreten war.

»Wer bist du denn?«, fragte Caleb freundlich.

Violet lächelte ihm zu, dann, entschuldigend, dem Maori-Mädchen. Anschließend ging sie auf Mr. und Mrs. Biller zu und knickste mit gesenktem Kopf. Als sie aufsah, suchte sie den wasserblauen Blick von Calebs Mutter.

»Ich bin Violet Paisley«, sagte sie fest. »Und ich kann nicht schwimmen.«

Für Mrs. Biller genügte es, dass Violet weiß war, Englisch sprach und ihrem Sohn keinerlei exotische Kenntnisse wie Schwimmen oder polynesische Dialekte näherbringen wollte. Mr. Biller fragte genauer nach, schien aber recht angetan von Violets Angaben. Ja, sie habe Erfahrung mit Kindern, sie versorge ihre kleine Schwester. Und sie habe auch schon in Herrenhäusern geholfen, sie würde kein Porzellan fallen lassen und wusste, wie man einen Wasserhahn bediente. Mr. Biller nickte, als sie Reverend Burton in Dunedin erwähnte, und Mrs. Biller zeigte regelrechtes Entzücken, als der Name Lady's Goldmine fiel. Kathleens und Claires Kollektionen waren weit über Dunedin hinaus bekannt. Mrs. Biller hatte vor Jahren ihr Hochzeitskleid dort fertigen lassen.

»Und dein Vater arbeitet in meiner Mine?«, fragte Biller schließlich.

Violet nickte. Die Frage bereitete ihr die bislang meisten Sorgen. Wenn Mr. Biller sich beim Steiger nach Jim und Fred erkundigte, würde das kaum die besten Referenzen ergeben. Vorerst schien der Minenbetreiber allerdings zufrieden.

»Schön, dann versuchen wir es mit dir. Wir erwarten, dass … Also erklär du ihr das, Hermine, ich muss wirklich ins Büro, diese leidige Sache hat mich schon genug Zeit gekostet. Ach ja, und finde eine Beschäftigung für die kleine Maori … nicht, dass wir Ärger mit dem Stamm kriegen, wenn wir sie entlassen.«

Er wies auf das Mädchen Mahuika, und Violet fiel ein Stein vom Herzen. Sie hätte der anderen ungern die Stelle weggenommen.

Mrs. Biller schnaubte, als ihr Mann sich abwandte. »Ärger mit dem Stamm!«, murmelte sie. »Es geht doch wohl eher drum, dass du einen Narren an ihr gefressen hast!«

Violet tat, als ob sie nichts gehört hätte, und knickste noch einmal vor ihrer künftigen Arbeitgeberin. »Vielen ... vielen Dank, Madam. Also ... wann soll ich kommen?«

Mrs. Biller bestellte Violet für den nächsten Morgen um sieben. Sie sollte Caleb wecken, ihm seinen Tee geben und ihm beim Anziehen behilflich sein, um ihn dann, gewaschen und gefüttert, seinem Hauslehrer zu übergeben.

»Der Reverend hat die Freundlichkeit, ihn zu unterrichten, er kommt von neun bis um zwölf. Um eins essen wir mit der Familie, du sorgst für Calebs Mittagsruhe, danach beschäftigt er sich mit seinen Hausaufgaben, was du bitte beaufsichtigst ...«

Violet fragte sich, ob sie erwähnen sollte, dass sie nur unvollkommen lesen und schreiben konnte, aber wahrscheinlich hatte Mahuika das auch nicht gekonnt. Sie würde sich einfach darauf beschränken, den Jungen an seinem Schreibtisch zu halten, egal, was er da tat. Sie versuchte, Caleb zuzulächeln. Der Junge betrachtete sie forschend mit ernstem Ausdruck. Er schien nicht begeistert von einem neuen Kindermädchen, aber verstockt oder böse wirkte er auch nicht.

»Und um sechs bekommt er sein Abendessen.« Caleb schaute mürrisch, aber Violet konnte es ihm nicht verdenken. Mrs. Biller sprach von ihrem Sohn, als gäbe sie Fütterungsanweisungen für ein Haustier. »Danach kannst du gehen.«

Violet biss sich auf die Lippen. Das würde knapp werden, gegen sieben pflegten Jim und Fred nach Hause zu kommen. Aber irgendwie schaffte sie das schon, sie konnte zum Beispiel abends vorkochen und den beiden das Essen dann nur wärmen. Am besten war, sie erfuhren gar nicht von ihrem neuen Job. Sie würde allenfalls verraten, dass sie ein bisschen bei Billers aushalf.

»Vielen ... vielen Dank, Madam«, sagte sie nochmals, bevor sie sich zum Gehen wandte. »Dann ... dann bis morgen, Caleb.«

Der Junge antwortete nicht.

Dennoch war Violet bester Stimmung, als sie nach Hause lief. Über Geld war noch nicht gesprochen worden, wie ihr siedend heiß einfiel. Aber vielleicht schrieb ja der Bäcker die Zuckerbrötchen an.

Caleb war bereits aufgestanden und angezogen, als Violet am nächsten Morgen in der Villa eintraf. Er saß am Schreibtisch in seinem Schul- und Arbeitszimmer. Insgesamt gehörten ganze drei Räume zu seinem Reich, außer dem Studierzimmer ein Wohn- und Spielzimmer und ein Schlafraum. Jedes davon war größer als Violets ganze Hütte.

Violet war etwas nervös und fühlte sich schuldig, als sie den Jungen warten sah. »Bin ich ... bin ich zu spät?«, fragte sie leise.

Caleb schüttelte den Kopf. »Nein, aber ich bin kein Baby. Du brauchst mich nicht anzuziehen und zu waschen. Ich bin sieben Jahre alt!«

»Fast schon ein Mann«, lachte Violet.

»Du brauchst dich auch nicht über mich lustig zu machen«, bemerkte der Junge. »Ich habe Glück. Andere Kinder müssen mit sieben schon arbeiten.«

Er hob das Buch auf, in dem er gelesen hatte. *David Copperfield.* Violet versuchte, sich an die Geschichte zu erinnern.

»Was ... was soll ich denn jetzt machen?«, erkundigte sich Violet.

Sie kam sich dumm und hilflos vor. Offensichtlich wurde sie gar nicht gebraucht.

»Was du willst«, meinte Caleb. »Also erst natürlich Frühstück.

Das musst du holen, meine Mutter möchte nicht, dass ich unten mitesse.«

Violet wunderte sich. »Aber warum denn nicht?«, fragte sie – und fühlte sich schon wieder unwohl, weil sie eben die Befehle ihrer neuen Herrin infrage stellte. »Du ...«

»Meine Mutter hält mich für ein Baby«, bemerkte Caleb, »das weißt du doch schon. Und Babys sabbern. Oder brabbeln oder was weiß ich. Jedenfalls will niemand ein Baby am Esstisch. Holst du jetzt den Tee?«

Violet beeilte sich, hinunter in die Küche zu laufen, und lernte dort die Köchin kennen. Agnes McEnroe war eine Schottin in mittleren Jahren, ihr Mann arbeitete für die Billers als Kutscher.

»Du bist also die neue Nanny?«, fragte sie freundlich, als Violet in bewährter Manier vor ihr knickste. »Siehst aus, als brauchtest du selbst noch eine! Aber die kleine Maori ist ja auch kaum älter – nur besser gefüttert.«

Agnes legte gleich noch zwei weitere Toastscheiben auf das Tablett. Anscheinend war sie fest entschlossen, die Vorurteile ihrem Volk gegenüber zu widerlegen. Violet sollte sie nie anders kennen lernen als äußerst großzügig.

»Kannst mit dem jungen Herrn frühstücken, das freut ihn. Ist ein guter Junge, der kleine Caleb, aber ständig gelangweilt. Sieh zu, dass du ihn aufheiterst!«

Violet ergriff nervös das Tablett, auf das die Köchin eben einen weiteren Teller und eine zweite Tasse gestellt hatte. Dem Job einer Kinderpflegerin hatte sie sich gewachsen gefühlt. Aber ob es ihr gelingen würde, diesen etwas altklugen Jungen zu unterhalten? Vor allem machte sie sich jetzt Sorgen darum, womöglich Mrs. Biller auf der Treppe zu begegnen. Sicher würde die registrieren, dass sie vorhatte, mit ihrem Jungen Tee zu trinken, und das war sicher nicht vorgesehen. Dabei lief ihr beim Anblick der gefüllten Zuckerdose, der sahnigen Milch, der Butter und der beiden Marmeladesorten gleich das Wasser im Munde zusammen. Sie hatte am Morgen nur einen Kanten Brot gefrühstückt und nicht einmal Kaffee gemacht, da Rosie noch schlief und sie das Kind nicht wecken wollte. Die Kleine würde lange genug allein sein … Violet machte sich wieder mal Sorgen.

Caleb hatte bereits einen Tisch im Wohn- und Spielzimmer freigeräumt und erwartete Violet geduldig mit seinem Buch. Er fand nichts dabei, als er die zweite Tasse und den zusätzlichen Toast sah.

»Du bist ziemlich dünn«, sagte er nur, als Violet nach der ersten Toastscheibe griff.

»Ich … ich … alle in meiner Familie sind dünn«, meinte Violet und wurde rot. »Möchtest du Erdbeer- oder Orangenmarmelade?«

Der Junge verdrehte die Augen. »Ich – bin – kein – Baby!«, wiederholte er langsam und mehr als bestimmt seinen Lieblingssatz. »Du brauchst mir also kein Brot zu schmieren. Ich kann sogar selbst Tee einschütten. Hier!« Er bewies es ihr, indem er aufstand, seine Serviette geschickt über den Arm warf und die Teekanne ergriff wie ein geübter Kellner. Mit erhobenem Haupt und geradem Rücken näherte er sich Violet von links, goss formvollendet Tee in ihre Tasse, ohne auch nur einen Tropfen zu verschütten, und wandte sich dann in unterwürfigem Ton an das Mädchen: »Wünschen Mylady Sahne und Zucker in den Tee? Oder bevorzugen Mylady Zitrone?«

Violet musste lachen. Caleb nahm wieder Platz und griff seinerseits nach einem Toast. »Den da kannst du selbst essen«, sagte er großzügig. »Und du magst … Erdbeer!«, entschied er. »Du magst alles, was süß ist, oder?«

Violet runzelte die Stirn. »Woher weißt du das?«, fragte sie.

Caleb zuckte drollig die Schultern. »Du siehst so aus!«, lachte er. »Und jetzt sag: Was willst du machen? Wir haben noch mehr als eine Stunde Zeit, bis der Reverend kommt.«

Violet biss sich auf die Lippen. »Ich ... weiß nicht«, sagte sie. »Was hat denn Mahuika mit dir gemacht?«

Caleb schürzte die Lippen. »Nichts«, verriet er. »Also, sie hat natürlich Frühstück geholt. Aber dann ging sie in den Garten. Der Gärtnerbursche ist ihr Schatz, weißt du?«

Violet fragte sich, ob Mrs. Billers Bedenken gegen das Maori-Mädchen nicht berechtigt gewesen waren. Wer wusste schon, woran sie Caleb neben ihrer Nacktheit noch hatte teilhaben lassen?

»Deshalb musste ich auch so oft im Garten spielen. Was mir aber nichts ausgemacht hat. Ich mag Wetas.«

»Was ist noch mal eine Weta?«, erkundigte sich Violet.

Caleb grinste. »Ein Insekt. Eine Schreckenart. Hier, guck ...«

Er holte ein Buch aus einem Schrank und schlug es auf. Violet registrierte einen langen Text und ein Bild – wobei ihr das Tier, das dort gezeichnet war, die Fauna ihrer neuen Heimat nicht sympathischer machte.

»Wo ... äh ... wo gibt's die?«, fragte sie angewidert.

Caleb überflog den Text. »Je nach Sorte ... also die Baumweta springt ganz gerne herum, aber die Höhlenweta kommt schon mal ins Haus ... lies doch selbst.« Er schob Violet das Buch hin.

Violet zögerte. »Ich ... ich kann nicht sehr gut lesen«, sagte sie leise. »Ich ... ich würde gern, aber ...«

»Aber du bist mindestens dreizehn!«, wunderte sich Caleb.

Violet biss sich auf die Lippen. »Ich bin fünfzehn«, sagte sie. Sie hatte zum Jahresbeginn Geburtstag gehabt, aber nicht gefeiert. Ihrem Vater war das Datum entgangen. »Aber man lernt es nicht durchs Älterwerden. Und es ist ... es ist ziemlich schwer.«

Caleb schüttelte den Kopf. Es sollte wohl unwillig wirken, aber tatsächlich strahlte der Junge dabei über das ganze Gesicht.

»Es ist nicht schwer!«, erklärte er im Brustton der Überzeugung. »Soll ich's dir beibringen?«

In den nächsten Wochen eröffnete Caleb Biller seinem fünfzehnjährigen Kindermädchen eine neue Welt.

WELTUNTERGANG

Nordinsel, Parihaka
1879 – 1881
Südinsel, Greymouth
1880 – 1881

Spätestens seit Matariki und Kupe sich mit den Studenten aus dem Maori-Musterdorf Parihaka getroffen hatten, war Kupe für das Projekt gewonnen. Er sehnte sich danach, es zu sehen und Häuptling Te Whiti kennen zu lernen, wobei Matariki sich keine Illusionen machte: Wenn Te Whiti auch nur ein halb so charismatischer Führer war, wie es aussah, so würde Kupe ihm mit Haut und Haaren verfallen und fürderhin in Parihaka leben wollen. Nun hätte dies dem Mädchen egal sein können. Matariki war nicht in Kupe verliebt. Es war schon so, dass sie etwas für ihren Retter empfand, aber auch wenn er sie aus der Sklaverei in Hamilton befreit hatte: Kupe hatte einfach zu wenig gemeinsam mit ihrem Traumprinzen auf seinem Schimmel. Er war nett und liebenswert, jedoch auch ein bisschen welpenhaft. Matariki fand, dass er durch das Leben in Auckland mehr stolperte als schritt. Kupe tat ihr nicht direkt leid, obwohl sie sein Schicksal bedauerte, aber er imponierte ihr auch nicht. Wieder einmal stritten sich in Matariki Maori und *pakeha*: Während die Maori-Frau nichts dabei fand, ihrem Mann in Sachen *mana* überlegen zu sein, wünschte sich die Schülerin der Otago Girls' School einen Helden.

Und obendrein schürte Kupe Matarikis schlechtes Gewissen. Während ihrer Zeit in Hamilton hatte sich das Mädchen geschworen, in Zukunft als Maori zu leben und für die Rechte ihres Volkes zu kämpfen. Schon nach wenigen Tagen in Auckland verfiel sie jedoch wieder dem Reiz schöner Kleider und weicher Betten. Wenn sie Kupe nach Parihaka folgte, würde er sie drängen zu bleiben. Und dabei ertappte sie sich dabei, sich auf das neue Schuljahr in der Otago High zu freuen und auf den Umgang mit Mädchen, die keine anderen Probleme hatten als die Frage, wer bei der Schulaufführung Shakespeares Julia spielte.

Dann aber fand Kupe von einer Seite Unterstützung, von der er sie nie erwartet hätte. Gut zwei Wochen nach seiner und Matarikis Ankunft in Auckland trafen tatsächlich ihre Eltern ein. Sie waren so schnell gereist, wie es eben ging, und Lizzie Drury brannte nur so auf einen Besuch in Parihaka!

Zunächst stand Kupe allerdings nur linkisch und unsicher dabei, als Matariki Lizzie und Michael stürmisch begrüßte. Allen Zweifeln zum Trotz hatte er in Matariki bisher doch stets die Häuptlingstochter gesehen – unnahbar und auserwählt. Jetzt aber stürzte sie sich ausgelassen jubelnd in die Arme dieses großen, blauäugigen *pakeha*, den sie ohne jeden Zweifel Daddy nannte. Und auch Lizzie, die berühmte *pakeha wahine*, entsprach nicht Kupes Vorstellungen. Er hatte eine spirituelle, machtvolle Persönlichkeit erwartet, eine große, majestätisch wirkende Häuptlingsfrau. Stattdessen entstieg die kleine, zierliche Lizzie in ihren eleganten Reisekleidern und ihrem kecken Hütchen der Chaise, die Michael in Wellington gemietet hatte. Herzlich und freundlich – auch zu Kupe, den ihr Mann anfänglich mit Argwohn betrachtete –, aber doch alles andere als die starke Frau an der Seite eines Kahu Heke.

Immerhin sprach Lizzie fließend Maori und redete Kupe gleich in seiner Sprache an. Seine Tätowierungen schienen ihr nichts auszumachen.

Kupes Geständnis, die Sprache seines Volkes nur unzureichend zu beherrschen, schuf ihm dagegen Sympathien bei Michael. Matarikis Eltern horchten Kupe beim Abendessen so »unauffällig« aus, dass Matariki darüber schon die Stirn runzelte. Besonders, als ihr Vater schließlich die entscheidende Frage stellte: »Und was, junger Mann, gedenken Sie jetzt mit sich anzustellen?«

Lizzie musste lachen, als Michael sich so ernst an den Jungen an Matarikis Seite wandte. Ihr selbst war längst klar geworden, dass zwischen ihrer Tochter und diesem sanften Riesen keine Liebesbeziehung bestand – zumindest schliefen die beiden nicht miteinander. Lizzie traute sich zu, ein entsprechendes Prickeln zwischen zwei Menschen zu erspüren, aber bei Matariki hatte sie eher das Gefühl, als ob Kupes Tapsigkeit ihr mitunter auf die Nerven ging. Dann jedoch erwähnte der junge Mann Parihaka – und bot Lizzie die willkommene Gelegenheit, sein Verhör zu beenden und das Gespräch auf andere Themen zu bringen.

»O ja, ich habe davon gehört!«, erklärte sie. »Oder eher gelesen. Die Ngai Tahu sprechen zwar auch darüber, aber so wichtig ist es ihnen nicht, sie haben längst nicht so ernste Probleme mit den *pakeha* wie die Leute hier. Jedenfalls ist es eine interessante Sache. Warum fahren wir nicht hin, Michael? Wir bringen den jungen Mann an seine neue Wirkungsstätte und sehen uns das Ganze bei der Gelegenheit mal an.«

Beifallheischend blickte sie zu ihrer Tochter hinüber. Sie würde ihr den zwar sympathischen, aber doch eher unpassenden Verehrer diplomatisch geschickt vom Leib schaffen! Matariki wirkte allerdings unsicher und fast etwas gequält. Wollte sie nicht nach Parihaka? Lizzie beschloss, später mit ihr darüber zu sprechen.

Michael jedenfalls hatte nichts gegen einen Abstecher an den Mount Taranaki – und machte sich auch keinen Anflug von Sorge darüber, seine Tochter möglicherweise an das Projekt zu verlieren. Für ihn stand fest, dass Matariki mit ihm und Lizzie nach Dunedin zurückkehren und ihr altes Leben wieder aufnehmen würde. Je eher sie dabei diesen Maori-Knaben loswurde, desto besser. Ein besonderes Gefühl für Zwischentöne hatte Michael nie gehabt.

So bemerkte er denn auch nichts von der Spannung in seiner Chaise, als die vier sich am nächsten Morgen nach Süden auf den Weg machten. Wenn überhaupt, dann führte er Matarikis Unbehagen darauf zurück, dass sie noch einmal die Strecke fuhren, die das Mädchen und Kupe von Hamilton aus geflohen waren.

»Bist du wirklich sicher, dass du diese McConnells nicht anzeigen willst?«, erkundigte er sich noch einmal bei Matariki, als sie die Stadt weiträumig umfuhren. »Wegen ... ›Freiheitsberaubung‹ oder was weiß ich? Wir könnten ... zur Polizei gehen ...«

Matariki lächelte. Ihr Vater musste für diesen Vorschlag sicher über seinen eigenen Schatten springen. Michael Drury hatte auch noch drei Jahrzehnte nach seiner Verschleppung nach Australien ein gestörtes Verhältnis zur Obrigkeit.

»Ach, lass mal, Dad, die haben wir schon genug geärgert«, begütigte sie. »Mal ganz abgesehen davon, dass Hamilton nicht mal eine Polizeistation hat ... Ich will da ganz einfach nie wieder hin!«

Michael nickte erleichtert und lenkte die Kutsche vorsichtig über die holprigen Seitenwege, die um Hamilton herumführten. Er hätte gern einen Weg genommen, der nicht so nah an der Stadt vorbeiführte, aber es gab nur wenige gut ausgebaute Straßen auf der Nordinsel und auch kaum Hotels und Gasthäuser auf dem Weg zwischen Auckland und Parihaka. Die Straße führte durch Farmland, meist Weideland, das allerdings längst nicht so weitläufig wirkte wie die Canterbury Plains, oder durch buschwerkbewachsene Hügel. Mitunter durchquerten sie auch Buchen- oder Farnwälder und bestaunten riesige Kauribäume.

Zu Kupes Erstaunen wusste Lizzie viel darüber zu erzählen. Sie hatte lange auf der Nordinsel gelebt und war mit einem Maori-Stamm in Kororareka befreundet gewesen.

»Die Ngati Pau«, erklärte sie Kupe. »Hongi Hikas Stamm, wo ich dann auch Kahu kennen lernte. Er war schon damals ein Rebell, allerdings noch nicht so fanatisch, wie ihr zwei erzählt. Und nicht so kaltblütig zu allem entschlossen. Die Idee dieses Te Whiti gefällt mir jedenfalls wesentlich besser. Ich bin so gespannt auf Parihaka!«

Lizzie lächelte Matariki zu. Das Mädchen hatte ihr am Abend vor der Abfahrt sein Herz ausgeschüttet: »Ich komme mir vor wie eine Verräterin! Einerseits weiß ich, dass Kahu Heke Recht hatte. Ich hab das immer nicht ernst genommen mit der Unterdrückung durch die *pakeha* und all das. Aber Hamilton …«

»Das war eine Erfahrung«, begütigte Lizzie. »Wobei du bedenken musst, dass es auf der Nordinsel auch etliche Tote gegeben hat. Bei diesen unseligen Kriegen und Streitereien, durch Verrückte wie diesen Te Ua Haumene oder Fanatiker wie Te Kooti. Jede Seite hatte Opfer zu beklagen, und natürlich verzeihen sie das einander nicht so leicht. Du musst nicht Partei ergreifen, wenn du nicht willst.«

»Doch, muss ich!« Matariki stand auf und wanderte – gefolgt von dem treuen Dingo – unruhig im Zimmer umher. Eine Eigenheit von Michael, die sie angenommen hatte. Auch er konnte nicht still sitzen. »Es kann so nicht weitergehen. Solche Dinge wie mit Kupes Dorf, die dürfen einfach nicht passieren, und …«

Lizzie lächelte. »Du würdest es gern wiedergutmachen, weil du Kupe magst«, meinte sie. »Und er hat ja auch viel für dich getan!«

Matariki nickte.

»Aber du bist nicht verliebt«, konstatierte Lizzie. »Und das wirfst du dir vor.«

Matariki sah ihre Mutter ungläubig und bewundernd an. Wie konnte sie das wissen? Es tat so gut, dass jemand es aussprach. Matariki biss sich auf die Lippen, ihr war fast nach Weinen zumute.

Lizzie zog ihre Tochter auf das Sofa neben sich zurück und dann in ihre Arme.

»Matariki, das ist so mit dem Verlieben!«, erklärte sie sanft. »Man kann es nicht steuern. Manchmal verliebt man sich in den Falschen und sehr oft in jemanden, der die Liebe nicht erwidert. Und dann ist da wieder jemand, der einen von Herzen lieben könnte, aber man selbst empfindet nichts für ihn. Dafür braucht niemand sich schuldig zu fühlen – solange er dem anderen nichts vormacht und sich selbst auch nicht. Du machst alles richtig, Matariki, sorge dich nicht.«

»Aber ich habe mich noch nie verliebt!«, sagte Matariki. »Dabei möchte ich doch so gern. Ich ... ich fürchte, etwas stimmt nicht mit mir, ich ...«

Lizzie konnte sich nicht helfen. Sosehr sie das Mädchen verstand und ernst nahm, sie musste lachen. »Riki, das kommt noch!«, versicherte sie. »Wahrscheinlich genau dann, wenn du am wenigsten damit rechnest und wenn du es überhaupt nicht brauchen kannst.«

Wenige Tage später sollten sich Lizzies Worte bewahrheiten.

In den Tagen der Reise wuchs Kupes Respekt vor Lizzie und Michael. Bisher waren ihm *pakeha* immer als ungeschickt und unbeweglich erschienen. Die Weißen, die er kannte, hatten sich nahezu nie aus ihrer Stadt wegbewegt, und jede kleinste Reise war mit umfangreichen Vorbereitungen verbunden gewesen. Lizzie, Michael und Matariki streiften die Zivilisation allerdings gleich ab, als sie sich auf Wanderschaft begaben. Der ehemalige Goldgräber und die Freundin der Maori brauchten keine Gasthäuser. Sie wussten, wie man ein Feuer am Wegrand entzündete, verstanden sich auf Fischfang und Jagd und fanden nichts dabei, in einem Zelt zu übernachten. Die Zelte waren neu, Michael hatte in Wellington eines für sich und Lizzie erstanden und jetzt in Auckland zwei kleine für Matariki und Kupe. Um das Geld schien es ihnen dabei nicht leidzutun, sie kauften die hochwertigste Ausrüstung – zumal Lizzie darüber klagte, dass sie keinen Planwagen gemietet hatten.

»Wir wollten möglichst schnell bei dir sein«, erklärte sie Matariki die Wahl der schnittigen, aber für weite Strecken eher unzweckmäßigen Kutsche. »Und außerdem dachten wir, die Straßen wären in besserem Zustand.«

Die Südinsel schien der Nordinsel da einiges vorauszuhaben, aber natürlich hatte der Goldrausch gerade in Otago den Ausbau der Straßen beschleunigt. Lizzie und Michael erwiesen sich während der Fahrt jedoch als wahre Pioniere und Matariki als Kind der

Ngai Tahu. Kupe war es oft fast peinlich, dass sie mehr über das Überleben in seinem Land wussten als er selbst.

»Tätowierung«, stichelte Matariki, »macht eben noch keinen Maori-Krieger.«

Schließlich verließen sie die Hauptverbindung zwischen Auckland und Wellington und bogen nach Westen zur Tasmansee ab. Matariki und Lizzie waren gleichermaßen erfreut, als das Meer in Sicht kam.

»Hier sind wir entlanggesegelt, Kahu und ich!«, berichtete Lizzie, und es klang fast wehmütig. Michael warf ihr einen eifersüchtigen Blick zu. »Die Küste ist wunderschön.«

Das stimmte. Die Westküste der Nordinsel war abwechslungsreich, flache Buchten wechselten sich mit Steilküsten ab, es gab Strände mit dunklem und solche mit hellem Sand und felsige Abschnitte, aber manchmal reichte der Farn- und Mischwald auch bis zur See. Da das Wetter klar war, kam der Mount Taranaki bald in Sicht, und sein schneegekrönter Gipfel leuchtete in der Sonne.

»Noch so ein Land, das sie uns weggenommen haben!«, grummelte Kupe mit Blick auf den Berg. »Konfisziert während der Taranaki-Kriege!«

Lizzie runzelte die Stirn. »Hat die Regierung den Berg nicht letztes Jahr zurückgegeben?«, fragte sie Michael.

Der nickte. »Schon«, bemerkte er. »Nachdem die Siedler festgestellt hatten, dass das Land zu nichts zu gebrauchen ist. Und obendrein bricht der Vulkan ja auch ab und zu aus. Bei der Sachlage konnte man sich schon mal großzügig zeigen.«

Zu Kupes Verwunderung brachten die Drurys Verständnis für die Lage der Maori und ihren Ärger auf die weißen Siedler auf. Als er sich schließlich traute, das anzusprechen, unterhielt Michael ihn einen halben Reisetag lang mit einer ausführlichen Geschichte Irlands und des Freiheitskampfes seines eigenen Volkes.

»Wir wissen durchaus, was Unterdrückung heißt, Junge!«, versicherte Michael ihm großspurig und berichtete von seiner Verbannung nach Tasmanien, nachdem er während der Hungersnot Korn gestohlen hatte.

Bei Kupe machte damit auch Matarikis Ziehvater Punkte, was sein *mana* betraf. »Dann waren Sie so etwas wie ein Freiheitskämpfer, Mr. Drury?«

Lizzie lächelte still in sich hinein. Im Grunde war Michael ein Whiskeybrenner gewesen und hatte das Korn für die illegale Produktion mitgehen lassen – um wiederum von dem Erlös mit seiner Freundin, die guter Hoffnung war, aus Irland zu fliehen.

»Gibt's überhaupt irgendeinen Freiheitskämpfer, der keine persönlichen Motive hat?«, bemerkte sie irgendwann leise.

Matariki, die Einzige, die ihr Flüstern vernommen hatte, zuckte die Schultern. Die Küstenstraße führte eben an einem Strand entlang, der sie an ihre Lieblingsbucht in Dunedin erinnerte, und sie dachte an die Schule und an Elizabeth Station. Ob das Leben für sie noch einmal so einfach sein würde? Gab es überhaupt irgendetwas, das genauso war, wie es aussah?

Das Erste, was sie dann von Parihaka wahrnahmen, waren Felder entlang einer hervorragend ausgebauten und in Stand gehaltenen Straße. Acre um Acre säumten sie Anpflanzungen von Süßkartoffeln und Melonen, von Kohl und Getreide.

»Um das zu bewirtschaften, braucht man sicher Hunderte von Leuten!«, wunderte sich Kupe.

Michael blickte auf die gerade gezogenen Furchen und die sauberen Feldraine. »Oder sehr moderne Pflüge und andere landwirtschaftliche Gerätschaften.« Wie um seine Annahme zu bestätigen, kam eben ein schweres Kaltblutgespann vor einem gewaltigen Pflug in Sicht, dessen Fahrer neues Land kultivierte. Der junge Maori grüßte freundlich zu ihnen herüber. Michael gab den Gruß zurück. »Am besten beides«, fügte er dann hinzu und wies auf ein paar Frauen und Mädchen, die am Rand eines Feldes Unkraut jäteten. »Aber das hier sieht jedenfalls großartig aus. Wenn das so weitergeht … Was war dieses Parihaka denn eigentlich ursprüng-lich, ein *pa*?«

Kupe schüttelte den Kopf. »Eben keine Festung!«, erklärte er eifrig. »Ein offenes Dorf. Te Whiti hat das ganz gezielt so geplant, es sollte nicht gefährlich aussehen, sondern einladend. Jeder sollte willkommen sein, es …«

»Es war ursprünglich als Unterkunft für die Leute geplant, die in den Maori-Kriegen entwurzelt wurden«, berichtete Matariki nüchterner. Auch sie hatte sich gemerkt, was die Studenten erzählt hatten, aber sie war nicht gewillt, sich gleich derart für ihren Pro-pheten zu begeistern. »Bei der Landkonfiszierung wurden ja viele vertrieben.«

»Und sie hier zu sammeln war ein Akt des Protestes«, fügte Lizzie hinzu. »Te Whiti musste zwangsläufig vorsichtig sein, sicher auch das ein Grund für die offene Anlage. Ein *pa* zu errichten hät-ten die *pakeha* als feindlichen Akt aufgefasst. Hier waren und sind wohl alle sehr dünnhäutig …«

Und dann sagte niemand mehr etwas. Alle vier verloren sich in ehrfürchtigem Staunen, als Parihaka in Sicht kam.

»Ist das schön!«, flüsterte Matariki, die eben noch so fest ent-schlossen gewesen war, sich nicht beeindrucken zu lassen.

Das Dorf war auf einer Lichtung angelegt – offensichtlich hatte niemand dafür zu viele Bäume schlagen wollen, die Natur war den Stämmen heilig. Hinter dem Dorf erhob sich denn auch gleich der Wald, der niedrige Hügel überzog. Und über ihm prangte der majestätische Gipfel des Mount Taranaki. Es sah aus, als wachten die Geister des Berges über die Menschen, die sich hier versammel-ten. Auch das Meer hielt Parihaka in seiner Umarmung, und der Bach Waitotoroa versorgte die Siedlung mit klarem Wasser.

Michael lenkte sein Gespann auf breiten, sauberen Wegen durch den Ort, der wie jedes Maori-Dorf aus Versammlungs-, Schlaf- und Vorratshäusern bestand. Manche Bauten ähnelten den

Blockhütten der *pakeha*, andere wiederum waren nach Maori-Art mit aufwändigen Schnitzereien verziert. Lizzie erkannte zwei große, liebevoll gestaltete Versammlungshäuser in der Mitte des Dorfes. Geschnitzte stilisierte Farne und große Götterfiguren zeugten vom Geschick der Handwerker.

Um die Schlafhäuser herum lagen meist kleine Gärten, auch sie ordentlich eingezäunt und sehr gepflegt.

»Donnerwetter, das ist wie bei den Deutschen, bei denen ich mal gearbeitet habe«, machte sich Lizzies Verwunderung Luft. Sie war in ihren ersten Monaten in Neuseeland Magd in einem von niedersächsischen Bauern bewirtschafteten Dorf gewesen. »Ich hab nie vorher und nie nachher derart penibel ausgerichtete Misthaufen gesehen! Kein Wunder, dass diese Anlage jedem Inspizienten imponiert!«

»Und wo finden wir jetzt den wundertätigen Te Whiti?«, erkundigte sich Michael.

Das Dorf war gut bevölkert, wobei Lizzie auffiel, dass es an alten Leuten fehlte. Es war Nachmittag, und gewöhnlich waren Maori-Männer und -Frauen um diese Zeit auf den Feldern oder mit anderer Arbeit beschäftigt. Im Dorf hielten sich hauptsächlich alte Menschen und Kinder auf, von den »Großeltern« liebevoll betreut. Auch hier spielten Kinder, meist jüngeren Alters, aber beaufsichtigt wurden sie von jungen Frauen und Mädchen. Sie tuschelten miteinander, als sie die Neuankömmlinge sahen, und grüßten freundlich, blickten aber kaum von ihrer Arbeit auf. Fast alle waren mit der Zubereitung von Essen beschäftigt. Diese riesige Siedlung wollte schließlich ernährt werden.

Matariki schaute nervös nach allzu viel Traditionspflege aus, aber hier gab es weder abgetrennte Feuer für die *ariki*, noch trugen die Mädchen traditionelle Kleidung. Die meisten waren westlich gekleidet – auch auf der Nordinsel hatten die Maori schnell festgestellt, dass die Sachen der *pakeha* besser wärmten und für Neuseelands Klima eher geeignet waren als die leichten Röcke und

Umhänge der Polynesier. Ein paar Männer, die wohl eben von der Jagd kamen, sahen aus wie Kahu Hekes Krieger. Im Busch bewährten sich ihre Lendenschurze. Matariki stellte erfreut fest, dass man sich in Parihaka offensichtlich mehr von zweckorientierten Erwägungen leiten ließ denn von Idealen.

Schließlich hielt Michael vor ein paar Frauen an, die Süßkartoffeln schälten, und Lizzie fragte nach Te Whiti.

»Oh, der wird auf den Feldern sein«, antwortete eines der Mädchen und lächelte freundlich. Es schien sich zu freuen, dass Lizzie Maori sprach. »Aber wenn ihr Besucher seid, so wird man euch in einem der *marae* willkommen heißen. Ihr seid etwas früh für die Versammlung, die meisten werden wohl erst morgen oder übermorgen eintreffen. Der *ariki* wird sprechen, wenn der Mond sich rundet. Aber bitte, fühlt euch willkommen, ob ihr mit einem der Häuptlinge sprechen könnt oder nicht. Wir alle sind Parihaka. Jeder wird eure Fragen gern beantworten.« Dabei wies sie den Besuchern den Weg zum *marae* in der Mitte des Dorfes.

»Die sind ja nett!«, begeisterte sich Matariki. »Und ich freu mich schon aufs Essen. Sie heizen *hangi* an, seht ihr? Das hab ich seit langer Zeit nicht mehr gehabt.«

Hangi waren traditionelle Erdöfen, beheizt mit vorher erhitzten Steinen, aber hier, so nah am Mount Taranaki, sicher auch durch natürliche Vulkanaktivität. Man hob Löcher aus und versenkte darin Fleisch und Gemüse in Körben. Nach einigen Stunden konnte man es gegart wieder ausgraben.

Kupe konnte sich überhaupt nicht daran erinnern, so etwas je gesehen zu haben.

Im und vor dem *marae* erwartete die Gäste eine Gruppe Mädchen, die eben das Versammlungshaus in ein Gästehaus umfunktionierten. Sie putzten und legten Matten aus.

»Ihr seid früh!«, erklärte auch dieses Begrüßungskomitee. »Die meisten Gäste kommen erst kurz vor der Versammlung. Aber wir freuen uns, wenn ihr solange am Dorfleben teilhabt. Bitte verzeiht, dass wir nicht für jeden ein eigenes *powhiri* durchführen. Wir kämen dann aus dem Singen und Tanzen nicht mehr heraus. Zu den monatlichen Versammlungen kommen bis zu tausend Gäste.«

Michael lächelte den Mädchen zu. »Sehe ich aus, als könnte ich den *wero* tanzen?«, neckte er sie.

Der *wero* war ein Kriegstanz, der zum Begrüßungszeremoniell gehörte. Ein besonders starker Krieger führte ihn aus, und seine Bewegungen signalisierten, ob die Besucher in friedlicher oder kriegerischer Absicht kamen.

»Sie nicht, aber der da!«, lachte das Mädchen und zeigte auf Kupe. Sie wechselte mühelos vom Maori ins Englische, nachdem sie merkte, wie mühsam Michael formulierte. Dabei lächelte sie Kupe verführerisch an. »Du bist noch tätowiert, das ist selten. Bist du ein Häuptlingssohn?«

Kupe errötete, was seine Tätowierung bedrohlich aussehen ließ. »Nein ... ich ... das ist eigentlich mehr ... weil es doch *kitanga* ist ...«

Wenn das Mädchen sich über den Krieger wunderte, der schon das einfache Wort Brauch nicht richtig aussprach, so ließ es sich das immerhin nicht anmerken.

»Ja, inzwischen wird das wieder Mode«, erklärte sie. »Aber ich würde es nicht machen lassen, es tut scheußlich weh, das weißt du ja. Du ... musst sehr tapfer sein ...«

Das Mädchen flirtete jetzt ganz ohne Scheu, und Kupe schien es zu gefallen. Lizzie warf Matariki einen forschenden Blick zu, aber die zeigte keine Eifersucht. Sie war zu fasziniert von dem aufwändig gestalteten Haus und dem quirligen Dorf.

Lizzie stieg aus der Kutsche. »*Kia ora!* Wir freuen uns, hier zu sein«, sagte sie. »Ich bin Elizabeth Drury – auf Maori Irihapeti. Ursprünglich aus London, aber ich habe mit den Ngati Pau gelebt, und jetzt teilen wir das *wahi* eines *iwi* der Ngai Tahu.« Eine ausgesprochene Kurzfassung der traditionellen *pepeha*.

Das älteste der Mädchen ging ihr entgegen und tauschte den *hongi*, indem sie Stirn und Nase an Lizzies legte. »*Haere mai*, Irihapeti. Ich bin Koria, von den Ngati Porou. Ich hoffe, du siehst keine Feindin in mir.«

Die Ngati Porou waren alte Konkurrenten der Ngati Pau.

»Ich habe keine Feinde«, sagte Lizzie freundlich. »Und wenn ich den Geist von Parihaka richtig verstanden habe, soll es hier doch auch keine Feindschaft unter den einzelnen Stämmen geben. Wenn du meine Tochter begrüßen willst ... sie ist eine halbe Ngati Pau.«

Matariki strahlte Koria an und bot ihr ebenfalls Nase und Stirn.

»Wir wollen Freundinnen sein!«, sagte Koria enthusiastisch, als die Mädchen sich umarmt hatten.

Matariki nickte. »Kann ich hier irgendwas helfen?«, fragte sie.

Auch Lizzie griff gleich zum Besen. Koria drückte Matariki einen Stapel Decken in die Hand.

»Du kannst sie auf den Matten verteilen. Und Pai zeigt derweil den Männern, wo sie die Pferde ausschirren können.«

Sie warf einen Blick auf Kupe und zwinkerte Matariki verschmitzt zu. Das Mädchen, das ihn auf seine Tätowierungen angesprochen hatte, konnte die Augen nicht von dem jungen Mann lassen.

Als das Gästehaus fertig vorbereitet war, ging es auf den Abend zu, und die Einwohner von Parihaka kamen zurück von den Feldern oder ihren anderen Arbeitsstätten. Sehr bald war das Dorf nicht nur von Leben, sondern auch von Musik und Gelächter erfüllt. Der Feierabend in Parihaka schien ein einziges Fest. Die meist jungen Leute aßen und tranken, tanzten und musizierten, und die Gäste wurden selbstverständlich einbezogen, wie es bei Maori-Stämmen üblich war.

Matariki genoss das Zusammensein mit den gleichaltrigen Mädchen, die lachten und klatschten, als sie versuchte, den Stammes-*haka* der Ngai Tahu aus Tuaheka ganz allein aufzuführen. Das Mädchen Pai hing weiter wie eine Klette an Kupe und versorgte ihn mit Essen und Bier. Lizzie vermerkte jedoch mit einem Gefühl zwischen Belustigung und Besorgnis, dass er nur Augen für Matariki hatte. Im Übrigen fühlten sich weder der Junge noch Michael ausgegrenzt, weil sie kein oder nur wenig Maori sprachen. Fast alle Bewohner von Parihaka sprachen Englisch, und viele von ihnen beherrschten die Sprache fließend. Das bestätigte Lizzies Vermutung, dass der Ort nicht in erster Linie ein Flüchtlingscamp für die Verfolgten der Maori-Kriege war. Es mochte so angefangen haben, aber inzwischen sammelten sich vor allem junge Maori in Parihaka, die mit dem Einbruch der *pakeha* in ihre Welt unzufrieden waren, aber nicht gleich mit Waffengewalt reagieren wollten. Fast jeder von ihnen hatte seine besondere Geschichte – selten so eine dramatische wie Kupes, aber stets eine Wanderung zwischen den Welten, die schließlich in dem Wunsch mündete, alle in Frieden zu vereinen.

»Und dazu müssen wir den *pakeha* einfach erst mal zeigen, dass wir keine dummen Wilden sind!«, erklärte Koria. »Wir imponieren denen nicht, indem wir ihnen einen *haka* vortanzen, ihnen die Zunge zeigen und mit dem Speer drohen. Sie müssen sehen, dass wir unser Zusammenleben genauso gut organisieren können wie sie, dass wir unser Land bestellen, unsere Geschäfte verwalten, unsere Schulen führen können. Wir schämen uns nicht, wenn wir Dinge von ihnen übernehmen. Aber sie sollten begreifen, dass sie auch von uns etwas lernen können!«

Kupe war begeistert von dieser Philosophie, und auch Matariki schien beeindruckt. Beide ertappten sich dabei, heimlich um das zweite *marae* zu schleichen, neben dem ein kleineres Schlafhaus aufgestellt war. Hier lebte, den anderen zufolge, Te Whiti o Rongomai, der spirituelle Führer der Parihaka-Bewegung. Bei ihren Streifzügen erspähten die beiden einen weißbärtigen Mann, dessen Kopf fast etwas groß im Verhältnis zu seinem übrigen Körper schien.

Sein Haar war noch dunkel, er verdeckte es mit einem *pakeha*-Hut und trug auch sonst eher schlecht sitzende *pakeha*-Kleidung – das Jackett spannte sich über seinem Oberkörper. Te Whiti unterhielt sich angeregt mit zwei anderen Männern, seinem Stellvertreter Tohu Kakahi und einem Freund und Verwandten, Te Whetu. Als Matariki sich ungeschickt bewegte und die Männer damit auf sich aufmerksam machte, lachten alle drei ihr zu. Matariki registrierte sofort, dass Te Whiti nicht tätowiert war. Sie wusste nicht, warum, aber es beruhigte sie.

In den nächsten drei Tagen füllte sich das Dorf Parihaka dann tatsächlich mit Gästen, die zum Meeting kamen. So nannten die Dorfbewohner die monatliche Versammlung, auf der meist Te Whiti, aber auch der überaus starke Redner Te Whetu zu den Menschen sprachen. Die Leute kamen einzeln, in kleinen Gruppen, selten trafen ganze Stämme oder größere Abordnungen von Stämmen ein, die dann förmlich mit einem *powhiri* begrüßt werden mussten.

Koria und Pai forderten Matariki gleich am zweiten Tag auf, mitzutanzen und zu singen, sie liehen ihr ein *piu-piu*-Röckchen und ein Oberteil, in welches das spezielle Muster von Parihaka eingewebt war. Matariki trug es stolz und hüpfte vergnügt mit den anderen umher, obwohl ihr die Schritte noch nicht geläufig waren. Te Whiti und Tohu sah sie vor dem Vollmond selten, die beiden waren ständig damit beschäftigt, mit den Führern der verschiedenen Gruppen zu sprechen und sie zu Frieden und Zusammenarbeit zu mahnen. Für die Maori-Stämme der Nordinsel war der Gedanke des *kingitanga* – der Vereinigung aller Stämme unter einem König – zwar nicht neu, inzwischen war mit Tawhiao ja bereits der zweite *kingi* im Amt, dennoch fiel es ihnen schwer, sich als ein Volk zu sehen, und Te Whiti musste oft genug kleine Streitigkeiten schlichten.

Koria und die anderen Dorfbewohner, die fließend englisch sprachen, hatten sich hauptsächlich um die *pakeha* unter den Besuchern zu kümmern. Auch das waren erstaunlich viele – einige entsandt von der Provinzregierung und vom Militär, die meisten allerdings Pressevertreter. Einige wenige begeisterten sich ebenso wie die jungen Maori für das Gemeinschaftsleben in Parihaka und wären gern dort geblieben. Solche Anfragen wurden aber grundsätzlich abschlägig beschieden: Als Besucher waren *pakeha* gern gesehen, aber das Dorf gehörte den Einheimischen.

Am Tag des Meetings war die Bevölkerung um mehr als tausend Menschen gewachsen, und die Drurys registrierten anerkennend, wie die Bewohner diesen Ansturm meisterten. Parihaka versorgte sich selbst, und jetzt, vor dem Meeting, arbeiteten all die Kochhäuser und Bäckereien mit verdoppelter Belegschaft und voller Kraft. Ganze Brigaden von Fischern und Jägern zogen aus, um die Fleischversorgung zu gewährleisten. Kupe, der mit ihnen ging, lernte, wie man auf traditionelle Art mit Schlingen Vögel fing, und brachte Matariki stolz seine Beute.

»Und sogar die Geister haben sie auf ihrer Seite«, scherzte Lizzie, als sich schließlich alle bei Sonnenuntergang versammelten. Te Whiti sprach auf freiem Gelände vor dem Dorf. Der Versammlungsplatz vor den *marae* oder gar die Gemeinschaftshäuser selbst waren viel zu klein für die Massen von Zuhörern. »Zumindest die für das Wetter zuständigen. Ist dieses Licht nicht wunderschön?«

Tatsächlich tauchte der Sonnenuntergang den Schnee auf dem Mount Taranaki und den Himmel über dem Meer in eine Symphonie von Farben. Die verschiedensten Rottöne verbanden sich mit leuchtendem Gelb und Ocker, das Meer schien von goldenen und silbernen Pfeilen getroffen, die Wellen spielten mit dem letzten Licht der Sonne. Auch die Körper der Tänzer und Sänger, die zu Beginn des Meetings die Besucher grüßten, schienen verzaubert. In heiligem Ernst sprachen sie die traditionellen Gebete, tanzten ihre Botschaft vom Frieden, und schließlich stieß eine ältere, sehr eindrucksvolle Frau den *karanga* mit ähnlicher Inbrunst und

Kraft aus wie Hainga bei den Ngai Tahu. Matariki dachte daran, wie blasphemisch dagegen ihr eigener Versuch, Götter- und Menschenwelt miteinander zu verbinden, geklungen haben musste. Jetzt aber fühlte sie sich geschützt und gesegnet – und wehrte sich nicht einmal, als Kupe bewegt nach ihrer Hand griff.

Und endlich trat Te Whiti vor die Menge – auch in traditioneller Häuptlingskleidung ein eher klein wirkender Mann und niemand, dem Prunk wichtig schien. Seine Zeremonialwaffen waren schlicht, und sein Helfer arrangierte sie so unauffällig neben ihm, dass sie wirkten, als habe sie jemand vergessen. Sein Mantel war aus Wolle gewebt – nicht halb so kostbar wie der Federmantel des Kahu Heke, mit dem sich Matariki gegen die Abendkühle schützte.

Te Whiti schien jedoch zu wachsen, als er sich dann vor seinen Zuhörern aufbaute. Er sprach Maori, hielt aber alle paar Sätze inne, damit Koria seine Worte ins Englische übersetzen konnte. Das Mädchen glühte vor Stolz, dass er diesmal sie dazu auserwählt hatte – und Matariki fühlte fast einen Anflug von Neid.

»Mein Name«, sagte Te Whiti ruhig, »ist Te Whiti o Rongomai. Ich gehöre zu den Patukai, einem *hapu* der Ngati Tawhirikura. Meine Familie stellt seit Generationen die Häuptlinge unseres Stammes, auch ich war dazu auserwählt, und wie jeder *ariki* bin ich ein Krieger. Ich bin zum Kämpfen geboren, ich wurde zum Kämpfen erzogen, und ich war mehrmals dabei, wenn mein Volk den Kriegsgott Tumatauenga erweckte. Für mein Volk, gegen die Eindringlinge, die unser Land nehmen wollten, ohne zu fragen und ohne den Gegenwert dafür zu entrichten. Ich habe dem Gott tapfer gehuldigt, aber während ich Blut vergoss, regten sich Zweifel in mir. Es kann nicht richtig sein zu kämpfen! Es ist nicht im Sinne der Götter zu töten. Das sagt uns unser Glaube, und das sagt den *pakeha* der ihre. Durch Gewalt, meine Freunde, ist nie etwas Gutes über die Welt gekommen. Im Gegenteil, Gewalt stellt etwas mit uns an, sie verändert uns, und sie verändert uns nicht zum Guten.

Durch Gewalt geschieht genau das, was wir mit allen Mitteln zu verhindern trachten – nämlich dass wir erobert und besiegt werden, dass eine fremde Kraft Macht über uns gewinnt. Durch Gewalt werden wir zu Sklaven, zu Sklaven des Todes und des Gottes Tumatauenga! Ich habe das gelernt, Freunde, ich habe das gespürt, und ich möchte euch diese Botschaft weitergeben: Macht euch frei vom Töten und von der Gewalt! Es gibt keinen Grund, warum der Krieg Macht über uns haben soll – seid frei! Lasst euch vom Frieden befreien!«

Matariki und Kupe jubelten mit den anderen, während Lizzie und Michael einander skeptisch anblickten. Sie hatten nicht immer die Erfahrung gemacht, dass friedlichen Menschen die Welt gehörte. Eher war es umgekehrt.

Te Whiti lächelte seine Zuhörer an. »Ich freue mich, dass viele von euch mich verstehen und die Mahnung der Götter hören. Aber ich sehe auch verdrießliche Mienen. In vielen eurer Herzen herrscht noch Dunkelheit, und natürlich verstehe ich auch das! Ich fühle eure Trauer, wenn ihr euer Land geschändet seht durch die Goldsuche und die Kohleminen der Weißen. Ich empfinde eure Wut, wenn sie mehr und mehr von dem Boden vereinnahmen, der euren Stämmen heilig ist. Es ist eine berechtigte Wut, und ich stimme euch zu: Wir müssen sie daran hindern. Aber nicht mit Gewalt, nicht, indem wir die Waffen aufnehmen! Schon deshalb nicht, weil die Waffen der *pakeha* stärker sind. Weil ihr einen Krieg mit ihnen nicht gewinnen könnt, mit euren *mere* und *waihaka* und *taiaha* und den paar Gewehren, die ihr dem Feind abgehandelt habt. Die englische Krone kämpft seit Jahrhunderten, Freunde. Sie hat Völker unterjocht, zahlreich wie die Sterne am Himmel.«

»So viele nun auch wieder nicht«, grummelte Michael.

Lizzie zuckte die Schultern. »Wo er Recht hat, hat er Recht«, bemerkte sie. »*Taiaha* gegen Kanonen ergibt tote Maori und Land für die Weißen. Fragt sich nur, was der Mann stattdessen versuchen will. Wegwünschen kann er die *pakeha* nicht.«

355

Ein *taiaha* war ein speerartiger Schläger, die wichtigste Waffe des Maori-Kriegers.

»Die *pakeha* glauben«, sprach Te Whiti weiter, »ja sie sind sich sicher, dass sie durch ihre Waffen siegen. Aber ich, Freunde, ich bin sicher, dass wir durch die Kraft unseres Geistes gewinnen können! Durch unsere spirituelle Kraft, die dieses Land erleuchtet, die letztlich auch die Weißen erfassen wird! Von diesem Dorf hier wird das Licht ausgehen, wir werden den *pakeha* zeigen, wie wir leben, wir werden sie willkommen heißen, mit uns die Geister anzurufen, wir werden sie davon überzeugen, dass Frieden Kraft gibt, viel mehr Kraft als die Gewalt aller Waffen des Britischen Empire!«

Die Zuhörer jubelten, als Te Whiti endete, auch Matariki und Kupe sprangen singend und tanzend auf.

Lizzie zog dagegen die Augenbrauen hoch. »Wenn das mal nicht schiefgeht«, bemerkte sie.

Lizzie Drury hatte ihre Erfahrungen mit dem Gott wohlgefälligen Leben. Als junge Frau hatte sie es oft genug mit dem Beten versucht, war dann aber zu dem Ergebnis gekommen, dass Gott sich zumindest aus ihren Angelegenheiten weitgehend heraushielt. Lizzie hatte zu Lügen, Betrug und einmal sogar zu Waffengewalt greifen müssen, um ihr Leben zu retten. Wobei sie bei Letzterem zumindest die Geister der Maori auf ihrer Seite gehabt hatte. Als sie die Kriegskeule mit dem Mut der Verzweiflung gegen die Schläfe ihres Peinigers geschmettert hatte, glaubte sie, ihre Hand von einer der legendären Kriegerinnen der Stämme geführt zu wissen.

»Durch Erleuchtung wird man jedenfalls nicht satt«, fügte Michael hinzu. »An Priestern hat es den Iren während der Hungersnot nicht gefehlt.«

Matariki sah ihre Eltern strafend an. »Ihr versteht ihn nicht!«, sagte sie verwundert. »Dabei ist das so einfach! Es ist wundervoll, ich …«

»Still, jetzt spricht Te Whetu!«, mahnte Kupe. »Er ist imponierend, nicht?«

Te Whetu war jünger und größer als Te Whiti, seine Stimme weiter tragend. Auch er stellte sich zunächst vor, als Verwandter und Vertrauter Te Whitis und als Veteran der Taranaki-Kriege. Dann kam aber auch er zu seinem Anliegen. »Unser großer Häuptling Te Whiti hat die Stimmen der Geister gehört. Ihr aber hört die Stimmen der *pakeha*, und ich weiß, dass sie oft Meister der schönen Rede sind. Die Geister raten uns zum Frieden, Freunde, aber sie raten uns nicht zum Aufgeben. Also seid wachsam, seid freundlich, jedoch nicht zutraulich! Die *pakeha* werden alles versuchen, euch zur Abgabe eures Landes zu bewegen, und mitunter sind ihre Begründungen nicht von der Hand zu weisen. Eine Eisenbahn verbindet Landesteile, die bislang kaum voneinander wussten. Weidegründe für Schafe und Rinder sichern die Versorgung mit Fleisch – wir alle wissen, dass dies stets die Sorge unserer Vorväter war und dass die Stämme sich bekriegten um ihrer Jagdgründe willen. Aber dies alles soll nicht nur den *pakeha* zugutekommen, sondern auch uns. Und es gibt keinen Grund, warum ihre Schafe auf Stätten weiden sollen, die uns heilig sind oder die uns einfach nur gehören! Wenn sie unser Land wollen, so müssen sie fair dafür bezahlen – und sie müssen uns fragen, ob wir überhaupt verkaufen wollen. Seid klug, Freunde, und fallt nicht auf Geschenke herein, mit denen man eure Häuptlinge bestechen will. Lasst euch nicht unter Druck setzen, lasst euch nicht überreden, lasst euch nicht überschreien! Zeigt den Weißen, dass wir Würde haben. Empfangt sie mit Höflichkeit, aber weicht keinen Fingerbreit von dem ab, was euer Stamm über euer Land beschlossen hat!«

Auch Te Whetu erntete lauten Applaus – sogar von vielen Stammesmitgliedern, die vorher noch skeptisch gewesen waren. Nach seiner Rede war die Versammlung im Wesentlichen beendet. Die Besucher und Dorfbewohner gliederten sich in Grüppchen auf, die das Gehörte kommentierten und diskutierten, und letztlich mündete alles wieder in ein Fest mit Gesang und Tanz, Whiskey und Bier.

»Eine Whiskeybrennerei würde sich hier auch lohnen«, meinte Michael mit kundigem Blick in die Runde. Seine Tochter blitzte ihn an.

»Ihr nehmt das alles nicht ernst!«, sagte sie verbittert, womit sie Lizzie gleich einbezog, deren Augenverdrehen während der Reden ihr nicht entgangen war. »Was ist bloß mit euch? Glaubt ihr Te Whiti nicht?«

Lizzie hob die Brauen. »Das ist keine Frage des Glaubens. Der Mann hat sicher die ehrenwertesten Absichten. Aber ich fürchte, er würde die Armee Ihrer Majestät nicht überzeugen.«

»Wenn wir die Armee Ihrer Majestät mit Blumen und Kinderlachen empfangen, dann werden sie mit uns singen und feiern genau wie die Krieger der Stämme!«, behauptete das Mädchen Pai. Sie hatte sich auf der Suche nach Kupe zu ihnen gesellt. »Schaut doch, da drüben tanzen die Ngati Pau mit den Ngati Porou, und die Te Maniapoto tauschen den *hongi* mit den Ngati Toa. Das ist das Wunder von Parihaka, das Wunder von Te Whiti!«

»Ich würde das ja mehr auf die verbrüdernde Wirkung des Whiskeys zurückführen«, bemerkte Michael. »Aber wie auch immer, besser so, als wenn sich *pakeha* und Maori die Köpfe einschlagen. Ich glaube nicht so recht an Wunder, und statt der Geister würde ich eher Rechtsanwälte bemühen, um die Stämme gegenüber der Regierung zu vertreten. Aber Parihaka ist zweifellos ein nettes Dorf, und der alte Mann ist mir deutlich sympathischer als Kahu Heke.« Michael warf Lizzie einen Seitenblick zu, den sie unerwidert ließ.

»Dann wird es dir ja auch nichts ausmachen, wenn ich hierbleibe«, sagte Matariki spitz.

Michael fuhr auf. »Du willst *was*? Also bist du jetzt von allen guten Geistern verlassen?«

Lizzie seufzte. »Eben nicht«, bemerkte sie. »Ich fürchte, sie ist von ihnen erfüllt ...«

Michael blitzte Mutter und Tochter an. »Vergiss jetzt mal

die Geister!«, sagte er streng. »Matariki, du kannst nicht hierbleiben. Du bist noch viel zu jung, um allein zurechtzukommen. Du ...«

»Ich komme seit Monaten zwangsläufig alleine zurecht!«, meinte Matariki hochmütig. »Und hier bin ich auch nicht allein ...«

»Daher weht also der Wind! Du bist verliebt! Dieser Kupe ...« Michael sah sich um, aber Pai war bereits mit Kupe abgezogen. Der junge Krieger verschlang Matariki zwar immer noch mit seinen Blicken, aber wenn Pai ihn nachts an die Hand nahm und in die Hügel rund um Parihaka führte, folgte er ihr willig. Natürlich hatte er anschließend Gewissensbisse, aber sie ließen zusehends nach. Schließlich schien es Matariki völlig gleichgültig zu sein, was er mit dem fülligen, hübschen Mädchen im Gras zwischen den Rata-Büschen trieb.

»Kupe hat damit überhaupt nichts zu tun!« Matariki warf wild ihr Haar zurück. »Ich will nur ...«

»Was ist mit der Schule, Riki?«, fragte Lizzie in ruhigerem Ton. Im Grunde war ihr seit der Ankunft in Parihaka klar, dass ihre Tochter sich entschieden hatte, aber sie wollte es wenigstens versuchen. »Willst du die nicht beenden, bevor du dich entschließt, nur noch Maori zu sein?«

»Ich kann hier in die Schule gehen«, erklärte Matariki. »Das habe ich schon mit den Lehrern besprochen. Und ich werde sogar unterrichten! Die Kleinen müssen Englisch lernen.«

»Und die Lehrer hier bringen dich zum High-School-Abschluss?«, wollte Lizzie skeptisch wissen. »Du solltest dir das alles noch mal überlegen, Matariki. Hier die Felder bestellen und den *pakeha* zeigen, wie fleißig und ordentlich das Volk der Maori ist, kann jeder. Aber du kannst darüber hinaus zur Universität gehen. Du weißt, Dunedin nimmt Frauen in jedem Fach auf. Du könntest Medizin studieren und hier als Ärztin arbeiten. Oder dich als Rechtsanwältin auf Landverkäufe spezialisieren. Du könntest wirklich etwas verändern, Matariki. In einigen Jahren ...«

Matariki straffte sich. »In ein paar Jahren ist es vielleicht zu spät«, behauptete sie. »Ich will jetzt etwas verändern, Mom! Gleich!«

Matariki erhob sich mit fließenden Bewegungen, sie ging mit wiegenden Hüften, selbstbewusst, jeder Zoll eine Häuptlingstochter, davon. Der *korowai* ihres Vaters hing um ihre Schultern. Lizzie erinnerte sich jetzt endlich, wo sie den Umhang schon einmal gesehen hatte. Der große Häuptling Hongi Hika hatte ihn getragen, als er Kahu Heke die Erlaubnis gab, die *pakeha wahine* mit dem Häuptlingskanu vor ihren *pakeha*-Verfolgern in Sicherheit zu bringen. Damit hatte alles begonnen … Und nun war ihre Tochter erwachsen und ging mit sicherem Schritt auf das Feuer in der Mitte des Versammlungsplatzes zu. Ruhig und selbstbewusst näherte sich Matariki Te Whiti und verbeugte sich vor dem Häuptling.

Lizzie sah, dass er sie freundlich ansprach – und hielt den Atem an, als ihre Tochter den wertvollen Federmantel abnahm und in die Hände Te Whitis legte. Kahu Heke hatte damit den Krieg erklären und den Hass schüren wollen – aber statt der Göttin des Krieges würde ihn jetzt ein Prophet und Friedensstifter tragen.

Lizzie glaubte nicht an Te Whitis Botschaft, aber als sie den würdigen alten Häuptling im Gespräch mit ihrer jungen Tochter sah, kamen ihr die Tränen der Rührung.

Michael beobachtete die Geste ebenfalls.

»Ein fürstliches Gastgeschenk«, bemerkte er. »Aber nicht ungeschickt, sie führt sich gleich als Häuptlingstochter ein.«

Lizzie runzelte die Stirn. »Ich denke nicht, dass sie Hintergedanken hat«, tadelte sie. »Sie ist dem Zauber völlig verfallen.«

Michael biss sich auf die Lippen. Er sah zu, wie Matariki sich noch einmal vor Te Whiti verbeugte und dann zurück zu ihren Freunden ging. Das Mädchen ließ sich zwanglos neben Pai und Kupe nieder.

»Denkst du, sie wird ihn heiraten?«, fragte Michael.

Lizzie schaute ihren Mann an, als sei er nicht bei Trost. »Te Whiti?«, erkundigte sie sich. »Um Himmels willen ...«

»Ach was!« Michael winkte ab. »Kupe. Den Jungen. Der ist doch völlig vernarrt in sie.«

Kupe reichte Matariki eben einen Becher Wein. Sie dankte lachend.

Lizzie verdrehte die Augen. »Aber sie nicht in ihn«, bemerkte sie. »Vorerst jedenfalls hat sie keinen Blick für den armen Jungen. Aber vielleicht hat er ja den längeren Atem.« Sie lächelte und schmiegte sich an ihren Mann. Auch sie selbst hatte sich ihre zunächst aussichtslose Liebe schließlich erkämpft. »Wer kennt schon die Wege der Geister?«

Michael legte die Arme um sie, und gemeinsam beobachteten sie eine Zeitlang ihre Tochter, die keinen Blick mehr für sie hatte. Sie scherzte mit den anderen und begann schließlich mit ihnen zu tanzen. Ihr geschmeidiger Körper wiegte sich im Mondlicht zum Gesang der Mädchen. Kupe verschlang sie mit seinen Blicken.

»Meinst du ... meinst du, wir haben sie verloren?«, fragte Michael schließlich. Seine Stimme klang erstickt.

Lizzie schüttelte den Kopf und erhob sich, um zu gehen. Die Nacht in Parihaka war wunderschön, das Sternenlicht ließ den Schnee auf dem Mount Taranaki silbern leuchten, und wie zuvor die letzten Sonnenstrahlen streifte jetzt der Kuss des Mondes die See. Dennoch wurde es kalt. Und Lizzie misstraute dem Zauber.

»Nein«, sagte sie mit einem letzten Blick auf Matariki. »Sie wird zurückkommen. Irgendwann wird sie aus diesem Traum erwachen.«

Der siebenjährige Caleb Biller erwies sich als ein weit besserer Lehrer als der Reverend in Violets alter Sonntagsschule und Heather Coltrane. Vielleicht lag es daran, dass es auch bei ihm noch nicht so lange her war, seit er lesen gelernt hatte, oder er war einfach eine pädagogische Naturbegabung. Auf jeden Fall lernte Violet das Lesen und Schreiben in wahrhaft atemberaubender Geschwindigkeit. Nun hatte sie dafür auch reichlich Zeit – Caleb interessierte sich nur wenig für typische Jungenspiele. Er kletterte nicht auf Bäume, hielt Wettrennen für kindisch und analysierte selbst Heuschrecken lieber mit Hilfe eines Lexikons, statt ihnen die Beine auszureißen. Im Allgemeinen verließ er das Haus nur, wenn er musste, und selbst dann nahm er am liebsten ein Buch mit. Violet passte sich ihm an. Wie es aussah, war Calebs Familie hauptsächlich daran interessiert, ihren Sohn aus dem Weg zu haben – sofern er dabei nicht auf Abwege geführt wurde wie von seinem Maori-Kindermädchen Mahuika. Mahuika arbeitete inzwischen mit ihrem Freund im Garten und trug Violet nichts nach, sie winkte stets freundlich, wenn das Mädchen mit Caleb vorbeiging. Caleb grüßte fröhlich zurück und vertraute Violet an, dass er persönlich Gartenarbeit gehasst hatte.

Bei seinen bevorzugten Beschäftigungen wie lesen und Klavier spielen brauchte er eigentlich keine Gesellschaft, und er schien hochzufrieden darüber, dass sich auch Violet bald in ein Buch oder eine Zeitung vertiefte, während er in Lexika schmökerte.

Violet bevorzugte Zeitschriften. Sie las zwar gern Geschichten, aber für die große Literatur reichten ihre Lesekenntnisse noch nicht aus, und die Jugendbücher von Caleb oder die Fortsetzungsromane in Hermine Billers Frauenjournalen erschienen ihr einfach zu weit von ihrer Alltagswelt entfernt. Violet interessierte sich nicht für Prinzessinnen und glaubte nicht an Helden. Lieber fand sie heraus, was sich in der Wirklichkeit ereignete. Sie machte sich zur Gewohnheit, die Tageszeitungen aus Christchurch und Dunedin vom Frühstückstisch der Billers zu stibitzen, wenn sie morgens den Tee für sich und Caleb aus der Küche holte. Josuah Biller hatte die Blätter dann bereits durchgesehen – er war meist schon in der Mine, wenn Violet eintraf –, und seine Frau las keine Zeitung. Insofern störte es niemanden, wenn Violet ihre »Unterrichtslektüre« entführte. Caleb half ihr geduldig hindurch, wenn die beiden ihre morgendliche Teestunde beendet hatten.

»Dunedin. Erneute Pro... Pro... Proteste vor Pubs«, buchstabierte Violet. »Am letzten Samstagabend wurden wieder drei große Gaststätten in Dunedin Ziel... Zielscheibe der Ab... Absti... nenz...lerbewegung. Was ist das, Caleb?« Violet sah von der Zeitung auf.

»Abstinenzler.« Caleb las das Wort flüssig vor und suchte es akribisch in einem Wörterbuch. »Antialkoholiker«, erklärte er dann. »Das sind Leute, die wollen den Whiskey verbieten.«

Das verstand das Mädchen, konnte es aber kaum glauben.

»Im Ernst, Caleb? Das gibt's? Und ... und wird das mal was? Ich meine ... kann es sein, dass sie das Zeug wirklich verbieten?«

Caleb zuckte die Schultern. »Weiß ich nicht. Lies mal weiter, vielleicht steht's da ja.«

Violet griff nach der Zeitung. »Die ... die rührigen Damen um Mrs. Harriet Morison, pat... patrouillierten von der Öffnung bis zur Polizeistunde vor dem Eingang der Pubs, nachdem sie sich in der anglikanischen Kirche von Caversham zusammengerottet und in drei Gruppen aufgeteilt hatten. Dabei predigten die Alko... Alkoholgegnerinnen ... gegen Whiskey und Gewalt. Sie sehen die häufigen Besuche ihrer Gatten in Pubs als Ursache für ihre Armut und die Zerstörung ihrer Familien. Unter Absingung der Hymne *Give to the Winds Thy Fears* schwenkten sie Transparente und versuchten, die Zecher vom Besuch der Gastwirtschaften abzuhalten. Zwei der Wirte wandten sich mit der Bitte um Hilfe an die Polizei, die aber nicht mehr ausrichten konnte, als die kämpferischen Damen zu verwarnen.

›Kein Wunder, dass deren Gatten in die Pubs flüchten‹, äußerte sich der zuständige Police Officer. ›Aber solange sie sich auf öffentlichen Straßen herumtreiben und nicht weiter auffallen als durch das unmelodische Absingen von Kirchenliedern, sind uns die Hände gebunden.‹ Auch der Appell der Ordnungshüter an Reverend Peter Burton, der den Abstinenzlern seine Kirche als Treffpunkt zur Verfügung stellte, blieb ohne Ergebnis.

›Nach meiner Einschätzung singen die Damen sehr schön‹, gab der Reverend zu Protokoll. ›Und ihre Absichten sind ernst und ehrenhaft und durchaus im Sinne unserer Gemeinde: Würden weniger Männer ihr Geld in die Pubs tragen, würden weniger bedürftige Mütter und Kinder der Wohlfahrt zur Last fallen.‹

Du, Caleb, den kenn ich, den Reverend!« Violet strahlte. »Und wenn der mithilft … also wenn Reverend Peter sich darangibt … dann verbieten sie vielleicht wirklich mal das Whiskeytrinken!«

Caleb schaute verwundert in ihr leuchtendes Gesicht.

»Mein Dad trinkt jeden Abend ein Glas Whiskey«, bemerkte er gelassen. »Was soll da schlimm dran sein?«

Violet seufzte. Wie konnte sie diesem glücklichen Kind erklären, was Whiskey mit einem Mann anstellte, der sich eben nicht mit einem Glas zufriedengab? Sie versuchte es erst mit vorsichtigen Worten, aber dann brach die Wahrheit doch aus ihr heraus.

»Und es ist ja nicht nur, dass sie abends betrunken sind.« Violet kämpfte mit den Tränen, als sie von der letzten häuslichen Katastrophe bei den Paisleys berichtete. »Manchmal werden sie auch morgens nicht richtig wach, wenn sie's zu arg getrieben haben. Neulich haben sie meinen Vater von der Arbeit wieder heimgeschickt, weil er immer noch nicht recht geradeaus gehen konnte. Das ist gefährlich in der Mine. Wenn man's den Kumpeln ansieht, lassen die Steiger sie nicht einfahren. Und mein Dad war natürlich wütend, weil ihm dadurch der Lohn für den Tag entging. Gewöhnlich hätt er mich verprügelt, aber ich war ja hier, und so traf's dann Rosie. Weil sie ihm kein Mittagessen kochen wollte. Das kann sie jedoch noch gar nicht, und wie auch, es war ja kein Essen im Haus! Die Absti... Abstinenzler und der Reverend haben ganz Recht: Die Männer versaufen den Lohn, und die Frauen und Kinder hungern!«

Caleb kaute auf seiner Unterlippe herum. Von derartigen Schwierigkeiten hatte er offensichtlich noch nie gehört.

»Bring sie doch mit«, sagte er schließlich.

Violet runzelte die Stirn. »Wen?«, fragte sie verwirrt und putzte sich die Nase. Mrs. Biller durfte auf keinen Fall sehen, dass sie geweint hatte.

»Deine Schwester«, meinte Caleb. »Wie alt ist sie? Du kannst sagen, sie soll mit mir spielen.«

Violet sah ihn verständnislos an. »Du willst mit einem kleinen Mädchen spielen?«

Caleb verdrehte die Augen. »Ich spiel mit gar keinem, ich bin doch kein Baby!«, wiederholte er seinen Standardsatz. »Aber meine Mom wird das glauben. Sie wird ganz begeistert sein, weil ich doch sonst mit niemandem spiele. Guck mal ...« Caleb öffnete einen der Schränke in seinem Spielzimmer, den er bisher in Violets Beisein nie angerührt hatte. Zu ihrer Verblüffung purzelte ihnen ein Sammelsurium an Stofftieren, Holzpferdchen und eine Spielzeugeisenbahn entgegen. »Das kann sie alles haben«, erklärte er großzügig. »Dann ... dann schreit sie sicher nicht den ganzen Tag, oder?«

Caleb stand anderen Kindern argwöhnisch gegenüber. Mit der Einladung, Rosie mitzubringen, sprang er schwer über seinen Schatten. Violet wusste das zu schätzen. Sie war gerührt. »Rosie schreit überhaupt nicht«, versicherte sie Caleb. »Sie ist ein artiges kleines Mädchen und schon fast sechs Jahre alt. Du wirst sie kaum bemerken, glaub mir.«

Rosie erwies sich tatsächlich als untadelig brav – beim Anblick der Spielsachen fiel sie in eine Art ungläubige Starre. Außer ihrem Püppchen hatte sie nie Spielzeug besessen. Natürlich blieb sie auch im Haus nicht unbemerkt, Mrs. McEnroe sah die Mädchen gleich beim Eintreten und verliebte sich auf den ersten Blick in das kleine Ding.

»Sag ruhig Tante zu mir«, gurrte sie. »Kommst du mich denn auch mal in der Küche besuchen?« Die Köchin suchte gleich nach einer dritten Marmeladensorte fürs Frühstück. »Was meinst du, du könntest mir sogar helfen! Magst du Scones backen?«

Rosie kannte keine Scones und war zunächst auch derart eingeschüchtert von der dicken, herzlichen Frau, dem riesigen Haus und dem unglaublichen Frühstück, dass sie nicht mal antwortete.

Mrs. McEnroe nahm das allerdings nicht übel. Sie zauberte am Nachmittag tatsächlich Teekuchen und begeisterte damit auch Caleb. Er liebte Scones.

»Warum macht sie die Dinger nie nur für mich?«, fragte er, während er fast im gleichen Tempo Kekse in sich hineinstopfte wie Rosie.

Violet lachte. »Weil du es inzwischen geschafft hast, dass sie dich nicht mehr niedlich findet. Als du noch ein Baby warst, hat sie dich bestimmt verwöhnt!«

Caleb schien kurz abzuwägen, ob die Teekuchen es wert wären, seinen bei der Köchin mühsam erworbenen Status als Erwachsener wieder aufzugeben, entschied sich dann aber dagegen.

Violet hatte die Begegnung zwischen Rosie und Mrs. Biller gefürchtet, aber zu ihrer Erleichterung zeigte auch die sich begeistert von dem Neuzugang.

»Das muss man dir lassen, Violet, du setzt dich wirklich für Caleb ein!«, lobte die Hausherrin – mal wieder zwischen Tür und Angel. Sie wurde bei der Gattin eines anderen Minenbesitzers zum Tee erwartet. »Nicht wahr, dir ist es auch aufgefallen, dass er vereinsamt! Er muss mal mit anderen Kindern spielen! Ein kleiner Junge wäre natürlich besser.« Etwas misstrauisch musterte sie Rosie, die schüchtern geknickst hatte, sich jetzt aber wieder der Spielzeugeisenbahn widmete, die Caleb für sie auf dem Boden aufbaute. Er ließ sich sogar dazu herab, dabei »Tüüt« zu rufen. »Aber gut, du hast halt keinen Bruder, und irgendwelche hergelaufenen Bergarbeiterkinder wollen wir ja auch nicht … Danke jedenfalls, Violet, es ist wirklich rührend, wie du dich bemühst.«

Caleb verdrehte die Augen, als seine Mutter hinausrauschte.

»Ich hab's dir gesagt, sie hält mich für ein Baby«, meinte er verbittert, wobei er Rosie und die Eisenbahn sofort wieder sich selbst überließ. »Soll ich dir jetzt zeigen, wie Schach geht? Oder willst du lieber Zeitung lesen?«

Violet atmete erst mal auf und warf einen glücklichen Blick auf ihre kleine Schwester, die eben ein kaum hörbares »Tüüt« hauchte.

»Was ist Schach?«, fragte sie dann.

In den nächsten Monaten kamen Violet und Rosie endlich wieder zur Ruhe. Natürlich waren die Nächte nach wie vor schrecklich – Violet bekam auch zu wenig Schlaf, da sie ständig nervös auf Freds und Jims Heimkommen wartete. Sie hatte ihr Vorhaben wahrgemacht und ein Schloss gekauft, nachdem sie mehrmals von betrunkenen Nachbarn belästigt worden war. Jim besaß natürlich einen Schlüssel, aber wenn er betrunken war, fand er den nicht und pöbelte herum, seine Tochter habe ihn ausgesperrt. Natürlich ahndete er dieses Vergehen mit Prügeln – Violet tat also gut daran, auf die Schritte ihres Vaters zu hören und die Tür zu öffnen, bevor er sich dagegenwarf. Meistens ging das gut, aber es kam natürlich vor, dass er ihr dann vorhielt, sie habe an der Tür auf einen Liebhaber gewartet. Auch dafür gab es Schläge. Violets Nächte waren voller Gefahren – manchmal fragte sie sich, ob sie nicht weniger Risiken einging, wenn sie die Tür einfach offen ließ.

Dafür waren die Tage umso schöner und ruhiger. Sobald ihr Vater gegangen war, entfloh sie mit Rosie der engen, übel riechenden Kate hinein in die Wunderwelt der Villa Biller – zu Calebs Büchern und Spielzeugschrank, zu Mrs. McEnroes Koch- und Backkünsten und der vagen Freundlichkeit von Mrs. Biller. Bis zum Frühherbst ging Violet am Nachmittag mit den Kindern an den Fluss – und oft passte Caleb auf Rosie auf, wenn die Müdigkeit sie übermannte und sie den in der Nacht versäumten Schlaf nachholte. Sie wunderte sich immer, wie freundlich und liebevoll der Junge mit dem »Baby« umging. Zwar mochte Caleb nicht mit Rosie spielen, aber er las ihr aus seinen Büchern vor oder spielte für sie auf dem Klavier. Violet war zu Tränen gerührt, als er ein Kinderlied spielte und Rosie plötzlich mit süßer Stimme mitsang. Die Kleine hatte das nicht mehr getan, seit ihre Mutter gestorben war, aber jetzt begann sie langsam wieder, vergnügt vor sich hin zu plappern wie ein gesundes kleines Mädchen.

»Wir sollten ihr lesen beibringen«, bemerkte Caleb eines Tages.

Violet las inzwischen flüssig und verfolgte voller Interesse die Berichte über Mrs. Morison und ihren Kampf gegen den Alkohol. Dass es auch noch um andere Dinge ging, wurde ihr erst klar, als sie Zeugin einer erbitterten Debatte zwischen Hermine und Josuah Biller wurde.

»Ich wiederhole, Hermine, es kann zehnmal in deinem angeblich so harmlosen Hausfrauenmagazin nachgedruckt worden sein, aber ich dulde solche aufrührerischen Schriften nicht in meinem Haus!«

Mrs. Biller konterte in ihrem gewohnt weinerlichen Ton. »Ich hab's gar nicht gelesen, Josuah ... Aber ... aber sooo aufrührerisch finde ich es gar nicht. Sie hat doch Recht: Alle Gesetze gelten auch für Frauen. Frauen können für Verstöße verurteilt werden bis hin zur Todesstrafe, genau wie Männer. Und wenn man sich die Schulen ansieht – sind die Mädchen wirklich schlechter im Lernen als die Jungen?«

»Du hast es nicht gelesen, ja?«, höhnte Mr. Biller.

»Vielleicht habe ich ein bisschen gelesen«, gab Mrs. Biller zu, ihre Stimme klang plötzlich voller. »Und ich finde es nicht aufrührerisch. Was macht die Frau denn groß? Sie erinnert an all das, was Frauen für dieses Land geleistet haben. Sie weist auf Ungerechtigkeiten hin.«

»Sie fordert Unnatürliches!«, beharrte Mr. Biller. »Sie ist verrückt! Und du wirfst dieses Pamphlet jetzt sofort weg – nicht auszudenken, dass jemand es hier herumliegen sieht! Die Leute würden ja glauben, ich hätte meine Frau nicht im Griff! Hörst du, Hermine? Sofort!«

Josuah Biller wartete nicht ab, bis seine Frau ihm gehorchte. Stattdessen griff er selbst nach der Zeitschrift, die auf dem Buffet gelegen hatte, als er heimkam, und schleuderte sie im hohen Bogen in den Papierkorb.

Violet fischte sie heraus, als er gegangen und Mrs. Biller sich mit Migräne in ihr Schlafzimmer zurückgezogen hatte.

Sie trug sie hinauf in Calebs Zimmer und las den fraglichen Artikel, während der Junge »Mittagsruhe« hielt. Tatsächlich schmökerte auch Caleb in diesen Stunden in irgendeinem Buch – Violet hätte den Schlaf deutlich nötiger gehabt als er. Aber Mrs. Biller bestand darauf, dass Violet ihren Sohn ins Bett brachte, und so fügten sich beide. Nur Rosie schlief wirklich, ausgestreckt auf dem Teppich im Spielzimmer.

»Das schreibt eine *Femina*, aber das ist bestimmt nicht ihr richtiger Name, oder?«, fragte Violet, als sie geendet hatte.

Caleb wies wortlos auf das Lexikon im Regal. Gleich darauf fand Violet heraus, dass »feminin« für »weiblich« stand.

»Also heißt das nur ›Frau‹ oder ›Die Weibliche‹«, konstatierte sie. »Und sie meint … sie meint, Frauen sollten wählen dürfen.«
Violet verwunderte diese Forderung. Sie hatte bisher nie übers Wählen nachgedacht. Zwar hatte sie vage davon gehört, aber ihr Vater hatte sich nie an einer Wahl beteiligt.
Caleb zuckte die Achseln. »Müssen sie, wenn sie den Whiskey verbieten wollen«, meinte er dann.
Violet sah ihn verständnislos an.
»Na, wenn du was verbieten willst, brauchst du dafür ein Gesetz, und die Gesetze macht das Parlament, und im Parlament sitzen Abgeordnete, und die werden gewählt. Weißt du denn gar nichts, Violet?«
Violet kam sich mal wieder dumm vor. Aber so gesehen war die Forderung dieser *Femina* verständlich.
»Und warum dürfen Frauen bis jetzt nicht wählen?«, fragte sie.
Caleb zuckte die Schultern. »Weiß ich nicht«, meinte er desinteressiert. »Wahrscheinlich, weil sie nicht klug genug sind. Ich glaub, meine Mom ist nicht besonders klug.«
Violet fand es erfreulich, dass er zumindest sie selbst nicht als Beispiel weiblicher Unzulänglichkeit hinstellte. Wobei sie es Caleb nachgesehen hätte. Verglichen mit diesem seltsamen kleinen Jungen dachten alle anderen Menschen, Männer wie Frauen, ziemlich langsam. Sie hatte am Tag zuvor erst gehört, dass der Reverend Mrs. Biller gegenüber klagte, er könne dem Jungen bald nichts mehr beibringen. Selbst Latein könnte Caleb inzwischen fast besser als er selbst.
Aber was war mit Leuten wie ihrem Vater? Oder Fred oder Eric? Die konnten alle kaum lesen und schreiben – wobei Eric noch besser war als die beiden anderen. Violet hatte gesehen, dass er Aufzeichnungen über seine Wetteinsätze machte und Rennprogramme las. Alle drei schafften es aber kaum, während der Woche halbwegs nüchtern zur Arbeit zu kommen, und dachten nicht weiter als von zwölf bis Mittag. Ellen Paisley war ihrem Mann um Längen über-

legen gewesen. Und auch wenn die Erkenntnis Violet Herzklopfen bereitete – sie selbst war es ebenfalls!

Warum also durfte ihr Vater wählen und sie nicht? Warum durfte Josuah Biller bestimmen, welche Zeitungen seine Gattin las? Was berechtigte Jim Paisley, seine Töchter wie Leibeigene zu behandeln, das Geld der Familie zu versaufen und Violet zu schlagen, wenn sie demzufolge kein Essen auf den Tisch brachte?

Violet beschloss, für das Wahlrecht zu kämpfen.

Matariki führte ein geschäftiges Leben in Parihaka. Sie beaufsichtigte am Morgen ein lebhaftes Grüppchen kleiner Kinder – der Nachwuchs sollte möglichst von Anfang an Englisch lernen, und das ging spielerisch am leichtesten. Die Eltern brachten die Kleinen zu Matariki und zwei anderen fließend englisch sprechenden Mädchen, wenn sie morgens zur Arbeit gingen, und von Woche zu Woche wurde die Gruppe größer. Die Menschen in Parihaka hatten Vertrauen in die Zukunft und liebten sich – das trieb die Geburtenrate hoch.

Am Nachmittag widmeten sich Matariki und ihre Freundinnen ihren eigenen Studien. Zwar gab es tatsächlich keine High School in Parihaka, aber es gab Bücher, und niemand musste die Schüler zum Lernen anhalten. Kupe, Pai, Matariki und andere arbeiteten verbissen die Lehrpläne der höheren Schule ab und bereiteten sich damit auf die Abschlussprüfung in einer High School in Wellington oder Auckland vor. Bislang war nie ein Student aus Parihaka durch eine solche Prüfung gefallen, der Druck lastete also stark auf den jungen Leuten. Aber tatsächlich ängstigte sich niemand, wie überhaupt keiner der Menschen in Parihaka irgendwelche Zweifel am Erfolg ihrer Mission hegte. Alle empfanden das Leben im Dorf als ein einziges Fest – egal, wie hart sie tagsüber auf den Feldern oder in den Manufakturen arbeiteten. Am Abend erwartete sie Tanz und Musik oder das Studium traditioneller Maori-Künste wie Flachsweben und Färben und die Erstellung von Reusen und Schlingen zur Jagd.

Je länger das Wunder Parihaka währte, desto bereitwilliger machten auch die Stämme der Nordinsel mit. Sie sandten *tohunga*, um die Dörfler im Bau und im Spiel der alten Musikinstrumente zu unterrichten – und sie bauten ihre eigenen *marae*, in denen ihre Stammesgötter wohnten.

Für Kupe kam es zu einer denkwürdigen Begegnung, als ein *iwi* der Hauraki eintraf. Er entpuppte sich als der Stamm, der aus der Gegend von Hamilton vertrieben worden war und seitdem auf Wanderschaft lebte. Natürlich begrüßte man einander mit dem üblichen *powhiri* – und Kupe fiel auf, dass der junge Mann, der den *wero* aufführte, kein reinrassiger Maori war. Schließlich sprach er ihn schüchtern an – es galt als nicht sehr höflich, Mischlinge an ihre Abstammung zu erinnern. Viele schämten sich ihrer *pakeha*-Väter. Arama antwortete allerdings freundlich. Er hatte nur beste Erinnerungen an Sam Drechsler.

»Ich bin nicht gern weggegangen«, bekannte er. »Ich wäre lieber weiter zur Schule gegangen – und dann wahrscheinlich Farmer geworden wie mein Vater, zum Jäger habe ich wenig Talent, und erst recht nicht zum Krieger.«

»Aber zum Tänzer!«, lachte Kupe. »Wie du das Gesicht verzogen hast – das hätte mir fast Angst gemacht.«

Diese Gesten gehörten zu den Kriegstänzen der Stämme, und Arama beherrschte sie wirklich gut. Allerdings war er schon aufgrund seiner Statur respekteinflößend. Sam Drechslers Sohn war ein massiger Hüne.

Jetzt grinste er. »Siehst du, und in Hamilton hätten sie mir daraufhin gleich die Armee auf den Hals geschickt. Es war schon richtig, wegzugehen. Aber ich vermisse die Farm. Vielleicht wird sich ja irgendwann etwas ändern.«

Kupe nickte. »Deshalb sind wir hier«, sagte er ernst. »Du kannst deinem Vater übrigens schreiben. Parihaka hat eine Poststation. Und eine Schule. Und eine Farm. Ist deine Mutter auch hier? Ich würde ihr gern erzählen, was dein Vater für mich getan hat.«

Aramas Mutter erwies sich als *tohunga* in der Bearbeitung von Jade. Sie unterrichtete Matariki und die anderen Mädchen im Schnitzen von *hei-tiki* und *mere*. Matariki versuchte auch, sich im Blasen der Putorino, einer Flöte, zu verbessern, obwohl Dingo den Klang des Instrumentes hasste und stets laut bellte, wenn sie übte. Kupe war unsagbar stolz, als er nach einem Jahr den *wero* beim *powhiri* vor Te Whitis Rede tanzen durfte. Wie sein neuer Freund Arama war er ein begabter Tänzer und Musiker – und sein Maori wurde Tag für Tag besser, seit es sich nicht mehr schwerpunktmäßig auf das Absingen sinnloser Silben beschränkte. Der junge Mann war zweifellos der Klügste unter den jungen Leuten, die den High-School-Abschluss anstrebten. Schon bald nach seiner Ankunft in Parihaka legte er die Prüfung ab und bestand sie mit Bravour. Er hätte jetzt nach Auckland an die Universität gehen können, aber vorerst blieb er in Parihaka – es war einfach zu aufregend zu sehen, wie das Dorf wuchs und wie die Bewegung immer mehr Zulauf bekam.

Zu den monatlichen Versammlungen kamen mittlerweile um die dreitausend Menschen – denen es allerdings meist nicht um die Botschaft vom Frieden ging, sondern vor allem darum, ihr Leid zu klagen und verstanden zu werden. Denn seit dem Ende der Siebzigerjahre wuchs nicht nur die Bevölkerung von Parihaka. Auch weiße Siedler strömten zu Tausenden in die fruchtbaren Ebenen und die grasbewachsenen Hügel von Taranaki. Sie alle gierten nach Land, und die Provinzregierung unternahm alles, um es ihnen zu beschaffen. Die Vertreter der Stämme berichteten von okkupiertem Land, von zerstörten Zäunen und Anbauten. Sie reagierten darauf mit der Vertreibung der Landvermesser und Wegnahme ihrer Instrumente – für die *pakeha* wieder ein Grund, sie des Aufrührertums zu bezichtigen und ihr Land »zur Strafe« zu enteignen.

Te Whiti und sein Freund Te Whetu nahmen kein Blatt vor den Mund, wenn sie bei Vollmond zu den Menschen sprachen. Vor allem Letzterer sammelte Beweise gegen die *pakeha*, geißelte ihre

Versuche, die Häuptlinge in Taranaki mit Alkohol, Kleidern und Parfüm zu bestechen, ihr Land zum Verkauf freizugeben. Er deckte die falschen Versprechungen der *pakeha* auf, die Fischgründe und *tapu* der Maori zu schonen und die Einheimischen bei Landverkäufen ehrlich zu entschädigen.

»Die Häuptlinge werden mit ein paar Dosenfrüchten abgespeist, mit Leckereien und Whiskey – und gleichzeitig verspricht sich die Regierung einen Gewinn von fünfhunderttausend Pfund aus dem Verkauf unseres Landes! Das haben sie in einer ihrer Sitzungen öffentlich verkündet, Freunde, die machen gar keinen Hehl aus ihrer Absicht, uns zu betrügen! Sechstausendvierhundert Hektar Land bieten sie den Siedlern jetzt zum Kauf an! Von unserem Land, woher sonst sollte es kommen?«

Bei all dem war es kein Wunder, dass sich die Berichterstattung der *pakeha*-Zeitungen über Parihaka und seine spirituellen Führer langsam änderte. Immer seltener ergingen sich die Reporter in begeisterten Berichten über die friedlichen und freundlichen Absichten Te Whitis. Eher nannte man seine Reden blasphemisch und aufrührerisch, sprach von Gefahren, die von Parihaka ausgingen, und einem verhängnisvollen Einfluss seiner Führer auf die Stämme.

Dabei hatte sich an Te Whitis Einstellung eigentlich nichts geändert. Nach wie vor forderten die Redner bei den Meetings zu Verständnis, zu Höflichkeit und friedlicher Beilegung von Konflikten auf.

»Vor allem erhebt nicht die Waffen gegen die Siedler!«, rief Te Whetu den Stämmen zu, wenn sie wieder über Schafe klagten, die ungefragt auf ihren Hügeln weideten. »Die können nichts dafür, sie haben ihr Land gekauft und bezahlt. Nur ging das Geld an die Falschen. Und die wahren Besitzer haben dem Verkauf nie zugestimmt. Versucht, den Siedlern das klarzumachen! Versucht, ihnen begreiflich zu machen, dass auch sie betrogen wurden. Es gibt klare Regeln bei den *pakeha*: Wenn sie ein Schmuckstück bei einem

Hehler kaufen, so haben sie zwar nichts verbrochen, aber sie dürfen das Schmuckstück auch nicht behalten! Schuld ist der Hehler, und schuld ist der Dieb! Wir müssen Mittel und Wege finden, den Siedlern das zu erklären. Aber ohne Tumatauenga zu erwecken!«

Die Maori-Stämme begriffen diese Argumentation – auch wenn es ihnen am Anfang nicht leichtfiel. Ihre Vorstellung von Landbesitz wich stark von der der *pakeha* ab und bezog sich mehr auf zeitweilige Nutzung denn auf Eigentum. Aber die Siedler mochten natürlich nicht darauf hören, hatten sie doch oft jahrelang auf ihre Farm in Taranaki gespart. Nun erschien es ihnen sehr viel einfacher, sich gegen eine Handvoll Einheimischer zu verteidigen, als das Geld von der eigenen Regierung zurückzufordern.

Matariki erregte sich ebenso wie die anderen Bürger von Parihaka über das Unrecht, aber eine Lösung für das Problem fiel den jungen Leuten nicht ein. Die Stämme begannen schon über Te Whitis Hinhaltetaktik zu murren. Dann scheiterten weitere Verhandlungen, und die Geduld der Maori ging zu Ende.

Bei einer Versammlung erläuterte Te Whetu die künftige Strategie.

»Freunde, Parihaka verfügt über einhundert Ochsen, zehn Pferde und die dazu passende Anzahl an Pflügen. Wir werden sie nun unseren Nachbarn zur Verfügung stellen.« Der alte Stratege lachte dabei, während seine Zuhörer zunächst nicht verstanden, worum es ging. »Nun, Freunde, es ist doch so, dass den Stämmen, die einst mit dem Tokomaru nach Aotearoa kamen, das Land in Oakura und Hawera und wo nun all diese Farmen der Weißen entstehen, gehört. Sie haben bisher bloß nichts damit angefangen. Das Land liegt brach, Gras wächst darauf – und nun wollen die Weißen ihre Schafe darauf treiben. Aber was, wenn sich unsere Freunde von den Stämmen dazu entschließen, ihr Land zu pflügen? Es ist ihr gutes Recht, vielleicht wollen sie ja Kartoffeln und Kohl anbauen – oder sie schauen einfach gern auf ein paar schöne, gerade Furchen.«

Te Whetu und die anderen Häuptlinge lächelten sardonisch, während in ihrer Zuhörerschaft die ersten Lacher laut wurden. Das also hatten die Männer vor! Friedlicher Protest durch anderweitige Nutzung des Landes: Waren die Wiesen erst umgepflügt, so waren sie für die Schaffarmer auf Jahre hinaus nutzlos.

»Wir werden morgen beginnen. Die besten Pflüger gehen nach Oakura. Aber bedenkt, dass wir hier pflügen, nicht streiten. Seid höflich zu den Siedlern, gebt freundlich Auskunft, wehrt euch nicht, auch wenn sie Hand an euch legen.«

»Wirst du dich auch freiwillig melden?«, fragte Matariki Kupe. Sie feierten die Rede der Häuptlinge an diesem Abend frenetisch, die ersten Pflüger konnten den Aufbruch kaum abwarten.

Kupe nickte. »Klar. Allerdings habe ich noch nie einen Pflug gelenkt ... Aber ich denke, sie werden sehr bald anfangen, Leute zu schulen. Die ersten sind bestimmt bald weg.«

»Weg?«, fragte Pai entsetzt. »Du glaubst doch nicht, dass sie auf die Männer schießen?«

Kupe zuckte die Achseln. »Ganz risikofrei ist es nicht. Sicher werden sie uns bedrohen, und man weiß nie, wann einer durchdreht und abdrückt. Aber vorwiegend beschränken sie sich wahrscheinlich auf Verhaftungen, ich wette, Te Whiti hat auch schon all unsere Anwälte alarmiert. Jedenfalls werden die Pflüge verwaist sein, wenn die Arbeit an unseren eigenen Feldern ansteht. Bis dahin müssen neue Leute geschult werden.«

»Ach, bis dahin vergeht noch viel Zeit«, meinte Matariki gelassen. »Die Farmer werden längst weg sein und unsere Pflüger wieder frei.«

Kupe zog die Augenbrauen hoch. »Darauf würde ich mich nicht verlassen«, bemerkte er. »Das hier wird ein langer Kampf!«

Am nächsten Morgen zog erst mal ein langer Zug Ochsen und Pflüge nach Oakura, bejubelt von den Dörflern, die zurückblieben.

Te Whiti, Tohu Kakahi und Te Whetu blieben in Parihaka, aber andere Häuptlinge, auch solche der betroffenen Stämme, machten sich bereit, mit den Pflügern zu ziehen. Auch Kupe durfte mit, man brauchte Übersetzer.

Eine paar Tage später war er wieder da. Abgekämpft und übermüdet, aber ungebrochen begeistert, berichtete er von den ersten Ergebnissen.

»Zunächst haben sie uns gar nicht bemerkt. Obwohl wir nun wirklich genug Lärm gemacht haben mit all unserem Gesang und dem Aufbau des Lagers, den Ochsen und Pferden. Aber ihr kennt die *pakeha* – was nicht vor ihrer Haustür geschieht, das nehmen sie nicht zur Kenntnis. Auf der Farm, der ich zugeteilt war, haben wir die ersten drei Tage unbehelligt gearbeitet: von morgens bis abends, schließlich waren acht Hektar umgepflügt. Der Farmer ist fast tobsüchtig geworden, als er es endlich gemerkt hat. Aber er war zum Glück halbwegs verständig. Als ich ihm erklärt habe, dies sei eine politische Aktion und er möge sich an die Regierung wenden, ist er geradewegs los nach New Plymouth. Vorher haben wir ihm noch versprochen, erst mal nicht weiterzumachen. Die Pflüger sind dann auch gleich auf die nächste Farm, ich bin hier, um Te Whiti Bericht zu erstatten. Morgen geht's dann wieder los. Ach ja, und ich soll ein paar Mädchen als Übersetzer mitnehmen, meinen die Häuptlinge. Die Farmer hätten dann nicht so schnell die Finger am Abzug. Kommt ihr mit?«

Er sah Matariki an, aber natürlich war Pai die Erste, die sich ihm anschloss. Matariki sah den jungen Mann nach wie vor nur als Freund, nicht als Liebhaber. Und machte sich weiterhin Sorgen über ihre offensichtliche Unfähigkeit, sich zu verlieben. Sie war in den letzten Monaten weiter zur Frau gereift, und es fehlte ihr nicht an Verehrern. Sowohl Dorfbewohner als auch Besucher machten dem klugen und schönen Mädchen den Hof, aber Matariki konnte sich für keinen von ihnen erwärmen. Natürlich hatte sie ein paar Versuche gemacht und sich von Maori-Jungen streicheln, von *pakeha-*

Besuchern küssen lassen. Ein College-Student aus Dunedin mit blondem, weichem Haar und braunen Augen gefiel ihr besonders. Aber wenn sie es sich recht überlegte, so ging ihre Freude an seinem Anblick nicht über die hinaus, die sie beim Anblick eines schönen Bildes oder der Darbietung eines guten Tänzers empfand. Und seine Küsse und Schmeicheleien waren zwar angenehm – aber ihr Herz klopfte dabei nicht viel schneller, geschweige denn, dass ein Regenbogen am Firmament aufleuchtete, wie Koria ihre Empfindungen bei der Liebe poetisch beschrieb.

In Oakura wollte Matariki aber selbstverständlich dabei sein. Gemeinsam mit Kupe, Pai und Koria zog sie am nächsten Morgen nach Süden. Laut Kupe gedachten die Pflüger, sich von Hawera im Süden bis Pukearuhe im Norden vorzuarbeiten, sie pflügten breite Schneisen in Farmland, das eigentlich den Stämmen gehörte. In Hawera trafen sie denn auch auf die erste Kolonne und hörten lachend vom Ausbruch des Gouverneurs Sir Hercules Robinson.

»Der Kerl ist vor Wut fast geplatzt!«, rief Tane, ein vierschrötiger junger Mann, der zwar kaum Englisch sprach, aber dafür seine Ochsen mit wenigen Worten zu lenken verstand. »Und den Premierminister haben sie jetzt auch verständigt, die Farmer scheinen zu begreifen, wer verantwortlich ist.«

Diese Vorstellung entpuppte sich leider schnell als schöner Traum. Schließlich machte die Regierung keinerlei Anstrengungen, den Farmern ihr Geld zurückzuerstatten. Stattdessen versprach das Parlamentsmitglied Major Harry Atkinson jedem interessierten Farmer eine militärische Ausbildung. Der Magistrat von Patea ließ verkünden, die Maori hätten genau zehn Tage Zeit, ihre Aktion zu beenden, ansonsten würden die Bürger anfangen, Pflüger und Ochsen niederzuschießen. Und auch Matariki hatte gleich am zweiten Tag ihrer Übersetzertätigkeit einen gefährlichen Zusammenstoß mit einer Hundertschaft bewaffneter Männer, die sich den Pflügern in den Weg stellten.

Matariki und Koria gingen ihnen lächelnd entgegen. »Lassen Sie die Waffen doch sinken, natürlich werden wir an diesem Platz nicht weiterpflügen, wenn Sie hier gerade stehen oder spazierengehen möchten!«, sagte Matariki mit süßer Stimme. »Wir können auch anderswo pflügen. Sehen Sie, das Land hier gehört durchweg dem Stamm der Ngati Ruanui. Seit Hunderten von Jahren, und sie haben sich jetzt erst entschlossen, es urbar zu machen. Sicher im Gefolge der *pakeh*a, wir sehen ja, welche guten Erträge Ihre Farmen erwirtschaften, und wir sind immer bereit, voneinander zu lernen. Ob wir nun heute oder morgen pflügen, ist uns egal.«

»Dieses Land ist meins, junge Dame!«, erklärte einer der Farmer, ein schmaler, großer junger Mann, der eigentlich nicht unsympathisch wirkte. »Das kann ich beweisen, ich hab eine Besitzurkunde. Unterschrieben vom Gouverneur.«

Matariki nickte. »Das glauben wir Ihnen natürlich, Sir, aber bitte, fragen Sie den Gouverneur doch einmal, ob auch er eine Besitzurkunde für das Land besessen hat, unterschrieben vom Häuptling der Ngati Ruanui. Die hat er nämlich nicht. Und er kann auch nicht argumentieren, er habe die Ngati Ruanui enteignet, weil sie irgendwelche Kriege entfesselt haben. Das haben sie nicht, sie waren immer neutral. Es tut mir entsetzlich leid für Sie, Sir, aber Sie müssen den Tatsachen ins Auge sehen: Der Gouverneur hat Ihnen Land verkauft, das ihm gar nicht gehörte. Und Sie können das nicht behalten.«

»Und ob ich kann!« Der junge Mann hob hilflos seine Waffe, aber er schien doch Skrupel zu haben, sie auf das Mädchen zu richten, das in einem ordentlichen gelben Kleid und mit nach *pakeha*-Art aufgestecktem Haar vor ihm stand und ihn bedauernd anlächelte.

»Alternativ könnten Sie natürlich an den Gouverneur appellieren, das Land noch nachträglich von den Ngati Ruanui zu erwerben. Wir haben nichts gegen Sie, Sir, im Gegenteil, Sie haben unseren Respekt, es zeugt von großem Mut, sich in England oder woher

Sie auch kommen, aufzumachen und in die Unsicherheit zu segeln, um neues Land zu erwerben. Wir haben das auch gemacht, Sir, wir Maori kommen ursprünglich von weit her, aus Hawaiki. Wir sind weit gesegelt und haben große Anstrengungen auf uns genommen, um dieses Land in Besitz zu nehmen. Sie verstehen, dass wir es uns nun nicht einfach stehlen lassen. Also bitte, lassen Sie Ihre Gewehre sinken. Sie würden auch gar nichts erreichen, wenn Sie uns erschießen, der Stamm der Ngati Ruanui hat viele Mitglieder, die alle einen Pflug lenken können. Und auch ein *pakeha*-Gericht würde kein Verständnis dafür haben, wenn sie unbewaffnete Landarbeiter erschießen und zwei Mädchen. Bitte sprechen Sie mit Sir Hercules. Wir pflügen solange gern woanders.«

Matariki und Koria sprachen ein paar Worte zu den Gespannführern, die daraufhin höflich grüßten und abbogen.

Der junge Farmer wandte sich jedoch noch einmal verwirrt an die Mädchen. »Was ... was ist das hier? Wir haben gedacht, wir müssten euch mit Waffengewalt aufhalten, aber es reicht, wenn wir nur auftauchen? Erst macht ihr Ärger, und dann zieht ihr ab?«

Koria lächelte sanft. »Dies ist eine politische Aktion, Sir, wir wollen Sie nur auf die wahren Eigentumsverhältnisse hinweisen. Einen Krieg wollen wir nicht führen. Und wie meine Freundin schon sagt: Wir können überall pflügen. Wenn Sie uns daran hindern wollen, müssen Sie sich uns überall in den Weg stellen. Alle zwei Ellen ein Mann vielleicht, dann kommen wir nicht durch. Sie können ja schon mal ausrechnen, wie viele Sie dazu brauchen: Der Gouverneur hat sechstausendvierhundert Hektar von unserem Land verkauft!«

In den nächsten Tagen arbeiteten sich die Pflügerkolonnen wie angesagt nach Norden vor, auch dank der Diplomatie der Übersetzer unbehelligt durch die weißen Siedler. Dennoch wurde die Atmosphäre aggressiver. Major Harry Atkinson begann tatsächlich, die Siedler an der Waffe zu schulen, und der *Taranaki Herald* schrieb, der Mann wolle den Kampf und letztlich die Auslöschung des gesamten Volkes der Maori. Der Premierminister Sir George Grey gab nicht gar so martialische Interviews, war aber auch weit davon entfernt, irgendwelche Schuld für illegale Landverkäufe auf sich zu nehmen. Bestenfalls sprach die Regierung von Missverständnissen, häufiger von Unbotmäßigkeit und Aufstand.

Nach einem Monat unablässigen Pflügens musste die Regierung nachgeben oder handeln. Matariki, beseelt von ihren Erfolgen bei den Siedlern, war fest davon überzeugt, der Premier würde einlenken. Sie war völlig verdutzt, als ihre Pflügerkolonne plötzlich von Armed Constables gestellt wurde.

»Ihr seid alle verhaftet!«, verkündete der Sergeant den Männern hinter den Ochsengespannen. »Widerstand ist zwecklos.«

»Wir wehren uns doch gar nicht!« Matariki versuchte es erneut mit ihrem süßen Lächeln, aber diesmal gelang es den Mädchen nicht, sich herauszureden.

»Mitkommen!«, befahl der Constable, ohne auf sie einzugehen.

»Wir auch?«, fragte Koria.

Der Mann warf ihr einen Blick zu, als sei sie nicht gescheit. »Natürlich nicht, von Mädchen war nicht die Rede. Ihr könnt verschwinden!«

»Und die Ochsen?«, erkundigte sich Matariki.

Der Constable wirkte verwirrt. »Ich weiß nicht, die …«

»Ochsen kann man nicht verhaften!« Matariki nutzte ihre Chance. »Verhaften Sie unsere Leute, aber die Ochsen nehme ich mit!«

Zur vollständigen Verblüffung der Soldaten griff das zierliche Mädchen nach dem Zügel des Leitochsen und streichelte ihm zärtlich über die Nase.

»Komm, Hercules, wir gehen heim!«

Matariki lächelte den Soldaten zu und wendete das Gespann. Die gewaltigen Tiere tapsten artig hinter ihr her, und die verhafteten Gespannführer nickten ihr siegessicher zu.

Sie wurden noch am gleichen Tag durch neue Pflüger ersetzt. Die Armed Constabulary nahm auch die ein paar Stunden später fest – Koria und Matariki sicherten die Ochsen.

»Schade, dass man dazu so viel Kraft braucht, sonst könnten wir gleich selbst pflügen«, lachte Matariki. »Dann käme der arme Sergeant ganz durcheinander, wo er doch weder Mädchen noch Ochsen verhaften darf.«

Am kommenden Tag erschien nicht die nächste Ablösung, sondern stattdessen eine Abordnung von Häuptlingen und Würdenträgern.

»Die Männer mit dem meisten *mana* sollen als Erste ihre Hände an die Pflüge legen!«, hatte Te Whiti verkündet, und an diesem Morgen zeigte Matariki dem großen *ariki* Titokuwaru und seinen Unterhäuptlingen, wie man die Zügel eines Ochsengespanns hält. Die Krieger bekamen nicht viel zustande, aber sie wurden ohnehin gleich verhaftet. Die Gefängnisse von Taranaki füllten sich mit prominenten Häftlingen wie Titokuwaru, Te Iki und Te Matakatea.

Die regulären Pflüger versuchten derweil, die Patrouillen der Soldaten zu umgehen. Hinter dem Rücken der *pakeha* pflügten sie weiter. Natürlich ging das nicht immer gut, aber die Stämme stellten sofort Ersatz, wenn ein Pflüger verhaftet worden war. Bald waren die Gefängnisse von Taranaki überfüllt, man schaffte die Männer in die Mount-Cook-Kaserne in Wellington, wo fast zweihundert Pflüger einsaßen.

Letztendlich stoppte die Regierung vorerst die Vermessung und den Verkauf der fraglichen Gebiete, dafür beendeten die Maori ihre Aktionen. Die Prüfung auf Rechtmäßigkeit der Beschlagnahme des Landes sollte dem Obersten Gerichtshof überlassen werden.

»Also Waffenstillstand«, fasste Matariki zusammen. »Und da hat Te Whiti zugestimmt?«

Die jungen Übersetzer waren fast etwas traurig, nach dem aufregenden Leben in den täglich wechselnden Camps der Pflüger in ihr ruhiges Leben nach Parihaka zurückzukehren.

Kupe nickte. »Te Whiti will den Frieden. Es hätte nicht gut ausgesehen, wenn er jetzt weitergemacht hätte. Außerdem gehen uns die Pflüger aus.«

Lizzie Drury atmete auf, als sie den Bericht über den Kompromiss in der *Otago Daily Times* las.

»Ich hatte jeden Tag Angst, dass sie Riki erschießen!«, gestand sie ihrem Mann.

Michael nickte. »Aber das heißt nicht, dass es zu Ende ist. Dieser Te Whiti hat erheblich mehr auf dem Kasten, als ich ihm zugetraut hätte. Wenn die Verhandlungen nicht so laufen, wie es ihm passt, lässt der sich etwas Neues einfallen – könnte fast ein Ire sein, der Kerl! Aber er lebt gefährlich. Auf Dauer lässt sich die Krone das nicht bieten.«

»Wenn er doch friedlich bleibt?«, gab Haikina zu bedenken. Sie war mit Hone zum Goldwaschen gekommen, und Lizzie hatte sie zu einem Kaffee hereingeholt, als sie die Nachricht in der Zeitung entdeckte. »Natürlich kann es in Einzelfällen zu Übergriffen kommen, ich habe mir auch Sorgen um Matariki gemacht. Aber insgesamt … was können sie tun?«

Michael zuckte die Schultern. »Das weiß ich nicht«, sagte er. »Ich weiß nur, dass die Engländer eins absolut nicht ertragen, noch weniger als jeden Aufstand …«

Hone nickte und lächelte grimmig. »Das haben sie mit allen Kriegern der Welt gemeinsam«, meinte der Maori weise. »Sie mögen es nicht, wenn man sich über sie lustig macht.«

Violet beeilte sich. Es war an diesem Abend spät geworden im Hause der Billers. Caleb sollte am nächsten Tag seinen achten Geburtstag feiern, wobei er der riesigen Party, die seine Eltern für ihn organisiert hatten, mit sehr gemischten Gefühlen entgegensah. Natürlich fieberte er über der Frage, ob er wirklich das sehnlichst gewünschte Mikroskop zum Geschenk erhalten würde – Mrs. Biller hatte schon sehr seltsam geguckt, als er ihr den gestochen klar geschriebenen Wunschzettel einschließlich Marke und Modellbezeichnung überreicht hatte. Aber vor der Einladung an alle gesellschaftlich und vom Alter her passenden Kinder zwischen Greymouth und Westport zum Tee und zum Spielnachmittag schauderte es ihn.

Immerhin hatte Caleb Violet ergeben geholfen, Luftballons aufzublasen und Girlanden aufzuhängen – was zumindest Rosie gefallen hatte. Die Kleine hatte sich auch einen roten Luftballon mitnehmen dürfen und wartete jetzt glücklich in der Hütte der Paisleys auf Violet, die rasch noch in die Stadt laufen musste. Zwar hätte sie den Brief an Heather Coltrane auch am nächsten Morgen noch aufgeben können – sie stand seit einigen Wochen in Briefkontakt mit der alten Freundin und war sehr stolz darauf, dass sie Heathers Briefe nicht nur lesen, sondern auch korrekt und mit nur wenigen Fehlern beantworten konnte –, aber wie so oft hatte sie den Vorratsschrank der Paisleys an diesem Abend wieder vollständig leer vorgefunden. Dabei hatte sie gehofft, wenigstens noch Brot zu haben. Ihr Vater und ihr Bruder mussten irgendwann im Laufe des Tages hungrig vorbeigekommen sein. Das konnte eigentlich nur eins bedeuten: Einer oder beide hatten an diesem Tag nicht einfahren dürfen, weil ihm die Alkoholfahne vom Abend zuvor noch vorauswehte.

Violet seufzte beim Gedanken an ihre daraus resultierende Wut und den entgangenen Lohn. Wobei zusätzlich davon auszugehen war, dass der Betroffene den Nachmittag seit der Öffnung um fünf Uhr im Pub verbracht und dabei noch einmal so viel Geld in Whiskey und Bier umgesetzt hatte. Aber immerhin hatten Billers Violet an diesem Tag ausgezahlt. Sie besaß also ein paar Shilling und musste die dringend benötigten Lebensmittel nicht anschreiben lassen.

Wenn diese vermaledeite Stadt nur nicht so weit von der Mine entfernt gewesen wäre! Violet machte es an sich nichts aus zu laufen, aber an diesem Frühlingsabend wurde es schon dunkel, und sie fürchtete sich auf dem Weg durch den Wald. Wobei es nicht die gespenstischen Schatten der baumhohen Farne oder die absonderlichen Schreie der Vögel waren, die dem Mädchen Angst einjagten, sondern eher die Männer, die ihr begegnen konnten. Violets Herz klopfte vor jeder Wegbiegung schneller, aber sie sagte sich, dass sie zu dieser Tageszeit noch nichts zu befürchten hätte. Die Bergleute der Tagschicht hatten gerade erst Feierabend. Bis die sich auf den Weg zum Pub machten, war Violet, so hoffte sie, längst wieder zu Hause.

Dann jedoch kam die Gefahr gerade aus der anderen Richtung. Auf halbem Weg nach Greymouth traf Violet auf einen Trupp Holzfäller. Auch er bestand natürlich aus Bergleuten, die Männer waren wohl eben in Greymouth angekommen und nutzten den ersten noch freien Tag, um Holz zu schlagen und sich Unterkünfte zu bauen. Den Vorschuss auf ihren Lohn hatten sie in Hämmer und Nägel, aber natürlich auch in Whiskey umgesetzt. Sie waren bester Stimmung, als sie Violet entdeckten.

»Was läuft uns denn da zu? So ein hübsches Kind, hier am Ende der Welt?«

Der Mann sprach mit irischem Akzent und hatte eigentlich ein ganz nettes Lächeln. Violet schlug die Augen nieder und versuchte, so schnell wie möglich vorbeizukommen. Allerdings stellte sich ihr gleich ein anderer in den Weg.

»Nicht tändeln, Paul, denk dran, dass deine Mary zu Hause wartet!«, rief er dem ersten Sprecher zu. »Ich dagegen, süße Maus, bin noch allein und ungeküsst.«

Die Männer grölten spöttisch.

»Heute jedenfalls«, schränkte der Mann ein. »Und vorher drei Monate auf dem Schiff. Da wird man ganz trübsinnig, Hübsche! Wie wär's, magst du mich etwas aufmuntern?«

Er griff nach Violets Arm, aber sie schüttelte ihn ab. Immerhin ließ er das zu, ohne fester zuzufassen, was Violet Hoffnung gab. Die vier Holzfäller waren sicher angesäuselt, aber nicht schwer betrunken, und außer ein paar zotigen Bemerkungen schien ihr von ihnen nichts Böses zu drohen.

»Muntert euch selbst auf!«, sagte Violet mit fester Stimme. »Ich muss ins Dorf, und ich wär gern zurück, bevor es gänzlich dunkel ist.«

»Ich würd dich wohl begleiten.« Der dritte Mann, ein Blonder mit sanfter, dunkler Stimme. »Sag, wenn du Schutz brauchst, hier ist dein Ritter!«

Wieder Gelächter von den anderen, aber es klang gutmütig.

»Der ist kein Ritter, nur ein Träumer!«, lachte der vierte der Männer. »Oder, Sir Galahad?« Wieherndes Lachen, der junge Mann schien sich den Spitznamen schon häufiger verdient zu haben. »Wie sieht's aus, schaffst du's, die Kleine zu küssen, oder machst du wieder nur schöne Worte?«

Der Blonde sah seine Kumpel mit sanftem Tadel an und runzelte dabei lustig die Stirn. »Ein paar schöne Worte, meine Herren, erobern das Herz einer Lady leichter als ein Kuss, den ich mir hier wohl rauben müsste. Oder wäret Ihr willig, Prinzessin?«

Violet musste jetzt auch lachen. Dieser sonderbare Bergmann

hätte fast wirklich an ihr Herz rühren können. Aber jetzt musste sie weiter. Sie setzte eben zu einer passenden Entgegnung an, die sich dazu eignete, sich in Freundschaft loszueisen – als der junge Mann vor ihr brutal zurückgerissen wurde. Im Halbdunkel sah Violet nur schemenhaft, dass jemand ihn am Hemd packte, herumzerrte und ihm einen gewaltigen Kinnhaken versetzte.

»D... d... du kleiner Schleimer machst mir meine Schwester nicht an!« Fred Paisley zischte die Worte mit lallender Stimme.

Hinter ihm erkannte Violet Eric Fence – nicht minder betrunken und streitlustig. »Sir Galahad« ging nach dem Schlag sofort zu Boden, Violet hätte es nicht gewundert, wenn sein Kiefer gebrochen gewesen wäre. Die anderen drei Holzfäller formierten sich jetzt allerdings zu einer Front zur Verteidigung ihres Kumpels. Paul, der Älteste, ging Fred direkt an, fing sich dabei aber einen Schwinger von Eric, der ihn in die Nieren traf und aufstöhnen ließ. Gleich darauf waren alle sechs Männer in eine erbitterte Rauferei verwickelt.

Violet, die zunächst fassungslos zugesehen hatte, versuchte schließlich zu schlichten, aber es nutzte nichts, dass sie Fred und Eric anschrie. Die jungen Burschen schienen sie gar nicht zu hören, sie waren im Rausch des Kampfes und schienen den Neuankömmlingen überlegen zu sein. Nachdem »Galahad« und Paul ausgeschaltet waren – Letzteren schickte Fred endgültig mit einem brutalen Tritt gegen die Schläfe ins Reich der Träume –, war der Kampf schließlich ausgeglichen. Wobei die Neueinwanderer nach der langen Schiffsreise sicher geschwächt waren. Außerdem hatten sie den ganzen Tag Holz geschlagen. Fred und Eric waren dagegen ausgeruht nach einem verschlafenen und versoffenen Tag Zwangspause.

»Euch ... euch werde ich lehren, m... meine Schwester anzugrapschen ...« Fred drosch voller Wut auf seinen Gegner ein, und Eric nicht minder.

»D... die Kleine is ... is uns heilig!«, bemerkte er theatralisch und schien sich an seinen eigenen Worten zu berauschen. »So ... so was wie ... wie Familie ... verstehste?«

Damit beförderte Eric auch seinen nächsten Gegner zu Boden. Der Mann stöhnte noch einmal auf, bevor er das Bewusstsein verlor.

Freds Gegenüber bekam jetzt sichtlich Angst. »Wir haben ihr doch gar nichts getan! Mädchen ... Mädchen, du ...«

Verzweifelt wandte der Mann sich an Violet, aber die beteuerte ohnehin schon die ganze Zeit, dass die Männer sie nicht bedroht hatten.

Fred und Eric hörten gar nicht hin. Ihnen war erkennbar egal, ob sie da auf Schuldige oder Unschuldige einschlugen. Die Holzfäller waren zufällige Opfer, die beiden Burschen hätten sich mit jedem geprügelt, der ihnen auch nur eine Spur von Anlass dazu gab. Violet war fast froh, dass sich ihre Wut über den kräftigen Männern und nicht zu Hause über der kleinen Rosie und ihren roten Luftballon entlud.

Allerdings war ihr auch klar, dass es noch nicht vorbei war, als der letzte Holzfäller schließlich einen Moment der Unaufmerksamkeit seiner Peiniger nutzte und in die Dunkelheit des Waldes floh. Fred schien zu überlegen, ob es sich lohnte, ihm nachzusetzen, aber dann wandte er sich doch seiner Schwester zu.

»Na, Vio? Wie waren wir?« Er grinste triumphierend.

Violet wusste nicht, was sie antworten sollte. War es besser, die Kerle mit einem Lob zu beschwichtigen, oder wirkte ein Tadel ernüchternd? Auf jeden Fall sollten sie hier alle so bald wie möglich verschwinden. Die Männer am Boden hatten sich seit einiger Zeit nicht gerührt. Sie hoffte, dass Fred und Eric keinen erschlagen hatten. Aber zweifellos würden sie sich erneut auf ihre Opfer stürzen, falls eines sich aufraffte. Und wenn sich die Verletzten eben nicht in absehbarer Zeit aufrafften, so brauchten sie sicher ärztliche Hilfe. Violet hoffte, dass der vierte Mann sich um seine Freunde kümmern würde, sobald die Schläger aus dem Weg waren.

»Wir ham dich gerettet!« Fred strahlte.

Violet biss sich auf die Lippen. »Ich … ich war nicht wirklich … nicht wirklich in Gefahr, ich …«

»Ooch … guck mal, sie ziert sich! So mutig ist sie, die kleine Violet. Hätt sich glatt allein verteidigen können. Oder ham wir dich gar gestört, Schwesterchen? Wolltest vielleicht 'nen kleinen Deal machen mit den Kerlen?« Freds Stimme wurde bedrohlich ernst.

Eric jedoch grinste. »Ach was, Freddy! Doch nicht die kleine, kleine Vio, die … die is sich da viel zu fein für …« Er lachte dröhnend. »Nee, nee, Freddy, die will bloß … die will bloß nich dankbar sein. Das isses! Die is sich zu fein für … für 'n bisschen Dankbarkeit!«

Fred sah seine Schwester prüfend an. »Das isses? Du willst nich Danke sagen? Is doch ganz leicht. Probier mal. ›Danke, lieber Fred …‹« Er fasste Violet hart am Arm.

Das Mädchen zwang sich, tief zu atmen. Wenn es wirklich nicht mehr war, was die Kerle wollten …

»Danke, lieber Fred«, zwängte sie zwischen zusammengebissenen Zähnen hervor.

Fred lachte hämisch. »Das war schon sehr schön!«, lobte er. »Und jetzt: ›Danke, lieber Eric!‹.«

Violet schluckte. »Danke, lieber Eric«, stieß sie hervor. »Kann ich nun gehen? Ich muss zur Post. Und einkaufen. Sonst kriege ich Ärger mit Daddy, wenn er heimkommt, und es ist nichts zu essen da.«

Sie wollte nicht wirklich noch in die Stadt, am liebsten wäre sie schnurstracks nach Hause gerannt und hätte sich mit Rosie in der äußersten Ecke ihres gemeinsamen Bettes verkrochen. Aber der Weg nach Greymouth war der einzige mögliche Fluchtweg, wenn die Burschen sie wirklich gehen ließen. Außerdem konnte sie dann Mrs. Travers von den Verletzten auf der Straße erzählen. Die Frau des Totengräbers würde Hilfe schicken.

Eric Fence kratzte sich die Nase. »Sagen kann man viel ...«, bemerkte er dann. »Aber ... aber wenn eine wirklich dankbar ist ... dann zeigt sie das auch.«

Violet versuchte, sich loszureißen, aber Fred hielt sie immer noch fest. Es half nichts, sie konnte es nur mit Diplomatie versuchen.

»Ich ... ich zeig's dir gern, Eric ...«, sagte sie, so freundlich, wie sie nur konnte. »Morgen ... morgen Abend, da ... da kommst du zum Essen, ja? Ich koch was extra Gutes, morgen hat Caleb Geburtstag, da kann ich auch was mitbringen aus dem großen Haus. Bleibt bestimmt was übrig. Braten und ... und Kuchen ...«

Eric grinste. »Was Süßes ... jaaa, da kommen wir der Sache schon näher. Aber nicht morgen. Mir steht heut der Sinn nach was Süßem. Dir nich, Fred?« Er lachte. »Aber du ... du darfst ja gar nicht, weil ... weil sie ja deine Schwester ist. So 'n Pech, Fred ... Aber ... aber du ... du kannst uns so was wie ... so was wie dein' Segen geben! Hm, Fred? Du ... gibst mir die Hand deiner Schwester! Dann lassen wir dich auch zusehen!«

Zu Violets Entsetzen begann Fred jetzt keinen Streit mit seinem Freund – der die Unschuld seiner Schwester bedrohte. Stattdessen grinste er anzüglich.

»Was willste mit ihrer Hand, Eric?«

Beide Männer grölten.

Violet sah mit einer Mischung zwischen Entsetzen und Erleichterung, dass ihr Bewunderer – »Sir Galahad« – sich regte. Der junge Mann schien zu sich zu kommen, was einerseits gut war, für ihn aber andererseits brandgefährlich.

»Vielleicht können wir ... vielleicht können wir zu Hause darüber reden?«, fragte sie verzweifelt.

Eric und Fred sahen sich an. Dann nickten sie.

»F... f... fragt sich nur, ob bei dir oder bei mir zu Hause!«, lachte Eric und legte den Arm um Violet.

Die Geste hätte zärtlich sein können, aber Violet spürte, dass sein Arm ihren Körper wie ein Schraubstock umspannte. Sie hatte keine Chance zur Flucht.

»Dann komm mal, Schöne …«

Immerhin machten die Kerle jetzt Anstalten, ihre Beute nach Hause zu bringen – und nun regten sich auch Schatten in Richtung der Bergarbeitersiedlung. Die ersten Kumpel strebten zum Pub.

»W… wir machen besser, dass wir wegkommen«, bemerkte Fred mit Blick auf die Männer am Boden.

Inzwischen war wohl selbst ihm aufgegangen, dass sie sich nicht zwischen ihren bewusstlosen Opfern erwischen lassen sollten.

»Aber keinen Mucks!«, zischte Eric Violet zu.

Sie nickte zögernd.

Ob es nützen würde, zu schreien und die anderen Männer auf ihre Lage aufmerksam zu machen? Fred war ihr Bruder. Niemand würde glauben, dass er sie bedrohte. Und jetzt legte auch er den Arm um sie … Die Männer zerrten sie zwischen sich vorwärts. Violet stemmte instinktiv die Beine in den Boden, aber die Burschen hoben sie mühelos auf.

»Bisschen … bisschen viel getrunken!«, erklärte Fred den Entgegenkommenden grinsend den Zustand seiner Schwester.

Violet presste ein verzweifeltes »Hilfe« hervor, aber der ohnehin schwache Ruf verzerrte sich, als Eric gegen ihr Schienbein trat.

»Völlig besoffen!«, rügte ein älterer Kumpel. »Ihr solltet euch was schämen, das Mädel betrunken zu machen. Wenn's sich schon selbst nicht zu beherrschen weiß …«

»Schlampe!«

Violet schluchzte auf, als sie das Wort hörte. Von jetzt an würde ihr Ruf in der Siedlung ruiniert sein. Wenn nur den Billers nichts davon zu Ohren kam … Ihre Furcht, ihre geliebte Stellung und Zuflucht zu verlieren, überwog kurz über ihre Angst vor Eric. Aber bisher hatten sie ja nur zwei Kumpel in ihrer misslichen Lage gesehen, und die würden gleich abgelenkt sein, wenn sie auf die Opfer der Schlägerei stießen. Vielleicht vergaßen sie Violet. Es durften nur nicht mehr dazukommen.

»Lass mich los, ich kann allein gehen!« Violet kämpfte gegen Erics und Freds Griff. »Ich will nicht, dass die Leute denken, ich ... ich wär ...«

»Immer auf ihren Ruf bedacht!«, lachte Fred. »Eine wirkliche kleine Lady, mein Schwesterchen.«

Eric schien zugänglicher. Vielleicht gefiel es ihm nicht wirklich, Frauen zu etwas zu zwingen. Der Anschein von Freiwilligkeit behagte ihm mehr.

»Aber wehe, du muckst! Wehe, du versuchst, wegzulaufen!«

»Wir kriegen dich auf jeden Fall, Vio!«, hielt Fred ihr vor, wobei seine Stimme fast väterlich tadelnd klang. »Spätestens, wenn du zu deinem Röschen zurückkriechst. Das lässte doch nicht allein mit Dad!«

Eine weitere Sorge. Das Kind seinem Vater auszuliefern war undenkbar. Schon jetzt würde er den Ärger über das fehlende Abendessen zweifellos an Rosie auslassen – und erst recht würde sie seine Wut zu spüren bekommen, wenn er später aus dem Pub zurückkam.

»Ich mach, was ihr wollt!«, sagte Violet gepresst. »Aber schnell. Ich .. ich muss zurück zu Rosie, sie wird sich ängstigen. Ihr ... ihr haltet mich nicht länger fest als nötig, ja?«

Eric lachte wiehernd. »Süße, bisher hat sich noch keine drüber beklagt, dass ich nicht gleich kam! Auf 'n alten Eric kannste dich verlassen. Eric kann immer.«

Violet verstand nicht, was er meinte, aber es war ihr auch egal. Was immer die Kerle mit ihr vorhatten, sie würde es hinter sich bringen. Sie würde es überleben. Sie musste!

Zitternd, aber ergeben, folgte sie Eric in seine Hütte. Sie war noch primitiver als ihre eigene, zudem offensichtlich noch nie geputzt. Es stank nach verdorbenem Essen und schmutziger, durchgeschwitzter Kleidung, die Laken auf dem Bett waren fleckig und starrten vor Dreck. Violet schauderte, als Eric sie mit einer Handbewegung anwies, sich dorthin zu begeben. Unschlüssig setzte sie sich.

Eric grinste und nestelte an seinem Hosenbund.

»Was is, Süße, ich denk, du hast's eilig?«

Violet sah ihn an, in ihren Augen stand pures Entsetzen.

»Na, was is? Zieh dich aus!« Das war Fred. Er hatte an der Tür Aufstellung genommen und schien das Schauspiel mit Spannung zu erwarten.

»Ich ...«

»Also willste jetzt zurück zu deinem Baby oder nicht?«

Eric ließ die Hose über seine Knie herunterrutschen. Weiter entkleidete er sich nicht, aber das reichte auch schon, um Violet mit Ekel zu erfüllen. Sie hatte Männer und Frauen schon beim Geschlechtsverkehr gesehen, aber noch nie hatte ein männliches Glied so vor ihr aufgeragt, und noch nie hatte ein Mann sie so unverschämt lüstern angesehen.

Violet schloss die Augen und zog sich ihr Kleid über den Kopf. Eric wartete kaum, bis sie ihr Gesicht wieder von den Stoffbahnen befreit hatte. Er zerriss ihre Unterhose und schob ihr Hemd hoch. Anscheinend hatte er kein Interesse daran, Küsse zu tauschen – kein »Sir Galahad« ... Violet dachte an die schönen Worte des jungen Mannes und hätte beinahe hysterisch gekichert. Stattdessen weinte sie, als Eric seine Lippen und dann seine Zähne um ihre Brustwarzen schloss. Er schien sich an ihr festbeißen zu wollen, bevor er in sie hineinstieß. Violet schrie vor Schmerz auf, sie hörte Fred lachen.

»Das nenn ich Dankbarkeit!«, keuchte Eric. »Und das, und das ...« Er setzte sich jetzt auf und ritt sie wie ein Pferd, nur dass sie keine Chance hatte, ihn abzuwerfen.

»Treib den Dünkel aus ihr raus!«, forderte Fred ihn auf.

Irgendwann wurde es dunkel um Violet. Sie versuchte, an ihrem Bewusstsein festzuhalten, sie musste sich doch um Rosie kümmern.

Aber der Schmerz war zu groß, und als Eric über ihr zusammen-
brach, nahm ihr sein Gewicht zudem den Atem, und sein Gestank
schien sie zu ersticken. Violet war klein und zierlich, sie reichte
Eric gerade bis zur Schulter. Ihr letzter Gedanke war, dass sie unter
seinem harten, ungewaschenen Körper zermalmt wurde wie ihre
Mutter damals unter der einstürzenden Mine.

Sie sah Ellens Gesicht vor sich, während ihr Bewusstsein
schwand, aber diesmal war sein Anblick kein Trost. Ihre Mutter –
und jede andere anständige Frau – musste sie für das verachten, was
sie hier tat.

Die nächsten Monate in Parihaka vergingen in angespanntem Warten. Noch war keine Untersuchungskommission eingesetzt, dafür kam es zu den ersten Prozessen gegen die Pflüger. Vierzig von ihnen kamen schließlich vor Gericht und wurden wegen Zerstörung von Eigentum zu zwei Monaten Zwangsarbeit und zweihundert Pfund Strafe verurteilt. Keiner von ihnen konnte das Geld aufbringen – die Gemeinschaft von Parihaka, die es gekonnt hätte, erkannte das Urteil nicht an. Die Regierung beließ die Männer daraufhin in Haft, ebenso die anderen Inhaftierten. Als die Proteste dagegen nicht verstummten, schaffte man die Pflüger auf die Südinsel und verteilte sie in Gefängnissen zwischen Christchurch und Dunedin.

Gegen Ende des Jahres 1879 wurde dann endlich eine Untersuchungskommission gebildet, wobei die Menschen in Parihaka ihre Zusammensetzung kaum glauben konnten. Der Premierminister berief zwei *pakeha* in den Rat – beides ehemalige Native Minister und damit direkt verantwortlich für die Landnahme bei den Maori! Hinzu kam ein äußerst regierungsfreundlicher Maori-Häuptling, der aber gleich zurücktrat, nachdem Te Whiti die Nominierung der Männer kommentiert hatte: »Eine großartige Untersuchungskommission: Sie besteht aus zwei *pakeha* und einem Hund.«

Te Whiti boykottierte denn auch die Anhörungen, die Anfang 1880 begannen. Und die Regierung konterte: Wenngleich der Waffenstillstandskompromiss vorsah, dass jegliche Aktivitäten zur Landnahme vorerst stoppen sollten, begann man mit dem Ausbau einer Küstenstraße.

»Nur ein paar Reparaturen an bestehenden Straßen«, behaupteten die *pakeha*, aber Te Whetu wusste es besser: »Sie haben fünfhundertfünfzig Mann rekrutiert – und bewaffnet. Nein, nein, Freunde, lasst euch nicht weismachen, dass man hier nur wieder mal die Armed Constabulary zum Straßenbau einsetzt, weil sie sonst nichts zu tun hat! Diese Leute sind Siedler ohne Geld, man hat sie mit dem Versprechen angelockt, ihnen Land zu geben. Unser Land! Land, das man von uns zu stehlen gedenkt!«

Vorerst taten die frischgebackenen Soldaten allerdings nichts, außer Camps zu errichten – rund um Parihaka. Die Maori registrierten Lager bei Rahotu und Waikino und ein Blockhaus, bemannt mit Bewaffneten in Pungarehu.

»Ich hab gar keine Lust, da hinzugehen und denen Essen zu bringen«, maulte Matariki, während sie im Kochhaus einen Korb mit Leckereien füllte. »Sie zu ignorieren ist ja gut, aber auch noch füttern?«

Eine der Köchinnen lachte. »Du kennst Te Whiti: Freundlichkeit, Gastlichkeit, Höflichkeit – er überschüttet die Leute mit Entgegenkommen, solange sie ihn nicht angreifen. Wir betrachten die Soldaten als unsere Gäste, laden sie ein, bieten ihnen Essen an … noch haben sie ja nichts getan. Und es ist nicht ihre Schuld, dass sie hier sind. Sie sind Spielbälle der Regierung, genau wie die Siedler.«

Matariki sah das etwas anders, obwohl sie die Befehle des Häuptlings natürlich ausführte. Die Siedler waren im Grunde betrogen worden. Aber die Männer, die jetzt vor ihren Toren lauerten, wussten genau, was sie taten. Und sie würden nicht zögern, Parihaka zu überrennen und seine Bewohner niederzumachen.

Wie immer schauderte es das Mädchen ein bisschen, wenn es den Sandweg landeinwärts nach Pungarehu entlangging und sich dem Lager der Armed Constables näherte. Natürlich war Matariki nicht allein, sie ging in einer Gruppe mit fünf anderen Frauen und Mädchen, und zwischen Parihaka und dem Camp lag das Farmland der Dörfler. Jeder Maori-Mann, der dort arbeitete, hatte ein Auge auf die Frauen, die man ausschickte, um den Soldaten Geschenke zu bringen. Matariki hätte sich trotzdem einen oder zwei Krieger als Eskorte gewünscht, zumal die Männer im Camp soldatische Disziplin doch sehr vermissen ließen. Hier hatte man keine Krieger gesammelt, sondern Abschaum. Walfänger, Seehundjäger, Goldgräber – Glücksritter, die es jetzt mal mit Landerwerb versuchen wollten, auch wenn sie von Ackerbau und Viehzucht zweifellos keine Ahnung hatten. Die Maori-Mädchen pflegten sie mit zotigen Sprüchen zu empfangen und mit den Blicken auszuziehen, bevor sie sich ohne größere Dankesworte auf das Essen stürzten. Sie schienen die Freundlichkeit Te Whitis für selbstverständlich zu halten – oder für die Erfüllung einer Art Tributpflicht.

Diesmal gestaltete sich die Ankunft der Mädchen im Lager allerdings anders. Statt wie sonst einfach durch das offene Tor der Umzäunung zu gehen, wurden sie aufgehalten. Ein Wächter in halbwegs ordentlicher Uniform fragte die Frauen nach ihrem Begehr. Wie immer schoben sie Matariki vor. Sie war die Übersetzerin der Gruppe; die anderen arbeiteten sonst in der Küche und auf den Feldern und sprachen nur gebrochen englisch.

»Der Häuptling Te Whiti schickt uns, wir erbieten euch die Gastfreundschaft der Gemeinschaft von Parihaka. Der Brauch will es, dass unsere Gäste das Essen mit uns teilen – unser Wasser leitet ihr ja schon um.« Matariki warf einen ärgerlichen Blick auf den Bach Waitotoroa, an dessen Oberlauf die *pakeha* ihr Lager errichtet hatten. Er kam seitdem nicht mehr so sauber und fischreich in Parihaka an wie zuvor. »Und wir laden euch ein, zur Versammlung beim nächsten Vollmond zu kommen und mit uns zu reden und die Götter anzurufen.«

Der Mann blickte Matariki an, als spräche sie chinesisch. »Ich ruf mal den Sergeant«, erklärte er dann und verließ seinen Posten.

Das konnte dem üblichen Vorgehen in der englischen Armee kaum entsprechen, aber es war doch deutlich soldatischer als das bisherige Benehmen der Constables. Auch sonst fiel auf, dass es im Lager geordneter zuging. Niemand lungerte tatenlos herum und begaffte die Mädchen. Ein paar Männer waren mit der Reparatur der Zäune beschäftigt, andere exerzierten in einem anderen Teil des Lagers. Der Mann, der jetzt mit sicherem, von jahrelangem Exerzieren geübten Schritt auf die Mädchen zukam, hatte das Training offensichtlich beaufsichtigt.

»Womit kann ich den Damen behilflich sein?«

Der Soldat war nicht so groß wie Kupe, aber die zierliche Matariki musste trotzdem zu ihm aufblicken. Sie registrierte eine schlanke Gestalt, die sich sehr aufrecht hielt – ganz sicher kein versprengter Siedler, sondern ein Militär vom Scheitel bis zur Sohle. Die Uniform des Sergeants saß hervorragend und war peinlich sauber und ordentlich bis zur letzten Bügelfalte. Sein Gesicht war etwas blass, aber die Züge wirkten erstaunlich aristokratisch. Matariki fühlte sich fast an jemanden erinnert, den sie kannte, konnte das Gefühl jedoch nicht festmachen. Sie lächelte aber unwillkürlich, als sie in die faszinierend braunen Augen des Mannes blickte. Sein Haar war blond und militärisch kurz. Hätte man es wachsen lassen, wäre es vielleicht lockig gewesen.

Matariki verbot sich die Vorstellung dieses jungen Mannes beim Fischen oder Jagen mit bloßem Oberkörper und lachendem Gesicht.

»Mein Name ist Sergeant Colin Coltrane, ich bin der Befehlshaber dieses Camps. Was kann ich nun also für Sie tun?«

Matariki wiederholte ihre Rede von eben. Sie fühlte sich dabei seltsam befangen, zumal der Sergeant überlegen lächelte.

»Ach ja, die Parihaka-Strategie … Man hatte mich vor so etwas gewarnt.«

Matariki runzelte die Stirn. »Man hat Sie vor uns gewarnt?«, erkundigte sie sich. »Na ja, vor einer Begrüßungskommission wie der unseren muss die englische Krone ja vor Angst vergehen … Was befürchten Sie, Sergeant? Dass wir Ihre Leute vergiften?«

Der Sergeant lachte. »Nein, nicht wirklich, dann wären die Kerle schon tot. Es sei denn, der Alkohol wirkte als Gegengift, damit versuchen sie nämlich täglich, sich selbst umzubringen. Nein, Miss ...«

»Matariki«, sagte sie steif.

»Was für ein hübscher Name ...« Colin Coltrane lächelte gewinnend. »Miss Matariki. Es geht nicht darum, Anschläge gegen uns zu verhüten, sondern eher einer gewissen ... hm ... Demoralisierung vorzubeugen. Fraternisation nennen wir das, was Ihr Häuptling da versucht. Verbrüderung. Eine Garnison, die er monatelang gefüttert hat, wird nur ungern gegen ihn kämpfen.«

»Gedenken Sie denn, uns anzugreifen?«, fragte Matariki scharf. Coltranes Worte boten immerhin neue Einblicke in die Strategie der Engländer.

Der Sergeant zuckte die Schultern. »Gegen Sie, Miss Matariki, könnte ich nie die Waffe erheben«, bemerkte er galant. »Ebenso wenig gegenüber den anderen Damen.« Er verbeugte sich in Richtung der Frauen und Mädchen hinter ihr. »Aber sonst ... wir sind Soldaten und erhalten unsere Befehle von der Regierung. Ich bin hier lediglich dafür zuständig, dass sie eingehalten werden. Und deshalb, so leid es mir tut, muss ich Ihr freundliches Ansinnen und Ihre Einladungen leider ablehnen. Wir haben unseren Koch im Lager, und die Reden und Gebetsstunden hier halte ich.«

»Sie sehen nicht aus wie ein Reverend«, bemerkte Matariki kühl.

Colin Coltrane lachte. »Sie glauben nicht, wie viele Facetten meine Persönlichkeit aufweist. Für meine Männer langt es jedenfalls. Englische Soldaten sind nicht so spirituell ... im Gegensatz zu euren Maori-Kriegern.«

Damit wandte er sich ab, aber Matariki erhaschte doch noch einen Blick auf seinen Gesichtsausdruck: unverhohlene Geringschätzung. Sie schaute ihm sprachlos nach, verärgert, aber auch fasziniert, wobei sie sich für ihre Gefühle schalt. Dieser Mann verachtete den Geist von Parihaka – vielleicht verachtete er sogar ihr ganzes Volk. Aber dennoch … Matariki schob alle Fantasien beiseite, während sie für die anderen Frauen übersetzte. Coltranes Botschaft war unmissverständlich gewesen, am kommenden Tag brauchten sie nicht mehr zu kommen. Und sie war froh darüber. Sie war froh, Sergeant Colin Coltrane nie wiedersehen zu müssen.

Die Straßenarbeiten begannen direkt nach der Proklamation der Prüfungskommission. Die war schließlich zu dem Ergebnis gekommen, dass ein paar Landokkupationen der Weißen sicher nicht ganz richtig gewesen seien, da die Maori-Besitzer tatsächlich nie die Waffe gegen die *pakeha* erhoben hätten. Das träfe allerdings nicht oder nicht vollständig für die Küstenlinie zu, die Maori dort seien schließlich nach wie vor renitent, man denke nur an die Aufsässigkeit der Männer von Parihaka. Insofern könne zumindest die Straße zwischen Hawera und Oakura gebaut werden, ohne die Einheimischen zu fragen. Und ansonsten hätten Te Whiti und andere doch selbst gesagt, dass sie grundsätzlich nichts gegen weiße Siedler hätten. Man deute das dahingehend, dass sie durchaus willig seien, gegen entsprechende Ersatzleistungen auf ihr Land zu verzichten.

»Aber das ist unser Land!«, erregte sich Matariki, als sich die Nachricht in Parihaka herumsprach. Te Whiti hatte eben eine unplanmäßige Versammlung am nächsten Tag einberufen, man erwartete Stämme aus der ganzen Region. »Das ist Parihaka-Ackerland! Was denken die sich dabei?«

Kupe, der gerade äußerst respektvoll ein Gespann Ochsen vorbeiführte, zuckte die Achseln. »Die denken, dass sich schon kultiviertes Land noch besser verkaufen lässt!«, lachte er bitter. »Aber daraus wird nichts. Und von irgendwelchen Ausbildungslagern auf unserem Gebiet haben wir jetzt auch genug. Te Whiti hat den Auftrag gegeben, die Camps der Armed Constabulary zu pflügen.«

Matariki, die plötzlich wieder Colin Coltranes zunächst freundliches, dann aber eisenhartes Gesicht vor Augen hatte, begann, sich um ihre Freunde zu sorgen. Zumindest dieser Sergeant würde den Landmaschinen nicht ohne Gegenwehr weichen. Sie wäre gern als Übersetzerin mitgegangen, aber Kupe brauchte nun wirklich keine Hilfe, und diesmal entsandte der *ariki* auch ausdrücklich keine Mädchen. Er musste wissen, dass die Lage sich zuspitzte.

Für Kupe, der abgesehen von einer kurzen Einführung nie in der Landwirtschaft gearbeitet hatte, erwiesen sich die Ochsen seines Gespannes allerdings vorerst als gefährlicher denn die Soldaten. Schon sein erster Versuch, eine gerade Furche in den zum Lager in Rahotu führenden Weg zu pflügen, ging gründlich schief. Die vier Zugochsen sahen absolut nicht ein, warum sie den Pflug nicht wie sonst über relativ weichen Boden ziehen sollten, sondern über die harte, festgetretene Straße. Immer wieder wichen sie nach rechts oder links ins Feld aus – es hätte eines geschickteren Pflügers bedurft, sie in der Spur zu halten. Kupe zerrte mal hier und zog mal da am Zügel – und signalisierte den Tieren damit nur zu genau seine Unfähigkeit. Schließlich ergriff der Leitochse die Initiative: Er scherte blitzartig nach rechts aus, die anderen liefen mit, und der Pflug geriet ins Trudeln. Kupe, der damit nicht gerechnet hatte, verlor das Gleichgewicht auf seinem engen Sitz, stürzte und geriet mit dem Fuß unter ein Rad des Pfluges. Die Verletzung war nicht sehr schlimm, die Ärzte im Dorf stellten keinen Bruch fest, sondern nur eine Verstauchung und schwere Prellung. Aber an weitere Beteiligung Kupes an der »Kultivierung« der *pakeha*-Lager war vorerst nicht zu denken. Er kehrte gedemütigt und jämmerlich hinkend nach Parihaka zurück.

Immerhin entging er damit der Verhaftung, denn einige andere Landarbeiter wurden festgesetzt. Insgesamt wussten die Regierungstruppen jedoch nicht recht, wie sie reagieren sollten. Es kam zu Festnahmen, aber nicht zu Handgreiflichkeiten, und vor allem wurde nicht geschossen.

»Was wir vermutlich der Anwesenheit der Presse verdanken«, meinte Kupe schlecht gelaunt.

Mit dick verbundenem Fuß und schwer auf Pai gestützt, hatte er sich zur Versammlung am nächsten Tag geschleppt. Trotz der kurzfristigen Ankündigung warteten auf dem Platz vor dem Dorf bereits Tausende auf Te Whiti und die anderen Häuptlinge. Es waren vor allem Maori, aber auch eine recht große Gruppe von *pakeha*, fast alle mit Notizbüchern und Schreibstiften »bewaffnet«. Die Haltung der Reporter war dabei gespalten – viele unterstützten die Maßnahmen der Regierung, es war ja eine Tatsache, dass sich der Taranaki-Distrikt mit weißen Siedlern füllte, die auf bislang brachliegendes Land spekulierten. Die Pressevertreter, oft Städter, die an Straßen und Eisenbahnlinien gewöhnt waren, verstanden oft nicht, warum die Maori-Bevölkerung Modernisierungen ablehnte. Allerdings konnte sich kaum einer von ihnen vollständig dem Geist von Parihaka verschließen. Sie alle registrierten die Sauberkeit und Ordnung im Dorf, die erstklassige Organisation und die fröhliche Spiritualität der Bewohner.

»Die besten Leute, die ich in ganz Neuseeland je gesehen habe!«, urteilte sogar ein Regierungsvertreter, der die medizinische Versorgung in Parihaka inspizieren sollte.

Es war keine Vollmondnacht, aber immerhin trocken, als Te Whiti – förmlich gekleidet in Matarikis Häuptlingsmantel – vor die Menge trat.

»Mein Herz«, sagte der Häuptling leise, »ist von Dunkelheit erfüllt. Ich habe hier oft zu euch gesprochen. Ihr alle wisst, ich will keinen Streit. Aber wie es aussieht, wollen ihn die *pakeha*. Natürlich leugnen sie das. Natürlich sprechen sie von noch einer Anhörung, noch einer Kommission … Das Mündungsfeuer ihrer Waffen hat bereits unsere Augenwimpern versengt, aber immer noch sagen sie, sie wollten keinen Krieg. Allerdings lässt sich das leicht klären. Wie beginnt ein Krieg, meine Freunde? Nun, ihr wisst es alle, er beginnt damit, dass eine Partei ihre Armee schickt, um das Land der anderen zu überrennen. Die *pakeha* erklären natürlich, es sei ihnen einfach nicht klar, wo die Grenzen verlaufen, welches ihr Land ist und welches unseres und welches vielleicht gar keinen Besitzer hat. Aber das lässt sich ja deutlich machen, meine Freunde. Von jetzt an werden wir unser Land einzäunen. Wir werden morgen beginnen. Und wir werden keinen Zoll weichen. Wenn die *pakeha* unsere Zäune einreißen, stellen wir sie wieder auf. Wir bestellen unser Land – wir pflügen es und bauen Häuser darauf.«

Die Zuhörer des Häuptlings waren zunächst verblüfft, aber dann applaudierten sie. Wobei der Jubel allerdings nicht mehr so ungebremst war wie damals bei der Aktion der Pflüger. Die inhaftierten Männer saßen immer noch ein, die Menschen von Parihaka wussten, worauf sie sich einließen, wenn sie jetzt erneuten Widerstand leisteten.

»Denkt daran, dass wir nichts Verbotenes tun!«, ermutigte sie später Te Whetu. »Strafbar machen sich die anderen, wenn sie unsere Zäune niederreißen. Habt keine Angst! Lasst die Geister von Parihaka die Gewalt überwinden.«

Am nächsten Tag begann das Einzäunen – und damit ein zähes Ringen um die Macht in Taranaki. Zunächst wurden wieder nur Männer zur Arbeit an den Zäunen herangezogen – und schon drei Tage später erklärte Kupe ihnen den Begriff Sisyphusarbeit. Die Armed Constabulary hatte die Anlage der Straße begonnen, ihre Landvermesser legten den Verlauf fest, wobei sie sich um die Pflanzungen der Maori wenig kümmerten. Die Zäune rissen sie einfach ab. Die Dörfler bauten sie wieder auf. Wortlos, ohne sich auf irgendwelche Diskussionen einzulassen. Einmal, zweimal, zwanzig Mal. Nach einigen Tagen waren die ersten Arbeitskolonnen zu Tode erschöpft. Man tauschte sie aus.

Die Regierungstruppen spielten das Spiel vorerst mit, aber dann drohte Te Whetu bei der nächsten Versammlung, fürderhin auch Telegrafenmasten abzureißen. Die Regierung ließ ihn verhaften, als er mit acht Unterhäuptlingen die Arbeiten an den Zäunen inspizierte. Anschließend wurden etliche Zaunbauer festgenommen, gegen das Gesetz, ohne wirklichen Grund. Die Maori wehrten sich nicht, wurden aber immer wieder mit Gewalt an ihrer Arbeit an den Zäunen gehindert.

Sie sind wie ein Bienenschwarm, schrieb eine Zeitung zwischen Abscheu und Bewunderung. *Sie bewegen sich gleichmäßig und stetig, die Gesichter zur Erde gewandt. Immer wenn ein Abschnitt beendet ist, stößt einer von ihnen einen Schrei des Triumphes aus, und sie stimmen ein Kampflied an.*

Wieder füllten sich die Gefängnisse, zumal die Regierung nun auch sehr schnell Gesetze durch beide Häuser peitschte, die eine Gefährdung des Friedens durch Graben, Pflügen und Veränderung des Landschaftsbildes unter harte Strafen stellte. Wer jetzt Zäune baute, riskierte zwei Jahre Zwangsarbeit – aber der Strom der Zaunbauer riss dennoch nicht ab. Maori-Männer und -Frauen kamen von allen Teilen der Nordinsel, um den Menschen von Taranaki beizustehen – und Matariki und ihre Freunde hätten den Geist von Parihaka gefeiert, wären sie nicht zu erschöpft dazu gewesen.

Nach den ersten Wochen des Zaunbaus wurde in Parihaka nicht mehr getanzt und getrunken, es wurden keine Kinder gezeugt. Die durch die Festnahmen stark geschrumpfte Bevölkerung schlang beim Dunkelwerden nur noch ihr Essen herunter und fiel dann völlig erschöpft auf die Schlafmatten. Inzwischen nahm jeder am Zaunbau teil, der eben die Kraft dazu aufbrachte. Matariki und die anderen Mädchen, die Englisch unterrichteten, führten sogar ihre Kinder auf die Felder. Natürlich schafften die Vier- und Fünfjährigen nicht viel, aber sie beeindruckten die Soldaten und vor allem die Pressevertreter, wenn sie Holz heranschleppten. Matarikis Zäune hatten mehr symbolischen Charakter, als dass sie wirklich jemanden hätten aufhalten können, der verzweifelte Kampf der unbewaffneten Maori gegen die Armed Constabulary erregte jedoch immer mehr Aufsehen. Zumal die schnell rekrutierte Soldateska auch nur begrenzt im Zaum zu halten war. Immer wieder kam es zu blutigen Übergriffen, die ehemaligen Walfänger und Seehundjäger hatten genug vom Abriss von Zäunen, sie zogen keine Samthandschuhe an, wenn sie Maori von der Arbeit wegzerrten.

Matariki und ihre Freunde registrierten erschöpft, aber befriedigt, dass erst englische, dann auch andere europäische Zeitungen über ihren Kampf berichteten. Der Premierminister geriet immer mehr unter Druck – erst recht, als Übergriffe auf Kinder und alte Männer und Frauen bekannt wurden, die beim Zaunbau halfen.

»Und dann die Kosten!«, freute sich Kupe, der den erschöpften Mädchen allabendlich die Zeitungen vorlas. »Hier steht, dass die Landerschließungskosten ursprünglich mit siebenhundertfünfzigtausend Pfund veranschlagt waren. Und jetzt sind sie schon bei einer Million, aber keine Meile Straße ist wirklich gebaut!«

Ende 1880 gab Premierminister George Grey auf und verbot seinem übereifrigen Native Minister James Bryce weitere Festnahmen. In den ersten sechs Monaten des neuen Jahres ließ man sämtliche Häftlinge auf der Nordinsel frei.

»Haben wir jetzt gesiegt?«, fragte Matariki müde.

Sie schleppte ihre Schulkinder nicht mehr hinaus zum Zaunbau, aber sie hielt auch keinen regelmäßigen Unterricht ab. Jeder, vom älteren Kind bis zum Lehrer, vom Arzt bis zum Bankangestellten arbeitete von Sonnenaufgang bis Sonnenuntergang auf den Feldern. Das Leben im Dorf reduzierte sich auf die Sicherung der Ländereien. Denn wieder bestand eine Art Waffenstillstand in Taranaki. Es gab zwar keine Festnahmen mehr, und auch der Straßenbau war vorerst gestoppt. Aber die Regierung nahm die Annektion von Maori-Land nicht zurück. Im Gegenteil, Minister Bryce konzentrierte seine Bemühungen jetzt auf das Land von Parihaka. Er verkündete, dass man die Region in drei Sektionen aufzuteilen gedachte: Die Küste und das Inland sollten von *pakeha* besiedelt werden, der schmale Streifen in der Mitte blieb den Maori.

»Englische Siedlungen werden auf der Türschwelle dieses Te Whiti entstehen!«, verkündete er, fand dabei aber keinen rechten Rückhalt bei der Regierung – und auch Te Whiti reagierte nicht.

Der Maori-Häuptling schwieg, während seine Leute unermüdlich Zäune bauten, pflügten und das Land bestellten. Im Januar trat Bryce entnervt zurück.

»Die Kinder haben gewonnen«, sagte Lizzie erstaunt und ließ die *Otago Daily Times* sinken. »Dieser Bryce geht, aber Parihaka ist immer noch da.«

Michael griff nach der Zeitung. »Fragt sich, was danach kommt«, sagte er, »dieser Bryce war ein Maulheld – aber sein Nachfolger Rolleston – du kennst ihn doch ...«

William Rolleston war Farmer in den Canterbury Plains – einer der legendären Schafbarone, der sich allerdings mit der Herrschaft über einige tausend Vierbeiner nicht begnügen mochte. Im Laufe seiner politischen Karriere repräsentierte er mehrere Wahlkreise rund um Christchurch – verlor sie aber meist nach nur einer Legislaturperiode. Die Ernennung zum Native Minister war für ihn ein sicher unerwarteter Aufstieg. Rolleston galt als harter Bursche, er war schnell entschlossen und durchsetzungsfreudig. Diplomatie gehörte nicht zu seinen Stärken.

»Aber Arthur Gordon ist Gouverneur!«, gab Lizzie zu bedenken. »Und da haben die Briten doch endlich mal eine gute Wahl getroffen!«

Arthur Gordon galt bei stramm konservativen Canterbury-Farmern als fragwürdig – er zeigte klare Sympathien für die Maori und war von der Krone wohl eben deshalb entsandt worden. Te Whitis Aktionen hatten für schlechte Presse gesorgt, und es lag nicht im Sinne der Queen, ihre Vorzeigekolonie Neuseeland als ein Nest von Rassisten dargestellt zu sehen.

Michael zuckte die Achseln. »Es reicht nicht, dass Gordon ein netter Kerl ist. Er muss Rolleston auch an der Leine halten.«

Als Violet zu sich kam, traf sie die Entscheidung, dass die Sache mit Eric nie passiert war. Gut, sie war irgendwie in seine Hütte gekommen und musste da eingeschlafen sein, und dann war sie aus irgendwelchen Gründen völlig zerschlagen und blutig gewesen, als sie erwachte – und nackt. Aber dafür gab es bestimmt eine gute Erklärung, wenn sie nur gründlich darüber nachdachte, und genau dazu hatte sie keine Kraft. Auch keine Zeit natürlich, sie musste sich ja um Rosie kümmern.

Violet verschob das Nachdenken auf irgendwann, zog rasch wieder ihr Kleid über und schleppte sich zurück zu ihrer Kate. Dort fand sie nur die schlafende Rosie vor und den roten Ballon, den das Kind am Bett festgebunden hatte. Ihr Vater war sicher noch im Pub, und auch Fred und Eric waren wohl wieder – oder besser noch, Violet rief sich zur Ordnung – in der Kneipe in Greymouth. Das Mädchen säuberte sich notdürftig mit dem letzten kostbaren Wasser, der Vater würde sie dafür schelten. Und auch das Kleid musste gewaschen werden, es stank nach Eric … nach Erics verdreckter Kate. Violet nahm sich vor, am kommenden Morgen vor der Arbeit zum Fluss zu gehen, oberhalb von Billers Haus war der noch sauber und klar.

Sie kuschelte sich neben Rosie und versuchte, alle Gedanken auszuschalten. Es funktionierte erstaunlich gut. Irgendwann schlief sie ein – und ignorierte ihren schmerzenden Körper, als sie am Morgen aufstand. Von der Heimkehr ihres Vaters und ihres Bruders wachte sie in dieser Nacht nicht auf, sie hatte das Haus unver-

schlossen gelassen. Vor was sollte sie sich auch jetzt noch fürchten?
Violet schob den Gedanken fort. Sie musste das Frühstück richten
und ihren Vater und Fred zur Arbeit schicken. Beide wirkten mal
wieder sehr verkatert, und Fred schien sie obendrein seltsam anzusehen. Violet ignorierte ihn.

»Wir müssen uns erst waschen«, beschied sie Rosie, die quengelte, weil Violet sie früher als sonst aus dem Bett holte. »Wir gehen
erst zum Fluss, bevor wir Caleb besuchen.«

»Warum?«, fragte Rosie unwillig, gab sich dann aber selbst die
Antwort. »Weil Caleb heute Geburtstag hat?«

Violet nickte. »Ja, genau, er hat Geburtstag, und alle Gratu-
lanten müssen sauber und ordentlich sein. Komm, du kannst dein
gutes Kleid anziehen.«

Eigentlich hatte sie Rosie an diesem Tag zu Hause lassen wollen,
Mrs. Biller würde es sicher nicht gern sehen, wenn sich das Bergarbeiterkind unter die Geburtstagsgäste mischte. Aber die Gefahr war
zu groß, dass der Steiger Fred und Jim wieder nach Hause schickte.
Und dieses Mal würde er harte Worte finden. Es war besser, wenn
man den Männern nach einer solchen Abfuhr nicht über den Weg
lief, und auf keinen Fall konnte Violet ihnen Rosie ausliefern. Also
hoffte sie auf Mrs. McEnroe. Und wenn die Köchin keine Zeit
hatte, passten Mahuika und der Gärtner sicher auf die Kleine auf.
Das Maori-Pärchen widmete sich dem Kind stets sehr liebevoll –
es konnte höchstens sein, dass Rosie da Dinge sah, für die sie mit
sechs eigentlich noch zu jung war. Andererseits … was machte
das schon aus? Violet wunderte sich fast über ihren eigenen neu
erworbenen Gleichmut, aber dann schob sie den Gedanken wieder
weg.

Das Haus der Billers glich an diesem Morgen einem Hexenkessel.
Caleb inszenierte einen seiner seltenen Wutanfälle. Der Junge hatte
zwar oft Schwierigkeiten mit seinen Eltern, aber im Grunde war
er ein duldsames Kind: Er ertrug die geistigen Unzulänglichkeiten

seiner Umgebung mit Würde. Mit seinen diesjährigen Geburtstagsgeschenken hatte Mrs. Biller es allerdings übertrieben. Anstelle des erhofften Mikroskops erhielt Caleb ein Kinderbuch, ein paar Malstifte und ein Pony.

Letzteres war entzückend und sorgte für Begeisterungsstürme der meisten Gäste bei der nachmittäglichen Teeparty. Caleb selbst machte sich allerdings überhaupt nichts aus Pferden. Sport in jeder Form war ihm ein Gräuel. Er benahm sich ausnahmsweise wirklich wie ein Baby und schrie wie am Spieß, als sein Vater ihn kurzerhand auf den bildhübschen kleinen Schecken hob. Violet sollte das Pferdchen dann mit ihm herumführen, was ihr gewöhnlich nichts ausgemacht hätte. Die Stute ihres Großvaters hatte sie schließlich fast liebgewonnen, und auch bei Heather Coltrane war sie gern mit in den Stall gekommen, hatte sogar herzklopfend auf deren riesigem Vollblüter gesessen. Aber jetzt verursachte ihr schon der Geruch des Tieres Übelkeit, jeder Schritt schmerzte sowieso. Gewöhnlich wäre das dem hochsensiblen Caleb nicht entgangen, aber an diesem Tag hatte er mit seinem eigenen Ärger genug zu tun.

»Ich will nicht reiten lernen!«, erklärte er wütend. »Ich wollte ein Mikroskop, ich …«

»Schätzchen, ein Gentleman muss lernen, schneidig auf einem Pferd zu sitzen«, ermahnte ihn seine Mutter lächelnd. »Denk dran, dass du demnächst nach England gehst, ins Internat. Da wirst du auch reiten. Und ein Mikroskop ist so sperrig, das könntest du gar nicht mitnehmen!«

Violet erinnerte diese Bemerkung schmerzlich daran, dass ihr geliebter Job bei den Billers irgendwann zwangsläufig enden würde, und Caleb machte deutlich, dass es ihm absolut gereicht hätte, seine Reiterkarriere im Mutterland zu beginnen.

»Mal ganz abgesehen davon, dass ein Pferd viel sperriger ist als ein Mikroskop!«, maulte er, als Violet ihn zur Mittagsruhe in sein Zimmer brachte. »Soll ich das Pony mit nach England nehmen, oder wie stellen die sich das vor?«

Violet hoffte, dass man ihren kleinen Freund erst nach England schicken würde, wenn er über dieses Pony hinausgewachsen war. Am Nachmittag kämpfte sie sich dann gemeinsam mit Caleb durch die Festlichkeiten, sie war pausenlos damit beschäftigt, den Jungen zu beschwichtigen, wenn die anderen »Babyspiele« spielten. Irgendwann, als sich alle Gäste auch ohne Caleb erkennbar blendend amüsierten, gab sie seinem Drängen nach und holte das Schachbrett. Damit zog er sich dann mit ihr in die äußerste Ecke des Gartens zurück und schlug sie in Rekordzeit. Für Caleb war das Schachbrett, was für Fred und Eric Kneipenschlägereien waren. Er reagierte hier seine Wut ab – aber den Figuren tat es ja nicht weh, und seinem Gegner nötigte er damit eher Achtung ab als Furcht.

Schließlich ging auch dieser Tag seinem Ende zu, und Rosie kam strahlend und reich beschenkt mit Resten aus der Küche.

»Ohne Rosies Hilfe hätte ich das alles gar nicht geschafft«, meinte Mrs. McEnroe augenzwinkernd. »Sie war so fleißig, sie hat all das mit mir gekocht.«

Rosie war überglücklich über das Lob und brannte darauf, ihrem Vater von ihren Heldentaten zu erzählen. Violet ahnte die dicke Luft allerdings schon, als sie sich der Hütte näherte und Rauch aus dem Kamin quellen sah. Einer der männlichen Familienmitglieder war also zu Hause – und nicht erst seit ein paar Minuten. Tatsächlich sah sie gleich beide am Tisch sitzen, als sie eintrat.

»Daddy!« Violet konnte Rosie nicht rechtzeitig daran hindern, vergnügt auf ihren Vater zuzuspringen – und sie folglich auch nicht vor der Kopfnuss bewahren, die sich das Mädchen damit einfing.

»Halt die Klappe, Rosie, von dem Lärm kriegt man ja Kopfschmerzen«, brummte Jim Paisley. »Und du packst noch heute Abend die Sachen, Vio. Aber erst nach dem Essen, so viel Zeit muss sein.«

Violet sah ihren Vater verständnislos an – und empfand vage Schuldgefühle. Hatte er herausgefunden, was sie getan hatte? Aber sie hatte ja nichts getan, es war nichts passiert, es …

Warf er sie jetzt womöglich heraus?

»Der Mistkerl von Steiger hat uns entlassen«, stieß Jim wütend hervor und gab der erschrocken weinenden Rosie eine weitere Ohrfeige. »Und will uns vom Gelände runterhaben. Also ziehn wir zu Lambert. Wär doch gelacht, wenn die keine guten Hauer brauchten.«

Die Lambertmine war die Konkurrenzfirma zu Biller, und natürlich stellte auch Marvin Lambert Bergleute ein. Es herrschte immer Mangel an Hauern – zumindest vorerst tauschten die Minenbesitzer sich auch nicht darüber aus, welchen der Kumpel man brauchen konnte und wer immer wieder durch Trunkenheit oder Aufsässigkeit auffiel. Die Steiger untereinander besprachen sich aber schon, und der neue Vorarbeiter fand auch gleich deutliche Worte für Jim und Fred: »Wenn ihr euch hier nicht besser benehmt als bei Biller, braucht ihr euch gar nicht erst häuslich einzurichten!«

Die Warnung kam an, aber das kannte Violet auch bereits aus Wales: Immer wenn eine Mine ihren Vater entlassen hatte, riss er sich in der neuen Stellung ein bisschen am Riemen. Wobei es eigentlich weder ihm noch Fred schwerfiel, einen guten Eindruck zu machen. Beide waren ungeheuer kräftig, auch wenn Jims Körper langsam begann, etwas schwammig zu werden. Sie wussten, wie man Hammer und Spitzhacke schwang, und sie hatten den sechsten Sinn des guten Bergmanns für Lage und Verlauf von Kohleflözen. Insofern schlugen sie an guten Tagen doppelt so viel Kohle wie ein schwächerer Arbeiter – an schlechten Tagen sah ihnen der Steiger dann manches nach.

Irgendwann überwogen die schlechten Tage dann aber wieder, und es gab Ärger und dann unweigerlich einen weiteren Rausschmiss. Für die Kumpel nicht schlimm – sie fanden schließlich schnell neue Arbeit, alle Minen zahlten halbwegs den gleichen Lohn, und wo sie Kohle aus dem Fels schlugen, war ihnen völlig egal. Für Ellen und jetzt für Violet war jeder Rauswurf allerdings stets eine kleine Katastrophe. In der Regel war er verbunden mit dem Verlust der Wohnung im Zechenhaus, oder jetzt dem Bleiberecht in der Siedlung. Die neue Mine tat sich auch meist etwas schwer, den unsicheren Kandidaten gleich eine neue Behausung anzuweisen. Zumindest während der Probezeit hatte Ellen oft nicht gewusst, wohin mit ihrem Haushalt und ihren Kindern. Sie hatte dann in der Regel den Verwalter der alten Mine überredet, sie noch einige Zeit in ihrem bisherigen Quartier wohnen zu lassen. Das klappte meistens, die Minen waren zumindest in Ansätzen um das Wohl ihrer Arbeiter und deren Familien besorgt, und die Verwalter kannten die Mieter persönlich. Eine anständige Frau wie Ellen setzte man nicht mit ihren Kindern auf die Straße.

Hier in Greymouth hatte Violet nicht mit solchen Gnadenakten zu rechnen. Niemand verwaltete die Zechensiedlungen, hier baute jeder seinen Unterstand und kam und ging, wie es ihm passte. Natürlich verwies der Steiger gefeuerte Kumpel des Minengeländes, aber sicher wäre nichts passiert, wären die Paisleys noch geblieben, bis sie ein annehmbares neues Quartier gefunden hatten. Das lehnte Jim allerdings kategorisch ab – da habe er auch seinen Stolz, beschied er Violet. Die nahm eher an, dass es ihm um seine Bequemlichkeit ging. Die Lambertmine lag am entgegengesetzten Ende von Greymouth, er hätte vier Meilen zur Arbeit gehen müssen, und das war sowohl ihm als auch Fred zu beschwerlich.

Auch in der neuen Siedlung, die ebenso verdreckt und ungeordnet war wie Billertown, fand sich allerdings schnell eine von ihren früheren Besitzern verlassene Bretterbude. Diesmal musste sie nicht aufwändig gereinigt werden, im Gegenteil, die Vorbesitzer hatten sie sogar vor dem Auszug gefegt. Laut der Nachbarn hatte es sich um zwei Schotten gehandelt, die das Bergwerk leid waren und es jetzt mit dem Goldgraben in Otago versuchen wollten. Violet nahm an, dass sie auch das Wetter in Greymouth leid gewesen waren – das Dach der neuen Hütte war jämmerlich undicht und hatte sie zweifellos kaum vor dem Regen geschützt. Auf jeden Fall konnte sie sich nun nicht mehr darüber beklagen, dass die neue Wohnung verqualmt war. Der Rauch und mit ihm leider auch die Wärme, welche die Feuerstelle spendete, fanden reichlich Gelegenheit, abzuziehen.

»Ihr müsst das abdichten!«, forderte Violet Fred und Jim auf, »möglichst bevor wir die Möbel reinstellen!«

Das Mobiliar, letztlich nur die primitiv gezimmerten Betten, ein Tisch und vier Stühle, war zwar nicht gerade wertvoll, aber ein paar Tage im Regen würde es vollends ruinieren. Die Männer zeigten sich allerdings nicht sehr willig.

»Am Wochenende«, versprach Jim.

Violet hoffte, das beschleunigen zu können, indem sie das Bett ihres Vaters an einer Stelle platzierte, an der es besonders beharrlich durchregnete. Um die Bettwäsche sorgte sie sich nicht mehr, sie war längst eher grau als weiß und völlig verdorben.

In den nächsten Tagen war es zum Glück halbwegs trocken, und am Wochenende lieh sich Violet schließlich einen Hammer und eine Axt vom Nachbarn, zerschlug ungeschickt Abfallholz zu kleinen Stücken und kaufte Nägel, um das Dach notdürftig zu flicken. Einer der Nachbarn half schließlich sogar, nachdem Rosie beinahe vom Dach gefallen war. Mr. O'Brien war ein vierschrötiger Ire, der sich seine Kate mit seiner jungen Frau und einem ganzen Stall von Kindern teilte, wobei in jedem Jahr zuverlässig eines dazukam. Die Familie war freundlich und weitaus angenehmer als die Nachbarschaft in Billertown.

Überhaupt war der Standortwechsel für Violet der einzige Lichtblick bei diesem Umzug. Eric war nicht gefeuert worden, er arbeitete nach wie vor für Biller. Violet brauchte ihn also nicht mehr jeden Tag zu sehen, und im Moment war auch Fred seltener im Pub. Zwei der Holzfäller waren bei der Schlägerei wirklich schwer verletzt worden, und zweifellos suchte man die Täter. Nun pflegte sich der Police Officer von Greymouth bei solchen Geschichten nicht zu überarbeiten, aber Fred und Eric schienen es doch als sicherer zu empfinden, vorerst nicht mehr zusammen in der Stadt aufzutauchen.

Auch Violet selbst ging so selten wie möglich nach Greymouth, obwohl der Ort von »Lamberttown« aus leichter zu erreichen war. Der Weg war ebener und kürzer und führte nur auf einer Viertelmeile durch lichten Wald. Dennoch blieb Violet so oft wie möglich daheim und versuchte, sich während der Woche mit den Lebensmitteln zu behelfen, die Mrs. McEnroe ihr schenkte. Am Samstag erledigte sie ihre Einkäufe dann bei Tageslicht – und wunderte sich, dass sie sich nach dem kurzen Weg in die Stadt stets völlig erschlagen fühlte. Bisher hatte sie die Strecke schließlich selbst nach der Arbeit mühelos geschafft, aber zurzeit kämpfte Violet gegen eine allgegenwärtige Müdigkeit. Sie ekelte sich auch immer häufiger vor irgendwelchen Gerüchen, die sie sonst leicht hatte ausblenden können. Vor allem Kohl verursachte ihr Brechreiz, und wenn die freundliche Mrs. O'Brien sich mit einem Topf Irish Stew dafür bedankte, dass Violet die Suppenknochen aus der Küche der Billers mit ihr teilte, wärmte sie das Essen nur mit Todesverachtung für die anderen Mitglieder der Familie auf. Sie selbst beschränkte sich auf einen Kanten Brot.

Zum Glück hatte allerdings weder die Entlassung ihres Vaters noch der Umstand, dass sie sich neuerdings immer öfter krank fühlte, Einfluss auf ihre Stellung als Calebs Kindermädchen. Im Gegenteil, Mrs. Biller schien sich darüber zu freuen, dass wenigstens Violet noch ein gutes Verhältnis zu ihrem von Tag zu Tag renitenter werdenden Sprössling hatte. Caleb vergab die Sache mit dem Mikroskop nicht so leicht, und er hasste die täglichen Reitstunden, für die Josuah Biller den örtlichen Police Officer angeworben hatte. Der war ein früherer Kavallerist und konnte sehr anschaulich von seinen Abenteuern in Indien erzählen – wobei er schamlos aufschnitt, besonders, wenn Violet unter den Zuhörern war. Er schien ein bisschen in das Mädchen vernarrt.

Caleb hätte seinen Geschichten gewöhnlich wohl ganz gern

gelauscht. Er mochte Räuberpistolen, las mitunter heimlich die Fortsetzungsgeschichten in den Frauenmagazinen seiner Mutter und amüsierte sich dann mit Violet darüber. Als Reitlehrer war Officer Leary allerdings streng und unnachgiebig. Er brüllte herum, statt zu erklären, und brachte Caleb, der sein Pony ohnehin nur mit Ressentiments bestieg, schnell dazu, die Reitstunden zu fürchten. Der Junge fiel auch oft herunter, was Leary mit Spott statt Mitgefühl quittierte. Das Verhältnis zwischen Schüler und Lehrer war bald völlig zerrüttet. Von seinen Eltern hatte Caleb hier auch keine Hilfe zu erwarten, im Gegenteil. Sein Vater wurde in seinem Urteil bestärkt, sein Sohn sei ein Weichling, und seine Mutter fürchtete um seinen Status als künftiger Gentleman.

»Kannst du dich nicht wenigstens ein bisschen anstrengen?«, fragte Violet etwas ungehalten, nachdem Caleb ihr mal wieder sein Leid klagte. Er war in einer Reitstunde dreimal vom Pferd gefallen – oder vielleicht auch abgesprungen. Officer Leary hatte ein Hindernis aufgebaut, das das Pony zwar mühelos nahm, vor dem Caleb sich allerdings zu Tode fürchtete. »Wenn du so weitermachst, schicken sie dich mit dem nächsten Schiff nach England. Im Ernst, Mrs. McEnroe hat so was gehört.«

Violet wollte ihren kleinen Freund nicht auch noch brüskieren, aber es fiel ihr inzwischen immer schwerer, Geduld mit seinen Stimmungen aufzubringen – wobei Caleb nicht der Einzige war, der sie mit Kleinigkeiten bis aufs Blut reizte. Auch wenn Rosie quengelte oder ein bisschen ungezogen war, musste Violet sich zusammenreißen, um das Kind nicht anzuschreien. Dazu geriet sie immer häufiger mit ihrem Vater und Fred in Streit – was unklug war, da es unweigerlich damit endete, dass sie Prügel bezog. Aber Violet konnte sich nicht bezähmen, ihre Nerven lagen blank.

»Sollen sie doch!«, konterte Caleb wütend. »Vielleicht ist die Schule ja gar nicht so schlimm, sie können uns ja nicht den ganzen Tag Hockey spielen und reiten lassen und was man sonst angeblich so braucht, um ein Gentleman zu werden. Und die Lehrer müssen besser sein als der Reverend – blöder geht nämlich gar nicht.«

Violet seufzte. Auch diese Haltung Calebs war neu, bisher hatte er immer mit einer gewissen Achtung von Reverend Robinson gesprochen. Der war schließlich freundlich, aufgeschlossen und durchaus gebildet, aber bei Calebs Wissensdurst stieß er jetzt an seine Grenzen. Seit der Kleine Darwin entdeckt hatte – Mrs. Biller war keineswegs so dumm, wie ihr Sohn sie einschätzte, sondern bestellte neben den Verlautbarungen von Frauenrechtlerinnen auch andere umstrittene Bücher –, lagen Lehrer und Schüler zudem in offenem Streit.

Violet begriff nicht so ganz, warum. Wie sich das Leben auf der Erde in der Vergangenheit entwickelt hatte, war ihr herzlich gleichgültig – sie hätte lieber die Zukunft geändert. Nach wie vor verfolgte sie die leidenschaftlichen Aktionen der Abstinenzlerinnen in der Zeitung und drückte den Frauen die Daumen fürs Wahlrecht. Wobei Violet mit baldigen Ergebnissen rechnete, während Heather schrieb, dass wahrscheinlich noch ein jahrelanger Kampf vor *Femina*, Harriet Morison und all ihren Mitstreiterinnen lag. Männliche Mitstreiter gab es natürlich auch.

Violets Gesicht glühte, als sie eines Tages einen Artikel von Sean Coltrane zum Frauenwahlrecht las. Sie wartete, bis die Zeitung am nächsten Tag im Abfalleimer lag, zog sie heraus und steckte die Seite mit Seans Text in die Tasche. Zu Hause verwahrte sie ihn sorgfältig in einem Erdloch, das sie unter ihrem Bett gegraben hatte, darin ruhten auch ihre kargen Ersparnisse. Violet dachte noch immer an Seans dunkle Stimme und seine freundlichen Augen, seine Höflichkeit und seine Geduld. Manchmal versuchte sie, sich sein Gesicht vorzustellen, bevor sie einschlief, und wenn es ihr gelang, fühlte sie sich seltsam getröstet.

»Und was wird mit mir, wenn sie dich nach England schicken?«, fuhr sie Caleb nun an. »Denkst du auch mal an mich?«

Caleb grinste. »Ich muss sowieso nach England, früher oder

später. Du musst dir dann eine neue Arbeit suchen. Oder einen Mann.«

Violet tippte sich an die Stirn. Aber so ganz Unrecht hatte Caleb nicht. Sie war inzwischen sechzehn. Viele Mädchen ihres Alters waren bereits verheiratet und hatten Kinder.

Violet mochte allerdings gar nicht an irgendwelche Veränderungen denken, und erst recht nicht an Männer und Liebe. Sie war froh, wenn sie sich irgendwie durch den Tag schleppte. Und obwohl ihr ständig übel war und sie kaum noch etwas essen konnte, schien sie nicht dünner zu werden. Im Gegenteil, ihre Brüste schienen zu wachsen, und manchmal schmerzten sie. Ob bei jenem … Unfall … irgendetwas kaputtgegangen war? Violet machte sich zunehmend Sorgen und überlegte ernsthaft, den Arzt oder wenigstens die hilfreiche Mrs. Travers aufzusuchen. Wenn das nur nicht schon wieder Geld kosten würde …

Am nächsten Sonntag machte sie sich stattdessen auf Richtung Billertown. Sie redete sich ein, es noch mal mit dem Fischen im Bach versuchen zu wollen. Oder … in der Gegend um Miss Clarisse' Haus hatte sich immer besonders gutes Anmachholz finden lassen … Violet dachte nicht darüber nach, wie sie das über mehrere Meilen nach Hause schleppen wollte. Sie stapfte dumpf brütend in Richtung der alten Siedlung, während Rosie fröhlich um sie herumsprang.

Wenn sie nur … Es wäre irgendwie nett, Miss Clarisse und ihre Mädchen wiederzutreffen. Aber natürlich würde sie nicht an ihrer Tür klopfen. Es müsste schon … es müsste schon Zufall sein.

Es war kein Geheimnis in Billertown, dass die Freudenmädchen sonntags im Bach badeten. Ihre ausgelassenen Stimmen drangen schließlich weit genug, damit die zwei ehrbaren Frauen in der Siedlung sich über ihre Schamlosigkeit aufregen konnten – während die halbwüchsigen Jungen sich anschlichen und einen Blick auf die nackten Körper riskierten.

Clarisse hatte gelacht, als Violet ihr einmal verraten hatte, dass auch Fred und Eric im dichten Farnkraut gesessen und den Huren zugesehen hatten.

»Das macht nichts, Schätzchen, sie gucken uns ja nichts ab!«, beschied sie das moralisch besorgte Mädchen. »Im Gegenteil, wenn sie sich dabei ein bisschen aufgeilen, sparen sie umso eifriger, damit sie von der Frucht auch mal abbeißen können, die sie hier nur von ferne sehen.«

An diesem Tag nun schob sich Violet wie zufällig näher. Die drei Frauen saßen nackt, wie Gott sie geschaffen hatte, am Ufer, ließen sich in der Sonne trocknen und kämmten sich gegenseitig das frisch gewaschene Haar. Violet warf einen verschämten Blick auf ihre Brüste. Sie waren alle weich, und bei Clarisse hingen sie sogar schon etwas herunter. Kein Busen war so angeschwollen wie Violets. Das Mädchen bemühte sich jetzt, ein bisschen Lärm zu machen. Sie wollte die Frauen auf keinen Fall erschrecken.

Clarisse entdeckte sie sofort.

»Kleine Miss Hofknicks!« Sie lachte ihr verschwörerisch zu. »Was ist los, brauchst du wieder einen Job? Das wird hier nichts, wir haben keine Kinder zu versorgen.«

»Gott sei Dank!«, rief Lisa und schlug theatralisch ein Kreuzzeichen.

»Ich bin noch bei Billers«, murmelte Violet. »Obwohl ...«

Clarisse sah sie forschend an. »Aber du hast doch was«, konstatierte sie. »Du bist nicht einfach zu Besuch da. Und du bist ... also irgendwas ist anders mit dir, bist du noch gewachsen?«

Violet schüttelte den Kopf. Dabei errötete sie. Man sah es ihr also an. Bald würden alle Leute wissen, dass sie krank war ...

»Ich weiß nicht«, murmelte sie. »Mir ... mir geht's nicht gut. Ich ...« Sie warf Clarisse einen flehenden Blick zu. Die Ältere verstand.

»Ich geh mal mit der Kleinen spazieren!«, beschied sie ihre Freundinnen, warf ein Kleid über und wand ein Tuch um ihr noch feuchtes Haar. »Spielt ihr doch so lange ein bisschen mit dem Schwesterchen. So zur Abschreckung ... Ab und zu muss man brüllende Kinder erleben, dann nimmt man das ernster mit den Essigspülungen in den kritischen Tagen.«

Die Frauen lachten, nahmen sich Rosies aber ganz freundlich an. Violet unterdrückte ihre Ressentiments darüber, dass Rosie zum ersten Mal andere Menschen nackt sah. Es würde sie nicht umbringen. So leicht brachte einen nichts um ...

Clarisse und Violet wanderten den Bach entlang, wobei Violet den schwierigen, steinigen Weg wählte. Sie musste darauf achten, nicht zu stolpern, also brauchte sie Clarisse nicht anzusehen.

Das alternde Freudenmädchen hörte sich den stockenden Bericht über Violets Beschwerden gelassen an, nichts davon schien sie zu überraschen.

»Du bist nicht krank, du bist schwanger«, sagte sie schließlich. »Meine Güte, Kindchen, warum kommst du denn nicht vorbei und fragst, wie man das verhindert, bevor du mit einem Kerl schläfst?«

Violet blitzte sie an. »Ich hab nicht ...« Sie brach ab.

Clarisse lachte. »Süße, das letzte Mal, dass so etwas angeblich passiert ist, war vor zweitausend Jahren. Und wenn du mich fragst, war das größte Wunder, dass die Lady einen Kerl fand, der's ihr glaubte. Komm schon, Kleine, mir kannst du's doch sagen. Du hast dich verliebt.«

»Ich hab niemanden geliebt!« Violet schrie die Worte heraus, es klang schrill und verzweifelt.

Clarisse rieb sich die Nase. Dann legte sie ungeschickt den Arm um die Jüngere. »Tut mir leid, Kleine. Also hat er dich ...«

»Es ist nicht passiert. Es ist überhaupt nichts passiert. Ich ...« Violet schluchzte auf. Sie entzog sich Clarisse' Umarmung, taumelte. Schließlich brach sie am Bachrand zusammen, geschüttelt von trockenen, von pfeifenden, schweren Atemzügen unterbrochenen Schluchzern. Das Mädchen weinte hysterisch. Clarisse setzte sich neben sie und wartete.

»Wenn doch nichts passiert ist … es kann nichts passiert sein … es … es gibt eine Erklärung, es …«

»Wofür?«, fragte Clarisse sanft. »Komm, du willst mir jetzt nicht wirklich sagen, dass kein Mann … dass keins von diesen Schweinen dich in irgendein Gebüsch gezerrt und seinen Schwanz in dich reingesteckt hat? Obwohl du dich gewehrt hast? Obwohl du geschrien hast? Das ist nicht deine Schuld, Violet. Das kommt immer wieder vor. Wer war es?«

Violet schüttelte heftig den Kopf. »Hab mich nicht gewehrt …«, schluchzte sie. »Hab nicht geschrien. Und … und er hat mich auch nicht ins Gebüsch gezogen. Ich … ich bin ganz freiwillig … ich …«

Clarisse zog Violet an sich und streichelte über ihr Haar. »Nie, Kleine. Niemals. Das glaub ich dir nicht.«

Sehr langsam und behutsam entlockte sie Violet die ganze Geschichte.

»Und nun … was soll ich denn jetzt machen?«, fragte das Mädchen.

Violet beruhigte sich zusehends, während sie erzählte. Jetzt, da sie sich die Wahrheit eingestand, würde sie besser damit umgehen können.

»Kann man … kann man da nichts mehr tun?«

Clarisse zuckte die Achseln. »Doch, sicher. Schon mal was von Engelmachern gehört? Die kratzen's aus dir raus, bevor man's noch sieht. Aber das tut weh, Kleine, das ist nicht einfach.«

Violet biss sich auf die Lippen. »Das ist mir egal!«, sagte sie. »Kannst du's machen, Clarisse? Mach's gleich. Ich halt das aus.«

Clarisse rieb sich die Stirn. »Kindchen, ich kann das nicht«, gestand sie dann. »Und du selbst kannst es auch nicht, also versuch es erst gar nicht, es gibt erheblich weniger schmerzhafte Methoden, sich umzubringen …«

»Man kann dabei sterben?«, fragte Violet.

Clarisse nickte. »Sicher. Wobei es immer drauf ankommt, wie gut es gemacht wird. Wenn's jemand macht, der sich auskennt, stirbt man dabei auch nicht öfter als bei der Geburt. Aber bei 'nem Pfuscher ... Das ist eine ernste Sache, Kleine, wobei ich deine unsterbliche Seele noch gar nicht erwähnt habe. Der könntest du dabei nämlich auch verlustig gehen. Zumindest landest du in der Hölle.«

Die Hölle schreckte Violet nicht. Da landete sie sowieso, wenn sie ihrem Vater von der Schwangerschaft erzählte.

»Das ist mir alles gleich«, erklärte sie. »Also, wer macht es? Eins von den anderen Mädchen?«

Clarisse verneinte wieder. »Niemand hier, Violet, es tut mir leid. Die Nächste ist eine Maori-Hexe, drüben in Punakaiki. Komisches Weib, aber sie versteht ihr Fach. War wohl Kräuterfrau bei ihrem Stamm, dann hat sie mit 'nem *pakeha*-Arzt zusammengelebt. Der hat's auch gemacht, von dem hat sie's gelernt. Aber dann muss da irgendwas passiert sein, keine Ahnung. Sie ist jedenfalls wieder beim Stamm, oben in Punakaiki, Richtung Westport. Nicht leicht zu finden, aber ich kann dir sagen, wie du hinkommst. Sie macht das in einem Hotel, der Nachtportier organisiert das. Ist aber teuer ... Alles in allem zwei Pfund ...«

»Zwei Pfund?«

Violet sah Clarisse mutlos an. Sie hatte keine Vorstellung davon, wie sie auch nur nach Punakaiki kommen sollte. Es war sicher drei oder vier Tageswanderungen weit weg. Und dann das Geld – Violet besaß nicht mehr als ein paar Shilling.

Clarisse zuckte die Schultern. »Hängen halt 'ne Menge Leute drin«, erklärte sie. »Der Portier, der Geschäftsführer, die Zimmermädchen vielleicht auch. Fällt ja auf, wenn die Laken blutig sind. Und die Frau selbst. Die kriegt wahrscheinlich noch am wenigsten ab. Aber sie ist gut. Ich hab noch von keiner gehört, die ihr unter den Händen gestorben ist. Die weiß, wie's geht, und die Mädels sagen, sie behandelt dich auch nicht wie den letzten Abschaum. Wenn du's machen lässt, mach's da!«

Violet seufzte. »Und wenn ich ... wenn ich den Kerl anzeige? Du sagst doch, ich wär nicht schuld. Auch wenn ich frei...«

»Wenn du noch mal ›freiwillig‹ sagst, schreie ich!«, bemerkte Clarisse. »Aber ich fürchte, es hilft auch nichts, ihn anzuzeigen. Vielleicht sperren sie ihn ein – vielleicht auch nicht, dein Bruder wird ja für ihn aussagen, wenn ich das richtig sehe. Aber für dich ändert's nichts. Im Gegenteil. So hast du ein Kind. Wenn du ihn anzeigst, hast du auch noch ein Kind ohne Vater.«

»Aber ... aber einen Vater hat's doch sowieso nicht«, meinte Violet verzweifelt.

Clarisse zog die Stirn in Falten und zuckte die Schultern. »Das kommt auf dich an«, sagte sie dann. »Du kannst den Kerl anzeigen – oder heiraten ...«

Alles in Violet sperrte sich gegen die Vorstellung, Eric Fence zu heiraten. Und ihn anzuzeigen kam eigentlich auch nicht infrage. Violet graute es davor, die Reaktion ihres Vaters auf ihre Schande zu erleben. Die einzige Möglichkeit war, das Geld für die Engelmacherin aufzutreiben. Sie bot Clarisse an, es als Hure zu verdienen.

Clarisse schüttelte jedoch den Kopf. »Mädchen, so wie du dabei guckst, vergraulst du uns doch die Freier! In dem Job, Violet, musst du wenigstens so tun können, als ob's dir gefällt. Und möglichst musst du die Kerle noch dafür loben, wie toll sie's mit dir treiben. Du dagegen würdest ihnen ihr edelstes Teil womöglich noch abbeißen, wenn sie's französisch wollen ...«

»Fran... fran...? Sie ... sie stecken es einem in den Mund?« Violet wurde übel.

Clarisse seufzte. »Dir fehlen jegliche Grundvoraussetzungen«, erklärte sie mitleidig. »Wobei man's dir vor ein paar Wochen noch leicht hätte beibringen können. Aber nach der Sache jetzt ... du hast doch 'n Hass auf die Kerle, oder etwa nicht?«

Violet blieb die Antwort im Halse stecken. Wenn sie ehrlich sein sollte, hätte sie sich bereits beim Gedanken an eine Wiederholung des Aktes mit Eric übergeben können. Und das nun mehrmals in einer Nacht? Mit verschiedenen Männern? Sie würde vor Scham und Wut und Angst im Boden versinken.

»Außerdem sind zwei Pfund in dem Gewerbe auch nicht in ein paar Tagen verdient«, fügte Clarisse hinzu. »Mal ganz abgesehen davon, dass du hinterher nicht wieder das brave Mädchen spielen könntest. Einmal Hure, immer Hure ... oder zumindest vorerst, irgendwann findet sich einer, der dich heiratet, da bin ich mir sicher. Aber das kannst du auch gleich haben, wenn du diesen Eric nimmst.«

Violet schaute ihre ältere Freundin fassungslos an. »Du meinst das ernst«, flüsterte sie.

Clarisse nickte. »Schau, Mädchen, das mit dem Heiraten aus Liebe ... das wird überschätzt. Glaub mir, es gibt kaum eine Frau, die es wirklich mag, wenn der Kerl sie ... also, die ... äh ... die Wonnen der körperlichen Liebe wirklich zu schätzen weiß ...«

Wonnen? Violet starrte sie an, als habe sie den Verstand verloren.

»Natürlich ist es alles leichter, wenn man verliebt ist. Dann ... dann verzeiht man's eher, wenn's wehtut. Und wenn der Kerl auch verliebt ist und ein bisschen vorsichtiger als dein Eric mit dir ...«

»Er ist nicht ›mein‹ Eric!«, begehrte Violet auf. Clarisse nahm die Unterbrechung nicht zur Kenntnis.

»Dann tut's auch weniger weh. Irgendwann tut es sowieso kaum noch weh, es gibt da auch ein paar Tricks ... Aber jedenfalls macht die Ehe kaum eine Frau glücklich. Die meisten lieben allerdings ihre Kinder – und die können ja auch nichts dafür. Egal, wie sie entstanden sind und wer ihr Vater war.«

Violet dachte an ihre Mutter und spürte ein vages schlechtes Gewissen gegenüber dem kleinen Wesen in ihrem Bauch. Ihre Mutter hatte ihren Vater am Ende verachtet, aber für Violet und

Rosie hätte sie alles getan. Sie dagegen dachte nur daran, das Kind so schnell wie möglich loszuwerden.

»Insofern ... ob du jetzt diesen Eric nimmst oder in drei Jahren einen anderen. Es kommt mit hoher Wahrscheinlichkeit auf's Gleiche raus.« Clarisse stand auf. »Ich muss mal gehen, am Sonntagnachmittag haben die Kumpel ihren Samstagsrausch ausgeschlafen, und wer noch Lohn übrig hat, gönnt sich ein Mädchen. Ist mein liebster Tag in der Woche, da kommen auch ein paar brave Kerle, die's nüchtern genießen wollen, wenn sie es sich schon vom Munde absparen. Die waschen sich dann auch vorher. Also überleg's dir, Mädchen. Wenn du das Geld auftreibst, sag ich dir, wo du Kunari findest. Wenn nicht ... na ja, ich wär natürlich gern deine Brautjungfer, aber ich glaube, das Angebot kommt zu spät.«

Violet konnte darüber nicht lachen, bedankte sich aber nichtsdestotrotz höflich für die Ratschläge und lief dann erschöpft und erschlagen von all den Erkenntnissen mit Rosie heimwärts. Wobei das kleine Mädchen sie gleich noch einmal zu Tode erschreckte, als sie eine Rast einlegten und die Honigbrötchen aßen, die Lisa ihm zugesteckt hatte. Seit Grace den Bäcker geheiratet hatte, versorgte sie ihre früheren Kolleginnen freigebig mit Backwaren vom Vortag.

»Ist es wahr, Violet? Kriegst du ein Kind?«

Violet fuhr entsetzt auf. »Was? Wo... woher weißt du das? Wer ...?«

Sie lief augenblicklich rot an und schalt sich dafür. Die richtige Reaktion wäre gewesen, lachend zu leugnen.

»Das haben die Mädchen gesagt«, meinte Rosie. »Du kriegtest bestimmt ein Kind, du würdest so aussehen. Woher kriegst du es, Violet? Kriegst du's geschenkt, oder musst du's kaufen? Ist ein Mädchen billiger als ein Junge? Dann nehmen wir ein Mädchen, ja? Ich hätte lieber ein Mädchen. Ist es dann meine Schwester, Violet?«

Violet nahm sich zusammen. »Red keinen Unsinn, Rosie, ich kriege kein Kind!« Sie musste sich bemühen, die Kleine nicht scharf anzufahren. »Und erzähl davon um Himmels willen nichts dem Vater, der würde … der würde …« Sie zerrieb das Brötchen zwischen ihren Händen.

»Will Daddy kein Kind?«, fragte Rosie.

Violet zwang sich zur Ruhe. Sie musste ihrer Schwester die Sache ausreden. Und dann musste sie das Geld beschaffen und irgendwie nach Punakaiki kommen. Während sie Rosie versicherte, dass sie Clarisse' Freundinnen sicher falsch verstanden hatte und keinesfalls mit der Ankunft eines Geschwisterchens zu rechnen war, reifte ein Plan in ihr. Sie war nicht fähig zu huren, aber sie würde fähig sein zu stehlen! Sie wusste, wo Mrs. Biller das Geld aufbewahrte, mit dem sie ihre Angestellten am Wochenende bezahlte. Natürlich erhielten sie alle zusammen keine zwei Pfund, aber mit ein bisschen Glück zählte Mr. Biller seiner Frau auch das Geld nicht ab. Und wenn es sein musste, würde sie eben zweimal stehlen … Sie musste es nur so aussehen lassen, als sei sie unschuldig. Also durfte sie nicht gleich nach dem Diebstahl verschwinden. Und sie brauchte einen sicheren Aufbewahrungsort für das Geld … Violet schwirrte der Kopf. Das alles war schwierig, aber sie hatte ja Zeit bis zum Samstag.

In der Nacht lag sie schlaflos da. Sie hatte das Bedürfnis, sich herumzuwälzen, aber wie immer schlief Rosie in ihrem Arm, und sie wollte das Kind nicht wecken. Wie würde es wohl sein, ein eigenes Baby im Arm zu halten? Violet verbot sich allein den Gedanken daran. Was auch immer da in ihr wuchs und wie unschuldig es auch immer sein mochte. Sie wollte es nicht! Als sie schließlich einschlief, träumte sie von einem kleinen Mädchen – mit den sanften Augen von Sean Coltrane.

Als Violet am nächsten Tag zur Arbeit ging, hatte sie ein aufgeschwemmtes, verquollenes Gesicht, ihre Beine fühlten sich schwer an, ihre Brüste schmerzten, und obendrein hatte sie schon im Vorfeld ein schlechtes Gewissen. Da hatte es ihr gerade noch gefehlt, dass im Haus der Billers rege Betriebsamkeit herrschte – und Mrs. Biller sie zu sich rief, bevor sie noch zu Caleb hinaufgehen konnte. Mrs. McEnroe nahm Rosie mit in die Küche und schien Violet dabei mitleidige Blicke zuzuwerfen. Violets Herz schlug heftig. Konnte es sein, dass Mrs. Biller etwas entdeckt hatte? Sah auch sie ihr die Schwangerschaft an wie die Huren am Bach?

Mrs. Biller hatte jedoch keinen zweiten Blick für Violets Figur oder ihr blasses Gesicht.

»Ich muss dir eine Mitteilung machen, Violet, die … die dir nicht gefallen wird. Aber du wusstest ja von vornherein, dass die Stellung hier nicht für immer ist. Wir hatten vor, Caleb spätestens im nächsten Jahr nach England zu schicken. Und nun … na ja, du weißt selbst, wie er sich in der letzten Zeit aufführt. Es scheint, dass … dass …« Sie schniefte theatralisch. »Es scheint, dass mein Baby erwachsen wird. Der Reverend meint jedenfalls, das Beste für ihn sei eine baldige Einführung in ein gutes Internat, und nun hat sich überraschend auch eine Beförderungsmöglichkeit für ihn ergeben.«

Violet schoss durch den Kopf, dass Mrs. Biller von ihrem Sohn sprach wie von einem Gepäckstück.

»Ein Bekannter von uns fährt Ende der Woche mit der *Aurora* nach London. Wir wussten das schon länger, aber wir haben gestern erst erfahren, dass er seine ganze Familie mitnimmt. Der Sohn ist zwei Jahre älter als Caleb und wird dort ebenfalls die Schule besuchen. Auf jeden Fall sind die Bradburys bereit, Caleb auf der Reise zu betreuen, mein Mann bemüht sich eben um eine Schiffspassage. Aber das wird nicht schwierig sein, im Notfall kann er die Kabine des jungen Bradbury teilen, die Knaben werden sich ohnehin an Mehrbettzimmer gewöhnen müssen.«

Violet konnte sich lebhaft vorstellen, wie diese Eröffnung bei dem eher ungeselligen Caleb ankommen würde.

»Morgen bringen wir Caleb nach Christchurch. Und damit, so leid es mir tut, Violet, endet dein Arbeitsverhältnis hier mit dem heutigen Tag. Wir haben uns wirklich Gedanken darum gemacht, ob wir dich weiter beschäftigen können. Mrs. McEnroe hätte dich gern als Küchenmädchen behalten. Aber das brauchen wir nun wirklich nicht, im Gegenteil, durch Calebs Weggang verkleinert sich der Haushalt ja noch. Hier ...« Mrs. Biller nestelte einen Shilling aus ihrer Tasche. »Bitte nimm das als kleine Anerkennung. Es ging alles etwas schnell, wir hätten sonst ein Geschenk für dich gekauft. Aber die Umstände ...«

Violet bedankte sich artig. Sie war wie betäubt. Ihr letzter Arbeitstag bei den Billers. Und sicher keine Möglichkeit mehr, sie zu bestehlen. Mrs. Biller hatte die Leute am Freitag ausgezahlt. Am Montag hatte ihr Mann die kleine häusliche Kasse sicher noch nicht aufgefüllt. Mal ganz abgesehen davon, dass der Verdacht dann zweifellos sofort auf Violet gefallen wäre ...

»Geh jetzt bitte hinauf zu Caleb, und hilf ihm beim Packen. Mahuika soll seine Sachen richten, aber ich fürchte, sie braucht dabei Unterstützung. Tröste Caleb ein bisschen, er wird natürlich traurig sein – ich weiß noch, als ich ins Internat sollte, ich hatte im Vorfeld schon Heimweh .... Ach ja, und halte ihn davon ab, all diese Bücher mitnehmen zu wollen! Das Schiff würde unter dem Gewicht ja sinken. Sag ihm das!«

Violet beabsichtigte natürlich nicht, ihrem klugen kleinen Freund noch am letzten Tag mit solchen Dummheiten zu kommen. Wobei Caleb schon ganz von allein eingesehen hatte, dass er keine mehrbändigen Lexika mit nach England schleppen konnte.

»Die Schule hat sicher eine Bibliothek«, meinte er gelassen – und schaute dabei so erwartungsvoll drein wie ein Katzenkind, das den Milchtopf umschleicht.

Caleb Biller war offensichtlich nicht unglücklich darüber, dass seine Eltern ihn fortschickten. Im Gegenteil, er schien England entgegenzufiebern.

»Nun sei nicht so traurig!«, tröstete er seinerseits Violet. »Ich schreib dir, ganz bestimmt! Und du schreibst mir! Und außerdem ... außerdem schenk ich dir meine Bücher!«

Caleb strahlte ob dieser Idee, und Violet brachte ihre ganze Kraft auf, um angemessen beglückt zu wirken. Dabei hätte sie sich normalerweise wirklich gefreut. Allein das Lexikon war ein ungeheurer Schatz – und all die Geschichtenbücher für Rosie und … und … nein, sie würde kein Baby haben, dem sie Märchen vorlesen konnte!

Caleb missdeutete Violets trotz aller Bemühungen eher steife Reaktion. »Und das Schachbrett kriegst du auch. Dann kannst du immer an mich denken, ja?«

»Ich … ich hab doch gar keinen zum Mitspielen«, flüsterte Violet, vor Rührung, aber auch vor Verzweiflung den Tränen nahe.

Caleb kramte nach einem Taschentuch. »Du kannst allein spielen. Stell dir vor, ich wäre auf der anderen Seite. Und setz die Figuren, wie ich es gemacht hätte. Nur wein nicht, Violet. Sonst wein ich auch.«

Violet weinte erst in der Mittagszeit, bei Mrs. McEnroe in der Küche. Es tat gut, sich ausweinen zu können, obwohl die Köchin natürlich nicht wissen durfte, was Violet wirklich so schwer auf der Seele lastete. Immerhin war dem Mädchen im Gespräch mit Caleb eine neue Idee gekommen. »Brief« war das Stichwort, sie konnte Heather Coltrane schreiben und ihre Misere schildern. Natürlich würde es ihr schwerfallen, aber vielleicht genügten ja Andeutungen. Heather würde ihr helfen können – wenn sie wollte. Ob die Ziehtochter des Reverends ihr allerdings Geld für eine Engelmacherin schickte?

Schließlich verabschiedete sie sich am Abend von Caleb – ganz erwachsen und tränenlos, wie er es sich immer wünschte. Rosie blieb allerdings nicht so gelassen, sondern schniefte und drückte sogar einen feuchten Kuss auf Calebs Wange. Der Junge trug es mit ungewöhnlicher Fassung, wischte sich die Wange nur verstohlen ab und räusperte sich dann, bevor er sich an Violet wandte. Erwartungsvoll sah sein blasses Gesicht mit den wasserblauen Augen zu ihr auf.

»Wenn du ... also, wenn du willst, Violet ... dann ... äh ... dann kannst du mich auch küssen.«

Violet beschloss, ihrem Vater und Bruder vorerst nichts von der Kündigung bei den Billers zu sagen. Sie plante, sich möglichst bald eine neue Stelle zu suchen, und es war besser, ihre männlichen Familienangehörigen erst davon in Kenntnis zu setzen, wenn sie eine hatte. Wer wusste, was ihrem Vater sonst womöglich noch einfiel, Violet doch zu Hause zu halten. Er schimpfte oft genug darüber, dass das Essen noch nicht auf dem Tisch stand, wenn er heimkam – ohne je ein Wort darüber zu verlieren, wer dafür bezahlte.

An diesem Abend hatte die freundliche Mrs. McEnroe noch einmal für ein Festmahl gesorgt. Von Calebs Abschiedsessen war schließlich reichlich Braten und Gemüse übriggeblieben, und am kommenden Morgen konnte sie den Billers die Reste nicht mehr vorsetzen, da die ganze Familie nach Christchurch abreiste. Es war üblich, die Kinder, die man nach England schickte, wenigstens zum Schiff zu bringen. Mrs. Biller jammerte jetzt schon vor echtem oder angeblichem Abschiedsschmerz. Violet glaubte ihr sogar: Sie würde ihren Sohn jahrelang nicht wiedersehen. Wenn Caleb zurückkehrte, würde er das College abgeschlossen haben und vielleicht auch die Universität. Er würde erwachsen sein.

Die Paisleys schmausten an diesem Abend jedenfalls wie die Könige – nur Violet fühlte sich wieder mal schlecht und bekam kaum etwas herunter. Immerhin konnte sie sich an ihre Hoffnung Heather betreffend klammern. Violet wusste nicht, ob es Heathers großes Interesse am Frauenwahlrecht und an der Fürsorge für Frauen und Kinder war oder ob sie irgendetwas an der Persönlichkeit ihrer erwachsenen Freundin in ihrem Glauben bestärkte – egal, was der Reverend sagen würde, Heather war keine Moralpredigerin. Sie war anders. Und sie würde auf Violets Seite sein.

Violet träumte davon, dass bald alles wieder so war wie vor jenem verhängnisvollen Abend ... als die laute Stimme ihres Vaters sie plötzlich aus ihren Gedanken riss. Vorher war da nur Rosies Geplapper gewesen, das sie kaum noch registrierte. Aber jetzt schien etwas passiert zu sein.

»Was hast du gesagt, Rosie?« Jim Paisleys Stimme klang alarmiert. »Wie war das?«

Rosie lächelte ihrem Vater süß zu. Sie fürchtete ihn, aber sie buhlte auch um seine Aufmerksamkeit. »Ich hab gesagt, ich hab Mrs. McEnroe gefragt, ob Violet ein Baby kriegt. Und woher. Und sie hat ganz komisch geguckt. Aber dann hat sie gesagt, man kriegt ein Baby nicht einfach so. Hab ich ja auch schon gesagt, Violet, nicht? Man muss es bestimmt kaufen.«

»Stimmt das, Violet? Bist du schwanger?«

In diesem Augenblick brach die Welt über Violet Paisley zusammen.

Auch unter dem neuen Gouverneur Arthur Gordon kamen Te Whiti und seine Leute nicht zur Ruhe. Der Ausverkauf von Central Taranaki ging weiter, und selbst für das Land von Parihaka fanden sich Käufer. Matariki und ihre Freunde brachten dafür immer weniger Verständnis auf, und selbst Te Whiti predigte nicht mehr, dass auch die Farmer nur unschuldige Opfer wären.

»Die wissen doch genau, was hier vorgeht!«, schimpfte Kupe.

Er hätte eigentlich längst in Auckland sein müssen, aber inzwischen waren auch die anderen Studenten zurückgekehrt und bestellten das Land von Parihaka – ohne Rücksicht darauf, ob dort neue »Eigentümer« ihre Schafe weiden lassen wollten oder nicht.

»Sie kriegen das Land ja auch fast geschenkt«, meinte Koria bitter. »Zwei Pfund zehn für einen Acre Land ... dafür betrügt man schon mal ein paar Wilde ...« Das Mädchen streckte seinen schmerzenden Rücken. Gemeinsam mit Matariki und Pai hatte es den ganzen Tag Setzlinge auf den neuen Ländereien gepflanzt und Unkraut auf den alten Feldern gejätet.

»Die es nicht einmal schaffen, ihre Stadt in Ordnung zu halten!«, fügte Matariki hinzu und warf ein Exemplar des *Taranaki Herald* in die Runde. »Hier: Der Ort macht einen schmutzigen und verwahrlosten Eindruck, die Bewohner wirken ungepflegt ...«

Pai sah sich um. Die jungen Leute waren eben von den Feldern gekommen. Sie saßen nun vor einem der Gemeinschaftshäuser und nahmen ein einfaches Mahl zu sich: Brot und Süßkartoffeln. Längst feuerte man in Parihaka nicht mehr täglich die *hangi* an, und die Jäger und Fischer zogen nicht mehr aus, um das Volk mit Leckereien zu versorgen.

»Du musst zugeben, dass es hier schon mal besser ausgesehen hat«, meinte Pai. »Die Gärten verwildern, wenn die Leute den ganzen Tag auf den Feldern sind, und die Häuser müssten auch mal ausgebessert werden. Ganz abgesehen davon, dass keiner mehr alle naselang die *marae* ausfegt und die Schnitzereien poliert. Te Whiti hat uns jahrelang gepredigt, wir sollten nicht Sklaven des Kriegsgottes werden. Aber jetzt sind wir Sklaven des Friedens. Wenn wir auch nur Atem holen, nehmen sie uns das Land weg. So hatte ich mir das nicht vorgestellt.«

Die anderen nickten. Sie waren jung und fleißig, aber die monatelange Fronarbeit zehrte an ihren Kräften.

»Willst du weggehen?«, fragte Matariki leise.

Wenn sie ehrlich sein sollte, dachte sie auch mitunter darüber nach. Sie war bereit, die Abschlussprüfungen der High School abzulegen – und manchmal träumte sie davon, dies in Otago zu tun.

Pai schüttelte den Kopf. »Nein!«, sagte sie entschlossen. »Es gehen sowieso schon zu viele weg! Wir müssen das hier einfach durchstehen. Und jetzt gehe ich los und poliere diese Götterstatuen. Wer kommt mit? Vielleicht erbarmen sich ja dann die Geister und bringen die *pakeha* zur Vernunft.«

Mitte September machte sich der Gouverneur auf den Weg zu den Fidschi-Inseln – ein lange geplanter Staatsbesuch. In Parihaka registrierte man sein Fortgehen kaum. Bisher hatte der maorifreundliche Vertreter der Krone dem Dorf ohnehin nicht viel genutzt. Er mochte die Landverkäufe nicht gutheißen, aber die Gesetze dazu waren von seinem Vorgänger abgesegnet worden, und er konnte sie nun kaum zurücknehmen. Immerhin erlaubte er aber auch nicht, die Regelungen mit Gewalt durchzusetzen. Das Land, das die Maori bearbeiteten, wurde nicht angetastet, egal, wem es jetzt auf dem Papier gehörte.

Nun bestand für ihn auch kaum Grund, in die Situation in Taranaki einzugreifen. Die Beschwerden der Farmer erreichten ihn ebenso wenig wie die Klagen Matarikis und ihrer Freunde über die überhandnehmende Arbeit. Letztere kamen auch dem Native Minister William Rolleston nicht zu Ohren, aber die Farmer schimpften dafür umso lauter, und Rolleston hatte ein offenes Ohr für ihre Proteste. Auch er war schließlich Landbesitzer – und mochte gar nicht daran denken, was für ein Geschrei es nach sich ziehen würde, wenn auch die Ngai Tahu auf der Südinsel auf den Gedanken kämen, die Verträge zum Landverkauf auf ihre Richtigkeit zu überprüfen.

Und nun, da der Gouverneur außer Landes war, nutzte Rolleston die Gunst der Stunde: Am 8. Oktober 1881, einem schönen Frühlingstag, besuchte er Parihaka – gleich nachdem es ihm gelungen war, dem Parlament die Bereitstellung von hunderttausend Pfund zur Weiterführung des »Krieges« zu entlocken.

Matariki und ihre Freunde seufzten, als Te Whiti seine Leute neben all der Feldarbeit zu größeren Willkommensritualen für den Minister vor das älteste der vielen Versammlungshäuser beorderte. Ein volles *powhiri* stand auf dem Programm, mit Gebeten, Tanz und Gesang. Der neue Minister sollte in allen Ehren begrüßt werden.

Der rotgesichtige, vierschrötige Mann schien das allerdings kaum zu schätzen zu wissen. Die Tänze der Mädchen verfolgte er zwar noch mit einer gewissen Faszination, aber die Kriegstänze der Männer eher mit Abscheu – und die Gebete der Ältesten mit allen Anzeichen von Ungeduld.

»Können wir jetzt zur Sache kommen?«, unterbrach er dann den heiligsten Teil der Zeremonie – den Ausstoß des *karanga* durch die Priesterin.

Die junge Studentin Arona, der die Ehre zuteilgeworden war, ihn auszustoßen, erschrak vor diesem Sakrileg. Sie brach den Ruf ab – der Geist von Parihaka blieb an diesem Tag unbeschwört.

Te Whiti versuchte trotz allem, höflich zu bleiben, aber William Rolleston hielt sich mit schönen Worten nicht auf.

»Ist ja ein ganz nettes Anwesen, das Sie hier haben«, erklärte er mit Blick auf Dorf und Felder. »Aber es ist Ihnen doch klar, dass Sie die Entschlüsse der Regierung zu respektieren haben. Sie haben jetzt lange genug Ihre Spielchen mit uns getrieben. Das muss aufhören – und Sie müssen sich eins vor Augen führen, Sie … Sie Friedensengel, Sie: Wenn die Streitigkeiten eskalieren und ein neuer Krieg ausbricht, dann wird man nicht der Regierung die Schuld geben. Die Verantwortung liegt ganz allein bei Ihnen.«

Te Whiti hörte sich all das schweigend an, aber in den nächsten Tagen sprach er nicht zu seinem Volk, und wenn er durch das Dorf ging, hielt er den Kopf gesenkt.

»Was werden sie machen?«, fragte Matariki.

Sie fühlte sich erschöpft, verunsichert und jetzt auch allein gelassen. Ohne Te Whitis Zuspruch und Te Whetus klare Ansagen schien alles seinen Sinn zu verlieren. Immer mehr Menschen verließen Parihaka. Und der Native Minister plante, es dem Erdboden gleichzumachen.

»Hat er das wirklich gesagt?«

Pai konnte es kaum glauben. Nun widersprachen die Nachrichten, die nach Parihaka kamen, einander auch oft. Nichts war belegt – aber dass William Rolleston Pläne machte, Parihaka zu stürmen, galt als sicher.

»Er kann das nicht tun!«, tröstete allerdings Kupe, der inzwischen zumindest die ersten Bücher über juristische Fragen studiert hatte. »Er hat keine Handhabe, wir haben ihm nichts getan. Und der Gouverneur würde nicht zustimmen.«

»Wenn der aber doch gar nichts weiß?«, sorgte sich Matariki.

Koria schüttelte den Kopf. »Der weiß etwas. Oder wird es wissen. Wir haben ihm geschrieben. Sobald er den Brief erhält, wird er etwas tun.«

Der Stellvertreter des abwesenden Gouverneurs hieß James Prendergast – ursprünglich Anwalt auf der Südinsel und als solcher mit Rolleston befreundet. Seine Haltung gegenüber den Einheimischen war allgemein bekannt – in Prozessen entschied er stets gegen sie und nannte die Maori auch schon mal primitive Barbaren, die man auf keinen Fall an irgendwelchen Entscheidungsprozessen beteiligen dürfte. Einen solchen Mann dazu zu bringen, einen Invasionsplan gegen Parihaka zu ratifizieren, war nicht schwer. Allerdings arbeitete tatsächlich die Zeit gegen Rolleston, es dauerte einfach, bis alle entscheidenden Männer überredet, Geld bereitgestellt und Schriften formuliert worden waren.

Schließlich berief der Native Minister eine Versammlung am 19. Oktober 1881 um acht Uhr morgens ein. Der stellvertretende Gouverneur, Rolleston und sein Exekutivkommitee verabschiedeten eine Proklamation: Te Whiti und seine Leute wurden für ihre konstanten Drohungen gegenüber den Siedlern und ihre unkooperative Haltung gerügt. Dazu setzte man ihnen ein Ultimatum: Innerhalb von vierzehn Tagen hätten die Häuptlinge die Neuregelungen zur Landvergabe zu akzeptieren, alle Protestaktionen einzustellen und Parihaka zu verlassen. Ansonsten würden Konsequenzen militärischer Art folgen.

Zwei Stunden nach Unterzeichnung des Schreibens durch seinen Stellvertreter traf der wirkliche Gouverneur in Wellington ein. Er hatte seinen Staatsbesuch sofort abgebrochen, nachdem ihn die Kunde von Rollestons Alleingang erreicht hatte.

Aber es war zu spät, Rolleston hatte die Veröffentlichung des Ultimatums und die Zustellung des Schreibens an Te Whiti bereits veranlasst: Zwei Stunden hatten über Parihakas Schicksal entschieden.

»Der Gouverneur hat diesen Rolleston sofort gefeuert!«, erklärte Arona Matariki und ihren Freunden. Als Priesterin hatte sie der Verlesung der Proklamation vor Te Whiti beigewohnt – und anschließend den Entschuldigungen des Gouverneurs gelauscht. Gordons Bote hatte Rollestons Mann eingeholt, und die beiden Reiter waren gemeinsam in Parihaka eingetroffen. Te Whiti hatte sie in allen Ehren empfangen, schließlich war weder der eine noch der andere verantwortlich für die Botschaft, die er brachte. »Oder ihm jedenfalls den Rücktritt nahegelegt, feuern kann er ja keinen. Genau wie er keine Proklamationen zurücknehmen kann, die sein Stellvertreter unterschrieben hat. Zumindest nicht offiziell. Unter der Hand wäre es vielleicht gegangen, aber dieser Rolleston ist mit allen Wassern gewaschen: Die Unterschriften unter dem Schreiben waren noch nicht ganz trocken, da stand die Nachricht davon auch schon in der *Government Gazette.*«

»Gordon hätte zurücktreten können!«, sagte Kupe. »Unter Protest. Dann hätte es in England Wirbel gegeben. Die Queen hätte die Proklamation garantiert außer Kraft setzen können!«

Matariki lachte bitter. »Was kümmern wir die Queen?«, fragte sie und kraulte Dingo, der sich an sie schmiegte. »Und Mr. Gordon hängt auch an seinem hübschen Posten ... Letztlich werden sie Te Whiti ins Gefängnis werfen und Rolleston zum Ritter schlagen.«

Kupe zuckte die Achseln. »Kann passieren. Aber was machen wir jetzt? Hat Te Whiti irgendwas gesagt? Oder Te Whetu? Wir geben Parihaka doch nicht auf, oder?«

Arona schüttelte den Kopf. »Nein. Wir bleiben und warten ab, was geschieht. Aber sie werden die Drohung wahr machen, sie werden kommen. Wir sollten uns darauf vorbereiten.«

»Zu sterben?«, fragte Pai.

Vorerst zeigten die *pakeha* in Taranaki mehr Panikreaktionen auf das Ultimatum als die Maori in Parihaka. Die letzten Kampfhandlungen zwischen Siedlern und Einheimischen lagen zwölf Jahre zurück, man hatte sich an den Frieden gewöhnt und fürchtete nun einen neuen Krieg. Major Charles Stapp, Kommandeur der eigentlich kaum noch existierenden Freiwilligenarmee Taranakis, erklärte umgehend, ein jeder männliche Bürger zwischen siebzehn und fünfundfünfzig hätte sich auf die Einberufung vorzubereiten. In anderen Teilen der Nordinsel stieß der zu erwartende Kampf auf mehr Begeisterung. Auf einen einzigen Aufruf der *Government Gazette* hin gelang es, dreiunddreißig Einheiten Freiwilliger aufzustellen. Die Armee, die schließlich vor Parihaka Aufstellung nahm, bestand aus tausendvierundsiebzig Armed Constables, tausend Freiwilligen aus ganz Neuseeland und sechshundert Männern aus Taranaki – je vier bis an die Zähne bewaffnete *pakeha* auf jeden volljährigen Maori in Parihaka. Die Einheiten bezogen Camps rund um das Dorf und begannen umgehend mit Exerzier- und Schießübungen. Der neue und alte Native Minister – man hatte Bryce nach Rollestons Rausschmiss erneut ernannt – bewies sein Einverständnis mit dem Vorgehen seines Nachfolgers und Vorgängers, indem er jeden Tag zu den Truppen hinausritt, sie inspizierte und ermunterte.

Am 1. November 1881 sprach Te Whiti zum letzten Mal zu seinen Anhängern.

»Die einzige Arche, die uns jetzt noch retten kann, heißt ausharren in Herzensstärke, Flucht ist der Tod. Denkt nicht an Kampf! Wir waren friedlich, und wir werden friedlich bleiben. Das ist der Wille der Götter – wir sind nicht hier, um zu kämpfen, sondern um die Götter zu ehren und das Land zu heiligen. Wir besudeln es nicht mit Blut! Lasst uns also auf das Ende warten, eine andere Möglichkeit gibt es nicht. Wir bleiben bis zuletzt auf unserem Land. Niemand holt sein Pferd oder seine Waffe! Er würde durch sie sterben.«

»Also, was tun wir?«, fragte Matariki wieder einmal. »Ich meine, wir müssen doch irgendwas machen, wir …«

»Wir tun das, was wir immer tun«, meinte Arona. »Wir begrüßen unsere Gäste mit Musik und Tanz.«

Die Invasion begann am 5. November um fünf Uhr früh – und Matariki hätte fast der Mut verlassen, als sie die Männer aufmarschieren sah. Die Truppen waren ausgestattet wie für eine Schlacht, alle trugen schwere Waffen und Verpflegung für zwei Tage bei sich, die Artillerie marschierte auf, und eine Armstrong-Kanone wurde in den Hügeln oberhalb des Dorfes in Stellung gebracht. Bryce befehligte das Ganze vom Rücken eines weißen Pferdes aus, er schien sich in der Heldenrolle zu gefallen.

»So hatte ich mir den Prinzen allerdings nicht vorgestellt«, witzelte Matariki beklommen. »Hoffentlich tun sie den Kindern nichts.«

Pai, die ihr als Partnerin zugeteilt war, schüttelte den Kopf. »Ach was, die Kinder müssen bloß ruhig bleiben. Aber das haben wir ja geübt ... Da, da, sie kommen!«

Das Tor von Parihaka stand weit offen, es wäre nicht nötig gewesen, dass die Vorhut der Armee es stürmte und warnend ihre Waffen abfeuerte, als sie hindurchgaloppierte. Bryce hatte die Kavallerie vorgeschickt. Tatsächlich gelang es den Männern dann kaum, ihre Pferde rechtzeitig anzuhalten, als sie auf die erste Verteidigungslinie der Maori stießen: Auf der Straße, die vom Versammlungsplatz ins Dorf führte, saßen zweihundert kleine Jungen und Mädchen, beaufsichtigt von einem alten Priester, der sie jetzt anhielt, ein Begrüßungslied anzustimmen. Hinter den Kindern reihten sich Mädchen auf, die ebenfalls sangen und tanzten. Auch sie behielten die Kleinen im Auge.

Matariki und Pai, die ihren Auftritt später erst haben sollten, hatten das Dach eines Hauses erklettert und verfolgten von dort aus die Vorgänge.

»Die Kinder sind großartig!«, begeisterte sich Matariki, als die Kleinen nicht wichen und keine Angst zeigten, obwohl die Reiter fast über sie hinweggaloppierten.

In den Tagen zuvor hatte es geregnet, und der Schlamm spritzte unter den Hufen der Pferde auf. Er traf die Kinder ins Gesicht und in die Augen, blendete einige von ihnen, die daraufhin leise weinten – aber nicht die Flucht ergriffen. Der alte Mann verbeugte sich vor den Soldaten und sagte irgendetwas, aber die Männer reagierten nicht. Sie lenkten ihre Pferde nur langsamer an den Kindern vorbei – und inzwischen folgten ihnen auch weitere Truppenteile zu Fuß. Die Kinder und die Mädchen sangen nach wie vor, wechselten jetzt aber zu einer traurigeren Weise. Der alte Priester rief den Schutz der Götter auf sie herab.

Inzwischen hatten die Reiter die Sänger passiert – und trafen auf Matariki, Pai und andere Mädchen. Sie versperrten ihnen lachend den Weg – indem sie Springseile schwenkten und darüberhüpften. All das wirkte nicht feindselig – nur Dingo versteckte sich knurrend hinter einer Hausecke. Anscheinend spürte das Tier die Bedrohung, auch wenn die Menschen versuchten, sie zu ignorieren.

»Wollt ihr mitspielen?«, fragte Matariki frech in Richtung der Invasoren – und gleich darauf blieb ihr fast das Herz stehen. Der Anführer der Reiter war ein großer, schlanker Mann auf einem eleganten Rappen. Braungrüne Augen blitzten sie an. Colin Coltrane.

Der junge Sergeant verzog sein Gesicht zu einem Lachen – wenngleich keine Fröhlichkeit in seinen Augen stand. »Warum nicht?«, fragte er gelassen. »Miss … Matariki …«

Matarikis Herz schlug schneller. War es möglich, dass er sich an sie erinnerte? Jetzt jedenfalls wendete der Mann sein Pferd, nahm etwas Anlauf und taxierte sie mit kühlem Blick. Der Rappe übersprang das Seil in eleganter Manier. Die anderen Mädchen waren darüber so verblüfft, dass sie die Seile sinken ließen.

»Kommt, Leute!« Colin Coltrane grinste, als er sein Pferd hinter der Barriere der Springseile verhielt. »Und Sie, Miss, sollten sich vorsehen. Ich habe schon andere Hürden genommen.«

Damit galoppierte er davon, ins Zentrum des Dorfes, gefolgt von seinen Männern. Matariki ließ das Seil vor ihren Pferden sinken, sie sollten sich nicht verletzen – und erst recht nicht in Panik geraten, wenn sie beim Überspringen stürzten oder sich verhedderten!

Ihr wurde heiß und kalt bei der Vorstellung, was Colin Coltrane da riskiert hatte. In der Mitte des Dorfes, direkt hinter den Mädchen mit den Springseilen, saßen zweitausendfünfhundert Menschen. Bewohner von Parihaka und Abordnungen anderer Stämme aus Taranaki. In den Tagen des Ultimatums war niemand geflohen. Im Gegenteil, wie *pakeha* zu den Waffen des Gouverneurs, so strebten Maori zu den Friedenstruppen Te Whitis. Es war ein letzter stiller Triumph.

Colin Coltrane ließ sein Pferd nun zwischen ihnen hindurchtänzeln. Matariki registrierte, dass er es vollkommen beherrschte, weit besser als die meisten anderen Berittenen, die das Problem der Hüpfseile gelöst hatten, indem sie die Barriere der Mädchen einfach umritten. Der Rappe unter dem jungen Sergeant ging seitwärts, rückwärts und stieg sogar auf Kommando. Colin Coltrane ließ ihn das immer wieder tun, um die Menschen zu ängstigen und zu provozieren, die in bewegungslosem Protest verharrten.

Matariki wollte ihn dafür verachten – aber sie war unerklärlicherweise auch fasziniert.

Die Vorhut der Invasoren erschien unsicher, was sie mit den schweigenden, resigniert dasitzenden Dorfbewohnern tun sollte. Die nachfolgenden Fußtruppen stießen derweil auf die seilspringenden Mädchen, und ihr Anführer machte sich erst mal lächerlich, indem er darauf bestand, ausgerechnet die füllige Pai eigenhändig aus dem Weg zu räumen. Er entriss Matariki das Springseil, und als Pai es ärgerlich festhielt, hob er das Mädchen hoch und schleppte es beiseite. Pai ließ das in der Manier eines Mehlsackes mit sich geschehen. Die anderen Mädchen und ebenso die Untergebenen des Mannes lachten. Dann machten sie sich aber ihrerseits daran, die Mädchen zur Seite zu drängen. Einer von ihnen griff nach Matariki, die sich eben zu Boden werfen wollte, um ihm die Sache zu erschweren – aber dann hörte sie Hufschlag neben sich.

»Diese Lady fasst keiner an!«, verkündete Colin Coltrane und ließ seinen Rappen vor dem verblüfften Infanteristen steigen. »Die schaff ich selbst beiseite.« Noch bevor Matariki reagieren konnte, beugte er sich zu ihr herab, legte ihr den Arm um die Hüfte und zog das zierliche Mädchen mit einem Schwung vor sich aufs Pferd. Matariki wehrte sich, aber er lachte nur. »Wo möchte die Dame jetzt abgesetzt werden?«, erkundigte er sich.

Matariki zappelte und machte Anstalten, in seine Zügel zu fassen. Ihr Hund – Colin erinnerte sich daran, dass das Tier sie auch bei ihrem Besuch im Lager begleitet hatte – biss wütend nach den Fesseln des Pferdes.

»Na, na, Mädchen, wer wird denn so kratzbürstig sein? Erinnern Sie sich, Sie haben mich selbst zu den Meetings eingeladen!«

»Zwischen einem Besuch und einer Invasion bestehen Unterschiede!«, zischte Matariki. »Lassen Sie mich runter, ich …«

»Sergeant Coltrane!« Der eben noch etwas zögerliche Anführer der Fußtruppen wandte sich wütend an den Reiter, der ihm rangmäßig untergeben schien. »Was soll das? Was haben Sie mit dem Mädchen vor?«

Coltrane lachte. »Ich greife nur der Infanterie etwas unter die Arme, Sir!«

Matariki versuchte, ihm in die Hand zu beißen. »Ich bin eine Häuptlingstochter!«, schrie sie ihn an. »Ich bin *tapu*!«

Der Schrei hatte den gewünschten Effekt. Ein paar Krieger der konservativen Stämme der Nordinsel erhoben sich drohend.

»Setzen Sie das Mädchen augenblicklich ab!«, brüllte der Befehlshaber.

Colin Coltrane folgte der Anweisung zögerlich, aber inzwischen hatte Te Whiti die Unruhe bemerkt und trat gemessenen Schrittes auf Colin, den Inspector und das Mädchen zu. Der Hund beruhigte sich sofort und leckte ihm die Hand.

»Ich hoffe, Sie respektieren unsere Sitten«, sagte der Häuptling ruhig. »Wenn Sie schon unser Land nicht respektieren. Und bitte zeigen Sie Achtung vor diesem Mädchen. Nicht nur, weil es ein

Mädchen ist – auch *pakeha* ist es doch wohl verboten, eine Frau zu entführen und zu schänden –, sondern auch aufgrund seiner Stellung. Die Tochter eines Häuptlings wird bei den Stämmen zur Kriegsgöttin erhoben, sie schickt die Männer in den Kampf. Aber Sie sehen unsere Töchter nicht inmitten unserer Krieger, sie sehen sie singend und spielend und tanzend vor ihren Häusern. Achtet sie und achtet uns! Komm, meine Tochter!« Er legte Matariki sanft die Hand auf die Schulter und führte sie zu seinem Feuer.

Colin sah dem alten Mann und dem Mädchen nach. War sie wirklich seine Tochter? Dabei hätte er geschworen, dass sie keine reinrassige Maori war. Natürlich war ihr Haar schwarz wie das der meisten Mädchen der Stämme. Es fiel in weichen Locken bis zu ihrer Hüfte – wie alle anderen Mädchen trug sie es an diesem Tag offen und mit Blumen geschmückt. Und sie hatte ihr Hüpfspiel im traditionellen *piu-piu*-Rock bestritten. Colin blickte wohlgefällig auf Matarikis wiegenden Gang, ihre langen, schlanken Beine und ihre schmalen Hüften. Er würde sie sicher wiedersehen.

Violet Paisley heiratete Eric Fence nicht lange nachdem Caleb Biller nach London abgereist war. Von der Schwangerschaft sah man fast noch nichts, aber es hätte auch keinen gestört. Die meisten Bergarbeiterfrauen heirateten, weil etwas Kleines unterwegs war. Nicht einmal der Reverend stellte bohrende Fragen.

Nachdem die Wahrheit herausgekommen war, hatte sich die Wut Jim Paisleys zu Violets Verwunderung auch nicht zuallererst auf seine Tochter, sondern auf Eric Fence gerichtet. Wobei es nicht die Vergewaltigung war, die er ihm vorwarf, sondern seine vermeintlich mangelnde Bereitschaft, Violet umgehend zu ehelichen.

»Was soll das heißen, der will dich bestimmt nicht heiraten? Und ob der dich heiraten wird, junge Dame! Da rede ich noch ein Wörtchen mit, darauf kannst du dich verlassen. Und wenn ich ihn an den Haaren zum Traualtar schleppen muss!«

Violet kämpfte mit dem Mut der Verzweiflung. »Ich will ihn auch nicht heiraten, Dad. Bitte, versteh das. Er ... er weiß noch gar nichts davon, er ...«

»Ach so, du hast es ihm noch nicht gesagt!« Paisley lachte erleichtert. »Dann wird's aber Zeit, Vio, wenn's die Weiber angeblich schon sehen.« Er musterte seine Tochter, als wolle er sie mit Blicken entkleiden. »Also, ich seh da ja jedenfalls noch nichts ... Aber wie auch immer, du wirst es ihm jetzt erzählen, und er ... Womöglich freut er sich sogar. So 'ne junge Liebe ...« Die Stimme ihres Vaters klang fast gerührt. Er musste vor dem Essen schon Whiskey getrunken haben.

»Es war keine Liebe!«, beharrte Violet. »Er … er hat mich gezwungen. Ich wollte nicht …«

»Du bist ganz freiwillig mitgegangen«, mischte Fred Paisley sich ein. »Wir ham sie an dem Abend … hm … na ja, wie man so sagt, vor … 'nem Schicksal schlimmer als der Tod bewahrt.« Er lachte anzüglich. »Ein paar Kerle haben sie auf dem Weg nach Greymouth belästigt. Und danach war sie Eric so dankbar, dass sie …«

»Dankbar?« Paisley runzelte die Stirn. »Na ja, wen kümmert's jetzt noch, das Kind ist drin. Und Eric ist ein guter Mann, ein ordentlicher Hauer, der wird sie schon ernähren können.«

Violet hatte keine Chance. Natürlich dachte sie kurz über eine Flucht in Richtung Dunedin nach, aber sie wäre allein mit Rosie nicht über die Alpen gekommen. Und das Kind einfach bei ihrem Vater und Fred zu lassen, brachte sie nicht über sich.

Das Thema Rosie war denn auch die einzige Bedingung, die Violet vor der Hochzeit an ihren Mann stellte. Die kleine Schwester musste in den gemeinsamen Haushalt aufgenommen werden. Eric machte da keine Schwierigkeiten, wie er sich der Sache auch sonst nicht in den Weg stellte. Auf die Dauer brauchte er eine Frau, und eine schönere als Violet würde er weit und breit nicht finden. Im Grunde war sie ein Glücksfall, Eric wusste, dass sich auch bessere Männer mit mehr Ersparnissen für Violet interessiert hatten. Vielleicht hatte er den Gedanken daran sogar in einer letzten zurechnungsfähigen Windung seines im Alkohol schwimmenden Gehirns gehegt, als er das Mädchen in sein Bett zwang. Nachdem sie keine Jungfrau mehr war, stiegen seine Chancen. Die meisten guten Männer wollten eine unberührte Braut. Und dann hatte er auch gleich noch einen Volltreffer gelandet, wie Fred feixte. Eric war durchaus bereit, den stolzen Vater zu spielen.

Violet gab ihr mühsam erspartes Geld aus, um ein weites Kleid zu kaufen, das sie zur Hochzeit und dann auch während der fortschreitenden Schwangerschaft tragen konnte. Sie sprach während der Verlobungszeit praktisch kein Wort mit Eric und sah ihn nicht an, als sie neben ihm durch die Kirche schritt. Der Gottesdienst war recht gut besucht, sogar Mr. und Mrs. Biller gaben ihrem früheren Kindermädchen die Ehre und machten dem jungen Paar ein fürstliches Geschenk, indem sie Holz zum Zimmern von Möbeln zur Verfügung stellten. Es war Schalholz, etwas besser als das Abfallholz, das die Bergleute sonst erhielten, aber auch wenn es nur grobe Stühle, Tische und Betten ergab, so half es Violet doch immerhin, ihre Hütte in Billertown einzurichten. Eric hatte nach Jims und Freds Entlassung die frühere Hütte der Paisleys okkupiert und seinen eigenen Verschlag an einen Neuankömmling weiterverkauft. Violet und die schon wieder verstörte Rosie hatten also wenigstens ein Dach über dem Kopf.

Wenn man nur wenigstens einen kleinen Verschlag für Rosie hätte abtrennen können! Violet fürchtete sich vor der Hochzeitsnacht – nicht nur für sich selbst, sondern auch für ihre kleine Schwester. Als es dann so weit war und Eric, wieder betrunken, über sie herfiel, versuchte sie, ganz still zu liegen und möglichst kein Geräusch von sich zu geben. Aber gelegentlich stöhnte sie doch vor Schmerzen, und Eric grunzte erneut wie ein wildes Tier. Als er dann endlich einschlief, hielt er Violet umfangen, es gab keine Möglichkeit, zurück zu Rosie zu kriechen und sie zu trösten. Violet hörte das Kind die ganze Nacht über schluchzen, bis es sich morgens endlich davon überzeugt hatte, dass der Schwester nichts geschehen war.

»Jedenfalls nichts, was anderen Frauen nicht auch passiert«, erklärte sie Rosie widerwillig. »Es hört sich ein bisschen komisch an, aber es ist ganz normal, wenn Leute verheiratet sind. Mach … mach bloß nie ein Licht an, wenn du's hörst!«

Im Wesentlichen unterschied sich Violets Leben als verheiratete Frau nicht sehr von dem als Jim Paisleys ausgebeuteter Tochter. Auch Eric war »sparsam« mit dem Haushaltsgeld und benahm sich, als gäbe er Almosen, wenn Violet ihn darum bat. Auch er kommandierte seine Frau herum wie eine Sklavin.

Violet weinte bittere Tränen über Heather Coltranes erstem Brief – sie hatte es nicht fertig gebracht, der Freundin wie geplant von der Vergewaltigung zu berichten, sondern kündigte ihr nur mit knappen Worten ihre Verlobung an. Heather schien darüber enttäuscht, gratulierte aber höflich und schickte auch ein Geschenk – einen praktischen Satz Kochtöpfe und einen sehr schönen Kleiderstoff.

Violet dachte bitter, dass sie damit fast schon die Abtreibung hätte bezahlen können. So aber ertrug sie Eric und verfolgte hilflos die Veränderungen in ihrem Körper. Sie hasste es, dick und unbeweglich zu werden – irgendwie schien die Schwangerschaft zu bewirken, dass sich Wasser in ihrem Körper ansammelte, und Violet fühlte sich aufgeschwemmt und erschöpft, als schleppe sie nicht nur das zusätzliche Gewicht des Kindes mit sich herum, sondern mindestens das Doppelte ihres normalen Umfangs. Eric schien das allerdings nicht zu stören. Wenn er nicht zu schwer betrunken aus dem Pub kam, fiel er jeden Abend über sie her, und schwer betrunken war er eigentlich nur samstags.

Insgesamt, so merkte Violet bald, trank Eric weniger als ihr Vater und ihr Bruder. Er roch selten nach Whiskey, häufiger nur nach Bier, was billiger war. Dennoch gab er im Wild Rover eher mehr Geld aus als Jim und Fred, was Violet irritierte. Irgendwann, nach drei Monaten Ehe, wagte sie schließlich, ihn danach zu fragen. Sie hasste und fürchtete ihn nach wie vor, wurde inzwischen aber etwas mutiger im Umgang mit ihm. Im Gegensatz zu ihrem Vater hatte Eric sie seit der Nacht der Vergewaltigung noch nie geschlagen.

Violet nahm langsam an, dass er nur dann wirklich gewalttätig wurde, wenn er Whiskey trank. Bei seinen nächtlichen »Besuchen« tat er ihr zwar weh, aber als ihre Panik darüber nachließ, so gnadenlos benutzt zu werden, erkannte sie, dass ihre Schmerzen eher ihrer Anspannung und seinem Mangel an Geduld und Geschick zuzuschreiben waren als echter Gemeinheit. Sie ließen spürbar nach, als Violet sich irgendwann Clarisse anvertraute und den Ratschlag erhielt, gezielt ihre Muskeln zu lockern und vor allem Öl als Gleitmittel zu verwenden. Mit den Schmerzen verringerte sich Violets Angst, wenn auch nicht ihr Ekel. Und irgendwann wagte sie es dann tatsächlich, mit Eric zu sprechen wie mit einem halbwegs normalen Menschen.

Zu Violets Überraschung reagierte er nicht ärgerlich, als sie ihn auf das Geld ansprach, das er im Pub ließ.

»Ich … es … also, es ist natürlich dein Geld«, begann sie demütig. »Aber ich muss doch mal etwas kaufen. Kleidung, für das Baby … und Essen für uns und … und Rosie ist auch wieder aus ihren Sachen rausgewachsen.« Die letzte Bemerkung war natürlich gewagt, Violet erwartete, dass Eric sie damit gleich zu ihrem Vater weiterschicken würde. »Und ich frage mich … du trinkst doch gar nicht so viel … Wo… Wofür gibst du denn das Geld sonst aus?«

Violet duckte sich jetzt schon wie vor einem Schlag. Außer Whiskey konnten es ihrer Vorstellung nach eigentlich nur Huren sein, aber zu Clarisse' Kunden gehörte Eric zumindest nicht. Außerdem hatten ihr die Freudenmädchen erzählt, ein Mann schaffe »das« kaum mehr als einmal in einer Nacht. Es war also unwahrscheinlich, dass Eric aus den Armen einer anderen in Violets Bett kam.

»Tja, Schätzchen, das würdste gern wissen!«, grinste Eric. Zu Violets Erleichterung machte er keine Anstalten, sie zu schlagen. »Aber … aber da wollt ich eigentlich erst richtig mit rauskommen, wenn's geklappt hat. Das geb ich nämlich für uns aus, Violet, Süße. Für dich und mich und unseren Kleinen da.« Er zeigte auf Violets Bauch. »Und in Gottes Namen auch für dein Schwesterchen.«

Violet sah ungläubig zu ihm auf. »Du … sparst?«, fragte sie. »Du … bringst es zur Bank?«

Eric lachte noch lauter. »Nee, Schätzchen, das nun doch nicht. Was es da an Zinsen gibt, das lohnt nicht die Mühe, da bleibste dein Leben lang arm. Da gibt's was Besseres! Schon mal was von Trabrennen gehört?«

Violet seufzte. Natürlich, sie hätte selbst darauf kommen können. Eric hatte immer auf Pferde gewettet, sie erinnerte sich, dass er auch seine Passage nach Neuseeland mit einem Wettgewinn bezahlt hatte. Allerdings hatte sie nicht gewusst, dass auch hier, am anderen Ende der Welt, in nennenswertem Maße Rennen ausgetragen wurden.

»Aber sicher, Schätzchen!«, sagte er wichtig, als sie das bemerkte. »Und die Zukunft, das sag ich dir, liegt im Trabsport. Das fängt erst an, da kennt man die Pferde und Reiter – und dein Eric, meine Schöne, der hat einen Blick dafür. Der weiß, wer die anderen in Grund und Boden trabt!«

Er wedelte vergnügt mit einer roten Kladde, und Violet erinnerte sich, das Buch schon mal in ihrem alten Haus gesehen zu haben. Eric hatte sich damit vor ihrem Vater und Fred wichtig gemacht. Er konnte etwas lesen und schreiben und machte Aufzeichnungen über seine Wettgewinne – die Verluste registrierte er nicht.

Violet biss sich auf die Lippen, schaffte es dann aber doch nicht, sich zu bezähmen. »Müsstest du dann nicht … hm … öfter gewinnen?«, fragte sie vorsichtig.

Eric grinste. »Jaaa … würde ich ja auch!«, verriet er ihr. »Aber ich geb mich nicht ab mit kleinen Sachen, Vio. Ich wett nicht einfach auf den Sieger oder darauf, dass ein Pferd unter den ersten drei ist. Ich mach Nägel mit Köpfen. Einlaufwette, verstehste?«

Es war nicht allzu schwer zu begreifen. Eric versuchte, vorauszusagen, welche drei Pferde in welcher Reihenfolge die ersten Plätze belegen würden. Und man musste kein Rennsportsachverständiger sein, um zu wissen, dass dies schwierig war. Schon die drei Favoriten zu erkennen war sicher nicht leicht, und um sie dann auch noch richtig zu platzieren – Violet war klar, dass man dazu fast hellseherische Fähigkeiten brauchte. Oder unverschämt viel Glück. Erstere hatte Eric sicher nicht, und Glück … Violet glaubte nicht, dass

Fortuna ausgerechnet ihrem aufschneiderischen Gatten ein zweites Mal gnädig sein würde.

»Ich weiß schon, was ich tu!«, versicherte Eric, als Violet frustriert schwieg. »Von Pferden versteh ich was. Ich hol uns hier eines Tages raus aus dem Dreck, Vio. Glaub's mir!«

Violet zuckte die Schultern. Es gab nicht mehr viel, an das sie noch glaubte.

Colin Coltrane empfand die Invasion Parihakas als unbefriedigend, und den meisten anderen Freiwilligen und Armed Constables ging es ähnlich. Die Männer hatten einen Kampf erhofft, erwartet oder sich doch zumindest widerwillig darauf eingestellt. Aber nun standen sie ziemlich hilflos vor zweitausend Feinden, die auf dem Boden vor ihren Häusern saßen und die Invasoren anklagend ansahen. Die Männer bildeten einen Ring um die versammelten Dörfler, zu denen sich inzwischen auch die Mädchen und die Kinder gesellt hatten, und kamen sich dabei dumm vor. Offensichtlich beabsichtigte niemand zu fliehen. Die Übermacht der *pakeha* war überflüssig, wenn nicht gar peinlich.

Dabei versuchte James Bryce offensichtlich, das Beste aus der Sache zu machen – wobei Colin sein Auftreten eher komisch als heldenhaft fand. Der Native Minister sprengte mit seinem Schimmel in die Menge, um Te Whiti die Anklageschrift und die Begründung für die Invasion zu verlesen. Sie wimmelte von Worten wie aufständisch, aufrührerisch, gesetzlos und Gefährdung des Landfriedens. Bryce bellte sie in die Menge – die seine verbale Aggression stumm an sich ablaufen ließ.

»Wenn es das Gegenteil von einem Aufstand gibt, dann ist es wohl das hier«, wisperte Colin einem anderen Sergeant zu, der sein Pferd neben ihm hielt. »Das einzig Vernünftige, was der Mann heute gemacht hat, war die Nachrichtensperre. Nicht auszudenken, wenn er sich auch noch vor versammelter Presse lächerlich gemacht hätte.«

Te Whiti und die beiden anderen Häuptlinge wurden schließlich festgenommen, wogegen sich ebenfalls kein Protest regte. Matariki und ein paar andere Mädchen weinten, als der alte Prophet Te Whiti langsam und gemessen durch die Menge seiner Anhänger schritt, den kostbaren Zeremonienmantel um die Schultern gelegt, aber unter Zurücklassung der anderen Häuptlingsinsignien.

»Wir suchen Frieden, und wir finden Krieg.«

Niemand kommentierte Te Whitis letzte Worte zu seinem Volk. Niemand rührte sich, niemand verließ den Versammlungsplatz bis Sonnenuntergang.

Bryce zog schließlich ab, die Soldaten blieben, wussten aber nichts mit sich anzufangen. Colin und andere Berufssoldaten organisierten einen turnusmäßigen Wachdienst und plädierten dafür, die Freiwilligen nach Hause zu schicken. Das stieß allerdings auf den Protest ihres Kommandeurs, der sich von der ganzen Angelegenheit wohl viel mehr Spannung erhofft hatte.

»Wir können nicht die ganze Streitmacht hier herumstehen lassen«, gab Colin Coltrane zu bedenken, als der Mann ihn rüde anfuhr und darauf bestand, auch seine Soldaten auf Posten zu halten. »Das schaukelt sich sonst auf, es wird zu Übergriffen kommen, wenn die Männer nichts zu tun bekommen.«

Schon jetzt entlud sich die Spannung einiger Freiwilliger in der Plünderung abgelegener Häuser. Die Armed Constabulary konnte sie gerade noch kontrollieren, aber auch ihre Vertreter spürten die Frustration und brannten darauf, irgendwie tätig zu werden. Aus der Verwunderung über die bewegungslos dasitzenden Maori wurde zusehends Ärger, dann Wut, dann Blutdurst.

Der Kommandeur schüttelte unwillig den Kopf. »Was denken Sie sich, Sergeant? Das Land hier ist besetzt, das geben wir denen doch jetzt nicht einfach zurück! Nein, nein, die müssen endlich mal schmecken, dass wir uns wehren! Die können hier meinetwegen bis morgen früh sitzen, den längeren Atem haben wir!«

Colin verdrehte die Augen, änderte jedoch seine Befehle. Statt die Männer in ihre Lager zurückkehren zu lassen, beschlagnahmte er zwei der Schlafhäuser und hieß sie, sich dort abwechselnd auszuruhen.

»Aber es wird nichts gestohlen, und ich möchte hier keine Mädchen sehen! Weder willige noch andere. Wir sind nach wie vor im Krieg, Männer!«

Colin Coltrane hatte den Befehl über seine alte Einheit wieder übernommen, nachdem die rasch zusammengesuchte Kavalleriebrigade nun ja doch nicht gebraucht worden war. Dabei schüttelte er nur den Kopf über seine Vorgesetzten – er war alles andere als ein Friedensengel, und er sah sich auch nicht als Diplomat. Aber was in Parihaka passierte, widersprach jeder Vernunft, schon das Ultimatum war ein Fehler gewesen.

Die ersten fünfzehn Jahre seines Lebens hatte Colin mit seinem Vater verbracht, einem der gewieftesten Pferdehändler des Landes. Er hatte gelernt, mit den Ideen und Befindlichkeiten von Menschen zu spielen, ihren Stolz und ihre Sehnsüchte auszuloten und auszunutzen – und vor allem, nie etwas zu tun, was einen direkt ins Unrecht setzte. Colins Vater hatte seinen Kunden noch den lahmsten Gaul verkaufen können – irgendwie hatte er es immer geschafft, dass der Betrug entweder gar nicht erst auffiel oder doch als Fehler oder lässliche Sünde dargestellt werden konnte. Auch eine Form der Schuldumkehrung hatte Ian Coltrane meisterhaft beherrscht: Gut, das Pferd war völlig unhaltbar – aber hatte der Käufer nicht darauf bestanden, ein besonders lebhaftes Tier zu erwerben? Und hatte der Käufer des auf allen vier Beinen lahmen Zugpferdes nicht unbedingt ein preiswertes Tier gewollt? Coltrane hatte ihm ungefähr zehn wertvollere und damit natürlich auch gesündere Pferde angeboten, aber so …

Colin hatte diese Taktik oft angewandt – beim Pferdehandel, aber auch, wenn es um Wettbetrug oder Kartenspiele ging, die in der Kadettenanstalt natürlich verboten gewesen waren. Wenn Colin etwas anstellte, führte er die Tat selten selbst aus, lieber stiftete er andere dazu an. Und genau das hätte man seiner Ansicht nach auch in Parihaka tun müssen: keine Warnungen, keine Drohungen, auf die Te Whiti seine Leute im Rahmen der Versammlungen vorbereiten konnte. Stattdessen gezielte Provokation einzelner. Colin hätte seine Leute auf die Landarbeiter angesetzt – die meisten von denen waren doch kräftige, voll im Saft stehende Kerle. Es wäre zweifellos möglich gewesen, sie wütend zu machen. Ein paar Schlägereien hätte man dann zum Aufstand hochstilisieren können, und spätestens beim ersten toten Siedler wäre der Volkszorn hochgekocht und Parihaka ohne Vorwarnung gestürmt worden. Jetzt jedoch … Colin sah keine Chance für die Regierung, hier noch als moralischer Sieger herauszukommen.

Die Maori hielten ihre Stellung auch noch am nächsten Tag – und am übernächsten. Die Männer rührten sich nicht, die Frauen und Mädchen erhoben sich lediglich ab und zu, um vorbereitetes Essen aus den *marae* zu holen. Das schließlich bot einem der verärgerten, angespannten und frustrierten Offiziere der Armed Constabulary Anlass zum Handeln.

»Es geht nicht, dass die Leute hier tun und lassen, was sie wollen!«, erklärte er schneidig. »Zumindest nicht, sofern es die Besatzungsarmee gefährden könnte! Männer! Durchsucht die Häuser!«

Weder die Armed Constables noch die Freiwilligen ließen sich das zweimal sagen. Noch ehe ihre Vorgesetzten irgendwelche Einteilungen vornehmen konnten, stürmten sie die Häuser – in denen sich zum Teil noch Mädchen und Frauen befanden.

Gleich darauf kam es zu ersten Waffenfunden, die Maori-Jäger hatten ihre Gewehre nicht versteckt, sie standen offen in den Häusern. Der schnelle Erfolg stachelte die Männer an – die nun auch mit Plünderungen begannen. Soldaten rannten mit Zeremonialwaffen, *hei-tiki* und Jadeanhängern oder -figuren aus den Hütten –

und aus den Kochhäusern drangen Schreie. Die Männer fielen über die Mädchen her, die das Essen zubereiteten.

Colin Coltrane, den der Befehl ebenso überrumpelt hatte wie die anderen Sergeants und Corporals, wusste nicht, wo er zuerst eingreifen sollte. Im Grunde war dies nicht schlecht, eine Provokation, die Bewegung ins Spiel brachte. Die ersten Maori-Männer erhoben sich schon, um den Frauen zu Hilfe zu kommen, und zumindest die Priester unter den Wartenden erregten sich auch über die Schändung ihrer Götterfiguren. Ein paar ausgelassene Armed Constables schlugen an den *marae* ihr Wasser ab. Aber die Sache geriet außer Kontrolle! Wenn das so weiterging, würde es Tote geben – und womöglich nicht nur unter den Maori … Coltrane sah Ärger auf sich zukommen, Untersuchungskommissionen, Fragen, ein auf immer zerstörter Leumund und keine weiteren Aufstiegsmöglichkeiten für alle Beteiligten … Das Letzte, was er brauchen konnte.

Aus einem der nächstgelegenen Häuser drangen Frauenschreie, Hundegebell und Kampfgeräusche. Wer auch immer da drin bedrängt wurde, diese Mädchen ergaben sich nicht ohne weiteres. Und jetzt stahl sich auch noch ein riesiger tätowierter junger Maori-Krieger in das prächtig geschmückte Gebäude – sichtlich hin und her gerissen. Seine Anweisungen sahen zweifellos vor, ruhig auf dem Versammlungsplatz sitzen zu bleiben. Colin sah ihn zwischen den Götterfiguren im Eingang des Hauses verschwinden. Ein *wharenui*, erinnerte sich Colin, ein Versammlungshaus – garantiert wurden Waffen darin aufbewahrt, wenn auch nur zu religiösen Zwecken. Aber Zeremonialwaffen konnten ebenfalls scharf sein …

Colin brachte sein Gewehr in Anschlag und folgte dem Krieger. Das Haus war groß und kaum möbliert. Nur ein paar Götterfiguren warfen gespenstische Schatten auf die beiden Mädchen, die hier vier Soldaten gegenüberstanden – eines bewaffnet mit einem Speer, das andere mit einer Kriegskeule aus Jade. Die Männer bedrohten sie lachend mit bloßen Händen, sie hatten ihre Waffen am Eingang abgelegt.

Colin fühlte heiße Wut in sich aufsteigen, als er die Mädchen erkannte. Eines von ihnen war das dicke, das der Inspector am Tag zuvor fast nicht aus dem Weg hatte räumen können. Das andere war Matariki, der ihr langbeiniger hellbrauner Hund mit Löwenmut zur Seite stand. Der Köter bellte, knurrte und schnappte nach den Angreifern. Das Mädchen hielt die Keule – und schien nicht recht zu wissen, was es tun sollte, als die Männer ihrem anderen Opfer jetzt den Speer entwanden. Es brauchte zwei von ihnen, um Pai – er erinnerte sich, dass das stämmige Mädchen so hieß – zu Boden zu werfen, aber es gelang, und Matariki sah offensichtlich keine Möglichkeit, ihrer Freundin zu Hilfe zu kommen.

Pai trat und biss nach ihren Angreifern. Und dann sah sie wohl den Maori-Mann, der das Haus Sekundenbruchteile vor Colin betreten und bislang noch gezögert hatte, einzugreifen.

»Kupe!«

Sie rief nach dem Krieger, aber der hatte nur Augen für Matariki. Ohne Pai zu beachten, machte er Anstalten, einem von Matarikis Angreifern den Schaft eines Gewehrs gegen die Schläfe zu schlagen. Er musste die Waffen der Soldaten gefunden haben.

»Kupe, nein!«

Matariki ihrerseits schien sich mehr um den Jungen zu fürchten als um sich selbst. Oder hatte sie Colin im Eingang des Hauses bereits gesehen?

Der junge Maori zögerte erneut – und gab Colin damit die Chance, einzugreifen. Er schwang sein eigenes Gewehr, schleuderte den Mann damit zur Seite und trat auf seine Hand, als er die Waffe in Anschlag bringen wollte. Der Krieger schrie auf – wahrscheinlich hatte Colin ihm ein paar Knochen gebrochen. Umso besser.

»Du bist verhaftet!«, rief Colin ihm zu. »Widerstand, Aufruhr, Landfriedensbruch … such dir was aus. Und ihr …«, Colin Coltrane trat auf die Männer zu, die nach wie vor mit Pai beschäftigt waren, »… ihr steht augenblicklich auf, zieht die Hosen hoch und benehmt euch!« Er wartete, bis die ernüchterten Soldaten sich erhoben hatten, und blitzte sie an. »Private Jones, Private McDougal ... das wird Folgen haben. Und jetzt verziehen Sie sich. Alles in Ordnung, Miss?«

Colin reichte dem am Boden liegenden Mädchen galant die Hand, aber es nahm sie nicht. Stattdessen rappelte es sich allein auf und trat auf den jungen Maori zu, der benommen in einer Ecke saß und sich die Hand hielt.

»Kupe ... Kupe, ich habe dich gerufen.«

Das Gesicht des Mädchens war ausdruckslos, aber in ihren Augen stand etwas zwischen Fassungslosigkeit, zerstörter Hoffnung und blankem Hass.

»Pai ...« Der Junge schien das Mädchen jetzt erst wahrzunehmen. »Ich ...«

»Ich habe mit zwei Männern gekämpft«, sprach Pai weiter. »Ich lag am Boden. Aber du hast mich gar nicht gesehen! Du hast zwei Jahre das Lager mit mir geteilt, Kupe, aber du hattest immer nur Augen für sie ...« Sie wies mit dem Kinn auf Matariki, die der Szene erschrocken folgte. »Ich nehm's dir nicht übel, Matariki, ich weiß, dass du ihn nicht ermutigt hast. Du wolltest ihn ja nicht mal jetzt.« Das Mädchen spie die Worte aus. »Aber dich sollen die Götter verfluchen, Kupe Atuhati! Du sollst zur Hölle gehen, deine schlimmsten Träume sollen wahr werden!« Das Mädchen ließ den Blick wie irre über die Versammelten schweifen, und als es fluchte, schien ein Windstoß durch das *marae* zu fegen. »Der Geist von Parihaka soll dich verlassen, Kupe, solange du den Namen trägst, den sie dir gegeben hat!«

Damit wies sie auf Matariki, schluchzte noch einmal auf und rannte aus dem *wharenui*. Kupe und Matariki sahen ihr fassungslos nach.

»Sie meint das nicht so«, flüsterte Matariki.

Colin straffte sich. »Egal wer oder was hier etwas meint oder nicht«, erklärte er. »Ihr Freund hier, Miss, ist jedenfalls verhaftet. Angriff mit einer Waffe auf einen unbewaffneten Mann.«

»Der nur unbewaffnet war, weil man nicht gleichzeitig ein Gewehr halten und seine Hose aufknöpfen kann!«, rief Matariki. Colin zuckte die Achseln. »Das wird ein Richter entscheiden. Aber es kann gut sein, dass er am Galgen endet, Ihr kleiner Freund – oder doch eher der Ihrer Freundin?« Er grinste. »Und ich dachte, in dem ungemein friedliebenden Wunderland Parihaka kenne man keine Eifersucht … Da hab ich mich wohl getäuscht.«

»Sie können ihm das nicht vorwerfen! Es war Notwehr, er wollte …« Matariki schaute auf Kupe, der noch zu erschrocken schien, um sich zu verteidigen.

»Nun, zumindest hat er in Ihnen eine eifrige Fürsprecherin, Miss Häuptlingstochter«, lächelte Colin. »Und gut, ich will auch mal nicht so sein … Aber eine Hand wäscht die andere.«

Matariki blitzte ihn an. »Sie wollen … Sie wollen, dass ich mich Ihnen … Verdammt, das hätte ich jetzt nicht gedacht. Ein Offizier … Schämen Sie sich, Sergeant Coltrane!«

Dingo knurrte, und Colin grinste. Sie hatte sich also seinen Namen gemerkt. Nicht schlecht, darauf konnte man aufbauen. Aber vorerst hatte er gänzlich anderes im Sinn, als eine Nacht mit Matariki Häuptlingstochter zu verbringen.

»Miss Matariki«, bemerkte er kurz, »Sie beleidigen mich. Ich bin ein Offizier, wie Sie richtig bemerken, und ein Gentleman. Ich will nicht Sie, Miss Matariki. Was ich brauche, ist Ihr … wie nennen Sie das? … *mana.* Jedenfalls ihren Einfluss auf Ihr Volk. Nutzen Sie Ihre Stellung als Häuptlingstochter, und helfen Sie mir, das hier zu beenden!«

In Parihaka war in den letzten Minuten das Chaos ausgebrochen. Die Mehrheit der Bewohner hielt zwar immer noch still – später äußerten sich etliche Berichterstatter über ihre ungeheure Disziplin und Geduld –, aber die Zerstörungsfreude der Soldaten kannte kein Halten mehr. Die angegriffenen Frauen schrien und wehrten sich, und unweigerlich kamen ihnen Männer zu Hilfe. Hinzu kam, dass die entfesselten Plünderer nun auch Schaf-, Rinder- und Pferdeställe öffneten und nicht immer daran dachten, sie auch wieder zu schließen. Die Tiere suchten daraufhin natürlich das Weite und liefen frei im Dorf herum – was wieder die Soldaten irritierte und mitunter zum Abfeuern von Waffen führte.

Die Anführer der Männer standen der Sache ziemlich hilflos gegenüber – die meisten von ihnen waren kaum besser geschult als ihre Untergebenen, und kaum einer hatte ein Pferd.

Wenn nicht bald etwas passierte, würde es zu Bränden und Panik kommen.

Matariki starrte Colin an. »Sie wollen … Frieden?«, fragte sie verdutzt. Sie standen immer noch im *wharenui*.

Colin nickte. Er hatte weder Zeit noch Lust, ihr seine Motive zu erklären. An sich wusste er nicht mal genau, wie er die Sache anfassen sollte, aber er musste sich Aufmerksamkeit verschaffen – und dazu war das Mädchen ideal.

Er zwang sich zur Geduld. »Miss Matariki«, sagte er in seinem aufrichtigsten Tonfall. »Wir alle wollen Frieden. Glauben Sie mir, die große Mehrheit der *pakeha* bedauert diese Vorfälle. Aber unsere Armee ist nicht gerade die Elite von Aotearoa.« Colin vermerkte befriedigt, dass das Mädchen aufhorchte, als er den Maori-Namen Neuseelands nannte. »Wir müssen sie stoppen. Ich meine Leute und Sie die Ihren. Also …«

Er machte eine einladende Geste – und bedachte gleichzeitig Kupe mit einem warnenden Blick. Der Kerl sollte ja nicht wagen, ihm jetzt in die Parade zu fahren! Kupe schien allerdings immer noch verblüfft und erschrocken vom Ausbruch Pais.

Matariki folgte Colin wie in Trance nach draußen. Nur ihr Hund zeigte Widerspruchsgeist und schnappte nach Colin, als er an ihm vorbeiging. Colin beherrschte sich eisern. Es wäre nicht im Sinne seiner Sache gewesen, nach dem Tier zu treten oder gar zu schießen.

Colins Rappe wartete vor dem *wharenui*. Der junge Sergeant schwang sich in den Sattel und half Matariki vor sich aufs Pferd. Er war angenehm überrascht, wie leichtfüßig und geschickt sie sich in den Seitsitz gleiten ließ. Zweifellos hatte sie Erfahrung mit Pferden.

»Berühren Sie mich möglichst nicht«, wies sie ihn an und griff nach der Mähne des Rappen, um sich selbst im Gleichgewicht zu halten.

Colin wagte es, das Pferd anzugaloppieren und in die Mitte des Versammlungsplatzes sprengen zu lassen. Der Platz war leicht erhöht, jeder der Maori konnte die Reiter sehen, und sie starrten denn auch wie gebannt auf den blonden, verwegenen jungen *pakeha* und die Häuptlingstochter. Colin registrierte, dass zudem das Wetter mitspielte. Eben senkte sich die Sonne über dem Meer, die Luft war klar, der Mount Taranaki ragte wie ein Mahnmal hinter ihnen auf. Der Sergeant verhielt sein Pferd und fackelte nicht lange. Während er den Rappen steigen ließ, feuerte er sein Gewehr ab – ein Signal. Die Maori auf dem Platz duckten sich, die plündernden Soldaten hielten zumindest kurze Zeit inne.

Matariki nutzte die Zeit. Ganz ernsthaft versuchte sie, den Geist der Götter zu berühren – der *karanga* musste aus ihrem innersten Sein kommen, ansonsten erreichte er die Menschen nicht. So zumindest hatte Arona es erklärt, aber dabei auch nicht verschwiegen, dass Atemtechnik eine wichtige Rolle spielte. Die gleiche Technik, die zum Spielen der Putorino-Flöte angewandt wurde ... Matariki hoffte, dass sich ihre lange Übung jetzt endlich auszahlte – und dass die Götter sie erhörten.

Tatsächlich erfüllte ihr Ruf dann das ganze Lager. Er ließ die Plünderer erstarren, er gab den Frauen Zeit, sich ihren gebannten Angreifern zu entziehen, er rief die zu ihrer Rettung aufgebrochenen Männer zurück in den Kreis der stumm protestierenden Menge. Und dann erhoben sich auch andere Maori. Der alte *tohunga* rief seine Kinder erneut auf zu singen, die Mädchen fielen ein.

Eine Truppe formierte sich zum *haka powhiri*, dem Begrüßungstanz.

Colin wartete geduldig ab, aber bevor es zu weiteren Zeremonien kommen konnte, hob er die Hand. »Friede!«, sagte er mit getragener Stimme. »Und Krieg denen, die ihn brechen! Wir werden jetzt alle die Ordnung wiederherstellen. Die Männer der Armed Constabulary begeben sich sofort zu ihren Einheiten, die konfiszierten Gewehre werden an einen Sammelplatz gebracht, jegliches Plünderungsgut wird zurückgegeben.« Letzteres war illusorisch, aber es klang gut, und nur darauf kam es an. »Die festgenommenen Maori-Aufrührer werden in diesem Haus ...«, er wies auf das *wharenui*, das sie eben verlassen hatten, »... gesammelt, gefangen gesetzt und heute noch abtransportiert. Der Rest ...«

Colins Rede stockte. Wenn er die Leute jetzt aufforderte, sich zu zerstreuen, würden sie seinen Worten nicht Folge leisten. Damit verlor seine Rede an Macht.

Aber jetzt meldete sich Matariki. »Geht in eure Häuser!«, sagte sie ruhig. »Es wird nötig sein, Ordnung zu machen und die Tiere einzufangen. Schlaft. Betet. Wir alle brauchen Ruhe. Aber morgen werden wir wieder hier sein, um erneut die Geister zu beschwören. Unsere Kraft sichert den Frieden!«

Eigentlich gab es keinen Grund für die Menschen, den Anweisungen des Mädchens zu folgen, aber sie mussten Te Whitis Worte von der Würde der Häuptlingstochter noch im Gedächtnis haben. Und sie brauchten jemanden, dem sie gehorchen konnten. Zu Matarikis völliger Verwunderung erhoben sich die Dorfbewohner und begaben sich schweigend in ihre Häuser. Colin registrierte den Gehorsam der *pakeha* eher aufatmend. Seine Berechnungen gingen meistens auf, aber natürlich nicht immer.

»Vor allem hat es schön ausgesehen«, sagte Koria später, als Matariki sich zitternd und völlig erschlagen von den Geschehnissen auf einer Matte neben ihr zusammenrollte. Sie suchte nach Erklärungen. »Es war wie ... wie ein Bild ... wie ein Märchen. Dieser *pakeha* sah aus wie ein Prinz ... im Ernst, lach mich nicht aus, Riki, aber mit seinem goldenen Haar und seinem ernsten, schönen Gesicht ... und dann du, die passende Prinzessin, so zart und wie verloren oder errettet. Dein Haar wehte im Wind – man wartete nur noch darauf, dass der Prinz dich küsste. Und dahinter der Berg, eine Traum-kulisse! Das hätte sich Shakespeare nicht schöner ausdenken kön-nen.«

»Aber es war ... es war keine Inszenierung!«, behauptete Mata-riki. »Ich hatte selbst Gänsehaut, es war seltsam, es war, als ob irgendeine Macht, irgendein Geist über uns käme.«

»So sollte es ja auch sein«, meinte Arona, aber es klang skep-tisch.

Arona war tiefgläubig, aber sie war auch Priesterin in der drit-ten Generation, man hatte sie gelehrt, wie man Menschen beein-druckte. Zudem hatte sie Shakespeare studiert, den Meister aller Inszenierungen. Arona wusste, wie man Geister beschwörte.

Und Colin Coltrane – von Kindheit an Rosstäuscher – wusste es auch.

Matariki Drury träumte in dieser Nacht, dass er sie in die Arme nahm.

Die kleine Rosie verstummte völlig in der Nacht, als Violet ihr erstes Kind zur Welt brachte.

Die Fröhlichkeit, die das Mädchen während der Zeit im Haus der Billers zurückgewonnen hatte, war seit Violets Eheschließung wieder geschwunden. Die Kleine starrte stundenlang teilnahmslos vor sich hin und wimmerte, wenn nachts die furchterregenden Geräusche aus Violets Bett drangen. Sie schlief schlecht und machte manchmal gar ins Bett, was wieder Violet ängstigte. Nicht auszudenken, wenn Eric dessen gewahr wurde! Sicher würde er das Kind verprügeln, wie ihr Vater es früher getan hatte, wenn Violet ein solches Missgeschick geschehen war. Insofern machte sie Rosie denn auch heftige Vorwürfe, aber es half nichts. Eher nässte die Kleine noch häufiger ein.

Violet fiel es schwer, ruhig zu bleiben und Rosies kindliche Quengeleien zu erdulden. Das Mädchen hätte doch eigentlich verständiger werden müssen, nun, da es bald sieben Jahre alt war. Aber stattdessen schien es weiter und weiter auf das Niveau eines Kleinkindes abzusinken. Mit Caleb hatte Rosie bereits die ersten Sätze gelesen – aber jetzt zeigte sie mitunter schon Schwierigkeiten, auf einfache Fragen vernünftig zu antworten. Zum Glück fiel Eric das kaum auf, er redete nicht mit Rosie. Überhaupt beachtete er sie kaum mehr als ein Möbelstück, solange sie nicht, wie am Anfang ein paarmal geschehen, nachts in sein und Violets Bett kroch. Dann ohrfeigte er sie und schickte sie zurück in das ihre – wo die Kleine dann die ganze Nacht lang haltlos weinte.

Violet bedauerte sie, aber andererseits wusste sie, dass ihr Vater sie in einem ähnlichen Fall viel brutaler gestraft hätte. Eric suchte wenigstens nicht nach Vorwänden, seinen Zorn an dem Kind auslassen zu können. Er war berechenbarer. Wenn Rosie sich ruhig verhielt und ihn nicht störte, tat er ihr auch nichts an. Violet unterließ nichts, dem Mädchen diesen Umstand klarzumachen – und wunderte sich andererseits, dass die Kleine zusehends die Sprache verlor.

Das alles war jedoch nichts gegen den Schrecken der Geburt – ein Grauen, auf das auch Violet nicht vorbereitet gewesen war und dem Rosie nicht das Geringste entgegenzusetzen hatte. Natürlich hatte man Violet gesagt, dass es wehtun würde. Die freundliche Mrs. O'Brien, ihre frühere Nachbarin, hatte ihr sogar in Andeutungen erklärt, was genau auf sie zukommen würde.

»Du wirst dann auch Hilfe brauchen«, meinte sie besorgt. »Kannst du Mrs. Travers bezahlen? Sonst würde ich auch kommen. Ich hab's zwar nicht gelernt, aber ich hab schon sechs auf die Welt gebracht. Das Wichtigste kann ich. Dein Mann muss mir nur Bescheid geben.«

»Aber bis Eric bei Ihnen ist, ist das Kind doch längst da«, gab Violet verzagt zu bedenken und wunderte sich, was die ältere Frau daran so zum Lachen reizte.

»Ich würd's dir ja wünschen, Mädchen«, meinte Mrs. O'Brien. »Aber wenn ich mir dich so ansehe … so ein zartes Persönchen und das erste Kind … Das wird nicht leicht werden, Violet, und erst recht geht es nicht schnell.«

Mrs. Travers, die Hebamme, äußerte sich noch weitaus besorgter. »Kleine, du hast ein so schmales Becken. Hoffentlich passt das Kind da überhaupt durch.«

Violet fragte nicht, was geschah, wenn es nicht passte. Eric jedenfalls schob ihre Sorgen lachend beiseite.

»Grad weil du so jung bist, geht's einfach!«, erklärte er im Brustton der Überzeugung. »Hör nicht auf die alten Krähen, 'ne junge Stute wirft leicht, das weiß doch jeder!«

Violet versuchte, ihrem Mann zu glauben – und viel anderes blieb ihr auch nicht übrig. Sie hatte in den Monaten ihrer Ehe keinen Penny sparen können, Mrs. Travers zu rufen kam also nicht infrage. Und Mrs. O'Brien …

Als im Mai 1881, einem eiskalten regnerischen Herbsttag, wirklich die Wehen einsetzten, war Eric im Pub. Violet hatte eben Holz hereingeschleppt, um ein Feuer zu entzünden und die Feuchtigkeit ein wenig aus dem Haus zu vertreiben, als sie einen scharfen Schmerz spürte und Wasser an ihren Beinen herablief.

»Ich glaub, das Baby kommt …« Violet versuchte, ruhig zu bleiben. Rosie schaute jetzt schon verwirrt und ängstlich auf die Pfütze, die sich unter ihrem Kleid bildete. »Hab keine Angst, Rosie, das wischen wir gleich auf. Wir …«

Ein erneuter Schmerz ließ sie taumeln. Trotzdem schaffte sie es, den Boden zu reinigen, bevor sie sich zum Bett schleppte. Dabei überlegte sie fieberhaft.

Es war noch früh, und zu allem Überfluss war Samstagabend. Billertown war folglich leergefegt: Die Bergleute, die nicht gerade krank waren, feierten das Wochenende im Wild Rover. Und die beiden einzigen Familien, zu denen Frauen gehörten … Rosie würde kaum wissen, wo sie wohnten.

Violet streckte sich aus und versuchte, sich zu entspannen, wie Clarisse es ihr erklärt hatte. Es gelang schon kaum, wenn Eric über sie herfiel. Jetzt, gegen die zunehmenden Schmerzen während der Wehen, bewirkte es gar nichts. Wider alle Unkereien der Frauen hoffte Violet, das Kind würde schnell kommen. Sie wollte tapfer sein und nicht schreien – und sie schaffte das auch eine ganze Stunde lang. Dann wurde es zu viel. Violet erlaubte sich ein Stöhnen – und seufzte, als Rosie sich an sie schmiegte.

»Ich hab Angst …«, murmelte die Kleine. »Ich will bei dir schlafen, Vio.«

Violet schob ihre Schwester sanft beiseite. »Rosie, das geht jetzt nicht. Du musst jetzt ganz erwachsen sein, Rosie, schaffst du das? Schau mal, heute bist du die große Schwester. Hol mir ...« Eine weitere Wehe ließ Violet aufstöhnen. »Hol mir ein Glas Wasser, ja?«

Rosie tappte tatsächlich zu dem Krug, in dem Violet das Trinkwasser aufbewahrte. »Is nich mehr viel ...«

Violet wimmerte. Auch das noch. Sie hatte Eric gebeten, Wasser zu holen, bevor er in den Pub ging, aber er musste es vergessen haben. Und jetzt ...

»Mir ist kalt, Vio, ganz kalt.«

Rosie hockte sich neben das Bett. Violet selbst war eher warm. Über dem hoffnungslosen Versuch, ihre Schmerzen nicht zu zeigen, brach ihr der Schweiß aus.

»Machst du Feuer, Vio?«

Violet schüttelte den Kopf. »Nimm dir eine Decke aus deinem Bett, Rosie, ich kann jetzt kein Feuer machen.«

Verzweifelt versuchte sie, die Zeit zu schätzen, die seit der letzten Wehe vergangen war. Irgendwann würde Eric aus dem Pub kommen und konnte dann Hilfe holen. Violet gab den Gedanken, es allein schaffen zu können, langsam auf. Die Abstände zwischen den Schmerzattacken wurden immer kürzer – und so etwas hatte auch Mrs. O'Brien gesagt. Aber das Kind schien sich nicht zu bewegen. Nichts bewegte sich, es war nur, als stieße jemand Messer in ihren Unterleib.

Und dann, nach etlichen weiteren Stunden, in denen Violet ihre Schreie nur noch mühsam erstickte, indem sie ihre Bettdecke zwischen den Zähnen zerbiss, schien auch von innen etwas gegen ihr Becken zu drücken. Das Kind wollte jetzt wohl heraus, aber Mrs. Travers hatte Recht gehabt: Der Durchgang war scheinbar zu eng. Violet war sich sicher, dass es sie zerreißen würde.

Vielleicht ... vielleicht wenn sie aufstand und herumging? Das Kind musste doch nach unten, vielleicht würde es herausrutschen, wenn sie sich erhob? Violet richtete sich auf, wobei es ihr schwindelte. Sie versuchte, sich vom Bett zum Tisch zu schleppen, stützte sich an einer Stuhllehne ab und fiel mit dem klapprigen Holzstuhl zu Boden. Rosie wimmerte, und Violet begann zu weinen – bis sie eine neue Wehe erfasste, die sie diesmal aufschreien ließ. Sie musste hoch, sie musste wieder ins Bett … oder sich am Tisch abstützen, oder … Violet schrie erneut. Sie vergaß ihre Sorge um Rosie.

Irgendwann vergaß sie Rosie ganz. Sie fühlte nur noch Schmerz und wahnsinnigen Durst. Dann verging auch der Durst, und sie vergaß, dass sie jemals etwas anderes gefühlt hatte als Schmerz. Violet schrie, dann wurde sie eins mit dem Schmerz, ein wimmerndes, kreischendes Bündel Mensch. Sie wand sich auf dem Boden der Kate, presste die Beine an den Körper, spreizte sie, riss sich das Kleid in Fetzen vom Leib. Violet schaffte es nicht, wieder aufs Bett zu kommen. Das Holz der Bodendielen scheuerte ihren Rücken auf, aber sie spürte es nicht, sie spürte nur das Etwas, das ihren Unterleib zerriss. Irgendwann schoss Blut aus ihrem Körper.

Rosie sah all dem zu, die Augen weit aufgerissen, die Lippen zu einem stummen Schrei geöffnet. Als etwas Blutiges, Blaues zwischen Violets Beinen erschien, hielt sie es nicht mehr aus. Das kleine Mädchen ergriff die Flucht.

Rosie rannte wie blind durch die verregnete Siedlung und die Ausläufer des Farnwaldes. Sie kannte in der Gegend fast niemanden, nur die Frauen, die zusammen in dem Haus etwas außerhalb wohnten. Das kleine Mädchen hätte kein wirkliches Ziel benennen können, aber schließlich fand es sich vor der Kate von Clarisse und ihren Freundinnen wieder und riss, ohne anzuklopfen, die Tür auf – um erneut zurückzuschrecken.

Aus einem der Betten erklangen die gleichen grunzenden Geräusche wie nachts aus Violets Ecke, wenn Eric bei ihr lag. Aber hier brannte eine Öllampe, und im Ofen flackerte ein Feuer. Das Haus war nur schummerig erleuchtet, aber Rosie erkannte doch einen großen Mann, der, statt normale Kleidung zu tragen, am ganzen Körper behaart schien. Er lag keuchend über Miss Clarisse und versuchte offensichtlich, sie umzubringen. Das also passierte jede Nacht mit Violet! Sie kämpfte mit Eric um ihr Leben.

Rosie öffnete den Mund und schrie. Der Klagelaut eines gepeinigten, zu Tode geängstigten kleinen Tieres ließ Clarisse und ihren Freier auffahren.

»Was um Himmels willen ist das?«, fragte der Mann.

Clarisse bedeckte sich in Windeseile. »Zieh dich an, Geordie!«, rief sie dem Mann zu. »Herrgott, du siehst doch, dass die Kleine sich ängstigt. Was ist los, Rosie? Bist du ganz allein hergekommen? Wo ist Violet? O Gott, Rosie, ist was mit Violet?«

Rosie antwortete nicht. Ihr Schrei war der letzte Laut gewesen, den sie ausgestoßen hatte, und es sollte für viele Jahre der letzte sein. Jetzt blickte sie nur starr geradeaus, schien weder Clarisse noch ihren Freier zu sehen.

»Da muss was passiert sein.« Clarisse schloss ihr Kleid und warf sich ein Tuch über. »Komm mit, Geordie, kann sein, dass wir Hilfe brauchen. Musst auch nichts bezahlen für diesmal. Aber geh mit mir und … und vielleicht nimmst du das Kind …«

Clarisse wusste nicht, ob dies die richtige Entscheidung war, aber sie konnte Rosie auch nicht einfach stehen lassen, und die Kleine schien nicht fähig, sich in irgendeiner Weise zu bewegen. Sie ließ sich jetzt fallen, zog die Beine an den Körper, umfasste sie mit ihren Armen und wiegte sich hin und her.

Der Mann, Geordie, löste behutsam ihren Griff und nahm sie dann in den Arm. Clarisse atmete auf. Geordie war ein guter Mann, er hatte in Wales Frau und Kinder, denen er Geld schickte. Wenn er alle paar Wochen eine Hure nahm, entschied er sich immer für Clarisse. Sie sähe seiner Anna ähnlich … Clarisse hoffte, dass Rosie seine väterlichen Gefühle ansprach.

Jetzt folgte er ihr, ruhig auf das kleine Mädchen einredend, in raschem Tempo durch den Wald und die Siedlung. In Violets Hütte war es totenstill, aber ein schwacher Lichtschein drang heraus. Die Tür stand halb offen, Wind und Regen wehten hinein. Rosie presste ihr Gesicht an Geordies Hemdbrust, ihr Körper wurde von Schluchzern geschüttelt, aber sie gab keinen Laut von sich.

Clarisse fiel es schwer, sich in der Hütte zu orientieren. Das Licht der einzigen Lampe war schwach, und im Zimmer sah es aus, als habe ein Kampf stattgefunden. Die Bettdecken lagen am Boden, ein Stuhl war umgefallen ... und da, auf den Dielen, lag Violet. Sie bewegte sich nicht, aber zwischen ihren Beinen, in einer Pfütze aus Blut, regte sich etwas Lebendiges. Das blutige, schleimige und noch an der Nabelschnur hängende Kind gab keinen Mucks von sich, aber es bewegte die Ärmchen. Clarisse rannte hin und griff nach dem winzigen Wesen. Erst als sie es in ihr Tuch wickelte und Blut und Schleim von seinem Gesichtchen wischte, nahm es menschliche Züge an. Es ballte die winzigen Fäuste und schien Clarisse anzusehen. Clarisse' Gesicht verzog sich zu einem Lächeln.

»Hast du ein Messer?«, fragte sie gerührt in Richtung ihres Freiers.

Geordie nickte. »In meiner Hosentasche.«

Er selbst konnte nicht hingreifen, er brauchte beide Hände, um Rosie zu halten. Clarisse legte das Kind erneut auf den Boden, nahm das Messer und holte dann tief Luft, bevor sie beherzt die Nabelschnur durchtrennte. Dann hob sie das Kleine hoch. In diesem Augenblick begann es, laut zu schreien.

»Was ist mit dem Mädchen?«, fragte Geordie.

Er stand immer noch in der Tür, unschlüssig, ob er helfen oder Rosie weiter vor dem Anblick, den der Raum bot, bewahren sollte. Das kleine Mädchen war in seinen Armen erschlafft, verkrampfte sich jetzt aber wieder, als es den Schrei des Neugeborenen hörte.

Clarisse legte eine Hand auf Violets Wange, um zu spüren, ob sie warm war. Das Mädchen sah entsetzlich aus, es war leichenblass, das Gesicht seltsam eingefallen, dunkle Ringe unter den Augen. Die Lippen waren blutig, zerbissen.

»Sie lebt, sie blutet«, bemerkte Geordie. Tatsächlich vergrößerte sich der Blutsee zwischen Violets Beinen. »Aber wenn eine Frau nach der Geburt noch blutet, dann lebt sie nicht mehr lange ...«

Das klang nicht ermutigend, aber kundig. Clarisse fragte sich, ob Geordie vielleicht seiner eigenen Frau bei den Entbindungen beigestanden hatte. Aber ob er Violet auch helfen konnte?

»Wasser ...«, flüsterte Violet erstickt. »Durst ...«

Clarisse richtete sich auf und mühte sich um eine Entscheidung. Verließ sie sich auf Geordies Halbwissen, oder versuchte sie, die Hebamme zu erreichen, bevor Violet starb?

»Hol die Hebamme, Geordie«, sagte sie schließlich. »Die Frau vom Totengräber. Nimm die Kleine mit, die kann ich hier sowieso nicht brauchen. Ich kümmere mich um das Mädchen.«

Geordie runzelte die Stirn. »Aber du brauchst Hilfe. So, wie es hier aussieht ... Und ich habe ...«

»Bist du Arzt?«

Clarisse musste sich anstrengen, ihren Freier nicht anzuschreien. Er schüttelte verschüchtert den Kopf.

»Wir brauchen jemanden, der viel mehr von all dem hier versteht als du und ich«, meinte sie dann versöhnlich. »Also geh, ich schaff das hier schon!«

Geordie verzog sich, war aber nach wenigen Minuten wieder da. Clarisse hatte eben Zeit gehabt, festzustellen, dass kein Wasser da war, um Violet zu trinken zu geben, geschweige denn, sie zu waschen ... Unglücklich versuchte sie, dem Krug wenigstens noch ein paar Tropfen zu entlocken, aber da war nichts mehr.

Geordie schüttelte ungläubig den Kopf. »Wer lässt denn die Frau hier allein, hochschwanger, ohne Feuer und Wasser«, murmelte er. »Den Kerl sollte man erschlagen! Ich hab jedenfalls den kleinen Jeff Potters getroffen«, berichtete er dann eifrig. »Kam eben vom Pub, war aber noch halbwegs nüchtern. Der geht in die Stadt und holt Mrs. Travers. Nicht schimpfen, Miss Clarisse, der Jeff ist viel schneller als ich. Und er weiß, worum's geht, er war gleich ganz willig. Seine Mom ist im Kindbett gestorben.«

Clarisse nickte ergeben. Im Grunde dankte sie dem Himmel. Allein wäre sie mit dieser Misere nie fertig geworden.

»Hol Wasser, Geordie!«, wies sie ihren Helfer an. »Leg Rosie in ihr Bett. Was Schlimmeres, als die heut schon gesehen hat, kann jetzt auch nicht mehr kommen. Ich mach derweil Feuer. Holz ist ja da.«

Sie wies auf die Scheite, die am Boden verstreut lagen. Violet hatte sie fallen lassen, als die Fruchtblase platzte.

»Ich mach schnell, Miss Clarisse.«

Geordie griff nach dem Krug, nachdem er Rosie abgesetzt hatte. Und er erwies sich wirklich als brauchbar. Lange bevor Mrs. Travers eintraf – keuchend, sie schien den Weg im Laufschritt hinter sich gebracht zu haben –, lag Violet auf einem frisch bezogenen Bett. Im Kamin brannte ein Feuer, Clarisse hatte Wasser erhitzt und sie gewaschen. Das Mädchen verlor immer noch Blut, aber es tropfte jetzt auf ein paar Decken, die Clarisse ihr untergelegt hatte. Clarisse und der von dem kleinen Wesen offensichtlich entzückte Geordie badeten das Baby.

»Ein kleiner Junge!«, sagte der Mann andächtig.

»Glück für ihn«, stieß Clarisse hervor und wandte sich dann an die Hebamme. »Herrgott, Mrs. Travers, bin ich froh, Sie zu sehen.«

Noch bevor Mrs. Travers etwas erwidern konnte, bäumte sich Violet mit einem Schrei auf.

»Wie's aussieht, kommt die Nachgeburt«, meinte die Hebamme ruhig. »Haben wir heißes Wasser, Missus … äh … Miss?«

Gleich danach wurde Violets gequälter Körper wieder von einer Wehe zerrissen. Sie konnte sich später nicht daran erinnern, aber sie war nicht vollständig ohne Bewusstsein. Es reichte, um den Schmerz zu spüren, obwohl er nicht an das heranreichte, was sie zuvor erlebt hatte. Violet war zermürbt. Sie fürchtete, dass es nie endete. Auch als die Nachgeburt endlich kam, konnte sie sich nicht beruhigen.

»Armes Kind«, seufzte Mrs. Travers. »Aber sie wird's überleben. Den feinen Gatten haben wir übrigens benachrichtigt. Er gibt gerade 'ne Lokalrunde.«

»Woher weiß er, dass es ein gesunder Sohn ist?«, fragte Clarisse verwundert.

»Das nimmt er an«, brummte Mrs. Travers. Sie war eine kräftige, große Frau, deren riesigen roten Händen man gar nicht zugetraut hätte, so sanft und liebevoll mit Wöchnerinnen und Neugeborenen umzugehen. »Drunter geht's nicht, bei so einem Prachtkerl wie ihm – an Selbstbewusstsein mangelt es ihm jedenfalls nicht. Arme kleine Frau. Hoffentlich schwängert er sie nicht gleich wieder.« Sie deckte Violet vorsichtig zu und warf einen Blick auf den Eimer mit der Nachgeburt. »Die soll der Vater nachher vergraben.«

Geordie griff diensteifrig nach dem Eimer, aber Mrs. Travers schüttelte den Kopf. »O nein, nehmen Sie's ihm nicht ab! Ein bisschen Blut soll er wenigstens noch zu sehen kriegen.«

Violet regte sich auf ihrem Lager. Sie trank gierig, als Mrs. Travers ihr einen Kräutertee zu trinken gab.

»Rosie?«, fragte Violet schwach.

Mrs. Travers versicherte ihr, dass mit der kleinen Schwester alles in Ordnung war. Nach dem Neugeborenen fragte Violet nicht. Clarisse, die das Baby gewickelt hatte, machte Anstalten, es ihr in die Arme zu legen, aber Mrs. Travers hinderte sie daran.

»Das hat sich in solchen Fällen nicht bewährt«, sagte sie leise. »Wenn's selbst noch halbe Kinder sind und die Geburt so schwer, dann können die sich so schnell nicht freuen. Ich hab ihr einen Schlaftrunk gegeben. Das lässt sie das Schlimmste vergessen. Wenn sie das Kleine dann morgen sieht, wird sie's hoffentlich liebhaben.«

Eric Fence sah in dieser Nacht kein Blut mehr. Als er volltrunken heimkam, hatte er Jim und Fred im Schlepptau, die angeblich ganz wild darauf waren, ihren Enkel und Neffen kennen zu lernen. Anscheinend hatten sie erwartet, an der Tür von einer strahlenden Violet in Empfang genommen zu werden. Stattdessen trafen sie auf die strenge Mrs. Travers, die in dieser Nacht sicherheitshalber bei Violet wachte. Die Hebamme forderte sie nachdrücklich auf, leise zu sein, und ließ sie nur widerwillig ein. Alle drei warfen schließlich einen Blick auf das Baby – und kamen wortlos überein, dass man Eric auf keinen Fall der Strafpredigt der grimmigen Mrs. Travers ausliefern konnte. Vater, Großvater und Onkel verzogen sich folglich nach Lamberttown – Fred und Jim boten Eric großmütig Asyl in ihrer Kate.

Violet sah ihr Kind am nächsten Tag. Sie nahm es in den Arm und hielt tapfer die Schmerzen aus, die das erste Saugen an den geschwollenen Brüsten ihr bereitete.

Aber sie würde nie lernen, es zu lieben.

Kapitel 11

»Es tut mir leid, Miss Matariki, aber hier liegt nichts mehr in meiner Macht.«

Colin Coltranes Stimme klang bedauernd, aber tatsächlich dankte er dem Himmel dafür, dass John Bryce wieder den Befehl über die Truppen in Parihaka übernommen hatte. An ihm als einem der Ranghöchsten der Armed Constables oder an den Befehlshabern der Freiwilligenarmee blieb es jetzt jedenfalls nicht mehr hängen, wenn etwas schiefging. Wobei Bryce alles dazu tat, die Invasion zu einem der peinlichsten Auftritte in der Geschichte der Englischen Armee zu machen. Nach wie vor war das Einzige, was wirklich funktionierte, die Nachrichtensperre. Es gab nur wenige und ausschließlich regierungstreue Pressevertreter.

Der Native Minister forderte die nicht in und um Parihaka ansässigen Maori-Stämme auf, heimzukehren. Die Menschen hatten sich bei Sonnenaufgang erneut versammelt, das Bild, das sich den Truppen bot, war genau das gleiche wie am Abend zuvor. Bryce' Befehl verhallte auch wieder ungehört, die Dorfbewohner und ihre Besucher reagierten gar nicht.

Der Minister wandte sich daraufhin an die Soldaten. »Männer! Hiermit befehle ich, alle Subjekte zu entfernen und auszuweisen, die nicht nach Central Taranaki gehören!«

Natürlich machte sich sofort Verwirrung breit.

»Wie sollen wir denn das machen?«, erkundigte sich einer von Colins Untergebenen.

Colin zuckte die Schultern. Matariki, die neben ihm stand,

nachdem er sie eben förmlich begrüßt und über die Lage aufge-
klärt hatte, lächelte.

»Man erkennt die Stämme an den Webmustern ihrer Kleidung
und ihren Tätowierungen«, klärte sie ihn mit honigsüßer Stimme
auf.

Sie war ein wenig verärgert über Colin, weil Kupe nach wie vor
in Haft war. Auch seinen Freund Arama und einige andere junge
Krieger hatten die Soldaten weggeschleppt, nachdem sie versucht
hatten, die Plünderungen aufzuhalten. Colins Versuch, ihr zu erklären, dass er nichts hatte tun können, beeindruckte sie nicht. Erst
sein zweiter Anlauf – »Miss Matariki, es ist zum eigenen Besten
Ihrer Freunde, wenn sie jetzt in Sicherheitsverwahrung sind, wer
weiß, was hier noch geschieht und wozu die jungen Heißsporne
sich hinreißen lassen. Man wird sie nicht lange in Haft behalten.
Sobald Parihaka geräumt ist, lässt man sie frei.« – hatte sie etwas
besänftigt. Allerdings war sie natürlich besorgt über die bevorste-
hende Räumung. Aber damit hatte Colin nun wirklich nichts zu
tun. Für alle Fehler, die gemacht wurden, war allein John Bryce
verantwortlich.

Colin mahnte sich zur Geduld. »Sie ... würden uns nicht vielleicht bei der Identifizierung der Leute behilflich sein?«, fragte er.

Matariki blitzte ihn an. »Den Teufel werde ich tun!«, erklärte
sie.

Colin zuckte erneut die Schultern. Er hatte es nicht anders
erwartet.

In den nächsten Stunden zerrten die Soldaten mehr oder weniger wahllos Menschen aus der Menge. Sie wehrten sich nicht – aber
sie verrieten auch nichts über ihre Stammeszugehörigkeit.

Colin Coltrane sandte derweil zwei seiner besten Reiter zum
nächsten regierungsfreundlichen Maori-Stamm. Zweifellos konnte
er Leute schicken, die sich mit Webtechniken und Tätowierungen
auskannten. Coltrane lächelte in sich hinein. Matariki brauchte
ihre Leute nicht selbst zu verraten. Ihre spöttischen Worte hatten

genügt, das Rad in Bewegung zu setzen. Und die Belohnung würde, so hoffte er, er selbst einstecken.

Bryce griff derweil zu härteren Mitteln. »Alle *marae*, die fremden Stämmen gehören, werden zerstört!«, verfügte er am nächsten Tag. »Es geht nicht an, dass nicht hier ansässige Stämme in diesem Gebiet siedeln.«

Tatsächlich war in Parihaka in den letzten Jahren eine Art Dorf im Dorf entstanden. Die verschiedensten Stämme hatten ihre spirituellen Zentren gegründet, wo Abordnungen von ihnen lebten und die Götter verehrten. Diese Häuser zu identifizieren war wesentlich einfacher als die Entdeckung ihrer Bewohner. Ursprünglich hatte es zwei *wharenui* in Parihaka gegeben. Die neueren Anlagen, die sich darum herum gruppierten, gehörten zuverlässig fremden Stämmen.

Über der versammelten Menge erhob sich ein Wehklagen, als die Äxte der Soldaten die Götterfiguren am Eingang des ersten Hauses fällten. Es war leicht, die Holzbauten zu zerstören.

»Sie sind Walen nachempfunden«, flüsterte Matariki. Sie stand wieder neben Colin, irgendetwas an ihm zog sie an. Und vielleicht fühlte er ja auch mit ihr – er hatte am Vortag gesagt, dass er all das hier nicht guthieß. »Unsere Häuser sollen wie lebende Wesen atmen und fühlen – deshalb bauen wir sie ja aus Holz, nicht aus Stein …«

Colin nickte. Es war wichtig, sich jetzt einfühlsam zu zeigen. »Eine schöne Idee. Aber sie lassen sich ja bestimmt leicht wieder aufbauen. Die Götterfiguren allerdings …«

Colin schüttelte den Kopf, wobei seine Missbilligung durchaus echt war. Sicher gab es Sammler – wenn nicht hier, dann in Europa –, die für solche primitive Kunst viel Geld bezahlten.

»Wir nennen sie *tiki*«, sagte Matariki. »Und die kleinen *hei-tiki*.« Sie nestelte einen der drei Anhänger von ihrem Hals. Das Geschenk von Haikina und ihre eigenen zwei besten Arbeiten. »Hier, nehmen Sie«, sagte sie schüchtern und ließ eines der Amulette in Colins Hand gleiten. »Es … es bringt Glück.«

Colin runzelte die Stirn. »Das … das kann ich nicht annehmen. Ich … diese Dinge sind doch sicher wertvoll.« Er ließ die Finger über das Jadefigürchen wandern und empfand seltsame Rührung. Matariki schüttelte den Kopf. »Die Jade ist ein bisschen was wert, aber nicht viel. Und sonst … ich hab's selbst geschnitzt.« Colin blickte das Mädchen mit echter Wärme an. Sie war entzückend, so süß, so voller Unschuld – und wunderschön. »Dann soll es mich immer an Sie erinnern«, sagte er sanft. »An Sie und den … den Geist von Parihaka …«

Er wusste, dass er das Richtige gesagt hatte, als Matariki strahlend lächelte.

Colin Coltrane empfand etwas für das Mädchen, aber er konnte das Geisterbeschwören nicht lassen.

Bryce ließ die Männer und Frauen auf dem Versammlungsplatz beobachten – und die Menschen festnehmen, die beim Abriss der Häuser Gefühlsausbrüche zeigten. Zum Teil fanden sich auch noch Frauen und Kinder in den *wharenui*, die er sofort sammeln und separieren ließ. Dazu traf am nächsten Tag ein Mann ein, der sich auf *moko* verstand. Er konnte die tätowierten Stammesangehörigen mühelos ihren *iwi* zuordnen. Allerdings waren natürlich längst nicht alle tätowiert, und die meisten trugen inzwischen westliche Kleidung. Anhand der Webmuster ihrer Kleidung hielt man die Leute also nicht auseinander. Dennoch wurden Hunderte abtransportiert.

Zusammengetrieben wie Schafe, schrieb einer der wenigen Reporter, die kritische Worte wagten. Was den Rest der protestierenden Maori anging, so verlegte sich Bryce auf das Aushungern und auf weiteres Demoralisieren. Seine Soldaten zerstörten die Felder Parihakas – fünfundvierzig Acre Süßkartoffeln, Taro-Pflanzen und Tabak. Die Landvermesser nahmen ihre Arbeit wieder auf.

Matariki und ihre Freundinnen weinten leise.

»Wo werden Sie hingehen, wenn das hier vorbei ist?«, erkundigte sich Colin. Es gehörte zu seinen Aufgaben, den Abtransport der Leute zu überwachen. Die Invasion war jetzt zwei Wochen her, und jeden Tag wurden ein paar Dutzend bis einige Hundert Leute aus Parihaka verbannt. Inzwischen bekannten sich manche auch freiwillig zu ihrer Zugehörigkeit zu fremden Stämmen. Die Protestaktion war sinnlos geworden, auch wenn noch genügend Menschen ausharrten und nun auch hungerten. Colin hörte sich Matarikis Klagen verständnisvoll an und erledigte seine Arbeit unauffällig. Das Mädchen brauchte nicht zu wissen, dass er die Entscheidungen darüber traf, wer gehen musste und wer bleiben durfte. Inzwischen wurden Pässe für die »rechtmäßigen« Dorfbewohner ausgestellt. »Oder hoffen Sie, bleiben zu können?«

Matariki schüttelte den Kopf. »Nein, ich gehe zurück auf die Südinsel. Da leben meine Eltern, und ich …«

»Der Häuptling ist ein *ariki* der Ngai Tahu?«, fragte Colin verwundert. Das hätte er nicht gedacht. Die Ngai Tahu galten als friedlich.

»Meine Eltern haben eine Farm in Otago«, gab Matariki gleichmütig Auskunft. »Der Häuptling war nur mein Erzeuger. Ich habe ihn erst vor einigen Jahren kennen gelernt.«

»Und?«, wunderte sich Colin. »Die Begegnung hat Sie gleich so beeindruckt, dass Sie die Sache der Maori zu der Ihren machten?«

Matariki fuhr auf. »Es ist meine Sache. Wie es die Sache eines jeden denkenden und fühlenden Menschen in diesem Land sein sollte! Was hat das mit der Abstammung zu tun? Ich fühle ja auch mit den Iren im Kampf gegen die Unterdrücker, und …«

»Meine Eltern waren Iren«, unterbrach sie Coltrane.

Matariki lächelte besänftigt. »Mein Vater ebenfalls. Also mein richtiger Vater, nicht der Häuptling. Ihre Eltern … sind tot?«

Sie bemerkte, dass sein Blick sich umflorte, und empfand glühendes Mitleid. Matariki verstand es nicht ganz, aber alle Gefühle, die Colin zeigte, schienen sich sofort auch in ihr Herz zu brennen.

Nun war sie immer ein mitfühlender Mensch gewesen, aber diese Intensität von Schmerz, und selten einmal Triumph und Freude, war neu für sie.

Colin Coltrane schüttelte den Kopf. »Mein Vater ist tot. Meine Mutter lebt. Ebenfalls auf der Südinsel übrigens. Aber sie ist erneut verheiratet. Und ... nun, ich passte nicht in diese Familie. Deshalb wurde ich nach England geschickt.« Matariki sah ihn entsetzt an. »Man hat Sie ... verbannt?«, fragte sie. »Sie mussten nach England ... Sie müssen ... das hier ... machen, weil Ihre Mutter sie nicht mehr wollte?«

Colin senkte den Blick. »Nicht ganz«, sagte er. »Wir sind nicht verfeindet. Im Gegenteil, vielleicht ... ich denke daran, mich zurück auf die Südinsel versetzen zu lassen. Inzwischen sind so viele Jahre vergangen ... manchmal ... manchmal sehne ich mich nach meiner Familie.«

Matariki nickte. »Ich auch«, bekannte sie. »Aber vorerst bleibe ich hier. Ich werde bis zum letzten Tag bleiben. Haben Sie inzwischen von Kupe gehört?«

Matariki stellte diese Frage jeden Tag, und jeden Tag verneinte Colin, versprach aber, jede Möglichkeit zu nutzen, um Erkundigungen einzuziehen. Matariki glaubte ihm, war allerdings die Einzige. Koria und die anderen Mädchen quittierten ihre Entschuldigungen für Colin Coltrane mit höhnischem Gelächter – und Warnungen vor der Doppelzüngigkeit der *pakeha*. Keine von ihnen sah es gern, wenn Matariki mit dem jungen Sergeant zusammen war.

Tatsächlich wusste Colin natürlich nur zu genau, wo die Gefangenen von Parihaka – und speziell dieser Gefangene – untergebracht waren. Er behielt Kupe Atuhati im Auge – und würde zu verhindern wissen, dass er zu schnell wieder auf freien Fuß kam. Schließlich lag es keineswegs in Colins Interesse, wenn Matariki den jungen Mann wiedertraf, sobald sie Parihaka verließ. Auch wenn sie ihn angeblich nicht geliebt hatte – was nicht war, konnte noch werden. Und damit hätte Kupe Colin Coltrane im Weg gestanden – etwas, das der selbstbewusste Sergeant absolut nicht brauchen konnte. Colin Coltrane hatte seine eigenen Pläne mit Matariki Drury. Aber damit würde er erst herauskommen, wenn das Ende wirklich nahte.

Inzwischen war die Menge der Protestierenden auf dem Dorfplatz von Parihaka deutlich zusammengeschrumpft – und die Menschen, die der tägliche Abtransport traf, schienen darüber fast erleichtert. Niemand erhoffte sich mehr irgendetwas davon, weiter auszuharren, lediglich Sturheit und Pflichtbewusstsein hielten die Leute auch noch in der dritten Woche an ihrem Platz. Zudem weideten sich zumindest die jüngeren und kampflustigeren von ihnen an der zunehmenden Frustration ihrer Bewacher. Die Soldaten standen jetzt unter besserer Kontrolle, ein Teil der Freiwilligen war abgezogen, und die Angehörigen der Armed Constabulary verfügten über ein Mindestmaß an Ausbildung und Disziplin. Das hinderte sie an ernsthaften Übergriffen – aber nicht an Provokationen. Immer wieder richteten die Männer ihre Gewehre auf die wartenden Maori und drohten mit Erschießungen, wenn ihre Opfer ihre Stammeszugehörigkeit nicht nannten. Bryce selbst sprach vom Abfeuern der Kanone, die nach wie vor auf Parihaka gerichtet war.

»Der glaubt doch nicht wirklich, dass er damit irgendjemandem Angst einjagt«, schnaubte Matariki, als die Kanoniere auf dem Berg sich mal wieder wichtig auf den Einsatz ihrer Waffe vorbereiteten. »Mehr Kaputtmachen geht doch schon gar nicht mehr, und in eine wartende Menschenmenge schießen können sie auch nicht.«

Koria zuckte die Achseln. »Du weißt das, und ich weiß das. Aber die Kinder auf dem Platz fahren immer wieder zusammen, wenn dieser Mistkerl Bryce von Kanonen redet. Und schau, wie die alten Leute sich ducken, sobald die Soldaten mit den Gewehren herumfuchteln. Hier kommt keiner zur Ruhe, und genau das wollen sie. Hoffentlich kriegen die Zeitungsleute das wenigstens mit.«

Inzwischen kamen erneut Pressevertreter nach Parihaka, und jetzt vertraten sie auch unabhängige Medien. Insofern häuften sich die kritischen Stimmen. Am 21. November rief Bryce seine Truppenkommandeure zur letzten Besprechung zu sich.

»Morgen wird das hier beendet«, erklärte er kurz. »Lassen Sie die letzten hundertfünfzig Auswärtigen verhaften – und setzen Sie das Volk in Gottes Namen irgendwo außerhalb von Central Taranaki aus. Sie werden ihre Stämme schon wiederfinden, wenn nicht, kann ich ihnen auch nicht helfen. Der Rest kriegt seine Pässe ausgestellt und kann dann hier aufräumen. Oder auch verschwinden. Mir egal, solange sie sich an die Regeln halten. Der Küstenstreifen ist – wie sagen die? Tabu? – und das Inland auch. Dazwischen können sie ihr Dorf wieder aufbauen und ein bisschen was pflanzen. Für sechshundert Leute soll es reichen. Wenn nicht, müssen sie abwandern. Wir ziehen morgen Abend ab.«

Colin machte sich gleich mit der Nachricht auf zu Matariki. Er traf sie im Schlafhaus der Mädchen. Seit den Plünderungen pflegten sich zumindest die weiblichen Dörfler des Nachts gemeinsam zurückzuziehen. Die Regelung ging auf Colins Anregung zurück, obwohl er sorgsam darauf geachtet hatte, dass Matariki es für ihre eigene Idee hielt. Schließlich wollte er auf keinen Fall riskieren, dass die kleine Häuptlingstochter doch noch geschändet wurde. Obwohl das bei Maori-Mädchen ihres Alters selten war, hoffte er doch noch im Stillen auf ihre Unberührtheit. Wenn Matariki und die anderen sich in einem der letzten unzerstörten Häuser versammelt hatten, stellte er Wachen vor den Türen auf.

Matariki war ihm dankbar dafür, auch wenn sie es nicht ausdrücklich sagte. Die anderen Mädchen zeigten sich nach wie vor spröde, und sie wagte es nicht, ihre Zuneigung zu ihm offen zu zeigen. Allerdings brachten die Frauen den Wachleuten wieder Essen, was sie sogar von den eigenen kleinen Rationen abzweigten. Maori zeigten ihre Dankbarkeit durch Gesten – Colin erinnerte sich daran, das einmal gehört zu haben. Er revanchierte sich mittels einer Sonderzuweisung an Lebensmitteln und lächelte, als er Matariki und die anderen Mädchen streiten hörte. Er verstand kein Maori, aber worum es ging, war offensichtlich: Koria und die anderen wollten das Essen ablehnen, Matariki sprach sich für eine Annahme aus. Ein weiterer kleiner Keil zwischen ihr und ihren Freundinnen ... Alles entwickelte sich nach Colins Plänen.

Letztendlich setzte sich Matariki durch – oder einfach der Duft des frisch gebackenen Brotes, der von den Körben mit Lebensmitteln ausging. Die Mädchen nahmen das Essen und verteilten es demonstrativ an die Hungernden auf dem Dorfplatz. Colin war das egal, und Bryce fiel es zum Glück nicht auf.

Nun brach die letzte Nacht an. Colin, der wusste, was sich schickte, und obendrein keine Lust hatte, vor der gesamten weiblichen Dorfgemeinschaft mit Matariki zu verhandeln, rief das Mädchen heraus.

»Miss Matariki, es tut mir leid, Ihnen das mitteilen zu müssen«, begann er mit sanfter Stimme, »aber es geht dem Ende zu. Minister Bryce lässt morgen die letzten Dörfler ohne Pass verhaften und abtransportieren. Und ... und ich fürchte, das wird eine harte Sache. Man wird Sie sonst wo inhaftieren, wer weiß, wann man Sie wieder freilässt. Ich ... ich darf gar nicht daran denken ... Ich sage das ungern, schließlich diene ich ja selbst diesem Land. Aber man lässt Leute verschwinden, oft für lange Zeit. Denken Sie an die Pflüger auf der Südinsel.«

»Und Kupe!«, sagte Matariki, die sich immer mehr um ihre Freunde sorgte als um sich selbst. »Wissen Sie inzwischen, wo der steckt?«

Colin schüttelte den Kopf. »Leider nein, Miss Matariki, wie gesagt. Bitte nehmen Sie es mir nicht übel, aber ich mache mir Sorgen um Sie.«

»Um mich?« Matariki wirkte verblüfft, aber ihr Herz klopfte auch vor Freude. Es war süß, dass Colin sich um sie sorgte. Sie musste ihm etwas bedeuten. Wenn er nur nicht ... wenn er nur nicht der Feind wäre. Aber andererseits: War er ein Feind? »Um mich brauchen Sie sich nicht zu sorgen, meine Eltern haben Einfluss. Hoffe ich jedenfalls. Aber wenn es um Kaution geht ... das ist kein Problem.«

Colin registrierte erfreut ihre Sorglosigkeit in Bezug auf Geld. Die Farm ihrer Eltern auf der Südinsel war also nicht nur ein kleines Gehöft wie das Anwesen, das sein Vater damals bearbeitet hatte. Ob Matariki Häuptlingstochter wohl noch andere Überraschungen bereithielt? Womöglich gehörte ihr Stiefvater zu den Schafbaronen der Canterbury Plains ...

Jetzt verzog er sein Gesicht aber erst mal zu einer bekümmerten Miene. »Das beruhigt mich, Miss Matariki. Aber was ist, wenn Ihre Eltern Sie nicht finden? Bedenken Sie, dass auch Sie bislang kein Brief von Ihren inhaftierten Freunden erreicht hat.«

Matariki runzelte die Stirn. »Unser Postamt ist geschlossen«, erklärte sie kurz.

Colin bemühte sich, beleidigt zu wirken. »Das weiß ich natürlich, Miss Matariki. Aber es kommt dennoch Post an. Und ich ... also ich ... dürfte das natürlich nicht, aber ich hätte Ihnen doch keinen Brief Ihres Freundes vorenthalten!«

In Matariki breitete sich ein warmes Gefühl der Dankbarkeit aus. Dieser Colin Coltrane war so nett, so fürsorglich. Sie konnte keinen Feind mehr in ihm sehen. Dennoch versuchte sie, kühl zu bleiben.

»Was schlagen Sie also vor, Mr. Coltrane?«, erkundigte sie sich. »Wollen Sie mir einen Pass ausstellen? Das wäre unfair. Es gibt Leute hier, die ihn nötiger brauchen.«

Colin schüttelte den Kopf. »Einen Pass auszustellen übersteigt leider meine Möglichkeiten.« Hoffentlich glaubte sie das. Wenn nicht, würde sie ihn jetzt garantiert um zehn bis fünfzehn Pässe für ihre Freundinnen bitten. »Aber ich könnte ... Miss Matariki, ich weiß, das könnte Sie kompromittieren. Aber es ist Ihre Chance, und Sie können mir vertrauen. Treffen Sie sich mit mir eine Stunde vor Mitternacht …« Zu dieser Zeit befanden sich die meisten der wartenden Maori in den letzten Häusern. Nur der ganz harte Kern übernachtete noch auf dem Dorfplatz. Allerdings waren einige schon kurz nach Mitternacht wieder auf ihren Posten. »… dann bringe ich Sie hier heraus. Sie haben nichts zu befürchten, Miss Matariki. Und Sie lassen auch niemanden im Stich. Sie haben getan, was Sie konnten, Matariki. Lassen Sie mich nun tun, was ich kann!« Colin Coltrane sah ihr offen und beschwörend in die Augen.

Matariki überlegte kurz – wobei ihre kühle Abwägung der Situation sehr dadurch eingeschränkt wurde, dass ihr beim Blick in seine grünbraunen, leuchtenden Augen die Knie weich wurden. Sie spürte Wärme in sich aufsteigen und ein Prickeln der Abenteuerlust und des Verlangens. Was hatte Koria noch gesagt? Matariki und Colin hätten wie Prinz und Prinzessin ausgesehen, als sie den Frieden im Dorf wiederherstellten. Und jetzt wollte der Prinz sie entführen, erretten …

Matariki dachte an ihre Freundin Mary Jane und hätte fast hysterisch gekichert. Aber dann fasste sie sich. Die Lage war ernst. Und Colin hatte Recht, sie hatte ihr Möglichstes getan, den Geist von Parihaka zu retten. Wenn sie nun in irgendeinem Gefängnis verschwand – vor Matarikis Augen stand wieder der Verschlag, den sie in Hamilton bei den McConnells bewohnt hatte. Es war nicht unmöglich, dass die Regierung ihre Gefangenen auf solche Provinzstädtchen verteilte. Sie dachte mit Entsetzen an eine Zelle in der Garnison von Hamilton. Man würde ihr nie erlauben, einen Brief zu schreiben. Sie käme da nie wieder heraus!

Matariki schluckte. »Ist gut, Mr. Coltrane. Ich mach's«, sagte sie entschlossen.

Ihr Prinz lächelte ihr zu. »Colin«, meinte er in bittendem Ton. »Bitte nennen Sie mich Colin.«

Matariki erzählte niemandem von ihren Fluchtplänen und hatte dabei ein schlechtes Gewissen. Es wäre zweifellos anständiger gewesen, die anderen Mädchen über die am nächsten Tag drohenden Gefahren zu informieren. Jede von ihnen kannte Parihaka wie ihre Westentasche. Sie hätten auch ohne Begleitung eines *pakeha*-Sergeants alle Chancen zu einer erfolgreichen Flucht.

Aber Matariki scheute die Bemerkungen ihrer Freundinnen. Und sie hatte sich ihnen sowieso entfremdet seit der Sache mit Kupe. Und Colin. Und dem Auftritt auf dem Dorfplatz.

Matariki seufzte, als sie schließlich aufstand und ihr winziges Bündel aufnahm. Sie verließ Parihaka mit nur einem Kleid zum Wechseln und wenigen Erinnerungsstücken. Wenn Colin für Pferde sorgte, konnten sie in wenigen Tagen in Wellington sein – und dann auf der Fähre zur Südinsel. Matariki wollte nach Hause.

Natürlich feixten die Wächter rund um das Schlafhaus ein bisschen, als Matariki sich gegen elf hinausschlich. Sie hielten das Mädchen allerdings nicht auf, schließlich waren die Frauen keine Gefangenen. Tatsächlich verließen jede Nacht eine oder zwei von ihnen das *whare* – und auch Männer erhoben sich bei Nacht vom Dorfplatz. So manches Paar spendete einander in diesen Wochen zumindest nachts ein bisschen Trost.

Matariki bemühte sich, Dingo still zu halten. Seit der Plünderung hatte der Mischling einen ausgesprochenen Hass auf *pakeha*-Soldaten entwickelt und knurrte die Wächter auch jetzt an. Noch ein Grund, Colins Angebot zur Fluchthilfe anzunehmen. Wenn Matariki in irgendeinem Gefängnis landete, würde sich niemand um Dingo kümmern.

Colin schaute weniger begeistert, als er den knurrenden Köter in Matarikis Gefolge entdeckte.

»Muss das sein, Matariki?«, fragte er unwillig, fing sich dann aber schnell. »Ich hoffe, er macht niemanden auf uns aufmerksam.«

Er versuchte, den Hund zu streicheln, aber Dingo schnappte

wütend nach seiner Hand. Colin zog sie zurück, um Matarikis Rechte zu ergreifen.

»Kommen Sie, Matariki, wir machen uns im Schutz der Bäume davon.«

Er legte scheinbar besorgt den Finger auf den Mund und zog das Mädchen mit sich, als brauche es Führung. Dabei kannte Matariki sich im Dorf weitaus besser aus als er. Sie wusste um die Seitenpforte im Zaun, die den Landarbeitern einen schnelleren Zugang auf die Felder gewährte. Wobei das zurzeit sowieso gleichgültig war. Der Zaun war größtenteils niedergerissen, und die Häuser im Außenbereich waren gleich den ersten Plünderungen und Zerstörungen zum Opfer gefallen. Die Soldaten hatten hier in Ruhe nach Wertgegenständen suchen können, schließlich war der Bereich vom Dorfplatz aus nicht einzusehen. Jetzt gab es hier längst nichts mehr zu finden oder zu bewachen, seit zwei Wochen schon nicht mehr.

Colin wusste das natürlich. Seine Flucht mit Matariki war völlig risikofrei, aber er spielte seine Rolle als Retter perfekt. Das Mädchen jedenfalls atmete auf, als die beiden durch die Pforte schlüpften – und schaute entsetzt auf die zerstörten Felder, die sich ihm darboten.

»Das ist ja furchtbar«, sagte Matariki leise. »Wir … wir haben so geschuftet, und jetzt …«

Colin zwang sie mit sanfter Gewalt, den Blick von den Feldern abzuwenden und ihn anzusehen. »Schau nicht hin, Matariki … lass es hinter dir! Heute fängt ein neues Leben an … und es kann … es kann genauso schön sein.«

Seine Stimme klang erst sanft, dann heiser. Er hob langsam seine linke Hand und fuhr zärtlich über ihre Wange, um ihre Tränen abzuwischen. Matariki blickte verwundert, aber auch ein wenig getröstet. Es waren so viele neue Gefühle … sie wusste nicht, was sie denken sollte. In einem Punkt jedoch hatte Colin Recht: Sie musste Parihaka hinter sich lassen.

Schweigend folgte sie ihm weiter ins Inland, auf den Mount

Taranaki zu. Hinter einem der Hügel hatte Colin Pferde versteckt. Aber sie würden nicht gleich nach Wellington reiten.

»Ich habe uns Zelte und Proviant organisiert«, erklärte er. »Es macht dir doch nichts aus, ein paar Tage in den Hügeln zu übernachten?«

Matariki schüttelte den Kopf. »Natürlich nicht«, meinte sie. »Das müssen wir auf dem Weg nach Wellington doch wohl auch tun, oder? Ich versteh nur nicht, warum. Es … es wäre doch besser, so schnell wie möglich so viele Meilen zwischen uns und … und Parihaka zu legen, wie es möglich ist.«

Colin lächelte ihr zu. »So denken aber alle, Matariki!«, meinte er mit sanft tadelndem Unterton. »Wenn man uns sucht, dann auf der Straße nach Wellington. Und wie sähe das aus? Ein britischer Sergeant, der einem Maori-Mädchen zur Flucht verhilft … ich wäre meine Stellung los, und du wärst kompromittiert.«

Matariki runzelte die Stirn. Sie war eigentlich schon kompromittiert genug – und dann ging ihr das mit dem Wechsel zwischen »Miss Matariki« und dem vertraulichen Duzen auch fast ein bisschen zu schnell. Andererseits störte es sie nicht. Sie fühlte sich wohl in Colins Anwesenheit, ihre Hand lag immer noch warm in der seinen, und es machte ihr nichts aus, ihn beim Vornamen zu nennen. Im Gegenteil. Nur dieser seltsame Fluchtplan …

»Wir werden ein Lager irgendwo am Mount Taranaki aufschlagen, und du wirst dort bleiben und auf mich warten. Ich will in allen Ehren meinen Abschied nehmen, Matariki. Und dann bringe ich dich nach Hause!«

Matarikis Herz klopfte heftiger. Wollte er die Armee wirklich verlassen? Ihretwegen oder Parihakas wegen? Ging ihm die Zerstörung ihres Traums so nahe, und hatte er tatsächlich vor, sie nicht nur nach Wellington, sondern gleich bis auf die Südinsel zu begleiten? Es hätte ihr nichts ausgemacht, ein paar Tage allein in der Stadt zu verbringen, bis Geld von ihren Eltern eintraf – das hatte sie ja auch in Auckland schon durchexerziert. Aber seitdem war sie nie mehr allein gewesen – und nie mehr unter *pakeha*. Die Erfahrung mit Hamilton hatte sie noch leicht verdrängen können, ihre Parihaka-Erlebnisse saßen jedoch tief. Sie traute den *pakeha* nicht mehr – sie fürchtete sie fast.

Matariki vergaß für einen Moment alle Überlegungen bezüglich Colins Weggang von der Army. Es war Zeit für den endgültigen Abschied von Parihaka. Sie und Colin standen auf einem der Hügel oberhalb des Dorfes und schauten hinab auf die Ruinen, die gespenstisch im Mondlicht schimmerten.

Matariki sah die geschleiften Felder, die Trümmer der Zäune, die letzten intakten Häuser inmitten all der Zerstörung – und dachte an ihren ersten Blick auf Parihaka mehr als zwei Jahre zuvor. All die Hoffnung, die Reden Te Whitis. Matariki konnte sich nicht mehr beherrschen. Sie weinte jetzt wirklich – und sie wehrte sich nicht, als Colin Coltrane sie tröstend an sich zog. Matariki schluchzte an seiner Schulter, dann hob sie den Blick und schaute in verständnisvolle, sanfte, traurige Augen. Matariki öffnete die Lippen.

Colin Coltrane küsste sie.

Später folgte sie ihm mit einem Gefühl zwischen Glück und Resignation den Hügel hinunter. Er hatte Recht, in dieser Nacht begann etwas Neues.

Während Dingo vor dem Zelt kläffte und wütend versuchte, sich von dem Strick zu befreien, der ihn an einen Kauribaum fesselte, lag Matariki in Colins Armen.

KEINE WAHL

Südinsel, Dunedin und
Greymouth und Woolston
1881–1882

»Nun wirst du also doch noch verwandt sein mit Mary Kathleen!«, neckte Lizzie Drury ihren Mann. »Gibt's eine Bezeichnung für geteilte Schwiegermutter- oder Schwiegervaterschaft?«

Lizzie war überglücklich, seit Matariki und Colin in Dunedin eingetroffen waren. Die Drurys hatten ihre Tochter in der Stadt erwartet – sie konnten nicht warten, bis das junge Paar sich aufgerafft hatte, hinauf nach Lawrence zu reiten. Colin schien schließlich einiges in der Stadt zu tun zu haben. Matarikis Brief aus Wellington nach zu urteilen, hatte der junge Mann den Dienst bei der Armed Constabulary quittiert. Lizzie freute das, sie stand allen Uniformierten skeptisch gegenüber. Umso mehr wunderte es sie, dass Michael gar nicht so begeistert von Matarikis Heiratsplänen war.

»Nun schau doch nicht drein wie drei Tage Regenwetter! Hilf mir lieber mal beim Schnüren. Diese Kleider von Kathleen und Claire sind ja hinreißend, aber sie fordern einem einiges an Leidensfähigkeit ab!«

Lizzie hatte am Nachmittag in Lady's Goldmine eingekauft und war nun fest entschlossen, an diesem glücklichen Abend auf keinen Fall gegenüber Kathleen Burtons Schönheit abzufallen. Jimmy und Claire Dunloe hatten Kathleen und Peter, Michael und Lizzie und natürlich Colin und Matariki zu einem feierlichen Essen in einem der besten Hotels der Stadt eingeladen. Man müsse die Rückkehr des »verlorenen Sohnes« doch feiern, hatte Jimmy lächelnd erklärt – er schien nach wie vor stolz darauf zu sein, Kathleen damals dazu überredet zu haben, Colin nach England zu schicken. Lizzie hatte die Einladung gern angenommen, wie sie ohnehin bereit war, Colin Coltrane ohne Einschränkung zu akzeptieren. Natürlich war sein Vater ein Schuft gewesen. Aber der Junge musste dem nicht nachschlagen, und bislang machte Colin nur den allerbesten Eindruck. Lizzie, die sich dem Jungen gegenüber immer schuldig gefühlt hatte, lebte geradezu auf. Sie hatte Ian Coltrane in Notwehr getötet, was allerdings niemand außer ihr, Michael und dem Reverend wusste. Es tat ihr nicht leid, aber sie hatte Colin den Vater genommen. Wenn der Junge nun mit ihrer Tochter eine neue, glückliche Familie gründete, so war das für Lizzie eine Erleichterung. Ein Beweis, dass auch Gott ihr verzieh.

»Rückkehr des verlorenen Sohnes ...« Peter Burton schnaubte, während er seinen Kleiderschrank einer unwilligen Visitation unterwarf. »Jimmy Dunloe zitiert die Bibel! Aber andererseits: Auch bei dem berühmten Vertreter dieser Sorte ist ja nicht bekannt, was später aus ihm wurde ...« Peter entschied sich für einen gediegenen braunen Anzug. »Ehrlich gesagt fand ich das Gleichnis immer etwas fragwürdig – der Vater erscheint mir ziemlich naiv.«

Kathleen lachte. In ihrem schlichten dunkelgrünen Abendkleid sah sie hinreißend aus, sie hoffte bloß, dass sie Lizzie Drury nicht ausstach. Die hatte an diesem Nachmittag schließlich ein Vermögen in einen dunkelroten Traum mit weiten Ärmeln und hellblauem, goldfädenbesticktem Gürtel investiert.

»Lass das bloß den Bischof nicht hören, sonst schickt er dich wieder auf die Goldfelder. Oder diesmal in die Kohlegruben, näher in Richtung Hölle.«

Peters Neigung zu unorthodoxer Bibelauslegung war seiner Karriere in der Kirche entschieden nicht dienlich.

»Das ändert nichts an meinem eher schlechten Gefühl bei der Sache zwischen Colin und Matariki«, meinte Peter. »Es fängt schon damit an, dass er ihr nicht die Wahrheit sagt. Er hat seinen Dienst doch nicht wirklich quittiert, oder?«

Kathleen zuckte die Achseln und steckte eine Locke ihres immer noch vollen goldblonden Haares fest. »Nicht direkt. Aber faktisch kommt die Versetzung auf die Südinsel auf das Gleiche raus. Hier gibt's einfach keine Maori-Aufstände. Also auch keinen Bedarf an Armed Constables – mal abgesehen vom Polizeidienst, aber da gibt's ja nur wenige Stellen.« Die meisten Police Officers in den kleinen Städten der Südinsel wurden von den Einwohnern gewählt oder von der Stadtverwaltung ernannt. Wobei die in der Regel interessiert daran waren, das Klima zwischen *pakeha* und Ngai Tahu friedlich zu halten. Ein Veteran der Taranaki-Kriege oder der Invasion von Parihaka war da der Letzte, für den sie sich entschieden. »Also werden sie Colin beim Straßenbau einsetzen oder beim Bau der Eisenbahnlinie. Er wird's heute übrigens erfahren, er hat einen Termin bei der Garnison.«

»Dann hoffen wir mal das Beste«, seufzte Peter. »Aber das ändert nichts daran, dass er Matariki belügt. Und ich kann mir auch nicht vorstellen, dass er da in Parihaka plötzlich sein Herz für die Sache der Maori entdeckt hat. Matariki stellt ihn ja dar wie einen Freiheitshelden. Ich kann es schlicht nicht glauben.«

Kathleen biss sich auf die Lippen. »Vielleicht sollten wir einfach aufhören, ihm immer die schlechtesten Motive zu unterstellen«, meinte sie. »Wobei ich mich davon ja nicht ausnehme – abgesehen von Jimmy Dunloe glaubt wohl keiner an die wundersame Wandlung. Aber andererseits: Er ist doch entzückend mit Matariki! Was auch immer er sonst so im Kopf hat, das Mädchen liebt er zweifellos, er lässt sie ja kaum aus den Augen. Und sie strahlt wie die Sterne, nach denen sie benannt ist. Lizzie ist auch ganz glücklich, ich glaube, sie ist froh, dass die Kleine sich nun doch in einen *pakeha* verliebt hat, so eng sie auch mit den Maori verbunden ist. Dabei dachte ich bisher immer, das läge vor allem Michael am Herzen.«

Kathleen setzte einen kostbaren Kopfschmuck aus Federn und Blumen in ihr Haar, ein Prachtstück der diesjährigen Kollektion.

Wenn sie und Claire sich in die Öffentlichkeit begaben, warben sie immer auch ein bisschen für Lady's Goldmine.

Peter lachte. »Michael hätte sich zweifellos eher einen *pakeha* als Schwiegersohn gewünscht. Aber nicht deinen Colin. Der hat ihn schließlich in Tuapeka erlebt, und er weiß auch, was du hier mit ihm durchgemacht hast. Lizzie kennt ihn nicht, und sie ist eine gute Seele, sie wird den Sohn nicht für die Taten des Vaters verdammen. Wer weiß, ob sie das nicht noch mal bereut!«

Kathleen warf einen letzten Blick in den Spiegel. »Vielleicht sollten wir einfach nicht so schwarzsehen«, versuchte sie nochmals, sowohl sich selbst als auch Peter Mut zu machen. »Wie gesagt, er liebt das Mädchen. Und Liebe kann Menschen verändern.«

Peter verdrehte die Augen. »Du darfst meine nächste Sonntagspredigt halten, meine Liebste. Glaube, Liebe, Hoffnung ... Am Beispiel des verlorenen Sohnes. Oder warten wir damit erst noch ein Jahr und sehen, wie sich die Sache entwickelt?«

An diesem Abend zumindest schien es nichts zu geben, was die Beziehung zwischen Matariki Drury und Colin Coltrane auch nur in Ansätzen trübte – vielleicht auch deshalb, weil man Dingo in dieser Nacht in den Stall verbannt hatte. Für Matariki war die offensichtliche Abneigung ihres Hundes gegen ihren Geliebten der einzige Wermutstropfen in ihrem Glück. Der hellbraune Mischling gewöhnte sich kein bisschen an Colins Anwesenheit, sondern wurde eher aggressiver, je enger sich das Verhältnis zwischen Matariki und dem jungen Mann gestaltete. Matariki war klar, dass Colin das nicht ewig mitmachte. Spätestens wenn der Köter zubiss, würde er eine Entscheidung erzwingen – die nicht zu Dingos Gunsten ausfallen dürfte. Das zumindest sagte sich Matariki immer wieder, aber der Gedanke, sich von ihrem langjährigen Gefährten zu trennen, zerriss ihr das Herz.

Nun aber erschien Colin brav in der Lobby des Hotels, in dem die Drurys abgestiegen waren, um Matariki abzuholen und zu Tisch zu geleiten. Bewusst trug er nicht die Galauniform der Armed Constables, was sich für einen Offizier eigentlich gehört hätte, sondern einen eleganten grauen Dreiteiler – finanziert von Kathleen Burton. Er hielt sich aufrecht und trug sein lockiges blondes Haar etwas länger, als es die militärische Norm verlangte, und in seinen wunderschönen braungrünen Augen stand aufrichtige Liebe und Bewunderung für Matariki.

Selbst auf Peter wirkte Colin dadurch fast sympathisch, sah er doch endlich mehr als eine flüchtige Ähnlichkeit zwischen ihm und seiner geliebten Kathleen. Gewöhnlich pflegten die Leute zu behaupten, der Sohn sei seiner Mutter wie aus dem Gesicht geschnitten, aber Peter fand, dass Colins gutes Aussehen die Wärme und Sanftmut vermissen ließ, die Kathleen zu eigen waren und die ihre strahlende Erscheinung weit über die Schönheit einer perfekten Marmorstatue hinaushoben.

Michael ging es ähnlich, allerdings hatte ihn zumindest der sehr junge Colin eher an Kathleens Brüder erinnert als an Ian Coltrane – der wiederum Peter stets vor Augen stand, wenn er den jungen Mann ansah. Lizzie dagegen betrachtete Colin völlig vorurteilsfrei. Sie hatte zwar mehr als die Männer unter Ian Coltrane gelitten, ihn dabei aber kaum gekannt. Und Colin sah sie überhaupt zum ersten Mal neben der strahlend glücklichen Matariki. Sie lächelte den beiden zu.

»Na, gefällt Ihnen Ihre Freundin?«, neckte sie Colin. »Ich musste sie zwar zunächst in Lady's Goldmine schleifen, aber dann schwand ihr schlechtes Gewissen gegenüber allen hungernden Maori, oder bei wem auch immer sie das Geld besser aufgehoben fände, ziemlich schnell.«

Lizzie zwinkerte Matariki zu, der die Sache etwas peinlich war. Zum ersten Mal war sie froh, Kupe nicht mehr um sich zu haben, der sie sicher dafür gerügt hätte, dass sie ihr *pakeha*-Ich so schnell wieder überstreifte. Natürlich trauerte Matariki um Parihaka. Aber schon Wellingtons Geschäfte, Restaurants und Cafés hatten sie wieder in ihren Bann gezogen, und jetzt, in Dunedin, blühte sie auf. Dabei war der Einkaufsbummel mit ihrer Mutter und vor allem der Besuch in Lady's Goldmine natürlich der Höhepunkt – Matariki hatte sich an ihrem eigenen Spiegelbild in ihrem neuen Kleid in kräftigen Rot- und Goldtönen gar nicht sattsehen können. Nun führte sie es Colin und seinen Eltern vor und sah die Bewunderung in seinen Augen. Matariki fühlte sich ein bisschen wie eine Verräterin, aber sie konnte mit den Schuldgefühlen leben.

»Matariki ist in jeder Kleidung schön«, meinte Colin galant. »Natürlich unterstreicht dieses Kleid ihren Liebreiz, aber als ich mich in sie verliebte, trug sie ein Röckchen aus Hanfschnüren und sah dennoch aus wie eine Königin.«

»Röckchen aus Hanfschnüren«, bemerkte Michael etwas unpassend, »pflegen Mädchen allgemein interessanter für die Blicke junger Männer zu machen. Erstaunlich, dass noch niemand auf den Gedanken gekommen ist, die Mode auf Londoner Debütantinnenbällen einzuführen.«

Alle lachten, Kathleen und besonders Claire, die vollkommene englische Lady, allerdings etwas gezwungen. Michaels Benehmen in der feinen Gesellschaft ließ nach wie vor gelegentlich zu wünschen übrig.

»Was ist denn nun mit deiner Stellung, Colin?«, erkundigte sich Jimmy Dunloe, als der erste Gang serviert war, eine kleine Köstlichkeit aus geräuchertem Fisch. »Wo wird man dich einsetzen?«

Die Formulierung war missverständlich – Matariki sah Colin verwirrt an.

»Oh, ich werde eine leitende Stellung bei der Beaufsichtigung des Eisenbahnbaus einnehmen«, antwortete Colin. »Die Strecke von Christchurch zur Westküste, Sie wissen schon …«

Matariki ließ ihre Gabel sinken. »Aber dann bist du doch wochenlang unterwegs!«, wandte sie ein. »Ich dachte … ich dachte, du suchst dir einen Job in Dunedin.«

Matariki selbst hatte vor, zunächst ihre High-School-Abschlussprüfungen abzulegen. Darüber, was danach kam, gab es bislang einige Differenzen mit ihren Eltern. Michael und sogar Lizzie plädierten für zumindest einige Semester Studium vor der Hochzeit, während Matariki am liebsten gleich mit Colin zum Traualtar geschritten wäre.

Michael und Peter wechselten einen komplizenhaften Blick, was bei den beiden sonst selten vorkam. Aber die Überlegung »Mal sehen, wie er sich da rausredet!« stand beiden im Gesicht geschrieben.

Die Aufklärung übernahm dann jedoch Jimmy Dunloe. »Oh, das bestimmt er nicht selbst, Miss Drury«, meinte der Bankier freundlich. »Das entscheidet die Armed Constabulary!«

Matariki runzelte die Stirn – und Michael wunderte sich, dass sie nicht auffuhr. Bislang war das Mädchen stets impulsiv und leicht erregbar gewesen. »Ganz der Vater!«, pflegte Michael zu scherzen. »Das irische Temperament!« Aber jetzt blieb sie erstaunlich ruhig.

»Aber du hast doch den Dienst quittiert, Liebster«, wunderte sie sich nur.

Colin blieb gelassen. »Den aktiven Militärdienst, Liebes«, erklärte er. »Aber ansonsten … es ist nicht so einfach, Riki. Schau, wir brauchen doch das Geld …« Er lächelte sie entschuldigend an.

»Du wolltest eine Arbeit in Dunedin finden!«, beharrte Matariki. »Das müsste doch möglich sein …«

Colin biss sich auf die Lippen. Tatsächlich hatte er kurz herumgefragt, nachdem er sicher sein konnte, dass wirklich keine Polizeiposten oder andere, seiner militärischen Ausbildung und Erfahrung angemessenere Jobs zu haben waren als eine Arbeit beim Gleisbau. Allerdings hatten sich weder der Reverend noch Jimmy Dunloe bereit gezeigt, ihre zweifellos vorhandenen Beziehungen zu mobilisieren. Colin Coltrane hatte sich als Junge in den verschiedensten Lehrberufen versucht, aber nirgends einen guten Eindruck hinterlassen. Natürlich war das inzwischen mehr als fünfzehn Jahre her, aber es gab durchaus noch Geschäftsleute, die sich an ihn erinnerten.

Und Jimmy Dunloe mochte seinen guten Ruf nicht noch einmal aufs Spiel setzen, indem er den jungen Mann empfahl. Colin hatte damals genug Ärger gemacht. Jetzt sollte er sich selbst bewähren. »Liebes, ich versuche es jetzt erst mal mit dem Dienst beim Gleisbau«, begütigte Colin. »Und in ungefähr einem Jahr sehen wir weiter.«

Matariki schaute etwas unglücklich, fügte sich dann aber in Colins Entscheidung – wieder zur Verwunderung ihrer Eltern. Erst später, der Hauptgang war schon serviert und Matariki zeigte ihre Enttäuschung, indem sie das Essen auf dem Teller hin und her schob, wagte sie, die Sache noch einmal anzusprechen.

»Und ... und was ist mit uns, wenn du dann irgendwo zwischen Christchurch und Greymouth bist?«, fragte sie unglücklich. »Was ist mit der Hochzeit?«

»Die hat Zeit!«, unterbrach sie Lizzie. »Kind, du bist erst achtzehn Jahre alt. Und Colin ... sosehr wir ihn alle mögen«, sie schenkte ihrem Beinaheschwiegersohn ein ehrliches Lächeln, »sollte er sich doch erst mal eine gesicherte Existenz schaffen, bevor er ernstlich um eine Frau anhält.«

Colin wollte auffahren, aber Kathleen stoppte ihn mit einer beschwichtigenden Handbewegung. »Lizzie hat da völlig Recht!«, erklärte sie, wobei sie vielsagende Blicke auf Colins elegante Kleidung warf. Es hatte ihr nicht gefallen, dass ihr Sohn ohne jegliche Ersparnisse aufgekreuzt war. Er musste beim Militär doch annehmbar verdient haben. Natürlich hatte sie sich nicht dagegen gesträubt, seine Erstausstattung zu finanzieren, es fehlte ihr ja nicht an Mitteln. Aber sie fragte sich doch, wohin Colins Sold verschwunden war. Ausgegeben? Verspielt vielleicht? »Natürlich hast du eine erstklassige Ausbildung und warst unzweifelhaft ein hervorragender Soldat, aber wie du selbst entschieden hast, möchtest du dich ja lieber anders orientieren. Was auch im Sinne deiner Freundin ist, die Entscheidung ist ja wohl auch ihr zuliebe gefallen. Also: Mach das Beste aus dieser Sache bei der Eisenbahn – und spar dein Geld. Sie werden euch ja wohl verpflegen, also solltest du bald genug zurücklegen können, um an eine Familie denken zu können. Und Matariki studiert derweil ein bisschen. An was hattest du noch mal gedacht, Riki? Jura wie Sean? Oder doch Medizin? In Parihaka hast du Kinder unterrichtet, nicht wahr?«

Matariki nahm sich zusammen und plauderte brav über ihre Arbeit mit den Kindern. Ja, es habe ihr Spaß gemacht, aber eigentlich wolle sie mehr erreichen. Doch, sie halte Jura für äußerst nützlich, könne den Paragrafen aber wenig abgewinnen. Sie sei praktisch veranlagt und sicher eine bessere Ärztin als Anwältin.

Lizzie und Kathleen nickten befriedigt, und Matariki fühlte sich ein bisschen schuldig. In Wirklichkeit hatte sie ihre Studienpläne schließlich längst aufgegeben. Auf keinen Fall wollte sie jahrelang in Dunedin festsitzen, während Colin womöglich sonst wo Bauarbeiten beaufsichtigte. Sie war erst wenige Wochen mit ihm zusammen, aber ein Leben ohne ihn konnte sie sich nicht mehr vorstellen. Wobei es tagsüber noch ging – sie konnte zwar lebhaft mit Colin plaudern, aber wenn sie ehrlich sein sollte, hatte sie mit Koria, Arona und Kupe mehr gemeinsam gehabt. Colin war stets höflich und zuvorkommend, die Gespräche mit ihm erschienen ihr jedoch oft nicht tiefgründiger als die Konversation, die sie hier mit den Dunloes und Burtons betrieb. In den Nächten allerdings … Hatte sie wirklich noch einige Wochen zuvor geglaubt, sie könne nicht lieben?

Jetzt, im Zusammensein mit Colin, entluden sich Matarikis Gefühle geradezu explosionsartig wie ein Feuerwerk der Seligkeit. Was sie bisher nicht richtig hatte einordnen können, war einfach ein Desinteresse an den verfügbaren Partnern gewesen. Keiner von ihnen hatte ihren Ansprüchen genügt, aber jetzt, da sie den Richtigen gefunden hatte, vergaß sie jede Zurückhaltung.

Matariki gab sich Colin mit der Freude und Selbstverständlichkeit hin, mit der auch die anderen Maori-Mädchen liebten. Mit der ihr eigenen Experimentierfreude erprobte sie neue Berührungen und Stellungen, sie streichelte und küsste Colin, brachte ihn immer wieder zum Höhepunkt und ermutigte ihn zu Spielen, die ihm mitunter fast die Röte ins Gesicht trieben. In Europa verfügten nur Huren über eine solche Bereitschaft zu sexuellen Abenteuern, Colin fühlte sich fast überrumpelt von Matarikis Wildheit. Aber natürlich machte er gern mit – und er wusste, dass er ihr nichts vorzuwerfen hatte. Das Mädchen war bis zu ihrer ersten Nacht im Zelt am Fuße des Mount Taranaki Jungfrau gewesen.

Auf jeden Fall hatte Matariki nicht die geringste Lust, dieses neue Vergnügen wieder aufzugeben, nur weil man sich jetzt in der Zivilisation befand. Auf dem Weg nach Wellington – und auch vorher, als Matariki in den Hügeln auf Colin wartete und dabei mit blutendem Herzen den Abtransport der letzten Bewohner Parihakas beobachtete – hatten sie sich jede Nacht geliebt. Es war ungemein romantisch gewesen, das Zelt neben lebhaft wirbelnden Bächen aufzustellen und bei der Liebe dem Rauschen des Wassers zuzuhören. Oder sie schliefen im dichten Farnwald und lauschten auf die Schreie der Nachtvögel. Matariki hätte gar nichts dagegen gehabt, dieses Wanderleben fortzuführen. Wenn sie mit Colin verheiratet wäre, könnte sie ihn begleiten; die Landschaft zwischen den Canterbury Plains und der Westküste sollte wunderschön sein.

Matariki konnte sich gut vorstellen, ein paar Monate oder auch Jahre ein Wanderleben entlang der Eisenbahnlinie zu führen. Vielleicht brauchte man sie sogar als Übersetzerin, sicher gab es auch in den Alpen Maori-Stämme, mit denen sich eine Verständigung lohnte. Matariki machte sich jedoch keine Illusionen: Wenn dieser Traum wahr werden sollte, brauchte sie einen Trauschein. Schon in Wellington war es ein Wagnis gewesen, sich nachts in Colins Hotelzimmer zu schleichen, und Colin selbst schien es auch nur begrenzt recht gewesen zu sein. Er achtete auf Matarikis Ruf – und seinen eigenen. Colin war *pakeha*, und was das Feingefühl in dieser Beziehung anging, war Matariki es auch: Es ging auf keinen Fall an, dass sie ihrem Freund einfach so entlang der Eisenbahnlinie folgte, wie eine Maori-Frau es zweifellos tun würde. Matariki war jedoch optimistisch. Es würden sich Mittel und Wege finden, eine baldige Hochzeit herbeizuführen.

Colin Coltrane machte brav Konversation mit den Dunloes und Drurys, aber tief in ihm kochte es. Eigentlich wollte er Matariki gern heiraten – das Mädchen war zwar ein bisschen bestimmend und erschien ihm manchmal fast exotischer, als er sich erträumt hatte, aber er liebte Matariki, und gänzlich unpassend war die Verbindung auch nicht. Im Gegenteil, anfänglich hatte Colin frohlockt, als er von Matarikis Herkunft erfuhr.

Michael Drury war nicht direkt ein Schafbaron, aber offensichtlich wohlhabend. Das bestätigte sich in Wellington, wo gleich auf Matarikis Telegramm hin Geld eintraf – das die Kleine dann auch mit vollen Händen ausgab. Colin hätte sich keine bessere Partie wünschen können, Matariki verzauberte seine Nächte – und konnte sein Leben auch sonst verändern. Zweifellos erwartete sie eine hohe Mitgift, vielleicht eine Starthilfe für den Aufbau einer eigenen Farm oder eines Geschäfts. Colin dachte vage an Pferdezucht, eine Idee, die Matariki begeistert aufnahm, als er sie nur einmal kurz ansprach. Das Mädchen erzählte daraufhin stundenlang von seinem Pferd – wieder einem kostspieligen Geschenk seines Ziehvaters, eine Kiward-Cob-Stute kostete ein kleines Vermögen. Matariki ritt sehr gut, sicher hätte sie seinem Vorschlag, ihre Mitgift in Pferde zu investieren, nicht widersprochen.

Insofern stand denn auch schon Colins Planung: ein Jahr Dienst beim Gleisbau – wobei Matariki die Trennung hassen und sich an der Universität langweilen würde – und dann sein erlösender Vorschlag zur gemeinsamen Existenzgründung!

Aber jetzt schienen die Drurys querzuschießen, und seine Mutter bestätigte sie darin auch noch. Verlangten sie wirklich, dass er Matariki ein Nest baute, bevor sie der Heirat zustimmten? Colin verstimmte das, aber spätestens als Matariki sich nach dem Dinner nur mehr als widerstrebend von ihm trennte – sie bewohnte eine Hotelsuite gemeinsam mit ihren Eltern, und es war undenkbar, sich herauszuschleichen –, schöpfte er wieder Mut. Er würde Mittel und Wege finden, diese Eheschließung zu beschleunigen. Im Zweifelsfall musste er das Mädchen eben schwängern.

Kapitel 2

Violet Fence war eine gute Mutter.

Sie gab ihrem Sohn, den sie nach Erics Vater Joseph nannten, die Brust, obwohl sie es hasste, wenn das Kind an ihr saugte. Sie fühlte sich dadurch immer wieder an Erics Misshandlungen erinnert, die zu Joes Entstehung geführt hatten, und da sie sich nicht dabei entspannte, schmerzte es. Aber Violet hielt es aus. Sie wickelte ihr Kind, wiegte es und sang ihm vor. Sie tat, was sich gehörte, empfand jedoch nicht einen Funken Freude dabei. Dazu war sie quälend einsam, Tag für Tag allein mit dem unersättlichen Baby und der schweigenden Rosie, die ihr ständig am Rockzipfel hing wie ein zweites Kleinkind. Manchmal weinte die Kleine dabei, aber sie gab nie einen Laut von sich. Wenn sie irgendetwas wollte, dann wies sie darauf. Meist wollte sie aber gar nichts.

Rosie aß, wenn man etwas vor sie hinstellte, und verkroch sich unter ihren Decken, wenn man sie ins Bett legte. Aber von allein tat sie gar nichts mehr. Violet dachte manchmal, das Kind habe den Verstand verloren und sie selbst sei möglicherweise auch auf dem besten Weg, verrückt zu werden. Sie war von lähmender Traurigkeit erfüllt und brauchte jeden Tag ihre ganze Energie, um sich zu erheben und eine gute Mutter zu sein.

Dabei konnte sie mit niemandem darüber reden. Mit Eric sprach sie nur das Nötigste, und alle Frauen, mit denen sie zusammentraf, konnten sich gar nicht darüber beruhigen, wie proper Joe war und wie gut er gedieh. Das Einzige, was Violet in dieser Zeit rettete, war Caleb Billers Lexikon. Sie las es vom Anfang bis zum Ende durch, auch wenn sie die Erklärungen nicht immer begriff. Manchmal las sie laut vor, wobei Rosie aufmerksam zu lauschen schien, obwohl es dem Kind sicher egal war, was man unter »Arithmetik« verstand oder einem »Autodidakten«. Auch Joe schien ihre Stimme zu beruhigen, und Violet selbst fraß lieber unnützes Wissen in sich hinein, als Kinderlieder zu singen.

Briefe schrieb sie dagegen immer seltener, das Kind Joe schien sie ihren Freunden zu entfremden. Sie verstand ihre Begeisterung nicht und mochte ihre Fragen zu Joes Größe, Gewicht und Haarfarbe nicht beantworten. Was interessierte es Kathleen Burton, ob Joe dunkel oder blond war? Dabei klangen Kathleens Begeisterung und die Glückwünsche des Reverends ganz ehrlich. Und selbst Heather schien sich für Violet zu freuen, sie schickte immer wieder kleine Geschenke für das Kind. Violet kam also zu dem Schluss, dass mit ihr etwas nicht stimmte – und kümmerte sich umso mehr um Joe.

Lediglich Caleb Biller ließ sich von Joes Geburt nicht sonderlich beeindrucken. Er fragte nicht nach dem Baby, sondern schilderte lebhaft den Alltag in seinem Internat. Es schien ihm dort zu gefallen, obwohl er den sportlichen Fächern nach wie vor nichts abgewinnen konnte. Dafür brillierte er in Latein und Griechisch und fand wohl sogar Freunde unter den älteren Schülern. Entsprechend selten waren seine Briefe an Violet, die ihm sein schwindendes Interesse an ihrem Leben nachsah. Was hatte sie auch Interessantes zu berichten? Dass Rosie nach wie vor schwieg, aber Joe umso lauter schrie? Dass Eric seinen Lohn immer noch meist verspielte und Violet schon deshalb möglichst lange stillen musste, weil sie keine Milch für das Baby kaufen konnte?

Violet vergrub sich in ihr Lexikon und verstand schließlich zumindest das Wort »Paradoxon«. Während sie einerseits fürchtete, den Verstand zu verlieren, gewann sie andererseits täglich an Bildung und Wissen.

Eric war stolz auf seinen Sohn, kümmerte sich aber kaum um ihn. Für Violet war das keine Überraschung, alle Bergleute überließen die Erziehung ihrer Kinder allein ihren Frauen. Allerdings pflegten Familienväter wie Mr. O'Brien sich doch zumindest zu bemühen, den Nachwuchs zu ernähren und die nötigen Voraussetzungen zu schaffen, ihn warm und trocken zu halten. Eric tat nach wie vor nur ein Minimum. Im Mittelpunkt seiner Welt standen der Pub und die Pferdewetten.

Violet hatte gezittert vor der Nacht, in der er wieder versuchen würde, ihr beizuwohnen. Sie konnte sich das einerseits kaum vorstellen, noch immer fühlte sich ihr ganzer Körper wund an, und sie war ständig erschöpft. Aber Mrs. O'Brien und Mrs. Travers hatten vorsichtige Andeutungen dazu gemacht, dass einer Ehefrau höchstens eine Schonfrist von sechs Wochen zugestanden wurde. Und tatsächlich hatte Eric schon nach einem knappen Monat wieder in Violets Bett gedrängt.

Violet war gewappnet gewesen, hatte Pläne gemacht, auch mit Clarisse diskutiert, ob es ihn vielleicht abhielt, wenn sie das Kind bei sich schlafen ließ.

»Wenn es schreit, lässt er vielleicht von mir ab«, argumentierte sie.

Aber Clarisse schüttelte nur den Kopf. »Oder er haut drauf, bis es aufhört. Wenn die Kerle geil sind, hält sie nichts auf. Und wahrscheinlich macht's manche noch an, wenn das Kleine an dir saugt.«

Violet schüttelte sich bei der Vorstellung, aber für unwahrscheinlich hielt sie das nicht. Eric hatte früher oft selbst an ihren Brüsten gesaugt. Wenn er das jetzt tat ... wenn er ihre Milch schmeckte ... sie würde vor Ekel sterben!

Letztlich hatte sie sich entschieden, ruhig zu bleiben, das Nachthemd für Eric zu heben, aber ihm sonst möglichst nichts zu erlauben. Wenn er nicht völlig betrunken war, musste er einsehen, dass sie noch ein bisschen Schonung brauchte und dass ihre Brüste vorerst dem Baby gehörten.

Als es dann aber wirklich passierte, setzte Violets Verstand vollständig aus. Violet konnte nicht mehr sprechen und erst recht nicht freundlich argumentieren. Schon als Eric sich näherte, erstarrte sie vor Schreck, und als er sie anfasste, schrie sie auf. Der Laut, der sich da ihrer Brust entrang, hatte nichts mit Hilfe- oder Schmerzensschreien zu tun. Violet kreischte in heller Panik, sie war nicht mehr Herrin ihrer selbst. Eric ließ von ihr ab, als ihre erschrockenen Nachbarn die Tür zu ihrer Hütte aufrissen. Die beiden Kumpel hatten wohl mindestens einen axtschwingenden Meuchelmörder erwartet – und standen nun äußerst peinlich berührt vor Erics entblößter Männlichkeit und seiner Frau, die sich schreiend in die Bettecke drängte, die Hände vor dem Körper verschränkt und gänzlich außer sich.

Im anderen Bett hockte Rosie, in ähnlicher Position, das Baby an sich gedrückt wie eine Puppe. Joe reagierte auf diese unsanfte Behandlung seinerseits mit Gebrüll.

»Wir … äh … gehen dann besser …«, murmelte der ältere der beiden Männer mit gesenktem Blick. »Tut … äh … tut mir leid.«

Als die Männer die Hütte verlassen hatten, schlug Eric wortlos zu, bis Violet schwieg.

»Und du hältst das Balg ruhig!«, zischte er anschließend Rosie zu.

Das kleine Mädchen verkroch sich mit dem Kind unter den Decken und versuchte, dem Baby den Mund zuzuhalten. Zum Glück war Rosie ungeschickt und Eric schnell. Er befriedigte sich an Violet, bevor sein Sohn erstickte. Am nächsten Tag schaffte sie es, still zu liegen, obwohl sie am ganzen Körper zitterte. Drei Monate später war sie wieder schwanger.

Etwa acht Wochen vor der Geburt von Violets zweitem Kind sorgten drei Pferde in den Canterbury Plains für eine kleine Sensation. Eines davon war Spirit, ein kleiner schwarzer Vollbluthengst, der nie besonders schnell galoppiert war, aber eine ausgesprochene

Begabung fürs Trabrennen zeigte. Spirit hatte schon oft gesiegt und galt als himmelhoher Favorit für das Trabrennen am Ostersonntag. Einige Wetter hatten allerdings auch auf Danny Boy gesetzt, den kräftigen Cob eines Milchmanns aus Christchurch. Dannys Besitzer ließ ihn gelegentlich bei Trabrennen mitlaufen, aber seine Platzierung war stets sehr von der Tagesform abhängig. Wenn Danny keine Lust hatte, seinen Reiter zu schwer fand oder von der Arbeit in der Woche davor erschöpft war, trottete er als Letzter durchs Ziel. Strengte er sich allerdings an, so konnte er durchaus gewinnen.

Niemand außer Eric Fence setzte jedoch auf Lucille, eine hübsche Schimmelstute, die einem Viehhüter aus den Plains gehörte. Lucille war vorher nie bei einem Trabrennen aufgetaucht, keiner wusste etwas von ihr, und Eric setzte sie auch nur aus sentimentalen Gründen auf Platz zwei seiner persönlichen Einlaufwette. Er war schon angetrunken, als die Wettscheine im Wild Rover abgegeben wurden, und erinnerte sich nun wehmütig an eine Hure namens Lucille, deren Gunst er sich in Treherbert vom Munde abgespart hatte. Lucille war seine erste Frau gewesen – und sie hatte sich nicht geziert und nicht zitternd und angespannt unter ihm gelegen wie Violet. Im Gegenteil, Lucille hatte ihn gelobt und ermutigt. Er hatte sie geritten wie … wie …

Eric überlegte ernstlich, ob er ihre vierbeinige Namensvetterin nicht gleich auf Platz eins setzen sollte, aber er hatte munkeln hören, dass Danny Boys Besitzer die Sache in Zukunft ernster angehen und das Pferd von einem Profi reiten lassen wollte. Der gelassene Wallach hatte zweifellos Potenzial. Eric traute ihm den Sieg zu. Blieb noch Platz 3 für den Favoriten Spirit. Paddy Holloway, der Wirt des Wild Rover, tippte sich an die Stirn, als er Erics Wette entgegennahm.

»So wird das nie was mit deinem Gestüt in den Plains!«, grinste er.

Eric pflegte im Pub schon mal von seinen Träumen zu reden,

irgendwann das große Geld zu gewinnen und dann in Canterbury Pferde zu züchten.

»Da kaufste besser Milch für deine Bälger«, stichelte Lloyd Travers, der Totengräber.

Er hatte seine Frau über Eric Fence schimpfen hören. Violet hatte sie für ihre Hilfe bei ihrer ersten Geburt noch nicht einmal voll bezahlt, sie stotterte das Geld in winzigen Raten ab, und oft nahm Mrs. Travers es gar nicht an. Sie sah schließlich selbst, wie verhungert Violet und Rosie wirkten, und nun kam auch noch die zweite Niederkunft bedrohlich nahe. Violet durfte auf keinen Fall wieder allein sein, wenn es passierte. Mrs. Travers und Mrs. O'Brien hatten ihr beide angeboten, in der fraglichen Zeit zu ihnen zu ziehen. Violet wusste allerdings nicht, ob Eric das gestatten würde – und fragte sich auch, ob sie den freundlichen Frauen außerdem noch Rosie und Joe zumuten konnte. Die Kinder allein bei Eric zu lassen war undenkbar. Und Clarisse, deren Hilfe anzunehmen zwar sicher nicht schicklich war, die aber wenigstens fast nebenan wohnte, war im Moment anderweitig beschäftigt. Sie hatte endlich genug Geld zusammen, um den ersehnten Bauplatz für ihr »Hotel« zu kaufen: wie sie sich erträumt hatte, mitten in der Stadt. Jetzt schwelgte sie in Planungen und Verhandlungen mit Baustoffhändlern und Zimmerleuten – deren Frauen argwöhnisch darüber wachten, ob sie sich auch ja nicht in Naturalien bezahlen ließen.

»Ich sorg schon für meine Bälger!«, gab Eric wütend über Travers' Einwand zurück und blitzte den Sargtischler an.

Angetrunken wie er war und verärgert über die allgemeine Neckerei, schien er in der Stimmung, sich mit ihm zu schlagen. Aber dann verwickelten andere Wetter Eric in ein Expertengespräch über Pferde, und er ließ Travers links liegen.

»Ein Nichtsnutz!«, urteilte der Bestattungsunternehmer später gegenüber seiner Gattin. »Die kleine Frau wäre ohne ihn besser dran.« Er ließ dabei den Blick über seine Kollektion von Särgen schweifen, als hätte er Eric gern einen angemessen. »Warum hat sie sich den bloß ausgesucht, eine Schönheit, wie sie ist …«

Aber dann kam der Ostersonntag, und die Schönheit und magische Anziehungskraft eines anderen weiblichen Wesens änderte alles. Wobei es sich bei besagter Dame um eine Vierbeinerin handelte. Lucille, die hübsche Schimmelstute aus den Plains, war erkennbar rossig, als ihr Besitzer Robby Anders sie zum Start ritt. Dem Viehhüter war das egal, beim Schafauftrieb fragte auch niemand danach, und am Traben sollte es sein Pferd nicht hindern. Lucille zeigte sich auch brav – ganz im Gegensatz zu dem Wallach Danny Boy und dem Hengst Spirit, die ihrem betörenden Duft sofort verfielen.

Zu Beginn des Rennens war das kein Problem – im Gegenteil: Da Lucille mit enormem Speed anzog und die verliebten männlichen Pferde ihr folgten, wurde die Sache umso schneller und spannender. Später hieß es, dies sei das bislang schnellste Trabrennen gewesen, das in Brown's Paddock, Woolston gelaufen worden war. Sehr schnell kristallisierte sich auch heraus, dass die Spitzengruppe der beiden Favoriten und der unbekannten Stute unangefochten bleiben würde. Lucille, Danny und Spirit ließen das restliche Feld im zweiten Teil des Rennens hoffnungslos zurück. Zweieinhalb Meilen trabten sie in unveränderter Formation: Lucille vorn, der Wallach und der Hengst nebeneinander direkt an ihrem betörend duftenden Hinterteil.

Dann aber, auf der Zielgeraden, versuchten alle, noch einmal anzuziehen, wobei schnell deutlich wurde, dass Lucilles Reserven erschöpft waren. Danny und Spirit hätten mühelos an ihr vorbeiziehen können. Aber da hatte Spirits »Jockey« die Rechnung ohne den Hengst gemacht! Der junge Mann war ein nur mäßiger Reiter – der Gehilfe eines Pferdehändlers, der den Rappen als ausgemustertes Galopprennpferd gekauft und dann zufällig sein Potenzial fürs Trabrennen entdeckt hatte. Der Händler trainierte den Hengst meist vor dem Wagen – nur beim Rennen musste sein

Stalljunge ran, den die gewaltigen Trabbewegungen des Pferdes dann natürlich schnell erschöpften. Nach fast drei Meilen in Spirits Sattel fehlte es ihm nun an Energie, den unwilligen Hengst an der Stute vorbeizuzwingen. Egal wie sehr er schrie und die Peitsche schwang – der Rappe trabte weiter auf Höhe von Lucilles Schweif, wobei er noch genügend Kraft aufbrachte, der Stute betörend zuzuwiehern.

Der Milchmann in Danny Boys klobigem Sattel hatte sein Pferd besser im Griff. Allen Gerüchten zum Trotz hatte er auch diesmal auf das Engagement eines Jockeys verzichtet und ritt seinen Cob selbst, obwohl er nicht der beste Reiter war. Aber auf Dannys breitem Rücken saß man gemütlicher als auf dem Vollblut Spirit – und zudem arbeiteten Reiter und Pferd seit langem zusammen. Howdy Miller wusste, wie man Danny Beine machte! Etwas widerstrebend, aber folgsam setzte sich der Wallach erst auf gleiche Höhe mit der angebeteten Stute. Dann schob er die Nase vor – und trabte schließlich neben ihr über die Ziellinie.

Im Ziel erwartete die Reiter verblüfftes Schweigen. Die Rennbahnbesucher waren zu überrascht, um zu applaudieren. Danny Boy, Lucille, Spirit – ein Einlauf, mit dem niemand gerechnet hatte.

Außer einem selbst ernannten Pferdekenner in Greymouth an der Westküste …

Die geplante Midland Linie, die Eisenbahnstrecke zwischen Christchurch und der Westküste, führte durch atemberaubend schöne Natur. Die Südalpen bildeten eine grandiose Kulisse, und die Wälder und Seen entlang des zukünftigen Schienenstrangs schienen im Sonnenlicht einem Märchenland zu gleichen. Der Weg stellte aber auch eine gewaltige Herausforderung an Architekten und Bautrupps dar. Colin zumindest war fast sprachlos, als er die Abgründe sah, die hier mit fragilen Brücken überbaut werden sollten, die Hänge, in die der Schienenstrang hineingeschlagen werden musste, und die Bäche, die man überbrücken oder umleiten musste, um die Schienen zu legen.

»Das wird Jahre dauern!«, stöhnte er, als er sich, gemeinsam mit zwei weiteren Armed Constables, beim Leiter des aktuellen Bauabschnittes zum Dienst meldete.

Julian Redcliff, ein kräftiger junger Mann, dessen verschmutzte Kleidung bewies, dass er gern selbst mit zupackte, begrüßte die Männer freundlich. Colins Bemerkung musste er gehört haben, denn er blinzelte dem Sergeant vergnügt zu.

»Zweifellos!«, antwortete er dann, als habe Colin sich offen an ihn gewandt. »Das haben Wunderwerke der Technik so an sich, man stampft sie nicht aus dem Boden. Die Midland Line ist eine Herausforderung! Aber ich bin davon überzeugt, dass man noch in hundert und mehr Jahren bewundern wird, was wir jetzt hier leisten! Wir alle können stolz sein, daran Anteil zu haben!« Redcliff zumindest glühte vor Stolz und Tatendrang. »Also, meine Herren – erobern wir Arthur's Pass! Hat irgendjemand Erfahrung als Bauarbeiter?«

»Als was?« Colin sah ihn verblüfft an.

Der braunhaarige, kompakte Mann erwiderte den Blick unwillig. Er musste dabei zu Colin aufsehen, aber das schien ihn nicht zu irritieren.

»Als Bauarbeiter, junger Mann. Oder Goldgräber … wir sind froh, wenn die Jungs von der Armed Constabulary überhaupt schon mal einen Spaten in der Hand gehalten haben. Ist ja ein etwas berufsfremder Einsatz … aber doch besser, als Maori zu erschießen!« Julian Redcliff zumindest schien davon überzeugt zu sein.

Colin sah das eher anders. »Mr. … äh … Redcliff, man sagte uns, wir würden hier leitende Stellungen einnehmen, wir …«

Redcliff lachte über sein ganzes breites und von Sonne und Wind gebräuntes Gesicht. »Also, wenn Sie Brücken konstruieren und Tunnel sprengen können, Mr. Coltrane, dann will ich Sie nicht daran hindern.«

»Sergeant Coltrane«, verbesserte Colin steif.

Redcliff verdrehte die Augen. »Also, Sergeant«, er grinste. »Zeigen Sie mir ein paar brauchbare Bauzeichnungen, und Sie sind mein Mann! Ich teil Ihnen sofort einen Bautrupp zu für den nächsten Abschnitt. Falls Sie Eisen bisher allerdings nur in Kugelform kennen und sich Ihre Erfahrung mit Sprengungen aufs Abschießen Ihres Gewehrs beschränken, dann greifen Sie sich besser besagte Schaufel und besinnen sich aufs Wesentliche.«

»Ich ging davon aus, dass wir die Leute beaufsichtigen sollten.« Colin gab nicht auf.

Redcliff seufzte und wies auf einen Trupp Bauarbeiter, der in kurzer Entfernung damit beschäftigt war, das Bett für einen Schienenstrang zu ebnen. Man hatte es vorher mühsam in den Fels gehauen. Die kräftigeren der Männer schlugen jetzt noch mit Spitzhacken auf den eisenharten Untergrund ein, andere verlegten bereits Eisenbahnschwellen.

»Wir sind nicht in Australien, Sergeant«, bemerkte Redcliff und nickte einem der Männer zu, der kurz von seiner Arbeit aufsah. »Das hier sind keine Chaingangs, sondern freie Arbeiter, die bereit sind, sich mit ehrlicher Schufterei ihr Geld zu verdienen. Die brauchen keine Aufsicht, und erst recht keine bewaffnete. Sie respektieren ihre Vorarbeiter, weil die noch härter arbeiten und zusätzlich ein bisschen von der Sache verstehen. Ob die vorher Armed Constables waren, Gold- oder Totengräber, ist völlig egal.«

»Aber …« Colin wollte weitere Einwände anbringen, Redcliff jedoch winkte ab.

»Also, Jungs«, der stämmige Bauleiter fand offensichtlich, dass es jetzt reichte mit den Förmlichkeiten, »willkommen bei der Midland Line. Wenn ihr kräftig ranklotzt, könnt ihr schnell zum Vorarbeiter aufsteigen – ihr müsst ja kluge Köpfe sein, sonst wärt ihr keine Sergeants oder was ihr da seid. Hier gibt's jedenfalls Arbeit für jeden – nur Klugscheißer, die schicken wir gleich wieder nach Hause!« Bei seinen letzten Worten fixierte er Colin, der den Blick kalt erwiderte.

»Darüber ist das letzte Wort noch nicht gesprochen!«, sagte er.

Redcliff reichte ihm eine Schaufel. »Hier, lass Worten Taten folgen«, grinste er. »Und von mir aus kannst du dich auch gern beschweren, Junge. Haben schon mal welche gemacht, ihr seid ja nicht die ersten von eurem Verein, die man mir hierherschickt. Aber nützen wird's dir nichts. Sieh den Tatsachen ins Auge. Die Regierung hat massenweise Jungs wie euch eingestellt, um die Maori zu verhauen. Aber wie's nun aussieht, erweisen die sich als wahre Friedensengel.« Redcliff lachte. Der fragwürdige Sieg bei der Invasion von Parihaka hatte sich wohl bereits herumgesprochen. »Insofern brauchen sie für euch andere Aufgaben, sie zahlen den Sold ja nicht fürs Rumstehen. Gewöhnlich ist das Gleis-, Straßen- oder Brückenbau. Also, mach deinen Dienst, wo man dich hinstellt, oder quittier ihn, und such dir was anderes.« Damit wies Redcliff nochmals auf die Baukolonne und wandte sich dann ab.

Colin Coltrane griff zähneknirschend zur Schaufel. Und ob er diesen Dienst quittieren würde! Sobald ihm etwas anderes einfiel! Er dachte an Matariki und ihm wurde klar, dass er sie baldmöglichst besuchen musste.

Tatsächlich dauerte es dann aber über zwei Monate, bis die Eisenbahngesellschaft den Männern mehr als ein paar Stunden freigab. Und als es dann endlich so weit war, hätte Colin die Zeit am liebsten ebenso verbracht wie seine Kollegen am Bau: mit einem verhältnismäßig kurzen Ritt zur nächsten Ansiedlung mit Pub, einem Besäufnis jeden Abend und ansonsten mit Schlaf, Schlaf, Schlaf. Keiner der Armed Constables hatte jemals so hart gearbeitet wie an der Midland Line.

Colin schmerzten schon nach dem ersten Tag, den er mit Sandschippen und Schwellenverlegung verbrachte, alle Knochen. Mit der Zeit wurde das natürlich besser, aber ganz gewöhnte er sich nie an die schwere und obendrein oft gefährliche Arbeit. Es gab immer wieder Verletzungen bei Sprengungen oder beim Brückenbau – die Midland Line wurde der Natur abgetrotzt, und die Berge schienen sich verzweifelt dagegen zu wehren. Colin jedenfalls hatte schon nach kurzer Zeit keinen Blick mehr für die Schönheiten der Wälder, in denen er Holz schlug, und die Erhabenheit der Bergwelt, mit der Männer wie Redcliff entschlossen ihre Kräfte maßen. Dies hier war nicht das Leben, das er sich vorgestellt hatte. Er war gewohnt zu befehlen – und als Junge hatte er gelernt zu verkaufen. Weder mochte er organisieren wie Redcliff noch sich abschuften wie die anderen Bahnarbeiter.

Schon als Halbwüchsiger hatte Colin die Goldsuche weniger zugesagt als der Pferdehandel, und hier bei der Midland Line würde er ganz sicher nicht alt werden. Allerdings fehlte ihm noch die entscheidende zündende Geschäftsidee zum Aufbau einer neuen, ganz eigenen Existenz. Colin grübelte darüber nach, während er die Schritte seines Pferdes zunächst nach Canterbury, dann nach

Dunedin lenkte. Immerhin sollte Matariki inzwischen frei für ihn sein. Sie dürfte die Abschlussprüfungen der High School erfolgreich abgelegt haben, und wahrscheinlich brannte sie auf baldige Eheschließung. Colin freute sich auf ihr Lachen, ihre Küsse und ihren geschmeidigen Körper – aber er dachte auch an ihre Mitgift. Die Liebe zu Matariki Drury war ein Geschenk in jeder Hinsicht. Sie erwärmte sein Herz, und sie würde ihm das Tor zu einem neuen Leben öffnen, einem Leben, in dem Colin Coltrane sein eigener Herr sein konnte wie damals sein Vater auf der Farm am Avon River.

Um Matariki zu sehen, musste Colin bis in die Berge von Otago reiten. Wie erwartet hatte das Mädchen den High-School-Abschluss geschafft und war jetzt erst einmal nach Hause zurückgekehrt. Colin war gespannt auf die Farm der Drurys. Inzwischen hatte er sich über die Verhältnisse auf der Südinsel halbwegs kundig gemacht, und seinen Informationen zufolge konnte Michael Drury kaum ein Schafbaron sein wie etwa die Wardens oder Barringtons in den Canterbury Plains. Otago und das Gebiet um Lawrence war Schafland, aber die ganz großen Züchter fanden sich doch eher in den weiten Ebenen von Canterbury oder weiter oben in Otago, in den Ausläufern der Highlands. Lawrence war früher unter dem Namen Tuapeka eher für Goldfunde bekannt gewesen als für Tierzucht, und nach dem, was Matariki angedeutet hatte, stammte wohl auch das Geld für Elizabeth Station ursprünglich aus der Goldgräberei. Colin meinte, sich dunkel an Gerüchte über Drurys spektakuläre Funde zu erinnern. Es hatte da einen Todesfall gegeben, und irgendwie hatten die Digger in Tuapeka auch den Namen seines Vaters damit in Verbindung gebracht. Genaueres wusste er jedoch nicht, schließlich war Ian Coltrane kurz danach umgekommen, und der Verlust hatte den damals fünfzehnjährigen Colin völlig verstört. Gleich darauf hatte er Tuapeka dann verlassen und in den Stadthaushalt seiner Mutter ziehen müssen. Auch über die genaueren Umstände des Todes seines Vaters wusste er nach wie vor wenig, und Michael Drury war ihm damals gänzlich egal gewesen. Nun interessierte er ihn eher, obwohl er nicht Matarikis leiblicher Vater war. Dafür hatte wohl mal eine innige Beziehung zwischen ihm und Colins Mutter Kathleen bestanden ... Colin fand die Familiengeschichte undurchsichtig, aber er würde ja genügend Zeit haben, sie irgendwann zu ergründen.

Colin verbrachte eine Nacht im Pfarrhaus in Caversham, bevor er nach Lawrence weiterritt, und geriet dabei geradewegs hinein in eine neue Familientragödie. Wobei er eigentlich gar nicht begriff, was Kathleen und vor allem seine Schwester derart am Tod eines jungen Bankiers auf der Nordinsel berührte. Gut, der Mann war mit Chloé Edwards, Heathers bester Freundin, verheiratet gewesen, aber letztlich konnte Heather ihn ja kaum gekannt haben. Nichtsdestotrotz lief sie mit verweintem und gerötetem Gesicht herum und ließ den Brief ihrer Freundin kaum aus den Fingern.

Terrence Boulder war bei einem Bootsunfall ums Leben gekommen. Der junge Mann hatte wohl gern gesegelt, und von einem seiner Ausflüge kam er nicht mehr zurück. Chloé war darüber offensichtlich am Boden zerstört und plante jetzt die Rückkehr auf die Südinsel. Heather und Kathleen sprachen über nichts anderes mehr, sie waren nur damit beschäftigt, Claire Dunloe in ihrer Trauer zu trösten und sich Gedanken darüber zu machen, wie man Chloé am besten über den Verlust hinweghelfen konnte. Colins Schwierigkeiten beim Eisenbahnbau hatten Kathleen deshalb kaum interessiert, lediglich der Reverend hörte sich seine Klagen mit einer gewissen Teilnahme an, zuckte aber letztlich nur die Schultern.

»Ich hatte das ja schon in England angedeutet«, meinte er schließlich. »Die Maori sind kein aufständisches Volk. Die Unruhen auf der Nordinsel, die man Krieg nannte, konnten nicht anhalten. Da haben ein paar charismatische Verrückte etwas angezettelt, unter dem letztlich alle leiden mussten, Maori und *pakeha* – aber jetzt glätten sich langsam die Wogen. Jedenfalls braucht man keine Armee und keine größere Polizeitruppe. Dein Mr. Redcliff hat

Recht: Auf Dauer musst du dich entweder mit dem Gleisbau arrangieren oder dir etwas anderes suchen. Wobei Eisenbahnbau durchaus Zukunft hat, und du hast doch einen klugen Kopf! Warum strengst du dich nicht einfach an und siehst in ein oder zwei Jahren zu, ob sie dich nicht noch zur Universität schicken wollen. Ingenieure werden gesucht, die Gleisbaugesellschaften zahlen sicher Stipendien.«

Colin hatte darüber nur ärgerlich den Kopf geschüttelt. Auf keinen Fall dachte er auch noch an ein Studium! Nein, sein Ausweg aus dem Dilemma hieß Matariki! Hoffnungsvoll brach er früh am nächsten Morgen nach Lawrence auf. Vielleicht fand sich ja sogar schon auf der Farm ein neues Betätigungsfeld. Alles war besser als Sprengungen, Verlegen von Schienen neben Abgründen und endlose Plackerei beim Fällen von Buchenstämmen.

Zwischen Dunedin und Elizabeth Station in der Nähe von Lawrence lagen etwa vierzig Meilen. Colin und sein schnelles Pferd brachten sie in Bestzeit hinter sich, der Weg war gut ausgebaut. Noch wenige Jahre zuvor hatte hier schließlich reger Verkehr geherrscht, Goldsucher strömten zu den Feldern, und Händler versorgten sie mit allen lebensnotwendigen Gütern. Inzwischen waren die Glücksritter längst weitergewandert, Lawrence war nur noch eine nichtssagende Kleinstadt, Zentrum einer Gemeinde von Farmern und Viehzüchtern. Elizabeth Station gehörte dabei zu den größeren Farmen, die Leute im Ort sprachen mit Hochachtung und auch ein bisschen Neid von Michael Drurys Anwesen.

Der Weg dorthin führte Colin weiter in die Berge – und vor allem hinein in unberührte Landschaft! Rund um Lawrence war die Zerstörung der Wälder und Ebenen durch die Goldsucher noch allzu gut zu erkennen. Hier hatte man die Erde mehrmals umgegraben, die Bäche umgeleitet, die Bäume gefällt. In den schlimmsten Jahren war Gabriel's Gully, das Zentrum der Goldfelder, nur noch eine Schlammwüste gewesen. Inzwischen wuchs Gras nach, nur noch wenige Unentwegte steckten neue Claims ab oder durchsuchten die alten nach den Resten der Vorkommen. Bis die Bäume allerdings wieder wuchsen, die Vögel zurückkamen und die Natur sich auch nur im Entferntesten der Pracht anglich, die Colin hier im Hochland durchritt, würde es noch Jahre dauern.

Colin lenkte sein Pferd verschlungene Pfade zwischen Felsen und an glasklaren Bächen entlang, registrierte unberührtes, sattgrünes Grasland und lichte Südbuchenwälder. Nirgendwo hier hatten Goldgräber gehaust – was eigentlich seltsam war. Matariki hatte ihm erzählt, dass Elizabeth Station auf Michael Drurys früherem Claim erbaut war – oder oberhalb des Claims, so genau hatte sie sich da nicht ausgedrückt. Dank der Beziehungen ihrer Mutter zum örtlichen Maori-Stamm – Colin grinste bei der Überlegung, wie man Matariki die Ähnlichkeit ansah – hatten die Drurys das Land kaufen können.

»Und warum habt ihr den Claim nicht weiter ausgebeutet?«, hatte Colin das Mädchen gefragt, aber Matariki hatte nur die Schultern gezuckt. »Ach, da war doch kein Gold.«

Colin fand das äußerst befremdlich. Irgendwoher musste das Geld für den Landkauf schließlich gekommen sein. Die Maori mochten Lizzie einen Sonderpreis eingeräumt haben, aber zu verschenken hatten sie sicher nichts. Und hinzu kam der Ankauf der Schafe, der Hausbau …

Während Colin ein ehemaliges Goldgräberlager passierte, grübelte er darüber nach. Das musste die erste Hütte gewesen sein, die Michael Drury auf seinem Claim errichtet hatte – der junge Mann erinnerte sich dunkel daran, dass er und sein Partner nicht im Goldgräberlager Tuapeka, sondern ein paar Meilen auswärts des Hauptlagers gelebt hatten. Auch eine alte Waschrinne zeugte von der Aktivität der beiden Digger. Stammte von hierher der Reichtum von Matarikis Familie?

Colin unterdrückte den Impuls, abzusteigen und den Bach genauer anzusehen. Es würde ohnehin nichts nützen, er verstand absolut nichts von der Goldsuche, mit seinem Vater hatte er damals nur planlos gebuddelt wie die Mehrzahl der anderen Glücksritter auch. Er ließ die Hütte links liegen und ritt weiter hinauf in die Wälder. Der Weg war hier ausgefahren, aber die Natur weiterhin unberührt. Die Bäume schienen weit in den Himmel zu streben, aber das Grasland war häufiger von Felsen durchzogen. Die Abhänge erinnerten Colin an die Landschaft rund um Arthur's Pass, aber die Gegend war weitaus weniger rau und überlebensfeindlich. Im Gegenteil, teilweise erschienen ihm die Täler und Bachläufe einladend, es gab Lichtungen oder sanfte, grasbewachsene Hänge, die sich für den Bau eines Farmhauses anboten. Schließlich traf Colin auch auf die ersten Schafherden – eher klein, aber alles Tiere von hervorragender Qualität. Und schließlich ritt er einen Bachlauf entlang und stieß auf einen Wasserfall, der sich in einen winzigen Teich ergoss. Auf dem Grasland daneben ragten fünf Felsen wie Nadeln aus dem Boden, und auf dem Hügel darüber erhob sich Elizabeth Station. Kein Herrenhaus wie manche der Stations in den Plains, aber ein solide gebautes, anheimelnd wirkendes Farmhaus mit anschließenden Ställen und Weiden.

Colin fühlte sich ein wenig an das alte Farmhaus seiner Eltern am Avon erinnert, aber Elizabeth Station wirkte trutziger und fester und war vor allem hervorragend gepflegt. Im Garten blühten Blumen und Rata-Büsche, und auf dem Hang daneben wuchsen Weinreben. Colin erinnerte sich daran, dass Matariki von der seltsamen Marotte ihrer Mutter erzählt hatte, unbedingt in Neuseeland Wein anbauen und die gleiche Qualität der großen Lagen in Europa erreichen zu wollen.

Der junge Sergeant schüttelte darüber nur den Kopf. Er hielt nichts von derart aussichtslosen Unternehmungen. Eine Frau, so hatte ihn sein Vater gelehrt, hatte sich um Haushalt, Vieh und Kinder zu kümmern und möglichst keine eigenen Ideen zu entwickeln. Man hatte an seiner Mutter gesehen, was dabei herauskam, wenn man ihr die Zügel zu sehr schießen ließ. Bei Matariki gedachte er es nicht so weit kommen zu lassen. Es war in jeder Hinsicht besser, sie gleich jetzt zu heiraten. Auf der Universität würde man ihr nur Flausen in den Kopf setzen.

Haus und Garten der Drurys schienen auf den ersten Blick verlassen – wahrscheinlich kümmerten sich die Bewohner irgendwo um die Tiere.

Plötzlich trat ein kräftiger Maori zwischen den Weinreben hervor. Colin erschrak zu Tode. Instinktiv griff der Armed Constable nach seiner Waffe – aber natürlich trug er keine mehr, seit er im Gleisbau eingesetzt war. Und wenn man genauer hinsah, wirkte der Mann auch nicht bedrohlich. Er war nicht einmal tätowiert. Die Axt, die er trug, war ein Werkzeug, kein Kriegsbeil. Allerdings schaute er argwöhnisch auf Colin und sein Pferd herunter und rief dann auch etwas in den Weinberg – woraufhin sich zu Colins Erleichterung Matarikis Mutter zeigte. Die zierliche Lizzie Drury war hinter den Reben nicht zu erkennen gewesen, aber sie lächelte Colin zu, nachdem sie dem Maori mit kurzen Worten Entwarnung gegeben hatte. Der Mann folgte ihr, als sie jetzt zu Colin herunterkam.

»Da sind Sie ja, Mr. Coltrane!« Lizzie Drury blickte freundlich, allerdings war ihr Lächeln nicht halb so herzerwärmend und strahlend wie das ihrer Tochter. Zumindest nicht bei Colins Anblick. »Matariki wird sich freuen, sie redet seit Tagen von nichts anderem mehr als von Ihrem Besuch – jedenfalls immer dann, wenn sie nicht gerade von dem Rennen spricht.«

Colin war inzwischen abgestiegen, und Lizzie reichte ihm die Hand, um dann den Maori in ihrer Gesellschaft ganz selbstverständlich förmlich vorzustellen.

»Dies ist Hemi Kute, Mr. Coltrane, ein Freund unserer Familie. Er hat mir heute Morgen netterweise im Weinberg geholfen, während Michael ein paar Schafe sortiert und Riki ihr Pferd trainiert.«

Matarikis Brüder, auch das wusste Colin bereits, besuchten seit dem letzten Winter ein Internat in Dunedin.

Colin wusste nicht recht, was von ihm erwartet wurde, aber der kräftige Maori wischte gelassen seine schmutzige Hand an seinen Hosen ab und hielt sie Colin hin.

»Freut mich, Ihre Bekanntschaft zu machen«, erklärte er, allerdings mit eher grimmigem Gesichtsausdruck. »Wir sind alle sehr gespannt auf den Mann, den sich Matariki erwählt hat. Die Ngai Tahu werden sich freuen, Sie einmal in unserem Dorf willkommen zu heißen.«

Colin war etwas verblüfft, ließ sich dann aber herab, die Hand des Einheimischen zu schütteln. Wenn die hier alle so waren, verstand er die Worte des Reverends. Man brauchte keine Armee, um die Stämme auf der Südinsel in ihren Schranken zu halten. Bisher hatte Colin auch kaum Maori gesehen. Redcliff verhandelte wohl mit den Stämmen, denen das Land für die Gleise gehörte, aber bewaffnete Unterstützung benötigte er dabei nicht.

Lizzie strebte jetzt ihrem Haus zu. »Kommen Sie mit rein, Mr. Coltrane, Sie müssen durstig sein nach dem langen Ritt. Matariki müsste auch bald zurück sein, sie erwartet Sie ja heute. Aber sie nimmt dieses Rennen sehr ernst. Immerhin hat sie einen Kiward-Cob, sagt sie, da lässt sie sich beim Trabrennen nicht abhängen ... Was ist mit dir, Hemi?«

Lizzie schien allen Ernstes vorzuhaben, ihren Landarbeiter mit Colin gemeinsam an den Familientisch zu bitten! Der winkte jedoch ab.

»Ich muss los, wir wollen ein paar Schafe mit Michaels Transport nach Dunedin schicken, und ich habe versprochen, beim Aussondern zu helfen. Ich fange nur noch ein paar Fische ...«, er warf Lizzie einen sonderbaren Blick zu, »... und gehe dann heim.«

Colin folgte Lizzie mit gerunzelter Stirn ins Haus, während sich Hemi zum Bach wandte. Colin fand auch das sonderbar. Konnte der Mann nicht woanders angeln als vor dem Haus seiner Arbeitgeber?

Lizzie lachte, als er eine dementsprechende Bemerkung machte. »Hemi ist nicht unser Angestellter«, meinte sie dann. »Nur ein

Freund, wie ich schon sagte. Im Gegensatz zu den meisten seiner Stammesgenossen interessiert er sich ein bisschen für Weinbau – zumindest trinkt er gern Wein. Das nutze ich schamlos aus.« Sie lächelte, wobei ihr Ausdruck gelöster wirkte, sobald sie von ihrem Weinberg sprach. »Aber sonst ...«

»Sonst züchtet er Schafe?«, erkundigte sich Colin.

Auch das war ungewöhnlich. Von Ausnahmen wie dem Gemeinwesen in Parihaka abgesehen, betrieben Maori-Stämme eher wenig Landwirtschaft und hatten selten eigenes Vieh.

Lizzie nickte. »Sein Stamm«, präzisierte sie. »Und sie sind gut. Michael macht sich schon schlaflose Nächte darüber, dass sie ihre Widder bei der Auktion diesmal teurer verkaufen könnten als er seine.« Sehr ernst schien das allerdings nicht gemeint zu sein, sie lächelte dabei nachsichtig.

Colin beschloss, sich über diesen seltsamen Maori-Stamm keine weiteren Gedanken zu machen, speicherte die Information allerdings in seinem Kopf. Sollte er sich entschließen, wieder mit Vieh zu handeln, konnten die Einheimischen ein interessanter neuer Kundenstamm werden – zumal ihm Matarikis Abstammung hier sicher einige Wege ebnete. Vorerst interessierte ihn allerdings mehr, was Lizzie da über seine Verlobte und ein Pferderennen gesagt hatte.

Während sie Colin ein Glas Wasser anbot und den Tisch für das Mittagessen der Familie deckte, gab Lizzie bereitwillig Auskunft.

»Ach, das ist wieder mal eine Idee von Reverend Burton. Für die der Bischof ihn wahrscheinlich erneut in die Wüste schicken wird. Kathleen schlägt jedenfalls die Hände über dem Kopf zusammen. Aber Peter meint, die Leute wetten sowieso, da kann man auch mal eine Sammlung für die Armen mit einem Pferderennen verbinden – und gefährlich wird es nicht, da passt er schon auf. Auf die Reiter und auf die Wetter, er kennt ja seine Schäfchen. Wenn einer Gefahr läuft, seinen Wochenlohn auf Matariki und ihre Grainie zu setzen, hält er ihn davon ab.« Lizzie lachte.

Colin warf einen kurzen, abschätzigen Blick auf sein Pferd,

das vor dem Haus wartete. Ein feuriges, hochbeiniges Tier, sicher konnte man ein Rennen damit gewinnen. Aber mit Matarikis Pony ...

»Das ist ja gerade der Witz«, erklärte Lizzie, als er seine Überlegungen aussprach. »Es ist ein Trabrennen, das ist wohl eine neue Mode in den Plains. Kommt aus England, wie könnte es anders sein. Jedenfalls geht's über ein paar Meilen, nicht über einen kurzen Kurs wie bei Galopprennen, und die Pferde dürfen nur traben. Wer galoppiert, fällt raus oder muss noch mal anfangen. Fragen Sie Matariki, die kennt sich da inzwischen aus ... Da ist sie ja auch schon.«

Matarikis hübsche kleine Stute näherte sich nicht im Trab, sondern im Schritt, das Mädchen wollte sie wohl abkühlen, bevor es sie in den Stall brachte. Dann sah Matariki allerdings Colins Pferd und ließ Grainie nicht nur traben, sondern trieb sie gleich zum Galopp an. Sie warf ihre Zügel rasch neben Colins Wallach über den Anbindebalken und eilte ins Haus, geradewegs hinein in Colins Arme.

»Colin, Liebster, du ahnst nicht, wie sehr ich dich vermisst habe!«

Matarikis Strahlen zog Colin direkt wieder in ihren Bann. Er küsste sie, und sie erwiderte die Zärtlichkeit stürmisch, indem sie ihren biegsamen Körper an ihn schmiegte. Matarikis Gesicht war gebräunt und etwas voller geworden seit der entbehrungsreichen letzten Zeit in Parihaka. Ihr langes schwarzes Haar war zum Zopf geflochten, sie trug ein neues braunes Reitkleid, das vom häufigen Gebrauch aber schon etwas abgenutzt wirkte. Matarikis Taille war so schmal, dass sie es nicht nötig hatte, sich zu schnüren. Dennoch hätte ein braves *pakeha*-Mädchen das sicher getan, aber diesen Gedanken schob Colin beiseite. Sie war ein Naturkind – und vorerst konnte sie das von ihm aus bleiben.

»Du musst mir alles vom Gleisbau erzählen!«, verlangte Matariki atemlos. »Es soll aufregend sein, sagen sie in Dunedin. Echte

Pioniertätigkeit, bisher kam man doch kaum mit Pferden über die Berge ... Arbeitest du unter diesem Redcliff? An der Universität erzählen sie, er sei ein Genie.«

Colin hatte nicht die geringste Lust, vom Eisenbahnbau zu reden und erst recht nicht von seinem Chef, dem seine Leistungen nach wie vor nicht imponierten. Die Sache mit den Trabrennen klang sehr viel interessanter. Und natürlich gehörte nicht viel dazu, Matariki auf ihr aktuelles Lieblingsthema zu bringen.

Während sie Lizzie half, Brot zu schneiden, um es zu einem Eintopf auf den Tisch zu bringen, ihren Vater zwischendurch fast so stürmisch begrüßte wie vorher Colin und dann vergnügt die ziemlich langweilige Suppe aus Süßkartoffeln und Kaninchenfleisch in sich hineinschaufelte, berichtete sie lebhaft von dem neuen Sport und Reverend Burtons bahnbrechender Idee.

»Man kann nicht nur mit Vollblutpferden gewinnen, es kommt auf den Trab an, nicht darauf, wie schnell man galoppiert. In England reitet man die Pferde auch nicht, da fährt man sie vor Sulkys, also diesen zweirädrigen Karren.«

Michael und Lizzie tauschten kurze Blicke. Colin Coltrane unterbrach Matariki nicht, aber er wusste zweifellos, was ein Sulky war. Ob er dem Mädchen nichts über seine Vergangenheit als Pferdehändler erzählt hatte?

»Dafür braucht man natürlich ebene Rennbahnen, der Kurs hier geht nur eineinhalb Meilen Richtung Dunedin und zurück über Inlandspfade. Da reitet man besser, wenn man keinen Achsenbruch riskieren will. Allerdings haben sie in den Plains schon mal eine Galopprennbahn umfunktioniert – mit Totalisatoren und Wetten und allem, was dazugehört. Auf die Dauer wird das ein richtiger Sport werden, meint der Reverend, wobei er das natürlich nicht gut findet, es verleitet die Leute ja wieder zum Glücksspiel, und die Frauen protestieren auch schon dagegen, also die gleichen, die gegen Alkohol und so angehen, weil ihre Männer das ganze Geld vers... also für Whiskey ausgeben und so. Und für die Pferde ist das bestimmt ebenfalls nicht so gut, der Wirt vom Pub in Caversham, der will seinem Pony so einen Aufsatzzügel anlegen, wie sie in England die Kutschpferde von den feinen Leuten haben. Der zieht ihnen die Köpfe hoch, und dann können sie nicht so leicht galoppieren. Das täte ich natürlich nie mit Grainie, das wäre nicht fair ... und sie ist auch sowieso schneller als das Pony von Mr. Allerton. Sie ...«

Matariki mochte gar nicht aufhören, von ihrem Pferd zu schwärmen, während Colin sich eher für diesen seltsamen neuen Sport interessierte. Man würde dafür bestimmte Pferde brauchen. Andere als für den Rennsport, wenn auch sicher Vollblüter. Mit den kleinen Cobs konnte man vielleicht Wohltätigkeitsveranstaltungen bestreiten, aber keine ernsten Rennen. Colin hatte schon das passende Pferd vor Augen: zierlicher als Matarikis Grainie, aber mit der gleichen Trabstärke ... wobei man durchaus darüber nachdenken konnte, Cobs einzukreuzen. In Verbindung mit Vollbluthengsten mochten sie den richtigen Typ ergeben, wenn auch vielleicht erst in der zweiten Generation. Aber die Zucht konnte ja mit dem Sport wachsen. Es würde sicher noch ein paar Jahre dauern, bis sich eine Rennsportszene mit wirklich qualifizierten Pferden etabliert hatte.

In Colin Coltrane reifte ein Plan. Er würde jetzt noch einmal zum Arthur's Pass zurückkehren und ein paar Wochen im Gleisbau arbeiten. Aber wenn der Reverend dieses Rennen startete, würde er da sein – und sich vorher vielleicht auch noch eine ähnliche Veranstaltung in den Plains ansehen. Danach würde er genauer wissen, was zu tun war, aber er sah das Schild am Eingang seines Gestüts bereits vor sich: COLTRANE'S TROTTING WINNERS.

Der Sieg der Pferde Danny, Lucille und Spirit machte Eric Fence nicht wirklich reich. Es wäre möglich gewesen, die Quote lag schwindelerregend hoch. Allerdings hatte sich der Monat seinem Ende zugeneigt, als Eric wettete, und vielleicht hatte auch Travers' Bemerkung über die Milch für Erics Kinder seinem Einsatzwillen einen Dämpfer aufgesetzt. Jedenfalls hatte er nur zehn Shilling gesetzt und gewann damit wenig mehr als zwanzig Pfund. Trotzdem war das mehr, als Eric und Violet je auf einem Haufen gesehen oder gar selbst besessen hatten.

»Wir können ein richtiges Haus kaufen!«, sagte Violet atemlos. »In der Stadt. Vielleicht mit einem kleinen Laden darin. Ich … ich könnte Kleider nähen und verkaufen.« Bezüglich ihrer Nähkünste profitierte sie immer noch von ihrem kurzen Leben in Dunedin bei Kathleen Burton. Natürlich reichte das nicht für eine Kollektion wie der von Lady's Goldmine, aber das Zuschneiden von Sonntagskleidern für Bergarbeiterfrauen oder Frauen wie Mrs. Travers traute sie sich schon zu. »Und Rosie und die anderen Kinder könnten zur Schule gehen!« Die Gründung einer Schule in Greymouth war im Gespräch, aber Bergarbeiterkinder besuchten selten den Unterricht. Der Weg von Siedlungen wie Biller- oder Lamberttown in die Stadt war einfach zu weit für die Kleinen, und die Größeren fanden schon als Halbwüchsige Arbeit in den Minen.

Eric lachte spöttisch. »Und ich geh weiter Kohle hauen? Das könnt dir so passen! Nein, Violet, das Geld hier, das ist nicht für 'n Leben in dem Dreckloch hier bestimmt. Das hilft uns hier raus!

Wir gehen in die Plains, Vio. Von jetzt an mach ich was mit Pferden!«

Erics erste Handlung war, ein Tier dieser Gattung zu kaufen – wobei er behauptete, sein klappriger Brauner habe zweifellos Potenzial für den Trabrennsport. Violet fand, dass er klein und mager wirkte, aber immerhin war er brav und konnte einen Wagen ziehen. Eric erstand ihn zusammen mit einem Leiterwagen, der auch schon bessere Zeiten gesehen hatte, aber doch dazu taugte, den Hausstand der Familie über Arthur's Pass zu bringen. Diesmal war es Herbst, als sie die Reise angingen, die Buchenwälder entlang der Wege prangten in leuchtenden Rot-, Gelb- und Brauntönen. Auf den Bergen lag schon Schnee, und auch entlang der Bäche fanden sich morgens manchmal betörend schöne Eisformationen, wenn der nächtliche Niederschlag an Felsen und Pflanzen gefror. Violet hatte jedoch keinen Blick für ihre Umgebung. Sie starb fast vor Angst, ihre Wehen könnten unterwegs einsetzen. Außerdem hatte sie alle Hände voll zu tun, Rosie und das Baby warm zu halten. Abgesehen von einem Schienenbautrupp, dessen Mitglieder dem Pass verbissen eine Eisenbahnlinie abtrotzten, trafen Violet und Eric unterwegs keine Seele.

»Noch ein paar Jahre, Madam, dann können Sie hier ganz bequem mit der Eisenbahn langfahren«, meinte sein Leiter, ein freundlicher, rotgesichtiger Mann namens Redcliff, den die hochschwangere junge Frau und ihre durchgefrorenen Kinder offensichtlich dauerten.

Er lud die Fences ein, mit ihm und seinen Arbeitern zu essen. Die Feldküche bereitete ein gehaltvolles Stew, das sie alle wenigstens einmal von innen wärmte. Auch die Zelte, in denen gegessen wurde, waren beheizt. Violet wäre am liebsten geblieben, aber Hebammen gab es unter den Gleisarbeitern natürlich nicht.

Die junge Frau atmete auf, als sie endlich Springfield erreichten. Nur ein winziges Dorf, aber doch ein Vorposten der Zivilisation. Zum ersten Mal fühlte Violet vage Freude, Greymouth hinter sich gelassen zu haben. Zwar hatte sie sich ungern von Clarisse, Mrs. O'Brien und Mrs. Travers getrennt, die sie zum Abschied wenigstens auszahlen konnte. Aber hier war die Luft doch nicht mehr ständig regengeschwängert, und der allgegenwärtige Kohlenstaub, der tagtäglich eine fettige Schmutzschicht auf die Haut eines jeden Bewohners der Bergbausiedlung legte, selbst wenn er nicht unter Tage arbeitete, gehörte auch der Vergangenheit an. Das Tuch, mit dem Violet Joes Gesichtchen abends notdürftig reinigte, wurde nicht mehr grau, und Violet hatte das Gefühl, auch freier atmen zu können.

Das alles verbesserte ihre Stimmung, und sie empfand vorsichtigen Optimismus. Vielleicht würde in den Plains – Eric steuerte den kleinen Ort Woolston bei Christchurch an, in dem es angeblich eine Rennbahn gab – wirklich alles besser werden, und womöglich veränderte sich selbst Eric, wenn sich seine Träume erfüllten. Seit Auszahlung des Gewinns hatte er Violet in Ruhe gelassen. Sie hatte Clarisse nicht gefragt, vermutete allerdings, er leistete sich jetzt eine Hure, um seine Gelüste zu befriedigen. Natürlich konnte es mit ihrer fortgeschrittenen Schwangerschaft zu tun haben, Violet war es egal. Sie war froh, auch auf der Fahrt unbehelligt zu bleiben. Und vielleicht würde es ja anhalten. Womöglich würde Eric ruhiger werden – sie vielleicht seltener nehmen und weniger grob. Bestimmt bekam es ihm gut, von seinen Kumpanen Jim und Fred getrennt zu werden. Violet ließ ihren Vater und ihren Bruder ohne jedes Bedauern zurück.

Nach fünf strapaziösen Tagen – das Pferdchen zog den schweren Wagen nur mühsam übers Gebirge, und Violet fragte sich während der gesamten Reise, ob es mit Erics Pferdekenntnissen wirklich so weit her war – erreichten sie die Ebenen von Canterbury und gerieten dabei unversehens in einen Schafabtrieb. Jetzt, im Herbst, holten die großen Viehzüchter die Mutterschafe wieder nach Hause, die im Frühjahr mit ihren Lämmern ins Hochland getrieben worden waren. Violet und Rosie und sogar der einjährige Joe beobachteten vergnügt die Herde, die von einigen Hunden zusammengehalten wurde. Nur wenige Reiter begleiteten sie, und einige von ihnen waren Maori. Violet, die von Caleb ein paar Worte in ihrer Sprache gelernt hatte, grüßte mit einem schüchternen *kia ora*, was auf stürmische Begeisterung stieß.

»Du bald Baby!«, erklärte einer der Viehhüter ernst und zeigte ganz ungeniert auf Violets Bauch. »Besser du mit in Dorf, besser nicht kriegen in Wagen.«

»Ich hab noch über vier Wochen«, wandte Violet ein, aber der Mann warf noch einen weiteren prüfenden Blick auf sie und schüttelte dann den Kopf. »Nein. Mir glauben. Ich fünf Kinder. Und hole Schafbabys seit …«, er zählte an den Fingern ab, »… seit zwölf Frühling.«

Violet biss sich auf die Lippen. Der Mann konnte Recht haben. Sie empfand seit zwei Tagen gelegentlich ziehende Schmerzen, hatte das aber auf das Gerüttel im Wagen geschoben. Was war, wenn es jetzt wirklich losging? Wenn sie ganz allein mit Eric und den Kindern mitten in der Wildnis entbinden musste?

»Blödsinn!« Eric wehrte ab, als Violet ihm das zu bedenken gab.

Aber dann hatte sie einmal Glück. Sie waren gegen Abend auf den Viehtrieb gestoßen und eine Zeitlang nebenhergefahren. Die Männer luden sie daraufhin ganz selbstverständlich ein, das Nachtlager gemeinsam aufzuschlagen. Violet befürchtete zunächst, Eric würde es ausschlagen – überbrachte ihr Maori-Freund die Einladung an die Feuer der Viehhüter doch förmlich in seiner Sprache und wandte sich dabei an die junge Frau.

Eric wusste natürlich, dass ihre Vorräte fast aufgebraucht waren. Er war zwar recht geschickt darin, zu fischen und Kaninchen zu jagen, Violet schaffte es jedoch trotz seiner empörten Vorwürfe nicht mehr, das Wild auszunehmen und zu braten. Die Wege in den Plains waren eben, aber nicht übertrieben gut ausgebaut, dazu war der Leiterwagen kaum gefedert. Wenn sein Gerüttel am Abend endlich aufhörte, wollte sich Violet nur noch ausstrecken und schlafen. Während dieser Schwangerschaft war sie ständig genauso erschöpft wie in der ersten, wenn auch nicht so aufgeschwemmt. Man erkannte trotz der Strapazen, dass sie eine schöne Frau war, und als Eric sich dann tatsächlich dazu herabließ, die Einladung des Vormanns anzunehmen, verhielten sich die Männer ihr gegenüber geradezu galant. Die Maori machten Violet Komplimente in ihrer Sprache und schienen es umwerfend komisch zu finden, dass Eric sie nicht verstand, und die *pakeha* behandelten sie wie eine Lady. Violet genoss die freundliche Zuwendung – in Greymouth hatte es nichts dergleichen gegeben, zumindest nicht, seit sie Eric geheiratet hatte. Die Kumpel hatten weder Zeit noch Energie für Tändeleien. In den Plains schien das Leben weniger unfreundlich zu sein.

Eric betrachtete das spielerische Werben der Männer um seine Frau zunächst argwöhnisch, fand dann aber selbst interessierte Zuhörer, als er vom Trabrennen erzählte.

»Das hast du vorausgesehen?«, lachte einer von ihnen. »Den zweiten Platz von unserer Lucy? He, Robby, haste gehört? Der Kerl hier hat auf dich gewettet! Und ein Vermögen gewonnen! Lass dir von dem mal 'nen Whiskey ausgeben!«

Ein blonder junger Mann, der eben noch am Küchenwagen um einen Eintopf angestanden hatte, kam ungläubig näher.

»Robby Anders«, stellte er sich vor.

»Und das ist die Wunderstute!« Robbys Kumpel wiesen auf eine knochige Schimmelstute, die gelassen bei den anderen Pferden stand. »Dürfen wir euch vorstellen? Lucille!«

Robby lachte, als Eric sich tatsächlich kaum darüber einkriegen konnte, ein Trabrennpferd leibhaftig vor sich zu sehen. Violet war weniger interessiert, erkannte aber auf den ersten Blick den Unterschied zwischen der schlanken, wohlbemuskelten Stute und Erics halb verhungertem kleinen Braunen. Eric hatte da sicher keinen überragend guten Kauf getan. Sie mochte sich darüber aber vorerst keine Gedanken machen. Wohlig müde saß sie gegen einen Sattel gelehnt auf einer Decke und hatte dabei fast das Gefühl, dass es sich auch das Kind in ihr gemütlich machte. Es drehte und räkelte sich – etwas in ihrem Bauch schien sich zu tun ... aber Violet mochte auch daran vorerst nicht denken, sie fühlte sich nur satt und erschöpft.

»Und damit sind Sie jetzt hier auf dem Viehtrieb?«, erkundigte sich Eric verwundert, nachdem er Lucille ausreichend bestaunt hatte. »Ich dachte ... Mensch, mit der können Sie doch auf der Rennbahn Geld machen!«

Robby Anders schüttelte den Kopf. »Nee, Kumpel, da bin ich nicht der Typ für. Mit Pferden Geld machen ... das haben immer nur die Gauner geschafft, das ist beim Rennen nicht anders als beim Handeln. Ich hab's mal mitgemacht, und es war Spaß – ein feines Kopfstück haben wir gewonnen, die Lucy und ich. Aber die Wetterei – in Woolston wollten sie mich lynchen, weil ich die Frechheit hatte, mit 'nem unbekannten, fremden Pferd anzutreten und dann auch noch fast zu gewinnen. Dabei war's wohl schon vorher ausgemacht, dass der schwarze Hengst den Gaul von dem Milchmann mit zwei Pferdelängen schlagen sollte. So was hab ich jedenfalls gehört. Und was sie anstellen mit den armen Viechern, damit die überhaupt traben. Die Lucy macht das ja von selbst und ist auch brav. Wenn ich sage Trab, dann wird nicht galoppiert. Aber ein paar andere wollen dauernd anspringen, also tun ihnen die Kerle Ketten ins Maul, um sie zurückzuhalten. Oder sie binden ihnen die Köpfe hoch, damit sie die nicht zum Angaloppieren runternehmen. Nee, da treib ich lieber Schafe.«

Violet hörte mit halbem Ohr zu. Irgendetwas sagte ihr, dass diese Informationen wichtig sein könnten – und dass Eric sie offensichtlich zum ersten Mal hörte! Von wegen Pferdekenner, wie es aussah, war er bislang stets auf getürkte Wetten reingefallen! Wenn sie später Zeit hätte, würde sie darüber Wut empfinden, aber jetzt … Violet befürchtete, an den fremden Sattel gelehnt einzuschlafen, wenn sie sich jetzt nicht zu ihrem Wagen begab. Rosie schlief dort schon, das Baby an sich gedrückt wie immer. Joe schien sich bei ihr wohlzufühlen, und entgegen Violets ersten Befürchtungen ging Rosie auch nicht mit ihm um, als sei er ein Püppchen. Sie behandelte ihn vorsichtig und sorgsam und half gern beim Wickeln und Baden. Violet überließ ihr das bereitwillig, zumal Rosies Verständigkeit in dieser Beziehung ihr Hoffnung gab: Vielleicht war die Kleine doch nicht so zurückgeblieben, wie sie befürchtete. Mrs. Travers hatte ihr vor der Abreise sehr eindringlich nahegelegt, mit Rosie einen Arzt aufzusuchen. Das Kind sei zweifellos verwirrt und krank im Kopf, es dürfe nicht sein, dass ein siebenjähriges Mädchen plötzlich aufhöre zu reden. Aber an Geldausgaben für einen Doktor war natürlich trotz Erics Gewinn nicht zu denken. Violet konnte nur hoffen, dass es in Woolston vielleicht wieder irgendeine Arbeit für sie gab. Dann würde sie sparen und den Arzt bezahlen.

Jetzt aber … Violet richtete sich mühsam auf – und gab einen erschrockenen Schrei von sich, als sie dabei der sattsam bekannte, scharfe Schmerz durchfuhr. Es war unsagbar peinlich, dass es hier unter all den Männern passieren musste – aber wieder lief ihr Wasser die Beine herunter.

Die Viehhüter blieben erstaunlich ruhig.

»Ich doch gesagt«, meinte der Maori gelassen. »Mann, Eric … du bringen Frau in mein Dorf. Ist nicht weit von hier. Aber braucht Hilfe …«

Eric schien unschlüssig. Er brannte darauf, nach Woolston zu gelangen, und jede Verzögerung ärgerte ihn.

»Kann das nicht warten?«, fragte er wütend. Er hatte auch dem Whiskey schon recht gut zugesprochen.

Der Maori lachte. »Nein, Kinder und Lämmer nicht warten. Du …«

»Aber …« Eric wollte erneut etwas einwenden, aber Violet stöhnte und hielt sich den Rücken.

Sie stand noch auf den Beinen, auf den Wagen gestützt, aber lange würde das nicht gutgehen, und sicher … sicher würde sie später wieder schreien, auch wenn sie sich selbst dafür hasste.

»Passen Sie auf, Eric!« Das war Robby Anders. »Ihre kleine Frau kriegt heute Nacht ihr Baby, ob's grad passt oder nicht. Und ich werde ihr jetzt eine ganz besondere Ehre erweisen, indem ich sie mit der sagenhaften, weltberühmten Lucille in Etis Dorf kutschiere. Na, ist das was? Sie dürfen gern fahren und später in Woolston damit angeben. Dann haben Sie da gleich einen besseren Start.«

Robby Anders wartete Erics Reaktion nicht ab, bevor er Anstalten machte, seine Stute einzuspannen.

Violet hatte zum ersten Mal in ihrem Leben das Bedürfnis, einem Mann spontan um den Hals zu fallen.

Lucille war ein anderes Kaliber als Erics kleiner Brauner. Sie legte sich sofort lebhaft ins Geschirr, wovon Eric so begeistert war, dass er Violet glatt vergaß und die Stute noch anspornte, die sowieso schon in halsbrecherischem Tempo über die schlechten Straßen schoss.

»Vorsicht – die Achsen!«, warnte Robby, der sich neben ihm am Bock festklammerte. »Ruinieren Sie sich nicht den Wagen, wenn Ihre Frau Ihnen schon egal ist.«

Auf jeden Fall erreichten sie auf diese Art in wenigen Minuten das Maori-Dorf, idyllisch gelegen am Rande eines Südbuchenhains. Eti, der mit seinem Pferd vorausgeritten war, um sie anzukündigen, war kaum schneller da. Er hatte seine Freunde gerade dazu gebracht, das Tor in dem leichten, das *marae* umgebenden Zaun zu öffnen. Bewacht wurde es nicht, die Ngai Tahu fürchteten keine Feinde, und der Stamm nahm die spät abendlichen Besucher bereitwillig und gastlich auf. Die Maori hatten auch noch nicht geschlafen. Die Feuer in dem kleinen, aber sehr schönen und gepflegten Dorf brannten noch. Für die Männer und Eric gab es weiter Whiskey, und um Violet kümmerte sich eine uralte, sehr kleine Frau, die verschrumpelt wirkte wie eine Backpflaume.

»Das ist Makere«, übersetzte ein junges Mädchen für Violet. Es sprach gutes Englisch, anscheinend hatte es eine *pakeha*-Schule besucht. »Sie hat bestimmt schon hundert Kinder geholt oder mehr. Sie brauchen sich nicht zu fürchten, Madam.«

Robby machte Anstalten, eine Trage für Violet zu organisieren, aber Makere wehrte ab.

»Sie soll ruhig laufen«, meinte das Mädchen. »Das ist besser fürs Baby.«

Violet sehnte sich zwar nach einem Lager – vor allem einem, das sie nicht durchschüttelte –, aber sie folgte der Maori-Hebamme bereitwillig, gestützt auf das Mädchen. Die beiden brachten sie in eines der mit Schnitzereien geschmückten Häuser und betteten sie auf Matten.

Die kleinen, trockenen Finger der Hebamme tasteten geschickt über ihren Bauch und ihre Scham. Sie gab Violet einen Saft, der bitter schmeckte, und sagte etwas zu ihrer Helferin.

»Das Kind liegt richtig, und es ist klein«, übersetzte das Mädchen, wobei es etwas peinlich berührt schien. Anscheinend hatte es die Missionsschule erst kurz zuvor verlassen. »Aber Makere sagt, Sie sind schwach, Madam, Sie haben keine Kraft, richtig mitzuhelfen. Deshalb könnte es etwas länger dauern, als es müsste. Es tut ihr leid.«

»Werde ich sterben?«, fragte Violet leise.

Sie befürchtete das schon, seit sie wusste, dass sie wieder schwanger war. Noch so eine Tortur wie bei Joes Geburt würde sie nicht überstehen.

Die Maori-Frau schüttelte den Kopf, als habe sie die Worte verstanden. Aber wahrscheinlich hatte sie so etwas wohl auch schon in ihrer Sprache oft gehört und erkannte die Frage am Tonfall. Sie verstand wohl auch ein wenig Englisch.

»Nein«, sagte das Mädchen. »Das Kind ist klein, es kommt leicht. Nicht so wie der Junge, den du bei dir hast.«

Violet wunderte sich. Sie hatte gar nicht registriert, dass die Maori-Hebamme auch Rosie und Joe gesehen hatte. Aber hinter der runzligen Stirn saß offensichtlich ein wacher Verstand, und zwischen den Falten lagen scharfe Augen.

»Das Mädchen ist nicht von dir«, stellte die junge Übersetzerin fest.

Violet überlegte, ob sie Makere Rosie am kommenden Morgen vorstellen sollte, falls sie die Geburt überlebte. Vielleicht wusste diese Maori-Frau genauso viel wie ein *pakeha*-Arzt, und sie war sicher nicht so teuer.

»Meine Schwester«, flüsterte Violet. »Jemand … jemand muss sich um sie kümmern. Sie … darf das nicht sehen.«

Makere sagte etwas, und Violet sah die Übersetzerin fragend an.

»Sie hat schon zu viel gesehen«, sagte das Mädchen. »Aber jetzt haben die Geister ihre Augen verschlossen.«

Violet hätte dazu tausend Fragen gehabt, aber in diesem Moment erfasste sie eine weitere Wehe, und sie kämpfte gegen den Schmerz.

»Nicht kämpfen gegen Kind«, sagte die Hebamme sanft in gebrochenem Englisch. »Heißen willkommen … *haere mai!*«

Violet biss sich auf die Lippen, lächelte aber, als die Wehe verebbte. »Das heißt ›Willkommen‹?«, fragte sie. »*Haere mai?*«

Die Übersetzerin nickte. »Und am besten stehen Sie noch mal auf, Madam, und gehen ein paar Schritte. Dann kommt das Kind schneller.«

Violet richtete sich mit ihrer Hilfe auf. »Nicht Madam«, stöhnte sie. »Violet.«

Das Mädchen nickte. »Ich bin Lani.«

Violet litt auch bei der Geburt ihres zweiten Kindes, aber es war nicht vergleichbar mit den Höllenqualen der ersten. Alles ging schneller und einfacher, und vor allem war sie diesmal nicht allein. Makere und Lani führten sie herum, stützten und trösteten sie, wenn sie unter einer Wehe aufschreien musste. Sie gaben ihr Wasser und Tee, der die Schmerzen linderte, und vor allem fiel die furchtbare Angst weg, dem Geschehen vollständig und hilflos ausgeliefert zu sein. Makere ertastete immer wieder, wie weit sich Violets Muttermund bereits geöffnet hatte und wie es um das Baby stand, und Lani übersetzte. Violet half das fast mehr als der Tee und der Sirup: Wenn sie begriff, was mit ihr geschah, wurde sie auch damit fertig.

Auch um Rosie musste sie sich diesmal keine Sorgen machen. Lani berichtete, dass Robby Anders die Kleine erst auf Lucille hatte reiten lassen, wobei sie sogar ein wenig gelächelt habe, und dass sich dann die anderen Frauen des Stammes der Kinder annahmen. Eric hatte sich ganz dem Whiskey ergeben und kümmerte sich um nichts, aber das irritierte niemanden. Maori-Männer schienen ebenso wenig Anteil an Geburten zu nehmen wie *pakeha*.

Der Mondschein verblasste gerade, als Violet mit einem letzten langen Schrei ein winziges Baby zur Welt brachte. Lani wickelte es rasch in ein Tuch und legte es ihr in die Arme. Violet blickte in ein rotes, verschrumpeltes Gesicht und fand, dass ihr Kind fast so runzlig wirkte wie Makere. Darüber musste sie lächeln. Und es sah aus, als lächele das Baby zurück.

An der Tür des Hauses tat sich jetzt etwas. Robby Anders steckte den Kopf hinein.

»Die junge Lady schreit nicht mehr«, sagte er besorgt. »Ist was passiert?«

Makere ließ ihn ein und wies auf das Baby. Anscheinend hielt sie ihn für den Vater.

Violet schenkte auch ihm ein erschöpftes Lächeln. »Ich weiß nicht, wie ich Ihnen danken soll«, flüsterte sie. »Er ... er ...« Sie wies mit dem Kinn nach draußen. »Eric ...«

Robby nickte. »Ihr Gatte hätte sie auf der Landstraße entbinden lassen«, bemerkte er kühl. »Manche Menschen wissen ihr Glück nicht zu schätzen. Aber er passt in die Welt, in die es ihn drängt. In Woolston werden sie sich die Finger nach ihm lecken.« Er grinste. »Lucille hat also alles richtig gemacht. Passen Sie nur auf sich auf, Madam, und auf Ihre kleine Schwester.« Robby machte eine verabschiedende Geste.

»Ich sollte wenigstens das Baby nach Ihnen nennen«, meinte Violet, bevor er sich abwandte. »Was meinst du?« Sie wandte sich zärtlich an das kleine Wesen in ihrem Arm. »Gefällt dir Robert?« Das Baby verzog sein Mündchen. Robby lächelte ebenfalls. Er schien sich deutlich geehrt zu fühlen.

Lani schüttelte dagegen den Kopf. »Das glaube ich nicht, dass ihr das gefällt. Hast du's nicht gesehen, Violet? Es ist ein Mädchen!«

Roberta Lucille Fence wurde zwei Wochen später in Woolston getauft. Ihr Patenonkel ließ es sich nicht nehmen, gemeinsam mit der vierbeinigen »Tante« zur Taufe zu erscheinen, weigerte sich aber, mit Letzterer ein weiteres Rennen zu bestreiten. Dabei stand bald der nächste Renntag an, wie Eric wichtig erklärte. Er hatte tatsächlich einen Job gefunden. Der kurz zuvor gegründete Lower Heathcote Racing Club brauchte Pferdepfleger und fragte nicht groß nach Qualifikationen. Eric war dort seit gerade mal einer Woche tätig, brüstete sich gegenüber Robby aber schon mit Insiderinformationen. Gleich beim nächsten Trabrennen setzte er den Rest seines Gewinns auf einen Fuchshengst namens Thunderbird. Das Pferd schlug sich tapfer, aber kurz vor dem Ziel verlor sein Jockey die Kontrolle. Thunderbird galoppierte an und wurde disqualifiziert.

Und Violet war wieder arm.

KAPITEL 5

»Natürlich musst du mitmachen! Schreib nach Wellington, und
lass das Pferd kommen!«

Heather Coltrane redete eifrig auf ihre Freundin ein. Schließlich hatte sie jetzt endlich etwas gefunden, woran Chloé Boulder
wenigstens einen Funken Interesse zeigte.

Claire Dunloes Tochter war zwei Wochen zuvor endlich von
der Nordinsel zurückgekehrt – und Heather hatte ihre beste Freundin kaum wiedererkannt. Chloé, früher ein überschäumend fröhliches Mädchen, wirkte gebrochen und wie versteinert. Sie schien
den Verlust ihres geliebten Mannes noch nicht ganz begreifen zu
können – immer wieder sprach sie noch in der Gegenwartsform
von Dingen, die Terrence mochte oder nicht mochte, was er gern
aß oder wofür er sich interessierte. Wenn ihr dann zu Bewusstsein kam, dass sie nie wieder mit ihm lachen und reden, mit ihm
essen oder ausreiten würde, schluchzte sie auf und rannte in ihr
Zimmer, um sich auszuweinen, oder – noch schlimmer – versank
in stundenlanges, stummes Brüten. Heather konnte noch so sehr
versuchen, sie aufzuheitern oder wenigstens abzulenken – sie kam
damit auch nicht weiter als Claire und Jimmy Dunloe, die Chloé
aus Wellington abgeholt und dort auch die Begräbnisfeierlichkeiten, die Testamentseröffnung und alles andere geregelt hatten, mit
dem sich Chloé als hoffnungslos überfordert erwies.

Dabei war die junge Frau früher als Organisationstalent bekannt
gewesen, sie hatte Freude daran gefunden, Ausstellungen zu organisieren und Heathers Bilder und die anderer Künstler zu vermarkten.

537

Vor ihrer Heirat hatten die beiden jungen Frauen eine Kunstgalerie gründen wollen, und nach Terrence' Tod hatte Heather gehofft, dass dieser Traum nun vielleicht doch noch wahr werden würde. Aber jetzt wirkte ihre zierliche dunkelhaarige Freundin, die immer durchs Leben getanzt war, nur noch müde, verhärmt und verzweifelt. Ein untröstliches, in sich zurückgezogenes Geschöpf, das sich kaum aus dem Haus wagte und sich in der Öffentlichkeit hinter schwarzen Witwenschleiern versteckte.

Erst an diesem Morgen, als Heather ihre Freundin zu einem Besuch bei den Burtons überredet hatte und Peter das Trabrennen erwähnte, schien Chloé aufzuleben.

»Ich hatte einen Hackney«, bemerkte sie, immer noch mit tonloser Stimme. »Terrence hat ihn mir geschenkt. Eine Goldfuchsstute. Ich fuhr sie vor der Kutsche, aber sie ließ sich auch reiten. Bei der Herbstjagd ...« Chloé unterdrückte ein Schluchzen, erzählte dann aber zu Heathers Verwunderung weiter. Und ihre Stimme wurde mit jedem Wort lebhafter, mit dem sie von ihrem Pferd Dancing Jewel und ihren Abenteuern bei der Fuchsjagd erzählte. »Es war wirklich eine Fuchsjagd, ihr werdet es nicht glauben! Dieser Schafzüchter in Rimuta hatte dafür eigens Füchse aus England kommen lassen und auf seinem Land ausgewildert. Angeblich in erster Linie, um die Kaninchen unter Kontrolle zu halten, die wieder irgendwelche anderen Verrückten in Neuseeland eingeschleppt hatten und die ihm jetzt das ganze Gras wegfraßen, das eigentlich für die Schafe gedacht war. Und so gesehen hätte man die Füchse ja eigentlich nicht jagen dürfen ... Aber wie auch immer, er lud jedenfalls zur Fuchsjagd ein, und Terrence ...«

Heather lauschte verblüfft, als Chloé diesmal von Terrence und seinem schwarzen Hunter erzählen konnte, ohne in Tränen auszubrechen. Tatsächlich lachte sie später sogar, als sie schilderte, wie sie selbst und Terrence als Erste hinter den Hunden ankamen, während diese den Fuchs stellten, und wie es ihnen dann mit List und Tücke gelang, den kleinen Kerl entwischen zu lassen.

»Er war so niedlich, ich hätte ihn am liebsten mitgenommen. Auf jeden Fall konnte ich nicht zulassen, dass die Hunde ihn zerreißen, und dann hat Terrence ...«

Chloés Augen leuchteten auf, als sie von Terrence' fuchsrettendem Husarenstück erzählte. Und Heather war dabei eine Idee dazu gekommen, wie sie ihre Freundin aus der Lethargie reißen konnte: Die Hackney-Stute Dancing Jewel gehörte zum Nachlass von Terrence Boulder und sollte in Wellington verkauft werden. Falls sie allerdings noch im dortigen Mietstall stand, konnte Chloé sie nach Dunedin holen lassen und das Wohltätigkeitstrabrennen der Gemeinde Caversham mit ihr bestreiten. Sie würde endlich mal herauskommen, etwas Neues erleben, mit anderen Menschen über andere Dinge reden als ihre Trauer und ihren Verlust. Heather musste sie nur noch davon überzeugen.

»Und wenn sie schon weg ist?«, fragte Chloé schließlich verzagt. »Bei all dem Pech, das ich habe ...«

Heather schüttelte den Kopf. »So ein ungewöhnliches Pferd wird nicht so schnell verkauft, zumal es ja sehr teuer ist. Aber wie auch immer, du findest es nur heraus, indem du so schnell wie möglich an den Testamentsvollstrecker schreibst. Am besten schickst du ein Telegramm. Los jetzt! Wir gehen zum Telegrafenamt! Und auf dem Rückweg kaufen wir dir ein neues Reitkleid. Kein schwarzes, ein blaues! Sonst kriegt noch das Pferd Depressionen!«

Heather hätte es kaum zu hoffen gewagt, aber ihre Rechnung ging tatsächlich auf. Chloé hatte Pferde ihr Leben lang geliebt, ihre Mutter Claire hatte ihr reiten beigebracht, kaum dass sie laufen konnte. Glühend beneidet von Heather hatte sie dann auch gleich ein eigenes Pony bekommen, nachdem Claire und Kathleen endlich zu Geld gekommen waren, und es war ihr wichtig gewesen, dass Terrence, ihr späterer Mann, ihre Leidenschaft teilte. Sicher waren es nur der Schock und die allererste Trauer, die Chloé bewogen hatten, ihre Jewel auf der Nordinsel zu lassen, als ihre Eltern sie nach Terrence' Tod nach Hause holten. Und ebenso sicher hatte der Testamentsvollstrecker – ein junger Anwalt, mit dem die Boulders gesellschaftlich verkehrt hatten, das gewusst. Auf jeden Fall hatte er die elegante Stute nicht verkauft, sondern sich längst darüber kundig gemacht, wie man Pferde am günstigsten verschickte.

Chloés und Heathers Telegramm beantwortete er umgehend mit der Nachricht, die Fuchsstute werde am selben Tag noch auf die Reise geschickt. Chloés Reaktion darauf überstieg Heathers kühnste Erwartungen: Sie überlegte zunächst, sofort nach Blenheim zu reisen, um ihr Pferd gleich an der Fähre in Empfang zu nehmen, sah dann aber davon ab, da es den Transport des Tieres eher verzögern würde. Stattdessen beschloss sie, Jewel immerhin entgegenzureisen. Gemeinsam mit Heather nahm sie den Zug nach Christchurch und war dort tatsächlich zu einem Einkaufsbummel und einem Besuch der ersten Rennbahn in den Plains zu überreden, während sie auf das Eintreffen des Pferdes warteten.

Die Bahn befand sich in Woolston, einer Art Vorort von Christchurch, knapp zwei Meilen von der City entfernt. Woolston war ein winziges Dorf, das eigentlich nur aus einem Gemischtwarenladen und ein paar Betrieben zur Wollverarbeitung bestand – wenn nicht gerade Rennen in Brown's Paddock stattfanden. Ein Mietstallbesitzer hatte die zündende Idee gehabt, einen Rennkurs anzulegen, und freute sich seitdem über reichlich begüterte Einsteller und Zusatzeinnahmen am Wochenende. Eben hatte sich auch ein Racing Club gegründet, der gegenüber residierte und ein paar Trainern und Galopprennpferden Heimat und Arbeitsplatz bot.

Heather und Chloé erschienen an einem Renntag und hofften natürlich, ein Trabrennen beobachten zu können. Die fanden bisher allerdings nur selten statt und wurden von den Vollblutzüchtern nicht sehr ernst genommen.

»Was sich da alles sammelt«, seufzte Lord Barrington, Schafbaron und einer der ersten Rennpferdezüchter Neuseelands. »Die Leute kommen mit ihren Arbeitspferden, Milchwagenpferden und was weiß ich alles, manchmal kutschieren die Kerle sie über fünfzig Meilen hierher, um sie dann drei Meilen traben zu lassen. Und dementsprechend müde sind die Mähren dann auch ... die Zeiten, die da gefahren werden, sind ein Witz. Aber in England soll der Sport wohl Anhänger finden, und hier ... na ja, das einfache Volk will auch seinen Spaß.«

Herablassend blickte der Lord auf die paar wettbegeisterten Kleinbauern, Flussschiffer und Handwerker, die sich bei den heutigen Galopprennen auf den Stehplätzen am Rennbahnrand drängten. Gleich dahinter demonstrierte eine Frauengruppe. Sie schwenkten Transparente, die auf die Gefahren des Wettens und des Alkohols hinwiesen, und sangen Kirchenlieder. Die Zuschauer beachteten sie entweder gar nicht oder überschütteten sie mit Hohn und Spott, was die Frauen stoisch ertrugen.

Die bessere Gesellschaft von Christchurch besetzte die Tribünen und Logen und führte elegante Roben und extravagante Hüte spazieren wie in Ascot. Bei Trabrennen, so wurden Heather und Chloé belehrt, ließ sich die Crème de la Crème der Plains jedoch nicht blicken. Dann war die Rennbahn ganz in der Hand der unteren Schichten. Die Fabrikarbeiter, die rund um Woolston lebten, setzten lieber auf die Traber als auf die Galopper, und angeblich ging es laut und alles andere als höflich zu, wenn sie ihre Favoriten anfeuerten und sich auch schon mal mit einem der Buchmacher prügelten. Einsatz war im Allgemeinen ein Tenner, eine Zehn-Shilling-Note.

»Für die echten Rennen haben wir ja neuerdings den Totalisator!«, erklärte der Lord stolz und ließ es sich nicht nehmen, die jungen Frauen zu einer Pferdewette einzuladen.

Die beiden Frauen entschieden sich schon aus diplomatischen Gründen für Vollblüter aus Barringtons Stall und wurden nicht enttäuscht: Heathers Pferd gewann, Chloés wurde Zweiter, und sie strichen einen Gewinn ein. Wobei sich die Sache für Heather gleich doppelt lohnte: Barrington engagierte sie sofort, den Sieger zu porträtieren, und sie verbrachte die Wartezeit bis zu Jewels Eintreffen mit dem Anfertigen von Skizzen und ersten Entwürfen.

»Wir sollten am nächsten Renntag eine Ausstellung deiner Bilder in Woolston organisieren«, regte Chloé an.

Heather atmete ein weiteres Mal auf. Ihre Freundin fand zusehends zu ihrem früheren geschäftstüchtigen Selbst zurück. Natürlich trauerte sie nach wie vor um Terrence, aber sie ließ sich doch nicht mehr völlig von ihrem Schmerz beherrschen. Jetzt tat sie es erst mal Heather nach und spendete ihren Gewinn den demonstrierenden Frauen für ihren Kampf gegen Glücksspiel und Alkohol.

»Was unterstützen Sie denn die seltsamen Leute?«, fragte Lord Barrington unwillig. »Fanatiker, ich habe gehört, sie wollten sogar den Messwein in der Kirche verbieten!«

Heather lachte. »Das redet mein Stiefvater ihnen gerade aus. Aber im Grunde haben sie Recht. Für Sie, Mylord, sind zehn Shilling Spielgeld. Für einen Arbeiter ist ein Tenner ein halber Wochenlohn. Wenn er sich betrinkt und den verspielt, hungern seine Kinder. Und dabei müssen diese Frauen zugucken! Nicht der Mann, der verschwindet im Pub, wenn sie klagen. Und erst recht nicht Mr. Brown oder Ihre Freunde am Totalisator!«

Als Chloés Pferd schließlich eintraf, erstand die junge Frau als Erstes ein zweirädriges Gig – beflügelt von der Idee des Harness Racing, des Trabrennens mit dem Sulky. In Dunedin würde natürlich geritten werden – wie auch bei den meisten Rennen in Brown's Paddock –, aber die Idee, ein Trabrennen zu fahren, erschien Chloé eigentlich noch interessanter. Im Gegensatz zum Galopp, der für einen geübten Reiter stets ein Genuss war, erwies sich der Trab als eher unbequeme Gangart. Wenn man das Pferd dazu versammelte und an den Zügel stellte, ging es an, aber dann beschränkte man sich auch auf eine moderate Geschwindigkeit. Ein Trabrennen auszusitzen beanspruchte den Reiter gewaltig. Im Damensattel würde es die Hölle sein, aber Chloé wollte sich natürlich nicht dazu hinreißen lassen, sich vor der Kirchengemeinde in Dunedin im Herrensitz zu präsentieren. Dagegen die Idee, das Rennen einfach zu fahren … auf der gut ausgebauten Straße von Christchurch Richtung Otago verblüffte sie Heather durch Jewels enorme Trabgeschwindigkeit. Der Hackney war ein geborenes Kutschpferd, er fiel von selbst nur selten in den Galopp. Chloé würde keine Schwierigkeiten haben, ihre Stute in der vorgegebenen Gangart zu halten.

»Und obendrein ist sie wunderschön!«, begeisterte sich Heather. »Tatsächlich wie eine Skulptur aus purem Gold. Du wirst auffallen, Chloé – ihr seid sicher das schönste Paar bei diesem Rennen.«

Chloé lachte – vielleicht zum ersten Mal seit sie Terrence verloren hatte. »Da geht's nicht um Schönheit, Heather, da geht's um Tempo! Und ich gedenke zu gewinnen!«

Colin Coltrane verließ den Gleisbau tatsächlich zwei Wochen vor dem First Caversham Welfare Race – nicht ohne sich dabei gründlich mit Julian Redcliff zu überwerfen. Colin war ein intelligenter Mann und erfasste das Grundwissen über Sprengungen und Brückenbau leicht – hätte er etwas Ehrgeiz in dieser Richtung gezeigt, wäre ein Studium der Ingenieurwissenschaften durchaus eine Alternative für ihn gewesen. Insofern hatte Redcliff ihn schließlich auch widerwillig befördert, er stand jetzt einem Bautrupp von sechs Leuten vor, zwei davon Maori. Mit etwas intuitivem Verständnis war es auf den gefährlichen Baustellen am Arthur's Pass allerdings nicht getan, und Colins Versuche, die Arbeiten unter Umgehung von Redcliffs Anweisungen zu beschleunigen, brachte seine Männer immer wieder in brenzlige Situationen.

Als einer der Maori-Arbeiter abgestürzt war, nachdem Colin auf seine Sicherung beim Bau einer Brücke verzichtet hatte, gab es ernstlich Ärger. Der Mann hatte zum Glück überlebt, aber er war schwer verletzt, und seine Bergung aus einer kaum zugänglichen Schlucht hatte nicht nur weitere Leute in Gefahr gebracht, sondern die Arbeiten an der gesamten Baustelle einen Tag lang aufgehalten. Redcliff brüllte Colin gnadenlos vor seinen Leuten zusammen und widerrief seine Beförderung, woraufhin Colin zunächst einen Versuch machte, ihn anzugreifen und dann kündigte, nachdem der kompakte Gleisbauingenieur ihn mit einem lässigen linken Haken zu Boden geschickt hatte. Boxwettkämpfe gehörten zu den Sonntagsvergnügungen der Arbeiter, und Redcliff hatte auch hier keine Schwierigkeiten, sich mit seinen Männern gemeinzumachen.

Colin verließ die Baustelle also etwas gedemütigt – aber seine Laune hob sich sofort, als er herunter in die Plains ritt. Das Kapitel Gleisbau lag nun endgültig hinter ihm – allerdings auch das Kapitel Armed Constabulary. Colins gleich anfänglich eingereichte Beschwerde bei der Garnison hatte klare Antworten nach sich gezogen: Die Arbeit beim Gleisbau galt als Dienst, und Redcliff war Colins Vorgesetzter. Einen solchen anzugreifen war beim Militär ein ernstes Vergehen. Auch ohne Kündigung hätte Colin mit einem Ausschluss vom Dienst oder doch zumindest einer Degradierung rechnen müssen. So war er immerhin im Rang eines Sergeants ausgeschieden – und er beschloss, sich auch unter den Rennbegeisterten und Pferdezüchtern der Südinsel als Sergeant Coltrane einzuführen. Das klang vertrauenerweckend und respekteinflößend zugleich – man würde seine Qualifikation nicht anzweifeln.

Im Gegensatz zu Heather und Chloé hatte Colin auch in Woolston Glück und konnte ein Trabrennen mitansehen. Er erreichte Brown's Paddock in der Woche vor dem nächsten Renntag und verstand sich sofort sehr gut mit dem findigen Mietstallbesitzer.

»Wenn Sie 'n Gestüt aufmachen, bauen Sie auch gleich 'ne Rennbahn!«, riet Brown, ein vierschrötiger, rotgesichtiger Pferdehändler aus Manchester. »Aber nicht hier, junger Mann, das bitte ich mir doch aus! Beglücken Sie die Gegend um Dunedin oder weiter oben in Otago. Da sollte das auch laufen, bei all den Goldgräbern. Trabrennen ist nicht so 'n Sport für die Geldsäcke, verstehn Sie? Da gehen die ganz normalen Leute hin und verwetten die paar Kröten, die sie in der Fabrik verdienen. Saufen tun die auch gern … ich eröffne demnächst noch 'n Pub!«

Colin lauschte den Ausführungen des Mannes interessiert und fand sie gleich darauf bestätigt. Während die Vollblutpferde für die Hauptrennen am Sonntag meist schon freitags angeliefert wurden,

545

trafen die Bewerber für das Trabrennen am Samstagnachmittag meist erst am Vormittag ein – oft nachdem sie bereits die halbe Nacht unterwegs gewesen waren. Es gab praktisch keine Jockeys – die überwiegende Mehrzahl der Besitzer fuhr oder ritt die Pferde selbst. Wobei das Feld eine wilde Mischung aus Vierbeinern aller Rassen und Größen darstellte.

Die meisten Pferde kamen von den umliegenden Schaffarmen, geritten von den Viehhütern, die auch während der Woche mit ihnen arbeiteten. Aber auch kleine Händler und Fuhrleute aus Christchurch und umliegenden Orten ließen es sich nicht nehmen, ihre Tiere in Woolston antreten zu lassen. Die meisten Pferdebesitzer starteten sowohl im gerittenen Rennen als auch in dem an diesem Renntag erstmalig ausgeschriebenen echten Harness Race. Am Ende waren die Pferde dann sechs Meilen getrabt und rechtschaffen müde – wenn sie nicht schon von der Anreise erschöpft gewesen waren. Einige der Farmpferde waren vorher auch noch nie gefahren, einige der Kutschpferde nie geritten worden. Entsprechend gestaltete sich das Chaos auf der Rennbahn.

Wirklich schnell war niemand, und im allgemeinen Wirrwarr war es auch nicht immer zu erkennen, ob eins der Pferde jetzt doch mal einen Galoppsprung dazwischengesetzt hatte oder nicht. Darüber kam es denn auch oft zum Streit zwischen Veranstaltern, Teilnehmern, Buchmachern und Publikum. Von einem geordneten Rennbetrieb waren die Trotting Races weit entfernt. Dennoch sah Colin das Potenzial in der neuen Sportart. Die Tribünen der Rennbahn waren bis auf den letzten Platz gefüllt, die geringen Wetteinsätze häuften letztlich ein kleines Vermögen an, und die Sieger erhielten beachtliche Geldpreise. Colin Coltrane sah sich in seinen kühnsten Hoffnungen bestätigt: In der Zucht und der Vermarktung von Trabrennpferden lag seine und Matarikis Zukunft.

Das First Caversham Welfare Race bot bezüglich der Teilnehmer und des Pferdebestandes kaum Überraschungen. Jeder machte mit, der ein reitbares Pferd besaß, obwohl es im Grunde nichts zu gewinnen gab. Für die Rennreiter waren keine Geldpreise ausgeschrieben – nur die Töpfergruppe des Hausfrauenvereins hatte sich redlich um die Erstellung von Pokalen bemüht.

»Wo um Himmels willen stellen wir das hin, falls Heather gewinnt?«, fragte Kathleen Burton mit gespielter Verzweiflung.

Natürlich ging auch ihre Tochter mit ihrem hübschen schwarzen Vollblutwallach an den Start. Neben ihr und Matariki registrierte Colin noch eine weitere weibliche Teilnehmerin, eine dunkelhaarige junge Frau, die ihr Pferd als Einzige fuhr, statt es zu reiten. Colin kam sie bekannt vor, aber Matariki belegte ihn so sehr mit Beschlag, dass er nicht dazu kam, seine Mutter nach ihr zu fragen. Das Mädchen war blendender Laune, hatte sein Pferd auf Hochglanz geputzt und mit bunten Bändern geschmückt und platzte vor Selbstbewusstsein.

»Keine Sorge, Miss Kate, gewinnen tun wir!«

Lachend tätschelte Matariki Grainies Hals. Colin bemerkte, dass sie der Stute auch an diesem Tag keinen Damensattel aufgelegt hatte, und fühlte sich dadurch ein wenig irritiert. Auf ihrer gemeinsamen Reise von Parihaka nach Wellington hatte es ihn nicht gestört, da hätte sich auch gar kein Seitsattel auftreiben lassen. Aber hier, vor der gesamten Kirchengemeinde, fand Colin es eher unpassend, dass seine Verlobte breitbeinig auf dem Pferd saß und ihre Fußgelenke enthüllte.

Matariki lachte allerdings nur, als er sie darauf hinwies. »Ich habe doch Stiefel an!«, bemerkte sie. »Und jeder weiß, dass ich Beine habe, also warum soll ich sie verstecken? Ich werde gleich drei Meilen Stechtrab reiten, Colin. Wenn ich das im Damensattel machte, käme ich um vor Rückenschmerzen. Und du willst doch nicht, dass ich heute Abend steif bin, oder?«

Matariki ließ kurz von ihrem Pferd ab und schmiegte sich zärtlich wie ein Kätzchen an Colin. Auch das nicht unbedingt eine Geste, die sich in der Öffentlichkeit schickte, aber sowohl Colins als auch Matarikis Mutter sahen darüber hinweg. Michael war nicht unter den Zuschauern – auch er hatte ein Pferd und wollte reiten. »Womit ich gleich zweimal das Risiko trage, so einen hässlichen Topf auf meinen Kaminsims stellen zu müssen«, lächelte Lizzie Drury mit Blick auf die Preise. »Da, seht, Reverend Peter geht aufs Podium. Ich denke, du musst an den Start, Riki!«

Matariki verabschiedete sich zärtlich von Colin, während Peter ein paar einführende Worte sprach. Kathleen und Lizzie sahen erneut weg, wirkten aber gemeinschaftlich erleichtert, als Grainie zum Start trabte.

Peter Burton begrüßte seine Gemeinde launig beim diesjährigen Gemeindepicknick und dem Wohltätigkeitsbasar, der nach dem Rennen öffnen würde. »Wie immer erhoffen wir uns großzügige Spenden für die Bedürftigen in unserer Gemeinde und vor allem für die Zuwanderer. Ihr wisst, dass der Zufluss von Goldgräbern nach Otago nicht abreißt – und nach wie vor sind es nicht nur Gauner und Glücksritter, die zu den Minen streben, sondern sehr viele Menschen, die in ihrer Heimat einfach keine Hoffnung mehr sehen. Ihr wisst, dass auch viele von euch zunächst dem Lockruf des Goldes folgten, bevor sie für sich bessere und Gott wohlgefälligere Möglichkeiten fanden, ihren Lebensunterhalt zu verdienen. Wer also sind wir, um die Träumer zu verdammen, die jetzt abgerissen, arm und oft krank in unsere Stadt kommen? Ich danke an dieser Stelle allen Gemeindefrauen, die sich nach Ankunft der Schiffe um die Suppenküche kümmern, und all den Männern, die den Neuankömmlingen beim Kauf von Werkzeugen und Ausrüstung für den Winter auf den Goldfeldern mit Rat und Tat zur Seite stehen. Ich danke auch den Handwerkern und Händlern, die den verzagten und verzweifelten Rückkehrern von den Goldfeldern Arbeit geben, und den Familien, die sich der Kinder annehmen, die mitunter schon auf der Schiffsreise verwaist sind oder von ihren Eltern verlassen werden. Sie alle arbeiten für Gotteslohn, aber das Essen für die Armen, die medizinische Versorgung, die Ausrüstung mit Decken und warmer Kleidung kostet natürlich Geld. Aus diesem Grund haben wir uns in diesem Jahr etwas Neues einfallen lassen: das erste Caversham-Wohltätigkeitsrennen! Wer immer in Dunedin und Umgebung ein flott trabendes Pferd besitzt, kann an diesem Rennen teilnehmen, und die Zuschauer können kleine Beträge auf die Reiter und Fahrer setzen. Wettleidenschaft ist zweifellos ein Laster, das alljährlich viele Familien in Armut stürzt. Aber wie der Genuss eines Glases guten Weines niemanden zum Säufer macht, so führt auch ein kleiner Geldeinsatz bei einem harmlosen Spiel nicht gleich zum Verlust von Vernunft und Vermögen. Die Wetteinsätze sind auf einen Shilling pro Wette beschränkt. Zwei Drittel der Einkünfte kommen der Gemeinde, das letzte Drittel der Initiative ›Frauen gegen Alkohol‹ zugute, deren Vorsitzende Mrs. Harriet Morison nun noch ein paar Worte an uns richten möchte.«

Der Reverend wandte sich den Teilnehmern des Rennens zu, während eine kleine, rundliche, aber kämpferisch mit ihrem Regenschirm fuchtelnde Dame das Podium bestieg und direkt zu wettern begann.

Colin Coltrane verdrehte die Augen, während Lizzie sich lachend Kathleen zuwandte. »Ein zähes Ringen, ja?«, fragte sie vergnügt. »Peter muss mit Engelszungen geredet haben, um die Frau von der Gottwohlgefälligkeit seiner Veranstaltung überzeugt zu haben.«

Kathleen nickte. »Wobei sie ja im Grunde Recht hat«, erklärte sie. »Was Wetten und Alkohol angeht. Wir schätzen Mrs. Morison und die ihren, auch wenn sie manchmal ein bisschen übers Ziel hinausschießen. Aber die Frauen sind verbittert. Ihre Männer verbringen die halbe Nacht in den Pubs und vertrinken ihren Lohn. Die Kinder hungern, die Familien können die Miete für ihre Wohnungen nicht aufbringen – das Ganze ist ein Trauerspiel. Kein Wunder, wenn sie da einen Hass auf den Whiskey entwickeln. Ich persönlich glaube nicht, dass diese Männer bessere Ehegatten würden, könnte man die Pubs schließen. Wer Whiskey will, hat ihn noch immer bekommen.«

Sie warf einen vielsagenden Blick auf Michael – der schließlich einer Dynastie von Schwarzbrennern entstammte. Lizzie lächelte.

»Die Frauen brauchen einfach mehr Möglichkeiten, einzugreifen«, mischte sich eine dunkle, freundliche Stimme in die Unterhaltung. »Sie benötigen besseren Zugriff auf das Familienvermögen, Unterstützung, wenn es zur Scheidung kommt, ein Recht auf Unterhalt für ihre Kinder ... Bin ich zu spät, Mutter? Ich kam schon wieder nicht weg aus der Kanzlei.«

Sean Coltrane trug noch seinen ordentlichen grauen Dreiteiler statt leichter Freizeitkleidung wie die meisten Männer auf dem Gemeindefest. Sein Hemd wirkte allerdings verknittert, als habe er darin geschlafen. Kathleen hielt das für möglich. Nach wie vor rieb ihr ältester Sohn sich auf in seiner Kanzlei, in der er inzwischen zum Teilhaber aufgestiegen war. Er hätte längst nicht mehr Tag und Nacht arbeiten müssen, aber neben den lukrativen Fällen rund um Erbschaftsangelegenheiten und Firmengründungen, mit denen seine Kanzlei hauptsächlich befasst war, setzte Sean sich für mittellose Klienten ein. Er beriet Wohltätigkeitsvereine, führte Prozesse für verlassene Frauen und Kinder und gehörte zu den wenigen Anwälten, die auch Frauen bei Scheidungsverfahren vertraten. Sean war elf Jahre alt gewesen, als Kathleen ihren ersten Mann verließ. Er konnte sich an ihr Martyrium noch gut erinnern und war willig, es anderen Frauen zu ersparen. Nun wirkte er etwas verwundert, als er Colin bei seiner Mutter entdeckte.

»Nanu, Colin! Was führt dich hierher? Und das ohne Pferd, ich hätte doch angenommen, dass du wenigstens mitreitest.«

Colin grinste Sean herablassend an. »Hättest du denn auf mich gesetzt, Brüderchen? Oder verbietet dir das die Moral? Wie auch immer, dafür, dass du sechs Pence gewinnst, reite ich mir nicht den Hintern wund. Und für die Reiter ist ja nichts zu holen. Also vergiss es.« Er wandte sich ab, desgleichen Sean.

Die Halbbrüder hatten einander nie gemocht. Sie hatten wenig gemeinsam. Sean hatte zunächst unter Colins Bevorzugung durch den vermeintlich gemeinsamen Vater gelitten und später unter Colins Eskapaden in Dunedin. Er war heilfroh gewesen, den Jüngeren nach England abreisen zu sehen, und konnte auch heute noch nicht glauben, dass er sich zu einem nützlichen Mitglied der Gesellschaft gewandelt hatte – Armed Constable hin oder her.

Das Rennen stand nun kurz vor dem Start, und Colin schlenderte zu Matariki hinüber, um ihr noch einmal Glück zu wünschen. Sean beobachtete ihn argwöhnisch.

»Schleicht er immer noch um die kleine Drury rum?«, erkundigte er sich bei seiner Mutter, um dann erst Lizzie zu bemerken. »Oh, verzeihen Sie, Miss Lizzie, ich habe Sie gar nicht gesehen. Ich ... äh ...«

Sean errötete, was Lizzie ein freundliches Lächeln entlockte. Ursprünglich war sie fest entschlossen gewesen, Michaels Sohn nicht zu mögen, aber der ernsthafte, freundliche Sean hatte schon als Halbwüchsiger ihr Herz erobert. Nun sah er Michael auch ähnlich mit seinem vollen, dunklen Haar und den etwas kantigen Gesichtszügen. Wie sein Vater war er hochgewachsen, aber Sean war kein Draufgänger wie Michael, sondern eher grüblerisch veranlagt. Seine Augen waren nicht leuchtend blau wie Michaels und die ihrer eigenen Söhne, sondern blassgrün, er sah immer ein wenig verträumt aus. Auf Mädchen musste das unwiderstehlich wirken, aber bisher hatte Sean die Liebe seines Lebens noch nicht gefunden.

»Du hast gewisse Bedenken bezüglich der Beziehung deines Bruders zu unserer Tochter«, bemerkte Lizzie. »Womit du nicht allein bist, auch wir betrachten diese sehr frühe Verlobung mit Skepsis. Aber die beiden sind zweifellos verliebt.«

Sie wies auf Colin, zu dem Matariki sich eben herunterbeugte, um ihn noch einmal zu küssen. Sie hätte darüber beinahe den Start verpasst, der Reverend senkte eben eine Fahne, um das Feld auf den Weg zu schicken. Matariki musste sich rasch aufsetzen, als Grainie gleichzeitig mit den anderen Pferden antrabte. Wobei sie immerhin im Trab blieb. Viele Teilnehmer schafften es nicht, ihre aufgeregten Pferde zu verhalten, die Vierbeiner schossen gleich im Galopp los. Den Regeln entsprechend durften sie ein weiteres Mal starten, nachdem es ihren Reitern gelungen war, sie durchzuparieren und zurückzureiten. Große Chancen, das Feld im Trab noch einmal aufzurollen, hatten sie daraufhin natürlich nicht mehr. Colin fand die Regel unsinnig. Es wäre besser gewesen, die Reiter gleich zu disqualifizieren und das Feld damit zu verkleinern.

Die Reiter – und die einzige Fahrerin – gerieten sehr schnell außer Sicht, der Reverend und ein paar weitere Beobachter begleiteten sie zu Pferde, um Regelverstöße zu erkennen und zu ahnden. Hier stand schließlich keine Rennbahn zur Verfügung, das Rennen wurde auf der Straße nach Dunedin ausgetragen. Sie war gut ausgebaut, auf der ersten Hälfte der Strecke hatte die Fahrerin sicher gleiche oder sogar bessere Chancen als die Reiter. Der Rückweg sollte allerdings über unebene Pfade führen, wie Matariki Colin wortreich erläutert hatte. Auch sie hatte darüber nachgedacht, ihr Pferd anzuspannen. Im schnellen Trab war es fast unmöglich, die Bewegungen der Stute zu sitzen, ein Umstand, der die Gangart auch für das Pferd unbequem machte. Matariki war sich sicher, dass ihr Sitz Grainie bremste, aber in Anbetracht des Straßenzustandes hatte sie sich letztlich doch entschieden, zu reiten statt zu fahren.

Colin sah den Reitern noch kurz nach, beschloss dann aber, sich wieder zu seiner Familie zu gesellen, bis sie erneut in Sicht kamen. Vor allem auf Lizzie Drury musste er einen guten Eindruck machen, schließlich hingen seine Zukunftspläne unter anderem von ihr ab. Er hatte vorgesorgt: In Colins Satteltasche steckte eine gute Flasche australischen Weins, für die ein Großteil seines letzten Solds draufgegangen war. Er wusste, dass Lizzie einem solchen Tropfen nicht widerstehen konnte, besorgte sich aber sicherheitshalber ein paar Teetassen, bevor er die Flasche öffnete und Lizzie und seiner Mutter einen Schluck davon anbot. Die streitbare Mrs. Morison mochte schließlich in der Nähe sein ...

Matariki war vom Start gut abgekommen und setzte ihre Grainie erst mal hinter eines der Pferde, die gleich hoffnungslos im Galopp durchgingen. Das machte wenigstens Tempo, während die meisten anderen von ihren Reitern nur mühsam in einem langsamen, verspannten Trab gehalten wurden. Matariki musste Grainie zwar am Zügel halten, hatte aber kaum Schwierigkeiten, die Stute am Anspringen zu hindern. Die einzige Teilnehmerin, der das ebenso mühelos gelang, war die Frau auf dem Bock des Gigs, in deren bildhübscher Fuchsstute Matariki schnell den reinrassigen Hackney erkannte: noch eine ausgeprägte Trabrasse und damit Grainies größte Konkurrentin. Zudem hatte die Fahrerin sich eine eigene Schrittmacherin mitgebracht. Vor dem Hackney galoppierte locker der Vollblüter von Heather Coltrane.

Matariki ließ Grainie neben ihm hertraben. »Also ganz fair ist das ja nicht, was ihr da macht!«, schimpfte sie etwas kurzatmig.

Grainies riesige Trabbewegungen schüttelten sie gnadenlos durch, während Heather entspannt im Damensattel saß. Ihr Pferd hatte offensichtlich eine weiche, angenehme Galoppade.

Heather zuckte die Schultern. »Hindert dich ja keiner, dich auch anzuhängen«, bemerkte sie gelassen.

Matariki blitzte sie an. »Und wenn ich's lieber schneller hätte?«, provozierte sie.

Heather lachte und warf ihrer Freundin auf dem Bock einen übermütigen Blick zu. »Ist Jewel jetzt warm genug?«, rief sie ihr zu.

Die junge Frau nickte und hob leicht die Peitsche. Die Hackney-Stute zog sofort an – und Heather ließ ihren Vollblüter gehen! Der kräftige braune Wallach galoppierte jetzt im Mitteltempo, und die Stute folgte mühelos im Trab. Matariki konnte sich an ihren gewaltigen, aber dennoch leichten Bewegungen kaum sattsehen –

und der Fahrerin schien es mit Grainie ähnlich zu gehen. Die Cob-Stute trabte mit hohen, riesigen Schritten dahin, als trüge sie Siebenmeilenstiefel, und Matariki hatte plötzlich eine Idee, wie sie sich den Stößen entziehen konnte: Sie stellte sich einfach in den Steigbügeln auf, machte sich damit leichter und ließ Grainie nun noch müheloser laufen.

Weder Matariki noch die Frau auf dem Bock hatten inzwischen noch Augen für ihre Schrittmacherin. Die beiden Stuten trabten längst nebeneinander und stachelten sich gegenseitig an. Ihre Besitzerinnen wechselten strahlende Blicke. Das Rennen war nebensächlich geworden, beide genossen nur noch den Rausch der Geschwindigkeit.

»Fantastisches Pferd!«, rief Matariki zum Gig hinüber. »Hackney?«

Die Frau nickte. »Und deins?«

»Kiward-Welsh-Cob!«, gab Matariki stolz zurück – und begann, Grainies Tempo einzufangen.

Vor ihnen stand ein Helfer, der nicht nur die Gangart der Pferde kontrollierte, sondern den Reitern auch den Weg wies. Die Strecke über die Hauptstraße endete hier, es galt, zu wenden und über Seitenwege zurück nach Caversham zu traben. Und gleich darauf erwies sich Chloés Entschluss, das Rennen stilgerecht zu fahren, statt zu reiten, als verhängnisvoll. Der Rückweg war nicht so breit und griffig wie die Straße nach Dunedin. Er wies Schlaglöcher und andere Bodenunebenheiten auf, verlief zum Teil in engen Kurven und war oft so schmal, dass Chloé zum Schritt durchparieren musste, um ihr Wägelchen hindurchzulavieren. Die Reiterin Matariki hatte diese Probleme nicht. Zwar hielt auch Grainie nicht das Tempo, zu dem sich die Stuten auf der Straße gesteigert hatten, aber sie kam doch in zügigem Trab weiter. Matariki zögerte, bevor sie Chloé und Heather zurückließ.

»Es ist nicht fair«, meinte sie bedauernd. »Eigentlich müsstest du gewinnen.«

Chloé zuckte die Achseln. »Bisher waren die Pferde gleich schnell, wer gewinnt, hätte sich auf dem Rückweg ergeben. Aber so … wie auch immer, es war meine Schuld, ich hätte ja auch reiten können. Aber ich hoffte, bis hierher alle anderen abzuhängen.« Matariki kicherte. »Hast du ja auch! Bis auf eine.«

Chloé lachte ihr zu und hob grüßend die Peitsche. »Dann reite zu, bevor uns noch jemand anderes einholt!«

Matariki ließ sich das nicht zweimal sagen. Sie schnalzte Grainie kurz zu, woraufhin die Stute sofort anzog und Chloés Gig schnell zurückließ. In lebhaftem Trab brachte sie die letzte Meile hinter sich, und Matariki durchritt strahlend die Ziellinie.

Matarikis Mutter und die Burtons jubelten ihr zu, Lizzie und Kathleen schienen schon etwas angeheitert. Colin nahm seine Liebste gleich am Ziel in Empfang, und Matariki ließ sich selig vom Pferd in seine Arme fallen.

»Ich hab gewonnen! Hast du gesehen?«

Die Zuschauer lachten gutmütig, als der gutaussehende blonde junge Mann die Siegerin küsste. Matariki sah reizend aus. Auf dem wilden Ritt hatte sich ihr Haar gelöst und fiel nun wie eine dunkle Flut über ihren Rücken, statt brav aufgesteckt unter dem Schleier ihres Hutes zu sitzen. Der Wind hatte ihre Wangen gerötet, ihre goldbraunen Augen blitzten, und ihre vollen roten Lippen glänzten feucht, nachdem sie ganz undamenhaft die Teetasse mit Wein heruntergeschüttet hatte, die Lizzie ihr übermütig reichte.

»Hab ich einen Durst!«

Matariki lachte ungehemmt in die Runde, ganz das Naturkind, das sich von seinem Stamm feiern ließ. Peter Burtons Gemeinde machte bereitwillig mit. Bigotterie war unter diesem Reverend niemals aufgekommen, und das fröhliche Mädchen steckte alle an mit seiner kindlichen Freude über den Sieg. Matariki ritt durch ein Spalier klatschender Gemeindemitglieder – viele der Pferdekenner unter den Zuschauern hatten auf sie gesetzt und feierten nun ihren kleinen Gewinn.

»Wir sollten noch auf Heather und ihre Freundin warten!«, meinte Matariki, als ein paar Mädchen dem Siegerpferd schon einen Blumenkranz umhängen wollten. »Da kommen sie!« Tatsächlich zog die Hackney-Stute das Gig gerade über die Ziellinie. Heather hielt sich zurück. Sie war ohnehin längst aus dem Rennen und wollte ihrer Freundin auf keinen Fall den Triumph rauben. Colin registrierte mit Kennerblick, dass Matariki es hier mit einem echten Konkurrenten zu tun gehabt hatte. Eigentlich ein Wunder, dass Grainie den Hackney geschlagen hatte. Der bildschöne Fuchs wirkte noch keinesfalls ermüdet.

Und das galt auch für die junge Frau am Zügel. Beeindruckend kühl und damenhaft saß sie aufrecht in ihrem Gig, das dunkelblaue Reitkleid untadelig sauber und selbstverständlich züchtig über ihre Fußgelenke fallend. Im Gegensatz zu Matariki, deren Kleid beim schwungvollen Einritt so hochgeflogen war, dass man sogar einen Streifen nackter Haut ihrer Unterschenkel über den festen Reitstiefeln hatte aufblitzen sehen, zeigte die Fahrerin gerade mal die Spitzen ihrer zierlichen Schnürstiefel. Auch sie hatte dunkles Haar, aber keine Strähne hatte sich unter dem Hut hervorgewagt. Der leichte Tüllschleier war während des Rennens zwar sicher hochgeflogen, fiel jetzt aber wieder brav über ihr Gesicht und ließ ihre zarten Züge und ihren hellen Teint nur erahnen.

»Wer ist denn das?«, fragte Colin Matariki.

Die zuckte die Schultern. »Weiß ich nicht. Eigentlich hätte sie gewinnen müssen. Das Pferd ist großartig, aber der Rückweg war zu schwierig für den Wagen.«

Deshalb also … Colin konnte über die Rennorganisation nur den Kopf schütteln. Das musste man anders handhaben – auf die Dauer würden sich Trabrennen nur vermarkten lassen, wenn es eine Rennbahn gab, die das Publikum auch während des Wettkampfs einsehen konnte.

»Frag doch deine Schwester«, fügte Matariki inzwischen hinzu. »Die ist mit ihr geritten. Mir kam sie bekannt vor, aber …«

Colin hörte nicht weiter zu. Schon bei der Erwähnung seiner Schwester war ihm ein Licht aufgegangen. Er nutzte den Umstand, dass sich auch Matariki jetzt vergnügt der Fahrerin zuwandte, um näher an das Gig heranzutreten. Galant reichte er der Fahrerin die Hand, um ihr aus dem Wagen zu helfen.

»Gestatten Sie, Miss Dunloe ... äh ... Verzeihung, Mrs. Boulder. Das war ein fantastisches Rennen. Mein Name ist Colin Coltrane, Heathers Bruder. Ich gratuliere Ihnen zu Ihrem wunderschönen Pferd!«

KAPITEL 7

Violet war von vornherein klar, dass die Miete für das kleine Holzhaus, das sie nach der Ankunft in Woolston mit ihrer Familie bezogen hatte, von Erics Verdienst als Stallbursche nicht zu bezahlen war. Am Anfang hatte sie sich nichts daraus gemacht, da ja noch Geld aus dem Gewinn vorhanden war. Außerdem hatte Eric behauptet, in der Hierarchie des Racing Clubs nicht nur schnell aufsteigen zu können, sondern sein Gehalt obendrein durch Wettgewinne aufstocken zu können.

»Schätzchen, wenn du da arbeitest, dann weißt du, wer gewinnt!«, erklärte er großspurig, während Violet verliebt, aber doch skeptisch durch das hübsche kleine Haus lief.

Ein niedliches Cottage, himmelblau gestrichen und sogar mit einem winzigen Gärtchen, in dem Violet Gemüse anbauen und die Kinder spielen konnten. Aus dem Nachbarhaus grüßte eine junge Frau freundlich herüber, vielleicht ließen sich also sogar Freunde finden! Abgesehen von ihrer Zeit bei den Burtons hatte Violet noch nie so schön und komfortabel gewohnt. Insofern unterdrückte sie denn auch die Frage, warum unter diesen Umständen nicht sämtliche Stallburschen der Rennclubs binnen kurzer Zeit zu großem Vermögen gelangten. Sie wollte Eric einfach glauben. Einmal musste etwas gut gehen in ihrem Leben!

Dann jedoch verlor der Hengst Thunderbird, und für Violet begann das alte, zähe Ringen ums Überleben. Immerhin hatte sie Rosie und Joe vor dem Verlust des Geldes noch neu eingekleidet und etwas Stoff auf Vorrat gekauft. Das also war vorerst kein Problem. Allerdings blieb nach Entrichtung der Miete nur bei knappster Einteilung genug Geld fürs Essen übrig, und Violet brauchte jetzt mehr denn je. Seit sie Roberta hatte, stillte sie Joe nicht mehr, sie brauchte also Milch. Dazu entwickelte der kleine Junge einen gesunden Appetit. Er verschlang jetzt schon mehr als Rosie. Die glich immer mehr einem Schatten, der, an Violets Röcken haftend, durch die Welt geisterte und ins Leere schaute. Das Mädchen sprach nicht, es spielte nicht, und es las nicht, obwohl es dafür längst alt genug war und Violet alles tat, um Rosie die Buchstaben beizubringen und ihr die Welt der Bücher zu öffnen. Dabei hatte Rosie das Lesen bei Caleb schon fast beherrscht.

Violets Versuch, Rosie in der nächsten Schule anzumelden, endete in einem Fiasko. Als Violet sie verließ, öffnete Rosie den Mund zu einem tonlosen Schrei, um sich dann auf dem Boden zu einem zitternden Bündel zusammenzurollen und nach irgendeinem inneren Rhythmus hin und her zu schaukeln. Am Ende des Vormittags war die junge Lehrerin, eine Freiwillige der Abstinenzlerbewegung, deren Mitglieder sich oft in Kirchengemeinden engagierten und um Frauen und Kinder kümmerten, mit den Nerven am Ende.

»Ich hab alles versucht, Mrs. Fence«, beteuerte Miss Delaney. »Ich war freundlich – und dann auch ein bisschen streng, aber nur ein bisschen, man ... man sieht doch, dass das Kind sich sowieso schon zu Tode fürchtet. Aber Rosie schaut einen ja nicht mal an. Sie sollten sie zu einem Arzt bringen, Mrs. Fence. Sie ist gemütskrank.«

Eric winkte ab, als Violet ihm am Abend von dieser Diagnose erzählte. »Die Alte ist selbst krank«, bemerkte er. »Gefällt mir auch gar nicht, dass du dich mit diesen Weibern abgibst, Violet. Abstinenzlerbewegung! Aber das ist nur vorgeschoben. In Wahrheit sind das Suff.., Suffra... Suffratitten. Sagen sie jedenfalls im Pub.«

»Suffragetten«, berichtigte Violet. »Das sind Frauen, die das

Wahlrecht fordern. Aber davon ist bei Miss Delaney und Mrs. Stuart überhaupt nicht die Rede.«

Mrs. Stuart war Violets neue Nachbarin, mit der sie sich tatsächlich angefreundet hatte. Auch sie war Mitglied bei den Abstinenzlern, ebenso wie ihr Mann. Mr. Stuart wettete auch nicht, weshalb er sich ohne weiteres die Miete für ihr Häuschen leisten konnte, obwohl er als Stallmeister in Brown's Paddock nicht viel mehr verdiente als Eric. Auf Violets verwunderte Frage, warum er seine zweifellos vorhandenen Insiderkenntnisse bezüglich der Rennen nicht nutzte, lachte er nur.

»Ich bin da wie die drei Affen, Missy. Ich seh nichts und hör nichts und sag nichts. Wär sowieso meistens daneben. Die Trainer reden zwar viel, aber die Gäule haben ihre eigenen Köpfe. Da braucht bloß mal ein Pups querzusitzen, oder so 'ne Stute wird rossig und hat nur 'n netten Hengst im Kopf – und schon rennen die von links nach quer. Manchmal im wahrsten Sinne des Wortes.«

Das stimmte. Vor kurzem war ein hoch favorisierter Traber seinem Reiter ausgebüxt und bei dem Versuch, die Bahn abzukürzen, in den Fluss gefallen.

Eric erklärte solche Geschichten natürlich als die seltenen Ausnahmen von der Regel. Er hielt Mr. Stuart für einen Dummkopf und Mrs. Stuart für eine gefährliche Aufrührerin.

»Wär mir jedenfalls lieber, du hättest nichts im Sinn mit diesen … Suffra…«, erklärte er mit drohendem Unterton, legte den Löffel hin, stand auf und nahm seine Jacke. »Streng dich besser 'n bisschen mehr an beim Kochen. Von dem laschen Gemüsebrei wird ein Mann nicht satt!«

Eric verzog sich Richtung Pub. Weit hatte er dazu nicht zu gehen, Brown hatte sein Vorhaben tatsächlich wahr gemacht und neben der Rennbahn eine Taverne eröffnet. Eric war seitdem Stammkunde. Und nur selten reichten seine kleinen Wettgewinne auch nur für das Geld, das er vertrank.

»Wir gehen da nächste Woche protestieren«, erklärte Julia

Stuart couragiert, als Violet ihr irgendwann verzweifelt ihr Leid klagte.

Die Woche war gerade mal zur Hälfte um, aber sie hatte nichts mehr zu essen im Haus, der Kolonialwarenhändler mochte nicht mehr anschreiben. Auch der Milchmann drohte damit, die Lieferungen einzustellen, ließ sich bislang aber noch vom Anblick der Kinder erweichen. Vor allem Rosie rührte sein Herz, wenn sie scheu und verhuscht herauskam, um die Milchflasche anzunehmen. Violet hatte fast ein schlechtes Gewissen, sie immer wieder ohne Geld hinauszuschicken, aber die Vorwürfe der Lieferanten schienen an ihr abzuperlen, und gegenüber dem mageren, schweigenden Mädchen fielen sie auch meist nicht sehr scharf aus.

»Komm doch mit, Violet!« Julia Stuart versuchte seit Beginn ihrer Bekanntschaft, Violet zum Beitritt in ihre Organisation zu überreden. »Wenn wir nichts tun, passiert nichts, oder es wendet sich höchstens zum Schlechteren. Browns Pub ist für Woolston eine Katastrophe! All die Fabrikarbeiter, die da jetzt ihr Geld hintragen! Bisher mussten sie zum Trinken fast bis Christchurch laufen. Das tat keiner mehr nach der Arbeit, da gingen sie brav heim zu ihren Frauen. Aber jetzt: ein Bier in der Taverne ... und daraus werden dann zwei oder drei, ein Dartspiel, eine kleine Pferdewette ... und schon ist der halbe Wochenlohn futsch. Die Familien hungern, Violet! Carry Delaney sammelt jetzt schon für eine Schulspeisung, die Kinder können doch nichts lernen, wenn sie nichts im Bauch haben.«

Violet seufzte. Auch sie hungerte, was Julia bisher wohl nicht registriert hatte oder nicht wissen wollte. Sie waren schließlich keine Fabrikarbeiterfrauen, die rund um die Wollfabrik unter kaum besseren Bedingungen hausten als die Bergleute in Greymouth, aber sie hatten hübsche, sauber gestrichene Häuschen ... Violet empfand beinahe Wut auf die Freundin.

»Da könntest du übrigens helfen«, meinte Julia fast beiläufig. »Carry ist eine begnadete Lehrerin, aber sie kann nicht kochen.

Wenn du das übernehmen würdest ... die Kinder kannst du mitbringen.«

Violet beeilte sich, das Angebot anzunehmen – voller Reue und Bewunderung für Julias diplomatische Fähigkeiten. Sie bot der Freundin keine Almosen an. Aber als Köchin konnte Violet bei der Schulspeisung mitessen, und auch ihre Kinder würden kostenlos satt.

Carry Delaney erreichte dann in kürzester Zeit das, was Julia nicht gelungen war – sie überredete Violet zum Besuch einer Versammlung der »Christlichen Frauen gegen Alkohol«.

»Vergiss einfach mal das ›Christlich‹, konzentrier dich auf ›Frauen‹!«, erklärte die lebhafte junge Frau.

Sie war sofort mit Violet ins Gespräch gekommen, nachdem die eine aufgeschlagene Zeitung auf ihrem Pult entdeckt hatte. Ein neuer Artikel der berühmt-berüchtigten *Femina!*

»So jemand wie du fehlt uns, wir brauchen nicht noch mehr Betschwestern, wir brauchen Frauen, die das lesen und verstehen!« Miss Delaney wies auf den Text. »Letztlich ändern wir nichts durch Hymnensingen. Wir brauchen Macht und Einfluss, wir brauchen das Wahlrecht! Aber darüber kann man mit den braven Weibchen der Abstinenzler ja nicht reden!«, erregte sie sich. »Denen würd's schon reichen, wenn die Kerle aufhören würden zu saufen und zu wetten und stattdessen beteten und arbeiteten.«

»Und wäre das kein Fortschritt?«, fragte Violet schüchtern.

Carry verdrehte die Augen. »Klar wäre das gut! Nur erstens kaum durchzusetzen und zweitens ... Dass man Frauen und Kinder nicht schlägt und nicht hungern lässt, ist doch wohl die Voraussetzung! Aber wir stellen es dar, als wäre das schon ein Gnadenakt des starken Geschlechts! Und noch schlimmer, ein paar von denen sind sogar der Meinung, dass dafür nur der Teufel Alkohol verantwortlich ist oder der Teufel Glücksspiel. Der Mann selbst ist ein armes Opfer! Das stimmt nicht, Violet! Ich persönlich glaube nicht an eine Wirkung des Alkoholverbots. Wir brauchen ganz andere Gesetze! Eine Pflicht, Unterhalt zu zahlen, zum Beispiel. Ein ordentliches Scheidungsrecht, das die Frau und die Kinder nicht ins Elend stürzt. Wohlfahrtsgesetzgebung, wenn der Kerl nicht zahlt oder nicht zahlen kann ... Aber gut, von mir aus sollen sie auch den Schnaps verbieten. Das Problem ist nur: Das Parlament wird es nicht tun! Nicht, solange da ausschließlich Männer sitzen, die ausschließlich von Männern gewählt werden. Deshalb müssen wir da als Erstes was ändern. Wir brauchen das Wahlrecht. Das aktive und das passive.«

»Du willst dich ins Parlament wählen lassen?«, fragte Violet, verblüfft, aber auch voller Ehrfurcht.

Carry lachte schalkhaft. »Warum nicht? Warte noch ein paar Jahre, dann stellen wir die Premierministerin! Und du musst zur nächsten Versammlung mitkommen. Kate Sheppard wird sprechen, und ich will dich ihr vorstellen. Du bist immerhin die erste Frau, der ich den Unterschied zwischen aktivem und passivem Wahlrecht nicht erklären musste! Woher weißt du das, Violet Fence? Liest du Parlamentsberichte?«

Violet lächelte. »Ich hab ein Lexikon«, gestand sie. »Und ich bin gerade bei ›Wetterphänomene‹.«

Carry grinste sie an. Die zierliche braunhaarige junge Frau sah manchmal selbst noch wie ein Schulmädchen aus. Auf jeden Fall genoss sie die Aktionen ihrer Frauengruppe wie ein Abenteuer.

»Dann bist du ja bereit für ein Donnerwetter! Sonntagnachmittag im Gemeindehaus der Methodisten in Christchurch. Kate Sheppard von der Ladies Association der Trinity Church spricht, und aus Dunedin kommt Harriet Morison. Lass es dir nicht entgehen!«

Violet dachte nervös an den häuslichen Sturm, den Eric entfesseln würde, wenn sie sich einer Suffragettenbewegung anschloss. Aber andererseits: Wer sollte es ihm verraten? Am Sonntag war

Renntag, er würde Pferde betreuen und dabei sein letztes Geld verwetten.

Violet war entschlossen, es zu wagen.

Am Sonntag machte sich Violet schon früh am Nachmittag auf den Weg. Es würde nicht einfach sein, Roberta und oft auch Joe die ganze Strecke nach Christchurch zu tragen, zumal Joe ständig quengelte. Er war trotz der kargen Mahlzeiten ein kräftiger kleiner Junge, konnte schon recht gut laufen und beharrte auf sein Recht, allein zu gehen. Über zwei Meilen war das natürlich unmöglich, und die winzigen Schritte des Kleinen hielten Violet auf. Wieder einmal musste sie sich zwingen, diesem Kind gegenüber eine gute Mutter zu sein. Um ein Haar hätte sie Joe angeschrien, als er sich zum zweiten Mal durchsetzte, ein paar Schritte tapste, dann hinfiel und sich mit schmutzigen Händchen an Violets gutem Kleid hochzog. Es war das Kleid, das ihr Heather damals geschenkt hatte – sie trug es immer noch.

Obwohl sie inzwischen zwei Kinder geboren hatte, war Violet kaum kräftiger als das vierzehnjährige Mädchen von einst, lediglich im Brust- und Hüftbereich hatte sie das Kleid etwas auslassen müssen. Julia Stuart bewunderte ihre schlanke Taille, die das weinrote Samtkleid besonders gut zur Geltung brachte. Sie selbst trug nur ein einfaches Taftkleid – zwar aus gutem Stoff, aber dunkel und bescheiden. Hoffärtigkeit, so erklärte sie Violet mit leichtem Bedauern, sei mit der Religiosität ihres Mannes nicht zu vereinbaren. Violet begriff langsam, warum Carry ihre Nachbarin etwas verächtlich eine Betschwester nannte, auch ihr fiel ihr häufiges Moralisieren manchmal auf die Nerven.

Aber an diesem Tag war sie glücklich, sie bei sich zu haben. Julia Stuart hatte noch keine Kinder, obwohl sie sich welche wünschte – und war völlig in Joe vernarrt. Violet war das unverständlich. Sie fand die zierliche Roberta, die inzwischen natürlich nicht mehr wie eine Backpflaume aussah, sondern glatte, rosige Bäckchen, süße rosa

Lippen und riesige, noch blaue Augen zeigte, viel hübscher als den Wonneproppen Joe. Roberta zu lieben forderte ihr keine Anstrengung ab. Sie trug sie in einem Tuch vor der Brust und beobachtete etwas ungeduldig, aber nichtsdestotrotz dankbar Julias Bemühungen um Joe. Die junge Frau folgte seinen sämtlichen Launen, ließ ihn immer wieder ein paar Schritte gehen, um ihn dann wieder aufzuheben, und war schließlich ganz beglückt, als er an ihrer Schulter einschlief. Letzteres freute auch Violet.

»Jetzt kommen wir endlich mal voran«, bemerkte sie. »In Joes Tempo hätten wir drei Stunden gebraucht!«

Julia machte nicht den Eindruck, als hätte sie das gestört. Ihr lag sichtlich mehr am Umgang mit dem Kind als daran, Kate Sheppard zu lauschen, der sie ohnehin eher skeptisch gegenüberstand.

»Na, so viel schneller ist Rosie auch nicht«, behauptete sie, was eindeutig nicht stimmte.

Violet hielt Rosie an der Hand, und die Kleine folgte wie immer zügig, wortlos und brav. Violet machte sich etwas Sorgen darum, wie sie auf eine große Versammlung von Menschen reagieren würde, aber immerhin durften es ja nur Frauen sein. Vor denen fürchtete Rosie sich allgemein weniger als vor Männern.

»Es kommen sonst auch immer ein paar Männer mit«, meinte Julia, als Violet die Überlegung äußerte. »Mein Mann zum Beispiel, wir haben ja alle die gleichen Ziele. Allerdings bei dieser Mrs. Sheppard ... ich bin mir da gar nicht so sicher ... sie ist ... sie ist äußerst radikal in ihren Ansichten. Frauenwahlrecht ... ich meine ...«

»Traust du es dir nicht zu?«, fragte Violet.

Der häufige Umgang mit Carry Delaney ließ sie fast ein bisschen zu dem lockeren Ton zurückfinden, den sie ehemals von Heather Coltrane übernommen hatte.

Julia schaute sie verwundert an. »Das ist doch nicht die Frage. Die Frage ist mehr: Ist es gottgewollt? Ich meine ... er schuf Eva aus der Rippe Adams … und gleich die erste Entscheidung, die sie traf, war falsch.« Julia bekreuzigte sich.

»Vielleicht deshalb«, bemerkte Violet.

Julia runzelte die Stirn. »Hm?«

»Vielleicht eben deshalb. Weil sie … äh … aus der Rippe des Mannes … Wenn Gott sich die Mühe gemacht und noch mal extra Ton genommen hätte … oder Adam wenigstens ein bisschen Gehirn abgezapft …«

Julia bekreuzigte sich noch einmal, diesmal empört. »Das ist Gotteslästerung, Violet Fence!«, sagte sie aufgebracht.

Violet zuckte die Schultern. »Ich denke nur, es war ein wenig nachlässig. Aber weil Eva vielleicht nicht die Klügste war, heißt das ja nicht, dass alle Frauen falsche Entscheidungen treffen. Adams und Evas Töchter zum Beispiel – die müssen doch nicht nur was von Adams Rippe gehabt haben, sondern auch was von seinem Verstand.«

Julia Stuart mochte sich solch ketzerischen Überlegungen offensichtlich nicht hingeben. Stattdessen erzählte sie Violet ein wenig über Kate Sheppard.

»Sie hat einen kleinen Sohn, etwa in Joes Alter. Ursprünglich kommt sie aus Liverpool. Und sie soll sehr religiös sein. Wenngleich sie eben diese äußerst radikalen Ansichten hat. ›Alle Unterschiede, egal ob Rasse, Klasse, Abstammung oder Geschlecht betreffend, sind menschenunwürdig und müssen überwunden werden.‹ Das ist ihr Wahlspruch.«

»Das ist doch schön!«, sagte Violet.

Julia schnaubte. »Eine Welt, in der alle gleich sind? Wo kämen wir denn da hin?«

Violet überlegte. »In eine Welt, in der alle zu essen hätten …«, hoffte sie.

»Oder in der alle hungerten!«, trumpfte Julia auf.

Violet dachte nach. Das war nicht von der Hand zu weisen. Aber sicher nicht im Sinne der Kate Sheppard.

Letztlich kamen Violet und Julia tatsächlich etwas zu spät zum Treffen der Christian Temperance Union. Der Saal war bereits fast voll, und die Hymne der Bewegung *Give to the Winds Thy Fears* erklang eben aus etwa fünfzig Frauenkehlen. Julia Stuart überlegte schon, ob sie überhaupt noch eintreten konnten, aber dann starrte Rosie fasziniert auf eine seltsame Erscheinung: Die sonntäglich ruhige Straße entlang kamen zwei Fahrräder gefahren – elegante Hochräder, wie Violet sie vorher nur einmal, kurz vor der Überfahrt nach Neuseeland, in London gesehen hatte. Damals hatten dunkel gekleidete Herren mit hohen Hüten die Räder gefahren und dabei sehr ernst ausgesehen. Hier allerdings näherten sich zwei Frauen – wobei die eine ihr Gefährt souverän beherrschte, während die andere mitunter gefährlich kippelte. Und zumindest die erste schien bei der Sache einen Heidenspaß zu haben. Lachend wandte sie sich zu ihrer Gefährtin um.

»Da sehen Sie's, Harriet! Es ist leicht zu lernen, es trägt zur Körperertüchtigung bei, und es macht Freude! Mal ganz abgesehen davon, dass es erheblich billiger ist, sich ein Fahrrad anzuschaffen als eine Kutsche und ein Pferd. Und darüber hinaus muss man es nicht füttern. Es bräuchte nur noch einen Kindersitz ... Und dann stört Sie natürlich dieses leidige Korsett!«

Die Frau stoppte ihr Fahrrad elegant vor dem Gemeindehaus und lächelte, als Violet und Rosie es schüchtern bewunderten, während Julia sich indigniert abseitshielt.

»Sie dürfen's gern mal probieren!«, lud sie Violet ein. »Obwohl Sie natürlich viel kürzere Beine haben als ich. Ich bin mir nicht sicher, ob man's dafür einstellen kann.«

Violet wurde umgehend rot. Nicht einmal Carry Delaney hätte das Wort Beine jemals so unbekümmert in der Öffentlichkeit gebraucht.

»Was ist denn jetzt, Harriet, kommen Sie da noch mal runter?«, fragte die Frau vergnügt in Richtung ihrer Begleiterin.

Die schien unschlüssig darüber zu sein, wie man vom Fahrrad abstieg. Sie war aber auch viel kleiner und rundlicher als ihre Freundin, die imponierend groß und schlank war und kein Korsett brauchte, um ihre Figur zu betonen. Sie trug auch keins. Violet errötete noch einmal, als sie das erkannte.

Die Frau musterte inzwischen das Rad ihrer Freundin. »Mit dem könnten Sie's probieren«, wandte sie sich wieder freundlich an Violet. »Aber erst nach der Versammlung. O Gott, die müssen schon ganz nervös sein, weil ich so spät komme. Ich bin die Hauptrednerin, wissen Sie.«

Sie lächelte, kontrollierte mit einem kurzen Griff, ob ihr kreisrund aufgestecktes Haar noch ordentlich unter ihrem frechen Hütchen saß, und machte dann Anstalten, einzutreten. Ihre Freundin mühte sich noch mit dem Abstellen ihres Fahrrads. Violet half ihr.

»Da, sehen Sie, Sie sind eine Naturbegabung!«, lächelte Mrs. Sheppard und ließ offen, ob sie ihre Freundin oder Violet meinte.

Violet jedenfalls schlüpfte hinter den Rednerinnen in den Saal und zog Rosie mit, ohne weiter auf Julia zu achten. Im Gefolge der großen Mrs. Sheppard, der die Menge natürlich Platz machte, schaffte sie es schnell ganz nach vorn. Julia folgte ihr – und Carry Delaney kam ihnen nach. Sie erbot sich, die Kinder mitzunehmen.

»Ich passe hinten auf sie auf, da hab ich auch Malstifte und Bilderbücher. Dann schreit keins dazwischen, und die Mütter haben Muße, den Rednerinnen zuzuhören!«

Mrs. Sheppard lächelte der jungen Frau vom Podium aus wohlgefällig zu, als der eben wieder aufgewachte Joe ihr brav hinterhertapste – woraufhin sich erstaunlicherweise auch Rosie von Violets Rocksaum löste. Gewöhnlich ging sie nie mit Fremden, aber andererseits war sie stets äußerst besorgt um Joe. Violet wunderte sich mal wieder über ihre Schwester: Sie wusste, dass Rosie für Joe so etwas wie Verantwortung empfand, aber sie hätte nicht gedacht, dass sie ein solches Wagnis eingehen würde, nur um ihn im Auge zu behalten.

Dann aber, als Kate Sheppard zu sprechen begann, vergaß sie

ihren Sohn und seine stumme Beschützerin. Sie begrüßte die Versammlung, entschuldigte sich kurz für die Verspätung und begann, ihre Thesen vorzutragen.

»Seit die Menschheit aus dem Paradies vertrieben wurde, bemüht sie sich mit Gottes Hilfe um die Überwindung der Sünde, die Urbarmachung der Welt und um das Streben nach Glück und Gerechtigkeit. Besonders über Letzteres ist viel geredet und nachgedacht – und seit der Antike auch viel erreicht worden. Wir halten keine Sklaven mehr, wir urteilen nicht mehr willkürlich über Sünder, sondern haben Gesetze und Gerichte, wir kümmern uns um Arme und Kranke. Die Menschenrechte wurden definiert und zumindest im Bereich der modernen Staaten anerkannt. Allerdings: In der Praxis, meine Freundinnen, sind Menschenrechte immer noch Männerrechte. Der Mann hat die Arbeit, der Mann hat das Geld. Das Vermögen einer Familie – auch wenn es von der Frau in die Ehe gebracht wurde – verwaltet der Mann. Und de facto darf er auch Sklaven halten: Wenn eine Frau ihm erst das Jawort gegeben hat, kommt sie aus der Ehe mit ihm kaum wieder heraus. Er kann sie schlagen, sie hungern lassen, sie zwingen, ein Kind nach dem anderen zur Welt zu bringen. Selbst wenn er sie tötet, fallen die Urteile meist milde aus, sofern es ihm nicht gleich gelingt, die Sache als Unfall auszugeben und zu vertuschen. Setzt die Frau doch eine Scheidung durch, so verliert sie ihr Hab und Gut und ihre Kinder. Das Sorgerecht wird praktisch immer dem Mann zugestanden, auch wenn er es war, der die Ehe zerrüttete, indem er seine Kinder prügelte und das Geld versoff und verspielte, mit dem er seine Familie ernähren sollte.

Sicher sind Sie alle wie ich der Meinung, dass dies geändert werden müsste. Wir brauchen andere, gerechtere Gesetze. Aber die bekommen wir nicht, denn die Gesetze machen die Männer. Nur sie dürfen wählen, nur sie dürfen als Mitglieder ins Parlament. Und sie reagieren äußerst empört, wenn wir sie fragen, warum das so ist. Warum Frauen in Bezug auf das Wahlrecht gleichgestellt werden mit Irren und Kriminellen – auch ihnen wird verständlicherweise nicht zugestanden, an der Urne die Geschicke des Landes mitzubestimmen – dafür gibt es viele Argumente. Wir Frauen seien zu sensibel, heißt es. Zu schwach, zu schutzbedürftig. Zu emotional auch, zu gefühlvoll, um mitunter harte, schwere Entscheidungen zu treffen. Ich höre, dass einige von Ihnen bitter auflachen, und ich möchte mit ihnen zynisch das Gesicht verziehen. Aber wir müssen aufhören, still vor uns hin zu leiden. Wir müssen beweisen, dass wir mehr können als beten und unseren Männern mittels unserer liebevollen Unterstützung den Weg in den Himmel zu bahnen. Das nämlich gesteht man uns zu, meine Freundinnen! Ein hohes Moralempfinden, eine natürliche Würde, die nicht mit schnödem, irdischem Politikkram beschmutzt werden darf. Die einen setzen uns mit Verrückten gleich, die anderen mit Engeln. Beides kommt aufs Gleiche hinaus, denn natürlich dürfen auch Engel nicht wählen!«

Julia runzelte verärgert die Stirn, aber Violet und die meisten anderen im Saal lachten.

»Ich muss keine Beweise dafür anführen, dass wir keine Engel sind. Aber unsere politischen Gegner haben auch keine dafür, dass die Intelligenz der Frauen nicht über die von Kindern, Irren und Straftätern hinausgeht. In anderer Hinsicht gesteht man uns ja auch Verständigkeit zu. Die von Männern gemachten Gesetze, meine Freundinnen, gelten ebenfalls für Frauen! Man gesteht uns zu, gültige Ehen einzugehen und zumindest in eingeschränktem Bereich Geschäfte zu machen. Vielleicht wird eine Bank einer alleinstehenden Frau kein Geld leihen. Aber wenn sie es tut, so muss die Frau es zurückzahlen, ohne Rücksicht auf ihr Geschlecht.

Männer und Frauen sind schon gleich, hier in unserem Land und in allen anderen – jedoch nur da, wo diese Gleichheit den Männern nützt. Wo sie den Frauen nützen würde, greifen plötzlich ganz andere Gesetze. Das ist nicht gerecht. Und das kann nicht gottgewollt sein!«

»Aber wär's denn nicht so, wenn Gott es nicht wollte?« Eine kaum hörbare Stimme hinter Violet. Sie sah sich um und erblickte eine verhärmte Frau in einem fadenscheinigen Kleid. »Müssen wir uns seinem Willen nicht fügen?«

Kate Sheppard lächelte ihr zu. »Gott gab Männern und Frauen Verstand und Willen, gegen das Böse zu kämpfen. Wobei es manchmal lange dauert, bis die Menschheit etwas als falsch erkennt. Denken Sie nochmals an die Sklaverei. Auch da hat es viele Jahrhunderte gedauert, viele verzweifelte Gebete sind an Gott gerichtet worden, bis die Menschheit einsah, dass die Hautfarbe den Nächsten nicht zum Arbeitstier macht. Aber auch da hat Gott keinen Donner geschickt und keine Engel mit dem Flammenschwert. Er hat nur seine Hand über die gehalten, die kämpften, und so haben sie letztlich gesiegt. Gott liebt und unterstützt die Gerechten, aber er hat keine Zeit für die Schwachen und Zögerlichen, die sich nur verkriechen und den Bösen und Ungerechten das Feld überlassen.

Wir wollen den Männern die Flügel nicht stutzen, mit denen sie gen Himmel streben! Aber wir sind es leid, dass sie dazu auf unsere Schultern steigen! Wir wollen gleiches Recht für alle. Wir wollen ein vernünftiges Scheidungsrecht, eine Wohlfahrtsgesetzgebung, die verhindert, dass Kinder hungern. Wir wollen Schulen für Jungen und Mädchen, für die Kinder von Bürgern und Arbeitern. Wir wollen medizinische Versorgung – freie medizinische Versorgung, keine Frau soll mehr im Kindbett sterben, weil ihr Mann das Geld für den Arzt vertrinkt.

Bisher, meine Freundinnen, war das einzige Recht der Frau, der einzige Bereich, in dem sie gleich war, das Recht, in der Kirche Ja zu sagen. Wir möchten jetzt auch einmal Nein sagen dürfen. Und dazu gibt es nur einen Weg: Wir wollen, wir brauchen das Wahlrecht!«

Violet konnte gar nicht mehr aufhören zu klatschen, als Kate Sheppard vom Podium stieg.

Julia Stuart war weniger begeistert. »Mein Mann schlägt mich nicht«, erklärte sie gallig, während an Kates Stelle die kleine Mrs. Morison aufs Podium stieg und nun wieder gewohntere Töne in der Temperance Union anschlug. Sie wetterte gegen die Gefahren des Alkohols und für eine Prohibition.

»Das ist schön für dich«, meinte Violet eisig. »Und wie man sieht, macht er dir auch nicht jedes Jahr ein Kind. Aber ich fürchte, mit der Geschichte bist du ziemlich allein.«

»Violet?«

Die Versammlung endete wie immer mit einem gemeinsamen Teetrinken, und Violet hatte gerade genug Mut gefasst, sich vorsichtig in Richtung der Frauengruppe um Kate Sheppard zu schieben. Dann jedoch kam Carry Delaney auf sie zu.

»Da ist etwas … mit Rosie. Ich denke … ich denke, du solltest es dir ansehen.«

Während sich Violet erschrocken umwandte, entdeckte Kate Sheppard Carry und begrüßte sie freundlich. Carry nutzte die Gelegenheit, die schüchterne Violet vorzustellen.

»Wir haben uns draußen schon kurz kennen gelernt«, meinte Kate lächelnd. »Mrs. Fence interessiert sich für mein Fahrrad. Wollen Sie es jetzt probieren, Mrs. Fence? Es ist wirklich eine sehr schöne Neuerung – und erlaubt einer Frau auch immer wieder, die Argumente der männlichen Ignoranten ad absurdum zu führen. ›Frauen eignen sich aufgrund ihrer Knochenstruktur und physische Disposition nicht zum Radfahren.‹ Wir sind angeblich zu zerbrechlich, um in die Pedale zu treten! Und diese Leute nennen sich Wissenschaftler, Ärzte gar. Ich frage mich da immer, ob die mal bei einer Geburt dabei waren. Wahrscheinlich nicht, sonst würden sie das Kinderkriegen verbieten. Verglichen mit einer Fahrradfahrt geht das nämlich wirklich an die Substanz.«

Violet hätte ihr gern weiter zugehört, sorgte sich aber andererseits um Rosie. Was mochte da vorgefallen sein? Und wer beaufsichtigte die Kinder jetzt?

Kate Sheppard bemerkte ihre Unruhe. »Tja, wem sage ich das, Sie haben selbst bereits Kinder, wie ich eben gesehen habe. Alle drei Ihre? Himmel, Kleines, wann haben Sie denn da angefangen?«

Violet errötete, aber Carry erklärte der Frauenrechtlerin ganz sachlich, Rosie sei ihre Schwester. »Und sie ist irgendwie ... gemütskrank. Sie regt sich sonst nie, ist völlig still. Aber heute ... vielleicht mögen Sie sich das ja selbst mal ansehen.«

Violet wollte vor Scham über dieses Angebot im Boden versinken. Wie konnte Carry diese Frau mit ihren Angelegenheiten belästigen? Kate Sheppard schien das aber nicht übel zu nehmen.

»Katatonie, meinen Sie?«, erkundigte sie sich.

Violet schüttelte den Kopf. »Nein, sie bewegt sich schon. Mehr ...«, sie suchte das Wort, das sie Calebs Lexikon entnommen hatte, »... mehr ... Mutismus ...«

»Beharrliches Schweigen, obwohl keine körperlichen Ursachen für Stummheit vorliegen?« Kate Sheppard warf Violet einen anerkennenden Blick zu. »Hat Ihnen das ein Arzt gesagt?«

Violet schüttelte den Kopf. »Nein. Das ist nur ... das ist ...«

»Ich schau mir das jedenfalls gern mal an«, erklärte Kate.

Sie folgte den jüngeren Frauen in die Ecke ganz hinten im Raum, wo Carry die Kinder betreut hatte. Tatsächlich gab es etwas Spielzeug und Malsachen. Julia Stuart hatte während Carrys Abwesenheit die Aufsicht übernommen, saß glücklich auf dem Boden und spielte Eisenbahn mit Joe und zwei anderen kleinen Jungen, während Roberta und zwei weitere Babys nebenan schliefen. Ab und zu sah sie auf, um Rosie zu tadeln. Das kleine Mädchen saß an einem der Tische, sehr starr, aber nicht zusammengesunken, sondern hoch aufgerichtet. Ihr Gesicht hatte einen konzentrierten, ja grimmigen Ausdruck angenommen, und sie hielt einen Malstift in der Hand.

Violet dachte daran, dass Rosie nie mehr gemalt hatte, seit Caleb nach England gefahren war. Violet hatte sich Stifte nie leisten können. Jetzt blickte sie neugierig auf das Werk ihrer Schwester. Was sie sah, erschreckte sie. Rosie bekritzelte eben das vierte oder fünfte Blatt Papier, wobei sie scheinbar beim Malen so fest gedrückt hatte, dass das billige Papier an mehreren Stellen eingerissen war. Der Tisch war voller roter Farbe, aber das schien Rosie egal zu sein. In raschen, mechanischen, fast wütenden Bewegungen arbeitete sie verbissen weiter. Der Stift war schon abgebrochen, sie malte jetzt mit dem Stumpf.

»Um Himmels willen, Rosie, der Tisch, die Stifte! Du machst ja alles kaputt, das kostet doch Geld!«

Violet schimpfte, aber im Grunde empfand sie nur nackte, eiskalte Angst. Rosie schien völlig verrückt geworden. Und jeder konnte es sehen.

»Was malst du denn da, Rosie?« Violet hörte Kate Sheppards ruhige, etwas tiefe Stimme. »Willst du uns nicht erzählen, was das ist?«

Rosie beschmierte ein weiteres Blatt Papier, während Kate geduldig wartete. Dann hob sie den Kopf und sah ins Leere.

»Rot. Blut«, sagte sie, ließ den Kopf auf den Tisch fallen und begann zu weinen – lautlos wie immer. Nach einer Weile hörte Rosie auf, sie schien eingeschlafen zu sein.

»Immerhin hat sie etwas gesagt«, bemerkte Kate.

»Sie sollte zu einem Arzt!«, meinte Carry.

Kate schüttelte den Kopf. »Nur weil jemand schweigt, muss er nicht krank sein«, sagte sie. »Vielleicht ist dies einfach Rosies Art, Nein zu sagen. Mit unserer Welt war sie überfordert. Deshalb hat sie sich eine eigene gesucht.«

Julia schüttelte unwillig den Kopf, und Carry schaute verwirrt. Aber Violet verstand.

»Wir müssen nicht Rosie ändern, wir müssen die Welt ändern«, sagte sie. »Danke, Mrs. Sheppard. Wo kann ich mich eintragen, Julia? Ich möchte Mitglied der Temperance Union werden.«

Kate lächelte. »Vergessen Sie das ›Christian‹ nicht«, mahnte sie. »Wir brauchen Gottes Beistand.«

Am nächsten Samstag traf sich Violet mit zwanzig anderen Frauen. Während die zögerliche Julia auf die Kinder aufpasste, sang sie Hymnen und schwenkte Transparente vor der Race Horse Tavern. »Verbietet den Alkohol! Entsagt dem Teufel! Brot statt Whiskey!«

Als Eric sie dort entdeckte, zerrte er sie nach Hause und schlug sie vor den Augen der entsetzten Julia windelweich. Am nächsten Tag eröffnete er ihr, dass er den Mietvertrag für das Häuschen gekündigt hatte. Sie konnten es sich schließlich sowieso nicht leisten, das hätte Violet ja oft genug gesagt. Stattdessen zogen sie in einen Schuppen im Hinterhof von Brown's Paddock. Das Gelass hätte kaum für einen Hund ausgereicht, niemand wäre auf den Gedanken gekommen, eins der kostbaren Rennpferde hineinzustellen.

»Du kannst auch was dazuverdienen!«, lachte Eric. »Brown lässt dich morgens den Pub putzen.«

Violet putzte die Race Horse Tavern nach den Gelagen der Männer, obwohl sie sich dabei fast zu Tode ekelte. Aber an den Samstagen brachte sie die Kinder zu Julia und machte sich selbst auf den Weg nach Christchurch. Die Temperance Union demonstrierte an jedem Wochenende vor anderen Pubs.

Eric missbilligte Violets Engagement bei den Alkoholgegnern zwar immer noch, aber natürlich opferte er seinen Samstagabend im Pub nicht der Aufgabe, seine Frau zu überwachen. Und Violet ließ es kaltblütig darauf ankommen: Manchmal war sie früher zu Hause als er und konnte vorgeben, bereits tief und fest geschlafen zu haben. Manchmal hatte sie Pech, und Eric erwischte sie mit ihren Transparenten. Dann ließ sie sich prügeln, die Kinder waren schließlich sicher bei Julia untergebracht. Eric kam auch wieder betrunken in ihr Bett, aber zu ihrem Erstaunen empfing sie vorerst kein Kind mehr. Sie war nach wie vor klein und unterernährt, dazu stillte sie Roberta. Stillen sollte gegen eine neue Empfängnis helfen, wie ihr eine Frau aus Kates Umfeld verraten hatte. Unter sich sprachen die Frauen erstaunlich freizügig über Männer und Kinder.

»Aber das Beste ist natürlich, einen guten, moralisch gefestigten Mann zu heiraten, der bereit ist, auch mal abstinent zu leben«, dozierte eine andere Matrone zum Thema Verhütung.

»Wie vom Whiskey?«, rutschte es Violet heraus. »Können wir das bei der Prohibition nicht gleich mit verbieten lassen?«

Dann lachte sie gemeinsam mit ihren neuen Freundinnen. Hätte diese Art von Abstinenz schließlich auch auf der Liste der Temperance Union gestanden, so hätte sich wohl kaum ein Mann für die Mitgliedschaft gewinnen lassen.

An Renntagen pilgerte Violet in den Gemeindesaal der Methodisten und hörte die Reden der Befürworter der Prohibition oder, wenn sie Glück hatte, von Frauen wie Kate Sheppard. Sie lauschte Ada Wells, Harriet Morison und Helen Nicol – und einmal auch Sir John Hall, einem Mann, der sich tatsächlich für das Frauenwahlrecht einsetzte. Und dann setzte ihr Herz fast aus, als Carry Delaney ihr den Ankündigungszettel für die nächste Veranstaltung zeigte.

Hauptredner war Sean Coltrane – Rechtsanwalt aus Dunedin und Kandidat der Liberalen für einen Sitz im Parlament.

»Nein«, sagte Michael Drury.»Die Antwort ist Nein, Matariki, und das ohne Wenn und Aber.«

Matariki konnte das nicht akzeptieren. Hochaufgerichtet, mit blitzenden Bernsteinaugen, stand sie ihren eher gelassenen Eltern gegenüber. Wie immer, wenn sie wirklich wütend war, schien sie um mindestens eine Handbreit zu wachsen.

»Aber das ist unfair! Es gibt überhaupt keinen Grund, Nein zu sagen. Das Gold ist doch da! Und es ist immerhin auch mein Erbe!«

Lizzie Drury wandte die Augen gen Himmel.»Vielleicht wartest du einfach, bis du es antrittst?«, bemerkte sie.

Matariki senkte den Blick.»Entschuldigung. Ich meinte natürlich, es ist meine Mitgift. Ich hab ein Anrecht auf eine Mitgift, ich ...«

»Du hast auf gar nichts ein Anrecht«, sagte Michael streng. »Du bist achtzehn Jahre alt und damit noch längst nicht volljährig. Ohne unsere Erlaubnis kannst du nicht mal heiraten, und ohne Heirat bekommst du keine Mitgift. Wobei sich über eine Heirat ja noch reden ließe, aber nicht darüber, diesem windigen Colin einen Pferdehandel zu finanzieren!«

»Es wird kein Pferdehandel, es wird ein Gestüt!«, rief Matariki. Sie beteuerte das nun schon zum wiederholten Male und fragte sich langsam, ob ihre Eltern etwas schwer von Begriff waren. Dabei hatte sie eigentlich mit begeisterter Zustimmung gerechnet, als sie Colins Pläne vor ihnen ausgebreitet hatte. Wer konnte die Idee, eine

Rennbahn und einen Zuchtbetrieb in Otago zu eröffnen, schließlich nicht für gut halten?«»Wir wollen Trabrennpferde züchten. Auf der Basis von Vollblütern und Cobs. Das ist gründlich durchdacht und wird ein gutes Geschäft!«

Michael runzelte die Stirn.»Also, ich habe bei der Sorte Kreuzungen schon zu viele Pferde mit kräftigem, großem Körper und dünnen, kurzen Beinen gesehen. Zumindest würde ich Gwyneira Warden von Kiward Station fragen, bevor ich so was anfinge. Die reißt euch den Kopf ab, wenn ihr bei ihr Pferde kauft und dann solche fragwürdigen Zuchtversuche startet.«

»Michael, es geht hier nicht um Pferde!«

Lizzie griff ein, bevor das Ganze in ein Fachgespräch über Traber und Galopper ausarten konnte. Ihr persönlich war es völlig egal, auf welcher Basis Colin seine Traber züchten wollte – sie hatte einfach nicht vor, ihre Tochter einem Mitgiftjäger auszuliefern. Und genau darauf lief die Sache ihrer Meinung nach hinaus. Leider hörten ihr weder Michael noch Matariki wirklich zu.

»Wir brauchen's ihr ja nicht zu verraten!«, schleuderte Matariki ihrem Vater entgegen.»Wir kaufen zwei oder drei Stuten, bezahlen sie, und dann geht es Mrs. Warden überhaupt nichts mehr an, was wir damit machen.«

»Und da geht es schon los!«, gab Michael zurück.»Der Kerl hat noch kein einziges Pferd im Stall, aber schon will er lügen und betrügen. Und gleich den einflussreichsten Leuten gegenüber – er wird sich da wunderbar einführen!«

»Na gut, dann fragen wir sie eben«, gab Matariki klein bei. »Wahrscheinlich hat sie gar nichts dagegen. Colin versteht eine Menge von Pferden, er …«

»Das kann ja alles sein«, versuchte Lizzie erneut einen Einwurf, »aber es ist trotzdem kein Grund, ihm ein Vermögen als Spielgeld in die Hand zu geben.«

»Ihr gebt es ja nicht ihm, das kriege doch ich!«, rief Matariki. »Ohne mich läuft da gar nichts, wir führen das Gestüt zusammen.

Wir treffen die Entscheidungen zusammen, suchen die Pferde aus ...«

»Aber das Ganze läuft auf seinen Namen«, bemerkte Lizzie. »Wach auf, Matariki, in dem Moment, in dem du ihn heiratest, hat er die Verfügungsgewalt über deine Mitgift und dein Vermögen. Und du kennst ihn kaum.«

»Ich kenne ihn kaum?«, explodierte Matariki. »Ich bin mit ihm zusammen. Fast ... fast ein halbes Jahr. Und wir ...«, sie errötete leicht, sprach aber trotzig weiter, »wir sind längst Mann und Frau.«

Lizzie verdrehte die Augen. »Damit willst du sagen, du weißt, wie der Kerl nackt aussieht. Aber indem er die Hosen runterlässt, enthüllt er dir noch längst nicht seine Gedanken!«

»Lizzie!«, rief Michael entsetzt.

Lizzie zuckte die Schultern. »Ist doch so«, meinte sie. »Tut mir leid, Michael, aber manchmal steht Ehrbarkeit der Wahrheit entgegen. Das Bett, Matariki, ist kein Beichtstuhl. Und ich habe mir sagen lassen, dass man selbst in Letzterem lügen kann, ohne dass Gott einen auf der Stelle mittels Blitzschlag niederstreckt. Ich jedenfalls traue diesem Colin nicht so weit, dass ich Geld in ihn investiere!«

Michael sah seine Frau verwundert an. Bisher war sie eigentlich stets diejenige gewesen, die für Colin gesprochen hatte, während Kathleen, der Reverend und Michael selbst dessen Beziehung zu Matariki mit Skepsis beobachteten. Er fragte sich, woher der plötzliche Sinneswandel kam.

»Aber dann können wir nicht heiraten!«, meinte Matariki mutlos. »Jetzt, wo Colin beim Gleisbau gekündigt hat ...«

Michael seufzte. »Matariki, niemand hat Mr. Coltrane zu dieser Kündigung gezwungen. Und wenn seine Heiratsabsichten damit stehen und fallen, wie viel Geld du mit in die Ehe bringst, lässt du ihn besser laufen!«

Hainga, eine der Ältesten der Ngai Tahu und für Matariki stets so etwas wie eine Großmutter, äußerte sich kurz darauf ähnlich. Das Mädchen hatte sich zu ihr geflüchtet und klagte ihr sein Leid. Hainga sah allerdings gar kein Problem.

»Wenn dein Mann kein Geld hat, bring ihn einfach mit und leb mit ihm beim Stamm«, schlug die Maori vor.

Matariki schüttelte entsetzt den Kopf. »Colin würde niemals im Schlafhaus mit allen anderen übernachten wollen. Er …«

Hainga nickte verständig. »Natürlich nicht, er ist *pakeha*. Das wird jeder verstehen. Dann baut ihr euch eben ein Blockhaus. Oder ihr zieht gleich in die alte Hütte von Lizzie und Michael. Da könnt ihr auch ein paar Pferde züchten, wenn ihr wollt. Das Land gehört uns, und da kein Gold drauf zu finden ist, wird sich kein *pakeha* drum scheren, ob ein anderer darauf lebt. Wir können euch auch ein paar Schafe geben und Saatgut.«

Für einen Maori-Stamm war dieses Angebot äußerst großzügig. Es gab kaum eine Gemeinschaft, die etwas zu verschenken hatte, und auch dieser durch die Goldfunde reich gewordene *iwi* machte einzelnen Mitgliedern im Allgemeinen keine Geschenke. Matariki versäumte trotzdem, sich zu bedanken.

»Aber doch nicht in dem Stil, in dem es Colin vorschwebt!«, stöhnte sie stattdessen. »Er denkt nicht an ein Blockhaus, Hainga, sondern an eine große Farm, eine Zucht von erstklassigen Pferden. Allein so ein Vollbluthengst wird ein Vermögen kosten.«

Hainga zuckte die Schultern. »Will er dich, oder will er Pferde?«, fragte sie und richtete jetzt einen prüfenden Blick auf Matariki. Bislang hatte sie dem Mädchen nur mit halbem Ohr gelauscht, während sie Flachs webte.

Matariki seufzte. »Er will natürlich mich. Aber … aber wenn er keine richtige Existenz hat, dann … dann kann er mich nicht heiraten. Er ist sehr stolz, verstehst du? Er …«

Sie fuhr nervös mit gespreizten Fingern durch ihr offenes Haar, das ihr wieder mal ins Gesicht fiel. Hainga reichte ihr ein Stirnband in den Stammesfarben, das noch neben dem Webrahmen lag. Sie musste es kurz zuvor fertiggestellt haben.

»Du meinst, sein *mana* hängt von seinem Besitz ab«, fasste sie dann zusammen. »Ja, davon habe ich gehört, das ist wohl oft so bei den *pakeha*. Aber dann sollte er sich den Besitz doch auch selbst erwerben, oder?«

Matariki wurde ungehalten. »Das ist doch egal, Hainga!«, sagte sie. »Ob es mein Geld ist oder seins … Hauptsache, wir heiraten erst mal.«

Hainga richtete sich nun wirklich auf und widmete Matariki ihre ganze Aufmerksamkeit. »Du willst ihn dafür bezahlen, dass er dich heiratet?«, fragte sie alarmiert und musterte Matariki aus ihren verstörend hellbraunen Augen. Der Mitgiftgedanke war den Maori weitgehend fremd. »Das erscheint mir nicht klug. Lass es doch einfach. Du bist jung, vielleicht findest du noch einen Besseren.«

Matariki wandte die Augen gen Himmel. »Aber ich liebe ihn, Hainga!«, rief sie.

Hainga runzelte die Stirn. Sie ließ sich Zeit, bevor sie ihre Gedanken in Worte fasste. »Du schenkst ihm deine Liebe«, murmelte sie schließlich. »Aber seine Liebe musst du kaufen?«

Matariki zog sich schließlich schmollend zurück – und überlegte, welche Möglichkeiten ihr jetzt noch zu Gebote standen. Die eine war, selbst heimlich Gold zu waschen – wie damals, als sie Dingo im Mietstall eine Wohnstatt sichern wollte. Allerdings hatte sie für den Hund nur wenige Unzen gebraucht. Um ein ganzes Gestüt zu finanzieren, musste sie wahrscheinlich wochenlang schürfen. Heimlich war das kaum machbar. Also die zweite Möglichkeit …

Matariki lächelte in sich hinein. Die Alternative gefiel ihr ohnehin besser. Es würde schön sein, ein Kind zu haben … sie summte getröstet vor sich hin, während sie wieder aufstieg und Grainie spontan Richtung Dunedin lenkte. Sollten ihre Eltern sich ruhig ein bisschen sorgen, wenn sie nicht nach Hause kam. Aber in dieser

Nacht wollte sie mit Colin zusammen sein. Und dann in der nächsten Zeit so viele Nächte wie möglich …

»Wo soll sie schon sein, wahrscheinlich bei den Maori …«

Michaels und Lizzies Sorge um ihre Tochter hielt sich in Grenzen, zumal Michael sie nach ihrem Disput am frühen Nachmittag in Richtung der Berge hatte losreiten sehen. »Sie wird sich ein bisschen trösten lassen, und morgen kommt sie wieder.«

Lizzie schüttelte den Kopf. »Das glaube ich nicht«, sagte sie dann. »Schon deshalb, weil sie im Dorf keiner trösten wird. Haikina und Hemi können Colin nicht ausstehen, da fängt es bereits an. Und die Ältesten werden ihr kein Geld geben, egal, wen sie anbettelt. Die Maori haben größtes Interesse daran, die Goldfunde auf ihrem Land nicht publik werden zu lassen. Hier setzt doch gleich wieder ein Goldrausch ein, wenn auch nur das Gerücht aufkommt, in dieser Gegend wäre noch was zu holen. Das gilt übrigens auch für uns. Wahrscheinlich würde bald getuschelt, wenn wir unserer Tochter jetzt eine so fürstliche Mitgift gäben.«

Michael grinste. »Na, so eine fürstliche hat sie ja nun auch nicht gefordert. Das Geld, das Matariki will, könnten wir aus den Erträgen der Farm aufbringen. Kathleen und den Reverend wollen die zwei Turteltauben schließlich auch noch melken. Aber da beißen sie auf Granit. Bei uns wie bei denen. Kate und ich haben einem Coltrane schon einmal eine Farm finanziert. Das tun wir garantiert nicht noch mal!«

Ian Coltrane hatte seinen ersten Pferdehandel mit Kathleens Mitgift aufgebaut – einem Geldbetrag, der aus Michaels Schwarzhandel mit Whiskey stammte.

»Mich interessiert allerdings, warum Master Colin bei Mrs. Drury so plötzlich unten durch ist.« Michael grinste seine Frau verschwörerisch an. »Was ist da vorgefallen, Lizzie? Bisher hast du ihn doch ganz gern gemocht.«

Während Lizzie noch über ihre Antwort nachdachte, ging er

zum Wandschrank im Wohnzimmer und holte eine Flasche Rotwein hervor. An diesem Abend brauchten die beiden Drurys eine Stärkung, und auch wenn Michael selbst Whiskey bevorzugte – Lizzie würde der gute Tropfen aufheitern. Sie lächelte denn auch sofort, als er die Flasche entkorkte.

»Dir ist beim Gemeindefest also auch nichts aufgefallen?«, fragte sie fast etwas verschmitzt. »Genauso wenig wie dem Reverend! Während Kathleen und ich es sofort gesehen haben. Und Claire Dunloe ebenfalls.«

Michael runzelte die Stirn. »Was soll mir denn da aufgefallen sein?«, erkundigte er sich.

Lizzie seufzte und schnupperte genießerisch an der Weinflasche.

»Die Blicke, die unser künftiger Schwiegersohn Claire Dunloes Tochter zugeworfen hat. Chloé Edwards, verwitwete Boulder.«

Colins gestrenge schottische Vermieterin erlaubte Matariki nicht, in der winzigen Wohnung zu warten, die sich Colin in einem Hinterhaus in Dunedin genommen hatte. Mrs. McLoad reagierte sehr ungehalten auf Damenbesuch – wenn Matariki die Nacht bei Colin verbrachte, musste sie sich immer bei Dunkelheit einschleichen. Als sie ihn jetzt nicht antraf, schickte die kleine, aber äußerst energische Lady das Mädchen sofort weg – und duldete nicht einmal, dass es vor dem Haus auf der Straße »herumlungerte«.

»Aber wir sind verlobt!«, wandte Matariki ein, worauf sie einen vernichtenden Blick erntete.

»Eine junge Dame trifft einen jungen Herrn in ihrem oder seinem Elternhaus zum Tee, vielleicht erlauben ihre Eltern auch einen kurzen Spaziergang in der Öffentlichkeit oder eine kleine Bootsfahrt. Ein Besuch in seiner Junggesellenwohnung ist in jedem Fall unpassend, Miss, und dies ist ein ehrenwertes Haus.«

Matariki seufzte und gab schließlich klein bei. Vielleicht fand sie Colin ja im Cottage des Reverends – und hier entdeckte sie denn auch wirklich sein Pferd, angebunden vor den Ställen. Auch Heathers Vollblut wartete dort auf seine Besitzerin. Matariki band Grainie daneben an, verharrte allerdings, als sie wütende Stimmen aus dem Haus klingen hörte.

»Also ich an deiner Stelle würde da jetzt nicht reingehen!«, bemerkte Heather. Matariki sah sich suchend nach ihr um und entdeckte sie schließlich im Garten. Die junge Frau vertrieb sich die Zeit mit Unkrautjäten. »Hilf mir lieber. Wenn die Wogen sich geglättet haben, gehen wir beide rein und hoffen, dass es Tee gibt.«

Matariki gesellte sich bereitwillig zu ihr. »Was ist denn los?«, fragte sie.

Heather zuckte die Schultern. »Der Reverend und Mom streiten sich mit Colin«, meinte sie. »Frag mich nur nicht, worum es geht. Ich habe da zwar meine Vermutungen, aber ...«

»Colin wollte Miss Kate bitten, etwas Geld in unsere Pferdezucht zu investieren«, gab Matariki bereitwillig Auskunft. »Aber das scheint ja irgendwie ein rotes Tuch zu sein für alle Beteiligten. Meine Eltern haben auch völlig, völlig übertrieben reagiert. Dabei habe ich doch ein Recht auf meine Mitgift, ich will ...«

Bevor Matariki ihre Klagen ein weiteres Mal vorbringen konnte, öffnete sich die Haustür, und Colin stürmte heraus. Er wirkte so wütend und aufgebracht, wie Matariki ihn noch nie gesehen hatte, und als sie ihn ansprach, bedachte er sie mit einem regelrecht wilden Blick.

Erst als er sie erkannte, wurde er ruhiger und lächelte.

»Riki ... was ... was machst du denn hier? Liebes, ich bin jetzt nicht für Tändeleien aufgeschlossen. Ich muss zu Mr. Dunloe, meine Mutter hat unseren Finanzierungsplan eben abgelehnt. Vielleicht gibt uns ja die Bank das Geld für das Gestüt. Oder hast du inzwischen mit deinen Eltern gesprochen?«

Letzteres klang ziemlich hoffnungslos – Matariki hatte ihn vorher mehrmals vertröstet. Sie hatte Michaels und Lizzies Reaktion wohl vorausgesehen.

»Sie wollen nicht«, meinte Matariki traurig. »Aber Colin, wir …
wir können doch trotzdem heiraten! Die Maori geben uns Land
und Schafe. Wenn wir ein paar Jahre vernünftig damit wirtschaf-
ten …«

»Die Maori!« Colin spuckte die Worte aus. »Denkst du, ich
lass mich von denen aushalten? Nein, Matariki, wir machen keine
halben Sachen. Wobei wir auch keine paar Jahre warten können.
Ist doch nur eine Frage der Zeit, bis sich ein anderer der Sache
annimmt. Jetzt oder nie, Matariki! Überleg es dir!«

Colins Worte klangen fast drohend, wobei Matariki nicht begriff,
was sie noch weiter tun könnte, um Colins Plan vorwärtszubringen.
Andererseits … wenn sie schwanger war und Colin rasch heiraten
musste, würden ihre Eltern ihr die Mitgift nicht verweigern.

Matariki ging auf ihn zu, umarmte ihn und schmiegte sich an
ihn. »Colin«, sagte sie sanft. »Die Bank kann warten. So erregt, wie
du jetzt bist, solltest du da ohnehin nicht vorsprechen. Warum
machen wir nicht einen kleinen Ausritt? Zum Strand vielleicht.
Wir könnten ein bisschen schwimmen und … wir könnten uns ein
bisschen verwöhnen …«

Colin schien sie zuerst scharf zurückweisen zu wollen, aber dann
überlegte er es sich anders. Sein Lächeln wirkte etwas gezwungen,
aber schließlich nickte er.

»Also gut, Süße … wir sollten uns wirklich noch mal was gönnen. Komm …«

Colin küsste Matariki mit erwachendem Begehren. Sie erschrak,
wie schnell und fordernd sich seine Zunge den Weg in ihren Mund
bahnte. Bislang hatte Colin sie nie so hart und mit solcher Wildheit geliebt wie an diesem Nachmittag an jenem Strand, von dem
aus Matariki Jahre zuvor entführt worden war. Eigentlich hatte
sie Colin die Geschichte erzählen wollen, bisher hatte sie nie Zeit
gefunden, ihm von ihren skurrilen Erlebnissen bei den Hauhau zu
berichten. Aber an diesem Tag wollte er nicht reden, und er hielt
sich auch kaum mit Zärtlichkeiten auf, bevor er in sie eindrang.

Matariki nahm die neue Variante des Liebesspiels bereitwillig auf. Eigentlich mochte sie es lieber zärtlich, aber wenn er mal die Wildkatze in ihr erleben wollte …

Lachend bäumte sie sich unter ihm auf, tat, als wollte sie sich wehren, schlug ihm die Fingernägel in den Rücken und biss in seine Schulter. Colin genoss den Kampf, sie steigerten einander in einen Rausch hinein. Schließlich entzog sich ihm Matariki, rannte zum Meer und stürzte sich in die Wellen. Colin musste ihr nachsetzen, sie einfangen, zurück zum Ufer zerren und erneut in den Sand werfen. Außer Atem wälzten sie sich über den warmen Strand, das Haar fast weiß vom Sand. Matariki lachte, als Colin eine Bemerkung dazu machte.

»Dann weißt du ja jetzt, wie ich aussehen werde, wenn ich mal alt und grau bin!«, neckte sie ihn.

Colin verschloss ihr den Mund erneut mit einem Kuss. Er wollte ihre Schönheit und Wildheit genießen, solange er sie hatte. Dass er mit Matariki Drury alt werden würde, glaubte er nicht.

Sean Coltrane kandidierte für die Liberal Party im Parlament – sicher ein Grund dafür, dass sich am Tag seiner Rede in Christchurch mehr als fünfzig Prozent männliche Zuhörer im Gemeindehaus der Methodisten einfanden. Ein paar von ihnen protestierten heftig gegen die Kinderecke hinten im Saal, die Carry Delaney wie gewohnt einrichtete.

»Dies ist kein Spielplatz, sondern eine politische Veranstaltung!«, erregte sich einer der Bürger. »Wo kämen wir denn da hin, wenn jeder seine Bälger mitbrächte!«

»Zu politischen Veranstaltungen mit mehr Frauen unter den Zuhörern«, beschied ihn Carry gelassen. »Wo haben Sie denn Ihre Kinder, Sir? Zu Hause vermutlich, und Ihre Frau darf auf sie aufpassen!«

»Unsere Kinder befinden sich in der Obhut ihrer Kinderfrau«, bemerkte der Mann würdevoll. »Meine Gattin verbringt den Nachmittag beim Tee mit Freundinnen. Als natürlich empfindendes, braves Weib hegt sie keinerlei Interesse an einem Aufenthalt in stickigen Sälen und dem Abwägen von Argumenten gegen Agitation. Zumal zu so anstößigen Themen wie der Idee des Frauenwahlrechts.«

Carry zuckte die Schultern. »Nun, dann hat sie ja Glück, dass sie sich das leisten kann. Die Frauen hier haben keine Kindermädchen. Und sie säßen auch lieber mit Freundinnen beim Tee. Unglücklicherweise können sie sich den Toast dazu nicht leisten, Sir, weil ihre Männer ihren Lohn versaufen. Aber sie betrachten es als ihre Pflicht als brave Weiber, ihre Kinder nicht hungern zu lassen. Deshalb sind sie hier, Sir, und deshalb brauchen sie das Wahlrecht!«

Sean Coltrane beobachtete belustigt, wie höflich und dennoch scharf die zierliche blonde Kinderbetreuerin konterte. Dies durfte ein interessantes Treffen werden, schließlich befand er sich sozusagen im Hauptquartier der eifrigen Kate Sheppard. Obwohl er sich für Frauenfragen einsetzte, fanden sich selten so viele weibliche Zuhörerinnen in den Sälen, in denen er sprach. Kate hatte Recht: Es bestand Bedarf an einer Temperance Union, in der die Frauen unter sich waren und für sich allein kämpften. Dem »Christlich« im Namen des Vereins erkannte er wenig Bedeutung zu.

Sean Coltrane war durch Reverend Burton von Jugend an tief geprägt worden, aber er war eher wissenschaftlich orientiert als spirituell. Im Grunde hatte er nie verstanden, warum der Reverend einer Kirche treu blieb, die ihn immer wieder dafür rügte, dass er schlicht die Wahrheit sagte. Burton hatte mehrmals Ärger mit dem Bischof bekommen, weil er sich zum Darwinismus bekannte und auch mitunter darüber predigte und weil ihm das leibliche Wohl seiner Schäfchen manchmal wichtiger war als das seelische. Bei Reverend Burton hatte es immer mehr Suppenküchen gegeben als Gebetskreise. Sean fand das vernünftig und hatte sich deshalb auch letztlich für das Studium der Rechte statt des der Theologie entschieden. Reverend Burton hatte das sicher etwas wehgetan, während Sean wusste, dass seine Mutter darüber froh war. Kathleen Burton war vor der Eheschließung konvertiert, aber im Herzen war sie doch nach wie vor irische Katholikin. Als anglikanischen Geistlichen konnte sie sich ihren Sohn nicht vorstellen.

Der an diesem Tag gastgebende Reverend Matthew Dawson sprach nun ein paar einführende Worte, und Sean trat zu ihm aufs Podium. Während er sich bemühte, die Hymne *Give to the Winds Thy Fears* richtig mitzusingen, ließ er die Blicke über sein Publikum schweifen. Wie fast immer standen die Männer vorn, die Frauen verschüchtert hinten. Lediglich Kate Sheppard und Ada Wells hatten sich einen Platz in der zweiten Reihe gesichert – und zwischen ihnen saß eine jüngere Frau, die er nicht einordnen konnte.

Sean Coltrane war von weiblicher Schönheit nicht leicht zu beeindrucken. Er sah bei seiner täglichen Arbeit viele Frauen – und war zudem im Schatten von Lady's Goldmine aufgewachsen. Die Mädchen von Dunedin hofierten den gut aussehenden jungen Anwalt, sie liebten es, wenn er sie zum Tanz führte, und in Kates und Claires neuester Kollektion sahen sie eigentlich alle entzückend aus. Auch unter Seans Mandantinnen waren schöne Frauen, oft anrührend in ihrer Hilflosigkeit – und selbstbewusste Maori-Mädchen, die ihren Stamm in Rechtsangelegenheiten vertraten, weil sie besser englisch sprachen als die jungen Krieger. Bis jetzt hatte keine besonders an Seans Herz gerührt – sodass es ihn nun fast wunderte, wie sehr ihn das Mädchen in der zweiten Reihe faszinierte. Ob es daran lag, dass es ihm vage bekannt vorkam ... Sean fragte sich, wo er die junge Frau mit dem kastanienbraunen Haar schon einmal gesehen haben konnte – und hätte dabei fast seinen Einsatz verpasst.

»Also, Sean«, erklärte Reverend Dawson, offenbar schon im zweiten Anlauf.»Ich überlasse Ihnen das Podium. Überzeugen Sie die Bürger von Christchurch von Ihren progressiven Ideen!«

Sean nahm sich zusammen. Er lächelte gewinnend, als er nach vorn trat.»Es war einmal ein Mädchen«, begann er,»das eine große Liebe erlebte. So beginnen alle Märchen, aber leider auch fast all die traurigen Geschichten, die ich in meiner Kanzlei höre. Eine von ihnen möchte ich Ihnen heute erzählen.«

Sean machte eine kurze, wirkungsvolle Pause, in der die Männer im Publikum Zeit hatten, unwillige Blicke mit ihren Nachbarn zu tauschen, bevor sie ihre Aufmerksamkeit dann doch voller Neugier dem Sprecher zuwandten. Bei den Frauen funktionierte das ohne unwirsche Blicke. Sie hingen erfahrungsgemäß gleich an seinen Lippen. Sean versuchte, über die zweite Reihe hinwegzublicken.

Es konnte ihn nur aus dem Konzept bringen, wenn er der zarten jungen Frau mit dem marmorweißen Teint zu oft in die Augen sah.

»Das Mädchen in meiner Geschichte lebte vor vielen Jahren in Irland, in dunklen Zeiten, es herrschte Hungersnot. Ihr Geliebter stahl ein paar Säcke Korn und wurde dafür nach Australien verbannt. Das Mädchen blieb allein – und es trug sein Kind unter dem Herzen. Nun hinterließ der junge Mann ihr ein bisschen Geld, und wäre diese Welt eine andere und bessere, so hätte sie damit ein gutes Leben führen können. Vielleicht ein kleines Geschäft eröffnen, sie war eine begabte Schneiderin. Das Kind hätte sie mühelos aufziehen und ernähren können, und niemand hätte sich daran gestört, ob es den Nachnamen seines Vaters oder den seiner Mutter trug. Aber die Welt war, wie sie heute leider noch ist: Ihr Vater fand das Geld und nahm es an sich. Immerhin hatte sie Glück, und er vertrank oder verspielte es nicht, sondern verheiratete sie mit dem nächstbesten Mann, der bereit war, gegen eine angemessene Mitgift ›gebrauchte Ware‹ zu nehmen.«

Im Saal kam unwilliges Raunen auf. Sean lächelte. Der Effekt war erwünscht.

»Stört Sie meine Wortwahl, meine Herren? Und Damen natürlich, aber ich glaubte, die Proteste eher aus den Reihen meiner männlichen Zuhörer vernommen zu haben. Bei den Damen sehe ich Gesichter, die schamhaft erröten. Ganz grundlos übrigens, niemand muss sich schämen, wenn er geschmäht wird. Schämen müssen sich die, welche schmähen. Und Hand aufs Herz, meine Herren: Haben Sie solche Ausdrücke nie gebraucht? Haben Sie nie abfällig von ›gefallenen Mädchen‹ gesprochen? Wobei ich mich immer frage, wie die wohl fallen konnten, ohne dass sie einer stieß ... aber das ist eine andere Sache.«

Sean gestattete sich einen Seitenblick auf Kate Sheppard – und sah das Lachen im Gesicht des dunkelhaarigen Mädchens neben ihr, dessen Augen schalkhaft blitzten. Es hatte zweifellos Humor und verstand Anspielungen. Sean musste sich zusammenreißen, nicht zu lächeln.

»Nun, unser Mädchen muss sich verraten und verkauft gefühlt haben, aber es sagte brav Ja vor dem Altar. Es folgte dem Mann in ein fremdes Land, sein Geld erlaubte ihm die Flucht aus seinem verhassten, alten Leben. Aber Sie müssen nicht glauben, dass er es seiner jungen Gattin dankte. Nein, er ließ seine Frau für ihre Verfehlungen büßen. Er ängstigte sie, er schlug sie, er tat ihr Gewalt an. Wenn sie Geld verdiente, nahm er es ihr weg. Dazu entpuppte sich der Mann als Gauner. Er betrog all seine Freunde und Nachbarn, sodass bald niemand mehr mit ihm und seiner Frau sprechen wollte. Und es gab nichts auf dieser Welt, was die junge Frau dagegen tun konnte! Es gab keinen, an den sie sich in ihrer Not wenden konnte – selbst die Priester ergriffen die Partei ihres Mannes. Sie habe ihm untertan zu sein – die gleiche Kirche übrigens, die Sklavenhaltung als unchristlich verdammt! Eine Scheidung gab es damals noch nicht, die katholische Kirche akzeptiert sie ja bis heute nicht. Und die Frau konnte ihren Mann nicht einmal wegen seiner verschiedenen Vergehen gegen sie und gegen andere anzeigen. Eine Ehefrau, die gegen ihren Mann aussagt, war und ist undenkbar. Niemand hätte sich gewundert – und so mancher hätte es entschuldigt! –, hätte der Mann sie dafür totgeschlagen.

Nun will ich Sie nicht länger traurig machen, meine Zuhörerinnen – ich sehe doch schon Tränen in so manchen Augen. Und das sicher nicht, weil Frauen derart sentimental sind, dass schon eine Geschichte sie anrührt, sondern eher, weil mehr als eine meiner Zuhörerinnen sich oder ihre Freundinnen in dieser Geschichte wiedererkennt. Oder ist es nicht so?«

Sean schaute forschend ins Publikum und erntete Rufe und Applaus. Natürlich erkannten die Frauen sich wieder – und die Blicke der Männer wurden erstmalig weniger selbstzufrieden und missbilligend als zweifelnd und besorgt.

»Meine Geschichte jedenfalls geht gut aus. Irgendwann nahm

sich die Frau ein Herz und floh aus ihrer Ehe. Wobei sie natürlich alles zurückließ, woran ihr Herz hing: ihr Haus, das weitaus meiste ihrer weltlichen Habe und eins ihrer Kinder. Aber letztlich gelang es ihr, wenigstens die anderen beiden Kinder und sich selbst in Sicherheit zu bringen. Es geht ihr heute gut.

Und Sie fragen sich nun, warum ich diese Rede mit einer solchen Geschichte beginne, die ich mir vielleicht ausgedacht habe – schließlich begann sie ja wie ein Märchen aus uralter Zeit. Aber es ist leider kein Märchen, liebe Zuhörerinnen und Zuhörer, und sie stammt nicht aus uralter Zeit. Es ist die Geschichte meiner Mutter, und ich bin eines der Kinder, die sie retten konnte. Ich hatte unendliches Glück. Ich konnte zur Schule gehen, ich konnte studieren – all das ermöglicht durch ihre unermüdliche Arbeit und ihre Ängste und Lügen. Um als braves Weib durchzugehen, musste sie sich schließlich als Witwe ausgeben, und sie verbrachte Jahre ihres Lebens in der Furcht, ihr Mann könnte sie finden und bestrafen. Meine Mutter hat die Hölle durchlebt – und ich stehe heute hier, um die Welt zu einem Ort zu machen, an dem solche Geschichten nicht wieder vorkommen. Wenn nicht gleich die Welt, so doch Neuseeland! Sie alle hier, meine Herren, haben das in der Hand, denn letztlich bestimmen Sie darüber, ob Sie Ihren Frauen, Ihren Geliebten, Ihren Partnerinnen, den Müttern Ihrer Kinder, das Recht zugestehen, an die Wahlurne zu gehen und auch politische Ämter zu bekleiden. Sie wollen nicht ernstlich behaupten, Ihren Gattinnen fehle es dazu an Reife! Sie glauben nicht wirklich, den Frauen, die Ihre Kinder geboren haben, fehle es dazu an Kraft! Natürlich spricht es für Sie, wenn Sie diese Frauen beschützen wollen, sie hegen und pflegen und für sie da sein. Sie bauen ihnen dazu ein Haus – in dem sie Zuflucht finden, wenn Sie selbst gerade nicht daheim sind. Sie sorgen für die Erziehung und Ernährung Ihrer Kinder und sichern dies auch ab, für den Fall, dass Ihnen etwas zustoßen sollte, was Gott verhüten möge. Aber die größte Sicherheit, den größten Schutz, den Sie nicht nur Ihren eigenen, sondern allen Frauen geben können, ist die Gewährung des Wahlrechts! Stellen Sie alle Frauen unter das schützende Dach von Gesetzen, die ihr Leben erleichtern, und lassen Sie die Frauen diese Gesetze mitgestalten. Genau wie Sie Ihre Frauen Ihr Haus mitgestalten lassen und wie Sie einander ergänzen bei der Erziehung Ihrer Kinder. Sie können sich sicher sein, dass die Frauen ihre Rechte nicht missbrauchen werden. Oder sehen Sie so viele Mütter, die ihre Kinder verwahrlosen lassen? Sehen Sie so viele verfallene Häuser? Hat es sich nicht bewährt, dass wir seit zwei Jahren Frauen in den Liquor License Committees mitbestimmen lassen? Sie wissen wie ich, dass seitdem weniger Betrunkene auf unseren Straßen herumpöbeln! Viele Gemeinden haben ihren Bürgerinnen auch schon stillschweigend das Kommunalwahlrecht eingeräumt, und sie fahren gut damit! Es wird Zeit, dass wir dies auf das gesamte Parlament ausdehnen. Ich werde mich dafür einsetzen. Ich fordere das aktive und passive Wahlrecht für Frauen. Möglichst bald. Möglichst gleich. Schreiben Sie Geschichte, meine Herren! Eine gute Geschichte!«

Damit verbeugte sich Sean und trat zurück. Beim Aufblicken sah er in die Augen der jungen Frau – und freute sich an der Bewunderung, die darin stand. Und nun erinnerte er sich auch, wo und wann er das Mädchen schon einmal gesehen hatte. Sie hatte damals das gleiche Samtkleid getragen und ihn genauso bewundernd angesehen. Aber damals war ihr schmales Gesicht noch kindlich gewesen und ihr prächtiges Haar zu festen Zöpfen geflochten. Das Kleid, das heute eher eng saß, war zu weit gewesen. Ein abgelegtes Kleid seiner Schwester. Stolz getragen von ihrem kleinen Zögling. Violet ... Paisley? Sie hatte damals schon kluge Fragen gestellt. Und jetzt gehörte sie zu den Ersten, die ihre Hand hoben, als Reverend Dawson der Zuhörerschaft erklärte, Mr. Coltrane sei gern bereit, Fragen und Anregungen zu hören. Er rief denn auch gleich einen Herrn in der dritten Reihe auf – und beantwortete höflich dessen Frage zur allgemeinen Einstellung der Liberal Party, die Prohibition betreffend. Danach wählte Reverend Dawson jemand anderen. Das Mädchen in der zweiten Reihe schien er zu ignorieren. Nachdem Sean die dritte Frage aus männlichem Mund beantwortet hatte, schüttelte er kurz den Kopf in Richtung des Reverends und rief das Mädchen selbst auf. Es schien fast überrascht über die plötzliche Aufmerksamkeit.

»Mr. Coltrane!« Die Stimme klang etwas atemlos, aber sehr schön, hell und lebhaft. »Mr. Coltrane, wenn ich Sie richtig verstanden habe, fordern Sie für Frauen das aktive und passive Wahlrecht. Damit gehen Sie über die Forderung einiger weiblicher Aktivistinnen wie etwa Mrs. Nicol in Dunedin hinaus. Sie ist der Meinung, wir sollten uns zunächst mit der Möglichkeit bescheiden, überhaupt zu wählen. Die Möglichkeit, auch noch gewählt zu werden, wäre ...«

Sie stockte, und Sean lächelte ihr zu.

»... ein Griff nach den Sternen, ich kenne die Argumentation«, meinte er. »Aber warum sollten Sie nicht nach den Sternen greifen, Miss ... Paisley, nicht wahr? Ich freue mich sehr, Sie hier wiederzutreffen.«

Violet errötete vor Scham, aber auch vor Glück. Er erinnerte sich an sie!

»Letztlich ist es doch so, meine Damen und Herren: Wenn Frauen zwar wählen dürfen, aber Männer bestimmen immer noch, wen sie zu wählen haben, so verurteilen wir die frischgebackenen Wählerinnen zu einem erneuten zähen Kampf. Wieder müssen sie etwas tun, was viele von Ihnen zwar als urweiblich ansehen werden, was von einem gleichberechtigten Menschen aber als unwürdig empfunden werden muss: das Buhlen um die Gunst eines Mannes, das vorsichtige Umschleichen eines Abgeordneten, der vielleicht bereit ist, etwas für sie zu tun, aber vielleicht auch nicht. Und wenn überhaupt keiner bereit ist, sich für die Herzensangelegenheiten der Wählerinnen einzusetzen, so hilft ihnen das ganze Wahlrecht nichts. Ich sage deshalb: Machen wir Nägel mit Köpfen. Und ich wünsche mir, eines Tages gemeinsam mit ebenso schönen wie klugen Köpfen im Parlament zu sitzen. Zum Beispiel neben Mrs. Kate Sheppard, Mrs. Ada Wells – und auch gern neben Helen Nicol. Oder neben Ihnen, Miss Paisley!«

Sean forderte die Frauen mit einer Handbewegung auf, sich zu erheben. Kate Sheppard und Ada Wells folgten dem Wink, sie bewegten sich routiniert in der Öffentlichkeit. Violet blieb sitzen und errötete zutiefst. Er hatte sich an sie erinnert, aber er wusste nichts von ihrer Eheschließung. Am liebsten wäre sie geflohen. Das ging natürlich nicht, der Raum war voller Menschen. Was tat sie nur, wenn er nach der Rede zu ihr kam, wenn er sie ansprach? Er würde das zweifellos tun, vielleicht um Grüße von seiner Schwester zu überbringen. Violet fürchtete, vor Aufregung im Boden zu versinken.

Sean beantwortete weitere Fragen, blickte aber immer mal wieder zu Violet hinüber. Als Reverend Dawson die Versammlung schließlich beendete, wandte sich Sean Coltrane tatsächlich Kate und Ada zu – und Violet. Sie errötete wieder, als er sie zuerst begrüßte.

»Sie müssen mir verzeihen, aber auf den ersten Blick habe ich Sie gar nicht erkannt, Miss Paisley. Sie sind natürlich erwachsen geworden. Und so schön, dass ich mich fast den Argumenten meiner Gegner anschließen möchte: eine Frau wie Sie im Parlament, und den Rednern würde reihenweise der Atem stocken.«

»Na, das wäre doch mal ein Fortschritt«, bemerkte Kate Sheppard. »Hören Sie auf, Süßholz zu raspeln, die Kleine wird sonst gleich ohnmächtig. Im Übrigen sprechen Sie mit einer verheirateten Frau und zweifachen Mutter. Ihre Miss Paisley ist Mrs. Fence.«

Violet meinte, einen Hauch von Bedauern in Seans Augen aufblitzen zu sehen, Bedauern und Verwunderung.

Sean runzelte die Stirn. »Sind Sie dafür nicht noch sehr jung?«, fragte er. »Aber das geht mich natürlich nichts an. Und ich sagte ja schon … fast alle Geschichten von Frauen beginnen mit der großen

Liebe …« Er lächelte, wenn auch etwas gezwungen. »Ich hoffe, dass Ihre Geschichte eine glückliche ist …«

Violet rang um Worte. Sie wollte etwas erwidern – und schwankte zwischen einem höflichen Allgemeinplatz und dem dringenden Wunsch, die Wahrheit herauszuschreien. Aber dann sprach jemand anders Sean an, und er musste sich von ihr abwenden.

Ein paar Frauen brachten jetzt Kannen und Tabletts mit Tassen herein, und Kate versorgte Violet mit einem Tee.

»Hier, mit viel Zucker. Sie sehen ja aus, Kind, als hätten Sie ein Gespenst gesehen.« Sie lachte und sah Violet prüfend an. »Wenn auch eins, das Ihnen außerordentlich gut gefällt. Woher kennen Sie Sean Coltrane? Kommen Sie aus Dunedin?«

Violet fasste sich etwas, während sie Kate und Ada von ihrer Bekanntschaft mit Heather Coltrane und den Burtons erzählte.

»Ach ja, Reverend Burton!« Kate lächelte. »Und Kathleen von Lady's Goldmine. Ich sollte ihre Kollektionen vehement ablehnen. Erstens nur für Reiche und zweitens nur über eng geschnürten Korsetts zu tragen. Aber sooo schön!«

Sie musterte Violets weinrotes Kleid. »Das ist auch von ihr, nicht? Jahre alt, aber diese Schnitte haben etwas Unverwechselbares!«

Ada Wells runzelte die Stirn. »Kate, ich muss doch sehr bitten! Dies ist eine politische Versammlung, und du redest über … Mode!«

Violet musste über ihr empörtes Gesicht fast lachen.

Kate zuckte die Achseln. »Nun ja, die weiblichen Abgeordneten können ja nicht im Dreiteiler und im Zylinder ins Parlament einziehen«, meinte sie. »Wir werden uns schon angemessen kleiden müssen.« Ihr Gesicht strahlte. »Wenn ich es recht bedenke, sollten wir bei Gelegenheit mal mit Kathleen Burton darüber reden. Sie könnte es in ihrer nächsten Kollektion berücksichtigen: Kleider für Frauen, die Parlamentsmitglieder verstummen lassen … Durch ihren Anblick oder durch Zwischenrufe – Hauptsache, die Herren halten mal den Mund.« Sie lachte und hakte Violet ein. »Jetzt kommen Sie, Violet, wir suchen Mr. Coltrane, und Sie versuchen es noch mal mit einer zivilisierten Unterhaltung. Seine Schwester wird doch wissen wollen, wie es Ihnen geht. Vielleicht stellen Sie ihm auch mal Ihre Kinder vor.«

Sean Coltrane trennte sich offensichtlich gern von seiner aktuellen Gesprächsrunde – Reverend Dawson und anderen männlichen Bürgern von Christchurch. Violet fand es erstaunlich, wie bereitwillig er ihr in die Spielecke folgte, um die Kinder zu sehen. Kate wunderte das weniger. Hatte sie doch eben schon das Aufleuchten seiner Augen bemerkt, wann immer er Violet Fence gegenüberstand. Und auch Violet ... Die junge Frau kleidete sich immer sorgfältig für die Treffen der Union, aber an diesem Tag war sogar Ada Wells aufgefallen, wie oft Violet den Sitz ihres Haars prüfte, das offensichtlich auch frisch gewaschen und besonders aufwändig aufgesteckt war. Ihre Wangen wirkten frischer als sonst, als hätte sie mehrfach hineingekniffen, um sie zu röten, und in ihren Augen hatten eher Vorfreude und Spannung gestanden als die gelassene Erwartung einer mehr oder weniger interessanten politischen Rede.

Sean Coltrane mochte sich wirklich erst auf den zweiten Blick an Violet Paisley erinnert haben, aber Violet hatte dem Treffen mit ihm entgegengefiebert. Ursprünglich sicher eine kindliche Schwärmerei – sie konnte kaum älter als vierzehn gewesen sein, als sie mit den Burtons nach Neuseeland kam. Jetzt allerdings ...

»Ein netter kleiner Junge«, bemerkte Sean zu Joe. »Und was für ein entzückendes kleines Mädchen!«

Sean ließ es sich nicht nehmen, Roberta auf den Arm zu nehmen und mit ihr zu schäkern. Violet strahlte ihn an. Auch er fand Roberta also hübscher als den Wonneproppen Joe, der aller kargen Ernährung zum Trotz schon jetzt Anlagen dazu zeigte, einmal so feist und rundgesichtig zu werden wie sein Vater. Roberta dagegen schien Violet ähnlich zu werden. Schon jetzt kräuselten sich erste kastanienbraune Löckchen um ihr zartes Babygesicht.

»Und das ist … Rosie?«

Wenn Sean über den Anblick des kleinen Mädchens erschrak, so verstand er es zumindest gut zu verbergen. Rosie hatte wieder Farbstifte ergattert, obwohl Carry Delaney es eigentlich vermied, sie malen zu lassen. Kate Sheppard hatte sich zwar dafür ausgesprochen, aber Carry bekam einfach Angst vor der brütenden Konzentration, mit der Rosie vor dem Zeichenblock saß und ein Blatt nach dem anderen mit wütendem Gekritzel rot färbte. Das tat sie auch jetzt, ohne Sean oder irgendjemand anderem einen Blick zu gönnen.

Violet nickte. »Sie ist … sie war … Sie redet nicht. Die Leute sagen, sie … sie ist zurückgeblieben …« Sie biss sich auf die Lippen.

Sean betrachtete das Mädchen mit prüfendem Blick. Es war nicht das erste Mal, dass ihm ein solches Kind begegnete. Auch in den Wohlfahrtseinrichtungen gab es Kinder, die sich schweigend an die Röcke ihrer Mütter klammerten oder geistesabwesend ins Leere starrten. Fast immer waren es Kinder von Frauen, die vor ihren schlagenden Männern geflohen waren. Seans Augen wanderten von Rosie zu Violet. Er hatte fast erwartet, dass sie den Blick daraufhin niederschlug. Die meisten Frauen fühlten sich schuldig für das, was ihnen und ihren Kindern passierte. Aber Violet senkte die Augen nicht, im Gegenteil, sie sah ihn fast provozierend an. Sean meinte ihre Gedanken zu lesen: *keine schöne Geschichte, Sean Coltrane. Und keine große Liebe!*

Sean räusperte sich. Er musste etwas zu Rosie sagen. »Ich glaube nicht, dass sie geistesgestört ist«, meinte er. »Sie war so ein aufgewecktes Kind. Sie ist nur … verschreckt.«

Violet kaute auf ihren Lippen. »Eine weise Frau der Maori hat mal gesagt, die Geister hätten ihre Augen verschlossen. Um sie … um sie zu schützen. Und ihre Lippen anscheinend auch.«

Sie hatte das noch nie jemandem erzählt, aber mit Sean darüber zu sprechen erschien ihr ganz natürlich. Gleich danach schalt sie sich ihrer Offenheit. Sean Coltrane war der Stiefsohn von Reverend Peter Burton. Sicher ein fanatischer Christ wie Julia.

Sean lächelte ihr jedoch zu. »Wünschen wir uns nicht alle manchmal so freundliche Geister?«, fragte er sanft. »Verlieren Sie die Hoffnung nicht, Mrs. Fence. Irgendwann wird sie ihre Augen wieder öffnen. Und vielleicht ist sie sogar schon auf dem besten Weg dazu.«

Er wies auf das Mädchen, das jetzt kurz verharrte und zwischen den verschiedenen Farben der Malstifte zu schwanken schien. Violet sah zu Sean auf und fühlte sich auf seltsame Art getröstet und – glücklich.

»Sie … Sie grüßen Ihre Schwester von mir, ja?«, fragte sie. »Ich … ich habe so lange nichts mehr von mir hören lassen.«

Tatsächlich hatte sie Heather nicht mehr geschrieben, seitdem sie ihr hübsches Holzhaus mit der Hütte hinter dem Pub hatte vertauschen müssen. Sie hatte sich eingeredet, über all das Singen und Demonstrieren mit der Temperance Union keine Zeit mehr zum Lesen und Schreiben zu finden. Aber eigentlich hatte sie sich nur vor Heather geschämt.

Sean erwiderte ihren Blick. »Wir werden den Kontakt nicht wieder abreißen lassen«, versprach er ihr. »Nicht jetzt, da wir … da wir …« Er brach ab.

»Mr. Coltrane …«

Reverend Dawson kam auf sie zu und ein paar weitere Honoratioren von Christchurch, die mit ihrem künftigen Abgeordneten sprechen wollten. Sean musste gehen, er hielt sich schon unziemlich lange bei den Frauen und Kindern auf. Und auch Violet rüstete sich jetzt zum Aufbruch. Sean sah, dass sie Rosie von den Farbstiften wegzog und Roberta auf den Arm nahm. Kate hatte ihm verraten, dass die Fences in Woolston wohnten. Das war weit. Am liebsten hätte er Violet seine Kutsche angeboten, aber das ging natürlich nicht, die Leute würden über ihn reden. Dennoch konnte er sie nicht einfach so stehen lassen.

»Wir werden uns wiedersehen, Mrs. Fence«, sagte er leise, bevor er sich abwandte.

Violet schenkte ihm ein kleines Lächeln, aber ihr Gesicht schien dabei von innen heraus zu leuchten.

»Violet«, sagte sie.

Von Violets nächstem Lohn für die Reinigung des Pubs – Brown war immerhin fair genug, ihr das Geld persönlich auszuzahlen, statt es Eric in die Hand zu geben – kaufte sie Buntstifte für Rosie. Das Mädchen füllte zunächst ein Blatt um das andere mit roter Farbe, dann begann es, den schwarzen Stift zu verwenden. Rosie sprach beim Malen nie wieder, aber sie wurde jetzt ruhiger und brach die Stifte zumindest nicht mehr ab. Violet ließ sie gewähren, obwohl Julia schimpfte und Eric seine Frau für genauso verrückt erklärte wie ihre Schwester.

»Sie weiß doch gar nicht, was sie tut!«, höhnte er.

Aber Makere, die Maori-Hebamme, hätte wahrscheinlich gesagt, dass die Geister Rosie die Hand führten.

»Also es ist wirklich nicht so, dass du mir lästig fällst, Riki, aber du kannst doch nicht den ganzen Tag tatenlos hier herumsitzen! Du solltest irgendetwas machen – wolltest du nicht ein Studium anfangen?«

Nach fast einer Woche raffte sich Kathleen Burton dazu auf, endlich ein Machtwort zu sprechen. Natürlich war sie gern bereit, Lizzies und Michaels Tochter eine Zeitlang bei sich wohnen zu lassen, aber so ging es nicht. Matariki war nach dem Disput mit ihren Eltern in der Stadt geblieben, tagsüber nutzte sie ihr Asyl bei Kathleen und dem Reverend. Sie erschien am frühen Morgen – wobei Kathleen den Verdacht hatte, dass sie schon mindestens eine Stunde vorher im Garten auftauchte und dort wartete, bis die Höflichkeit es erlaubte, um Einlass zu bitten –, am Abend verschwand sie dann in der Regel kurz nach dem Dunkelwerden. Der Grund dafür war leicht herauszufinden: Die unbeugsame Mrs. McLoad stand früh auf und ging mit den Hühnern schlafen. In der Zwischenzeit war der Weg frei für Colin und Matariki. Das Mädchen schlich sich in seine Wohnung ein und blieb dort bis zum Morgengrauen.

Mit Kathleens und Peters Moralvorstellungen war das natürlich nicht vereinbar, und selbstverständlich gefiel es auch weder Michael noch Lizzie. Aber Matariki war keinem Argument zugänglich – sie berief sich auf die Bräuche der Maori, die ihr erlaubten, einen Liebhaber zu treffen, wann sie wollte.

»Und das, was sie da machen, geht nicht nur des Nachts auf einer Bettstatt«, brachte Lizzie die Sache resigniert auf den Punkt.

»Wer weiß, was die zwei tun, wenn wir es ihnen verbieten, womöglich treiben sie's noch in aller Öffentlichkeit.«

Letzteres traute Kathleen ihrem Sohn zwar nicht zu, aber im Grunde hatte Lizzie Recht. Sie konnten Matariki nicht einsperren und Colin schon gar nicht. Das Beste wäre, die beiden bald zu verheiraten, aber dann stellte sich natürlich wieder die leidige Mitgiftfrage, und hier waren alle Elternteile sich einig: Sie würden Colin Coltrane keinen Pferdehandel finanzieren, egal, ob er ihn Rennbahn, Gestüt oder sonstwie nannte. Im Übrigen schien er es mit der Eheschließung auch gar nicht mehr so eilig zu haben. Matariki jedenfalls druckste nur herum, als Kathleen sie danach fragte.

»Wir haben das erst mal verschoben«, murmelte sie, »solange Colin versucht, Geld zu bekommen. Und was das Herumhocken bei dir angeht, Miss Kate … Ich wollte mir ja schon eine Arbeit suchen, aber Colin will das nicht.«

Matariki blätterte müßig in einer Zeitschrift. Sie schien selbst nicht ganz zufrieden mit ihrem Leben, aber Colin missbilligte tatsächlich jeden ihrer Versuche, sich außerhalb des Hauses zu beschäftigen. So hätte sie Kathleen und Claire zum Beispiel gern im Laden geholfen, wofür die zwei sie auch durchaus bezahlen wollten. Bei diesem Vorschlag hatte Colin ihr jedoch eine regelrechte Szene gemacht, woraufhin es zu einem heftigen Streit zwischen ihm und seiner Mutter gekommen war.

»Du erinnerst mich sehr an deinen Vater, Colin!«, hatte Kathleen ihm entgegengeschleudert. »Der hätte mich auch am liebsten eingesperrt. Wobei ihm mein Geld sehr willkommen war. Ich sollte dir die Geschichte einmal ausführlich erzählen, Matariki! Du weißt nicht, worauf du dich einlässt!«

Nun war Matariki allerdings keine fügsame irische Katholikin, sondern mehr als selbstbewusst. Bevor sie schließlich resignierte, kam es auch zwischen ihr und Colin zu lauten Auseinandersetzungen.

»Was wird denn, wenn wir das Gestüt erst haben, Colin?«, spie sie aus. »Darf ich mich dann auch nicht in den Ställen blicken lassen, geschweige denn irgendwelche Entscheidungen treffen?«

Hier konnte Colin sie allerdings immer wieder beruhigen – meist, indem er darauf hinwies, dass sich Frauen auch auf anderen großen Farmen immer mal wieder Respekt verschafften. Matarikis großes Vorbild war Gwyneira Warden von Kiward Station, die Züchterin ihrer Stute Grainie.

»Glaubst du, Mrs. Warden hätte vor der Hochzeit irgendwo als Verkäuferin gearbeitet oder als Schankmädchen?«, hielt Colin ihr vor. »Das wäre auf jeden Fall unter ihrer Würde gewesen, und du hast es auch nicht nötig. Als Herrin deiner eigenen Farm kannst du ganz anders aussehen.«

Matariki ließ sich von diesem Argument beschwichtigen, aber natürlich wurde sie immer unzufriedener, je mehr sie sich langweilte. Zumal Colin sie auch am Abend schon zweimal versetzt hatte.

»Ich könnte doch einfach mitgehen!«, meinte sie verärgert, als er ihr eröffnete, er müsse mit Jimmy Dunloe auf einen Empfang. »Ich kaufe mir ein Kleid bei Miss Kate, und dann ...«

Colin lächelte nachsichtig. »Wovon kaufst du dir ein Kleid, Schäfchen? Glaubst du wirklich, du hättest da noch ein Konto? Nein, nein, Kleines, deine Eltern halten dich kurz, das hast du doch selbst erzählt. Und solche Empfänge sind auch ziemlich langweilig. Übernachte einfach bei meiner Mutter, Kathleen, das ist auch besser für das Seelenheil von ihrem Reverend ... Der guckt schon immer ganz komisch, wenn du da nur eine Gastrolle spielst.«

Matariki war zu stolz, um den Erwerb eines Kleides zu versuchen – nicht auszudenken, wenn ihre Eltern ihr wirklich jede Unterstützung gestrichen hätten! Allerdings hatte es einige Tage zuvor wirklich Ärger gegeben, als die Drurys ihr zwar vorgeschlagen hatten, die Einschreibegebühren für die Universität zu bezahlen, sich aber weigerten, ihr das Geld in bar auszuhändigen. Matariki war entschlossen, nicht klein beizugeben, auch wenn es schwerfiel. An diesem Abend gingen Kathleen und der Reverend nämlich ebenfalls aus: Chloé und Heather eröffneten die erste Ausstellung in ihrer neuen Galerie.

»Willst du wirklich nicht mitkommen, Riki?«, erkundigte sich Kathleen besorgt, kümmerte sich dann aber nicht weiter um das offensichtlich schmollende Mädchen. »Oder unternimmst du etwas mit Colin? Heather hat ihn auch eingeladen, warum geht ihr nicht beide hin?«

Matariki hatte auf keine ihrer Fragen eine Antwort. Missmutig zog sie sich mit der Zeitung ins Gästezimmer zurück. Sie fühlte sich obendrein nicht wohl an diesem Abend, eigentlich war ihr schon den ganzen Tag nicht besonders gut gewesen. Vielleicht hatte sie ja etwas Falsches gegessen. Jetzt blätterte sie unlustig im *Auckland Herald* – wobei sie sich fragte, wie der wohl in Kathleens Wohnzimmer gelangt war. Die Nachrichten von der Nordinsel interessierten Matariki nicht wirklich, auch wenn sie lange dort gelebt hatte. Immerhin hoffte sie auf Informationen über Te Whiti oder andere inhaftierte Führer der Bewegung von Parihaka. Wie erwartet fand sich jedoch nichts. Die Häuptlinge waren immer noch inhaftiert, die Proteste der Maori gegen die Landnahme der Regierung weitgehend verstummt. Man rechnete mit Te Kootis und Te Whitis baldiger Freilassung – ihr Einfluss auf ihr Volk war zweifellos gebrochen.

Dann fiel Matariki immerhin ein Name ins Auge, den sie schon einmal gehört hatte: Amey Daldy. Das Mädchen überlegte kurz, woher er ihr bekannt vorkam, dann wusste sie es wieder. Amey Daldy setzte sich für das Wahlrecht von Frauen ein – für *pakeha* und Maori. Die Mädchen in Parihaka hatten oft darüber gesprochen und auch kontrovers diskutiert. Bei den Stämmen waren die Frauen weitgehend gleichberechtigt. Sie durften ihre Ehemänner frei wählen, Land besitzen und den Status einer *tohunga* erwerben. Ganz selbstverständlich gehörten Männer und Frauen zu den Ältestenräten der Dörfer, und gelegentlich wurde auch eine Frau zum Häuptling gewählt. Das kam zwar auf der weitgehend friedlichen Südinsel häufiger vor als bei den aggressiveren Stämmen der Nordinsel, aber Arona hatte den anderen Mädchen erzählt, dass auch weibliche Häuptlinge zu dem berühmten Treffen in Waitangi erschienen waren. Unter dem dort unterzeichneten Vertrag fand sich allerdings kein Frauenname: Die *pakeha* hatten die Stammesführerinnen verhöhnt und weggeschickt.

Nun waren die Mädchen in Parihaka uneins darüber gewesen, ob Maori-Frauen diese eigentlich längst selbstverständlichen Rechte wirklich noch einmal vor dem Parlament der Weißen durchfechten mussten oder ob man die *pakeha* nicht zwingen konnte, sie auch ohne zusätzliche Gesetzgebung zu akzeptieren. Zumindest die letztere Überlegung hatte sich spätestens nach der Invasion von Parihaka als akademisch erwiesen: Wie es aussah, konnten die Maori die *pakeha* zu gar nichts zwingen – und die Rechte ihrer Frauen waren leider auch so ziemlich das Letzte, für das die Männer der Stämme bereit waren, die Waffen zu ergreifen. Matarikis eigene Erfahrungen mit Kahu Heke bestätigten diese traurige Erkenntnis: Die Grundeinstellung des Maori-Volkes war eine pragmatische. Wo immer man die Frauen brauchte, ließ man zu, dass sie Priesterinnen, Heilerinnen und sogar Kämpferinnen und Häuptlinge wurden. Aber das bedeutete längst noch nicht, dass die Männer sich auch ihrerseits dazu herabließen, zu kochen, Flachs zu härten und zu weben, die Häuser zu säubern und die Kinder zu erziehen. Und wenn die *pakeha* der Meinung waren, Frauen sollten kein Land besitzen und keine Stimme im Parlament haben, dann fanden sich sehr schnell Stammeskrieger, die Grundbesitz und Abgeordnetenstatus freudig übernahmen. Schließlich hatte man auch nie Skrupel gehabt, Häuptlingsfrauen zu entrechten und Häuptlingstöchter mit einengenden *tapu* zu versehen.

Matariki hatte insofern höchsten Respekt vor Frauen wie Amey Daldy – und las jetzt interessiert, was der *Auckland Herald* über sie schrieb. Der Artikel informierte seine Leser darüber, dass sich Daldy's Ladies Seminary jetzt auch Maori-Frauen öffnen wollte, wobei der Journalist süffisant anmerkte, dafür müssten die infrage kommenden Damen aber zweifellos erst mal Englisch lernen. Matariki ballte vor Wut die Fäuste. Schließlich sprachen sehr viel mehr Maori die Sprache der *pakeha* als umgekehrt – sie hätte den Schreiber gern gefragt, ob er auch nur ein Wort der Sprache der Ureinwohner gelernt hatte, bevor er sich erdreistete, über sie zu urteilen. Allerdings interessierte sie Mrs. Daldys Damenseminar. Was mochten die Frauen da lernen? Haushalt und gutes Benehmen? Oder das Schreiben von Petitionen, das Absingen von Protesthymnen und den Kampf für ihre Rechte?

Der Artikel gab keine Auskunft darüber, aber weiter unten auf der Seite fiel Matariki eine Anzeige ins Auge:

Gebildete, wohlerzogene junge Dame mit Maori-Abstammung als Mitarbeiterin in Daldy's Ladies Seminary *gesucht. Bedingung: gute Kenntnisse der Maori-Sprache wie auch des Englischen. Freude am Lehren, Kenntnisse der Sitten und Gebräuche der Stämme sowie ihrer traditionellen Handarbeit, Musik und Kultur.*

Einen Herzschlag lang vergaß Matariki Colin und ihre Heiratspläne. Diese Stelle schien ihr wie geschaffen für sich oder ihre Freundinnen aus Parihaka. Hier konnten sie anwenden, was sie in Parihaka gelernt hatten – vom Flachshärten bis zum gewaltlosen Widerstand! Matariki sah sich kurz auf einem Podium neben Frauenrechtlerinnen wie Amey Daldy oder ihrer großen Vorgängerin Mary Wollstonecraft. Sie würde die Worte der Rednerinnen für die Frauen ihres Volkes übersetzen, den Kindern Englisch beibringen, ohne sie ihre Wurzeln vergessen zu lassen … Te Whiti wäre stolz auf Matariki Drury! Dann fielen ihr jedoch Colin und das Gestüt wieder ein. Nein, auf keinen Fall durfte sie ihn damit allein lassen – mal ganz abgesehen davon, dass er ihr ja schon fehlte, wenn sie nur eine Nacht ohne seine Umarmungen verbringen musste.

Mit leisem Bedauern schob Matariki ihren Tagtraum beiseite und überlegte stattdessen, welches andere Mädchen aus Parihaka sie vielleicht für die Stelle begeistern konnte. Die Mädchen waren am Tag nach Matarikis Flucht mit Colin tatsächlich verhaftet und abtransportiert worden, aber Colins Warnung, sie hätten mit monatelanger Haft zu rechnen, hatte sich nicht bewahrheitet. Tatsächlich waren die letzten Bewohner Parihakas höchstens eine Nacht inhaftiert gewesen, bevor man sie in der Nähe ihrer Heimatstämme freigesetzt hatte. Arona war sogar in Parihaka geblieben. Die junge Priesterin stammte von dort und tat nun ihr Bestes, die geschrumpfte, verunsicherte und deprimierte Gemeinde zusammenzuhalten, bis Te Whiti irgendwann zurückkehrte.

Über Arona war Matariki auch wieder in Kontakt mit ihren anderen Freunden gekommen, die es im Wesentlichen ähnlich gemacht hatten wie sie: Wer seinen High-School-Abschluss schon hatte, begann sofort ein Studium, die anderen stellten sich erst mal den Prüfungen, bevor sie sich für eine Ausbildung als Ärztin, Lehrerin oder Anwältin entschieden. Matariki wusste von Koria, dass auch Kupe inzwischen freigekommen war und in Wellington studierte. Sie hatte ihm daraufhin geschrieben, aber er hatte nicht geantwortet. Koria verriet ihr, dass ihre Beziehung zu Colin ihn sehr getroffen hatte:

Er war natürlich verliebt in dich, das wussten wir ja alle. Aber er kam damit zurecht, dass du seine Liebe nicht erwidern konntest. Mit einem anderen Maori-Mann an deiner Seite hätte er sich abgefunden. Aber ein pakeha! *Sei mir nicht böse, Matariki, aber es fällt uns allen nicht leicht, deine Verbindung mit einem Offizier der Engländer zu akzeptieren. Natürlich liebst du ihn, und ich weiß, dass man dagegen nicht viel tun kann. Aber ein Armed Constable, Matariki? Ein Feind?*

Matariki errötete, als sie den Brief der Freundin las – und beeilte sich daraufhin, ihr zu versichern, dass Colin den Dienst bei der Krone längst aufgegeben hatte. Ganz wohl war ihr nicht dabei, seine Lüge weiterzugeben. Aber dann lösten die anderen Mädchen das

Problem, indem sie ihre Beziehung zu Colin einfach nicht weiter ansprachen. Stattdessen berichteten sie über ihr Studium und über die Prozesse und Anhörungen gegen die Verteidiger von Parihaka. Einige verliebten sich auch selbst und schilderten farbig ihr Glück mit einem Mitschüler oder Kommilitonen. Matariki antwortete mit Berichten über das Trabrennen und erfand Geschichten über ihre vagen Studienpläne. Nur Kupe schwieg.

Jetzt jedenfalls mochte Matariki auf Anhieb keines der Mädchen einfallen, das frei für die Stelle in Auckland war. Aber immerhin hatte die Überlegung sie abgelenkt, und inzwischen war es auch spät geworden. Matariki löschte das Licht und rollte sich in ihre Decke. Am kommenden Morgen würde sie Colin wiedersehen und Amey Daldy vergessen.

Kathleen und der Reverend waren spät heimgekommen und schliefen noch, als Matariki sich am frühen Morgen ausgeruht erhob und erst einmal Frühstück machte. Sie ging sogar einkaufen und überraschte ihre Gastfamilie mit frischem Brot, Milch und Eiern.

Gewöhnlich hätte Kathleen sich darüber gefreut, aber an diesem Tag fand Matariki die Freundin ihrer Eltern einsilbig.

»Ist irgendwas, Miss Kate?«, fragte Matariki, als Kathleen eine ihrer Fragen zum letzten Abend zum zweiten Mal nicht beantwortete. »Bist du irgendwie böse? Auf ... auf mich?«

Kathleen schüttelte den Kopf, und Matariki fiel auf, dass sie etwas übernächtigt wirkte. Man musste sie allerdings gut kennen, damit einem die leichten Schatten unter ihren Augen und die etwas blasseren Lippen auffielen. Kathleen Burton war immer noch eine außergewöhnlich schöne Frau.

Der Reverend räusperte sich. »Kathleen, ich finde wirklich, du solltest es ihr sagen. Wobei es ohnehin nichts bringt zu schweigen. Heather wird es ihr brühwarm erzählen, die ist doch gestern schon fast geplatzt vor Wut.«

Matariki runzelte die Stirn und hielt dabei inne, Honig auf ihr

Brötchen zu träufeln. »Heather war wütend auf mich?«, fragte sie verwirrt.

Kathleen schüttelte den Kopf und sah das Mädchen gequält an. »Nein, Riki, nicht auf dich. Auf Colin. Es ... es war nämlich nicht so, dass der mit Jimmy Dunloe auf irgendeinen Empfang gegangen ist. Oder ... na ja, er war natürlich auf einem Empfang, aber auf unserem, also auf Heathers und Chloés. Als ... als Begleiter von Chloé!« Kathleen schluckte.

Von Matarikis Brot troff Honig auf den Tisch, als sie Colins Mutter ungläubig anstarrte.

»Er war *was?*«

»Matariki, das hatte doch gar nichts mit uns zu tun.« Colin Coltrane beteuerte seine Unschuld, nachdem Matariki ihm die Tatzen der Wildkatze diesmal nicht während des Liebesspiels in den Rücken, sondern direkt ins Gesicht geschlagen hatte. Seine Wange war gerötet von der Ohrfeige, mit der sie ihn empfangen hatte. »Schau, du weißt doch, dass ich ihren Vater hofieren muss, wenn wir diesen Kredit wollen.«

»Jimmy Dunloe ist Chloés Stiefvater«, stellte Matariki richtig. »Und soweit ich weiß, betätigt er sich nicht als Kuppler. Das wäre auch zu früh, sie ist doch noch keine sechs Monate Witwe! Also warum ...?«

»Eben darum, Matariki«, meinte Colin. »Weil sie erst vor so kurzer Zeit verwitwet ist. Sie brauchte einen Begleiter, aber doch einen ... einen ... sozusagen ein Familienmitglied.«

Matariki lachte höhnisch. »Du siehst dich als Familienmitglied der Dunloes? Das willst du mir nicht wirklich weismachen! Und wenn, warum durfte ich es denn dann nicht erfahren? Du hättest mir doch sagen können, dass du aus rein geschäftlichen Gründen die arme, bedauernswerte Chloé Boulder ausführst. Wobei ich nicht verstehe, weshalb sie einen Begleiter brauchte. Es ist ihre eigene Galerie, Colin, erinnerst du dich? Sie hat diesen Empfang organisiert, und als Gastgeberin hatte sie sicher genug zu tun, den Besuchern die Bilder zu verkaufen. Oder hast du ihr auch dabei geholfen? Seit wann verstehst du was von Kunst?«

Colin betrachtete das Mädchen, das sich da so glühend vor Zorn vor ihm aufgebaut hatte. Herrgott, sie war schön, und er liebte sie! Natürlich war auch Chloé Boulder schön. Ihre kühle Attraktivität zog ihn an, ihre Damenhaftigkeit, ihr untadeliges Benehmen ... Dagegen Matariki in ihrem verschlissenen Reitkleid, nicht einmal ordentlich geschnürt und das Haar mal wieder offen. Ihre Haut war gebräunt von der Sonne ... und Colin erinnerte sich noch zu gut an ihre langen braunen Beine, umspielt vom *piu-piu*-Röckchen beim Seilspringen in Parihaka. Wenn es nur eine Möglichkeit gäbe ...

Colin zog das Mädchen in die Arme und verschloss seinen immer noch lamentierenden Mund mit einem Kuss. Matariki biss in seine Zunge. Dann stieß sie ihn weg.

»Colin, ich möchte eine Erklärung!«, stieß sie verärgert aus. »Keine Zärtlichkeiten. Was war gestern mit Chloé Boulder?«

Colin schmeckte Blut und geriet nun seinerseits in Wut. Konnte Matariki sich nicht ein Mal wie eine normale Frau benehmen? Demütig, anschmiegsam? Bisher hatte er immer darauf vertraut, sie zähmen zu können, aber vielleicht war das gar nicht möglich. Nun, das würde ihm seine Entscheidung leichter machen.

»Matariki, ich muss dir nichts erklären! Ich habe dir gesagt, es hatte nichts zu bedeuten, ich hab's ... ich hab's für das Gestüt getan! Für ... uns ...«

Matariki sah ihn fassungslos an. »Colin«, sagte sie dann, diesmal ruhiger. »Colin, du hast sie geküsst! Leugne das nicht, Heather hat es mir brühwarm erzählt. Und behaupte jetzt nicht, Chloé hätte dich verführt. Heather meinte, sie sei ganz durcheinander gewesen. Und Jimmy Dunloe hat dir dabei doch wohl nicht die Hand geführt, oder? Also was soll das, Colin? Wir sind verlobt!«

Colin richtete sich vor Matariki auf. Sie wusste es also. Seine verdammte Schwester! Heather hatte den ganzen Abend an Chloé geklebt wie eine Klette. Erst als einer der Besucher sie in ein Verkaufsgespräch über eines der Bilder verwickelte, hatte er Chloé unter einem Vorwand herauslocken und es mit einem ersten Kuss versuchen können. Chloé war gar nicht so abgeneigt gewesen. Aber dann musste sie das ja unbedingt weitertratschen.

Colins Wut auf seine Schwester entlud sich über Matariki: »Wir sind nicht verlobt, Matariki!«, schleuderte er ihr entgegen. »Wir teilen nur das Bett miteinander. Ja, schau mich jetzt ruhig an wie ein waidwundes Reh, aber das ist die Wahrheit! Ich würde dich gern heiraten, Matariki, aber du bist erst achtzehn, und deine Eltern unterminieren unsere Beziehung. Keiner weiß, was daraus werden soll. Und insofern … insofern musst du mir schon zugestehen, mich auch anderweitig umzusehen.«

Matarikis Hand traf ihn erneut ins Gesicht, aber diesmal fuhr sie die Krallen aus. Ihre Nägel hinterließen tiefe rote Spuren auf seiner rechten Wange. Bevor sie ihm auch die linke zerkratzen konnte, griff er nach ihrer Hand.

»Schluss jetzt, Riki!«, fuhr er sie an.

Matariki sah Colin an, und in ihren Augen standen Tränen. Aber sie beherrschte sich eisern. »Du sagst es, Colin!«, sagte sie fest.

Noch am gleichen Tag schrieb sie an Amey Daldy.

Mit offenen Augen

Südinsel, Dunedin und Invercargill
Nordinsel, Auckland
1883–1893

KAPITEL 1

»Was hat er, was ich nicht habe?«

Heather Coltrane hatte die Frage nicht aussprechen wollen, aber jetzt, am Tag, bevor Chloé ihrem Bruder Colin das Jawort geben wollte, konnte sie sich nicht mehr bezähmen.

Chloé Boulder musterte ihre Freundin mitleidig. Sie hätte eine Antwort geben können – aber es gab kein Wort für das, was Colin Heather voraushatte. Zumindest keins, das eine Lady aussprechen konnte, ohne vor Scham im Boden zu versinken.

»Er ist …«, sagte sie vorsichtig, »… ein Mann …«

»Na und?«, fragte Heather. »Kann er dich mehr lieben als ich? Versteht er dich besser? Kann er dir mehr bieten? Hast du mehr mit ihm gemeinsam?«

»Natürlich nicht!«

Chloé seufzte. Sie wusste nicht, wie sie es Heather verständlich machen sollte, zumindest nicht, ohne sie dabei noch mehr zu verletzen, als sie es jetzt schon tat. Überhaupt hätte sie es gar nicht so weit kommen lassen dürfen. Chloés und Heathers Beziehung war immer innig gewesen, aber in den Monaten nach Terrence Boulders Tod hatte sie noch an Intensität gewonnen. Chloé und Heather hatten Zärtlichkeiten getauscht, Chloé hatte sich an Heather geschmiegt, wenn die Trauer sie überwältigen wollte – und letztlich war es auch Heather gewesen, nicht Colin, die ihr geholfen hatte, über den Verlust hinwegzukommen. Chloé liebte Heather von Herzen. Aber dennoch fehlte ihr etwas. Heather konnte sie nicht so lieben wie Terrence – oder Colin. Sie war kein Mann.

»Heather, ich … ich möchte … heiraten. Ich möchte … Kinder …«

»Wir könnten Kinder adoptieren«, meinte Heather. »So viele du willst, die Wohlfahrtseinrichtungen quellen doch über vor Waisenkindern. Ein Wort zu Sean oder zum Reverend, und wir hätten die Wohnung voll …« Heather berührte zaghaft Chloés Schulter.

Chloé fuhr fort, ihre Kleider in Koffer und Kisten zu packen. Colin war gerade erst aus Invercargill gekommen, wo er die Arbeiten an den Ställen und der neuen Rennbahn überwachte und das Haus einrichtete. Am kommenden Tag, nach der Trauung, würde sie ihm dorthin folgen.

Heather küsste sie sanft in den Nacken. »Chloé …«

Chloé fuhr herum. »Glaubst du wirklich, der Reverend würde … das … billigen?«

Es klang schärfer, als sie es beabsichtigt hatte. Eigentlich wollte sie Heather nicht kränken – und an ihrer Freundschaft war ja auch wirklich nichts Verbotenes. Wenngleich … es war sicher auch nicht üblich, dass sich zwei Frauen küssten und an Körperstellen berührten, die man kaum selbst einmal ansah, bevor man sie dann seinem Ehemann darbot wie … wie ein Opfer auf einem Altar? Der Gedanke war ihr in der Hochzeitsnacht mit Terrence gekommen, als ihr wunderschöner junger Gatte sie bewundernd und anbetend betrachtet hatte. Aber dann hatte sie die beunruhigende Vorstellung unter seinen Berührungen und Küssen schnell vergessen. Chloé hatte die Nächte mit Terrence genossen – und sie hatte sich auch an Heathers Zärtlichkeiten erfreut. Aber letztendlich hatte etwas gefehlt. Chloé hatte nie ganz so empfinden können wie Heather, die unter ihren eigenen Küssen zu brennen schien. Ihr fehlte der feste Körper eines Mannes – und der Teil von ihm, für den … für den es eben kein Wort gab.

»Ich möchte eigene Kinder«, sagte sie jetzt, in der Hoffnung, Heather zu beschwichtigen. »Das musst du doch verstehen. Und Colin … er sieht gut aus … er ist höflich …«

»Er hat Matariki Drury verlassen«, bemerkte Heather. »Nachdem ihre Eltern ihm kein Geld für seine Rennbahn geben wollten!«

»Das eine muss nichts mit dem anderen zu tun haben!«, erklärte Chloé zum vielleicht hundertsten Mal.

Es war nicht nur Heather, die von ihrer Verbindung zu Colin Coltrane alles andere als erbaut war. Auch Jimmy Dunloe und ihre Mutter, erst recht Kathleen und der Reverend hatten Einwände gehabt.

»Er ist mein Bruder, Chloé«, beschwor sie Heather. »Aber trotzdem: Ich traue ihm nicht. Er war nie das, ... das was man unter einem ... hm ... netten Kerl versteht.«

Aber wenn er mich küsst, scheinen sich Sonne und Mond zu berühren und den Himmel über mir explodieren zu lassen, dachte Chloé. Laut konnte sie das natürlich nicht sagen. Sie beschloss, das Gespräch nun wirklich zu beenden.

»Herrgott, Heather!«, ereiferte sie sich. »Das höre ich nun seit Monaten. Immer und immer wieder. Ich soll noch warten, und ich soll vorsichtig sein, und ich soll dies, und ich soll das. Wobei ihr ja nun wirklich nicht sagen könnt, wir hätten uns nicht an die Regeln gehalten. Wir haben das Trauerjahr eingehalten. Wir haben uns kaum in der Öffentlichkeit getroffen. Wir haben lange Gespräche geführt ...« Die meistens sehr rasch in Colins Armen geendet waren, aber auch das würde Chloé Heather nicht verraten. »Wir haben uns sogar noch einmal für ein paar Wochen getrennt.«

»In denen er mit deinem Geld einen Hof in Invercargill gekauft hat. Wobei er es nicht für nötig hielt, dir das Anwesen vorher wenigstens einmal zu zeigen!«, höhnte Heather.

»Ich traue ihm!«, erklärte Chloé.

Heather rieb sich die Nasenwurzel. Sie sollte solche Gespräche nicht führen. Schließlich war sie die Letzte, der Chloé irgendwelche vernünftigen Beweggründe zubilligte, sie vor Colin Coltrane zu warnen. Aus ihr selbst, das wusste Heather nur zu gut, sprach die

Eifersucht. Aber sie konnte sich nicht bezähmen. Und dieser Abend bot die letzte Chance. Am kommenden Morgen war es zu spät.

»So sehr, dass du ihm dein ganzes Geld schenkst?«, fragte sie bitter.

Terrence Boulder war vermögend gewesen, und Chloé war seine einzige Erbin. Jimmy Dunloe hatte ihr angeboten, das Geld für sie zu verwalten, und Sean riet eindringlich zu einem Ehevertrag, der Colins Verfügungsgewalt darüber zumindest stark einschränkte. Aber hier hatte Chloé nicht mit sich reden lassen.

»Wir wollen das Gestüt beide!«, erklärte sie. »Es wird uns beiden gehören, und wir werden es beide leiten. Ich habe Colin das Geld gegeben, weil ich genau das selbst auch will. Es ist nicht nur sein Traum, der da in Erfüllung geht!«

»Ich dachte immer, dein Traum sei eine Galerie«, flüsterte Heather. »Ich dachte, du liebst die Kunst, du willst Maler und Bildhauer in Neuseeland fördern. Was ist mit der Ausstellung von Maori-Kunst, über die du nachgedacht hast? Was ist mit den Bildern von diesem Lucas Warden, dieser Retrospektive? Da kommt doch sogar Material aus England. Was ist mit dieser russischen Künstlerin? Du wolltest das alles unbedingt, du hast unzählige Briefe geschrieben. Und jetzt? Soll ich es allein machen?«

Chloé konnte nicht anders, sie umarmte ihre Freundin. Sie ertrug es nicht, Heather so traurig zu sehen. Aber dann entschloss sie sich trotzdem zur Härte. Dies musste ein Ende haben.

»Du schaffst das allein, wenn du weitermachen willst«, erklärte sie. »Die Galerie war … nun, sie war … eine Art Mädchentraum … aber jetzt …«

»Jetzt bist du erwachsen«, sagte Heather bitter. »Ich verstehe. Und ich wünsche dir Glück, Chloé. Ich wünsche dir wirklich Glück.«

Chloé Boulder und Colin Coltrane feierten eine stille Hochzeit. Schließlich war Chloé noch nicht so lange Witwe, es gab sogar

Matronen in Reverend Burtons Gemeinde, die sich über ihre zu frühe neue Verbindung die Mäuler zerrissen. Kathleen Burton bemühte sich, über diesen Tratsch hinwegzuhören. Ebenso wie Claire Dunloe. Aber im Grunde waren die beiden Freundinnen ziemlich einer Meinung.

»Ich freue mich ja, dass wir jetzt verwandt sind«, meinte Claire. »Aber hätte sie nicht Sean heiraten können?«

Kathleen lächelte kläglich. »Sean scheint sein Herz irgendwie in Christchurch verloren zu haben«, verriet sie ihrer Freundin. »Er sagt ja nichts, aber seit seiner Rede da vor ein paar Monaten ist er anders. Hoffentlich nicht so eine fanatische Suffragette, die nur in zeltartigen Reformkleidern herumläuft und eher Rattengift trinken würde als ein Glas Wein.«

Claire lachte. »Also ich fand Kate Sheppard ganz nett. Und mit unserer Mrs. Morison ist doch auch auszukommen … Wenn man den Frauen ordentliche Löhne zahlt …« Harriet Morison engagierte sich nicht nur in der Temperance Union, sondern vor allem für die Schneiderinnen in den Fabriken. Die Gründung einer Gewerkschaft stand hier kurz bevor, und Mrs. Morison würde sie zweifellos anführen. Claire und Kathleen hatten damit allerdings keine Schwierigkeiten. Sie hatten ihre Näherinnen immer gut entlohnt, die meisten arbeiteten seit Jahren für Lady's Goldmine. Für die Textilfabriken, die in den letzten Jahren in Dunedin aus dem Boden geschossen waren, galt das jedoch nicht. Die Frauen und Mädchen arbeiteten hier oft unter menschenunwürdigen Umständen, und Claire und Kathleen fanden es mehr als richtig, wenn sich Mrs. Morison für sie starkmachte. »Auf jeden Fall brauchen wir Leute, die sich für das Frauenwahlrecht einsetzen. Ich freue mich schon darauf. Und als Ersten wähle ich deinen Sean!«

Kathleen lächelte. Auch sie war stolz auf ihren Sohn. Und sie würde ihm sein Glück gönnen, egal wie die Frau sein würde, der er sich hoffentlich einmal erklärte. Bisher war die Sache mit dem Mädchen in Christchurch eher eine Ahnung. Sean schien pausenlos an sie zu denken, aber was persönliche Kontakte anging – es sah eher aus, als meide er die Canterbury Plains.

Colin und Chloé jedenfalls waren an diesem Tag selig. Chloé sah wunderschön aus in ihrem goldfarbenen Brokatkleid. Kathleen hatte sich mit dem Entwurf größte Mühe gegeben, und sie wusste, dass dieses Hochzeitskleid in Dunedin als Sensation galt. Trotz der wenigen geladenen Gäste war die Kirche an diesem Samstagvormittag bis auf den letzten Platz gefüllt gewesen – unter anderem waren viele Kundinnen von Lady's Goldmine dort, die die Highlights der Winterkollektion an der Braut und den weiblichen Hochzeitsgästen bewundern wollten. Claire und Kathleen trugen denn auch prächtige Roben – und Heather in ihrem locker fallenden apfelgrünen Kleid, das sie ebenso jung wirken ließ wie das weiche, ihr Gesicht sanft umspielende Haar, wäre gegen die strahlende Braut kaum abgefallen. Hätten ihre Augen nur ein bisschen Glanz gezeigt, statt umflort und melancholisch zu erscheinen wie so oft, seit sie von Chloés erneuten Heiratsplänen gehört hatte. Kathleen fühlte mit ihrer Tochter. Heather würde jetzt wieder einsam sein.

Aber immerhin hatte sie erneut Briefkontakt mit ihrer kleinen Freundin aus Wales, Violet Paisley. Kathleen beschloss, Heather zu einem Besuch bei ihr zu überreden. Sie redete schon lange davon, eigentlich seit Violet nach Woolston gezogen war. Allerdings schien die junge Frau selbst das eher abwenden zu wollen. Egal, Heather brauchte Aufmunterung!

Kathleen sah sich nach ihrem Mann um, der an der gut bestückten Bar mit ihrem Sohn Sean plauderte. Das Fest fand in der Wohnung von Jimmy und Claire Dunloe statt – und die hielten beide nichts von Prohibitionsbestrebungen. Wer Whiskey wollte, der kriegte auch welchen. Was das anging, waren sich Jimmy Dunloe, Michael Drury und Reverend Burton einig. Ein Alkoholverbot würde nur den Schwarzmarkt ankurbeln und die ärmeren Familien damit noch mehr belasten. Dennoch hätte Burton zurzeit nicht gewagt, etwa in seinem Gemeindesaal Bowle ausschenken zu lassen.

Die Vertreter der Abstinenzlerbewegung erlangten immer mehr Einfluss.

Sean und Peter wirkten beide nicht begeistert, als sich ihnen jetzt Colin näherte, die selig lächelnde Chloé im Arm. Kathleen trat neben ihren Mann. »Wir wollten uns nur verabschieden«, meinte Chloé. Es klang bedauernd, offensichtlich genoss sie das Fest. »Es ist wunderschön, aber Colin möchte den Nachtzug nach Christchurch nehmen. Morgen ist Renntag in Woolston, und bevor wir nach ... nach Hause fahren, wollen wir uns ein oder zwei Pferde anschauen, die sich vielleicht fürs Gestüt eignen. Colin meinte ...« Sie warf ihrem Mann einen anbetenden Blick zu.

Sean hob die Augenbrauen. »Ich höre immer Gestüt«, unterbrach er Chloés Redefluss. »Aber wenn ich mich recht erinnere, braucht so ein Fohlen doch elf Monate, um zur Welt zu kommen. Sind überhaupt schon Stuten gedeckt? Oder handelst du zurzeit einfach noch mit Pferden, Colin, wie gewohnt?«

Kathleen warf ihrem älteren Sohn einen tadelnden Blick zu. Sean war der sanfteste und höflichste Mensch, den sie kannte. Aber wenn Colin auftauchte, ritt ihn der Teufel.

Colin lachte allerdings nur. »Es sind drei Stuten gedeckt, Brüderchen, wenn du dich schon nicht genierst, solche Themen in Damengesellschaft anzusprechen. Unter anderem die Hackney-Stute meiner Frau. Von einem sehr trabstarken Vollbluthengst. Und ich fürchte, ich komme um den Pferdehandel nicht herum – die Tiere laufen mir ja nicht zu, ich muss einen gewissen Zuchtstock erwerben. Gelegentlich wird es dabei selbstverständlich vorkommen, dass sich eins der Tiere nicht als für unsere Zwecke geeignet erweist, dann müssen wir uns auch wieder von ihm trennen.«

»Das besprechen wir dann aber gemeinsam!«, unterbrach ihn Chloé.

Kathleen wusste, dass sie sich ungern von einem Pferd trennte.

Schon als Kind hatte sie geweint, als Kathleen und Claire damals ihre Maultiere verkauften, und als ihr Eselchen mit fast dreißig Jahren starb, war sie untröstlich gewesen. Chloé verstand sicher einiges von Pferden, aber sie war zart besaitet. Als Frau eines Pferdehändlers konnte Kathleen sich die Tochter ihrer Freundin nicht vorstellen.

»Du hörst es, Sean!«, lachte Colin. »Ich bin nicht mal Herr auf meinem eigenen Hof! Meine Gattin will demnächst über alles bestimmen, was dir doch gefallen müsste. Schließlich hast du's mit den Suffragetten. Nun komm, Chloé. Wir wollen fahren, sonst kriegen wir den Zug nicht.«

Chloé wirkte immer noch etwas enttäuscht, verabschiedete sich jetzt jedoch bereitwillig. Colin lotste sie sofort energisch in Richtung Ausgang, bevor sie sich noch mit jemand anderem verplaudern konnte.

»Eine Hochzeitsnacht im Zug nach Christchurch …«, murmelte Kathleen. »Ob sie sich das nicht romantischer vorgestellt hat?«

Sean zuckte die Schultern und nahm noch einen Schluck aus seinem Glas. »Sieht jedenfalls nicht so aus, als ob sie irgendwas bestimmen könnte.«

Peter, der sonst selten trank, sich von der Qualität von Jimmys Whiskey jedoch hatte verführen lassen, ginste. »Sieht eher aus wie ein frisch gekauftes Pferd, das er vom Markt führt.«

Kathleen warf ihrem Mann einen warnenden Blick zu. »Benimm dich nicht daneben, Peter Burton!«, bemerkte sie. »Du bist Reverend.«

Peter lachte. »Ich bin beschwipst, Mrs. Burton!«, gab er zu. »Aber noch nicht so sehr, dass ich mein und dein verwechsle wie dein Herr Sohn: Herr über *seinen* Hof. Dabei steckt da von ihm kein Shilling drin! Das ›frisch gekaufte Pferd‹ – verzeih mir, meine Liebste, morgen drücke ich mich dann wieder klerikal aus – hat seinen Stall selbst bezahlt!«

Chloé war tatsächlich nicht sonderlich erbaut von der Hochzeitsnacht im Zug. Sie bekam kaum Schlaf und fühlte sich wie zerschlagen, als sie Woolston am frühen Vormittag erreichten. Colin
dagegen war aufgedreht und lebhaft, seine Augen leuchteten, als er
die Rennbahn betrat. Chloé hielt auf den Rängen nach Bekannten
Ausschau, allerdings entdeckte sie keine der Ladys und Gentlemen
aus den Plains. Morgens fanden ein paar weniger wichtige Galopprennen statt, die Hauptereignisse des Tages waren jedoch die Trabrennen am Nachmittag. Chloé stellte fest, dass zwei der Galopper
die Farben Lord Barringtons trugen.

»Der Lord ist bestimmt da. Komm, gehen wir in die Besitzerloge und begrüßen ihn!«

In der Besitzerloge gab es sicher auch ein fürstliches Frühstück
und erstklassigen Champagner. Beides hätte Chloés Lebensgeister
jetzt wecken können.

Colin schüttelte jedoch den Kopf. »Nicht jetzt, Liebste. Erstens
ist mir nicht nach noch mehr Small Talk mit der besseren Gesellschaft, das hatten wir gestern zur Genüge. Und zweitens wollten
wir uns doch Pferde ansehen. Eine Stute steht wohl im Racing
Club, eine gleich hier bei Brown. Wir sollten hingehen, bevor sie
uns einer vor der Nase wegschnappt.«

Chloé fügte sich unwillig. Natürlich hatte Colin Recht, aber …
in gewisser Weise war dies ihre Hochzeitsreise. Und sie hätte ihren
gut aussehenden Ehemann gern in der Besitzerloge gezeigt.

Stattdessen führte Colin sie jetzt in die recht dunklen Ställe von
Brown's Paddock. Die infrage kommende Stute war ein hübscher
Cob. Allerdings wirkte sie unfreundlich und biss nach Colin, als er
ihr ins Maul sehen wollte. Chloé fand sie unsympathisch und hätte
sie ungern im Stall gehabt.

»Ich denke, wir wollten mit hochblütigen Pferden züchten«,
wandte sie ein, als Colin dennoch mit dem Besitzer in Verhandlungen trat. »Mit Hackneys, Vollblütern … da geht der Weg hin,
Colin. Diese Cobs sind trittsicher und sehr schnell auf unebenen

Wegen. Aber Trabrennen werden jetzt schon größtenteils auf speziellen Bahnen gefahren. Und auf ebenem Boden hätte Dancing Jewel das Pferd von … von dieser … hm … jungen Maori-Frau mühelos geschlagen …«

Chloé errötete. Sie bemühte sich, den Namen Matariki Drury gegenüber Colin nicht zu erwähnen.

Colin zuckte die Achseln. »Wir können das Pferd ja später wieder abstoßen. Aber ein oder zwei Fohlen, so als Versuch …«

Er hielt inne, als Chloé den Mund verzog. Die Vorstellungen der frischgebackenen Ehepartner in Bezug auf Pferdezucht differierten. Chloé hielt viel von generationenübergreifender Planung nach dem Muster der britischen Vollblutzucht. Colin dagegen fand Kreuzungen interessant und hoffte auf Zufallstreffer.

»Na schön, gucken wir uns also erst mal die andere an«, lenkte er schließlich ein. Es brachte nichts, Chloé gleich am ersten Tag zu verärgern.

Auf dem Gelände des Lower Heathcote Racing Club herrschte rege Betriebsamkeit. Hier standen hauptsächlich Galopprennpferde, die jetzt auf die Rennen vorbereitet oder nach den Rennen gewaschen und zurück in die Ställe gebracht wurden. Schließlich fand sich jedoch ein untersetzter blonder junger Mann, der bereit schien, sich um die Coltranes zu kümmern.

»Verkaufspferde? Stuten? Ja, richtig, die Braune von Beasley.« Der Mann führte die beiden eine der geräumigen Stallgassen entlang und zeigte auf eine elegante dunkelbraune Vollblutstute. »Und dann steht da gegenüber noch so ein fuchsfarbenes Pony. Aber …«, der Mann senkte die Stimme, »aber wenn Sie mich fragen, Mister, ich würd weder die eine noch die andere nehmen.«

Colin runzelte die Stirn. »Sie arbeiten hier?«, fragte er. »Für einen der Rennpferdetrainer?« In den Ställen des Racing Club standen ausschließlich Galopprennpferde.

»Für den Club«, erklärte der Mann. »Eric Fence mein Name. Aber mein Herz, Mister, schlägt mehr für den Trabsport. Ich beobachte das sehr genau. Und von den Stuten hier … da läuft keine die Meile schneller als fünf Minuten.«

»Aber das Pferd gegenüber soll schon mal ein Rennen gewonnen haben«, bemerkte Chloé.

Sie hatte die Cob-Stute nicht gemocht, aber diesen Mann mochte sie noch weniger. Sie widersprach ihm fast aus Prinzip.

Eric Fence nickte. »Schon, aber die drei Favoriten sind galoppiert. Die Füchsin trabte, damit hat sie gesiegt, auch wenn sie gewöhnlich erst als Vierte eingelaufen wäre. So läuft das, Mylady …«

Chloé ärgerte sich über seinen überheblichen Ton. »Ich weiß, wie das läuft«, erklärte sie unwillig.

Fence beachtete sie jedoch gar nicht mehr, er wandte sich erneut an Colin. »Wenn Sie mich fragen, Mister … das einzige Verkaufspferd, das hier als Traber was taugt, ist der schwarze Wallach da drüben.« Er wieselte zur übernächsten Box, in der ein eher kleines Pferd mit hübschem Keilkopf, langer Mähne und sanften Augen wartete. »Der soll weg, weil er zu langsam galoppiert. Aber ich hab ihn mal traben sehen … der Stalljunge hat sich draufgesetzt, so zum Spaß …«

»Sprich ohne Wissen des Trainers und des Besitzers«, vollendete Chloé.

Fence grinste. »Da geht das Pferd nicht kaputt von«, sagte er. »Jedenfalls geht der ab wie 'ne Kanonenkugel. Und weich zu sitzen ist er auch, da hat's der Jockey leicht im Trab.«

Bei Rennen unter dem Sattel konnte das eine Rolle spielen. Drei Meilen im starken Trab forderten einem Reiter einiges ab, und wenn das Pferd ein besonders unbequemes Gangwerk hatte, fehlte dem Jockey mitunter die Kraft – oder Leidensfähigkeit –, um das Tier im Finish noch weiter anzutreiben.

»Die Zukunft liegt sowieso im Harness Racing«, wandte Chloé ein. »Das läuft sich tot mit den gerittenen Trabrennen. Wir brauchen Pferde, die im Geschirr gehen. Was bei diesem Tier wohl nicht der Fall ist.« Der Wallach streckte seinen Kopf aus der Box, und sie streichelte ihn. Er gefiel ihr, aber er war das Gegenteil von dem, was sie brauchten. »Außerdem suchen wir nach Stuten, wir bauen ein Gestüt auf.«

Eric Fence zuckte die Schultern. »Tja, wenn Sie das so sehen … dann gewinnt mit dem wohl bald jemand anders. Mir isses egal, ich geb den Tipp auch dem Pferdehändler, der damals Spirit entdeckt hat. Ist Ihnen der ein Begriff? Spirit? Schwarzer Vollbluthengst?«

Colin nickte. »Steht bei mir im Stall«, bemerkte er kurz. »Ich hab ihn für die Zucht gekauft.«

Eric Fence betrachtete ihn mit leuchtenden Augen – sein Lächeln schien Chloé zum ersten Mal ehrlich. »Im Ernst, Sir? Spirit? Einen besseren konnten Sie nicht kriegen, Sir. Und der hier …«, er wies erneut auf den kleinen Rappen, »Mensch, das passt doch, Sir! Kaufen Sie den, und wenn er gewinnt, sagen Sie, er ist ein Sohn von Ihrem Zuchthengst. Was meinen Sie, wie Ihnen die Stuten zuströmen … Da brauchen Sie selbst gar nicht so viele zu kaufen.«

Chloé wollte über die Überlegung lachen, musste dann aber entsetzt feststellen, dass Colin die Sache durchaus in Erwägung zog. Sie versuchte einen weiteren Einwand. »Colin, wir müssen doch langfristig denken! Die Zukunft …«

»Die Zukunft ist heute Nachmittag, Sir, wenn ich das so sagen darf«, grinste Eric Fence. Er spürte, dass er diesen offenbar reichen Gentleman längst überzeugt hatte. »Kaufen Sie den Wallach, und melden Sie ihn fürs Trabrennen. Trainiert ist er gut, ob der zwei Meilen galoppiert oder drei trabt, ist dem egal. Wenn Sie drei oder vier Tenner setzen und der Gaul gewinnt, haben Sie den Kaufpreis fast schon raus. Und was das Einfahren angeht … langfristig …«, Eric warf Chloé einen Blick zu, aus dem demonstrativ männliche Duldsamkeit gegenüber den Launen einer Lady sprach, »… so ist das doch kein Problem für einen so exzellenten Pferdekenner wie Sie!«

Chloé biss sich auf die Lippen, aber Colin dachte jetzt ernsthaft nach. »Geht das denn so schnell? Mit der Meldung für heute Nachmittag, meine ich? Und finde ich da noch einen Jockey?«

Eric lachte. »Wenn ich mich da ein bisschen hinterklemme, Sir ...«, meinte er großspurig. »Sie könnten den auch glatt selbst reiten. Ganz einfach, wie gesagt ...«

Colin warf sich in die Brust. »Ich bin Kavallerist, Mr. Fence. Ich werde mit jedem Pferd fertig.«

»Also, das geht nun wirklich nicht!« Chloé blitzte sowohl ihren Mann an als auch diesen impertinenten Stallknecht, der schon wieder zu Schmeicheleien ansetzte. »Wir würden uns unmöglich machen, Colin, keiner der Züchter hier reitet seine Pferde selbst! Die Leute würden behaupten, wir könnten uns keinen Jockey leisten. Entscheide dich: entweder ein professioneller Reiter oder gar nichts, Colin!«

Erst als sie ausgesprochen hatte, wurde ihr klar, dass sie dem Kauf des Pferdes damit grundsätzlich ihren Segen gegeben hatte. Und genau das hatten die Kerle womöglich bezweckt. Sie ärgerte sich, versuchte aber, es Colin nicht spüren zu lassen.

Tatsächlich fand sich schnell ein »professioneller« Jockey – Eric gab dem Stalljungen ein paar Shilling, damit er den Rappen unter den Sattel nahm. Der Junge ritt mehr als ungeschickt. Colin ärgerte sich schwarz, als er das Rennen von der Besitzerloge aus verfolgte, versuchte aber, es Chloé nicht spüren zu lassen. Der schwarze Wallach – er hieß eigentlich Lancelot, aber Colin startete ihn unter Spirit's Pride – machte seine Sache jedoch hervorragend. Mit dem schwankenden Jungen im Rücken wurde er Dritter, Colin selbst hätte ihn mühelos zum Sieg reiten können.

Eric Fence begrüßte Colin und Chloé atemlos vor Stolz und Begeisterung vor Prides Box. Er hatte auf das Pferd gewettet und einen ordentlichen Gewinn eingestrichen. Desgleichen Colin, obwohl Chloé es nicht gentlemanlike fand, auf das eigene Pferd zu wetten.

»Den Transport kann ich Ihnen auch noch organisieren«, bot Fence eifrig an. »Allerdings würde ich hier gern ... ich meine ... wie wär's mit einer ... hm ... kleinen Provision?«

Colin schürzte die Lippen. Er wusste, dass er es sich mit seinen nächsten Worten mit Chloé verderben würde, aber andererseits ... dieser Kerl war genau das, was er brauchte.

»Sie können ihn gleich selbst bringen. Ich biete Ihnen die Stelle eines Stallmeisters auf Coltrane's Trotting Jewels Station. Nehmen Sie an?« Er hielt Eric die Hand hin.

Violets Mann schlug ein.

In der Nacht stritten und liebten sich Colin und Chloé Coltrane im White Hart Hotel in Christchurch. Die Nacht verlief genau so, wie Colin es liebte – Chloé, so damenhaft, wie sie sonst oft wirkte, konnte ungeahntes Temperament entwickeln, wenn man sie zunächst richtig in Rage brachte und sich dann im Bett mit ihr versöhnte. Was das anging, glich sie Matariki, obwohl sie sonst deutlich anstrengender war. Colin dachte etwas sentimental an die anschmiegsame junge Maori-Frau. Chloé war älter – und viel konservativer. Sie lag nicht gerade steif und abweisend unter ihm, wie man es bei Ladys stets befürchten musste, aber sie zeigte auch nicht die Wildheit und Fantasie der zierlichen, biegsamen Matariki. Nun, man konnte nicht alles haben. Colin goss Chloé noch einmal Champagner ein und versuchte, sie ein weiteres Mal zu erregen.

Eric Fence feierte seinen neuen Job in Brown's Tavern, kam aber immer noch früh genug heim, um festzustellen, dass Violet sich wieder mal zu einem Treffen der Abstinenzler, Suffragetten oder sonstigen Aufrührer geschlichen hatte. Nun, das würde jetzt aufhören! Das Gestüt von diesem Coltrane lag hoffentlich etwas auswärts, da würde sie sich nicht gleich der nächsten Gruppe anschließen können. Die Genugtuung darüber hinderte Eric nicht, Violet nach deren Heimkehr seine Missbilligung spüren zu lassen. Wobei er ihre grässliche kleine Schwester, die schon wieder Anstalten machte, sich in eine Ecke zu verziehen und teures Papier mit teuren Stiften rot zu verschmieren, gleich mit verprügelte. Rosie weinte schließlich lautlos, Joe heulte, und Roberta schrie wie am Spieß. Eric hoffte, dass sich in Invercargill ein Schlafzimmer finden ließe, das man verschließen konnte. Jetzt nahm er Violet trotz des Lärms. Die Aussicht auf den neuen Job hatte ihn beflügelt, er war noch nicht bereit zu schlafen.

»Morgen packst du unsere Sachen!«, bestimmte er. »Mr. Coltrane erwartet mich im Southland. Wir ziehen baldmöglichst um.«

Drei Tage später standen Sean und Heather Coltrane fassungslos vor der Hütte, in der Violet fast ein Jahr lang gehaust hatte. Sean hatte lange überlegt, wie er es anstellen konnte, die junge Frau wiederzusehen, ohne sie beide zu kompromittieren. Heathers Wunsch, ihre Freundin zu besuchen, war ihm da sehr gelegen gekommen. Schließlich kaufte er Buntstifte für Rosie, ein Kleidchen für Roberta und ein Stofftier für Joe. Violet ein Geschenk mitzubringen wäre nicht passend gewesen, aber über die Kleinigkeiten für die Kinder würde die junge Frau sich freuen. Heather füllte obendrein einen Korb mit Lebensmitteln. Violet hatte sich in ihren Briefen zwar nur zögernd zu ihrer wirtschaftlichen Lage geäußert und Sean noch vorsichtiger, Heather arbeitete jedoch in der Wohlfahrt, sie konnte sich vorstellen, wie es in Arbeiterfamilien aussah. Der Verschlag im Hinterhof des Pubs entsetzte die Geschwister.

Der Vermieter, Brown, zuckte dazu allerdings nur die Schultern. »Was heißt hier menschenunwürdig?«, brummte er. »War schon nett von mir, Lady, dass ich sie hier hab wohnen lassen. Und jetzt kommen Sie mir nicht mit der Taverne und dem Whiskey und dass ich die jungen Kerle verführ. Der Fence säuft nicht mehr als andere, der verwettet sein Geld. Und da dran verdien ich keinen Penny!«

Heather und Sean sahen einander hilflos an, aber sie konnten ohnehin nichts mehr tun. Violet, Eric und die Kinder waren fort. Ein neuer Job, irgendwo im Süden. Sie würden abwarten müssen, bis die junge Frau sich wieder meldete.

Wenn sie es tat.

Amey Daldy war vierundfünfzig Jahre alt, aber sie hatte noch nie ein so seltsames Vorstellungsgespräch geführt wie das mit der jungen Matariki Drury. Diese war zu ihr in die Hepburn Street nach Ponsonby gekommen und geriet mitten in das Durcheinander eines Umzugs mit acht Kindern. Mrs. Daldy war vier Jahre zuvor verwitwet, hatte aber wieder geheiratet. Ebenfalls einen Witwer, den Kaufmann und Politiker William Daldy. Vermutlich hatte sie gehofft, sich jetzt ganz ihren politischen Zielen und Aufgaben widmen zu können, aber nun war etwas dazwischengekommen. Williams Tochter und kurz darauf auch deren Ehemann waren verstorben – wobei sie den Daldys die Sorge für acht zum Teil noch kleine Kinder hinterließen. Die resolute Amey mietete kurzerhand das Haus neben dem ihren, stellte eine Haushälterin ein und nahm die Kinder dort auf. Sie zogen eben ein, als Matariki in Auckland eintraf – und Amey hätte das Einstellungsgespräch mit der jungen Maori am liebsten verschoben.

Matariki schüttelte jedoch lächelnd den Kopf. »Ach was, Mrs. Daldy, Sie brauchen doch Hilfe! Und ich bin jetzt da, ich kann ebenso gut Geschichten vorlesen oder Essen kochen oder Schränke einräumen. In meinem Hotel würde ich dagegen nur herumsitzen. Und Dingo ist da auch gar nicht gern gesehen.« Sie wies auf ihren hochbeinigen hellbraunen Straßenköter, den sie zu Mrs. Daldys Entsetzen mitführte. Das Tier schien allerdings gutmütig zu sein. Zwei der quengelnden und weinenden Kinder hatten sich gleich zu ihm auf den Boden gesetzt und waren entzückt, als der Hund ihnen mit ernstem Gesichtsausdruck Pfötchen gab. Eins der kleinen Mädchen hatte Matariki bereits auf dem Arm.

»Na, meine Süße!«, lachte sie. »Kommen Sie, Mrs. Daldy, lassen Sie zu, dass ich mich nützlich mache! Sie brauchen sich dadurch auch nicht verpflichtet zu fühlen.« Spitzbübisch blitzte Matariki die strenge Matrone an. »Wenn Sie mich als Lehrerin nicht brauchen können, stellen Sie mir vielleicht eine Empfehlung als Kindermädchen aus.«

Matariki hatte ursprünglich befürchtet, dass die Rückkehr auf die Nordinsel sie deprimieren würde. Schließlich hatte sie das Land zum letzten Mal mit Colin durchquert und die Liebe mit ihm genossen. Auch die Erinnerungen an die Eroberung von Parihaka waren nicht unbedingt erfreulich. Aber dann wurde sie doch schnell von der ganz andersartigen Landschaft und vor allem der größeren Betriebsamkeit des deutlich stärker besiedelten nördlichen Landesteils vereinnahmt. Auf der Nordinsel gab es größere Städte, mehr *pakeha*, aber auch erheblich mehr und interessantere Maori-Stämme.

Matariki nahm sich Zeit für den Ritt durch das Land. Sie genoss das wärmere Klima und die abwechslungsreichen Landschaften. Es gab hier mehr Wald als auf der Südinsel, keine gar so hohen und schroffen Berge, sondern eher Mittelgebirge und Hügellandschaften. Matariki ritt diesmal nicht an der Küste entlang, sondern entlang der späteren Bahnlinie von Wellington nach Auckland. Sie dachte wehmütig an Taranaki und umritt immer noch etwas schaudernd Hamilton. Dann fiel ihr Kupe wieder ein. Er studierte wohl noch in Wellington; Koria, die sie in Auckland wieder zu treffen hoffte, hatte jedoch keinen direkten Kontakt zu ihm. Allerdings hatte sie gehört, er wäre wieder mit Pai zusammen. Matariki überlegte, Kontakt mit den beiden aufzunehmen. Wenn Kupe sich nun endgültig für Pai entschieden hatte, während für Matariki das Kapitel Colin abgeschlossen war, gab es doch keinen Grund mehr für irgendeinen

Groll. Andererseits würde Colin niemals völlig Vergangenheit sein, und Matariki war sich nicht sicher, was Kupe zu dem Andenken sagen würde, das der *pakeha* ihr hinterlassen hatte ...

Schließlich hatte sie Auckland erreicht und war erneut fasziniert von der Stadt zwischen den Meeren – Auckland wurde im Osten durch den Pazifischen Ozean, im Westen von der Tasmansee begrenzt. Der Ort war auf einem früheren Vulkanfeld erbaut, die längst erloschene Aktivität der Feuerberge hatte die Landschaft in Form von Hügeln und Seen, Inseln und Lagunen geprägt. Matariki hatte Auckland schon gefallen, als sie damals mit Kupe dort gestrandet war. Jetzt freute sie sich darauf, mitten in der abwechslungsreichen Landschaft leben und die Stadt wachsen sehen zu können – falls Amey Daldy denn Gefallen an ihr fand. Es war keineswegs sicher, ob die gestrenge Methodistin Verständnis für eine junge Frau aufbrachte, die die Sache mit der Keuschheit vor der Ehe erkennbar nicht allzu ernst genommen hatte.

Matariki war hocherfreut, dass sich das Gespräch durch den Umzug der Kinder um ein paar Stunden verschob. Und sie nutzte ihre Chance: Am Abend wusste Amey Daldy, dass Matariki Drury nützlich war.

Zur größten Verwunderung der Matrone hatte sie die kleinen Kinder widerspruchslos ins Bett befördert: »Doch, ihr könnt allein schlafen. Ihr braucht keine Angst zu haben, wir lassen einfach Dingo bei euch! Der passt auf, dass ihr keine bösen Träume habt, und wenn ein Geist kommt, dann frisst er den!«

Die älteren Kinder hatten ein Kinderlied auf Maori gelernt und zeichneten jetzt ein Bild dazu, und die großen waren sinnvoll damit beschäftigt, Koffer auszupacken und Schränke einzuräumen.

»Aber natürlich könnt ihr das allein!«, ermutigte Matariki sie. »Wenn ihr mal in die High School geht oder an die Universität, dann habt ihr auch kein Zimmermädchen. Wie, ihr geht schon in die High School? Welche Klasse? Oh, das ist das Jahr, in dem man Shakespeare liest! Führt ihr *Romeo und Julia* auf? Meine Freundin wollte unbedingt die Julia spielen, dabei war sie dick wie ein Walfisch!«

Matariki lachte und plauderte mit den Kindern, die darüber all ihre Trauer und die Furcht vor dem neuen Haus und der gestrengen Stiefgroßmutter vergaßen.

Erst als endgültig Ruhe eingekehrt war und die Haushälterin sich nicht mehr überfordert fühlte, nahm Mrs. Daldy ihre künftige Assistentin mit in ihr eigenes Heim, um sie nun endlich zu befragen. Was ihre Ausbildung in Dunedin und ihre Zeit in Parihaka anging, fand sie die Ergebnisse höchst befriedigend. Ob die junge Frau allerdings den Ansprüchen an ein tugendhaftes Leben entsprach, das gerade von Lehrerinnen erwartet wurde?

»Miss Drury ... Ich ... gehe doch recht in der Annahme, dass Sie ... äh ... gesegneten Leibes sind?« Amey Daldy warf einen sehr kurzen missbilligenden Blick auf Matarikis Bauch.

Matariki nickte. »Ja. Aber das wird bei der Arbeit nicht stören. Im Gegenteil. Ich soll doch mit Maori-Frauen arbeiten, und die haben fast alle Kinder. Die *pakeha*-Praxis, dass Lehrerinnen nicht heiraten dürfen, ist ihnen völlig unverständlich. Eine *tohunga* ist stolz darauf, ihr Wissen auch an eigene Kinder und Enkel weiterzugeben.«

»Sie sind aber doch nicht verheiratet!«, bemerkte Mrs. Daldy streng.

Matariki schüttelte den Kopf. »Nein. Aber auch das wird die Frauen nicht anfechten. Den Stämmen ist jedes Kind willkommen, ob die Mutter den Mann nun zum Gatten erwählt oder nicht.«

Amey Daldy rang sichtbar um Fassung. »Miss Drury, ich suchte ja jemanden, der sich mit den Gebräuchen der Einheimischen auskennt. Aber Sie ... Sie müssen nicht alles gleich praktizieren ...«

Matariki lächelte. »Es war auch nicht ganz so geplant«, gab sie zu. »Also, eigentlich wollte ich schon heiraten ...«

»Aber der Mann hat Sie sitzen lassen?«, fragte Mrs. Daldy,

wobei sowohl Mitleid als auch Missbilligung in ihren Worten mitschwang. »Als er herausbekam, dass Sie … gesegneten Leibes …« Matariki kaute auf ihrer Lippe. »Nicht so ganz«, meinte sie. »Als ich das mit dem Kind merkte … die Maori sagen übrigens einfach schwanger, es wird schwierig sein, ihnen das mit dem gesegneten Leib beizubringen … hätte ich ihn schon heiraten können.« Matariki war sich sicher, dass Michael und Lizzie in diesem Fall eingelenkt und ihre Mitgift herausgerückt hätten. »Aber schauen Sie … also, es heißt doch immer, die beste Vorbeugung gegen all den Ärger, den man in einer Ehe haben kann, sei die Verbindung mit einem moralisch gefestigten, den christlichen Werten verbundenen und zur Mäßigkeit fähigen Gatten …«

»Und?«, fragte Mrs. Daldy, jetzt widerwillig gespannt.

Matariki zuckte die Schultern. »Na ja, ich habe eben rechtzeitig herausgefunden, dass meiner ein Schuft war.«

Amey Daldy konnte nicht anders, sie kämpfte mit dem Lachen. »Rechtzeitig?«, fragte sie. »Doch eher ein bisschen spät.«

Matariki zog die Augenbrauen hoch. »Besser spät als nie«, konterte sie.

Mrs. Daldy kontrollierte sich eisern. »Also gut, Miss Drury, die Maori-Frauen, mit denen Sie schwerpunktmäßig arbeiten werden, dürften das einsehen. Aber Sie werden auch mit Engländern zu tun haben. Sie werden unter Weißen leben … Sie und Ihr … Kind.«

»Pakeha«, berichtigte Matariki. »Wir nennen sie pakeha. Und natürlich werden sie sich die Mäuler über mich zerreißen … äh … Verzeihung, Mrs. Daldy, ich wollte natürlich sagen, ich liefe Gefahr, zum Zielobjekt des Klatsches zu werden. Aber da habe ich vorgebeugt.« Lächelnd zog sie einen kleinen silbernen Ring aus der Tasche. »Hier. Wir werden sagen, ich wäre Witwe. Und in gewisser Weise stimmt das ja auch. Der Kerl ist für mich gestorben.«

Amey Daldy war eine sehr ernsthafte Frau, eine gute Christin, aufrechte Abstinenzlerin, kraftvolle Kämpferin für die Rechte ihrer

Geschlechtsgenossinnen. Aber Matariki Drury überforderte ihre Fähigkeit, sich zu beherrschen. Sie lachte laut und scheppernd. »Also schön, Miss … wie spricht sich Ihr Name aus? Mar-tha-ricky?«

Matariki lächelte ihr zu. »Von mir aus können Sie mich Martha nennen!«

Matariki bezog ein Zimmer im Nachbarhaus der Daldys – und fühlte sich angenehm an Parihaka erinnert, wo in den Gemeinschaftshäusern ein ähnlicher Trubel geherrscht hatte. Sie kümmerte sich um die verwaisten Kinder, stellte Dingo als Nachtwächter gegen Albträume ab und fand – obwohl Mrs. Daldy das nur begrenzt billigte, im nächsten Mietstall einen Platz für ihr Pferd.

»Wozu brauchen Sie das denn?«, fragte die Matrone indigniert. »Dies ist eine Großstadt, es gibt Droschken!«

»Viel zu umständlich«, bemerkte Matariki, »Sie werden schon sehen, Grainie macht sich nützlich!«

Einige Zeit später musste Amey Daldy das zugeben. Während sich nur wenige Maori-Frauen in Mrs. Daldys Seminar in die Stadt trauten, begrüßten sie Matariki doch umso lieber in ihren Dörfern. Die Region Auckland war früher von den Ngati Whatua und den Waikato-Tainui dicht besiedelt gewesen, und auch heute noch lebten *iwi* dieser und anderer Abstammung in den Hunua und Waitakere Ranges. Zu Amey Daldys größter Verwunderung missbilligten die Männer dort nicht, dass ihre Frauen und Mädchen Englisch lernten und sich von Matariki in die Stadt kutschieren ließen, wenn dort politische Versammlungen zum Frauenstimmrecht oder auch zum Thema Wahlrecht für Maori stattfanden.

Matariki feierte es als ersten Erfolg, als die ersten ihrer Schülerinnen dabei sogar das Wort ergriffen.

»Ich das verstehe nicht ganz«, meinte Ani te Kaniwa, eine Musikerin aus dem Stamm der Hauraki. Die Frauenrechtlerin Helen Nicol hatte eben auf dem Podium verkündet, dass Frauen ihrer

Meinung nach nicht unbedingt Parlamentsmitglieder sein müssten, aber doch das Recht haben sollten, mitzuwählen. »Warum Frauen nicht sollen ... wollen ... sein Häuptling?«

»Ist es wirklich wahr, dass es weibliche Stammesführer gibt?«, erkundigte sich Mrs. Nicol hinterher verwirrt bei Matariki.

Die bestätigte das. »Wir haben eben eine weit fortgeschrittene Kultur!«, lachte sie. »Wird Zeit, dass die *pakeha* von uns lernen!«

Matariki brachte Maori- und *pakeha*-Frauen zusammen und bemühte sich, die Kluft zu überwinden, die das Problem der Maori-Kriege zwischen den neuen und alten Siedlern geschlagen hatte. In Auckland selbst hatte es zwar wenig Blutvergießen gegeben, aber der Gouverneur hatte die Stadt als Ausgangspunkt für seine Offensiven genutzt, und die Einheimischen waren verschreckt durch die starke Militärpräsenz und die oft wenig diplomatisch auftretenden Uniformträger. Dazu hatten von den *pakeha* eingeschleppte Krankheiten wie Pocken und Tuberkulose die Maori-Bevölkerung dezimiert. Matariki hielt nun Vorträge über Krankheiten und ihre Bekämpfung. Sie führte die Frauen durch die Schulen der Engländer und machte ihnen klar, dass ihren Kindern kaum etwas Besseres geschehen konnte, als unterrichtet zu werden. Andererseits lud sie die Frauenkreise der Anglikaner und Methodisten zu den Stämmen ein und ließ sie ein *powhiri*-Ritual und ein gemeinsames Kochen im *hangi* miterleben.

Am Anfang waren die *pakeha*-Frauen schockiert über das freizügige Auftreten der Maori – Matariki legte den Stammesfrauen schließlich nahe, doch besser ihren Busen zu bedecken, wenn Besuch aus Auckland kam. Dann fand sie es aber immer wieder köstlich, wenn die strengen Engländerinnen in ihren Hauben und Korsetts langsam auftauten und sich mit Händen und Füßen mit den Maori verständigten. Am Ende pflegten alle miteinander zu lachen und zu singen, und steife englische Matronen versuchten kichernd, der Koauau-Flöte mit der Nase Töne zu entlocken. Bei den Maori-Frauen erfreute sich *Give to the Winds Thy Fears* der größten Beliebtheit. Ihre *tohunga* konnten sich sehr gut vorstellen, alle Ängste dem Wind zu überantworten. Matariki übersetzte die Hymne schließlich in Maori, und die Frauen um Amey Daldy erstaunten die Gastredner bei Versammlungen, indem sie das Lied in beiden Sprachen vortrugen. Matariki – und später die von ihr im Englischen unterrichteten Frauen – fügten dann meist noch ein paar Bemerkungen zum Wahlrecht für Maori hinzu: das gleiche Land, die gleichen Sorgen, die gleichen Bedürfnisse bei Frauen und Kindern – Wahlrecht für alle!

Lediglich dem Gedanken an Abstinenz konnten die Maori nichts abgewinnen. Für die Temperance Union waren nur ein paar vereinzelte Frauen zu gewinnen, die entweder mit *pakeha* verheiratet waren oder deren Männer in Fabriken arbeiteten und sich nun bereitwillig die schlechten Angewohnheiten ihrer *pakeha*-Kollegen aneigneten. Ansonsten blieben die Einheimischen sinnenfroh und dem Whiskey nicht abgeneigt. Mrs. Daldy bekümmerte das, Matariki war es egal. Sie fühlte sich bei den Stämmen erheblich wohler als unter den strengen Christen der *pakeha*-Gemeinde – obwohl sie dort stets brav für ihren leider so früh verstorbenen Gatten Colin Drury betete. Zur Geburt ihrer Tochter verzog sie sich zu den Ngati Whatua – während Mrs. Daldy ihren Freundinnen verschämt vorschwindelte, Mrs. Drury habe sich in dieser schweren Zeit doch lieber in den Hafen ihrer Familie begeben.

»Stimmt ja auch irgendwie«, meinte Matariki und dachte an ihren Vater Kahu Heke. Irgendwie war der bestimmt mit den Ngati Whatua verwandt.

Betreut von einer *tohunga* des *iwi* brachte sie schließlich an einem strahlenden Herbstmorgen ein Mädchen zur Welt. Die Kleine tat ihren ersten Schrei, als die aufsteigende Sonne das Dorf in ein zartes rötliches Licht tauchte.

»Atamarie«, sagte die Hebamme, während sie der erschöpften, aber glücklichen jungen Frau das Kind in die Arme legte.

Das Wort Sonnenaufgang war bei den Maori ein beliebter Mädchenname.

Matariki seufzte. »Ein wunderschöner Name. Aber ich fürchte, die *pakeha* werden sie Mary nennen.«

Das künftige Gestüt von Chloé und Colin Coltrane lag bei Invercargill, einer kleinen Stadt in den Southland Plains. Die fruchtbare
Ebene bot Grasland für die Pferde, und die Main-South-Eisen-
bahnlinie verband die Südküste mit Christchurch und Dunedin,
sodass die Rennbahn von den Metropolen aus leicht zu erreichen
war.

Vor allem aber hatte in Invercargill eine weitläufige Hofanlage
zum Verkauf gestanden, die sich für Colins Zwecke hervorragend
eignete. Ein Abkömmling eines schottischen Adelsgeschlechts
hatte sie ein Jahrzehnt zuvor erbaut – dann aber den Spaß an der
Schafzucht verloren. Der Mann, ein exzentrischer Junggeselle, der
Gerüchten zufolge eine zu intensive Beziehung zu seinem jungen
Sekretär unterhielt, lebte jetzt in Dunedin und betätigte sich als
Kunstmäzen. Colin war in Heathers und Chloés Galerie mit ihm
in Kontakt gekommen. Sein Anwesen bei Invercargill bot ein Herrenhaus, das absolut nicht an eine Schaffarm denken ließ, sondern
eher an ein schottisches Schloss, und selbstverständlich Weiden,
Pferdeställe und eine Remise.

Desmond McIntosh hatte eindeutig eher an hochherrschaftliches Landleben denn an Schafzucht gedacht, als er das Gut plante,
und er machte auch nicht den Eindruck, als wate er gern in hohen
Stiefeln und gewachster Bekleidung durch Regen und Schlamm.
Als er das glücklich einsah, musste er feststellen, dass sich sein aus
dem Boden gestampftes Klein-Balmoral nur schwer verkaufen ließ.
Der durchschnittliche Einwanderer war bodenständig und baute

funktional. Zudem sollte zumindest ein Teil der horrenden Baukosten wieder hereinkommen, und das konnte kaum ein Neusiedler bezahlen. Colin erschien Lord McIntosh folglich als Geschenk des Himmels.

»Das Gelände ist ideal für Sie, das Haus wird den Ansprüchen Ihrer Gattin sicher gerecht, und was die Ställe angeht – Sie brauchen die Scherschuppen nur ein bisschen umzurüsten, dann haben Sie Platz für hundert Pferde!«

Colin sah sich das Anwesen umgehend an und war begeistert – aber natürlich war das Ganze nicht billig. Letztlich floss Chloés gesamtes Erbe in den Erwerb des Landes und den Bau der Rennbahn. Nur noch ein kleiner Rest blieb für den Ankauf von Pferden.

Der Stutenbestand des künftigen Gestüts wirkte denn auch ziemlich zusammengewürfelt, wie Chloé gleich beim ersten Gang durch die Ställe feststellte. Der Hengst war zwar vielversprechend, aber bei den Stuten hatte Colin Masse statt Klasse gekauft. Eigentlich entsprachen nur Dancing Jewel und eine Vollblutstute Chloés Ansprüchen, die anderen hätte sie gar nicht erst mit dem Vollbluthengst gepaart. Obwohl sie nicht gleich wieder streiten wollte, war sie nahe dran, ihre Bedenken zu äußern. Aber als Colin sie durchs Haus führte, blieben ihr vorerst alle Vorwürfe im Halse stecken.

»Sehr geschmackvoll eingerichtet«, hatte Desmond McIntosh mit leichtem Bedauern versichert.

Er trennte sich offensichtlich gern von dem Landgut, aber nicht von den Möbeln. Chloé konnte das nachvollziehen, als sie jetzt das Wohnzimmer betrat, in das durch die hohen, großen Fenster das Sonnenlicht fiel.

»Das ist unglaublich!«, staunte sie, während sie über die weichen Teppiche schritt, die dicken Brokatvorhänge betastete und die erstaunlich verspielt und leicht wirkenden Möbel aus altem Kauriholz bewunderte. »Die kommen nicht aus England oder Schottland!«, stellte sie fest. In den vergoldeten Armaturen der modernen Badezimmer hatte sie sofort Importware erkannt.

Colin schüttelte den Kopf. »Nein, die Möbel hat unser Schöngeist Desmond anfertigen lassen. Nach eigenen Entwürfen – oder denen seines kleinen Sekretärs, sie haben wohl beide eine künstlerische Ader. Komm rauf, du musst dir das Bett ansehen! Fabelhaft dekadent … man könnte meinen, es seien Könige darin gezeugt worden.«

»Nun, das wohl weniger«, scherzte Chloé in Gedanken an Desmond McIntosh und seinen Sekretär. »Aber wir können es ja mal mit kleinen Coltranes versuchen.«

Sie versuchten es ausgiebig, wobei Chloé immer wieder mit Schuldgefühlen gegenüber Heather zu kämpfen hatte. Desmond McIntosh hatte diese Pracht für sich und seinen Liebhaber geschaffen – offenbar ohne sich groß dafür zu schämen. War das, was Chloé und Heather verbunden hatte, vergleichbar mit der Beziehung zwischen ihm und seinem jungen Freund? Hätte McIntosh seinen Sekretär auch so bedenkenlos gegen eine Frau ausgetauscht wie Chloé Heather gegen ihren Mann? Über einen Mangel an Kandidatinnen hatte der reiche Lord sicher nicht zu klagen gehabt. Der Sekretär war keine Notlösung, und das schien auch niemand anzunehmen. Wenn dagegen Frauen zusammenlebten, sprachen die Leute ganz selbstverständlich spöttisch von alten Jungfern oder späten Mädchen, die einander in Ermangelung passender Ehemänner rein freundschaftlich Gesellschaft leisteten. Auf den Gedanken, dass sie nachts das Bett miteinander teilten, schien niemand zu kommen.

Dann aber vergaß Chloé sowohl Heather als auch all ihre Bedenken bezüglich der Pferdezucht in Colins Armen, am nächsten Morgen war sie wieder fest davon überzeugt, mit dieser Ehe das Richtige getan zu haben. Auch wenn neue Auseinandersetzungen bezüglich der Stuten drohten und es ihr vor der Ankunft des neuen Stallmeisters geradezu graute.

Was diesen anging, so dachte Chloé zunächst an Zigeuner, als Erics mit Hausrat voll beladener Leiterwagen auf den Hof rollte, gezogen von einem mageren Pony und gelenkt von einer erschöpften Frau, an die sich ein verängstigt wirkendes Mädchen und zwei Kleinkinder drückten. Dem folgte allerdings der elegante, gepflegte Vollblutwallach Lancelot, der jetzt auf den Namen Spirit's Pride hören sollte. Eric Fence saß stolz im Sattel, zerrte aber ungeschickt an den Zügeln, um das Pferd anzuhalten. Chloé, die das Ganze vom Fenster ihres Ankleidezimmers aus beobachtete, packte sofort die Wut. So hatte sie sich die Überführung des wertvollen Pferdes nicht vorgestellt! Wenn der Mann das Tier die ganze Zeit so drangsaliert hatte, war es vorerst wahrscheinlich vorbei mit der Sensibilität, die Pride beim Rennen dringend brauchte. Ein hartmäuliges Pferd war nicht im Trab zu halten, wenn andere an ihm vorbeizogen. Es nahm dem Reiter die Zügel und galoppierte an. Vom Reiten schien Eric Fence schon mal nichts zu verstehen und von Pferden allgemein ... sein Pony brauchte unbedingt mehr Futter! Ebenso wie die Kinder. Abgesehen von dem recht feisten kleinen Jungen machten alle einen ausgehungerten Eindruck.

Chloé hatte sich eigentlich für eine Abendveranstaltung in Invercargill umkleiden wollen – die Honoratioren der kleinen Stadt hatten die neuen Nachbarn sofort zu Festlichkeiten eingeladen, wohl um sie dabei auf ihre Zugehörigkeit zur besseren Gesellschaft hin zu testen. Bisher hatten die Coltranes stets einen hervorragenden Eindruck hinterlassen. Für Chloé war Repräsentation eine Selbstverständlichkeit, und auch Colin konnte sehr charmant sein. Er besuchte die Einladungen aber nicht gern, Chloé hatte oft das Gefühl, ihr Gatte fühlte sich in einem Pub mit whiskeygeschwängerten Gesprächen über Rennwetten und Pferde wohler als beim Small Talk mit Fabrikbetreibern und Schafbaronen. Er spielte nur mit, weil er sich Beziehungen und neue Kunden erhoffte. Was dies anging, war er auch recht erfolgreich.

Colin machte den oft neureichen Besitzern von Wollfabriken

und Warenhäusern umgehend klar, der Besitz eines Rennpferdes gehöre unbedingt zu den Dingen, die einen Gentleman ausmachten. Schon zwei seiner neuen Bekannten dachten ernsthaft darüber nach, sich Traber oder Galopper anzuschaffen und bei Coltrane einzustellen. Chloé hoffte, dass sie damit wirklich auf ihre Kosten kommen würden. Galoppsport war zwar zweifellos eine Domäne der High Society, aber was Trabrennen anging, so war bislang eher das Gegenteil der Fall. An diesem Abend jedenfalls stand ein Dinner bei einem Fabrikbesitzer an, und Chloé hatte ihre Robe von Lady's Goldmine bereits herausgelegt. Jetzt aber überlegte sie es sich erst noch mal anders und schlüpfte rasch in ein Hauskleid. Die Invasion da unten musste sie sich ansehen.

Der Leiterwagen stand noch auf dem Hof, als Chloé herunterkam, desgleichen das angeschirrte Pony. Nur Pride hatten ihr Gatte und sein neuer Stallmeister bereits in den Stall gebracht. Der hübsche Rappe stand in einer Box neben dem Hengst, der darüber natürlich in höchste Aufregung geriet. In jedem anderen männlichen Pferd sah er erst mal einen Rivalen. Chloés Blick umwölkte sich darüber schon wieder. Der Stall war halb leer! Hatte sich keine andere Box für den Wallach gefunden? Ihr Ärger wich allerdings Mitgefühl, als sie die junge Frau und ihre Kinder ängstlich in der Stallgasse stehen sah. Mrs. Fence hielt das Kleine im Arm, das ältere Mädchen klammerte sich an sie, und der Junge hielt sich an ihrem Rock fest. Im Gegensatz zu seiner Mutter und dem Mädchen schaute er allerdings nicht voller Furcht, sondern eher interessiert auf den tobenden Hengst.

Mrs. Fence schien unschlüssig zu sein, ob sie ihrem Mann und Colin in Richtung Sattelkammer folgen sollte. Sie traute sich nicht recht an Spirit vorbei.

Chloé lächelte ihr zu, was sie halbherzig erwiderte. Sie wirkte noch sehr jung und außerordentlich hübsch trotz der offensichtlichen Erschöpfung. Chloé kam sie seltsam bekannt vor, sie war sich aber sicher, sie bisher nie getroffen zu haben. Dieses zarte Geschöpf mit dem kastanienbraunen Haar und den riesigen türkisfarbenen Augen war zu auffällig, um es jemals zu vergessen.

Chloé wies auf den Hengst. »Gehen Sie ruhig vorbei! Vor Spirit brauchen Sie keine Angst zu haben. Der macht zwar jetzt eine große Schau, aber im Grunde ist er ganz friedlich. Und aus der Box kommt er sowieso nicht raus.«

Die Frau und der kleine Junge sahen sie gleichermaßen skeptisch an.

»Spuckt nich?«, fragte das Kind.

Chloé lachte schallend, konnte sich fragender Gedanken jedoch schon wieder nicht erwehren. Reagierte so das Kind eines Stallmeisters? Es sah nicht so aus, als wäre der Kleine in einem Pferdestall aufgewachsen.

»Pferde spucken nicht!«, versicherte sie. »Das darfst du mir glauben! Ich bin übrigens Chloé Coltrane. Und Sie sind …?«

»Violet Fence«, sagte die junge Frau und griff verlegen nach der Hand, die Chloé ihr entgegenstreckte. Anscheinend hätte sie es natürlicher gefunden, vor der Herrin zu knicksen. »Mein Mann … mein Mann wird hier arbeiten.«

Chloé nickte und hoffte, dass Violet ihr den Widerwillen gegen dieses Arrangement nicht ansah. »Ich weiß. Allerdings hat mir niemand gesagt, dass er gleich eine ganze Familie mitbringt. Wir müssen erst mal sehen, wo wir Sie überhaupt unterbringen. Jedenfalls müssen Sie nicht auf der Stallgasse herumstehen und spuckende Hengste zähmen.« Chloé lächelte den Kindern zu. Der kleine Junge erwiderte das Lächeln, das Mädchen schaute sie nur mit starren, riesigen Augen an. »Kommen Sie mit, wir spannen erst mal Ihr Pferdchen aus, und dann gehen wir ins Haus und überlegen, wo Sie wohnen können.«

Violet wies auf die Sattelkammer. »Ich glaube, wir wohnen dort«, sagte sie leise.

Chloé runzelte die Stirn und erinnerte sich an die Kammer für den Stallburschen, die neben Sattelkammer und Futterküche lag. Das konnte nicht Colins Ernst sein!

Chloé ließ Violet und die Kinder erst mal stehen und folgte den Männern in die Wirtschaftsräume. Der kleine Wohnraum war recht nett, absolut ausreichend für einen jungen Burschen. Er enthielt ein Bett, Tisch und Stuhl und einen Schrank. In der Futterkammer nebenan gab es eine einfache Kochgelegenheit.

»Ist natürlich ein bisschen klein«, meinte Colin gerade. »Ich konnte ja nicht ahnen, dass Sie schon Familie haben. Aber …«

»Meine Frau ist's gewohnt, sich einzuschränken«, erklärte Eric Fence gelassen. »Ihre Schwester kann auch in der Futterkammer schlafen, wenn Sie uns noch 'ne Liege reinstellen. Die Kleinen erst recht. Das geht schon.«

Chloé warf einen ungläubigen Blick auf ihren Mann und Eric – und gleich darauf in die geweiteten Augen der jungen Frau, die sich nun doch an Spirit vorbeigewagt hatte und entsetzt ihr neues Domizil betrachtete. Sie schien etwas sagen zu wollen, aber ein drohender Blick des Mannes brachte sie zum Schweigen. Das kleine Mädchen hatte ihn wohl auch aufgefangen und versteckte sein Gesicht sofort in Violets Röcken.

»Wenigstens regnet es wohl nicht durch«, sagte Violet resigniert.

Chloé blitzte die Männer an. »Habt ihr den Verstand verloren?«, fragte sie böse. »Fünf Menschen in diesem Raum? Ein ganzer Haushalt, Kinder? Ein Baby in einer staubigen Futterkammer? Und wo sollen die Kinder mal Schularbeiten machen? In der Sattelkammer? Kommen Sie, Violet!« Alles in Chloé sträubte sich dagegen, dieses unterwürfige junge Ding Mrs. Fence zu nennen. »Ich mache uns jetzt einen Tee, und dann schauen wir uns das Haus mal näher an. Da muss es doch Dienstbotenquartiere geben.«

Colin verzog ärgerlich das Gesicht. Chloé hätte ihn nicht vor seinem neuen Angestellten abkanzeln dürfen. Zumal dieser Fence seine eigene Frau und Familie fest im Griff zu haben schien. Schon jetzt drückte seine Miene Überlegenheit aus.

Colin konnte Chloé ihre Unbotmäßigkeit nicht durchgehen lassen. »Das ist mir egal!«, erklärte er mit scharfer Stimme. »Der Stallmeister muss bei den Pferden schlafen, das ist immer so gewesen. Stell dir nur mal vor ... eine ... eine Stute fohlt und keiner ist da, der helfen kann, oder ... oder ein Pferd hat Kolik.«

Chloé verdrehte die Augen. »Stuten fohlen im Frühjahr, Colin«, bemerkte sie spöttisch und unterdrückte die höhnische Frage, bei wie vielen Fohlengeburten Eric Fence wohl schon geholfen hatte. »Und selten völlig überraschend. Mr. Fence kann im Stall nächtigen, wenn es so weit ist – dann aber bitte wirklich im Stall, Mr. Fence, nicht neben der Futterkammer. Hier müsste das Pferd schließlich schon schreien, damit Sie es mitkriegen. Und Koliken entdecken Sie bei einem nächtlichen Rundgang vor dem Schlafengehen. Bei dem wir uns wahrscheinlich treffen werden, ich schaue nämlich auch gern noch mal nach den Tieren, bevor ich mich hinlege.«

Chloé hielt Colins verärgertem Blick mühelos stand. Über ihren nächtlichen Inspektionsgang hatte es am Tag zuvor schon Streit gegeben. Colin fand, dass eine Lady abends im Stall nichts zu suchen hatte.

»Das wäre nicht nötig, wenn Mr. Fence hier schläft!«, beharrte Colin eigensinnig.

Eric Fence nickte ernsthaft, während Chloé die Wut in sich brodeln spürte. Dem Mann hätte eigentlich klar sein müssen, dass die Unterkunft im Haus komfortabler sein würde als dieser Verschlag im Stall. Aber Fence schien daran gelegen zu sein, seinem neuen Chef nach dem Mund zu reden. Es formierten sich gerade zwei Fraktionen: Colin und Eric Fence gegen Chloé als Einzelkämpferin. Dies war ein Machtspiel, aber Chloé beabsichtigte nicht, es mitzuspielen.

»Na schön«, erklärte sie mit sardonischem Lächeln. »Wenn du darauf bestehst, Colin. Dann schläft Mr. Fence eben hier, und Mrs. Fence und die Kinder bringe ich im Haus unter. Wir wissen es durchaus zu schätzen, Mr. Fence, dass Sie Ihren Job so ernst nehmen! Bitte bringen Sie dann auch den Wallach in den zweiten Stall, damit der Hengst aufhört zu schreien. Und schirren Sie Ihr Pony aus, und geben Sie ihm eine ordentliche Portion Hafer, der Wagen ist viel zu schwer für das Tier, das sollten Sie als Stallmeister eigentlich wissen. Sie, Violet, nehmen Ihre Kinder und kommen mit mir.«

Wohlgefällig beobachtete Chloé die Wirkung ihrer Worte. Eric und Colin blieb jede Entgegnung im Halse stecken. Diese Lösung hatten sie nicht erwartet, und ganz sicher würde sie Fence nicht passen. Chloé sah geradezu, wie es hinter seiner Stirn arbeitete, aber ein Gegenargument wollte ihm sichtlich nicht einfallen. Sie bemühte sich, ihren Triumph nicht zu zeigen, und wandte sich jetzt der Frau und den Kindern zu. Es würde interessant sein, ihre Reaktion zu beobachten. Tat es ihnen leid, von Mann und Vater getrennt zu werden?

Der Blick, den Violet und das kleine Mädchen an ihrem Rock jetzt auf Chloé richteten, zeugte jedoch nicht von Ärger. Eher schauten die beiden ungläubig – so fassungslos, als habe Chloé eben einen Geist aus der Flasche geholt. Oder ihn gerade wieder hineingezwungen?

Die Frau und das Mädchen wirkten wie befreit.

Vor der Box des Hengstes zögerten sie allerdings wieder. Violet griff die Hand ihres Sohnes, und Chloé erschrak fast, als sich kleine, eiskalte Finger um ihre eigenen schlossen. Das älteste Mädchen. Es mochte neun oder zehn Jahre alt sein. Chloé drückte seine Hand und lächelte ihm zu.

»Wie heißt du denn?«, fragte sie freundlich.

Violet wollte für das Kind antworten, aber dann hielt sie erschrocken inne.

Sehr leise, fast tonlos ertönte die Stimme ihrer Schwester. »Ich bin Rosie …«

Natürlich gab es im Herrenhaus von Coltrane's Trotting Jewels Station, wie Colin seine Farm genannt hatte, angemessene Dienstbotenquartiere. Chloé fand zwei nebeneinanderliegende Zimmer, die wohl dem Butler und einem Hausmädchen zugedacht gewesen waren.

»Drei wären besser, bei den vielen Kindern«, sinnierte sie, während Violet die Räume ungläubig musterte. »Aber wir werden auch noch mehr Personal brauchen. Mindestens ein Hausmädchen – und vielleicht eine Köchin.«

In ihrem Haushalt in Wellington hatte Chloé zudem eine Zofe gehabt, in Invercargill waren die Festlichkeiten allerdings bescheidener, die Repräsentationspflichten weniger aufwändig. So reichte es, wenn das Hausmädchen gut geschult war und ihr auch mal beim Ankleiden helfen konnte. Das übliche Maori-Personal – ihre neuen Bekannten rekrutierten ihre Dienstboten in den umliegenden Dörfern – würde da nicht ausreichen. Aber vielleicht …

Chloé musterte ihre neuen Hausgenossen. Violet in einem Dienstbotenkleid wäre zumindest ein hübscher Anblick, und Rosie nicht minder. »Hätten Sie nicht vielleicht Lust, im Haushalt zu helfen, Violet? Vielleicht könnte man auf Dauer auch die Kleine anlernen.« Sie wies auf Rosie.

Violet hatte sie eben schon dankbar angesehen, aber jetzt schien sie nahe daran, in Tränen auszubrechen. »Ich dachte nicht«, flüsterte sie und rieb sich die Stirn, »Rosie … ich dachte nicht, dass man sie in Stellung geben könnte … ich … Aber wenn Sie … wenn Sie …« Violets Stimme drohte zu kippen, dann straffte sie sich und zwang sich zu einem freundlich geschäftsmäßigen Ton. »Ich fürchte, als Köchin wäre ich nicht sehr hilfreich, Madam. Ich habe zwar einige Zeit in einer Armenküche gearbeitet, da kam es jedoch eher auf Quantität denn auf Qualität an. Während Ihre Gäste sicher keinen Wert darauf legen, festzustellen, wie weit man eine Suppe aus drei Süßkartoffeln strecken kann.«

Chloé lachte, verwundert über Violets gewählte Ausdrucksweise.

Die junge Frau sprach aber schon weiter. »Wenn Sie jedoch mit mir als Hausmädchen vorliebnehmen würden, so hoffe ich, Ihren Erwartungen entsprechen zu können. Ich habe in Greymouth als Kindermädchen gearbeitet, und die Billers wären sicher bereit, mir ein Zeugnis auszustellen. Und ich habe in einem Modehaus für Damen …«

Bei der Erwähnung des Modehauses fiel Chloé ihre Abendeinladung siedend heiß wieder ein. Es wäre entsetzlich unhöflich, ohne Entschuldigung wegzubleiben. Und wenn sie es noch halbwegs pünktlich schaffen wollten, mussten sie sich jetzt sehr beeilen.

»Schön, Violet«, erklärte sie kurz. »Dass Sie für Kinder sorgen können, glaube ich, über das Zeugnis können wir später reden. Aber wenn Sie wirklich schon mal geholfen haben, eine Dame anzukleiden, dann können Sie mir das gleich beweisen.«

Die Kinder folgten Violet in Chloés Ankleidezimmer, und sie atmete auf, als ihre neue Herrin nichts dagegen einwandte, dass sie Roberta mitnahm und auf einen Sessel bettete. Ab dem kommenden Tag würde es sich bestimmt machen lassen, dass Rosie ihre Kinder hütete, während sie arbeitete, und vielleicht konnte sie Rosie sogar überreden, mit ihnen in ihren neuen Räumen zu bleiben. Aber an diesem Abend war alles noch zu neu, alle würden sich ängstigen, wenn Violet sie allein ließ.

»Das ist schon in Ordnung«, wehrte Chloé ihre diesbezüglichen Entschuldigungen ab. Sie war jetzt nur noch mit ihrer Garderobe beschäftigt. »Haben Sie schon mal eine Dame geschnürt?«

Chloé stöhnte, als Violet die Schnüre anzog. Dann lachte sie. »O ja, Sie haben! Vielen Dank, Violet. Und jetzt das Kleid. Passen Sie auf, es ist ganz dünne Seide, und die Schleifchen gehen so leicht auf.«

Violet zog das feine Gespinst vorsichtig über den Reifrock und kontrollierte akribisch die spielerisch als Schmuck angebrachten Schleifchen am Saum und unterhalb der Taille. Das Kleid war sahneweiß, die Bänder aquamarinblau. Das Etikett wies die Robe als Teil der letzten Kollektion von Lady's Goldmine aus.

»Da habe ich mal gearbeitet, Madam!«, erklärte Violet erfreut und erntete einen ungläubigen Blick. »Soll ich Ihnen auch das Haar aufstecken? Ich kann das nicht sehr gut, aber …«

Sie errötete, nachdem ihr fast herausgerutscht wäre, dass die Hure Clarisse die Letzte gewesen war, an der sie diese Kunst geübt hatte.

Chloé nickte und war hell begeistert, als sie schließlich in den Spiegel sah. »Sie haben die Stellung, Violet«, erklärte sie kurz. »Als Hausmädchen und Zofe. Und Rosie wird helfen, nicht wahr, Kleines?«

Rosie hatte ihrer Schwester eben schon schweigend, aber doch konzentriert Haarnadeln und Bänder angereicht. »Wie war das mit Lady's Goldmine? Aber darüber reden wir morgen, wir müssen jetzt wirklich los. Ich hoffe, Ihr Mann hat sich ebenfalls nützlich gemacht und schon mal ein Pferd vor die Chaise gespannt.«

Eric hatte natürlich kein Pferd angespannt, sondern sich mit Colin in eine Fachsimpelei über Traber verloren. Beide handelten sich damit den nächsten Tadel der selbstbewussten Lady ein, was die Fronten gleich weiter verhärtete. Colin zeigte sich den ganzen Abend über verstimmt und lieferte Chloé einen heftigen Streit, als sie darauf bestand, nach der Rückkehr noch einmal durch den Stall zu gehen und die Pferde zu kontrollieren. Es eskalierte endgültig, als Chloé dabei eine kleine Wunde an der Stirn des Hengstes entdeckte.

»Die hat er sich bestimmt nicht in den letzten zwei Stunden geholt, sondern bei dem Theater mit dem Wallach. Dein fabelhafter Stallmeister hätte sie sehen müssen!«, erklärte sie ärgerlich, während sie rasch noch eine Salbe auf die Verletzung strich. Violet brauchte später Stunden, um die Spuren davon aus dem Stoff des sahneweißen Kleides zu entfernen. »Und jetzt halt mir mal die Laterne, wir müssen den Wallach auch noch genau angucken. Der hat schließlich nicht minder gegen die Boxwände geschlagen. Nicht dass dein kostbares Rennpferd morgen dicke Beine hat!«

Es wurde ein Uhr nachts, bevor Colin und Chloé schließlich ins Bett kamen – Eric Fence hatte ihre Auseinandersetzung im Stall entweder verschlafen oder bewusst ignoriert. Oder war er bei seiner Frau gewesen? Chloé beschloss grimmig, demnächst zu kontrollieren, ob er wirklich im Stall nächtigte. Und sie selbst würde sich Colin in dieser Nacht nicht hingeben.

Der Entschluss geriet allerdings schon ins Wanken, als Colin hinter sie trat und die komplizierten Verschlüsse ihres Kleides löste. Sie hatte sich verstockt von ihm abgewandt, aber jetzt erschauerte sie wohlig, als er dabei ihren Nacken küsste … Colin war ein wundervoller Liebhaber, deutlich erfahrener als Chloés erster Mann. All ihrem Widerstreben zum Trotz brachte er sie auch in dieser Nacht zu den höchsten Wonnen der Lust – wie immer, wenn dem Liebesspiel ein Streit vorausgegangen war. Chloé erkannte sich dabei oft selbst nicht wieder, bislang hatte sie stets gedacht, Zärtlichkeit und Harmonie bedingten die Erfüllung. Terrence hatte sie immer lange gestreichelt und geküsst, bevor er in sie eindrang, und sie hatte es genossen. Colin dagegen schien sich bei einem solchen Vorspiel zu langweilen. Er nahm sie lieber dann, wenn sie schon nach einem Wortgefecht erregt und manchmal auch immer noch wütend war. Mitunter wehrte sie sich dann zunächst gegen seinen »Versöhnungsversuch«, bevor sie sich durch seine Kraft und sein Geschick überzeugen ließ. Am Ende war sie befriedigt und wohlig müde – aber es blieb doch ein etwas schaler Geschmack und fast ein bisschen Ärger auf sie selbst. Schließlich war meist wieder nichts ausdiskutiert, kein Streitpunkt geregelt worden. Colin hatte sie nur wieder mal herumgekriegt. Ihre Ehe schien ihr manchmal wie ein Kampfspiel, das er jede Nacht gewann.

Auch in dieser Nacht lag Chloé noch lange wach und rang mit der bitteren Erkenntnis: Colin Coltrane ließ sie nicht unbefriedigt, die Liebe mit ihm war aufregender als damals mit Terrence und überhaupt nicht zu vergleichen mit Heathers zaghaften, schüchternen Berührungen. Aber die Seelenverwandtschaft, die sie sich erhofft hatte, als er sie in Dunedin mit den gemeinsamen Plänen rund um Gestüt und Familie umgarnte, würde nie bestehen.

Trotz aller Differenzen zweifelte Chloé Coltrane vorerst nicht am Gelingen ihrer Ehe – während sich ihre Abneigung gegen Eric Fence in den nächsten Monaten zu blankem Hass steigerte. Chloé konnte durchaus damit leben, dass es mit den Kenntnissen des jungen Mannes in Bezug auf Pferdepflege und -ausbildung nicht weit her war. Gut, ihr Mann hatte ihm den anspruchsvollen Posten des Stallmeisters übertragen, aber sehr viel mehr als das Ausmisten von Ställen beinhaltete der auch nicht. Natürlich hatte Eric die Pferde zu füttern und zu putzen, anzuschirren und zu satteln, Colin war jedoch zu sehr Kavallerist, um besonders Letzteres einem Burschen allein zu überlassen. Das Füttern kontrollierte Chloé, obwohl dies ihrem Mann nicht recht schien. Hier war sie jedoch zu keinerlei Kompromissen bereit: Sie würde sich von der Leitung des Gestüts nicht ausschließen lassen!

Fehler und Nachlässigkeiten des Stallmeisters wurden insofern schnell entdeckt und gerügt, wobei sich Eric tatsächlich als lernfähig erwies. Chloé hätte zwar einen Pfleger mit freundlicherer Ausstrahlung und den Tieren gegenüber weicherer Hand vorgezogen, aber unzulängliches Personal war ein Ärgernis, mit dem jede Hausfrau gelegentlich kämpfen musste. Schlimmer war der Einfluss, den Eric Fence auf Colin Coltrane ausübte – oder Colin auf Eric! Wenn Chloé ehrlich sein wollte, musste sie zugeben, dass sich die beiden in Bezug auf Unregelmäßigkeiten in nichts nachstanden. Das begann mit kleinen Schwindeleien wie die Angelegenheit, den Rappen Lancelot als Sohn des Hengstes Spirit auszugeben. Hier war die Rechnung der Männer voll aufgegangen: Lancelot alias Spirit's Pride gewann ein Rennen nach dem anderen, und die Leute standen Schlange, ihre Stuten für viel Geld von seinem vermeintlichen Erzeuger decken zu lassen.

Nun konnte Chloé über diesen gelungenen Coup gerade noch

hinwegsehen. Auch Spirit war schließlich ein starker Traber, und es stand zu hoffen, dass er seine Begabung vererbte. Als sie ihren Mann aber eines Tages im Gespräch mit einem Kunden erwischte, dem Eric eine güste Stute als Zuchtstute aufgeschwatzt hatte, wurde sie ungehalten – zumal Colin völlig gelassen blieb.

»Wirklich, das hat Ihnen mein Stallmeister gesagt?«, wandte er sich ungläubig an den wütenden neuen Besitzer der Stute Annabell. »Nun ja, er ist noch nicht lange hier, er kann da was verwechselt haben. Aber sicher hatte er nicht die Absicht, Sie zu betrügen! Schauen Sie, uns ist die Zuchttauglichkeit hier natürlich sehr wichtig, es geht ja um die Konsolidierung des Trabrennpferdes als Rasse. Aber allgemein … Mensch, Mr. Morton: Ihre Stute Annabell, die läuft die Meile unter zwei Minuten! Die ist im Grunde viel zu schade für die Zucht! Lassen Sie das Pferd zwei Jahre rennen, und dann versuchen Sie's noch mal!«

Der Käufer versuchte einen Einwand, aber Colin schüttelte dazu nur herablassend den Kopf. »Was meinen Sie? Sie haben nicht den Eindruck, sie wäre wirklich schnell?« Colin senkte die Stimme, als teilte er Annabells Besitzer ein wohlgehütetes Geheimnis mit. »Haben Sie das Pferd mal gefahren, Mr. Morton? Nicht? Da sehen Sie's, das ist die Erklärung! Unterm Reiter ist Annabell nicht überragend, da stimme ich Ihnen zu. Aber die Zukunft liegt doch im Harness Racing.«

Chloé schnaubte vor Wut, als der Mann schließlich gegangen war – ohne Annabell zurückzugeben und ohne den Betrugsvorwurf zu wiederholen. Colin grinste, als sie ihn zur Rede stellte.

»Colin, wir waren übereingekommen, das Pferd abzugeben, weil es weder schnell noch zuchttauglich ist. Am besten hättest du es gar nicht erst gekauft! Jedenfalls gehört es vor einen leichten Wagen, vielleicht in der Stadt, es ist ja brav, es könnte einen kleinen Lieferwagen ziehen und auch mal eine Chaise. Aber Mr. Morton hat einen Rennstall! Der braucht doch kein Milchwagenpferd! Was hat euch bloß geritten, ihm diese Stute aufzuschwatzen?«

Colin lachte. »Bei dem wird das nie was mit dem Rennstall! Jedenfalls nicht, solange er so wenig Ahnung hat. Aber die gewinnt man durch Erfahrung, Chloé, Liebste, und so gesehen ...«

»... habt ihr dem Mann jetzt geholfen, durch Schaden klug zu werden! Er sollte euch eigentlich dankbar sein!« Chloé explodierte. »Ich glaub's nicht, Colin Coltrane! Du benimmst dich wie ein Rosstäuscher. Denkst du denn gar nicht an unseren guten Ruf? Jetzt geh dem Mann nach und mach ihm ein Angebot, die Stute zurückzunehmen, sofern sie am nächsten Sonntag nicht gewinnt.«

Chloé atmete auf, als Colin Mr. Morton daraufhin wirklich folgte. Sie hatte einen erneuten Machtkampf befürchtet, aber Colins Einlenken bestätigte sie in der Ansicht, es sei vor allem Eric Fence' Einfluss, der ihren Mann in üble Gewohnheiten zurückfallen ließ. Was Pferdehandel anging, überraschte sie nichts wirklich, man hatte sie ja in Dunedin ausreichend vor Colin gewarnt. Sie würde ihm auf die Finger sehen müssen, aber das traute sie sich zu.

Chloé verließ den Stall also halbwegs beruhigt – erschrak dann aber bis ins Mark, als die Stute Annabell am nächsten Sonntag tatsächlich gewann! Vor einem der neuen leichten Wagen mit großen Rädern, die man Sulkys nannte, trabte sie als Erste ins Ziel der neuen Rennbahn, gefolgt von Spirit's Pride und einem anderen Pferd, das Colin trainierte.

»Schlechter Tag«, meinte Colin auf ihre argwöhnische Frage, wie die mittelmäßige Annabell gegen den windschnellen Lancelot und den sehr vielversprechenden Rasty hatte gewinnen können.

Er zeigte dabei ausgesprochene Gelassenheit, was Chloés Argwohn schürte. Im Allgemeinen war Colin ein schlechter Verlierer und regte sich jedes Mal auf, wenn eines seiner Pferde nur als Zweiter oder Dritter ins Ziel kam. Das reduzierte schließlich die Gewinne, die im Trabrennen ohnehin nicht allzu hoch waren. Hier konnte man höchstens durch Wetten zu Geld kommen, und am nächsten Tag erfuhr Chloé dann auch von Violet, dass Eric an diesem Renntag hohe Gewinne eingestrichen hatte. Violet interessierte sich nicht für die Namen der Pferde, aber Chloé verfolgten doch bohrende Fragen, die sie Colin nicht zu stellen wagte. Hatte der Stallmeister auf Annabell gesetzt? Und nicht nur den obligatorischen Tenner für sich selbst, sondern weiteres Geld für seinen Chef? Hatten Prides und Rastys Fahrer – beides Stallburschen und Lehrlinge bei Colin und Eric – die Pferde bewusst zurückgehalten?

So skeptisch Chloé Eric Fence gegenüberstand, so sehr freundete sie sich in der nächsten Zeit mit seiner Familie an. Violet bewährte sich sowohl im Haushalt als auch als Zofe, und weder Joe noch die kleine Roberta waren schwierige Kinder. Chloé hatte allerdings besonders Rosie ins Herz geschlossen, erst recht, nachdem Violet ihr von ihrem jahrelangen Schweigen berichtet hatte, das sie nun ausgerechnet für Chloé gebrochen hatte. Natürlich blieb Rosie auch weiterhin annähernd stumm, aber auf Chloé machte sie keinen dummen oder zurückgebliebenen Eindruck. Sie war empört, als Eric Colin seine kleine Schwägerin als bekloppt vorstellte. Und sie war gerührt, als das Mädchen nach nur zwei Tagen auf dem Gestüt Violets Rockschöße losließ und sich dafür an Chloés klammerte. Egal, wohin sie ging, Rosie folgte ihr wie ein Hündchen.

»Sie muss Ihnen doch lästig fallen«, meinte Violet ängstlich, als ihre Schwester mit Heuhalmen bedeckt hinter Chloé aus dem Stall tapste. »Sie hat bestimmt Angst vor den Pferden, und wenn sie dann immer an die Hand will …«

Chloé lachte und bedachte Rosie mit regelrecht stolzen Blicken. »Angst vor Pferden? Eben hat sie Ihr Pony gestriegelt! Und dann ist sie mit mir im Sulky gefahren. Aber nicht schnell, Rosie, nur ein bisschen Ausdauertraining, nicht wahr? Damit Jewel nicht gänzlich aus der Übung kommt, jetzt, wo sie ein Fohlen kriegt.«

Rosie nickte wichtig und sah Chloé anbetend an. Sie hatte keine Angst vor Pferden, egal, ob sie schnell oder langsam trabten. Wie hätte sie sich auch vor irgendetwas fürchten können, solange

Mrs. Coltrane bei ihr war? Mrs. Coltrane, die als Einzige die Macht gehabt hatte, sie zu retten! Die es irgendwie geschafft hatte, dass Eric Fence nicht mehr wie ein Ungeheuer in ihre Nächte einbrach. Dass er Violet nicht mehr schlug und Rosie und Joe nicht mehr ängstigte. Rosie konnte das Wunder immer noch kaum fassen: Am Abend machte Violet einfach die Tür des zweiten Zimmers hinter Rosie und ihren Kindern zu, und sie konnten die ganze Nacht ungestört schlafen.

Natürlich hatte Joe manchmal Albträume, oder Roberta schrie, aber dann hielt Rosie die Kinder im Arm und wiegte sie – ohne befürchten zu müssen, dass Eric sie anschrie und schüttelte. In den ersten Nächten hatte er Violet zwar oft noch in ihrem Zimmer aufgesucht, aber das erreichte er über den Korridor, ohne Rosie und die Kleinen zu behelligen. Die Kinder hatten denn auch süß geschlafen, während Rosie ängstlich auf seine Schritte im Flur lauschte. Wenn er fort war, hatte sie sich zu Violet geschlichen, um sich zu überzeugen, dass sie noch am Leben war. Violet beteuerte zwar immer wieder, Eric würde ihr nichts tun, aber Rosie wusste es besser. Und nun hatten auch diese Besuche aufgehört! Rosie wusste nicht, warum, aber sie war überzeugt davon, dass Mrs. Coltrane dieses Wunder gewirkt hatte.

Violet erklärte sich das abnehmende Interesse ihres Mannes weniger übernatürlich, war allerdings auch bereit, dem Himmel dafür zu danken. Tatsächlich war es Eric einfach zu umständlich, sich nachts noch ins Haus zu schleichen – zumal Chloé sich allabendlich einen Spaß daraus machte, seine Anwesenheit im Stall zu kontrollieren. Vor allem aber war sein Einkommen nach Aufnahme seiner Arbeit bei Coltrane sprunghaft angestiegen. Nicht nur, dass Colin gut zahlte und für manche »Kleinigkeit« eine Prämie springen ließ – Eric gewann auch beim Wetten. Dank Coltrane verfügte er jetzt schließlich wirklich über Insiderwissen – wobei Wissen mitunter wörtlich zu nehmen war. Colin und Eric manipulierten die Rennen nicht öfter, als ein krasser Außenseiter wirklich mal gewinnen konnte. Dann aber sahnten sie richtig ab, und Eric konnte sich von diesem Geld mühelos eine Hure in Invercargill leisten. Auch die Mädchen in Christchurch oder Dunedin, wo Colin gelegentlich Pferde laufen ließ und wohin Eric ab und zu mitreiste, um in überregionalen Wettbüros viel Geld auf Außenseiter zu setzen, waren willig und machten mehr Spaß als die ängstliche und immer angespannte Violet.

Violet war es egal, ob das Geld, das Eric früher vertrunken und verspielt hatte, heute in den Taschen von Freudenmädchen landete oder sonst wo. Sie verdiente schließlich ihr eigenes Geld als Chloés Hausmädchen und Zofe, und beköstigt wurden alle von ihrer Arbeitgeberin, die inzwischen eine ungemein tüchtige Köchin angestellt hatte. Die bessere Ernährung und das sorglosere Leben taten sowohl ihr als auch Rosie gut, beide nahmen endlich etwas zu, und Violet gefiel sich, wenn sie in den Spiegel sah. Sie trug eine Dienstmädchenuniform und fand, dass sie adrett und tüchtig wirkte.

Chloé bestätigte sie in diesem neuen Selbstbewusstsein. Sie fand immer mehr Gefallen an der jungen Frau – und spätestens als der Name Lady's Goldmine zum zweiten Mal fiel, wusste sie auch, woher sie Violet zu kennen meinte.

»Sie sind das *Mädchen mit Blume* und *Mädchen in Rot* und *Mädchen im Wald* – die ganze Porträtserie von Heather Coltrane!«, erinnerte sie sich ungläubig über diesen Zufall. »Wunderschöne Bilder, das Beste, was Heather je gemalt hat. Einen Teil hat sie verkauft, aber ein paar hängen noch in unserer … in ihrer Wohnung in Dunedin. Ich war …«

Chloé hielt inne. Sie konnte der jungen Frau unmöglich gestehen, dass sie fast etwas wie Eifersucht verspürt hatte, als sie die Porträts des jungen Mädchens in Heathers und ihrer gemeinsamen Wohnung gesehen hatte. Heather musste dieses Kind geliebt haben … wenngleich sicher nicht so, wie sie Chloé liebte. Violet war auf den Bildern so schön, so jung, unschuldig und verletzlich. Heather war es irgendwie gelungen, ihre Geschichte einzufangen: die Geschichte eines Wesens, dessen Vertrauen in die Welt erschüttert worden war, das aber immer noch bereit war, zu staunen und zu lieben. In Violets Blick hatte damals etwas schmerzlich Hoffnungsvolles gestanden. Heather hatte sie gemalt wie ein Versprechen an die Zukunft.

Verglichen damit tat Chloé das Herz weh, wenn sie die junge Frau heute ansah. Violet war immer noch schön, ihr Ausdruck immer noch stark. Aber Eric Fence hatte nur ein paar Jahre gebraucht, um dem Mädchen die Hoffnung zu rauben und seine Zukunft zu zerstören. Violet Paisley war süß und anrührend gewesen, Violet Fence war härter, wachsam und wissend. Chloé meinte Wut hinter ihrer Resignation zu spüren. Sie sah Violet als eine Kämpferin, auch wenn es ihr selbst bis jetzt wohl noch nicht vollständig klar war.

Chloé fragte sich, wie Heather die junge Frau in dieser Zeit malen würde … und verspürte wieder einmal Sehnsucht nach ihrer Freundin. Sie gestand sich jetzt immer öfter ein, Heather schmerzlich zu vermissen. Sie verzehrte sich nach dem Kokon aus Harmonie und gegenseitigem Verständnis, der sie und Heather seit ihrer Kindheit geschützt hatte. Heather und Chloé waren nicht ständig einer Meinung gewesen, aber ihre Auseinandersetzungen waren doch niemals so bitter gewesen wie der immer wieder aufflackernde Streit mit Colin. Dabei wollte Chloé nicht fortwährend kämpfen, es war nur mühsam, jeden Moment des Tages jedes Wort auf die Goldwaage legen zu müssen, um Colin nicht ständig zu tadeln. Sie konnte seinen Ärger und Argwohn inzwischen fast spüren, wenn sie nur die Ställe betrat und den Männern bei der Arbeit mit den Pferden zusah.

Colin betätigte sich jetzt auch als Trainer, was Chloé mit Skepsis sah, schließlich hatte ihr Mann keinerlei Erfahrung mit Rennpferden. Andererseits war die Kavallerieausbildung umfassend, und Colin war zweifellos ein exzellenter Reiter. Wenn die anderen Pferdebesitzer ihm ihre Tiere anvertrauten, konnte sie kaum etwas dagegen einwenden. Allerdings störte sie sich an der oft brutalen Art ihres Mannes, mit den Pferden umzugehen, und einige Trainingsmethoden erschienen ihr zweifelhaft. Chloé wusste, dass Eric und die Lehrlinge sie schon eine Nörglerin und chronische Besserwisserin nannten. Chloé war all dieser Spannungen müde. Sie sehnte sich danach, sich endlich einmal wieder fallen zu lassen, Heathers kühle Hand auf ihrer Stirn zu spüren und offen reden zu können.

Natürlich konnte sie der Freundin schreiben, und sie machte oft genug den Versuch dazu. Aber immer, wenn sie mit der Feder in der Hand an ihrem hübschen Sekretär saß – zweifellos ausgesucht von Lord Desmonds jungem Geliebten –, schienen ihre Gedanken erloschen und ihre Hand erstarrt. Chloé schaffte es einfach nicht, ihren Alltag so zu schildern, wie sie ihn empfand. Ihre Briefe gerieten zu endlosen Schilderungen über Pferde und gesellschaftliche Anlässe, ein bisschen über Violet, viel über Rosie …

Chloés Stolz lähmte ihre Finger. Sie konnte nicht zugeben, dass ihr Leben mit Colin Coltrane eine einzige Enttäuschung, ihre Ehe ein einziger Irrtum war.

Heather Coltrane kämpfte sich durch die Verpflichtungen, die Chloé noch vor ihrer Heirat für die Galerie eingegangen war, und fühlte sich dabei müde und ausgenutzt. Natürlich war es nicht wirklich schlimm, gemeinsam mit Chloé hätte sie die verschiedenen Ausstellungen und Vernissagen sogar genossen. Chloé war jedoch eindeutig die aufgeschlossenere, extrovertiertere der beiden Frauen. In der Regel hatte sie die Vernissagen organisiert und die Betreuung der Künstler und ihrer oft schwierigen Begleiter und Familienmitglieder übernommen. Heather hatte gewöhnlich nur beim Hängen der Bilder geholfen, die Bewirtung der Gäste überwacht und sich sonst hauptsächlich mit den Menschen unterhalten, mit denen sie gern zusammen war. Auch die Beratung der Kunden und den Verkauf der Bilder hatte weitgehend Chloé geregelt, Heather malte schließlich selbst und brauchte dafür Zeit. Jetzt allerdings oblag Heather die gesamte Organisation – von der Bestellung des Weins und der Appetithappen für die Vernissagen über den Verkauf der Bilder bis hin zur Unterhaltung der Ehrengäste. Die junge Frau betrieb sie verbissen, aber ohne echte Begeisterung. Ein exzentrischer Künstler aus Wellington beschäftigte sie fast rund um die Uhr mit Sonderwünschen, und bei einem anderen konnte sie nur ihr besonnener Bruder vor dem völligen Eklat bewahren, nachdem sie seine plumpen Annäherungsversuche kurzerhand mit einer Ohrfeige beantwortet hatte. Sean schickte die zitternde Heather nach Hause und lotste den schon schwer betrunkenen Maler ohne weitere Schwierigkeiten durch die Vernissage.

Heather lag das alles nicht. Sie mochte die Galerie, aber in erster Linie wollte sie malen. Und sie sehnte sich nach einem Menschen, der ihr nahestand. Heather wollte Chloé.

Schließlich löste sich ihre Unzufriedenheit und Anspannung in einer Tränenflut, als der erste Brief von Violet aus Invercargill eintraf. Mit der gleichen Post kam auch ein Schreiben von Chloé – und beide Frauen wirkten glücklich.

Heather redete sich ein, dass sie eigentlich ebenfalls glücklich sein müsste, weil ihre Freundinnen zueinandergefunden hatten und Chloé sich nun offensichtlich um Violet kümmerte. Aber in Wirklichkeit war sie keineswegs erfreut, sondern aufgewühlt und bis ins Herz getroffen. Chloé hatte ihren geliebten Mann, sie hatte das Gestüt und jetzt auch noch Violet und ihre Kinder. Heather hatte nichts.

Wütend über ihre Eifersucht, verschämt über ihre Missgunst, todunglücklich und einsam verschanzte sie sich in einem Nebenraum der Galerie. Zwischen noch nicht ausgepackten Bildern, Kartons mit Gläsern und Schachteln mit Preisschildern weinte sie sich die Augen aus. Dabei hätte sie wirklich anderes zu tun gehabt. Nebenan hingen die Bilder einer Künstlerin aus Paris – oder eigentlich Russland, die Frau hörte auf den unaussprechlichen Namen Svetlana Sergejewna. Sie malte eigenartig filigrane Landschaften, die den Betrachter verzauberten – Heather stellte sie sich als eine Art Fee vor, die kaum den Boden berührte, über den sie schritt. Der Londoner Galerist, mit dem Chloé die Lucas-Warden-Ausstellung organisiert hatte, hatte sie empfohlen.

»Ein Geheimtipp, die Bilder sind noch nicht teuer, aber das wird sich ändern. Und sie ist ganz verrückt danach, Neuseeland zu sehen. Die Landschaften da sollen irgendwas Besonderes haben ... Hat ihr jedenfalls jemand erzählt. Kurz und gut, wenn Sie eine Ausstellung für sie organisieren und so viele Bilder verkaufen, dass sie

von dem Geld ein bisschen herumreisen kann, wäre sie glücklich ...
Die Überfahrt würde sie auch selbst bezahlen, Sie müssten sie nur
irgendwo in Dunedin unterbringen. Möglichst privat, reich ist sie
nicht.«

Chloé hatte die Chance natürlich sofort ergriffen und Miss
Sergejewna freudig das Gästezimmer in ihrer gemeinsamen Wohnung zur Verfügung gestellt – und jetzt würde Heather sich mit
einer wildfremden Person herumschlagen müssen, die womöglich
nicht einmal Englisch sprach.

Vor der Ausstellung ging dann auch wieder mal alles schief. Die
Bilder waren vor der Künstlerin eingetroffen, und Heather hatte sie
bereits hängen müssen, da die Vernissage schon an diesem Abend
stattfand. Erfahrungsgemäß gab das Ärger, den Künstlern gefiel
es nie, wie die Galeristinnen ihre Bilder arrangierten, und diesmal
hatte sich auch nicht gleich Platz für alle gefunden. Garantiert
würde Miss Sergejewna Heathers Auswahl missbilligen. Dazu war
der Wein noch nicht geliefert worden, die Köchin, die in der winzigen Teeküche Horsd'œuvres zaubern sollte, ließ nichts von sich
hören, und das Maori-Hausmädchen der Dunloes, das beim Bedie-
nen der Gäste helfen wollte, ließ sich ebenfalls Zeit. Wenn sie nicht
bald kam, würde Heather die Gläser selbst polieren müssen. Und
jetzt noch Chloés und Violets Briefe ...

Heather wusste, dass sie sich zusammennehmen musste, aber
sie schaffte es einfach nicht. Sie weinte, weinte und weinte.

»Oh! Ist hier ja doch jemand!« Eine tiefe Stimme ließ Heather
aufschrecken. »Und ich hab gedacht, lassen die meine Bilder ganz
allein hängen mit offene Tür, sodass jeder kann stehlen.«

Heather sah auf und blickte in ein großflächiges helles Gesicht,
umrahmt von einer Fülle karottenroten Haares. So rot, dass die
Farbe eigentlich nicht natürlich sein konnte. Wäre Heather nicht
mit anderen Dingen beschäftigt gewesen, wäre sie womöglich errö-

tet. Sie hatte noch nie eine Frau kennen gelernt, die sich die Haare färbte, nach Heathers Vorstellung taten das nur Schaustellerinnen und Huren. Und dann trug diese Frau ihre Haarflut auch noch offen! Sie fiel ihr in dicken Locken über die massigen Schultern. Alles an Svetlana Sergejewna war üppig. Sie war nicht dick, aber groß und stämmig, ihr Gesicht war breit, ihre Lippen voll. Unter kräftigen Brauen und langen Wimpern lugten kluge blaue Augen hervor, rund und sanft, sie gaben ihrem Gesicht einen etwas erstaunten, fast kindlich freundlichen Ausdruck. Jetzt musterten sie mitfühlend die schluchzende Heather.

»Wie man kann weinen, wenn nebenan hängen so schöne Bilder?« Die Frau lächelte, legte einen Zeigefinger unter Heathers Kinn und hob ihren Kopf an. »Gibt kein Grund zu sein traurig, Welt so schön!«

Heather hätte dazu einiges sagen können, aber jetzt schämte sie sich erst mal zu Tode vor ihrer Besucherin. Offensichtlich war das die Künstlerin, der Ehrengast. Und sie …

»Ich … ich … Verzeihen Sie, Miss Sergejewna … ich … hätte Sie vom Zug abholen müssen. Und … die Bilder … es haben nicht alle in die Ausstellungsräume gepasst. Also, ich hätte sie natürlich schon alle hängen können, aber sie wirken ja nicht, wenn sie so eng nebeneinander …«

Heather suchte nach einem Taschentuch. Sie musste aufhören zu weinen! Svetlana Sergejewna griff in die Tasche ihres weiten Reformkleides – Korsetts schien sie abzulehnen, ihre Robe glich eher einem Kaftan –, das in allen möglichen Blau- und Türkisschattierungen schimmerte. Sie beförderte ein Taschentuch hervor und reichte es Heather.

»Deshalb doch nicht weinen! Mich keiner muss abholen, bin doch nicht Paket, oder? Bis jetzt ich immer gefunden mein Weg. Und besser zu viel Bilder als wenig, nicht? Einfach verkaufen wir fünf … sechs … und dann hängen neue dazu. Nicht schlimm. Deshalb Sie geweint?«

Svetlana Sergejewna lächelte. Wenigstens schien sie nicht schwierig zu sein.

Heather schüttelte den Kopf. »Bitte entschuldigen Sie, Miss Sergejewna. Sie müssen mich für völlig hysterisch halten. Deshalb habe ich natürlich nicht geweint. Es ist nur ... die Köchin ist nicht gekommen und das Mädchen auch nicht, und ich hab die Bilder noch nicht ausgezeichnet, und der Wein ... und ...«

Das klang alles nicht viel vernünftiger. Heather versuchte, tief durchzuatmen.

Die Russin lachte. Es klang tief und dröhnend wie ihre Sprechstimme. Mit einer Fee hatte sie absolut nichts gemeinsam, eher mit einer Bärin. »Kommen die Leute für Essen? Kommen die Leute für Wein? Ach was, kommen für Bilder! Und ist noch Zeit, können wir kochen selbst. Kaufen wir Kaviar, machen wir Blini. Sehr russisch, Leute werden lieben! Sie nicht weinen, Miss ... Edmunds?«

Heather brach noch einmal in Tränen aus – und fand sich in einer bärenhaften Umarmung wieder. Peinlich berührt machte sie sich frei.

»Tut mir leid, Miss Sergejewna. Ich bin ... ich bin Heather Coltrane. Miss Edmunds hat mich ... äh ... uns ... verlassen.« Sie schaffte es jetzt endlich, sich zu beruhigen.

»Svetlana. Sagen Sie Svetlana. Oder Lana, ist kürzer. Was heißt ›verlassen‹? Sie gestorben?«

Heather kam sich wieder einmal unglaublich dumm vor. Wie hatte sie sich so ungeschickt ausdrücken können? Errötend stellte sie richtig. »Nein, nein, natürlich nicht. Sie hat nur ... sie hat geheiratet.«

Svetlana blickte Heather forschend an, dann lachte sie. »Kindchen«, brach es aus ihr heraus. »Kindchen, ist sich das eine oft nicht besser als das andere!«

Eine halbe Stunde später hatten Heather und Lana schon dreimal miteinander gelacht. Heather konnte sich überhaupt nicht erinnern, seit Chloés Wegzug so ausgelassen mit jemandem umgegangen zu sein. Und auch die Probleme lösten sich jetzt fast wie von selbst. Die Köchin erschien nicht, allerdings das Maori-Mädchen. Heather schickte es gleich weiter zum Weinhändler, um die Lieferung anzumahnen, während sie mit Lana einkaufen ging. Ein Feinkosthändler hatte Lachs und Kaviar, Rahm gab es beim Milchmann, und zur Herstellung der winzigen Pfannkuchen, mit der Lana sich dann die Zeit bis zur Ausstellung vertrieb, brauchte man kaum mehr als Wasser und Mehl. Bevor sie sich an den Herd stellte, half sie Heather bei der Auszeichnung ihrer Bilder. Die russische Künstlerin fand Heathers Auswahl brillant.

»Und dabei du nicht bist die Galeristin, du die Künstlerin! Miss Edmunds hat mir geschrieben, du malst Porträts!«

Lana wollte sich ausschütten vor Lachen, als Heather ihr gestand, dass die meisten ihrer Modelle vier Pfoten oder Hufe hatten.

»Aber du weißt, die geliebt!«, erklärte sie. »Freundin von mir in London malt Porträts von reiche Frauen. Die oft traurig. Ist schwierig, zu malen schön, wenn nicht geliebt.«

»Traurig, weil verheiratet?«, kicherte Heather.

Der Wein war inzwischen eingetroffen, und Lana hatte kurzerhand eine Flasche geöffnet. Die beiden Frauen waren nach zwei Gläsern schon ein bisschen beschwipst.

»Kann man sein sehr glücklich verheiratet!«, behauptete Svetlana mit unschuldigem Augenaufschlag und kicherte ebenfalls. »Glaub ich, wir müssen essen paar Blini. Sonst alle Leute denken, wir getrunken Wodka!«

»Gleich zeige ich dir ein paar Porträts von zweibeinigen Modellen«, versprach Heather. »Wenn wir in der Wohnung sind. Himmel, ja, wir sollten uns umziehen, in einer Stunde kommen die Gäste. Wo hast du deine Sachen?«

Heather wies das Hausmädchen noch an, die Gläser zu polieren, und hoffte, dass sie die Weinflasche dabei unberührt ließ. Das Problem löste dann aber kurzerhand Lana.

»Nehmen wir Wein mit! Hilft bei Auswahl von Kleider!«

Heather wagte das zwar zu bezweifeln, aber sie war so beschwingt und übermütig, dass sie ihre neue Freundin nicht daran hinderte, sich die Flasche unter den Arm zu klemmen. Fröhlich folgte sie ihr ein paar Straßen weiter in Heathers Wohnung über Lady's Goldmine und bewunderte die Einrichtung.

»Hier du gewohnt mit Chloé?«

Heather nickte, wieder ein bisschen traurig. Um das Thema zu wechseln, zeigte sie Lana Violets Porträts. Die Russin betrachtete sie mit unerwartetem Ernst.

»Das schön«, sagte sie andächtig. »Du wirklich Künstler. Und diese Mädchen ... sehr schön, aber sehr ... sehr ... hab ich bisschen Angst um diese Mädchen. Ist sehr gute Bild. Bild macht glücklich und traurig. Berührt die Herz. Wie Mädchen hat berührt dich ...«

Wieder musterte Svetlana Heather mit einem Blick, den diese nicht deuten konnte. Fragend? Zärtlich?

»Ich hab sie sehr gern gemocht«, sagte Heather steif. »Wie ... wie eine Tochter.«

Lana nickte. »Was aus ihr geworden?«, fragte sie. Und lächelte dann, als sie sah, wie sich Heathers Gesicht erneut umwölkte. »Lass mich raten. Sie geheiratet!«

Heather lachte, wenn auch etwas bitter. »Ich erzähle es dir ein anderes Mal. Jetzt müssen wir uns wirklich beeilen. Hier ist das Gästezimmer ... ich hab auch ein Plätteisen, falls deine Kleider sehr zerknittert sind. Aber leider kein Hausmädchen. Die Dunloes leihen mir ihres eine Stunde am Tag, aber jetzt poliert es halt gerade Gläser.«

Lana zuckte die Schultern. »Ich auch kein Hausmädchen. Zu teuer. Ich kann plätten allein.«

Sie lief ins Gästezimmer, um gleich darauf wiederzukommen. Über dem Arm trug sie ein Kleid in verschiedenen Gold- und Blautönen – bekleidet war sie lediglich mit einer Hemdhose, einem vorn geknöpften Einteiler, dessen Oberteil Hemd und Büstenhalter ersetzte und nach unten in weiten Hosen auslief, die über den Knien mit Spitzenbesatz gerafft waren. Lanas üppiger Busen prangte im Spitzenbesatz. Heather schnappte nach Luft.

»Du nicht bist schockiert, oder?«, fragte Lana beiläufig und füllte geschickt glühende Kohlen in Heathers Bügeleisen.

Heather trug noch ihr Nachmittagskleid. Sie schwankte zwischen zwei Abendroben. Eigentlich hätte sie die rauchblaue an diesem Abend der dunkelroten vorgezogen, aber dafür musste sie sich enger schnüren. Sie war sich nicht sicher, ob sie das allein schaffte. Vielleicht ... wenn Lana hier schon halb nackt herumlief, würde es ihr sicher nichts ausmachen ...

Heather errötete, als sie die neue Freundin darum bat, sie zu schnüren. Chloé und sie hatten das immer füreinander getan, aber sie hatten sich natürlich auch ihr Leben lang gekannt. Heather schmunzelte bei der Erinnerung an ihre ersten Korsetts. Die Mädchen hatten sich so eng geschnürt, bis sie fürchteten zu ersticken.

»Mir nichts ausmacht, aber dir! Weißt du nicht, dass ungesund? Macht deine ganze Körper kaputt, sagen Ärzte.«

Heather lachte. »Aber wer schön sein will, muss leiden. Das war schon immer so!«

Lana hatte die Schnüre ihres Korsetts schon in der Hand, zog jedoch nicht daran. Stattdessen spürte Heather ihren warmen Atem in ihrem Nacken. »Du nicht musst leiden, um sein schön. Du wunderschön. Immer!«

Heather hielt den Atem an, als die Lippen ihrer neuen Freundin ihre Schultern streiften. Lana küsste sie mit zärtlicher Selbstverständlichkeit. Heather spürte, wie sich die Härchen ihrer Haut aufrichteten, wie Wärme sie überflutete. Sie fühlte sich ganz leicht, aber auch fest in der Erde verwurzelt. Ihr Körper schien zu vibrieren und strebte Lanas entgegen. Ihr Herz raste.

»Dir gefällt?«, fragte Lana.

Heather nickte zaghaft.

»Du gemacht vorher? Mit Chloé?«

Heather wusste nicht, was sie darauf antworten sollte. Sie hatte mit Chloé das Bett geteilt, war an sie geschmiegt eingeschlafen, hatte sie zur Nacht geküsst und ein bisschen gestreichelt. Aber dies hier? Am helllichten Tag, die Körper kaum verhüllt?

»Nicht wirklich«, flüsterte sie.

Lana lachte. »Dann du Jungfrau!«, erklärte sie. »Ich dich werde zeigen, wie geht ...«

Svetlana öffnete Heathers Korsett, und Heather meinte, vor wohliger Lust hinsinken zu müssen, als Lanas Finger in kleinen, kreisenden Bewegungen ihre Wirbelsäule entlangfuhren, während ihre Lippen ihren Nacken liebkosten. Aber sie musste sich zusammenreißen. In einer halben Stunde erwarteten sie halb Dunedin in der Galerie.

»Dann später!« Zu ihrer Verwunderung gab Lana sofort nach, als sie mit zitternder Stimme auf die verrinnende Zeit hinwies. Die Russin lachte und griff nach den Schnüren von Heathers Korsett. »Ich dich jetzt einschnüre wie Postpaket. Und dann später dich aufmache wie Geschenk!«

Die Vernissage zu Svetlana Sergejewnas Ausstellung war ein Höhepunkt des Dunediner Veranstaltungskalenders – nicht nur aufgrund der anrührenden Kunstwerke, sondern auch dank der ausgelassenen Fröhlichkeit und Aufgeschlossenheit der Malerin und ihrer lockeren, selbstbewussten Einführung durch die Galeristin.

Sean Coltrane hatte seine Schwester selten so aufgeregt und glücklich erlebt – und führte das mit leichter Verwunderung auf die Neuigkeiten aus Invercargill zurück. Chloé Coltrane kümmerte sich um Violet und ihre Kinder. Sean hätte zwar eher erwartet, dass Heather darauf mit Eifersucht reagieren würde, aber anscheinend war seine Schwester doch großherziger, als er sie eingeschätzt hätte. Für Violet war der Umzug nach Invercargill sicher eine Verbesserung. Verglichen mit dem Verschlag, in dem sie vorher gehaust hatte, musste ihr der Dienstbotenflügel des »Schlösschens« wie der Himmel erscheinen. Aber grundsätzlich hatte sich an ihrer Situation natürlich nichts geändert. *Keine große Liebe* ... Sean ging Violets trauriger Blick nicht aus dem Kopf, ebenso wenig wie ihre anrührende Schönheit. In den letzten Wochen hatte er sich mehrmals dabei ertappt, Heather in ihrer Wohnung zu besuchen, nur um einen Blick auf die Bilder von Violet werfen zu können – obwohl sie sich seither verändert hatte.

Sean zwang sich zur Konzentration auf die Menschen in der Galerie und die seltsamen Landschaftsmalereien der Künstlerin. Er konnte Heather jetzt nicht einmal unverfänglich einen Besuch bei Violet vorschlagen: Sean war tatsächlich gewählt worden. Er gehörte ab dem nächsten Monat dem Parlament in Wellington an und würde am kommenden Tag umziehen.

»Das sind sehr gute Nachrichten«, sagte er folglich nur, als Heather ihm die Briefe zeigte. »Bitte richte doch beiden, Chloé und Violet, meine herzlichsten Grüße aus!«

Heather nickte. Aber all die aufregenden Entwicklungen in ihrem eigenen Leben ließen sie Seans Grüße an ihre Freundinnen bald vergessen. Heather und Lana kehrten gegen Mitternacht beschwingt und berauscht vom Wein und vom Erfolg in Heathers Wohnung zurück. Die Ausstellung war ein ungeheurer Erfolg, Heather hatte allein während der Vernissage acht der dreiundzwanzig Bilder verkauft. Aber das war nicht alles, was diesen Abend einzigartig machte. Viel aufregender waren Lanas Finger, die geschickt ihr »Geschenk« öffneten. Sie brauchte endlos lange, bis alle Schnüre und Knöpfe an Heathers Kleid gelöst waren, während ihre Lippen über Heathers Haar fuhren und ihre Zunge ihre Ohrmuscheln liebkoste. Unter tausend Zärtlichkeiten befreite sie Heather von ihrem Korsett und schließlich auch von Hemd und Hose.

Heather errötete zutiefst, als sie im Licht der von Lana entzündeten Kerzen nackt vor ihr stand – und hielt den Atem an, als sich auch ihre Freundin entkleidete.

»Du bist so schön!«, sagte Lana mit ihrer dunklen Stimme und löste mit zitternden Fingern Heathers Haar. »Du bist Eva in die Paradies ...«

Heather führte ihre Freundin ins Schlafzimmer. Noch länger würde sie es nicht aushalten.

»Wenn ich Eva bin, wer bist dann du?«, flüsterte sie zwischen den Küssen.

Lana lachte ihr schepperndes Lachen. »Die Schlange, was du hast gedacht? Und diesmal wir lassen Adam nicht mitspielen ...«

Kapitel 5

»Du willst wirklich fort?« Heather war wieder mal den Tränen nahe.

In den letzten Monaten hatte sie wie in einem Märchen gelebt. Lana sah zwar nicht so aus, aber für Heather war sie die Fee gewesen, die sie erlöste. Sanft und vorsichtig führte die Künstlerin sie ein in die Geheimnisse der Liebe zwischen zwei Körpern, die sich so ähnlich und die doch so verschieden waren. Heather bestürmten Empfindungen, die sie nie für möglich gehalten hatte – sie folgte ihrer Freundin in die Gefilde der Lust, und sie lernte, wie sie Lana dorthin führen konnte. Am Anfang war sie ängstlich und schamhaft, aber dann liebte sie Lana immer fantasievoller und furchtloser – zumal ihre Umgebung sie keineswegs mit Spott überhäufte wie männliche Paare, die offensichtlich zusammenlebten. Heather hatte Leute wie Desmond McIntosh und seinen Sekretär stets beobachtet – und ihre Beziehung besorgt mit ihrem Zusammensein mit Chloé verglichen. Das galt jetzt noch mehr – im Verhältnis dazu, was Lana und Heather bei Nacht miteinander taten, waren die kleinen Vertraulichkeiten mit Chloé harmlos gewesen. Aber niemand schien etwas daran zu finden, dass Heather zu Abendeinladungen und Theateraufführungen gemeinsam mit Lana kam, niemand dachte sich Anzügliches bei der Freundschaft zwischen den zwei Frauen. Heather fand das zwar seltsam, aber äußerst erfreulich. Lana wunderte es nicht.

»Frauen trauen sie nichts zu«, erklärte sie auf Französisch, einer Sprache, in der sie sich viel leichter ausdrückte als im Englischen.

»Wir empfinden nichts im Bett, das wird uns doch schon von unseren Müttern erklärt. Still liegen und erdulden – dann kriegen wir als Belohnung dafür ein schreiendes Balg.«

Lana zeichnete spielerisch die Konturen von Heathers Körper mit den Fingern nach. Sie hatten einander eben geliebt, und keine von ihnen hatte dabei still gelegen. Erst jetzt ruhte Heather entspannt in Lanas Armen.

Heather zuckte die Schultern. »Ich hätte gar nichts gegen ein Baby«, meinte sie dann.

Lana kitzelte sie mit ihrem langen roten Haar. »Dann such dir einen Mann!«, zog sie die Freundin auf. »Es soll nebenbei wirklich welche geben, mit denen es Spaß macht. Nur mir nicht ...« Sie seufzte.

»Hast du es denn versucht?«, fragte Heather schockiert und richtete sich auf.

Lana verdrehte die Augen. »Ich hab schon alles und jedes versucht, meine Liebste. Aber keine Frucht war bisher so süß wie du!« Lachend schob sie sich über Heather und begann, sie erneut zu küssen. »Ich kriege nicht genug von dir ...«

Umso unglücklicher fühlte sich Heather, als Lana ihr jetzt verkündete, sie plane, am nächsten Tag nach Christchurch zu reisen und sich die Plains anzusehen – »Vielleicht ich porträtiere ein paar Schafe!« –, und wollte dann weiter an die Westküste. »Will ich sehen Alpen, will ich sehen Westküste. Soll geben Felsen, die sehen aus wie Blini.«

»Die Pancake Rocks«, lächelte Heather unter Tränen.

Lana sah sie prüfend an. »Du schon wieder weinen? Warum? Wenn du nicht willst bleiben allein, warum nicht du kommst mit?«

Heather hob verwirrt den Kopf. »Du willst mich mitnehmen? Aber ... aber ...«

»Natürlich. Gern. Macht mehr Spaß Reise, wenn sind wir zwei. Kannst du auch porträtieren eine Schaf!« Sie lachte und knuffte Heather freundschaftlich.

»Aber die Galerie … meine Arbeit …« Heather war unschlüssig.

Lana schüttelte den Kopf. »Im Moment du hast nicht Arbeit. Malst du nur mich …«

Das stimmte, Heather hatte ein paar Skizzen von Lana angefertigt und dachte über eine Serie nach, vergleichbar den Porträts von Violet. Erneut hatte sie dabei das Gefühl, das ganze Wesen einer geliebten Person auf eine Leinwand bannen zu können. Es war berauschend und verwirrend zugleich.

»Und Galerie nicht dich macht glücklich. Jetzt sowieso leer. Also, komm mit!«

Svetlana hatte Recht. Ihre eigenen Bilder waren bis auf das letzte Aquarell verkauft, und eine weitere Ausstellung stand nicht so bald an. Heather konnte die Galerie von einem Tag auf den anderen schließen – zumal der Frühling ohnehin bald vorbei war. Im Sommer gab es keine Vernissagen, der Kunsthandel stagnierte. Heather konnte sogar behaupten, ihre Reise diene dem eventuellen Ankauf von Maori-Kunst. Sie selbst hatte sich zwar nie für die Bilder und Artefakte der Einheimischen interessiert, aber Chloé hatte immer wieder davon gesprochen, hier einen Vorstoß zu wagen.

»Und du willst mich wirklich dabeihaben?«, fragte Heather noch einmal.

Lana küsste sie. »Du kleine Kiwi! Du manchmal wie diese Vogel, die sich eingraben bei Nacht, muss ich dich immer wieder ausgraben. Aber macht nichts, macht mir Spaß. Werden wir sehen Vögel, Heather, und Berge und Meer. Werden wir haben schöne Zeit!«

Heather tat also zum ersten Mal in ihrem Leben etwas wirklich Spontanes und Unüberlegtes, schloss bis auf weiteres die Galerie und ging mit Lana auf Reisen. Auf Lanas Wunsch hin nahmen sie nicht den Zug, sondern spannten Heathers hochblütiges Pferd vor eine leichte Chaise, die sie unabhängig machte. Heather zeigte ihrer Freundin Christchurch – »Sieht aus wie England. Langweilig!« –

und nahm sie dann mit in die Weiten der Plains. Sie kannte dort etliche Schafzüchter, bei denen Gäste stets willkommen waren, und trotz einer gewissen Nervosität führte sie Lana dann tatsächlich bei den Barringtons und den Wardens ein. Die Frauen blieben ein paar Tage auf Kiward Station, wo Heather zwei Pferde und einen Hund porträtierte, während Lana wundersame Landschaftsaquarelle schuf.

Zu Lanas Verwirrung zahlte Gwyneira Warden für die Bilder ihrer Tiere fast so viel, wie Lanas gesamte Ausstellung erbracht hatte. Ihre eigenen Bilder fanden lediglich bei einer Maori-Frau namens Marama Anklang, die dabei so etwas murmelte wie »Du malst meine Lieder«.

Lana fand die Farm und ihre Bewohner wunderlich. Heather lachte darüber.

»Du bist wunderlich!«, klärte sie Lana auf. »Die anderen sind normal.«

In gewisser Weise stimmte das. Heather liebte Lana, aber sie war weit davon entfernt, sie als einen Teil von sich selbst oder auch nur als eine echte Ergänzung zu sehen. Bei Chloé war das anders gewesen, Chloé war für Heather eine Art zweites Ich. Zwar ein bisschen aufgeschlossener und unbeschwerter, aber ihr doch letztlich ähnlich: bescheiden und freundlich, höflich und ordentlich, stets diszipliniert. Lana dagegen schien manchmal wie eine kaum gezähmte Wilde. Sie sprach laut und nahm kein Blatt vor den Mund, konnte launisch sein und verwandelte jedes Gästezimmer binnen kürzester Zeit in ein buntes Wirrwarr aus Kleidern und Schals, orientalisch anmutendem Gold- und Silberschmuck, Düften von Parfüm und Körperpuder, Ölen und Früchten. Heather verbrachte Stunden damit, ihre Sachen in Lanas Unordnung zu suchen, und stolperte pausenlos über ihre Schuhe, die sie sofort von den Füßen zu schleudern pflegte, sobald sie ihr Zimmer betrat.

Wobei sie auch sonst dazu neigte, unbekleidet im Zimmer umherzugehen. Sie schlief grundsätzlich nackt und hielt Heather ebenfalls dazu an. Noch in Christchurch ließ sie deren Korsett verschwinden und schleifte die Freundin durch die Läden, um bequemere Kleider für sie zu finden. Heather war das unangenehm, obwohl sie sich in den Kleidern im Empirestil, für die sie sich schließlich entschied, ausgesprochen wohlfühlte. Sie wirkte darin auch keineswegs dick, im Gegenteil, der Faltenwurf betonte ihre schlanke Gestalt. Aber sie musste sich doch von Gastgeberinnen wie Gwyneira Warden und Lady Barrington fragen lassen, ob das die neuesten Entwürfe von Lady's Goldmine seien.

»Meine Mutter würde mich umbringen!«, klagte sie, aber Lana lachte nur. »Ist Unsinn. Gegenteil. Ohne Korsett wir leben länger.«

Lana vertrat diese Ansicht auch ungeniert in der Öffentlichkeit und fürchtete sich nicht davor, zur Untermauerung der These mit anatomischen Einzelheiten aufzuwarten, die Heather und anderen Damen der feinen Gesellschaft das Blut in den Adern gefrieren ließen. Der Begriff »schicklich« gehörte offensichtlich weder auf Englisch noch auf Französisch zu ihrem Wortschatz.

Lana war weder Frauen noch Männern gegenüber auch nur andeutungsweise schüchtern, Heather beobachtete verwundert, dass sie nie schamhaft die Augen senkte oder gar errötete. Als die Frauen sich schließlich in Richtung Arthur's Pass wandten, bestand sie darauf, die neue Bahnlinie entlangzufahren, und stellte ungeniert Fragen an die Arbeiter, als sie die Bautrupps schließlich erreichten. Sie ließ sich zum Essen einladen und lachte dröhnend mit den Männern, den Blick amüsiert über deren kräftige Muskeln schweifen lassend. Heather versuchte sich an ein paar Zeichnungen von glasklaren Bächen in Buchenwäldern, während Lana ihre Farben auspackte und eins ihrer verrückten Bilder entwarf, auf dem sich eine Eisenbahn über eine filigrane Brückenkonstruktion einen Weg zwischen Himmel und Erde, Bergen und Seen tastete.

Julian Redcliff fand das Bild so gelungen, dass er es direkt kaufte. Von Heather ermutigt, verlangte Lana dafür ebenso viel, wie Mrs.

Warden für ein Porträt ihrer Hunde gezahlt hatte – und war völlig überrascht, als der Bauleiter den Preis sofort akzeptierte.

Heather zuckte die Achseln. »Menschen zahlen jeden Preis für ein Bild von dem, was sie lieben«, bemerkte sie und warf eine weitere Skizze von Lana aufs Papier.

Lana kicherte. »Dann sollte ich dir Geld fürs Modellstehen abnehmen!«, sagte sie.

»Oder mich auch mal malen«, schlug Heather schüchtern vor. Manchmal schmerzte es sie, dass Lana dazu so gar keine Anstalten machte.

Lana drückte ihr lachend einen Kuss auf die Stirn. »Ich male dich schon noch, Liebste. Aber bis jetzt … also ich weiß nicht, ich male lieber etwas, wenn es … wenn es vollendet ist.«

Heather runzelte die Stirn. »Das heißt, du wirst mich im Sarg porträtieren?«, fragte sie empört.

Lana lachte wieder. »Warte ab, sei nicht ungeduldig. Du wirst dein Porträt schon noch sehen.«

Heathers Pferd zog die Chaise mühelos über den Pass, und da es nun wirklich Sommer war, kam Lana in Bezug auf Naturschönheiten voll auf ihre Kosten. Sie schwelgte im Gold der mit Tussock-Gras bewachsenen Hügel, spürte der Struktur der Felsen nach, die von den Gletschern wie poliert wirkten und ließ sich von der Formation der Wolken über den schneebedeckten Bergen zu Bildern von einer Märchenwelt inspirieren. Schließlich erreichten sie die Westküste, die sich Heather, Violets Briefen zufolge, als bedeckt von Kohlenstaub vorgestellt hatte, während Lana an Wale und Seehunde dachte. Beides bestätigte sich nicht – Lana und Heather ließen die Bergwerksstädte links liegen und tauchten ein in die grünen Nebel der Regenwälder. Heather porträtierte Lana in einem Kleid aus Farnen, Lana lag auf dem mit Flechten bedeckten feuchten Boden und schaute zu den baumhohen, fedrig grünen Pflanzen hinauf.

»Das sind Kauribäume?«, fragte sie.

Heather schüttelte den Kopf. »Nein, dies sind Farne. Die großen Kauribäume stehen auf der Nordinsel.«

»Da fahren wir als Nächstes hin«, bestimmte Lana.

Sie lachte ausgelassen über die Strudel in den Pancake Rocks, begeisterte sich über die Seehunde und die Tölpelkolonie, die Heather für die Freundin aufspürte, und malte die Vögel als Bewohner einer eigenen, traumverlorenen Stadt am Ende der Welt. Die Frauen schipperten mit einem eigens gecharterten Fischerboot – »Da gibt's aber eigentlich gar nichts zu sehen, Ladys!« – entlang der Küste und bewunderten bewaldete Felshänge und Wasserfälle. Schließlich führte ihr Weg sie nach Blenheim, wo sie tatsächlich die Fähre nach Wellington bestiegen.

»Ich werde nicht seekrank!«, behauptete Lana, um dann während der halben Reise über der Reling zu hängen.

Heather lachte sie aus. Sie wurde zunehmend sicherer und unbeschwerter auf dieser Reise und fragte sich nicht mehr ständig, was die Leute wohl von ihr hielten. Lana tat ihr gut, obwohl sie Chloé nach wie vor vermisste. Immer wieder ertappte sie sich dabei, wie sie diesen See, jenen Fels oder Farn mit Chloés Augen sah. Und nun die Nordinsel, auf der die Freundin gelebt hatte …

Die Hauptstadt Wellington erschien ihr fast vertraut, Chloé hatte sie ihr ja in allen Einzelheiten geschildert. Lana und Heather erforschten die Stadt, bestaunten das Regierungsgebäude, das eines der größten aus Holz gebauten Häuser der Welt sein sollte, und besuchten Sean in seinem Büro im zweiten Stock. Besonders Lana wirkte ein bisschen erstaunt, als ihnen dort ein kräftiger Maori die Tür öffnete, in dessen Gesicht die Tätowierungen des Kriegers prangten. Heather verblüffte das nicht gar so sehr, schließlich hatte ihr Bruder schon in Dunedin häufig Maori-Stämme in Landangelegenheiten vertreten. Sie wunderte sich eher über das perfekte Englisch des jungen Mannes und seine hervorragenden Umgangsformen.

»Mr. Coltrane wird Sie gleich empfangen«, erklärte er freundlich. »Möchten Sie solange einen Tee oder Kaffee?«

Während Heather und Lana warteten, vertiefte er sich wieder in die Aktenberge auf seinem Schreibtisch in Seans Vorzimmer. Offensichtlich fungierte er als Sekretär.

Sean zeigte sich nicht wenig überrascht über den Besuch – er kannte Heather nicht als derart reisefreudig und wunderte sich auch etwas über ihre herzliche Freundschaft zu Lana. Heather wurde nervös unter seinem forschenden Blick, zum ersten Mal hatte sie das Gefühl, dass jemand etwas von ihrer wahren Beziehung ahnte.

»Hast du mal wieder von Chloé gehört?«

Heather hasste sich selbst dafür, aber sie errötete. Warum interessierte Sean sich plötzlich derart für ihre Freundin?

»Ich ... äh ...«

So schnell fand sie keine Antwort. Tatsächlich hatte sie Chloé ein paarmal geschrieben, aber immer nur kurze Karten mit Mitteilungen von der Reise. Von ihr selbst hatte sie keine Briefe erhalten. Wie auch? Lana und Heather blieben selten länger als ein paar Tage an einem Ort.

»Und ... äh ... von Violet?«

Heather entspannte sich wieder. Daher also wehte der Wind! Seans Interesse an ihrem früheren Schützling war ihr schon in Dunedin aufgefallen. Sie verneinte.

»Aber ich werde sie besuchen, sobald ich zurück bin. Und dann berichte ich dir. Versprochen!« Heather sprach rasch mit aufgesetzter Fröhlichkeit. Lana schaute sie von der Seite her versonnen an.

»Kommt ihr denn jetzt ... hm ... weiter mit dem ... Frauenwahlrecht?« Es war sicher das Beste, sich nach Seans Arbeit zu erkundigen.

Sean zuckte die Achseln. »Erst brauchen wir das allgemeine Wahlrecht. Solange nur Grundbesitzer wählen dürfen und Steuerzahler, wird das nie was mit einem Sieg der Liberalen. Und solange wir nicht die Mehrheit haben, gibt's auch keine Chance für die

Frauen und die Maori. Wobei die Maori damit argumentieren, dass ihre Frauen dringend jetzt schon wählen müssten, weil sie ja Land besitzen. Wir strengen uns jedenfalls an, und am Mangel an Petitionen soll es nicht liegen. Amey Daldy schreibt sich die Finger wund, ganz zu schweigen von Kate Sheppard. Es wird schon werden, aber es dauert. Wie alles in der Politik.« Er seufzte. »Und Sie reisen nun also auf der Nordinsel herum, Miss Sergejewna? Auf der Suche nach neuen Motiven? Die Ausstellung in Dunedin hat mir damals sehr gefallen. Und du, Heather, malst neuerdings auch Landschaften?«

Heather errötete wieder. Natürlich, Sean fragte sich, warum sie mit Lana herumzog. »Ich …«

»Heather mehr macht Porträt«, antwortete Lana gelassen. »Zurzeit malt mich. Aber könnte auch malen andere, hat große Talent, sieht in Seele. Heather, warum du nicht versuchst Porträt von diese … wie heißt es noch … Maori? Ihre Sekretär, Mr. Coltrane, ist doch Maori, nicht? Faszinierende Gesicht. Warum Sie haben Maori als Sekretär?«

Heather wusste nicht, ob sie sich über Lanas Mangel an Taktgefühl aufregen oder ihren geschickten Themenwechsel bewundern sollte.

Sean lachte. »Oh, Kupe ist sehr hilfreich wegen seiner Zweisprachigkeit. Ich habe allerdings nicht gezielt nach einem Maori gesucht, sondern einfach nach einem Jurastudenten. Kupe arbeitet nur stundenweise für mich, er ist noch in der Ausbildung. Der Beste seines Jahrgangs. Seine Abstammung war da zweitrangig.«

»Vielleicht könnten Sie bei ihm einlegen gute Wort für uns«, lächelte Lana. »Wir gern würden besuchen Maori-Stamm. Heather sagt, sie sich interessiert für Maori-Kunst.«

Lana legte beiläufig ihre Hand auf Heathers Oberschenkel, und Heather wurde heiß unter ihrem verliebten Blick. Verschämt rückte sie zur Seite.

Sean ignorierte den wortlosen Austausch zwischen den beiden

Frauen. Er schüttelte den Kopf. »Da wird Ihnen Kupe nicht helfen können. Er hat in dem Sinne keinen Stamm, sondern ist in einem Waisenhaus aufgewachsen. Eine tragische Geschichte, ein Opfer der tausend Streitigkeiten und Missverständnisse im Verhältnis zwischen Maori und *pakeha*. Aber Sie reisen doch bestimmt nach Auckland, nicht wahr? Dann reden Sie mit Matariki Drury, die vermittelt Ihnen ganz schnell einen Kontakt.«

Sean kritzelte eine Adresse auf einen Zettel.

»Du stehst in Verbindung mit Matariki?«, fragte Heather verblüfft. »Aber ich dachte ... ich dachte, die könnte den Namen ›Coltrane‹ nicht mehr hören ...«

Für Heather und Chloé hatte es sich damals so dargestellt, als wäre das Mädchen vor allem nach Auckland gezogen, um Colin Coltrane zu vergessen.

Sean runzelte die Stirn, als Heather diese Überlegung äußerte. »Natürlich habe ich Kontakt mit Matariki«, Sean reichte Heather den Zettel mit der Anschrift, »fast wöchentlich. Sie arbeitet für Amey Daldy, sprich, sie schreibt Petitionen. Für das Frauenwahlrecht, für die Gewerkschaften, für die Einrichtung von Sozialstationen ... denen fällt immer was ein. Matariki ist fast noch eifriger dabei als Mrs. Daldy. Dies ist eindeutig ihr Traumjob, irgendwann sitzt sie wahrscheinlich als erste Maori-Frau im Parlament. Und Colin wird sie kaum jemals vergessen: Das Kind sieht ihm ausgesprochen ähnlich. Oder unserer Mutter Kathleen, wie man's sehen will. Es wird jedenfalls mal eine Schönheit.«

»Das Kind?«, fragte Heather verdutzt. »Du willst sagen, sie ... er ...«

Sean zuckte die Achseln. Seine Augen blitzten. »Genau«, sagte er. »Der Mistkerl hat sie geschwängert. Die Damen gestatten die etwas vulgäre Ausdrucksweise.«

Svetlana lachte schallend. Bisher war ihr der junge Abgeordnete etwas steif erschienen, aber jetzt zeigte er Feuer. »Dazu aber gehören zwei, Mr. Coltrane«, wandte sie vergnügt ein.

Sean nickte. »Matariki sieht das genauso. Sie sagt, sie wollte das Kind, sie hat es drauf angelegt. Dann ist sie aber darauf gekommen, dass Colin eigentlich nur ihr Geld wollte, und sie hat ihn verlassen. Woraufhin er sich ja umgehend in das Geld von Mrs. Boulder verliebte ...«

»Na, Sie aber mögen Ihren Bruder, Mr. Coltrane!«, neckte Svetlana. »Sie finden auch so klare Worte in Parlament?«

»Ich bemühe mich, Miss Sergejewna«, lächelte Sean.

Heather atmete auf, als sie die Wärme im Blick ihres Bruders sah. Offensichtlich mochte er Svetlana. In diesem Moment klopfte es an der Tür, und Kupe, der Sekretär, trat ein.

»Entschuldigen Sie, Mr. Coltrane, aber Sir John Hall würde Sie gern sprechen. Sie möchten in sein Büro kommen, wenn Sie hier fertig sind. Kann ich seinem Sekretär ausrichten, wann er mit Ihnen rechnen kann?«

Sean lächelte ihm zu. »Ich komme sofort, Kupe. Übrigens ... Sie haben meine Schwester, Miss Heather, ja eben schon kennen gelernt, und ihre Freundin Miss Sergejewna. Die beiden werden in Kürze in Auckland sein und Matariki Drury sehen. Sollen Sie ihr nicht auch von Ihnen Grüße bestellen?«

Über die sonst freundlichen Züge des großen Maori-Kriegers flog ein Schatten. »Nein, vielen Dank, Mr. Coltrane«, sagte er steif. »Ich ... äh ... lege keinen Wert auf weiteren Kontakt mit Miss Matariki.«

Sean schüttelte den Kopf. »Nun seien Sie doch nicht so nachtragend, Kupe. Sie weiß, dass Sie für mich arbeiten. Jedes Mal, wenn sie mir schreibt, trägt sie mir auf, Sie zu grüßen. Wir kämpfen alle für die gleiche Sache. Sie können nicht ewig einen Groll gegen sie hegen.«

Der Maori biss sich auf die Unterlippe – eine Geste, die Heather von Matariki kannte. Hatte er sie von ihr übernommen? Waren die beiden einmal sehr vertraut miteinander gewesen?

»Das müssen Sie schon mir überlassen, Mr. Coltrane«, sagte

Kupe, wobei sein bemüht gelassener Tonfall den Worten die Schärfe nahm.

Heather wandte sich peinlich berührt an ihren Bruder. Es war eindeutig Zeit, das Thema zu wechseln.

»Dieses Kind ... es ist verrückt, es so zu erfahren, wissen es Mutter und Peter? Und Chloé?«

Sean zuckte die Schultern. »Chloé weiß es sicher nicht, die hätte es doch nicht vor dir geheim gehalten. Und bei Mutter und Peter wird es wohl davon abhängen, ob Lizzie und Michael es erzählt haben oder nicht. Matariki macht kein Geheimnis daraus – aber sie hat auch nicht gerade Geburtsanzeigen verschickt.«

»Was ist es denn überhaupt?«, erkundigte sich Heather. »Ein Junge oder ein Mädchen?«

»Ein Mädchen«, begann Sean und wollte wohl noch etwas hinzufügen, als sein Sekretär ihm aufgebracht ins Wort fiel.

»Atamarie – Sonnenaufgang. Ein Maori-Name für ein *pakeha*-Kind! Eine Schande für Parihaka!«

Kupe griff rasch nach einer Akte und verließ ohne weitere Worte den Raum.

Heather sah ihm irritiert nach. »Impertinenter Kerl!«, urteilte sie.

Lana griff sanft nach Heathers Hand. »Ich denke, er sie hat einfach sehr geliebt«, sagte sie freundlich.

»Mir macht es nichts aus, aber ihr solltet es vielleicht nicht gar so deutlich zeigen«, sagte Sean einige Wochen später. Heather und Lana hatten ihre Reise über die Nordinsel beendet und wollten am nächsten Tag die Fähre nach Blenheim nehmen. Nun verbrachten sie ihren letzten Abend noch einmal mit Sean. »Und wenn du immer mit einer so ... hm ... dominanten Frau herumziehst, wirst du auch kaum jemals einen Mann finden.« Sean hatte die Frauen in ein Fischrestaurant am Hafen geführt, und der Abend war bislang sehr harmonisch verlaufen. Lana und Heather hatten von ihren Erlebnissen erzählt, wobei Lana von den Stränden, den Vulkanen und den gewaltigen Kauribäumen schwärmte, denen sie einen gesamten Bilderzyklus gewidmet hatte. Heather begeisterte sich dagegen vor allem für ihre Nichte Atamarie. Eben hatte sie Sean die Bilder gezeigt, die sie von der Kleinen gemalt hatte. Nun war Lana kurz herausgegangen, und Sean fragte Heather nach ihrer Beziehung zu der Freundin: »Ich … habe gehört, dass Frauen manchmal mit … mit anderen Frauen … ich weiß nicht, wie ich es ausdrücken soll. Aber mir kommt es so vor, als wäre dein Verhältnis zu dieser Lana …« Heather errötete sofort. »Es scheint mir … hm … sehr innig …«, murmelte Sean.

Heather schluckte. »Ich liebe sie«, sagte sie dann. »Hast du etwas dagegen?« Sie bemühte sich um Schärfe, aber es klang doch ein bisschen so, als fragte ein kleines Mädchen seinen Bruder um Erlaubnis.

Sean schüttelte den Kopf. »Es ist nur …«, fuhr er fort, »es ist … seltsam. Frauen sollten Männer lieben. Keine anderen Frauen. Und dann … dann dachte ich auch immer, du wolltest gern Kinder. Damals Violet … und jetzt diese Begeisterung für Atamarie … Du solltest heiraten.«

Heather schüttelte den Kopf und ließ ihre Locken dabei fliegen. Sie trug ihr Haar jetzt nicht mehr streng aufgesteckt, sondern nur noch zum Pferdeschwanz gebunden.

»Ich will aber nicht!«, sagte sie fest. »Ich … ich würde es nie wagen. Wenn ich … wenn ich ans Heiraten denke, dann … dann denke ich immer daran, wie Vater damals auf Mutter eingeschlagen hat.«

Sie biss sich auf die Lippe und schob ihren Teller von sich. Wie immer, wenn sich dieses Bild vor ihren Blick schob, wurde ihr sofort übel.

Sean musterte sie verblüfft. »Aber daran kannst du dich doch gar nicht mehr erinnern, Heather!«, wandte er ein. »Du warst noch so klein.«

»Ich erinnere mich ganz gut!«, gab Heather heftig zurück. »Ich weiß noch, wie ich mich unter der Bettdecke versteckte und nur diese dumpfen Schläge hörte. Und Mutters unterdrücktes Stöhnen, sie wollte nicht schreien, um uns nicht zu ängstigen. Und überhaupt, Sean, warum bist du denn noch nicht verheiratet? Gib's doch zu, es macht dir Angst! Genau wie mir. Allerdings macht es mir auch Angst, allein zu sein.« Sie seufzte. »Ich wünschte … ich wünschte, ich könnte eine Frau heiraten.«

Sean musste lachen und wies mit dem Kinn auf Svetlana, die eben wieder den Restaurantraum betrat. Wie immer folgten ihr alle Blicke, als sie das Lokal durchquerte. Ihre wallenden bunten Gewänder, ihre Größe und üppige Figur, ihr wehendes rotes Haar und ihr stolzer Blick schienen die Menschen zu bannen.

»Also, ich würde mich nicht trauen, sie zu fragen!«, scherzte er.

Heather lächelte. »Das brauche ich nicht. Sie hat mich schon gefragt, ob ich mit ihr nach Europa gehe.«

Sean sah seine Schwester prüfend an. »Und, gehst du?«

»Natürlich sie geht!« Lana rauschte heran und schien die letzten Worte gehört zu haben. »Ist sie Künstlerin! Kann sie sich nicht eingraben an Ende der Welt. Du willst nicht ewig malen Hunde und Pferde, Heather, oder? In Europa … in London, Paris … da es gibt viele, die so sind wie wir! Frauen, die malen, schreiben … Gibt viele Galerien, Museen, Kunstsammler … sie dich werden lieben, kleine Kiwi! Wir werden haben Leben, die eine einzige Fest!«

Heather lächelte und schaffte es, zuzulassen, dass Svetlana ihre Hand ganz offen auf ihre legte. Eins stand fest, hier »am Ende der Welt« konnte sie diese Beziehung so nicht weiterführen. Gewöhnlich wurden Frauenfreundschaften nicht hinterfragt, solange alle Beteiligten ein Mindestmaß an Diskretion wahrten. Svetlana schien es allerdings regelrecht auf Provokation anzulegen. Vielleicht war das in Paris kein Problem, aber in Neuseeland würden die Leute auf Dauer über dieses seltsame Paar reden. Und Heather mochte keine Zielscheibe des Spottes sein.

»Soll ich gehen?«, fragte sie leise in das Ohr ihres Bruders, als sie Sean am Ende des Abends zum Abschied umarmte.

Sean küsste sie sanft auf die Wange. »Wenn dich hier nichts hält ...«

In Dunedin erwarteten Heather Briefe von Chloé und Violet. Letztere klangen fast euphorisch. Violet arbeitete gern für Chloé, Rosie sagte gelegentlich ein paar Worte und half bei den Pferden, Roberta wuchs und gedieh – Joe natürlich auch. Von Eric schrieb sie nichts, aber sehr ausführlich hatte sie sich ohnehin nie über ihren Gatten geäußert. Heather wusste immer noch nicht, wie es damals zu dieser sehr überstürzten Eheschließung gekommen war.

Chloé berichtete ausführlich über die Pferde – manchmal klangen ihre Briefe wie Rennberichte –, über ihre Nachbarn in Invercargill und über Rosie, in die sie wohl regelrecht vernarrt war. Sie schien das kleine Mädchen mit ihrer Pferdebegeisterung angesteckt zu haben. Beide fieberten dem ersten Fohlen von Dancing Jewel entgegen. Andere Briefe klangen wie Landschaftsbeschreibungen. Chloé schilderte die Schönheit des Fjordlands, die schroffen Berge, die immergrünen Wälder, die vielfältige Vogelwelt. Von Colin schrieb sie praktisch nichts. Trotz aller Ausführlichkeit enttäuschten Heather die Briefe. Sie las sie immer wieder, um irgendetwas zwischen den Zeilen aufnehmen zu können – Stimmungen, Gefühle, Ängste … Die Freundinnen hatten doch zeit ihres Lebens alles geteilt. Aber jetzt war da gar nichts mehr, Chloés Briefe klangen wie die einer Fremden.

»Wir sollten hinfahren«, sagte Heather bedrückt zu Lana, nachdem sie wieder eine lange Abhandlung darüber gelesen hatte, ob die hohe Knieaktion des Hackneys bei Renntrabern erwünscht sein sollte oder nicht. »Irgendwas ist komisch.«

Lana zuckte die Achseln. »Wenn sie heiraten, sie werden immer komisch. Ist Lauf der Welt. Kannst du nicht ändern.«

»Aber ich ...« Heather rieb sich die Stirn. Chloés Briefe verursachten ihr Kopfschmerzen.

Lana nahm sie in den Arm. »Guck mal, kleine Kiwi: Sie jetzt hat Mann, hat Pferde, hat Haus. Denkt sie nicht mehr an dich ...«

Heather schüttelte den Kopf. »Aber das kann nicht sein! Wir hatten immer ... also, sie war ja auch damals mit Terrence Boulder verheiratet. Aber da klangen die Briefe ganz anders. Da klangen sie glücklich ...«

Lana verdrehte die Augen. »Und jetzt?«, fragte sie. »Klingen unglücklich? Sieh mal so, Kiwi: Tut sie einladen dich? Will sie wissen viel von deine Leben? Sie nach mir fragt? Sie gar nichts tut. Tut nur Pflicht. Weil Pflicht verlangt von brave Mädchen schreiben Briefe an Freundinnen. So ist das, kleine Kiwi. Und jetzt nicht mehr denk an Chloé, denk an London. Hier, sieh!«

Sie schob Heather einen ihrer eigenen Briefe zu, das Schreiben ihres Galeristen in London. Im Laufe der Reise hatte sie ihm immer ihre neuesten Arbeiten zugesandt, und wie es aussah, hatte sie damit in London einen regelrechten Hype ausgelöst. Auf einmal wollten alle Svetlana Sergejewna. Der Galerist riet ihr dringend, zurück nach Europa zu kommen und sich persönlich zu zeigen.

»Die Leute sind außerordentlich gespannt auf Sie, man wartet nur darauf, Sie in der besten Gesellschaft vorzustellen.«

Heather las es mit einem winzigen Stich von Neid. Lana würde nun also tatsächlich berühmt werden. Und sie selbst ... malte Babyporträts?

Lana machte sich umgehend auf, eine Passage auf einem der neuen Dampfschiffe zu buchen. »Und du jetzt musst wissen, Heather! Kommst du mit?«

Im Oktober 1884 schifften sich Heather Coltrane und Svetlana Sergejewna in Dunedin ein – eine Direktverbindung nach London.

Heather teilte es Chloé in einem förmlichen Brief mit, die darauf mit nicht minder steifen Glückwünschen antwortete.

Heather weinte noch einmal, aber dann entschied sie, dass es wirklich nichts gab, was sie derzeit in Neuseeland hielt. Sie war bereit für die Liebe zu Svetlana – und für die aufregendste Zeit ihres Lebens.

Wie der Galerist beschrieben hatte, nahm London Svetlana mit offenen Armen auf. Die Künstlerin erwartete eine Suite in einem der besten Hotels – die Svetlana ganz selbstverständlich mit Heather teilte. Vom ersten Tag an reihte sich eine Vernissage, eine Abendeinladung, ein Konzert- und Theaterbesuch an den anderen. Obwohl Lana protestierte, hatte Heather praktisch die gesamte neue Kollektion von Lady's Goldmine mit nach Europa gebracht und machte darin Furore. Dazu stellte Lana sie so oft wie möglich als eine hochbegabte junge Künstlerin vor.

»Werden alle noch hören von Heather Coltrane!«

Vorerst war Lanas Galerist allerdings noch nicht vollständig überzeugt von Heathers Arbeiten. »Sie haben zweifellos Talent«, urteilte er, »aber da muss noch einiges kommen. Bislang sind mir diese Arbeiten zu süßlich ... diese Kinderporträts ... das ist niedlich, aber das ist keine Kunst! Der beste Rat, den ich Ihnen geben kann: Gehen Sie mit Miss Sergejewna nach Paris, studieren Sie weiter ... und dann werden wir sehen.«

Heather fand London faszinierend, aber Svetlana zeigte sich schon nach wenigen Wochen von der britischen Metropole gelangweilt. »Ist sich immer wieder gleich!«, schimpfte sie über den Small Talk in den Galerien, den Schlössern und vornehmen Stadthäusern, in die man die Künstlerinnen einlud. »Redet man immer nur über welche Pferd hat gewonnen Derby, wen heiratet Prinzessin Sowieso, was macht Queen. Dabei Queen macht immer dasselbe. Ist sich langweiligste Person unter die Sonne! Ich mich sehne nach Paris! Werden wir gehen nach Paris, mieten wir Atelier zusammen.«

Svetlana hatte längst genug Geld verdient, um sich dort ein professionelles Atelier in der angesagtesten Gegend leisten zu können, und Heather musste sich nicht aushalten lassen. Kathleen hatte sie mit einem großzügigen monatlichen Salär ausgestattet, obwohl oder gerade weil ihr Svetlana nicht besonders gefiel.

»Mach dich nicht abhängig von ihr!«, hatte sie der Tochter geraten. »Häng nicht an ihrem Rockzipfel. Das endet sonst nämlich genau wie bei Chloé. Irgendwann findet sie einen ... Mann ...«, Kathleen errötete, sie wusste genau, dass weder Svetlana noch Heather sich für Männer interessierten, aber sie war zu sehr Dame, um das jemals auszusprechen, »... und dann bist du wieder abgeschrieben.«

Heather hatte über diese Worte ihrer Mutter lange nachgedacht. Hatte sie wirklich an Chloés Rockzipfel gehangen? War sie ihr lästig gewesen? Heather bemühte sich, die Warnung zu beherzigen, und hielt in London ausdrücklich Distanz zu Svetlana. Der schien das kaum aufzufallen, ihr neues Leben als reiche Frau und berühmte Malerin füllte sie zu sehr aus. Vor allem der Reichtum schien sie zu überwältigen. Sie fiel von einem Kaufrausch in den anderen, erstand Kleider und Hüte für Heather und für sich selbst und so viele extravagante Möbel, dass Heather darüber nur den Kopf schüttelte.

»Wie willst du denn das alles nach Paris schaffen? Und wo sollen wir es hinstellen? Willst du gleich ein ganzes Palais mieten? Nur für uns zwei?«

Svetlana lachte und schwenkte sie herum. »Doch nicht nur für uns zwei, kleine Kiwi! Werden wir haben Gesellschaft jede Abend. Werden wir feiern, wirst du kennen lernen große Malerinnen. Werden wir sehen große Ausstellungen, Salon de Paris und Salon des Indépendants ... Ist aufregend, wirst du sehen!«

Tatsächlich war Paris in den Achtzigerjahren die europäische Kunstmetropole. Wer Rang und Namen hatte – oder selbstsicher und begabt genug war, ihn sich schaffen zu können, pilgerte in die französische Hauptstadt. Heather sah zum ersten Mal impressionistische Bilder und war fasziniert, woraufhin Svetlana sie Berthe Morisot vorstellte, einer auf Porträts spezialisierten Impressionistin. Zum gleichen Fest – Svetlana hatte ein Atelier in der Nähe des Salon de Paris gemietet und feierte nun Einweihung, obwohl noch kein einziges Möbelstück geliefert worden war – war auch Rosa Bonheur geladen, und Heather verging vor Ehrfurcht vor der großen Natur- und Tiermalerin. Mademoiselle Bonheur kannte Svetlana schon länger, begrüßte sie euphorisch mit den für Frankreich offenbar typischen Küssen auf die Wangen und zeigte sich hingerissen von Heather.

»Sie ist genauso schön, wie du geschrieben hast!«, lächelte sie – und stellte Heather gleich darauf ihre eigene Lebensgefährtin vor.

In Künstlerkreisen schien es niemand seltsam oder schockierend zu finden, wenn Frauen mit Frauen oder Männer mit Männern zusammenlebten. Partnerwechsel kam verhältnismäßig häufig vor, und das Wort Diskretion schien niemand zu kennen. Peinlich berührt verfolgte Heather wütende Auseinandersetzungen zwischen der jungen Bildhauerin Camille Claudel und ihrem Mentor und Liebhaber Rodin. Sie begann bald darüber zu lachen, dass Svetlanas Freundin Alicia – besagte Porträtmalerin, die sich auf unglückliche verheiratete Frauen konzentriert hatte und die mittlerweile auch in Paris lebte – ihre Modelle tröstete. Die Frauen saßen völlig verloren in ihren braven Korsetts und Schnürkleidern zwischen den Künstlerinnen, die in wallende Gewänder gehüllt waren und denen kein Thema zu intim war, um es vor sämtlichen Freunden auszudiskutieren. Heather versuchte am Anfang, sich ihrer anzunehmen, aber sie musste schnell feststellen, dass sowohl Alicia als auch Svetlana besitzergreifend und eifersüchtig waren. Beide machten ihren jeweiligen Freundinnen noch auf dem Fest eine Szene, nur weil sie miteinander gelacht hatten. Heather hielt sich daraufhin von anderen Frauen fern, von denen sie wusste, dass sie Frauen liebten.

Sobald das Atelier eingerichtet war, machte sich Lana mit Elan an die Herstellung großformatiger Ölbilder – bisher hatte sie sich das nicht leisten können, Material und Atelierräume waren teuer. Heather experimentierte schüchtern ein bisschen herum, aber dann wagte sie es, Mary Cassatt ihre Bilder zu zeigen. Mary war Amerikanerin und gab nicht zu erkennen, ob sie in der Liebe Männer oder Frauen bevorzugte. Auf jeden Fall lebte sie mit ihrer Mutter und ihrer Schwester zusammen, und Svetlana reagierte nicht unwirsch, als Heather begann, die Künstlerin auch mal allein zu besuchen. Mary Cassatt lobte ihre neueren Arbeiten, besonders aber den Bilderzyklus von Violet.

»Das ist alles noch ein bisschen konventionell. Du musst dich freimalen! Konzentrier dich nicht so darauf, ob die Bilder ähnlich sind. Es gibt jetzt die Fotografie, damit hat sich die konventionelle Porträtmalerei überlebt. Du musst das ausdrücken, was du in den Menschen siehst … und das kannst du durchaus. Dieses Mädchen hier …«, sie zeigte auf eines der Bilder von Violet, »… ist zum Weinen schön. Aber du könntest noch mehr in die Bilder legen.«

Über Heathers Porträt von Svetlana lachte sie. »O nein, Kleines, das wirfst du besser weg! Unsere Svetlana hast du nicht mit den Augen der Künstlerin gesehen, sondern mit den Augen der Liebe! Herr im Himmel, du malst dieses Vollweib wie die Jungfrau Maria!« Heather verstand nicht recht, was sie damit meinte, war aber zu schüchtern, um nachzufragen. Sie freute sich jedoch sehr, als Mary sich sofort bereiterklärte, sie zu unterrichten. »Komm mit in unseren Zirkel. Ich stelle dir Degas vor und die anderen Indépendants. Es wird dir gefallen! Und geh in die Museen. Nicht einfach nur gucken! Du musst die Bilder der großen Meister nachmalen, ihr Genie erspüren. Es dauert, bis man zu einem eigenen Stil findet, nimm dir Zeit.«

Der Hype um Svetlana hielt etwa zwei Jahre an, so lange saß Heather brav im Atelier neben ihr und imitierte Bilder von Tizian und Rubens. Am Anfang gelang ihr dabei nichts, und entmutigt wagte sie sich auch nicht mehr an eigene Arbeiten. Aber dann wurde es besser, manche ihrer Imitationen gerieten täuschend ähnlich.

»Du musst dich jetzt langsam entscheiden, ob du als Künstlerin Karriere machst oder als Fälscherin«, sagte Alicia. »Los, du bist doch Porträtmalerin. Nun zeig uns mal, was du kannst!«

Heather hätte sich am liebsten noch einmal an Svetlana versucht, aber sie hatte Marys Gelächter noch im Ohr. Also probierte sie es mit Alicia – und ein paar Tage später standen Mary und Berthe, Svetlana und Alicia fasziniert vor dem fertigen Aquarell. Heather hatte Alicia bei der Arbeit gemalt, die Palette in der Hand, das halb fertige Porträt eines Modells vor sich. Das Bild der Frau spiegelte sich in einem raffiniert hinter der Figur Alicias arrangierten Fenster, und die Darstellung dieser unbekannten Pariser Adligen verriet fast ebenso viel darüber, wie Heather Alicia sah, als das Bild der Malerin selbst.

»Man sieht, dass sie ihre Modelle liebt – und bedauert. Aber sie hat auch Zerstörungspotenzial. Sie hegt hohe Erwartungen, und diese Frauen können sie nicht erfüllen. Sie verführt und enttäuscht, und sie kann grausam sein.« Berthe schien eine ganze Geschichte in Heathers Bild zu erkennen.

»Ich bin doch nicht grausam!«, protestierte Alicia. »Erst recht nicht auf diesem Bild. Die Darstellung ist sehr schmeichelhaft, vielen Dank, Heather!«

»Jeder sieht etwas anderes in dem Bild«, meinte Heather schließlich überrascht. »Manchmal mehr als ich selbst. Ist das …«

Die anderen lachten.

»Das ist genau das, was du brauchst, Heather Coltrane! Du bist auf dem richtigen Weg!«, sagte Mary.

Während Heather langsam ihren eigenen Stil entwickelte, begann Svetlanas Stern zu sinken. Es war zwar ihr Wunsch gewesen, große Leinwände zu beleben, aber wie sich herausstellte, lag die Ölmalerei ihr wenig. Svetlanas Traumwelten waren Miniaturen, ihre kleinformatigen Bilder hatten wie Glaskugeln gewirkt, in die der Betrachter auf der Suche nach Geheimnissen und Entdeckungen eintauchen konnte. Übertragen auf das große Format wirkten sie dagegen plump, unnatürlich und kitschig – wobei natürlich niemand wagte, Svetlana darauf aufmerksam zu machen. Lediglich die männlichen Begleiter ihrer Freundinnen zeigten schon mal ein abschätziges Lächeln, aber da Svetlana auf jede Kritik mit hysterischen Anfällen reagierte, schwiegen auch sie.

»Dabei sollten diese Atelierfeste doch auch ein bisschen der gegenseitigen Kritik dienen«, meinte Mary bedauernd, nachdem ihr Begleiter Edgar Degas sich stillschweigend mit einer Champagnerflasche in eine Ecke verzogen hatte, in der er keins von Svetlanas Machwerken sehen musste. »Aber bei Lana äußern wir uns nur noch über die Qualität des Champagners.«

An der jedenfalls war nichts auszusetzen. Lana verdiente immer noch gut – in den ersten beiden Jahren nach ihren großen Erfolgen verkauften sich ihre Bilder problemlos. Der Galerist verzichtete auf Vernissagen und vermittelte sie gleich an ausländische Investoren. Deren Hoffnung auf Wertsteigerung würde sich zwar nicht erfüllen, aber hier kannte die Kunstwelt keine Skrupel – wer keine Ahnung hatte, dem verkaufte man, was gerade vorhanden war. Heather fühlte sich dabei mitunter an den Pferdehandel ihres Bruders erinnert und dachte einmal wieder schmerzlich an Chloé, mit der sie immer noch brav nichtssagende Briefe tauschte. Violet schrieb deutlich lebhafter – und hier meinte Heather auch mitunter etwas zwischen den Zeilen zu lesen. Violet erwähnte Unstimmigkeiten, äußerte manchmal Sorgen, dass Rosie zwischen die Fronten geraten könnte.

Ich hätte es nie gedacht, aber meine schüchterne kleine Rosie ist zu einem richtig beherzten jungen Pferdeknecht herangewachsen. Es fehlt nur noch, dass sie Hosen trägt, aber das hat Mr. Colin sehr strikt unterbunden, als Miss Chloé es einmal vorschlug. Sie putzt die Pferde und spannt sie ein, und sie kutschiert sie in einem Tempo über diese Bahn, dass mir angst und bange wird. Mit den Pferden redet sie auch, mit uns nach wie vor fast nie. Sie kann mit Anweisungen umgehen, manchmal scheint sie Dinge besser zu machen als Mr. Colins Burschen. Miss Chloé freut das, ich jedoch sorge mich.

Heather hätte manchmal gern genauer nachgefragt, aber es dauerte Monate, bis ein Brief aus Neuseeland Frankreich erreichte und umgekehrt. Eine wirkliche Konversation kam dabei nicht zustande.

Zudem hatte Heather mit ihrem eigenen Leben genug zu tun. Erstaunlicherweise profitierte sie von Lanas Abstieg, all die Besucher ihres Ateliers äußerten nur kurze Gemeinplätze über Lanas Arbeiten, ergingen sich dafür aber umso ausführlicher über die Qualität von Heathers. Heather sog dabei Lob und Tadel in sich auf, sie nahm Hilfe an und setzte Kritik um. Und sie war völlig überrascht, als Berthe ihr schließlich vorschlug, mit ihr zusammen auszustellen.

»Die Bilder sind gut, aber wenn du allein ausstellst, verpufft das. Dies ist Paris, hier ist alle naselang eine Vernissage, da kommt keiner zu einem Neuling. Wenn du jedoch bei mir, sagen wir, das Nebenprogramm bietest …«

Lana regte sich zuerst über das Arrangement auf. »Du gut genug bist, es zu schaffen allein! Und wenn du ausstellst mit jemand zusammen, dann sowieso nur mit mir! Was diese Person von uns hält?«

»Aber Berthe Morisot malt Frauenporträts«, wandte Heather ein. »Genau wie ich. Das passt zusammen. Mit deinen Bildern …«

»Du jetzt nicht willst sagen, dass meine Bilder gefallen dir nicht!«

Svetlana fuhr auf. In der letzten Zeit reagierte sie zunehmend gereizt. Sie musste selbst erkennen, dass sie den Zenit ihres Ruhms überschritten hatte, schien aber nicht bereit, einfach umzukehren und zu ihrem früheren Stil zurückzufinden.

Heather verneinte eifrig. »Ich meinte nur, dass deine Themen nicht zu meinen Arbeiten passen.«

Svetlana schüttelte ihre Haarflut, die sie neuerdings tiefschwarz färbte. »Du das nicht machst, ich sage basta!«

Heather hatte Tränen in den Augen, als sie Berthe die Entscheidung ihrer Freundin mitteilte.

Berthe Morisot runzelte die Stirn. »Entschuldige mal, Heather, aber hat sie die Bilder gemalt oder du? Soweit ich das sehe, habe ich hier doch echte Coltranes vor mir, eines besser als das andere. Wo deine Bilder ausgestellt werden, entscheidest du ganz allein. Lass dir nichts befehlen, Heather, mach dich frei von Lana!«

Svetlana reagierte mit einem Wutausbruch, der einer großen Tragödin würdig gewesen wäre, als Berthes Galerist Heathers Bilder abholen ließ. Ausgerechnet an diesem Abend gab Lana auch mal wieder ein Fest, und die ersten Gäste platzten mitten in ihre und Heathers furiose Auseinandersetzung.

»Wenn du wegnimmst die Bilder, du kannst gleich gehen mit!«, brüllte Lana, woraufhin Heather begann, ihre Sachen zu packen.

Eine halbe Stunde später flehte Lana sie tränenreich an, ihr doch zu verzeihen. Heather packte wieder aus.

Die Ausstellung mit Berthe war dann ein beachtenswerter Einstieg in die Pariser Kunstwelt. Heather verkaufte all ihre Bilder – und überraschte die einerseits stolze, andererseits bis aufs Blut gereizte Svetlana mit Reiseplänen.

Sie wollte nach Italien und Spanien, nach Verona, Rom, Siena, Madrid.

»Ich muss die großen Meister einmal wirklich von nahem studieren!«, erklärte Heather. »Und jetzt habe ich das Geld dazu.«

Sie verriet nicht, dass sie das Geld auch vorher gehabt hätte, sie gab längst nicht alles aus, was Kathleen ihr zukommen ließ. Aber Heather hatte den Ehrgeiz, von ihrem eigenen Verdienst zu leben.

»Du mich willst verlassen?«, fragte Svetlana geknickt.

Heather schüttelte den Kopf. »Warum kommst du nicht mit?«, fragte sie schüchtern. »Es wird Sommer, Lana, da ist hier nichts los. Du kannst das Atelier ein paar Monate schließen und mit mir reisen.«

Svetlana schüttelte verärgert den Kopf. »Und wer dann malt meine Bilder? Wer soll verdienen Lebensunterhalt?«

Heather schwieg. In den letzten Monaten war es eigentlich meist sie gewesen, die für beide eingekauft hatte. Lana verdiente gerade noch genug, um das Atelier zu unterhalten.

»Ich bin damals mitgekommen«, bemerkte Heather. »Jetzt könntest du mit mir gehen.«

»Das war ganz anderes!«, erklärte Svetlana. »Du lieber solltest bleiben hier, noch üben ein bisschen an deine Porträts ...« Es klang gönnerhaft.

Heather schüttelte den Kopf. »Ich fahre in einer Woche.«

»Ganz allein?«, fragte Svetlana. Es klang fast etwas hämisch.

Heather straffte sich. »Ganz allein!«, sagte sie.

Heather sollte nicht allein bleiben. Sosehr sie bereit war, allen Mut zusammenzunehmen, ihre Freundinnen rieten ihr davon ab, sich ohne jede Begleitung auf den Weg zu machen.

»Mit Zofe und Kutscher«, das ginge noch, meinte Mary. »Aber ganz allein – da kommst du in Verruf, Heather, die vermieten dir nicht mal ein Hotelzimmer.«

Die anderen Frauen bestätigten das.

»Es ist verrückt«, sagte Alicia. »Mit deiner Geliebten kannst du jede Hochzeitssuite in den besten Hotels belegen – und kein Mensch guckt dich schief an. Aber eine allein reisende Frau ist nicht gesellschaftsfähig.«

»Was mache ich denn jetzt?«, fragte Heather unschlüssig.

Alicia lächelte. »Wir sorgen für eine Begleiterin. Ich hätte da schon mal zwei Vorschläge: Mademoiselle Patout, von Beruf Tochter, der Vater ist ein wohlhabender Kaufmann, der seinem Lieblingskind jeden Wunsch von den Augen abliest. Sie ist eine kleine Wilde – ich hab sie als Schülerin, aber ich wäre wirklich ganz froh, sie loszuwerden. Ab und zu brauche ich einfach etwas Schlaf ... Die zweite ist Madame Mireille de Lys. Hochadel, sehr, sehr unglücklich verheiratet und sehr interessiert an Kunst. Im Bett noch etwas spröde, die musst du erwecken.«

Heather hatte längst aufgehört, sich über Alicias extravagante Eroberungen zu wundern. Sie entschied sich für Madame de Lys – schon weil sie hoffte, die Dame nicht erwecken zu müssen. Sie wollte Svetlana nicht betrügen. Andererseits ärgerte es sie, dass Svetlana nächtelang weggeblieben war, seit Heather ihre Reise angekündigt hatte ... und Mireille de Lys war eine zarte Schönheit.

Heathers gute Vorsätze hielten denn auch nicht lange, zumal Mireille auf Abenteuer aus war, die weit über Kunstbetrachtung hinausgingen. Schon in der ersten Nacht kam sie in Heathers Hotelzimmer, ab der zweiten buchten sie ein gemeinsames. Mireille war verrückt nach Liebe, aber gänzlich unerfahren – Heather sah sich tatsächlich erstmalig in der Rolle der Verführerin und stellte schnell fest, dass es ihr Spaß machte, Svetlanas Künste an Mireille weiterzugeben. Die lernte schnell – zu schnell vielleicht, Heather war der heißblütigen Lady schon in Verona zu zahm. Gleich beim ersten Atelierfest, zu dem die Frauen eingeladen waren – Mary, Berthe und Alicia hatten Heather ganze Listen von befreundeten Künstlern und Künstlerinnen gegeben, die zweifellos begeistert davon wären, sie kennen zu lernen –, verschwand sie auf Nimmerwiedersehen mit einer eisblonden Amerikanerin.

Heather stieß im Castelvecchio auf eine »Englische Rose«, die kein Wort Italienisch sprach, in Verona völlig verloren war, aber unbedingt Kunst studieren wollte und wundervoll Shakespeare zitierte. Das Mädchen hieß Emma, aber sie hasste den Namen, und so nannte Heather sie Juliet. Emma konterte mit Romea, und die beiden erforschten Verona auf den Spuren des berühmten Liebespaares. Schließlich reisten sie weiter nach Florenz, mieteten ein Atelier und begannen ernsthaft zu arbeiten.

Heather hielt Juliet an, die alten Meister zu kopieren, beide verbrachten Stunden in den Uffizien. Leider erwies sich Emma als künstlerisch völlig unbegabt, sosehr Heather sich auch bemühte, sie zu fördern. Sie war fast erleichtert, als nach drei gemeinsamen Monaten überraschend Svetlana erschien, eine ungeheure Szene machte und Juliet hinauswarf. Heather protestierte, geriet dann aber schnell wieder unter den Bann der Russin, die gerade erneut genug von ihrer Haarfarbe gehabt hatte und, da sich das Schwarz nicht herausfärben ließ, eine streichholzkurze Frisur trug. Die Versöhnung geriet spektakulär. Heather und Svetlana feierten mit ihren neuen Freunden und fanden danach eine Weile Gefallen daran, dass Heather im Hosenanzug, aber langem, offenem Haar herumlief, während Svetlana sich lachend schnürte.

»Du siehst aus wie eine Hure im Mittelalter, die man ertappt und geteert und gefedert hat!«, neckte einer ihrer neuen Bekannten. »Danach hat man ihnen die Haare rasiert …«

Svetlana fand die Idee faszinierend, wich den ganzen Abend nicht von der Seite des jungen Malers – und wurde am nächsten Tag von Heather vor die Tür gesetzt, als sie nach einer Nacht in seinen Armen heimkehrte. Noch einmal gab es Entschuldigungen, Wut, Tränen und Versöhnung – aber dann war wieder Herbst, und Svetlana musste zurück nach Paris. Sie hatte eine Stelle als Dozentin in einer Kunstschule angenommen, auch dies ein Beweis, dass es mit ihrer künstlerischen Karriere bergab ging. Das sprach natürlich niemand aus.

Heather arbeitete den Winter über weiter in Florenz und lernte im Frühjahr eine Italienerin kennen, deren Gesicht aussah wie eine Madonna von Tizian. Gianna wirkte auf den ersten Blick zierlich, aber sie hatte sich der Bildhauerei verschrieben und von der harten Arbeit Muskeln wie ein Mann. Sie begleitete Heather im Sommer nach Rom, eine Stadt, die beide über Monate in Atem hielt. Dann verliebte sich Gianna in einen Steinmetz – Heather wunderte es nicht. Sie wusste längst, dass viele Frauen ihre Vorlieben wechselten, abwechselnd oder sogar gleichzeitig Männer und Frauen liebten. Langsam hörte sie auf, Chloé deswegen zu grollen. Sie hatte Heather nicht verraten, indem sie ihr erst Terrence, dann Colin vorzog. Es hätte auch eine Svetlana sein können …

Was dies anging, war Heather allerdings inzwischen erfahren genug, ihre Freundinnen halten zu können. Selbst Svetlana war überrascht von ihren Fertigkeiten in der Liebe, als sie im nächsten Frühjahr erneut auftauchte – wieder ohne sich anzumelden.

»Diesmal ich dich habe nicht ertappt, aber ich weiß, dass du nicht gewesen treu, kleine Kiwi!«

Heather ließ das unkommentiert, schon um keine Lügen hören zu müssen. Svetlana war ihr zweifellos ebenso wenig treu geblieben – waren sie überhaupt noch ein Paar?

Svetlana überzeugte sie ein paar Sommerwochen lang davon, sie mehr als jeden anderen Menschen zu brauchen. Sie war von neuem Schaffensdrang besessen und blieb Heather in dieser Zeit wirklich treu – vor allem deshalb, weil sie Tag und Nacht ihr kleines Atelier besetzt hielt und riesige Leinwände mit ihren Impressionen von Rom vollkleckste. Heather begann, sich nach Juliet zurückzusehnen, die über ihre Misserfolge immerhin noch in Tränen ausgebrochen war. Svetlana dagegen wollte gelobt werden. So gesehen war Heather froh, als der Herbst kam und die Russin mitsamt ihren Kunstwerken zurück nach Paris fuhr. Der Abschied gestaltete sich tränenreich.

»Musst du bald kommen zurück! Ich nicht kann leben ohne dich, nicht kann arbeiten … Und wir haben doch zusammen die große Atelier …«

Das bedeutete wohl, dass Svetlana es allein bald nicht mehr bezahlen konnte. Heather versicherte ihr, über eine baldige Heimkehr nachzudenken, und fuhr erst mal nach Madrid. Allein, sie hatte keine Angst mehr davor, ohne Begleitung zu reisen. Im Allgemeinen schützten sie schon die Hosenröcke, die ihr inzwischen lieb geworden waren, vor unerwünschten Avancen. Sie kennzeichneten Heather als Blaustrumpf und Suffragette – kein anständiger Mann und erst recht keine züchtige, brave Frau kam ihr zu nahe. Heather war das egal, sie schaute nicht mehr scheu zu Boden, wenn jemand sie ansprach, und sie ergab sich nicht mehr schüchtern und demütig in ihr Schicksal, wenn ihr im Hotel das schlechteste Zimmer und im Restaurant der Tisch neben dem Kücheneingang zugewiesen wurden. Heather Coltrane blieb höflich und damenhaft, aber sie wusste sich durchzusetzen.

Madrid war riesig und aufregend, Heather schloss sich einer Kunstklasse für Frauen an, um endlich Aktzeichnen zu üben. Sie lachte über sich selbst, wenn sie daran dachte, dass sie noch drei Jahre zuvor errötet war, wenn sie nur daran dachte.

In der Schule traf sie Ana, ein graziöses kleines Ding, biegsam wie eine Tänzerin und anschmiegsam wie ein Kätzchen.

»Gatita ...«, erprobte Heather zärtlich ihre frisch erworbenen spanischen Sprachkenntnisse.

Woraufhin sich ihr Krallen in den Rücken bohrten. »Nenn nie eine Tigerin Kätzchen!«

Tatsächlich kehrte Heather erst im Frühling 1891 nach Paris zurück. Ohne die Tigerkatze, aber mit einem Vertrag für eine Einzelausstellung in einer der besten Galerien der Stadt. Sie hatte ein paar ihrer letzten Werke an Svetlanas Galerist gesandt, der sie umgehend zurückorderte und eine Vernissage organisierte.

»Schlichtweg fantastisch!«, urteilten auch Mary, Berthe und ihre Freunde.

Alicia stand sprachlos vor Heathers Porträts von Mireille und Juliet, Gianna und der Tigerin, um dann eine ihrer Freundinnen nach der anderen in die Galerie zu schleifen und die Bilder endlos zu interpretieren.

Nur Svetlana schien sich Heathers Arbeiten kaum anzusehen.

Sie hielt ihr Atelier noch, teilte es aber mit immer wieder wechselnden Studenten – meist Frauen aus der Kunstakademie, in der sie unterrichtete, aber auch mal mit jungen Burschen. Heather fing Streit an, als sie einen davon halb nackt in ihrem Bad traf, obwohl Svetlana ihr versichert hatte, der junge Mann käme nur zum Malen her. Tatsächlich war das Verhältnis in diesem Fall unschuldig, François war lediglich aus seinem Zimmer geworfen worden, weil er die Miete nicht bezahlt hatte. Nun fand er es ganz normal, in »seinem« Atelier unterzukriechen. Heather duldete den Jüngling drei Wochen in der Wohnung, bis er eine andere Bleibe gefunden hatte. Dann übernahm sie die Miete für das Atelier und verbot Svetlana weitere Privatschüler. Svetlana fühlte sich gegängelt und schlug jetzt erst recht über die Stränge. Heather malte ihre Freundin erneut – diesmal als eine Frau, die sich in ihrem eigenen Feuer verbrannte.

»Ja«, bemerkte Mary nur, nachdem Heather das Bild schüchtern im Kreis der Indépendents enthüllt hatte. »Feiern wir nun den unbestechlichen Blick der Künstlerin, oder betrauern wir die Augen der Liebe?«

Am nächsten Abend sagte Heather Svetlana, dass sie vorhabe, sie zu verlassen.

»Ich habe das Atelier noch für drei Monate bezahlt, Lana, aber ich fahre in einer Woche nach London, zeige mich bei einer Vernissage und nehme dann das nächste Schiff nach Hause. Es ist besser so, Lana, es ist vorbei.«

Eigentlich hatte sie gedacht, dass Svetlana die Sache ruhig hinnehmen würde, aber die Freundin reagierte mit der üblichen Hysterie. »Du mich nicht kannst verlassen, kleine Kiwi! Du kannst nicht! Ich nicht kann leben ohne dich, und du nicht kannst leben ohne mich! Verstehst du nicht? Kiwi!«

Svetlana klammerte sich an Heather wie eine Ertrinkende. Aber Heather wusste, dass es gespielt war. Lana mochte jemanden brauchen, aber ganz sicher nicht die Frau, zu der Heather geworden war.

Heather machte sich los. Sanft, aber bestimmt sagte sie zum Abschied: »Nenn mich nie wieder nach einem dummen, blinden Vogel!«

Heather verbrachte die letzte Woche in Paris in einem Hotel. Sie regelte ihre Angelegenheiten und packte ihre Sachen, wenn sie wusste, dass Svetlana in der Akademie war. Am letzten Tag fand sie die Räume leer vor. Auch Svetlana war gegangen. Auf Heathers Kosten wollte sie dort offensichtlich nicht leben und arbeiten.

Auf der Staffelei in der Mitte des Ateliers stand ein einziges, nicht sehr großes Bild. Ein Aquarell, und Heather hielt den Atem an, als sie ihr Porträt erkannte. Svetlana hatte ihr Versprechen gehalten, sie hatte Heather gemalt. Das Bild zeigte eine junge Frau, die einen Schleier durchschritt. Sie tauchte auf aus einem Traumland, geformt aus den Stränden bei Cape Reinga, den Vulkanen von King's Country, den gewaltigen Kauribäumen im Norden, und sie lachte in den Wind, der ihr entgegenwehte. Heather trug ihr Haar offen, ihr Gesicht wirkte strahlend und jung, entschlossen und stark. Vollendet schön, vollendet frei.

Gerührt öffnete Heather den Brief, der danebenlag.

Er enthielt keine Grüße, nicht einmal eine Unterschrift. Wozu auch, Svetlanas Signatur stand schließlich unter ihrem Bild.

Ihre letzte Nachricht bestand nur aus zwei Worten.

Grüß Chloé!

Heather Coltrane erreichte Dunedin im Sommer des Jahres 1892 nach einer ruhigen Überfahrt. Aufatmend hielt sie das Gesicht in den Wind ihrer Heimat, genoss die kristallklare Luft und die Schönheit der Berge, die sich hinter der Stadt erhoben und so nah schienen, als könnte man sie mit einem kurzen Ritt erreichen. Schon vom Schiff aus hatte sie sich an den langen, menschenleeren Stränden, den Klippen und bewaldeten Hügeln berauscht.

»Ich bin so viel Einsamkeit gar nicht mehr gewöhnt!«, gestand sie einem Mitreisenden, einem Kaufmann aus Christchurch. »Nach den vielen Jahren im dicht besiedelten Europa.«

»So einsam ist es hier gar nicht mehr«, lächelte der Mann. »Die Bevölkerung wächst ständig, ein Ort nach dem anderen wird gegründet oder erhält das Stadtrecht. Der Eisenbahnbau ist im Gang ... und nach wie vor ist die männliche Bevölkerung viel zahlreicher als die weibliche. Sie werden hier sicher nicht vereinsamen, Miss Coltrane.«

Er verstand nicht, was Heather an dieser Bemerkung so amüsant fand.

In Dunedin hatte sich nicht viel verändert – verglichen mit Rom, Madrid und Paris erschien Heather ganz Neuseeland ein bisschen verschlafen und rückständig.

»Aber nicht, was Politik angeht!«, erklärte Kathleen, die sich in diesen Tagen gleich über die Rückkehr von zwei ihrer Kinder freuen konnte. Einen Tag nach Heather kam Sean aus Wellington –

anlässlich einer gewaltigen Wahlkampagne in Canterbury und Otago. »Wir haben so ziemlich die fortgeschrittenste Sozialgesetzgebung der Welt, seit die Liberal Party regiert. Und jetzt hoffen wir auf das Frauenstimmrecht! Jedenfalls mobilisiert Kate Sheppard so ziemlich alles, was möglich ist – bisher mehr als siebenhundert Unterschriftensammlungen! Unglücklicherweise scheitert es bisher immer noch am Oberhaus, und das ist angefüllt mit Konservativen. Aber Sean ist guten Mutes, dass es im nächsten Jahr endlich klappt. Übermorgen ist in Dunedin Kundgebung. Da wirst du sehen, was hier los ist. Rückständig! Also wirklich!«

Heather entschuldigte sich lachend, als Kathleen ihr gleich darauf die neue Kollektion von Lady's Goldmine zeigte. Auch in Neuseeland schien man drauf und dran, das Korsett einzumotten. Kathleen entwarf hinreißend raffinierte Reformkleider und elegante Hosenröcke.

»Nur Claire tut sich damit etwas schwer«, lächelte sie. »Sie hat in den letzten Jahren ein kleines bisschen zugelegt und behauptet, das mit dem Korsett wegschnüren zu können, während die neuen Kleider jedes Pfündchen offenbaren. Völliger Unsinn natürlich, aber da ist sie konservativ.«

Heather nutzte die Erwähnung von Claire, um nach Chloé zu fragen – woraufhin sich Kathleens Gesicht sofort umwölkte.

»Kind, ich weiß es nicht …« Kathleen zuckte die Schultern, aber ihr Ausdruck verriet nichts Gutes. »Sie sagt ja nichts – und wir sehen sie auch so selten. Eigentlich ist Invercargill ja gar nicht so weit weg. Colin lässt in Christchurch Pferde laufen, aber er allein kommt uns nie besuchen. Chloé bringt er höchstens einmal im Jahr mit, wenn überhaupt. Dann kommen sie zum Tee – immer in Eile, sie sind ja nur auf der Durchreise. Man redet ein bisschen, man ist höflich – aber was wirklich in ihr vorgeht, weiß keiner. Claire und Jimmy fahren ab und zu nach Invercargill, zu irgendwelchen Renntagen. Aber dazu kann ich den Reverend nicht überreden, und mich interessiert's auch nicht. Also habe ich das Haus noch nie gesehen. Wobei Claire sagt, es sei traumhaft, die ganze Anlage sei wunderschön. Chloé läuft allerdings nur im Reitkleid herum und scheint pausenlos besorgt um ihre Pferde. Die Atmosphäre sei seltsam, meint Claire. Indifferent, wie sie sich ausdrückte. Aber das ist es auch schon, mehr kann ich dir nicht sagen.«

Heather fand diese Informationen alarmierend genug. »Sie hat nach wie vor keine Kinder?«, fragte sie – obwohl sie sicher war, dass Chloé ihr von einer Geburt geschrieben hätte.

Kathleen schüttelte den Kopf. »Nein. Und ich denke, das belastet die Ehe. Sie hat sich doch Kinder gewünscht. Es scheint nicht zu klappen. Immerhin geht sie ja wohl in der Pferdezucht auf – und bemuttert die kleine Rosie.«

»Na, so klein kann die doch gar nicht mehr sein«, meinte Heather. Violets Schwester war fünf gewesen, als sie nach Neuseeland kam. Inzwischen müsste sie um die achtzehn sein.

»Es gibt wohl auch noch andere Kinder«, meinte Kathleen. »Violet ist ja verheiratet … Wirst du Chloé denn jetzt mal besuchen? Vielleicht kriegst du ja mehr heraus.«

Heather nickte. »Deshalb bin ich hier«, sagte sie ruhig.

Am liebsten wäre sie gleich am nächsten Tag abgereist, aber andererseits reizte sie auch die Kundgebung, zu der Sean erwartet wurde. Ganz abgesehen davon, dass ihr Bruder fürchterlich enttäuscht gewesen wäre, hätte sie sich seinen Auftritt als Redner entgehen lassen.

»Du wirst die Veranstaltung auch bereichern!«, erklärte Sean lachend und schaute anerkennend an seiner Schwester herunter. »Du siehst großartig aus, Schwesterchen! Und das sind nicht nur die neuen Kleider. Es ist die ganze Ausstrahlung! Am liebsten würde ich dich gleich mit aufs Podium holen. Voilà, Neuseeland: die moderne Frau!«

Heather lächelte. »Da würdest du die Hälfte der Leute verschrecken«, meinte sie. »Aber was ist mit dir, Brüderchen? Abgesehen davon, dass sich deine Haare ein bisschen gelichtet haben, hast du dich in keiner Weise verändert. Verbringst du immer noch die halbe Nacht im Büro? Mit deinem Sekretär?« Sie zwinkerte ihrem Bruder zu. »Hast du noch den hübschen Maori?«

Sean verdrehte die Augen. »Bring mich nicht in Verruf, Heather! Kupe und ich haben ein rein kollegiales Verhältnis. Wobei er hofft, demnächst selbst ins Parlament einzuziehen. Er engagiert sich sehr für das allgemeine Wahlrecht der Maori, und die Chancen stehen auch da nicht schlecht. Wenn es durchkommt, haben die demnächst vielleicht mehr Sitze als nur die zwei, die ihnen die *pakeha* gnädigerweise zugestehen.«

»Lenk nicht vom Thema ab, Sean!«, rügte Heather. »Ich möchte keine Lektion zur Lage im Parlament – ich will einen Blick ins Herz von Sean Coltrane! Was ist mit Violet?«

Seans Gesicht verdüsterte sich. »Ich hab nichts von ihr gehört. In all den Jahren … dabei dachte ich … sie ging früher ja auf die Versammlungen der Temperance Union, ich hatte gehofft, über Kate was von ihr zu erfahren. Aber dieses Invercargill ist wohl das letzte Nest … oder extrem friedlich, wenn man's freundlicher ausdrücken will. Ländliche Gegend, ein einziger Pub, in dem anscheinend keiner unmäßig trinkt … jedenfalls ist noch nie jemand auf die Idee gekommen, davor zu demonstrieren. Eine Ortsgruppe der Union gab es bislang auch nicht … von Violet höre ich also allenfalls mal was über Mutter, wenn Chloé sich einmal im Jahr nach Dunedin verirrt. Demzufolge geht es ihr gut. Tja …« Sean senkte den Blick.

Heather betrachtete ihn forschend. »Aber du denkst noch an sie?«

»Ich seh sie vor mir, als wär's gestern gewesen«, gestand Sean. »Aber das ist Unsinn. Nach all den Jahren …«

»Ich fahre jedenfalls übermorgen hin«, erklärte Heather. »Warum kommst du nicht einfach mit? Das hatten wir schon mal geplant, und jetzt ist es eben ein paar Jahre verschoben. Es ist bestimmt kein

Problem in Invercargill. Wetten, dass sich in dem Kaff seit zehn Jahren nichts geändert hat?«

Sean schüttelte den Kopf.»Ich muss übermorgen nach Christchurch. Diese Kundgebung in Dunedin ist nur der Anfang, wir haben eine Riesenkampagne in Canterbury. Neue Petitionen, neue Unterschriftensammlungen, alle wichtigen Leute sind anwesend, sogar John Ballance kommt ...«

»Der Premierminister?«, fragte Heather beeindruckt.

Sean nickte.»Ja. Canterbury ist das Zentrum. Da hat Kate angefangen, und Sir John Hall kommt ebenfalls aus der Gegend. Jetzt konzentrieren wir uns da alle – auch, um uns für die letzten Anstrengungen kurzzuschließen. Wir müssen wirklich zusammenarbeiten, auch mit den Maori. Kupe ist gleich dageblieben, hoffentlich trifft er nicht auf Matariki – dann tobt ein Sturm los.«

»Gibt es noch Zwist zwischen den beiden?«, fragte Heather.

Sean seufzte.»Immer noch Stille.«

Heather gähnte und reckte sich – eine Geste, die sie sich früher im Beisein eines Mannes nie erlaubt hätte.»Ich bleibe dabei, dieses Land ist verschlafen!«, erklärte sie.»Gut, auf Demonstrationen brüllt ihr in eure Megaphone. Aber sonst: Stille zwischen Claire und Chloé, Stille zwischen Sean und Violet, Stille zwischen Riki und Kupe ... Es wird Zeit, dass hier mal jemand Krach macht!«

Auf der Kundgebung in Dunedin herrschte dann natürlich alles andere als Stille. Hunderte von Frauen – sogar auch ein paar Männer – sangen die Hymne der Bewegung, schwenkten Transparente und marschierten durch die Straßen. Kate Sheppard verlas ihre *Zehn Gründe für das Frauenwahlrecht* und wurde bejubelt. Meri Te Tai Mangakahia, eine sehr hübsche und hochgebildete junge Maori, sprach über die Rechte der Frauen in ihrer Kultur und äußerte die Hoffnung, dass alle Angelegenheiten von Aotearoa auch vor der Queen besser zu vertreten wären, könnten Frauen als Botschafterinnen auftreten.

»Sie ist schließlich auch eine Frau, sie wird auf ihre Schwestern hören!«

Sean Coltrane erklärte ruhig und mit viel Sachverstand, woran die bisherigen Kampagnen für das Frauenwahlrecht gescheitert waren. Der Gesetzentwurf hatte die Ratifizierung bislang mehrmals knapp verfehlt – und Heather war verblüfft über Seans Erklärung.

»Die Frage ist gar nicht mehr die, ob das Parlament Frauen für intelligent und gebildet genug hält, um wählen zu dürfen. Abgesehen von ein paar ewig gestrigen Ignoranten hat inzwischen wohl jeder eingesehen, dass Damen wie Kate Sheppard, Meri Te Tai Mangakahia, Ada Wells und Harriet Morison ...«, Heather fiel auf, dass er gezielt Frauen nannte, die anwesend waren und die bei der Nennung ihres Namens bejubelt wurden,»... dieses Land genauso gut vertreten könnten wie jeder männliche Politiker. Weder wird an ihrer Integrität gezweifelt noch an ihrem Gemeinsinn. Die Frage in den Parteien ist eher die: Wen beziehungsweise was werden Frauen wählen? Welche Partei würden sie unterstützen, welches Regierungsprogramm? Kurz und gut: Ist das Frauenwahlrecht für uns nützlich oder eher nicht?«

Das Publikum reagierte mit verärgerten Rufen.

»Nun weiß bislang niemand genau, was Frauen wählen werden«, sprach Sean weiter. »Abgesehen von einem einzigen Thema: Prohibition. Die gesamte Bewegung für das Frauenwahlrecht entwickelte sich aus den Vereinigungen für Mäßigkeit und gegen Alkohol. Man darf also davon ausgehen, dass weibliche Wähler eventuelle Gesetzentwürfe bezüglich des Verbots von Alkohol, strenger einzuhaltender Sperrstunden, weniger Vergabe von Lizenzen zum Verkauf von Spirituosen und alles, was in diese Richtung geht, befürworten werden. Und damit, meine Damen und Herren, haben wir uns mächtige Gegner geschaffen! Die gesamte Alkoholindustrie unterwandert die Bewegung für das Frauenwahlrecht mit sehr viel Geld und Geschick. Ihre Lobbyisten bearbeiten die Abgeordneten.

Kampagnen und Kundgebungen gegen das Frauenwahlrecht werden von ihr angeregt und finanziert. Und die Fraktion der Antiprohibitionisten ist groß – und parteiübergreifend. Gerade auch unter uns Liberalen sind viele Abgeordnete zumindest gegen ein striktes Alkoholverbot. Und so wird diese Abstimmung über das Frauenwahlrecht nun zum Prüfstein für die Auffassung jedes einzelnen Abgeordneten von Demokratie: Verweigern wir der Hälfte der denkenden, mündigen Bevölkerung das Recht, abzustimmen, nur weil uns ihre Entscheidung vielleicht nicht gefällt? Oder sind wir ehrlich und stellen wir uns mit unseren Argumenten der Wahl des ganzen Volkes? Ich plädiere für Letzteres, und ich werde im Parlament dafür kämpfen!«

Unter dem Jubel der Zuhörer verließ Sean das Podium.

»So hat mir das noch nie einer erläutert«, bemerkte Lizzie Drury, die mit ihrer Maori-Freundin Haikina bei Kathleen und Heather stand. »Rechnet Sean wirklich mit einem allgemeinen Alkoholverbot?«

Kathleen nickte. »Gesetzentwürfe dazu liegen vor.« Sie lächelte. »Peter ist auch schon ganz besorgt. Sein geliebter Rotwein …«

Lizzie zwinkerte ihr zu. »Es gibt ja immer noch meinen«, bemerkte sie. »Ich werde bestimmt nicht aufhören zu keltern.« Lizzie versuchte sich immer noch an der Winzerei. »Und im Zweifelsfall kann Michael ja auch wieder seine Brennerei eröffnen. Wir kriegen noch irische Verhältnisse, Kathleen. Pass bloß auf, dass sie Peter nicht beim Kornstehlen erwischen!«

Vorerst reagierten die Frauen von Dunedin auf Seans Ausführungen mit der Gründung der Women's Franchise League – erstmalig eine Vereinigung, in der das Wort »christlich« keine Rolle spielte und in der es von Anfang an um das Wahlrecht ging, nicht um Enthaltsamkeit und Alkohol. Die Vorsitzende Anna Stout wurde stürmisch bejubelt, die gesamte Atmosphäre war von Hoffnung erfüllt.

Sean bat Heather, den Besuch bei Chloé um zwei Wochen aufzuschieben – er wollte sie begleiten, sobald die Kampagne in Canterbury gelaufen war. Heather schüttelte allerdings den Kopf.

»Ich hab lange genug gewartet. Vielleicht zu lange. Ich nehme morgen den Frühzug und bin dann am Nachmittag in Invercargill. Wobei das Glück mir hold ist, denn da ist morgen Renntag. Colin dürfte beschäftigt sein, und ich habe Chloé für mich.«

KAPITEL 8

»Warum lässt du denn nicht einfach Rosie fahren?«

Chloé wusste, dass sie auf verlorenem Posten kämpfte, aber Dancing Rose war ihr Pferd, die letzte Tochter ihrer geliebten Dancing Jewel, und heute lief sie ihr erstes Rennen. Chloé war alles andere als begeistert davon, dass sich dazu Eric Fence auf den Bock des Sulkys schwang.

»Das Pferd ist so empfindlich«, argumentierte sie verzweifelt. »Wenn Eric es zu hart rannimmt, kommt es aus der Spur und rammt womöglich die Bande. Rosie fährt mit viel leichterer Hand.«

Die Frage, wer die Stute Dancing Rose bei ihrem ersten Rennen vorstellen sollte, hatte schon zu etlichen Streitgesprächen geführt, bis sich Chloé und Colin endlich auf einen jungen Jockey aus dem Rennclub geeinigt hatten. Leider war der junge Mann bei einem der Galopprennen unglücklich gestürzt. An weitere Starts an diesem Tag war nicht zu denken.

Colin verdrehte die Augen. »Chloé, wenn sie uns draufkommen, dass wir ein Mädchen fahren lassen, kriegen wir einen Riesenärger!«, erklärte er.

Chloé stieß scharf die Luft aus. »Das hat euch vor zwei Wochen auch nicht gestört, als der Fahrer für den braunen Wallach ausgefallen war!«

Tatsächlich war Rosie Paisley schon mehrmals als Fahrerin eingesprungen. Wenn sie Hosen trug und ihr ohnehin ziemlich kurzes Haar unter die Mütze steckte, ging das zierliche junge Mädchen ohne weiteres als Junge durch. Natürlich waren die Pferde nie

Favoriten gewesen, sondern meist nur gestartet worden, um einem anderen Pferd aus Coltranes Stall als Schrittmacher zu dienen. Vor dem Ziel waren Eric oder ein anderer Fahrer mit seinem Traber an Rosie vorbeigezogen, und keiner hatte sich um den Jungen gekümmert, der sein unbekanntes Pferd als sechster oder siebter durchs Ziel fuhr. Mit Dancing Rose verhielt sich die Sache anders, die Fuchsstute hatte durchaus Siegchancen, und Rosie würde sich mit ihr auch kaum abhängen lassen. Schließlich war die Stute nicht nur nach ihr getauft. Das junge Mädchen hatte sie auch selbst aufgezogen, ans Geschirr gewöhnt und eingefahren. Nun brannte es darauf, Dancing Rose ins Rennen zu bringen. Rosie blutete zweifellos bereits das Herz, als Eric seinen Liebling ohne ein freundliches Wort aus der Box zerrte. Dancing Rose warf unwillig den Kopf hoch und tänzelte nervös, als er ihr das Gebiss beim Auftrensen gegen die Vorderzähne schlug.

Chloé sah, wie Rosie mit sich kämpfte. Das junge Mädchen hätte das Pferd gern gestreichelt und beruhigt, aber dazu hätte es sich Eric nähern müssen, und das tat es nicht. Rosie hatte in den letzten Jahren enorme Fortschritte gemacht. Sie war immer noch still, aber ließ ihre Angst, Wut und Trauer schon lange nicht mehr mit roten und schwarzen Stiften am Papier aus, sondern zeichnete Pferde. Wenn man sie etwas fragte, antwortete sie, und in allen praktischen Dingen im Stall und im Haus erwies sie sich als äußerst anstellig. Den Mann ihrer Schwester hasste und fürchtete sie jedoch nach wie vor.

»Jetzt stört's mich aber«, sagte Colin kurz, ohne seine Frau oder Rosie eines Blickes zu würdigen. »Ich will kein Mädchen auf dem Bock. Die Stute hat Siegchancen, da geh ich doch kein Risiko ein, dass sie luschig gefahren wird.«

»Luschig gefahren?«, fuhr Chloé auf. »Ich hör wohl nicht richtig! Rosie ist der bei Weitem beste Fahrer an dieser Rennbahn. Wenn sie ein Junge wäre, würden sich die Trainer um sie reißen. Sie ist ruhig und hat eine fabelhafte Hand.«

»Nur dass sie nie die Peitsche gebraucht!« meinte Colin höhnisch. »Sie hat keinen Biss … und sie ist ein Mädchen. Hör auf, Chloé, Ende der Diskussion.« Colin wandte sich ab.

»Aufsatzzügel, Chef?«, fragte Eric geschäftig und hantierte mit Lederzeug.

»Nein!«, rief Chloé.

Sie lehnte die Verwendung dieses Hilfszügels strikt ab, da er die Kopffreiheit des Pferdes stark behinderte. Allerdings erschwerte er den Trabern das Angaloppieren und verringerte damit das Risiko der Disqualifikation.

Colin überlegte kurz. Eric plädierte immer für den Aufsatzzügel. Er war nach wie vor ein unsensibler Fahrer, allerdings sehr entschlossen. Im Finish neigte er dazu, die Peitsche zu stark einzusetzen, und oft rettete ihn dann nur der Hilfszügel vor einem im Galopp davonstürmenden Pferd. Colin setzte die Hilfe dagegen nur bei unsicheren Kandidaten ein, da der Druck die Pferde seiner Ansicht nach im Trab bremste. Nun schwankte er zwischen Vernunft und Durchsetzungswillen. Er gab Chloé ungern Recht – aber andererseits reagierte Dancing Rose sehr heftig auf die Einengung. Sie war schon einmal vor dem Sulky gestiegen, und Colin wollte kein Risiko eingehen. Außerdem war es in diesem Fall nicht klug, Chloé bis aufs Blut zu reizen. Die Stute gehörte ihr. Sie konnte die Nennung zurückziehen, wenn sie bereit war, den Eklat zu riskieren.

»Ohne«, sagte er schließlich widerwillig.

»Und vorsichtig mit der Peitsche!«, fügte Chloé hinzu, aber keiner hörte auf sie.

Mutlos blieb sie im Stall zurück, als die Männer das Pferd hinausführten.

»Gehen wir nicht rüber und schauen das Rennen an?«, fragte Rosie leise. Wenn sie mit Chloé allein war, richtete sie mitunter das Wort an sie.

Chloé schüttelte den Kopf. »Du kannst gehen, Rosie. Ich nicht. Ich … hab Kopfschmerzen.«

Rosie entfernte sich widerwillig. Für sie war es eine Mutprobe, sich ohne Chloé zur Rennbahn zu begeben, aber für ihr Lieblingspferd nahm sie das auf sich. Chloé spürte erneut hilflose Wut gegen Colin und Eric in sich aufwallen. Es war nicht fair! Rosie hätte dieses Rennen fahren sollen, das Fohlen zum Sieg führen, das Chloé damals nach ihr benannt hatte, nachdem sie als Erste bemerkt hatte, dass sich die Geburt ankündigte. Eric war im Pub gewesen, aber er war bei Fohlengeburten nie besonders nützlich.

Es war gar nicht sicher, dass man Rosie und ihr Pferd nach einem Sieg disqualifiziert hätte. Bislang gab es keine verbindlichen Regelungen zur Teilnahme am Harness Racing – nur reiten durften Mädchen dem Reglement nach definitiv nicht.

Chloé rieb sich die Stirn. Ihr Kopf schmerzte wirklich, wie immer nach diesen fruchtlosen Auseinandersetzungen mit Colin. Sie wusste selbst nicht, warum sie die immer noch führte. Colin hatte sie längst in ihre Schranken verwiesen – seit Jahren gab es keine Versöhnungen mehr und keine Kompromisse. Colin hatte Coltrane's Trotting Jewels Station längst vollständig unter Kontrolle. Er war als Pferdebesitzer, Händler und Trainer etabliert – wenn auch nicht unbedingt beliebt – und desgleichen sein Stallmeister Eric Fence. Niemand sprach mehr davon, dass die gesamte Anlage mit Chloés Geld finanziert worden war – Chloé hatte längst bitter bereut, dass sie damals nicht darauf bestanden hatte, ihren Namen zumindest als Mitbesitzerin in die Papiere schreiben zu lassen.

Aber sie hatte ja auf niemanden hören wollen, sondern sich verhalten wie die meisten braven Ehefrauen: Colin hatte die Mitgift erhalten und die Kaufverträge für das Haus und das Land unterschrieben. Chloé gehörte eigentlich nur ein Pferd: Als Dancing Rose geboren wurde, hatte sie das Fohlen auf ihren Namen registrieren lassen. Jewels frühere Nachkommen hatte stets Colin gemeldet, und Chloé war das gar nicht aufgefallen – bis sie einmal gegen die Misshandlung eines jungen Hengstes protestierte und

Colin ihr lachend die Papiere zeigte. Jewel hatte vor ihrem Tod nur noch ein einziges Fohlen geworfen, und Chloés Inbesitznahme des kleinen Pferdes war ihre letzte Anstrengung zur Auflehnung gewesen. Danach kapitulierte sie vor Colins Strategie – Ignoranz, Häme und Sticheleien gehörten zu ihrem Alltag.

Im Grunde war es Erics Strategie: Seit er sich in Coltranes Stall sicher fühlte, pflegte er Chloés Anweisungen, Wutausbrüche und Verbote schlichtweg zu überhören. Natürlich beschwerte sie sich darüber bei Colin, aber der tat nichts, um seinen Stallmeister in die Schranken zu weisen. Im Gegenteil, sehr bald begann auch er, Chloé im Stall zu ignorieren. Er demütigte sie vor seinen Lehrlingen und Angestellten, und schließlich lächelte er nur noch süffisant, wenn sie irgendjemanden anschrie oder wieder mal versuchte, einen besonders impertinenten Stallknecht zu entlassen.

Das Ganze eskalierte einige Monate zuvor, als Eric und Colin von einer sehr erfolgreichen Reise nach Woolston zurückkehrten. Sie hatten zwei Pferde gestartet und hervorragend abgeschnitten, sicher auch wieder mal gewettet und schließlich eins der Tiere mit hohem Gewinn in Dunedin verkauft. Auf jeden Fall waren sie die besten Freunde, und Eric hatte endlich das Thema angeschnitten, das ihm vom ersten Tag an auf dem Herzen lag. Er hatte genug davon, im Stall zu schlafen – und er wollte seine Frau unter den Fittichen ihrer Herrin hervorzerren.

Colin teilte Chloé seine Entscheidung dazu am nächsten Morgen mit. »Ich hab Eric erlaubt, das alte Gartenhaus für sich und seine Familie herzurichten. Es geht nicht an, dass er im Stall schläft und Violet hier.«

»Aber das wollte er doch unbedingt!«, bemerkte Chloé zuckersüß.

Colin sah sie herablassend an. »Hör endlich auf mit dem Unsinn, Chloé, wir wissen beide, worum's da ging. Und mir reicht's jetzt. Wegen deiner Launen halte ich den Mann nicht mehr von seiner Frau fern – und das ist ja auch in ihrem Sinne. Vielleicht macht er ihr noch mal ein Kind … kannst es dann ja mit dir rumschleppen wie deine Rosie. Wo du selbst schon keine kriegst …«

Chloé blitzte ihn an. »Woher weißt du, dass es an mir liegt?«, fragte sie. »Vielleicht ist es ja dein Problem! Vielleicht ist dein Saft ja nichts wert!«

Sie war so wütend, dass sie nicht einmal mehr errötete, als sie den Ausdruck gebrauchte, den sie einmal im Stall im Zusammenhang mit der mangelnden Zeugungsfähigkeit eines Hengstes gehört hatte.

Colin grinste ihr ins Gesicht. »Irrtum, Süße!«, sagte er kurz. »Was mich angeht, kannst du mir gratulieren. Ich hab's gestern erst erfahren – deine liebe Mom hat sich verplappert. Wo sie doch alle den Mund drüber halten wollten, um die arme Chloé zu schonen … Ich hab schon ein Kind, Hübsche! Die kleine Matariki hat mir eine Tochter geboren! Wenn's hier also nicht vor Erben wimmelt, Chloé, dann liegt's an dir!«

Bei diesen Worten war irgendetwas in Chloé gestorben. Sie hatte sich nicht weiter dagegen gewehrt, Eric aus dem Stall zu befreien, und hielt sich seitdem auch weitgehend aus den Angelegenheiten des Gestüts heraus. Sie wusste, dass Violet heimlich weinte, aber sie konnte sie nicht schützen. Immerhin wollte sie Rosie die Kammer im Dienstbotenflügel lassen, wozu Violet aber nur den Kopf schüttelte.

»Rosie wird sich dort ängstigen«, sagte sie. »Und Eric wird nicht zulassen, dass sie unsere Kinder bei sich behält. Ich muss sie also entweder mit ins Gartenhaus nehmen, oder … Könnte sie nicht bei Ihnen schlafen, Mrs. Coltrane? Neben Ihren Räumen als Ihre persönliche Zofe? Ja, ich weiß, sie ist nicht so begabt, was die Hilfe beim Ankleiden anbetrifft und all das, und Ihr Mann …«

Violet errötete. Sie hatte Colin und Chloé oft laut streiten hören – aber auch die furiosen Versöhnungen mitbekommen. Sicher würde Colin nicht billigen, dass Rosie die Räume seiner Frau teilte.

Chloé winkte müde ab. »Das ist eine hervorragende Idee, Violet«, sagte sie dann. »Danke, ich bin selbst nicht draufgekommen. Aber so machen wir es natürlich. Und machen Sie sich keine Gedanken wegen meines Mannes. Er … er wird meine Räume nicht mehr betreten.«

Seitdem schlief Rosie in Chloés Ankleidezimmer, und Chloé pflegte ihre Privatgemächer zu verschließen. Colin hatte es widerspruchslos hingenommen.

Chloé rieb sich die Stirn und ging aus dem Stall in Richtung Haus. Sie musste über das Ende dieser Ehe nachdenken.

Heather hatte am Bahnhof nach dem Anwesen der Coltranes gefragt und war prompt zur Rennbahn verwiesen worden.

»Da können Sie aber nicht zu Fuß hin«, beschied sie der Zeitungsverkäufer, der auch Rennprogramme feilhielt. »Nehmen Sie 'ne Droschke, heute ist Renntag, da warten sie vor dem Bahnhof.«

Heather fand tatsächlich schnell eine Droschke zur Rennbahn und teilte sie sich mit einem Pferdebesitzer aus Dunedin, dessen Traber am Nachmittag ein Rennen mitlaufen sollte.

»Ist ein junges Pferd«, verriet er Heather, »gewöhnlich steht es in Woolston, aber es ist vielversprechend. Ich will's auf Dauer auch woanders starten lassen, aber probieren wollen wir es erst mal hier.«

Heather interessierte der Rennsport eigentlich nicht besonders, aber in den Worten des Mannes schwang etwas mit, das sie nachfragen ließ. »Warum erst mal hier?«, erkundigte sie sich. »Ist die Bahn nicht etabliert?«

Der Mann biss sich auf die Lippen. »Sie … gilt nicht so viel«, gab er schließlich Auskunft. »Also, unter Pferdeleuten. Gewettet wird genug. Die großen Züchter starten ihre Pferde hier jedoch gar nicht mehr. Dadurch nimmt die Zahl der Galopprennen ab, das Ganze verliert an Glamour, verstehen Sie?«

Heather nickte. »Und warum ziehen die Barringtons und Beasleys, und wie sie alle heißen, ihre Pferde zurück?«, fragte sie, wobei sie die Namen der Züchter bewusst einfließen ließ.

Der Mann strahlte. »Ah, Sie kennen sich ein bisschen aus, Mylady! Großartig. Aber dann müssten Sie doch auch gehört haben ...«

»Ich war lange im Ausland«, sagte Heather.

Der Mann nickte. »Tja ...« Er schien ein bisschen mit sich zu kämpfen, aber die Freude am Klatsch siegte doch über die Diskretion. »Na ja, verstehen Sie, ich will nicht rumtratschen. Aber der Betreiber der Bahn, Coltrane, hat in Pferdekreisen keinen so guten Ruf. Er hat mehrmals Pferde als große Hoffnungen verkauft, die dann ... na ja, nicht dementsprechend einschlugen. Zumindest nirgendwo sonst. Hier in Invercargill haben ein oder zwei von ihnen mehrmals gewonnen.«

Heather richtete sich auf. »Sie vermuten Wettbetrug? Manipulationen?«

Der Mann zuckte die Achseln. »Bewiesen ist da nichts. Es wird nur drüber geredet. Und das reicht, damit sich die Crème de la Crème zurückzieht. Wir kleinen Krauter dagegen ...«, er lächelte entschuldigend, »... melden hier ganz gern. Gerade junge Pferde, die noch Erfahrung brauchen, die man am Anfang vielleicht gar nicht auf Sieg fährt und die womöglich auch mal spektakulär versagen. Weil es keinen in Verruf bringt, wenn er in Invercargill verliert.«

Heather nickte. Es war nicht so, dass die Information sie sonderlich überraschte. Eher hätte sie sich gewundert, wenn ihr Colin als Musterbeispiel der Integrität dargestellt worden wäre. Aber was dachte sich Chloé dabei? Ob sie Bescheid wusste?

Die Droschke hielt schließlich vor der Rennbahn, und Heathers neuer Bekannter verschwand in Richtung der Ställe. Er steuerte auf die Anlagen des Rennclubs zu, in denen Gastpferde untergebracht waren. Coltrane vermietete kurzfristig keine Boxen mehr. Auch dies war ein eher schlechtes Zeichen. Die Vermietung an Gastpferde brachte schließlich Geld – und wer nichts zu verbergen hatte, brauchte die Anwesenheit von fremden Reitern, Trainern und Besitzern nicht zu scheuen.

Heather ließ die Rennbahn links liegen und steuerte die Zufahrt zum Haus und zu Coltranes Ställen an. Ein großartiges, in Gold und Rot beschriftetes Schild wies den Weg zu COLTRANE'S TROT-TING JEWELS – STUD AND TRAINING STABLES. Viel zu protzig nach Heathers Geschmack, Chloé hatte das kaum ausgesucht.

Auf dem Weg zum Haus kam ihr ein junges Mädchen entgegen – das sie auf den ersten Blick an Violet denken ließ. Das schmale Gesicht, die hochstehenden Wangenknochen und die vollen Lippen ihres früheren Schützlings standen Heather noch so deutlich vor Augen, als hätte sie ihn am Tag zuvor zuletzt gesehen. Aber dieses Mädchen hatte helleres Haar, nicht kastanienbraunes, sondern dunkelblondes. Und es hatte nicht Violets leuchtend türkisfarbene Augen. Heather sah kurz in ängstliche hellblaue Augen. Dann, als Heather stehen bleiben wollte, um es anzusprechen, blickte das Mädchen sofort weg und setzte sich fluchtartig in Trab. Heather sah ihm irritiert nach. Die Ähnlichkeit mit Violet war unverkennbar. Aber ihre Tochter konnte das noch nicht sein. Also Rosemary, die kleine Schwester? Rosie war ein so liebes, aufgeschlossenes kleines Mädchen gewesen. Heather lächelte in Erinnerung an ihre süße Stimme, wenn sie Kinderlieder gesungen hatte. Konnte ein so misstrauisches, eingeschüchtertes Geschöpf aus ihr geworden sein?

Heather überlegte noch, ob Sean nicht irgendetwas erwähnt hatte, aber dann machte der Weg eine Biegung, und gleich darauf sah sie das Haus und die Stallgebäude vor sich. Heathers Herz machte einen Sprung, als sie eine Frauengestalt von den Ställen zum Haus gehen sah. Etwas gebeugt, farblos in ihrem verblichenen Reitkleid und irgendwie gebrochen – verstört. Aber doch zweifellos Chloé! Heather konnte nicht an sich halten. Sie rief den Namen ihrer Freundin und rannte auf sie zu.

Chloé hörte jemanden ihren Namen rufen und glaubte zuerst an eine Täuschung. Aber dann sah sie Heather auf sich zustürzen und fühlte sich im selben Augenblick zurückversetzt in alte Tage. Schon als Kind hatte Heather es nicht abwarten können, bis Chloé vor der Farm der Coltranes von ihrem Eselchen gestiegen war. Chloé sah sie noch die Stufen des ungepflegten Farmhauses herunterspringen und ihr um den Hals fallen. *Chloé, Chloé, guck mal, was ich gefunden, gemalt, gesehen habe* … Später war sie vom Pfarrhaus der Burtons aus auf Chloé zugeeilt und dann auf den Korridoren der Universität, wenn die jungen Frauen sich für verschiedene Vorlesungen trennen mussten und dann wieder zueinanderfanden.

Aber diese Heather war weniger die bescheidene, fleißige Studentin, die ihr Haar ordentlich aufgesteckt trug und dunkle, brave Kleider bevorzugte, um ja nicht aufreizend auf Professoren und Kommilitonen zu wirken. Die junge Frau, die jetzt auf Chloé zustürmte, trug ihr Haar offen, es fiel ihr in langen Locken über die Schultern. Ihr lindgrünes, locker sitzendes Kleid bauschte sich über dunkelgrünen Hosen, die unter dem Knie gerafft und mit lindgrüner Spitze besetzt waren. Darüber trug sie ein kurzes dunkelgrünes Jäckchen. In ihren Ohren blitzten lange Rubinohrringe – Chloé hätte es allenfalls bei großen Bällen gewagt, so etwas Extravagantes zu tragen –, und die passende Kette dazu lag um ihren Hals.

»Chloé!«

Heather hielt, bei ihr angekommen, inne – etwas außer Atem und unsicher, ob sie Chloé einfach so um den Hals fallen konnte. Diese wusste nichts zu sagen. Sie starrte ihre Freundin nur an. Ihre leuchtenden Augen, ihr strahlendes Antlitz … Zum ersten Mal seit Jahren sah Chloé in ein Gesicht, in dem nichts anderes zu lesen war als rückhaltlose Liebe. Sie warf Heather die Arme um den Hals und begann herzerweichend zu weinen.

Heather hatte mit vielem gerechnet, als sie nach Invercargill kam, aber ganz sicher nicht mit einem solchen Tränenausbruch. Schon der erste Blick auf Chloé hatte sie alarmiert, und jetzt, als sie die Müdigkeit und Verzweiflung in ihren Zügen sah, erschrak sie. War sie genau im richtigen Moment gekommen? Heather hielt Chloé fest und ließ sie weinen – so wie sie selbst sich damals bei Svetlana ausgeweint hatte. Die Erinnerung hatte etwas Unheimliches – oder etwas Magisches?

Heather lächelte, als Chloés Schluchzer schließlich verebbten und ihre Freundin sich von ihrer Schulter löste.

»Besser?«, fragte sie sanft.

Chloé schüttelte den Kopf und rieb sich die Tränen aus den Augen. »Ich benehme mich unmöglich«, murmelte sie. »Da kommst du zu Besuch – zum ersten Mal seit Jahren –, und ich habe nichts Besseres zu tun, als dir etwas vorzujammern. Komm, ich zeig dir lieber das Haus ... und die Ställe. Es ist ... es ist alles sehr schön ... Er... erinnerst du dich noch an Dancing Jewel? Sie hat eine sehr hübsche Tochter. Und ein Sohn von ihr ist bei uns Zuchthengst, sie ... Oder ... oder soll ich erst mal Tee machen?«

Chloé wandte sich geschäftig zum Haus. Sie plapperte und ärgerte sich darüber. Aber sie konnte Heather auch nicht gleich ihr Herz ausschütten. Bisher hatte sie niemandem gegenüber etwas gesagt. Sie hatte immer getan, als ob sie glücklich wäre. Schon um nicht eingestehen zu müssen, dass alle Recht gehabt hatten, die sie vor Colin gewarnt hatten. Und nun gerade Heather ... sie konnte ihr nicht eingestehen, dass ihr Leben und ihre Liebe eine einzige große Lüge waren.

Heather fasste Chloé bei der Schulter und hielt sie zurück. Sie zog sie sanft zu sich herum und zwang sie, ihr in die Augen zu sehen.

»Chloé, ich will dein Haus nicht sehen. Und auch keinen Tee trinken. Die Kinder von Dancing Jewel sind zweifellos reizend, aber auch derentwegen bin ich nicht gekommen. Ich bin deinetwegen gekommen, Chloé Edmunds Boulder Coltrane. Ich hab mich nach dir gesehnt. Und wenn du mich jetzt anguckst und sagst, dass es dir nicht genauso ging, dass du dich nicht nach mir gesehnt hast, dann kann ich gleich wieder gehen.« Heather sah Chloé forschend an.

Chloé senkte den Blick. »Nein«, sagte sie dann. »Nein, geh nicht, ich … ich hab mich gesehnt. Ich hab dich so vermisst.«

Heather lächelte. »Na also. Und Leute, nach denen man sich sehnt, weil man sie … na ja, vielleicht ein kleines bisschen liebt … die lügt man doch nicht an, oder?«

Chloé schüttelte den Kopf, sah ihrer Freundin aber immer noch nicht in die Augen. »Ich lüg dich nicht an«, flüsterte sie. »Ich lüg überhaupt keinen an. Nur … nur mich selbst.«

Wie sich herausstellte, hatte Heather wirklich den idealen Tag für ihren Besuch gewählt. Die Freundinnen hatten das Haus für sich. Colin war auf der Rennbahn, und Chloé hatte der Köchin freigegeben.

»Colin geht hinterher sowieso in den Pub«, erklärte sie nervös. »Womit … womit ich nicht sagen will, dass er da zu viel Zeit verbringt. Er ist … er ist eigentlich sehr häuslich, also wenn man mal davon absieht, dass er natürlich viel rumreist, wir starten ja auch Pferde in Woolston und …«

»Du brauchst ihn nicht zu entschuldigen«, meinte Heather trocken. »Und sag bitte nicht ›wir‹, wenn du von dem ganzen Betrieb da draußen sprichst. Das bist doch nicht du, Chloé! Dieses protzige Schild, der Pferdehandel … und womöglich die Wettmanipulationen. Ich hoffe, dein Name taucht in dem Zusammenhang nicht auf. Chloé, wenn das publik wird, kommt ihr beide in Teufels Küche!«

»Wettbetrug?«, fragte Chloé verwirrt. »Ich … ich weiß nicht, wovon du sprichst …«

Heather seufzte. »Das dachte ich mir schon. Aber das ist jetzt auch nicht so wichtig. Jedenfalls erzähl mir nichts darüber, was Colin für ein guter Kerl ist. Erzähl mir lieber, wie er dich hier ausgebootet hat. Ach ja, wo ist eigentlich Violet?«

Chloé berichtete, dass sie auch Violet freigegeben hatte.

»Women's Franchise League«, bemerkte sie, als erkläre das alles. »Die hat sich wohl ganz neu gegründet, und Violet ist dabei, obwohl Eric ihr deshalb das Leben zur Hölle macht. Jeden Tag höre ich neue Ausreden darüber, woher die blauen Flecke kommen, der Kerl prügelt sie windelweich. Aber gestern musste sie denn trotzdem nach Dunedin. Mit ein paar anderen Frauen aus der Gegend, sie haben alle den Zug genommen, um sich diese Kundgebung für das Frauenwahlrecht anzuhören.«

»Und du nicht?«, fragte Heather fast etwas vorwurfsvoll.

»Ich hab weiß Gott andere Sorgen!«, schleuderte Chloé ihr entgegen. »Jedenfalls war Eric gestern unterwegs. Die haben noch irgendein Pferd von sonst wo geholt, einen kleinen Hengst, frag mich nicht. Er soll heute gleich starten ... im Zukunftsrennen. Aber mir erzählen sie ja nichts.« Es klang verbittert. »Violet hofft, dass ihr Mann es bei all dem gar nicht mitkriegt, wenn sie eine Nacht weg ist. Aber da hat sie keine Chance. Joe wird es ausplaudern, kaum dass Eric heute Abend zur Tür hereinkommt. Der Junge vergöttert seinen Vater ...«

Heather rieb sich die Stirn. Es war immer gleich ... Jetzt war es Violets Sohn, damals ihr Bruder Colin. Auch er aufgewachsen in den Ställen seines Vaters, wo er Betrug, Rosstäuscherei und den Hass des Vaters auf die Mutter wie ein Schwamm in sich aufgesogen hatte.

»Also gut«, sagte Heather. »Darum kümmern wir uns nachher. Und jetzt erzählst du von dir und Colin. Wer von euch hat als Erster aufgehört, den anderen zu lieben?«

Heather holte tief Luft. Sie wollte von den ersten Jahren erzählen, dem häufigen Streit, aber doch auch von den wundervollen Versöhnungen. Das Begehren in Colins Augen, nachdem sie sich vorher noch verhöhnt und beschimpft hatten. Am Anfang hatten sie zweifellos etwas füreinander empfunden, und bei ihr war es auch Liebe gewesen. Aber Colin ...

»Ich glaube«, sagte Chloé, »Colin hat mich von Anfang an nur gehasst. Wenn er überhaupt mal jemanden geliebt hat, dann Matariki Drury.«

»Und auch die nicht genug«, meinte Heather trocken. Dann nahm sie die Freundin in die Arme. »Und nun erzähl. Wie kommt es, dass du an dieser Rennbahn so gar keinen Anteil mehr hast? Es war doch dein Geld. Was ist passiert?«

Chloé erzählte von Colins Pferdekäufen, seiner Personalpolitik, seinen undurchsichtigen Machenschaften.

»Und ich bin einfach viel zu spät dahintergekommen, dass mein Name in keiner Besitzurkunde stand«, meinte sie schließlich.

Heather verdrehte die Augen. »Aber Chloé, das war doch offensichtlich! Wenn man einen Kauf abschließt, muss man unterschreiben. Wer nicht unterschreibt, wird im Allgemeinen auch nicht Eigentümer.«

»Ich hab einmal was unterschrieben«, erinnerte sich Chloé. »So eine Art Vorvertrag, damals, mit Desmond McIntosh. Aber beim zweiten Notartermin musste ich nicht mehr dabei sein. Das war auch so kurz vor der Hochzeit.«

»Das war noch vor der Hochzeit?«, rief Heather. »Du musst von allen guten Geistern verlassen gewesen sein. Aber damit muss Sean sich beschäftigen oder ein anderer Anwalt. Mal sehen, wie wir dich da wieder rauskriegen.«

»Rauskriegen?«, fragte Chloé hilflos.

Die Frauen waren in ihren Salon gegangen, und sie meinte, sich jetzt doch an ihre Pflichten als Gastgeberin erinnern zu müssen. Fahrig öffnete sie eine der Vitrinen und griff nach ihrem Teeservice.

Heather rieb sich mal wieder die Stirn. »Chloé, du willst doch nicht bei ihm bleiben. Du kannst dir und dem Rest der Welt nicht dein Leben lang etwas vorlügen. Und außerdem bin ich jetzt zurück. Ich wollte dich bitten, mit mir zu leben, Chloé. Als … als meine Frau.«

Chloé hätte die Teekanne, die sie gerade aus dem Schrank geholt hatte, beinahe fallen lassen. Fassungslos sah sie Heather an, die ganz gelassen auf dem Sofa saß. »Als deine ...«

Heather stand auf und rettete erst mal die Teekanne. Dann nahm sie Chloés Hand und zog die Freundin neben sich auf die Chaiselongue. Gelassen erzählte sie von Svetlana, von Mireille, von Juliet, von Ana.

»Ich weiß jetzt, Chloé, was mir Colin voraushatte«, endete sie schließlich mit einem Lächeln. »Und natürlich haben er und alle anderen Männer immer noch etwas, das ich nicht habe ... Aber glaub mir, du wirst es nicht vermissen.«

Chloé schluckte. Sie hatte wortlos gelauscht, zunächst ungläubig und dann bewundernd. London, Paris, Rom, Madrid ... Eigentlich war doch sie stets diejenige der Freundinnen gewesen, die sich von einem Abenteuer ins andere stürzte. Und jetzt hatte gerade die schüchterne Heather den Absprung gewagt und Grenzen überschritten. Nicht nur die nach England, Frankreich und Italien, sondern auch sehr viel eifersüchtiger bewachte.

»Du meinst, in Frankreich ist so was ganz normal?«, fragte Chloé schließlich zögernd. »Dass ... dass zwei Frauen ...«

Heather schüttelte den Kopf. »Es ist nicht gerade üblich, dass sich Frauen lieben und zusammenleben«, gab sie zu. »Aber es kommt vor. In Künstlerkreisen öfter. Und ... sie bleiben nicht unbedingt für immer zusammen. Manchmal trennen sie sich wieder. Manche lieben nur Frauen, manche auch Männer. Und ich ... also ich liebe dich, Chloé. Und ich will dich. Wenn's für immer ist, gut, wenn nicht, dann kommt irgendwann wieder ein Terrence oder ein Colin. Aber ich möchte es wenigstens versuchen.«

Chloé spielte mit einer ihrer langen dunklen Locken. Sie hatte ihr Haar aufgesteckt, aber bei ihrem hitzigen Disput mit Colin über Dancing Rose hatte sich der Knoten gelöst.

»Ein Colin kommt nie wieder«, sagte sie bestimmt. »Wie es mit einem anderen aussieht ... ich weiß es nicht, aber jetzt ... jetzt weiß ich sowieso gerade überhaupt nichts mehr. Außer dass du da bist. Und dass ich dich immer mehr geliebt habe als jeden anderen Menschen auf der Welt. Auch wenn … also wenn du nicht … oder doch … also wenn wir … Was machst du da, Heather? Willst du mich küssen?«

Heather nahm Chloé sehr sanft und sehr langsam. Sie küsste ihre Lippen und ihr Gesicht, öffnete ihr Reitkleid und ihr Mieder und liebkoste ihre Brüste. Und Chloé ließ sich mitreißen. Am Anfang war es vielleicht nur Neugier oder die Freude daran, überhaupt wieder geliebt, berührt, gestreichelt und bewundert zu werden. Aber dann löste Heather Gefühle in ihr aus, die nicht nur mit Zuneigung und Liebe zu tun hatten, sondern auch mit Lust. Chloés Körper vibrierte unter Heathers Lippen und ihren geschickten Händen. Sie brannte, wie sie bislang nur in den ersten Nächten mit Colin gebrannt hatte. Damals, als sie es auch manchmal noch spontan auf einem der Teppiche getan hatten, und auf diesem Sofa, auf dem Heather sie jetzt liebte. Kurz vor dem Höhepunkt dachte Chloé daran, dass es besser gewesen wäre, Heather mit in ihre Privaträume zu nehmen. Hier konnte schließlich jeden Augenblick jemand hereinkommen … jemand konnte sie entdecken … Aber Colin war auf der Rennbahn und mit ihm Eric und Violets Sohn Joe. Roberta war mit der Köchin unterwegs und Rosie mit ihrem Pferd beschäftigt. Es konnte nichts passieren.

Und dann dachte Chloé eigentlich überhaupt nichts mehr, sie bäumte sich nur noch ihrer Freundin entgegen. Ihrer Seelengefährtin, ihrer Liebe, ihrem zweiten Ich. Ihrer Frau.

Colin war eigentlich ärgerlich. Verdammt, Dancing Rose hätte gewinnen sollen, er hatte auf sie gesetzt. Und sie war haushoch in Führung gewesen, als die Pferde auf die Zielgrade gingen, garantiert wäre der kleine Hengst von diesem Kerl aus Dunedin nie an ihr vorbeigekommen. Aber Eric hatte ja auf Nummer sicher gehen wollen, wie er sich verteidigte. Beim Zieleinlauf hatte er die Peitsche benutzt, dabei am Zügel gezogen, um ein Angaloppieren zu vermeiden – Colin versuchte seit Jahren, ihm das abzugewöhnen, aber im Eifer des Gefechts machte Eric es immer wieder. Und die Wirkung auf die sensible Stute war verheerend gewesen. Dancing Rose war sofort erschrocken in Galopp gefallen – und hatte sich dann auch nicht mehr in den Trab zurückholen lassen. Sie war kopflos bis ins Ziel und weit darüber hinaus gerannt, beinahe noch aus der Rennbahn heraus und in den Stall. Eric hatte vollständig die Kontrolle verloren.

Zum Glück wartete Rosie am Ausgang und konnte das Pferd stoppen und beruhigen. Colin war zunächst in der Stimmung gewesen, sowohl seinen Stallmeister als auch das Pferd zu erschießen – aber dann hatte sich der Besitzer des Siegers zu ihm gesellt. Ein Dummkopf aus Dunedin, der ihm unbedingt erzählen musste, dass ihm nun klar sei, wie falsch all die Gerüchte um die Rennbahn in Invercargill gewesen waren. Alle anderen Pferdebesitzer hätten Colin zweifellos etwas abzubitten, wegen all dieses Tratsches über Manipulationen der Rennen. Dieses hier, das habe man ja deutlich gesehen, sei keineswegs manipuliert gewesen, sein kleiner Hengst habe ganz zu Recht gewonnen, aber es täte ihm natürlich trotzdem leid um die hübsche Stute, die dann leider galoppiert sei.

Colin hatte das Gerede zunächst an sich ablaufen lassen. Natürlich war das Rennen nicht manipuliert gewesen, er müsste ja verrückt sein, wenn er das an jedem Renntag machte. Tatsächlich überlegten Eric und er sich sehr genau, wann sie Pferde zurückhielten, um andere gewinnen zu lassen, oder wann sie einem Champion von auswärts ein paar Tropfen der richtigen Flüssigkeit auf den Kronrand eines Hufes applizierten, ein Vorgehen, das dann ziemlich sicher zu unregelmäßigem Gang und Angaloppieren führte. Heute jedenfalls hatte Colin Coltrane auf Dancing Rose' überragende Begabung gesetzt – und durch Erics Dummheit hundert Pfund verloren. Aber dann hörte er doch genauer hin, was der Kaufmann aus Dunedin erzählte. Der Mann war dabei, einen kleinen, aber feinen Rennstall aufzubauen. Er kaufte noch Pferde ... In Colin erwachte Interesse. Vielleicht ließ sich der Verlust ja noch ausgleichen. Der Hengst, den Eric am Tag zuvor gebracht hatte ...

Colin hatte keine Ahnung, wie schnell er war, aber er hatte ihn für das letzte Rennen des Tages gemeldet. Kein wichtiges Rennen, und bis auf zwei ziemlich aussichtslose Kandidaten starteten ausschließlich Pferde, die Coltrane im Training hatte. Drei seiner Lehrlinge würden sie fahren – oder nein, den besten der Jungs konnte er hinter den neuen Hengst setzen und Eric hinter das schnellste der anderen Pferde. Das Tier konnte sich dann mit dem neuen ein Finish liefern – und im letzten Moment konnte Eric den gleichen Fehler machen wie eben mit Dancing Rose ...

»Ich hätte da vielleicht ein Pferd«, meinte Colin. »Also an sich ein Geheimtipp – ich hab's auf gut Glück gekauft, hab selbst noch keine Ahnung, wie es laufen wird.«

Kurze Zeit später wusste er, dass der Kaufmann aus Dunedin einer von denen war, die meinten, ein Rennen würde mit Papieren gewonnen. Genau wie Chloé. Diese dumme Vorstellung, die Abstammung der Pferde mache sie schließlich zu guten oder schlechten Trabern! Natürlich basierte die gesamte englische Rennpferdezucht auf der Idee, dass die Paarung besonders schneller Pferde auf die Dauer zu immer schnelleren führen würde, und langfristig war dies auch sicher erfolgversprechend. Aber Colin dachte nicht langfristig, Colin glaubte an Zufälle. Und je größer der Zufall, desto höher die Quote.

»Vielleicht möchten Sie sich die Papiere des fraglichen Hengstes ja einmal ansehen, Mr. Willcox? Ich bin mir nicht sicher, aber soweit ich mich erinnere, hat er mütterlicherseits Vollblutahnen, die Godolphin-Barb-Linie.«

Mr. Willcox wollte, er hatte zweifellos angebissen. Und musste nun nur noch fachsimpelnd bei Laune gehalten werden, bis sie ins Haus kamen. Colin fragte sich, ob noch Champagner da war. Wenn der Mann etwas benebelt wäre, würde ihm der Sieg des Pferdes noch wunderbarer vorkommen – zumal der Preis für seine Verhältnisse nicht hoch sein würde. Colin plante nur, das Doppelte zu verlangen, was er selbst für das Tier bezahlt hatte.

Heather und Chloé schreckten erst auf, als sie Schritte im Empfangsraum hörten.

»Kommen Sie rein, Mr. Willcox, nehmen Sie Platz, ich hole Ihnen die Papiere.«

Die Abstammungsnachweise lagen im Büro, in Colins Räumen. Und um sie zu erreichen, war das Wohnzimmer zu durchqueren.

Chloé, die eben über Heather gelegen und versucht hatte, die gerade gelernten neuen Künste an ihr zu erproben, versuchte, noch rasch eine Decke über ihren und Heathers nackten Körper zu werfen. Aber es war zu spät, Colin konnte das Paar auf dem Sofa nicht übersehen. Und seine Reaktion machte alles noch schlimmer.

»Ich bringe den Kerl um!«

Colin erkannte auf den ersten Blick nur zwei ineinander verschlungene Körper – und den dunklen Schopf seiner Frau, der sich gerade über ihren Partner beugte. Er stürzte sich auf die beiden wie ein Rasender, griff in Chloés Haar und zerrte sie brutal von ihrem vermeintlichen Liebhaber herunter. Dann stand er fassungslos vor seiner Schwester.

Heather suchte ihr Heil in Frechheit. »Hallo, Brüderchen!«, sagte sie.

Colin holte aus und schlug ihr ins Gesicht. Er prügelte kopflos auf sie ein und trat nach Chloé, die versuchte, ihr zu Hilfe zu eilen.

Chloé wich den Tritten aus und versuchte, ihren Mann von ihrer Freundin wegzuziehen. Und dann sah sie den zweiten Mann im Durchgang zwischen Empfangs- und Wohnzimmer, der die Szene wie erstarrt beobachtete. Chloé vergaß, dass sie nackt war, vergaß, dass diese Situation sie wahrscheinlich für immer und ewig kompromittierte.

»Nun tun Sie schon was!«, schrie sie den Besucher an. »Er bringt sie ja um!«

»Aber das ist ... das ist eine Frau ...«, stammelte der Mann. Chloés Fäuste hämmerten verzweifelt auf Colins Rücken ein. »Eben!« brüllte sie. »Sie kann sich nicht wehren. Bitte!« Endlich zeigte der Mann eine Regung. Und zum Glück war er kräftig und offensichtlich nicht untrainiert. Ein einziger Griff genügte, um Colin von Heather wegzuziehen. Der machte daraufhin Anstalten, ihren Retter anzugreifen. Ein leichter linker Haken des Mannes schickte ihn für einen Moment in eine andere Welt. Colin fiel auf den Teppich.

Der Mann nahm sein irritiertes Starren auf die beiden Frauen daraufhin wieder auf. »Das ist ... doch unnatürlich ...«, murmelte er. »Und Sie ... Sie ...«

In diesem Moment erkannte er seine Reisebekanntschaft wieder. Die junge Frau in dem flotten Hosenrock. Vielleicht hätte ihm das schon komisch vorkommen sollen.

Chloé stürzte zu Heather, um ihr zu helfen. Ihre Lippe war aufgeplatzt und blutete, desgleichen ihre Wange. Dazu hatten Colins Fäuste sie in die Rippen getroffen. Ohne Chloés Hilfe hätte sie sich nicht aufsetzen können. Der unbedarfte Pferdebesitzer aus Dunedin fand sich plötzlich zwei nackten Frauen auf dem Sofa gegenüber.

»Wer ... was ist das?«

In seiner Verwirrung wandte Willcox sich an Colin. Der kam gerade wieder zu sich und raffte sich mühsam auf.

»Gestatten, meine Gattin«, sagte er gallig. »Und meine Schwester. Verdammt, langen Sie immer so hin? Sie sollten boxen, statt Pferde laufen zu lassen.«

»Und was ... was machen wir jetzt?« Willcox befand sich immer noch in einer Art Schreckstarre.

Colin versuchte aufzustehen. »Ich schlage vor, Sie gehen zu Ihrem Pferd, und ich mache hier weiter.«

Er ballte die Fäuste. Bisher hatte er Chloé noch nie geprügelt. Aber heute würde er es tun. Und danach würde er sie nehmen. Er würde den Gedanken an seine Schwester aus ihr herausprügeln und aus ihr heraus...

»Mr. Coltrane, bei allem Verständnis. Aber Sie können keine Frau schlagen.«

Die Situation war beinahe komisch, und sehr viel später sollten Heather und Chloé auch darüber lachen: Da war dieser offensichtlich von Grund auf integre Mann, dessen Weltbild gerade in den Grundfesten erschüttert worden war. Aber über die Empörung, die er zweifellos mit dem betrogenen Ehemann eines dieser verdorbenen Weiber teilte, triumphierte seine Erziehung zum Gentleman.

»Kann ich nicht?«, fragte Colin und machte Anstalten, sich wieder auf die Frauen zu stürzen.

Mr. Willcox' Faust traf ihn diesmal unter dem Auge. Colin fiel wie ein Stein zu Boden. Willcox warf ihm einen fast entschuldigenden Blick zu, dann wandte er sich an die Frauen.

»Mrs. ... äh ... Miss ... Coltrane ... Ich denke, damit hätte ich Ihnen eine ... hm ... Atempause verschafft. Vielleicht ... äh ... ziehen Sie sich etwas ... hm ... an. Und dann ... also, ich könnte hierbleiben, bis Sie weg sind. Weil ... Sie wollen doch ... äh ... zweifellos gehen. Oder ... oder können Sie das irgendwie aufklären? Ist es ein ... hm ... Missverständnis?«

Heather fand ihr Lächeln wieder. »War es ein Missverständnis, Chloé?«, fragte sie.

Ihre Freundin schüttelte den Kopf. »Nein«, sagte sie ruhig und hob ihre und Heathers Sachen auf. »Wenn Sie uns einen Moment entschuldigen würden, Mr. ...«

»Willcox«, sagte der Mann und verbeugte sich förmlich.

Heather konnte nicht anders. Als Chloé sie aus dem Zimmer schob, begann sie hysterisch zu lachen. Dabei schmerzte ihr ganzer Körper, Colin hatte ihr zweifellos ein paar Rippen gebrochen.

Chloé half ihr in ihre Hemdhose, alles andere als amüsiert. »Hör auf, und zieh dich an, bevor er es sich anders überlegt. Herrgott, Heather, hast du Colins Gesicht gesehen? Er ist imstande und bringt uns wirklich um!«

Heather nickte, jetzt wieder ernst. »Ich hab das Gesicht meines Vaters gesehen ...«, sagte sie leise, »... wenn er auf meine Mutter einschlug. Willst du irgendetwas mitnehmen, Chloé?«

Chloé zögerte kurz, holte dann aber doch noch Dancing Rose' Papiere. »Das Einzige, was mir hier zweifelsfrei gehört«, sagte sie. »Wir müssen das Pferd abholen lassen. Und ... und Rosie ... und ... und Violet ... um sie müssen wir uns auch kümmern.« Sie zitterte.

Heather nickte. »Morgen organisieren wir das alles«, sagte sie. »Jetzt müssen wir so schnell wie möglich nach Dunedin. Vielleicht ist Sean ja noch da. Du brauchst einen sehr guten Anwalt.«

Mr. Willcox saß noch neben dem bewusstlosen Colin, als die Frauen zurückkamen.

»Wir gehen dann jetzt«, sagte Heather. »Vielen ... vielen Dank.«

Chloé passierte ihren Retter zuerst mit schamhaft gesenktem Blick, schaute dann aber doch noch zurück.

»Ach, und Mr. Willcox ... Ich weiß nicht, welches Pferd mein Mann Ihnen andrehen wollte. Aber kaufen Sie es besser nicht!«

KAPITEL 9

Als Violet von ihrem verbotenen Ausflug zurückkehrte, atmete sie zunächst mal auf. Der Renntag war noch nicht zu Ende, sie hörte Hufgetrappel und die anfeuernden Rufe des Publikums. Eric hatte sie also höchstwahrscheinlich noch nicht vermisst. Auch auf dem Weg zum Haus begegnete ihr niemand, aber im Gartenhaus erwartete sie Rosie, in einer Ecke versteckt wie in ihren schlimmsten Zeiten. Violet erschrak zu Tode. Was mochte dem Mädchen passiert sein? Wenn sie wieder schwieg, konnte es Stunden dauern, das herauszufinden. Aber kaum dass Rosie ihre Schwester erkannte, überschüttete sie Violet auch schon mit Informationen, die für ihre Verhältnisse einem Wortschwall glichen.

»Rose hat verloren, er hat sie geschlagen. Und die Missus ist weg. Mit einer anderen Frau. Ich soll dir sagen, sie kommt zurück, sie holt uns. Aber das glaube ich nicht. Sie lief weg. Sie lief weg vor Mr. Colin.«

Violet verstand nur die Hälfte. Chloé sollte weggegangen sein? Violet hielt das für möglich, sie traute ihrer bewunderten Herrin durchaus zu, ihren Mann irgendwann zu verlassen. Aber so plötzlich? Ohne jede Vorbereitung? Fluchtartig? Weil irgendjemand ihr Pferd geschlagen hatte? Violet beschloss, der Sache auf den Grund zu gehen.

»Bleib hier, Rosie, ich gehe ins Haus«, sagte sie. »Ich muss sowieso nach den Kindern suchen. Sind sie bei Mrs. Robertson?«

Rosie versuchte, gleichzeitig zu nicken und den Kopf zu schütteln. »Roberta. Joe war im Stall.«

Violet seufzte. Das hätte sie sich denken können. Tatsächlich hatte sie den Kindern aufgetragen, bei der Köchin zu bleiben. Mrs. Robertson besuchte an ihren freien Tagen ihre Schwester, die ebenfalls Kinder hatte. Roberta liebte es, mit ihnen zu spielen, und diesmal hatten die Kinder ja sogar bei ihren Freunden übernachten sollen. Aber Joe blieb lieber bei seinem Vater und Colin, und offensichtlich hatte er Mrs. Robertson wieder mal um den Finger gewickelt. Das hieß, er hatte mitbekommen, dass Violet über Nacht in Dunedin gewesen war. Und er würde es Eric zweifellos verraten.

Zu ihrer Verwunderung traf Violet ihren Sohn im Haus an. Er stand vor Colin, der seltsam abgeschlagen auf dem Sofa saß, und hielt ihm einen Eisbeutel an die Wange.

»Was machst du da, Joe?«, fuhr sie den Jungen an. »Solltest du nicht bei der Köchin ...«

Colin Coltrane wandte Violet ein ziemlich zerschlagenes Gesicht zu, dominiert von einer gewaltigen Schwellung unter dem rechten Auge. Es war bereits fast zugeschwollen, der Mann tat Violet beinahe leid. Sie wusste aus eigener Erfahrung, dass sein Auge am kommenden Tag blutunterlaufen und grün und blau umrandet sein würde. Sofort fiel ihr Eric ein. Aber das hatte sicher nicht er getan!

»Er macht sich nützlich«, nuschelte Colin mit anerkennendem Blick auf den Jungen. Auch seine Lippe war dick geschwollen.

»Weil die Hure davongelaufen ist«, fügte Joe hinzu.

Violet runzelte die Stirn und fixierte den Jungen. Gott mochte ihr vergeben, aber sie schaffte es immer noch nicht, etwas wie Liebe oder auch nur Zuneigung zu empfinden, wenn sie ihn ansah. Zumal er Eric mehr und mehr ähnelte. Sie meinte jetzt schon, seinen verschlagenen Blick bei ihm zu erkennen. Und jetzt das ...

»Joseph Fence, noch einmal ein solcher Ausdruck, und ich werde dir den Mund mit Seife auswaschen!«, sagte sie streng. Dabei plapperte er bestimmt nur etwas nach. »Und Sie sagen ihm doch bitte nicht solche Dinge vor, Mr. Colin!«, tadelte sie auch ihren Chef.

»Er weiß gar nicht, was eine … was das H-Wort bedeutet …«

»Wohl weiß ich das!«, krähte Joe. »'ne Hure is 'n Weib, das mit andern rummacht. Im Bett. Über Nacht?« Er sah seine Mutter fragend an.

Violet verstand nicht das Geringste. Aber es klang nicht gut. Eigentlich klang es so, als hätten sich die Männer die Mäuler darüber zerrissen, dass sie mit anderen Frauen über Nacht nach Dunedin gefahren war. Und Joe hatte das aufgeschnappt. Aber wer hatte Colin so zugerichtet?

»Ich gebrauch in meinem verdammten Haus genau die Worte, die ich gebrauchen will!«, blaffte Colin sie an. »Ob's Miss Violet genehm ist oder nicht. Du kannst hier mal Ordnung machen, Violet, und danach kochst du was. Ich werde heute Abend nicht in den Pub gehen, aber der Junge hier … Sei so gut, Joe, und hol deinem Mr. Colin eine Flasche Whiskey … der Wirt soll's anschreiben …«

»Sie wollen das Kind nicht wirklich in den Pub schicken?«, fragte Violet entsetzt.

Sie hatte am Tag zuvor so viel über den Zusammenhang zwischen Prohibition und Frauenwahlrecht gehört, dass sie fast schon geneigt war, in Sachen Enthaltsamkeit Zugeständnisse zu machen. Erst musste das Wahlrecht durch, danach konnte man darüber diskutieren, ob die Schließung von Pubs sinnvoll war oder nicht. Colins Haltung überzeugte sie schlagartig wieder vom Gegenteil.

Colin grinste. »Die Apotheke hat am Sonntag zu. Und ich brauch was gegen die Schmerzen. Ich schick ihn nach Medizin, Violet, nicht mehr, nicht weniger. Jetzt lauf, Joe …«

Joe grinste seine Mutter triumphierend an, bevor er sich auf den Weg machte. Violet begann wortlos, das Wohnzimmer aufzuräumen. Zweifellos hatte hier eine Art Kampf stattgefunden. Ein paar Sessel waren umgekippt, eine Vase vom Tisch gefegt. Violet fegte die Scherben zusammen. Erst dann traute sie sich zu fragen.

»Wo ist Mrs. Coltrane, Mr. Colin? Rosie hat so was gesagt ...«

»Gibt keine Mrs. Coltrane mehr ...«

Violet entdeckte erst jetzt das Glas und die leere Flasche auf dem Beistelltischchen neben dem Sofa. Colin hatte also schon angefangen zu trinken und brauchte nur Nachschub. Sie hatte sich ohnehin schon gewundert, dass er Joe fortschickte, eigentlich hatten die Coltranes stets Whiskey und auch Wein und Champagner im Haus.

»Wie dein Sohn sagte. Die Hure ist weg. Und mit dir wird Eric auch andere Seiten aufziehen. Glaub bloß nicht, dass er nicht gemerkt hat, dass du weg bist gestern Nacht. Hast einen anderen, nicht? Hübsch wie du bist, könntest du zehn haben. Oder ist es 'ne Frau? Seid ihr jetzt alle verrückt geworden?«

Violet äußerte sich nicht dazu. Es würde schlimm genug sein, nachher Eric Rede und Antwort zu stehen. Aber Rosie schien Recht zu haben, irgendeine Frau musste gekommen sein und hatte Chloé überredet, mit ihr wegzugehen. Heather? Violets Herz klopfte plötzlich etwas schneller. Wenn Chloé mit Heather zusammen war, konnte es wirklich sein, dass die beiden zurückkamen, um Violet zu holen. Und wo Heather war, war vielleicht auch Sean.

Der Gedanke an Sean Coltrane half Violet, den endlosen Abend zu überstehen. Eric war nach den Rennen ebenfalls nicht in den Pub gegangen, sondern betrank sich im Wohnzimmer mit seinem Herrn. Das war bislang noch nicht vorgekommen – Chloé hatte der endgültigen Verbrüderung zwischen Eric und Colin immer noch etwas entgegengesetzt. Aber jetzt brach eine neue Ära an, und Eric bewies Gespür dafür wie immer. Zuerst näherte er sich Colin demütig mit weiteren schlechten Nachrichten. Das neue Pferd hatte spektakulär versagt, der potenzielle Käufer war aber ohnehin schon vorher abgezogen. Und der Dummkopf von Lehrling, der das letzte Rennen eigentlich hätte verlieren sollen, hatte den Größenwahn gekriegt und sich mit dem vorgesehenen Gewinner bis zuletzt ein Kopf-an-Kopf-Rennen geliefert. Beim Durchtraben des Ziels hatte dann seine Stute die Nase vorn ... Also weitere Wettverluste. Colin tat sie mit einer Handbewegung ab. Den Tag konnte man sowieso nur vergessen ... Herr und Diener taten das ihrige, dies mit Hilfe des Whiskeys zu bewerkstelligen. Und Joe saß dabei und betrachtete einen so anbetend wie den anderen.

Violet hatte Roberta gleich ins Gartenhaus geschickt, als Mrs. Robertson sie zurückbrachte. Die Köchin, die im Dienstbotentrakt schlief, wollte versuchen, Rosie zu überreden, dort ein Zimmer zu beziehen. In dieser Nacht konnte das Mädchen auf keinen Fall in ihre Kammer neben Chloés verwaisten Räumen bleiben.

Schließlich war Colin betrunken genug, Eric von Chloé, Heather und Mr. Willcox zu erzählen. Angeblich hatte er erst die beiden Huren, dann den potenziellen Pferdekäufer, der sich auf ihre Seite stellte, aus dem Haus geprügelt.

Violet nahm an, dass es nicht ganz so gewesen war, Rosie wäre noch verstörter gewesen, hätte ihre geliebte Miss Chloé Spuren von Misshandlungen gezeigt. Sie fragte sich auch, was Chloé und Heather zusammen auf dem Sofa gemacht haben konnten, das Colin derart aufregte, aber im Grunde war es ihr egal. Violets Entschluss stand fest. Sie würde irgendwie überleben – mit etwas Glück betrank sich Eric ja bis zur Bewusstlosigkeit und würde sie gar nicht behelligen. Aber egal, was geschah: Am kommenden Morgen nahm sie den Frühzug nach Dunedin mit ihren Kindern – auch wenn sie jetzt schon wusste, dass das nicht einfach werden würde. Joe wollte zweifellos bei seinem Vater bleiben und Rosie bei ihrem Pferd. Aber Violet war entschlossen, sich durchzusetzen.

Sie atmete auf, als es ihr am späten Abend gelang, sich aus dem Haus zu schleichen, ohne dass die Männer es merkten. Joe, der fast im Gehen schlief, zerrte sie mit sich. Einen Herzschlag lang dachte sie darüber nach, sich zu Mrs. Robertson zu flüchten. Dann konnte ihr sicher nichts passieren. Aber womöglich machte Eric Lärm, wenn er sie nicht fand, und womöglich suchte er sie und schleifte sie an den Haaren aus den Dienstbotenquartieren. Das hatte er schon einmal gemacht, und Violet graute es vor dem Eklat.

Also ging sie ins Gartenhaus und hoffte auf eine ruhige Nacht – umso mehr, als sie Joe zu Bett brachte und dabei Rosie Arm in Arm mit Roberta in deren Schlafecke entdeckte. Sie musste es unbedingt still ertragen, wenn Eric ihr etwas antat. Rosie durfte nicht wieder bis zum Erstarren geängstigt werden.

Violets Hoffnungen sollten sich nicht erfüllen. Eric kam zwar erst spät ins Gartenhaus, aber erstaunlich wach. Wahrscheinlich war er mit Colin im Wohnzimmer eingeschlafen und dann ein paar Stunden später etwas ernüchtert wieder zu sich gekommen. Nun taumelte er in ihre Unterkunft – ein kleines Gebäude, das aus zwei Zimmern und einer Kochnische bestand. Man betrat zuerst den größeren der beiden Räume, in dem Tisch und Stühle standen und nachts die Kinder schliefen. Der kleinere diente als verschließbares Schlafzimmer für Violet und Eric. Nach seinen Besuchen im Pub tapste Eric gewöhnlich durch den Schlafraum der Kinder, ohne besonderen Lärm oder gar Licht zu machen. Aber diesmal kam er vom Haupthaus und hatte eine Laterne bei sich. Und sein erster Blick fiel auf Rosie und Roberta, die eng umschlungen schliefen.

»Ist das die Möglichkeit!« Eric brüllte los. »In meinem Haus? Meine Tochter! Dir werde ich's zeigen, mein Kind zu verführen, du kleine Hure! Hast es wohl auch mit der Herrin getrieben, ja? Hast bei deiner Miss Chloé gelernt.« Eric zerrte Roberta und Rosie aus dem Bett und schleuderte Rosie durch den Raum. »Dabei biste ganz hübsch, Rosie! Wird Zeit, dass dich mal einer einreitet! Nicht nur deine Missus.«

Er näherte sich dem Mädchen, das ihm angstvoll auswich, presste es an die Wand und zwang ihm seine Zunge in den Mund. Rosie trat nach ihm, schrie …

Aber Violet war schon da und drängte sich dazwischen. »Nicht, Eric, in Gottes Namen, nicht das Kind! Nimm mich, Eric. Du bist doch nicht wütend auf Rosie. Sie ist nicht weggelaufen. Ich bin weggelaufen, Eric. Ich … ich bin mit den Frauen der Women's League weggelaufen … aber bei der Kundgebung waren auch Männer …«

Violet zwang sich, verführerisch über ihre Lippen zu lecken. Verzweifelt bemühte sie sich, die Gesten zu kopieren, mit denen Clarisse und ihre Huren die Männer erregt hatten.

Eric ließ von Rosie ab. »Du willst also gestehen«, sagte er grinsend. »Du gibst es zu … da war immer was, das du am Laufen hattest. Auch schon in Woolston, ich wusste es doch! Dieser feine Mr. Stuart, nicht?«

Violet schob sich rückwärts in Richtung ihres Schlafzimmers. Dabei versuchte sie, Eric lüsterne, Rosie beschwörende Blicke zuzuwerfen. *Drück dich nicht in die Ecke und schweig, Rosie. Lauf weg. Lauf um Himmels willen weg, und nimm Roberta mit. Lass Roberta nicht zusehen, wie er mich erschlägt!*

»Mr. Stuart war … ein netter Kerl …«, flüsterte Violet. »Sehr nett …«

Eric folgte ihr ins Schlafzimmer. Sein erster Schlag warf sie aufs Bett.

Violet nahm am nächsten Morgen nicht den Frühzug. Sie überlebte die Nacht, aber sie war kaum fähig, sich aus dem Bett zu quälen. Immerhin überzeugte sie sich, dass Rosie und Roberta verschwunden waren, als sie im Morgengrauen aufwachte. Auch Joe war fort, aber darum konnte sie sich jetzt nicht kümmern. Sie hätte sich gern gewaschen oder einen Tee gemacht, aber sie hielt sich nicht lange genug auf den Beinen, ihr Kopf und ihr Rücken schmerzten unerträglich. Vielleicht konnte sich ja Rosie später um sie kümmern – oder Mrs. Robertson? Violet war sich nicht sicher, wie viel die Köchin von Erics Ausbrüchen wusste, aber sie meinte, dass sie manchmal mit Chloé Blicke getauscht hatte, wenn Violet sich wieder mal nur mühsam zur Arbeit schleppte. Auf jeden Fall musste sie bis mittags wieder zu Kräften kommen. Es gab einen Nachmittagszug. Ihre letzte Chance. Noch eine solche Nacht würde sie nicht überstehen. Violet taumelte zu Robertas Bett. Kaum dass sie sich ausstreckte, verlor sie wieder das Bewusstsein.

Rosie striegelte die Stute Dancing Rose. Sie hatte die Nacht bei ihr in der Box verbracht, während Roberta, die sich vor Pferden eher fürchtete, im Heu untergekrochen war. Roberta flüchtete sich dann auch gleich beim ersten Morgenlicht in die Küche. Sie liebte Mrs. Robertson, Rosie liebte Rose. Und nun genoss sie das Alleinsein mit ihr, auch wenn die Stille im Stall nicht lange anhalten würde. Die Lehrlinge schliefen zwar am Tag nach den Rennen aus, da gab Colin ihnen immer frei – es war ohnehin nichts mit ihnen anzufangen, wenn sie den Abend im Pub verbracht hatten. Colin und Eric würden jedoch früh wie immer zum Training kommen. Rosie hatte Angst davor. Aber sie wusste nicht recht, was sie tun konnte. Weglaufen vielleicht? Oder wegfahren?

Rosie war nicht sehr gut im Nachdenken. Sie hatte vor langer Zeit damit aufgehört, weil nachdenken nur Schmerz bereitete. Weil es erinnern bedeutete, erinnern an Schreie und Blut und Tod. Aber in der letzten Zeit hatte sie wieder damit angefangen. Auch deshalb, weil es jetzt schönere Erinnerungen gab. Dancing Rose war so ein hübsches Fohlen gewesen … und dann durfte sie auch nicht vergessen, was Miss Chloé ihr alles über Pferde beigebracht hatte. Wie man sie anschirrte, ans Gebiss und an die Leinen gewöhnte … Immer nachdenken, bevor du etwas machst, Rosie, hatte Miss Chloé gesagt, versuch zu denken wie ein Pferd, dann weißt du, was zu tun ist …

Ein Pferd würde weglaufen.

Rosie überlegte, welchen Wagen sie brauchen würden und ob Rose es schaffen konnte, ihn zu ziehen. Bisher war sie nur vor dem Sulky gegangen, aber wenn Violet und Roberta und Joe mitfahren sollten, dann brauchte sie eine Chaise. Und ein anderes Geschirr …

Während Rosie das Lederzeug in der Sattelkammer einer Prüfung darüber unterwarf, welches der Sielengeschirre man Rose wohl
zumuten konnte, betrat Eric die Ställe. Er war schlecht gelaunt,
Colin hatte ihn eben angebrüllt, als er ins Haus gekommen war,
um nach ihm zu sehen. Er sei krank, würde im Bett bleiben, Eric
müsse sich allein um die Pferde kümmern. Und die Stallburschen
und Lehrlinge hatten frei ...

Eric fluchte. Er würde alle Pferde, die im Training waren, nacheinander allein bewegen müssen. Aber da stand zumindest schon
das erste geputzt und fertig zum Anschirren auf der Stallgasse. Die
Stute der Missus – also musste Rosie hier irgendwo sein. Was war
mit der noch gewesen in der Nacht? Eric erinnerte sich nicht genau.
Nur noch daran, dass sie schon verdammt wie eine richtige Frau
aussah.

»Morgen, Rosie!«

Das Mädchen war in der Sattelkammer. Und als Eric Rosie
ansprach, blickte sie ihn an, als sähe sie den Leibhaftigen vor sich.

»Mach mir die Stute gleich fertig, ich nehm sie dann zuerst ran.
Was soll das denn, Mädchen? Willst du sie vor 'ne Kutsche spannen? Völlig verrückt, die Kleine, ich hab's immer gesagt ... Sulky,
Rosie ... mit dem Geschirr, das sie immer trägt. Ach ja, und Aufsatzzügel. Das Miststück ist mir gestern abgegangen, dem bring ich
heut erst mal Manieren bei.«

Eric warf einen Blick auf die Stute und stellte fest, dass er sich
darauf freute. Es machte ihm Spaß, Weibern Manieren beizubringen. Solchen mit vier und solchen mit zwei Beinen.

Während Rosie das Pferd anschirrte, konnte er schon mal kontrollieren, ob sie richtig gefüttert hatte. Garantiert hatte sie was
falsch gemacht.

Rosie war vor Schreck und Angst wie erstarrt. Gehorchen –
nicht nachdenken, dann ließ der Teufel sie vielleicht zufrieden.
Oder nicht? Er hatte Violet nie zufriedengelassen, egal, was sie
getan hatte. Und gestern hatte er sie ... Rosie wollte nicht daran

denken. Nicht denken. Aber dann würde er es wieder tun. Und jetzt würde er Dancing Rose den verhassten Hilfszügel umlegen. Und dann würde er sie schlagen. Und morgen würde er es wieder tun. Rosie griff nach dem Trabergeschirr. Er durfte nichts von all dem noch einmal tun. Sie musste ihn daran hindern. Rosie bat ihr Pferd um Entschuldigung, als sie ihm den Aufsatzzügel anlegte.

»Nur noch heute«, flüsterte sie. »Nur noch ein Mal.«

Dann führte sie die Stute zwischen die Scheren des Sulkys – und machte sich daran, sie anzuspannen. Man schlang dazu links und rechts einen Lederriemen um die Stange der Scheren, eine leichte Verbindung, bei einem eventuellen Unfall sollten die oft hochblütigen Pferde schnell vom Wagen befreit werden können, bevor sie womöglich tobten und sich die Beine brachen. Chloé hatte Rosie mehrfach gezeigt, wie man die Lederriemen um die Stange legte: leicht zu lösen, aber doch so, dass sie auf keinen Fall von selbst nachgaben. Rosie brachte sie links so an, wie sie es gelernt hatte. Rechts schlang sie das Leder nur einmal nachlässig um die Schere.

Dann führte sie Pferd und Sulky vor den Stall. Ihr Herz raste. Chloé hätte die Anspannung kontrolliert, das tat sie immer. Aber der Teufel ...

»Hast du den neuen Hengst gefüttert, Rosie?«

Der Teufel kam wutschnaubend aus dem Stall. »Fünf Liter Hafer für den nichtsnutzigen Gaul? Ja meinst du denn, Mr. Colin hat zu viel Geld? Wie lange machst du das hier schon, Mädel? Jahrelang! Aber immer noch nichts drin in deinem dummen Schädel. Immer noch zu blöd, um ein paar Körner Hafer in 'ne Krippe zu füllen.«

Dancing Rose tänzelte nervös auf und ab. Eric nahm Rosie die Zügel aus der Hand. »Da reden wir später noch drüber, Mädchen. Wir ziehen jetzt andere Seiten auf mit dir, wo die Missus weg ist ... Wirst sehen ... ich bring dir noch Manieren bei!«

Eric schwang sich auf den Sitz des hochrädrigen Karrens und klatschte Rose die Zügel auf den Rücken. Er ließ sie gleich antraben, fuhr die Auffahrt zur Rennbahn mit Schwung hinauf. Rosie folgte ihm mit rasendem Herzen. Es durfte nicht passieren, bevor er die Rennbahn erreichte. Wenn Rose auf der Straße durchging, würde sie kopflos davonrennen und irgendwann mit einem anderen Pferd oder einem Baum oder was auch immer zusammenstoßen. Sie konnte unbeteiligte Passanten umbringen ... und sich selbst ...

Rosie atmete auf, als Eric das Tor zur Bahn durchfuhr, zitterte aber erneut, als er dort erst mal kurz anhielt. Er sprach mit anderen Trainern. Viel war nicht los an diesem Montagmorgen, aber die Galopper waren zweifellos schon gelaufen, und jetzt erkannte Rosie auch zwei weitere Sulkys auf der Bahn. Lehrlinge bewegten die Pferde nach Anweisung der Trainer vom Rennclub. Wenn die nun etwas bemerkten ...

Aber die anderen Trainer achteten nicht groß auf Eric. Sie hatten nur ihre eigenen Schützlinge im Blick. Einer von ihnen öffnete die Schranke, um Dancing Rose auf die Bahn zu lassen. Er hätte eigentlich etwas bemerken müssen. Aber er stand links von dem Pferd. Rosie hatte es richtig gemacht, indem sie da korrekt angeschirrt hatte. Eric ließ Dancing Rose wieder antraben, und Rosie atmete auf. Bei diesem Tempo würde niemand mehr etwas sehen. Jetzt lag es an Rose – und an Gott, zu dem Violet jeden Tag pflichtschuldig mit den Kindern gebetet hatte. Rosie hatte damit aufgehört, als Colin Eric das Gartenhaus gab.

Dancing Rose trabte eineinhalb Runden, bevor sich der Lederriemen an ihrer rechten Seite löste. Und vielleicht hätte er sogar gehalten, wenn sie sich nicht widersetzt hätte. Aber Eric tat genau das, was er am Tag vorher im Rennen auch gemacht hatte, er gab der Stute auf der Zielgeraden die Peitsche. Rose wollte angaloppieren, nahm dazu den Kopf herunter – und stieß sich an der starren Zügelkonstruktion. Der plötzliche Ruck im Maul ließ sie abrupt stoppen, eine Reaktion, die Eric voraussah und der er mit einem weiteren Peitschenschlag vorzubeugen suchte.

742

Dancing Rose stieg im Geschirr, warf sich aber schon wieder nach vorn, um der Peitsche zu entgehen, als sie noch auf den Hinterbeinen stand. Dabei glitt der Lederriemen aus der Halterung, die einfache Schlaufe löste sich – und Rose spürte das Gewicht des Sulkys jetzt nur noch auf ihrer linken Seite. Sie erschrak – erst vor der einseitigen Belastung, dann auch vor dem Leder, das jetzt links von ihr über den Boden schleifte. Die Stute wich nach rechts aus, kam ins Rennen, spürte in ihrer Panik nicht mehr, dass Eric am Zügel zog. Aber Eric verlor die Zügel schnell, der leichte Wagen geriet bei dem einseitigen Zug ins Trudeln. Rose galoppierte jetzt schneller und schneller – Eric war unsicher, ob er abspringen oder versuchen sollte, sich auf dem Sitz zu halten. Und da war die Bande …

Rose driftete auf die Begrenzung der Rennbahn zu, Eric hatte keine Zeit mehr für eine Entscheidung. Er fühlte nur noch, wie der Sulky gegen die Bande geschleudert wurde, das Rad brach, die Sitzbank flog durch die Luft. Eric sah die Holzbänke der Zuschauerränge auf sich zuschießen.

Dann sah er nichts mehr …

Violet erwachte davon, dass jemand an die Tür des Gartenhauses klopfte.

»Sie muss hier drin sein.« Die Stimme der Köchin klang seltsam gedämpft. »Sie ist nicht ins Haus gekommen, und in die Ställe geht sie nie. Gott im Himmel, hoffentlich ist da nichts passiert … Das wäre …«

»Das wäre, als hätte der Blitz zweimal ins gleiche Haus eingeschlagen.«

Die ruhige Stimme, mit der die Worte gesprochen wurden, erkannte Violet nicht. Sie musste öffnen. Violet zwang sich, aufzustehen. Es ging schon etwas besser als am frühen Morgen. Das musste auch so sein. Sie musste den Nachmittagszug bekommen.

Vor dem Haus standen Mrs. Robertson und ein Mann, den Violet schon mal gesehen hatte. Richtig, auf der Rennbahn. Mr. Tibbot vom Rennclub, ein Trainer. Chloé hatte ein paarmal mit ihm gesprochen.

Mrs. Robertson schrie auf, als sie Violets zerschlagenes Gesicht sah. »Kindchen«, flüsterte sie. »Kindchen ... wir ... wir haben ... eine schlechte Nachricht.«

Violet erblasste. »Rosie?«, fragte sie.

Mr. Tibbot schüttelte den Kopf. »Ihr Mann«, sagte er. »Aber wenn ich mir Sie so ansehe ... ob die Nachricht wirklich so schlecht ist ...« Er räusperte sich und errötete. »Entschuldigen Sie, Mrs. Fence, das ist mir jetzt natürlich nur so rausgerutscht. Aber Ihr Mann ... Ihr Mann hatte einen Unfall ... Mein Gott, Mrs. Robertson, wie sage ich ihr das denn jetzt? Und ... sollen wir ihn hier hereinbringen? Hier ... aufbahren ... oder ... oder im großen Haus?«

Violet sah Mr. Tibbot an. Es fiel schwer, genau hinzusehen, ihre beiden Augen waren fast zugeschwollen, und in ihrem Mund lag die Zunge wie ein trockener Klumpen. Sie musste zwei Anläufe machen, bevor sie die Worte ausstoßen konnte.

»Er ist tot?«, fragte sie.

Die Männer brachten Eric Fence in Colins Haus – wobei der Police Officer den Rennbahnbesitzer auch gleich einer ziemlich barschen Vernehmung unterzog. Zwei Männer, die zusammen getrunken hatten, einer, der offensichtlich verprügelt worden war – und ein anderer, der sich am nächsten Tag das Genick brach, weil irgendetwas mit einem Pferd oder dessen Anspannung nicht gestimmt hatte ... Das war zumindest verdächtig. Mrs. Robertson konnte allerdings bestätigen, dass Colin das Haus nicht verlassen hatte, und auch keiner der Lehrlinge oder Stallburschen war mit dem Pferd beschäftigt gewesen. Selbst jetzt, sagte sie, sei nur das schwachsinnige Mädchen im Stall, das sich nach dem Unfall um das Pferd gekümmert habe.

»Sieht aus, als wäre es wirklich ein Unfall gewesen«, fasste der Officer später gegenüber Violet zusammen. Die anderen Männer auf der Rennbahn hatten ihn sofort gerufen, nachdem sie Eric geborgen und das rasende Pferd mit Rosies Hilfe zur Ruhe gebracht hatten. Er hatte die Reste des Sulkys und das Geschirr in Augenschein nehmen können. »Eine Nachlässigkeit. Ihr Mann ...« Der Officer biss sich auf die Lippen, beschloss dann aber, es ruhig auszusprechen. Die Frau musste wissen, in welchem Zustand ihr Gatte am Tag zuvor gewesen war. Sie schien jetzt auch ziemlich gefasst. Die Köchin hatte ihr geholfen, sich zu waschen und anzukleiden. »Ihr Mann hatte am Abend zuvor wohl sehr viel getrunken und der Anspannung seines Pferdes wohl nicht die ... äh ... nötige Aufmerksamkeit gewidmet. Auf jeden Fall löste sich der Wagen, das Pferd geriet in Panik, rannte gegen die Bande ...«

»Dem Pferd ist nichts passiert?«, fragte Violet abwesend. Sie sorgte sich um Rosie.

»Nichts Ernstes, soweit man erkennen konnte.« Der Officer wirkte irritiert. »Ihr Mann jedenfalls wurde über die Rennbahnumgrenzung geschleudert. Er war sofort tot.«

Violet nickte. Sie konnte es kaum fassen. Sie würde den Zug nicht nehmen müssen. Eric würde sie nicht wieder anfassen.

»Wenn Sie ihn sehen wollen ... Die Männer haben ihn ins Haus gebracht, aber es ist ... hm ... kein schöner Anblick. Der Bestattungsunternehmer ist verständigt. Er wird ihn aufbahren.«

Violet nickte wieder. »Ich ... muss nach meiner Schwester sehen«, sagte sie leise. »Wenn Sie ... wenn Sie mich entschuldigen würden.« Sie hoffte, dass Mrs. Robertson sich um Roberta und Joe kümmerte. Vor allem um Joe. Hoffentlich hatte er nicht allzu viel mitbekommen. Herrgott, sie sollte sich um ihn sorgen ... Aber sie konnte nur an Rosie denken. Sie war im Stall gewesen.

Und sie war alles andere als schwachsinnig.

Violet versuchte zu laufen, aber sie schaffte es gerade mal, hinkend vorwärtszukommen. Vor dem Stall angebunden sah sie die Fuchsstute – Gott sei Dank, dem Pferd schien wirklich nichts passiert zu sein. Und Rosie kümmerte sich um das Tier, sie saß also auch nicht verschreckt und verstummt in einer Stallecke.

Im Gegenteil, als Violet näher kam, vernahm sie ihre Stimme. Aber was sie hörte, ließ ihr das Blut in den Adern gefrieren. Rosie sang. Ein fröhliches kleines Lied, eine Weise, die sie von Caleb Biller gelernt hatte. Sie wusch das Pferd, lächelte dabei selbstvergessen und sang.

Sie hatte seit Jahren nicht mehr gesungen.

Violet wollte sich zurückziehen, um über all das nachzudenken. Aber dann sah sie Joe aus dem Stall kommen. Sein Gesicht war leichenblass, seine Wangen zeigten Tränenspuren, und seine Augen wirkten unnatürlich vergrößert. Er wollte auf Violet zulaufen, aber dann sah er Rosie, und seine Augen verengten sich. Blanker Hass sprach aus ihnen.

»Sie war es!«, rief er und zeigte auf Rosie. »Sie hat das gemacht.«

Violet vergaß, dass sie auch diesem Kind immer eine gute Mutter hatte sein wollen. Sie schlug ihm ins Gesicht.

Das kleine Pferd schnaufte, als Violet es endlich vor dem Pfarrhaus zum Stehen brachte. Es war inzwischen nicht mehr so mager, aber vor dem Leiterwagen kam es immer noch nicht allzu schnell vorwärts. Außerdem hatte sich Violet mehrmals verfahren, bevor sie den Vorort von Dunedin fand, in dem Reverend Burtons Kirche stand. Insofern war es fast Mitternacht und so dunkel wie damals, als Violet und Rosie hier zum ersten Mal Zuflucht gesucht hatten.

Peter Burton glaubte denn auch an ein Déjà-vu-Erlebnis, als er die junge Frau und das Mädchen vor der Tür stehen sah, nachdem ihr Klopfen ihn aus dem Bett geholt hatte. Diesmal war es allerdings nicht Rosie, die sich übermüdet an Violet klammerte, sondern Roberta. Rosie war bei dem Pferd geblieben, das angebunden am Leiterwagen mitgelaufen war. Dancing Rose, so erklärte sie Violet, sei schließlich noch nie von zu Hause fort gewesen. Sie solle sich nicht fürchten.

»Ist Heather da?«, fragte Violet, ohne sich mit einem Gruß oder dem früher so häufigen Knicksen aufzuhalten.

Das Licht der Öllampe, die der Reverend in der Hand hielt, fiel auf Violets Gesicht, und Peter sah die verheerenden Spuren von Schlägen, aber auch Erschöpfung und panische Angst. Er schüttelte den Kopf. Heather und Chloé waren in Dunedin eingetroffen, aber sie wohnten natürlich in ihrer Wohnung über Dunloes Bank und Lady's Goldmine. Kathleen hatte erzählt, dass sie da waren und Heather sich nicht wohlfühlte. Immerhin schien es nicht schlimm zu sein, Sean hatte mit den Frauen gesprochen. Danach hatte er weitere Dinge in der Stadt erledigt, die wahrscheinlich damit zusammenhingen, seine Weiterreise nach Christchurch zu verschieben. Auf jeden Fall würde er noch bis zum kommenden Morgen bleiben, er übernachtete im Pfarrhaus, war aber erst heimgekommen, als Peter und Kathleen schon schliefen.

»Hier ist nur Sean«, bemerkte Peter, ohne auch nur im Entferntesten zu ahnen, was er damit auslöste.

»Sean ist da?«, fragte Violet ungläubig. »Sean ist ... hier?«

Peter fragte sich, was sie daran so abwegig fand, schließlich war dies hier mehr oder weniger sein Elternhaus. Warum also sollte er im Hotel übernachten?

»Kann ich ... kann ich dann mit Sean sprechen?«

Violet sank auf die Stufen vor der Eingangstür und begann bitterlich zu weinen.

Die Erwähnung von Violets Namen riss Sean Coltrane nicht nur sofort aus dem Tiefschlaf, sondern stürzte ihn auch in hektische Betriebsamkeit. Anziehen? Auf jeden Fall, er konnte ihr nicht im Morgenrock gegenübertreten. Rasieren? Peter hatte gemeint, es sei dringend, also vielleicht doch besser nicht ... Himmel, hoffentlich sah er nicht übernächtigt oder gar verkatert aus! Sean war kein Abstinenzler, er hatte am Abend erst mit Heather und Chloé Champagner, dann mit seinen früheren Kollegen aus der Anwaltskanzlei Whiskey getrunken. Was würde sie von ihm denken, wenn sie es womöglich roch! Also Zähne putzen, Mundwasser ... was um Himmels willen war passiert, dass Violet mitten in der Nacht vor der Tür stand? Mit Jimmy Dunloe hatte er vereinbart, nach seinen Verpflichtungen in Christchurch noch einmal herzukommen und mit Chloés Stiefvater gemeinsam nach Invercargill zu fahren. Bis dahin sollte Colin sich so weit beruhigt haben, dass man mit ihm reden konnte. Die Männer wollten Chloés Sachen und ihr Pferd abholen – und Rosie eine Stelle in Dunedin anbieten. Sean hatte vorgehabt, dann auch mit Violet zu reden. Chloé hatte sich bereiterklärt, auch sie und die Kinder aufzunehmen, wenn sie sich entschließen konnte, Eric zu verlassen.

Und nun saß sie hier am Küchentisch, verzweifelt schluchzend, den Kopf in den Armen vergraben. Er sah nur ihr wirres kastanienbraunes Haar. Wenn sie es irgendwann aufgesteckt hatte, so sicher nur flüchtig. Neben ihr saß aufrecht und brav ihre Tochter, ein zierliches, sehr hübsches Mädchen, das ihr wie aus dem Gesicht geschnitten war. Roberta war ordentlich angekleidet – warum man das Kind allerdings gänzlich schwarz ausstaffieren musste, entzog sich Seans Verständnis. Sogar sein langes, ebenfalls kastanienbraunes Haar war mit einer schwarzen Schleife zum Pferdeschwanz zusammengefasst. Das Mädchen nippte an einer Tasse Kakao und wirkte übermüdet und besorgt um seine Mutter.

»Rosie ist noch im Stall bei Chloés Pferd«, sagte Kathleen. Sie hatte im Morgenmantel Tee und Kakao gemacht. »Peter zeigt ihr, wo sie's unterstellen kann.«

»Und der Junge?«, fragte Sean. Er erinnerte sich genau daran, dass Violet drei Kinder bei sich gehabt hatte, als er sie damals bei der Kundgebung in Christchurch gesehen hatte.

»Weggelaufen!«, schluchzte Violet. »Ich … ich hab ihn geschlagen, und er ist weg, und jetzt wird er es allen sagen, und … sie dürfen sie nicht einsperren, Sean, bitte, Sie sind doch Anwalt, Sie …«

Sie hob den Kopf und blickte direkt in Seans samtgrüne Augen. Sein schmales Gesicht zeigte Erschrecken beim Anblick ihrer verschwollenen Augen und ihrer aufgeplatzten Lippe, dann aber nur noch ernst gemeinte, freundliche Anteilnahme.

Seans dunkles Haar war etwas schütterer als früher, er sah älter aus, aber noch ernstzunehmender, noch distinguierter. Violet fühlte sich sofort besser. Es war wie Magie.

»Mrs. Fence … Violet … Wollen Sie sich nicht beruhigen und mir eins nach dem anderen erzählen? Sicher wird sich alles aufklären, und so schnell wird auch niemand eingesperrt. Es sei denn, es geht um den, der Ihnen das angetan hat.« Er wies auf Violets

Gesicht. »Den kann man wahrscheinlich sehr schnell verhaften lassen.«

Violet schüttelte den Kopf. »Der schmort schon in der Hölle«, sagte sie dann ruhig. »Und Rosie hat ihn umgebracht.«

»Also, von Mord kann da sowieso nicht die Rede sein«, erklärte Sean, nachdem Violet alles erzählt hatte, was sie glaubte zu wissen und was Joe mit ziemlicher Sicherheit gesehen hatte. »Wenn es überhaupt noch eine Untersuchung gibt, was ich nicht glaube, dann kann man Rosie höchstens eine Nachlässigkeit nachweisen. Und Mr. Fence trifft auf jeden Fall eine gehörige Mitschuld. Er hätte die Anspannung kontrollieren müssen, man überprüft doch auch den Sattelgurt vor dem Aufsteigen, wenn ein Reitknecht das Pferd gesattelt hat.«

Violet nickte. Seit Sean mit ihr sprach, fühlte sie sich sicher. So sicher wie selten zuvor in ihrem Leben. Aber sie war todmüde ... Violet wollte nur noch schlafen ... und sie hätte sich dazu gern an Seans Schulter gelehnt. Daran war natürlich nicht zu denken. Sie zwang sich, weiter aufmerksam zuzuhören.

»Aber Joe wird es Mr. Colin erzählen – und womöglich dem Police Officer«, wandte sie ein. »Und Mr. Colin wird sagen, Rosie sei schwachsinnig, und womöglich schicken sie sie dann in eine Anstalt.«

Sean schüttelte den Kopf. »Ach was!«, sagte er. »Natürlich wird er es Colin erzählen – das war ein Fehler, Violet, den Jungen zu schlagen und dann entwischen zu lassen. Sie hätten bleiben müssen, bis er wieder auftaucht. Und am besten gar nicht erst ohrfeigen, sondern versuchen, ihm die Sache auszureden. Na ja, das wissen Sie selbst ... Aber dass mein Bruder sich aus freien Stücken die Polizei ins Haus holt, glaube ich nicht. Das wird alles im Sande verlaufen, Violet, glauben Sie mir. Aber Sie sollten zurückfahren und dem Begräbnis beiwohnen. Sie müssen auch Ihren Sohn abholen. Wenn Sie ... wenn Sie wollen, komme ich mit.«

Violet sah ungläubig zu Sean auf. »Sie … Sie wollen … mit mir kommen?« Ihr zerschlagenes Gesicht verzog sich zu einem schwachen Lächeln.

»Ich denke, du musst nach Christchurch, Sean?«, wunderte sich Kathleen.

Sean straffte sich. »In Christchurch kommen sie ohne mich aus«, sagte er entschlossen. »Aber das hier«, er ließ den Blick über Violet gleiten, und dabei lächelte auch er – ein zärtliches Lächeln, »das hier schiebe ich schon viel zu lange auf.«

Joe Fence schrie Zeter und Mordio, weil er nicht von Colins Ställen wegwollte. Violet hatte sich einen Tag lang im Haus der Burtons ausgeruht – ihr völlig zerschlagener Körper verweigerte zunächst den Dienst, der am nächsten Tag hinzugerufene Arzt riet zu mindestens einwöchiger Bettruhe. Danach begleitete Sean sie tatsächlich wie versprochen nach Invercargill. Roberta fuhr mit – in dem Trauerkleid, das Mrs. Robertson ihr gleich nach Erics Tod angezogen hatte. Rosie blieb bei Heather und Chloé.

Wie von Sean erwartet brachte Colin die Unfallursache vor der Trauerfeier nicht zur Sprache. Er hatte die Beerdigung organisiert, ohne den Police Officer noch einmal hinzuzuziehen, und der Reverend am Grab sprach von einem unglücklichen Zufall – ließ sich aber nicht nehmen, ein paar mahnende Worte über den Teufel Alkohol zu sprechen, der hier wohl auch seine Klauen im Spiel gehabt hatte. Joe stand zwischen Colin und Violet und lauschte mit verkniffenem Gesicht. In seinem Sonntagsanzug und der Mütze seines Vaters, die er seit dem Unfall fortwährend trug, sah er Eric fast gespenstisch ähnlich. Violet musste sich zwingen, nett zu ihm zu sein.

»Er hat sich schlecht benommen!«, erklärte auch Mrs. Robertson. »Ich wollte mich um ihn kümmern, weil Sie ihn doch wohl vergessen hatten … Ich mach Ihnen da keinen Vorwurf, Violet, das war alles ein bisschen viel für Sie. Aber er war nur wütend und böse und sagte schreckliche Sachen über die arme Rosie. Sie hätt seinen Vater auf dem Gewissen. Rosie! Das stumme Ding, das keiner Fliege was zuleide täte. Schließlich hab ich ihm den Mund mit Seife ausgewaschen!«

Violet warf ihrem verstockt schweigenden Sohn einen Entschuldigung heischenden Blick zu. Er erwiderte ihn nicht. Mrs. Robertsons Maßnahme war drastisch gewesen, aber wirksam. Erics Tod kam nicht mehr zur Sprache. Ansonsten lehnte Joe sich allerdings auf. Er bestand darauf, in Invercargill zu bleiben.

»Mr. Colin nimmt mich als Lehrjunge!«, erklärte er entschlossen. »Das hat er mir versprochen!«

»Aber du bist noch zu jung«, argumentierte Violet hilflos.

Sean sah den Jungen prüfend an. Joe war elf Jahre alt – etwas zu früh für eine Anstellung, aber nicht viel zu früh. Zumal der Junge groß und kräftig war. Sean dachte an Colin. Er war etwa im gleichen Alter gewesen, als er sich weigerte, Ian Coltrane mit Kathleen und seinen Geschwistern zu verlassen. Kathleen hatte ihren Sohn damals aufgegeben. Und nun Violet …

»Du solltest noch zur Schule gehen«, sagte Violet. Sie hatte ihre Kinder in den letzten Jahren täglich pflichtschuldig in die Dorfschule geschickt, aber sie wusste, dass Joe öfter schwänzte und lieber im Stall half.

»Ich geh nirgends hin«, erklärte Joe.

Jetzt näherte sich Colin, und Sean wappnete sich für eine neue Auseinandersetzung. Die Brüder waren vor der Beerdigung schon kurz zusammengestoßen, hatten da aber nur wenige Worte gewechselt.

»Na, mein wundervoller Bruder! Wer schickt dich denn als Schutzengel für unsere Violet? Meine geliebte Schwester oder meine geliebte Frau?«

Colin rang sich nicht mal ein aufgesetztes Lächeln ab, sondern fixierte Sean gleich mit dem Blick eines Haifischs.

»Weder noch«, sagte Sean ruhig. »Ich praktiziere nicht mehr als

Anwalt, aber du wirst natürlich von Chloé hören. Heather wird auf eine Anzeige wegen der Tätlichkeiten verzichten, die Umstände waren ja wohl tatsächlich ein bisschen ... hm ... peinlich.«

»Peinlich?«, polterte Colin. »Zwei nackte Huren auf meinem ....«

»Halt den Mund, Colin!« Sean gebot seinem Bruder energisch zu schweigen. »Oder willst du ganz Invercargill verraten, dass dich deine Gattin wegen einer anderen Frau verlassen hat? Was mich angeht, so bin ich nur als Violets Freund hier. Sie will ihren Haushalt hier auflösen, was dir sicher recht ist. Und eigentlich möchte sie auch ihren Sohn mitnehmen.«

Colin schüttelte den Kopf. »Der Kleine bleibt hier, das war mit Eric so besprochen. Der lernt bei mir.«

»Rosstäuscherei?«, fragte Sean mit ironischem Lächeln.

»Dies ist ein anerkannter Rennstall«, erklärte Colin kurz. »Und Sie sollten doch froh um jedes Kind sein, das Sie in Arbeit und Brot kriegen, Mrs. Fence. Sie werden's schwer genug haben, Ihren sonstigen Anhang durchzufüttern.«

Violet biss sich auf die Lippen. Wo er Recht hatte, hatte er Recht. Eric hatte ihr kein Geld hinterlassen, und Roberta war erst zehn. Sie würde sich eine Stelle suchen müssen und eine Arbeit. Wahrscheinlich würde sie es sich kaum leisten können, auch nur das eine Kind zur Schule zu schicken, geschweige denn zwei. Hilfe suchend sah sie Sean an.

»Sie müssen es wissen, Violet«, sagte er ruhig.

Violet zögerte.

»Sie denkt noch drüber nach«, beschied Sean Colin. »Wollen Sie in Ihr Haus gehen, Violet?« Er legte ihr vorsichtig die Hand auf die Schulter. Am liebsten hätte er sie in den Arm genommen, sie wirkte so verzweifelt hilflos und verloren. Aber er durfte es nicht zu hastig angehen. Violet würde Zeit brauchen ... »Sie werden noch ein paar Sachen mitnehmen wollen, nicht?«

Violet schüttelte den Kopf. Eigentlich hatte sie alles, was sie brauchte, vor ihrem Aufbruch auf den Leiterwagen geworfen. Violet war schnelles Umziehen gewöhnt, und sie besaß nicht viel. Dennoch ließ sie sich jetzt von Sean ins Haus führen. Vielleicht konnte sie einen Tee kochen. Es würde schön sein, nur mit Sean dazusitzen und Tee zu trinken.

»Ist das wahr, Mommy, dass wir jetzt nichts mehr zu essen haben?«

Roberta wandte sich schüchtern an ihre Mutter, als sie das Gartenhaus betraten. Sean sah sich in den kleinen, aber gepflegten Räumen um. Hier hatte sie also gewohnt. Wesentlich besser als der Verschlag in Woolston, aber dennoch … hier war den Kindern sicher nichts verborgen geblieben, was zwischen ihren Eltern vor sich ging.

Violet legte sanft den Arm um ihre Tochter und zog sie an sich. Das Mädchen sah ihr wirklich verblüffend ähnlich. Wie damals Violet wirkte es zu ernst für sein Alter und zu klug.

»Wir sind arm, das stimmt, Kleines«, sagte Violet sanft. »Aber ich finde schon eine Arbeit, mach dir keine Sorgen. Und so lange …«

»Du kannst sonst auch einfach auf Pferde wetten«, meinte Roberta und löste sich aus ihrer Umarmung.

Während Sean und Violet sie noch fassungslos anblickten und Violet nach einer Erwiderung suchte, die Robertas Vater zwar nicht als Gauner darstellte, das Kind aber dennoch auf die Verworfenheit von Wettleidenschaft hinwies, kramte Roberta eine rote Kladde aus einer Ecke, die ihr Vater großartig sein »Büro« genannt hatte.

»Da«, sagte Roberta und hielt ihrer Mutter das Buch hin. »Das hat mir Joe gezeigt. Da steht drin, welche Pferde gewinnen.«

»Das ist unglaublich!«, sagte Sean, nachdem er und Violet die in Erics ungelenker Schrift ausgeführten Eintragungen studiert hatten.

Zuerst sagten ihnen die Namen der Pubs und Wettbüros und die Listen der Pferdenamen nicht allzu viel, aber dann erinnerte Violet sich.

»Das war eine Sensation damals«, sagte sie und wies auf den Namen der Stute Annabell, »dass die gewonnen hat. Miss Chloé hat sich deshalb mit Mr. Colin gestritten. Er hatte sie als Rennpferd verkauft, aber nach Miss Chloés Meinung war sie keins. Sie war langsam ... und irgendwie auch nicht geeignet zur Zucht. Mr. Colin sollte sie zurücknehmen, und er sagte, er täte das, wenn sie in der nächsten Woche nicht Erste beim Trabrennen würde.«

»Und?« Sean dämmerte etwas.

»Sie hat tatsächlich gewonnen. Miss Chloé war ganz verwundert.«

»Miss Chloé war damals offenbar noch blind verliebt!«, schnaubte Sean. »Violet, wenn ich mich nicht sehr täusche, ist das hier eine Auflistung von Wettbetrügereien. Ihr Eric hat sich alles notiert, was sein Mr. Colin an krummen Sachen gemacht hat.«

»Aber warum?«, fragte Violet verblüfft. »Ich meine ... er steckte doch mit drin. Er ist dauernd rumgefahren und hat sonst wo Wetten platziert. Ich hab mir schon gedacht, dass da was faul ist, er konnte seinen Tenner doch auch hier auf eins von Mr. Colins Pferden setzen.«

Sean lachte. »Der hat mehr als einen Tenner gesetzt. Sehen Sie doch hier, hundert Pfund in Christchurch, fünfzig in Dunedin ...« Er wies auf säuberliche Listen, die Wetteinsätze in verschiedenen Wettbüros dokumentierten.

»Aber so viel konnte er nicht setzen!«, wandte Violet ein. »So viel hat er gar nicht verdient.«

Sean schüttelte den Kopf. »Natürlich nicht! Er hat die Wetten für Colin platziert. Und wahrscheinlich hingen die Lehrlinge und Jockeys, die sie hier beschäftigt haben, auch mit drin. Eric hat gewettet – möglichst weit weg von hier, damit es nicht rauskommt, und wahrscheinlich auch unter falschem Namen – und Colin hat kassiert.«

»Und Eric musste es machen, weil Colin auf seine eigenen Pferde nicht wetten darf?«, fragte Violet.

Sean zuckte die Achseln. »Wahrscheinlich darf man sogar auf seine eigenen Pferde wetten. Ich weiß das nicht genau, ich wette nicht. Aber man darf die Rennen nicht manipulieren. Und wenn Sie hier mal genau hinschauen: Die Sieger sind notiert, bevor die Wetten platziert wurden. Roberta hat ganz Recht: In dem Buch stand, welches Pferd gewinnt.«

»Aber warum hat er das aufgeschrieben?« Violet blätterte in der Kladde. Eric hatte all die Jahre lang Buch geführt. »Es belastet ihn doch ebenso wie Colin.«

Sean zuckte die Achseln. »Vielleicht hatte er einfach ein schlechtes Gedächtnis und musste sich die Pferde notieren, auf die er wetten sollte. Oder er wollte im Zweifelsfall was gegen Colin in der Hand haben. Falls der ihn doch mal rausgeworfen hätte – Chloé war er ja ein Dorn im Auge. Vielleicht zielte es auch auf Chloé. Sie hätte eher Eric behalten oder ihm Schweigegeld gezahlt, als ihren Mann ans Messer zu liefern.«

»Aber Miss Chloé hätte das doch nie gedeckt!«, sagte Violet im Brustton der Überzeugung.

Sean schüttelte den Kopf. »Nein. Sie hätte Colin vielleicht verlassen, wenn sie es rausgekriegt hätte. Aber sie hätte den gesellschaftlichen Skandal gescheut. Angezeigt hätte sie ihn nicht. Und wieder wäre alles so gewesen, wie es Mr. Eric Fence genehm war.«

Violet rieb sich die Stirn. Sean blätterte weiter in der Kladde.

»Fragt sich, was wir jetzt machen«, bemerkte er schließlich. »Gehen wir zur Polizei? Oder zum Pferdezuchtverband? Wir müssen Colin das Handwerk legen, aber wenn ich ehrlich sein soll … auch ich scheue ein bisschen den Skandal.« Violet überlegte. »Es wird auch auf Chloé zurückfallen«, sprach Sean weiter. »Ganz unbeschadet kommt sie da nicht heraus. Wenn ich nur an die Presse denke … und jetzt diese Beziehung zu Heather …«

»Warum nehmen wir nicht einfach einen Tenner und setzen ihn auf das Pferd, das gewinnt?«, fragte Roberta unbedarft. Sie hatte bislang ruhig dabeigesessen und den Erwachsenen zugehört. Wenn auch offensichtlich nichts verstanden. »Du leihst uns doch einen Tenner, Mr. Sean, oder?«

Sean lächelte. »Auch zwei, Roberta. Aber das, was du da planst, ist nicht so ganz fair, weißt du. Wetten ist wie ein Spiel, da darf man nicht vorher schon ausmachen, wer gewinnt.«

Violet straffte sich. »Hör nicht hin, Roberta«, sagte sie kalt. »Mr. Sean sagt das, weil er immer Glück hatte – in diesem verrückten Spiel, das man Leben nennt. Aber dieses Spiel ist nicht fair, Roberta, und leider steht fast immer schon vor einem Rennen fest, wer gewinnt. Leute wie wir können nur versuchen, das Beste draus zu machen. Wobei uns ab und zu ein Joker in die Hand fällt. Wie dieses Buch. Tut mir leid, Mr. Sean, aber ich kann es nicht einfach so wegwerfen, wie Ihnen das wahrscheinlich recht wäre. Und Miss Chloé. Ich muss was damit tun, es ist das einzige Erbe, das Eric seinem Sohn hinterlassen hat. Aber Sie können gern mitkommen, Mr. Sean.«

Violet steckte das Buch in ihre Tasche, verließ das Gartenhaus und machte sich auf den Weg zur Rennbahn. Sean folgte ihr, ohne Fragen zu stellen. Das Geläuf war jetzt verwaist, die Rennpferde wurden morgens trainiert. Violet überquerte die Landstraße und betrat das Gelände des Rennclubs.

»Ist Mr. Tibbot wohl noch da?«, erkundigte sie sich bei ein paar Jungen, die auf der Stallgasse saßen und Geschirr putzten.

Einige Pferde ließen die Köpfe neugierig über die Boxwände hängen. Sean strich einem von ihnen über die Nase.

»Wer ist Mr. Tibbot?«, fragte er Roberta.

Das Mädchen trottete brav hinter seiner Mutter her, zog vor den Pferden aber den Kopf ein. Als sie die Box eines etwas nervösen Hengstes passierten, griff Roberta ängstlich nach Seans Hand. Sean ergriff sie gerührt.

»Mr. Tibbot trainiert Trabrennpferde«, sagte Roberta in dem etwas gestelzten Ton, der ihr eigen war. »Er ist der Hauptkonkurrent von Mr. Colin.«

Ein Kind, dem man schon in der Wiege das Lexikon vorgelesen hatte. Sean schwante etwas. Violet hatte den Trainer inzwischen gefunden. Ein kleiner, vierschrötiger Mann mit rotem, offenem Gesicht und kleinen blauen Augen. Ursprünglich sicher Ire. Sean grüßte höflich, Roberta knickste.

»Mr. Tibbot!« Violet reichte dem Trainer förmlich die Hand. Tibbot verbeugte sich. »Noch mal mein herzlichstes Beileid, Mrs. Fence. Wenn ich … wenn ich irgendwas für Sie tun kann …« Es klang nicht so, als ob er es ehrlich meinte. Mr. Tibbot wirkte nicht unbedingt so, als hätte er Eric Fence gemocht. Er war auch nicht bei der Beerdigung gewesen.

»Das können Sie«, sagte Violet ruhig. »Ich möchte, dass Sie meinen Sohn als Lehrling annehmen. Er ist noch ein bisschen jung, ich weiß, aber die Jockeylehrlinge fangen ja immer früh an, und ich weiß, dass Ihre Jungs mit in Ihrem Haushalt leben und dass Ihre Frau für sie kocht. Das möchte ich bitte für Joe.«

Der Trainer rieb sich die Schläfe. »Mrs. Fence … ich weiß nicht … ich habe schon zwei Lehrlinge … und Joe … er ist ziemlich groß und schwer, als Rennreiter taugt er nicht.«

»Er kann ja fahren«, meinte Violet. »Oder trainieren. Oder Ställe ausmisten oder was weiß ich. Aber ich möchte, dass er für Sie arbeitet und nicht für Colin Coltrane. Ich möchte, dass er …«

Mr. Tibbot war die Sache sichtlich unangenehm. Er wand sich wie ein Aal. »Mrs. Fence, ich … ich will nichts über Ihren Gatten sagen und Mr. Coltrane. Aber … die beiden haben Joe schon sehr geprägt. Ich würde mich zum Beispiel nicht auf seine … hm … Diskretion verlassen. Und ich kann nicht riskieren, dass er alles, was er hier sieht und erfährt, gleich im Nachbarstall weitererzählt.«

Violet zog die Kladde aus der Tasche. »Mein Sohn bringt dies hier mit, Mr. Tibbot. Und wenn Sie es richtig einsetzen … dann wird es bald keinen Nachbarstall mehr geben.«

Mr. Tibbot und die noch jungen Trainer, Reiter, Fahrer und Züchter von Renntrabern wollten den Skandal ebenso wenig wie Sean und Chloé Coltrane. Eric Fence' Kladde gelangte deshalb nicht in die Hände der Polizei und der Presse. Ihr Inhalt kam den Trainern und Pferdebesitzern zwar gerüchteweise zu Ohren, aber bewiesen wurde der Wettbetrug nie. Er wurde allerdings geahndet – und viel härter, als es die legale Justiz und die Skandalpresse jemals hätten tun können.

Trainer Tibbot sprach pflichtschuldig ein Gebet für Colin Coltrane und spielte die Kladde dann einem in Invercargill ansässigen Buchmacher zu. Der gab sie weiter an andere Vertreter seiner Zunft in Christchurch und Dunedin. Die Männer brauchten ein paar Tage, um ihre Verluste zu berechnen. Dann erschienen ihre Vollstreckertrupps bei Colin Coltrane – und forderten sie ein.

Atamarie Drurys erstes Wort war Mommy, das zweite Granny – so nannte sie Amey Daldy, wie deren angeheiratete Enkelkinder, unter denen sie aufwuchs. Aber schon ihr drittes Wort war »Petition«, denn darum kreiste fast die gesamte Arbeit ihrer Mutter. »Ich komm gleich, Liebes, ich muss nur noch eben diese Petition schreiben.« – »Atamarie, geh doch gerade zu Mrs. Daldy und frag sie, ob sie diese Petition schon unterzeichnet hat.« – »Nein, Süße, Sonntag können wir nicht an den Strand. Da muss ich mit dieser Petition von Kate Sheppard herumlaufen und Unterschriften sammeln.« Nach dem dritten Wort hörte Matariki auf, darüber Buch zu führen, aber sie war ziemlich sicher, dass »Frauenstimmrecht« zumindest zu den ersten zehn Begriffen im Wortschatz ihrer Tochter gehörte.

Matariki hatte ihre Arbeit bei Amey Daldy als Lehrerin und Vermittlerin zwischen *pakeha* und Maori begonnen, aber seit der Kampf um das Frauenstimmrecht in die heiße Phase getreten war, beschäftigte sie sich fast nur noch damit. Wobei sie die Arbeit verhältnismäßig langweilig fand.

»Anderswo gehen die Frauen auf die Straße und attackieren die Polizei mit ihren Sonnenschirmen!«, klagte sie ihren Eltern ihr Leid, als Lizzie und Michael sie in Auckland besuchten. »Und sie werden eingesperrt, singen Hymnen im Kerker – jedenfalls ist da Bewegung drin! Und was machen wir? Schreiben Petitionen, Petitionen und Petitionen. Insgesamt schon über siebenhundert, die ganzen Briefe an einzelne Parlamentsmitglieder gar nicht mitgerechnet. Für all das Papier haben wir wahrscheinlich schon einen halben Wald abgeholzt!«

Michael und Lizzie lachten. Sie waren beide bester Stimmung, Lizzie trug wieder mal ein freches Hütchen in ihrem immer grauer werdenden krausen Haar und dazu eins der neuen Reformkleider aus Kathleens Kollektion. Sie hatte in den letzten Jahren ein bisschen an Gewicht zugelegt und war froh, sich nicht mehr schnüren zu müssen. Jetzt nippte sie an dem Champagner, den Michael als Aperitif bestellt hatte, und freute sich auf ein erlesenes Mahl in einem der besten Restaurants in Auckland. Die Drurys hatten Matariki und die neunjährige Atamarie dorthin eingeladen. Matariki hatte protestiert, da sie es viel zu teuer fand, hier ließ ihre Mutter allerdings nicht mit sich reden. Wenn sie schon mal in der Stadt waren, wollte Lizzie in ein Lokal mit großer und erlesener Weinkarte – wobei es manchmal schon schwierig war, überhaupt ein Restaurant zu finden, das Alkohol ausschenkte. Die Temperance Union feierte ihre Erfolge paradoxerweise genau da, wo eher selten Alkoholmissbrauch betrieben wurde. Während die Pubs weiterhin wie Pilze aus dem Boden sprossen, stellten Familienrestaurants den Ausschank von Wein und Bier ein.

»Also Wald wie Wald, ich fühle mich jedenfalls besser, wenn du frei herumläufst und Bittbriefe schreibst – und ich dich in Auckland besuchen kann und nicht im Gefängnis«, neckte Lizzie ihre Tochter.

»Gar nicht gerechnet die ganzen Kautionen, die wir bezahlen müssten, um dich wieder freizukriegen«, schmunzelte Michael. »Wir könnten schließlich nicht verantworten, dass unsere wunderhübsche Enkelin in Gefangenschaft aufwächst.«

Er warf einen äußerst wohlgefälligen Blick auf Atamarie, die wohlerzogen zwischen ihren Großeltern saß und aufmerksam die Karte studierte. Michael konnte sich an dem Kind kaum sattsehen, was Lizzie mitunter zu ein paar spitzen Bemerkungen veranlasste. Denn Atamarie verdankte ihre klare Haut und ihr goldfarbenes

Haar ganz sicher nicht ihren Maori-Vorfahren. Von denen stammten nur die exotischen Züge, ihr dunkler Teint und die nussbraunen Augen, in denen gelegentlich bernsteinfarbene Lichter aufleuchteten. Ansonsten ähnelte das Mädchen seiner Großmutter väterlicherseits: Michaels Jugendliebe Kathleen Burton. Heute hatte Lizzie allerdings anderes zu tun, als ihren Mann zu rügen. Angestrengt studierte sie die Weinkarte.

»Ich denke, zum Krabbencocktail bleiben wir beim Champagner«, bestimmte sie schließlich. »Aber dann, wenn wir wirklich das Lamm nehmen, den 87er Bordeaux. Oder lieber Fisch, Matariki? In dem Fall einen Chardonnay.«

Lizzies Gesichtsausdruck nach zu urteilen hätte sie am liebsten beide Weinsorten bestellt. Nach wie vor war Weinkunde und Winzerei ihr Steckenpferd – und seit sie sich nicht mehr an schweren Rotweinen versuchte, sondern sich auf leichte Weißweine konzentrierte, deren Trauben im Klima von Otago einfach besser gediehen, waren ihre Erzeugnisse durchaus trinkbar.

»Chardonnay, Mommy, und spring mir nicht an den Hals, wenn ich ihn aus dem Wasserglas trinke.« Matariki grinste. »Mrs. Daldy bringt mich um, wenn sie rauskriegt, dass ich Alkohol getrunken habe. Und das auch noch in aller Öffentlichkeit.« Amey Daldy war eine strikte Abstinenzlerin und forderte auch von ihren Mitarbeiterinnen, dass sie keinen Alkohol tranken. Wieder etwas, über das Matariki sich gern aufregte. »Wir hätten das Wahlrecht schon längst, wenn das nicht mit dieser unseligen Prohibition gekoppelt wäre!«, führte sie aus, während sie blutenden Herzens Champagner in ihr Wasserglas füllte. »Den meisten Männern ist es völlig egal, ob wir wählen oder nicht, aber wenn man ihnen sagt, dass wir ihnen als Erstes den Bierhahn zudrehen würden, fangen sie an zu krakeelen. Und das bis hin in höchste Ämter. Sogar Mr. Ballance soll schon geäußert haben, er befürworte das Wahlrecht ja sehr, aber die Frauen würden womöglich die Konservativen wählen, weil es unter denen mehr Abstinenzler gäbe.«

Matariki machte es nicht viel aus, auf Alkohol zu verzichten, aber sie sah ihn auch nicht als Wurzel allen Übels. Die McConnells, ihre Peiniger in Hamilton, waren strenge Abstinenzler gewesen und trotzdem keine guten Menschen. Während zum Beispiel Reverend Burton sein Leben lang Gutes tat – und den Tag trotzdem gern mit einem Whiskey ausklingen ließ.

»Aber jetzt gibt's doch die Women's Franchise League – ohne ›Temperance‹ im Namen«, meinte Lizzie.

Matariki nickte. »Ja, endlich. Da haben sie in Dunedin mal was Vernünftiges beschlossen. Und die neuen Unterschriftensammlungen für das Frauenstimmrecht bringen auch phänomenale Ergebnisse. Letzten Monat haben wir zwanzigtausend Unterschriften ins Parlament gekarrt.«

»Ja, Miss Sheppard hat sie wirklich in eine Schubkarre gepackt!«, erzählte Atamarie vergnügt. »Und wir sind alle mitgegangen und haben Transparente gemalt und gesungen. Nur rein ins Parlament durften wir nicht, das haben dann Mr. Hall gemacht und Onkel Sean.« Anscheinend hatte Volksfeststimmung geherrscht.

Lizzie merkte jedoch auf. »Sean Coltrane?«, fragte sie. »Hast du Kontakt zu ihm?«

Matariki nickte. »Klar, aber meistens nur brieflich. Letzten Monat waren wir allerdings in Wellington und haben ihn getroffen. Hat uns gut gefallen, nicht, Atamarie?«

Atamarie erzählte sofort begeistert von der Hauptstadt und dem Treffen mit ihrem Onkel. Michael lauschte voller Stolz – obwohl es ihm zunächst etwas suspekt erschienen war, dass Sean – immerhin Sohn eines irischen Rebellen! – jetzt für die Briten im Parlament saß. Inzwischen hatte er sich allerdings damit abgefunden. Es gab hier keine Engländer und Iren mehr – es gab nur noch Neuseeländer. Und Sean tat im Parlament mehr für das einfache Volk, als es die Drurys in Irland je getan hatten. Wobei Sean wahrscheinlich behauptet hätte, es sei überhaupt keine besonders soziale Tat, die Bevölkerung mit schwarz gebranntem Whiskey zu versorgen. Er hatte seinem leiblichen Vater den Freiheitskämpfer nie ganz abgenommen.

Lizzie bewegten ganz andere Dinge. »In Wellington sitzt doch auch dieser Maori-Junge, Kupe, nicht? Wie sieht es denn mit dem aus?«

Matariki kaute auf ihrer Oberlippe. Es war typisch für ihre Mutter, das Gespräch auf Männerbekanntschaften zu bringen. Lizzie sorgte sich ein bisschen um ihre Zukunft, sie hätte sicher gern weitere Enkelkinder gehabt, aber wie es aussah, würde sie da warten müssen, bis Kevin und Pat heirateten – was noch dauern konnte. Matarikis Brüder besuchten beide noch die Universität in Dunedin. Wobei Matariki neuen Bekanntschaften gegenüber gar nicht so abgeneigt war. Colin hatte ihr keineswegs das Herz gebrochen, wie Lizzie befürchtete, und tatsächlich hatte sie in den ersten Jahren in Auckland auch nicht völlig enthaltsam gelebt. Damals war sie oft bei Maori-Stämmen zu Gast gewesen, und mitunter hatte sie dem Drängen eines der jungen Männer nachgegeben, nachdem sie einen Abend mit ihren Leuten am Feuer gesessen, getrunken und von Parihaka erzählt hatte. Allerdings hatte sie sich in keinen von ihnen wirklich verliebt, und sie hatte diese Abenteuer auch eingestellt, als Atamarie groß genug war, um etwas mitzubekommen und womöglich Amey Daldy davon zu erzählen. Denn aller Aufgeschlossenheit gegenüber Maori-Bräuchen zum Trotz: Von ihren Lehrerinnen erwartete die strenge Methodistin völlige Enthaltsamkeit, und Matariki war für sie nur als Witwe haltbar. Matariki hatte zwar auch das sonntägliche Gebet für den verstorbenen Gatten eingestellt, als Atamarie verständiger wurde, aber neue Kontakte zu *pakeha*-Männern knüpfte sie nicht. Nun bestand dazu auch kaum Gelegenheit, Matarikis Arbeit führte sie praktisch nur mit Frauen zusammen. Natürlich traf sie gelegentlich auch mit der Handvoll männlicher Politiker zusammen, die das Frauenwahlrecht offensiv unterstützten, aber abgesehen von Sean Coltrane waren die sämtlich verheiratet – und hätten sich unter keinen

Umständen auch nur auf einen Flirt mit einer Frauenrechtlerin eingelassen.

»Kupe will nichts mit mir zu tun haben«, beschied sie ihre Mutter jetzt bedauernd. »Ich habe mal an Pai geschrieben, mit der er in Parihaka zusammen war und dann wohl auch wieder in Wellington. Sie schrieb zurück, sie habe ihm meinen Brief gezeigt, aber er habe ihn nicht mal lesen wollen. Dabei verstehe ich das eigentlich nicht, nach all der Zeit. Er nimmt mir immer noch übel, dass ich mich damals in Colin verliebt habe und mit ihm weggelaufen bin. Dabei war Kupe da schon gar nicht mehr in Parihaka. Sie hatten ihn vorher verhaftet, obwohl Colin das verhindern wollte.«

»Wollte er wirklich?«, erkundigte sich die scharfsinnige Lizzie. »Oder hatte er da die Hand im Spiel? Vielleicht hat er Kupe als Rivalen empfunden und ihn wegschaffen lassen? Chloé Edmunds hat ihn übrigens verlassen.«

Matariki nickte, nicht übermäßig interessiert. »Hab ich gehört. Gut für Chloé. Er soll noch das Haus und die Pferde und all das zu Geld gemacht haben, nicht? Wovon sie wiederum nichts gesehen hat ... Aber bitte ...«

Sie wies diskret mit dem Kinn auf Atamarie. Das Mädchen sollte nicht zu viel Gerede rund um seinen leiblichen Vater mitkriegen. Lizzie fragte sich mitunter, wie viel es überhaupt wusste. Nach Sitte der Maori durfte Matariki ihre Tochter weitgehend über ihren Erzeuger informiert haben – aber andererseits musste Atamarie den *pakeha* gegenüber die Halbwaise spielen.

»Ich würde Kupe jedenfalls gern wiedertreffen«, kam Matariki auf das ursprüngliche Thema zurück. »Aber er geht mir offensichtlich aus dem Weg. Vielleicht, wenn wir das Frauenwahlrecht mal durchhaben. Dann kümmere ich mich sicher eher um Maori-Angelegenheiten. Da liegt ja auch noch einiges im Argen.«

Tatsächlich hatte Matariki vor, ihren Job bei Amey Daldy in absehbarer Zeit zu kündigen. In der letzten Zeit machte Meri Te Tai

765

Mangakahia immer mehr von sich reden, deren Mann Hamiora eben zum Premierminister des Maori-Parlaments gewählt worden war. Matariki hatte sie in Christchurch kennen gelernt und gleich gemocht. Meri war nur wenig jünger als Matariki, hatte ebenfalls eine *pakeha*-Ausbildung genossen – im St. Mary's Convent in Auckland –, und auch sie war eine Häuptlingstochter. Allerdings war ihr Vater erst 1890 zum *ariki* seines Stammes gewählt worden, und von den seltsamen Bräuchen einiger Stämme auf der Nordinsel oder gar der Hauhau war Meri verschont geblieben. Nun kämpfte sie nicht nur für das Frauenwahlrecht, sondern wollte durchsetzen, dass zumindest im Maori-Parlament auch weibliche Abgeordnete zugelassen wurden. Sie hatte das schon vor der Kammer vertreten – Maori-Frauen blieben nicht folgsam vor der Tür, wenn die Männer tagten.

Matariki jedenfalls sehnte sich danach, wieder mit jüngeren Leuten zusammenzuarbeiten als mit den doch manchmal recht verknöcherten Damen rund um Amey Daldy. Es mussten ja nicht gleich Straßenschlachten mit Polizisten sein, aber etwas mehr als Briefeschreiben erhoffte sich Matariki denn doch von ihrem politischen Engagement.

Allerdings hatte sie nicht damit gerechnet, dass ausgerechnet das harmlose Festessen mit ihren Eltern sie ins Zentrum der Ereignisse katapultieren würde. Sie ahnte auch nichts Böses, als Amey Daldy sie gleich am Morgen danach zu sich zitierte. Ihre Chefin empfing sie in ihrem Wohnzimmer, bot ihr aber keinen der plüschigen Sessel zum Sitzen an. Sie selbst saß an einem kleinen Sekretär, an dem sie ihre Privatkorrespondenz zu erledigen pflegte. Es war sehr ordentlich dort, während sich in Matarikis Büro Petitionen häuften und Stapel von Gesetzbüchern herumlagen.

»Sie waren gestern im Four Seasons?«, erkundigte sich Mrs. Daldy streng.

Sie war in den letzten zehn Jahren kaum gealtert – wenn überhaupt, so schien sie nur ein bisschen geschrumpft oder eingetrocknet zu sein. Ein streng kontemplatives Leben konserviert, dachte Matariki respektlos, aber es lässt einen nicht gerade blühend aussehen.

Matariki nickte. Sie hatte es geahnt. Die Temperance Union hatte ihre Augen überall.

»Mit meinen Eltern«, sagte sie beschwichtigend. »Und ich habe nur ein wenig Wein getrunken.«

»Es war Alkohol in der Öffentlichkeit, Matariki!«, erklärte Mrs. Daldy ungehalten. »Ich bin von zwei Herren darauf angesprochen worden. Sie haben getrunken – Sekt, Wein und Branntwein. Und Sie haben gelacht.«

»Lachen in der Öffentlichkeit ist aber doch nicht verboten!«, meinte Matariki befremdet. »Und an dem Cognac habe ich wirklich nur genippt. Meine Mutter meinte, ich müsse ihn probieren. Meine Mutter ...«

»Der Mann kann nach Angaben meiner Informanten auch nicht Ihr Vater gewesen sein«, sagte Mrs. Daldy. »Und Ihre Mutter wurde mir als äußerst leichtfertige Person geschildert. Sofern das wirklich Ihre Mutter war. Matariki, so geht es nicht! Gerade wir, die wir uns für das Recht der Frauen auf Gleichstellung in der Gesellschaft einsetzen, müssen ein Musterbeispiel an Tugend und Enthaltsamkeit sein. Bei Ihnen ist das sowieso fraglich. Gut, Sie haben mir nicht verheimlicht, dass Atamarie ein ... hm ... uneheliches Kind ist. Aber wir waren doch übereingekommen, dass Sie sich als Witwe ausgeben. Jetzt erzählt Atamarie jedoch herum, Sean Coltrane sei ihr Onkel!«

Matarikis Zähne malträtierten mal wieder ihre Oberlippe. Wie sollte sie das jetzt erklären? Schließlich beschloss sie den Sprung ins kalte Wasser.

»Sean Coltrane ist sozusagen ... er ist mehr oder weniger beidseitig ihr Onkel. Also er ist mein Halbbruder, sozusagen, über meinen Vater, der aber andererseits, wie Sie schon richtig festgestellt haben, nicht in dem Sinne mein Vater ist, während Colin Coltrane zwar Matarikis Vater ist, aber nicht in dem Sinne Seans Bruder, weil ...«

Amey Daldy rieb sich die Stirn. »Und diese Verhältnisse sind dem Kind bekannt?«

Matariki zuckte die Schultern. »Mehr oder weniger. Also, ich glaube nicht, dass sie weiß, dass Sean eigentlich der Sohn von Michael ist. Aber ...«

»Matariki, so geht es nicht!«, wiederholte Amey Daldy. »Schauen Sie, ich habe bei Ihnen ja immer beide Augen zugedrückt, und Sie leisten wirklich hervorragende Arbeit. Aber wenn Atamarie jetzt womöglich anfängt, herumzuerzählen, dass ihr Vater gar nicht gestorben ist ...«

»Ich kann sie nicht zwingen zu lügen«, bemerkte Matariki. »Ich kann ihr sagen, sie soll es verschweigen, aber sie ist derart stolz auf ihren Onkel Sean, und sie sieht ihm ja auch ähnlich.«

»Was die Sache weiter kompliziert«, sagte Amey Daldy. »Es gibt seit der Übergabe der letzten Petition in Wellington Gerüchte über Sie und Sean Coltrane. Sie sind zusammen gesehen worden ...«

»Wir haben keinen Wein getrunken!«, versicherte Matariki. Und sie hatte sich auch keineswegs heimlich mit Sean getroffen, sondern in einem großen Restaurant.

»Das spielt keine Rolle. Mäßigung, Enthaltsamkeit, Matariki, muss unser ganzes Leben bestimmen. Wir dürfen nicht mal in den Verdacht geraten, dass wir irgendetwas verheimlichen. Kurz und gut, Matariki, ich denke schon lange darüber nach, und ich habe mir die Entscheidung nicht leicht gemacht. Aber diese Sache gestern Abend ... Ich bin entschlossen, mich von Ihnen zu trennen, Matariki.« Sie sah ihrer langjährigen Assistentin immerhin direkt in die Augen.

Matariki schwieg. »Ich auch«, sagte sie dann. »Also ich ... ich wollte eigentlich auch kündigen. Aber gerade jetzt? Wie wollen Sie denn das alles schaffen, Mrs. Daldy? Die nächste Petition – das

Ziel sind dreißigtausend Unterschriften! Im nächsten Jahr muss das Gesetz durchkommen, und Mrs. Sheppard verlässt sich auf uns! Wer soll denn die ganzen Briefe schreiben und Telegramme schicken und ...«

»Die, die es immer getan haben«, sagte Amey Daldy hart. »Christliche, tugendhafte Frauen. Wir werden eben ein paar mehr Freiwillige brauchen. Es tut mir leid, Matariki, aber es ist besser, wir schrauben unsere Ansprüche ein bisschen zurück, als dass wir unseren Prinzipien untreu werden.«

Matariki strich sich das Haar aus dem Gesicht. Sie trug es gewöhnlich streng aufgesteckt, aber einige Strähnen befreiten sich immer wieder. Matariki hatte sich oft darüber geärgert, jetzt jedoch fühlte sie fast etwas wie Freude und Stolz darauf in sich aufwallen. Ihr Haar ließ sich nicht bändigen, und sie selbst auch nicht. Sie kämpfte nicht um die Rechte der Frauen, um sich dann von ihren eigenen Geschlechtsgenossinnen in ein Korsett von Tugend und Prinzipien sperren zu lassen.

»Dann gehe ich mal«, sagte sie gelassen. »Ich hole Atamarie aus der Schule, und dann fahren wir nach Wellington. Ich kämpfe weiter, Mrs. Daldy, ich schraube meine Ansprüche nicht herunter. Und Sie und Ihre christlichen Abstinenzler sollten überlegen, ob Sie das Frauenwahlrecht wirklich wollen. Wenn wir's erst haben, könnten wir schließlich etwas wählen, das Ihnen nicht passt. So was wie Lachen und Wein trinken, und das womöglich in Begleitung von Männern. Vielleicht haben Sie all die Jahre den falschen Kampf geführt, Mrs. Daldy! Vielleicht möchten Sie nicht nur den Frauen das Wahlrecht geben, sondern es den Männern auch noch wegnehmen. Damit dann ein paar selbstgerechte Tugendbolde bestimmen, was Gott wohlgefällig ist.« Matariki blitzte ihre Chefin an, die sie fassungslos musterte. Aber sie lächelte der Älteren zu. »Wir sehen uns trotzdem im September vor dem Parlament!«, sagte sie versöhnlich. »Fehlt schließlich noch, dass wir uns untereinander zerstreiten ... Ich hab gern für Sie gearbeitet, Mrs. Daldy!«

Matariki winkte ihrer Chefin noch einmal zu, dann verließ sie das etwas düstere Wohnzimmer und trat hinaus in den Sonnenschein. Sie tanzte geradezu zu Atamaries Schule. Ein strenges Institut, ihre Tochter würde froh sein, da herauszukommen. Und dann würden sie Meri Te Tai telegrafieren. Es gab viel zu tun. Und Matariki freute sich darauf.

Weisse Kamelien

Nordinsel, Wellington
1892–1893

Matariki und Atamarie wandten sich nicht sofort nach Wellington, sondern zunächst nach Waipatu, wo Meri Te Tai Mangakahia mit ihrer Familie lebte und wo im Juni das erste Maori-Parlament zusammengetreten war. Te Kotahitanga, wie sich die Bewegung nannte, wollte der Regierung der weißen Siedler in Wellington eine Vertretung der Stämme entgegensetzen. Sie beschloss Gesetzesvorlagen, die dann von den zwei Maori-Abgeordneten, die seit jeher im Parlament der *pakeha* saßen, vertreten und allgemeingültig durchgebracht werden sollten. Das lief allerdings nur schleppend an – zumal die Zusammenarbeit nicht vollkommen war. Bislang ging es den Maori wie den weißen Frauen: Sie waren an der Wahl der Abgeordneten in Wellington nicht beteiligt. Insofern wurden ihre Vertreter von den Weißen gewählt, die natürlich eher Duckmäuser als Freiheitskämpfer aufstellten. Auch das sollte sich mit der nächsten Wahl ändern, wie Meri und Matariki hofften.

»Und warum tagt ihr dann vorerst hier, am Ende der Welt?«, fragte Matariki. Sie war beeindruckt von der Schönheit der Landschaft, den weißen Stränden, der fast tropischen Vegetation und den traditionsreichen Maori-Ansiedlungen. »Politik gemacht wird doch in Wellington!«

Meri Te Tai, eine sehr hübsche dunkelhaarige Frau, die stets nach neuester *pakeha*-Mode gekleidet war und auch ihr Haus ziemlich englisch einrichtete, zuckte die Schultern. »Da musst du die Männer fragen, ich entscheide das nicht. Aber es geht wohl um Selbstständigkeit. Wir können uns nicht von den Weißen befehlen lassen, wo und wie wir unsere Entscheidungen treffen, und wir wollen auch kein Parlamentsgebäude. Unsere Vertretung wird jedes Mal in einem anderen Teil des Landes zusammentreffen und bei anderen Stämmen zu Gast sein.«

»Das macht aber alles schwieriger«, meinte Matariki. »Findest du nicht, wir sollten so was wie ... ein Büro haben? Eine ständige Vertretung in Wellington?«

Meri lächelte. »Das hat uns Sean Coltrane auch schon geraten. Und wir denken darüber nach. Zumindest wir Frauen sollten eine Vertretung haben, wir kämpfen schließlich an zwei Fronten für das Stimmrecht: als Maori und als Frauen. Hättest du nicht Lust, so ein Büro zu leiten? Was die Finanzierung angeht ... wir sammeln Spenden.«

Matariki nickte vergnügt. »Ich kenne da einen Stamm auf der Südinsel«, bemerkte sie, »der mit ... äh ... größeren Mitteln ausgestattet ist und Freiheitsbestrebungen der Stämme immer sehr großzügig unterstützt hat.«

Mit schiefem Lächeln dachte sie an Kahu Hekes kaum verhohlene Erpressungsversuche. Die Ngai Tahu hatten ihn verflucht, aber gezahlt. Friedliche Emanzipationsbewegungen würden Haikina und ihr Stamm deutlich lieber unterstützen. Und schwerfallen würde es ihnen nicht. Es gab immer noch sehr viel Gold im Bach bei Elizabeth Station.

Das Büro in der Molesworth Street schräg gegenüber dem Parlamentsgebäude öffnete im November 1892, rechtzeitig, um die letzte Petition Kate Sheppards für das Wahlrecht der Frauen tatkräftig zu unterstützen.

»Aber offiziell können wir die Vertretung keiner Frau allein unterstellen«, meinte Meri Te Tais Ehemann Premierminister Hamiora Mangakahia entschuldigend. »Es kann dabei ja nicht nur um das Wahlrecht gehen, dann müssten Sie das Büro in ein paar Monaten wieder schließen, so die Geister es wollen. Es wird eine

Vertretung des Te-Kotahitanga-Maori-Parlaments in Wellington, und das können wir nicht nur mit Frauen besetzen.«

Matariki hatte bereits ein paar ihrer früheren Schülerinnen aus der Anfangszeit bei Amey Daldy zur Mitarbeit angeworben. »Ich dachte schon, dass ich die Büroleitung übernehme!«, erklärte Matariki selbstbewusst. »Zumal ich ja auch größte Teile der Finanzierung organisiert habe.«

Hamiora nickte. Er war extra nach Wellington gekommen, um das Büro zu eröffnen und mit Matariki zu reden.

»Das sollen Sie ja auch. Aber gemeinsam mit einem Mann, einverstanden? Sean Coltrane hat uns da einen äußerst fähigen jungen Juristen empfohlen. Auch schon lange in der Unterstützung der Wahlrechtskampagne tätig, also gewöhnt an … hm … Frauen mit *mana*.«

Matariki lächelte grimmig. »Aber doch kein *pakeha?*«, fragte sie.

Hamiora schüttelte den Kopf. »Nein, ein reinblütiger Maori. Auch wenn er bedauerlicherweise nicht weiß, mit welchem Kanu seine Vorfahren nach Aotearoa gekommen sind. Er müsste gleich hier sein, ich habe ihn für drei Uhr bestellt.« Er sah auf die Wanduhr.

»Und warum diese Heimlichtuerei?«, fragte Matariki etwas ungehalten. »Warum konnte man mir vorher nichts sagen?«

Matariki wunderte sich nicht wirklich darüber, dass man ihr einen männlichen Mitarbeiter zur Seite stellte. Aber sie hatte doch immerhin gehofft, dass man sie bei der Auswahl der Kandidaten hinzuzog. Während sie noch nach weiteren Argumenten und Einwänden suchte, klopfte es.

Hamiora öffnete die Tür.

»Sean Coltrane meinte, es sei vielleicht besser, wenn wir Sie vor vollendete Tatsachen stellen«, sagte er verlegen.

Vor der Tür stand ein Maori, dessen kräftiger Körper seinen braven Dreiteiler fast sprengte. Sein Haar war kurz geschnitten, aber er trug die Tätowierung eines Kriegers. Keine vollständige allerdings, nur die wichtigsten Zeichen. Sie ließen den Mann nicht übermäßig gefährlich wirken. Auch seine braunen Augen, in denen gelegentlich goldene Flecken aufblitzten, wirkten eher freundlich als bedrohlich.

Kupe sah Matariki genauso ungläubig an wie sie ihn.

»Du?«, fragten beide fast gleichzeitig.

Und dann erklang ein Winseln unter Matarikis Schreibtisch. Dingo, ihr inzwischen uralter Hund, mühte sich auf die Beine und begrüßte seinen alten Freund. Im Gegensatz zu Colin hatte er Kupe immer gemocht.

Kupe kraulte das Tier, was ihm ermöglichte, Matariki nicht anzusehen. Aber irgendwann musste er natürlich aufblicken.

»Ich habe das nicht gewusst«, sagte er.

Matariki zuckte die Schultern. Dann lächelte sie. »Ich auch nicht. Aber ich freue mich, dich wiederzusehen.«

Kupe sah sie an und wollte etwas Unfreundliches erwidern. Aber dann brachte er es nicht über sich. Er würde es nicht schaffen, sie einfach so stehen zu lassen. Und wie sollte er Hamiora Mangakahia erklären, dass er die Arbeit nun doch nicht annahm, die er eben noch seinen Traumjob genannt hatte?

Matariki streckte ihm die Hand hin. »Auf gute Zusammenarbeit!«, sagte sie fest.

Kupe schwieg. Er nahm nur ihre Hand.

Matariki und Kupe schafften es, fast ein halbes Jahr zusammen in einem Büro zu arbeiten, ohne auch nur ein Wort miteinander zu reden. Dabei ging das Schweigen von Kupe aus, Matariki fand seine Haltung einfach albern. Irgendwann ärgerte sie sich allerdings und stellte ihrerseits das Reden ein – was ihr sicher nicht so leichtgefallen wäre, hätte Sean Coltrane nicht einen weiteren Job vermittelt und damit einen Puffer zwischen die beiden Vertreter der Maori gesetzt: Im Februar bezog Violet Fence einen Schreibtisch im Büro der Te Kotahitanga.

»Ihr habt doch Platz hier«, hatte Sean gesagt, als er Matariki und Kupe seinen Plan vortrug. »Und Kate Sheppard und ihre Women's Christian Temperance Union brauchen dringend eine Ständige Vertretung in der Hauptstadt, solange die Kampagne läuft.«

»Und da muss extra jemand von der Südinsel kommen?«, fragte Matariki unwillig. Sie reagierte auf die Worte christlich und Abstinenzler inzwischen etwas allergisch. »Gibt's keine abstinente Methodistin in Wellington, die das alles von ihrem Wohnzimmer aus erledigt?«

Sean rieb sich die Nase und befeuchtete die Lippen, bevor er antwortete. Er hatte mit so einer Frage gerechnet und warf jetzt erst mal Kupe beschwörende Blicke zu. Kupe hatte ihn nach der Kundgebung in Dunedin in Christchurch vertreten, er musste zumindest ahnen, dass er Violet Fence auch aus persönlichen Gründen gern in seiner Nähe haben wollte.

»Violet ist ... äh ... keine Fanatikerin. Sie ist eine sehr vernünftige Frau, du wirst sie mögen, Matariki. Und ... sie ... sie muss dringend mal raus ... Sie braucht einen Job.«

»Und in Dunedin und Christchurch finden sich keine Jobs für eine vernünftige Frau, die lesen und schreiben kann?«, fragte Matariki spöttisch. »Na ja, mir soll's egal sein, ist ja hoffentlich nur für ein paar Monate. Sag ihr bitte, ich werde ihr so weit entgegenkommen, dass ich in ihrem Beisein nicht trinke. Dafür möchte sie dann bitte nicht beten. Wenn das klargeht, kommen wir sicher miteinander aus.«

Tatsächlich dachte Violet natürlich gar nicht daran, in ihrem Büro zu beten, und was die Trinkerei anging, so ließ sie sich schon nach zwei Monaten Zusammenarbeit mit Matariki überreden, den neuen Wein zu kosten, den Lizzie hoffnungsvoll nach Wellington schickte: »Sag mir, dass er nicht schlechter ist als der Chardonnay im Four Seasons!«

Am Anfang fand Violet es natürlich ein wenig befremdlich, zwischen zwei Leuten zu sitzen, die offensichtlich sowohl Maori als auch Englisch perfekt beherrschten und gern mit jedem redeten, nur nicht miteinander. Im Allgemeinen versuchten sie, überhaupt nicht zu kommunizieren, aber wenn es nicht anders ging, so lief es über Violet: »Sagen Sie doch bitte Kupe, er möchte Sean nachher noch mal an die Kopie des Briefes an Mr. Fox erinnern, wenn er ihn trifft!« – »Würden Sie Miss Drury vielleicht berichten, dass weitere Unterschriftensammlungen von Mrs. Daldy eingegangen sind?«

Violet ließ sich das eine Zeitlang gefallen, errötete jedoch jedes Mal. Sie hatte noch nie in einem Büro gearbeitet und fragte sich, ob ein solches Verhalten unter Sekretären und Sachbearbeitern normal war, konnte es sich aber nicht vorstellen. Allerdings wollte sie nicht auffallen. Sie war zu froh über die Arbeit für Kate Sheppard, die sie obendrein in die Nähe von Sean Coltrane führte – und sehr weit fort aus dem Einflussbereich Colins. Es hatte einigen Ärger gegeben, bis sie Joe davon überzeugt hatte, seine Lehre nicht bei Coltrane, sondern bei Tibbot zu beginnen. Violet musste sich eingestehen, dass sie es ohne Seans Unterstützung kaum geschafft hätte, Colin gegenüberzutreten und ihren Entschluss zu begründen. Natürlich hatte Coltrane getobt, als sie ihm vorwarf, ihren Sohn zu unlauteren Geschäftspraktiken verleitet zu haben. Er beschuldigte sie seinerseits der üblen Nachrede und Geschäftsschädigung, wenn sie so etwas womöglich herumerzählte. Violet hatte das Angst gemacht, aber Sean hatte dazu nur mit den Schultern gezuckt.

»Es geht hier gar nicht darum, ob du ein Rosstäuscher bist oder nicht, Colin Coltrane«, bemerkte er schließlich. »Auf jeden Fall bist du nicht der Vormund von Joseph Fence. Der Junge ist juristisch gesehen eindeutig minderjährig, das heißt, seine Mutter bestimmt über seinen Aufenthaltsort und seinen Lehrvertrag. Joe möchte mit Pferden arbeiten, und Mrs. Fence hat einen Trainer gefunden, in dessen Familie er während der Ausbildung leben kann. Du kannst ihm nichts Vergleichbares bieten, da deine Frau dich ja bedauerlicherweise verlassen hat, was – das muss ich zugeben – wieder mit der Frage zu tun haben könnte, ob du ein Rosstäuscher bist oder nicht. Familienanschluss kannst du deinen Lehrlingen jedenfalls nicht bieten, also geht Joe zu Mr. Tibbot. Oder mit seiner Mutter nach Dunedin.« Er wandte sich an Joe. »Und du brauchst jetzt gar nicht wieder anzufangen zu schreien, Junge! Genau die beiden Optionen stehen zur Wahl, also entscheide dich.«

Violet hatte Sean nach dieser Rede nur bewundernd angesehen. Sie kannte alle darin vorkommenden Worte, aber so geschliffen zu argumentieren hätte sie sich nicht zugetraut. Colin jedenfalls hielt anschließend den Mund und erstaunlicherweise auch Joe. Violet hatte ihn noch nie so fügsam erlebt wie unter der ruhigen, aber bestimmten Führung von Sean Coltrane.

»Sie werden mal ein guter Vater«, hatte sie schüchtern gesagt, als Joe glücklich bei seinem neuen Lehrherrn abgeliefert worden war und sich mit einer höflichen Verbeugung verabschiedet hatte. »Wenn Sie mal heiraten, meine ich.« Sie errötete sofort wieder.

Sean tat, als bemerke er es nicht. »Und Sie, Violet«, bemerkte er mit einem Lächeln, »sind eine sehr gute Mutter.«

Bevor sie nach Wellington umzog, hatte Violet dann gehört, Colin Coltrane befände sich in großen finanziellen Schwierigkeiten. Natürlich nahm sie an, dass dies mit Erics Aufzeichnungen zusammenhängen könnte. Wie genau, wusste sie nicht, und es war ihr auch gleichgültig. Falls Colin allerdings herausfinden würde, dass sie damit zu tun hatte, fühlte sie sich auf der Nordinsel doch deutlich sicherer als in der Nähe seines Einflussbereichs.

Schließlich fragte Violet Sean nach den seltsamen Zuständen in ihrem Büro. Er holte sie und Roberta am Wochenende manchmal ab – sie hatten ein Zimmer in der großen Stadtwohnung einer

Witwe gemietet, während Rosie in Dunedin geblieben war, um für Chloé und Heather zu arbeiten – und ging mit ihnen spazieren oder fuhr aus. Selbstverständlich nur in belebten Gegenden, es lag ihm fern, sie zu kompromittieren. Jetzt wollte er sich fast ausschütten vor Lachen über Violets Vermittlungstätigkeit zwischen Kupe und Matariki.

»Nein, Violet, normal ist das nicht, das kann ich Ihnen versichern!«, erklärte er. »Aber was genau zwischen den beiden vorgefallen ist, weiß ich auch nicht.«

»Atamarie sagt, Kupe ist in ihre Mommy verliebt«, mischte sich Roberta ein. Sie hatte sich gleich am ersten Tag in Wellington mit Matarikis ein Jahr jüngerer Tochter angefreundet und seitdem einiges von ihrer Schüchternheit abgelegt.

Violet runzelte die Stirn, aber Sean lachte wieder. »So etwas habe ich auch schon vermutet, Roberta, aber es ist nicht schicklich, die Leute direkt darauf anzusprechen.« Verschwörerisch zwinkerte er zunächst dem Mädchen, dann seiner Mutter zu. »Fragen Sie die beiden doch einfach mal, warum sie nicht miteinander reden, Violet. Würde mich interessieren, was die darauf antworten.«

Violet hatte sich daraufhin ein Herz genommen und Matariki angesprochen – an Kupe traute sie sich nun doch nicht heran. Matariki zuckte die Achseln, lud ihre Kollegin zum Lunch ins nächste Café ein und erzählte von Parihaka.

»Wir waren immer gut befreundet«, meinte sie. »Gut, er war in mich verliebt und ich nicht in ihn, aber das hat die Beziehung nicht belastet. Bis sie Kupe damals verhaftet haben und ich mit Colin nach Dunedin ging. Was ihm zwischendurch über die Leber gelaufen ist, weiß ich nicht. Aber wenn es ihm gefällt – bitte, ich muss nicht mit ihm reden! Warten wir doch einfach mal ab, wer es länger aushält!«

Letzteres klang trotzig. Matariki schien vorzuhaben, aus der Sache eine Art Wettspiel zu machen. Und wirklich egal schien Kupe ihr auch nicht zu sein … Violet fragte sich, ob das, was die

beiden da durchzogen, eine Form von dem war, was ihr Lexikon
»Flirt« nannte.

Im weiteren Verlauf des gemeinsamen Mittagessens erfuhr sie
dann von Matarikis Affäre mit Colin Coltrane und damit auch
einige Hintergründe der Ehe ihrer vergötterten Herrin Chloé.
»Er kann sehr charmant sein, ich kann's Chloé nicht verübeln,
dass sie darauf reingefallen ist«, meinte Matariki. »Und er hat …
auch noch andere Qualitäten, wenn du verstehst, was ich meine.«
Matariki machte eine Geste, die Violet nicht als obszön erkannte.
Violet verstand auch nicht, was sie meinte – zumindest nicht bis zu
dem Abend, als die Frauen schließlich gemeinsam Lizzies Wein
öffneten und sich anschließend Geheimnisse erzählten.

»Colin war jedenfalls der beste Liebhaber, den ich jemals hatte«,
offenbarte Matariki. »Aber ansonsten ein Mistkerl.«

»Und du meinst, es kann wirklich Spaß machen?«, fragte Violet
schließlich zweifelnd, nachdem Matariki auch noch ihre sonstigen
Männerbekanntschaften kommentiert hatte. »Du hast das freiwil-
lig gemacht? Also ich … ich fand es nur schrecklich.« In ihrem
Gesicht standen allein bei der Erinnerung an Erics Umarmungen
Abwehr, Ekel und Furcht.

Matariki nahm ihre Hand und zog sie ans Fenster. »Schau raus,
Violet«, sagte sie, nach drei Gläsern Wein ein bisschen pathetisch.
»Da draußen ist die Nacht. Sie gehört zum Leben, man kann sie
nicht wegdenken. Und natürlich wirkt sie manchmal bedrohlich.
Nicht immer zu Unrecht, irgendwo schleichen ja wirklich Mör-
der und Diebe herum. Manchmal ist sie auch scheußlich – wenn
man sich durch die Dunkelheit kämpfen muss, während es stürmt
und regnet und der Hagel wie Pfeile auf die Haut trifft. Aber sie
kann auch wunderschön sein: samtig und warm und vom Vollmond erleuchtet, und tausend Sterne weisen dir den Weg. Wenn
alles richtig läuft in deinem Leben, Violet, wenn du wählen kannst,
dann gehst du nur in solchen sternenklaren Nächten nach draußen –
wenn du im Mondlicht baden kannst und die Ahnen dir über die

Sterne ein Lächeln schenken. Aber wenn es nicht gut läuft, wenn du durch dunkle, gefährliche Nächte fliehen musst, oder wenn du in einer Gegend wohnst, in der es dauernd schneit und regnet, dann lernst du die Nacht zu hassen. Genauso ist das mit der Liebe. Wenn du gezwungen wirst, wenn der Mann brutal ist und wenn du ihn nicht liebst, dann ist es schrecklich. Aber mit einem guten Mann, einem erfahrenen Mann – erst recht mit einem, in den du verliebt bist –, ist es das Schönste auf der Welt!« Matariki sah ihre Freundin so strahlend an, als stehe sie kurz davor, auf der Sternenleiter zu wandeln.

»Und wie ist es, wenn man verliebt ist?«, erkundigte sich Violet. Matarikis Verzückung wandelte sich in Verwirrung. »Weißt du das nicht? Also das hätte ich jetzt nicht gedacht. Nach dem, wie du Sean Coltrane immer anguckst, wenn du's mal wagst, ihm in die Augen zu sehen ...«

Nach diesem und weiteren Abenden mit Matariki begann Violet, sich bewusster und farbenfroher zu kleiden, und sie versuchte, nicht mehr scheu die Lider zu senken, wenn sie Sean Coltrane begegnete. Mit jedem Tag in Wellington fühlte sie sich jünger und glücklicher. Sie hatte zum ersten Mal im Leben eine richtige Freundin, sie las Liebesromane anstelle des Lexikons und gab ihr selbst verdientes Geld für neue Kleider aus.

Und sie wagte sich einzugestehen, dass sie Sean Coltrane liebte.

Kupe und Matariki hielten während der ganzen ersten Monate des Jahres 1893 an ihrem Schweigen fest – aufregende Monate für die Suffragetten und ihre Anhänger. Die Unterschriftenliste unter Kate Sheppards diesjähriger Petition wurde länger und länger – aber gleichzeitig machten auch die Gegner des Frauenwahlrechts mobil. Erzfeind der Bewegung war ein Politiker aus Dunedin, Henry Smith Fish – natürlich ein Lobbyist der Alkoholindustrie. Fish schrieb fast so eifrig Bittbriefe und Petitionen wie die Frauen, und das Sammeln von Unterschriften fiel ihm leicht: eine Runde durch die Dunediner Pubs am Samstagabend, und er hatte ebenso viele Signaturen wie Kate in einem Monat des mühseligen Klinkenputzens. Einmal hatte er allerdings Pech und erwischte einen Pub, in dem Peter Burton und ein katholischer Amtsbruder, der einem gepflegten Bier ebenfalls nicht abgeneigt war, einen Abend ausklingen ließen. Die beiden Priester beobachteten mit Gemütsruhe, wie Fish zunächst eine flammende Rede hielt – und seine Petition dann von jedem Besucher des Pubs dreimal unterschreiben ließ. Natürlich machten sie die Sache publik, und Fish galt von da an als unglaubwürdig. John Ballance, der Premierminister, zitierte ihn auch ausdrücklich in sein Büro und rügte ihn. Ballance war inzwischen bekennend auf der Seite der Frauen – alle rechneten mit einem Sieg im September.

Aber dann, an einem ruhigen Tag im April, stürzte Sean Coltrane fassungslos ins Büro der Te Kotahitanga. Sein Gesicht war blass, und er schien selbst noch kaum glauben zu können, was er Kupe, Matariki und Violet zu berichten hatte.

»Er ist tot!«, stieß er hervor. »John Ballance. In seinem Büro. Herzanfall, nehmen wir an … sein Sekretär war dabei. Er meinte, er habe sich den ganzen Morgen etwas schlecht gefühlt … und dann griff er sich an die Brust … fiel um … der Arzt konnte nichts mehr für ihn tun.«

»Aber das ist eine Katastrophe!«, sagte Matariki. »In erster Linie natürlich für ihn und seine Familie, aber doch auch … auch für uns. Was passiert denn jetzt? Wer wird ihn ersetzen?«

Sean wusste es nicht.

»Richard Seddon vermutlich. Als Ballance krank wurde, hat er ihn ja schon zu seinem Stellvertreter bestimmt. Formal steht er dem Oberhaus insofern schon fast ein Jahr vor«, meinte Kupe und vergaß, dass er das Wort damit auch an Matariki richtete. »Aber er …«

»Er ist kein echter Liberaler!«, vervollständigte Matariki. »Dem geht's nicht um politische Ziele, sondern nur um Einfluss. Und die Liberalen sind einfach die Partei mit den meisten Anhängern.«

»Er ist ein Populist!«, fügte Kupe hinzu.

Violet dankte im Stillen zum hundertsten Mal Caleb Biller für sein Lexikon.

»Sie sagen, er habe nichts übrig für Frauen und Maori«, sagte sie schüchtern.

Die anderen nickten düster.

»Das ist fast schon untertrieben«, seufzte Sean. »Der Mann ist ... na ja, einer der Konservativen hat ihn mal als ›immerhin teilweise zivilisiert‹ bezeichnet. Allerdings ... es erscheint mir ziemlich ... pietätlos, jetzt über die Nachfolge zu sprechen. John Ballance war ein guter Mann. Wir sollten ein Gebet sprechen.«

Violet senkte den Kopf und sprach das Vaterunser mit, als Sean vorbetete. Kupe und Matariki murmelten brav die Worte des christlichen Gebets, sahen sich dann aber an. Wie damals in Parihaka brauchten sie sich nicht abzusprechen. Gleichzeitig und harmonisch begannen sie einen *haka* zu singen. Beide hatten schöne Stimmen, und die Totenklage der Maori drang hinaus auf die Straßen von Wellington. John Ballance hatte sich für die Verständigung zwischen den Volksgruppen eingesetzt, er hatte viele Gesetze auf den Weg gebracht, die Maori und *pakeha* gleichermaßen nutzten.

Ob Richard Seddon diesen Weg weitergehen würde, stand in den Sternen.

In dem kleinen Büro des Te Kotahitanga und der Women's Christian Temperance Union sorgte John Ballance allerdings noch posthum für Ausgleich und Frieden: Seit dem Tag seines Todes begannen Matariki und Kupe wieder miteinander zu reden. Nicht viel, nicht oft und über nichts Persönliches. Aber das Eis war dennoch gebrochen.

Wie Sean und Kupe erwartet hatten, ernannte der Gouverneur schon am Tag nach Ballance' Tod seinen Stellvertreter Richard Seddon zum neuen Premierminister. Ein herber Rückschlag für die Frauen, die Maori und alle anderen Bevölkerungsgruppen, die ohnehin schon Probleme mit ihrer Anerkennung hatten. Sean sah sich plötzlich mit den Protesten chinesischer Einwanderer konfrontiert, die Seddon als Affen bezeichnet hatte, musste sich mit neuen Ministern herumschlagen, die sich nur durch ihre Freundschaft zu Seddon für ihr Amt qualifizierten, und berichtete Matariki und Violet von heftigen Debatten über das Frauenwahlrecht. Seddon lehnte es konsequent ab und plädierte ebenso leidenschaftlich gegen alle Gesetzentwürfe, die Einschränkungen im Vertrieb von Alkohol betrafen.

»Der wird von jeder Brauerei und jeder Whiskeybrennerei im Land bezahlt!«, mutmaßte Sean. »Und die torpedieren auch jeden Vorstoß in Richtung Frauenwahlrecht.«

»Fragt sich nur, was er gegen Maori hat«, seufzte Kupe. »Mangelnde Affinität zum Alkoholgenuss kann man uns doch nun wirklich nicht vorwerfen.«

Matariki grinste. »Mein Dad hat allerdings zumindest den Ngai Tahu beigebracht, das Zeug selbst zu brennen«, bemerkte sie. »Sein Freund Tane beliefert immer noch die halbe Südinsel.«

»Ich finde das einfach nur schändlich!«, ereiferte sich Violet. Sie konnte über Witze zum Thema Whiskey nach wie vor nicht lachen. »Gleichheit der Rassen und Geschlechter gehört zu den Grundprinzipien liberaler Politik. Dieser Seddon kann sich nicht als Parteiführer und Premierminister aufspielen, wenn er das negiert.«

»Das hat ihm Robert Stout auch gerade ins Gesicht gesagt«, lächelte Sean. »In so ziemlich denselben Worten. Sie werden noch Reden halten, Violet! Warten Sie ab!«

»Wir werden alle Reden halten!«, sagte Matariki entschlossen. »Jetzt erst recht, wir werden alle Anstrengungen verdoppeln. Ab jetzt folgt eine Kundgebung der anderen, wir werden so laut demonstrieren, dass Mr. Seddon sein eigenes Wort nicht mehr versteht!«

Die WCTU, die Women's Franchise League, ihr Maori-Pendant und die Tailoresses Unions – sie alle machten Matarikis Drohung wahr. Die Frauenorganisationen überboten einander im Schreiben von Petitionen und Aufrufen zu Kundgebungen. Praktisch jeden Tag protestierten Frauen vor dem Parlament und sammelten Unterschriften. Zum Zeichen ihrer Berufung schmückten sie ihre Kleider oder Hüte mit weißen Kamelien.

Atamarie und Roberta, Matarikis und Violets Töchter, waren mit Feuereifer dabei. Die Mädchen malten gemeinsam Transparente, trugen sie bei jedem Protestmarsch mit durch die Straßen und schlugen ihren Müttern vor, auch zusammen auf Stimmenfang zu gehen.

»Wenn wir zu zweit sind, wird uns schon keiner was tun, wir können rumlaufen und Unterschriften sammeln!«

Matariki und Violet erlaubten es zumindest bei ihrer eigenen Kundgebung, und die Mädchen platzten fast vor Stolz, als erst Matariki und dann tatsächlich auch Violet Fence aufs Podium stiegen und leidenschaftlich für das Frauenwahlrecht plädierten.

Violet begann ihre Rede mit den Worten: »Ich möchte Ihnen eine Geschichte erzählen ...«, genau wie damals Sean seine Ansprache in Christchurch. In klaren, leidenschaftslosen Worten schilderte sie ihre Ehe und wie sie über die Temperance Union zum Kampf für das Frauenwahlrecht gefunden hatte. »Ich weiß heute nicht mehr, ob ich hier auch stehen würde, wenn es um eine Kundgebung für ein striktes Alkoholverbot ginge«, erklärte sie schließlich. »Es gibt Argumente dafür und dagegen, und jede Frau und jeder Mann werden sie abwägen müssen, wenn wirklich mal zur Debatte steht, ob der Teufel nur durch den Whiskey in unsere Männer fährt oder ob es nicht auch andere Gründe dafür gibt, dass sie uns verachten und misshandeln. Aber eins weiß ich sicher: Männer und Frauen sind gleichermaßen fähig, nachzudenken, abzuwägen und zu entscheiden. Vor dem Gesetz müssen sie gleich sein. Also gebt uns das Stimmrecht!«

Atamarie und Roberta johlten vor Begeisterung und stimmten lauthals ein, als die Frauen »Frauenwahlrecht jetzt!« skandierten. Roberta errötete, als sich ihr daraufhin ein griesgrämig wirkender Mann zuwandte.

»Also, ihr kleinen Gören stimmt doch wohl ganz sicher noch nicht ab! Was ist das für ein Benehmen in der Öffentlichkeit?«

Atamarie ließ sich allerdings nicht einschüchtern. Sie lachte dem Mann ins Gesicht. Dann wies sie auf die Frauen auf dem Podium. »Nein, Sir, wir sind noch zu jung. Aber das bleibt ja nicht so. Die da oben, Sir, unsere Mütter, die wollen wählen! Und wenn wir so weit sind, dann wollen wir gewählt werden. Darf ich vorstellen, Mister: Roberta Fence: Premierministerin 1920!«

»Wäre doch eine gute Idee!«, sagte Matariki später, als Atamarie ihr von ihrem Auftritt berichtete. »Roberta im *pakeha*-Parlament, du bei den Maori. Dann würde die Zusammenarbeit endlich klappen.«

»Das fehlte noch«, schnaubte Kupe.

Er ließ offen, ob er an eine Frauenherrschaft allgemein dachte oder lediglich Atamarie im Amt des Premiers missbilligen würde. Sie war schließlich alles andere als eine reinblütige Maori – wann immer Kupe das Mädchen ansah, erkannte er die Züge seines Feindes.

Zwei Wochen vor der Entscheidung des Oberhauses im September überbrachten John Hall und ein paar andere Abgeordnete dem Parlament die letzte Petition der Frauen um Kate Sheppard und dazu über zweiunddreißigtausend Unterschriften. Insgesamt hatte sich damit ein Viertel der weiblichen Bevölkerung Neuseelands für das Frauenstimmrecht ausgesprochen, und Kate ließ es sich nicht nehmen, sämtliche Unterschriften eigenhändig aneinanderzukleben und die Liste um einen Besenstiel zu winden. John Hall präsentierte sie dann mit aller Theatralik, indem er die Liste vom Besenstiel über den langen Gang inmitten des Abgeordnetenhauses abrollen ließ. Während er dem Parlament die Petition vorhielt, reihten sich die vielen tausend Namen zwischen den Parlamentariern auf. Am Ende blieb der leere Besenstiel mit dumpfem Aufschlag liegen.

Wie erwartet durchlief der Gesetzentwurf das Unterhaus mit großer Mehrheit.

»Aber das haben wir ja schon öfter geschafft«, meinte Sean Coltrane. »Auf das Oberhaus kommt's an. Am 8. September ...«

Einige Tage vor dem 8. September vermissten Violet und Matariki Roberta und Atamarie. Sie hatten sich mit den Mädchen nach der Schule zu einem späten Lunch verabredet und planten, dabei auch Kate und Sean zu treffen. Kate Sheppard war am Vortag eingetroffen. Sie wollte die Entscheidung in Wellington erleben.

Violet wurde nervös, als Roberta zehn Minuten nach dem verabredeten Termin noch nicht eingetroffen war. »Wo bleibt sie denn nur, sie ist doch sonst immer pünktlich.« Violet hatte ihre Arbeit bereits abgeschlossen und blickte ungeduldig durchs Fenster auf die Straße.

Matariki, die noch Briefe zuklebte, war weniger besorgt. »Ich dachte, Atamarie wäre schon da gewesen«, bemerkte sie unkonzentriert. »Dingo hat jedenfalls mit dem Schwanz gewedelt.«

Der alte Hund lag unter Matarikis Schreibtisch und war meist zu müde, um aufzustehen und Neuankömmlinge zu begrüßen. Seine Freunde kündigte er aber in der Regel durch Schwanzwedeln und Winseln an, und er pflegte ihr Kommen wahrzunehmen, bevor sie die Tür öffneten.

»Dingo wedelt doch wegen sonst wem mit dem Schwanz«, meinte Violet wenig überzeugt.

Matariki schloss den letzten Umschlag. »Dingo tut das nur für uns und die Mädchen, Kupe und Sean«, präzisierte sie. »Und Kupe ist vor einer Stunde mit Hamiora zum Essen gegangen. Warum sollte der jetzt zurückkommen, einmal auf der Straße auf und ab gehen und sich dann wieder verziehen?«

»Und warum sollten die Mädchen kommen und wieder gehen?«, fragte Violet.

Sie machte sich immer noch Gedanken wegen eventueller Rachepläne von Seiten Colin Coltranes. Joe schrieb nichts mehr über ihn, aber Joe griff ohnehin selten zur Feder. Heather dagegen berichtete, Chloés Anwalt habe Colin kürzlich in ziemlich desolatem Zustand angetroffen, das Gestüt befinde sich in der Auflösung. Mehr erwähnte auch sie nicht, und eigentlich ergaben sich aus keiner Nachricht konkrete Hinweise auf eine Bedrohung für Violet. Aber sie hatte so lange in Angst gelebt, dass sie sich jetzt – zumindest nach Ansicht von Sean und Matariki – die Gefahren einbildete.

Matariki zuckte die Achseln. »Was weiß ich, was Atamarie in

den Kopf kommt. Vielleicht haben sie ihre weißen Kamelien vergessen.«

Atamarie und Roberta waren ausgesprochen stolz auf ihre Erkennungszeichen als Suffragetten, so klein sie auch noch waren. Bestimmt gingen sie nicht ohne Blume im Knopfloch zu einem Treffen mit Kate Sheppard.

»Beide?«, zweifelte Violet. Während Matariki ihren Schreibtisch aufräumte, lief sie so unruhig in den zwei Büroräumen hin und her wie ein Tiger im Käfig. »Ich gehe sie jetzt suchen!«, erklärte sie schließlich, als die Mädchen fast zwanzig Minuten überfällig waren. »Bleibst du hier und hältst die Stellung?«

Matariki verdrehte die Augen. »Wir können auch einfach schon ins Restaurant gehen und den beiden einen Zettel an die Tür hängen. Ich weiß ja nicht, wie's dir geht, aber ich komme um vor Hunger.«

Matariki war kein bisschen beunruhigt. Atamarie war ein selbstständiges Kind, sie ging sicher nicht verloren.

Violet schüttelte den Kopf. »Wie kannst du jetzt bloß ans Essen denken?«, fragte sie vorwurfsvoll. »Die Mädchen sind sonst zuverlässig. Ihnen muss etwas passiert sein!« Damit stürmte sie hinaus.

Matariki blieb kopfschüttelnd zurück, machte sich dann aber gelassen an einen weiteren Briefentwurf. Violet hatte natürlich Recht, was Roberta anging. Allein war ihre Tochter stets auf die Minute pünktlich. Von Atamarie ließ sie sich allerdings öfter mal zu Dummheiten verleiten. Das musste eigentlich auch Violet wissen.

Violet versuchte, sich genau das vor Augen zu halten und klar zu denken. Wenn sie annahm, dass mindestens eins der Mädchen tatsächlich vor der Zeit da gewesen und das andere dann dazugestoßen war – was konnten sie von hier aus anstellen?

Violet ließ ihren Blick über die breite, von hohen Bäumen gesäumte Straße schweifen – wo er am Parlamentsgebäude schräg gegenüber hängen blieb. Das aktuelle Lieblingsspiel der Kinder war »Premierministerin«. Was, wenn sie auf die Idee gekommen waren, sich ihre zukünftige Wirkungsstätte einmal anzuschauen? Vielleicht war ja eine Seitentür des hohen Hauses für eine Putzkolonne oder einen Boten geöffnet worden, und die Mädchen hatten die Gelegenheit genutzt, hineinzuschlüpfen? Über der Erforschung des großen Gebäudes konnten sie dann leicht die Zeit vergessen haben.

Violet beschloss, zumindest einmal zu probieren, ob man ohne weiteres hineinkam. Sie wusste nicht recht, ob sie sich selbst ins Innere wagen würde, falls das der Fall war, aber um einfach abzuwarten, war sie zu nervös. Also überquerte sie die Straße und entdeckte tatsächlich einen Seiteneingang, der sperrangelweit offen stand. Er führte zu den Grünanlagen hinter dem Parlament, zwei Maori-Gärtner gingen mit Gießkannen, Düngersäcken und Pflanzen ein und aus. Die Tür führte also zu den Wirtschaftsräumen im untersten Geschoss.

Die Maori grüßten Violet mit einem freundlichem *kia ora* – sie sprachen also offensichtlich kaum Englisch und fanden nichts dabei, als sie Anstalten machte, das Gebäude zu betreten. Leider verstanden sie kein Wort von ihrer Frage, ob sie zwei Mädchen hatten eintreten sehen. Violet war sich ihrer Sache trotzdem fast sicher. Atamarie sprach nicht so fließend Maori wie ihre Mutter, aber doch gut genug, um den Gärtnern einen Bären darüber aufbinden zu können, was sie und Roberta im Parlamentsgebäude zu suchen hatten. Violet traute ihr sogar ein »*Kia ora*, wir sind die künftigen Premierministerinnen und wollten uns mal umgucken« zu.

Nun schwankte sie kurz zwischen der Möglichkeit, die Mädchen selbst zu suchen oder zurück ins Büro zu gehen und Matariki um eine Befragung der Gärtner zu bitten. Eigentlich scheute sie davor zurück, in fremde und Frauen obendrein verbotene Gebäude zu gehen. Andererseits: Das Haus stand offen. Und es war ihr Haus, genau wie es allen anderen Neuseeländern und Neuseeländerinnen gehörte! Violet entschloss sich zu zivilem Ungehorsam. Sie würde jetzt hineingehen und die Kinder herausholen.

Die Gärtner hinderten sie nicht daran, und von ihnen abgesehen traf sie auch niemanden in den Wirtschaftsräumen an. Sie durchquerte Abstellkammern und Archive, die mit Schriften vollgestopft waren. Wahrscheinlich lagen auch ihre eigenen Petitionen der letzten Monate dort ... Der aufwallende Zorn darüber gab Violet Auftrieb. Jetzt fast eher neugierig als besorgt, schritt sie die Treppen hinauf, bewunderte die Intarsienarbeiten und Säulen in den weitläufigen Fluren und schaute schließlich voller Ehrfurcht in den großen Sitzungssaal. Von den Mädchen fand sie keine Spur, aber die konnten auch schon längst im ersten Stock sein.

Violet stieg also die Treppe hinauf – auch hier gab es Archive, Bibliotheken und Büros. Aus einem davon, zu dem eine große, aufwändig gearbeitete Tür führte, klang das charakteristische Gekicher aufgeregter Mädchen.

»Los, setz dich mal rein in den Stuhl, Robby! Damit du ein Gefühl dafür kriegst! Prime Ministress Miss Roberta Fence! Oder sagt man Missus?«

Das war eindeutig Atamaries Stimme. Violet warf einen Blick auf das Schild neben der Bürotür. Natürlich: Prime Minister Mr. Richard Seddon.

Violet riss die Tür auf – und fand die vermissten Mädchen seelenvergnügt hinter dem Schreibtisch des Regierungschefs. Roberta hatte es sich eben im Sessel des Premierministers gemütlich gemacht, Atamarie genoss die Aussicht aus den großen Fenstern des Büros.

»Seid ihr von allen guten Geistern verlassen?«, schimpfte Violet. »Wir machen uns da unten die größten Sorgen, und ihr entweiht hier das Büro von Mr. Seddon! Was meint ihr, was der mit euch macht, wenn er euch erwischt?«

Sie selbst wusste das natürlich auch nicht, aber garantiert standen schwerste Strafen darauf, im Zentrum der Macht herumzuschnüffeln. Roberta sprang sofort auf, als sie ihre Mutter erkannte, Atamarie ließ sich nicht so schnell einschüchtern.

»Wir wollten ihm nur eine weiße Kamelie bringen«, sagte sie. »Das fanden wir eine gute Idee, er würde sich dann fragen, wer ihm die auf den Schreibtisch gelegt hat, und dann …«

»Das ist so ziemlich die dümmste Idee, die ich je gehört habe!«, zeterte Violet. »Der Mann würde sich sonst was denken, und womöglich hätten Sean und Mr. Fox und die anderen Befürworter von unserem Gesetz Ärger bekommen. Jetzt kommt erst mal raus hier, über eure Strafe reden wir später. Aber es wird was auf euch zukommen, das verspreche ich euch. Ich habe mich zu Tode gefürchtet.«

»Still, Mommy!«

Roberta legte den Finger auf die Lippen und schaute ängstlich zur Tür. Und jetzt hörte es auch Violet. Im Gang näherten sich schwere Schritte. Die drei Eindringlinge erstarrten.

»Kommen Sie!«, klang eine dröhnende Stimme. »Kommen Sie in mein Büro. Bei einem Whiskey redet es sich besser.«

Violet hoffte einen Herzschlag lang, der Mann meinte vielleicht ein anderes Büro, aber sie glaubte es nicht. Atamarie suchte dagegen schon einen Fluchtweg.

»Hier hinein!«, wisperte sie den anderen zu.

Neben dem Wandschrank befand sich eine schmale Tür, die zu einer Art Abstellkammer führte. Sie war winzig, bot aber gerade genug Raum für die zwei kleinen Mädchen und die zierliche Violet. Die drei drückten sich nah aneinander, und Roberta zog die Tür zu, als die Männer auch schon eintraten. Es war stockdunkel in der Kammer. Violet hoffte, dass Seddon hier nicht seine Whiskey-vorräte hortete. Aber der Premierminister hatte nichts zu verbergen.

»Hand aufs Herz, Sie sind doch einem guten Schluck nicht abgeneigt, Bromley. Ihnen würde es auch nicht gefallen, wenn wir uns das Zeug demnächst unter der Hand besorgen müssten.«

Die Lauscher im Besenschrank hörten das Öffnen einer Schranktür und das Klirren von Gläsern.

»Zum Wohl, mein Freund!«

Stille, die Männer tranken.

»Hervorragender Whiskey, Sir«, erklärte Seddons Besucher. »Und Sie haben ganz Recht, ein Alkoholverbot will keiner von uns. Aber darüber haben wir ja auch nicht abzustimmen. Es geht ums Frauenstimmrecht, und da ...«

»Das eine ist so gut wie das andere!«, erklärte Seddon. »In dem Moment, indem wir den hysterischen Weibern die Macht in die Hand geben, schließen Sheppard und Co. uns die Pubs. Da können Sie sich drauf verlassen, Bromley! Die warten da nur drauf!«

Bromley schien sich eine Antwort zu überlegen. »Das wäre natürlich bedauerlich, Sir«, sagte er schließlich. »Aber darüber ist das letzte Wort noch nicht gesprochen. Und selbst wenn – Neuseeland ist eine Demokratie. Wenn das Volk will, dass die Pubs schließen ...«

»Das Volk will das ganz sicher nicht!«, polterte Seddon. »Das wollen nur so ein paar Moralapostel, Fanatikerinnen wie diese Daldy, die sogar den Messwein verbieten würden, wenn sie könnten!«

»Dann wird das Volk auch nicht dementsprechend abstimmen. Ich bin Liberaler, Sir. Ich bin dieser Partei mit der Überzeugung beigetreten, dass vor dem Gesetz alle Menschen gleich sind. Und das bedeutet ...«

»... dass wir uns demnächst von Weibern und Schwarzen beherrschen lassen?«, brüllte Seddon. Aber dann beruhigte er sich. »Also gut, Bromley, wir sind hier verschiedener Meinung. Sie vertreten liberale Prinzipien, was ja löblich ist, aber ich sehe unsere Partei vor allem als Partei der kleinen Leute. Und die wollen ihre heilen Familien und ihre Pubs. Keine wildgewordenen Suffragetten, die ihnen ihr Feierabendbier nicht gönnen. Können wir uns darauf nicht einigen, Bromley?«

Die Lauscherinnen hörten nichts, aber es war anzunehmen, dass Bromley widerwillig nickte.

»Na, also!« Wieder Seddon. »Insofern kann ich doch davon ausgehen, Bromley, dass Sie Ihre Haltung in Bezug auf den zur Abstimmung stehenden Gesetzentwurf noch einmal überdenken, nicht wahr? Sie wissen, es sind demnächst etliche wichtige Posten vakant, bisher habe ich ja kaum etwas verändert, schon aus ... aus ... Pie... Piä...«

»Pietätsgründen«, half Bromley aus. Seddon verfügte über keine höhere Bildung, zweifellos hatte er nie ein Lexikon studiert.

»Genau. Aber demnächst kommt es zu Kabinettsumbildungen, Bromley, da können Sie sicher sein. Und ich pflege meine Freunde nicht zu vergessen.«

Schweigen im Büro.

»Noch einen Whiskey?«, fragte schließlich Seddon.

Bromley lehnte ab. »Ich muss jetzt gehen, Sir. Aber es ... also ich ... ich lasse es mir durch den Kopf gehen. Wobei mir der Posten des ... Schatzmeisters ... Sie wissen, ich komme aus einer Bankiersfamilie ...«

Violet schluckte. Sie konnte kaum glauben, was sie hier mitbekam.

»Wir werden zu gegebener Zeit darüber entscheiden«, beschied Seddon seinen neuen Freund. »Warten Sie, ich begleite Sie hinaus.«

Violet betete, dass der Minister sein Büro jetzt nicht abschloss. Zu hören war allerdings nur das Zufallen der schweren Tür, kein Schlüssel im Schloss. Atamarie stieß sofort die Tür der Kammer auf und schnappte nach Luft. Es war ein warmer Frühlingstag, und die drei verängstigten Lauscher stürzten schweißüberströmt aus ihrem Gefängnis.

»Die haben Alkohol getrunken!«, sagte Roberta vorwurfsvoll mit Blick auf die Gläser. »Ist das hier nicht verboten?«

»Die haben etwas viel Schlimmeres gemacht!«, stieß Violet hervor. »Und etwas noch erheblich Schlimmeres vor. Ich muss sofort mit Sean sprechen. Aber erst hier raus. Nicht auszudenken, dass wir von denen entdeckt werden! Beeinflussung von Abgeordneten ... Bestechung sogar! Das ... das wird Folgen haben!«

Violet ließ die Mädchen vorgehen und die Lage erkunden. Inzwischen war es ihr nicht mehr so wichtig, ob die beiden entdeckt wurden. Zwei unartige Kinder im Parlamentsgebäude würde Seddon nicht als bedrohlich empfinden. Aber eine Vertreterin der WCTU ...

Violets Sorgen erwiesen sich als unbegründet. Seddon und Bromley hatten das Parlamentsgebäude längst durch den Haupteingang verlassen, als Atamarie zurückkam, um Violet zu holen. Roberta bewachte inzwischen die Treppe nach unten.

»Der Premierminister ist schon raus«, wisperte Atamarie, die das Abenteuer unzweifelhaft genoss. »Aber womöglich sind die Gärtner auch weg. Dann müssen wir durchs Fenster rausklettern.«

Violet hoffte inständig, dass ihr das erspart blieb, aber natürlich waren die Maori noch da, als die drei das Haus auf demselben Weg verließen, auf dem sie gekommen waren. Atamarie rief ihnen ein paar vergnügte Worte zu; die Männer antworteten belustigt und winkten Violet und den Mädchen freundlich nach.

»Sehen Sie, wir haben gar nichts Verbotenes gemacht, Mrs. Fence«, erklärte sie Violet. »Ich hab vorhin ganz nett gefragt, ob wir reinkönnen, und sie haben Ja gesagt. Also ...«

»Verbote«, seufzte Violet und erinnerte sich an einen von Caleb Billers Lieblingssprüchen, »sind relativ. Wie's aussieht, habt ihr mit eurem Alleingang unser Gesetz gerettet. Hoffe ich jedenfalls. Wir werden sehen, was Sean dazu sagt.«

Matariki hatte natürlich nicht im Büro gewartet, sondern ihrem Hunger nachgegeben und Violet und den Mädchen einen Zettel an die Bürotür gehängt.

Bin im Backbencher. Kommt nach, wenn Violet euch nicht schon umgebracht hat!

Die Mädchen lachten, aber Violet schaute schon wieder grimmig drein. »Sie nimmt nichts ernst!«, schimpfte sie, machte sich dann aber fast im Laufschritt auf ins Backbencher, ein Restaurant in der Molesworth Street, das bei Abgeordneten, Lobbyisten und Regierungsangestellten äußerst beliebt war.

Es erwies sich auch an diesem Tag als gut besucht. Violet sah sich nach Sean um, entdeckte aber erst nur Matariki, Kate Sheppard und Meri Te Tai Mangakahia. Meri war wie immer wie aus dem Ei gepellt und wahrscheinlich die letzte unter den Frauenrechtlerinnen, die sich noch schnürte. Violet ging zu ihnen.

Matariki lächelte ihr über ihren Teller hinweg zu. »Na, hast du die Mädels gefunden? Wo wart ihr, Atami? Violet hat sich furchtbare Sorgen gemacht.«

»Erzählt ihnen, wo wir waren!«, sagte Violet steif. »Ich suche Sean, Matariki. Es ist dringend. Er muss …«

»Mr. Coltrane ist da drüben«, lächelte Kate Sheppard. »Aber wollen Sie nicht erst mal Guten Tag sagen, Violet? Lieber Himmel, Sie sehen aus, als hätten Sie einen Geist gesehen!«

»Einen Geist nicht, nur …«, plapperte Atamarie los.

Violet gebot ihr mit einer unwirschen Handbewegung Schweigen. »Wo ist Sean?«, fragte sie nachdrücklich.

Kate Sheppard wies irritiert in eine Nische, in der Sean mit zwei Angehörigen des Oberhauses saß und offensichtlich Bier trank. Kate musste das missbilligen, aber hier sah sie es wahrscheinlich als Mittel zum Zweck. Die beiden Männer waren als Gegner des Frauenstimmrechtes bekannt. Sean sprach lebhaft auf sie ein – er versuchte wohl, sie umzustimmen.

»Mr. Coltrane hat sich zu ihnen gesetzt, als wir hereinkamen«, erläuterte Kate. »Zufällige Zusammentreffen eignen sich doch immer am besten für eine Aussprache!«

Violet nickte und ging dann mit forschem Schritt auf Sean zu.

»Sean, verzeihen Sie, dass ich störe ...«, Violet und Sean waren privat längst per Du, hier jedoch schien ihr die förmliche Anrede angemessener,»... aber ich habe da eben etwas mitgehört ... ich ...«

Sean sah mit gerunzelter Stirn auf. Gewöhnlich pflegte er sich über ihren Anblick zu freuen, aber heute kam ihm die Unterbrechung erkennbar ungelegen.»Ich kann gleich mit Ihnen reden, Violet, ich bin noch in einer Besprechung.« Violet schüttelte den Kopf.»Wir brauchen uns dazu nicht zurückzuziehen«, sagte sie mit klarer Stimme.»Die Herren Abgeordneten dürfen das ruhig mithören. Sie sollten das sogar wissen!«

Sean und die beiden Männer lauschten gebannt auf Violets Erzählung. Am Ende rieb Sean sich die Stirn. Er wirkte längst nicht so erfreut und erleichtert, wie Violet erwartet hatte.

»Tja ...«, sagte er mit Blick auf seine Tischgenossen.»Ich weiß ja nicht, wie es Ihnen geht, aber ich hätte darauf jetzt gern einen Whiskey. Was halten Sie davon, wenn wir uns in den nächsten Pub verziehen und dort darüber reden, ob die Liberal Party noch zu retten ist?« Als die Männer betroffen nickten, wandte er sich an Violet. »Violet, bitte, könnten Sie darüber Stillschweigen bewahren? Auch gegenüber Matariki, und vor allem Kate und Meri? Sie schulden mir einen Gefallen, das wissen Sie. Damals haben Sie den Skandal auf bewundernswerte Weise abgewendet, bitte geben Sie nun mir Gelegenheit, *diesen* abzuwenden. Wenn das herauskommt, Violet, stürzt Seddon, und wir alle stürzen mit!«

Natürlich bestürmten die anderen Frauen Violet mit Fragen, die Mädchen hatten ja bereits von ihrem Abenteuer berichtet. Allerdings hatten die zwei die Tragweite des Gehörten nicht verstanden, sie hatten lediglich erzählt, dass Mr. Seddon Whiskey in seinem Büro hatte und dass Mr. Bromley gern Schatzmeister der neuen Regierung werden wollte.

»Und über das Frauenwahlrecht haben sie auch gesprochen!«, fügte Roberta noch hinzu, als Violet dazukam.

Matariki, Kate und Meri waren eben dabei, eins und eins zusammenzuzählen. Violets Schweigen enttäuschte sie zutiefst. »Wenn Sie uns nur bestätigen, was wir denken?«, fragte Kate Sheppard schließlich.

Violet schüttelte den Kopf. »Ich muss jetzt etwas essen«, behauptete sie, schob die Speisen dann aber nur auf dem Teller hin und her. Atamarie und Roberta aßen mit umso größerem Appetit. Niemand hatte sie bislang für ihren Einstieg ins Parlamentsgebäude gerügt.

»Also wenn's mit der Premierministerin nicht klappt, können wir auch Spioninnen werden«, meinte Atamarie. »Ich fand es aufregend in der Kammer. So was könnte ich jeden Tag machen!«

Violets Vermieterin war ziemlich erbost, als Sean Coltrane noch spät abends an ihre Tür klopfte.

»Wissen Sie nicht, wie spät es ist?«, fragte sie indigniert und schnüffelte hörbar. Sean hatte eindeutig eine Whiskeyfahne.

Violet hatte ihn allerdings bereits gehört und ihr Zimmer verlassen. »Lassen Sie, Mrs. Rudyard, es ist wichtig«, sagte sie. »Vielleicht können wir ausnahmsweise in Ihrem Empfangszimmer reden?«

Das hatte die gestrenge Mrs. Rudyard Violet und Sean schon öfter erlaubt. Eigentlich hatte sie ja nichts gegen die Beziehung der jungen Witwe zu dem äußerst distinguierten Parlamentsabgeordneten. Allerdings achtete sie auf Schicklichkeit. Und an diesem Abend schien der junge Mann betrunken.

»Nicht hier, Violet!«, bestimmte Sean, während sie noch nachdachte. »Ich weiß, Mrs. Rudyard, ich kompromittiere Mrs. Fence damit, aber es ist wichtig. Und es muss unter uns bleiben. Komm, Violet.«

Violet hatte sich schon ein Tuch übergeworfen und eilte an Mrs. Rudyard vorbei, bevor die noch protestieren konnte. Sie folgte Sean die Treppen hinunter und auf die Straße. Er blieb erst stehen, als sie sicher aus der Sicht der alten Dame waren, die ihnen zweifelsfrei durchs Fenster nachsah.

»Tut mir leid, Violet, auch der Whiskey«, begann er dann. »Aber so was bespricht sich unter Männern einfach besser bei einem Schluck. Und ... und außerdem hätte mir sonst vielleicht der Mut gefehlt, dich dem Drachen Mrs. Rudyard heute noch zu entreißen.«

»Ich wäre vor Spannung fast gestorben!«, erklärte Violet vorwurfsvoll. »Und Matariki und die anderen haben stundenlang auf mich eingeredet. Sie ahnen schon so was, tut mir leid. Aber die Mädchen haben natürlich geredet.«

»Behalt es trotzdem für dich, Violet, es sind ja nur noch drei Tage. Und wir ... also Mr. Leicester, Mr. Torrance und ich, sind übereingekommen, dass nichts von dem an die Öffentlichkeit dringen soll, was du gehört hast. Seddon steht doch für die Liberal Party, was er tut, schlägt auf die ganze Regierung zurück. Wenn du mit der Presse redest, werden sie ihn zum Rücktritt zwingen, womöglich käme es zu Neuwahlen – und damit wäre uns auch nicht gedient.«

Sean sah Violet beschwörend an.

»Aber wenn Bromley gegen das Gesetz stimmt ...«, wandte Violet ein.

Sean schüttelte den Kopf. »Mit Bromley rede ich morgen. Und Leicester redet mit Seddon. Außerdem habe ich einen Deal mit Leicester und Torrance. Ich habe mich dafür verbürgt, dass du die Liberal Party nicht in Verruf bringst, und sie stimmen dafür für das Wahlrecht für Frauen und Maori. Wir werden 20:18 gewinnen. Du musst nur Ja sagen, Violet.«

Violet nickte widerwillig. Sie war wütend auf Seddon und hätte ihm gern geschadet. Aber Sean und viele andere in seiner Partei waren ehrliche Männer, die aufgebrochen waren, um Neuseeland zu einem Staat mit der fortschrittlichsten Gesetzgebung der Erde zu machen. Sie durfte nicht zulassen, dass die Dummheit eines ungebildeten Provinzpolitikers, den das Schicksal nach oben gepuscht hatte, alles zerstörte.

Sean lächelte erleichtert, als sie zustimmte. Er hatte sie aufmerksam beobachtet, als sie überlegte. Er liebte ihr ernsthaftes Gesicht, die Falten, in die sie ihre sonst marmorglatte Stirn legte, wenn sie ein Problem wälzte, das eigentlich zu schwierig war für die kleine Violet Paisley aus Treherbert. Und er liebte ihr triumphierendes Lächeln, wenn sie dann eine Entscheidung traf.

Er hätte den Whiskey nicht trinken sollen. Aber andererseits hätte er es auch nie gewagt, sie zu küssen, wenn er es nicht getan hätte ...

Sean beugte sich zu Violet hinab, als sie lächelnd zu ihm aufsah. Sie war so klein, so zierlich – und hatte doch immer alle beschützt. Sean hoffte, dass sie jetzt einmal zulassen würde, dass er sich um sie kümmerte.

Violet hatte oft gesehen, wie Menschen sich küssten, aber sie hatte es nie getan. Natürlich hatte sie Erics Zunge in ihrem Mund erdulden müssen, aber für sie war das niemals ein Kuss gewesen. Jetzt aber öffnete sie die Lippen für Sean. Und wunderte sich, dass sie kaum Whiskey schmeckte, wie so oft bei Eric. Sie schmeckte Pfefferminz – und spürte neben der aufkommenden Erregung eine Art von Rührung. Er musste heimgegangen sein, um sich die Zähne zu putzen. Also hatte er das hier geplant ...

Sie sagte es ihm auf den Kopf zu, als sie sich schließlich voneinander lösten.

Sean nickte. »Ich sag's doch, ich musste mir Mut antrinken. Bisher habe ich nämlich noch nie eine Frau kompromittiert, Violet Fence. Und morgen wird Mrs. Rudyard es garantiert in ganz Wellington herumerzählen. Nicht nur dein Ruf wird ruiniert sein.«

Violet holte tief Luft. Sie überlegte, wie Matariki in dieser Situation reagiert hätte. Oder Atamarie. Die hätte wahrscheinlich gesagt, eine Premierministerin müsste sich noch ganz anderen Entscheidungen stellen.

Violet blitzte Sean spitzbübisch an. »Es gäbe vielleicht einen Weg, den Skandal noch abzuwenden«, sagte sie. »Aber dann ... dann müsstest du mich noch mal etwas fragen, und ich müsste noch mal Ja sagen.«

Sean lächelte. Und dann stellte er die Frage.

Am Tag vor der Verabschiedung des Gesetzes über das Frauenstimmrecht machte Premierminister Richard Seddon eine erstaun-
liche Kehrtwendung. Urplötzlich bekannte er sich zu liberalen
Grundwerten und erklärte salbungsvoll, dass die Gleichheit vor
dem Gesetz das Wahlrecht für Frauen und Maori verlange.

Seine Anhänger in der Liberal Party und vor allem die Konservativen verstanden die Welt nicht mehr. Außerhalb des Parlaments
feierte man jedoch die Bekehrung des Regierungschefs. Seddons
Popularität stieg in der gesamten Bevölkerung, die Frauen bejubel-
ten ihn vor dem Parlamentsgebäude.

»Der Kerl hat es tatsächlich geschafft, aus der Sache noch Vorteile zu ziehen!«, sagte Sean.

Violet und er waren übereingekommen, Matariki und Kupe in
ihr Geheimnis einzuweihen. Matariki hatte ihrer Tochter ohnehin
schon den ziemlich genauen Wortlaut des Gesprächs zwischen
Bromley und Seddon entlockt, den Rest konnte sie sich denken.
Außerdem brauchte vor allem Sean ein Publikum, um Dampf
abzulassen.

»Ein geborener Populist«, meinte Kupe. »Sag ich doch! Mit
dem steht uns noch einiges ins Haus, Sean, ich denke, wir haben
interessante Jahre vor uns!«

Sean schüttelte den Kopf. »Du vielleicht, Kupe, falls du dich
ins Parlament wählen lässt. Mit den Stimmen der Maori und der
Frauen schaffst du das sicher. Aber ich höre auf. Unter Seddon
kriege ich sowieso nie wieder ein Bein auf den Boden, es ist doch

bekannt, wie er mit seinen Gegnern umspringt. Und ich habe auch keine Lust mehr. Wenn es weiter so zugeht, wenn ich nur gegen Korruption und Dummheit ankämpfen muss – dafür bin ich nicht geschaffen. Ich bleibe natürlich noch bis November, aber dann stelle ich mich nicht mehr zur Wahl. Ich werde mit Violet nach Dunedin zurückgehen, eine Anwaltspraxis aufmachen und Peters Gemeinde in Rechtsangelegenheiten unterstützen.«

»Spezialisiert auf Scheidungen?«, neckte ihn Matariki.

»Und Landangelegenheiten«, gab Sean ernst zurück. »Ich denke, ich werde mir die Parihaka-Affäre noch einmal ansehen. Vielleicht kriegt ihr da noch irgendwelche Entschädigungen.«

»Ja, wenn Himmel und Erde zusammenstoßen«, brummte Kupe.

Matariki sah aus dem Fenster. Es regnete mal wieder in Wellington. »Wäre doch nicht unmöglich«, meinte sie dann. »Vielleicht rührt es die Götter ja irgendwann, wenn Rangi pausenlos weint.«

Am 19. September, als der Gouverneur das Gesetz zum Frauenwahlrecht unterschrieb und damit endgültig in Kraft setzte, schien allerdings strahlend die Sonne über Wellington, und die Frauen tanzten miteinander durch die Straßen. Matariki umarmte Amey Daldy, die natürlich ebenfalls angereist war, um ihren Triumph in der Hauptstadt zu erleben.

»Wir haben's geschafft, Mrs. Daldy!«, jubelte sie. »Wahlrecht für uns und auch für die Maori-Frauen! Hätten Sie das gedacht, als wir damals anfingen, ihnen Englisch beizubringen?«

Amey Daldy lächelte ihr huldvoll zu. Sie wirkte an diesem Tag fast etwas frivol. Anstelle eines ihrer schwarzen oder braunen Kostüme, die sie gewöhnlich trug, kam sie in einem hellgrünen mit passendem Blumenhut. Auf jeden Fall vergab sie Matariki all ihre Fehltritte, und Matariki ihrerseits verkniff sich den Vorschlag, auf den Sieg ein Glas Champagner zu trinken. Sie war überschäumend glücklich und völlig überdreht infolge der Anstrengungen in den Tagen zuvor.

Wie Sean vorhergesagt hatte, war das Gesetz am 8. September mit 20:18 Stimmen verabschiedet worden, aber danach ging es noch einmal hoch her im Umfeld des Parlaments. Gegner der Suffragetten hofften bis zuletzt auf ein Veto des Gouverneurs und versuchten, ihn dahingehend zu beeinflussen. Petitionen und Gegenpetitionen jagten einander, die Frauen an der Front hatten keine ruhige Minute. Inzwischen trug fast jeder Bürger auf der Straße entweder eine weiße oder rote Kamelie zum Zeichen seiner Zustimmung oder Ablehnung des Frauenwahlrechts. Gouverneur Lord Glasgow ließ sich davon allerdings nicht beeindrucken. Im Gegensatz zu Richard Seddon, den inzwischen der Spitzname König Dick verfolgte, hatte er kein Faible für Politik »nach Gutsherrenart«. Das Gesetz war verabschiedet und seine Unterschrift nur eine Formalität.

Die Frauen atmeten auf, als der Kampf damit endlich und endgültig gewonnen war. Matariki wollte Kupe um den Hals fallen, aber er wehrte sie trotzig ab.

»Ich wüsste zu gern, was zwischen den beiden gewesen ist«, flüsterte Violet Sean zu. Matariki hatte es trotzdem gehört.

»Ich auch«, brummte sie. »Herrgott, er kann mir doch nicht immer noch übel nehmen, dass ich vor über zehn Jahren in einen *pakeha* verliebt war!«

Der 28. November war dann erneut ein strahlender Frühsommertag. *Die Blumen leuchteten um die Wette mit den bunten Sommerkleidern der Frauen, die stolz zum ersten Mal zu den Urnen schritten,* schrieb später eine Zeitung in Christchurch und gab die Stimmung auf den Straßen damit ziemlich genau wieder.

»Hoffentlich kommt's bei der Wahl nicht zu Ausschreitungen«, sorgte sich allerdings Matariki, als sie sich gegen elf Uhr mit ihren Freunden zur feierlichen Stimmabgabe traf.

Etliche Zeitungen hatten entsprechende Befürchtungen ausgesprochen, und es hieß, das Polizeiaufgebot in der Nähe der Wahllokale sei verstärkt worden.

»Das schaffen wir jetzt auch noch!«, lachte Violet.

Sie strahlte an diesem Tag mit der Sonne um die Wette. Roberta hatte die vorhergehende Nacht bei Matariki und Atamarie verbracht, und Violet hatte sich mit Sean getroffen. Nach einem festlichen Abendessen im Commercial war sie ihm mit klopfendem Herzen zu der kleinen Wohnung gefolgt, die er nahe dem Parlamentsgebäude gemietet hatte.

»Du brauchst das nicht zu tun, Violet«, sagte Sean sanft, als er ihr blasses Gesicht sah. »Wir können ebenso bis zur Hochzeitsnacht warten.«

Violet schüttelte den Kopf. »Ich bin nicht prüde«, erklärte sie dann. »Ich bin nur ...«

Sean küsste sie zärtlich. »Du kannst dir nur nicht vorstellen, dass meine Liebe dich glücklich machen wird. Du kannst dir nicht vorstellen, dass ...«

»... dass es nicht wehtut«, flüsterte Violet.

Sean nahm sie in die Arme und sah ihr dann fest in die Augen. »Ich werde dir niemals wehtun!«, sagte er dann. »Das verspreche ich dir. Ich verschließe auch keine Türen, und ich halte dich nicht fest. Wann immer du aufhören willst ...«

Violet schüttelte den Kopf. »Halt mich bitte sehr fest«, murmelte sie und schmiegte sich an ihn, als er sie aufhob und über die Schwelle des kargen Apartments trug.

Auf seinem Bett lag sie zunächst völlig still, aber dann half sie Sean mit den Bändern und Haken ihres Kleides, als er sie auszog.

»Man ... muss dazu nicht alles ... hm ...« Violet flüsterte verschämt, zumal Sean das Licht nicht gelöscht hatte.

Sean lachte. »Nein, man muss nicht nackt dabei sein, aber ich möchte dich gern sehen, Violet. Und auch du sollst mich sehen. Wir werden einander sehen und hören und fühlen und schmecken – ich möchte eins mit dir werden, Violet.«

Violet überlegte kurz. »Wie ... wie in der Bibel?«, fragte sie dann. »Eva ... ›erkannte Adam‹?«

Sean nickte ernst. »Genau so, Violet, wir werden einander erst einmal kennen lernen. Und wir beginnen damit, dass ich dich küsse.«

Sean bedeckte ihren Körper mit Küssen, und für Violet begann eine Nacht der Verzauberung. Am Ende öffnete sie sich ihm voller Freude und erforschte auch selbst seinen schlanken, sehnigen Körper. Als sie sich schließlich zum Einschlafen in Seans Arme schmiegte, hatte sie alles vergessen, was vorher gewesen war. Zwischen dem, was Eric mit ihr getan hatte, und dem, was sie und Sean gemeinsam erlebt hatten, lagen Welten. Sie hatte Eric nie »erkannt« und ihn auch niemals kennen lernen wollen.

Violet blinzelte in den sonnigen Morgen, als sie dann neben Sean erwachte. Der Wahltag! Ein wunderbarer Anfang! Es gab so viele Dinge, auf die sie sich freuen konnte – Violet sah ihr Leben plötzlich als eine leuchtende Straße der Freude und Befriedigung vor sich. Kein Wunder, dass ihre Schönheit und ihr inneres Strahlen alle anderen Frauen ausstach, mit denen sie an diesem Tag zusammen war.

»Das Kleid steht dir aber auch besonders gut«, meinte Matariki, die ihre Freundin und ihren Halbbruder mit einem augenzwinkernden Lächeln begrüßte. »Eine Morgengabe?«

Violet wurde sofort rot, aber Sean nickte lachend. »Ein Verlobungsgeschenk!«, stellte er dann jedoch richtig. »Und ich danke dem Himmel, dass es passt!«

Das aquamarinblaue Empirekleid mit dem passenden kleinen Hut stammte aus Lady's Goldmine – Sean hatte es sich schicken lassen, Kathleen hatte Violets Maße einfach geschätzt. Sehr erfolgreich, wie sich herausstellte.

Matariki trug ein gold-rot gemustertes Kleid, das gut zu ihrem schwarzen Haar und ihrem goldbraunen Teint passte. Kupe schien sich kaum daran sattsehen zu können, obwohl er den Blick stets schamhaft abwandte, sobald er sich mit ihrem zu kreuzen drohte.

Matariki lachte ihn dennoch schelmisch an. Sie hätte ihre Beziehung zu Kupe wirklich gern normalisiert – und vielleicht sogar mehr als das. In Parihaka und vorher in Waikato war Kupe einfach ein Freund für sie gewesen – noch dazu einer, den sie nicht ganz ernst nehmen konnte. Sein Gastspiel bei den Hauhau war ihr damals noch in zu lebhafter Erinnerung gewesen.

Inzwischen lag die Sache allerdings anders. In den Monaten ihrer Zusammenarbeit hatte sie Kupe als äußerst kompetenten jungen Anwalt kennen gelernt, verbindlich, aber zielstrebig im Umgang mit Maori wie *pakeha*. Er sprach längst beide Sprachen fließend, trat distinguiert und selbstbewusst auf – und imponierte Matariki auch durch seine Sturheit. Sie wusste nicht, womit sie ihn derart verletzt hatte, dass er es ihr immer noch übel nahm, aber sein fester Entschluss, ihr auf keinen Fall wieder näherzukommen, motivierte sie ihrerseits dazu, ihre Verführungskünste an ihm zu versuchen. Das tief ausgeschnittene neue Kleid gehörte dazu. Es war ausgesprochen teuer gewesen, aber Matariki fand, der Anlass war es wert. Sie befand sich damit im Einklang mit allen Frauen auf den Inseln, die an diesem Wahltag ihre elegantesten Sachen spazieren führten. Die Frauen Neuseelands schienen entschlossen, ihre erste Stimmabgabe zu einem Sommerfest zu gestalten, und das wurde es dann auch. Die gefürchteten Proteste blieben aus, und die Träger der roten Kamelien erwiesen sich als gute Verlierer: Sie ließen ihre Blumen zu Hause – auf den Straßen dominierte Weiß.

Premier Seddon überreichte der Vorsitzenden der Women's Franchise League in Wellington demonstrativ einen Strauß weißer Kamelien, nachdem sie ihre Stimme abgegeben hatte. »Für die Liberalen, hoffe ich!«, meinte er galant.

Die Frau wusste nicht recht, wo sie hinsehen sollte. Sean, der mit seinen Freunden von einem Wahllokal zum anderen flanierte und die Szene mitbekam, fasste sich an die Stirn.

»Du willst wirklich in dieses Parlament?«, fragte er Kupe.

Der zuckte die Schultern. Für die aktuelle Wahl hatte er sich nicht aufstellen lassen, er plante, nach Waipatu zu gehen und zunächst im Umfeld des Te Kotahitanga zu arbeiten. Auch er war schließlich Anwalt und hatte seinen Studienschwerpunkt auf Landangelegenheiten gelegt. Das Maori-Parlament hatte ihn gebeten, es dahingehend zu beraten.

»Jemand muss es machen. Und jetzt, da wir wählen dürfen, werden keine Strohmänner der *pakeha* mehr im Unterhaus sitzen. Wollen wir irgendwo essen gehen? Ich kriege langsam Hunger.«

Matariki, Violet, Sean und Kupe aßen in einem Straßencafé, das allerdings zu Matarikis Bedauern keinen Champagner ausschenkte.

»Das ist so ungerecht!«, beschwerte sie sich. »Die Männer treffen sich in den Pubs, bereden die Ergebnisse, bis die Stimmen ausgezählt sind, und trinken einen darauf. Wir dagegen …«

»Ich hätte noch zwei Flaschen Champagner in meinem Büro«, bemerkte Sean augenzwinkernd. »Vorhin hab ich mich bloß nicht getraut, sie mitzubringen. Ihr wisst ja, wie Meri darüber denkt …«

Am Morgen war Meri te Tai Mangakahia noch bei ihnen gewesen. Sie hatte zwar noch nicht wählen dürfen – über die Maori-Sitze im Parlament wurde erst am 20. Dezember abgestimmt –, aber sie befand sich mit ihrem Mann in Wellington, um den Triumpf der Frauen mitzuerleben. Die Mangakahias waren allerdings zu einem Dinner eingeladen und hatten sich nach Matarikis und Violets Stimmabgabe von den anderen getrennt. Nicht ohne etwas gallige Bemerkungen darüber zu machen, dass Matariki schon an diesem Tag wählte und nicht erst später mit ihren Stammesgefährten. Die konnte sich das allerdings nicht aussuchen. Als offizielle Tochter von Michael Drury galt sie als irischstämmig. Meri Te Tai hatte das nicht gewusst.

»Umso besser, sonst hätte sie mir die Leitung ihres Büros vielleicht nicht gegeben«, meinte Matariki vergnügt.

Meri Te Tai konnte mitunter genauso streng sein wie Amey Daldy – und sie war ebenso strikt gegen den Alkohol.

»Dann gehen wir doch zurück in unser Büro und betrinken uns dort!«, bestimmte Matariki jetzt fröhlich. »Ich hole auch freiwillig den Sekt aus dem Parlamentsgebäude. Du führst mich, Atamarie!« Violet lächelte nachsichtig. Matariki hatte es noch nicht ganz verwunden, dass sie damals mit den Mädchen das Parlamentsgebäude erkundet hatte, während sie selbst es noch nie gesehen hatte. Diesmal betrat Atamarie es aber selbstbewusst durch den Haupteingang – und obwohl das Frauenverbot natürlich nicht aufgehoben worden war, hielt niemand sie auf. Während Sean und die anderen schon mal ins Büro der Te Kotahitanga gingen, bewunderte Matariki die Eingangshalle des Parlaments.

»Die Büros sind oben«, drängte Atamarie.

Ihr war wohl doch etwas mulmig dabei, sich so lange im öffentlichen Bereich des Gebäudes aufzuhalten. Schließlich war das Parlament an diesem Tag nicht gerade verwaist. Wahrscheinlich würden in der Nacht noch neue Abgeordnete ein- und alte ausziehen, und so mancher mochte in seinem Büro feiern oder seine Frustration in einem besser nicht öffentlich gezeigten Whiskey ertränken wollen.

Atamarie zog ihre Mutter die Treppen hinauf und machte sich auf die Suche nach Seans Büro, das zum Glück nicht schwer zu finden war. Und wo der Champagner stand, hatte Sean auch genau beschrieben.

»Er hat sogar an Eis gedacht!«, lachte Matariki und zog einen Sektkühler aus dem braven Aktenschrank, in dem zwei Flaschen französischer Champagner kalt gestellt waren. »In Sean könnte ich mich auch verlieben!«

»Mommy!«, rief Atamarie tadelnd.

In diesem Moment schauten beide gleichzeitig zur Tür. Sie hatten Schritte auf dem Gang gehört, sich aber nicht viel dabei gedacht. Einer der Parlamentarier auf den Weg zu seinen Räumen …

Die Schritte dieses Mannes stoppten allerdings vor Seans Tür, als wolle er den Namen des hier residierenden Abgeordneten lesen.

Also niemand, der sich auskannte. Matariki hatte ein mulmiges Gefühl, als gleich darauf die Türklinke betätigt wurde. Atamarie schien es ebenso zu gehen. Sie versteckte sich instinktiv unter Seans voluminösen Schreibtisch. Auffällig war die Reaktion des alten Dingo, der sich in Matarikis und Atamaries Gefolge geduldig die Treppen hinaufgeschleppt hatte. Er baute sich beschützend vor Matariki auf und begann zu bellen und zu knurren.

Der Mann, der eintrat, war blond, immer noch schlank, aber schwerer, als Matariki ihn in Erinnerung hatte. Seine grünbraunen Augen waren so stechend wie eh und je, aber Matariki erschrak, als sie Colin Coltranes Gesicht sah. Seine früher so ansprechenden Züge waren zerstört – die Nase sicher mehrmals gebrochen und schlecht verheilt, der Kiefer verwachsen und eine Augenbraue durch eine dicke Narbe mephistohaft verzogen.

»Colin!«, rief Matariki erschrocken. »Um Himmels willen, was ist denn mit dir passiert?«

Colin Coltrane war ebenso überrascht wie sie, fing sich aber schnell wieder und verzog das Gesicht zu einem Lächeln – oder einem Grinsen? Matariki konnte es nicht unterscheiden, dachte aber an sein siegessicheres Lächeln von einst.

»Schau einer an, Matariki!«, sagte er. Seine Stimme klang belegt, vielleicht eine Folge des deformierten Kiefers. Als er den Mund öffnete, sah Matariki, dass ihm auch etliche Zähne fehlten. »Dass ich dich hier treffe … hübsch wie damals … und wild.« Er lachte und blickte auf den Champagner. »Sag nicht, du machst jetzt meinen Bruder glücklich!«

»Dein Bruder ist verlobt«, sagte Matariki ruhig. »Und du bist noch verheiratet, oder hat Chloé sich jetzt scheiden lassen?«

Colin trat näher an sie heran. »Ich bin wieder frei«, grinste er. »Wobei das Miststück meinen Namen behalten hat. Passt ihr hervorragend, jetzt heißt sie wie ihre Hure. Wer sie nicht kennt, hält sie für Schwestern, die sehr liebevoll miteinander umgehen.« Er lachte böse.

Matariki hielt das für eine gute Regelung. »Nun, du hast dafür ja wohl das Haus behalten«, bemerkte sie. »Ein Gestüt, eine Rennbahn, ein Herrenhaus – nicht schlecht für einen kleinen Namen.«

Colin griff sich an sein ruiniertes Gesicht. »Das Einzige, was ich gekriegt habe«, sagte er, jetzt ohne jeden belustigten Unterton, »ist das hier … wobei ich keine Ahnung habe, wie die Mistkerle das rausgefunden haben mit dem Wettbetrug. Ich hätte geschworen, Chloé wusste von nichts. Die hätt's mir doch sonst brühwarm vorgehalten, bei all dem Ärger, den wir zuletzt hatten.«

»Wettbetrug?«, fragte Matariki vorsichtig. Sie wusste von Eric Fence' Kladde, aber es war sicher besser, Colin nichts von Violets Verwicklung in die Sache zu verraten.

Colin blickte durchs Fenster auf das sommerliche Wellington und tat, als genieße er den Ausblick. »So nennen sie's jedenfalls. In Wirklichkeit war's halb so schlimm. Ein bisschen Nachhilfe für dieses Pferd hier, ein vernageltes Eisen da …«

»Du hast Pferde so beschlagen, dass sie lahmten?«, empörte sich Matariki. Auf Einzelheiten war Violet nicht eingegangen, als sie ihr von den Manipulationen erzählte. »Und dann konnten sie natürlich nicht gewinnen, klar! Das ist schäbig, Colin!« Matariki blitzte den Vater ihrer Tochter wütend an. Sie hätte ihm nie zugetraut, einem Pferd wehzutun.

Dingo knurrte.

»Den Köter hast du also auch noch«, meinte Colin. »Macht er genauso ein Theater, wenn Sean in deine Nähe kommt?« Er schob sich bedrohlich an Matariki heran. »Schön bist du, meine Kleine, ich hätte dich damals nie gehen lassen dürfen.« Colin trat nach Dingo, als der nach seinem Hosenbein biss, und fasste nach Matariki.

Sie entzog sich ihm geschickt. »Lass das, Colin!«, sagte sie streng. »Was machst du überhaupt hier? Hast du Sean gesucht?«

Colin nickte. »O ja, Süße. Ich dachte, ich befrage mein Brüderchen mal, wem ich den Verrat verdanke. Irgendjemand muss es ja den Buchmachern gesteckt haben. Und der Erste, der mir seine Schlägertrupps schickte, war aus Dunedin.«

Matariki wies auf Colins Gesicht. »Das … das waren … irgendwelche Leute, die Geld eintreiben wollten?«

Colin grinste. »Du hast's erfasst, Riki«, sagte er. »Und damit ist auch die Frage zu dem Gestüt, der Rennbahn und dem Haus beantwortet. Alles verkauft, Süße. Als Ausgleich für verlorene Wettgewinne, wie die Herren das ausdrückten. Mit sehr viel Nachdruck eingefordert.« Er fasste sich erneut an den Kiefer. »Aber nett, dich hier zu sehen. Vielleicht kann ich ja mit deiner Hilfe etwas Ausgleich von Sean fordern? Was meinst du, zahlt der ein bisschen was für dich, wenn ich dich jetzt mitnehme?« Er griff nach ihrem Arm und drehte ihn ihr mit einer geschickten Bewegung auf den Rücken. »Den Champagner packen wir auch ein, damit machen wir uns einen netten Abend. Und morgen schicken wir deinem Sean eine Nachricht … vielleicht am Halsband von einem Hund.« Er trat erneut nach Dingo. »Einem toten Hund …«

»Du Mistkerl!« Matariki versuchte, sich loszureißen, aber Colin hielt sie eisern fest.

»Süße, du kommst doch zweifellos lieber freiwillig mit, als dass du hinterher aussiehst wie ich, oder?«

Während Matariki noch verzweifelt überlegte, wie sie ihm vielleicht irgendwelche Auskünfte darüber entlocken konnte, wohin er sie bringen wollte – Atamarie hörte schließlich mit und hätte Sean und die Polizei verständigen können –, wurde die Tür erneut aufgerissen.

»Lass sie augenblicklich los!«, brüllte Kupe – und zum ersten Mal sah er für Matariki wirklich aus wie ein Krieger.

Nicht die Tätowierung machte den Krieger aus und bestimmt nicht die *haka*, die Kupe in Parihaka getanzt hatte. Tatsächlich war es die Wut, die diesen eher sanften, intelligenten Mann zum Berserker werden ließ. Kupe sprang auf Colin zu, entriss ihm Matariki und ließ seine Faust in seinem Gesicht landen. Colin fiel zu Boden.

»Nicht!«, wimmerte er und versuchte, seine schon wieder blutende Nase mit den Händen zu schützen.

Matariki tat er fast leid. Er war früher nicht feige gewesen, aber die Schlägertrupps der Unterwelt von Dunedin, Christchurch und wo auch immer Eric Wetten für ihn platziert hatte, mussten ihn zermürbt haben.

»Ach, eine ehrliche Schlägerei möchte der Herr nicht«, spie ihm Kupe entgegen. »Aber mit ehrlichen Auseinandersetzungen hatten Sie ja schon immer Ihre Schwierigkeiten, Sergeant Coltrane!«

»Ich hatte nichts mit Ihrer Festnahme zu tun«, stöhnte Colin. »Das müssen Sie mir glauben.«

»Nein!«, gab Kupe zurück. »Aber damit, dass ich danach noch sechs Monate in diesem Drecksloch in Lyttelton lag und fast verreckt wäre, damit hatten Sie durchaus was zu tun!«

Matariki sah Kupe verwirrt an und ließ den Blick dann weiter zu Colin wandern. »Ich hab ihn gefragt«, flüsterte sie. »Er sagte, er wüsste nicht, wo du bist.«

Kupe lachte. »Und du hast ihm geglaubt! Hattest ja nur Augen für ihn damals und den Verstand abgegeben. Wie konntest du mit ihm abhauen, Matariki? Wie konntest du?« Er wandte sich mit verzweifeltem Blick an die junge Frau.

Matariki schluckte. »Aber Kupe, wem hätte es denn genützt, wenn ich mich auch noch hätte einsperren lassen? Er sagte, wir müssten mit monatelanger Haft rechnen, alle. Und er würde mich rausschmuggeln ... und ... ich hatte doch Angst. Du warst verschwunden, jeden Tag wurden mehr Leute weggebracht.«

»Und zwei Meilen vor Parihaka wieder auf freien Fuß gesetzt!«, höhnte Kupe. »In den letzten Tagen wurde niemand mehr verhaftet, Matariki. Entweder sie transportierten dich auf dem schnellsten Weg zu deinem Heimatstamm, oder sie setzten dich irgendwo im Busch auf freien Fuß. Mit einer Ausnahme.« Er sah Colin hasserfüllt an. »Was hast du diesem Bryce gesagt, wer ich bin, Coltrane? Ein Anführer? Ein Verbrecher, der sich in Parihaka versteckt hat? Ich vermute Letzteres, nach dem, wie sie mich behandelt haben. Sie haben mich auf die Südinsel geschickt, Matariki, in Ketten. In dieses Dreckloch von einem Gefängnis, in dem sie die Pflüger untergebracht hatten, denen sie auch monatelang keinen Prozess machten. Wenn da nicht ein paar Journalisten und Kirchenleute aufmerksam geworden wären, hätten sie uns dort vergessen. Bei Wasser und Brot, wobei sie Ersteres gern mal wegließen. Genau wie die Zellenreinigung und die Heizmaterialien im Winter. Es war nass und kalt in den Zellen, Matariki, und die Aborte quollen über. Wir hatten Cholera und Lungenbrand, während du dich mit deinem *pakeha* vergnügt hast! Kurz bevor die Ersten gestorben sind, haben sie uns rausgeholt. Direkt ins nächste Lazarett, wir haben's alle knapp geschafft. Während Miss Matariki plante, mit Mr. Coltrane ein Gestüt zu eröffnen! Wahrscheinlich mit ein paar wilden Maori als Stallarbeiter.« Im Kupes Augen stand der blanke Hass.

Matariki hielt seinem Blick trotzdem stand. »Das wusste ich alles nicht, Kupe!«, sagte sie leise. »Ich hab von dir erst wieder gehört, als du in Wellington studiert hast. Von den anderen jungen Frauen, erst von Koria und dann von Pai. Die schrieb mir, du wolltest von mir nichts mehr wissen, und ich hatte den Eindruck … ich hatte den Eindruck, du wärst wieder mit ihr zusammen.«

Kupe schnaubte. »Da hattest du einen falschen Eindruck. Ich wollte sogar nach dir sehen, als ich hörte, dass der Mistkerl dich verlassen hat, erst geschwängert und dann verlassen!« Er schien Anstalten zu machen, nach Colin zu treten, aber der drehte sich schon wimmernd zur Seite, bevor sein Fuß ihm auch nur nahe kam. Kupe lachte auf und spuckte nach ihm.

»Kupe!«, rief Matariki tadelnd. Aber dann schaute sie ihn zweifelnd an. »Du hast uns gesucht?«, fragte sie leise. »Aber wir waren nicht schwer zu finden, Atamarie und ich.«

»Ich habe einen Brief von Amey Daldy erhalten«, erklärte er müde. »Die es weit von sich wies, dass sie da ein gefallenes Mädchen für sich arbeiten ließ. Du seist Witwe, von einem Colin Coltrane habe sie nie gehört. Tja, da gab ich es auf. Zwei *pakeha* so kurz nacheinander, mit dem einen verheiratet ...« Er lächelte schief. »Ich hatte gehofft, als so was wie der Märchenprinz vorbeikommen zu können, der dir aus allen Schwierigkeiten heraushilft. Darin hatte ich schließlich Erfahrung. Aber du hast dir ja nie was aus mir gemacht.«

Matariki sah ernst zu ihm auf. »Heute hast du mich jedenfalls wieder mal gerettet«, stellte sie fest und ließ ihren Blick über Colin schweifen, der das Gesicht von ihr abgewandt hatte. Ein Blick voller Verachtung. Dann sammelte sie sich. Wenn Kupe jetzt endlich sprach ... wenn er ihr endlich verriet, weshalb er ihr so endlos grollte ...

»Später musst du aber doch rausgekriegt haben, dass ich gar nicht verheiratet war!«, bohrte sie nach und versuchte, nicht vorwurfsvoll zu klingen. »Spätestens in Wellington. Ich heiße ja immer noch Drury.«

Kupe nickte. »Ich brauchte auch nur einen Blick ins Gesicht deiner Tochter, um zu wissen, dass es keinen anderen gab als dieses ... dieses Stück Dreck.« Er zeigte auf Colin. »Aber da war's zu spät, Matariki. Da wollte ich dann auch nicht mehr.« Der Ausdruck seiner Augen strafte ihn Lügen.

Matariki lächelte. »Vielleicht möchte ich jetzt aber«, sagte sie. »Und ich finde, es ist Zeit, mir zu verzeihen. Ich war achtzehn und verliebt.«

»Ich auch!«, sagte Kupe hart. »Als dein Vater dich zu den Hauhau brachte, war ich achtzehn und verliebt. Und? Hat's mir genützt?«

»Mir hat's doch auch nichts genützt«, meinte Matariki. »Und dich hat Mrs. Daldy belogen, und mich hat Pai belogen ... Können wir nicht einfach noch mal anfangen?« Sie trat auf ihn zu. »Ich bin

Matariki Drury«, sagte sie lächelnd. »Eine Häuptlingstochter. Auf der Suche nach einem Krieger mit einer Menge *mana*.«

Kupe sah sie zweifelnd an. »Ich bin kein Krieger«, sagte er.

»O doch!«, rief Matariki und wies auf seine Tätowierungen. »Sie kämpfen doch für Ihr Volk, oder, Mr. Kupe? Haben Sie nicht gerade einen entscheidenden Sieg errungen?«

Kupe musste tatsächlich lachen. Er beherrschte sich nun schon so lange, obwohl er ihr nie hatte widerstehen können.

Schließlich straffte er sich und baute sich in der Manier eines Maori-Kriegers auf, der seine *pepeha* vorträgt. »Also schön, Matariki Drury. Aber ich habe eine Überraschung für Sie. Ich bin nicht Kupe irgendwer. Mein Name ist Paikeha Parekura Turei, vom Stamm der Ngati Porou. Meine Vorväter sind mit der Nukutaimemeha nach Aotearoa gekommen. Hikurangi ist der Berg – *maunga* –, Waiapu der Fluss.«

»Schon gut, so genau muss ich das gar nicht wissen!«, unterbrach Matariki seinen offensichtlich auswendig gelernten Redefluss. Eine *pepeha* konnte sich hinziehen, und Matariki war nun wirklich nicht an Kupes Abstammung bis in die fünfte Generation interessiert. »Aber woher weißt du es? Es hieß doch immer …«

Kupe strahlte ob der gelungenen Überraschung. »Hamiora hat es mir vorhin gesagt. Sie haben Nachforschungen in der Gegend angestellt, aus der mein Stamm kam. Weil sie kaum jemanden ins Parlament schicken können, der sein altes Kanu nicht kennt … Tja, und die Te Kutahitanga macht wohl einiges möglich.«

Diesmal erlaubte er Matariki, näher zu kommen, und er schien zu erwarten, dass sie ihm um den Hals fiel. Das tat sie aber nicht, sie legte nur ihre Nase und ihre Stirn zum traditionellen *hongi* an sein Gesicht.

»*Haere mai*, Paikeha Parekura Turei«, sagte sie zärtlich. »Und damit wäre der Fluch wohl von dir genommen.«

»Fluch?«, fragte Kupe verwirrt.

Matariki verdrehte die Augen. »Himmel, Kupe! Da macht sich

schon eine Frau die Mühe, dich zu verfluchen, und du kannst dich nicht mal daran erinnern?«

Kupe lächelte. »Du meinst Pai mit ihrem kindischen Ausbruch? Der Geist von Parihaka soll mich verlassen, solange ich den Namen trage, den du mir gegeben hast?«

Matariki nickte. »Mach dich da nicht drüber lustig!«, warnte sie. »Ich jedenfalls habe in der letzten Zeit nicht viel gemerkt vom Geist von Parihaka. Oder warst du vielleicht friedfertig?«

Colin Coltrane stöhnte. Er machte Anstalten, wieder auf die Beine zu kommen, aber ein Blick von Kupe ließ ihn zurücksinken.

»Du willst mir jetzt nicht wirklich vorwerfen, dass ich den Mistkerl niedergeschlagen habe!«, meinte Kupe zweifelnd.

Matariki verzog das Gesicht. »Nein. Ich dachte nur an Vergebung und Vergessen in Bezug auf eine gewisse Häuptlingstochter.«

Kupe schmunzelte und legte die Arme um sie. Matariki hob ihm das Gesicht entgegen, aber in dem Moment begann Dingo zu kläffen.

»Nicht schon wieder!«, seufzte Matariki, aber dann sah sie, dass der Hund nur auf Colin reagierte, der eben die Chance nutzte, sich an der Tür hochzuziehen, um zu entkommen.

Kupe ließ Matariki los, ging auf ihn zu und half ihm auf. »Hauen Sie ab, und danken Sie dem Geist von Parihaka!«, brummte er. »Lassen Sie Matariki in Ruhe. Wenn Sie Ihren Bruder sprechen wollen – es gibt Geschäftszeiten!«

Colin kroch fast aus der Tür, und Matariki hätte er wieder beinahe leidgetan. Aber dann, als Kupe sie küsste, vergaß sie ihn, so wie sie alles um sich herum vergaß. Es war besser als damals unter den Sternen in Auckland. Den jungen Krieger hatte sie bemitleidet. Den starken Kämpfer von heute liebte sie.

Kupe und Matariki erschraken, als schließlich Atamarie unter dem Schreibtisch hervorgekrochen kam. Matariki hatte auch sie vergessen. Und Kupe wirkte peinlich berührt.

»Atami, es tut mir leid«, murmelte er. »Ich wusste nicht, dass du da warst, sonst hätte ich mich sicher vorsichtiger ausgedrückt. Bei diesem Coltrane, meine ich. Immerhin ist der Dreckskerl ...«

Atamarie schmiegte sich an ihre Mutter, Kupe schien sie kaum wahrzunehmen, und sicher beschäftigten sie andere Dinge als seine Wortwahl. Sie war blass und zitterte.

»Mommy«, flüsterte sie. »Mommy ... ist ... war ... ist dieser böse, hässliche Mann mein Vater?«

Matariki rang um Worte. Wie sollte sie es dem Mädchen erklären? Wie viel hatte Atamarie von all dem verstanden, was sie mit Kupe geredet hatte? Was wusste sie von Colin?

Kupe nahm das Mädchen bei den Schultern und löste es sanft vom Rock seiner Mutter, so brachte er Atamarie dazu, sich ihm zuzuwenden. Und erstmalig sah er in ihrem Gesicht nicht Colins verhasste Züge, sondern entdeckte die leicht schräg stehenden Augen Matarikis, den himbeerroten Mund, der immer kurz davor stand, sich zu einem spitzbübischen Lächeln zu verziehen, und den Goldglanz ihres Teints. Von nun an würde er nur noch Matariki in ihr sehen. Und jetzt ... Er blickte kurz zu Matariki auf – ein Blick zwischen Bitte und Entschuldigung. Dann sah er dem Mädchen in die Augen.

»Nein, Atami«, sagte er fest. »Ich bin dein Vater.«

KAPITEL 4

»Sie wollen auf der Nordinsel leben, aber das Mädchen bringen Sie zu uns?«

Miss Partridge, nach wie vor Direktorin der Otago Girls' School in Dunedin, trug an diesem Tag eine noch dickere Brille als knapp zwanzig Jahre zuvor. Matariki erschien sie uralt, aber sie war noch rüstig, und sie schaffte es immer noch, äußerst strenge Blicke über ihre künftige Schülerin und deren Eltern schweifen zu lassen. Atamarie schüchterte sie damit allerdings nicht ein. Sie lächelte der alten Dame selbstbewusst zu.

»Wir möchten zurück nach Parihaka«, erklärte Matariki. Sie konnte sich sehr gut vorstellen, wie ihre Mutter sich viele Jahre zuvor unter Miss Partridges Blick gewunden hatte – fast hätte sie ja selbst noch einen Knicks gemacht, als sie der Direktorin wiederbegegnet war. In Miss Partridges Büro hatte sich seit ihrer eigenen Schulzeit praktisch nichts geändert, und Matariki fühlte sich beinahe so, als sei sie wieder die kleine Elfjährige, die man zur hochnotpeinlichen Befragung vor die Direktorin zitiert hatte. »Sie haben vielleicht davon gehört ...«

Miss Partridge verzog das Gesicht. »Ich kann lesen, mein Kind«, bemerkte sie würdevoll. »Ich bin alt, aber weder blind noch taub, noch ignorant. Ein interessantes Experiment. Aber ist die Siedlung nicht zerstört worden?«

Matariki nickte brav. »Ja, Miss Partridge. Entschuldigen Sie ...« Sie riss sich zusammen. »Aber jetzt ist Te Whiti zurück, und seine Leute bauen das Dorf wieder auf. Mein Mann und ich wollen dabei helfen. Er wird als Anwalt arbeiten, und ich werde die Grundschule leiten. Wir haben dort auch Land gekauft. Niemand wird uns wieder vertreiben.«

»Ah …« Etwas missbilligend musterte Miss Partridge Matarikis Aufzug, der eine Art Kompromiss zwischen traditioneller Maori-Tracht und *pakeha*-Kleidung darzustellen schien. Matariki trug einen dunklen Rock, aber ein gewebtes Oberteil in Stammesfarben, und ihr Haar hing lang und offen bis zu ihren Hüften herunter. Nicht unbedingt das, was Miss Partridge sich unter einer Lehrerin vorstellte – zumal ihre frühere Schülerin obendrein verheiratet schien! Für Miss Partridge war eine Lehrerin mit eigener Familie undenkbar.»Nun … die Zeiten ändern sich«, bemerkte sie. Es klang nicht sehr begeistert.

Matariki nickte wieder, sie schien dabei von innen zu strahlen. »Wir hoffen, zum Besseren!«, erklärte sie, erfreut über das vermeintliche Verständnis.»Aber eine High School werden wir vorerst nicht haben – es gibt zurzeit auch kaum Kinder in Atamaries Alter.« Ihre Miene verdüsterte sich.»Dabei hatten wir früher so viele Kinder!«

»Jedenfalls kann Atamarie in Parihaka nicht entsprechend ihren Anlagen gefördert werden«, sagte Kupe, auch er eine gewöhnungsbedürftige Erscheinung für die Direktorin. Sie versuchte, die Höflichkeit zu wahren und auf keinen Fall auf seine Tätowierungen zu starren.»Und da ihre beste Freundin Roberta Fence ab dem nächsten Schuljahr in Dunedin leben und dann ebenfalls diese Schule besuchen wird, hielten wir es für eine gute Idee, unsere Tochter hier anzumelden.«

»Sie kann am Wochenende zu meinen Eltern«, fügte Matariki hinzu.»Und zu meinem Stamm. Ich würde es sehr begrüßen, wenn sie mehr Zeit bei den Ngai Tahu verbrächte. Bisher haben wir nie in einem *marae* gewohnt.«

Miss Partridges unbestechlicher Blick wanderte jetzt von ihrer früheren Schülerin und deren Gatten, dessen gewählte Ausdrucksweise in krassem Gegenteil zu seinem martialischen Äußeren stand, zu ihrer Tochter. Wohlgefällig musterte sie Atamaries blondes Haar, ihren auf keinen Fall zu dunklen Teint und ihre goldbraun gesprenkelten Augen. Abgesehen von den etwas schräg stehenden Augen und leicht exotischen Gesichtszügen hätte sie nie eine Maori in ihr erkannt.

»Ist sie denn überhaupt Ihre ... äh ... tatsächliche Tochter?«, fragte sie streng. »Ich meine, sie ...«

Matariki holte tief Luft.

»Doch, doch«, erklärte Kupe, ohne auch nur den Schatten eines Zweifels zu lassen. »Atamarie Parekura Turei.«

Miss Partridge seufzte. Auch sie fühlte sich um zwanzig Jahre zurückversetzt.

»Und ein ... hm ... Kind der Sterne?«, erkundigte sie sich mit leicht verzogenem Mund.

Atamarie schüttelte den Kopf und mischte sich zum ersten Mal in die Unterhaltung. Bisher hatte sie nur fasziniert zugesehen, wie es dieser alten Dame gelang, ihre Mutter einzuschüchtern.

»Nein!«, sagte sie eifrig. »Das haben Sie falsch verstanden. Matariki ist das mit den Sternen. Atamarie heißt Sonnenaufgang. Das ist sehr schön, sagt meine Großmutter. Obwohl sie mich immer Mary nennt.«

Miss Partridge musste wider Willen lächeln. Sie wusste nicht, was dieser Maori-Krieger mit Juraexamen damit zu tun hatte, aber Atamarie war zweifellos Matarikis Kind.

»Wie viele Großmütter hast du denn ... Anna-Marie?«, erkundigte sie sich.

Kupe unterdrückte ein Lachen. Anscheinend hatten ihm Matariki oder die Drurys von Matarikis Einführungsgespräch in dieser Schule erzählt.

»Zwei!«, erklärte Atamarie mit fester Stimme, und Matariki atmete auf. Atamarie meinte Lizzie und Mrs. Daldy. Kathleen Burton hatte sie zwar neulich kurz kennen gelernt, die verwandtschaftlichen Beziehungen aber noch nicht durchschaut.

»Das ist immerhin ein Fortschritt!«, sagte Miss Partridge knapp und spielte mit ihrer Brille. Sie schien dem altertümlichen Lorgnon nachzutrauern. »Aber ich nehme an, dass sich das demnächst ändern wird, wenn du mehr Zeit bei deinem Stamm verbringst.«

»Muss ich jetzt eine Prüfung machen?«, fragte Atamarie eifrig. »Meine Mommy meint, sie musste mit Ihnen rechnen und lesen, als sie klein war. Das kann ich alles schon ganz gut. Und schreiben. Am liebsten male ich Transparente – für Demonstrationen.«

Miss Partridge runzelte die Stirn.

»Sie haben hier neuerdings ein Schulparlament, nicht wahr?«, fragte Kupe freundlich. »Um demokratische Entscheidungsprozesse, Wahlvorgänge und all das zu üben. Das war unserer Tochter sehr wichtig.«

»Das ist uns auch sehr wichtig!«, sagte Miss Partridge fest und schien plötzlich zwanzig Jahre jünger zu werden. »Jetzt, da wir Frauen endlich das Wahlrecht haben und mehr Einfluss gewinnen. Wir sind sehr stolz auf Elizabeth Yates – Sie wissen, dass sie zur Bürgermeisterin von Onehunga gewählt worden ist?«

Kupe und Matariki lächelten sich an. Anscheinend hatten Sean und Violet es bei Robertas Anmeldung versäumt, Miss Partridge darüber zu informieren, womit sie alle die letzten Jahre beschäftigt gewesen waren.

»Klar, wir kennen Elizabeth!«, sagte Matariki gelassen. »Schon lange, ich habe in Auckland mit ihr zusammengearbeitet. Wir sind sogar nach Onehunga gefahren, um ihr zu gratulieren.«

Atamarie nickte mit leuchtenden Augen. »Mrs. Yates ist sehr nett. Sie hat mir ihre Kamelie geschenkt.«

Miss Partridge schenkte ihrer früheren und ihrer künftigen Schülerin das erste offene und begeisterte Lächeln an diesem Tag.

»So willst du sicher auch mal Bürgermeisterin werden, Atamarie«, sagte sie.

Matariki stellte wohlgefällig fest, dass sie den Namen dieses Mal richtig aussprach. Atamarie schien sich jetzt auch auf der gleichen Wellenlänge mit der gestrengen Schulleiterin zu befinden und strahlte sie komplizenhaft an.

»Premierministerin«, stellte sie richtig.

Miss Partridge verbeugte sich andeutungsweise und warf noch einmal einen Blick auf den Namen in Atamaries Anmeldeformular.

»Wir werden alles tun, Atamarie Parekura, um dir dabei zu helfen.«

Matariki lächelte. Niemand in der Schule würde ihre Tochter Mary nennen.

Mit dem Gesetz zum Frauenstimmrecht 1893 erwies sich Neuseeland als absoluter Vorreiter in Bezug auf fortschrittliche Sozialgesetzgebung. In England und Deutschland waren die Suffragetten
erst 1919 so erfolgreich. Mit dem passiven Wahlrecht für Frauen
auf nationaler Ebene klappte es allerdings noch nicht so schnell,
wie Atamarie es sich in diesem Roman erhofft. Obwohl sie praktisch gleich nach Erlangung des allgemeinen Stimmrechts Kom-
munalpolitik betreiben durften, erhielten die Frauen erst 1919 das
Recht, als Abgeordnete ins House of Representatives einzuziehen.
Das Oberhaus (New Zealand Legislative Council) blieb ihnen
sogar bis 1941 versperrt. Die erste stellvertretende Premierministerin war dann 1989 Helen Clark, die erste Regierungschefin 1997
Jenny Shipley. Seitdem hatten den Posten schon mehrfach Frauen
inne.

Dieser Roman beschäftigt sich in vielerlei Hinsicht mit Emanzipa-
tion. Er spannt einen weiten Bogen zwischen den Maori-Kriegen,
der weitgehenden Rechtlosigkeit und Verlorenheit der Frauen in
den Bergwerkssiedlungen und der Gesetzgebung von 1893, die
unterschiedliche Rassen und Geschlechter formal gleichstellte.
Wie immer habe ich versucht, meine fiktiven Charaktere dabei
vor einem möglichst authentischen Hintergrund agieren zu lassen.
Hier noch ein paar zusätzliche Informationen und Erklärungen zu
einzelnen Punkten der Handlung:

Kahu Hekes Rolle in der Hauhau-Bewegung ist der historischen Persönlichkeit des Patara nachempfunden, der gelegentlich auch der »wahre Begründer des Hauhau« genannt wird. Wie mein fiktiver Kahu war auch Patara ein Kenner der *pakeha*-Gesellschaft, der mit deren Herrschaft über sein Volk höchst unzufrieden war. Er bekannte sich schließlich zur Hauhau-Bewegung und zog mit einer Gruppe Krieger nach Opotiki, um sich an den Weißen für eine zweifellos von ihnen eingeschleppte Typhusepidemie zu rächen. Dabei tötete er den Missionar C. S. Völkner, was zwangsläufig zu Kampfhandlungen zwischen ihm und *pakeha*-Truppen führte. Unbeteiligte Maori kamen ums Leben, was Patara auch im eigenen Volk umstritten machte. An ein ernsthaftes politisches Amt als Maori-Volksvertreter war nicht mehr zu denken. Der Mann hielt sich lange Zeit versteckt, wobei ihm der *kingi* Asyl gewährte. Schließlich verliert sich seine Spur im Dunkel der Geschichte.

Es war charakteristisch für die Hauhau, alte Bräuche der Polynesier wiederzubeleben und mit wirrem christlichem Gedankengut zu vermischen. Unter anderem versuchte man es mit dem Kannibalismus – die angesprochenen Gräuel haben tatsächlich stattgefunden. Ich habe versucht, die Riten der Hauhau-Bewegung möglichst korrekt zu beschreiben, aber nichts in Bezug auf Maori-Brauchtum ist allgemeingültig. Mythen und Geisterbeschwörung differierten von Stamm zu Stamm.

Ganz klar fiktiv ist Kahu Hekes Idee, die traditionelle Funktion der Häuptlingstochter als Kriegsgöttin auf seine Auslegung der Hauhau-Bewegung zu übertragen. Es gibt keine Belege dafür, dass in die Riten der Hauhau-Mädchen involviert wurden.

Ziemlich genau belegt sind dagegen all meine Schilderungen bezüglich des Lebens in Parihaka und letztlich des Untergangs der Mustersiedlung. Te Whiti war eindeutig ein Vorreiter des gewaltlosen Widerstands, auch wenn er damit kein weltweites Aufsehen erregte wie später Mahatma Gandhi. Es muss bitter für das Volk der Maori sein, dass Letzterer bis heute als Friedensheld gefeiert wird, während Te Whiti und seine Mitstreiter nahezu vergessen sind. Immerhin wurde Parihaka tatsächlich wieder aufgebaut, und als Gedenkstätte besteht es bis heute. Nach wie vor pflegt man dort Te Whitis Grab, einmal im Jahr ist der Ort Schauplatz des Parihaka International Peace Festival mit Musik und Kundgebungen.

Beim Sturm auf Parihaka wurden Freiwillige, aber auch Mitglieder des Armed Constabulary Corps eingesetzt, dem ich meine Figur des Colin Coltrane zugeordnet habe. Armed Constables waren eine Mischung aus Polizei- und Armeetruppenmitgliedern, in Neuseeland rekrutierte man hier vor allem im Rahmen der Land Wars oder Maori-Kriege eine große Anzahl junger Männer. Bei dieser Aufstockung der Truppen spielte zweifellos eine gewisse Hysterie eine Rolle. Im Verhältnis zu anderen Kolonialkriegen sind die Auseinandersetzungen zwischen *pakeha* und Maori nicht wirklich als Krieg zu bezeichnen. Eher ist von Schlachten oder Gefechten zu sprechen, die selten viele Menschenleben forderten, auch wenn die Parteien mit Tausenden von Kämpfern gegeneinander ins Feld zogen. Bei der Schlacht von Ohaeawai am 1. Juli 1845 waren dreißig Tote zu beklagen, beim Wairau-Tumult am 17. Juni 1843 waren es sechsundzwanzig.

Schon kurz nach 1872 bestand nur noch ein geringer Bedarf an Armed Constables. Von den wenigen Männern abgesehen, die im Polizeidienst Verwendung fanden, setzte man die Truppen deshalb tatsächlich im Brücken- und Eisenbahnbau ein, wahrscheinlich auch bei der Erstellung der Midland Line. Julian Redcliff, der Anführer der Bautrupps, ist allerdings eine fiktive Persönlichkeit, treue Leser kennen ihn vielleicht noch aus *Das Lied der Maori* als späteren Ehemann von Heather Witherspoon.

Am wenigsten sichere, historisch belegte Fakten fand ich zur Geschichte des Trabrennsports in Neuseeland – vor allem zeitlich ist die Entwicklung nicht genau einzuordnen. Das liegt daran, dass sich die Berichterstatter eher auf Geschichten als auf die Geschichte konzentrierten. Es finden sich äußerst kurzweilige Fakten über besondere Vorfälle wie etwa dem Ausbruch eines blinden Ponys, der in einem Fluss endet, über die gelaufenen Zeiten und die beteiligten zwei- und vierbeinigen Originale. Wann und wo aber zum Beispiel das erste Rennen gefahren und nicht mehr geritten wurde oder wann genau welche Rennbahnen von wem eröffnet wurden, war dagegen schwer zu recherchieren. Brown's Paddock, der Veranstaltungsort der ersten Rennen in Woolston, ist zum Beispiel nur ein überlieferter Name. Ob hier tatsächlich ein findiger Mietstallbesitzer die Zeichen der Zeit erkannte und eine Rennbahn baute – dem es Colin Coltrane dann in Invercargill nachtat –, könnte aus der Bezeichnung »Paddock« geschlossen werden, ist aber nicht belegt. Die im Text erwähnten Rennclubs gab es, sie wurden später aber zum Teil wieder geschlossen, und die Orte scheinen nicht so stolz auf sie gewesen zu sein, dass sie in den Stadtarchiven besondere Erwähnung finden.

Sicher ist allerdings, dass es zu der fraglichen Zeit sowohl in Woolston als auch Invercargill Rennbahnen gab, auf denen Trab- und Galopprennen stattfanden. Erstere liefen auch in etwa so ab wie beschrieben, es war ganz normal, dass das Milchwagenpferd mit dem Pony des Viehtreibers um die Wette lief. Ganz am Anfang wurden Trabrennen auch auf öffentlichen Straßen ausgetragen, aber mein Wohltätigkeitsrennen in Caversham ist fiktiv. Ich weiß nicht, ob es Vergleichbares in Neuseeland oder anderswo gegeben hat.

Für Pferdeinteressierte sei noch erwähnt, dass der in diesem Buch Aufsatzzügel genannte Hilfszügel heute noch bei Trabrennen und im Gangpferdesport verwendet wird, ebenso wie andere, sehr viel perfidere Manipulationsinstrumente. Die Trabsportvariante des Aufsatzzügels ist im deutschsprachigen Raum unter dem Namen Overcheck bekannt, und es ist anzunehmen, dass sie zu Zeiten meines Colin Coltrane schon im Englischen so hieß. Ich habe mich trotzdem für die deutsche Übersetzung entschieden, weil sie im Zusammenhang authentischer klingt. Dabei befinde ich mich in bester Gesellschaft: Auch in älteren Übersetzungen von Anna Sewells *Black Beauty* wird das Wort gebraucht – die Autorin prangert die Verwendung des Aufsatzzügels bei Kutschpferden der Oberschicht an.

Das ungewöhnlichste Paar in diesem Buch bilden zweifellos Chloé und Heather Coltrane, und auch dazu möchte ich noch ein paar Hintergrundinformationen liefern. Gleichgeschlechtliche Liebe unter Frauen hat es natürlich immer gegeben – ebenso wie unter Männern. Während männliche Homosexuelle allerdings fast zu jeder Zeit der Geschichte Zielscheiben von Spott und oft auch Verfolgung waren, wurde die Liebe zwischen Frauen praktisch nie thematisiert. Erst Sigmund Freud und seine Nachfolger stigmatisierten sie als unnatürlich und Form der Hysterie. Das Phänomen scheint außerhalb der Avantgarde – Künstlerinnen wie Rosa Bonheur lebten ihre lesbischen Beziehungen offen aus – kaum bekannt gewesen zu sein. Es gab auch keine allgemeingültige Bezeichnung.

Erst Anfang des 20. Jahrhunderts kamen Worte wie »lesbisch«, »Lesbierinnen« und »Lesben« auf. Die Männer und Frauen in meinem Buch kannten sie insofern noch nicht, weshalb ich sie denn auch in der Erzählung nicht gebraucht habe. Wurde die Liebe zwischen zwei Frauen in bürgerlichen Verhältnissen doch publik, so dürften Ehemänner ähnlich reagiert haben wir mein Colin, Freundinnen oder Verwandte aber auch liberal wie Sean und Matariki. Im 19. Jahrhundert war es durchaus üblich, dass Mädchen sehr liebevoll miteinander umgingen. Die Grenzen zwischen Zärtlichkeit unter Freundinnen und lesbischer Liebe verliefen fließend.

Zuletzt noch ein paar Worte zu jener ersten Frauenbewegung der Suffragetten, in der sich sowohl Matariki als auch Violet engagieren. Hier habe ich mit Kate Sheppard, Amey Daldy und anderen sehr viele historische Persönlichkeiten agieren lassen, einige Male stößt Matariki mit Amey Daldy zusammen. Aus heutiger Sicht – wie auch aus der Sicht der stark von Maori-Traditionen geprägten Matariki – erscheint die Feministin Daldy uns moralinsauer und spießig, nicht zu vergleichen mit dem lebhaften Multikulti der modernen Frauenbewegung. Amey Daldy war jedoch eine für ihre Zeit äußerst liberale und fortschrittliche Frau, obwohl sie – wie viele Suffragetten besonders in Neuseeland – aus dem Umfeld der Methodistischen Kirche und der Abstinenzlerbewegung kam. Diese Frauen waren nicht nur von Jugend an auf strengste moralische Grundsätze hin geprägt, sie sahen in ihrer sozialen Arbeit mit Frauen und Kindern auch die grauenhaften Auswirkungen des Alkoholmissbrauchs, der im Neuseeland ihrer Zeit gerade in den ärmeren Schichten extrem verbreitet war. Violets Weg in die Frauenbewegung ist sehr viel typischer als der des verwöhnten und unbekümmerten »Sternenkindes« Matariki. Insofern ist das strenge Festhalten von Mrs. Daldy, Meri Te Tai und anderen an konservativen Werten und am konservativen Frauenbild verständlich und nicht zu verurteilen. Im Gegenteil: Ihr Kampf für das Wahlrecht ist umso bewundernswerter, hatten sie dafür doch sehr viel häufiger über ihren eigenen Schatten zu springen als spätere Generationen.

In diesem Zusammenhang muss denn auch noch dringend das Pseudonym der *Femina* gelüftet werden, die schon 1869 die ersten feministischen Artikel schrieb. Violet stößt im Haus der Billers auf ihre Texte. Ihr Mann war Amtsrichter und Mitglied des Nelson-Provincial-Rates und wäre zweifellos auf die Barrikaden gegangen, hätte er von ihren Aktivitäten gewusst.

Mary Ann Müller schrieb trotzdem.

Liebe Leserin, lieber Leser,

wenn Sie mehr von dieser großartigen Autorin lesen möchten, empfehlen wir Ihnen folgende Leseprobe aus dem historischen Roman *Der Eid der Kreuzritterin*. Unter dem Autorennamen Ricarda Jordan entführt uns Sarah Lark ins farbenprächtige Mittelalter.

Sommer 1206

Konstanze besaß einen Kupferpfennig. Es war das erste Geld, das sie je in Händen gehabt hatte, und es sollte wohl auch das letzte sein. Aber die kleine Münze bot ihr doch fast so etwas wie Trost und Hoffnung. Gut, am Abend dieses Tages würde sie der Welt entsagen, aber jetzt hatte sie ihren Kupferpfennig, und in Bingen war Jahrmarkt. Schon von Weitem hörte man Musik und Gelächter, das Feilschen der Händler und das Wiehern der Pferde. Konstanze warf ihrem Vater einen bittenden Blick zu.

»Können wir nicht hingehen? Nur eine Stunde … wir haben doch noch so viel Zeit!«

Philipp von Katzberg zögerte. »Zur Stunde der Non erwarten sie dich«, sagte er. »Spätestens …«

Konstanze nickte resigniert. »Aber es ist doch noch nicht einmal Mittag«, wandte sie dennoch ein. »Und ich …«

Über das Gesicht ihres Vaters flog ein Lächeln. »Du möchtest deinen Kupferpfennig ausgeben, ja? So gedacht war das eigentlich nicht. Du solltest ihn der Kirche spenden. Die Mutter Oberin würde es zu würdigen wissen.«

Philipp sah seine jüngste Tochter ernst an, aber es fiel ihm sichtlich schwer, an diesem Tag streng mit ihr zu sein.

»Die Mutter Oberin kriegt schon meine ganze Mitgift!«, begehrte Konstanze auf. »Den Pfennig hat der Herr Gottfried mir gegeben. Er hat nicht gesagt, dass ich ihn spenden muss. Bitte, Vater!«

Philipp nickte widerstrebend. Gottfried von Aubach, der Graf, auf dessen Burg seine Familie lebte und in dessen Diensten er stand, hatte keine Bedingungen daran geknüpft, als er Konstanze huldvoll zum Abschied beschenkte. Aber natürlich wusste er von ihrer besonderen Gabe, und er hatte sich für ihre Aufnahme auf dem Rupertsberg eingesetzt, obwohl die Katzbergs nur Lehnsleute des Grafen waren.

»Du weißt doch, dass du nichts behalten darfst«, erinnerte er seine Tochter. »Also kauf keinen Tand, du hättest nur ein paar Stunden, um dich daran zu erfreuen.«

Ein paar Stunden wären besser als nichts, dachte Konstanze, aber sie hatte ohnehin nicht geplant, ihr Geld für Kleider oder Schmuck auszugeben. Eher dachte sie an kandierte Früchte, gebrannte Mandeln oder andere Süßigkeiten, die sie bislang nie gekostet hatte. Dies war schließlich ihre letzte Gelegenheit dazu, und sie war ein Schleckermaul. Sie hatten den Jahrmarkt fast erreicht, und das Wasser lief dem Mädchen schon im Munde zusammen.

Von Wasser und Brot zu leben würde Konstanze nicht leichtfallen – aber vielleicht musste sie das ja gar nicht. Womöglich hatte die Äbtissin nur Spaß gemacht, als sie auf das asketische Leben der jungen Hildegard von Bingen verwies, der Konstanze in Zukunft nacheifern sollte.

Philipp von Katzberg sah seiner Tochter bedauernd nach, als sie kurze Zeit später von einem Marktstand zum anderen tänzelte, ganz erfüllt von dem Wunsch, aus ihrem kleinen Schatz das Beste zu machen. Konstanze war erst zehn Jahre alt, aber sie würde einmal schön werden, mit ihrem fast ebenholzfarbenen glatten Haar, ihrem herzförmigen Gesicht mit den klaren tiefblauen Augen, über die sich wohlgeformte, kräftige dunkle Brauen wölbten. Man hätte sie ebenso gut verheiraten können. Wenn sie bloß nicht so anders wäre … oder wenn seine Frau zumindest darauf verzichtet hätte, das stolz in alle Welt hinauszuposaunen!

Philipp erstand in einer Garküche ein paar Bratwürste und rief

Konstanze dann zu sich, die sich eifrig darüber hermachte. Dabei schwärmte sie von den hübschen Stoffen aus Flandern, die sie an einem der Stände hatte betasten können, und den seltsamen Öllampen, die ein orientalisch wirkender Händler feilbot.

»Ob ich nicht doch so eine mitnehmen kann?«, fragte sie ohne große Hoffnung. »Es ist doch sicher dunkel in so einer … Klause …«

»Der Herr wird dich erleuchten«, antwortete Philipp mechanisch. »Du wirst nichts brauchen.«

Konstanze seufzte, schlang rasch ihr letztes Stück Würstchen herunter und wandte sich wieder dem bunten Treiben des Marktes zu. Eine Zeit lang lauschte sie einem Bader, der mit vielen schönen Worten eine Wundermedizin anpries, und schlenderte dann zu einer Art Bühne weiter, die Gaukler auf ihrem Wagen errichtet hatten. Fasziniert sah sie zu, wie die farbenfroh gewandeten Akrobaten jonglierten und auf Stelzen liefen.

Konstanze war so vertieft in das Spiel, dass sie erschrak, als sie plötzlich eine Stimme neben sich hörte.

»Na, kleines Fräulein …möchtest du nicht einen Blick in deine Zukunft tun?«

Das Mädchen sah sich verwirrt um. Blassblaue, ungemein wache Augen in einem von Runzeln gezeichneten, uralten Gesicht musterten es interessiert. Direkt hinter Konstanze befand sich ein winziger Verschlag, in dem eine Wahrsagerin hockte. Ihre Kleidung hatte sicher schon bessere Tage gesehen. Das Gewand dürfte einmal bunt gewesen sein, war jetzt aber abgetragen, fleckig und zerrissen. Die Alte hielt den verschlissenen Vorhang zur Seite, der zwei Stühle und einen Tisch notdürftig den Blicken der Umstehenden entzog.

»Gib mir einfach die Hand«, lockte die Frau, »und ich lese daraus dein Geschick …«

Konstanze schüttelte den Kopf. »Das kenn ich schon längst …«, murmelte sie, ausnahmsweise froh darüber, dass ihre Zukunft nun wirklich festgeschrieben war. So musste sie nicht zugeben, dass sie der Gabe der Alten misstraute. Konstanze hatte selbst Visionen – und sie wusste, dass längst nicht alles eintraf, was ihr Gott oder seine Engel, oder auch der Teufel und seine Dämonen am Himmel zeigten.

»Du kennst deine Zukunft?« Die Frau lachte meckernd. »Oder glaubst du nur nicht an Wahrsagerei?«

Während sie die letzten Worte sprach, griff sie rasch nach Konstanzes Hand. Das Mädchen war zu verblüfft, um sie rechtzeitig wegzuziehen. Die Alte hatte sie bereits umgedreht und studierte mit ernstem Gesicht die Furchen und Linien.

»Oh, tatsächlich, dir fehlt es am Glauben an die alten Künste«, kicherte die Vettel. »Aber die Menschen sagen, du seiest gesegnet. Obwohl man deine Gabe auch als Fluch bezeichnen könnte … Wie auch immer … du bist ein kluges Mädchen. Du wirst viel lernen … und Weisheit gewinnen … du bist viel stärker, als du glaubst … und du wirst …«

»Lass ab von dem Mädchen, Weib! Nimm deine dreckigen Finger von ihm!« Philipp von Katzberg hatte jetzt erst bemerkt, wo seine Tochter hineingeraten war. Er schob sich entschlossen durch die Menge auf sie zu. »Und du ergibst dich hier finsterstem Aberglauben, Konstanze!«, rügte er auch das Mädchen, noch bevor er den Stand ganz erreichte. »Wahrsagerei! Das ist deiner nicht würdig!«

Konstanze hätte sich befreien können, aber die Worte der alten Frau hatten sie in ihren Bann gezogen. Woher wusste sie von ihrer Gabe – oder ihrem Fluch? Sie war begierig, Weiteres zu hören, auch wenn sie damit vielleicht eine Sünde beging.

»Habe ich nicht gesagt, du sollst sie loslassen?« Konstanzes Vater riss den Vorhang beiseite und zog die Hand seiner Tochter energisch aus den Fingern der Alten. »Meine Tochter braucht deine Schwarze Kunst nicht. Ihr Schicksal ist vorgezeichnet, sie geht heute noch ins Kloster.«

»Ins Kloster?« Die Gauklerin lachte schallend. Dann wandte sie sich wieder Konstanze zu. »Das ist nicht, was dir bestimmt ist, Kind. Ich sah dich in den Armen eines Königs ...«

Das Mädchen riss die Augen weit auf. Dann lächelte es beschämt, da Philipp die Alte erneut beschimpfte. Konstanze raffte die Röcke ihres schlichten, kostbaren Samtkleides, das man extra für diesen Tag gefertigt hatte. Zu weit allerdings für das zarte Kind – aber das war nicht weiter schlimm, denn vom kommenden Tag an würde ihre Schwester Waltraut es tragen. Während sie ... Konstanze meinte, die kratzige Klosterkleidung bereits am Körper zu spüren. Philipp machte Anstalten, seine Tochter fortzuziehen. Konstanze jedoch sah sich noch einmal um. Als ihr Vater nicht hinsah, glitt ihr Kupferpfennig in die Hand der Alten.

Konstanze konnte nicht anders, aber als sie schließlich die Klosterpforte passierten und die Nonnen in ihren schwarzen Habiten zur Kirche streben sahen, fühlte sie sich an Krähen erinnert. Angst beschlich sie, denn Krähen hatten auch ihre letzten Visionen bevölkert. Sollte irgendetwas in ihren Träumen sie vor dem Rupertsberg gewarnt haben? Oder lag es nur an den Märchen, die ihre Großmutter erzählte, Märchen, in denen Krähen die Vorboten des Todes waren?

Eines Nachts hatte Konstanze vor ihrem inneren Auge die Vögel aufs Feld der Scheffler niederschweben sehen – obwohl es dort nachweislich keine Krähen gab. Kurz darauf war die alte Schefflerin gestorben. Für Konstanzes Mutter ein weiterer Beweis der unheimlichen Begabung ihrer Tochter. Andererseits hatten die Dörfler schon tagelang mit dem Ableben der Schefflerin gerechnet. Konstanzes Großmutter, die sich ein bisschen auf Heilpflanzen verstand, war mehrfach bei ihr gewesen. Sie hatte versucht, ihr Leiden zu lindern, indem sie ihr Kräutertränke verabreichte und warme Packungen auf den Leib legte. Aber geholfen hatte das alles nichts – und man brauchte eigentlich keine hellseherischen Fähigkeiten, um den Tod der Frau vorauszusehen.

Konstanze versuchte, nicht an diese letzte Vision zu denken und sie vor allem nicht zu deuten. Das missglückte nach ihren Erfahrungen immer. Besser war es, das Ganze genau so zu erzählen, wie sie es gesehen hatte. Die Erwachsenen fanden dann schon ein Ereignis, zu dem es passte.

Und das Beste war überhaupt zu schweigen. Wenn sie das von Anfang an getan hätte, wäre sie jetzt nicht an diesem Ort. Aber zu Anfang war Konstanze noch sehr klein gewesen und hatte Vision und Wirklichkeit verwechselt. Mitunter verfiel sie auch in Trance, wenn andere Leute dabei waren. Die fragten dann natürlich, was sie gesehen hatte.

Während Konstanze noch grübelte, erschien eine junge Nonne an der Pforte, um das Mädchen und seinen Vater abzuholen. Sie knickste höflich, sah Philipp von Katzberg aber nicht an. Konstanze betrachtete sie dafür umso neugieriger. Ob ihr zweifelhafter Ruhm wohl schon bis ins Kloster gedrungen war?

»Die Ehrwürdige Mutter erwartet Euch«, bemerkte die Nonne. Sie trug einen reinweißen Schleier, der sie als Novizin auszeichnete. »Es wird gleich zur Non läuten. Ihr möchtet Euch beeilen, da Ihr spät seid.«

Nach besonders herzlichem Willkommen klang das nicht. Philipp von Katzberg fühlte sich denn auch gleich bemüßigt, Entschuldigungen auszusprechen. Er ärgerte sich jetzt, seiner lebenshungrigen Tochter den Jahrmarktsbesuch erlaubt zu haben. Konstanze selbst bereute nichts. Sie hatte den Geschmack der Rostbratwürstchen noch auf der Zunge – und auch das innerliche Beben war noch nicht völlig verebbt, das die Worte der Wahrsagerin in ihr ausgelöst hatten.

Ich sah dich in den Armen eines Königs.

Wider alle Vernunft wollte Konstanze an einen schönen, starken Mann in seidenen Kleidern und mit einer goldenen Krone auf dem Haupt glauben – und nicht an den König des Himmels, dem man sie an diesem Tag noch anverloben wollte.

Die Novizin begleitete Konstanze und ihren Vater durch den Klostergarten auf eines der Backsteingebäude zu. Eine weitläufige Anlage – Konstanze atmete auf. Man würde sie also nicht einmauern wie damals die kleine Hildegard im Kloster Disibodenberg.

Wahrscheinlich war es ganz unsinnig, dass sie immer größere Angst empfand, je näher sie den Räumen der Mutter Oberin kamen. Dies war ein großes, bekanntes Kloster, und Mädchen aus den besten Häusern bewarben sich um die Aufnahme. Schon Hildegard von Bingen hatte nur hochadelige Novizinnen angenommen, und mitunter hatten Kirchenfürsten sie dafür gescholten, dass sie den Frauen ein Dasein in gewissem Wohlstand gestattete. Konstanze erwartete an diesem Ort wahrscheinlich ein besseres Leben denn als Gattin eines Mannes aus dem Ministerialenstand. Sie würde weniger arbeiten müssen als ihre Mutter und Großmutter, sie würde lesen und schreiben lernen, musizieren und handarbeiten. Wobei die Nonnen auf dem Rupertsberg sicher nicht mit kratziger Wolle webten, sondern feinstes Linnen herstellten, das sie dann bestickten.

Konstanze rief sich alles vor Augen, was ihr die Mutter und auch Irmtraud von Aubach, die Gattin des Grafen, vom Leben der Benediktinerinnen erzählt hatten. Und trotzdem … ihr Herz schlug heftig, als die junge Nonne sie nun durch lange Korridore führte und schließlich an eine schwere Eichentür klopfte.

»Ehrwürdige Mutter … der Herr von Katzbach wäre jetzt hier …«

Konstanze verfolgte, wie die Novizin sich zuerst ins Zimmer schob und dort in einen tiefen Knicks versank.

Eine tiefe Stimme antwortete ihr. »Gut, Renate, du kannst dann zur Kirche gehen. Beginnt das Gebet ruhig ohne mich, ich stoße dann zu euch, sobald ich hier fertig bin … Tretet ein, Herr von Katzberg. Ich habe Euch bereits erwartet.«

Philipp von Katzberg schob Konstanze vor sich her in das Zimmer der Oberin, das zu ihrer Verwunderung kaum weniger vornehm ausgestattet war als die Kemenate der Frau von Aubach. Es gab Teppiche, kunstvoll geschnitzte Truhen, ein prasselndes Kaminfeuer, bequeme Stühle mit gedrechselten Beinen – und sogar weiche Kissen. Konstanze bemerkte ein Stehpult, auf dem ein schweres, aufgeschlagenes Buch lag. Sie hätte sich zu gern die Bilder, die ihr in verlockenden Farben und teilweise vergoldet entgegenleuchteten, darin angesehen. Aber vorerst bannte die Äbtissin des Rupertsberger Klosters den Blick des Mädchens. Die Ehrwürdige Mutter thronte aufrecht auf einem hohen Stuhl am Feuer. Sie machte sich nicht die Mühe, aufzustehen, um ihre Besucher zu begrüßen, aber sie ließ immerhin ihre Stickerei, ein kostbares Altartuch, sinken.

Im Licht des Kaminfeuers erkannte Konstanze ein hageres, längliches Gesicht mit hellen, forschenden Augen. Die Haut der Äbtissin wirkte sehr blass, aber vielleicht war das nur der Kontrast zu ihrer tiefschwarzen Ordenstracht, die lediglich durch einen weißen Rand am Schleier aufgelockert wurde.

Die Ehrwürdige Mutter musterte Konstanze aufmerksam. Das Mädchen schien unter ihrem forschenden Blick noch kleiner zu werden, als es ohnehin war. Konstanze merkte nur zu gut, wie abschätzend die Oberin sie betrachtete, wie sie ihr zu großes und nun auch noch von Reisestaub und Bratwurstfett beschmutztes, zerknittertes Kleid fixierte. Konstanze versuchte ungeschickt, es glattzustreichen.

»Du willst also unseren Herrn Jesus und seine Engel sehen«, bemerkte die Äbtissin mit fragendem Unterton.

Konstanze schüttelte den Kopf. »Nein, Frau … Edle …«

»Mutter!«, half ihr Philipp.

Die Oberin warf ihm einen strafenden Blick zu.

»Ehrwürdige Mutter«, korrigierte sie.

Konstanze holte tief Luft. »Nein, Ehrwürdige Mutter«, erklärte sie. »Ich will sie gar nicht sehen. Aber ich sehe sie. Manchmal …«

»Du willst unseren Herrn nicht sehen?« Die Äbtissin runzelte die Stirn. »Nun, wie auch immer. Bist du sicher, Kind, dass es nicht der Teufel ist, der dich da narrt?«

Konstanze zuckte die Schultern. »Den Teufel sehe ich auch manchmal«, gab sie zu. »Aber unser Herr zermalmt ihn unter seinen Füßen. So wie auf einigen Bildern in der Kirche.«

»Du siehst also nur das, was du aus Bildern in der Kirche kennst!«

Das klang triumphierend, und Konstanze war fast versucht, es einfach zu bejahen. Aber ihr Vater hatte ihr zuvor extra noch gesagt, sie dürfte die Mutter Oberin auf keinen Fall belügen, sondern sollte sie genauso achten wie den Pfarrer in der Kirche. Also schüttelte sie den Kopf.

»Nein, Ehrwürdige Mutter. Ich … ich sehe verschiedene Bilder. Und sie bewegen sich. Also die Engel … und die Heiligen … und die Teufel.«

»Du sagst, der Herr spricht zu dir?«, fragte die Äbtissin.

Konstanze verneinte wieder. »Das nicht. Aber manchmal zeigt er mir Dinge. Oder die Engel …«

»Sie hat von einem Pferd geträumt«, kam Philipp von Katzbach seiner Tochter jetzt zu Hilfe. »Einem sehr schönen Pferd. Und gleich darauf sandte der Bischof von Mainz unserem Herrn von Aubach einen wertvollen Hengst! Und sie träumte von einem gescheckten Kalb – wie weiland die Mutter Hildegard, Gott habe sie selig …«

Hildegard von Bingen hatte ebenfalls schon als Kind Visionen gehabt, und eine der im Volk bekanntesten bezog sich auf ihre genaue Schilderung eines noch ungeborenen Kalbes.

Konstanze hätte dazu einiges sagen können, verriet dann aber lieber nicht, dass sie damals ein weißes Pferd gesehen hatte, während der Bischof von Mainz einen Braunen sandte. Und das Kalb, das sie gesehen hatte, glich dem Bullen aufs Haar, der es gezeugt hatte. Außerdem träumte sie nicht – zumindest nicht mehr als andere Kinder. Die Visionen überkamen sie eher im Wachzustand –

oft beim Spinnen oder Weben oder wenn sie müde war und in die Flammen des Kaminfeuers starrte.

»Es geht hier nicht um Viehzucht, Herr von Katzbach!«, bemerkte die Mutter Oberin. »Es geht um Gott und seine Engel. Das Kind behauptet, berufen zu sein. Wir werden das prüfen!«

Philipp von Katzbach senkte den Kopf. »Das steht Euch frei, Ehrwürdige Mutter. Aber wir alle sind uns sicher, dass Konstanze wahrhaft reinen Herzens ist. Sie lügt nicht, und die Bilder, die sie sieht, sind sicher nicht des Teufels!«

»Man wird sehen«, beschied ihn die Äbtissin. »Ihr könnt Euch jetzt von Eurer Tochter verabschieden. Aber macht nicht zu lange. Sie wird dann mit mir die Messe besuchen.«

Konstanze sah Tränen in den Augen ihres Vaters, als er sie zum Abschied küsste. Und sie hoffte, dass sie wirklich ihr galten und nicht dem teuren Stoff für das Kleid, das Waltraut nun wohl nicht haben würde. Schließlich machte die Mutter Oberin keine Anstalten, ihre neue Novizin einkleiden zu lassen, bevor sie das Mädchen mit in die Kirche nahm, und sie würde Philipp kaum erlauben, im Kloster zu warten.

Konstanze seufzte. Hätte sie das nur vorausgesehen, dann wäre ihre Gabe wenigstens ein wenig nützlich gewesen!

Sommer 1206

»Bleibst du denn mein Freund?«, fragte Gisela leise.

Rupert hatte ihr eben ihren Zelter gesattelt, und sie wusste, es war Zeit für den Abschied. Es war besser, Rupert jetzt auf Wiedersehen zu sagen, bevor ihr Vater auftauchte und seinen schweren Rappen bestieg oder bis gar die Eskorte von zwei Rittern zu ihnen stieß, die sie nach Meißen begleiten würde.

Rupert gab einen unverständlichen Schnaufton von sich. »Sicher ...«, nuschelte der Pferdebursche. Es klang nicht, als ob er Gisela jetzt schon vermisste.

»Du wirst doch hier sein, wenn ich zurückkomme?«, fragte sie ängstlich.

Rupert schnaubte erneut. »Wo soll ich schon hingehen?«, murmelte er.

Es klang verärgert oder eher mutlos. Gisela überlegte, ob ihr Freund sie vielleicht beneidete. Rupert war elf Jahre alt, aber er wusste jetzt schon, dass er den Hof ihres Vaters vermutlich nie verlassen würde. Gisela dagegen trat an diesem Tag ihre erste Reise an – ihr Vater brachte sie zur Erziehung an den Hof der Jutta von Meißen. Ein berühmter Hof, der den Zöglingen alle Tore öffnete. Es konnte gut sein, dass Gisela einmal nach Sizilien oder Frankreich verheiratet wurde. Das Mädchen war von hohem Adel, man würde sehen, welche Verbindung seinem Vater in einigen Jahren am besten erschien.

Das hatte jedoch noch Zeit. Gisela war erst acht Jahre alt – sehr jung, um in Pflege gegeben zu werden. Aber in Friedrich von Bärbachs Haushalt gab es keine Frau. Giselas Mutter war bei der Geburt ihrer Zwillingsbrüder gestorben. Die einzigen weiblichen Wesen auf der Burg waren Dienstboten und eine bärbeißige Amme, Ruperts Mutter. Gisela hatte von jeher das Gefühl, dass die alte Margreth sie hasste – was gut möglich war. Rupert, ihr Ältester, war stark und hochgewachsen, aber Giselas Milchbruder Hans war dumm und auch körperlich etwas mickrig geraten. Die Amme mochte das darauf zurückführen, dass ihm Gisela die Kraft geraubt hatte – auf jeden Fall hatte sie den Kindern ihres Dienstherrn nie mütterliche Gefühle entgegengebracht. Und höfische Erziehung war von ihr erst recht nicht zu erwarten. Friedrich von Bärbach hatte folglich seine Entscheidung getroffen: Gisela musste fort.

Das Mädchen selbst schwankte zwischen Abenteuerlust und Angst vor dem Neuen. Vor allem würde es Rupert vermissen. Der Junge war ihm wie ein Bruder. Gisela war ihm schon als kleines Kind wie ein Hündchen nachgelaufen, wenn er aus den Ställen in die Küche kam, um heimlich von dem Honigbrei zu kosten, den seine Mutter für die Kinder des Grafen zubereitete. Gisela liebte seinen Geruch nach Pferden und Heu, und sie fand es aufregend, wenn er sie mit in die Wälder rund um die Burg nahm, mit ihr Kaulquappen fing und Steine nach Eichhörnchen warf. Rupert selbst duldete sie sicher mehr, als er sie liebte, aber auch ihm fehlte es an Spielkameraden, und er sonnte sich in der Bewunderung des kleinen Burgfräuleins.

»Wenn du wiederkommst, wirst du mich gar nicht mehr kennen«, brummte er jetzt, während er letzte Hand an den Sattelgurt ihrer Stute legte. »Wer weiß, ob du überhaupt wiederkommst, vielleicht verheiraten sie dich gleich.«

Gisela seufzte. Das war möglich, wenn auch nicht wahrscheinlich. »Aber du vergisst mich nicht?«, vergewisserte sie sich.

Rupert schüttelte den Kopf.

Dieses halbe Versprechen war das Einzige, woran Gisela sich klammern konnte, als sie schließlich in Begleitung ihres Vaters und seiner Ritter durch das innere Tor der Burg und dann über die Zugbrücke ritt. Heute ging es noch am Rhein entlang bis Köln. Dort wollte von Bärbach sich einer Karawane von Kaufleuten anschließen. Man reiste sicherer in Begleitung, gerade durch die dichten Wälder in Sachsen. Insgesamt würden sie etwa zwanzig Tage unterwegs sein.

Gisela war zunächst etwas bedrückt und ritt wortlos neben ihrem Vater her, aber je weiter sie sich von der Burg entfernten, desto mehr gewann ihre Abenteuerlust die Überhand. In Köln selbst konnte sie sich schließlich vor Staunen kaum halten ob der riesigen Kirchen, des Marktes auf dem Domplatz und der vielen Kaufleute und Pilger aus aller Herren Länder.

Arno Dompfaff, der Handelsherr, dessen Gruppe man sich anschloss, erwies sich obendrein als gesprächig und umgänglich. Er war selbst Vater von zehn quirligen Kindern und fand das kleine Fräulein, das seine Reise mit tausend Fragen begleitete, entzückend. Hannes ritt lieber neben der vergnügten Gisela her als neben den ernsten anderen Kaufleuten – Letztere meist Juden, die ohnehin den Eindruck erweckten, bevorzugt unter sich zu sein.

Gisela sonnte sich in seiner Aufmerksamkeit und genoss die Reise. Das lange Reiten machte ihr nichts aus. Ihr Pferd ging weich und lebhaft voran, und sie saß fest im Sattel. Das Mädchen wäre auch ohne Sitzkissen zurechtgekommen, denn mit Rupert hatte Gisela oft auf dem blanken Pferderücken des Schlachtrosses ihres Vaters gesessen und den riesigen Rappen zur Schwemme geritten. Friedrich von Bärbach wusste natürlich nichts davon. Manchmal lenkte seine Tochter sogar eines der Streitrosse über die Bahn, auf der die Ritter fürs Turnier übten. Die Pferde gingen dabei stets brav wie die Lämmchen. Gisela hatte Geschick im Umgang mit Tieren. Sie freute sich schon auf die Falkenjagd.

So vergingen die Wochen der Reise schnell, zumal sich die Befürchtungen ihres Vaters nicht bewahrheiteten. Raubritter und Gauner, die Reisenden gern auflauerten, schreckten vor der Größe der Karawane zurück, mit der immer drei Fernhandelskaufleute mit ihren Planwagen zogen, dazu einige kleinere Krämer und ein paar Pilger auf der Heimreise von ihrer Wallfahrt ins heilige Köln. Selbstverständlich reisten die Händler nicht ohne Eskorte. Der Trupp wurde von insgesamt dreißig schwer bewaffneten Reitern begleitet.

Gisela trennte sich ungern von ihren Reisegefährten, als sie Meißen schließlich erreichten und Friedrich von Bärbach die gewaltigen Burgen auf dem Albrechtsberg ansteuerte. Arno Dompfaff und die anderen Händler ritten derweil weiter in die Stadt. Das Mädchen tröstete sich ein bisschen mit dem Haarreif aus Emaille, den Dompfaff ihm zum Abschied schenkte.

»Das Grün passt zu Euren Augen, Fräulein. Passt auf, Ihr werdet allen Rittern auf der Burg den Kopf verdrehen!«, lachte der Kaufmann und winkte Gisela nach. Auch ihm schien der Abschied schwerzufallen.

Friedrich von Bärbach schien dagegen froh, die Gesellschaft der städtischen Krämer und Pilger verlassen zu können. »Jüdisches Pack«, murmelte er, als sie den Burgberg hinaufsprengten. »Und christliche Gauner, die den Kopf zu hoch tragen, weil sie sich in ihren Städten ›Bürger‹ nennen dürfen. Letztlich alle ihren Grundherren entlaufen …«

Gisela sagte nichts dazu. Ihr Vater hielt nicht viel von den Magistraten in Köln und Mainz, aber sie verstand nicht, warum, und es war ihr auch egal. Sie fieberte der ersten Begegnung mit ihrer neuen Ziehmutter entgegen. Ob sie streng und böse mit ihr sein würde wie die Amme? Sollte sie den neuen Haarreif tragen, oder würde ihr das als Hoffart ausgelegt?

Dann erwiesen sich jedoch all ihre Befürchtungen als grundlos. Während der Truchsess des Burgherrn ihren Vater und seine Ritter im Burghof willkommen hieß und ihnen einen Schluck edelsten Weines kredenzte, erschienen zwei fröhliche, für Giselas Augen fast festlich gekleidete Mädchen, um die Kleine in Empfang zu nehmen.

»Oh, sie ist hübsch!«, gurrte die eine. »Das wird die Herrin freuen!«

»Aber wir sollten sie noch umkleiden. Vielleicht auch ein Bad nach der langen Reise«, plapperte die andere.

Ehe Gisela noch ganz begriff, wie ihr geschah, hatten die Mädchen sie in eine gut geheizte Kemenate geführt, in der schon ein Waschzuber auf sie wartete. Sie seiften sie lachend ein und ergingen sich in Schmeicheleien über ihr seidiges blondes Haar und ihre großen grünen Augen.

»Wir müssen das Haar in Eigelb spülen, dann glänzt es noch mehr!«, riet Hiltrud, die Jüngere, und Luitgard, die Ältere, suchte ein leichtes leinenes Unterkleid und eine Surkotte aus grasgrüner Seide aus einer der Truhen. Keines der Mädchen machte Anstalten, Giselas eigene Kleidung auszupacken. Das würden die Mägde später tun. Vorerst bedienten sie sich aus der offenbar unerschöpflichen Kleidersammlung des Hofes.

»Jetzt bist du schön!«, erklärte Hiltrud, als Gisela schließlich mit offenem glänzendem Haar, geschmückt mit dem Emaillereif, und in dem neuen Kleid vor ihr stand. »Nur den Saum sollten wir noch umlegen, damit du nicht darüber stolperst.«

Die Mädchen steckten den Rock mit Fibeln provisorisch fest und führten Gisela dann stolz wie eine frisch angekleidete Puppe die Stufen des Söllers hinunter. Der Weg führte zunächst durch einen Küchengarten und dann in den weitläufigen Burggarten. Es gab bunte Blumenrabatten, riesige Bäume, die Schatten spendeten, und überall hörte man fröhliche Stimmen und das Lachen von Mädchen und jungen Rittern, die sich vergnügten.

Jutta von Meißen erwartete ihr neues Ziehkind im Rosengarten. Sie saß in einer Laube, umgeben von einem Meer von Blüten und in einem Kreis jüngerer und älterer Mädchen und Frauen. Ein Spielmann unterhielt sie mit Lautenspiel und Gesang.

»Frau Jutta? Hier ist Gisela von Bärbach«, stellte Luitgard eifrig vor und schob Gisela vor ihre Pflegemutter.

Jutta von Meißen war in feines Tuch gewandet. Sie trug eine weinrote Surkotte, unter der ein dunkelgrünes Unterkleid hervorschimmerte, dazu einen goldenen Gürtel. Ihr Haar versteckte sie züchtig unter einem Gebende aus feinstem Leinen, und ihre wunderschönen nussbraunen Augen musterten Gisela mit Wärme.

»Lass dich willkommen heißen, meine Kleine!«, sagte sie huldvoll. »Ach was, komm her, und gib mir einen Kuss. Es wird mir eine Freude sein, ein so kleines Ding bei mir zu haben, fast wie eine Tochter ... Du magst meinem Kind eine Gespielin sein!«

Gisela erkannte jetzt, dass Jutta von Meißen gesegneten Leibes war, und lächelte ihr zu. Sie nahm ihren leichten Rosenduft wahr, als sie weisungsgemäß ihre Wange küsste. Aber Jutta von Meißen umfing sie mit ihren Armen und küsste sie auf den Mund.

»Und wie hübsch du bist! Herr Walther, ist sie nicht eine kleine Schönheit?« Frau Jutta wandte sich an den Spielmann, einen vierschrötigen, rotgesichtigen Mann, dessen kräftigen Fingern man kaum zutraute, so geschickt die Laute zu schlagen. »Dies ist Herr Walther von der Vogelweide, Gisela. Er erweist uns die Ehre, uns zu zerstreuen.«

»Die Ehre ist auf meiner Seite, Herrin!«, bemerkte der Spielmann. »Es wird mich freuen, dieser neuen Zierde Eures Hofes ein paar Verse zu widmen.« Er verneigte sich in Richtung Giselas.

Jutta lachte. »Aber nicht zu schlüpfrige, Herr Walther! Man kennt Eure Neigung zur Derbheit. Erschreckt mir nicht diese kleine Blüte, die erst noch zur Rose heranwachsen muss.«

Gisela hörte aufmerksam zu, obwohl ihr all das Getändel und die Schmeicheleien schnell zu viel wurden. Dies war zweifellos höfisches Benehmen, aber Gisela lag anderes am Herzen.

Und warum sollte sie sich nicht trauen? Die Markgräfin schien schließlich überaus freundlich. Gisela holte tief Luft. »Und wo sind die Falken?«, fragte sie aufgeregt.

Bestsellerautorin Sarah Lark entführt uns als Ricarda Jordan ins Mittelalter

Ricarda Jordan
DER EID DER
KREUZRITTERIN
Historischer Roman
544 Seiten
ISBN 978-3-404-16480-6

Mainz und Köln, 1212. Zwei junge Frauen lehnen sich auf gegen ihre arrangierte Zukunft: Konstanze will nicht ins Kloster und Gisela nicht mit einem Ritter verheiratet werden, dem ein schrecklicher Ruf vorauseilt. Zur gleichen Zeit verlassen zwei junge Männer den Orient, die beide einen geheimen Auftrag haben.

Die Wege der vier kreuzen sich. Ihr Schicksal ist untrennbar miteinander verknüpft. Und sie geraten in das Räderwerk einer unglaublichen Verschwörung, die im Vatikan ihren Ursprung zu haben scheint ...

Gefühlvoll, farbenprächtig: Dieser Roman ist ein Juwel!

Bastei Lübbe Taschenbuch

Mitreißend, gefühlvoll, voller unerwarteter Schicksalswendungen – eine einzigartige Familiensaga.

Sarah Lark
DAS GOLD DER MAORI
Roman
752 Seiten
ISBN 978-3-7857-6024-6

Kathleen und Michael wollen Irland verlassen. Das heimlich verlobte Paar schmiedet Pläne von einem besseren Leben in der neuen Welt. Aber all ihre Träume finden ein jähes Ende: Michael wird als Rebell verurteilt und nach Australien verbannt. Die schwangere Kathleen muss gegen ihren Willen einen Viehhändler heiraten und mit ihm nach Neuseeland auswandern ... Michael gelingt schließlich mit Hilfe der einfallsreichen Lizzie die Flucht aus der Strafkolonie, und das Schicksal verschlägt die beiden ebenfalls nach Neuseeland. Seine große Liebe Kathleen kann er allerdings nicht vergessen ...

Lübbe Paperback